पानी बीच मीन पियासी

(आत्मकथात्मक उपन्यास)

पानी बीच मीन पियासी

मिथिलेश्वर

वाणी प्रकाशन ग्रुप

भारतीय ज्ञानपीठ

वाणी प्रकाशन : भारतीय ज्ञानपीठ की पुस्तकों के एकमात्र प्रकाशक एवं वितरक

पेपरबैक पहला संस्करण : 2024

लोकोदय ग्रन्थमाला : ग्रन्थांक 1020

प्रकाशक
वाणी प्रकाशन ग्रुप
4695, 21-ए, दरियागंज, नयी दिल्ली-110 002
फ़ोन : 011-23273167, 23275710
ईमेल : sales@vaniprakashan.in

ISBN : 978-93-5775-469-9

पानी बीच मीन पियासी
(उपन्यास)
मिथिलेश्वर

PAANI BEECH MEEN PIYASI
(Novel)
by Mithileshwar

मुद्रक : आर. टेक ऑफ़सेट प्रिंटर्स, दिल्ली-110 032
आवरण-चित्र : देबाशीष मुखर्जी

Price : INR. 495

[1]

वह जाड़े की रात थी। सन् 1959 का समय। उस साल ठंड कुछ ज़्यादा ही पड़ रही थी। मेरी अवस्था लगभग नौ-दस साल की रही होगी। तब अपनी माँ और भाई-बहनों के साथ अपने गाँव बैसाडीह में रहता था। उस समय हम भाई-बहनों की संख्या पाँच थी—तीन भाई और दो बहनें। भाई-बहनों में मेरा स्थान तीसरा। उषा दीदी सबसे बड़ी, उसके बाद बड़े भैया नर्वदेश्वर, फिर मैं, मेरे बाद बहन उर्वशी, फिर भाई कामेश्वर। हालाँकि कुछ वर्षों बाद हम भाई-बहनों की संख्या सात हो गयी। कामेश्वर के बाद छोटे भाई ब्रजेश्वर का जन्म हुआ और फिर अन्त में छोटी बहन उर्मिला का।

मेरा घर गाँव के लगभग बीचोबीच था। खपड़ैल छत के हमारे उस गँवई मकान में छोटे-छोटे छह-सात कमरे थे। लेकिन माँ के साथ हम छोटे भाई-बहन उन कमरों में न रह निकसार के कमरे में ही सोते। निकसार के उस कमरे से ही घर के बाहर जाया जाता और बाहर से घर के अन्दर आने का वहीं दुमुँहा था। निकसार में रहते हुए घर के बाहर और अन्दर की आहट हम अच्छी तरह ले सकते थे। पिताजी गाँव से दूर आरा के एच.डी. जैन कॉलेज में प्राध्यापक थे। उस वक़्त आरा हमारे शाहाबाद जिले का मुख्यालय था। आगे चलकर शाहाबाद जिले के बँटवारे के बाद भोजपुर जिले का मुख्यालय बन गया। पिताजी अपनी नौकरी के सिलसिले में वहीं रहते। गाँव पर अकेली माँ हम छोटे भाई-बहनों को लेकर रहती। सम्भवतः सुरक्षा के कारणों से ही माँ हमें लेकर निकसर बनी रहती। हम बच्चे भी शाम होते ही डर जाते। वैसे माँ नहीं चाहती कि हमारे बाल मन पर भय और आतंक का माहौल कायम हो। इसके लिए उसके पास सबसे बड़ा अस्त्र लोकथाओं का था। वह हमें हर रात लोककथाएँ सुनाती। सचमुच वह लोककथाओं का भंडार थी।

तब हमारे निकसार के उस कमरे में दोनों और दो चौकियाँ लगी रहतीं। उस रात भी पहले की ही भाँति माँ पूरब की ओर की चौकी पर छोटे भाई कामेश्वर

को लेकर थी। तब कामेश्वर गोद में था। दूसरे किनारे, पश्चिम की चौकी पर बड़े भैया नर्वदेश्वर और हम। बीच में एक खटोले पर उषा दीदी एवं छोटी बहन उर्वशी। यह बीच का खटोला सिर्फ रात में ही सोते वक़्त डाला जाता, जिस पर हमारी दोनों बहनें सोतीं। सुबह होते ही खटोला हटा दिया जाता, क्योंकि बीच का रास्ता ही निकसार से आने-जाने का मार्ग था।

उस रात हम देर से सोए थे। सोने से पहले रोज की भाँति माँ से लोककथाएँ भी नहीं सुन सके। उस रात हमारे दरवाजे रेडियो सुनने के लिए गाँव के लोग देर तक जमे रहे। उनके जाने के बाद ही हम सो सके। लेकिन अचानक आधी रात में ही माँ की चीख—"कौन है?"

जवाब में एक दूसरी आवाज़—"चुप!" की कर्कश ध्वनि से मेरी आँख खुल गयी। देखा आँगन के दरवाजे के पास हाथों में भाले लिए यमदूत की तरह दो व्यक्ति खड़े हैं। उनमें से एक का भाला माँ के बिस्तरे तक पहुँचा हुआ था तथा दूसरे का हमारे बिस्तरे तक। उनके साथ खड़े एक तीसरे व्यक्ति ने टार्च जला रखी थी जिसकी तेज रोशनी निकसार के उस कमरे में बिखरी थी। वे रोशनी की आड़ में थे। फिर भी दिख रहे थे। अपने चेहरे पर उन्होंने 'गलगौंछे'[1] बाँध रखे थे। इस स्थिति में सिर्फ उनकी आँखें ही नजर आ रही थीं, सारा चेहरा अंगौछे में लिपटा था। वे एकदम पहचान में नहीं आ रहे थे कि हमारे गाँव के ही हैं या आनगाँव के? वे लगातार माँ को धमकाए जा रहे थे—"ए ललाइन! तुम या तुम्हारे बच्चों में से किसी ने भी आवाज़ लगाई या चिल्लाने की कोशिश की तो समझ लेना कि तुम सबों का काल पूरा हो गया...। ये भाले हम सीधे तुम्हारी छातियों में घुसेड़ देंगे...!"

प्रारम्भ में आँख खुलने पर इस अनपेक्षित और अनहोनी जैसी घटना को देख मुझे ऐसा लगा जैसे माँ की लोककथा का ही कोई दृश्य उपस्थित हो गया हो। उसकी लोककथाओं में ऐसे भयावह दृश्य होते थे। लेकिन जब आँखों पर जोर देकर फिर-फिर ताका और ग़ौर किया तो डर से काँप उठा। मेरे रोंगटे खड़े हो गये। वह लोककथा का दृश्य नहीं लुटेरों की उपस्थिति का सच था। मुझे लग गया कि जिन चोर-डकैतों से माँ डरी रहती थी वे आ धमके हैं। अब इस यथार्थ से अवगत मैं अन्दर तक आतंकित हो गया—'हे भगवान! अब क्या होगा?' बाल स्वभाववश अपना माथा मैंने फिर रजाई में घुसा लिया। वह अप्रिय दृश्य आँखों से ओझल तो जरूर हो गया। लेकिन मन पर कायम भय और आतंक से छुटकारा नहीं पा सका। इस बार रजाई को थोड़ा सरका कर ऐसे झाँकना शुरू किया कि मेरी भी सिर्फ आँखें ही बाहर रहीं, चेहरे का अन्य भाग छिपा रहा। मैंने अनुभव किया, माँ के साथ खटोले पर सोयी उषा दीदी और बहन उर्वशी तथा मेरी बगल

में सोये नर्वदेश्वर भैया सब जगे थे और भयभीत थे। छोटा कामेश्वर शायद रजाई के भीतर माँ की गोद में चिपका था। संकट के इस गहन क्षण में हम बच्चों को भयभीत देख माँ उन यमदूतों से अब निवेदन के स्वर में बोल उठी—"भाई लोगों हमने तो इस गाँव में किसी का कुछ नहीं बिगाड़ा है...। किसी से हमारी दुश्मनी भी नहीं...। समूचे गाँव को हम अपना परिवार बूझते हैं। फिर आप लोग काहे हमें भाला दिखा रहे हैं...?"

माँ के ऐसा पूछने पर दोनों भालाधारी कुछ सकपका गये। उनका असमंजस हम सबने लक्ष्य किया। शायद उनके बीच टॉर्च जलानेवाले व्यक्ति ने भी किया, इसीलिए जवाब उसी ने दिया—"हम तुम लोगों को मारने-पीटने नहीं आये हैं ललाइन...। हम इस गाँव के नहीं, बाहर के हैं। तुम लोगों से हमारा कोई वैर-विरोध नहीं। हम चोरी करने आये हैं। माल लेकर चले जाएँगे। बाकिर इस बीच तुम लोग कुछ बोलोगे या हल्ला-गुल्ला मचाओगे तो हम तुम्हें बिना मारे नहीं छोड़ेंगे...! खैरियत चाहो तो इसी तरह तुम सब चुपचाप पड़े रहो...।"

उसकी बात सुन माँ के साथ हम भाई-बहनों का भय भी कुछ कम हो गया। हमें सिर्फ चुप रखने के लिए ही उन्होंने भाले तान रखे हैं। उनका उद्देश्य हमें मारना नहीं, डराना भर है। अब मैं उन्हें और आँगन में उपस्थित उनके साथियों को देखने लगा। आँगन में उनके साथियों की संख्या बारह-चौदह के आसपास थी। हमारे उस गँवई घर में किसी उत्सव पर जैसे टोला-पड़ोस के लोग आ जाते थे, वैसा ही दृश्य उपस्थित था। लेकिन उत्सव पर जुटे लोग आयोजन की समाप्ति तक या तो खड़े रहते या बैठे होते। इसके विपरीत आँगन में उपस्थित वे लोग गतिशील थे। वे तेजी से आँगन के इधर-उधर आ-जा रहे थे। मेरी आँख की सीध में आँगन के दो कमरों के दरवाजे थे। उन दरवाजों में ताले लगाकर ही माँ निकसार में सोने आती थी। पर वे कमरे खुले थे। शायद किसी तरकीब से उन्होंने ताले खोल लिए थे या तोड़ दिये थे। अब उन खुले कमरों में वे लगातार अन्दर-बाहर हो रहे थे। मुझे लग रहा था, जो कमरे मेरी आँख की सीध में नहीं हैं या जिन्हें निकसार के इस कमरे से मैं देख नहीं पा रहा, उन सबकी स्थिति भी यही होगी। लेकिन फ़िलहाल मेरी चिन्ता का विषय यह नहीं कि वे हमारे घर को लूट रहे, बल्कि यह था कि कहीं लूटपाट के बाद हम पर हमला न कर दें। चोर-लुटेरों का क्या भरोसा! वे कहते कुछ और करते कुछ हैं...! अब मैं मन ही मन भगवान को गुहराने लगा कि ये लुटेरे लूटपाट के बाद वे हम पर हमला न कर दें। चोर-लुटेरों का क्या भरोसा! वे कहते कुछ और करते कुछ हैं...! अब मैं मन ही मन चाहने लगा कि ये लुटेरे लूटपाट कर जल्द चले जाएँ...! मैं अनुभव कर रहा था, माँ एवं मेरे भाई-बहनों की स्थिति भी यही थी। सब मेरी तरह ही दम साधे कातर दृष्टि से घर को लुटे जाते देख रहे थे...।

लगभग घंटे-डेढ़ घंटे तक वे हमारे घर को लूटते रहे। फिर पिछले दरवाजे से निकल गये। उनके जाने के कुछ क्षण बाद तक हमारी स्थिति जड़वत् बनी रही रही। फिर माँ ने चिल्लाना शुरू किया—"चोर...चोर!"

माँ की आवाज़ निकलते ही हम भाई-बहनों ने भी उनका साथ दिया—"चोर...चोर...!"

अब क्या था! कुछ ही देर में टोला-पड़ोस के लोग मेरे आँगन में भर गये। वे सब माँ को सम्बोधित कर रहे थे—"का हुआ चाची? किधर भागे?"

"यह सब कैसे हुआ भौजी? कौन थे? किसी को पहचाना?"

वे हमें भी पुचकार रहे थे—"अब तुम लोग डरो मत। जागरम हो गया है। सारा गाँव तैयार है। वे भाग गये नहीं तो देखते ही हम उनका कचूमर निकाल देते...।"

उनमें से कुछ माँ को भी आश्वस्त करने लगे थे—"हम पता लगाकर रहेंगे भौजी। बीच गाँव में आकर चोरी करने का मजा उन्हें चखाएँगे...। यह चोरी उन्होंने आपके घर नहीं, हमारे घर की है। हम उन्हें छोड़ेंगे नहीं...। हमारे रहते उनकी यह हिम्मत...!"

लेकिन उनके हटते ही माँ ने हमें बताया—"अभी जो डींग हाँक रहे थे उनमें से दो को मैं पहचान रही हूँ...। वे दोनों भी चोरी में थे। माल कहीं छिपा और चेहरे से गलगौंछा हटा अब पुछारों में आ धमके...!"

फिर उन्होंने हमें चेताया—"बाकिर तू सब गाँव में यह बात किसी से मत कहना...। जैसे वे हमें कमजोर समझ लूट गये वैसे ही नाम खुलते मोखालिफ[2] बन जाएँगे। इस गाँव में हमारे आगे-पीछे कोई सच्चा मददगार नहीं, सब दाँव के यार हैं...!"

हमने मुआयना किया, हमारे घर चोरी में माँ के बक्से से उनके गहने, नगद रुपये और अच्छे कपड़े ही वे ले गये थे, अनाज और बर्तनों के चोर नहीं थे। हालाँकि माँ के गहने काफी थे। माँ ने हमें बताया था कि उसकी शादी में उसके पास एक थान भी गहना नहीं था। उसके पिता गरीब थे। ताग-पाट से शादी की। इधर हमारे पिता के घर की हालत भी माली और खस्ता थी। इस स्थिति में ससुराल से भी उसे कोई गहना नहीं मिला। पर जब पिताजी कॉलेज में लेक्चरर हुए और माँ को समय-समय पर कुछ देना चाहा तो गहनों की अपनी अतृप्त इच्छा वह व्यक्त करती गयी। बस, पिताजी उसकी रुचि के अनुसार गहने बनवाते चले गये। शादी के बाद से उस दिन तक उसके लिए पिताजी ने जो ढेर सारे गहने बनवा रखे थे, वे सब माँ के बक्से में थे। गहनों की उपस्थिति से चोरी-डकैती की आशंका पिताजी को बनी रहती थी। उनके परामर्श के अनुसार मांग गाँव में शादी-ब्याह

के आयोजनों और तीज-त्यौहार के अवसरों पर ही गहने पहनती। सामान्य दिनों में उन्हें उतार बक्से में रख देती।

सुबह होते ही गाँव के एक आदमी को माँ ने पिताजी के पास आरा भेज दिया। मेरे गाँव से आरा की दूरी 45 किलोमीटर से अधिक नहीं। तब आरा से सासाराम के बीच मार्टिन्स कम्पनी की एक छोटी रेलगाड़ी चलती थी-आरा-सासाराम लाइट रेलवे। हमारा गाँव नोनारा स्टेशन के पास था। आरा जाने के लिए हम वहीं से गाड़ी पकड़ते। लेकिन उस गाड़ी की रफ़्तार इतनी धीमी और व्यवस्था इतनी लचर होती कि गाँव से आरा आने-जाने में ही पूरा दिन बीत जाता। शायद यही कारण था कि सूचना पर व्यग्र-बेचैन पिताजी तत्काल न पहुँच शाम को आये। लेकिन उनके आते ही हमारे दरवाजे गाँव की बैठकी लग गयी। कुछ लोगों को छोड़ अधिकांश ग्रामीणों ने चोरी की इस घटना पर पिताजी को मुकदमे के लिए उकसाया—"ई मामूली बात नहीं है प्रोफेसर साहब...। आपका घर बीच गाँव में है। यहाँ पहुँच कर चोरी करना बड़ी घटना है। इस पर महटिना[3] एकदम ठीक नहीं। आखिर किस दिन के लिए थाना-पुलिस है। आप केवल तैयार हो जाएँ, समूचा गाँव आपकी पीठ पर खड़ा रहेगा...।"

इस पर कुछ दूसरे लोगों ने कहा—"हम तो इसको चोरी मानते भी नहीं। यह खुलम-खुल्ला डकैती है...। आपकी पत्नी और बच्चों को जगाकर लूटा गया है। गाँव से छिपा नहीं है कि कौन-कौन थे? अब ऐसी घटना पर भी केसकर उन्हें अन्दर नहीं कराइएगा तब तो फिर जीना ही बेकार है...।"

कुछ लोगों ने तो यहाँ तक ताव दिया—"आपके लिए हम गवाही देने को तैयार हैं प्रोफेसर साहब! आप अपने को अकेला मत समझें। लेकिन अगला कदम तो आपको ही उठाना पड़ेगा। फिर पीछे से तो हम हैं ही...। आपके लिए तो कुछ भी कर सकते हैं..।"

गाँवों में उस वक्त भी लोगों को आपस में लड़ाने-भिड़ाने की वृत्ति कायम थी। लोग इस बात में बहुत रुचि लेते थे कि कौन केस-मुकदमे में फँसे हैं, कौन फँसने जा रहे हैं तथा किसे फँसाया जा सकता है? तब गाँव से शहर जाने के दो ही कारण होते थे—किसी बीमारी का इलाज या कचहरी के केस-मुकदमे। गाँवों का यह यथार्थ तो आज चरम पर पहुँच चुका है। गाँव में आज कोई किसी को देखना नहीं चाहता। जिसके पास जमीन, जमात और जोड़े की तोड़ की क्षमता हो, वही सम्मानित ग्रामवासी का जीवन जी सकता है।

पिताजी ने सबकी सुनी। लेकिन अपने मन के निर्णय पर ही डटे रहे। वैसे चोरों को धमकाने के लिए उन्होंने सबको सुनाकर कहा—"जिले में जो नया एस.पी.

आया है, वह मेरा छात्र रह चुका है। सिर्फ उससे कहने भर की देर है। फिर किसने क्या किया, सब उगलवा लेगा। किसी को भी सबूत नहीं छोड़ेगा...।''

पिताजी की बात सुन कुछ ग्रामीणों को लगा, प्रोफेसर साहब मुकदमा अवश्य करेंगे। लेकिन माँ को उन्होंने समझा दिया—''इस गाँव में हम अकेले हैं। परिवार गाँव पर छोड़ कॉलेज की नौकरी के लिए मुझे शहर रहना पड़ता है। इस स्थिति में यहाँ के चोर-बदमाशों पर केस-मुकदमा करना मुसीबत मोल लेना है। अभी तो सिर्फ गहने ही गये हैं, उसके बाद तो गाँव भी छोड़ना पड़ सकता है और खेत-बघार से हाथ धोना भी...।''

पिताजी की बात हम भाई-बहन कुछ-कुछ समझते थे। अपने ग्रामीण यथार्थ को जानने लगे थे। लेकिन माँ ने हमें इतमीनान से सब कुछ बता दिया। हमारी जानकारी में इजाफा कर दिया। उस जानकारी के अनुसार सवर्ण बहुल हमारे गाँव में हम कायस्थ सिर्फ दो ही घर थे। इस पर भी दोनों घर एक-दूसरे से पृथक। अपने-अपने भाग्य से गाँव में बने हुए। अपने इस गाँव में जातिगत स्तर पर हम बिल्कुल अल्पसंख्यक और असुरक्षित थे। पारिवारिक स्तर पर भी कमजोर और असहाय। पिताजी अकेले थे। उनके कोई और भाई-बहन नहीं। नौकरी में उनके होने के चलते माँ के साथ गाँव पर हम मासूम बच्चे ही रहते। शायद उस वक़्त गाँव का कोई भी घर हमारी तरह असुरक्षित और कमजोर नहीं। जिस घर में पुरुषों की संख्या कम थी उस घर को भी अपनी जाति की मजबूत सुरक्षा और जोरदार संरक्षण प्राप्त था। लेकिन हम दोनों स्तरों पर वंचित थे। वैसे गाँव में अपने हमउम्र बच्चों के साथ खेलने, पढ़ने और झगड़ने के तहत हमें इस बात का एहसास कराया जाता रहा था कि हम कायस्थ हैं, गाँव में अकेले हैं, बराबरी के स्तर पर झगड़ने से हमें बाज आना चाहिए...। कि हमारी हार सुनिश्चित है। फिर भी बाल स्वभाववश हम अपने साथियों से अड़े-भिड़े रहते। लेकिन चोरी की इस घटना ने हमें अच्छी तरह समझा दिया कि अपने इस गाँव में हम क्या हैं?

पिताजी ने घर के एकान्त में इस घटना के लिए माँ की लापरवाही को ही जिम्मेवार माना। उनके अनुसार जिस घर में इतने गहने हों उस गृहिणी को इस तरह बक्से में गहने नहीं रखने चाहिए। गाँवों में बहुतों के यहाँ इससे अधिक गहने थे, लेकिन उन्होंने जमीन में गाड़कर रखे थे कि चोर-उचक्के वहाँ तक न पहुँच सकें। उस वक़्त गाँवों में अधिक गहने और चाँदी के रुपये जमीन में गाड़कर ही रखे जाते थे। पिताजी ने माँ के गहनों को भी एक बार पीतल के गगरे में रखवा एक कमरे की जमीन के नीचे गड़वा दिये थे। लेकिन जल्द ही एक पर्व के अवसर पर माँ को गहनों की जरूरत पड़ गयी। पर्व-त्यौहारों पर नकली गहनों को माँ शुभ नहीं मानती, इसीलिए जमीन खोद कर गहने निकाले गये। इस स्थिति

में माँ को यह पसन्द नहीं आया कि बार-बार गहनों को जमीन में गाड़ा और निकाला जाए। शायद उसके मन में इस बात का भरोसा भी रहा कि जब अब तक चोरी नहीं हुई तो अब नहीं होगी। लोग तो जानते ही हैं कि नौकरी के बाद पति ने गहने बनवाएँ हैं। बस, वह बक्से में रखने लगी। लेकिन चोरी के बाद अब उसे इस बात का अफसोस हो रहा था कि अगर गहने जमीन में गड़े होते तो चोर नहीं ले जाते। उनके पूछने और धमकाने पर कह देती—"प्रोफेसर साहब अपने साथ आरा ले गये हैं। वे वहीं रखते हैं।"

माँ के अनुसार सोने से पूर्व रोज की भाँति घर अच्छी तहर बन्दकर दिया गया था। फिर भी चोर कैसे घुस आये, इसका पता भी हमें चल गया। हमारे घर से बाहर आने-जाने के दो दरवाजे थे—एक बाहर का, दूसरा अन्दर का। बाहर का दरवाजा तो वह निकसार ही था जिसमें हम सोते थे। वह दरवाजा हमारे दालान पर खुलता था जिससे होकर गाँव की मुख्य गली गुजरती थी। दालान का ओसारा और उससे लगा एक कमरा। रिश्ते-नाते के लोग जब आते तो निकसार से ही हम अपने अपने दालान का मुआयना भी कर लेते।

इसके विपरीत अन्दर का दरवाजा आँगन में चापाकल के पास था जो हमारे घर के पिछवाड़े एक पतली गली में खुलता था। यह दरवाजा अक्सर बन्द ही रहता। हम निकसार के दरवाजे से ही आते-जाते। लेकिन जब पिताजी गाँव पर होते और दालान के ओसारे में उनकी बैठकी लगी रहती तो माँ इस अन्दर के दरवाजे से ही बाहर आती-जाती। दालान में रिश्ते नाते के लोगों के आगमन पर भी माँ अन्दर के इस दरवाजे का ही उपयोग करती। बाद में हमें लग गया माँ एवं बहनों के उपयोग के लिए ही यह अन्दर कर दरवाजा है।

लेकिन उस रात चोर अन्दर या बाहर के दरवाजे से या दीवार में सेंध बनाकर हमारे घर नहीं घुसे, बल्कि छत के रास्ते आँगन में उतर आये। फिर अन्दर का दरवाजा खोल अपने शेष साथियों को बुला लिया।

चोरों के घर में घुसने के इस तरीके पर माँ, पिताजी को दोष दे रही थी। पिताजी ने उसकी इच्छा के विपरीत दालान के कमरे से सटे एक अलग नाद-चरण बनवा रखा था, जिस पर चढ़कर दालान की छत पर कम ही परिश्रम में जाया जा सकता था। असल में खेती-बारी के लिए हमारे यहाँ दो बैल रहते थे। हमारी छोटी खेती उन दो बैलों से ही हो जाया करती थी। साथ ही दूध-दही के लिए एक गाय भी रहती थी। गाय-बैलों को सानी-पानी देने तथा सँभालने के लिए गाँव के गरीब कहार हरेसर को चरवाह रख गया था। हरेसर पूरे दिन हमारे ही घर रहता। लेकिन शाम गहराते ही मवेशियों को सारघर[4] में बन्ध अपने यहाँ चला जाता। फिर सुबह में ही आता। तब सारघर से मवेशियों को निकालता

और उनमें लग जाता।

दरवाजे पर पक्के नाद-चरण बनने के पहले कुम्हारों के यहाँ से मिट्टी के नाद आते थे। लेकिन अक्सर जब बैल आपस में लड़ते तो वे फूट जाते। लगातार नादों के फूटने से तंग आकर पिताजी ने सिमेंटेड नाद बनवाए। बैलों के लिए दालान के आगे की खाली जमीन में गली के किनारे ऊँचे नाद-चरण बने और गाय के लिए उससे अलग दालान के कमरे की दीवार के साथ। पिताजी का तर्क कि गाय को बैलों के बिल्कुल पास नहीं रखा जा सकता। लेकिन माँ का कहना कि गाय के लिए अलग नाद-चरण क्या बनवाना। बैलों से उसे अलग ही रखा जाता, पर कुम्हार के नाद में ही खिलाया जाता। कुम्हार के वे नाद बैल ही फोड़ते थे, गाय नहीं। फिर पक्के के अधिक नाद-चरण बनवाने से दालान की जमीन तंग भी होती जा रही थी। इस पर भी दालान के कमरे की दीवार के पास नाद-चरण का बनना तो माँ किसी भी दृष्टि से अच्छा नहीं समझती थी। पर पिताजी नहीं माने। राजमिस्त्री के कहे अनुसार बनवाते चले गये। अब चोरी की इस घटना पर पिताजी प्रारम्भ में तो चुपचाप माँ के आरोप सहते-सुनते रहे। फिर अन्त में माँ को समझाते हुए कहा—''दीवार के पास नादचरण न भी होता तब भी वे किसी न किसी तरह दालान की छत पर चढ़ ही जाते। चोरों के पास एक से एक तरकीब होते हैं। आँगन में उनके उतरने के लिए तो नाद-चरण जैसा कोई माध्यम नहीं था। फिर भी आँगन में रस्सी लटका उतर गये।''

चोरी की इस घटना के पीछे तात्कालिक कारण अब माँ को छठ पर्व के अवसर पर सभी धराऊँ[5] गहनों को पहनना भी लगने लगा था। हमारे गाँव में महिलाएँ छठ का त्यौहार खूब धूमधाम से मनाती थीं। वैसे हमारे गाँव से होकर कोई नदी नहीं गुजरती। एक आहर था जो गाँव के किनारे बना हुआ था। उसी आहर पर छठव्रती महिलाएँ जुटतीं। फिर डूबते सूर्य को अर्घ्य देतीं और अगले दिन उगते सूर्य को अर्घ्य देने के लिए वहीं बनी रहतीं। इस बीच सारी रात उसी आहर के किनारे धूप दीप जलाकर छठी मइया के गीत गाती रहतीं। तब हम गाँव के बच्चे भी अपनी माताओं के इर्द-गिर्द धमा-चौकड़ी मचाते सारी रात वहीं बने रहते। हमारे लिए माँ छठ के उस घाट पर ही हरेसर से कम्बल आदि मँगवा कर रखती। फिर रात गहराने पर जब हमें ठंड का एहसास होता हम कम्बलों में घुस जाते। लेकिन सोते नहीं। अपने माथे बाहर निकाले घाट पर एक कतार में जलते दियों को देखते रहते और माँ आदि के सम्मिलित स्वर में झंकृत गीतों को सुनते रहते। वह दृश्य हमें बहुत प्यारा लगता। नींद के झोंके आने पर भी हम जबरन अपने को जगाए रहते। इस अवसर पर सारा गाँव घाट पर ही होता। घरों में तो बूढ़े, बीमार और पहरेदार ही बचे होते।

उस समय भी माँ ने छठ व्रत किया था। छठ व्रत को माँ सबसे बड़ा और विकट पर्व मानती थी। पूरी निष्ठा एवं नेतधर्म से छठ करती थी। अन्य पर्वों पर चाहे वह गहने कम पहने लेकिन छठ पर पूरे गहने पहनती। गहनों में भगवान सूर्य को जब अर्घ्य देती तो उसका बदन दमकता रहता। अब माँ को लग रहा था कि छठपर्व के दिन उसके बदन पर उतने गहने देखकर ही गाँव के चोर-उच्चकों ने तैयारी की थी। अन्य पर्वों पर सारे लोग उन गहनों को देख तो नहीं पाते। अधिकांश पर्व घर के अन्दर होते। कुछ आयोजन घर के बाहर होते तो माँ गाँव की महिलाओं के बीच छिपी रहती। मगर छठपर्व के इस अवसर पर तो घर और गाँव से बाहर खुले आहर पर रहना था। जहाँ कुछ भी छिपा, ढँका नहीं...। छठ पर्व के ठीक चौथे दिन बाद यह घटना घटी। अब चोरी के बाद माँ जब सारे प्रसंगों को याद कर रही थी तो उसे स्मरण आ रहा था कि गाँव के कुछ चोर-उचक्के छठ के घाट पर ही उसे घूर रहे थे तथा आपस में गुपचुप भी कर रहे थे। छठ के बाद भी अपने घर के आसपास उन्हें मंड़राते हुए माँ ने देखा था। तब यह सोचकर अपने मन को समझा लिया था कि ये ऐसे ही घूम रहे हैं। लेकिन अब उसे साफ लग रहा था उन चोर-उच्चकों की यह साज़िश थी।

अपने घर की उस चोरी पर इस बात का भी हमें अफसोस था कि हम इस तरह गहरी नींद कैसे सो गये थे? अगर हम जगे रहते और रस्सी से किसी चोर के आँगन में उतरते ही चिल्ला पड़ते तो वे भाग खड़े होते। तब हम लूटे नहीं जाते। इस सम्बन्ध में माँ कहती सो लेने के बाद फिर शेष रात वह जगी ही रहती थी। किसी भी आहट पर चौंक उठती—"कौन है?"

उषा दीदी और नर्वदेश्वर भैया का कहना भी था कि रात में कई-कई बार उनकी नींद टूटती थी। मुझे भी इस बात का एहसास था कि शुरू में जल्दी सोने के बाद रात में एक-दो बार मैं भी जगता था। लेकिन उस रात ऐसा क्या हुआ कि हममें से कोई भी नहीं जगा। पर इसका कारण भी अब हमें ज्ञात हो गया था। उस समय गाँव का पहला रेडियो मेरे ही घर था। वैसे तो इस मामले में हमारा घर गाँव में अग्रणी था कि किसी भी नयी चीज़ की शुरुआत हमारे यहाँ से ही होती थी। असल में कृषि से जुड़े मेरे पूरे गाँव में पिताजी ही पहले व्यक्ति थे जो नौकरी से जुड़े हुए थे। फिर उनके माध्यम से हमारे यहाँ नयी चीजों का आना स्वाभाविक ही था। इस मामले में पिताजी पक्के ग्रामीण मिजाज के थे। जीवन के लिए उपयोगी चीजों को ही वे गाँव लाते, विकास के नाम पर फैशनपरस्त प्रचारात्मक चीजों को नहीं। माँ के अनुसार हमारे आँगन में जो चापाकल कायम था, वह गाँव का पहला चापाकल था। उससे पहले घर में कुएँ थे। घर के अन्दर कुएँ, बाहर कुएँ। पूरा गाँव कुएँ का ही पानी पीता था। लेकिन जब पिताजी ने

हमारे घर चापाकल लगवाया तो उसकी सुविधा सहूलियत देख कई लोगों ने भी लगवाये। उसी तरह देश और दुनिया के समाचार जानने के लिए पिताजी ने रेडियो लिया था। गर्मी और दशहरे में कॉलेज की लम्बी छुट्टियों में पिताजी जब गाँव पर रहते तो देश-विदेश के समाचार जानने के लिए रेडियो सुनते। उस वक्त गाँव के लिए यह बिल्कुल नयी चीज़ थी। तब रेडियो देखने-जानने की जिज्ञासा में लोग जुटे रहते। बाद में रडियो पर समाचार और अन्य कार्यक्रम भी सुनने लगे। फिर तो रेडियो के बहाने हमारे दरवाजे गाँव के लोगों का ऐसा जमघट लगने लगा कि हर शाम घंटे-डेढ़ घंटे के लिए हम बँध जाते। उस अवधि में रेडियो चालू कर हम दालान पर रख देते तथा उसकी अगोरिया में बने रहते। हालाँकि चापाकल की तरह उस समय तक किसी और ने रेडियो नहीं खरीदा था। इस क्रम में हमने भी अपनी दिनचर्या निर्धारित कर ली थी। हर शाम कुछ समय अपने ग्रामवासियों को रेडियो सुना कर ही हम अन्दर आ जाते।

उस चोरी की रात भी रेडियो सुनने के लिए रोज आनेवाले ग्रामीणों के साथ कुछ नये ग्रामीण भी आ जमे थे। रोज आनेवाले ग्रामीण तो अपने निर्धारित समय पर चले गये। लेकिन नये ग्रामीण डटे रहे। रेडियो की अगोरिया में मैं और नर्वदेश्वर भैया भी दरवाजे पर मौज़ूद रहे। हम दोनों भाई रेडियो लेकर जब भी अन्दर जाना चाहते वे ग्रामीण रोक देते—"ई कार्यक्रम सुन लेने दो! कितना बढ़िया हो रहा है। अभी कवनो देर नहीं...!"

तब हमें लगा था सचमुच कार्यक्रम सुनने के आकर्षण में ही ठहरे हुए हैं। लेकिन अब उनकी मंशा का स्पष्ट एहसास हमें हो रहा था कि निश्चय ही वे चोरों के गिरोह के थे और जानबूझ कर हमें देर कर रहे थे, ताकि रात के शुरू में हम सो न सकें और बाद में सोयें तो गहरी नींद में चले जाएँ। इधर माँ और बहनें भी जगी रहीं। जब तक हम अन्दर नहीं आ जाते और बाहर का दरवाजा बन्द नहीं किया जाता तब तक वे इतमीनान होकर सोती ही नहीं। वे भी नींद के लिए जम्हाइयाँ ले रही थीं। लेकिन जबरन जगी थीं। माँ ने एक बार आवाज़ भी दी—नर्वदेश्वर...! काफी रात हो गयी...।"

लेकिन जवाब में उपस्थित उन ग्रामीणों में से ही एक ने कहा—"अभी हम हैं भौजी। बहुत नीमन कार्यक्रम चल रहा है...। तनी सुन लेंगे तो चले जाएँगे...।"

हम दोनों भी नींद के दबाव पर जम्हाइयों के शिकार थे। लेकिन विवश थे। बाप-चाचा की उम्र के अपने ग्रामीणों को झटक नहीं सकते थे। अन्ततः जब वे गये तब हम अन्दर आये। इस बीच काफी देर हो चुकी थी। बस, हमारे अन्दर आते ही माँ ने दरवाजा बन्द कर दिया। फिर हम बिस्तरे पर ढह गये। माँ-बहनें

भी इतमीनान का एहसास होते ही खर्राटे भरने लगीं। वे भी सोने के लिए बेचैन थीं। अब हमें साफ लगता है, अपनी सुनियोजित साजिश के तहत ही उन्होंने ऐसा किया था, ताकि उनके आगमन पर हमारी आँख न खुले...! इस प्रकार अपनी योजना में वे सफल रहे...!

[2]

चोरी की उस बड़ी घटना के लिए अपनी समझ के अनुसार अनेक कारणों को हम चिह्नित कर रहे थे। लेकिन उनकी जड़ में अन्ततः जो दो कारण नियामक थे, उनमें पहला, हमारी जाति का कायस्थ होना और दूसरा जाति के धरातल पर इस गाँव में अल्पसंख्यक बनकर हमारा जीना था। गाँव के मेरे लंगोटिया यार जीनर ने मेरे घर चोरी पर उबलते हुए कहा—"तुम लोगों को लाला समझकर ही चोरों ने लूटा है। सब जानते हैं कि इस गाँव में लाला सिर्फ दो घर हैं। उनकी हिम्मत हो तो हमारे घर चोरी करके देख लें...। गाँव में ढूँढ़ कर हम उनका छरपट[6] न छुड़ा दें तो असल की औलाद नहीं...!"

मेरे एक और दोस्त बजाड़ी की भी यही राय थी—"चोरों ने समझ बूझकर खेल किया...। ऐसे घर को चुना जहाँ से मार खाने और पकड़े जाने का कोई डर नहीं...।"

अपने इन दोस्तों की बातें मुझे जँच भी रही थीं। मेरा घर गाँव के बाहर या किनारे नहीं, बीच गाँव में था, इस स्थिति में निधड़क चोरों का आना जातिगत स्तर पर हमें अल्पसंख्यक समझकर ही हुआ था। जवाबी कार्रवाई में हम उन्हें परेशान कर देंगे, इस बात का एहसास उन्हें होता तो वे ऐसा करते ही नहीं...। माँ की भी यही राय थी—"जिस गाँव में जिस जाति के लोग ज़्यादा होते हैं, वहाँ उसी जाति का बोलबाला होता है, कम संख्यावाली जाति को वहाँ दबाया-सताया जाता है। इस गाँव में हमारी यही स्थिति है...।"

अपनी बात की पुष्टि के लिए माँ अपने गाँव कुम्हइला, जो हमारा ममहर था का उदाहरण प्रस्तुत करती—"कोई हमारे गाँव जाकर देखे तब उसे पता चलेगा। वह कायथाँव गाँव है। कायस्थ वहाँ भरे हुए हैं। वही होता है जो वहाँ के कायस्थ चाहते हैं। गाँव पर कायस्थों की ही जमींदारी है। वहाँ दूसरी जातिवाले उनके आगे नतमस्तक रहते हैं...।"

पिताजी की राय तो पहले से ही यही थी। इस गाँव में हमारी जाति का

अल्पसंख्यक होना ही हमारे लूटे जाने का मुख्य कारण वे मानते थे। उन्होंने हमें समझाते हुए कहा—''ऐसी बात नहीं कि हमारे यहाँ इतनी बड़ी चोरी की योजना से गाँव के लोग अनभिज्ञ हों। अनेक लोगों को इसकी सूचना होगी। लेकिन हम उनकी जाति के नहीं, इसीलिए हमें आगाह करने या रोकने की कोशिश उन्होंने नहीं की...। यह हो ही नहीं सकता कि बीच गाँव की ऐसी चोरी चुपके हो जाए!''

माँ-पिताजी की बात के बाद हमारा मन अब इस बात के लिए खिन्न हो उठा कि अलपसंख्यक होते हुए भी हमारे पुरखे इस गाँव में क्यों बसे? ऐसा ग़लत निर्णय उन्होंने क्यों किया? लेकिन इस सम्बन्ध में माँ से जो जानकारी प्राप्त हुई उसने हमें विस्मय में डाल दिया। इस गाँव में हमारे पुरखों का बसना अनायास हुआ है। यह भी बिल्कुल संयोग ही रहा कि इस गाँव में हम अल्पसंख्यक बने रहे...। माँ ने हमारे कुल का जो इतिहास बताया वह इस गाँव के बसने का भी प्राचीन इतिहास जान पड़ा। माँ को हमारे बाबा ने इस कुल—इतिहास से परिचित कराया, जो माँ की शादी के कुछ ही वर्षों बाद दिवंगत हो गये। माँ ने उस इतिहास को अपने मन में ऐसे संजोकर रखा था जैसे वह हमारे कुल की अमूल्य निधि हो। उस इतिहास के अनुसार हमारे पुरखे बसेरे की तलाश में गया जिले के कौआखोंच नामक स्थान से चले थे। तब अधिकांश क्षेत्र जंगल और झाड़ थे। गाँवों की संख्या नगण्य थी। वे जब इस स्थान से गुजर रहे थे तो यहाँ कोई गाँव नहीं था। हालाँकि विभिन्न दिशाओं से आनेवाले छिटपुट लोग यहाँ बसते जा रहे थे। हमारे पुरखों को यह स्थान रमणीक लगा। आसपास बाग-बगीचे और झाड़ियाँ, अपने आप बने आहर, उछलते-कूदते मवेशी। वे यहाँ रुककर इस स्थल का मुआयना करने लगे। तभी उनकी दृष्टि एक साँड़ पर गयी। उन्होंने देखा, यहाँ के हरे-भरे एक टीले पर वह साँड़ बैठा था। उस टीले पर जाने के लिए अन्य जानवर जब भी आगे बढ़ते वह साँड़ उन पर टूटता और उन्हें दूर भगा देता। फिर उस टीले पर आकर बैठ जाता। यह देख मेरे पुरखों ने निश्चित किया कि यहीं बसा जाए। यह बसने लायक अच्छी जगह है। जरूर इस जमीन में ऐसा कुछ है जिसने इस साँड़ को शक्तिशाली बना रखा है। बस, वे यहाँ बस गये। जब तक वह सांड़ उनके साथ रहा, उसे अच्छी तरह खिलाते-पिलाते और अपने परिवार का सदस्य समझते रहे। लेकिन कुछ समय बाद वह साँड़ स्वतः कहीं चला गया। फिर लौटकर नहीं आया।

उस समय वहाँ आनेवाले लोग विभिन्न जातियों के थे। जाति समूह के रूप में लोग यहाँ आ नहीं रहे थे। लेकिन जब यहाँ गाँव बस गया तब हमारे पुरखों को लगा कि अपनी जाति के वे नगण्य ही रहे, जबकि दूसरी जाति की संख्या,

में काफी वृद्धि हो गयी थी। पर जब एक बार वे बस गये तो बस गये। उनके समय में जाति के आधार पर यहाँ जमातें नही थीं। सवर्ण बहुल इस गाँव में एक सवर्ण परिवार के रूप में लोग उन्हें मानते जानते रहे। अपने समय में उन्होंने कभी महसूस ही नहीं किया कि दूसरी जाति के हैं और जातिगत स्तर पर कमजोर हैं...।

हमारे उन पुरखों के नाम माँ ने दर्ज कर रखे थे जो बाबा ने उन्हें लिखवाए थे। अब माँ ने वे नाम समय के अनुसार हमें भी लिखा दिये। उसके अनुसार हमारे आदि पुरखे धरनीधर दास के पुत्र मटुकमन दास हुए। फिर मटुकमन दास के पुत्र शंकर दास। फिर शंकरदास के पुत्र फकीर दास। फिर फकीरदास के दो पुत्र हुए-मुन्नीदास और कन्नीदास। इनमें मुन्नी दास को कोई औलाद नहीं। लेकिन कन्नी दास को तीन पुत्र हुए गोविन्द लाल, ठाकुर लाला और राघव शरण लाल। इनमें गोविन्द लाल को दो पुत्र हुए केशव लाल एवं रामदहिन लाल और ठाकुरलाल को एक पुत्र भोला लाल तथा राघव शरण लाल ने शादी की ही नहीं। वे साधु बनकर जिये। पूरा गाँव उन्हें नागा बाबा कहता था। गाँव में अपनी जोड़ के वे अकेले आदमी थे। इन पुरखों में सिर्फ रामदहिन लाल को ही एक पुत्र वंशरोपन लाल हुए जो हमारे पिता कहलाए। अब उनसे हम चार भाई—नर्वदेश्वर, मिथिलेश्वर, कामेश्वर एवं ब्रजेश्वर।

मैंने माँ से पूछा था—"बाबा ने इतने पुरखों के नाम आपको क्यों लिखवाये? इतने नामों को अब आम करने की क्या ज़रूरत?"

जवाब में माँ ने कहा था—"तू लड़का है। इन बातों को अभी नहीं समझेगा! बाकिर घर की औरतें सब समझती हैं। जब कुल खानदान में वंश (पुत्र) का जन्म होता है तो पुरखे जगाए जाते हैं। उस बखत सारे पुरखों के नाम से ही उन्हें बुलाया जाता है...!"

माँ की इस बात पर छोटे भाई ब्रजेश्वर (मुन्ना)के जन्म का वह अवसर मुझे याद आ गया था जब माँ के पास बैठी टोला-पड़ोस की औरतें कुछ नामों को याद कर-कर कोई गीत गा रही थीं। शायद वे हमारे पुरखों को जगा रही थीं।

अपने उन पुरखों के बारे में विस्तार से जानने की जिज्ञासा हमारे मन में पैदा हो गयी। लेकिन माँ को हमारे आदि पुरखों के बारे में कोई ख़ास जानकारी नहीं। मेरे बाबा रामदहिन लाल ने मेरी माँ को अपने पिता एवं चाचा तक के बारे में ही बताया था। उनमें भी नागा बाबा पर ही विशेष प्रकाश डाला था। शायद उन्हीं का व्यक्तित्व उन्हें बताने लायक लगा हो। माँ ने भी पुरखों की जानकारी पर नागा बाबा के बारे में ही हमें बताया। हालाँकि अपने गाँव के बुजुर्गों एवं पुराने

लोगों से भी अपने नागा बाबा के बारे में हम सुन चुके थे। वाकई उनका व्यक्तित्व हमें भी विलक्षण लगा। इस बात से हमने गर्व का अनुभव किया कि हमारे पुरखे ऐसे थे।

उस जानकारी के अनुसार हमारे दादा राघव शरण लाल उर्फ नागा बाबा लम्बे-तगड़े व्यक्ति थे। पूरे गाँव में अपनी कद-काठी के अकेले। गौरांग बदन। शरीर के अनुपात में ही चौड़ा माथा। माथे पर बड़े-बड़े बाल-दाढ़ी। गले में रुद्राक्ष की माला। अपनी आकृति के अनुसार ही रिष्ट-पुष्ट एवं बलिष्ठ। खाना भी दो आदमियों के बराबर खाते और काम भी उसी के अनुरूप करते। किसी काम में भिड़ा दिया जाता तो बिना पूरा किये नहीं डिगते। शादी उन्होंने की ही नहीं या उनकी शादी हुई ही नहीं, दोनों में चाहे जो हो, अकेले के जीवन में वे मस्त रहते और अपने भाइयों के परिवार के लिए लगे रहते। लेकिन उस समय हमारे घर उनके लायक काम भी तो नहीं था। जो थोड़ी-सी खेती थी उसे गोविन्द लाल और ठाकुर लाल नामक उनके दोनों भाई निपटा लेते। हालाँकि इस बीच बगल के गाँव रसौली में भी हमारे पुरखों ने खेती लायक कुछ जमीन हासिल कर ली थी। उस समय जमीन हासिल करना बड़ी बात नहीं थी। खेती की सुविधा और साधन से लोग वंचित थे। फसल का होना, न होना भगवान की कृपा पर निर्भर था। इस स्थिति में अधिक खेत होते हुए भी लोग पर्याप्त अनाज का उपार्जन नहीं कर पाते। फिर भी खेती में लगे रहते।

हमारे शादी-शुदा दोनों दादाओं ने क्वाँरे दादा नागा बाबा को रसौली की जमीन (पाही की खेती) का दायित्व सौंप दिया। बस, नागा बाबा का बैसाडीह से रसौली और रसौली बैसाडीह आना-जाना शुरू हो गया। हालाँकि आगे चलकर वे ज़्यादा रसौली में ही रहने लगे। बैसाडीह के अपने हमउम्र मित्रों और अपने भाई के परिवारजनों से मिलने हफ्ते में एक दिन आ जाते...

रसौली की जमीन के सम्पर्क में आते ही नागा बाबा को लग गया कि यहाँ वे अच्छी फसल नहीं उगा सकेंगे। उस वक्त रसौली में हमारे पुरखों की जमीन के दो टुकड़े थे—एक ही जगह आठ बीघे का एक टुकड़ा और दूसरी जगह तीन बीघे का। आठ बीघे का जो टुकड़ा था वह बलुआही जमीन थी। खेत के पारखी नागा बाबा जानते थे, ऐसी जमीन में खरीफ और रबी, दोनों फसलें अच्छी नहीं होतीं। इस स्थिति में, उन्होंने उस आठ बीघे के चकले में बगीचा लगाना शुरू कर दिया ताकि वह जमीन भी उपयोगी बनी रहे, बगीचे के रूप में वहाँ स्थायी सम्पति कायम की जा सके। इसके अतिरिक्त तीन बीघे के टुकड़े में सब्ज़िया की खेती कराने लगे। हालाँकि अपना ध्यान मुख्य रूप से बगीचा लगाने पर ही उन्होंने केन्द्रित रखा। फिर तो बगीचे की धुन उनके ऊपर ऐसी सवार हुई कि वे बगीचामय

बने रहे। बगीचे के नींद सोते और बगीचे की नींद जगते। बगीचे की घेरेबन्दी (चहारदीवारी) के रूप में उन्होंने शीशम के पेड़ लगाए तथा एक से दूसरे शीशम के बीच काँटों की बाड़। अब अन्दर आम, इमली, जामुन, अमरूद, कदम्ब, महुआ आदि के पेड़ उगाए। उन्होंने बगीचे के बीच एक कुआँ खोदवा लिया, जिससे पानी निकाल-निकाल वृक्षों को पटाते रहें। इस मामले में किसी और से मजदूरी कराने की आर्थिक स्थिति उनकी नहीं थी। परिणामतः अपने श्रम और संघर्ष पर ही निर्भर रहे। उनको देखनेवाले बताते कि बिना तनिक विश्राम किये नागा बाबा बगीचे की जमीन कोड़कर उसे उपयुक्त बना रहे होते या फिर कुएँ से पानी निकाल वृक्षों को पटाते। पूरा रसौली गाँव उनका यह श्रम देख दंग और हतप्रभ था। वे तो जन्मजात ऊँचे डीलडौल के मजबूत व्यक्ति थे ही, बगीचे के अनवरत श्रम-संघर्ष ने उन्हें और अधिक शक्तिशाली और भयावह बना दिया। देखने पर ऐसा लगता, जैसे मनुष्य रूप में चलते फिरते पर्वत हों...।

अपने उस बगीचे की रक्षा के लिए नागा बाबा उसी में एक कुटिया बनाकर रहते। अपने खाने के लिए बगीचे में ही लिट्टियाँ लगा लेते। लिट्टियों में भी उन्हें कुछ डालने की जरूरत महसूस नहीं होती। आँटे का लोइया बना तलहथी पर पीट देते। फिर उसे गोइंठे की आँच पर पका लेते। अब नमक मिर्च के साथ ये सोंधी लिट्टियाँ उन्हें खूब जँचती। बीतते समय के अनुसार नागा बाबा के लगाए शीशम और झाड़-झँखाड़ इतने घने हो गये कि उस बगीचे में किसी मवेशी के घुसने की सम्भावना खत्म हो गयी। इस बीच अमरूद आदि कई वृक्ष फल भी देने लगे। नागा बाबा स्वयं तो खाते ही, अपने आसपास के रसौली वासियों को भी खिलाते तथा अपने भाई के परिवारजनों के लिए बैसाडीह भी ले आते। दूध और दहीवालों से फल देकर दूध-दही ले लेते। लिट्टियाँ, फल और दूध-दही यही उनके मुख्य आहार थे।

नागा बाबा का बगीचा जब झाड़-झंखाड़ और हरियाली से आच्छादित रहने लगा तब आसपास के साँप छिपकर रहने की माकूल जगह के रूप में उसमें प्रवेश करते गये। हालाँकि नागा बाबा से उनका आना गोपनीय नहीं रहा। पर कभी किसी साँप को उन्होंने नहीं मारा। आसपास के लोगों को भी अपने बगीचे में आये साँपों को मारने नहीं दिया। वे कहते—''साँप, दोस्त के दोस्त और दुश्मन के दुश्मन होते हैं, जब तक कोई उन पर प्रहार न करे, वे नहीं काटते...!''

और सचमुच नागा बाबा को कभी किसी साँप ने नहीं काटा, जबकि उनके बगीचे में एक से एक जहरीले साँप भरे रहे। आगे चलकर वे साँप उनसे इतने हिल-मिल गये कि नागा बाबा के पास ही जमीन पर लोटते रहते। लोगों के पूछने पर वे साँपों को अपना दोस्त बताते। सचमुच वे साँपों को दोस्त मानते भी थे।

अपने रास्ते पर पड़े किसी साँप को दोस्ताना लहजे में ही हटने के लिए हाथ से जिस ओर इशारा कर देते, वह उस ओर चला जाता...।

बगीचे में अकेले रहने के बावजूद नागा बाबा पर्व-त्यौहारों पर काफी सामाजिक थे। फागुन और चैत में रसौली और बैसाडीह के लोग जब फगुआ और चैता गाने की तैयारी करते तो भनक लगते ही नागा बाबा जुट जाते। वैसे फगुआ और चैता के गायक नागा बाबा की इस रुचि से परिचित थे, इसीलिए आयोजन की पूर्व सूचना उन्हें दे देते। फिर तो गवनिहारों की टोली के बीच ढोलक लेकर वे बैठ जाते और पूरी टोली को अपने अनुशासन में ले लेते। अपने कद-काठी के अनुसार गवनिहारों के बीच वे सबसे ऊँचे और विशाल प्रतीत होते। ढोलक बजाने के साथ-साथ उनकी आँखें चौकन्नी होतीं तथा कान सजग। जहाँ किसी ओर से लय-ताल में वे बाधा महसूस करते उस ओर बरजती आँखों से ताकते हुए हाथ उठाकर उस गवनिहार को सँभल जाने का संकेत करते। इस पर भी अगर वह नहीं सँभलता तो उस पर हाथ चला देते। लेकिन उनकी इस डाँट-मार का कोई अन्यथा नहीं लेता। गवनीहारों के बीच उनकी यह उपस्थिति ही थी जो गायन को जमा देती। तब गानेवाले थकने का नाम नहीं लेते और न सुननेवाले। फगुआ पर लोगों को रमाने और चैता पर झुमाने में वह टोली सफल हो जाती। फगुआ और चैता के गायनों पर उनकी स्थिति ऐसी हो गयी थी कि उनके नहीं रहने पर चाहे गायन जैसा भी हो, लोगों के मुँह से बरबस निकल ही जाता—''नागा बाबा होता तो जमा देता। नागा बाबा के बिना का फगुआ? का चैता...?''

वैसे तो नागा बाबा का व्यक्तित्व और उनके कार्य घटना वैचित्र्य से भरे थे। लेकिन मेरे घर परिवार से लेकर गाँव-जवार तक उनके जीवन की जो तीन घटनाएँ सर्वाधिक प्रचारित और चर्चित रहीं हैं, सचमुच वे हैरत-अंगेज हैं। पहली घटना उनकी निडरता को लेकर घटी। मनुष्य और जानवरों से तो उन्हें भय था ही नहीं, भूत-प्रेत से भी वे नहीं डरते थे, जबकि उनके समय में भूत-प्रेत के खौफ से पूरा समाज आतंकित था। लोगों के बीमार होने या समय पूर्व मरने का एक बड़ा कारण भूत-प्रेत की बाधा से ग्रसित होना ही माना जाता। उसी समय एक रात नागा बाबा रसौली से बैसाडीह आ रहे थे। वे रात-बिरात कभी भी आते-जाते थे। जब इच्छा हुई, चल दिया। नागा बाबा को किसी अन्य नशे की लत नहीं थी, लेकिन गांजा पीने के शौकीन थे। गांजा को वे भगवान शिव का प्रसाद मानते। कहते—''यह तो शिवजी की बूटी है। इसके बिना क्या जीना! कोई दारू-ताड़ी तो है नहीं...। इसके जैसा सात्विक नशा और दूसरा नहीं...!''

लोगों के अनुसार शायद उस सात्विक नशे का ही यह प्रभाव था कि उनकी दोनों आँखें बराबर लाल बनी रहतीं। लेकिन कभी किसी के साथ न तो वे उलझते

या नशेड़ियों जैसा व्यवहार ही करते। उस रात भी आगे बढ़ते हुए जब वे सहेजनी गाँव के निकट पहुँचे तो देखा, गाँव के बाहर श्मशान में एक मुर्दा जल रहा। चिता की लकड़ियाँ सूखी थीं इसीलिए आग की लपटें ऊँची-ऊँची उठ रही थीं। मुर्दा जलानेवाले वहाँ से कुछ दूर एक घने पेड़ के नीचे बैठे शायद मस्तक जलने की प्रतीक्षा कर रहे थे। परम्परा के अनुसार चिता को खोर कर ही लौटना था। उन्होंने नागा बाबा को नहीं देखा और नागा बाबा की नजर भी उन पर नहीं पड़ी। लेकिन आग देखते ही नागा बाबा को गांजा पीने की तलब महसूस हुई। बस, वे चिता के पास चल पड़े। जलती चिता के पास बैठकर उन्होंने गांजा तैयार किया। गुलइ बनाकर चिता की आग से सुलगाया। फिर पास ही रखे पानी के मटके से साफी धोकर निचोड़ा। अब प्रेम से दम लगाने लगे। इस बीच मुख्य लकड़ियों के जलने के बाद चिता की आग कुछ कम होती जा रही थी। मुर्दा जलानेवाले कम होती आग देख चिता के पास चल पड़े कि आग को खोरकर तेज कर दें ताकि शव के बचे-खुचे हिस्से भी जल जाएँ। लेकिन चिता के पास पहुँचते हुए यह देख वे भय से चौंक उठे कि साक्षात् एक प्रेत चिता के पास बैठा है। वे जिस ओर से आ रहे थे उस ओर नागा बाबा की पीठ थी जिस पर उनके माथे के लम्बे-लम्बे बाल बिखरे थे। अब उन्हें साफ लग गया कि वही प्रेत है जिसने मृतक को मारा है। जवानी में ही उसके मरने को लेकर पूरे गाँव में यह चर्चा थी कि प्रेत बाधा से वह मरा है। अवश्य यह वही प्रेत है। अब मुर्दा जलानेवाले वे लोग चिल्लाते हुए सर पर पाँव रख भागे—''प्रेत! प्रेत! प्रेत!''

उस क्षण नागा बाबा गांजे का आखिरी दम लगा रहे थे। चिल्लाहट की आवाज सुन उन्होंने भागते हुए लोगों को देखा। बस, जोर से पुकारने लगे—''अरे, आ जाओ भाइयों...काहे डर रहे हो... ? मैं हूँ नागा। आग देखकर गांजा पीने चला आया... ।''

अब नागा बाबा की आवाज़ वे पहचान गये। मुड़कर देखा, सचमुच नागा बाबा ही थे। बस, उनके मुँह से स्वतः निकल गया—''अरे ई तो बैसाडीह के नागा बाबा हैं... ।'' अब वे वापस आ गये। पर यहाँ उपस्थित नागा बाबा अब उन्हें किसी प्रेत से कम प्रतीत नहीं हुए... । जब तक नागा बाबा वहाँ रहे, वे सहज नहीं हुए। उनके जाने के बाद ही चिता की अन्तिम क्रिया सम्पन्न की। नागा बाबा की इस घटना का उल्लेख आज भी मेरे ग्रामवासी करते हैं। नागा बाबा को लेकर दूसरी घटना भी रसौली से बैसाडीह आने के रास्ते में ही घटी। वह अगहन का महीना था। दोपहर का समय। नागा बाबा के बगीचे में अमरूद के कुछ पेड़ इतने फल रहे थे कि तुरहों को बेचने पर भी लदरा उठते। परिणामतः अब हर दो-तीन दिन पर चुने हुए अमरूद एक बोरे में भर नागा बाबा अपने माथे पर उठा

लेते और बैसाडीह पहुँच अपने परिवारजनों को दे आते। धनकटनी का मौसम था। आसपास के खेतों में औरत-मर्द धान काट रहे थे। नागा बाबा जब हरइयाडीह पहुँचे तो सामने से आता भौंरा साँड़ उन्हें दिखा। उस साँड़ का रंग भौंरे की तरह काला था इसीलिए सब उसे भौंरा साँड़ कहते। इधर कुछ दिनों से वह बौरा गया था, यह बात नागा बाबा भी जानते थे। लेकिन किसी भी जानवर को वे अपना विरोधी नहीं समझते। उस भौंरा ने इलाके के कई लोगों को गम्भीर रूप से घायल कर दिया था। जवाब में कइयों ने भाले-बरछे से उस पर प्रहार कर उसे भी ज़ख्मी बना दिया था। चूँकि साँड़ की हत्या पर एक बड़ा पाप का भागी बनना था, इसीलिए चाहते हुए भी लोग उसे जान से नहीं मार रहे थे।

नागा बाबा की सीध में साँड़ को आगे बढ़ते और नागा बाबा को भी रास्ता न बदलते देख खेतों के कटनीहार चिल्ला उठे—''भागिये नागा बाबा, रास्ता बदल दीजिए...। भौंरा एकदम पगला गया है, किसी को नहीं छोड़ता...।''

कटनिहारों की बात सुन नागा बाबा सतर्क हो गये। वे भागे तो नहीं। लेकिन साँड़ के सामने का रास्ता छोड़ किनारे हो गये। लेकिन आगे बढ़ते उस साँड़ ने बगल से गुजरते नागा बाबा पर अपने नथुने फुलाना शुरू कर दिया। जवाब में नागा बाबा ने कहा—''जहाँ जा रहे हो जाओ भौंरा भाई...मैंने तेरा कुछ नहीं बिगाड़ा है! तू तो मेरा बन्धु है...!''

लेकिन भौंरा के वे नथुने तो आक्रमण की तैयारी में फूल रहे थे। बस, नागा बाबा पर वह टूट पड़ा। अपना माथा झुकाकर उन पर ढ़ाही लगाने के लिए वह दौड़ा। पर फुर्तीबाज नागा बाबा किनारे हो गये। भौंरा का वह वार खाली चला गया। अब खेतों के सारे कटनिहार रोमांचित हो यह दृश्य देखने लगे। वे नागा बाबा की हौसला अफजाई भी करने लगे—''यह अब आप ही से मानेगा नागा बाबा। किसी और की सलाम तो सुनता ही नहीं!''

इधर अपना पहला वार खाली चला गया देख भौंरा अब दुबारा नथुने फुफकारते हुए उन पर टूटा। नागा बाबा को लग गया, सचमुच यह बौरा गया है। बस, अमरूद का बोरा जमीन पर रख पुनः ढाही लगाने के लिए बढ़ते भौंरे के दोनों सींग उन्होंने थाम लिए। अब साँड़ जोर लगाता तो नागा बाबा को पाँच-छह कदम पीछे कर देता। प्रतिक्रिया में नागा बाबा भी जब जोर लगाते तो साँड़ को भी दो-तीन कदम पीछे हटा देते। नागा बाबा जानते थे, साँड़ की सारी शक्ति ढाही लगाने में होती है, इसीलिए उसकी ढाही के जवाब में आगे-पीछे की जोर-अजमाइश छोड़ भौंरा के सींगों को वे ऐसे मड़ोरने लगे कि उसकी गर्दन ऐंठने लगी। अब ढाही लगाने की उसकी शक्ति जाती रही। नागा बाबा ने जब पूरा

जोर लगाकर उसके सींगों को घुमा दिया तो उसकी गर्दन मरोड़ खाकर थूथने ऊपर हो गये। अब भौंरा का सारा सन्तुलन बिगड़ गया। बस, वह धड़ाम से नीचे गिर गया। उसके चारों पैर ऊपर खड़े हो गये। नागा बाबा अब उसके सींगों को छोड़ उछड़कर उसकी छाती पर चढ़ गये और उसकी पसली में अपनी कुहनी से ऐसा जोरदार वार किया कि वह बाँय-बाँय चिल्ला उठा। उसकी इस आर्त चिल्लाहट पर नागा बाबा ने उसे छोड़ दिया। साँड़ हत्या का दोष लेना नहीं चाहते थे। अब नागा बाबा से मुक्त होते ही वह साँड़ तेजी से उठकर भागा। इधर नागा बाबा की जयकारी करते हुए कटनीहारों ने उन्हें आ घेरा—"धन्य हैं नागा बाबा। आप जइसा मरद इस पूरे इलाके में नहीं...! उस पगलाए साँड़ की गरमी झाड़ दी। उसको भी लगा कि किस आदमी से पाला पड़ा है...! रसौली और बैसाडीह का नाम आपने उजागर कर दिया...!"

अमरूद का बोरा ले नागा बाबा जब बैसाडीह पहुँचे तो यह सूचना उनसे पहले ही वहाँ पहुँच गयी थी। फिर तो नागा बाबा को देखने और उनके मुँह से इस घटना का वृत्तान्त सुनने के लिए समूचा गाँव हमारे दरवाजे जुट आया। मेरे गाँव के पुराने लोग आज भी इस घटना को खूब याद करते हैं।

नागा बाबा से सम्बन्धित तीसरी घटना उनके जीवन की अन्तिम घटना थी। वह घटना भी रसौली से बैसाडीह की उनकी यात्रा में ही घटी। उनके बगीचे में लंगड़ा आम (मालदह) खूब आये थे। आम खरीदनेवाले तुरहे आकर नागा बाबा से ले जाते। नागा बाबा बगीचे की अपनी कुटिया में कुछ भी संचय के लिए बक्सा आदि नहीं रखते थे। उनके पास जब कुछ रुपये हो जाते तो बैसाडीह आकर अपने परिजनों को दे देते। उस समय भी जब कुछ रुपये हो गये तो अपने भाईजनों को देने बैसाडीह चल पड़े। साथ में एक बोरा चुने हुए आम भी अपने माथे पर ले लिया। शाम होने में अभी देर थी। नागा बाबा अपनी रफ्तार के अनुसार लम्बे-लम्बे डग भरते हुए आगे बढ़े जा रहे थे। अचानक घोड़ों की टाप और एक औरत के कलपने की आवाज़ उन्हें सुनाई पड़ी। उन्होंने मुड़कर देखा, नोनार और सहेजनी होते हुए जो सड़क हसनबाजार जाती थी उस पर कई अँग्रेज घुड़सवार पीछे से आ रहे थे। उनमें आगे चल रहे घुड़सवार ने एक सुन्दर जवान लड़की को जबरन अपने घोड़े पर बैठा रखा था जो बिलख रही थी। उस अगले घुड़सवार की रक्षा में पीछे के घुड़सवार मुस्तैद थे। नागा बाबा अभी उस सड़क को पारकर आगे बढ़ने ही वाले थे। रसौली से बैसाडीह जाने के लिए वह सड़क पार करनी पड़ती थी। लेकन उस लड़की की आवाज सुन वे ठिठक गये। वह अँग्रेजी राज का समय था। समझ गये, वे दुष्ट अँग्रेज अपनी हवस पूरी करने के लिए उस भारतीय

लड़की को जबरन ले जा रहे। वह लड़की रास्ते में नजर आनेवाले लोगों को देख आर्त्त आवाज लगा रही थी—"भइया हो भइया! चाचा हो चाचा! रंगरेजवा इज्जत लूटलस हो भइया। हमार के छोड़ाव जाऽ हो चाचा..."

लेकिन अँग्रेज सैनिकों की बर्बरता से भयभीत लोग उस लड़की की आवाज सुनकर महाटिया जाते। जब उस लड़की की नज़र नागा बाबा पर पड़ी तो उन्हें पहचान गयी। शायद उसी क्षेत्र की थी। उस क्षेत्र के अधिकांश स्त्री-पुरुष नागा बाबा को पहचानते थे। अब वह उन्हें सम्बोधित कर बिलख उठी—"नागा बाबा हो नागा बाबा...! रंजरेवा कसइया ध के ले जातरन से हो नागा बाबा...! कोई एह दुश्मनवन से छोड़ावत नइखे हो नागा बाबा! तोहारा गाँव-घर के इज्जतिया लुटाता हो नागा बाबा...!"

उस लड़की की इस आर्त पुकार पर अब नागा बाबा अपने को रोक नहीं सके। आम का बोरा सड़क के किनारे पटक डपटते हुए उस घुड़सवार के आगे जा खड़े हुए—"खबरदार जो इस लड़की को लेकर आगे बढ़े । नीच! कमीने! हमारी माँ-बहन के साथ तुम्हारी यह हिम्मत?"

जवाब में उस अँग्रेज ने अपनी जलती हुई भूरी आँखों से उन्हें देखा। फिर अपने हाथ का कोड़ा उनकी पीठ पर जमा दिया। अब क्या था! प्रतिक्रिया में क्रोधित नागा बाबा ने तूफानी आवेग से उसकी बाँह पकड़ ऐसा झटका मारा कि उस लड़की के साथ ही वह धड़ाम से नीचे आ गिरा। लड़की उसके ऊपर गिरी थी इसीलिए घायल नहीं हुई, लेकिन उस अँग्रेज का माथा फूट गया। अब नागा बाबा ने उस लड़की से कहा—"जल्दी भागो...।"

इधर माथे से खून टपकाते वह अँग्रेज उठा और अपने साथ के सैनिकों को फायरिंग का आदेश दिया। बस, तत्क्षण उसके सैनिकों ने नागा बाबा पर गोलियों की बौछार कर दी। वे अकेले तथा निहत्थे थे और वे अँग्रेज हथियारों से लैस काफी संख्या में। इस अन्यायपूर्ण संघर्ष में कायरतापूर्ण ढंग से उन्होंने नागा बाबा की हत्या की। लेकिन उस लड़की को अब वे अपने साथ नहीं ले जा सके। वह लड़की तो बगल के गाँव की ओर बेतहाशा भागी जा रही थी। अब वे अँग्रेज सैनिक नागा बाबा की लाश अपने साथ ले जाने में लग गये। नागा और साधु के प्रति लोगों की श्रद्धा-भक्ति से परिचित थे। नागा बाबा की लाश वहाँ से ले जाकर उन्होंने कहीं गायब कर दी...।

अपने पुरखे नागा बाबा के बारे में ऐसा सुन हम गर्व से भर उठे। मैंने माँ से पूछा भी—"जब हमारे नागा बाबा ऐसे थे तब फिर गाँव के लोग हमें अल्पसंख्यक और कमजोर क्यों समझते हैं?"

जवाब में माँ ने समझाया—"तब समय दूसरा था, अब समय दूसरा है। उस वक़्त आदमी और उसके गुण का महत्त्व था। अब जाति और जमात का है। अकेला आदमी चाहे कितना ही गुणी और ज्ञानी हो, जाति और जमात के सामने अब उसे कौन पूछता है? अपने पिताजी को ही ले लो...। इस गाँव में उनसे पढ़ा-लिखा और काबिल कौन है? बाकिर अकसरुआ[7] जान कोई उन्हें महत्त्व नहीं देता...!"

माँ की बातों से वस्तु स्थिति का हमें ज्ञान हो गया। जैसे मेरे पिताजी गाँव के पहले पढ़े-लिखे पुरुष थे, वैसे ही मेरी माँ गाँव की पहली शिक्षित महिला। रामायण और महाभारत के अधिकांश महत्त्वपूर्ण प्रसंग उसे कंठस्थ थे, इसीलिए अपने मन की उलझन और शंका को हम जब भी उससे पूछते, वह माकूल जवाब देती।

अपने पुरखे नागा बाबा की विलक्षणताओं के साथ उनका व्यक्तित्व आज तक हमारे मन में बना हुआ है। नागा बाबा का यह पक्ष आज की आत्मकेन्द्रित दुनिया में यह सोचने के लिए मुझे बाध्य करता है कि बग़ीचे के रूप में अपना एकनिष्ठ उपार्जन अपने लिए नहीं, अपने भाई के परिवार जनों के लिए ही वे करते रहे। उनके निधन के बाद उनके भाई उस बगीचे से बैल गाड़ियों में भर-भरकर लकड़ियाँ बैसाडीह ले आते। तब गोइंठे और लकड़ियों के ईंधन से ही खाना पकाया जाता। इसके अतिरिक्त आर्थिक आवश्यकता पर भी नागा बाबा के भाई उस बगीचे के पेड़ बेच देते जिसे वे काटकर ले जाते। हालाँकि ऐसा करते हुए बरबस उनके मुँह से यह निकल ही जाता—"आज नागा होते तो किसकी मजाल जो बगीचे का पेड़ बेंचे और किस की हिम्मत जो पेड़ काटने बगीचे में घुसे...।"

नागा बाबा की वह कीर्ति निहित स्वार्थों के तहत उनके परिवारजनों के उपयोग के बाद भी लम्बे समय तक बनी रही। जब हमारे सारे पुरखे दिवंगत हो गये और उनके अकेले वारिस के रूप में मेरे पिताजी ने घर की कमान सँभाली तो उनके लिए भी वह बगीचा एक बड़ा सम्बल साबित हुआ। गाँव का मेरा पुश्तैनी मकान कच्ची मिट्टी का था जो जर्जर स्थिति को प्राप्त हो रहा था। पिताजी अब उसके स्थान पर पक्के ईंटों का मकान बनवाने लगे तो सबसे अधिक सहयोग उन्हें नागा बाबा के बगीचे से ही मिला। उस वक्त तक शीशम के उनके पेड़ अपने विकास के चरम पर थे। हमारे मकान की छत के पाटन तथा खिड़की-दरवाजे की लकड़ियाँ देख आज भी लोग कह उठते हैं—"ऐसी पुख्ता और दमदार लकड़ियाँ अब कहाँ मिलती हैं? पहले का शीशम जान पड़ता है। अब तो लकड़ियाँ

भी दो और तीन नम्बर की होने लगी हैं।''

मकान बनाने के बाद पिताजी ने घर के लिए टेबुल, कुर्सी, चौकी एवं पलंग आदि शीशम की उन लकड़ियों से ही बनवाया। आज जिस टेबुल पर मैं लिखता हूँ वह नागा बाबा के उस बगीचे के शीशम का ही टेबुल है। इस बीच विभिन्न कमरों की उपयोगिता के अनुसार कुछ और टेबुल मैं खरीद लाया। लेकिन नागा बाबा के उस शीशम जैसा मजबूत और टिकाऊ दूसरा टेबुल साबित नहीं हुआ। उस टेबुल का बेहतर उपयोग से लेकर घर में चूना पोताई तक का बदतर उपयोग हम करते रहे। तब भी वह टेबुल यथावत बना हुआ है।

पिताजी के लिए रसौली के उस बगीचे की देख-रेख भी एक समस्या बन गयी थी। अकेले आदमी वे शहर की अपनी नौकरी के साथ बैसाडीह की खेती-गृहस्थी भी सँभालते थे। इस स्थिति में पेड़ों के कटने से बगीचे की खाली जमीन वे निकट रहनेवाले यादव लोगों को बेचते चले गये। यादव लोगों के पास बसने लायक वहाँ जमीन नहीं थी। बगीचे की जमीन को पाना वे अपने लिए वरदान से कम नहीं समझते थे। बस, छोटे-छोटे टुकड़ों में वे उसे खरीदते चले गये। आज उस बगीचे के स्थान पर यादवों की एक भरी-पूरी बस्ती कायम है। इस बात के लिए वे यादव मेरे पिताजी की सराहना करते नहीं थकते कि उन गरीबों को उनकी मनचाही जगह में बसा दिया। बगीचे की उस जमीन के लिए रसौली में बड़े खरीददार भी थे जो एक मुस्त अच्छी रकम दे देते। लेकिन नागा बाबा के निकटस्थ और उस जमीन के वास्तविक हकदार यादव लोगों को ही पिताजी ने वह जमीन दी।

हालाँकि पिताजी द्वारा नागा बाबा के बगीचे को कटवाने और उसे बेचने को लेकर रसौली और बैसाडीह के कुछ लोगों की प्रतिक्रियाएँ दूसरे ढंग की रहीं। वे कहते—''प्रोफेसर साहब अभी नहीं मरते...उनकी अभी उमर ही क्या थी? बाकि नागा के हरे-भरे बाग के कटवाने का पाप उन्हें लग गया। नागा के प्राण अपने बगीचे में ही बसते थे। फिर हरे-भरे बाग को कटवाना, राम...राम!'' ऐसे लोग हरे बाग के काटे जाने को पाप मानते थे। यह ठीक है कि 45 वर्ष की अल्पायु में ही मेरे पिताजी गुजर गये। लेकिन मेरा प्रगतिशील और विज्ञान सम्मत मन उनकी मृत्यु का यह कारण मानने को कतई तैयार नहीं। वे उच्च रक्तचाप, मधुमेह आदि कई बीमारियों से आक्रान्त थे। नौकरी के साथ खेतीबारी और घर गृहस्थी के तनाव से ग्रस्त थे। इस स्थिति में उनके निधन को हरे बगीचे की कटाई और उसकी बिक्री से जोड़कर देखना कदापि उचित नहीं...।

[3]

इस मामले में मैं अभागा रहा कि पिताजी का संग-साथ मुझे प्राप्त नहीं हो सका! वर्ष 1967 में जब मैं मैट्रिक का विद्यार्थी था, तभी उनका निधन हो गया। लेकिन उस उम्र में ही मैंने उन्हें जिस रूप में देखा-जाना तथा माँ एवं उनके परिचितों-मित्रों से उनके बारे में जो सुना उस आधार पर वे मुझे नागा बाबा की तरह ही विलक्षण व्यक्ति जान पड़े। माँ तो अक्सर कहा करती थी—"इस खानदान में ऐसे-ऐसे लोग होते आये हैं जिनकी कीर्ति सब कहते-सुनते हैं...!"

पता नहीं, नागा बाबा से पहले किसी की कीर्ति कही-सुनी गयी या नहीं और फिर पिताजी के बाद हम भाई-बहनों में से किसी की कीर्ति कही-सुनी जाएगी या नहीं, लेकिन माँ को तो जीवन-पर्यन्त पिताजी की कीर्ति का गुणगान करते ही पाया है। मेरी तरह माँ को भी पिताजी का संग-साथ लम्बे समय तक नहीं मिला। पिताजी की मृत्यु 7 अगस्त 1967 को हुई जबकि माँ का निधन 8 मई 2003 को यानी पिताजी से बिछुड़कर माँ को लगभग 36 वर्ष अकेले का जीवन जीना पड़ा। इस अवधि में हम भाई-बहनों की परवरिश और शादी-ब्याह करते-करते वह सिर्फ पिताजी को ही याद करती, उनकी कीर्ति का गुणगान करती रही। यह मेरा सौभाग्य रहा कि अपने जीवन के अन्तिम दिनों तक माँ मेरे साथ रहीं। उसका स्नेह-संरक्षण मुझे प्राप्त होता रहा। इस अवधि में मुझे एक दिन भी ऐसा याद नहीं जिस दिन माँ ने पिताजी का उल्लेख न किया हो या उनकी कोई बात न सुनायी हो...!

पिताजी का जन्म बहुत 'छरछना'[8] के बाद हुआ था। मेरे पुरखों के सारे वंशज समाप्त हो गये थे। अन्तिम दम्पति बाबा और आजी बचे थे जिनकी शादी के काफी दिन हो गये थे, लेकिन कोई औलाद नहीं। उन्हें इस बात की चिन्ता सताने लगी थी कि कहीं उन्हीं के साथ इस वंश की परम्परा समाप्त न हो जाए। ऐसे में पिताजी के जन्म ने हमारे पुरखों के वंश को बचा लिया। सम्भवतः इस बात को लक्ष्य कर ही उनका नाम वंशरोपन लाल रखा गया। लेकिन पिताजी की

माँ, हमारी आजी तभी दिवंगत हो गयीं जब पिताजी गोद में थे। अब वंश को सुरक्षित बनाये रखने के लिए बाबा, पिताजी को बराबर अपने साथ रखने लगे। गाँव से कहीं बाहर निकलते तो उन्हें अपने कन्धे पर बैठा लेते। इधर घर की हालत खराब होती चली जा रही थी। नागा बाबा और उनके भाईजन थे तो खाने भर अनाज उपजा लेते थे। उस समय साधन और सुविधा से वंचित खेती मनुष्य की शक्ति और क्षमता पर ही निर्भर थी। जिसके परिवार में जितने अधिक सदस्य होते उसी अनुपात में वे अनाज पैदा करते। इस मामले में हमारे घर की स्थिति अच्छी नहीं थी। बैसाडीह की हमारी खेती चौपट हो रही थी। अकेले बाबा अपने खानदान की वंश परम्परा कायम रखने के लिए पिताजी पर ही केन्द्रित और समर्पित थे। रसौली के अपने बगीचे और जमीन की देख-रेख का दायित्व रसौली के अपने हमउम्र मित्र सिधारी सिंह को सौंप दिया था। अब सिधारी बाबा आम, अमरूद आदि कुछ फल तथा एक-दो बोरी अनाज भिजवा देते। लेकिन यह ऊँट के मुँह में जीरे के फोरन जैसा ही था। रसौली की इस आमद से बाप-बेटे की बुतात[?] नहीं बुझती। इसकी क्षतिपूर्ति के लिए बाबा ने 'लेखनी' का काम शुरू कर दिया। कैथी लिपि में रेहन-बय और उधार-पैंच के कागज लिखना वे जानते थे। यह जानकारी ही आड़े वक्त में उनका सम्बल बनी...।

पिताजी जब आठ-नौ साल के हो गये तब तक बाबा ने उनकी पढ़ाई-लिखाई शुरू नहीं की। अपने इर्द-गिर्द ही उन्हें बनाये रखा। उनकी राय में बेटा पढ़े या न पढ़े, घी के लड्डू टेढ़ो भलो...। ऐसे ही समय कथावाचक सीताराम जी का ध्यान मेरे पिताजी पर गया। वे हमारे इलाके के प्रसिद्ध रामायणी थे। रामकथा का वाचन कर अपने तो अच्छी तरह रहते ही थे, श्रोताओं से प्राप्त अनाज पर अपने परिवार का भी भरण-पोषण करते थे। वे दूर से ही पहचान में आ जाते। सीताराम नाम से अंकित पीताम्बर धारण करते थे। हर गाँव के लिए अपना समय उन्होंने निर्धारित कर रखा था। उसी निर्धारित समय के अनुसार वे बैसाडीह भी आते। उस साल भी जब आये तो बराबर की भाँति बाबा मेरे पिताजी को लेकर अगली पंक्ति में बैठे। वे अगली पंक्ति के ही श्रोता थे। लेकिन उस दिन कथा की समाप्ति पर सारे लोगों के जाने के बावजूद पिताजी ध्यानमान बैठे रहे। बाबा उनसे चलने के लिए जब भी कहते वे जवाब देते—"अभी रुकिए...। तनिक ठहरिए...!"

उस समय पिताजी को देखकर बाबा को ऐसा लगा कि बेटा किसी ध्यान में डूबा है। अब उन्हें ले जाने का आग्रह छोड़ वे भी वहीं जमे रहे। सीताराम जी कथावाचक गौर से यह दृश्य देख रहे थे। अब उन्होंने बाबा के साथ मेरे पिताजी को पास बुलाया। उनकी पुकार पर पिताजी किसी आज्ञाकारी बालक की भाँति

उनके पास चले गये। सीताराम जी मेरे बाबा को पहचानते थे। बैसाडीह इतनी बार आ चुके थे कि अधिकांश लोगों को जानने लगे थे। उन्होंने मेरे पिताजी से पूछा—"क्या नाम है तुम्हारा?"

"वंशरोपन...।"

"पिता का नाम?"

"रामदहिन लाल...।"

"आज इस तरह ध्यानमग्न क्यों हो? क्या सोच रहे हो?"

"कथा के बारे में।"

"आज जो कथा हुई है वह याद है?"

"हाँ।"

"बता दोगे?"

"बता दूँगा...।"

"तो बताओ?"

और जवाब में पिताजी ने परशुराम और लक्ष्मण का वह सम्वाद सुना दिया जो आज का प्रसंग था। यह सुन सीताराम जी की आँखें खुशी से विहँसने लगीं। उन्होंने पिताजी की बाँह पकड़ बिल्कुल अपने पास करते हुए उनकी पीठ थपथपाई—"शाबाश!"

अब वे मेरे बाबा की ओर मुखातिब हुए—"इस लड़के को पढ़ा रहे हो रामदहिन?"

"नहीं।"

"क्यों?"

"अकेला वंश है। किसी तरह सयाना हो जाए कि वंश चलने लगे। वंश आबाद हो जाए यही बहुत है...!"

"अनपढ़ और नालायक वंश से वंश आबाद नहीं होता रामदहिन। योग्य वंश से ही वंश चलता और जाना जाता है। कुवंश से तो निरवंश भला। तुम्हारा बेटा काबिल और होनहार है। पढ़-लिखकर बड़ा आदमी बनेगा। तुम्हारे वंश का नाम रौशन करेगा। उसे पढ़ाई-लिखाई से रोककर तुम अपने वंश का अहित कर रहे हो...!"

सीताराम जी की वह बात बाबा को लग गयी। बस, उसी दिन से मेरे पिता की पढ़ाई उन्होंने शुरू कर दी। फिर तो सचमुच पिताजी की तेजस्विता से वे चमत्कृत हो गये। पाठशाला में शिक्षक जो बताते उसे वे तत्क्षण कंठस्थ कर लेते। और लड़के पाठ सुनाने या जवाब देने में कन्नी कटाते, पर पिताजी धड़ाधड़ पाठ सुना देते और जवाब बता देते। मेरे गाँव बैसाडीह से लेकर पूरे इलाके में यह

बात फैल गयी कि रामदहिन लाला का लड़का वंशरोपन गजब मेधावी छात्र निकला है। उस वक्त मिडिल की बोर्ड परीक्षा होती थी, जिसका खासा महत्त्व था। फिर तो उस परीक्षा में वे पूरे राज्य में अव्वल आये।

अब बाबा ने भी आगे की उनकी पढ़ाई में जी-जान एक कर दी। मिडिल के एक छात्र के रूप में पिताजी ने हमारे कुल-खानदान को जो प्रतिष्ठा दिलायी उसने बाबा को भी उत्साहित कर दिया था। तब मिडिल के बाद ही साधारण नौकरियाँ मिलने लगी थीं। अँग्रेजीराज का समय था। शिक्षा का विकास अभी नहीं हो पाया था। मिडिल पास कर ही बहुत लोग रह जाते। लेकिन इस मामले में न बाबा तैयार हुए और न पिताजी ही। मिडिल का उनका अव्वल रिजल्ट देख हित-मित्र, टोला-पड़ोस तथा गाँव के लोगों ने भी बाबा को ललकारा—"वंशरोपन को पढ़ाने में पीछे मत हटिएगा रामदहिन बाबू। ई लड़का जरूर कुछ करेगा...। गाँव-जवार का नाम उजिआएगा...!"

अब बाबा के लिए यह समस्या हो गयी कि आगे की पढ़ाई के लिए पिताजी का नाम वे कहाँ लिखवाएँ? उस वक्त आज की तरह जगह-जगह हाईस्कूल नहीं, बहुत सीमित थे, जहाँ अपने बच्चों को पढ़ाने की सुविधा और सामर्थ्य सबकी नहीं। लेकिन पिताजी के मिडिल के बेहतर रिजल्ट की चर्चा ने इस समस्या का भी स्वतः समाधान कर दिया। उस वक्त हमारे शाहाबाद जिले के सूर्यपुरा के प्रसिद्ध राजघराने (राजा राधिका रमण प्रसाद सिंह के परिवारजन) को यह सूचना मिल गयी कि एक गरीब, किन्तु विलक्षण छात्र आगे पढ़ना चाहता है। बस, अपने स्नेह-संरक्षण में उन्होंने पिताजी का नाम अपने यहाँ राज राजेश्वरी उच्च विद्यालय, सूर्यपुरा में लिखवा दिया। वे हर वर्ष गरीब और होनहार छात्रों की मदद करते थे। अपने स्कूल में उन्हें पढ़ाने के साथ-साथ राजघराने से वजीफा भी देते। इस सम्बन्ध में पिताजी ने अपनी कुशाग्रबुद्धि एवं तेजस्विता से अतिरिक्त सहयोग भी प्राप्त कर लिया। स्कूल के शिक्षकों ने जल्द ही राजघराने को यह अवगत कर दिया कि ऐसा छात्र उन्होंने नहीं देखा था, उनके पढ़ाये पाठ को तो तत्काल कंठस्थ कर लेता है, आगे की जानकारी भी रखता है। इस सूचना से प्रभावित राजघराने ने पिताजी को विशेष सहयोग देना भी प्रारम्भ कर दिया।

पिताजी की ऐसी ही चर्चा पर अब उनकी शादी के लिए अगुये[10] भी आने लगे थे। उन अगुओं में कुम्हइला निवासी हमारे नाना ललन जी प्रसाद ने मेरे बाबा को ऐसा घेरा कि उन्हें राजी होना पड़ा। इस सम्बन्ध में माँ बताती थी—"मेरे पिताजी ने केवल लड़के की पढ़ाई और तेजस्विता देखकर मेरी शादी तय कर दी। मेरे घर-परिवार के लोग पिताजी को मना कर रहे थे कि बैसाडीह में क्या देख कर लड़की ब्याह रहे हो? रामदहिन लाल के घर तो दोनों जून खाने का

इन्तजाम भी नहीं। वहाँ लड़की कैसे रहेगी?"

लेकिन मेरे पिताजी सबको समझा देते—"लड़के का आँगछ[11] मैं देख रहा हूँ। वह एक न एक दिन बड़ा आदमी बनेगा। घर को आबाद कर देगा। अभी तो पढ़ रहा है, इसीलिए उसके बाप ने पीठ पर हाथ भी धरने दिया। जब कुछ बन जाएगा तो हमारे जैसे लोगों को वे सटने नहीं देंगे!"

और माँ के पिताजी ने अपनी योजना के अनुसार माँ की शादी हमारे पिताजी से कर दी। फिर बैसाडीह आकर माँ ने देखा, सचमुच इस घर में भूजी भांग नहीं। हालाँकि हमारे बाबा अपनी बहू को अपनी सामर्थ्य के अनुसार सुविधा जुटाने में लगे रहे। पिताजी भी अब राजघराने से प्राप्त अपना वजीफा सीधे घर भेज देते। अपने खाने-पीने का इन्ताजम स्कूल के हॉस्टल में लड़कों को ट्यूशन पढ़ाकर कर लेते। लेकिन उस वजीफे से क्या होनेवाला था? बहू के आगमन पर नयी घर-गृहस्थी के लिए बाबा बैसाडीह के खेतों को रेहन करने लगे। वैसे भी उन खेतों से वे कुछ उगाह नहीं पा रहे थे। हालाँकि तब रेहन के रुपये भी इतने कम मिलते कि सारी जरूरतें उससे पूरी नहीं होतीं। इसी अवधि में मेरी सबसे बड़ी बहन गिरीश का जन्म भी हुआ जो आर्थिक तंगी की वजह से जन्म के कुछ ही समय बाद असामायिक मृत्यु को प्राप्त हो गयी। इसी दौरान पिताजी ने मैट्रिक की परीक्षा पास की। इस बार पूरे राज्य में न सिर्फ वे प्रथम आये, बल्कि सर्वोच्च अंकों का कीर्तिमान भी स्थापित किया। पिताजी की इस सफलता ने हमारे घर-परिवार की प्रतिष्ठा में काफी इजाफा किया। लेकिन माँ का कहना कुछ और था—"यह कैसा नाम-यश? कैसी तारीफ? घर के अन्दर न ढंग से रहने का इन्तजाम और न खाने-पीने का। इस बदहाली में ही हमारी पहली बेटी मर गयी। अब ऐसी प्रतिष्ठा हमारे किस काम की...?"

सम्भवत: घर की इस स्थिति को देखकर ही पिताजी ने मैट्रिक के बाद नौकरी करने का निर्णय कर लिया। लेकिन हमारे ममहर के लोग, पिताजी के शिक्षक और सूर्यपुरा के राजघराने ने उन्हें नौकरी करने नहीं दिया। उच्च शिक्षा के लिए राजेन्द्र कॉलेज, छपरा (बिहार) भेज दिया। सबको इस बात का विश्वास था कि उच्च शिक्षा के बाद पिताजी की प्रतिभा का उच्च विकास होगा जो अपने परिवेश और समाज को आलोकित कर देगा। लेकिन इधर घर पर अभावों के बीच माँ का जीवन कष्टपूर्ण बना रहा। इस बीच पुन: हमारी दूसरी बड़ी बहन दमयन्ती का भी जन्म हुआ। वह भी अर्थाभाव से कुछ समय बाद ही असामायिक निधन की शिकार हो गयी। माँ का मन अब और अधिक आहत और बेचैन हो गया। जिस माँ की दो बेटियाँ गर्दिश की वजह से गुजरी हों उसकी पीड़ा का अन्दाज लगाया जा सकता है...! पिताजी सूर्यपुरा स्कूल में थे तो निकट होने के चलते

गाहे-ब-गाहे घर आ जाते थे, जिससे अभाव और कष्टों में भी माँ को सुकून मिलता था। लेकिन छपरा से चाहते हुए भी वे जल्द नहीं आ पाते। उस समय आज की तरह फोन आदि की व्यवस्था नहीं थी। इस स्थिति में वे माँ के नाम अक्सर चिट्ठियाँ भेजते और ढाढ़स बँधाते रहते। मुझे याद है, माँ ने पिताजी की उन सारी चिट्ठियों को सहेज कर रखा था। पिताजी की मृत्यु के बाद छत्तीस वर्षों तक वे चिट्ठियाँ उसके पास बनी हुई थीं। वास्तव में वे चिट्ठियाँ उसका सम्बल थीं। उनमें से एक चिट्ठी ऐसी थी जिसमें माँ के लिए उन्होंने एक कविता लिख भेजी थी। वह कविता माँ ने इतनी बार पढ़ी थी कि वह उसे कंठस्थ हो गयी थी। बाद में हम भाई-बहनों को भी वह इतनी बार सुना चुकी थी कि हमें भी कंठस्थ हो चुकी है। हमारे भाई-बहनों के बीच आज कोई भी ऐसा नहीं जिसे वह कविता याद न हो। इन बातों का उल्लेख करते हुए इस समय बरबस उस कविता की पंक्तियाँ मेरे होठों पर आ गयी हैं—

"अगर काटने बाद केला फलेगा
अगर बुझने पर दिया फिर जलेगा
अगर शाम के बाद होता सवेरा
भला क्यों न दिन ई फिरेंगे हमारे
दमकते मिले जब कि डूबे सितारे
सदा ही न चमका किसी का सितारा
विपद से सका कर न कोई किनारा
वही आज जो राज को था चलाता
वही कल पड़ा धूल में है दिखाता।"

पता नहीं, किस कवि की ये पंक्तियाँ हैं, मैं नहीं जानता। चाहे जिस कवि की हों। सचमुच ये पंक्तियाँ विपरीत परिस्थितियों में भी माँ के अन्दर आशा का संचार करती रहीं। कविता की कुछ पंक्तियों के सहारे जीवन बिता देने वाले लोगों के बारे में मैंने सुना था। इस मामले में प्रत्यक्ष उदाहरण के रूप में अपनी माँ को देखा है। इस कविता के सहारे न सिर्फ अपने जीवन की समस्याओं से वह लड़ती रही बल्कि हमारी असफलताओं और निराशाओं पर हमें आश्वस्त भी करती रही...।

उधर राजेन्द्र कॉलेज, छपरा में पिताजी की प्रतिभा का विकास चरम की ओर बढ़ता रहा। वे जब बी.कॉम. के विद्यार्थी थे तो अपने विषय में इतने सक्षम-समर्थ साबित हुए कि उस समय के कॉलेज प्रशासन ने उन्हें कॉलेज शिक्षक का दर्जा दे डाला। तब बी.कॉम. के छात्र होते हुए वे बी.कॉम. के क्लास लिया करते थे। उस समय परीक्षा में उनकी उत्तर-पुस्तिका पर परीक्षक को डॉ. राजेन्द्र प्रसाद

की उत्तर-पुस्तिका की ही भाँति यह टिप्पणी करनी पड़ी—"इग्जामिनी इज बेटर दैन दि इग्जामिनर...!" पिताजी के परिचितों—मित्रों के अनुसार राष्ट्रपति डॉ. राजेन्द्र प्रसाद के बाद दूसरी बार यह टिप्पणी मेरे पिताजी की ही उत्तर पुस्तिका पर की गयी थी। लेकिन पिताजी के एक सामान्य परिवार से आने तथा उस समय की राजनीति और मीडिया से दूर होने के चलते उनका यह विलक्षण पक्ष, बिहार और शाहाबाद तक ही सीमित रहा, राष्ट्रीय स्तर पर अपनी अनुगूँज कायम नहीं कर सका।

राजेन्द्र कॉलेज, छपरा से पिताजी के बी.कॉम. करने तक हमारे शाहबाद जिले के मुख्यालय आरा में एच.डी. जैन कॉलेज की स्थापना हो चुकी थी। बस, बी.कॉम. करके घर लौटते ही पिताजी को एच.डी.जैन कॉलेज, आरा के वाणिज्य विभाग में लेक्चरर नियुक्त कर लिया गया। इस सम्बन्ध में, जैन कॉलेज, आरा के इतिहास में वे पहले व्यक्ति थे जिनकी विलक्षणता को ध्यान में रखकर मात्र बी.कॉम. के बाद ही उन्हें लेक्चरर नियुक्त कर लिया गया।

हमारे घर की स्थिति में सुधार अब यहीं से प्रारम्भ हुआ। माँ के साथ हम भाई-बहनों की दीन-दशा भी बदलती चली गयी। अब माँ को पिताजी की उस कविता का आश्वासन बिल्कुल सार्थक जान पड़ने लगा। शायद यही वजह रही कि उस कविता को उन्होंने अपने जीवन के अन्तिम समय तक हृदयंगम रखा...।

कॉलेज प्राध्यापक के रूप में पिताजी की प्रतिभा का विस्फोटक प्रसार हुआ, क्योंकि यह उनकी रुचि का कार्य था। विद्यार्थियों को पढ़ाने से सम्बन्धित चिन्तन-मनन एवं ज्ञानार्जन का कार्य। फिर तो आये दिन उनकी प्रतिभा के हैरतअंगेज कारनामे चर्चाओं का विषयक बनने लगे। मुझे अच्छी तरह याद है, पिताजी की प्रतिभा की मार बचपन से ही मुझे झेलनी पड़ी है। गाँव की पाठशाला में गुरुजी का विशेष ध्यान मेरी उत्तर-पुस्तिका पर ही होता। और छात्रों की सभी गलतियाँ उनके लिए क्षम्य होतीं, लेकिन मेरी सामान्य भूल को भी वे माफ नहीं करते—"प्रो.बी. लाल का लड़का होकर यह भूल...छी: छी:!"

गाँव की पाठशाला से हसनबाजार और जमोढ़ी उच्च विद्यालय में भी यही स्थिति। सभी शिक्षकों की यही राय कि प्रो.बी. लाल का लड़का और दो हजार गलतियाँ! मत कहो कि प्रो.बी. लाल के लड़के हो! उन जैसे मेधावी और तेजस्वी का ऐसा सामान्य पुत्र...! कॉलेज में तो इस स्थिति को और तीखेपन के साथ मुझे झेलना पड़ा। यह जान कर कि मैं प्रो. बी. लाल का लड़का हूँ मेरा मूल्यांकन मेरी सीमाओं के भीतर करने के लिए कोई तैयार नहीं। सब लोग पिताजी के परिप्रेक्ष्य में ही मुझे जाँचते-परखते!

पिताजी के निधन के बाद जब मैं लेखन की दुनिया में आया तथा उस

समय की महत्त्वपूर्ण पत्रिकाओं 'धर्मयुग', 'सारिका' और 'साप्ताहिक हिन्दुस्तान' में मेरी कहानियाँ धड़ा-धड़ छपने लगीं तथा वर्ष 1976 में प्रकाशित मेरे पहले कहानी-संग्रह 'बाबूजी' को 'अखिल भारतीय मुक्तिबोध पुरस्कार' एवं 1978 में प्रकाशित दूसरे कहानी-संग्रह 'बन्द रास्तों के बीच' के लिए 'सोवियत लैंड नेहरू पुरस्कार' प्राप्त हुआ तो मेरे पिताजी की प्रतिभा से आक्रान्त मेरे क्षेत्र के लोगों ने मेरे ऊपर यह आरोप लगाना शुरू कर दिया—"अरे यह क्या लिखेगा? प्रो.बी. लाल ने अपने जीवन में ही इतना लिख रखा है कि उन्हें ही यह एक-एक कर अपने नाम पर छपवा रहा है। वह बहुमुखी प्रतिभा के धनी थे। उनके लेखन पर ही अब यह लेखक बन रहा है...!"

पिताजी के समर्थकों और अपने विरोधियों की इन बातों को लेकर मेरे मन में कोई शिकवा-शिकायत नहीं। कौन पुत्र होगा जिसे अपने पिता की ऐसी कीर्ति और यश से खुशी न होगी। प्रेमचन्द पर अमृतराय के लेखन से मैं परिचित हूँ। पिता-पुत्र के बीच अत्यन्त स्नेहिल और रागात्मक सम्बन्ध होता है। सृजन में इस सम्बन्ध का निषेध किये बगैर यर्थात स्थिति का निरूपण नहीं किया जा सकता, इसीलिए जब पिताजी को लेकर 'एक और जीनियस' नामक कहानी की रचना में लगा तो इस बात के प्रति सचेत रहा कि मेरे कहानीकार पर उनका पुत्र हावी न होने पाए। कहानी में पिताजी से सम्बन्धित सिर्फ एक ही घटना का जिक्र मैंने किया है। वह बिल्कुल सत्य घटना पर आधारित है। 3 जून 1990 के 'दिनमान टाइम्स' में जब उसका प्रकाशन हुआ तो उनको जाननेवालों ने प्रसन्नता जाहिर की। अब वह कहानी 'एक थे प्रो.बी. लाल' नाम से इसी नाम के मेरे एक कहानी-संग्रह में संकलित है। लेकिन बिहार से बाहर के वे पाठक जो उनके इस विलक्षण व्यक्तित्व से परिचित नहीं थे, इसे पढ़कर चौंक उठे।

पिताजी से सम्बन्धित वह सत्य कथा उनके कई मित्रों और परिचितों ने मुझे रस ले-लेकर सुनायी थी। हालाँकि सुनानेवाले व्यक्तियों के वर्णनों में किंचित परिवर्तनों के साथ मूल घटना का उल्लेख कायम रहा। यहाँ उस घटना को मैं उसी रूप में प्रस्तुत कर रहा हूँ जिस रूप में उसे सुना है तथा मेरे क्षेत्र में जिस रूप में प्रचारित है। वह घटना पिताजी के कॉलेज में एक महत्त्वपूर्ण आयोजन के सिलसिले में ही घटी थी।

हाँ, तो उस दिन एच.डी. जैन कॉलेज, आरा में एक विशिष्ट आयोजन था। प्राचार्य के साथ-साथ प्राय: सभी शिक्षक एवं छात्र उक्त आयोजन को सफल बनाने में जुटे थे। इस कार्य में कॉलेज के शिक्षकेत्तर कर्मचारी भी पूरे मन से लगे हुए थे। असल में एक अत्यन्त महत्त्वपूर्ण विषय पर 'व्याख्यान' का आयोजन किया गया था। उस आयोजन में भाग लेने के लिए सम्बन्धित विषय के अनेक विशेषज्ञ

बाहर से आ रहे थे। लेकिन विशेष आकर्षण मुख्य अतिथि डॉ.एन.डी. बोस को लेकर था। वे सम्बन्धित विषय के अन्तर्राष्ट्रीय स्तर के विद्वान थे। उनके आलेख देश और विदेश की स्तरीय पत्रिकाओं में सादर प्रकाशित किये जाते थे। उनकी पुस्तकों के अनुवाद प्राय: सभी प्रमुख भाषाओं में हो चुके थे। अपने विषय को लेकर वे राष्ट्रीय सलाहकारों में मुख्य थे। अपने विद्वत्तापूर्ण व्याख्यानों के चलते वे निरन्तर विदेशों की यात्राओं पर रहते। लोगों के अनुसार विदेशों में भारत का नाम रौशन करनेवालों में वे थे...! उन्होंने बड़ी मुश्किल से इस कॉलेज के लिए समय निकाला था, इसीलिए लोग विशेष रूप से जिज्ञासु और आकर्षित थे...।

कॉलेज के सेमीनार हॉल को ताजे फूलों से सजाया गया था। कॉलेज के मुख्य मार्ग से लेकर सेमीनार हॉल तक विभिन्न विद्वानों के नाम पर स्वागत-द्वार बनाये गये थे। कॉलेज परिसर में सुबह से ही सवारियों का आना-जाना लगा हुआ था। कॉलेज के आम्र-कुंजों में विभिन्न परिधानों में सजे शिक्षक और छात्र आगन्तुकों के स्वागत में तैयार थे। छात्राएँ भी उनके साथ थीं। कुल मिलाकर कॉलेज का दृश्य बेहद मनोहारी, सुसंस्कृत और अविस्मरणीय बन गया था...!

डॉ. एन.डी. बोस के आने और सेमीनार हॉल में पहुँचकर अपना स्थान ग्रहण करने तक व्याख्यान मंच की सारी तैयारी लगभग पूरी हो चुकी थी। सेमीनार हॉल खचाखच भर गया था। फिर भी आयोजकों की व्यग्र आँखों में किसी ख़ास व्यक्ति की कमी का एहसास झलक रहा था। इतने में आयोजकों में से एक ने खुशी में उछलते हुए कहा—"अरे, वह आ गये प्रो.बी. लाल!"

इस पर सबने उधर देखा। कॉलेज परिसर को लाँघते हुए प्रो.बी. लाल तेजी से चले आ रहे थे। साँवला रंग। लम्बी-तगड़ी कद-काठी। धोती कुर्त्ता पहने हुए। एक हाथ में धोती का छोर पकड़े तथा दूसरे हाथ में छाता थामे। अपनी चिरपरिचित चाल में किसी योद्धा की भाँति वे आ रहे थे।

अब आयोजकों में से एक दूसरे व्यक्ति ने चहकते हुए कहा—"अच्छा हुआ लाल साहब आ गये...! अब व्याख्यान जमकर होगा।"

इस पर एक तीसरे व्यक्ति ने कहा—"अरे भाई, उन्हें तो आना ही था...वे बाहर जा रहे थे तो उन्हें कहा गया था कि समय से आ जाइएगा...। उस वक्त मुस्कराते हुए उन्होंने जवाब दिया था कि समय नहीं निकल पाएगा। लेकिन मैं जानता था, वे आएँगे। ऐसे अवसरों पर वे चूकने वाले नहीं...!"

अब तक हॉल में बैठे शिक्षकों एवं छात्रों की निगाहें भी प्रो.बी. लाल की ओर चली गयी थीं। बस, सबके होंठ सुखद उत्साह से मुस्करा उठे।

दरअसल, प्रो.बी. लाल अपने एक आवश्यक कार्यवश आरा से बाहर गये थे। उक्त तिथि को वे लौट आएँगे, इसकी आशा नहीं थी। लेकिन ऐन वक्त पर

आ गये थे, इसीलिए सबों को सुखद आश्चर्य हुआ था। साथ ही आन्तरिक प्रसन्नता भी।

उक्त चर्चा सुन डॉ.एन.डी.बोस की नजरें भी लम्बे-लम्बे डग भरते हुए निकट आ रहे प्रो.बी. लाल की ओर गयीं। इस आदमी को लेकर लोग इतने उत्साहित क्यों हैं? अवश्य ऐसे अवसरों पर इसकी विशेष उपयोगिता रहती होगी। लेकिन निकट आने पर उस आदमी को देख उनका सारा उत्साह जाता रहा। वह किसी ठेठ किसान और पहलवान की तरह लगता था—वैसा ही रंग-रूप, वैसी ही कद-काठी और वैसा ही पहनावा...! डॉ.एन.डी. बोस से प्राचार्य ने उस व्यक्ति का परिचय कराया—''ये हमारे कॉलेज के तेजस्वी प्राध्यापक हैं प्रो.बी. लाल। मौलिक चिन्तक, प्रखर आलोचक और विलक्षण स्मरणशक्ति के धनी...! अब जबकि ये आ गये हैं, व्याख्यान के विषय की प्रस्तुति यही करेंगे...!''

डॉ.एन.डी. बोस के चेहरे पर खीझ और गुस्से की रेखाएँ उभर आयीं। शायद प्रो.बी. लाल से मिलकर उन्हें अच्छा नहीं लगा। शायद मन ही मन वे यह सोच रहे थे कि यह कैसा कॉलेज है कि निपट गँवार लगनेवाले शिक्षक को सब विद्वान मान बैठे हैं। अगर यह व्यक्ति विद्वान ही होता तो इस छोटे कॉलेज में ही नहीं पड़ा रहता और इसकी चर्चा उन्होंने भी अवश्य सुनी होती। तो क्या दादानुमा इस व्यक्ति की दादागिरी से डरकर सब इसे विद्वान मान बैठे हैं? छोटे ग्रामीण कॉलेजों में ऐसा भी होता है।

डॉ. एन.डी. बोस के चेहरे के भाव निरन्तर विद्रूप होते जा रहे थे। शायद उन्हें मन ही मन इस बात के लिए पछतावा भी हो रहा था कि वे कैसे कॉलेज में चले आये? लेकिन जब चले आये तो उन्हें झेलना ही है। शायद यही सोचकर वे चुपचाप बैठे रहे।

आयोजकों ने समय से कार्य का शुभारम्भ किया। कॉलेज की चुनी हुई छात्राओं द्वारा सस्वर वेदपाठ एवं स्वस्ति गान से आयोजन की शुरुआत हुई। इसके बाद प्राचार्य ने आगत अतिथियों का स्वागत किया—खासकर डॉ. एन.डी. बोस का! डॉ. बोस की विद्वत्ता और महानता पर वे देर तक बोलते रहे। उन्होंने डॉ. बोस की उपलब्धियों को एक-एक कर गिनाया तथा उन्हें इस शताब्दी का सर्वाधिक महत्त्वपूर्ण विद्वान साबित किया। साथ ही उनके आगमन से इस कॉलेज को धन्य एवं गौरवान्वित हुआ भी बताया। इसके बाद प्रो. बी. लाल को व्याख्यान के विषय की प्रस्तुति के लिए आमन्त्रित किया।

डॉ. एन.डी. बोस ने देखा, प्रो.बी. लाल उठकर माइक की ओर ऐसे चले जैसे अखाड़े में किसी से लड़ने जा रहे हों!...मोटी गर्दन, खुरदरे हाथ-पाँव, बड़ी-बड़ी आँखें, बुलन्द शरीर...! यहाँ फिर उन्हें अच्छा नहीं लगा। उनका मन कसैला

हो गया। लेकिन यह क्या! प्रो. बी. लाल के माइक के समीप पहुँचते ही पूरा हॉल तालियों से गूँज उठा...! डॉ. एन.डी. बोस की जिज्ञासा तीव्र हो गयी। उन्हें लगा, अवश्य कुछ बात है। वे ध्यान से सुनने लगे।

प्रो. लाल ने अपने वक्तव्य को तीन खंडों में व्यक्त किया। प्रथम खंड में उन्होंने विषय की प्रस्तुति पर अपना वक्तव्य दिया। इस क्रम में उनका एक-एक शब्द तथ्यपूर्ण और सधा हुआ-गहन पांडित्य से ओत-प्रोत। प्रस्तुति की भाषा स्तरीय, सामग्री ठोस और अन्तर्राष्ट्रीय सूचनाओं से पूर्ण विवरण! डॉ. बोस हैरत में पड़ गये। वे आश्चर्य से प्रो.बी. लाल की ओर देखते रहे। शायद अपनी पिछली धारणाओं के लिए वे मन ही मन लज्जित हो रहे थे। उन्होंने देखा, प्रो. बी. लाल के वक्तव्य ने पूरे हॉल को आश्चर्यजनक रूप से शान्त एवं ध्यानमग्न कर दिया था। सभी श्रोता मन्त्रमुग्ध हो उनकी प्रस्तुति में खो गये थे। डॉ. बोस को लगा, सचमुच यह आदमी गुदड़ी में लाल है। इसकी जिह्वा पर तो सरस्वती का वास है। उन्हें मन ही मन यह भी लगने लगा कि उक्त व्याख्यान के लिए वे जो अपना सारगर्भित आलेख तैयार कर लाये हैं उससे तो अच्छी सामग्री इस आदमी ने इस विषय की प्रस्तुति के दौरान दे दी...! इसे तो दिल्ली में होना चाहिए था...! वे प्रो. बी. लाल को श्रद्धायुक्त नेत्रों से देखने लगे...!

अब अपने वक्तव्य के दूसरे खंड में प्रो. लाल उक्त विषय पर विद्वानों की सम्भावनाओं को व्यक्त करने लगे। लेकिन यह क्या? इस बार उन्होंने ज्यों ही बोलना शुरू किया, डॉ. बोस को अपने पाँव के नीचे की धरती खिसकती जान पड़ी। जिस शीर्षक से अपना जो आलेख तैयार कर वे लाये थे, प्रो. बी. लाल बिल्कुल उसे ही बोल रहे थे। एक क्षण के लिए यह सोचकर डॉ. बोस ने अपने मन को ढाढ़स दिया कि शायद विद्वान होने की वजह से प्रो. बी. लाल की बातें उनकी बातों से मेल खा रही हों...इसीलिए वे गौर से सुनने लगे। लेकिन नहीं, वे तो पूरी तरह उन्हीं का आलेख बोल रहे थे—एक-एक वाक्य, एक-एक शब्द, कामा, फुलस्टॉप तक अक्षरशः हू-ब-हू! डॉ. बोस घबरा गये। उनका आलेख किसी ने गायब तो नहीं किया! वे जल्दी-जल्दी अपना कीमती बैग खोल देखने लगे। उनका आलेख उनके पास सही-सलामत मौजूद था। फिर ये उसे व्यक्त कैसे कर रहे हैं? वे हैरत में पड़ गये! उनका यह ताज़ा आलेख किसी पत्रिका में भी नहीं छपा था तथा किसी अन्य छपे आलेख से कतई साम्य भी नहीं रखता था। किसी पुस्तक से भी उन्होंने उक्त सामग्री नहीं ली थी। अपने मौलिक चिन्तन से उस आलेख की रचना की थी। लेकिन प्रो. बी. लाल उसे कहाँ पा गये? यह तो तय है कि उक्त आलेख प्रो. बी. लाल ने पढ़ा है! चिन्तन के धरातल पर कुछ हद तक किसी के विषय से सहमत हुआ जा सकता है। लेकिन पूरी की

पूरी पांडुलिपि कहीं अक्षरशः एक दूसरे से मिल जाए, यह कहाँ सम्भव?

प्रो. बी. लाल पूर्ववत बोलते जा रहे थे। डॉ. बोस ने लक्ष्य किया, उनके आलेख का कोई भी वाक्य छूटने न पाता था और न उसे परिवर्तित करके ही बोला जाता था। जैसे पूरा आलेख कंठस्थ कर लिया गया हो, उसी रूप में व्यक्त किया जा रहा था।

डॉ. बोस की चिन्ता और परेशानी बढ़ती जा रही थी। सर्दियों के मौसम में भी वे पसीने से भीगने लगे थे। वे मानसिक धरातल पर तीव्र गति से इस खोज में लगे थे कि प्रो.बी. लाल ने उनके आलेख को कहाँ पढ़ा? फिर हठात् उन्हें स्मरण आया कि ट्रेन में वे अपना आलेख करेक्शन कर रहे थे तो कुछ लोग उनके आसपास बैठे थे। असल में व्यस्ततावश टाइप होने के बाद वह आलेख उन्होंने दुबारा नहीं देखा था, इसीलिए टाइप की भूलों को दुरुस्त कर रहे थे। वह मुगलसराय जंक्शन था। सुबह हो गयी थी और अनेक यात्री उनके डिब्बे में आकर बैठ गये थे। उन्हें अब स्पष्ट याद आ रहा था कि अपने माथे पर अंगोछा लपेटे, चादर ओढ़े और अपने कुर्ते की जेब से निकालकर भुँजा फाँकते हुए एक व्यक्ति उनके निकट ही बैठा था जो उनके आलेख को देखे जा रहे था। तब उन्हें लगा था कि कोई ग्रामीण या सामान्य पढ़ा-लिखा व्यक्ति है जो ऐसे ही देख रहा है। लेकिन अब उन्हें साफ लग रहा था कि वे यही थे। इनका चेहरा अँगोछा और चादर की आड़ में था, फिर भी जो अंश बाहर था, उससे मिलान करने पर बिलकुल इसी व्यक्ति को वे पा रहे थे। आरा स्टेशन पर गाड़ी रुकते ही यह व्यक्ति अपने बलिष्ठ शरीर से भीड़ को पीछे धकेलते हुए आगे निकल गया था...

लेकिन डॉ. बोस समझ नहीं पा रहे थे कि एक नजर देख लेने भर से ही इस आदमी ने उक्त आलेख को अक्षरशः कंठस्थ कैसे कर लिया? वे सुन रहे थे, उनके उस आलेख को वह व्यक्ति बिना रुकावट के अविराम बोलता चला जा रहा था। उन्हें सब कुछ रहस्यभरा लग रहा था—बेचैन कर देनेवाला रहस्य। उन्होंने ऐसा आदमी अपने जीवन में अब तक नहीं देखा था। लेकिन फिलहाल इस रहस्य से भी अधिक वे अपने को एक दूसरे संकट में महसूस कर रहे थे। अब वे क्या पढ़ेंगे? लोगों के सामने कौन-सी बात कहेंगे? इस आदमी ने तो भरी सभा में उन्हें निर्वस्त्र कर दिया...! बिना लड़े ही उन्हें चित कर दिया। ऐसी पराजय तो पहले कभी नहीं हुई थी। उन्होंने अपने मन को चिन्तित, पीड़ित, परेशान और संकट के कठघरे में पाया...!

प्रो. बी. लाल अब अपने वक्तव्य के तीसरे खंड में आ गये थे, जिसमें वे पूर्व व्यक्त सम्भावना की सम्यक् समीक्षा कर रहे थे। डॉ. बोस उनकी समीक्षा सुनकर भी दंग रह गये, साथ ही धराशायी भी। कारगर शब्दों में ऐसी पैनी और

दो टूक समीक्षा इससे पहले उन्होंने नहीं सुनी थी। सच तो यह है कि अपने आलखे की रचना के बाद वे इस मुगलाते में थे कि इस दुर्ग को कोई भेद नहीं सकेगा। लेकिन प्रो. बी. लाल के एक ही प्रहार से उस दुर्ग की ईंटें भहरा गयीं थीं, जमीन धँसने लगी और सारा निर्माण कमजोर सिद्ध हो गया। प्रो. बी. लाल ने जोरदार शब्दों में यह बताया कि उक्त दुर्ग की जमीन पुलपुली है, दुर्ग में इस्तेमाल सामग्री कच्ची है तथा निपुण हाथों ने नहीं बनाया है, इसीलिए यह कतई टिकाऊ और ठोस नहीं... !

डॉ. बोस उनकी समीक्षा सुन हतप्रभ रह गये। हतप्रभ और निरुत्तर! एकदम बेबाक और खरी समीक्षा... ! नयी व्याख्या! अगर इस दृष्टि से पहले उन्होंने सोचा होता तो इस आलेख की रचना वे नहीं करते। उक्त समीक्षा सुनने के बाद उन्हें अब अपना आलेख हल्का और कमजोर लगने लगा। वे समझ नहीं पा रहे थे कि यह आदमी कैसा है? क्यों इस छोटी जगह में पड़ा हुआ है? उन्होंने सपने में भी नहीं सोचा था कि ऐसी छोटी जगह में इस तरह की असाधारण प्रतिभा से उन्हें पाला पड़ेगा? लेकिन फिलहाल उन्हें इस विषय पर सोचने का अवसर कहाँ? वे तो इस चिन्ता से दुहरे होते जा रहे थे कि जब उनकी बारी आएगी तो क्या बोलेंगे? इस व्यक्ति ने उन्हें कहीं का नहीं छोड़ा था...

इस बीच प्रो. बी. लाल का वक्तव्य समाप्त हो गया। सेमीनार हॉल एक बार फिर तालियों से गड़गड़ा उठा। अब कुछ चुने हुए वक्ता बारी-बारी से आने लगे। लेकिन, जैसा कि प्रो.बी. लाल ने परती जमीन पर बैलगाड़ी चला लीक बना दी थी, अन्य वक्ता उसी पर चलते नज़र आये। उनमें से किसी ने भी उक्त लीक से हटकर कुछ कहने की सामर्थ्य नहीं दिखाई... ! पर डॉ. बोस ने अन्य वक्ताओं को सुना भी कहाँ? वे तो घबराहट, चिन्ता और बेचैनी में अब तक दो गिलास पानी पी चुके थे कि काश! उनकी बारी न आये? लेकिन यह कहाँ सम्भव? वे तो मुख्य अतिथि थे। उनकी विशिष्ट बारी थी। उनसे पूर्व कुछ चुने हुए वक्ताओं से इसीलिए बोलवा लिया गया था कि उनके बाद फिर किसी को सुनाता ही कौन? सब तो उन्हीं के आकर्षण में बैठे थे। और अन्ततः वह समय आ ही गया जब माइक पर उन्हें सादर निमन्त्रित किया गया।

डॉ. बोस काँपते हुए-से उठे जैसे उनके कदमों में दम ही न हो, जैसे अन्दर से निचोड़ लिये गये हों। माइक पर उनके लब्ज थरथराते-से जान पड़े। उन्होंने खँखार कर गला साफ किया और अन्ततः सच्ची बात कह दी—"इस आयोजन के लिए मैं विशेष रूप से अपना आलेख तैयार करके लाया था...लेकिन प्रो.बी. लाल ने अपनी प्रस्तुति में उन सारी बातों का जिक्र कर दिया, जो मेरे आलेख में वर्णित हैं।...साथ ही उक्त आलेख की मुकम्मिल समीक्षा भी कर दी... ! अब

मेरे पास कोई नयी बात नहीं कि कह सकूँ...! ऐसे विद्वान और तेजस्वी व्यक्ति को मेरा हार्दिक धन्यवाद और बौद्धिक नमन!''

सेमीनार हॉल एक बार फिर तालियों से गूँज उठा। इस बार सबकी निगाहें सहसा प्रो. बी. लाल की ओर चली गयीं, जो मंच के एक कोने में बैठे मुस्करा रहे थे...।

सभा की समाप्ति के बाद जब डॉ. बोस ने एकान्त में आयोजकों से अपने मन का रहस्य प्रकट किया तो वे ठहाका मारकर हँस पड़े। उनसे उन्हें जो जानकारी मिली उसने उनके आश्चर्य को और बढ़ा दिया। आयोजकों ने बताया कि प्रो. लाल की स्मरण-शक्ति अद्भुत है—फोटोग्राफिक मेमोरी! कि उनके लिए किसी आलेख को देखकर याद कर लेना तो मामूली बात है। कि बचपन से लेकर आज तक उन्होंने जो कुछ पढ़ा है उन्हें अक्षरशः याद है। कि राजेन्द्र कॉलेज, छपरा में जब वे आई.कॉम. के विद्यार्थी थे तो बी.कॉम. का क्लास लेते थे। कि राजेन्द्र बाबू के बाद वे दूसरे बिहारी हैं जिनकी उत्तरपुस्तिका पर यह लिखा गया कि परीक्षार्थी परीक्षक से ज़्यादा योग्य है। इसी कारण राजेन्द्र कॉलेज में उन्हें प्राध्यापक नियुक्त कर लिया गया कि इस क्षेत्र में अपने विषय के वे पहले विद्वान हैं, जिन्हें बी.कॉम. के बाद ही कॉलेज-प्राध्यापक बना दिया गया है। कि एक बार कॉलेज शिक्षकों के बीच इस बात को लेकर प्रतियोगिता हुई कि किसी एक दिन का समाचार-पत्र पढ़कर कौन कितना बता सकता है? इस प्रतियोगिता में किसी ने कुछ शीर्षकों को बताया, तो किसी ने कुछ मुख्य समाचारों को। लेकिन प्रो. बी. लाल ने पूरे समाचार-पत्र को कामा, फुलस्टॉप के साथ अक्षरशः व्यक्त कर दिया कि मात्र विलक्षण स्मरण-शक्ति के ही वे धनी नहीं, तेजस्वी प्राध्यापक, मौलिक चिन्तक और प्रखर आलोचक भी हैं। कि एक बार भूल से वे अँग्रेजी आनर्स के क्लास में चले गये। इस पर लड़के हँस उठे—''सर! यह अँग्रेजी का क्लास है...आपके विषय का नहीं!''

छात्रों की यह बात उन्हें लग गयी। बस, गम्भीर होकर पूछ दिया—''क्या पढ़ाना है?''

इस पर छात्रों ने शेक्सपियर का एक नाटक उनके सामने रख पुनः हँस दिये। लेकिन छात्रों की इस चुनौती के जवाब में उन्होंने शेक्सपियर के उस नाटक पर ऐसा लेक्चर दिया कि सारे छात्र आश्चर्य में पड़ गये। उन छात्रों ने हाथ जोड़कर उनसे क्षमा माँगी और उनके भक्त हो गये। उन्हीं छात्रों ने प्राचार्य से कह अँग्रेजी आनर्स में उनका एक नियमित क्लास लगवा दिया। दूसरे विषय के शिक्षक को दूसरे विषय का क्लास दिया गया, ऐसे हैं प्रो.बी. लाल। कि वे ऑल राउन्डर

हैं। कि साहित्य, विज्ञान, दर्शन किसी भी विषय पर उन्हें छेड़कर देखिये, आपके सारे प्रश्नों का बना-बनाया जवाब उनकी जिह्वा पर मिलेगा। कि हम लोग तो उन्हें 'इन्टेलेक्चुअल जायन्ट' कहते हैं...

डॉ. बोस को सब कुछ अजीब लगा। अपनी जानकारी के तहत वे जितने विद्वानों को जानते थे, किसी को भी ऐसी विलक्षण प्रतिभा से सम्पन्न नहीं पाते थे। लेकिन ऐसा होते हुए भी यह व्यक्ति इस छोटे शहर के गली-कूचे में क्यों पड़ा हुआ है? उन्होंने आयोजकों से अपने मन की यह जिज्ञासा भी प्रकट की। जवाब में आयोजकों ने बताया कि छोटी जगह में रहने के चलते प्रो.बी. लाल मीडिया से दूर बने हुए हैं। इसके मूल में अपनी खेती-बारी से उनका गहरा लगाव रहा है। यहाँ कॉलेज में पढ़ाते हुए वे अपने गाँव की खेती-बारी भी सँभाल लेते हैं। वे जितने विद्वान हैं, उससे अधिक किसान हैं। अपनी प्रतिभा के बारे में तो उन्होंने कभी यह सोचा भी नहीं कि इसका राष्ट्रव्यापी उपयोग भी किया जा सकता है। उनका सारा ध्यान तो अपनी खेती-गृहस्थी पर केन्द्रित रहा है। कॉलेज से छूटते ही अपने गाँव भागते हैं...।

इन सूचनाओं ने डॉ. बोस की श्रद्धा उनके प्रति और बढ़ी दी। उन्होंने मुँह से कुछ नहीं कहा। लेकिन अन्दर ही अन्दर शिद्दत से महसूस किया कि सचमुच विद्वान होते हुए किसान बने रहना कितनी बड़ी बात है?

दूसरे दिन उसी विषय पर कुछ चुने हुए स्थानीय प्राध्यापकों के आलेख पढ़े जाने थे। उस पर निर्णायक वक्तव्य डॉ. बोस को ही देना था। लेकिन आयोजकों के लाख कहने पर भी वह दूसरे दिन के लिए नहीं रुके। उन्होंने कहा, प्रो.बी. लाल से निर्णायक वक्तव्य दिलवा लीजिए...! वे योग्य व्यक्ति हैं। असल में प्रो.बी. लाल को सुनने के बाद वे हतप्रभ हो गये थे। प्रो.बी. लाल द्वारा व्यक्त तर्क, तथ्य और व्याख्याओं से उनका मन-मस्तिष्क आच्छादित था। प्रो.बी. लाल की वाणी उन्हें पीछा करती-सी जान पड़ रही थी।

जाने से पूर्व प्रो.बी. लाल से मिलने के लिए वे उनके आवास पहुँचे। उन्होंने सोचा, प्रो.बी. लाल का आवास भी अपने ढंग का होगा। लेकिन वहाँ पहुँचने पर कुछ और विचित्र अनुभव उन्हें हुए। उस शहर में प्रो. लाल का कोई अपना आवास नहीं। कॉलेज के नवादा छात्रावास में वे रहते थे। छात्रावास के तीन हिस्सों में छात्र और एक हिस्से में शिक्षक। फिर भी प्रो.बी. लाल खुश और मस्त! जिस वक्त डॉ. बोस उनके कमरे में पहुँचे, वे चौकी पर बैठे प्रेम से खाना खा रहे थे—भात, दाल और आलू का चोखा। उन्होंने डॉ. बोस को आदर से बैठाया। लेकिन उनका खाना देख डॉ. बोस का माथा ठनक गया। बैठते ही वे पूछ उठे—"आपके

खाने में ब्रेड, फल, दूध, अंडे और हरी सब्जियाँ नहीं...आप जो खा रहे हैं वह तो स्वास्थ्य के लिए कतई हितकर नहीं...!''

इस पर प्रो.बी. लाल ने तत्क्षण जवाब दिया—''क्या हितकर है और क्या अहितकर, इसे निर्णायक रूप से नहीं कहा जा सकता। यह खानेवाले लोगों को भी स्वस्थ और दीर्घायु पाया गया है तथा 'वह' खाना खानेवालों को भी अस्वस्थ और अल्पायु। इसके अतिरिक्त भोजन स्थान और क्षेत्र विशेष पर भी निर्भर करता है। आलू को पेट खराब करनेवाला और मधुमेह जैसी बीमारी का जनक खाद्य माना जाता है, लेकिन एक जगह ऐसी है जहाँ के लोगों के लिए आलू ही मुख्य है। इसी तरह मिर्च-मसालों और खट्टी चीजों को स्वास्थ्य के लिए हानिकारक बताया जाता है लेकिन एक क्षेत्र विशेष के लोगों की प्रिय चीजें हैं ये। दरअसल, जिस क्षेत्र में जो खाद्य-सामग्री सामान्य रूप से उपलब्ध होती है, वही उस क्षेत्र की मुख्य खाद्य-सामग्री बन जाती है।''

यह सुन डॉ. बोस असमंजस में पड़ गये। वे समझ नहीं पा रहे थे कि अब क्या जवाब दें? लेकिन प्रो.बी. लाल ने अतिथि के रूप में आये डॉ. बोस का यह असमंजस तोड़ लिया, इसीलिए हँसते हुए कहा—''आज मेस बन्द है। नौकर ने जो बना दिया, वही खा रहा हूँ। मैंने जो उदाहरण दिये, वह सब अपवाद हैं। अपवादों को आदर्श नहीं बनाया जा सकता। मैंने तो यों ही हँसने के लिए कह दिया। मैं आपकी राय से सहमत हूँ।''

अब डॉ. बोस ने पूछा—''आप परिवार साथ नहीं रखते? परिवार के अन्य लोग कहाँ रहते हैं?''

उन्होंने जवाब दिया—''गाँव पर।''

इस पर डॉ. बोस ने कहा—''आपको परिवार साथ रखना चाहिए। अकेले आपको काफी असुविधाओं का सामना करना पड़ता होगा। लिखने-पढ़नेवाले आदमी के लिए परिवार के साथ रहना आवश्यक है।''

इस पर प्रो.बी. लाल ने फिर चुटकी ली—''मैं ऐसा नहीं मानता। परिवार से सुविधाएँ कम, असुविधाएँ ही ज़्यादा मिलती हैं। फिर मैं यहाँ रहता ही कहाँ, गाँव जाता रहता हूँ। यह आवास तो शहर में मेरा ठहराव मात्र है...। मेरी पत्नी और बच्चे गाँव पर हैं। कॉलेज की मेरी छुट्टियाँ गाँव पर ही बीतती हैं।''

डॉ. बोस को मालूम था, इधर के कॉलेज सेक्रेटरी कॉलेज थे, जहाँ वेतन के नाम पर शिक्षकों को उचित राशि नहीं मिलती। अगर शिक्षक अपनी नौकरी के साथ खेती-गृहस्थी या अन्य कोई व्यवसाय न करें तो अपने कुटुम्ब का भरण-पोषण नहीं कर पाएँगे। इस स्थिति को ध्यान में रखकर डॉ. बोस ने कहा—''आप दिल्ली के किसी अच्छे संस्थान में क्यों नहीं आ जाते? आप तो जीनियस हैं।

कोई भी संस्थान आपको रखकर गर्व का अनुभव करेगा।''

इस बार प्रो.बी. लाल ने कोई जवाब नहीं दिया। सिर्फ मुस्कराते हुए डॉ. बोस की ओर अर्थपूर्ण दृष्टि से देखा।

इससे पूर्व कि डॉ. बोस कुछ और पूछते, प्रो.बी. लाल से मिलने के लिए कुछ छात्र आ गये। उनके हाथों में कापियों और किताबें थीं। यह देख डॉ. बोस ने कहा—''अब मैं चलता हूँ। शाम 6.20 की गाड़ी से दिल्ली लौट रहा हूँ। सोचा, जाने से पहले आपसे मिल लूँ। आपको मेरा कोटिशः साधुवाद!''

इस पर प्रो. बी. लाल ने भी छूटते ही कहा—''मैं तो आपसे मिलने आ ही रहा था। लेकिन आप स्वयं मेरे पास आ गये, सचमुच मुझे बहुत अच्छा लगा। यही सच्चा अपनापा है। मेरा हार्दिक सम्मान स्वीकारें!'' और प्रो. बी. लाल के चेहरे पर स्नेह और आत्मीयता के वास्तविक भाव छलछला आये। उन्होंने डॉ. बोस एवं उनके साथ आये आयोजक बन्धुओं को अपने कमरे में उपस्थित छात्रों की ओर संकेत करते हुए कहा—''मैं इन लोगों से छूटते ही स्टेशन आ रहा हूँ। आपकी गाड़ी के समय मैं स्टेशन पर उपस्थित रहूँगा।''

डॉ. बोस उनके कमरे से निकल आयोजकों के साथ चल पड़े। जानकारी के लिए उन्होंने पुनः आयोजकों से पूछा तो उन्हें पता चला कि वे विद्यार्थी एम.कॉम. के छात्र हैं। प्रो.बी. लाल के पास अपने विषय से सम्बन्धित कुछ पूछताछ के लिए आये हैं! वे ट्यूशन नहीं पढ़ाते। ऐसे ही छात्रों की मदद कर दिया करते हैं।

प्रो. बी. लाल के आवास से लौटते हुए डॉ. बोस का आश्चर्य और बढ़ गया—आश्चर्य और महत्त्व दोनों साथ-साथ। वे अपने विचारों में प्रो.बी. लाल के लिए जो भी चौखटा बनाते, प्रो. बी. लाल उससे बड़े साबित हो जाते। इस बिन्दु पर डॉ. बोस ने अपनी कई मान्यताओं को ढहते हुए पाया कि वही सत्य नहीं है, जो चर्चाओं में है। सत्य का एक महत्त्वपूर्ण हिस्सा चर्चाओं से बाहर है। कि उन्नति और विकास के रास्ते महानगर में अवश्य खुलते हैं। लेकिन सच्ची उन्नति और आन्तरिक विकास गाँवों या छोटे शहरों में रहकर भी हो सकता है। कि सवाल यह नहीं कि कौन कितनी दूर तक जाना जाता है? सवाल यह कि किसकी प्रासंगिकता और सार्थकता कितनी है?

आयोजकों में कुछ प्रो. बी. लाल के शिष्य थे। उनमें से एक बिन्देश तो उनका निकटस्थ था। वह उन्हें अच्छी तरह जानता था। उनके प्रति डॉ. बोस की जिज्ञासा और जानने की विस्तृत इच्छा देख उसने बताना शुरू किया प्रो.बी लाल अजीब जीवट के आदमी हैं। अभी ये यहाँ नज़र आ रहे हैं, लेकिन रविवार या किसी छुट्टी के दिन खोजिए तो अपने गाँव में खेतों की मेड़ों पर घूमते नज़र आएँगे।

यहाँ शहर में अध्यापकी और वहाँ गाँव में खेती-गृहस्थी दोंनो साथ-साथ कर लेते हैं। एक-एक दिन का हिसाब उनके पास रहता है। उन्होंने इस असम्भव को सम्भव कर दिया है कि खेती और नौकरी दोनों साथ-साथ नहीं की जा सकती। कि वे सही अर्थों में जमीन के आदमी हैं। अपने खेतों से गहरा लगाव है उन्हें। उनका हृदय एक सच्चे किसान का है। खेत की मिट्टी हाथों में लेकर ही बता देते हैं कि यह ऊसर जमीन है या खेतिहर? खड़ी फसल में लगे अनाजों का तो पक्का अन्दाज उनके पास होता है। फसलों को भर नज़र देखकर ही बता देते हैं कि बीघे पीछे कितने अनाज हैं। कई बार लोग आजमाकर देख चुके हैं। उनके इस अन्दाज का लोहा सारा गाँव मानता है।

अपने गाँव और वहाँ के लोगों से उन्हें बेहद प्यार है। उनके मन में ग्रामवासियों के विकास के लिए कई योजनाएँ हैं। उनका दालान गाँव की सबसे मशहूर चौपाल है। यहाँ से गाँव पहुँचते ही उनकी चौपाल जम जाती है। देश-विदेश के नये समाचारों से वे गाँव के लोगों को अवगत कराते रहते हैं। गाँव में अपने हमउम्र व्यक्तियों के साथ उन्हें खेती-बारी की चर्चा करते देख कोई कह ही नहीं सकता, कि वही प्रो.बी. लाल हैं।

गाँव में शादी-ब्याह के अवसर पर तो सबसे अधिक याद किये जाते हैं। उस वक्त पूरी बारात की इज्जत उन्हीं पर होती है। लोग शादी तय होते ही उनकी स्वीकृति के लिए उनके पास आने लगते हैं। लेकिन अगर किसी कारणवश वे किसी बारात में उपस्थिति नहीं होते तो उस बारात का सारा मजा ही किरकिरा हो जाता है। असल में, उधर के गाँवों में बारात के अवसर पर सवाल-जवाब करने की परम्परा काफी समय से चली आ रही है। वर पक्ष और कन्या पक्ष के लोग एक-दूसरे से गहन और जटिल विषयों पर सवाल-जवाब करते हैं। इस क्रम में जो पक्ष जीत जाता है, वह ठहाके लगाता और श्रेष्ठ माना जाता है तथा जो निरुत्तर होकर हार जाता, वह मौन हो दूसरे पक्ष की श्रेष्ठता स्वीकार करता है। इस सवाल-जवाब के दंगल में प्रो.बी. लाल अब तक अजेय साबित हुए हैं। बारातों में लोग उन्हें सादर डोली पर बैठाकर ले जाते हैं। प्रारम्भ में तो बारात में अन्य 'पढ़े-लिखे लोग सवाल-जवाब शुरू करते हैं, लेकिन जैसे ही कोई गूढ़ प्रश्न सामने आता है, प्रो.बी. लाल खड़े हो जाते हैं। फिर क्या मजाल कि उनके जवाब को कोई काट सके और उनके अकाट्य तर्कों और प्रश्नों का उत्तर दे सके। बारात हर्ष-ध्वनि और विजयोल्लास से गूँज उठती है। खूब मजा आता है बारातियों को। तालियों से पूरा माहौल ध्वनित हो उठता है। इस क्रम में अब तो उनका ऐसा असर कायम हो गया है कि उनका नाम सुनते ही बारातियों का दूसरा पक्ष काँप उठता है। उनसे प्रश्न करने की किसी को हिम्मत नहीं होती। एक बार उन्हें

छिपाकर एक बारात में ले जाया गया। दूसरे पक्ष को यह मालूम नहीं था कि वे हैं। बस, उस पक्ष के लोग तैश में सवाल दाग उठे। लेकिन यह क्या? प्रो.बी. लाल जैसे ही खड़े हुए, सवाल दागने वाला वह व्यक्ति उनके पैरों पर गिर गया। वह उन्हीं का एक तेजस्वी छात्र था। कहने लगा—''सर, मुझे मालूम नहीं था कि आप भी इस बारात में आये हैं।''

यहाँ से उनके गाँव की यात्रा मात्र दो घंटे की है। प्रत्येक शनिवार को अपना क्लास पूरा कर गाँव चल पड़ते हैं और सोमवार को कॉलेज के समय यहाँ लौट आते हैं। आरा-सासाराम लाइट रेलवे के जिस ट्रेन से आते-जाते हैं, उसमें यात्रा करनेवाले यात्रियों के आकर्षण के केन्द्र बने रहते हैं। इस छोटी लाइन के नियमित यात्री उनके विशिष्ट व्यक्तित्व और विलक्षण प्रतिभा से अवगत हैं। भीड़ में भी लोग उनके लिए जगह बनाकर उन्हें सादर बैठाते है। फिर किसी सामयिक या गम्भीर विषय पर कोई उनसे कुछ पूछ देता है, बस वे शुरू हो जाते हैं और अपना स्टेशन नोनार आने तक उस विषय के विवध पक्षों का विश्लेषण-मूल्यांकन करते रहते हैं।

एक बार तो दर्शनशास्त्र के एक लेखक के साथ उन्होंने जोरदार चुटकी ली। उक्त लेखक अपनी पहली पुस्तक प्रकाशित होने के बाद उसकी प्रति लेकर उनके पास आया था। वह उनकी प्रतिक्रिया जानना चाहता था। बस, वे पुस्तक हाथ में लेकर उलटने-पलटने लगे। फिर उस दार्शनिक लेखक की ओर देखकर मुस्कराये। इसके बाद रहस्यपूर्ण वाणी में पूछा—''यह पुस्तक लिखने से पहले आपने दर्शनशास्त्र की अमुक-अमुक पुस्तकों को पढ़ा है न?''

वह लेखक सकते में आ गया। इन्होंने यह सब कैसे जान लिया? इसके बाद प्रो. बी. लाल ने कलम लेकर उस पुस्तक के खास-खास अंशों को चिह्नित करना प्रारम्भ किया कौन अंश किस तरह हेरफेर करके किस पुस्तक से लिया गया है...! उसने इतनी चतुराई से इधर-उधर की सामग्री अपनी पुस्तक में पचायी थी कि अबतक कोई भाँप नहीं सका था। लेकिन ये तो हंस की तरह दूध और पानी को अलग करने लगे थे। उड़ती चिड़िया को भी हल्दी लगानेवाले साबित हुए। वह किसी तरह उनसे जान छुड़ाकर भागा। लेकिन यह आश्चर्य कि उसी पुस्तक को प्रान्तीय सरकार ने पुरस्कृत किया तथा उक्त लेखक को एक प्रसिद्ध आयोग की सदस्यता प्रदान की। इस पर जब हम लोगों ने लाल साहब की प्रतिक्रिया जाननी चांही तो वे मुस्कराते हुए बोले—''उसने जिस उद्देश्य से लिखा, उसमें वह सफल रहा। उसका उद्देश्य किसी मौलिक पुस्तक की रचना नहीं, राज्याश्रय प्राप्त करना था। लेकिन इससे उसकी पुस्तक मौलिक नहीं हो जाएगी...। पुरस्कार किसी कृति का वास्तविक मूल्यांकन नहीं होता और न उससे उस कृति के स्तर

का निर्धारण ही होता है। समय सबसे बड़ा नियामक होता है। क्या वजह है कि एक जमाने की पुरस्कृत कृतियाँ आज अप्रासंगिक हो गयी हैं और उसी जमाने की वे सार्थक कृतियाँ जो पक्षपात की वजह से अपना प्राप्य नहीं पा सकी थीं, आज प्रासंगिक साबित हो रही हैं।''

प्रो.बी. लाल के बारे में यह सब जान डॉ. बोस को जहाँ एक ओर सुखद आश्चर्य हो रहा था, वहीं दूसरी ओर वे यह सोचने के लिए भी बाध्य हो गये थे कि ऐसी विलक्षण प्रतिभा का उपयोग कितने सतही ढंग से हो रहा है। इसका उपयेाग तो बड़े स्तर पर होना चाहिए था। इस छोटी जगह में इस बड़ी प्रतिभा का यह उपयोग सस्ता और हास्यापदक नहीं तो और क्या है? यहाँ जिस तरह की भूमिकाओं को वे अन्जाम दे रहे हैं, वह तो तलवार से सूई का काम लेने और बन्दूक से चींटी मारने जैसा है। इस आदमी की प्रतिभा का अगर राष्ट्रीय पैमाने पर उपयोग हो तो उससे पूरा देश लाभान्वित हो सकता है। इस आदमी को दिल्ली से चलना चाहिए।

और प्रो.बी. लाल के स्टेशन पहुँचते ही डॉ. बोस ने उनसे पहला सवाल यही किया—''आपके बारे में बिंदेश से मैं बहुत कुछ जान चुका हूँ। यहाँ आपकी प्रतिभा के लिए अनुकूल अवसर और माहौल नहीं और यहाँ उसकी वास्तविक उपयोगिता भी नहीं...। उसका इस्तेमाल राष्ट्रीय पैमाने पर होना चाहिए!''

इस पर प्रो.बी. लाल मुस्कराते हुए बोले—''बिंदेश की बातों पर मत जाइए...यह मेरा शिष्य है! यह तारीफ नहीं करेगा तो और क्या कहेगा?''

डॉ. बोस को लगा, प्रो.बी. लाल ने जानबूझकर उनके सवाल को टाल दिया है। लेकिन वे कब माननेवाले थे। इस बार उन्होंने अपने सवाल को और स्पष्ट रूप में व्यक्त किया—''मैं स्वयं भी आपको जान चुका हूँ। सचमुच आपकी प्रतिभा का उपयोग देश के स्तर पर होना चाहिए। यहाँ उसकी कोई सार्थकता नहीं..! आप अनुकूल स्थान और स्थिति को पा सकें और अपनी प्रतिभा से देश को गौरवान्वित कर सकें, इसके लिए मैं पूरी तरह आपके साथ हूँ...!''

प्रो.बी. लाल ने अपने प्रति डॉ. बोस की इस सदाशयता के लिए उन्हें हार्दिक साधुवाद दिया, फिर उनके प्रश्न का उत्तर देते हुए कहा—''देश के स्तर पर कुछ किया जाए, सचमुच यह समझना बहुत कठिन है... 'देश' शब्द का अर्थ आज भ्रामक और बहुआयामी हो गया है। क्या 'देश' भौगोलिक परिधि को ही समझा जाए या वहाँ निवास करनेवाली जनता को या वहाँ शासन करनेवाले चन्द शासकों को...?''

प्रो.बी. लाल का यह पैना उत्तर सुन डॉ. बोस का मुँह खुला का खुला रह गया। कैसी पारखी दृष्टि है इनके पास और कितना सच कहा है! क्या शासक

वर्ग को ही देश समझा जाए और उनके शासन क्षेत्र के अन्तर्गत पड़नेवाले भौगोलिक भू–भाग को? लेकिन इससे अलग अगर जनता देश है तो फिर कहीं रहकर सेवा की जा सकती है...!

डॉ. बोस हतप्रभ रह गये। एक क्षण के लिए उन्हें यह सूझ ही नहीं रहा था कि अब कुछ और कैसे पूछें? यह आदमी तो कन्धे पर हाथ रखते ही पछाड़ देता है। लेकिन इसके बावजूद वे उनसे बातचीत करने का लोभ संवरण नहीं कर पा रहे थे। अचानक इसी बीच गाड़ी आ गयी और डॉ. बोस चल पड़े। ट्रेन में चढ़ते हुए उन्होंने दिल्ली का अपना पता प्रो.बी. लाल को थमाया और कहा—
''कभी दिल्ली आइए...?''

लेकिन प्रो.बी. लाल ने इस बार कोई जवाब नहीं दिया। सिर्फ मुस्कराते हुए उन्हें देखा। बस, इसी वक्त गाड़ी खुल गयी और डॉ. बोस खिड़की से हाथ हिलाते हुए आरा से प्रस्थान कर गये।

[4]

45 वर्ष की अल्पायु में ही पिताजी के असामयिक निधन के बाद माँ जीवनपर्यन्त उन कारणों को चिह्नित करती रही जिन्हें पिताजी की मृत्यु के लिए वह उत्तरदायी मानती थी। विद्यार्थी जीवन के बाद जैन कॉलेज, आरा में प्राध्यापक होते ही पिताजी ने अपनी बिखरी घर-गृहस्थी सँभालनी शुरू कर दी। सबसे पहले उन्होंने कच्ची मिट्टी के ढहते-गिरते घर के स्थान पर रहने लायक एक घर बनवाया। इस घर के निर्माण में नागा बाबा के बगीचे का पूरा उपयोग किया। घर में वे सारी लकड़ियाँ ही लगीं। बगीचे की जमीन बेचकर घर के अन्य खर्चों का बन्दोबस्त किया। फिर रेहन रखे खेतों को छुड़ाया। इसके बाद खेती-बारी की व्यवस्था कायम की। ये सारे कार्य गाँव से दूर आरा रहते हुए ही करते रहे। इसके लिए आरा से बैसाडीह आने-जाने की अपनी रफ्तार उन्होंने और तेज कर दी। इस सन्दर्भ में हमारे वृद्ध बाबा जब तक जीवित रहे अपनी सामर्थ्य भर पिताजी का सहयोग करते रहे। लेकिन वे अधिक समय तक जीवित नहीं रह सके। वे जब मरे, मैं घर का सबसे छोटा बच्चा था। उनकी मृत्यु मुझे याद है। माँ ने उनके मरने की स्थिति लक्ष्य कर उषा दीदी और नर्वदेश्वर भैया के साथ मुझे भी उनके पास बुला लिया था। उस वक्त हम भाई-बहनों की संख्या तीन ही थी। माँ ने हमारे हाथों से गंगाजल बाबा के मुँह में डलवाया था। वे असक्त पड़े थे। फिर माँ ने उनका दायाँ हाथ उठा बारी-बारी से हमारे माथे पर रखा था। मुझे आजतक वह दृश्य याद है जब बाबा का हाथ मेरे माथे पर रखा गया था। उसके कुछ क्षण बाद ही उनकी आँखें सदा के लिए बन्द हो गयी थीं। मरते वक़्त उनकी आँखें मेरे चेहरे पर ही टिकी थीं।

बाबा की मृत्यु के बाद पिताजी की जिम्मेवारियाँ और बढ़ गयीं। उनकी परेशानी लक्ष्य कर माँ ने कहा—"जैसे कॉलेज के और प्रोफेसर लोग शहर में अपने बाल-बच्चों के साथ रहते हैं वैसे ही आप भी रहिए। यहाँ गाँव का खेत-बघार बन्दोबस्त कर दीजिए। फिर आप की भाग-दौड़ और परेशानी खत्म हो जाएगी। हमारा जीवन भी आराम से बीतने लगेगा...।"

माँ, घर के सामानों की खरीदारी के लिए या हमारे इलाज के सिलसिले में गाहे-ब-गाहे आरा जाती रही थी। वहाँ पिताजी के प्रोफेसर मित्रों का खुशहाल जीवन देख शहर में रहने के लिए बेचैन हो जाती। लेकिन पिताजी उसे समझा देते—"इन शहरी प्रोफेसरों के यहाँ जो तुम देख रही हो वह सब ऊपर का टिमटाम[12] है। अन्दर से ये खेतों के स्वामी नहीं।"

इस पर माँ कहती—"खेतों के स्वामी होने से हममें कोई सुरखाब के पर तो नहीं लग गये। हमसे तो ये अच्छी तरह खा-पी रहे हैं। गाँव पर हमारा जीवन तो दुःख-धन्धे में ही बीतता है। रात में हम डरे-सहमे अच्छी तरह से सो भी नहीं पाते। केवल खेतों के मालिक होने से क्या हुआ?"

जवाब में पिताजी पुनः कहते—"नौकरी करके हमारे वे शहरिया मित्र खेत कभी नहीं खरीद सकते। लेकिन हम एक बीघा खेत बेंचकर उनके जैसा जीवन जब चाहें पा सकते हैं। सबसे बड़ी बात यह है कि उनकी सामर्थ्य सिर्फ दोनों जून खाना जुटाने भर ही है। उनके पुरखों ने विरासत में उन्हें कुछ छोड़ा, जबकि हमारे पुरखे पुश्तैनी खेत छोड़ गये हैं...।"

"ये पुश्तैनी खेत-बघार तो पहले भी थे जब आप नौकरी में नहीं थे...। लेकिन इन खेतों से हमारा दुःख कहाँ दूर होता था...?"

"तब खेत रेहन थे। खेती अच्छी तरह से नहीं होती थी...। अब देखना, हम कितना अनाज उपजाएँगे...।"

"चाहे जितना उपजाएँ। यहाँ के जीवन और शहर के जीवन में आसमान-जमीन का अन्तर है। यहाँ बाल-बच्चे सब बिगड़ रहे हैं। रोग-बीमारी पर शहर ही भागना पड़ता है। रात तो कटते नहीं कटती...।"

"शहर जाने पर सारे पुश्तैनी खेत छूट जाएँगे। कोई और देखभाल करनेवाला भी तो नहीं...। जिसे स्थायी जगह-जमीन नहीं होती वही शहर अगोरता है। अपने खेत-बघार के लिए गाँव में हमारा रहना जरूरी है...।"

और पिताजी अपनी इस मानसिकता के चलते माँ की लाख इच्छा के बावजूद परिवार लेकर शहर कभी नहीं रहे। इस स्थिति में तीन-तीन मोर्चों पर वे अकेले लड़ते रहे—कॉलेज की नौकरी, गाँव की खेती और परिवार की देखभाल। परिणामतः निरन्तर उद्विग्न और बेचैन बने रहते। जिस समय और तत्परता से खेती होनी चाहिए उसमें ढील हो ही जाती। अधिक गाँव आने से कॉलेज के कार्य भी बाधित होते जिस पर प्रिंसिपल से कहा—सुनी होती रहती, इधर घर पर बढ़ते परिवार की जरूरतों और समस्याओं का समाधान तथा बच्चों की बीमारियों पर इलाज आदि में भी विलम्ब होता। ऐसे में उन्हें न दिन को चैन मिलता, न रात को सुकून। उनके निधन के बाद माँ का यह निश्चित मानना था कि इस तनावपूर्ण जीवन

से ही वे बीमारियों की चपेट में आते गये। माँ के मन में इस बात का दृढ़ विश्वास बना रहा कि अगर उसकी बात मान वे परिवार के साथ शहर रहते तो इतनी जल्दी कभी नहीं मरते...।

गाँव न छोड़ने की पिताजी की मानसिकता और विवशता को लक्ष्य कर आगे के दिनों में माँ ने भी शहर चलने का आग्रह छोड़ दिया। वह अनुभव कर रही थी, शहर में बसने के नाम पर पिताजी की परेशानी और बढ़ जाती थी। उन्हें ऐसा लगता गाँव से हटते ही उनकी सारी जायजाद[13] बिला[14] जाएगी। इस स्थिति में माँ एक किसान पत्नी के रूप में उन्हें सहयोग करने लगी। समझ गयी कि अब इस गाँव से ही तकदीर बँध गयी है। पति की नौकरी मृग मरीचिका है।

इधर पिताजी योजनाबद्ध ढंग से अपने कार्य में लग गये। अपनी योजना के अनुसार खेती की शुरुआत के लिए वे हसनबाजार के पशु मेले से जाँच-परख कर दो बैल खरीद लाये। वे दोनों बैल ऐसे थे कि उन्हें देखने के लिए पूरा गाँव हमारे दरवाजे उमड़ आया। सभी ने कहा—"दोनों बैल अव्वल हैं। प्रोफेसर साहब ने बीन-बाछ[15] कर लिया है...।"

उस समय ट्रैक्टर का प्रचलन नहीं था। खेती के मुख्य आधार बैल ही थे। दरवाजे पर बैलों का होना प्रतिष्ठा का सूचक भी था। अपने बैलों को खिलाने-पिलाने और उनकी देख-रेख के लिए हरेसर नामक एक भूमिहीन कहार को चरवाह रख लिया। फिर यह सोचकर कि जिस दरमाहे में चरवाह बैलों को सँभालेगा उसी दरमाहे में एक गाय की देखभाल भी कर लेगा। बस, उन्होंने एक दुधारू गाय भी खरीद ली ताकि गाँव में रहने का मुख्य लाभ शुद्ध दूध मिल सके। चरवाह के साथ-साथ अब खेती के लिए गाया नामक एक बनिहार भी रखा। चरवाह का काम घर-दुआर और माल-मवेशियों की देखभाल तथा बनिहार का खेतों में हल चलाना, फसल उगाना, तैयार फसल खलिहान में लाना तथा खलिहान से अनाज घर पहुँचाना होता था। दोनों के कार्यों के अनुसार उनके अलग-अलग मिहनताने निर्धारित थे। उस समय गाँवों में बहिनहारी और चरवाही के लिए मिहनताने तय थे। हालाँकि उस समय के मिहनाते में रुपये-पैसों के स्थान पर अनाज ही दिये जाते। अनाज की निर्धारित मात्रा पर ही मिहनताने तय होते।

बनिहार-चरवाह रखने के बाद खेती की सुविधा-सहूलियत के लिए पिताजी ने एक बैल-गाड़ी भी बनवायी। उस समय गाँवों की मुख्य सवारी बैलगाड़ी ही थी, उबड़-खाबड़ कच्ची सड़क पर चलने तथा कृषक समाज और उनके सामान ढोने में सक्षम। उस बैलगाड़ी से ही अब रसौली के हमारे अनाज भी बैसाडीह आ जाते। रसौली के नागा बाबा का बगीचा तो बिक गया था। लेकिन बगीचे के अतिरिक्त जो जमीन थी पिताजी ने उसे 'मनी' (अनाज की निर्धारित मात्रा)

पर बन्दोबस्त कर रखा था। मनी का वह अनाज अब बैलगाड़ी से आराम से आ जाता। रसौली के लिए जब बैलगाड़ी खुलती तो हम बच्चे मचल कर उसमें बैठ जाते। हमारा उद्देश्य बैलगाड़ी की यात्रा का मजा लेना होता। लेकिन पिताजी इसी बहाने हमें प्रशिक्षित भी करते जाते—"मखड़ू साव के यहाँ से मनी लाना है—12 मन चावल...। वह जब अन्न तौलने लगे तो उस समय कहीं मत हटना। ठीक से गिनती करते जाना। गुरूचरन (मखड़ू का भाई) डंडी भी मारता है (कम तौलता है)। उस पर भी ध्यान रखना!" बैलगाड़ी से यात्रा की खुशी में हम ये सारे प्रशिक्षण सहजता से स्वीकार कर लेते। फिर गाड़ी खुलते ही चहक उठते। चलती बैल गाड़ी से गाँव-घर और आसपास का दृश्य देख इठलाते रहते। रास्ते भर हमारी खुशी का ठिकाना नहीं रहता। लेकिन रसौली पहुँचते ही पिताजी के प्रशिक्षण के अनुसार हम सजग-सतर्क हो जाते। बाद में यह समझते हमें देर नहीं लगी कि पिताजी अपने उत्तराधिकार के रूप में बचपन से ही हमें खेती-बारी के दायित्व से अवगत कर रहे थे।

रसौली से अनाज के बोरे लदवा कर जब हम चलते तो उछलकर बोरों के ऊपर चढ़ बैठते। बोरों की ऊँचाई पर बैठने में हमें और मज़ा आता। बोरों की ऊँचाई से चलती बैलगाड़ी का लुत्फ और बढ़ जाता। गाया बैलगाड़ी चलाता। बनिहार के साथ-साथ वह कुशल गाड़ीवान भी था। गाया का एक लड़का कन्हैया मेरी ही उम्र का था। गाया जब भी रसौली के लिए बैलगाड़ी हाँकता वह साथ लग जाता। बैलगाड़ी से घूमने का मज़ा वह छोड़ना नहीं चाहता। हमारे गाँव की कच्ची सड़क के बाद सहेजनी मोड़ से जब पक्की सड़क मिलती तो तेज रफ्तार की मोटर कारें हमारी बैलगाड़ी को पीछे छोड़ आगे निकल जातीं। तब कन्हैया हुलसते हुए अपने पिता से कहता—"तनी गाड़ी दौड़ा दो बाबू...मोटरवा को छुआ दो...!"

इस पर हम भी कन्हैया का साथ देते—"हाँ गाया चाचा...! तनी दौड़ा दो गाड़ी...!"

माँ ने हमें गाया का नाम न लेकर गाया चाचा कहने की हिदायत दी थी, क्योंकि वह हमारे पिताजी का ही हम उम्र था। अब गाया हम बच्चों का मन रखने के लिए दोनों बैलों की पूँछ ऐंठते हुए टिटकारी मारता। बस, बैल हमारी गाड़ी को लेकर दौड़ने लगते। इस पर हम बच्चे हो...हो करके हँस उठते। कभी कोई मोटरगाड़ी सामने से आ रही होती और हमें दूर से ही दिख जाती तो हम कौतुहल से उसे निकट आते देखने लगे। तब कन्हैया गाया से कहता—"अबकी उस मोटरवा से गाड़ी लड़ा दो बाबू...!"

जवाब में गाया उसे डाँटता—"बुद्धू कहीं का...! इतना बड़ा हो रहा है बाकिर बात बच्चे जइसा कर रहा है। गाड़िया लड़ जाएगी तो तू कहाँ रहेगा, बुझता

है... ?''

इस पर हम कहते—''तब कन्हैया उस मोटरवा पर चढ़ जाएगा चाचा... !'' और इस बार हम फिर खिलखिला कर हँस उठते।

हमारी बैलगाड़ी जब किसी बगीचे से या किसी पेड़ के नीचे से गुजरती तो हम गाड़ी पर खड़े उचक-उचक कर उसके पत्ते तोड़ने लगते। कभी आम, इमली या जामुन के फले हुए पेड़ के नीचे से हमारी गाड़ी गुजरती तो हमारी खुशी का ठिकाना नहीं रहता। हम गाया से गाड़ी रुकवा देते। फिर फल तोड़ने के लिए उठ खड़े होते। उस वक्त अगर फल हमारे हाथों की पहुँच से बाहर होते तो गाया स्वयं गाड़ी पर खड़े हो उन्हें तोड़ता या अपने पैने[16] से मारकर कुछ फल हमारी गाड़ी पर गिराता। फिर तो चलती गाड़ी में रास्ते के तोड़े वे फल हमें अमृत की तरह लगते।

रसौली आने-जाने के अतिरिक्त बैलगाड़ी का उपयोग हमारे पारिवारिक जीवन में भी होता। हम बच्चों को पर्व-त्यौहारों पर कहीं घुमाने तथा हमारी बीमारियों पर इलाज के लिए माँ हमें बैलगाड़ी में लेकर पीरो जाती। हमारे गाँव से पीरो की दूरी लगभग चार मील थी। वह कस्बा था। उस समय वहाँ एक बंगाली डॉक्टर रहते थे जो हमारे इलाके में मशहूर थे। इलाज के रूप में उनकी दवा बहुत लाभप्रद होती। धीरे-धीरे वे हमारे परिवार के इतने परिचित बन गये थे कि हमें देखते ही पहचान लेते। यह जान चुकने के बाद कि हम प्रोफेसर बी. लाल के परिजन हैं, वे हमें विशेष महत्त्व देते...।

माँ जब हमें लेकर बैलगाड़ी में बैठने चलती तो गाया पहले ही बैलगाड़ी पर ओहार[17] बाँधकर तैयार रखता क्योंकि खुली गाड़ी में माँ नहीं बैठ सकती। वह बैसाडीह की बहू थी। घर के अन्दर आनेवाले बनिहार-चरवाह और दो-चार निकटतम पड़ोसियों को छोड़ गाँव के अन्य लोगों के सामने वह नहीं होती थी। जैसे कनेआं बहुरिया ओहार लगी सवारी में आती-जाती थीं, वैसे ही माँ का आना-जाना भी होता। इस स्थिति में माँ के साथ गाड़ी में बैठे हम बच्चे बन्दरों की भाँति कभी ओहार से बाहर गाड़ीवान के पीछे जा बैठते तो कभी ओहार के अन्दर माँ के पास। ओहार के अन्दर माँ के साथ हम रास्ते का अन्दाज भी लगाते रहते। गाँव के सिवान से आगे बढ़ने पर माँ भी ओहार उठाकर एक-दो बार देखती। फिर पूछती—''कहँवा तक आये हैं ?''

इस पर बैसाडीह से पीरो के रास्ते के अभ्यस्त हम गाया से पहले ही बोल उठते—''हर इया डीह।''

फिर बताते—''नोनार आ गया।''

फिर कहते—''बचरी पुल पार कर रहे हैं माँ।''

फिर कहते—"अब पीरो बाजार में घुसे हैं...।"

पीरो के बंगाली डॉक्टर से दिखाने के बाद वापसी में हम कुछ समय के लिए वहाँ के बाजार पर जरूर उतरते। वहाँ माँ हमें मिठाइयाँ खिलाती। हमारे लिए खिलौने खरीदती। अपनी पसन्द की चीजें भी लेती। पीरो में माँ किसी पर्दे की आड़ में नहीं रहती। एकदम उन्मुक्त पीरो के बाजार में हमें लेकर घूमती...। शायद पिताजी के साथ शहर न रहने की क्षतिपूर्ति ही हम इस रूप में करते। वापसी में मिठाइयों और खिलौनों के साथ चहकते हुए हम घर आते। पीरो के अतिरिक्त माँ हमें कस्तर, दीपऊ धाम तथा खेलड़िया के मेले में भी ले जाती। तब उन मेलों की हम प्रतीक्षा किया करते। माँ के साथ बैलगाड़ी में बैठ उन मेलों में जाने का अपना अलग सुख होता...।

रसौली से अनाज लाने तथा माँ की इच्छाओं पर आने-जाने के अतिरिक्त खेती में भी बैलगाड़ी का उपयोग होता। खेती की शुरुआत तो बैलगाड़ी से ही होती। गाँव में 'नयी खेती' का प्रारम्भ उच्च शिक्षा प्राप्त मेरे पिताजी ने ही किया। हमारे घर के गोबर आदि तथा कूड़े-कचरे जहाँ फेंके जाते वहाँ घूरे का एक बड़ा ढेर जमा हो गया था। पिताजी अब उस ढेर को खेतों के लिए उपजाऊ खाद्य सामग्री घोषित कर बैलगाड़ी से उसे ढो आने और हमारे खेतों में फेंकवाने लगे। उस समय खेतों के लिए आधुनिक खाद का प्रचलन नहीं था। खेतों को उपजाऊ बनाने के लिए लोग खेतों में भेड़ें बैठवाते। भेड़ों के झुंड लेकर चलनेवाले गड़ेरिए तब भाड़े पर खेतों में भेड़ें बैठाया करते। इस दौरान खेतों में विसर्जित भेड़ों के मल-मूत्र को ही खाद माना जाता। लेकिन जब पिताजी ने घूर-पात को उससे बेहतर खाद बताया तो पूरे गाँव ने उनका अनुसरण किया। जहाँ घूरों के बढ़ते ढेर गाँव के लिए समस्या बनते जा रहे थे, वहीं पिताजी ने ऐसा मार्ग निकाल दिया कि सभी घूरे खेतों में पहुँचने लगे।

हमारा बनिहार गाया जब कुदाल से घूरे को ढाहकर बैलगाड़ी पर लादने लगा तो हम बच्चे कौतुक से देखने लगे। फिर जब गाड़ी लेकर गाया चल पड़ा तो हम उछलकर गाड़ीवान के पीछे बची जगह में बैठ गये। उस क्षण ताज़े निकले घूरे से एक अजीब तरह की गन्ध आती। पहले घूरे के इस गन्ध को दुर्गन्ध समझ हम उससे दूर भागते। लेकिन अब उसे अपने खेतों के लिए बेहतर खाद समझ उससे तालमेल बैठाने लगे। नाकों में बदबू के एहसास से समझौता करने लगे। हमारे खेतों के पास गाया ने बैलगाड़ी रोक दी। अब उस घूरे को खाचियों में भर-भर कर वह खेतों में फेंकने लगा। एक गाड़ी घूरे के बाद फिर दूसरी, तीसरी और चौथी खेप। उस पहले दिन गाया ने सात गाड़ी घूरे फेंके। फिर अगले दिन से रोज आठ-दस गाड़ियाँ घूरपात हमारे खेतों में वह फेंकता रहा जब तक हमारे

घूरे का ढेर समाप्त न हो गया। आवश्यकतानुसार पिताजी ने गाँव के एक दूसरे आदमी का घूरा भी खरीद लिया। उनके इस कार्य से गाँव में घूरे की खरीद बिक्री भी शुरू हो गयी। घूरे के भी दिन फिर गये...।

खेती की मजिगर[18] व्यवस्था के तहत सिंचाई की समस्या ने अब पिताजी का ध्यान आकृष्ट किया। हमारे गाँव की जमीन असिंचित थी, नहर के क्षेत्र से अलग की जमीन। इस स्थिति में अपने खेतों में पानी के लिए हमारे ग्रामवासी बारिश पर ही निर्भर थे। बारिश के अभाव में गाँव से बाहर दो-तीन आहर थे उसमें दोन,[19] मोट[20] और सैर[21] चलाकर लोग अपने खेतों को पटाने की कोशिश करते। लेकिन असफल रहते। बारिश के बिना गाँव के वे आहर जल्द ही सूख जाते। कुछ लोगों ने अपने खेतों में कुएँ भी खोदवा रखे थे। लेकिन कुएँ से खेतों को पटाने की कोई अच्छी व्यवस्था किसी के पास नहीं। कुएँ तो उन्होंने पानी पीने के लिए खुदवा रखे थे कि खेतों में काम करते हुए प्यास लगने पर पानी पी सकें। उस समय हमारे गाँव की खेती बिल्कुल राम भरोसे थी। समय से अच्छी बारिश होती तो खेती बढ़िया हो जाती, और अगर बारिश अच्छी नहीं होती या सूखा पड़ जाता तो फसलें मारी जातीं। आज हमारे गाँव के हर बघार में बोरिंगें गल चुकी हैं तथा नहर से पानी आने का बन्दोबस्त हो गया है। सिंचाई की आज कोई समस्या नहीं, जबकि उस समय सिंचाई एक विकट समस्या थी। पिताजी ने इस समस्या का भी समाधान कर लिया था।

बैसाडीह में हमारे खेत कच्ची सड़क के किनारे गाँव के दक्षिणी छोर पर एक ही जगह थे। हम उन्हें 'दक्खिन भर' के नाम से सम्बोधित करते। खेतों पर जाने को दक्खिन भर जाना कहते। पिताजी ने उन खेतों के बीच अब एक बड़ा-सा कुआँ बनवाना शुरू कर दिया। गाँव के कई मजदूर जब लगातार आठ-दस दिनों तक मिट्टी काटते रहे तब कुएँ की गहराई तक पहुँचे। उस वक्त हम बच्चे कुएँ की खुदाई देखने अक्सर वहाँ बने रहते। इस सम्बन्ध में माँ ने हमें सुझाया भी था कि हमारा अपना कुआँ बन रहा है, इसलिए हमें वहाँ रहना चाहिए...। मुझे याद है, कुएँ के अन्दर से मजदूर मिट्टी का लोंदा[22] बना-बनाकर ऊपर फेंकते, जहाँ तैनात दूसरे मजदूर उन्हें लोक[23] कर अलग रखते जाते। मिट्टी के उन लोंदों का ऊपर ढेर लगता गया था। उन लोंदों से सोंधी खुशबू आती तथा देखने में वे चिकने, गोले एवं एक दूसरे पर लदे किसी खूबसूरत टीले जैसा प्रतीत होते।

कुएँ की खुदाई में लगे अन्दर के अनुभवी मजदूरों को जब लग गया कि अब 'भूर फूटने'[24] में देर नहीं तो खुदाई रोककर वे कुएँ के अन्दर जमोट[25] डालने लगे। इस बीच कुएँ की गोलाई के अनुसर ही जामुन की लकड़ी का जमोट पिताजी

ने बनवा रखा था। जमोट डालने के अवसर पर हमारे कुछ निकटतम पड़ोसियों के साथ माँ-पिताजी भी वहाँ उपस्थित रहे। माँ घूँघट काढ़े हुए थी। लेकिन घूँघट की ओट से ही सब कुछ देख रही थी। उस भारी जमोट को मजबूत रस्से से लटकाते हुए जय बजरंगबली की तेज ध्वनि के साथ लोग उसे धीरे-धीरे कुएँ में डालने लगे। जब कुएँ की दीवारों से सटा जमोट कुएँ के तल पर अपनी गोलाई में बैठ गया तो अब उस पर ईंटों की जोड़ाई पूरी होने के बाद फिर खुदाई शुरू हुई। लेकिन अब समय नहीं लगा। जल्द ही ऐसा भूर फूटा कि अन्दर के सारे मजदूर खुशी में चिल्लाते हुए ऊपर भागने लगे—"भूर फट गया...पानी आ गया...। जै गंगिया माई...जै गंगिया माई...!"

कुँए से शीघ्र बाहर निकलने के लिए उन मजदूरों ने लम्बी सीढ़ी लगा रखी थी। हालाँकि कुएँ से निकलते-निकलते वे पूरी तरह भीग गये, क्योंकि उस 'भूर' से पानी का ऐस रेला आ रहा था जैसे किसी नदी का तेज प्रवाह कुएँ में आ समाया हो...। अगर वे मजदूर शीघ्र ऊपर नहीं आ जाते तो पानी में डूब भी जाते। मेरे गाँव के लोगों के अनुसार बहुत पहले कुएँ की ऐसी खुदाई में एक वृद्ध मजदूर डूब मरा था। तब से कुएँ में भूर फूटने के समय कमजोर और वृद्ध मजदूरों को लोग अन्दर नहीं रहने देते। उस आखिरी दिन पिताजी भी कुएँ पर थे, क्योंकि मजदूरों का हिसाब करना था। मजदूरों ने यह कहते हुए मजदूरी से अलग बख्शीश की भी माँग की—"आप भाग के साँड़ हैं प्रोफेसर साहब। अइसा भूर फुटा है कि इस कुएँ का पानी कभी कम नहीं होगा। सउंसे गाँव के किसी भी कुएँ में अइसा भूर नहीं फूटा था। अब खाली मजदूरी से हम नहीं मानेंगे। बक्सीस भी चाहिए...।

खुशी में पिताजी ने मजूरी के साथ-साथ बख्शीश भी दी। अब हमारे उस कुएँ के विवाह की तैयारी शुरू हो गयी। हम बच्चे थे, इसीलिए चौंक गये, कुएँ का कैसा विवाह? लेकिन माँ और गाँव के लोगों ने हमें बताया कि बिना विवाह के कुएँ शुद्ध और शुभ नहीं होते। और सचमुच हमारे उस कुएँ का विवाह होने लगा! मुझे अभी तक याद है, माँ के साथ टोला-पड़ोस की औरतें नयी साड़ियों में गीत गाती हुई कुएँ के पास चल पड़ी थीं। इस अवसर पर माँ ने हमें भी साफ कपड़े पहना रखे थे। पिअरी धोती पहन गाँव के लोगों के साथ पिताजी पहले से ही कुएँ पर विराजमान थे। कुएँ को स्त्री मानते हुए लकड़ी का एक पुरुष बनाकर रखा गया था। माँ आदि ने वहाँ पहुँचकर लड़की के उस पुरुष की पूजा की। हल्दी, अक्षत, दही, सिन्दूर, गुड़ आदि से उसे नवाजा। कुएँ में भी अक्षत, चन्दन, कसैली, पैसा आदि डाला गया। अब पुरोहित जी ने मन्त्रोचार के साथ लकड़ी के उस पुरुष से स्त्री कुएँ की शादी करायी। फिर वहीं कुएँ के किनारे लकड़ी

के उस पुरुष को स्थापित कर दिया गया। अब पिताजी ने वहाँ उपस्थित ग्रामवासियों के बीच प्रसाद बँटवाया। इस तरह हमारे कुएँ का विवाह सम्पन्न हुआ।

पिताजी तो जैसे इस अवसर की प्रतीक्षा में थे। बस, अगले सप्ताह शहर से लौटने पर वे रहट साथ लेते आये, खेतों की पटवन के लिए कुएँ में चलनेवाली रहट। उस समय मेरे गाँव में आनेवाली वह पहली रहट थी। गाँव के लोगों के लिए बिल्कुल नयी चीज! अधिकांश लोगों ने उसे देखा तक नहीं था। कुछ लोगों ने सिर्फ उसका नाम भर सुना था। अब उसे देखने के लिए हमारे कुएँ पर समूचा गाँव चल पड़ा। रहट के उपकरण इतने भारी और बड़े थे कि पिताजी उन्हें दरवाजे पर न ला सीधे कुएँ पर लेकर पहुँचे थे। जिस दुकान से उन्होंने रहट खरीदी थी उस दुकानदार ने ही माल ढोआई के अपने वाहन से रहट पहुँचवायी थी। हम बच्चों के लिए भी रहट बिल्कुल नयी और आश्चर्य की चीज़ थी। हालाँकि माँ से रहट खरीदने के लिए पिताजी को कहते हम सुन चुके थे। तभी से रहट देखने की जिज्ञासा हमारे मन में भी बनी थी। जब पिताजी बाहर-बाहर रहट लेकर कुएँ पर पहुँचे, हरेसर ने भागते हुए हमें यह सूचना दी। बस, हम सीधे कुएँ की ओर दौड़ चले। गाया और हरेसर भी दोनों बैलों को लेकर कुएँ के पास चल पड़े थे।''

हमारे वहाँ पहुँचने तक गाँव के काफी लोग वहाँ जुट चुके थे। जिस कौतूहल और अचरज से गाँव के लोग उसे निहार रहे थे, हम भी उसी आश्चर्य से उसे देखने लगे। पानी भरनेवाली दर्जनों बाल्टियों की इतनी बड़ी माला देख मैं हतप्रभ था। साथ में लोहे के बड़े-से गोलाकार चक्के। पानी निकालने की पतनारी। इस बीच पिताजी, गाया, हरेसर और अन्य ग्रामीणों के सहयोग से कुएँ में रहट लगाने में भिड़े थे। गाँव के मेधबरन बढ़ई को बुला लिया गया था। पिताजी के निर्देश के अनुसार वह रहट के लिए जरूरी लकड़ियों को काट-छाँट रहा था। लगभग घंटे-डेढ़ घंटे के प्रयास के बाद रहट के सरंजाम (साजो-सामान) तैयार हो गये। अब पिताजी के संकेत पर अनेक बलिष्ट ग्रामीणों ने बाल्टियों की उस बड़ी और भारी माला को उठाकर 'जै महावीर जी' के साथ रहट के बड़े चक्के में पहना दिया। पिताजी ने अब कुएँ में लगी रहट को जाँचा-परखा...। फिर गाया से कहकर दोनों बैलों को रहट के जुआठ में जोत दिया। उस जुआठ की गोलाई में दोनों बैल घूमने लगे। बस, पानी से भरी बाल्टियाँ कुएँ से धड़ाधड़ पानी उलीचने लगीं। देखते ही देखती पानी का पवनार[26] लग गया। पूरा गाँव हर्षातिरेक में डूब उठा। लोगों ने कहा भी—''प्रोफेसर साहेब ने तो कमाल कर दिया। पटवन का ऐसा बढ़िया इन्तजाम! ई तो गजब चीज है...।''

अधिक खेतोंवाले बड़े किसानों ने तो वहीं पर घोषणा भी की—''अब हम भी जल्द रहट ले लेंगे...। ई बहुत काम की चीज है...।''

उस समय लगभग महीने भर तक पूरे गाँव की चर्चाओं का विषय हमारी रहट ही रही। गाँव के वे बड़े किसान जिन्होंने जल्द ही रहट खरीदने की घोषणा की थी, जब खर्च की रकम से अवगत हुए तो पस्त हो गये। उस समय रहट का जितना दाम था, आज के हिसाब से वह बहुत था। फिर हमारे गाँव के बड़े किसान उतने बड़े भी नहीं थे कि महँगी सी महँगी चीजें खरीद सकें। उस वक्त हमारे गाँव में तीस-चालीस बीघे से अधिक खेत किसी के पास नहीं थे। इस विषय में अब गाँववाले कहने लगे थे—''प्रोफेसर साहब की बात अलग है। उनका दाज[27] करने से हमारा काम नहीं चलेगा...। ऊ नौकरी करते हैं। नौकरी के पैसे खेती में लगा सकते हैं...। बाकिर हम सिर्फ खेती के पैसे से रहट कैसे खरीदें...?''

इधर खेती के सारे जोगाड़ जोड़ चुके पिताजी अब अपनी इच्छाओं के अनुसार खेती को अंजाम देने लगे। हमारे इलाके के खेत धनहर थे। मुख्य रूप से धान की ही फसलें होतीं, गौण रूप इसे रब्बी की। जब धान की खेती के लिए बीज डालने का समय आया और बारिश नहीं हुई तो हर साल की भाँति लोग आकाश को निहारने और इन्द्र देवता को गोहराने लगे। लेकिन पिताजी ने रहट के पानी से बीज डालने का फैसला कर लिया। बियड़ की टोपरियाँ (बीज डालने की क्यारियाँ) उन्होंने कुएँ के पास ही बनवा रखी थीं। उन टोपरियों में अधिक धूर पात डाला गया था, ताकि अच्छे बीज हों। हल से जोती गयी उन टोपरियों को अब रहट चला पानी से तर कर दिया गया। फिर हेंगा चलाकर बियड़ की जमीन समतल करते हुए उनमें बीज डाल दिये गये।

अपने बीज डाल चुके पिताजी अब हमारी रहट से भाड़े पर आसपास के खेतों में भी बीज डलवाने लगे। हालाँकि भाड़ा कमाने के उद्देश्य से नहीं, मशीन के मामूली खर्च पर। ऐसे में हमारे खेतों से दूर और दूसरी दिशाओं के किसान न चाहते हुए भी हमारी रहट से पानी नहीं ले जा सकते थे, क्योंकि तब रास्ते में ही सारा पानी सूख जाता। कुएँ और रहट की क्षमता के लिए यह सम्भव भी नहीं। लेकिन अन्य वर्षों की भाँति कुछ ही विलम्ब के बाद बारिश हो गयी। बस, सबने बीज डाल दिये।

बीज तैयार होने के बाद पिताजी कॉलेज से तीन-चार दिन की छुट्टियाँ लेकर गाँव आ गये। अब बड़ी संख्या में कबरियों और रोपनियों को लगाकर वे खेत रोपवाने लगे। बीज उखाड़नेवाले मजदूरों को कबरिये और खेत रोपनेवाली महिलाओं को रोपनी के रूप में भाड़े पर रखा जाता था। दो-चार कबरियों और चार-पाँच रोपनियों से समूचे खेतों की रोपाई में काफी दिन लग जाते, इसीलिए पिताजी ने गाँव के अतिरिक्त जवार के कबारियों और रोपनियों को भी बुलवा लिया था। फिर तो अजीब दृश्य उपस्थित हो गया। कबरिये पानी से भरे बियड़ की टोपरियों

में बैठ बीज उखाड़-उखाड़कर बोझे बनाते और खेत रोपने के लिए पानी और कीचड़ से भरे खेतों में खड़ी रोपनियों के बीच पहुँचाने लगे, जिन्हें रोपनियाँ सम्मिलित स्वर में गीत गाते हुए रोपती बढ़ चलीं। उन गीतों की कुछ कड़ियाँ आज भी मुझे याद हैं—

"कइसे खेले जइबू सावन में बहरिया
बदरिया घिरी आइल ननदी
घाटा घेरले बा घनघोर
बिजली चमके चारों ओर
संगे साथ न सहेली,
कइसे जइबू तू अकेली।
बीचे गुंडा लोग रोकिहें डगरिया,
बदरिया घिरी आइल ननदी।"

फिर तो देखते ही देखते हमारे सारे खेत रोपा गये। यह पिताजी की तत्परता और चतुरता थी कि गाँव के लोग अभी तैयारी ही कर रहे थे कि हमारे खेतों की रोपनी समाप्त हो गयी। इस सम्बन्ध में पिताजी को यह कहते हुए भी मैंने सुना था—"आगे खेती, आगे-आगे। पीछे खेती जोगे-भागे...!"

फिर तो पिताजी की देखा-देखी सारा गाँव तेज़ी से रोपनी में लग गया। इधर पिताजी अब रोपे जा चुके खेतों की निगरानी में तत्पर हो गये। गाया और हरेसर को उन्होंने मुस्तैद कर दिया कि एक आदमी सुबह में और दूसरा शाम में खेतों पर घूमकर देख लिया करे कि कहाँ की आर-डंड़ार कटी है और कहाँ की फसलें सूख रही हैं? समय से पटवन के लिए रहट के त्वरित उपयोग का निर्देश भी उन्होंने दे दिया। पहले आरा से आते हुए पिताजी नोनार स्टेशन पर उतर सीधे घर आ जाते थे। लेकिन अब नोनार स्टेशन से ही खेतों की ओर चले जाते और घूमकर ही घर लौटते। तब उनके चेहरे पर खेतों की हरियाली ताज़गी बन लोटती नजर आती। खेतों से लौटते हुए वे मुस्कराते दिखते। ये हमारे वही खेत थे जिनमें बाबा मुश्किल से कुछ भी उपजा पाते थे। इन खेतों को वे बंजर मान बैठे थे। लेकिन अब इन्हीं खेतों में पिताजी सोना उपजाने लगे थे। धान की ऐसी जबर्दस्त फसलें लगीं कि सारे गाँव ने दाँतों तले अँगुली दबा ली। उस समय खेतों से लौटते हुए पिताजी माँ से कहते—"किसी दिन खेतों पर चलकर देख लो। वह हरियाली आँखों में बस जाएगी और छाती जुड़ा जाएगी...।"

पिताजी की इस बात पर माँ सिर्फ हँसकर रह जाती। हालाँकि पिताजी की अनुपस्थिति में माँ ने हमसे कहा था—"अपनी पढ़ाई-लिखाई और काबिलियत

का उपयोग अब ये खेती-बारी में कर रहे हैं। यह तो तलवार से चींटी मारनेवाली बात है। लेकिन कसी के कहने का इनपर कोई असर तो होता न हीं जो मन में ठान लेते हैं, वही करते हैं...।''

आज जब पिताजी के जीवन का मैं आकलन करता हूँ तो माँ की बातें मुझे सच प्रतीत होती हैं। सचमुच पिताजी ने अपनी विलक्षण प्रतिभा का उपयोग ऐसे क्षेत्र में किया जहाँ से व्यक्तिगत स्तर पर हमारे परिवार के लिए या सामाजिक स्तर पर देश के लिए किसी बड़े परिणाम की कोई सम्भावना नहीं थी। लेकिन अपने पुश्तैनी खेतों की सँभाल और अपने गँवाई मन-मिजाज की माँग पर उन्होंने यही किया...।

जब धान की फसलें पक गयीं और कटनीहार उन्हें काटकर हमारे खलिहाना में ले आये तो टाल जैसा दृश्य उपस्थित हो गया—धान के बोझों का पर्वताकार ढेर...। उसे देख हमारे अनुभवी ग्रामवासियों को लग गया कि उस साल पिताजी ने खेती में बाजी मार ली है। उन्होंने कहा भी—''इस बार तो समूचे गाँव को अपने पछाड़ दिया प्रोफेसर साहब! आगे निकल गये...!''

वाकई उस साल की खेती में पिताजी ने बाजी मार ली थी। हमारे ग्रामवासियों का अनुमान सही था। उस वर्ष प्रति बीघे के हिसाब से जितना धान हमारे खेतों में पैदा हुआ, उतना किसी और के खेतों में नहीं। लेकिन अब तक पिताजी की नयी खेती को जिज्ञासा भाव से देखनेवाले हमारे ग्रामवासी अब ईर्ष्या के शिकार हो चले...। ईर्ष्या के साथ ईर्ष्याजनित द्वेष के भी।

मैंने अनुभव किया है, गाँवों में तब भी ईर्ष्याजनित द्वेष का माहौल कायम था और आज तो अपने चरम रूप में है। पच्चीस प्रतिशत लड़ाई-झगड़े इस ईर्ष्याजनित द्वेष की ही परिणति होते हैं। एक बन्द परिवेश में एक जैसा जीवन जीनेवाले कृषक समाज को जब लगता है कि उनके बीच का कोई उनसे अच्छा खाने-पीने, ओढ़ने-पहनने और आगे बढ़ने लगा तो उसके पाँव खींचना आवश्यक समझते हैं, उस पर भी तब और जब वह व्यक्ति जातिगत धरातल पर उस गाँव का अल्पसंख्यक हो! हालाँकि इसके बावजूद गाँव की आबादी की एक बड़ी संख्या सिर्फ महसूस करके ही रह जाती है। लेकिन उनके बीच के असामाजिक तत्त्व अपने महसूस को अंजाम तक पहुँचा ही देते हैं। ऐसे ही लोगों के अंजाम के हम शिकार हो गये। एक सुबह हरेसर खेतों से हाँफते हुए घर पहुँचा और माँ को बताया—''गजब हो गया मालकिन...इनार[29] से हमारी रहट गायब है...!''

''क्या?''—माँ का मुँह आश्चर्य से खुला का खुला रह गया। हम बच्चे भी चौंक उठे—''उतनी भारी और उतनी बड़ी रहट कहाँ चली गयी?''

हमारे घर पर मायूसी का वातावरण छा गया। सूचना पाते ही पिताजी आरा

से भागे-भागे आये। नोनार स्टेशन से वे सीधे कुएँ पर ही पहुँचे। वहाँ रहट का नामोनिशान न देख उदास मन लिए घर आये। गाँव के लोग तो रास्ते से ही उनके साथ लग गये—"कइसे हुआ? कइसे ले गये?"

लेकिन पिताजी तो कुछ जानते ही नहीं थे, सबको यही जवाब देते—"हमको कुछ भी मालूम नहीं। रात में ही यह सब हुआ है। कौन थे? कहाँ ले गये?"

अपनी प्रकृति के अनुसार गाँव के लोग उन्हें ललकारने भी लगे—"केस कीजिए प्रोफेसर साहब, उन सालों को छोड़िए मत! पुलिस जब घर तलाशी लेगी और ढूँढ़ेगी तो सब पकड़े जाएँगे...।"

इस सम्बन्ध में कुछ लोगों ने यह सुझाव भी दिया—"गाँव के आहरों में किसी तैराक को घुसाकर देखवाइए...! उसमें भी वे रहट छिपा सकते हैं...!"

इन सुझावों पर गाया और हरेसर तत्क्षण गाँव के खोजी दल के साथ चल पड़े। पिताजी को भी साथ लेकर जिज्ञासु ग्रामवासी शामिल हो गये। लेकिन कहीं रहट का पता नहीं चला। इस पर सुखदेव बाबा नामक एक वृद्ध ग्रामवासी ने पिताजी को समझाया—"इस तरह खोजने से रहट नहीं मिलेगी साहब! चोरों के छिपाए धन की थाह नहीं लगती। एक चोर के पास सात राजे की बुद्धि होती है...!"

इस सम्बन्ध में गाँव के लोगों की बात सुनते हुए पिताजी मौन बने रहे। अपने शहर में रहते और यहाँ गाँव में परिवार को असुरक्षित रखते हुए वे किसी पर केस नहीं कर सकते थे। गाँव में अपनी स्थिति से अवगत थे। गाँव के लोगों से उलझकर या टकरा कर पार पाना सम्भव नहीं। लेकिन फिलहाल उनकी चिन्ता का विषय दूसरा था। अब रहट के अभाव में मन लायक खेती कैसे कर सकते हैं? वैसी महँगी रहट अगर फिर खरीदते हैं तो इसका क्या भरोसा कि उसकी चोरी फिर न हो! रहट चुराने के अभ्यस्त वे चोर अब क्यों मानेंगे? पिताजी की उदासी और गमगीनी बढ़ती चली गयी। माँ से और हम बच्चों से अपने मन की पीड़ा वे व्यक्त भी नहीं कर पाते। बाद के दिनों में माँ का कहना था कि रहट चोरी की उस घटना का असर पिताजी के मन पर किसी सदमे की तरह हुआ था। जैसे तेज रफ्तार से चलने वाली गाड़ी में ब्रेक लग जाय। ऐसे क्षणों में उनके मन पर गहराती उदासी की झलक लक्ष्य कर माँ ने कहा—"जो चीज चोरी हो गयी अब दिन-रात उसके बारे में क्या सोचना। उस रहट जानी थी चली गयी। खेती-बारी में कोई चाहे जितना उपद्रव कर ले, आपकी नौकरी कायम है तो हमारा वे कुछ नहीं बिगाड़ सकते...। अपने मन को इस तरह दुःखी मत कीजिए...। चिन्ता ठीक नहीं होती, घुन की तरह देह को खा जाती है...।"

जवाब में पिताजी, माँ का मन रखने के लिए ओढ़ी हुई सहजता के बीच

कहते—“कहाँ चिन्तित हूँ ?”

लेकिन क्षण भर बाद ही हम पाते कि उनकी वह ओढ़ी हुई सहजता खत्म हो जाती और मायूसी की रखाएँ उनके चेहरे पर उभर आतीं। उनकी यह मायूसी लक्ष्य कर जैन कॉलेज में पढ़नेवाला उनका प्रिय शिष्य विजय उनके पीछे पड़ गया। वे उससे भी अपनी उदासी का कारण छिपाते रहे। अपने घर और गाँव की बात किसी छात्र से क्या बतानी? लेकिन उनके प्रति आन्तिरक श्रद्धा रखनेवाला विजय नहीं माना। अन्ततः पिताजी ने सारी बात उससे कह सुनाई। वह हमारे पड़ोसी गाँव अमई का रहनेवाला था। उसने पिताजी को आश्वस्त किया—“मैं गाँव जाकर आप की रहट का पता लगवाता हूँ सर! आप चिन्तित न रहें। चोरों का सम्बन्ध एक गाँव तक ही सीमित नहीं होता। पूरे इलाके में उनका गिरोह होता है...।”

और सचमुच विजय अपने गाँव से सूचना लेकर पिताजी के पास आ पहुँचा—“आप की रहट बैसाडीह में ही है सर! लेकिन कहाँ है, उन्होंने नहीं बताया है! बैसाडीह के चोरों के बुलावे पर इलाके के कुछ चोर भी उसमें शामिल रहे हैं। मेरे पिताजी ने एक आदमी को लगाया था, वही जानकारी ले आया है। उसकी बीचवानी[30] पर वे आपकी रहट देने को तैयार हो गये हैं। लेकिन पनहा[31] के रूप रहट की आधी रकम माँग रहे हैं...।”

विजय की बात सुन पिताजी चौंक गये। चोरी के इस इलाकाई गिरोह और व्यापार से वे परिचित नहीं थे। रहट अभी नयी थी। आधे दाम में उसे प्राप्त कर लेना ही पिताजी ने मुनासिब समझा। बस, विजय को उन्होंने आधे दाम थमा दिये। विजय पुनः अपने गाँव चला गया। अब सचमुच तीसरे दिन वह रहट हमारे कुएँ पर पड़ी मिली। वे चोर रात में ही उसे रख गये थे। वह रविवार का दिन था। पिताजी भी गाँव पर ही थे। यह सूचना विद्युत की तरह समूचे गाँव में फैल गयी कि प्रोफेसर साहब की रहट चोरों ने वापस कर दी। फिर तो पूरा गाँव उस रहट को देखने हमारे कुएँ पर उमड़ आया। पिताजी ने पनहे की बात किसी को नहीं बतायी। लेकिन लोग जान ही गये। सम्भव है, चोरों के परिचितों ने ही गाँव को बता दिया हो। जो हो, पिताजी ने इस सम्बन्ध में हाँ, ना कुछ भी नहीं कहा। लोगों के अधिक पूछने पर सिर्फ इतना ही कह देते—“जैसे रहट गयी थी वैसे ही आ गयी।”

पिताजी ने रहट की सुरक्षा के लिए अब एक नया मार्ग अख्तियार किया। उन्होंने हमारे खेतों के एक पड़ोसी खेत मालिक, जो दबंग और सवंगगर[32] थे को रहट अगोरिया का जिम्मा इस शर्त पर दे दिया कि कुएँ के पास के उनके खेतों की पटवन हमारी रहट से मुफ्त की जाएगी। पिताजी अब इस बात से अवगत

हो गये थे कि गाँव की मुख्य जाति दबंग और सवंगगर परिवार की निगरानी में ही रहट सुरक्षित रह सकती है। चोर भूलकर भी ऐसे लोगों की निगरानी पर अपना हाथ साफ नहीं करते। वे इसके अंजाम से परिचित होते हैं। और सचमुच पिताजी का यह नुस्खा कारगर हुआ। हमारी रहट के पास वे चोर दुबारा नहीं पहुँचे।

पिताजी अब पिछली घटना भूलकर फिर खेती में लग गये। इस बात के प्रति वे आश्वस्त हो गये कि चोरों की काट उन्होंने ढूँढ़ ली है। लेकिन वे मुगालते में थे। एक रात फिर हमारे दोनों बैल बायब हो गये। रहट चोरी के बाद हमारे घर का ध्यान रहट की ओर ही था। बैलों के बारे में तो किसी ने सोचा नहीं था। लेकिन अब वे बैलों को ही ले भागे।

वह बरसात का मौसम था। हरेसर ने दोनों बैलों को खिलाकर सारघर में बाँध दिया था। गाय हमारे आँगन के बरामदे में थी। रात में उसे वहीं बाँधा जाता था। गाय और बैलों के गले में हरेसर ने घटियाँ बाँध रखी थी। उनके चलने पर टुन-टुन बजती वे घंटियाँ बहुत अच्छी लगतीं। गाँव में मवेशियों की शोभा, सुरक्षा और शुभ की दृष्टि से वे घंटियाँ बाँधी जाती। घंटियों के चलते मवेशियों की स्थिति से हम अवगत भी होते रहते। लेकिन उस बरसाती रात में हमें कुछ भी पता नहीं चला। सारघर के पिछवाड़े की दीवार में सेंध लगाकर चोरों ने बैलों के निकलने भर रास्ता बना लिया। पिताजी ने गाँव के हमारे उस घर की दीवार गिलावे[33] से जोड़वाई थी। फिर ऊपर से जोड़ों में टिपकारी करा दी थी। गाँव के अपने ऐसे पक्के मकान को सुरक्षा की दृष्टि से हम अभेद्य मानते थे। लेकिन पिछवाड़े की दीवार की ईंटें चोरों ने इस सावधानी से निकाली कि बिना कोई आवाज हुए वहाँ दरवाजा जैसा बड़ा-सा सूराख बन गया। फिर उसी रास्ते बैलों को वे ले भागे!

सुबह सारघर का दृश्य देख माँ के साथ हम बच्चों ने भी माथा पीट लिया। गाँव के लोग तो तमाशीबीनों की तरह सारघर के उस सेंध में घुसते और निकलते रहे तथा आँखें फाड़े देखते रहे। हम बच्चे भी अटकलें लगा रहे थे कि बैलों के गले में घंटियाँ होते हुए चोर उन्हें कैसे ले गये? जवाब में गाया ने हमें बताया— ''चोर इतने बुरबक[34] नहीं होते। बैलों के पास पहुँच पहले घंटियाँ ही खोल लेते हैं...।''

अब माँ ने पिताजी के आने से पहले ही गाँव के राज मिस्त्री को बुलाकर उस सेंध की जोड़ाई करवा दी, क्योंकि उस सेंध के रहते हमारा घर-आँगन सब बेर्पद था। चोरी की इस दूसरी घटना ने पिताजी की खेती की रफ्तार में फिर ब्रेक लगा दी। फिर उनके चेहरे पर निराशा लौट आयी। एक का समाधान अभी उन्होंने किया ही था कि वह दूसरी घटना! अब इस दूसरी घटना का क्या समाधान करें? इस चोरी की सूचना भी उन्होंने विजय को दी। फिर विजय पता लगा आया।

चोरों ने फिर पनहे की माँग की। पनहा देकर ही हमारे वे बैल भी खूँटे पर वापस आये...! इस बार विजय के अनुभवी किसान पिता रामानन्द जी हमारे गाँव आकर सब कुछ देख-सुन गये। उन्होंने हमारे यहाँ की चोरियों पर पिताजी से कह भी दिया—"इस गाँव में आप उजियाने[35] नहीं पाएँगे प्रोफेसर साहब...। यहाँ के चोर-बदमाश आप को नहीं छोड़ेंगे...। वे सब जान रहे हैं कि घर-परिवार और जाति से आप अकसरुआ हैं। आप दो-चार सवांग होते या लड़ने-भिड़ने पर उतर जाते तो फिर किसकी मजाल की आपके यहाँ चोरी करे...!"

पिताजी को रामानन्दजी की बात जँची। वे इसे समझ भी रहे थे। लेकिन गाँव न छोड़ने के अपने मन के किसी अज्ञात दबाव से विवश थे। उनके इसी दबाव की परिणति माँ और हम बच्चे भी झेल रहे थे।

उस समय को गुजरे अब काफी दिन हो गये हैं। फिर भी उसकी याद मेरे मन में टीस पैदा करती है। हालाँकि मैं जानता हूँ, आज भी हमारे गाँवों का वह यथार्थ नहीं बदला है। आज भी गाँवों में वही परिवार अपने को सुरक्षित रखते हुए टिक पाता है जो गाँव की मुख्य जाति का हो। साथ ही पारिवारिक स्तर पर दबंग और सवंगगर भी हो। गाँवों की बात तो अलग है। शहरों में भी इस स्थिति को मैं विस्तार पाते देख रहा हूँ। महानगरों के बारे में तो ठीक-ठीक नहीं कह सकता, लेकिन अपने जिस शहर आरा में रहता हूँ, वहाँ जाति के आधार पर मुहल्लों को बनते और बसते देखते आ रहा हूँ। अब तो यहाँ की स्थिति यह है कि किरायेदार भी अब उसी मुहल्ले में रहना पसन्द करते हैं जो उनकी जातिबहुल हो...।

पनहे पर बैलों के आने के बाद हमारे परिवार के हित-मित्रों ने पिताजी को सुझाव दिया कि घर गृहस्थी और खेतीबारी के सहयोग के लिए वे अपने किसी सम्बन्धी को यहाँ बुला लें...। खेतीबारी अकेले का काम नहीं...। अपने ग्रामीणों के ऐसे परामर्श पर माँ ने भी मदरिहां गाँव में ब्याही हमारी मौसी के परिवार की ओर पिताजी को संकेत किया—"कुन्ती के ससुराल से किसी को ले आइए...। वहाँ काफी लोग हैं और काम के बिना बेकार हैं। वे सुनते ही आ जाएँगे। काम के मोताबिक उन्हें 'मनी' (अनाज) दे दिया जाएगा। इससे उनका भी काम निकल जाएगा और हमारी खेती भी ठीक से होने लगेगी।"

मदरिहां की हमारी कुन्ती मौसी का परिवार सचमुच बड़ा था। मौसाजी के चचेरे भाइयों की संख्या काफी थी। वे अर्थाभाव में थे। अपने लायक काम खोज रहे थे। बड़ी जाति में होने के चलते मजदूरी करने में हिचकते थे। बस, खबर पाते ही तैयार हो गये। अब पिताजी उनमें से कर्मठ और समझदार रघुवीर लाल को साथ लेते आये। फिर तो गाया और हरेसर के साथ हमारे यहाँ बराबर रहनेवाले एक पुरुष की कमी दूर हो गयी। पिताजी की उपस्थिति पर हमारी संख्या अब

और भरी-पूरी लगने लगती। नाते के अनुसार हम बच्चे उन्हें मौसा ही कहते और वे हमारे पिताजी को भाई साहब तथा माँ को दीदी। इससे अलग गाँव के लोग हमारे रघुवीर मौसा को जातिसूचक रूप में मुंशीजी कहकर पुकारते। उस समय हमारे गाँव के लोग कायस्थ को मुंशी जी ही समझते थे।

मौसा के आने के बाद पिताजी की भाग दौड़ कुछ कम हो गयी तथा माँ के साथ हम बच्चों को भी राहत महसूस हुई। मौसाजी ने आते ही एक रामी[36] बनवा ली। अब उस रामी को कन्धे पर लिए वे खेतों में घूमते रहते। जहाँ कहीं आर-डंड़ार टूटा पाते उस रामी से ही दुरुस्त कर देते। रामी का इस्तेमाल वे कन्धे की लाठी तथा खेती के लिए एक जरूरी अस्त्र, दोनों रूप में करते। जब कभी बैसाडीह से उन्हें रसौली जाना होता, अपने कन्धे पर रामी अवश्य ले लेते। घर से बाहर दालान की चौकी पर सोते हुए भी रामी को वह बगल में ही रखते। हम बच्चे जब पूछते—"अपनी चौकी पर रामी काहे रखते हैं मौसाजी?"

तो जवाब में कहते—"चोरों-बदमाशों के आने पर इसी से उनका कचूमर निकाल दूँगा...।"

मौसाजी की बात सुन हम खुश हो उठते। हमें लगता, गाँव के अन्य लड़कों की तरह अब हम भी अकले और असुरक्षित नहीं रहे। लेकिन यह हमारा भ्रम था। मौसाजी के रहते हुए भी हमारी खेती में उपद्रव जारी थे। रहट और बैलों की निगरानी पुख्ता हो गयी थी। लेकिन खेतों की निगरानी की वैसी कोई व्यवस्था थी ही नहीं...। रात में हमारे खेतों की मेड़ें काटकर लोग पानी अपने खेतों मे बहा लेते। धान की फसलें जब पककर तैयार हो जातीं तो चोर-उचक्के या तो कुछ हिस्से की बालियाँ काटकर ले भागते या फिर खेत से खलियान के बीच धान के काफी बोझे गायब कर देते। पिताजी हर साल खेती का हिसाब मिलाकर देखते, मौसाजी के रहने से लाभ की जगह घाटा ही प्रतीत होता। फिर भी तीन-चार सालों तक उन्होंने मौसाजी को बनाए रखा। उस अन्तिम साल खलिहान में मौसाजी की उपस्थिति के बाद धान की पूरी ढेरी चोर ढो ले गये। उस साल फसलों की बर्बादी और चोरी के बावजूद धान अच्छा हुआ था। दवनी और ओसवनी के बाद खलिहान में धान की बड़ी-सी ढेरी तैयार हो गयी। हसनबाजार के रामू गोलदार से पिताजी ने पहले ही मोल भाव करके दाम निर्धारित कर लिया था। हर साल हमारे खाने भर धान रख पिताजी शेष धान खलिहान से ही बेच देते। धान से चावल बनाकर बेचने की अपेक्षा सीधे धान बेच देना वे अच्छा समझते। इलाके के कुछ बनिये हसनबाजार कस्बे में अपने गोदाम बनवा रखे थे, जिन्हें वे गोला कहते थे। अब इलाके के धान, चावल, गेहूँ आदि खरीद कर अपने गोले में रखते जाते और मंडियों के लिए महँगे दामों में बेचते। मौसाजी, पिताजी के

निर्देश के अनुसार रामू गोलदार को सूचना दे आये थे कि शीघ्र आकर वह खलिहान से धान तौलवा ले जाए। लेकिन व्यस्ततावश अपने आदमियों को लेकर वह नहीं आ सका। अगले दिन आने का वादा किया। गाँव के चोर तो इस फिराक में ही थे। बस, अगले दिन रामू गोलदार के आने से पहले ही रात में काम सपरा दिया। हालाँकि मौसाजी धान की अगोरिया में अपनी रामी के साथ खलिहान में ही सोए थे। फिर भी धान की ढेरी गायब हो गयी। उस चोरी की सूचना मौसाजी से पहले ही हमारे घर पहुँच आयी। सुबह के तड़के ही उधर से आनेवाले ग्रामीणों ने हमें खबर कर दी। बाद में मौसाजी ने रामी के साथ उदास चेहरा लिए घर आकर जो बताया उसे सुन हम डर गये। आरा से पिताजी के आने पर भी मौसाजी ने वही बात बतायी—"मैं क्या करता भाई साहब? वे मेरी छाती पर भाला तानकर खड़े थे। जब भी उठने की कोशिश करता भाला गड़ा देते। देख लीजिए, मेरी छाती के चमड़े कई जगह नुच गये हैं! वे चोर नहीं थे भाईसाहब! डाकू थे, डाकू...!"

इस चोरी के बाद पिताजी ने अब स्वयं खेती करना बन्दकर दिया। मौसाजी के साथ गाया और हरेसर को भी हटा दिया। अब खेतों को उन्होंने 'मनी' पर बन्दोबस्त कर दिया। परिवार की आवश्यकता भर दूध गाँव से खरीद लिया जाने लगा। हमारे ऐसे ही समय में आगे चलकर चोरों ने हमारे घर हमला किया और माँ के सारे गहने ले भागे। इस घटना ने तो जैसे अन्दर से पिताजी को तोड़ ही दिया। खेतों की चोरी चाहे जैसी और जितनी हो घर से बाहर थी। लेकिन घर के अन्दर पत्नी और बच्चों को डराकर लूट पिताजी के लिए अकल्पनीय थी। इस चोरी पर ऊपर से माँ एवं हम बच्चों को आश्वस्त रखने के लिए वे अपने को दृढ़ बनाये रहे, जबकि अन्दर से घुन लगी लकड़ी की तरह गलते चले गये। ऐसे में जब एक बार खूब बीमार पड़े तो जैन कॉलेज के चिकित्सक डॉ. अहद ने उन्हें शुगर और ब्लडप्रेशर (मधुमेह और उच्च रक्तचाप) का गम्भीर मरीज बताया तथा जीवन के प्रति लापरवाही छोड़ सतर्कता बरतने की सलाह दी। इस सम्बन्ध में माँ का मानना था कि यह बीमारी उन्हें पहले से थी। उनके गिरते स्वास्थ्य और शरीर में होते परिवर्तनों को लखकर वह जब भी डॉक्टर से दिखाने को कहती, वे टाल जाते। खेती-बारी की परेशानी और भाग-दौड़ में इसका समय ही नहीं निकाल पाते। अब जबकि बढ़ती बीमारी ने उन्हें पछाड़ दिया था, वे डॉक्टर के पास गये थे। इस स्थति में माँ ने अब एक बार फिर शहर में बसने का प्रयास तेज किया—"यहाँ की खेती जब मनी पर बन्दोबस्त हो गयी तो फिर यह गाँव अगोरने से क्या फायदा? समय पर आकर मनी ले लेंगे...। बीमारी में आपका अकेले रहना ठीक नहीं। देखरेख और परहेजी भोजन के लिए परिवार को साथ

रखना जरूरी है। अब हम आपको अकेले शहर नहीं रहने देंगे।...''

जवाब में गाँव के घर-दुआर और खेत-बघार के नाम पर पिताजी ने माँ को फिर समझा दिया—''यहाँ से छूटते ही यहाँ का सब बर्बाद हो जाएगा। हमारी उपस्थिति में जब चोर-उचक्के नहीं मानते तो हमारे नहीं रहने पर कुछ भी नहीं छोड़ेगे। सरकार बटाईदारी कानून बना रही है। जिसे हम खेत मनी पर देंगे अब उसका भी मालिकान हक हो जाएगा। अब मनीदार बदलते रहना है। जरूरत के अनुसार मनी छुड़ा कर अधिया या तीसरी बटाई पर भी खेती करानी है। यह सब यहाँ रहते हुए ही हम कर सकते हैं। यहाँ से हटने का मतलब गाँव से उखड़ जाना है; पुरखों की जायदाद से वंचित हो जाना। जो अधिक परिवारवाले होते हैं उन्हीं के कुछ सदस्य शहर में बसते हैं। हमारे जैसे लोगों का शहर में बसना गाँव से पत्ता साफ होना है...।''

पिताजी ने अपने मजबूत तर्क से माँ के प्रयास को फिर ध्वस्त कर देना चाहा। उन्होंने शहर से अखबार लाकर बटाईदारी कानून से सम्बन्धित बातें भी माँ को सुनाईं। फिर भी उनकी बढ़ती बीमारी को देख माँ ने अपना आग्रह खत्म नहीं किया। माँ की निरन्तर बढ़ती जिद को ध्यान में रखकर पिताजी ने आरा के महाराज हाता नामक मुहल्ले में तीन कट्ठे जमीन ले ली। लेकिन अपने जीवन पर्यन्त उसमें कुछ भी नहीं बनाया। उनका उद्देश्य उसमें मकान बनाना था भी नहीं। उन्होंने तो माँ का मन रखने के लिए उसे लिया था। उनके शहर के मित्र जब उस जमीन में मकान बनाने के लिए कहते वे समझा देते—''यहाँ घर बना लूँगा तो गाँव से परिवार लाकर यहीं रखना पड़ेगा। फिर गाँव का सब कुछ छूट जाएगा। पुरखों ने बहुत जतन से वे खेत संजोकर रखे हैं। जिनके पुरखों ने कुछ नहीं रखा, वे ही शहर बसने के लिए ललायित रहते हैं।''

लेकिन यह कैसी विडम्बना और कैसा संयोग कि जिन खेतों के लिए पिताजी शहर में बसने से भागते रहे, उनकी मृत्यु के बाद हम उनके वंशज उन्हीं खेतों को बेचकर शहर में आ बसे हैं। आरा के महाराज हाता की जो जमीन पिताजी ने माँ का मन रखने के लिए लिया था, अब वहीं जमीन हमारा स्थायी और प्यारा बसेरा बन गयी है। इस जमीन में पहुँचकर ही मेरे लेखकीय जीवन ने अपेक्षित गति प्राप्त की। यहीं रहकर विश्वविद्यालय में अध्यापन का कार्य मुझे मिला। इस जमीन से ही मेरे छोटे भाई कामेश्वर और ब्रजेश्वर ने बी.एड. की शिक्षा हासिल की जिसकी बदौलत स्कूल शिक्षक की नौकरी पा सके। पिताजी के निधन के बाद लगभग तीन दशकों तक माँ का जीवन इस जमीन में ही व्यतीत हुआ। माँ ने हमें बताया है कि हमारे खानदान में दीर्घ जीवन की परम्परा रही है। हमारे परदादा, दादा और बाबा सब लम्बी आयु को प्राप्त हुए। इस सम्बन्ध में पिताजी

के अल्पायु जीवन और आकस्मिक निधन को वह शहर और गाँव के लिए उनकी बेचैनी, परेशानी और भाग दौड़ को जिम्मेवार समझती रही। उसके निष्कर्ष के अनुसार पिताजी गाँव छोड़ना नहीं चाहते थे और गाँव उन्हें रहने देना नहीं चाहता था, इसी कशमकश ने उन्हें अन्दर से तोड़ा और रुग्ण बनाया। हालाँकि इसके लिए वह पिताजी को ही कसूरवार कहती। उसे इस बात का अफसोस जीवन भर बना रहा कि उसकी बात मानकर पिताजी शहर में इतमीनान का जीवन जीते तो इतनी जल्दी कभी नहीं मरते। पिताजी के साथ काम करने और शहर में रहनेवाले उनके अधिकांश कलिग-प्रो . मया सहाय जौहरी, कामता प्रसाद, डी.सी.जैन, सत्यपति सहाय, एन. प्रसाद आदि का दीर्घ जीवन देख अपनी धारणा पर वह अन्त तक कायम बनी रही।

पिताजी का जब निधन हुआ, मैं बड़ा हो गया था—सत्रह साल का युवक। मैट्रिक की परीक्षा देकर घर पर ही रहता था। बड़े भैया नर्वदेश्वर बी.एस.सी. के अन्तिम वर्ष में थे। उनकी परीक्षा होने जा रही थी। वह पिताजी के साथ ही हॉस्टल में रहते थे। हालाँकि निधन से कुछ वर्ष पहले ही पिताजी की बीमारी के स्पष्ट परिणाम परिलक्षित होने लगे थे। इस स्थिति में भी वे आरा ही रहते और शनिवार को ही घर आते। लेकिन हम देखते उनके पाँव सूजे हुए हैं और चेहरे पर भी सूजन है। साँसों की रफ्तार भी हमें तेज-तेज जान पड़ती तथा आँखें कुछ लाल दिखतीं। उनके पाँवों की सिपुलियाँ तो इतनी सूज जातीं कि उनका हाफ जूता उनमें धँसा हुआ जान पड़ता। वे बिना फीते वाले हॉफ जूते ही पहनते थे। माँ यह देख चिन्तित हो उठती तो वे समझा देते—''यह राजरोग है, जिसे भी लगता है, छूटता नहीं...। अब जब यह आ गया है तो कुछ तो परेशान करेगा ही, लेकिन इससे डरने-घबराने की जरूरत नहीं। डॉ. अहद ने मुझे बताया है, कई लोगों को यह बीमारी है।''

इस पर माँ, पिताजी के सामने तो और कुछ नहीं कहती, लेकिन बैसाडीह से उनके आरा जाते ही 'परी माई' के चबूतरे के पास बैठ खूब रोती और पिताजी के जीवन के लिए मिन्नतें करती—''हे परी माई! हे कुल पूज! हमारा सुआहग बचाए रखना। इनको कुछ मत होने देना...।''

हमारे आँगन के एक काने में 'परी माई' का चबूतरा उस वक्त था जो आज भी है। माँ के अनुसार वे हमारी कुल देवी हैं। पुरखों के समय से ही वे हमारे यहाँ बनी हुई हैं। उनका आगमन कब और कैसे हुआ, यह दिलचस्प कथा है। माँ के अनुसार बहुत पहले की बात है, एक बार हमारे पुरखे आधी रात को घर से चल पड़े थे। अपने परिवार के एक सदस्य को वे कैद से छुड़ाने जा रहे थे। वह सम्भवत: मुगल शासन का काल था। हमारे पुरखों के उस सदस्य को किसी

जुर्म में बादशाह के स्थानीय सामन्तों ने कैदकर रखा था। अपने उसी सदस्य की वापसी के लिए वे जा रहे थे। उस सदस्य के बचाव में सफाई और तर्क देने तथा हरजाने के रूप में कुछ रकम चुकाने की तैयारी भी उन्होंने कर ली थी। अब वे तेजी से आगे बढ़े जा रहे थे ताकि भोर होते-होते सामन्तों के स्थानीय हाजत तक पहुँच सकें...।

उस समय आज की तरह गाँव एक-दूसरे के निकट नहीं बसे थे। एक गाँव से दूसरे गाँव के बीच काफी दूरी थी और उस दूरी में अपने आप घने पेड़ उगे हुए थे। जंगल जैसा परिदृश्य था। हमारे पुरखे उसी जंगल से होकर गुजर रहे थे। अचानक दूर से ही एक घना पेड़ उन्हें चमकता नजर आया। उस पेड़ पर कोई अलौकिक छाया जान वे रुक कर उसे देखने लगे। उन्हें लगा, पंखोंवाली एक अत्यन्त सुन्दर स्त्री पेड़ पर बैठी है। फिर पंखों से उड़ते हुए ही वह पेड़ के नीचे उतरी। नीचे आते ही उसके पाँवों के पायल और बदन के गहने झन्न-झन्न बज उठे। उस वृक्ष के नीचे वह नाचती रही या चहलकदमी करती रही, उन्हें साफ-साफ दिखाई नहीं पड़ रहा था। लेकिन उसके पायल और गहनों की झंकार उन्हें सुनाई पड़ रही थी। अब आपस में यह विचार कर वे आगे बढ़े कि उस अलौकिक स्त्री से अपने कार्य के लिए प्रार्थना करेंगे। सम्भव है, उनकी प्रार्थना से द्रवित हो कार्य सिद्धि का वरदान वह दे दे। मगर उस पेड़ के नीचे पहुँचने पर उन्होंने पाया कि वहाँ कोई नहीं था। उन्हें लग गया, अवश्य वह स्वर्गलोग की कोई परी थी, इच्छा के अनुसार प्रकट होने और इच्छा के अनुसार अन्तर्धान होनेवाली। उसकी अगर कृपा दृष्टि हो जाए तो हमारा कार्य सफल हो जाएगा। बस, हमारे उन पुरखों ने वहीं खड़े होकर मनौती की—"हे परी माई! अगर आपकी कृपा से हमारा भाई कैद से छूट जाएगा तो हम अपनी कुलदेवी बनाकर आपको पूजते रहेंगे...।"

इस मनौती के बाद हमारे वे पुरखे आगे चल पड़े। सुबह होते-हाते वे वहाँ पहुँच गये जहाँ उनका सदस्य कैद था। लेकिन उनके पहुँचने से पहले रात में ही उसे रिहा कर दिया गया था। उस पर जुर्म का आरोप मिथ्या साबित हुआ था। वह सदस्य अब घर की ओर ही आ रहा था कि इधर से जा रहे उसके अपने लोग मिल गये। बस, उनकी खुशी का ठिकाना नहीं रहा। अपने उस सदस्य को हमारे पुरखों ने गले से लगा लिया। अपनी इस खुशी को उन्होंने उस परी माई का वरदान माना। फिर, वापसी में अपनी मनौती के अनुसार वे उस पेड़ के नीचे पहुँचे। अब हाथ जोड़कर उस पेड़ के नीचे बैठ गये। उनके बीच के सबसे बड़े सदस्य ने अपने माथे की पगड़ी खोल, वृक्ष के नीचे की धूल यह कहते हुए उठानी शुरू की—"जैसे इस संकट से आपने हमें उबारा वैसे ही आगे भी

हमारे कुल-खानदान पर सहाय रहियेगा। हम आपकी चरण धूलि ले चल रे हैं। बराबर आपकी पूजा करेंगे...!''

और घर आकर उस चरण धूलि को हमारे पुरखों ने पूजा स्थल पर प्रतिष्ठित कर दिया। मिट्टी के एक गोलाकार पिंड के रूप में उस चरण धूलि को बनाये रखा...।

जब तक हमारा घर कच्ची मिट्टी का रहा तब तक परीमाई का वह पिंड भी मिट्टी के रूप में ही कायम रहा। लेकिन पिताजी जब पक्का मकान बनवाने लगे तो माँ की इच्छा के अनुसार तथा हमारे पुरोहित जी के निर्देश पर 'परी माई' के लिए भी आँगन के एक कोने में मन्दिरनुमा चबूतरा बनवा दिया। फिर उसी चबूतरे पर परीमाई की चरणधूलि वाले पिंड को स्थापित कर ऊपर से उसे सिमेन्टेड कर चिकना सलोना तथा स्थायी रूप दे दिया। वैसे तो हमारे घर 'परी माई' के आगमन और प्रभाव से सारा गाँव अवगत था। आसपास की औरतें गाहे-ब-गाहे हमारे घर आकर परी माई को पूजतीं तथा मनौतियाँ भी मानती रही थीं। लेकिन उनके पक्के निर्माण के बाद तो उनके प्रति मेरे पड़ोसियों की श्रद्धा और विश्वास और बढ़ गया...। पिछले काफी समय से हम गाँव के अपने उस घर से अलग आरा में रह रहे हैं। लेकिन हमारे घर की परी माई अभी भी वहीं बनी हुई हैं। गाँव के हमारे उस घर में रह रहा हरेसर का परिवार अब उनकी देखभाल करता है।

पता नहीं, यह परी माई के प्रति माँ की मिन्नतों का प्रभाव था या पिताजी का जीवटपन कि बीमारी की उन प्रत्यक्ष परिणतियों के बावजूद कई वर्षों तक वे उसी रूप में बने रहे। बाद में हमें भी लगने लगा कि उस बीमारी से पिताजी का कुछ होनेवाला नहीं उसके साथ जीने का तालमेल उन्होंने बैठा लिया है। लेकिन हम धोखे में थे। बीमारी तो चूहे-बिल्ली के खेल में अपने घात की प्रतीक्षा में थी। जैसे ही घात लग गयी, उसने पिताजी को दबोच लिया।

वह रात मैं कभी नहीं भूल पाता हूँ, जो पिताजी पर बीमारी के आक्रमण की रात थी। वह मई का महीना था। खूब गर्मी पड़ रही थी। कॉलेज ग्रीष्मावकाश में दो माह के लिए बन्द था। पिताजी गाँव ही आ गये थे। हालाँकि बड़े भैया नर्वदेश्वर आरा में ही रह गये थे। बी.एस.सी. आनर्स की अपनी परीक्षा की तैयारी में लगे थे। अपने विषय के शिक्षकों के आवास पर जाकर ट्यूशन आदि पढ़ रहे थे। पिताजी का निर्देश था कि वे सिर्फ अपनी पढ़ाई पर ही केन्द्रित रहें...। गाँव के बारे में या पिताजी की बीमारी के बारे में कुछ भी न सोचें...।

वह 15 मई की रात थी। हमारा पूरा परिवार गर्मी की वजह से आँगन में ही सोया था। गर्मियों में हम आँगन में ही सोते थे। घर के अन्दर की चौकियाँ

और खाटियाँ आँगन में निकाल उन्हें एक सन्तर में बिछा दी गयी थीं। उस व्यवस्था के तहत उत्तर किनारे की एक बड़ी खाट पर माँ छोटे भाई ब्रजेश्वर और छोटी बहन उर्मिला को लेकर सोयी थी। उसके बाद की चौकी पर उषा दीदी के साथ बहन उर्वशी। तब बड़े भैया नर्वदेश्वर और उषा दीदी की शादियाँ हो चुकी थीं। पिताजी को लगातार अस्वस्थ देख माँ ने ही कहा था—''आप इतने बीमार रहते हैं...आगे पीछे भी कोई नहीं। अब नर्वदेश्वर और उषा की शादी कर घर में एक बहू और एक दामाद उतार लीजिए...। अब यह जरूरी है...।''

पिताजी अभी भैया और दीदी की शादियों के पक्ष में नहीं थे। भैया की शादी उनकी नौकरी के बाद तथा दीदी की शादी भी उनके आई.ए. या बी.ए. के बाद करना चाहते थे। लेकिन माँ के निरन्तर अनुरोध को टाल नहीं सके। फिर दोनों की शादियाँ निकट के ही दो गाँवों में कर दीं। भैया की शादी बचरी में और दीदी की शादी रेपुरा में। उस समय भैया की पत्नी अपने मायके गयी थी तथा उषा दीदी ससुराल से मायके आयी थी। मायके आने के बाद दीदी, पहले की ही तरह छोटी बहन उर्वशी के साथ सोयी थी। उनकी चौकी के बाद एक खटोले पर पिताजी थे। अस्वस्थ होने के बाद वे एक खटोले पर अकेले ही सोना पसन्द करते थे। उनके बाद दक्खिन किनारे की चौकी पर कामेश्वर के साथ मैं। यानी, उत्तर किनारे माँ एवं दक्खिन किनारे मैं और बीच में सारा परिवार।

रात गहराती जा रही थी। हम सब नींद में थे। उस रात पिताजी की पसन्द का खाना पुआ और सब्जी बना था। वे पुआ खूब पसन्द करते थे। माँ ने हम सबके लिए गुड़ का पुआ बनाया था और पिताजी के लिए सैक्रिन की गोलियों का। शुगर की बीमारी के बाद पिताजी अक्सर आरा से सैक्रिन को गोलियाँ ले आते थे। माँ उनके लिए चाय, दूध, पुआ आदि में उन गोलियों का ही उपयोग करती। उस रात हम जमकर पुए खाये। पिताजी ने भी डटकर खाया। माँ के रोकने के बावजूद ऊपर से एक और पुआ ले लिया। उस स्वादिष्ट पुए ने ही शायद हमारी नींद और बढ़ा दी थी। लेकिन अचानक मुझे लगा कि कोई मेरी बाँह खींच रहा है, बस मेरी आँख खुल गयी। देखा पिताजी अपने खटोले पर बैठे मेरी बाँह खींच रहे थे। समझ गया, पिताजी मुझे जगा रहे। लेकिन इस तरह तो पहले कभी नहीं जगाते थे। आवाज देकर ही उठाते। फिर इस तरह क्यों? मैं बैठ गया। फिर यह देखकर सन्न रह गया कि पिताजी बेतरह हाँफ रहे थे। साँस लेने में उन्हें कठिनाई हो रही थी। उनके चेहरे पर विकलता और बेचैनी के भाव उभर आये थे। अब समझ गया कि आवाज लगाने से लाचार वे बाँह खींच रहे हैं। बस, मैं तत्क्षण उठकर उनके पास चला आया—''क्या है पिताजी?''

जवाब में मुश्किल से वे सिर्फ इतना ही कह पाये—''तबीयत बहुत खराब है...!''

वैसे तो देखने से ही उनकी स्थिति गम्भीर लग रही थी। लेकिन उनकी इस बात ने मुझे काफी चिन्तित कर दिया। हम बच्चों से वे अक्सर अपनी बीमारी की बात छिपाते थे। अपना दु:ख-दर्द कभी नहीं कहते। अब मुझे यह समझते देर नहीं लगी कि आज उनकी तबीयत वाकई ज्यादा खराब है। मैंने तेजी से माँ को जगाया। पिताजी की हालत देख माँ का चेहरा भी फक् हो गया। उनके मुँह से स्वत: निकल गया—"हे परी माई! यह क्या हो गया? कष्ट हरिये परी माई? जल्दी आ जाइए...! दु:ख दूर कर दीजिए...!"

फिर वह पिताजी को राहत पहुँचाने की कोशिश में भिड़ गयी। उनके छाती, पीठ और पसलियों में सरसों के तेल की मालिश करने लगी कि ठंढ़े का असर हो या वायु विकार हो तो निकल जाए। साथ ही परी माई को गोहराती[37] भी रही—"हे परी माई! हे कुलपूजा। इन्हें ठीक कर दीजिए...! हमसे जो भूल-चूक हुई हो माफ कर दीजिए।" लेकिन पिताजी को तनिक भी राहत नहीं मिली। घर में उपलब्ध हींग और अजवायन गर्म पानी से दी गयी। लेकिन उससे भी कुछ फायदा नहीं हुआ। अब माँ ने मुझसे कहा—"इन्हें जल्दी डॉक्टर के पास ले चलो मिथि! कोई इन्तजाम करो बेटा! इनकी बीमारी आज बिगड़ गयी है...।"

मैंने माँ को आश्वस्त किया—"तुम तैयारी करो माँ। मैं अभी ले चलने का इन्तजाम करता हूँ...!"

और मैं घर से निकल कँहरटोली की ओर भागा। उस समय घर में मैं ही सबसे बड़ा था इसीलिए माँ ने यह दायित्व मुझे ही सौंपा। कोई और अवसर होता तो माँ उस आधी रात में मुझे घर से निकलने नहीं देती। इस तरह का दायित्व भी नहीं सौंप पाती। लेकिन पिताजी की बिगड़ती हालत देख अब कुछ भी वह उठा रखना नहीं चाहती थी।

मैं जानता था, उस आपद स्थिति में मेरे गाँव पर पालकी को छोड़ कोई सवारी नहीं। बैलगाड़ी की धीमी रफ्तार से मरीजों को ले जाना तो उन्हें पैदल ले जाने के बराबर था। उसकी तुलना में पालकी ढोनेवाले कहार दौड़ते चलते थे। हालाँकि पालकी का मुख्य उपयोग शादी-ब्याह में वर-कन्या को ढोना होता था। लेकिन वही पालकी आपद समय में मरीजों के लिए सम्बल भी बनती थी। गाँव में पालकी रखनेवाले तीन-चार लोगों को मैं जानता था। उनमें सीधे कहरटोली के भभुती के घर पहुँचा। उस समय हमारे खेत भभुती के ही जिम्मे थे। खेती के साथ-साथ वह पालकी भी ढोता था। उस बिरत[38] रात दरवाजा खटखटाने पर भभुती ने कनमनाते और गुस्साते हुए कहा—"कौन है ? क्यों उठा रहा? जाओ अभी...!"

अब मैं बोल पड़ा—"मैं हूँ भभुती भइया, मिथिलेश्वर! पिताजी की तबीयत बहुत खराब हो गयी है। उन्हें पालकी से पीरों बंगाली डॉक्टर के यहाँ ले चलना है। जल्दी तैयार हो जाओ!"

भभुती को हम भैया ही कहते थे। वह मेरे पिताजी को चाचा तथा माँ को चाची कहता था। मेरी बात पर उसने फिर झटकेरने[39] की कोशिश की—"अभी हमको कहीं नहीं जाना...। किसी और को देखो। और जगह पालकी है...!"

"ऐसा मत कहो भभुती भइया। माँ ने तुम्हारे पास ही भेजा है। हम तुम्हें अपना परिवार समझते हैं...। बहुत मुसीबत में आये हैं। साधारण बात होती तो इस रात में तुम्हें नहीं जगाते...।"

"अब एक क्षण की चुप्पी के बाद भभुती बाहर आया। शायद मेरी बात का उस पर असर हुआ था। फिर रात में पालकी ढोने की मँहगी मजदूरी तय कर तैयार हो गया। जानता था, इस वक्त मैं कुछ भी देने को राजी हो जाऊँगा! अब अपने छोटे भाई सभुती को उठाने लगा तथा मुझे लौटन और शामा को जगाने के लिए उनके घरों की ओर दौड़ा दिया। बिना चार कहारों के पालकी चलती ही नहीं। भभुती और सभुती की पालकी के दो कहार लौटन और शामा थे। उस गहरी रात में जगाने पर वे भी झल्लाए। लेकिन मुझे भभुती का भेजा आदमी समझ तैयार हो गये। उन सबको लेकर मैं घर पहुँचा, माँ बेसब्री से मेरी राह देख रही थी। पिताजी की हालत में तनिक भी सुधार नहीं था। अब उन्हें पालकी पर ले हम चल पड़े। उषा दीदी के साथ सभी छोटे भाई-बहनों को घर पर छोड़ दिया। अब मैं और माँ पालकी के साथ लग गये। घर से निकलने से पहले माँ ने परी माई के पास माथा टेकते हुए कहा—"सभी जगह सहाय रहिएगा परी माई! रोते जा रहे हैं, बाकिर आपकी कृपा से...हँसते-चहकते आ जाएँ...!"

घर से बाहर निकल हम गाँव की गली में आ गये। फिर गाँव की गली से बाहर सड़क पर। अब पालकीवालों ने अपनी रफ्तार तेजकर दी। वे लगभग दौड़ने-से लगे। मैं भी उनके साथ दौड़ चला। लेकिन माँ पीछे छूट गयी। एक क्षण के लिए मुझे समझ में नहीं आया कि पालकी में बीमार पिताजी के साथ चलूँ या माँ के साथ हो जाऊँ? फिर उस अँधेरी गहराती रारत में अकेली माँ का पीछे छूट जाना, मुझे अपने कर्त्तव्य का ज्ञान करा दिया। लगा, मुझे माँ के साथ ही होना चाहिए। बस, मैंने पालकीवलों से कह दिया—"बंगाली डॉक्टर के अस्पताल में आप लोग चलिए। मैं माँ को लेकर आ रहा हूँ...!"

और मैं माँ के साथ ही चलने लगा। इस पर माँ ने कहा—"तुझे पिताजी के साथ होना चाहिए। उन्हें कब क्या जरूरत पड़े...?"

मैंने माँ को समझा दिया—"कहारों से कह आया हूँ। वे देखते रहेंगे...?"

कहार हमसे आगे बढ़ गये। माँ भी अपने सामान्य चाल से तेज ही चल रही थी। लेकिन कहारों के पाँव के साथ हम नहीं लग सके। हमारे पहुँचने से पहले ही कहार पालकी लेकर अस्पताल गेट पर मौजूद थे। रात की वजह से गेट का ताला बन्द था। अब हम गेट बजाने लगे। जवाब में बंगाली डॉक्टर का कुत्ता उनके बरामदे में भौंकने लगा। बंगाली डॉक्टर ने एक चहारदीवारी के भीतर अपने अस्पताल के साथ ही अपना आवास बनवा रखा था। वे उसी में रहते थे। मुझे लगा, गेट खटखटाने से देहात का कोई सामान्य मरीज समझ बंगाली डॉक्टर आनेवाले नहीं। वे हमारे परिवार के परिचित और पिताजी की इज्जत करनेवाले हैं, इसीलिए अपने आने की सूचना हमें देनी चाहिए...। बस, अपने प्रति उत्पन्न ममत्व से तेज आवाज़ लगानेवाले सभुती को मैंने विषय से अवगत कर दिया। अब, वह शुरू हो गया—''डॉक्टर साहब, हम बैसाडीह से प्रोफेसर वंशरोपन लालाजी को लेकर आये हैं...। वे बहुत बीमार हैं। उन्हें देख लीजिए...!''

रात के सन्नाटे में सभुती की आवाज गूँजने लगी। इस आवाज की प्रतिक्रिया हुई। दो से तीन बार तक सभुती के आवाज लगाते ही अन्दर से जवाब आया—''आ रहे हैं...!''

फिर बरामदे में डॉक्टर साहब नजर आये। इसके बाद बरामदे के बगल के कमरे से उन्होंने कम्पाउंडर को बुलाया। फिर उसे कुछ समझाया। अब कम्पाउंडर कुँजी लेकर गेट पर आ गया। गेट पर आते ही वह हमें पहचान गया। अपनी बीमारियों पर बचान से ही माँ के साथ हम यहाँ आते रहे थे। अब गेट खोल हमें डॉक्टर साहब के कक्ष में बैठाया। थोड़ी ही देर बाद डॉक्टर साहब भी आ गये। लेकिन पिताजी की गम्भीर स्थिति देख वे घबरा उठे—''आप लोगों ने प्रोफेसर साहब को ले आने में देर की है। इनका मर्ज बिगड़ गया है। अब आप लोग इन्हें लेकर सीधे आरा सदर अस्पताल भागिये...। वहाँ कुछ हो सकता है। यहाँ मैं कुछ भी नहीं कर सकूँगा...।'' और यह कहते हुए बंगाली बाबू ने अपने कम्पाउंडर से पिताजी को दो इन्जेक्शन भी लगवा दिये, ताकि रास्ते में उनका कष्ट और बढ़ने न पाये।

अब उन्हें हम पीरो बाजार में ले आये जहाँ से भाड़े की टैक्शियाँ या जीपें मिलती थीं। लेकिन आधी रात के उस समय में वहाँ कोई भी गाड़ी नहीं थी। हम समझ नहीं पा रहे थे कि इस आफत में अब क्या करें? ठीक इसी समय एक जीप कहीं से आकर रुकी। शायद रात में आयी किसी सवारी को छोड़ने गयी थी! उस जीपवाले से बिना भाड़ा तय किये हम पिताजी को लेकर चढ़ गये। अब हम तनिक भी देर करना नहीं चाहते थे। अपने गाँव के पालकीवालों को कह दिया—''गाँव लौटते ही रुपये दे देंगे...!''

और समय होता तो नगद भाड़े के लिए वे जिद करते। लेकिन परिस्थिति के अनुसार वे भी महटिया गये। अब हमारी जीप आरा की ओर भाग चली। पीरो से आरा तक के उबड़-खाबड़ रास्ते को तय करने में काफी समय लगा। इस बीच माँ, पिताजी के लिए लगातार उन मन्त्रों का पाठ करती रही जिन पर उसे भरोसा था। मैं भी पिताजी की हालत देख कामना रहा कि इस संकट से वे किसी तरह उबर जायँ। हम जब आरा पहुँचे, भोर की ललाई आनी शुरू हो गयी थी। सदर अस्पताल के रास्ते में ही नवादा हॉस्टल में भैया रहते थे और पिताजी का कमरा भी था। नवादा हॉस्टल में एक ओर कुछ शिक्षक रहते थे, दूसरी ओर छात्र। सूचना पाते ही भैया के साथ हॉस्टल के सभी छात्र जीप के पास आ धमके—"सर को यह क्या हो गया? सर इतने बीमार कैसे हो गये?"

उस वक्त गर्मी की छुट्टियाँ बिताने अधिकांश शिक्षक अपने गाँव चले गये थे। शिक्षकों में उस वक्त सिर्फ गुप्ता जी थे। वे भी नीचे आये। पिताजी को देखते हुए उन्होंने भैया से कहा, "अब देर न कर इन्हें लेकर जल्दी अस्पताल भागो नर्वदेश्वर...! जरूरत पड़ने पर मुझे भी खबर करना...!"

यह सुनते ही भैया अपने कुछ निकटतम दोस्तों के साथ तत्क्षण उस जीप पर सवार हो गये और हम अस्पताल चल पड़े।

भैया के आने के बाद अब मैं अपनी जिम्मेवारी कम महसूस करने लगा था। भैया ने दायित्व सँभाल लिया। भैया के साथ कॉलेज में पढ़नेवाले उनके दोस्तों की सक्रियता और मुस्तैदी देख मुझे लगा कि सम्भव है, अब पिताजी ठीक हो जाएँ! सम्भव है, पिताजी के इसी शहर में प्रोफेसर होने तथा इनके छात्रों की उपस्थिति से डॉक्टर भी उनके इलाज में विशेष रुचि लें। लेकिन सदर अस्पताल की व्यवस्था देख हमारा माथा ठनक गया। एक बूढ़े चपरासी और एक कम्पाउंडर के सिवाय वहाँ कोई नहीं था। भैया और उनके दोस्त अब उग्र हो उठे और अस्पताल के कैम्पस में सिविल सर्जन आवास पर चिल्लाने लगे। यह देख सिविल सर्जन अब जल्द ही बाहर आ गये। चपरासी को दौड़ाकर इमरजेंसी ड्यूटीवाले डॉक्टर को भी बुला लिया। अब दोनों जनों ने पिताजी की जाँच की तथा भैया और उनके दोस्तों को समझाया—"इन्हें लेकर जल्द से जल्द आप लोग पी.एम.सी.एच. (पटना मेडिकल कॉलेज हॉस्पीटल) भगिये। वहाँ कई तरह के इन्तजाम हैं। यहाँ कोई सुविधा नहीं। हम चाहते हुए भी यहाँ कुछ नहीं कर सकेंगे...।"—और सिविल सर्जन ने पी.एम.सी. में रेफर करने के साथ रास्ते की सुरक्षा के लिए पिताजी को एक इन्जेक्शन लगवा दिया...।

अब उसी जीप से पिताजी को लेकर हम पटना चल पड़े। भैया ने अपने दो अनुभवी दोस्तों को भी साथ ले लिया। उनके अन्य सभी साथी आरा ही रह

गये। अधिक लोगों के साथ होने से कोई फायदा नहीं था। उस जीप में अधिक सवारियों की गुँजाइश भी नहीं थी।

हम लगभग नौ-दस बजे के करीब पटना पहुँचे। आरा से पटना का सड़क मार्ग खराब था। भैया के वे दोस्त अनुभवी थे। शायद पहले भी पी.एम.सी.एच. आ चुके थे। अपनी तत्परता से उन्हेंने पिताजी का दाखिला पी.एम.सी.एच. में जल्द ही करवा दिया। उन्हें एक बेड मिल गया। लेकिन वहाँ की गयी-गुजरी व्यवस्था देख हमारा मन फिर क्षुब्ध हो गया। खोदा पहाड़ निकली चुहिया! उन्हें देखनेवाला डॉक्टर कुछ भी पूछने पर हमें डाँट देता—"तुम लोग चुपचाप देखते रहो। अधिक बोलने की जरूरत नहीं। हमें जो करना है, करते जाएँगे...!"

लेकिन वह कर क्या रहा था, यही हमें समझ नहीं आ रहा था। पिताजी के पेशाब के रास्ते में उस डॉक्टर ने एक नली डलवा दी थी। कुछ इन्जेक्शन और दवाएँ लिख दी थीं। इसके बाद कोई तत्परता और जिम्मेवारी नहीं...। हम यह सुनते हुए यहाँ पहुँचे थे कि यहाँ कई तरह के इन्तजाम और सुविधाएँ हैं। लेकिन कुछ भी नहीं पा रहे थे। दाखिले के बाद तो मरीज बस भगवान और अपने परिजनों के हवाले थे। पिताजी के पहले से यहाँ भर्ती कुछ मरीजों के परिजनों ने यहाँ का यथार्थ भी हमें बता दिया—"केवल नामक के लिए ही यह बड़ा अस्पताल है। यहाँ मरीजों पर किसी का ध्यान नहीं। लोग कहते हैं, अच्छे-अच्छे डॉक्टर यहाँ हैं। लेकिन सब प्राइवेट प्रैक्टिस में रुचि लेते हैं। यहाँ तो नौकरी बजाने आते हैं। मरीज के जीने-मरने से कोई वास्ता नहीं रखते...!"

मरीजों के परिजनों की वे बातें हमें बिल्कुल सच प्रतीत होने लगी थीं। भर्ती करने के बाद पिताजी के प्रति उनकी लापरवाही हम देख रहे थे। अक्सर मेडिकल छात्रों के साथ मरीजों के बीच घूमते डॉक्टरों को देख हम आशान्वित हो उठते कि शायद अब ये कुछ खास करेंगे। हम उनसे अपने पिताजी का परिचय देते कि जैन कॉलेज आरा के विद्वान प्रोफेसर हैं। लेकिन हम पाते कि उन्हें ठीक करने की अपेक्षा उस दल के डॉक्टर अपने छात्रों को उनकी बीमारी का अध्ययन करा आगे बढ़ जाते। हमारी अपेक्षा निरर्थक ही साबित होती। इस सम्बन्ध में हम अपने को विवश महसूस करते जा रहे थे। पटना के पी.एम.सी.एच. में हम पहली बार आये थे। इसके अतिरिक्त भी कहीं अच्छी चिकित्सा होती है, हम नहीं जानते थे। पिताजी का कष्ट यथावत् बने देख हम दु:खी थे। उनके लिए जितना हो सकता था, हम कर रहे थे। लेकिन हमारे करने से सुधार होनेवाला नहीं था। पी.एम.सी. एच की लापरवाही के हम शिकार थे। वहाँ का तो अब एक-एक दिन हमारे लिए एक-एक वर्ष प्रतीत हो रहा था। ऐसे ही समय पिताजी की बीमारी की सूचना

पर उन्हें देखने गया से हमारे मामा अखिलेश्वर प्रसाद श्रीवास्तव पहुँचे। वे गया के माइनर एरिगेशन में एकांउन्टेंट थे। पिताजी की हालत देखते ही उन्होंने माँ से कहा—"भाई साहब को तुम्हें यहाँ लाना ही नहीं चाहिए था दिदिया...! कहने के लिए यह मेडिकल कॉलेज अस्पताल है। इस खैराती अस्पताल का इलाज भी खैराती ही होता है। यहाँ गरीब और बेसहारा ही आते हैं...!"

जवाब में माँ ने कहा—"मुझको क्या पता! नर्वदेश्वर और उसके दोस्त यहाँ लेते आये...।"

मामा ने अब भैया को एक कोने में बैठाकर समझाया। वहीं मैं भी मौजूद था—"अब यहाँ और समय बिताने पर भाई साहब नहीं बचेंगे...! उनकी हालत मुझे ठीक नहीं लग रही। तुम लोग अब जल्दी उन्हें कुर्जी अस्पताल लेकर चलो। दीघा में कुर्जी अस्पताल है। वहाँ पैसा लगता है। लेकिन इलाज भी ढंग का होता है। भाई साहब ने इतना कमाया है। रोग-बीमारी के लिए ही तो आदमी पैसे रखता है...!"

मामा की बात पर हम तैयार हो गये। लेकिन पी.एम.सी.एच. के डॉक्टरों ने नाम काटने से इनकार कर दिया। बस, मामा के संकेत पर बिना नाम कटाए शाम होते ही भाड़े की एक गाड़ी से हम पिताजी को ले भागे...। उन्हें लेकर भागते हुए हमें ऐसा लग रहा था जैसे किसी यातना गृह से या जेल से उन्हें मुक्त कराकर ले जा रहे हों। फिर तो कुर्जी अस्पताल पहुँच सचमुच हम चमत्कृत हो गये! वहाँ की और पी.एम.सी.एच. की व्यवस्था में हमने जमीन-आसमान का अन्तर महसूस किया। वहाँ के चिकित्सकों ने जिस तत्परता से पिताजी का निरीक्षण किया और उन्हें ठीक करने में जिस मुस्तैदी से लगे उसे देख हमारी निगाहें श्रद्धा से मामा पर टिक गयीं। अगर वे समय से न पहुँचते और यहाँ न लाते तो पिताजी शायद अब दो-चार दिन भी वहाँ नहीं बचते। कुर्जी में उनके स्वास्थ्य में त्वरित सुधार ने हमें आशान्वित कर दिया। पिताजी का कष्ट अब खत्म हो चला था। अब वे बोलने-बतियाने भी लगे थे। चिकित्सकों ने लगभग एक माह उन्हें रखने के लिए कहा, जिस पर हम सहर्ष तैयार हो गये। कुर्जी अस्पताल के पास ही हमने एक कमरा ले लिया, जिसमें हम बनाने-खाने लगे। पिताजी के पास रात में सिर्फ एक आदमी के रहने की इजाजत अस्पताल की ओर से थी।

जब माँ कुछ इत्मीनान हुई तो उसका ध्यान गाँव पर उषा दीदी एवं हमारे छोटे भाई-बहनों पर गया। उसने मुझसे कहा—"तुम अब गाँव चले जाओ मिथि, यहाँ नर्वदेश्वर है ही। गाँव पर वे सब घबड़ाये होंगे...। तुम वहाँ रहोगे तो उन्हें सँभालोगे...!"

माँ का यह आदेश पाते ही अब मैं गाँव चल पड़ा। मेरे मन में भी यह बात थी, लेकिन किसी अज्ञात दबाव से कह नहीं रहा था। इस बीच भैया ने

भाभी को कुर्जी अस्पताल में ही बुला लिया था। यहाँ के लिए माँ और भैया-भाभी काफी थे। कुर्जी में पिताजी के भर्ती होने की सूचना से जैन कॉलेज, आरा के छात्र और शिक्षक भी अब लगातार पिताजी से मिलने आते जा रहे थे...। इसी अवधि में बड़े भैया की परीक्षा भी शुरू हो गयी। अब वे पटना से आरा आकर परीक्षा देते और पटना लौट जाते...।

पटना से मेरे गाँव आने के लिए 'पहले बड़ी लाइन' से आरा आना होता, फिर आरा से 'छोटी लाइन' पकड़ नोनार स्टेशन पर उतरना। तब वहाँ से पैदल चलकर हम अपने गाँव पहुँचते। इसमें बराबर अनियमित चलनेवाली छोटी लाइन विलम्ब कर ही देती। शायद याने की इस पेचीदगी और विलम्ब की वजह से ही पटना से सुबह चलकर मैं शाम को गाँव पहुँचा। अब गाँव के सिवान में घुसते ही जिसकी नजर मुझ पर पड़ी वह बिना पूछे नहीं रह सका—"प्रोफेसर साहब कैसे हैं मिथि? अचके में यह क्या हो गया उन्हें? कहाँ ले गये हो तुम सब? कब तक गाँव आ जाएँगे?"

मैं सबको जवाब देता आगे बढ़ता रहा। मन ही मन खीझ भी रहा था कि पिताजी को परेशान करनेवाले लोग आखिर इस तरह उनका कुशल क्षेम क्यों पूछ रहे है? लेकिन उस वक्त तत्काल इन परस्पर विरोधी बातों को मैं समझ नहीं पाया। लेकिन अब विचार करने पर मुझे साफ लगता है अल्पसंख्यक होते हुए भी खेती-गृहस्थी में पिताजी को आगे न निकलने देना उनका जातिगत पक्ष था, जबकि बीमारी पर उनके प्रति सहानुभूति गाँव की बुनियादी संवेदना का सच।

मेरे घर पहुँचने तक गाँव के बच्चे मेरे आने की सूचना वहाँ पहुँचा चुके थे इसीलिए उषा दीदी के साथ छोटी बहनें उर्वशी, उर्मिला एवं छोटे भइया कामेश्वर, ब्रजेश्वर सब दरवाजे पर ही मौजूद थे। मैंने पिताजी के स्वस्थ होने की सूचना देकर उनके मुरझाए चेहरे को हरा कर दिया। फिर घर के अन्दर आकर इतमीनान से उन्हें सारी बात बता दी। अब टोला-पड़ोस के औरत-मर्द जुटने लगे। गाँव के लिए यह बड़ी घटना थी। गाँव के अधिकांश मरीजों को पीरो से आगे नहीं ले जाया जाता था। इस विश्वास पर पीरो की दवा ही खिलायी जाती कि किस्मत में जीना होगा तो जी जाएँगे, मरना होगा मर जाएँगे। ऐसे में पिताजी को पीरो से आरा और फिर आरा से पटना ले जाने की घटना ने सबका ध्यान आकृष्ट कर दिया था। अब मैं निकसार के कमरे में बैठ गया और आने-जानेवाले लोगों को पिताजी के समाचार सुनाता रहा।

मैंने अनुभव किया, अभिभावक की अनुपस्थिति में मेरे भाई-बहन डरे-सहमे थे। सबसे छोटी बहन उर्मिला तो मुझे पकड़ अपनी तुतली बोली में कहने लगी—"रात में हमको बहोत डर लगता था भइया। अब हम तोहरे पर सोलेंगे...।"

मैंने उसके माथे पर हाथ फेरते हुए कहा—''अब मैं आ गया बुचड़ी। मत डरो। मेरे ही साथ सोना...।''—छोटी बहन उर्मिला को दुलार से हम बुचड़ी कहते थे।

छोटा भाई ब्रजेश्वर भी मुझसे चिपक कर रोने लगा—''माई कहिया आएगी भइया? हमको भाई के पास पहुँचा दो!''

ब्रजेश्वर की भी पीठ थपथपाते हुए उसे आश्वस्त किया—''माई जल्दी आ जाएगी मुन्ना। बीमार पिताजी को छोड़कर कैसे आये? उनको लेकर ही आएगी। लेकिन अब तो मैं आ गया हूँ। अब यहीं तुम लोगों के पास रहूँगा।''

मेरी बात पर ब्रजेश्वर भी चुप हो गया। हम उसे मुन्ना कहते थे। उषा दीदी मुझसे बड़ी थी। लेकिन वह इतनी सीधी और दुनियादारी से अलग थी कि अन्य छोटे भाई-बहनों के साथ वह भी मुझे भइया ही कहती। मैं उसे समझाता—''तुम मुझे भइया न कहो दीदी, मैं तुमसे छोटा हूँ।''

इस पर वह कहती—''तो क्या हुआ?''

बाद में मैंने अनुभव किया दीदी ऐसा सायास नहीं, अनायास कह रही है। शायद किसी भी तरह का अभिभावकत्व वह लेना नहीं चाहती। बराबर अपने को बच्चा ही समझती। इसीलिए अन्य छोटे भाई-बहनों की तरह वह भी मुझे भैया कहती।

उस वक्त मुझे लगा, अचानक अपने भाई-बहनों के दायित्व ने मुझे अपनी उम्र से ज्यादा बड़ा बना दिया है। मुझे ऐसा लगने लगा कि अब मैं वही नहीं हूँ जो माँ की उपस्थिति में था। दायित्वबोध से आदमी का अन्तर कैसे बदल जाता है, इसे मैं उस वक्त स्पष्ट महसूस कर रहा था। मेरे स्वभाव की चंचलता और उच्छृंखलता अब स्वत: गम्भीरता में बदलती चली गयी थी। परिवार के प्रति मेरी लापरवाही सघन जिम्मेवारी का रूप लेने लगी थी। उस समय अपने दोस्तों के साथ गाँव में घूमना मैंने बन्द कर दिया। अपने भाई-बहनों के साथ घर पर ही रहने लगा। फिर संयुक्त रूप से मिलकर हम खाना बनाते और घर के काम निपटाते। कोई मिलने आ जाता तो निकसार के अपने कमरे में उससे मिल लेते। इससे बचे हुए समय में परी माई के चबूतरे के पास बैठ पिताजी के सकुशल और शीघ्र वापसी के लिए प्रार्थनाएँ किया करते।

कुर्जी अस्पताल से मुझे आये हुए जब दस दिन हो गये और पिताजी का कोई समाचार नहीं आया तो हम बेचैन हो उठे। उस समय त्वरित संवाद पहुँचानेवाले फोन का माध्यम नहीं था। सन्देश पाने और भेजने का एकमात्र जरिया चिट्ठियाँ थीं। मैं समझ रहा था, किसी और अवसर के लम्बे अन्तराल की बात होती तो उनकी चिट्ठियाँ अवश्य आतीं। अब हफ्ते दिन से पहले चिट्ठियों को अपने गन्तव्य

तक पहुँचना भी नहीं। सम्भव है, पिताजी को देखने कोई आएगा तो उसी से समाचार भेज देंगे...। लेकिन बीतते समय के अनुसार हमारी चिन्ता बढ़ती चली गयी। अब प्राय: रोज ही सुबह हमारे भाई-बहनों के बीच से कोई-न-कोई यह कहने लगा कि उसने रात में माँ-पिताजी का सपना देखा है...। कि पिताजी अब और बीमार हैं। अपने भाई-बहनों के इन सपनों ने हमें और परेशान कर दिया। अन्तत: एक दिन मैंने तय किया कि सुबह के एकदम तड़के ही मैं पटना चल पड़ूँ और समाचार लेकर रात तक लौट आऊँ। लेकिन उसी दिन दरवाजे पर किसी के आने की आहट हुई। मैंने कामेश्वर से कहा—''देखो तो कौन आया है?''

वह दौड़ कर देख आया—''आन गाँव का कोई आदमी।''

अब मैं वहीं चल पड़ा। देखा, साफ-सुथरे पैंट-शर्ट में एक शहरी नौजवान खड़ा है। मुझे देखते ही बोल पड़ा—''मेरा नाम जगदीप है। पटना से आया हूँ। आपके पिताजी की हालत में बहुत सुधार है...! उनका समाचार देने आ गया। वे ठीक हैं।''

बस, यह सुनते ही जगदीप को मैं आदर से अन्दर ले आया। फिर निकसार के कमरे में बैठाया। अब हम सभी भाई-बहनों ने उसे ऐसे घेर लिया, जैसे वह कोई देवदूत है। जगदीप ने हमारी मन:स्थिति समझ ली। अब उसने इतमीनान से हमें सब कुछ बता दिया—''मैं सर का शिष्य हूँ। जैन कॉलेज में पढ़ता हूँ और सर के साथ ही नवादा हॉस्टल में रहता हूँ। सर मुझे बहुत मानते हैं। उन्हें देखने पटना आता-जाता हूँ। कल पटना गया तो माताजी ने कहा कि बैसाडीह जाकर मैं समाचार दे आऊँ...। बस, आ गया...। अब हर सप्ताह आकर समाचार दे जाया करूँगा। आप लोग वहाँ की चिन्ता न करें...। वहाँ हम लोग देख-सुन रहे हैं...। यहाँ आप लोगों को किसी चीज़ की जरूरत हो या कोई कठिनाई हो तो कहिए। मैं भरसक कोशिश करूँगा कि आप लोगों को यहाँ भी कोई दिक्कत न हो!''

जगदीप की बात से हमें बहुत खुशी हुई। बहुत बल मिला। हमारी चिन्ता और बेचैनी जाती रही। हमने जी भरकर जगदीप का सत्कार किया। घर में बेसन, घी और गुड़ था। बस, शुद्ध घी में बेसन का हलवा बनवा दिया। हलवा और आचार खूब प्रेम से जगदीप को खिलाया। वह जब जाने लगा तो उसे छोड़ने नोनार स्टेशन तक गया। हालाँकि इससे पूर्व ऐसा कोई अपरिचित ऐसी शुभ सूचना लेकर नहीं आया था...।

लगभग सात-आठ दिन बाद जगदीप फिर आया। पिताजी के स्वास्थ्य में उत्तरोत्तर सुधार होने की सूचना दे वह पुन: चला गया। हम तो जैसे जगदीप की प्रतीक्षा में ही थे। सूचना से इतमीनान हो गये। इस बीच अपने भाई-बहनों के

साथ गाँव पर रहने का सिलसिला मैंने कायम कर लिया था। अब सबसे छोटी बहन उर्मिला एवं छोटे भाई ब्रजेश्वर का रोना-ठुनकना बन्द हो गया था। अपने इन दोनों छोटे भाई बहनों को अपने साथ लेकर मैं सोता...।

दूसरी बार जगदीप को गये हुए जब आठ-दस दिन हो गये और वह नहीं आया तो हम फिर जिज्ञासु हो उठे। साथ-साथ चिन्तित भी। आखिर समाचार देकर माँ ने जगदीप को क्यों नहीं भेजा? बीतते समय के अनुसार हमारी बेचैनी अब फिर बढ़ने लगी कि एक शाम गाँव के बाहर खेलनेवाले लड़कों ने बेतहाशा दौड़ते हुए हमारे घर आकर सूचना दी कि हमारे पिताजी को पालकी पर ले माँ और भैया आ रहे हैं। इस सूचना से खुशी में हम उछल पड़े। मुझे यह समझते देर नहीं लगी कि पिताजी ठीक हो गये। बीमारी से उनके कमजोर होने के चलते ही माँ और भैया उन्हें पालकी से ला रहे हैं। हमारे गाँव की तरह नोनार में भी भाड़े की कई पालकियाँ थीं।

कामेश्वर और ब्रजेश्वर ने तो सूचना पाते ही उस दिशा की ओर छलांग लगा दी जिधर से वे आ रहे थे। इधर अपनी बहनों के साथ लगकर निकसार के कमरे को मैं जल्दी-जल्दी ठीक करने लगा। निकसार में ही एक साफ-सुथरे बिछावन पर साफ चादर डलवा दिया कि आते ही पिताजी उस पर आराम कर सकें। उन्हें देखने और उनसे मिलने गाँव के लोग आएँगे ही, इसीलिए अन्दर के कमरों की अपेक्षा निकसार के कमरे में ही उन्हें रखना ठीक था।

जब पिताजी की पालकी दरवाजे पर आकर रुकी तो आगे बढ़कर मैंने पालकी में ही पिताजी के पाँव छुए। फिर पालकी के पास खड़ी माँ और भैया के भी पाँव छुए। कामेश्वर और ब्रजेश्वर तो रास्ते में ही जाकर उनसे मिल चुके थे। यह देखकर मेरे मन को धक्का लगा कि पिताजी का शरीर आधा भी नहीं रह गया था। वे इतने दुबले-पतले हो गये थे कि लग ही नहीं रहा था, ये वही पिताजी हैं। जब उनकी बाँहों में हाथ लगाकर मैं पालकी से उन्हें बाहर निकालने लगा तो वे एकदम हल्के जान पड़े। किसी बच्चे की तरह। निकसार में उनको सुलाने तक गाँव के लोगों की भीड़ लग गयी। मैंने देखा, सारे लोग पिताजी के इतने दुबले हो जाने पर चौंक रहे थे और लगातार पूछे जा रहे थे—"यह कैसे हो गये प्रोफेसर साहब? कैसा इलाज हुआ है? क्या थे, क्या हो गये? सुन रहे थे कि ठीक हो रहे हैं। यह तो अब पहचान में ही नहीं आ रहे...!"

माँ और भैया तो अभी घर के अन्दर भी नहीं आ पाये थे। लोगों की इस त्वरित और प्रबल जिज्ञासा के तहत वे कैसे आ सकते थे? अब दरवाजे पर ही पुरुषों की जिज्ञासा का समाधान भैया करने लगे तथा निकसार के कमरे में जुटी महिलाओं की जिज्ञासा का शमन माँ। माँ की बातें मुझे साफ सुनाई पड़ रही थीं—

"अब आप लोगों को हम क्या बताएँ बहिनिया। वह तो कुर्जी अस्पताल के डॉक्टरों ने इन को बचा लिया, नहीं तो बीमारी ने जैसा पकड़ा था, उससे उबरना मुश्किल था...! डॉक्टरों ने कहा है कि शरीर दुबलाने से कुछ नहीं, धीरे-धीरे शरीर फिर आबाद हो जाएगा। बीमारी भाग गयी तो अब ठीक हो जाएँगे...!"

माँ की बात के बाद अब मैं भैया की बात भी सुनने लगा। वे हमारे ग्रामवासियों को बता रहे थे—"कोई एक बीमारी होती तब न इलाज जल्दी होता। इनकी दोनों किडनियाँ खराब हो गयी थीं। और कई तरह की बीमारियों ने जकड़ लिया था। डॉक्टर सब बिगड़ते थे कि आप लोग मर्ज बढ़ाकर ले आये हैं। वह तो पैसे का जोर रहा कि हमने इन्हें बचा लिया। इनकी बीमारी पर पानी की तरह हमने पैसा बहाया...।"

कुछ समय तक उपस्थित महिलाओं को जानकारी देने के बाद माँ अब जैसे ही आँगन में आयी, सबसे पहले परी माई के चबूतरे पर जाकर माथा टेक दिया। माँ की आवाज मुझे साफ सुनाई पड़ी—"हे परीमाई! आपकी कृपा से हमारा सुहाग बच गया। ऐसे ही बराबर सहाय रहिएगा...। हमारी रक्षा कीजिएगा। वहाँ हम आप ही के भरोसे थे...।"

माँ-पिताजी के आ जाने के बाद हमारा घर पहले जैसा फिर हरा-भरा हो गया। अभिभावक की जिम्मेवारी से अब मैं मुक्त था। जिस बुजुर्गियत के बीच जी रहा था उससे अब आजाद था। हालाँकि बड़े भैया दो दिनों से अधिक गाँव पर नहीं रह सके। पिताजी ने ही उन्हें आरा भेज दिया—"तुम अब यहाँ मत रुको नर्वदेश्वर। जाकर अपनी पढ़ाई में जुटो। जो पेपर कैंसिल हुए हैं उनमें लग जाओ...।"

पिताजी के कुर्जी अस्पताल में रहते हुए ही भैया की परीक्षा खत्म हो गयी थी। लेकिन अन्तिम दो पत्र इसलिए कैंसिल कर दिये गये थे कि सिलेबस से बहार के प्रश्न थे। अब उन्हीं पत्रों की परीक्षा फिर होनी थी...।

माँ अब सब कुछ देखने-सँभालने लगी। हम बच्चे माँ-पिताजी की इच्छा और आदेश पर तत्पर रहने लगे। इससे पहले बचपन के स्वभाव के तहत माँ-पिताजी की इच्छा पर हम सदैव तत्पर नहीं रहते थे। कभी आनकानी कर देते या महटिया जाते। लेकिन पिताजी के बीमार होकर अस्पताल जाने और आने के बीच अचानक ऐसा कुछ हो गया था कि हमारे अन्दर का बचपन जाता रहा था और बुजुर्गियत घर करती चली गयी थी। इस सम्बन्ध में इस बात को लेकर मेरा मन चिन्तित रहने लगा कि पिताजी पहले की तरह खटिया से उठकर चल फिर क्यों नहीं रहे? पूछने पर माँ कहती—"जैसी बीमारी से उबरे हैं उसमें अभी चलने लायक होने में समय लगेगा...! धीर-धीरे ही टंठगर[40] होंगे।"

इस सम्बन्ध में भैया ने भी कुछ नहीं बताया। पिताजी की दिनचर्या खटिया

पर ही सिमटती चली जा रही थी। ऐसे में ही एक शाम उन्होंने मेरी उपस्थिति में रसोई में खाना बना रही माँ को आवाज दी—''सुनती हो...!''

''क्या कह रहे हैं?''

''मुझ को तनिक दालान पर बैठवा दो। खटिया पर पड़े-पड़े मन ऊब जाता है...।''

इस पर माँ ने मुझसे कहा—''ऐ मिथि! कामवेश्वर और ब्रजेश्वर को बुला लो। वे दुआर पर खेल रहे हैं। मैं भी आ रही हूँ। हम सब लग कर इन्हें दालान की कुर्सी पर बैठा दें। वहाँ बैठने से इनका मन बदल जाएगा।''

अब माँ की यह बात सुनते ही किशोर अवस्था के उत्साह में मैं अकेले ही पिताजी को पिठइयाँ[41] चढ़ाने लगा। पालकी से उन्हें निकसार में लाते हुए मुझे लग गया था कि वे बहुत हल्के हो गये हैं। हालाँकि पिताजी कहते जा रहे थे—''अकेले मत उठाओ मिथि! भारी हूँ...। नाला उकस[42] जाएगा...। कुकुन-मुन्ना को भी बुला लो...।''

वे कामेश्वर-ब्रजेश्वर को कुकुन-मुन्ना कहते थे। लेकिन उनके ना-ना करते-करते मैंने फुर्ती से उन्हें अपनी पीठ पर चढ़ा लिया। यह देख माँ भी बरजते हुए रसोई से आ गयी—''यह क्या कर रहे हो मिथि। अकेले कैसे उठा लिया...?''

जवाब में मैंने माँ को आश्वस्त कर दिया—''पिताजी एकदम हल्के हो गये हैं माँ। तनिक भी भारी नहीं। देख नहीं रही हो, बिना अधिक जोर लगाए इन्हें पीठ पर ले लिया।''

और पिताजी को ले जाकर आराम से दरवाजे की कुर्सी पर बैठा दिया। प्रतिक्रिया में माँ और पिताजी की निगाहें स्नेह से मुझे निहारने लगीं। मैं अनुभव कर रहा था, उनकी आँखों में मेरे प्रति आशा और विश्वास के भाव उभर आये थे। उसके बाद तो जैसे किसी आन्तरिक दबाव और प्रेरणा के तहत अब बात-बात पर पिताजी को चट से अपनी पीठ पर उठा लेता तथा घर से आँगन और आँगन से दरवाजे पर ले जाता। अब इस कार्य में मुझे आन्तरिक आनन्द और सन्तोष का अनुभव होने लगा था। बचपन से मैं, पिताजी की अपेक्षा माँ से अधिक जुड़ा था। इस दौरान एक दिन पिताजी को देखने उनका प्रिय शिष्य जगदीप फिर आया। वापसी में उसे नोनार स्टेशन तक छोड़ने मैं पहुँचा। मैंने उससे अपने मन की चिन्ता जाहिर की—''पिताजी चल क्यों नहीं रहे जगदीप भैया? कब तक चलने-फिरने और कॉलेज जाने लायक हो जाएँगे? मैं तो देख रहा हूँ, जिस रूप में अस्पताल से आये हैं, एकदम वैसे ही बने हुए हैं!''

मेरी बात सुन जगदीप किंचित आश्चर्य से मुझे देखते हुए क्षण भर के लिए मौन रहा। इस बीच मेरे यहाँ आते-जाते वह मुझे अपना निकटतम समझने लगा

था। मुझे अपने छोटे भाई की तरह ही मानता। अब किसी राज का उद्घाटन करते हुए उसने कहा—"नर्वदेश्वर ने मुझे मनाकर रखा है कि किसी से कुछ नहीं कहना है। लेकिन तुझे इस शर्त पर बता रहा हूँ कि अपनी माँ और भाई-बहनों से भी यह बात मत कहना। ब्लड प्रेशर के तेज हमले से सर की दोनों किडनियाँ खराब हो चली हैं। लकवे का भी आन्तरिक प्रकोप है। लिवर, पैंक्रियाज, हार्ट सब प्रभावित हैं। डॉक्टरों के अनुसार ईश्वर की बहुत कृपा होगी तभी वे चल-फिर सकेंगे नहीं तो बिस्तरे पर ही पड़े रहेंगे। उन्हें संयम-नियम से रखने तथा समय से दवा देते रहने का निर्देश डॉक्टरों ने दिया है तभी वे लम्बे समय तक जीवित रह सकते हैं...!"

"माँ यह बात एकदम नहीं जानती है?"

"नहीं। नर्वदेश्वर को तुम्हारे मामा आदि ने मनाकर रखा है कि माँ से मत कहना नहीं तो उनके मन पर अच्छा असर नहीं होगा...। सर की बीमारी के बाद घर-द्वार और बाल-बच्चों को उन्हें ही सँभालना है।"

उस दिन जगदीप को ट्रेन से विदाकर जब मैं घर की ओर चला तो लगा जैसे किसी जुए के दाँव पर अपना सब कुछ हार चुका हूँ। अचानक उस किशोर अवस्था में ही बुजुर्गियत ने मुझे आ घेरा। दु:ख और निराशा का तीव्र अनुभव करने लगा। क्या सचमुच पिताजी अब कभी नहीं उठ सकेंगे? इतनी बड़ी बात से माँ को अनभिज्ञ क्यों रखा गया? अब क्या होगा? हमारा परिवार कैसे चलेगा? फिर बचपन में सुनाई माँ की कुछ लोक कथाओं के वैसे पात्र मुझे याद आ गये जो मरणासन्न थे, लेकिन जी उठे और दौड़ पड़े। सम्भव है, पिताजी के साथ भी ऐसा ही हो। गाँव के सिजतन बाबा के साथ भी तो ऐसा ही हुआ था। आरा के डॉक्टरों ने उन्हें कह दिया था कि दो-तीन माह से अधिक नहीं जिएँगे। लेकिन उसके बाद वे वर्षों जिये थे और अपने सारे कार्य करते रहे थे। पिताजी के साथ भी यही होगा। अपनी सेवा और संयम से हम उन्हें ठीक कर लेंगे। हमारे विश्वास की जीत होगी। लेकिन जब तक ऐसा नहीं होता तब तक?

हठात् इसी समय मुझे लगा कि पिताजी पुकार रहे हैं—"कहाँ हो मिथि? अब मैं खटिया से कैसे उतरूँ? मुझे दरवाजे पर ले चलो बेटा...!"

बस, मैं भाग चला। मुझे लगा कि अपने अपंग पिता को छोड़कर इतनी देर तक बाहर नहीं रहना चाहिए। अब उनके हाथ-पाँव हम उनके बच्चे ही हैं...।

घर पहुँच कर मैंने पाया कि सचमुच पिताजी मुझे खोज रहे थे। इस विलक्षण अनुभव ने अब उनसे मुझे और जोड़ दिया। अब मैं इस प्रतीक्षा में रहने लगा कि पिताजी उठाने-बैठाने को या कहीं ले चलने को कहें। फिर जब वे कहते मैं उन्हें अपनी पीठ पर बैठा दरवाजे पर ले जाने से पहले घर-आँगन के एक-

दो चक्कर भी लगा देता। इस पर वे चिल्लाने लगते—"अरे, क्या कर रही हो? देख रही हो, मिथिया हमें परेशान कर रहा है। पीठ पर लेकर घुमा रहा है...। कहीं गिरा न दे...!"

जवाब मे मैं हँसते हुए सफाई देता—"नहीं माँ। पिताजी को थोड़ा टहला कर अब बैठाने ले जा रहा हूँ...। ये डर रहे हैं कि गिरा दूँगा। लेकिन ये इतने हल्के हो गये हैं कि मुझे तनिक भी भार नहीं लग रहा। मैं तो इन्हें पीठ पर लेकर दौड़ भी सकता हूँ...!"

इस पर माँ कुछ कहती नहीं। सिर्फ मुस्करा कर मुझे निहारती रहती। उस क्षण मैं महसूस करता, माँ की आँखें मुझ पर अमित स्नेह बरसा रही हैं!

उस घटना के पैंतिस वर्षों बाद मैं उसे भूल चला था। लेकिन यह देखकर मेरा मन आर्द्र हो उठा कि माँ को अपने अन्तिम समय तक वह घटना याद थी। जब गाँव से यहाँ आरा आकर रहते हुए महाराज हाता के हमारे निवास पर वह वृद्ध और असक्त हो गयी और उसका चलना-फिरना बन्द हो गया तो मुझे देखते ही कह उठती—"जैसे अपने पिता को पार लगाये हो मिथि वैसे ही मुझे भी पार लगा देना बेटा...!"

उनकी यह बात तब मेरे मन को कचोट कर रख देती थी। और आज भी इसे याद कर मेरी आँखें भर उठती हैं। आज यह सोचकर मैं अपने को विचलित महसूस करता हूँ कि माँ मेरे जिस कार्य को पिताजी को पार लगाना समझती रहीं, काश मैंने वैसा किया होता! काश, मैं इस योग्य होता!

उस समय की अपनी भूमिका पर विचार करते हुए आज मुझे साफ लगता है कि सचमुच पिताजी के लिए मैंने वैसा कुछ भी नहीं किया जिसे माँ जीवन भर ढोती रही। किशोर अवस्था के उत्साह में पिताजी को अपनी पीठ पर चढ़ाने और उतारने के सिवा मैंने किया ही क्या? इसमें भी पिताजी की सेवा की जगह युवा होते अपने तन की शक्ति का प्रदर्शन ज्यादा था। एक जोम[43] था। पिताजी के बिस्तरे साफ करने, उनके कपड़े बदलने और उन्हें खिलाने-पिलाने के मुख्य कार्य तो माँ और बहनें करती थीं। खाली होने के बावजूद यह दायित्व मैंने क्यों नहीं लिया? मैं क्यों इस बात पर ही फूला रहा कि पिताजी को एक जगह से उठाकर दूसरी जगह रख देता हूँ। इतनी सहायता तो माँ पड़ोस के किसी व्यक्ति से भी ले लेती या दरवाजे से गुजर रहे गाँव के किसी व्यक्ति को बुलाकर करा लेती। ग्रामीण समाज के लिए ऐसा सहयोग कठिन और मुश्किल नहीं। असल सहयोग तो सुबह से रात तक उनकी सेवा और देखभाल से सम्बन्धित था, जिसके लिए न मैंने कभी प्रयास किया और न माँ ने ही जोर दिया। फिर भी माँ यह

क्यों समझती रही कि मैंने पिताजी को पार लगाया है। सचमुच माँ की वे बातें आज तक मेरे मन को आहत करती रही हैं। मुझे इस बात की याद दिलाती रही हैं कि समय और अवसर के बावजूद अपने कर्त्तव्यों में मुझसे चूक और ढील हुई है...। काश ऐसी समझ उस वक्त होती!

उस बीमार स्थिति में पिताजी का स्वास्थ्य कुछ समय तक तो यथावत् बना रहा। फिर विपरीत परिवर्त्तन शुरू हो गये। पिताजी को भूख लगनी बन्द हो गयी। उनका पेट फूला रहने लगा। चेहरे तथा पाँवों पर सूजन के रूप दृष्टिगोचर होने लगे। पेशाब भी रुक-रुक कर करते और कठिनाई से। बड़े भैया उनके इलाज के सारे पुर्जों के साथ कुर्जी में जाकर मिल आये। लेकिन वहाँ के चिकित्सकों ने दूर से कोई दवा लिखनी उचित न समझ पुनः कुछ दिनों के लिए उन्हें अस्पताल लाने को कहा। इस पर माँ तत्क्षण तैयार हो गयी। इस बार भैया अनुभवी हो गये थे। माँ का भी सब कुछ देखा-जाना था। बस, भैया आरा से एक टैक्सी लेकर गाँव आ गये। फिर आवश्यक सामानों और माँ के साथ पिताजी को लेकर कुर्जी चल पड़े। पिताजी का हस्ताक्षर कराकर उनके बैंक खाते से भैया रुपये निकाल लेते थे। इस सम्बन्ध में माँ का कहना था—"तुम आगे मुँह के लड़के हो नर्वदेश्वर। कॉलेज में पढ़ते और होशियार हो! पिताजी के इलाज में जो कुछ लगे, लगाते जाना! कहीं कोताही[44] मत करना...। सब कुछ इनका ही कमाया है। ठीक होने पर फिर घर भर देंगे...!"

लेकिन यह सुन पिताजी मना करते—"अधिक रुपये मत फेंकवाओं नर्वदेश्वर की माँ। मुझ पर अब कुछ भी खर्च करना गोंइठे में घी सुखाना[45] है। बाल-बच्चों के लिए बचाकर रखो...। मुझे जो हाना होगा, होता रहेगा। इलाज तो चल ही रहा है...। एक-एक पैसा ठोंक पीटकर और सँभालकर खर्च करना...!"

लेकिन इस मामले में माँ, पिताजी की बात नहीं मानती। पैसों के अभाव में डॉक्टर की कही कोई बात पूरी न हो यह वह सोच भी नहीं सकती थी। भैया उसके मन्तव्य से परिचित थे, इसीलिए पिताजी के इलाज में कोई कमी नहीं करते। उस दूसरी बार कुर्जी अस्पताल ले जाकर माँ और भैया ने पितजी को फिर भर्ती करा दिया और वहाँ रहते हुए वे उनकी देखभाल करने लगे। यहाँ घर पर फिर अपने भाई-बहनों का दायित्व मेरे जिम्मे आ गया। पिछले अनुभव ने मुझे भी सक्षम बन दिया था। इस बार हम ज्यादा इतमीनान से रहने लगे। हमारे मन में इस बात का पूरा भरोसा रहा कि इस बार भी पिताजी कुर्जी से स्वस्थ होकर गाँव आ जाएँगे, क्योंकि भैया एवं माँ से कुर्जी की व्यवस्था और इलाज के बारे में हमने जो सुना था, उसने हमें आशान्वित कर रखा था। फिर भी हर शाम खाना खाने से पहले अगरबतियाँ जलाकर परी माई के पास बैठ जाते तथा पिताजी के शीघ्र

ठीक होने के लिए प्रार्थनाएँ करते रहते।

इस दूसरी बार पिताजी को गये जब चौदह दिन हो गये और उनका कोई समाचार नहीं आया तो हम फिर जिज्ञासु हो उठे। इस बीच बरसात का मौसम आ गया था और बारिश शुरू हो गयी थी। हमें लगा, जगदीप अवश्य अपने गाँव चला गया होगा, इसीलिए वह नहीं आ पा रहा। बारिश के चलते भैया के अन्य शहरी दोस्त शायद गाँव आना न चाह रहे हों। अब पिताजी एवं माँ को अस्पताल छोड़ भैया स्वयं समाचार देने आएँ यह भी तो ठीक नहीं। इस स्थिति में अब मुझे ही सुबह के तड़के निकलकर पटना पहुँच समाचार ले आना चाहिए। लेकिन अभी हम यह निर्णय कर रहे थे कि वह खबर आ गयी।

मुझे अच्छी तरह याद है, वह आठ अगस्त 1967 की शाम थी। अपने घर के लिए कुछ जरूरी चीजें खरीदने मैं अपने दोस्त जीनर के साथ हसनबाजार गया हुआ था। हमारे गाँव का बाजार, हसनबाजार ही था। अपने घर के आवश्यक सामान हम वहीं खरीदते थे। हमारे गाँव से हसनबाजार की दूरी तीन किलोमीटर थी। तीस से पैंतीस मिनट में हम हसनबाजार पहुँच जाते। वहाँ पलरसाव की दूकान पर सामानों के लिए हम पहुँचे थे। चावल-दाल से लेकर तेल-मसाले और साबुन-सोड़े तक ही वह अच्छी दूकान थी। उसके यहाँ सामान भवगर मिलते, इसीलिए वहाँ भीड़ रहती। मैंने जब से बाजार आना शुरू किया था, पलरसाव के यहाँ से ही सामान ले जाता।

उस दिन भी दूकान पर भीड़ थी। अपना पुर्जा मैंने दे दिया था। अब सामान की प्रतीक्षा कर रहा था। जीनर को उस दिन कुछ लेना नहीं था। दोस्त होने के चलते मेरे साथ गया था। हम अक्सर एक-दूसरे के साथ हो जाते थे। अचानक इसी वक्त किसी सामान की खरीदारी के लिए भभुती वहाँ पहुँचा। फिर मुझे देखते ही चौंकते हुए कहा—"तुम अभी यहीं हो मिथि बबुआ!"

"क्यों? क्या हुआ?"

"तुम्हारे बाबूजी मर गये। चाची और नर्वदेश्वर बबुआ गाँव पर आ गये हैं!"

"क्या?"—और मेरा मुँह खुला का खुला रह गया। मैंने अनुभव किया, इस अनपेक्षित सूचना से क्षण भर में ही मेरी पूरी दुनिया बदल गयी हो! पलर साव की दूकान पर भी यह बात फैल गयी। वहाँ उपस्थित अधिकांश लोग पिताजी को जानते थे। हमारी उस उपेक्षित जगह के वे ख्यात व्यक्ति थे, इसीलिए यह सूचना सब के लिए विस्फोटक थी। अब वहाँ सब लोग अपनी-अपनी तरह इसे भभुती से पूछने लगे—"कब मरे प्रोफेसर साहब? कैसे मरे? कहाँ मरे...?"

अपनी जानकारी के अनुसार भभुती सबको बताने लगा। अब वहाँ उपस्थित

लोग उनके बारे में अपनी स्वत: स्फूर्त प्रतिक्रियाएँ भी व्यक्त करने लगे—''गजब विद्वान थे प्रोफेसर साहब! उनके बिना यह इलाका सूना हो जाएगा...! उनकी जोड़ का दूसरा व्यक्ति है ही नहीं।''

''बहुत बीमार थे...। चले गये। अभी तो उनकी कोई उम्र ही नहीं थी।''

''बहुत अच्छे आदमी थे। और बहुत बड़े आदमी। लेकिन इतने सोझिया कि मिलने पर पता ही नहीं चलता...!''

अब मैं वहाँ और नहीं रुक सका। अपने गाँव की ओर तेजी से भाग चला। माँ से मिलने की बेचैन जिज्ञासा अब तीव्र हो गयी थी। जीनर भी मेरे पीछे लग गया।

''यह क्या हो गया जीनर? क्यों ऐसा हुआ? हमें इसका तनिक भी भान नहीं था।''

''इतना घबराओ मत मिथि...। यह सब आदमी के हाथ की बात नहीं होती। लिखतंग[46] के अनुसार ही होता है। यही लिखा था। अब यही मानकर इसे सहना है...।''

''अब हम कैसे रहेंगे जीनर? हमारा परिवार बर्बाद हो जाएगा! हमें कौन सँभालेगा?''

''सब भगवान सँभालते हैं। आदमी के सँभालने से कुछ नहीं होता...। तुम लोग तो बड़े हो गये हो। हमारे बाबूजी जब मरे थे हमलोग एकदम लइके[47] थे।''

''तुम लोगों की बात दूसरी है। अपनी जाति-बिरादरी, गोतिया-पट्टीदार सब तुम लोगों की पीठ पर थे। हमारी पीठ पर तो यहाँ कोई नहीं...।''

''कहने के लिए जात-बिरदरी और गोतिया-पट्टीदार होते हैं...। जिस पर चूता है, वही छाता है मिथि! हम जब बड़े होकर अपने कार बार सम्हालने लगे तभी हमारे दिन लौटे...!''

रास्ते में जीनर से अपने मन की पीड़ा व्यक्त करता रहा। अपनी समझ के अनुसार वह जवाब भी देता रहा। इस दौरान हमारे पाँव घर पहुँचने के लिए बेचैन बने रहे। तेज गति से आगे बढ़ते रहे। लेकिन घर पहुँच माँ को देखते ही मैं अवाक् और हतप्रभ रह गया! मेरे मन पर ऐसा आघात लगा कि मेरा पूरा वजूद काँप उठा। पिताजी के निधन के बाद अचानक माँ ऐसी हो जाएगी, मैंने सपने में भी नहीं सोचा था। ऐसा प्रतीत हो रहा था जैसे एकाएक भरा रहनेवाला माँ का चेहरा एकदम उदास, भयभीत और अनपहचाना जान पड़ रहा था। लग ही नहीं रहा था कि यह वही माँ है जिसकी जीवन्त उपस्थिति से हम शक्ति और आश्वस्ति पाते थे। मुझ पर नजर पड़ते ही माँ ने दौड़कर मुझे बाँहों में भर लिया—''तुम्हारे पिताजी हमें छोड़कर चले गये मिथि! हम सबको अनाथ कर गये...।''—और

अपनी बाँहो में मुझे जकड़े हुए फूट-फूट कर रोने लगी। मैं भी अब अपने को रोक नहीं सका। फट पड़ा। जोर-जोर से बिलखने लगा। मेरे अन्दर का बचा-खुचा धैर्य भी समाप्त हो गया। वहाँ उपस्थित टोला-पड़ोस की महिलाओं ने हमें एक-दूसरे से अलग किया। वे माँ को समझाती जा रही थीं—"अइसे देह मत छोड़ो नर्वदेश्वर की माँ। संसार की यही लीला है। यहाँ बजर बनकर सब कुछ झेलना पड़ता है...।"

पास खड़ी जीनर की माँ ने मुझे भी अपनेपन से डाँटा—"इतना बड़ा होकर तू अइसे रोता है। तू अइसे चिल्लाएगा तो माँ को कौन सँभालेगा? चुप हो जा और माँ को ढाढ़स दे...। लड़कियों जइसा लोर न चुआ...। दुःख आने पर मन कड़ा किया जाता है...!"

मैं देख रहा था, दालान की चौकी पर बैठे भैया भी रो रहे थे जिन्हें गाँव के लोग चुप करा रहे थे। इधर माँ के पास उषा दीदी, उर्वशी, उर्मिला, कामेश्वर एवं ब्रजेश्वर सब रो रहे थे, जिन्हें पड़ोस की महिलाएँ और लड़कियाँ चुप करा रही थीं। पूरे घर का दृश्य मातमीपूर्ण बना हुआ था। मातमी की घटना थी ही। इससे बड़ी मातमी और क्या हो सकती है! शाम गहराने पर जब मदरिहां से कुन्ती मौसी और गया से केशो मामा इस सूचना पर पहुँचे तब घर की स्थिति कुछ बदली। मौसी और मामा ने जब हमें खूब समझाया और ढाढ़स बँधाया तब माँ के साथ हम कुछ शान्त हुए। फिर भी हम मन ही मन विसूरते ही रहे। पिताजी ही हमारे यहाँ सब कुछ थे। हमारे घर के एकमात्र कर्णधार, उनके अभाव में अब हम अपने को मजधार में फँसे अनुभव कर रहे थे।

उस रात हममें से किसी ने भी कुछ नहीं खाया। फिर सारी रात हम जगे ही रहे। आँगन के बरामदे में एक ही जगह बैठ पिताजी को याद करते रहे। पिताजी की मृत्यु पर मामा की राय भी माँ से ही मिलती-जुलती थी। उन्होंने कहा—"भाई साहब के गिरते स्वास्थ को देख मैं बराबर कहता था कि गाँव-घर और खेत-बघार के मोह में जान मत लुटाइए...। जान है तो जहान है। जिसकी नौकरी नहीं होती वही खेत-बघार अगोरता और उस पर आश्रित रहता है। आप की तो ठाट की नाकरी है न उधो का लेना, न माधो का देना..। फसल बेसी हो या कम, खेत बन्दोबस्त कर बाल-बच्चों को पढ़ाइए-लिखाइए। गाँव के झमेले में मत फँसिए...। मगर वे किसी की बात मानते भी तो नहीं थे!"

कुन्ती मौसी की प्रतिक्रिया भी मामा की ही तरह थी—"भाई साहब ने जान बूझकर अपने पैरों में कुल्हाड़ी मारी। वे सब कुछ समझते थे। लेकिन चेत नहीं करते थे। दिदिया जब कहती, समझा देते। गाँव और खेत-बघार के मोह में ही चले गये। पर अब न मोह के रहे और न तोह के...।"

इसी बीच माँ रह-रहकर बिलखती हुई पिताजी की अन्तिम बातें सुनाती

जा रही थी, जिसे सुन-सुनकर हम और बेचैन हो जाते थे—"उस समय तो हमको ऐसा लगा कि वे एकदम ठीक हो चले। मैं क्या जानती थी कि हमारे ऊपर विपत्तियाँ गिर रही है! नर्वदेश्वर अस्पताल से कहीं बाहर गये थे। मैं ही उनके पंजरा[48] थी। डॉक्टर आकर देख गया था। नर्स दवा देकर चली गयी थी। उनको आराम से पड़े देख मैं भी वहीं नीचे चटाई पर लेट गयी। फिर कुछ ही देर बाद वे साफ आवाज में बोले—"कहाँ हो नर्वदेश्वर की माँ?"

उनकी ऐसी टनक आवाज सुन मैं झट से उठ गयी—"यहीं पर हूँ। क्या कह रहे हैं?"

बहुत दिनों के बाद उनकी ऐसी आवाज़ कानों में पड़ी थी। हमारा मन खुश हो उठा। ये तो एकदम पहले जैसा बोलने लगे। देखा, उनका चेहरा भी ठीक लगा एकदम चंगा। वे मेरी ओर ही ताक रहे थे। मन ही मन मैं परी माई को याद करने लगी कि अब तो ये ठीक हो चले। इतने में ही बोले—"मेरे पास आओ नर्वदेश्वर की माँ!"

मैं अब एकदम उनके पास खड़ी हो गयी। फिर वे बोले—"बैठो।"

इस पर मुझे ऐसा लगा कि कोई बात कहेंगे। मन दुरूस्त है, इसी से पास बुलाया है। अब मैं वहीं बैठ गयी। फिर मेरे बैठते ही बोले—"तनिक मेरा हाथ पकड़ो...।"

यह सुन अब मुझे अचरज हुआ। ये हाथ क्यों पकड़वा रहे है? फिर मुझे लगा, कमजोरी में अपने से हाथ नहीं उठ रहा है। बस, मैंने उनका हाथ पकड़ लिया। लेकिन यह क्या? हाथ पकड़ते ही उनके चेहरे की रोखी[49] बदल गयी। वे बोले—"अब हम चले नर्वदेश्वर की माँ...।"

मुझे अब धक्क सा लगा। सुनते ही अन्दर तक दहल गयी। ऐसा मालूम पड़ा कि बजर टूटकर देह पर आ गिरा हो। फिर भी अपने को सँभालते हुए बोली—"यह क्या कह रहे हैं? आप तो अब ठीक हो गये। आपको कुछ नहीं होगा..।"

लेकिन मेरी बात वे सुन कहाँ सके! माथा एक ओर को लरक[50] गया और आँखें उलट गयीं। अब मैं अपने को रोक नहीं सकी। मेरे मुँह से निकल गया—"हे परी माई! यह क्या कर दी...!"—और मैं पछाड़ खाकर उन पर ऐसे गिरी कि अपना कुछ भी चेत मुझे नहीं रहा। फिर डॉक्टर और नर्स वहाँ कब आये और मुझको, उनसे कैसे अलग किये कुछ भी पता नहीं...। नर्वदेश्वर के आने एवं बहुत प्रयास के बाद मुझको होश हुआ। बाकिर होश होइये के का हुआ? हमारी दुनिया तो उजड़ गयी थी। उसी वक्त हमको भी मउअतिया काहे नहीं आ गयी...। उनके ही साथ चली जाती, जहँवा वे गये हैं...।"

माँ की यह बात सुन हमारा मन और अधिक पीड़ा का अनुभव करने लगता। सम्भवत: इसे लक्ष्य कर ही मामा एवं मौसी माँ को समझाते कि बीती बातों को

याद करने से कोई फायदा नहीं। मासूम बच्चों के मन पर इसका खौफ जम जाएगा। फिर भी माँ नहीं मानती। उस रात कई दफे यह प्रसंग बिलखते हुए उन्होंने सुनाया जिसे सुनते हुए हर बार हमारा कलेजा मुँह को आ जाता! आज भी यह प्रसंग याद आते ही मेरा मन रुआँसा हो जाता है। मरने से पहले पिताजी इतने चेतन कैसे हो गये थे और माँ से उन्होंने स्पष्ट शब्दों में बिदा कैसे ली, यह बात हमें काफी समय तक विस्मित करती रही। लेकिन बाद में ऐसे दर्जनों लोगों को देखने-सुनने के बाद मैं इस सत्य से अवगत हुआ हूँ कि कुछ व्यक्तित्व ऐसे हाते हैं जिन्हें अपनी आसन्न मृत्यु का पुख्ता एहसास हो जाता है। तब क्षण भर के लिए बिल्कुल प्रकृतिस्थ हो वे अपने परिजनों से विदा लेते हैं।

मुझे याद है, पिताजी की मृत्यु के बाद अगले तीन-चार दिनों तक माँ की हालत वैसे ही बनी रही। लाख समझाने के बावजूद वह पिताजी को भूल नहीं पा रही थी तथा उनके अभाव में कुछ भी करने के लिए उसका मन सक्रिय और जाग्रत नहीं हो पाता। ऐसे ही में केशो मामा ने एक दिन उसे डाँटते हुए समझाया—"भाई साहब तो चले ही गये दिदिया...। तुम जैसा कर रही हो उससे अब तुम्हारे बच्चे भी नहीं बचेंगे। तुम्हारी हालत देख सब बेहाल हैं। रोते-रोते बुचिया (उर्वशी) को बुखार हो गया है। आज दालान पर गिरकर मुन्ना (ब्रजेश्वर) ने माथा फोड़ लिया...। तुझे भाई साहब का इतना अभाव लग रहा है तो उन्होंने जो कहा है उनकी वह बात क्यों नहीं मान रही हो? उन्होंने तो कहा है कि बाल-बच्चों को सँभालना। फिर क्यों नहीं सँभाल रही हो?"

इस पर मौसी ने भी कहा—"अपने लिए न सही दिदिया, अपने बच्चों के लिए अब तुम्हें जीना है...।"

मामा और मौसी की इन बातों पर माँ का ध्यान अब हम बच्चों की ओर चला आया। उन्होंने मुन्ना को अपनी गोद में बैठाते हुए उसका माथा देखा—"इतना फूट गया है? कैसे चल रहा था? हे भगवान!" और घर में रखे रूई और स्प्रीट से मुन्ना का जख्म साफ कर उस पर मलहम लगाने लगी। हम बच्चों के कटने-घिसने पर जख्म स्प्रीट से साफकर मलहम लगाने की व्यवस्था पिताजी ने प्रारम्भ से ही करा दी थी। हमारे घर के इस पक्ष से परिचित पड़ोस के बच्चे भी कहीं कटने-फूटने पर आकर मलहम लगवा जाते। अब माँ बुचिया की ओर भी मुखातिब हो गयी—"अरे, ई तो बुखार में जल रही है।"

हमारी बहन उर्वशी को माँ बुचिया ही कहती। माँ की देखा देखी हम सब उसे बुचिया ही कहते। अब माँ ने बुचिया को बुखार की दवा दी। हम बच्चों के लिए दर्द और बुखार की दवा पिताजी शहर से लाकर रखते थे। अभी वे दवाइयाँ बची हुई थीं। दवा देने के बाद माँ पानी में कपड़े निचोड़ बुचिया के हाथ-पाँव भी पोंछने लगी। हमें बुखार होने पर माँ ऐसा करती थी। इससे बुखार का ताप

कम होने लगता था।

अब बुचिया के पास ही खड़ी अपनी सबसे छोटी बेटी उर्मिला की ओर उसका ध्यान चला गया—"यह बुचड़ी कैसी हो गयी है? अभी कुछ खायी कि नहीं! और उसने बुचड़ी को खींचकर अपने सीने से लगा लिया तथा उसके बहते नाक को पोंछ उसके माथे के खोंता हुए बालों में तेल चुपड़ने लगी...। इसके बाद हम बच्चों पर उसका ऐसा ध्यान गया कि हमारे लिए वह माँ-बाप दोनों बन गयी। पिताजी के अभाव में हमें कोई तकलीफ न हो इसके लिए वह तत्पर और सचेष्ट हो गयी। फिर तो जीवन पर्यन्त माँ हम भाई-बहनों में ही लगी रही। मैंने सुना था, मातृत्व, पत्नीत्व पर भारी पड़ता है। अपनी माँ के सन्र्भ में इसे देखा भी। वह हमारे लिए ही जीती रही और हमें सहयोग करते हुए ही गुजर गयी।"

माँ को भी गुजरे हुए आज कई वर्ष हो गये। पिताजी ने सिर्फ दीदी एवं बड़े भैया की शादियाँ की थी। बाद में हम सभी भाई-बहनों की शादियाँ समयानुसार माँ ने की। पिताजी के समय तक हममें से किसी की नौकरी नहीं लगी थी। माँ के संरक्षण में हम चारों भाइयों ने नौकरियाँ प्राप्त कीं। फिर हमारे बच्चों को भी वह सँभालती रही। मेरी चारों पुत्रियों का बचपन मेरी माँ की गोद में ही गुजरा। माँ के जिन्दा रहने तक मेरे भतीजे-भतीजियों का भी। मेरी तीन पुत्रियों, पिंकी, रीनी एवं बुली (शोभा, विभा एवं रम्भा) की शादियों में वह उपस्थित रही तथा अपना स्नेह-आशीष उड़ेलती रही। मेरी छोटी पुत्री बबली (रश्मि) को भी उसने आशीर्वाद दे रखा है कि उसे अच्छा घर-वर प्राप्त हो। अब पिताजी की अपेक्षा माँ ही हमें ज्यादा याद आती है। उसकी स्मृतियाँ ही हमारे मन में सघन और ताज़ा हैं। अब ऐसा कोई दिन नहीं गुजरता जिस दिन माँ की याद हमें न आती हो। इन पंक्तियों के लिखे जाने तक हमारी सबसे छोटी बहन उर्मिला एवं बड़े भैया नर्वदेश्वर बोकारो में रहते हैं तथा बड़ी बहन उषा दीदी राँची में। इसके अतिरिक्त बहन बुचिया तथा हम तीन भाई कामेश्वर, ब्रजेश्वर और मैं आरा में। बुचिया का घर हमारे घर के निकट ही है। हमारा सौभाग्य रहा कि माँ हमारे साथ आरा में ही रही। अब बुचिया जब भी मेरे यहाँ आती है, माँ का कोई न कोई प्रसंग अवश्य उठाती है। हमारे जीवन में माँ के इतने प्रसंग हैं कि हमें लगता है, माँ कहीं गयी नहीं है, यही हमारे बीच ही बनी हुई है...। और सचमुच यह एहसास ही हमारा सम्बल है।"

[5]

जन्म से लेकर होशगर होने तक मैं कैसा रहा, यह माँ से मैंने जाना है। माँ ने बताया है, मेरा जनम सतवाँस बच्चे के रूप में हुआ था। सात महीने में ही मैं पैदा हो गया। माँ के अनुसार सतवाँस बच्चे बहुत कम जीवित रहते हैं। लेकिन किसी अज्ञात कृपा से मैं जीवित रहा। मेरे यह पूछने पर कि सतवाँस बच्चे क्यों नहीं जीवित रहते, माँ ने समझाया—''गर्भ में पुष्ट होने का उन्हें समय नहीं मिलता। वे इतने कमजोर, नाजुक और पिलपिले होते हैं कि सँभाले नहीं सँभलते... ।''

इसके साथ माँ सतवाँस बच्चों को भगमानी भी मानती। इस सम्बन्ध में उसका कहना था—''माँ का गर्भ नरक ही तो है जिसमें बच्चे पलते हैं। जो भगमानी होते हैं, वे ही अधिक समय तक उस नरक में नहीं रहते। जल्द बाहर आ जाते हैं... ।''

बाद में मैंने पाया कि सतवाँस बच्चों के बारे में यह धारणा सिर्फ मेरी माँ की ही नहीं, पूरे गाँव और हमारे आसपास के समाज की भी थी। सचमुच इस धारणा के अनुसार मैं इतन दुबला-पतला, और कमजोर पैदा हुआ था कि मुझे देखकर खुद माँ चकित रह गयी थी—''यह कैसा लड़का है! एकदम चरंगे[51] जैसा। इसकी देह में तनिक भी हेरा-बेरा[52] नहीं। केवल सिरिजना[53] भर।''

उस वक्त हमारे गाँव में एक बूढ़ी दाई रहती थी। उसका माथा बराबर हिलता रहता था, जिससे पूरे गाँव में वह मुड़दोमनी दाई के नाम से जानी जाती। बच्चे पैदा कराने में उसे महारत हासिल थी। उस वक्त लोग उसे बुलाकर अपने घर ले जाते। मेरे जन्म के समय भी माँ के पास वही थी। मैं लाख दुबला-पतला एवं कमजोर था, लेकिन लड़का था, यह देख मुड़दोमनी मुझे अपनी गोद में झपट परी माई के चबूतरे के पास नाचने लगी—''अंजोर भइले हो दशरथ के अँगनवा... । जनमले राम हो कोशिला के भवनवां... ।''

माँ को प्रारम्भ में तीन लड़कियाँ ही थीं, जिनमें दो मर गयी थीं और एक उषा दीदी जीवित थी। उसके बाद नर्वदेश्वर भैया हुए। लेकिन एक अकेले लड़के

का क्या भरोसा? दूसरे लड़के की प्रबल चाह मेरे माँ-बाप को थी, जिससे मुड़दोमनी अवगत थी। यह जान चुकने के बाद कि लड़की नहीं लड़का हुआ है, माँ की खुशी वह लक्षित कर चुकी थी। उस समय पिताजी भी घर पर ही थे। इस सूचना से उनका चेहरा भी विहँस उठा। वे आँगन के बरामदे में इस सूचना की प्रतीक्षा में ही बैठे थे। माँ सौरी घर[54] से ही चिल्लाने लगी—"अरे ओ दाई! बबुआ को लेकर कहाँ भाग गयी? जल्दी ला। इतने छोटे बच्चे को बाहर न निकाल! हवा-बतास लग जाएगी...!"

अब तत्क्षण पिताजी भी मुड़दोमनी के पास जा खड़े हुए—"तू यह क्या कर रही है? तेरा सब लगेन[55] हम दे देंगे...। बबुआ को लेकर ऐसे मत झुलाओ...! कहीं झटका लग गया...! कहीं कोई अंग दब गया...बाहरी हवा का असर हो गया तो तू सँभालेगी? अब जल्दी इसे लेकर घर में चल...!"

उस वक्त मेरे बाबा भी जिन्दा थे। वृद्ध हो गये थे और निकसार में ही पड़े रहते। बुढ़ापे में चिड़चिड़े भी हो गये थे। वे भी वहीं से बोले—"तेरा दिमाग खराब हो गया है मुड़दोमनी...। बबुआ को लेकर सौरी में जाती है कि हम आएँ...!"

लेकिन मुड़दोमनी ने किसी की बात नहीं सुनी। अपनी माँग पर अड़ी रही—"बबुआ हुआ है। बंश उजिआएगा। बिना लमहर[56] बक्शीश लिए इसे नहीं दूँगी...।"

इस पर जब माँ ने सौरी घर से ही उसे नयी साड़ी देने को कहा और पिताजी ने तत्काल अपनी जेब से दस का एक नोट थमाया तब वह मुझे लेकर माँ के पास आयी।

पुत्र जन्म की इस सूचना पर सेदहां से हमारे पुरोहित जी भी आ धमके। सेदहां गाँव हमारे पड़ोस में ही था। पुरोहित जी वहीं रहते थे। उन्हें तो जैसे ऐसी सूचनाओं की प्रतीक्षा रहती थी। उन्होंने पहुँचते ही पतरा निकाल कर मेरे जन्म की गणना प्रस्तुत की—"जिस मुहूर्त और नक्षत्र में यह बालक पैदा हुआ है, उसके अनुसार इसे धन और यश की कभी कमी नहीं होगी। यह अपने कुल-खानदान का नाम रौशन करेगा। लेकिन अभी यह सतइसा में पड़ा है। अब सताइस दिन तक पिता को इसका मुँह नहीं देखना। सताइस दिन बाद जब सताइस का अनुष्ठान सम्पन्न होगा, तभी पिता इसे देख सकेंगे...।"

पुरोहित जी की यह बात सुनते ही पिताजी की त्योरियाँ चढ़ गयीं। ऐसी बातों में उनका कोई विश्वास नहीं था। वे अपनी नाराजगी व्यक्त करने के अन्दाज में ही आँगन से उठकर दरवाजे पर चले गये। माँ पिताजी के इस स्वभाव से परिचित थी, बराबर आनेवाले पुरोहित जी भी अवगत थे, इसीलिए उन्होंने भी अन्यथा नहीं लिया। अब पुरोहित जी ने सताइसा की तिथि तथा पूजा की सामग्री एक कागज

पर अंकित कर बाबा को सौंप दी। बाबा ने पुरोहितजी को दक्षिणा के रूप में कुछ पैसे भी दिये। इधर माँ ने भी मुड़दोमनी से कहकर पंडितजी के अँगौछे में सीधा बँधवा दिया। उस समय पुरोहित जी चाहे जिस किसी भी काम से या अवसर पर हमारे घर आते, माँ उन्हें सीधा अवश्य दिया करती। सीधे में चावल, दाल और आलू आदि खाद्य सामग्री। जब मैं होशगर हुआ और माँ से पूछा—"यह सीधा क्यों पुरोहित जी को हर बार देती हो?"

तो जवाब में माँ ने बताया—"वह पुरोहित जी का खाना है। पुरोहित जी नेत धरम से रहते हैं। हर जगह का बनाया खाना नहीं खाते। हम उनके खाने भर सीधा ही दे देते हैं कि वे अपना बना-खा लेंगे...। तू नहीं जानता है, ब्राह्मण को खिलाने का बड़ा पुण्य होता है। कहा गया है—"भुलाय खाय ब्राह्मण हेराय परे गंगा...!"

माँ की इस राय के बिल्कुल विपरीत थे पिताजी। कहते—"उस पुरोहित में और हममें क्या अन्तर है? जिस तरह हाड़-मांस का वह बना है, उसी तरह हम भी बने हैं। ब्राह्मण जाति में पैदा हो जाने से ही उसे यह अधिकार किसने दे दिया कि वह ईश्वर का दूत हो गया और हम उसके भक्त? समाज को आडम्बर में रखते हुए इस पुरोहिती को ऐसे ही लोगों ने अपनी जीविका की वृत्ति बनायी है। मैंने अधिकांश पुरोहितों को देखा है, पूजा-पाठ के अवसर पर मन्त्रों का शुद्ध उच्चारण भी नहीं करते...।" इस पर माँ कहती—"पंडित के मुँह का शुद्ध-अशुद्ध नहीं देखा जाता। वे जो कुछ बोलते हैं, सब पाक होता है...।"

पिताजी इसे गलत मानते—"यह अज्ञान है। अन्ध-विश्वास है। अन्ध-भक्ति है। लोगों की ऐसी मानसिकता पर ही विप्र अपना उल्लू सीधा करते रहे हैं। बिना कुछ काम किये पुरोहिताई पर मौज उड़ाते हैं। जिस दिन लोग इस चीज़ को समझ जाएँगे उस दिन पुरोहिताई के धन्धे को बन्द होना ही है।"

लेकिन परस्पर विरोधी इन आस्थाओं के बावजूद माँ और पिताजी इस विषय पर कभी किसी गम्भीर तकरार में नहीं उलझते। एक-दूसरे की भावनाओं को न छेड़ते हुए एक-दूसरे के साथ जीने का तालमेल वे बैठा चुके थे। यह उस तालमेल का ही प्रभाव था कि मेरे जन्म की सतइसा के अनुष्ठान में पिताजी ने कोई हस्तक्षेप नहीं किया और माँ ने भी सताइस दिन से पहले उनकी गोद में मुझे जाने से नहीं रोका। छठी के बाद से ही मुझे गोद में लेकर पिताजी लाड़-प्यार करने और घुमाने लगे थे...।

मेरे जन्म के समय नर्वदेश्वर भैया दो वर्ष के थे और उषा दीदी चार वर्ष की। अब तीन-तीन बच्चों और हमारे वृद्ध बाबा की देखरेख के साथ घर-गृहस्थी सँभालना माँ के लिए मुश्किल होता जा रहा था। इस स्थिति में माँ ने अपनी क्वँारी

बहन कुन्ती मौसी को बुलवा लिया। मेरी नानी गुजर चुकी थीं। मेरे नाना ललन जी जीवित थे। माँ के अतिरिक्त उन्हें और दो बेटियाँ तारा, कुन्ती एवं दो बेटे केशो एवं रंजीत थे। कुन्ती मौसी उनमें सबसे छोटी थी। अपनी माँ के बिना छोटी औलाद कुन्ती मौसी का मन वहाँ नहीं लगता था। वह बचपन से ही मेरी माँ से ज्यादा सटी रहती, इसीलिए सूचना पाते ही आ गयी। फिर शादी होने तक हमारे यहाँ ही बनी रही। अपनी माँ के अतिरिक्त जिनकी गोद में हमारा लालन-पालन हुआ वह कुन्ती मौसी ही रही। वह हमे अपने बच्चों से कम नहीं समझती और हम भी उसे मौसी कम, माँ ही ज्यादा मानते। वह थोड़ा ऊँचा सुनती थी, इसीलिए कोई भी बात हम तेज आवाज़ में कहते या उसके कान के पास जाकर सुनाते।

चूँकि मैं बहुत दुबला-पतला था इसीलिए माँ का विशेष स्नेहपात्र था। मेरे जन्म से लेकर कुछ समय तक माँ नहीं चाहती थी कि मुझे जमीन पर उतार कर अन्य बच्चों की तरह खेलने छोड़ दिया जाए। या तो स्वयं अपनी गोद में मुझे टाँगे रहती या मौसी को थमा देती। उसे बराबर इस बात की आशंका बनी रहती कि ऐसा दुबला-पतला बच्चा जमीन पर गिरकर कहीं हाथ-पाँव न तोड़ ले...। वह दिन में स्वयं दो बार मेरे हाथों और पाँवों में तेल मालिश करती और दो बार मौसी से भी कराती कि मेरे हाथ-पाँव मजबूत हो जाएँ। मुझे गोद में टाँगे-टाँगे मौसी कभी-कभी ऊब जाती। तब माँ की नज़र बचा मुझे जमीन पर बैठा देती। ऐसे ही एक दिन मुझे बैठाकर पास ही बैठी मौसी ऊँघने लगी। उस वक्त घुसकुरिया[57] काटते हुए आगे-पीछे बढ़ना मैं जान गया था। बस, आगे बढ़ते हुए दीवार के सहारे खड़े लकड़ी के पीटने को ठेलने लगा। उस समय माँ ने कपड़े साफ करने के लिए लकड़ी का एक पीटना बनवा रखा था। कपड़ों में साबुन-सोड़ा लगा उसी पीटने से पीटकर मैल साफ किया जाता। अब जैसे ही मैंने पीटने को ठेला उसका सन्तुलन बिगड़ गया। वह धड़ाम से मेरी बाँह पर आ गिरा। मेरी जो नाजुक स्थिति थी उसके अनुसार उस पीटने का बाँह पर गिरना साधारण बात नहीं। मैं इतने जोर से रोने-चीखने लगा कि जीनर की माँ के साथ निकट ही बैठी माँ बेतहाशा दौड़ते हुए मेरे पास आ पहुँची। मेरी आवाज़ पर वह एकदम सचेष्ट रहती थी। अब तक कुन्ती मौसी ने भी सजग-सचेत होकर मुझे गोद में उठा लिया था। अब माँ के पहुँचते ही वह सफाई देने लगी—"जाने कैसे यह पीटनवा बबुआ की बाँह पर गिर गया दिदिया। बबुआ को लेकर नीचे बैठी थी। तनिक-सा ध्यान बिचला कि घुसकुरिया काटकर यह पीटना के पास पहुँच गया। जरूर पीटने को इसी ने ठेला होगा...।"

लेकिन माँ ने पहुँचते ही मौसी की गोद से मुझे छीन अपनी गोद में ले

लिया और अपनी छाती से चिपकारते हुए पुचकारने लगी—"मेरे लाल! मेरे कलेजे के टुकड़े! चुप हो जा...। कैसे इतनी चोट लग गयी? ठीक हो जाएगा बाबू, अब इतना मत रोओ...!"

फिर भी मैं चुप नहीं हो रहा था। शायद चोट ज़्यादा लगी थी। अब माँ ने मेरी बाँह देखी। पर बाँह छूते ही मैं और चीख उठा। अब माँ को लगा कि कुन्ती मौसी की लापरवाही के चलते मेरी बाँह टूट गयी। वह कुन्ती मौसी को बहुत मानती थी। लेकिन इस क्षण उस पर ऐसा क्रोधित हुई कि तत्क्षण मुझे जीनर की माँ को सौंप उसने पीटना उठा लिया और कुन्ती मौसी की ओर झपटी—"बहिरी, आज मैं तुझे नहीं छोड़ूँगी। जैसे मेरे बबुआ की बाँह तोड़ी है वैसे ही तेरी बाँह तोड़ूँगी...।" कुन्ती मौसी थोड़ा ऊँचा सुनती थी, इसीलिए माँ ने क्रोध में उसे बहिरी कहा था। माँ का यह उग्र-रूप देख अब कुन्ती मौसी भी कलपते हुए भागने लगी—"मेरा कोई दोष नहीं दिदिया...। बबुआ के ठेलने से पीटना गिरा। अबकी बार माफ कर दो दिदिया। अब बबुआ को तनिक भी अकेले नहीं छोड़ूँगी...।"

लेकिन पुत्र मोह से ग्रस्त माँ पर मौसी की इस फरियाद का कोई असर नहीं। वह मौसी को पकड़ने के लिए दौड़ती रही। दुबली-पतली मौसी जान बचाने के लिए कभी इस ओर भागती तो कभी उस ओर। कभी बरामदे के किसी पाये के उस पार से निकल जाती तो कभी इस चौकी के इस पार से। इस बीच जीनर की माँ भी बीच-बचाव में बोली—"छोड़ दो बहिनिया! जानबूझ कर नहीं गिरायी है। असके[58] में हुआ है। अब दुबारा ऐसी गफलत नहीं होने देगी...।"

किन्तु माँ पर तो क्रोध का भूत जैसे सवार था। जीनर की माँ की बात का भी असर नहीं। मौसी को भी लग गया कि अब दिदिया बिना मारे नहीं छोड़ेगी। बस, भंडार घर में कोठ के पीछ वह जा घुसी। अनाज रखने के लिए कच्ची मिट्टी का बड़ा-सा कोठ हमारे भंडार घर में बना हुआ था। कच्ची मिट्टी के कोठ में अनाज खराब नहीं होते। गाँव के मेरे मकान में उस समय बड़े-बड़े कोठ बनाये गये थे। उनमें रखे अनाज काफी समय तक यथावत् बने रहते। भंडार घर का वह कोठ सबसे बड़ा था। लगभग आधे कमरे को छेंके हुए था। भंडार घर के पीछे की दीवार से कुछ हटकर बनाया गया था। दीवार से बिल्कुल सटाकर कोठ नहीं बनाया जाता। अब कोठ और दीवार के बीच एक पतली-सी गली रह गयी थी। कुन्ती मौसी दुबली-पतली थी। उस कोठ के पीछे जाकर छिप गयी। माँ कुछ मोटी हो चली थी। चाहते हुए भी उस कोठ के पीछे नहीं पहुँच सकी। अब बाहर से ही मौसी को धमकाती रही—"कोठ के दोबे में लुकाने से तेरी जान नहीं बचेगी...। देखते हैं कि कब तक तू कोठ के पीछे छिपी रहती है?

जब भी निकलेगी तुझे मारकर ही दम लूँगी...।''

इस बीच बकुली टेकते हुए बाबा भी वहाँ आ पहुँचे। उन्होंने माँ को समझाया—''तू पागल हो गयी है बहू...। कुन्ती तुम्हारी छोटी बहन है, तुम्हारे बच्चों जैसी ही है। किससे भूल-चूक नहीं होती...। अपने जानते उसने ऐसा नहीं किया है। बबुआ को मैं देखकर आ रहा हूँ। उसे खाली चोट लगी है, बाँह नहीं टूटी है। जाकर वहाँ गर्म तेल मल दो। लड़का रो रहा है और तुम कुन्ती के पीछे दौड़ रही हो। कुन्ती को मार देने से वह ठीक तो नहीं हो जाएगा...!''

अब बाबा की बात पर माँ मेरे पास चली आयी और मेरी बाँह में गर्म तेल मलने लगी। धीरे-धीरे मेरा रोना-चीखना भी बन्द हो गया और मैं खेलने लगा। माँ का गुस्सा भी अब शान्त हो चला। माहौल भाँप कर कुन्ती मौसी भी अब कोठ के पीछे से निकल आयी। फिर परी माई के चबूतरे के पास खड़ी फूट-फूट कर रोने लगी—''माई हो माई...!''

माँ भी अब अपने को रोक नहीं सकी। वह भी रोने लगी—''चुप हो जा कुन्ती...। इसमें तेरा का दोष? मेरा ही दिमाग खराब हो गया था...!''—और माँ ने आगे बढ़कर कुन्ती मौसी को अपनी बाँहों में भर लिया । फिर दोनों बहन एक-दूसरे से लिपट कर देर तक रोती रहीं।

कुन्ती मौसी कभी नहाने लगती और माँ रसोई में होती तो उस वक़्त मेरी निगरानी का जिम्मा उषा दीदी पर ही होता। माँ चेता देती—''बबुआ को देखते रहना उषा!''

उषा दीदी मुझसे सिर्फ चार साल ही बड़ी थी। इस स्थिति में खुद बच्ची ही थी। मेरी निगरानी से उसका ध्यान बिचल ही जाता। शायद माँ के अतिशय लाड़-प्यार से उस वक्त मैं अधिक चुल्ली[59] और नटखट हो गया था। अक्सर कहीं गिरकर या चोट लगाकर चिल्लाने लगता। बस, माँ उषा दीदी पर टूट पड़ती—''क्या कर रही थी मुँह झौंसी, कलमुँही! बबुआ कैसे गिर गया? बच्चा सँभालने में तेरा तनिक भी जी नहीं लगता...।''

उस वक्त मेरी वजह से कई बार माँ की डाँट एवं मार उषा दीदी को भी खानी पड़ी थी, जबकि हर बार बाबा चिल्लाते—''अरे यह क्या कर रही हो बचवा की माँ? छोड़ दो बबिया को। वह तो अभी छोटी ही है।''

बाबा, माँ को बहू और दुल्हिन के अतिरिक्त बचवा की माँ भी कहते थे। वे जन्म से ही नर्वदेश्वर भैया को बचवा औरा उषा दीदी को बबिया कहकर पुकारते।

लेकिन माँ, बाबा के चिल्लाते-चिल्लाते दीदी को डाँटते हुए एकाध हाथ लगा ही देती। तब मेरी ही तरह दीदी भी रोने लगती। फिर कुछ ही समय बाद

चुप हो माँ से अपनी नाराज़गी व्यक्त करने के लिए मुँह फुला आँगन के एक कोने में बैठ जाती। तब नज़र पड़ते ही माँ उसे मनाने पहुँचती—"हमने तुमको मारा कहाँ है रे पगली? केवल डराया है! तू तो मेरी रानी बेटी है...।"—और माँ, उषा दीदी को बाँहों में भर उसके बाल सहलाने लगती।

मेरे बाद जब छोटी बहन उर्वशी और छोटे भाई कामेश्वर का जन्म हुआ तब भी माँ का विशेष ध्यान मुझ पर ही बना रहा, क्योंकि मेरे सभी भाई-बहन मोटे-ताजे और मजबूत थे। अकेला मैं ही दुबला-पतला बना हुआ था। बचपन में कामेश्वर जब बोलने लायक हुआ तो उसने एक बार मेरी उपस्थिति में माँ से कहा—"तू मिथि भइया को हमसे ज़्यादा काहे मानती हो माँ? ऊ तो हमसे बड़हन है?"

जवाब में माँ ने उसे प्यार से समझाया था—"और तुझे क्या कम मानती हूँ? मिथि बहुत कमजोर है। दुबला-पतला है। जो बच्चा अधिक कमजोर होता है, माँ-बाप का उस पर अधिक ध्यान रहता है। लेकिन इसका मतलब यह नहीं कि तुझे मैं नहीं मानती। तुझे और मानती हूँ। तू तो मेरा कुकुन बेटा है। घुघुर बाँध कर नाचता है...।" दुलार में माँ कामेश्वर को कुकुन कहती, जिसका अनुसरण करते हुए हम सब भी उसे कुकुन ही कहते।

मुझे याद है, अन्य भाई-बहनों के बीमार पड़ने पर प्रारम्भ में माँ घरेलू उपचार करती। घरेलू उपचार और कुछ वैद्यक दवाओं से वह अपने नैहर से ही अवगत थी। हमारे नाना वैद्य थे। माँ ने उन्हीं से घरेलू उपचार जाना था। अगर घरेलू उपचार से हमारे भाई-बहन ठीक नहीं हाते तब वह पीरो के बंगाली डॉक्टर के पास ले जाती। लेकिन इससे अलग मेरे तनिक भी बीमार होते ही वह सीधे गया को कह बैलगाड़ी नधवा[60] देती। फिर, मुझे लेकर पीरो के बंगाली डॉक्टर के पास पहुँच जाती—"यह तो ऐसे ही सतवाँस बच्चा है डॉक्टर साहब! अब देखिये न इसको ये बुखार कैसे लग गया...?"

तब बंगाली डॉक्टर मुझे देखते। उस वक्त उनकी दवा के रूप में उनका सीरप बहुत मशहूर था, जो सर्दी, बुखार, खाँसी, दर्द आदि सब में काम करता था। वह सीरप कहीं बाहर नहीं मिलता। डॉक्टर साहब उसे खुद अपने यहाँ बनवाते। वे पुर्जे पर नुस्खे लिख देते जिसे देखकर उनका कम्पाउंडर राजकिशोर बना देता। बचपन में बंगाली डाक्टर के पास माँ मुझे इतनी बार ले जा चुकी थी कि डॉक्टर साहब और उनका कम्पाउंडर राजकिशोर मुझे दूर से ही पहचान जाते—"बैसाडीह से प्रोफेसर साहब का लड़का आ गया...।"

मेरे लिए भी डॉक्टर और कम्पाउंडर तो चिर परिचित हो ही गये थे, उस अस्पताल के रेसे-रेसे से मैं अवगत था। बंगाली डॉक्टर के बेटे-बेटियों को भी

पहचानने लगा था। उनके यहाँ का वह सीरप तो मैं इतनी बार पी चुका था कि आज भी स्मरण आने पर उसके खट्टे-मिट्ठे स्वाद और नौसादार जैसी गन्ध की याद आ जाती है। प्रारम्भ में वह सीरप मुझे अच्छा नहीं लगता था। मुँह का स्वाद कसैला हो जाता। मैं मितली का अनुभव करने लगता। तब माँ मुझे चाकलेट के नाम पर फुसलाकर या खिलौने खरीदने का प्रलोभन दे वह सीरप पिलवाती। बाद में पीते-पीते उस सीरप का अभ्यस्त हो गया कि समय और खुराक के अनुसार स्वयं उसे पीता रहा।

यह लखकर कि बंगाली डॉक्टर की दवा के बाद भी मैं मोटा-तगड़ा नहीं हो रहा, माँ मुझे लेकर दो-तीन बार आरा भी पहुँची। तब पिताजी ने आरा के मशहूर चिकित्सकों से मुझे दिखवाया। उनके लिखे अनुसार खून आदि की जाँच भी करवायी। लेकिन सभी चिकित्सकों का कहना कि लड़का बिल्कुल स्वस्थ है। डॉक्टर रमनी मोहन सिन्हा पिताजी के घनिष्ठ थे। उन्होंने माँ को विश्वास दिलाते हुए समझाया—''इस लड़के की कांत[61] ही ऐसी है। इसे कुछ नहीं हुआ है। यह एकदम ठीक है...। कोई-कोई बच्चे जन्म से ही दुबले-पतले होते हैं, लेकिन इसका अर्थ यह नहीं कि उन्हें कोई बीमारी है। इसे डॉक्टरों के पास यहाँ-वहाँ मत दौड़ाइये। उससे कुछ भी फायदा नहीं होगा...। घर ले जाकर गाय का दूध खूब पिलाइये। गाय के दूध से बढ़कर पौष्टिक आहार और कुछ नहीं...। बस, यही काफी है।''—और रमनी बाबू मेरी पीठ थपथपाते हुए मेरी ओर मुखातिब हुए—''क्यों बेटे, सच-सच बताना, कोई तकलीफ है?''

जवाब में मैंने कहा—''नहीं...।''

रमनी बाबू की इस बात के बाद मैं स्वयं भी अनुभव कर रहा था सचमुच मुझे कुछ नहीं है। अपने भाई-बहनों के साथ खेलने और शरारत करने में तो मैं तनिक भी पीछे नहीं था। वे जो खाते, वही खाता। फिर उनसे कम कैसे था? केवल मुझे दुबला-पतला देखकर ही माँ परेशान है। मैंने माँ से भी कहा—''अब मुझको कहीं मत दिखाओ। मैं एकदम ठीक हूँ...। देखो तो, कहाँ बीमार हूँ...?''—और अपना सीना तानकर माँ को दिखा दिया। तब मैं बुतरू[62] की तरह छोटा था। ऐसा करते हुए मेरी छाती की हड्डियाँ आगे की ओर ऐसे निकल गयी जैसे बकुले की ठोर हों...। इस पर माँ मेरी उन हड्डियों को सहलाते हुए बोली—''जाने तू कब मोटाएगा? कुछ भी खाया-पिया तेरी देह में लग काहे नहीं रहा?''

दूध के लिए हमारे यहाँ गाय मेरे जन्म के पहले से ही रहती आ रही थी। उसकी देखभाल हमारे चरवाह हरेसर के जिम्मे था। माँ हमें दूध तो बचपन से ही पिलाती आ रही थी। अब डॉक्टर रमनी मोहन सिन्हा के कहने के बाद दूध पिलाने के लिए वह मेरे पीछे पड़ गयी। जानती थी मैं एक बार में अधिक दूध

नहीं पीता, इसीलिए सुबह-शाम के अतिरिक्त दोपहर सोकर उठने तथा अपने बाल-दोस्तों के साथ दरवाजे से खेलकर लौटते ही माँ मुझे दूध का छोटा गिलास थमा देती। वह तो जैसे मुझे दूध पिलाने की फिराक में ही रहती। उसी समय एक दिन मेरे दरवाजे गाय दुहाते वक्त गली से गुजरते मेघू पहलवान खड़े हो गये। वे मेरे गाँव के मशहूर पहलवान थे। उनकी जोड़ का दूसरा पहलवान मेरे गाँव और पूरे इलाके में नहीं था। उन्होंने दरवाजे पर बैठे मेरे पिताजी से कहा— ''अपने बच्चों को गाय के 'थान तर' का दूध पिलवाइए प्रोफेसर साहब। जो ताकत गाय के 'थान तर' के दूध में होती है, वह गर्म हो जाने के बाद नहीं रहती। गाय के बछड़े थन के उस दूध पर ही उछड़ते हैं। गर्म दूध पिलाकर देखिए, वे मरियल हो जाएँगे...।''

पिताजी ने मेधू पहलवान की इस बात का कोई जवाब नहीं दिया। पहलवान की आस्था का विरोध उन्हें उचित नहीं जान पड़ा। लेकिन उनकी वह बात इस कान से सुनकर उस कान से उड़ा दी। उस पर अमल करने का प्रश्न ही नहीं था। शहरी चिकित्सकों की यह मान्यता कि कच्चे दूध का इस्तेमाल नहीं करना, उसे उबाल कर ही पीना है, पर डटे रहे। लेकिन हम बच्चों की अच्छी सेहत के लिए कुछ भी करने को तैयार माँ, मेधू पहलवान की बात का पालन करने लगी। गाय के थान तर का दूध का मतलब धारोष्ण दूध था। अब माँ हमें गिलास पकड़ा कर गाय दुहाते वक्त उसके थान के पास बैठा देती। फिर हरेसर से हमारे गिलासों में ही दुहवाती और तत्क्षण हमें पिला देती। प्रारम्भ में उस ताज़े कच्चे दूध का स्वाद मुझे अच्छा नहीं लगता। लेकिन माँ मुस्तैद रहती। मुझे भी पीना ही पड़ता। बाद में बंगाली डॉक्टर के उस सीरप की तरह कच्चे दूध के उस स्वाद का भी मैं अभ्यस्त हो गया!

घर में हम बच्चों की उम्र और संख्या बढ़ती जा रही थी। इस दृष्टि से गाय का दूध कम पड़ता जा रहा था। उर्वशी और कामेश्वर के बाद ब्रजेश्वर और उर्मिला का जन्म भी हुआ। इस बीच एक गाय के विसूखने पर उसे हसनबाजार के वैसाखी मेले में बेंचकर दूसरी गाय ले ली जाती। फिर भी एक गाय से दूध की कमी दूर नहीं होती। इसपर मेरे घर आनेवाली टोला-पड़ोस की महिलाएँ और पुरुष दूध के प्रसंग पर अब माँ का ध्यान भैंस की ओर आकृष्ट करने लगे। महिलाएँ कहतीं—''अब गाय छोड़कर भैंस खरीदवाओ बहिनिया। तुम्हारा परिवर बढ़ गया है। गाय से पार नहीं लगेगा। एक लगहर भैंस ले-लो, बस समूचा परिवार दूध में डूबा रहेगा...!''

इस सम्बन्ध में पुरुषों का कहना था—''गाय का दूध रोगियों और शहरियों के लिए होता है भौजी! बिना भैंस के दूध के गाँव के आदमी का काम नहीं

चलता...। भैंस का दूध पुरहर[63] और गाढ़ा होता है। गरम करने पर एकदम मोटी छाली पड़ती है। पीने के बाद तन-मन मस्त हो जाता है। बुझाता है कि दूध पिये हैं। गाय का दूध तो एकदम पनछुछुर[64] और बेस्वादु होता है। मिठास और मलाई तो उसमें होती ही नहीं। भैंस के दूध का मुकाबला गाय का दूध कभी कर ही नहीं सकता...।''

इस प्रसंग पर गाँव के हमारे दोस्तों ने भी हमें ललकारा—''अबकी बार भैंस खरीदवाओ मिथि। फिर देखना भैंस का मजा। समूचे गाँव में किसके यहाँ भैंस नहीं है? तुम्हारे जैसे कुछ ही घर में लोग गाय रखे हैं। भैंस रखने के तुल तपाट[65] से वे डरते हैं। भैंस को रोज चराने और धोने ले जाना पड़ता है। बाकिर तुम्हारे यहाँ तो हरेसर चरवाह है। वह चराने ले जाएगा और गाँव के आहर में धो देगा। जिसके यहाँ कोई करनीहार नहीं होता वही गाय रखता है। गाय को रोज चराने और धाने नहीं ले जाना। खूँटे पर ही खिला देना है और कभी तीन-चार दिन पर एक बाल्टी पानी से धो देना...। मगर दोनों के दूध में आसमान-जमीन का अन्तर होता है। मेधू पहलवान भैंस का ही दूध पीते हैं। गाय का दूध पीकर कोई पहलवान बन ही नहीं सकता...!''

इसके बाद गाय के स्थान पर हमारे यहाँ भैंस आ गयी। हालाँकि पिताजी भैंस के पक्ष में नहीं थे। भैंस के प्रति गाँव की राय को थोथी और जड़तापूर्ण दलील मानते थे। फिर भी हम माँ-बच्चों का मन रखने के लिए उन्होंने एक दुधारू भैंस खरीद दी। अब भैंस आने के बाद सचमुच हमारे यहाँ दूध की कमी दूर हो गयी। वह इतना दूध देती कि हमारे पीने के बाद भी बच जाता तो माँ दही जमाती और सुबह मन्हान से मथते हुए लयन[66] निकालती। हमने अनुभव किया, सचमुच भैंस का दूध पीने में मीठा और गाढ़ा लगता तथा मन को ज्यादा भाता। भैस के बारे में अपने गाँव के लोगों की राय हमें सही जान पड़ती। भैंस के दूध की मोटी छाली तो इतनी स्वादिष्ट होती कि उसे खाने के लिए हम आपस में झगड़ भी जाते। कामेश्वर कहता—''मिथि भइया मुझसे अधिक छाली खा गया। माँ...। इसको तुमने बेसी दी थी। हम
को भी अउर दो...।''

इस पर मैं सफाई देता—''मुझसे तो जास्ती नर्वदेश्वर भइया ने खाया है...। हममें बेसी कहाँ था? केवल ऊपर से छितराया था।''

माँ, कामेश्वर को समझाती—''अब तो सब छाली निकल गयी कुकुन...। कल फिर पड़ेगी तो तुझे ज़्यादा दूँगी...।''

कभी दूध से भागनेवाले हम अब भैंस की मलाईदार छाली पर हाथ भी साफ करने लगे थे। माँ और भाई-बहनों से नज़र बचा रसोई में घुस जाते तथा

पतुकी से छाली सहोथ वहीं जल्दी-जल्दी खा जाते। ऐसा लगता, जैसे अमृत खा रहे हों। मन एकदम तर हो जाता...। फिर फुर्ती से हाथ-मुँह धो अपनी जगह पर आ जाते। माँ जब रसोई में जाती तो देखकर चिहा जाती कि दूध के ऊपर की सब छाली कहाँ चली गयी? फिर हमारी करनी समझ मुस्का कर महटिआ जाती। हालाँकि इस मामले में हम भाई-बहनों के बीच कामेश्वर उस्ताद साबित हुआ। अक्सर हमारे सोचने से पहले ही वह छाली पर हाथ साफ कर चुका होता...।

छाली निकाले दूध के दही से उतना लयन नहीं होता जितना हमारे पड़ोस के घरों में होता। फिर खाने भर तो हो ही जाता। उस समय चूड़ा-गुड़ में लयन सान कर खाने का प्रचलन पूरे गाँव में खूब था। हम बच्चों के बीच तो इस बात की होड़ भी होती कि किसके चूड़े-गुड़ में अधिक लयन है। नये धान के कुटे हुए ताज़े चूड़े में हम नये गुड़ की भेली मिस देते। फिर माँ से लयन ले उसमें मिला देते और दरवाजे पर ले जाकर अपने बाल मित्रों के बीच फाँकते। तब हमारे वे समी बाल मित्र हमारे चूड़े का लयन देख चिट्टा उठते और हमारे भाग्य से ईर्ष्या करने लगते। हमारा चूड़ा-गुड़ लयन की अधिकता से उसमें सराबोर रहता, जबकि उनके चूड़े-गुड़ में नाममात्र का लयन होता। असल में उनके यहाँ सिर्फ अपने दूध-घी खाने के लिए ही भैंसें नहीं रखी जातीं, उन्हें बेचकर पैसे बनाने के लिए रखी जातीं। बेचने से बचे को ही उनके यहाँ खाया जाता। खेती के अनाज की तरह भैंस का दूध-घी भी उनके लिए उपार्जन था। इसके विपरीत हमारे यहाँ अपने खाने-पीने के लिए ही भैंस रखी गयी थी।

दूध के भरपूर उपयोग के साथ हमारे यहाँ मांस-मछली का प्रयोग भी अधिक होता...। हसनबाजार से हमारे यहाँ मांस या मछली खरीदकर आती। जब हम बच्चे थे तो रघुवीर मौसा ले आते। फिर हम जब बड़े हुए और हसनबाजार आने-जाने लगे तो स्वयं ले आते। मुझे याद है, तीन रुपये सेर खसी का मांस और दो रुपये सेर मछली ले आता था। उस वक्त किलो की जगह सेर का ही प्रचलन था। मुर्गे तब हसनबाजार में नहीं बिकते थे। मुर्गों के लिए गाँवों में उन छोटी जातियों के यहाँ जाना पड़ता जो मुर्गे पालती थीं। उस समय सभी जातियों के यहाँ मुर्गे नहीं पाले जाते थे। मुर्गों की कम उपलब्धता के चलते ही मांस या मछली का लोग ज़्यादा उपयोग करते। मेरी माँ खूबचकट शिकार और मछली बनाती, ऐसा कि हम हाथ चाट-चाट कर खाते...। जिस दिन हमारे यहाँ मांस या मछली बनती हम अन्य दिनों की अपेक्षा अधिक चावल लेते। हमारे पड़ोस में आठ-दस दिनों से पहले मांस या मछली किसी के यहाँ नहीं आती। इस बीच भले ही गाँव के गड्ढों या आहार-पोखर से वे स्वयं पकड़कर मछलियाँ ले आते, पर हसनबाजार से खरीद कर नहीं मँगवाते। इससे अलग हमारे यहाँ सप्ताह में तीन

से चार दिन तक मांस या मछली आती। हम जैसे ही कहते—"आज मछली खाने का मन है माँ!"

बस, वह पैसे देकर तत्काल मँगवा देती। पड़ोस के घरों की तरह दिन नहीं रखती कि परसों...। कि अगले इतवार को...। कि हाथ पर पैसे होने पर...। अपनी यह स्थिति हम समझते थे। यह सब हमारे पिताजी की नौकरी के चलते ही सम्भव था। हम भी अपने अन्य ग्रामवासियों की तरह सिर्फ खेती पर आश्रित होते तो ऐसा कदापि नहीं होता...। तब तो दाल-भात जुटाना भी मुश्किल पड़ता। अपने गाँव के बीस-पच्चीस बीघे के गृहस्थों के यहाँ मैं देख रहा था, भात-दाल के साथ बूँट और पिआज की सब्जी बनती। चूँकि बूँट और पिआज उनके खेतों में होता, इसीलिए उसकी सब्जी बनवाते! बाजार से सब्जियों की खरीद कभी नहीं करते...।

इधर हमारे यहाँ मांस-मछली भैंस के दूध-घी की पर्याप्त उपलब्धता और हमें खिलाने के प्रति माँ की तत्परता का ही यह परिणाम हुआ कि मुझे छोड़कर मेरे सभी भाई-बहन काफी तन्दुरूस्त और भरे-भरे हो गये। वे गलियों से घर के बाहर-भीतर तक उछलते-कूदते और बरामदे की अरगनी पर लटक कर झूलते हुए अपनी शक्ति अजमाते। उनके बीच मैं भी चाहे ऊपर से जैसा दिखता, अपने हम उम्र मित्रों की ही भाँति अपने को सक्षम और समर्थ महसूस करता। हमारे भाई-बहनों में कामेश्वर पर तो इसका चमत्कारिक असर हुआ। वह अपने से बड़े लड़कों को भी पछाड़ देता। मनमाफिक मांस-मछली और दूध-घी ने उसे समय और अपनी उम्र से पहले ही शक्ति सम्पन्न बना दिया था...।

लेकिन उसकी इस शक्तिसम्पन्नता का खमियाजा भी हमें भुगतना पड़ता। उन्हीं दिनों एक दिन गाँव के पुरूबारी टोले में लड़कों के साथ कामेश्वर खेल रहा था। खेल-खेल में ही अपने से एक बड़े लड़के से उसकी तकरार हो गयी। इस पर यह कहते हुए वह लड़का कामेश्वर को मार बैठा—"लाला होकर यह मजाल कि हमको गाली दो...!"

ऐसी स्थितियों में पहले कामेश्वर मार सहकर रोते हुए माँ के पास आ जाता था—"हमको बिगु ने मार दिया माँ!"

जवाब में माँ उसे समझा देती—"जाने दो बेटा, उसके साथ मत खेलो। वह दुष्ट लड़का है। तू उसके टोले में गया ही क्यों? वह इस गाँव की बरिआर[67] जाति का है...। हम उससे लड़कर पार नहीं पा सकते...। उसने तुझको मारा है, भगवान उसे मारेंगे।"

लेकिन इस बार उस लड़के के हाथ चलते ही प्रतिक्रिया में कामेश्वर ने

भी कसकर उस पर अपना हाथ जमा दिया...। अब वह पहले जैसा कमजोर और दब्बू नहीं रह गया था। इस पर वह लड़का क्रोध में आकर कामेश्वर से बाज गया—"तू हाथ चला रहा है। अभी तुझे पटककर नीकेतरी[68] काँड़[69] देता हूँ। बस हाथ चलाने का मजा मिल जाएगा...!"

लेकिन परिणाम उस लड़के के विपरीत ही घटित हुआ। दोनों के मल्लयुद्ध में कामेश्वर ने ही उसे उठाकर इतने जोर से पटक दिया कि वह आह! आह! कर उठा। माँ का खिलाया-पिलाया उसे मौके पर काम आ गया। लेकिन उस लड़के को पटककर कामेश्वर निकल नहीं सका। उस लड़के का बाप वहीं पास ही बैठा देख रहा था। उम्र में बड़ा और जाति में मजबूत होकर भी उसके लड़के को गाँव के अकसरुये लाला के लड़के ने पछाड़ दिया, यह वह बर्दाश्त नहीं कर सका। बस, तत्क्षण वहीं एक बाँस को उठाकर कामेश्वर पर टूट पड़ा—"साले लाला तेरी यह हिम्मत! अब तुम्हारा इतना मन बढ़ गया। हमारे ही गाँव में रहकर हमारे लड़के पर हाथ चलाओ...।"—और उसने कामेश्वर पर बाँस चलाया। लगता तो उसका माथा फट जाता। लेकिन फुर्तीबाज कामेश्वर किनारे होकर बच गया। अब उस लड़के के पिता का क्रोध देख वह वहाँ से भाग चला। इस पर उसे भागते जान उस लड़के के पिता ने बाँस फेंककर उसे मारा। इस बार कामेश्वर के बाएँ पैर पर वह बाँस आ गिरा, जिससे उसका वह पैर छिला गया। अब मायूस चेहरा लिए घर आकर उसने सारी बात बताई। इस बात को लेकर हमारे मन में तीखी प्रतिक्रिया हुई कि लड़कों के आपसी तकरार में उस लड़के का पिता क्यों कूदा? इस बात को लेकर माँ भी आवेशित हो गयी और उसी क्षण उस लड़के की माँ को ओरहन[70] देने चल पड़ी। लेकिन उसका पिता दरवाजे पर ही माँ को देख भभक उठा—"जैसे आयी हो ललाइन वैसे ही सीधे मन से लवट जाओ। तुम्हारे लड़कों का मन बढ़ गया है। उनको समझा दो कि गाँव में रहना है तो लाला बनकर रहें नहीं तो गाँव से विदाई ही समझें...। वह तो भागकर बच गया[71]। रहता तो मार का हाथ-गोड़ तोड़ देता!"

माँ उसकी बात सुन खून का घूँट पीकर रह गयी—चोरी और सीनाजोरी दोनों। अब वहीं से लौट आयी। अन्दर से एकदम उद्वेलित हो गयी थी। पुत्र के अपमानित होने की पीड़ा से व्यथित! हम सब इस घटना से दुःखी थे। पिताजी के आरा से आते ही माँ ने उनसे सब कुछ बताया। लेकिन जवाब में पिताजी ने हमें ही समझा दिया—"तुम सब आपस में ही खेलो। उन लड़कों के पास मत जाओ..। इस गाँव में उन्हीं का बोलबाला है। उन्हीं की जाति का वर्चस्व है। अपने घर में साग-सत्तू खाकर रहेंगे लेकिन हमसे लड़ने में शेर बन जाएँगे...।

यहाँ उनकी लठैती पर ही उनका सारा दारमोदार निर्भर है। यहाँ रहकर उनसे उलझना, पानी में रहकर मगर से वैर करना है! तुम लोग भरसक कोशिश करना कि उनसे तुम्हारी लड़ाई ही न हो। वे किसी भी मामले में हमसे अच्छे नहीं। न अच्छा खाते हैं, न अच्छा पहनते हैं...। जैसे बुड़बक को दो पैसे दे दिये जाते हैं, उलझा नहीं जाता। वैसे ही उनसे भी हमें नहीं उलझना...!''

लेकिन पिताजी के समझाने के बावजूद वे अवसर आ ही जाते। फिर न चाहते हुए भी हमें उलझना ही पड़ता...। बचपन की उसी अवधि में फनात[72] और अखाड़े के पास भी वो घटनाएँ घटीं, जो आज तक मुझे याद है। गाँव के किनारे पाठशाले के पास हम बच्चों ने आपसी सहयोग से फनात और अखाड़े बना रखे थे। फनात पर हम दौड़कर फाँदते कि कौन सबसे लम्बी दूरी तक फाँद सकता है। फिर रस्सी पकड़कर उछलते कि कौन कितनी ऊँची कूद में सफल हो सकता है? अपनी उम्र के लड़कों में कामेश्वर लम्बी दूरी में आगे निकल गया। यह देखगाँव की मुख्य जाति के लड़के आवेशित हो उठे। अब कामेश्वर ऊँची कूद में चला। लेकिन आवेशित लड़कों ने इस बार जानबूझकर रस्सी ऊपर उठा उसके पैरों में फँसा दी जिससे वह धड़ाम् से गिर गया। वहाँ उपस्थित मैंने इसका विरोध किया—''नहीं, यह बेईमानी हुई है।''

इस पर जीनर ने मेरी बात का समर्थन किया। लेकिन अन्य लड़कों ने कामेश्वर की कूद को असफल करार दे दिया। इस बात से मेरा मन कचोट कर रह गया...।

इसी तरह अखाड़े वाली घटना भी घटी। अखाड़े में अपनी उम्र के लड़कों के साथ हम कुस्ती में उतरते थे। उस दिन भी हम ऐसे ही उतरे। लेकिन उस दिन अपनी उम्र के दो लड़कों को कामेश्वर ने चित्त कर दिया। इसकी प्रतिक्रिया में उससे नाराज लड़कों में से अब एक सयाना लड़का अखाड़े में जा उतरा। वह कामेश्वर से बड़ी उम्र का था। उसने जबर्दस्ती कामेश्वर को चित करते हुए कहा—''लाला होकर पहलवान बनता है। अब चलाओ अपना दाँव। कमजोर जाति होकर बरिआर जाति से फरिआना चाहते हो तो अब फरिआओ मुझसे...।''

मैंने फिर विरोध किया—''यह ठीक बात नहीं। जो जिसकी उम्र का है वही उससे लड़ेगा। यही नियम है...।''

लेकिन मेरे दोस्त जीनर को छोड़कर फिर मेरी बात के पक्ष में कोई आगे नहीं आया। उस लड़के ने हमारी व्यक्तिगत कुस्ती को जातिगत कुस्ती में तब्दील कर। इस स्थिति में हमारे लिए महटिआने के सिवा कोई विकल्प नहीं था। लेकिन उस महटिआने की पीड़ा को मैं आज तक भूल नहीं सका हूँ...।

बड़े भैया नर्वदेश्वर को लेकर भी होरेहा[73] वाली एक ऐसी ही घटना घटी थी। वे अपने उम्र के लड़कों के साथ बूँट का होरेहा खाने खेतों की ओर निकले थे। होरेहा खानेवाले वे लड़के चोरों की भाँति घूमकर देखते कि किसके खेत में बूँट के पौधे तैयार हैं। बस, खेत मालिक की नजर बचा अपने काम भर पौधे उखाड़ लेते। फिर पास के किसी बगीचे में सूखी पत्तियों को जलाकर होरेहा भुनते। उस दिन भी नमक-मिर्च के साथ वे ताजे होरेहा खा रहे थे कि दबे पाँव वह खेत मालिक आ धमका जिसके खेत से बूँट के पौधे उखाड़े गये थे। अब वहाँ पहुँचने के बाद उसने देखा कि भैया को छोड़ शेष लड़के उसकी जाति के ही हैं और लउरघर[74] घरों के हैं तो बस, उन्हें धमाका कर छोड़ दिया—''तुम्हारे बाप-चाचों के पास चलता हूँ। सोच रहा था कि खेत से बूँट कौन उखाड़ रहा है? अब पता चला कि यह तुम सबों का काम था...!''

वे लड़के उसकी धमकी पर भाग चले। लेकिन उसने लपक कर भैया को पकड़ लिया—''और लाला राम! तुम कहाँ भाग रहे हो? यह सारी करतूत तुम्हारी ही है। तुम्हीं सबों को हमारे खेत पर ले आता है ...।''—और उसने भैया को एक-दो तमाचे लगाये तथा उसकी जेब में जो दो-चार रुपये थे सब छीन लिए। शायद माँ ने कुछ खरीदने के लिए दिये थे। घर आकर भैया ने सारी बात बतायी। सुनकर हम फिर दु:खी हुए। लेकिन कुछ कर नहीं सके। 'बत्तीस दाँत मह जीभ बिचारी' वाली हमारी स्थिति थी।

मेरे साथ भी आम के टिकोरे को लेकर ऐसी ही घटना घटी। हमारे गाँव के पश्चिम में आम के कुछ पेड़ थे। उन पेड़ों में एक मिठुआ आम था। उस आम पर जब टिकोरे लगते तो इतने मीठे होते कि उसे कच्चे तोड़कर ही लोग खाने लगते। उसके सिवाय पूरे गाँव में कोई दूसरा पेड़ नहीं था जिसके कच्चे आम इतने मीठे हों। उस पेड़ का मालिक टिकोरा लगते ही उसकी अगोरिया में भिड़ जाता। फिर भी हम बच्चे फिराक में रहते। उससे गफलत होते ही गिलहरी की तरह हम पेड़ पर चढ़ जाते और जल्दी-जल्दी आम के टिकोरों से अपनी जेबें भर लेते। फिर कहीं एकान्त में पहुँच खीरे और कंकड़ी की तरह उन्हें खाते। वे इतने अच्छे लगते कि खूब मजा आता।

उस दिन भी रखवार को उनुपस्थित देख हम पेड़ पर चढ़े ही थे कि वह आ गया। फिर होरेहा वाली घटना की ही तरह अन्य लड़कों को अपनी जाति के और दबंग घरों के समझ डाँट-डपट कर छोड़ दिया। लेकिन मुझे अल्पसंख्यक परिवार का जान पकड़ लिया—''अरे मुंशी की आलौद तू भी है...। यह पेड़ तेरे बाप का है कि यहाँ आ गया! आम तोड़ने का मजा आज तुझे चखाता हूँ...!''—और मुझे एक हाथ से पकड़े हुए दूसरे हाथ से उसने आम की एक छंवकी[75] तोड़

ली। मैं समझ गया, इसी छवंकी से अब मुझे पीटेगा। अन्य लड़कों की खीस[76] भी अब मुझ पर ही निकालेगा। लेकिन अचानक सुखद संयोग की तरह उसी समय मेरा लँगौटिया यार एकबाल दौड़ते हुए आ पहुँचा। शायद मेरे साथ के लड़कों में से ही किसी ने भागकर इसकी सूचना दी थी। वह पास ही किसी दूसरे पेड़ पर चढ़ा था। गाँव की मुख्य जाति और दबंग परिवार का वह था। साथ ही बहुत निर्भीक और बहादुर भी। बड़े-बड़े लोगों से उलझ जाता तो हार नहीं मानता। मेरा ऐसा दोस्त था कि मेरे लिए कुछ भी करने को तैयार हो जाता। मैं भी उसके लिए कुछ उठा नहीं रखता। अब पहुँचते ही वह बीच में कूद गया—"इसे क्यों पकड़े हो... ?"

"इसने हमारे आम तोड़े हैं।"

"खाली इसी ने तोड़े हैं ? और लड़के नहीं थे... । बरिआरा समझ और लड़कों को छोड़ दिया और लाला समझ इसे पकड़ लिया! छोड़ो इसे।"

"नहीं छोड़ूँगा... ।"

"मैं कह रहा हूँ कि अभी इसे छोड़ दो। फिर दुबारा तुम्हारे पेड़ पर चढ़े तो मैं बीच में नही पड़ूँगा... । यह अब तुम्हारे आम नहीं तोड़ेगा... ।"

इस पर वह रखवार कुछ असमंजस में पड़ गया। एकबाल और उसके घरवालों से परिचित था। अभी वह कुछ तय करता कि मुझे छोड़े या पकड़े रखे कि एकबाल ने झटके से मेरी बाँह उससे खींच ली और मुझे ले तेजी से भाग चला। वह रखवार मुँह देखता रहा गया। मेरा वह दोस्त एकबाल आज इस दुनिया में नहीं है। वर्षों पहले दिवंगत हो चुका। मैट्रिक पास करने के बाद रोजगार की चाह में अपने बड़े चचेरे भाई के साथ आसनसोल चला गया था। वहाँ कुछ समय तक हॉकर का काम किया। फिर वहीं किसी गम्भीर बीमारी की चपेट में आकर गुजर गया। अपने इस बाल-सखा की याद मुझे अक्सर आती रहती है। उसके बाद उस जैसा दोस्त मैं दुबारा नहीं पा सका।

अपने बचपन की उन घटनाओं पर अपने भाई-बहनों के बीच मैं अधिक सोचा करता। मेरे भाई-बहन जिस वक़्त जो बात होती उसी वक़्त उसे याद रखते। फिर भूल जाते। लेकिन मैं चाहते हुए भी उन्हें नहीं भूल पाता। उस वक़्त मैं ऐसे लड़कों को चिन्हित करने लगा जो जीनर और एकबाल की तरह जातिगत आग्रह से मुक्त मुझे अपना यार समझते हों। अब ऐसे ही दोस्तों के साथ रहना, खेलना और कहीं आना-जाना मैंने तय कर लिया। इनमें जीनर, बुटन, अयोध्या, पारस, राधेश्याम, बैद्यनाथ, कोमल, श्रीनिवास, महेन्द्र, बलराम, मुक्तेश्वर आदि प्रमुख थे। ये सभी मेरे बचपन के घनिष्ठ मित्र रहे। इस चयन के बाद जाति और जमात के आधार पर अपमानित होने का मेरा अनुभव कम होता चला गया। भैया

ने ऐसा चयन नहीं किया था, इसीलिए कॉलेज में पहुँचने तक वे जातिगत अपमान के शिकार होते रहे। अब मैं ही उन्हें सँभालता। यारी-दोस्ती के स्तर पर मैंने ऐसा माहौल कायम कर लिया था कि अपना यह गाँव मुझे प्यारा लगने लगा। गाँव से आरा आने के बाद अपने उन दोस्तों की मुझे बहुत याद आती रही। हालाँकि गाहे-बगाहे हम एक-दूसरे से मिलते भी रहे...।

आज लम्बे समय बाद अपने गाँव के लोगों के बारे में सोचता हूँ तो वे मुझे बेहद उपेक्षित, दुःखी और पीड़ित नज़र आते हैं। उस समय मेरे गाँव का कोई भी किसान बड़ा किसान नहीं था, सभी मझोले और छोटे किसान थे। तमाम आधुनिक सुविधाओं से वंचित खेती की आय पर ही मुश्किल से जीवन-यापन करते थे। मैंने निकट से देखा है, अपनी सामान्य और अनिवार्य इच्छाओं-आकांक्षाओं को भी वे पूरा नहीं कर पाते। निरन्तर अभाव का जीवन जीते रहते। वे मजदूर नहीं, किसान हैं और कुछ खेतों के मालिक हैं, इस सम्बल को न सिर्फ अपनी छाती से चिपकाये रहते, बल्कि इससे गर्वान्वित भी महसूस करते। मेरी दृष्टि में उनकी सबसे बड़ी कमी खेतिहर होने का अनावश्यक दम्भ, जातिगत अहंकार और ऐंठ थी जिससे कइयों को वे सामन्त दिखते। लेकिन मुझे कहीं से भी वे सामन्त नज़र नहीं आते। वे तो सहयोग और सहानुभूति के पात्र जान पड़ते। शायद यही कारण है कि ऐसे किसान अपनी बुनियादी समस्याओं एवं विवशताओं के साथ मेरी रचनाओं में अक्सर आते रहे।

बचपन में अपने गाँव के प्रायः सभी घरों में मैं आता-जाता था। जैसे मेरी उम्र के लड़के मेरे यहाँ आते वैसे ही मैं भी धड़ल्ले से उनके घरों में जाता। उन घरों में बड़े होने तक जिस बात ने मुझे सबसे अधिक आहत किया, वह लड़के और लड़कियों के बीच सख्त भेदभाव रहा। अपने गाँव की लड़कियाँ मुझे लड़कों की तुलना में कहीं से भी कम प्रतीत नहीं होतीं, लेकिन हर परिवार में अनिवार्य रूप से उन्हें कम समझे जाने की परम्परा देखता। होशगर होने के बाद से अपने गाँव में मैंने कभी नहीं पाया कि किसी लड़की के जन्म पर किसी घर में खुशी मनायी गयी हो, जबकि लड़कों के जन्म पर अनिवार्य रूप सखुशियाँ मनाई जातीं। जो परिवार बहुत गरीब होते और बच्चों की परवरिश की क्षमता भी नहीं रखते, वे भी लड़के के जन्म पर इठलाते-इतराते नज़र आते।

मैं देखता, लड़कियाँ जब तक छोटी रहतीं, उनके लिए नये कपड़े भी नहीं बनवाये जाते। हर घर की माताएँ अपनी पुरानी साड़ियों को फाड़कर उनके लिए कपड़े बना देतीं। जब वे कुछ बड़ी होतीं तब उनके लिए कपड़े आते, लेकिन बिल्कुल सस्ते, जबकि लड़कों के लिए अच्छे पैंट कमीज बनते। प्रायः सभी घरों में लड़कियों को लोग घाटे का सौदा समझते। उनकी तुलना में लड़कों को घी

के लड्डू समझा जाता। घी के लड्डू टेढ़ो भलो! सारी बन्दिशें लड़कियों पर ही होतीं, लड़कों पर नहीं। उस समय लड़कियों को लेकर अपने गाँव की कुछ बन्दिशें आज तक मेरे मन को आहत करती रही हैं—"लड़कियों को नियन्त्रण में रखना है। गाय ही खूँटे पर बाँधकर रखी जाती है, साँढ़ नहीं...।"

"लड़कियों का चटोरपन ठीक नहीं होता। बिगरी नार जो खाय मिठाई, गये मरद जो खाय खटाई।"

"लड़कियों को अधिक पढ़ाना-लिखाना क्या! चिट्ठी-पत्री लिखना-बाँचना जान गयीं काफी हैं।"

"क्वारी लड़कियों का साज-शृंगार कैसा? क्वारियों का बनना-ठनना तो उसकी बदचलनी है।"

"लड़कियों का नहाना और लड़कों का खाना कोई देख लें, तब उनका नहाना-खाना क्या?"

"लड़कियों की देह में असकत[77] कैसी? उन्हें तो सबसे पहले जागना और सबसे आखिर में सोना है। असकत होने पर तो लड़कियों का बेड़ा गर्क। फिर न घर की, न घाट की।"

"लड़कियों को घर-गृहस्थी के सारे कामों में पारंगत होना है। वे परायी चीज़ हैं। कहीं भी जाने पर किसी को यह कहने का अवसर न मिले कि इसकी माता ने इसे कुछ नहीं सिखाया।"

अपने गाँव में इन बन्दिशों का व्यावहारिक रूप भी मैं देख रहा था। जहाँ हर घर में लड़कियाँ पाँवों की धूल समझी जातीं और लड़के आकाश-कुसुम। लड़कों के लिए दाल भात पर सब्जी या बजके बन जाते, लेकिन लड़कियों को अचार के साथ खाना पड़ता। ताजा खाना भी उन्हें बराबर उपलब्ध नहीं होता, क्योंकि दोनों जून के बचे बासी खाने को उन्हें ही सधाना[78] होता। तब बासी भात में नमक पानी डालकर पिआज के सथ खाने को लू से बचाव का खाना भी घोषित किया जाता। लेकिन प्रकारान्तर से लड़कियों के उपेक्षित खाने को विशिष्ट बताने की यह गंवई चाल होती।"

मैं देख रहा था होश सँभालने के बाद से ही मेरे गाँव की लड़कियाँ अपनी माताओं या चाचियों के साथ घर के कामों में जुट जातीं। वे जैसे-जैसे बड़ी होती जातीं, कामों की अधिकता से जुड़ती जातीं। घर-आँगन बुहार-पोंछ और लीप-पोत कर साफ रखने के साथ दोनों जून की रसोई उन पर ही निर्भर रहती। इसके अतिरिक्त जो भी समय बचता ढेंके पर चढ़ धान की कुटाई में लग जातीं...। यह धान की कुटाई का ऐसा कार्य था जो अनवरत चलनेवाला था। उस वक्त चावल के मिल बहुत कम थे, नहीं के बराबर। तब अधिकांश किसानों के यहाँ महिलाएँ

ही धान कूटकर चावल बनातीं। यह लम्बी प्रक्रिया होती। धान को पहले अन्दाज भर उबाला जाता। फिर

उस उबले धान को धूप में सुखाया जाता। फिर उसे ढेंके में डालकर कूटते हुए चावल बनाया जाता। ढेंके में एक बार एक सेर से अधिक धान नहीं डाला जाता। अब सौ-पचास मन धान कूटने में वर्षों लग जाते। यह कार्य कभी समाप्त न होनेवाला था। शायद इसी वजह से मैं जब भी अपने किसी दोस्त के घर पहुँचता, उस घर की लड़कियों और महिलाओं को ढेंके पर धान कूटते ही पाता। ढेंके का अगला हिस्सा जिसमें मूसल लगा होता वह काफी मोटा और भारी रहता। इसके विपरीत ढेंके का पिछला हिस्सा मछली की पूँछ की तरह पतला। लकड़ी के एक मजबूत धूरे पर यह ढेंका टँगा होता। इस ढेंके की पूँछ पर जब लड़कियाँ और महिलाएँ चढ़कर दबाव बनातीं तो उसका अगला हिस्सा ऊपर उठ जाता। फिर अपने पैरों का दबाव कम कर एक झोंक के साथ वे उसे नीचे गिरा देतीं। नीचे जमीन पर जहाँ ढेंके का मूसल गिरता वहाँ लकड़ी एक ओखल बना रहता जिसमें कूटे जानेवाले धान भरे होते। अब बार-बार ढेंके के माथे को ऊपर उठाकर उसके मूसल को तब तक ओखल में गिराया जाता जब तक ओखल के धान चावल न बन जाएँ। यह बहुत श्रम साध्य प्रक्रिया होती जिसे महिलाएँ ही सम्पन्न करतीं। जब मैं ढेंके पर चढ़ने लायक कुछ बड़ा हो गया तो जिज्ञासा वश एक दिन ढेंका चलाकर देखा। मैं एक घानी धान भी नहीं कूट पाया कि मेरे दोनों पाँव भर गये। लगा कि मुझसे चला नहीं जाएगा। जब माँ ने लगातार दो-तीन दिनों तक मेरे दोनों पाँव गर्म पानी से धोये और तेल लगाये तब वे हल्के हुए। इस पर मैं सोचता रहा कि मुझसे कोमल लड़कियाँ आखिर कैसे दिन-दिन भर ढेंका चलाती रहती हैं? बस, अपने पड़ोस की कुसुम दिदिया से पूछ ही दिया—"तुम कइसे इतनी देर तक ढेंका चला लेती हो दिदिया...? तुम्हारे पैर नहीं दुखते? मैं तो एक घानी चावल भी नहीं कूट सका और दोनों गोड़ भर गये...।"

जवाब में कुसुम दिदिया ने कहा—"तुम लड़के हो, बबुआ हो! मेरी जैसी लड़की नहीं। फिर क्यों ढेंके पर चढ़े? ढेंके तो लड़कियों के लिए बने हैं। शुरू में मेरे भी पाँव दुखते थे। बुखार आ जाता था। फिर आदत हो गयी। नहीं भी होती तो जान तो छूटती नहीं!"

कुसुम दिदिया की उस बात पर मैं देर तक सोचता रहा। हमारे यहाँ भी घर में एक ढेंका बनवाया गया था। उसे हम ढेंकेवाला घर कहते। लेकिन धान की कुटाई हमारे यहाँ नहीं होती। पिताजी जब खेती कराते थे तब भी सारे धान खलिहान से ही बेच उनकी जगह वे चावल ले लेते। घर में धान कुटाई का प्रश्न ही नहीं उठता। लेकिन चावल को तो पकाने से पहले छाँटना ही था। अब इस

चावल छँटाई के लिए ही हमारे यहाँ ढेंके का उपयोग होता। फिर चूड़े के मौसम में चूड़ा कूटने का काम भी ढेंके से ही किया जाता। फिर भी जब और जितने समय तक हमारे यहाँ ढेंका चलता, माँ और बहनें ही चलातीं। बीच-बीच में मुड़दोमनी जैसी दाइयों को भी पैसे देकर माँ उनसे ढेंका चलवा लेती। लेकिन कभी हम भाइयों से उसने ढेंका नहीं चलवाया।

मेरे गाँव की पाठशाला में उस वक्त सिर्फ पाँचवीं कक्षा तक ही पढ़ाई थी। लड़कों को उसमें अनिवार्य रूप से पढ़ाया जाता, लेकिन लड़कियों को नहीं के बराबर ही। मेरी जानकारी के तहत उस अल्प शिक्षा से भी गाँव की दो-चार प्रतिशत लड़कियाँ ही जुड़ पातीं। शेष लड़कियों को इतनी शिक्षा भी हासिल नहीं होती। उनके अभिभावकों का कहना कि लड़कियाँ पढ़-लिखकर क्या करेंगी? उनके लिए गृहकार्य से बड़ी शिक्षा और कुछ नहीं। यही उनके काम आना है।

उस समय अपने गाँव की लड़कियों का जो प्रसंग मुझे सबसे अधिक कष्टदायक जान पड़ता, वह उनकी शादियों का होता। नैहर में उनसे हाड़तोड़ काम लेनेवाले अभिभावक अपनी आर्थिक स्थिति कमजोर होने के चलते उनकी अच्छी शादियाँ भी नहीं कर पाते। वर-खोज अभियान में वे वहीं शादी तय करते जहाँ कम से कम खर्च की बात होती। इस स्थिति में वर की अवस्था और उसके रंग-रूप का भी ख्याल नहीं किया जाता। सिर्फ यह देखकर शादी कर दी जाती कि लड़के के यहाँ कुछ पुस्तैनी खेत हैं जिससे वह जी-खा लेगी...। ऐसे में सुन्दर, सुडौल और छरहरी लड़कियाँ भी ऐसे वरों के गले बाँध दी जातीं जो 'वन मानुस' सदृश प्रतीत होते। ऐसे अनमेल जोड़ों की गाँव में चर्चा भी होती। लेकिन सिर्फ कोरी चर्चा, उसका विरोध नहीं। उस समय हमारे गाँव और आसपास के गाँवों में कुछ ऐसी शादियाँ भी हुईं जिनमें लड़कियाँ चौदह-पन्द्रह की रहीं और दूल्हे साठ-पैंसठ के। ऐसी शादियाँ अधिकांश लोगों को विस्मित करतीं। किन्तु ऐसी शादियों पर लड़कियों के अभिभावक कहते—"अरे, इस दूल्हे के खेत-बघार के आगे तो हम कुछ नहीं हैं। पचास बीघे नभ टोपरे[79] के मालिक। कोई अबेखने[80]वाला नहीं। पहली पत्नी से कोई सन्तान नहीं...। औलाद की खातिर यह नयी शादी की है। अब लड़की राज करेगी, लड़का हाने पर तो सारी जायदाद की मालकिन बन जाएगी...!"

लेकिन ऐसी शादियों पर गाँव के खोजी और भेदिये पीछे-पीछे रहस्योद्घाटन भी कर देते—"अरे, इसने काफी रुपये लेकर लड़की बेची है। यह तो बेटी बेचता है। तोपन[81] डालने के लिए दूसरी बात कह रहा है।"

सम्भवत: ऐसी स्थितियों को लक्ष्य कर ही उस समय के लोक गायक

भिखारी ठाकुर ने 'बेटी बेचवा' का गीत लिखा था जो हमारे यहाँ काफी प्रचलित था। हमारे गँवई मेलों में वह गीत खूब गाया जाता। वह गीत इतना मार्मिक था कि बहुत समय तक मुझे भी याद था। आज भी उस की कुछ पंक्तियाँ याद हैं—

''रोपेया गिनाइ लिहल
पगहा धराइ दिहल
चोरिया से छेरिया बनवल ए बाबूजी!
अइसन खोज ल वर
देखत लागेला डर
जमते महुरवा चटइत हो बाबूजी!
मुहँवा में दाँत नइखे
हलुआ घोंटात नइखे
पाकुर-पाकुर मुहँवा चलावेला हो बाबूजी!''

ऐसी शादियों की अनिवार्य परिणति वैधव्य में होती। उस समय बड़ी जातियों में विधवा विवाह का रिवाज भी नहीं था। तब कम उम्र की ऐसी विधवाएँ नैहर से लेकर ससुराल तक खटते हुए ही जीवन गुजार देतीं...!

मेरे माँ-पिताजी के शिक्षित रहने तथा पिताजी के नैकरी शुदा होने से हमारी बहनों की स्थिति गाँव की लड़कियों से कुछ भिन्न थी। लेकिन पूरी तरह भिन्न कहाँ थी? मुझे इस बात का गहरा दुःख रहा है कि गाँव के शिक्षित-विकसित परिवार होकर भी लड़के-लड़कियों में भेद के असर से मेरा घर मुक्त नहीं था। गाँव के अन्य घरों की तरह यह भेद हमारे यहाँ घोषित और स्पष्ट रूप से नजर नहीं आता था। लेकिन बाद में मुझे सब पता चलने लगा कि दूध, मक्खन, मांस, मछली आदि हम भाइयों को खिलाने के लिए ही माँ तत्पर रहती, हमारी बहनों को नहीं, तो मेरे मन को कुछ धक्का लगा था। इस पर एक दिन मैंने माँ से पूछा भी था तो वह बिगड़ उठी थी—''तू ऐसा क्यों सोचता है? तेरी बहनें हैं तो मुझे छोह[82] है और मेरी कोंख से जन्मी हैं तो मुझे मोह नहीं? मैं क्यों दो भाव करूँगी? तुझे विश्वास नहीं तो अपनी इन बहनों से पूछ ले...!''

इस पर बहनें मुझे ही समझाने लगीं—''माँ से तू यह सब क्यों पूछता है? माँ हमें तनिक भी कम नहीं मानती? वह क्यों हमें कम मानेगी? हम उसी की औलाद नहीं हैं क्या?''

मैं समझ गया, गाँव की मानसिकता का प्रभाव मेरी बहनों पर भी था और वे अपनी स्थिति समझने लगी थीं। शायद इसीलिए भुक्तभोगी होते हुए भी भेदभाव की बात छिपा गयीं। लेकिन मैं पक्के तौर पर जान गया कि माँ-पिताजी हमारे

और उनके बीच भेद मानते थे। खाने-पीने, ओढ़ने-पहनने तथा घर के कामों में भी यह भेद वे बनाये रखते। इस बात के लिए मैं अपने पिता को कभी माफ नहीं कर सका कि उनके प्रोफेसर होते हुए उनके जीवन काल में मेरी दो बहनें गाँव की प्राथमिक पाठशाला में पाँचवीं कक्षा से आगे नहीं पढ़ सकीं, जबकि वहीं से हम उच्च शिक्षा तक पहुँचे। लेकिन हमारी बहनें तो गाँव की आम लड़कियों की भाँति शिक्षा के आकाश से वंचित रहीं।

उषा दीदी की शादी पाँचवी कक्षा तक की उनकी पढ़ाई के बाद ही पिताजी ने हमारे जिला के रेपुरा नामक गाँव में एक सामान्य किसान परिवार में कर दी। प्रोफेसर होने के बावजूद लड़कियों के प्रति हमारे गाँव की मानसिकता से वे तनिक भी उबर नहीं सके थे। उनका ध्यान भी हम बेटों पर ही केन्द्रित था, बेटियों पर नहीं। उस समय मेरे बहनोई वशिष्ट मुनीलाल हाईस्कूल के विद्यार्थी थे। मेरी दीदी को काफी समय तक रेपुरा में कष्ट और अभावों का जीवन जीना पड़ा। बाद में दीदी के भाग्य से जीजा जी एच.ई.सी., राँची में नौकरी पा गये जहाँ से अब सेवा निवृत्त हो चुके हैं। इस समय दीदी राँची में ही जीजाजी के साथ है और बुढ़ापे में पहुँच रही है...।

उषा दीदी के बाद मुझसे छोटी बहन उर्वशी की शादी भी पाँचवी कक्षा के बाद ही हमारे जिले के इंगलिशपुर गाँव के एक साधारण किसान परिवार में की गयी। उस समय मेरे बहनोई सुरेश प्रसाद श्रीवास्तव भी अपने गाँव के पास सेमराँव स्कूल में छात्र थे। काफी समय तक उर्वशी को इंगलिशपुर का असुविधाजनक जीवन व्यतीत करना पड़ा। बाद में बुचिया (उर्वशी) के भाग्य से हमारे बहनाई सुरेश प्रसाद भी बी.एस.सी., बी.एड. कर उच्च विद्यालय में विज्ञान शिक्षक बने। उनके साथ बुचिया अब आरा मे ही रहती है।

पिताजी की मृत्यु के बाद छोटी बहन उर्मिला हमारे साथ आरा आ गयी थी जिसके चलते मैट्रिक और आई.ए. तक की शिक्षा वह पा सकी तथा उसकी शादी अपने जिले के घुघुआं गाँव निवासी गुप्तेश्वर प्रसाद से हमने की जो बेकारो स्टील फैक्ट्री में कार्यरत थे। यहाँ पहली बार लड़की के भाग्य पर उसे न छोड़ नौकरी शुदा के साथ हमने ब्याहा। अभी उर्मिला उनके साथ बोकारो में है जहाँ बड़े भैया नर्वदेश्वर भी हैं।

अपनी बहनों के बारे में जब मैं विचार करता हूँ तो मुझे स्पष्ट लगता है कि हम भाइयों की तरह व्यक्तित्व विकास से उन्हें वंचित रखा गया, इसीलिए वे आम घरेलू पत्नियाँ बनकर ही रह गयीं, स्त्री जीवन की दासता से मुक्त नहीं हो सकीं।

अपने उस अतीत की तुलना में आज के अपने गाँव, घर और परिवार की

ओर देखता हूँ तो सकारात्मक परिवर्तन आशान्वित करते हैं। अब मेरा वह गाँव पहले जैसा सिर्फ कृषि पर ही अवलम्बित नहीं रहा। काफी लोग नौकरियों से जुड़ते गये। लड़कियों के प्रति भी अब वैसा भेदभाव नहीं है। नौकरी से जुड़नेवालों की बात तो अलग, खेती पर निर्भर कुछ लोग भी अपने बच्चों को पढ़ाने के लिए आरा में रह रहे हैं। अपने बेटों से बेटियों को भी वे पीछे रखना नहीं चाहते। खुद मेरे घर में जहाँ मेरी बहनें उपेक्षित और अच्छी शिक्षा से वंचित रहीं वहीं मेरी चारों बेटियाँ एम.ए., एम.एस.सी. तक पढ़ीं। पी.एच.-डी. की उपाधियाँ भी हासिल कीं। इसके बावजूद बचपन के उस अतीत का मार्मिक प्रसंग जब भी याद आता है, मन को रूआँसा कर देता है। काश वैसा न होता, काश मैं इस लायक होता कि उस माहौल को बदलने के लिए कुछ कर सकता। लेकिन कुछ भी करने की स्थिति में मैं नहीं था। सिर्फ देखता रहा। इसीलिए साक्षी होने का दर्द कभी-कभी उमड़ आता है।

[6]

बचपन में अपने गाँव की जिस प्राथमिक पाठशाला से मेरे छात्र जीवन की शुरुआत हुई, उसकी याद अभी भी मेरे मन में बनी हुई है। कुछ यादें ऐसी होती हैं जिन्हें चाहते हुए भी हम विस्मृत नहीं कर पाते। हमारे जीवन की शुरुआती शिक्षा भी ऐसी ही होती है। हम आगे क्या और कितना पढ़ सकेंगे तथा किस दिशा में उन्मुख हो सकेंगे, यह हमारी शुरुआती शिक्षा पर ही निर्भर होता है। माँ कहती थी बचपन की शिक्षा ही वह नींव होती है जिस पर आगे की इमारत खड़ी की जाती है। पिताजी के अनुसार तो बचपन की शिक्षा में लड़के हरे बाँस की टहनी होते हैं, जिसे शिक्षक इधर से उधर मोड़ते हुए मनचाहा स्वरूप दे पाते हैं। बाद में तो वे बाँस का डंढ़ल बन जाते हैं जो मोड़ते ही टूटने लगते हैं। अपनी इस धारणा के अनुसार हमारे माँ-पिताजी बचपन में हमें पढ़ाने के लिए तत्पर भी रहते। पाठशाला न जाने के लिए हम कोई भी बहाना करते, लेकिन अनुभवी माँ हमारे हर बहाने की काट प्रस्तुत कर देती और बस्ता थमा स्कूल पठा देती। हम अधिक आनाकानी करते तो हमारे साथ रघुवीर मौसा को लगा देती या हरेसर को या स्वयं हमारी बाँह पकड़ थोड़ा-सा घूँघट निकाल हमें स्कूल पहुँचा आती। पिताजी भी आरा से लौटने पर पहली बात यही पूछते—"बच्चे रोज स्कूल जाते हैं न?"

जवाब में माँ 'हाँ' कहती। इसके बावजूद वे हर बार अपनी राय जाहिर कर ही देते—"बच्चों को स्कूल भेजने में कभी ढिलाई मत करना नर्वदेश्वर की माँ। पढ़ाई ही इनके लिए सब कुछ है। उसी पर इनका जीविन निर्भर है।"

मेरे भाई-बहनों की अपेक्षा माँ ने मुझे विलम्ब से पाठशाला भेजना शुरू किया। इसके मूल में सतवाँस बच्चे के रूप में मेरी दुबली-पतली काया ही रही। मेरे गाँव की पाठशाला गाँव के उत्तर किनारे थी जहाँ अभी भी है। मेरे घर से पाठशाला की दूरी अधिक नहीं। अपना बस्ता लिए मैं एक ही दौड़ में स्कूल पहुँच जाता। स्कूल के आसपास का दृश्य मुझे बहुत अच्छा और मोहक लगता। स्कूल से पश्चिम कच्ची सड़क गुजरती थी। गाँव से बाहर आने जाने को वही मुख्य

सड़क थी। अक्सर उस सड़क से राहगीर गुजरते रहते या बैल गाड़ियाँ आती-जाती रहतीं। सड़क से ठीक सटे पश्चिम गाँव का मुख्य आहर था, जो गर्मी के दिनों को छोड़ अक्सर भरा रहता। तब मछली पकड़नेवाले या तो उसमें जाल डालते नजर आते या वंशी डालकर किनारे बैठे हुए...। स्कूल से सटे पूरब के कोने पर गाँव की ठाकुरबारी थी, जहाँ साधु-संन्यासियों का आना-जाना होता रहता तथा घंटे और घड़ियाल बजते रहते। ठाकुरबारी के आगे मौलिसरी का एक घना पेड़ था, जिसकी खुशबू इतनी तेज और व्यापक होती कि स्कूल तक पहुँचती रहती। स्कूल के उतर ठाकुरबारी के संन्यासी उस कुएँ पर ही स्नान करते तथा उस कुएँ का ही पानी पीते। उस कुएँ के पानी से ही ठाकुरजी का भोग लगता। ठाकुरबारी के महंथ जी ने कुएँ के चारों ओर, आम, अमरूद, जामुन आदि के पेड़ लगवा रखे थे जिससे कुएँ के पास बराबर छाया रहती। इसमें फूलों के कुछ गाँछ भी थे जिनके ताज़े फूल ठाकुरजी पर चढ़ाए जाते। स्कूल के बच्चे भी उस कुएँ का ही पानी पीते। स्कूल का कोई बड़ा छात्र या कुएँ पर उपस्थित कोई साधु या हमारे मास्टर ही कुएँ से खींचकर हमें पानी पिलाते। वे चौकन्ने रहते कि हम बच्चे कुएँ में न झाँके। कुएँ में हमारे गिरने का डर उन्हें बना रहता। शायद इसी में मेरे स्कूल पहुँचने के दूसरे ही साल हमारे शिक्षकों ने स्कूल की जमीन में चापाकल गलवा दिया। इसके बाद कुएँ की ओर हमारे जाने पर पाबन्दी लगा दी गयी। हर वर्ग के मानिटर को चेता दिया गया कि अपने वर्ग के किसी भी छात्र को वह कुएँ पर देखते ही खबर करे। इस सूचना पर मास्टरसाहब की छड़ी अब हमारी हथेली पर तड़ातड़ गिरने लगती। हम माफी माँगने लगते—"अब नहीं जाएँगे गुरुजी। कान पकड़ते हैं। अब छोड़ दीजिए...!"

और सचमुच कुएँ पर हमारा जाना बन्द हो जाता। स्कूल से ही हम कुएँ पर पानी भरते साधु-संन्यासियों को देखते रहते। हमारे गाँव की उस ठाकुरबारी पर वर्ण-वर्ण के इतने साधु आते रहते कि कुएँ से पानी पीने और नहाने-फींचने का उनका सिलसिला सुबह से शाम तक चलता रहता। अन्य गाँवों की अपेक्षा हमारे गाँव की वह ठाकुरबारी सामान्य और उपेक्षित नहीं, सम्पन्न थी। हमारे गाँव के वैकुंठ दासजी ने शादी नहीं की थी। फिर अपने हिस्से के सारे खेत उन्होंने ठाकुरबारी के नाम लिख दिये। अब एक महंथजी की निगरानी में ठाकुरबारी के साधु संन्यासी ही खेती कराते और ठाकुरबारी का अन्न खूब जमकर खाते। दूध, दही के लिए ठाकुरबारी में गाय और भैंसें भी रखी जातीं। ठाकुरजी की पूजा या आरती के वक्त हम बच्चों को भी प्रसाद दिया जाता—कभी मिश्री और तुलसी के पत्र तो कभी हलवा। स्कूल के हमारे शिक्षक सूर्यदेव पंडित ने तो ठाकुरबारी का एक कमरा भी अपने जिम्मे कर लिया था, जिसमें स्कूल की तथा अपना निजी

चीजें वे रखते। इस तरह हमारा स्कूल ठाकुरबारी से ही सम्बद्ध रहता। जब ठाकुर जी का डोल रखाता या झूला लगता या कोई उत्सव मनाया जाता तो उसकी गतिविधियों में हम बच्चे भी शामिल हो जाते। तब कीर्तन के स्वर में हम स्वर मिलाते या झाल बजाते। ठाकुरजी पर चढ़ाने के लिए अपने घर से पैसे या अनाज भी लाते...।

मुझे अपनी पाठशाला के आसपास का यह माहौल इतना प्रीतिकर लगता कि अक्सर ही अपनी कक्षा से निकल पास के आमवृक्ष के नीचे जा खड़ा होता। वह आम वृक्ष कुएँ के किनारे के सभी वृक्षों में घना था तथा कुएँ और स्कूल की सीधी रेखा पर था। अब उस वृक्ष के नीचे से कभी मैं आहर में मछली पकड़नेवालों को देखता। जाल में फँसी और छटपटाती सफेद मछलियाँ मुझे दूर से ही चमकती नजर आतीं। फिर दूसरे ही क्षण सड़क से गुजरती बैलगाड़ी को देखने लगता। अक्सर ओहार लगी गाड़ियों से बहुरियाँ झाँकती नजर आतीं तथा गाड़ीवान बैलों को हाँकते हुए टिटकारी लगाते रहते। फिर क्षण भर बाद मेरा ध्यान ठाकुरबारी की छत पर चला जाता जहाँ कई तरह और कई उम्र के साधु अपने लम्बे-लम्बे बाल-दाढ़ी लहराते, तोंद पर हाथ फेरते हुए जाड़े की धूप का आनन्द ले रहे होते। मेरा बाल-मन ऐसे रोचक, सरस और वैविध्य पूर्ण दृश्यों के सम्मोहन से हटना नहीं चाहता। ऐसे क्षणों में या तो मेरे शिक्षक मुझे वहाँ देख लेते या कोई मानिटर जाकर सूचना देता। बस, मेरी धर पकड़ शुरू हो जाती। फिर मेरे वे शिक्षक वहीं से आवाज़ लगाते—"ऐ लड़का, वहाँ क्या कर रहा है? जल्दी आ...।"

इस पर डरकर मैं थमथम जाता। तत्काल समझ ही नहीं पाता कि क्या करूँ? बस, वे किसी मानिटर को आदेश देते—"उस लड़के को पकड़कर अभी मेरे पास ले आ...!"

अब मैं उनके समक्ष हाजिर कर दिया जाता। इस पर वे पूछते—"वहाँ क्या कर रहा था?"

मैं कोई जवाब नहीं देता। फिर दूसरा सवाल दागते—"किससे पूछकर गया था?"

मैं फिर भी चुप। अब वे छड़ी उठाते हुए कड़कते—"हाथ आगे बढ़ाओ...। मुट्ठी खोलो...।"

मैं डर जाता। मेरी कक्षा के सारे लड़के देखते रहते। लेकिन अन्य लड़कों की तरह मेरी तलहथी पर मास्टर जी जोर से प्रहार नहीं करते। हल्के से मारते हुए कहते—"जा अपनी जगह पर बैठ और आइन्दे से पढ़ाई छोड़कर फिर मत जाना। इस बार प्रोफेसर साहब आरा से आते हैं तो हम उन्हें बता देंगे कि आपका यह लड़का बहुत आबाटी[83] हो गया...। पढ़ाई में इसका मन लगता ही नहीं...।"

स्कूल में जाने के बाद से ही मैं अनुभव कर रहा था, मेरे शिक्षक मुझे तथा मेरे भाई बहनों को प्रोफेसर की औलाद समझ विशेष स्नेह देते। उनके मन में यह विश्वास बना रहता कि और लड़के चाहे कुछ करें, न करें, लेकिन प्रोफेसर के बच्चे होने के चलते हम कुछ अवश्य करेंगे...! साथ ही इस बात को लेकर भी वे हमारे प्रति सदय रहते कि जरूरत पड़ने पर हमारे पिताजी से सहायता प्राप्त कर सकते हैं। लेकिन अपने शिक्षकों की डाँट के बावजूद किसी अज्ञात सम्मोहन से मैं कक्षा के बाहर निकल ही जाता और वहाँ आसपास का दृश्यावलोकन करता रहता। आगे चलकर उस स्थल का सम्मोहन मेरे मन पर इतना बढ़ता चला गया कि स्कूल बन्द होने पर भी मैं वहाँ जा पहुँचता। छुट्टियों में तो अपने बाल मित्रों के साथ मैं वहीं खेलता। अपने घर के बन्द परिवेश की अपेक्षा उस खुली और वैविध्यपूर्ण जगह में मेरा मन रमता चला गया। स्कूल बन्द होने के पश्चात जब हम वहाँ पहुँचते तो आराम से कुएँ की जगत पर जा बैठते। तब कोई रोकनेवाला नहीं होता। तब हम बड़े भी हो रहे होते। कुएँ में गिरने से सावधान रहना तब हम जानने लगे थे। धीरे-धीरे उस स्थल से मैं इतना जुड़ता चला गया कि मैट्रिक पास करने तक जब कभी घर पर मन नहीं लगता वहाँ आ बैठता। कभी-कभी तो बिना किसी दोस्त साथी के भी वहाँ घंटों अकेले बैठा रहता। बड़े होने पर भी अपने मन की दुश्चिंताओं और ग्रामीण तनावों को लेकर वहाँ आता तो कुछ ही समय में मन शान्त-सहज हो जाता। माँ और मेरे भाई-बहन सब इस बात से परिचित थे। जब कभी किसी कार्यवश मैं घर पर नहीं होता और मेरी खोज होती तो माँ मेरे भाई-बहनों को पाठशाला की और दौड़ा देती। बस, मैं मिल जाता...। आज मैं याद करता हूँ तो मुझे लगता है गाँव में अपने घर के अतिरिक्त जो स्थल मेरा सर्वाधिक प्रिय रहा वह पाठशाला का स्थल ही था। आज भी उसकी याद मुझे अपनी ओर खींचती है।

उस वक्त मेरे उस गाँव की पाठशाला में सिर्फ दो ही शिक्षक थे—केदारनाथ उपाध्याय और सूर्यदेव उपाध्याय। केदारनाथ उपाध्याय हमारे पड़ोसी गाँव नोनार के थे। वे वहीं से रोज आते, जब कि सूर्यदेव उपाध्याय हमारे गाँव के। उनका घर मेरे घर के बगल में था। वे हमारे सबसे निकटतम पड़ोसी थे। हमारे दोस्त जीनर के चाचा। केदारनाथ उपाध्याय आधुनिक शिक्षा से मैट्रिक पास थे, जबकि सूर्यदेव उपाध्याय संस्कृत की शिक्षा से शास्त्री। शायद उनकी इन शैक्षणिक योग्यताओं को ध्यान में रखकर ही गाँव के लोग केदारनाथ उपाध्याय को मास्टर साहब तथा सूर्यदेव उपाध्याय को पंडितजी कहते। हम बच्चे भी अब इसी नाम से उन्हें जानते और सम्बोधित करते। वैसे कभी-कभी हम उन्हें गुरुजी भी कहा करते।

मास्टर साहब लम्बे-तगड़े और मजबूत लगते, जबकि पंडितजी औसत कद

के चिकने-सलोने और सुन्दर। मास्टर साहब कक्षा में घुसते ही बोर्ड पर क, ख, ग, घ या कोई जोड़-घटाव अंकित कर देते और हमसे कहते कि हम उसे चुपचाप अपनी कॉपियों या स्लेट पर लिखते और सीखते रहें। इसके बाद टेबुल पर छड़ी रख कुर्सी पर पसरते हुए अपने दोनों पाँव भी टेबुल पर ही फेंक देते। तब देखने पर वे बैठे हुए नहीं, लेटे हुए जान पड़ते। और सचमुच वे लेटे ही होते। हमारी उपस्थिति में ही उनकी आँखों बन्द हो जातीं और नाक बजने लगती। प्रायः अक्सर ही ऐसा होता। इस पर बड़ी उम्र के हमारे सहपाठी रहस्योद्‌घाटन करते—"क्या करें मास्टर साहब! खाना खाकर धूप में नोनार से आ रहे हैं तो स्कूल के छाये में नींद लगेगी ही...।"

इस बीच हम बच्चों के आपसी तकरार या सम्मिलित कुहराम से जब उनकी नींद टूटती तो पहली नजर में जो दोषी जान पड़ता उसकी तलहथी वे गरम कर देते। उस लड़के की आवाज, "आह, आह! आह! अब नहीं मास्टर साहब! कान पकड़ता हूँ, अब छोड़ दीजिए...!" सुन पूरे वर्ग में सन्नाटा छा जाता...।

लेकिन मास्टर साहब से अलग पंडितजी वर्ग में कभी नहीं सोते। हमारे वर्ग के सबसे अव्वल छात्र से ही हमें एक से सौ तक की गिनती कराते और ककहरा बोलवाते। लेकिन पंडितजी कभी पूरे समय तक वर्ग में रह ही नहीं पाते। वे शिक्षक के साथ-साथ गाँव के वैद्य भी थे। अपनी सारी वैद्यक दवाइयाँ ठाकुरबारी के अपने कमरे में ही रखते। फिर गाहे-ब-गाहे गाँव के मरीज स्कूल पर आते ही रहते जिन्हें दवा देने के लिए पंडितजी कक्षा से जाते रहते। फिर भी पाठशाले की ऐसी महिमा थी कि अक्षरज्ञान से अवगत हो किताब पढ़ना तथा एक से तीस तक का पहाड़ा जान जोड़ घटाव बनाना हम सीखते चले गये जो उस वक्त प्राथमिक शिक्षा की बुनियाद थी। हालाँकि इसके लिए घर पर अभ्यास की हमारी भूमिका भी थी।

उस समय शाम में नियमतः और अनिवार्यतः अपने-अपने दरवाजे लालटेन जला हम बच्चों के पढ़ने की परम्परा पूरे गाँव में थी। दिन में चाहे हम जहाँ रहें या जो करें, लेकिन शाम होते ही लालटेन जला अपना-अपना बस्ता ले दालान पर बैठ जाते। इसमें तनिक भी देर होने पर माँ चिल्लाने लगती—"कहाँ हो नर्वदेश्वर-मिथि...कुकुन...मुन्ना! अब तक लालटेन क्यों नहीं जलायी गयी? जल्दी लालटेन जलाकर दुआर पर चलो..। इतवार को पिताजी आएँगे तो सब देखेंगे...। सबसे पूछेंगे...!"

शाम की इस पढ़ाई में बहनें भी हमारे साथ होतीं। पहले दीदी भी बैठतीं, लेकिन कुछ बड़ी होने के बाद वह माँ के साथ घर के कामों में लग जाती। बुचिया बैठती। हालाँकि इस अवसर पर हम माँ की नजर बचा पढ़ने की अपेक्षा अपनी

कापी के पन्ने फाड़ जहाज बनाते या अपनी कापी में कोई चित्र बनाने लगते। हमारे पड़ोसी दोस्त राधेश्याम, उमेश और जीनर भी अक्सर अपने बस्ते ले हमारे पास आ जाते। उनके घरवाले सोचते कि प्रोफेसर साहब के बच्चों के साथ पढ़ रहे हैं तो अच्छा ही है। लेकिन लालटेन के चारों ओर बैठे हम बच्चे अपने अभिभावकों को चकमा दे रहे होते। पढ़ाई के नाम पर आपस में कोई खेल खेलते। एक जगह एकत्रित हो जाने के बाद हमारा मज़ा और बढ़ जाता। गाँव की पाठशाला से पाँचवीं कक्षा तक की शिक्षा मैंने ऐसे ही प्राप्त की। इस बीच अपने दोस्तों के साथ मैं बचपन से किशोर अवस्था में पहुँच आया। मेरी लम्बाई बढ़ गयी, लेकिन दुबली-पतली मेरी काया यथावत् बनी रही, जिसे देख-देख माँ चिन्तित हो जाती। फिर आरा से पिताजी के लौटते ही कहती—"ना जाने इस लड़के को क्या हो गया है कि उम्र के अनुसार बढ़ रहा है,लेकिन तनिक भी मोटा नहीं रहा...! कुछ भी खिलाया-पिलाया इसकी देह में लगता ही नहीं।"

जवाब में पिताजी, माँ को समझा देते—"शहर में ले जाकर इसे दिखा ही चुके हैं। डॉक्टरों के अनुसार इसकी कांत ही ऐसी है। इसे कोई बीमारी नहीं। अब इसमें हम कर ही क्या सकते हैं?"

उस समय प्राथमिक स्कूल की पाँचवी कक्षा के बाद आगे की पढ़ाई मेरे गाँव में नहीं थी। आगे की पढ़ाई के लिए पड़ोसी गाँव सेदहां या हसनबाजार या जमोढ़ी जाना पड़ता। इनमें सबसे नजदीक सेदहां ही था। उसके बादा हसनबाजार, तब जमोढ़ी। पिताजी के अनुसर सेदहां की तुलना में हसनबाजार की पढ़ाई अच्छी थी। पिताजी की इस राय के अनुसार गाँव के अधिकांश बच्चे हसनबाजार ही पढ़ते। मेरे भैया नर्वदेश्वर का नाम भी पिताजी ने हसनबाजार में ही लिखा रखा था। अब मेरा भी नाम उन्होंने हसनबाजार में ही लिखवा दिया। उस वक्त हसनबाजार की स्कूली शिक्षा की चर्चा आसपास के गाँवों में थी।

हसनबाजार की दूरी मेरे गाँव से तीन-चार किलोमीटर से कम नहीं। वहाँ नाम लिखाने के बाद अब मैं रोज उतनी दूरी तय करता। इस दौरान थका अुनभव करता। कभी-कभी बुखार भी हो आता। माँ को लगता कि अत्यधिक दुबला-पतला मैं बैसाडीह से हसनबाजार की दूरी में सक नहीं रहा। बस, उन्होंने हसनबाजार से मेरा नाम कटवा सेदहां लिखवा दिया। मेरे कुछ ग्रामीण दोस्त एकबाल, राधेश्याम, उमेश और जीनर यही चाहे थे। उनके नाम सेदहां ही लिखवाए गये थे। उनके सारे खेत-बघार सेदहां की ओर ही थे। उनके अभिभावक उन्हें पढ़ाने के साथ-साथ अपने खेत-बघार से भी जोड़े रखना चाहते थे। अब मेरा भी नाम सेदहां लिखाया देख वे प्रसन्न हो गये। इसके लिए उन्होंने मेरी माँ से पैरवी भी की थी। लेकिन पिताजी ने आरा से आते ही फिर मेरा नाम सेदहां से कटा कर

हसनबाजार लिखवा दिया—"थकान और बुखार के नाम पर पढ़ाई-लिखाई में ऐसी लापरवाही नहीं होनी चाहिए नर्वदेश्वर की माँ। इसकी उम्र के अधिकांश लड़के तो हसनबाजार जा ही रहे हैं। धीरे-धीरे यह भी आने-जाने का अभ्यस्त हो जाएगा।"

लेकिन कुछ ही समय बाद फिर पिताजी के इस निर्णय पर माँ की ममता भारी पड़ी—"लड़का हमारा निरोग और बढ़िया से रहे तो कहीं पढ़ लेगा। हसनबाजार भेजकर मैं इसका स्वास्थ्य चौपट नहीं कर सकती...। यह फिर झटकने लगा...।"—और माँ ने मेरा नाम फिर हसनबाजार से कटा कर सेदहां लिखवा दिया। इसके बाद अब पिताजी ने फिर मुझे हसनबाजार ले जाने का प्रयास नहीं किया। लेकिन मुझे हिदायत अवश्य दी—"चाहे सेदहां पढ़ो या हसनबाजार, कोई फर्क नहीं। मगर वर्ग में तुम्हें अव्वल आना है। तुम्हारा रिजल्ट मैं अच्छा देखना चाहता हूँ...।"

इधर एकबाल, राधेश्याम, उमेश और जीनर को मेरे फिर सेदहां आने से बहुत प्रसन्नता हुई। वे लगभग एक ही परिवार के थे। एक परिवार के होने के चलते आपस में दोस्ती के मज़े से वंचित थे। मेरे आ जाने के बाद उनकी वह कमी भी दूर हो गयी। अब हम सेदहां स्कूल जाने के नाम पर खूब मटरगस्ती करते। सेदहां स्कूल एक ओर नहर और दूसरी ओर से बाहा[84] के बीच था। रास्ते में सड़क के किनारे आहर और दोनों ओर पेड़। बाहा पर बने एक पुल को पार कर हम स्कूल पहुँचते। हम अक्सर पाते कि बाहा, नहर और आहर में लोग मछलियाँ पकड़ रहे हैं। हमारे बीच राधेश्याम में मछलियों को पकड़ने की अद्‌भुत क्षमता थी। बाहा या आहर के सूखते जल में किसी मछली को तैरते या हिलकोरे मारते देख, वह चट अपना बस्ता हमें थमा देता और अपना पैंट ऊपर खोसते हुए पांक-पानी में उतर जाता। फिर यह देख हमारी आँखें सुखद आश्चर्य से विहँसने लगतीं कि पानी में छिपी मछलियों को पकड़-पकड़कर वह ऊपर फेंकने लगता। सूखी जमीन पर पहुँचते ही वे मछलियाँ छटपटाने लगतीं। तब हम उन्हें पकड़कर एक जगह एकत्रित करते। अब राधेश्याम जब हाथ-पैर धोकर ऊपर आता तो उन मछलियों को ले हम पास के किसी पेड़ के नीचे पहुँचते। फिर पेड़ की पतली-पतली सूखी डालियाँ एकत्रित कर उन्हें जलाते और उन पर मछलियों को पकाते। इस सम्बन्ध में भी राधेश्याम ने ही हमें बता रखा था कि जब मछलियों के सारे चोइंटे जल जायँ और उनके ऊपर की चमड़ी आग से काली पड़ जाय तो उनके अन्दर का मांस सींझ चुका रहता है। और सचमुच राधेश्याम के बताये अनुसार मछलियों के ऊपर की जली पपड़ी हम हटाते तो अन्दर सीझा हुआ स्वादिष्ट मांस हमें मिलता जिसे नमक के साथ खूब मज़े ले-लेकर हम खाते। सेदहां स्कूल जाते

हुए अपने बस्ते में नमक की पुड़िया हम अवश्य रखते, क्योंकि आम के टिकोरे या हो रहे या मछली खाने के लिए नमक की जरूरत पड़ती। इस दौरान स्कूल जाने के बहाने मछलियाँ पकड़कर पकाते-खाते। बाहा के किनारे लगे मकोह के पौधों से मकाहे तोड़ते। पेड़ के ऊपर चढ़ दोल्हा-पाती[85] खेलते। फिर जब स्कूल से लौटने का समय होता तो अपने घर लौट आते। अपने घर में हम किसी को यह जानने नहीं देते कि स्कूल के नाम पर हम मौज-मस्ती कर रहे हैं।

सेदहां जाते हुए कुछ समय के अन्दर मुझे लग गया कि यह जगह मछलियों की खाने है। नहर, बाहा, आहर, गड्ढे हर जगह मछलियों के होने की गुंजाइश। मछलियों पर राधेश्याम की कलाबाजी देख मैं सम्मोहित बना रहता कि वह कैसे उन्हें पकड़ लेता है। मेरे अन्दर भी ऐसी कलाबाजी की चाह उठने और बलवती होने लगी। एकबाल, उमेश और जीनर तो राधेश्याम के नक्शे कदम पर शीघ्र ही उतर गये थे। माँ ठीक ही कहती, अगला हर जैसे चलता है, पिछले हर की जुताई उसी के नक्शे कदम पर होती है। अब मैं भी अपनी बढ़ती जिज्ञासाओं को रोक नहीं सका। उनके साथ ही पानी में उतरने लगा। फिर तो एकबाल, उमेश और जीनर से पहले राधेश्याम के मुकाबले में पहुँच गया। राधेश्याम की ही तरह मछलियों की पकड़ के सारे सूत्र जान गया। अब इस काम में हमारा मन इतना लगने लगा कि पढ़ाई गौण होती चली गयी। अब तो हम मछेरों की तरह नहर, बाहा, आहार और गड्ढों के पास मंडारते रहते कि कहाँ की मछलियों पर हाथ साफ किया जाए।

उस समय जिस किसी गड्ढे में हमें कम पानी का एहसास होता, हम उसकी सारी मछलियाँ पकड़ लेना चाहते। बस, अपने कपड़े उतार अँगौछा पहन उस गड्ढे में उतर जाते। माथे पर धूप से बचने तथा अपने हाथ-पाँव पोंछने के लिए अपने बस्ते में हम अँगोछे रखते थे। अब उस गड्ढे के अन्दर से गीली मिट्टी निकाल-निकाल उसके चारों ओर हम मेंड़ें बनाते ताकि गड्ढे के पानी उलीचने पर फिर वे गड्ढे में न आ सकें। इसके बाद गड्ढे के अन्दर प्रवेश कर हम पाँचों आदमी विभिन्न दिशाओं में उसका पानी उलीचने लगते। पाँचों जनों के सम्मिलित प्रयास से अब वह गड्ढा सूखने लगता। फिर गड्ढे के सूखते ही उसकी सारी मछलियाँ भागने से लाचार जगह-जगह छटपटाती नजर आने लगतीं—रेवा, पोठिया, चल्ह्वा, कतला, टेंगरा आदि...। बस, उन्हें पकड़-पकड़ हम एक जगह किनाने मिट्टी की एक गुबड़ी[86] बना उसमें रखते जाते तथा गुबड़ी का मुँह मिट्टी के एक बड़े टुकड़े से ढँक देते। पकड़ी हुई मछलियों को हम बाहर खुले में नहीं रखते। खुले में रखने पर आकाश में उड़ती चीलें दूर से ही उन्हें ले भागतीं।

पानी के अन्दर की मछलियों को पकड़ने के बाद अब हम उस गड्ढे की

मिट्टी के अन्दर छिपी मछलियों को पकड़ने में भिड़ जाते। हम जान चुके थे कि मिट्टी के अन्दर गरई, गंजी, बंगुरी और चरंगा जैसी मछलियाँ छिपी रहती हैं। पानी कम होते ही अपने बचाव के लिए वे मिट्टी में धँस जाती हैं...। हम उस पूरे गड्ढे की पांक को अपने पैरों से दही की तरह मथ देते। बस, मिट्टी में छिपी वे सारी मछलियाँ सतह पर आ जातीं। इससे पहले कि वे फिर मिट्टी में धँसकर छिपतीं, हम उन्हें जल्दी-जल्दी पकड़ लेते। अब उस गड्ढे की सारी मछलियाँ हमारी पकड़ में होतीं। बस, उस गड्ढे की मेड़ियों को हम काट देते ताकि हमारे उलीचे पानी फिर उस गड्ढे में आ जाय। इसके बाद बगल के गड्ढे में अपने हाथ-पाँव धो अपने अँगौछे हम फींच डालते। इस बीच पकाकर मछलियाँ खाने तक हमारे अँगौछे भी सूख जाते। अब अपने कपड़े पहन हम पूर्ववत् स्कूली छात्र बन जाते।

छोटे-छोटे सूखते गड्ढों के अतिरिक्त आहर, पोखर और बाहा के विस्तृत पानी में घुसकर भी अब मैं राधेश्याम की तरह मछलियाँ पकड़ने लगा था। घुटने भर पानी में पहुँच आगे चलते हुए अपने दोनों हाथों से मिट्टी की सतह की चीजें बटोर-बटोर कर मैं ऊपर ले आता। ऐसे में अनेक छोटी मछलियाँ मेरी पकड़ में आती जातीं। पानी में चलते हुए मेरे पैरों के नीचे से किस चीज़ के चलने या खिसकने का एहसास होता तो तत्क्षण पैर के नीचे अपने दोनों हाथ डाल मिट्टी के भीतर से भी उन्हें पकड़ लेता। ऐसी मछलियों में गरई, बंगुरी और गंजी होतीं जो मिट्टी में रहतीं। बंगुरी टुंड़ वाली मछली होती जो पकड़ने पर हाथों को लहू-लुहान कर देती। लेकिन राधेश्याम ने मुझे बता रखा था कि हाथों के स्पर्श से बंगुरी का एहसास होते ही उसे मिट्टी के साथ उठाकर सूखी जमीन पर फेंकना है। फिर सूखी जमीन पर सावधानी से उसे पकड़ लेना है। बंगुरी मिलने पर मैं ऐसा ही करता और सचमुच उस खतरनाक मछली को भी मैं आसानी से पकड़ लेता...।

राधेश्याम के कहे अनुसार अब मैं आहर, पोखर या बाहा के किनारे की दीवार का वह हिस्सा जो पानी में होता और जिसमें चूहे के बिल जैसी सूराखें छूट गयी रहतीं, उन्हें ढूँढ़ता रहता। ऐसी सूराखों में निश्चय ही बंगुरी य छौका मछलियाँ छिपी होतीं। बस, सूराखों के मुँह को आहिस्ते से बन्दकर धीरे-धीरे उनमें हाथ घुसाता। बंगुरी के होने पर तो आसपास की मिट्टी के साथ उसे निकालता। लेकिन अगर छौका होता तो उसे सीधे पकड़ लेता...। छौके, गहराई की तरह ही होते। लेकिन वे इतने चिकने रहते की हाथ से छिटक कर निकल जाते। फिर लम्बा-लम्बा उछलते हुए पानी में जा घुसते। उन्हें इस तरह छौकते हुए देखकर

ही सम्भवत: उनके नाम छौके रखे गये थे। छौकों की इस प्रकृति और चालाकी से मैं परिचित था, इसीलिए उन्हें पकड़कर सूखी जमीन पर इतमीनान से रखने के बाद ही फिर पानी में घुसता।

कभी-कभी बंगुरी और छौकों की सूराखों में केंकड़े भी छिपे होते जो हाथ में आते ही गड़ने लगते। बस, गुस्से में मैं उन्हें सूखी रेत पर फेंक देता। राधेश्याम ने मुझे बता दिया था कि पानी के भीतर के जीव विषैले नहीं होते, इसीलिए डरना नहीं। उनके काटने से कुछ नहीं होता। ऐसे में ही एक बार छौके के सूराख में एक साँप को मैंने पकड़ लिया। मेरी मुट्ठी में साँप की गर्दन आ गयी थी, इसीलिए वह मुझे काट नहीं सका। मुझे तो लगा कि मैंने कोई बड़ा और लम्बा-सा छौका पकड़ लिया है। लेकिन पानी से हाथ बाहर निकालते ही मैं चिल्ला उठा—''अरे यह तो साँप है!''

यह देख कि मैंने उसकी गर्दन पकड़ रखी है, तत्काल उसे छोड़ना उचित नहीं जान पड़ा। अब पास ही खड़े राधेश्याम ने कहा—''बस, उसे छोड़ना मत। बढ़िया है कि गर्दन पकड़ायी है। छोड़ेगे तो काट लेगा। बाकिर यह पानी में रहनेवाला डोंड़ है। इसके काटने से कुछ नहीं होगा...। मैं ऊपर निकलता हूँ तो तू इसे तेजी से ऊपर फेंक देना...।''

उस दिन राधेश्याम और मैं, दो ही आदमी थे। जीनर, एकबाल और उमेश नहीं आये थे। अब राधेश्याम के बाहर निकलते ही मैंने तेजी से उसे डोंड़ को सूखी जमीन पर फेंका, जहाँ राधेश्याम एक बड़ा-सा रोड़ा लेकर तैयार था। अब साँप जैसे ही भागने लगा, निशानेबाज राधेश्याम ने रोड़े से उसका माथा कुचल दिया। फिर उसकी पूँछ पकड़ जमीन पर ऐसा पटका कि वह खत्म हो गया...।

राधेश्याम ने मुझे यह भी बता रखा था कि किसी भी विषैले जन्तु की गर्दन पकड़ लेने से वह अवश हो जाता है। चाहकर भी काट नहीं पाता। इस मामले में बिच्छू की गर्दन की अपेक्षा उसकी टुंड़ पकड़ने की वह सलाह देता। एक दिन स्कूल जाते हुए एक पेड़ के तने पर चढ़ता बिच्छू हमें दिख गया। अब राधेश्याम ने उसे एक लकड़ी से खोदकर नीचे गिराया। नीचे गिरा वह बिच्छू भागने लगा। लेकिन राधेश्याम ने उसी लकड़ी से जाँतकर रोक दिया। फिर अपनी चुटकियों में उसकी टुंड़ पकड़ ली। अब वह बिच्छू उसकी ऊँगलियों में लिपटता रहा। किन्तु टुंड़ मार नहीं सका। राधेश्याम ने अब एक पत्थर पर उसके टुंड़ के नुकीले हिस्से को घिसकर खुद्दल बना दिया। अब उस बिच्छू का डंक जाता रहा। अब हम उसे अपने हाथों और जेब में लेकर खिलौने की तरह खेलने लगे। उस दिन उस बिच्छू को लेकर हम स्कूल पहुँचे और चुपके से एक बेंच पर उसे छोड़ दिया।

इसके बाद तो जैसे पूरे स्कूल में कुहराम मच गया। उस बिच्छू पर नजर पड़ते ही पूरी कक्षा में अफरा-तफरी मच गयी। लड़के चिल्लाते हुए भाग चले—"बिच्छू! बिच्छू...!"

इस पर हम पाँचों एक जगह खड़े मजा लेते रहे। अपनी हँसी को हम जबरन रोके रहे कि रहस्योद्‌घाटन न हो जाए। राधेश्याम ने हमें चेता दिया था कि भेद नहीं खोलना है। भेद खुलने पर हमारी बदनामी होगी। फिर शिकायत हमारे घर तक पहुँच जाएगी। अब इस सूचना पर दूसरी कक्षाओं के छात्र भी अपने-अपने शिक्षकों के साथ बाहर निकल गये। फिर प्राधानाध्यापक और कई शिक्षकों के सहयोग और प्रयास से उस बिच्छू को मारा गया। हालाँकि मेरे मन में आ रहा था कि कह दें—"उस बिच्छू को क्या मारना वह तो विषहीन है। उसे भगाा दिया जाए।"—लेकिन राधेश्याम की चेतावनी के चलते नहीं कह सका।

गड्ढे उबीछने और पानी में घुसकर मछिलयों को पकड़ने की अपेक्षा वंशी लगाकर मछलियों को पकड़ना मुझे सबसे निरापाद और आसान काम जान पड़ता। इसमें पांक-पानी के बीच घुसना नहीं होता। नहर, बाहा, आहर या तालाब की मेड़ पर आराम से बैठकर मछली पकड़ना होता। धीरे-धीरे यह काम मुझे इतना रास आने लगा कि पांक-पानी में घुसना मैंने बन्द कर दिया।

पंसारी की दूकानों पर दो पैसे में वंशी मिल जाती। वह लोहे की नुकीली बनी होती। उसके आगे का हिस्सा बकुली की तरह मुड़ा होता तथा मुँह एकदम नुकीला और खोंचदार। उसे देखने से ही लगता कि किसी मछली के मुँह में यह चली जाए तो उसके जबड़े में बिना फँसे नहीं रहेगी। फिर उस मछली का पकड़ाना निश्चित होगा। उस वंशी का पिछला छोर हल्का और चिपटा होता जिसे किसी मजबूत धागे से हम बाँध देते। अपनी सुविधा के अनुसार वह धागा हम उतना ही बड़ा रखते जिससे नदी के तीर पर बैठकर नदी के भीतर उसे फेंक सकें। धागे का दूसररा छोर अब बाँस की एक पतली किन्तु मजबूत छड़ी में बाँध देते। अब वंशी से ऊपर एक हाथ की दूरी पर सरकंडे का एक टुकड़ा उसी धागे में फँसा देते। हमारी वंशी अब तैयार हो जाती। उसे पानी में फेंकने से पहले हम वंशी के मुँह में कोई छोटी मछली या चारा फँसाते। चारे हमें मिट्टी में आसानी से प्राप्त हो जाते। खेतों की नमीयुक्त मेड़ों को हम जहाँ भी कोड़ते लाल-लाल छटपटाते चारे निकल आते। देर तक मछली फँसाने के लिए हम गीली मिट्टी में ही उन्हें लपेटकर रखते।

अब इतमीनान से नदी के तीर पर किसी घने वृक्ष की छाँव में बैठ हम वंशी पानी में फेंकते। फिर वंशी की छड़ी को या तो अपने हाथ में थामे होते या पास ही रखे रहते। हमारी फेंकी वंशी अब पानी में एक हाथ नीचे चली जाती,

जहाँ तक हमारा कंडा बन्धा होता। अब वह कंडा ही नीचे की वंशी को बीच पानी में पेंडुलम की तरह लटकाए रहता। हमारा कंडा इतना हल्का होता कि पानी पर तैरता रहता। हमारा ध्यान अब कंडे के ऊपर ही केन्द्रित होता। अपने उस कंडे के हिलते ही हमें लग जाता, वंशी का चारा खाने अवश्य कोई मछली आ पहुँची है। हमारा ध्यान अब कंडे पर और केन्द्रित हो जाता। अब जैसे ही धागे में बंधे कंडे का मुँह पानी में घुसने लगता, हम समझ जाते, वंशी निगल कोई मछली भागना चाहती है। बस वंशी की छड़ी ऊपर उछालते हुए हम पानी से वंशी बाहर झटकते। यह देखकर हमें सुखद आश्चर्य होता कि वंशी में फँसी कोई मछली झूलती हुई बाहर आ जाती। तत्काल पानी से बाहर आने और मुँह में वंशी फँसी होने के चलते वह छटपटा रही होती। तब हम उसके मुँह से वंशी निकाल उसे इतमीनान से रख लेते। अब वंशी के मुँह में फिर दूसरा चारा फँसा उसे पानी में फेंक देते। एक साथ हम दो से तीन वंशियाँ भी डाल देते। हमें बस अपनी निगाह कंडों पर टिकाए रखनी होती।

पहले मैंने एक ही वंशी बनायी थी। लेकिन राधेश्याम की देखा-देखी तीन वंशियाँ बना ली। हमारे गाँव में कई बंसवार थे जहाँ से वंशी के लिए हम छड़ियाँ ले आते। बाँस की छेंवकियों को ही काटकर छड़ियाँ बना लेते। बाँस की छेंवकियों के काटने पर रोक नहीं होती। बाँस की छेंवकियों के काटे जाने से तो बाँस और बढ़ते तथा मोटे होते। अब वंशी और तागे हम किसी भी पंसारी की दूकान से खरीद लेते। सरकंडे के पौधे नदी या सड़क के किनारे ऐसे ही उपजते थे। अपनी जरूरत के अनुसार ढूँढ़कर हम सूखे सरकंडे तोड़ लाते। अब हमारी वंशी के सारे सामान एकत्रित हो जाते।

पहले राधेश्याम के साथ अपनी वंशियाँ मैं उसी के बरघारे[87] में छिपाकर रखता। उसका बरघारा गाँव से बाहर सेदहां के रास्ते पर था जहाँ से उसके खेत शुरू होते। वहाँ उसके दो कच्चे कमरे और एक कच्चा बरामदा था। उसके मवेशी वहीं रहते। वह एक तरह से किसान परिवार का बैठका और मवेशी-खाना था। गाँव में अधिकांश किसानों के बैठके और मवेशी खाने साथ-साथ होते। लेकिन राधेश्याम के बरघारे पर सिर्फ उसके मवेशी ही रहते। उसका परिवार तो गाँव में रहता। आज मैं 'बरघारा' शब्द पर विचार करता हूँ तो मुझे लगता है कि वह बहरछारा रहा होगा जो परिवर्त्तित उच्चारणों के तहत बरघारा बन गया। राधेश्याम के घर के अधिकांश पुरुष सदस्य सिर्फ खाने के लिए ही गाँव में जाते नहीं तो उस बरघारे पर ही रहते। बरघारे से ही अपनी खेती का संचालन करते। उस दिशा में खेतवाले कुछ और किसानों ने भी अपने ऐसे बरघारे बना रखे थे। मैं अपनी वंशियाँ राधेश्याम के बरघारे पर ही रखता ताकि माँ-पिताजी जानने न पाएँ...।

लेकिन एक दिन माँ को मुझे जनाना ही पड़ा। उस दिन माँ की कोई खास नाराजगी लक्ष्य न कर मैं वंशियाँ अपने घर भी रखने लगा। माँ को जनाने की वह घटना मुझे आजतक यथावत् याद है।

उस दिन हम सेदहां के नहर में अपनी वंशियाँ डाल बैठे थे। अब जाने कहाँ से बरारी मछलियाँ आ गयीं और हमारी वंशियों में फँसती चली गयीं। रोज हम जैसी मछलियाँ पकड़ते थे उससे बड़ी-बड़ी और भारी-भारी मछलियाँ। देखते ही देखते हमने पर्याप्त मछलियाँ पकड़ लीं। अब जब हम उन्हें लेकर चले तो हमें लगा कि इतनी अच्छी और बड़ी मछलियाँ हमें पेड़ के नीचे पकाकर नहीं, अपने घर बनवाकर खानी चाहिए...। और हम मछलियाँ लेकर अपने-अपने घर जा पहुँचे।

वह दोपहर का समय था। माँ ने जब इतनी अच्छी और ताजी मछलियाँ देखी तो चौंकते हुए पूछा—''कैसी मछलियाँ हैं? कहाँ से ले आये? किसने दिया?''

जवाब में मैंने सच्ची बात बता दी—''खुद पकड़ी है। मेरी वंशी में फँसी हैं...।''

इस पर प्रसन्नता जनित आश्चर्य से माँ की आँखें बड़ी-बड़ी हो गयीं और मुँह खुला का खुला रह गया—''क्या! तूने पकड़ी है?''

अब मैंने विस्तार से माँ को पूरी जानकारी दे दी। इस पर माँ मेरी सामर्थ्य और मेरे इस उपार्जन के लिए क्षण भर मुझे स्नेह से निहारती रही। फिर पूछा—''सच कह रहा है? तूने स्वयं इतनी मछलियाँ फँसायी है...?''

''हाँ माँ, बिल्कुल सच कह रहा हूँ!''

इस पर अब माँ ने कृत्रिम क्रोध जताते हुए कहा—''तो स्कूल जाने के नाम पर यही करता है। पढ़ता नहीं...।''

''पढ़ता हूँ माँ! बस, टिफिन में वंशियाँ लगाता हूँ।''

''तो देखना, पढ़ाई पिछड़ने न पाए, नहीं तो तेरे पिताजी मुझ पर ही बिगड़ेंगे कि तेरा नाम सेदहां लिखवाने के चलते ऐसा हुआ।''

इसके बाद माँ ने फिर कुछ नहीं कहा। वह तो अन्दर से खुश थी कि अब मैं इस लायक हो गया। फिर फुर्ती से मछली का मसाला निकाल कर दिदिया को दे दिया जिसे वह सिलवट पर पीसने लगी। अब माँ पहसुल से मछलियों के टुकड़े बना पानी में उन्हें साफ करने लगी। इस दौरान पत्थर पर मछलियों के टुकड़े रगड़-रगड़ कर उनके चोइंटे छुड़ाती जाती। फिर रसोई में मछलियाँ बनाने माँ जुट गयी। इसी बीच मैं आँगन के बरामदे में बैठकर कामेश्वर, ब्रजेश्वर और उर्वशी को बताता रहा कि कैसे इतनी बड़ी-बड़ी मछलियों को फँसा सका। मेरे वे छोटे भाई-बहन आश्चर्य और कौतूहल से मेरी बात सुनते हुए मतेरा मुँह ताकते

रहे!

अब जब मछलियाँ बनकर तैयार हो गयीं तो माँ ने भात के साथ हमारे सामने परोस दी। उस दिन हमारे यहाँ खाना बन चुका था। हम खा भी चुके थे। खाना खाकर ही मैं स्कूल गया था। लेकिन मछली भात का ऐसा आकर्षण कि हम फिर खाये। उस दिन मछलियाँ खूब स्वादिष्ट बनी भी थीं। पता नहीं, मेरे द्वारा पकड़कर लाने के चलते ऐसा हुआ था या मेरे इस प्रथम उपार्जन पर माँ और दिदिया के उत्साहजनक सहयोग से। जो हो, माँ ने भी मछलियों को खाते हुए खूब सराहा—"सचमुच बहुत स्वादिष्ट बनी हैं। कभी-कभी ही ऐसी बनती हैं।"

इसके बाद तो वंशियाँ अपने घर रखने और उनसे मछली फँसाने के लिए मैं और उत्साहित हो गया। अब मछलियों की संख्या बहुत कम होने पर ही मैं उन्हें पेड़ के नीचे पकाता नहीं तो लेकर घर आ जाता। फिर उसी समय माँ मेरा मन रखने के लिए उन्हें बना देती। फिर हम सभी भाई-बहन चटखारे ले-लेकर खाते। तब हर बार मछलियाँ मुझे सवदगर लगातीं। हसनबाजार से खरीदकर लायी मछलियों से अपनी वंशी की मछलियाँ मुझे बहुत भातीं। आज सोचता हूँ तो लगता है कि उसके पीछे अपने उपार्जन के प्रति मेरे मन में पैदा हो रहे आकर्षण का ही वह परिणाम था...।

मुझे याद हैं, माँ के परोक्ष समर्थन पर अब सिर्फ सेदहां की ओर ही मैं वंशियाँ नहीं लगाता, पाठशाले के आहर तथा दक्खिन भर के पोखरे पर भी वंशियाँ डालकर बैठ जाता। तब वंशियाँ लगाना मुझे अत्यन्त सुखकर और प्रीतिकर लगता, जैसे कोई गोपन रहस्य हो! आगे चलकर वंशियाँ लगाते हुए मुझे दोस्तों की जरूरत भी नहीं पड़ती। मेरी पूरी चेतना तो पानी पर तैरते कंडों पर केन्द्रित रहती...। कंडों के हिलने, रह-रह कर थोड़े डूबने, एकाएक तेजी से डूबने और डूबते हुए जल के भीतर भागने का अनुभव ऐसा रोमांचक होता कि मैं जान जाता, इस बार कौन-सी मछली वंशी में आ रही है। फिर छड़ी उछालने पर अपने अनुमान को बिल्कुल सही पाता...।

धीरे-धीरे वंशी लगाने का सम्मोहन मेरे ऊपर नशे की तरह छाता चला गया। मैं अक्सर वंशी लेकर निकल जाता और मछलियाँ लेकर ही लौटता...। शायद यह उसी का परिणाम था कि आठवीं कक्षा का मेरा रिजल्ट अच्छा नहीं आया। मुझे प्रो.बी. लाल का लड़का समझ स्कूल ने किसी तरह पासकर दिया। इसके लिए पिताजी की डाँट मेरे साथ माँ को भी सुननी पड़ी। लेकिन मैं महटिया कर रह गया। मेरी वंशीबाजी ने माँ को भी निरुत्तर कर दिया। उसी समय वह घटना भी घट गयी जिसने वंशी से न सिर्फ मेरा मोहभंग कर दिया बल्कि मुझे आतंकित भी बना दिया।

उस दिन मैं अकेले ही पाठशाले के आहार में बुढ़वा पीपल के पास वंशी डालकर बैठा था। एक मछली उस दिन मुझे छका रही थी। कभी-कभी कुछ मछलियाँ छका देती थीं। वह चालाक मछली सीधे-सीधे वंशी न निगल, वंशी के अगले भाग में निकले चारे को ही पकड़ती और खींचती, जिससे पानी पर तैरता कंडा डूबने लगता। प्रतिक्रिया में मैं छड़ी उछालता लेकिन खाली वंशी ही अपने तागे के साथ बाहर आती। मछली के मुँह में तो वह फँसी होती नहीं। ऐसा दो-तीन बार होने के बाद मैं गुस्से में गया और उस मछली को पकड़ने के लिए पूरे मन से लग गया। इसी प्रयास में अब कंडा पानी में डूबते ही यह सोचकर वंशी की छड़ी खूब तजी से ऊपर उछाला कि बिना पूरा फँसे भी वह मछली झटके में ऊपर आ जाए। कई बार ऐसा होता भी था। लेकिन इसके बिल्कुल विपरीत घट गया। मछली तो उसमें फँसी थी नहीं, अब खाली वंशी जिस तेजी से पीछे गयी, प्रतिक्रिया में फिर मुड़कर अपनी धूरी पर ऐसे झटके से आयी कि सीधे मेरे बाएँ हाथी की खुली तलहथी में धँस गयी। स्कूल में शिक्षकों ने मुझे बताया था कि अपने हाथ की रस्सी में बँधी कोई चीज हम जितनी तेजी से आगे फेंकते हैं वह उतनी ही तेजी से फिर वापस अपनी धूरी पर आ जाती है। वंशी के साथ भी ऐसा ही हुआ। लेकिन वंशी लगाते हुए मैं इसे याद कहाँ रख पाया था? अब इसे देखकर तो मेरी सिट्टी-पिट्टी गुम हो गयी। मैंने अपने से बहुत प्रयास किया कि तलहथी में घुसी वंशी निकाल लूँ। लेकिन मेरे हाथ लगते ही वह टेढ़ी और खोंचदार वंशी और अन्दर धँसती चली गयी। दर्द तो वंशी के घुसते ही शुरू हो गया था, इसी बीच खून का रिसना भी जारी था। मैं समझ नहीं पा रह था कि अब क्या करूँ? आसपास कोई नजर भी नहीं आ रहा था। यह चिन्ता भी मुझे सताने लगी थी कि घर पर माँ इसे देखकर खूब डाँटेगी और बेचैन हो जाएगी। आरा से आने पर पिताजी भी मुझ पर बिगड़ेंगे तथा माँ पर भी बरसेंगे...! अब यह टेढ़ी वंशी मेरी हथेली से निकलेगी कैसे? अब मेरा क्या होगा?

इसी क्षण हठात् किसी लोककथा में आयी माँ की वह बात मुझे याद आ गयी कि जो जैसा रोपता है, वैसा ही काटता है, जैसा करता है, वैसा ही पाता है। मछलियों के मुँह में वंशियाँ फँसाकर उन्हें पकड़ता था। जब उनके मुँह से वंशियाँ निकालता तो दर्द में उनकी छटपटाहट देखकर भी महसूस नहीं करता। यह उसी का परिणाम है। अब ऐसा एहसास होते ही साथ की दो वंशियों को उन्हीं छड़ियों के साथ तत्काल आहर में फेंक दिया। फिर जो वंशी मेरे हाथ में धँसी थी, उसका तागा दाँत से काट उसे भी आहर में फेंक दिया। जो मछलियाँ पकड़ायी भीं उन्हें थीं पानी में छोड़ दिया। शायद आहर में वे फिर जी उठें। वंशी से नुचे उनके मुँह के ज़ख्म ठीक हो जाएँ...।

अब अँगौछे से अपना हाथ ढँक मैं घर की ओर चल पड़ा। मैं इस प्रयास में रहा कि गाँव के लोग देखने न पाएँ। मैं जानता था, मेरे गाँव के लोग बात का बतंगड़ बना देते हैं। लेकिन माँ ने इसे गोपनीय कहाँ रहने दिया! देखते ही छाती पीटकर चिल्ला उठी—"अरे दौड़ों लोगों! हमारे बेटे के हाथ में यह वंशी कैसे घुस गयी? हे परीमाई! हे महावीर जी! अब यह वंशी कैसे निकलेगी? अरे कोई हरेसर को बुलाये! अरे, अब जल्दी आरा भागना है...! वहीं पर इसके पिता किसी डॉक्टर से निकलवाएँगे...। कहाँ हो नर्वदेश्वर! ऐ उषा, आरा जाने के लिए झोला तैयार करो...!"

माँ की इस आर्त्त पुकार और बदहवाशी पर देखते ही देखते गाँव के लोग मेरे यहाँ जुटते आये। वे आते ही मेरा हाथ देखते। फिर खौफ प्रकट करते हुए चौंकते—" अरे बाप! इतनी वंशी धँस चुकी है...।"

फिर वे अपने-अपने तरीके से परामर्श भी देते जाते—"नाई को बुलाकर उसकी नहरनी से निकलवाया जाए। काबिल नाई होगा तो आसानी से निकाल देगा...।"

"इसे ऐसे ही दो-तीन दिन छोड़ दिया जाए। दो-तीन दिन में हथेली का यह ज़ख्म घाव बनकर पक जाएगा। फिर मवाद के साथ वंशी बाहर आ जाएगी...।"

"इस पर चूना और नौसादर मिलाकर चढ़ाया जाए...। वंशीवाली जगह अपने ही फफस जाएगी। फिर वंशी निकल आएगी...।"

मेरे ऐसे ही ग्रामीणों में कृपाल उपाध्याय भी आये जिनकी कड़ी-कड़ी मूँछें थीं और मेघू पहलवान के बाद गाँव में उन्हीं का दूसरा स्थान था। वे भीड़ फाड़कर मेरे पास पहुँचे। इस बीच माँ मुझे आरा ले चलने की तैयार कर चुकी थी। लेकिन उन्होंने रोक दिया और आत्मीयता से कहा—"घबड़ाओ मत भौजी। आरा में तो डॉक्टर काफी चिड़फाड़ करके निकालेंगे। तनिक मुझको हाथ लगाने दो। अगर यहीं वंशी निकल गयी तो समझो सारी विपत्ति टल गयी...!"

और वे मुझे लेकर दालान की चौकी पर आ गये। मेरे घर की सारी भीड़ अब चौकी के पास ही एकत्रित हो गयी। इस बीच भीड़ी की बातें भी मुझे सुनाई पड़ती रहीं—"तिवारीपुर में तो वंशी से एक लड़के की आँख ही फूट गयी थी। सीधे वंशी उस की बायी आँख में जा गड़ी। बस, उसी वक्त उसकी वह आँख बह गयी...।"

"अरे भाई, वंशी बहुत खतरनाक चीज़ होती है। मेरे ममहर के एक लड़के के कान में आकर ऐसी फँसी कि उसके कान का वह हिस्सा काटना पड़ा...।"

वंशी के बारे में ऐसी बातें सुन-सुनकर मैं डरने लगा था। काश, ऐसी बातें मैंने पहले सुनी होतीं। उस वक्त तो किसी ने भी ऐसा नहीं बताया था। मैं तो

यही समझता था कि मछली पकड़ने के लिए वंशी सबसे निरापाद चीज़ है।

अब तक कृपाल उपाध्याय ने मेरे आसपास की भीड़ हटा दी थी—''तनिक दूर खड़ा रहिए आप लोग! इस लड़के को हवा लगने दीजिए...!''

फिर उन्होंने अपने बाएँ हाथ से मेरी वह कलाई कसकर पकड़ ली जिस हथेली में वंशी चुभी थी। अब मेरा माथा दूसरी ओर को घुमा दिया—''अभी तुम इधर मत ताको। इधर ताकोगे तो और दुखायेगा उधर देखो, बस झट से वंशी निकल जाएगी, तुम्हें पता भी नहीं चलेगा।''

और अपने दाएँ हाथ से मेरी तलहथी की वंशी निकालने लगे। वंशी निकालते हुए मुझे दर्द हो रहा था। लेकिन उससे अधिक दर्द मैं अपनी कलाई में महसूस कर रहा था जिसे कृपाल उपाध्याय ने कसकर पकड़ रखा था। उस कलाई को अब मैं चाहकर भी हिला नहीं पा रहा था। पहलवान हाथ की सख्त पकड़ ने उसे अवश बना दिया था। यह तो मैं बाद में जान पाया कि तलहथी का दर्द कम बुझाने के लिए ही उन्होंने मेरी कलाई दाब रखी थी। जैसे बिच्छू के डंग लगने पर उसके बाद का हिस्सा कसकर बाँध दिया जाता है कि डंक का प्रभाव डंकवाले स्थान तक ही सीमित रहे। कुछ इसी पद्धति से वह वंशी निकाल रहे थे। और सचमुच उसमें वह कामयाब रहे। वंशी निकालते हुए कलाई के दर्द से उसका दर्द मुझे अधिक प्रतीत नहीं हुआ। लेकिन जब वंशी निकालकर मेरी कलाई उन्होंने छोड़ी तो तलहथी के दर्द से मैं बेचैन हो गया। देखा, तलहथी का मांस निकल गया था। लेकिन इस बात को लेकर मुझे खुशी थी कि वंशी निकल गयी थी।

अब कृपाल उपाध्याय के इस करतब की सराहना सारे लोग करने लगे—''वाह, खूब पहलवान जी! कैसा कमाल दिखाया...? सैकड़ों रुपये का काम घर पर ही कर दिया...। प्रोफेसर साहब आएँगे तो कहा जाएगा कि अब गाँव को भोज दें..!''

इससे पहले भी कृपाल जी इस तरह के कुछ कार्य कर चुके थे। अब इस प्रकरण की चर्चा करते हुए लोग अपने-अपने घरों की ओर चले गये। लेनिक माँ ने आरा की तैयारी स्थगित नहीं की। मेरी तलहथी के नुचे हुए मांस को देख वह सिहर उठती। हरेसर, भैया और दीदी के जिम्मे घर सौंप मुझे लेकर वह चल पड़ी। नोनार स्टेशन से हमने छोटी लाइन पकड़ी। विलम्ब से चलने के चलते शाम होने पर हम आरा पहुँचे। लेकिन पिताजी ने उसी शाम मुझे एक अच्छे चिकित्सक से दिखा दिया। शहर के अधिकांश चिकित्सक उनके परिचित थे। ज़ख्म गम्भीर देख चिकित्सक ने छह सूइयाँ लिखीं। एक सूई तो वहीं पड़ गयी। पाँच सूइयाँ पिताजी ने हमें थमा दी कि पाठशाले के पंडितजी से हम रोज दिलवा लिया करेंगे। हमारे गाँव में सूई देना सिर्फ पंडितजी ही जानते थे...। उस रात हम पिताजी

के हॉस्टल में ही ठहरे। रात में जब खाना खाने लगे तो हॉस्टल के पिताजी के मित्र प्रो.वी.एन. रावत ने माँ को सुनाते हुए पिताजी से कहा—"लाल साहब, भाभी जी और बच्चों को भी अब अपने साथ ही लाकर रखिए...। यह लड़का आपके साथ रहता तो ऐसी दुर्घटना नहीं होती...।"

यह सुन माँ को खुशी हुई। वह तो ऐसा चाहती ही थी, इसीलिए चट बोल पड़ी—"मैं तो इनसे शुरू से ही कह रही हूँ...। बाकिर यह सुनते ही नहीं!"

इस पर पिताजी अपने निर्णय पर ही डटे रहे—"आपको क्या बताऊँ रावतजी, मेरे यहाँ की स्थिति कुछ दूसरी है। मैं घर का अकेला हूँ। गाँव पर मेरे पुस्तैनी खेत-बघार हैं। परिवार वहाँ से हटाते ही सब कुछ बर्बाद हो जायेगा। अब हम नौकरी से वैसे खेत-बघार तो नहीं खरीद सकते...।"

पिताजी की इस बात पर रावतजी को चुप हो जाना पड़ा। माँ भी महटिया गयी। पिताजी के ऐसे जवाब पहले भी सुन चुकी थी। अब पिताजी ने सुबह के एकदम तड़के ही छोटी लाइन से हमें गाँव पठा दिया। दस-ग्यारह बजते-बजते हम गाँव आ गये। पंडितजी ने सूइयाँ देनी शुरू कर दी। मरीज के रूप में अब मैं सारा दिन पड़ा रहने लगा। सूइयों की समाप्ति और अपने ज़ख्म ठीक होने के बाद ही मुझे स्कूल जाना था। अब मैं बच्चा नहीं था कि दिन-रात घर के अन्दर रहता। रात में सिर्फ सोने के लिए ही घर के अन्दर जाता। सारा दिन तो अपने दालान में ही पड़ा रहता। मेरे दोस्त राधेश्याम, एकबात, जीनर, वैद्यनाथ आदि दालान में आकर मुझसे मिल जाते। अब मेरा मन वंशी के नाम से ही भागने लगा। मैंने मन ही मन निर्णय भी कर लिया कि अब मुझे वंशी नहीं लगानी। वंशी की परिणति ने वंशी के प्रति मुझे बिल्कुल उदासीन बना दिया था।

उन्हीं दिनों वह पत्रिका मुझे मिल गयी जिसने मेरे जीवन की गति ही बदल दी। पत्रिका मिलने के उस संयोग को मैं अपने जीवन की सार्थक शुरुआत मानता हूँ। पंडितजी ने दो सूइयाँ दे दी थीं। अभी और तीन सूइयाँ पड़नी थीं। इस अवधि में दालान में बैठा मैं गली से गुजरते लोगों को देखा करता था। लोग आते-जाते रहते। उन्हीं आनेवालों में उस दिन पोस्टमैन कलाम का आगमन भी हुआ। उस समय हमारे गाँव का पोस्ट-आफिस नोनार था। वहीं से कलाम चिट्ठियाँ लेकर आता। वह सप्ताह में दो दिन से अधिक नहीं आता। गाँव में सबसे अधिक चिट्ठियाँ मेरे ही घर आतीं। उनमें मामा-मौसी की चिट्ठियाँ तो होती ही, पिताजी की चिट्ठियाँ भी रहतीं। पिताजी अपने गाँव के पते से ही मँगवाते थे। कॉलेज की भीड़-भाड़ में चिट्ठियों के गुम होने का अन्देशा उन्हें रहता था। उस दिन कलाम ने मुझे तीन चिट्ठियाँ दीं—एक मौसी की तथा दो पिताजी की। फिर मुझे पढ़नेवाला विद्यार्थी समझ एक पत्रिका निकालते हुए कहा—"अब देखो, इसे किसको दूँ? इसका पता

फट गया है। तुम पढ़नेवाले छात्र हो। लो, इसे पढ़ना... !''

मैंने देखा, वह किसी योग संस्थान की पत्रिका थी। मैं उसे पढ़ने लगा। बिना किसी दवा के योग के माध्यम से पूर्ण स्वास्थ का उल्लेख उसमें जगह-जगह अंकित था। कुछ योगासनों का सचित्र विवरण भी था। विस्तृत जानकारी के लिए कुछ किताबों के नाम और पते भी अंकित थे तथा मँगाने की विधि भी। मेरे पास समय था ही, बस, दो ही दिनों में वह पूरी पत्रिका चाट गया। उसमें विज्ञापित किताबों के लिए एक पत्र भेज दिया। अब उस पत्रिका ने मुझे इस तरह आकर्षित किया कि उसमें वर्णित कुछ आसनों को पढ़-पढ़कर करने भी लगा। धीरे-धीरे उन आसनों से परिचित हो गया। तलहथी का ज़ख्म ठीक होने और मँगायी पुस्तकों के आने के बाद तो उनके आकर्षण में और डूबता चला गया। जैसे कभी मछली पकड़ने का नशा मुझ पर सवार था, अब योगासन का हो गया था।

माँ ने पिताजी से कहा भी—''मिथि ने वंशी लगाना तो छोड़ दिया। लेकिन पत्रिकाओं और किताबों से सीखकर योगासन शुरू कर दिया है...।''

पिताजी को यह कार्य खेलने और मछली पकड़ने जैसा नागवार नहीं लगा। फिर भी अपनी हिदायत दी—''ठीक है, योगासन करो...। योगासन कोई खराब काम नहीं। लेकिन पढ़ाई में भी अपने मन को जमाए रखो। पढ़ाई-लिखाई के बाद ही इसका महत्त्व है...।''

प्रारम्भ में मेरे दोस्तों को भी यह कार्य नीरस और उबाऊ लगता। लेकिन मेरे स्वास्थ्य में तीव्र परिवर्त्तन देख वे आकर्षित होने लगे। मेरा सुधरता स्वास्थ्य देख तो माँ की खुशी का ठिकाना नहीं रहा। चिकित्सकों से मेरी दुबली-पतली काया को भरी-भरी बनवाने में वह सफल नहीं हुई थी, लेकिन योगसान से अब मैंने यह कर दिखाया। अब मैं बाहर से जितना भरा-भरा दिखता, अन्दर से वैसा ही शक्ति-सम्पन्न अनुभव करता। शीर्षासन और सर्वांगसन पर तो मैं एक-एक घंटे रह जाता। माँ देखती तो अचम्भित बनी रहती। फिर परी माई के समक्ष अपनी खुशी भी व्यक्त करती—''हे परी माई! मेरे इस बेटे को अब किसी की नजर न लगे...। आपकी कृपा से अब यह देखने-सुनने लायक हो गया...!''

जब मैं मैट्रिक में पहुँचा तो युवा होता पूर्ण स्वस्थ था। उसी समय मेरे गाँव के मोहन उपाध्याय जमोढ़ी हाईस्कूल में शिक्षक नियुक्त हुए थे। अब गाँव के सारे लड़के हसनबाजार और सेदहां से नाम कटा जमोढ़ी स्कूल में लिखाने लगे। मैं भी इस कार्य में पीछे नहीं रहा। माँ जानती थी, जमोढ़ी की दूरी अधिक है। लेकिन अब मेरे स्वास्थ्य को लेकर वह चिन्तित नहीं थी। इस बीच मैं साइकिल चलाना भी सीख गया था। साइकिल से जमोढ़ी आना-जाना मेरे लिए और आसान

हो गया।

उस समय मैट्रिक में साईंस और आर्ट्स का विभाजन था। मेरी रुची आर्ट्स में थी। लेकिन पिताजी के दबाव के चलते मैंने साईंस में ही नाम लिखवाया। बड़े भैया को भी उन्होंने साईंस से ही मैट्रिक कराया था और अब साईंस में ही वे उच्च शिक्षा ले रहे थे। उनकी योजना बड़े भैया को इन्जीनियर बनाने की थी और मुझे साईंस टीचर। एक भाई शहर में रहकर कमाएगा और दूसरा गाँव के आसपास के किसी स्कूल में साईंस टीचर होकर खेत-बघार सँभालेगा। कामेश्वर और ब्रजेश्वर को लेकर उनकी अभी कोई योजना नहीं थी, क्योंकि वे छोटे थे।

उस समय जमोढ़ी स्कूल के हेडमास्टर भरतसिंह थे। वे पिताजी के शिष्य थे। हिन्दी साहित्य में उनकी विशेष रुचि थी। हेडमास्टर होने से पहले वे सेकेंड मास्टर थे और लाइब्रेरी के इन्चार्ज। हेडमास्टर होने के बाद भी लाइब्रेरी उन्होंने अपने ही जिम्मे रखी थी। एक दिन प्रेमचन्द के उपन्यास 'रंगभूमि' की इतनी चर्चा की कि उसी दिन लाइब्रेरी से उसे निकालकर मैं ले गया और पढ़ने लगा। वह मोटा उपन्यास था। फिर भी उसकी कथा में ऐसा आकर्षण था कि मेरा मन रमता चला गया। उस उपन्यास में खोया मैं एक सप्ताह तक स्कूल नहीं जा सका। दिन में तो पूरे समय तक उसे पढ़ता ही, रात में लालटेन जला कर दो-दो बजे रात तक पढ़ता। जिस दिन उसे समाप्त किया, उस दिन ऐसा लगा कोई गुप्त खजाना मिल गया हो। जीवन के विशद और गहन अनुभव ने मुझे चमत्कृत कर दिया। मैं अपनी उम्र से अपने को बड़ा महसूस करने लगा। उसके बाद तो अपने स्कूल की उस लाइब्रेरी में प्रेमचन्द का जो लिखा मिला उसे पढ़ता गया। उनके अतिरिक्त अन्य लेखकों के कहानी-उपन्यास भी पढ़ने लगा। आज मुझे लगता है किशोर अवस्था के उस अध्ययन से ही मेरे अन्दर का रचनाकार जाग उठा था। हालाँकि इसकी पृष्ठभूमि में माँ की लोक कथाएँ भी थीं जो अपने को अभिव्यक्त करने के लिए मुझे प्रेरित करती रहती थीं। फिर तो अपनी अभिव्यक्ति का यह दबाव इतना बढ़ता गया कि मैंने लिखना शुरू कर दिया। मेरे अन्दर कथा की पचखियाँ ऐसे फूटने लगीं कि मैं कापी पर कापी रँगने लगा। फिर किसी गोपन रहस्य की भाँति दालान के अपने एकान्त कमरे में दोस्तों को सुनाता। उन्हें मेरा यह कार्य अजूबे से भरा लगता, क्योंकि मुझसे पहले मेरे गाँव में कभी कोई लेखक नहीं हुआ था। फिर भी अपनी उन पांडुलिपियों को मैं सहेजकर रखता जैसे वे अमूल्य निधि हों। आगे चलकर मुझे पढ़ने और लिखने में ऐसा आन्तरिक सुख मिलने लगा कि पिछले सारे नशों से अधिक यह नशा घनीभूत होता चला गया। मैट्रिक की परीक्षा सिर पर थी और मैं उपन्यास पढ़ने या अपनी कोई कहानी लिखने की संलिप्तता से अपने को रोक नहीं पा रहा था। मेरी यह स्थिति देख माँ और पिताजी चिन्तित रहने लगे। पिताजी को माँ से यह कहते हुए भी सुना—''अब यह साहित्य

लेखन की बीमारी इसे कहाँ से लग गयी? इस बीमारी के रहते तो अब यह परीक्षा में अच्छा कर ही नहीं सकता...। साहित्य लेखन तो फकीरी का काम है, जिसमें कुछ पाना नहीं, सिर्फ खोना ही खोना है...। अभी इस लड़के को इससे हम अलग नहीं कर सके तो इसका जीवन ही बर्बाद हो जाएगा...।''

पिताजी की इस राय के बाद अब माँ अक्सर दालान के कमरे में पहुँच मेरा निरीक्षण करने लगती कि मैं अपनी पाठ्य-पुस्तकों के बीच हूँ या कहानी-उपन्यास लिख-पढ़ रहा। वह मुझसे कहती—''पढ़-लिखकर पहले कुछ बन जाओ तब साहित्य लिखना। साहित्य लेखन तो ऐसा काम है कि उसे तुम कभी भी कर सकते हो। अभी पढ़ाई छोड़कर साहित्य लिखने से तुम्हारा जीवन नहीं चल सकता...।''

जवाब में मैं माँ से झूठ बोल देता—''मैट्रिक की किताबें ही तो पढ़ रहा हूँ...!''—और पास रखी पाठ्य पुस्तकें सामने खींच लेता...।''

इस मामले में मैं चालाक हो गया था कि लाइब्रेरी से लायी कहानी और उपन्यास की पुस्तकों को अपनी पाठ्य पुस्तकों के बीच ही छिपाकर रखता। साथ ही दोनों तरह के लेखन की कापियाँ भी। लेकिन माँ मेरी यह चोरी पकड़ लेती—''तू औरों को चकमा दे सकता है, मुझे नहीं...। मेरे ही जन्मे हो। तेरी सारी चालाकी मैं समझती हूँ...।''—और मेरी पाठ्य पुस्तकों के बीच से कहानी उपन्यास की किताबें तथा कापियों के बीच से कथा लेखन की कापी खींचकर सामने कर देती...। इस पर मैं झेंप जाता। फिर अपनी झेंप मिटाने के लिए कहता—''नीरस पाठ्य-पुस्तकों से ऊबने पर मन बदलने के लिए ही थोड़ा पढ़-लिख लेता हूँ माँ...। पाठ्य पुस्तकें नहीं पढ़ता तो फिर उन्हें रखता ही क्यों?''

और माँ का मन रखने के लिए मैं पाठ्य-पुस्तकें पढ़ने लगता। लेकिन फिर एकान्त मिलते ही कोई उपन्यास निकाल लेता या कोई कहानी रचने लगता। लिखने का जुनून पढ़ने से भी अधिक महसूस करता। इस बीच फिर माँ की पकड़ में आ जाता। उसने मेरे छोटे भाई-बहनों को भी इस कार्य पर तैनात कर दिया था कि वे झाँककर देखते रहें कि मैं पाठ्य पुस्तकों के साथ हूँ या कहानी उपन्यास के साथ, मेरे छोटे भाई-बहन भी इन दोनों चीजों को पहचानने लगे थे। मैट्रिक की परीक्षा मेरे सिर पर थी। स्कूल से मैं सेंटप कर दिया गया था। इस स्थिति में आरा से लौटते हुए पिताजी भी माँ से मेरे ही बारे में पूछते तथा इस अवधि में मेरी निगरानी पर उसे सख्त बने रहने का सुझाव देते। मैट्रिक के परिणाम को वे मेरुदंड मानते, जहाँ से आगे की पढ़ाई या नौकरी में जाने का मार्ग प्रशस्त होता।

मेरे प्रति माँ की चौकसी और छोटे भाई-बहनों की पहरेदारी से मेरे मित्र भी जल्द ही अवगत हो गये। इससे मेरे लेखन के प्रति उनके नकारात्मक विचारों

को और बल मिला। अब वे भी कहने लगे—"मिथि पगला गया है। लेखक बनने का धुन उस पर सवार है...!"

मैं समझ रहा था, लिखने-पढ़ने की वजह से उन्हें पहले जैसा समय नहीं दे रहा था। इसकी नाराजगी ही अब वे इस रूप में निकाल रहे थे। इन स्थितियों में चोरी-छिपे अब जब भी कोई कहानी-उपन्यास पढ़ने या लिखने बैठता तो ऐसा लगता जैसे अपराध कर रहा हूँ। बस, उसे रख जबरन पाठ्य पुस्तकों में जुत जाता। लेकिन उनमें मन नहीं रमता। इसी कशमकश के बीच मैट्रिक परीक्षा की तिथियाँ नजदीक आ गयीं, जिसके लिए माँ-पिताजी तत्पर और निगरानीरत थे।

मैट्रिक परीक्षा का मेरा सेन्टर जगदीशपुर पड़ा था—इतिहास पुरुष वीर कुँवरसिंह की नगरी में। अपने दोस्त एकबाल, वशिष्ट, दूधनाथ आदि के साथ मैं जगदीशपुर पहुँचा। वहाँ हम एक ही कमरे में ठहरे। रात में लालटेन के समक्ष उस पत्र की किताबें खोलकर बैठ जाते, जिस पत्र की परीक्षा अगले दिन होती। लेकिन चाहते हुए भी उन पाठ्य पुस्तकों पर मैं अपने को केन्द्रित नहीं रख पाता। नये स्थल जगदीशपुर में जो कुछ नया देखता-सुनता वह सब मेरी नजरों के सामने घूमता रहता। नये-नये विषय मेरे रचनाकार मन को अंकुरित-स्फुरित करते रहते। लेखन के लफ़्ज जुबान पर आने लगते। ऐसा लगता, जैसे अन्दर से लेखन का कोई ऐसा सोता फूट गया है जो अपने प्रवाह में मुझे बहा ले जाना चाहता है। इस स्थिति में पाठ्य पुस्तकों से अलग उस कमरे की छत, खिड़की या दरवाजे की ओर ताकते हुए मैं कहीं खो जाता। तब मेरे दोस्त इसे तत्क्षण लक्ष्यकर लेते। एकबाल कहता—"अभी तू कहानी-उपन्यास के बारे में मत सोच। कलवाले विषय की तैयारी कर। बाद में कहानी-उपन्यास पढ़ना-लिखना...।"

इस पर दूधनाथ व्यंग्य करता—"देखना एकबाल! हम लोगों से इसे ज्यादा नम्बर आएगा। यह सभी प्रश्नों का जवाब कहानी उपन्यास से भर देगा। हम लोगों को तो जो आएगा, वही लिखेंगे...।

अपने उन दोस्तों की इस चौकसी और उलाहने का कारण मैं समझता था। माँ ने मेरे साथ आनेवाले छात्रों से कह रखा था कि वे मेरी निगरानी करते रहेंगे ताकि परीक्षा के समय कहानी-उपन्यास में न उलझूँ...।

परीक्षा देकर अपने मित्रों के साथ जगदीशपुर से मैं लौट आया। इसके कुछ ही दिनों बाद पिताजी गम्भीर रूप से बीमार पड़ गये। माँ का और हम सबका ध्यान उन पर ही केन्द्रित हो गया। इसी बीच मेरा परीक्षाफल भी घोषित हुआ। मेरा परिणाम अच्छा नहीं रहा। किसी तरह मैं पास कर गया था। अंक अच्छे नहीं थे। हालाँकि इस परिणाम को लेकर मुझे कोई अफसोस नहीं था। पाठ्य पुस्तकों के प्रति अपनी उदासीनता से मैं परिचित था। पिताजी की बिगड़ती बीमारी देख माँ का ध्यान भी मेरे इस परिणाम पर नहीं था। बीमारी की वजह से पिताजी की

पकड़ तो खुद अपनी जिन्दगी से छूटती जा रही थी। फिर वे मेरे परिणाम को लेकर क्या कहते! उन्होंने बस, इतना ही कहा—"अब चाहे जैसा रिजल्ट आया कॉलेज में साईंस ही पढ़ना और अपने को सुधारना...।"

इसके बाद कुछ ही दिनों में पिताजी का निधन हो गया। फिर तो मेरे घर जैसे भूचाल ही आ गया। जिस धूरी पर मेरा पूरा परिवार केन्द्रित था वह टूट गयी। वह 1967 का समय था। मेरे साथ यह अजीब विडम्बना घटित हुई कि कॉलेज छात्र बनकर जब मैं एच.डी. जैन कॉलेज, आरा पहुँचा पिताजी वहाँ से सदा के लिए जा चुके थे। बड़े भैया भी बी.एस.सी. के बाद पटना विश्वविद्यालय से एम.एस.सी. करने लगे थे। तब आरा मैं अकेले रह गया था।

पिताजी की इच्छा के अनुसार मैंने साईंस में ही दाखिला लिया। उस समय आई.ए. की जगह प्री यूनिवर्सिटी की कक्षाएँ चलती थीं। मैं प्री यूनिवर्सिटी साईंस का छात्र बना। मैट्रिक में मुझे कम अंक आये थे। उन अंकों पर जैन कॉलेज में नामांकन सम्भव नहीं था। लेकिन पिताजी की वजह से यह भी सम्भव हो गया। प्राचार्य पी. राय ने स्पेशल आदेश के तहत मेरा नामांकन करा दिया। पिताजी के वाणिज्य विभाग में उनके कलिग लोगों से मिलने जब पहुँचा तो वहाँ प्रो. माया सहाय जौहरी एवं प्रो.डी.सी. जैन ने मुझे अपने सीने से लगा लिया। उस समय वहीं इतिहास विभाग के प्रो. उमाशंकर लाल भी बैठे थे। उन्होंने भी मुझे बाँहों में भर लिया। फिर उन सभी ने मुझे आश्वस्त किया—"पढ़ाई-लिखाई से सम्बन्धित किसी भी आवश्यकता पर कभी भी तुम हमारी मदद ले सकते हो। यह कभी मत सोचना कि वंशरोपन बाबू नहीं रहे...। वे यहाँ की शान और पहचान थे...।"—इसके बाद पिताजी के विलक्षण व्यक्तित्व के कुछ किस्से उन्होंने सुनाएँ तथा जैन-कॉलेज में दाखिले पर मुझे मिठाइयाँ भी खिलायीं। उनकी उस आत्मयीता और स्नेह से मेरी आँखों नम हो आयीं। मैं अभिभूत हो उठा। जैन कॉलेज में दाखिले के बाद मैं नवादा हॉस्टल में ही रहने पहुँचा जहाँ पिताजी रहते थे। उनका वह कमरा उसी तरह बन्द था जैसे उनके गाँव पर जाते हुए रहता था। इस मामले में मैं ही अभागा साबित हुआ कि उनकी मृत्यु के बाद उनका कमरा मुझे खोलना पड़ा। पटना में जल्द से जल्द नाम लिखाने की अफरा-तफरी में इसका अवसर भैया को नहीं मिला था। आज मुझे लगता है यह मुझे ही करना था इसीलिए ऐसा हुआ था। गाँव से जब चल रहा था तो पिताजी के कमरे की कुंजी सौंपते हुए माँ रो पड़ी थी—"देखना, उनकी कोई भी चीज़ इधर-उधर न होने पाए...। अब तो वही उनकी निशानी है...।"

पिताजी के उस कमरे का ताला खोलकर जब मैं अन्दर घुसा तो सन्न रह गया। लगा ही नहीं कि वे गुजरे हैं। उसी तरह उनका बिस्तरा लगा हआ था।

कॉलेज ले जानावाला उनका हैंडबैग पास ही मेज पर पड़ा था। आलमारी में करीने से रखी गयी उनकी किताबें यथावत् भरी हुई थीं। कोने में उनका छाता टँगा था जिसे लेकर वे कॉलेज जाते थे। उनके जूते-चप्पल अपनी जगह कमरे में रखे थे। वे दो जोड़ी जूते-चप्पल रखते थे—एक सेट यहाँ के लिए, दूसरा गाँव के लिए...। शीशे के ग्लास में आधा बचा पानी भी स्टूल पर कायम था। शायद गाँव जाते हुए आधा पानी उन्होंने पिया था। मुझे ऐसा लगा कि कहीं बाहर गये हैं। अब आ रहे होंगे। बड़ा होने के बाद माँ के कहने और गाँव की आवश्यकताओं के तहत मैं कई बार उनके इस कमरे में आ चुका था। उस समय इस कमरे से उनके बाहर होते हुए उनकी प्रतीक्षा में यह जैसा होता था, एकदम वैसा ही लग रहा था। कमरे की चिर परिचित गन्ध भी उनका एहसास करा रही थी।

हठात् इसी क्षण मेरी निगाह आलमारी के पास टंगी उनकी तस्वीर की ओर चली गयी। वह जवानी की उनकी तस्वीर थी—"धोती-कुर्ता पहने तथा कन्धे पर चादर लिये। यह उनकी पसन्दीदा पोशाक थी। अब मैं उनकी तस्वीर के पास चला गया। लेकिन उनकी वह बुलन्द आकृति देख मरने के समय उनकी क्षीण स्थिति मेरे मानस में कौंध उठी। क्या थे पिताजी और क्या हो गये थे? अब मैं और भुलावे में नहीं रह सका...। अब अपने को जब्त भी नहीं कर सका। उनके बिस्तरे पर बैठ घुटनों में माथा टिका रो पड़ा। फिर तो मेरे अन्दर से रुलाई का ऐसा सोता फूट पड़ा कि मैं देर तक रोता रहा। जब किसी ने मेरा माथा सहलाते हुए कहा—"इतना मत रोओ बाबू, जिसका जितना समय बदा होता है वह उतना ही जीता है...!"

इस पर मैंने देखा, हॉस्टल का सेवक छविनाथ मेरे पास खड़ा सान्त्वना दे रहा था। उस हॉस्टल में तीन-चार सेवक थे। लेकिन शिक्षकों के खंड का सेवक छविनाथ था। पिताजी का प्रिय। हम जब भी पहुँचते, हमारी जरूरत पर कुछ भी मँगवाने के लिए वह छविनाथ को ही आवाज देते। छविनाथ ने अब मुझे चुप कराया। फिर मेस से लाकर मुझे खाना खिलाया। हॉस्टल के लड़के मेस में जाकर खाते थे। लेकिन शिक्षकों का खाना छविनाथ उनके कमरे में ही पहुँचा देता था। पिताजी की उपस्थिति में मैं आता था तो मेरा खाना छविनाथ पिताजी के कमरे में ही ला देता था। शायद इसीलिए उस बार भी उसने ऐसा ही किया। लेकिन खाते हुए मैंने छविनाथ से कह दिया—"अब मेरा खाना यहाँ मत ले आइएगा छविनाथ जी! मैं मेस में जाकर खा लूँगा...।"

उस समय के हॉस्टल सुपरिटेंडेंट ने दिवंगत शिक्षक पुत्र के नाम पर बगैर औपचारिकताएँ पूरा किये मुझे हॉस्टल में दाखिल कर लिया। मेरी ही कक्षा के

एक छात्र ममतानन्द तिवारी को मेरा रूममेट बनाया गया। दो बेड के उस कमरे में एक ओर मैं, दूसरी ओर ममतानन्द तिवारी। हम आराम से रहने लगे। फिर भी सुपरिटेंडेंट साहब ने पिताजी के कमरे को खाली करने के लिए मुझसे नहीं कहा। शायद यह सोचकर कि मैं स्वयं खाली कर दूँगा...।

मेरा रूममेट ममतानन्द तिवारी तेज़ छात्र था। प्रथम श्रेणी में बहुत अच्छे अंकों से मैट्रिक उत्तीर्ण कर आया था। उसके दो बड़े भाई क्रमश: डॉक्टर और इन्जीनियर थे। उसने भी डॉक्टर बनने का लक्ष्य निर्धारित कर लिया था। वह मुझसे भी जानना चाहता था कि मेरा लक्ष्य क्या है? लेकिन उस वक्त तक मेरा कुछ भी लक्ष्य नहीं था। मुझे विज्ञान शिक्षक बनाने का लक्ष्य भी पिताजी का ही था, मेरा नहीं। इस स्थिति में मैं समझ ही नहीं पा रहा था कि मेरा लक्ष्य क्या हो सकता है? मुझे तो अपने घर-परिवार, जीवन एवं समाज के नये अनुभव ही भरमाते रहे थे।

अपने गाँव से मैं आरा शहर आ गया था। गाँव के अनुभव के बाद शहर का अनुभव। शहर के कॉलेज का परिदृश्य। हॉस्टल के लड़के और शिक्षक। शहर का समाज। नये-नये अनुभव। उन अनुभवों के प्रवाह में ही अपने को बहता महसूस करता। चाह कर भी अपना लक्ष्य तय नहीं कर पाता...।

आरा के उस नवादा हॉस्टल में पिताजी की स्मृतियाँ मुझे और कुरदेती रहीं। प्री यूनिवर्सिटी के नये छात्रों को छोड़कर हॉस्टल के सभी पुराने छात्र उनके जीनियस व्यक्तित्व से परिचित थे। इसस्थति में मुझे देखते ही पिताजी की तेजस्विता का कोई नया प्रसंग सुनाने लगते। उधर पिताजी के कमरे को खोल जब मैं उसमें जा बैठता तो आसपास के उनके प्रोफेसर मित्र भी उनके बारे में ही मुझे कुछ बताने और सुनाने आ जाते। चूँकि परिवार से अलग पिताजी का पूरा जीवन उस हॉस्टल में ही बीता था, इसीलिए उनके जीवन के असंख्य प्रसंग वहाँ व्याप्त थे।

बीतते समय के अनुसार अब मैं चाहने लगा कि लोग, बार-बार पिताजी की याद मुझे न दिलाएँ, इससे हर बार मेरा मन रुआँसा हो जाता था। मैं अन्दर से टूटने और ढहने लगता। लेकिन उनसे काटकर लोग मुझे देख ही नहीं पा रहे थे।

आरा से जब मैं पहली बार गाँव लौटने लगा तो पिताजी की किताबें छोड़कर उनके अन्य सभी सामान लेते गया। किताबें इतनी अधिक थीं कि उन्हें नहीं ले जा सका। लेकिन घर पर उनके सामान ले जाकर तो मैं और फँस गया...। पिताजी के वे सामान देखते ही माँ कलप-कलप कर रोने लगी—''अरे कहाँ चले गये नर्वदेश्वर के पापा...। कुर्त्ता-धोती, जूता, छाता सब यहीं छोड़ गये! हे परी माई...!

कहाँ गये वे? आपने क्यों नहीं रोका...?''

फिर तो हमारे सारे भाई-बहन रोने लगे। मैं भी अपने को रोक नहीं सका। पिताजी की चीजों ने पिताजी की याद ताज़ा कर दी। माँ ने तो झपटकर उन चीजों को अपने सीने से लगा लिया।

टोला-पड़ोस की औरतों ने जुटकर हमें चुप कराया। उन्होंने हमें सुझाव भी दिया कि अब पिताजी के निजी उपयोग की चीजें हम न रखें। मृतकों के निजी उपयोग की चीजें शुभ नहीं मानी जातीं। उन्हें ब्राह्मणों को दान कर दें। घर में चीजों के होने पर मृतक की याद आती ही रहेगी। इससे मृतक की आत्मा को शान्ति नहीं मिलेगी। लेकिन माँ ने ऐसा करने से मना कर दिया—''उनकी कोई चीज हम किसी को नहीं देंगे...! हमारे लिए वे शुभ हैं। अब वही हमारा सम्बल हैं।''

माँ का यह टका-सा जवाब सुन टोला-पड़ोस की अधिकांश औरतें अपना-सा मुँह लेकर चली गयीं। पिताजी की सारी चीजें अब माँ ने लकड़ी के एक बडे ट्रंक में जतन से रखवा दी। हमारे घर की महत्त्वपूर्ण चीजें उसी ट्रंक में रखी जाती थीं...।

दो-चार दिन घर रहकर अब मैं फिर आरा पहुँचा। इस बार पिताजी की किताबों को ठिकाने लगाने में भिड़ गया। इस सम्बन्ध में माँ और बड़े भैया से भी मैंने बात कर ली थी। पिताजी के एक शिष्य पारसनाथ सिंह जैन कॉलेज आरा के वाणिज्य विभाग में ही लेक्चरर थे। वे पिताजी की किताबों, डारियों एवं नोट्स के लिए बेचैन थे। उन्होंने मुझे आश्वस्त कर रखा था कि कॉमर्स विभाग में पिताजी के नाम एक बड़ी आलमारी कायम कर उनकी पुस्तकें उसमें रखेंगे जिससे उनकी स्मृति विभाग में बनी रहे तथा छात्र भी लाभान्वित होते रहें। पारसनाथ सिंह के इस आश्वासन पर अब पिताजी की सारी पुस्तकें मैंने उन्हें सौंप दी। इस प्रकार मैंने पिताजी का वह कमरा खाली कर दिया, जिस पर हॉस्टल का ताला चढ़ गया। लेकिन यहाँ फिर मैं ठगा रह गया। पिताजी का वह कमरा खाली करते ही अब मुझे ऐसा लगा, जैसे वह हॉस्टल काटने दौड़ रहा हो...। जब तक पिताजी के सामान उस कमरे में थे तब तक जाने क्यों मेरे मन में यह एहसास बना हुआ था कि पिताजी मेरे साथ हैं। लेकिन अब यह एहसास खत्म हो गया था। फिर तो मेरा मन उस हॉस्टल से ऐसे उखड़ा कि मुझसे वहाँ रहा ही नहीं गया। मेरे गाँव के कुछ लड़के लॉज में थे। मेरा हॉस्टल में रहना उन्हें भी नहीं भाता था। अब मैं उनके साथ ही चौधरी लॉज में रहने लगा। उन लड़कों में बुटन, रजिन्दर आदि मेरे कई बाल-सखा थे। अपने उन ग्रामीण मित्रों के बीच आने से मुझे खुशी ही हुई। हॉस्टल के अनुशासन और घुटन से भी यहाँ मैं मुक्त और स्वतन्त्र था।

यहाँ अपने ग्रामीण दोस्तों के साथ जिले के अन्य छात्रों से भी मेरी मित्रताएँ हुई जिनमें सिअरूआं गाँव के शिवनाथ सिंह और बड़हरा गाँव के जंग बहादुर सिंह अत्यन्त घनिष्ट बन गये। हम एक दूसरे के घर पर भी आने-जाने लगे। इन दोस्तों में अपनी कक्षा के केशव सिन्हा और शमीम अनवर से भी मेरी अच्छी मित्रता बन गयी। केशव मेरे ही जिले के पावर गाँव का था और शमीम अनवर आरा के मिल्की मुहल्ले का। मेरे इन मित्रों में शिवनाथ सिंह और केशव सिन्हा कविताएँ भी लिखते थे। फिर तो कहीं एकान्त मिलते ही हम एक-दूसरे को अपनी रचनाएँ सुनाते तथा एक-दूसरे की नजरों में साहित्यकार बनने के भाव पढ़ते रहते...।

उन्हीं दिनों कॉलेज की ओर से यह सूचना प्रसारित की गयी कि कॉलेज पत्रिका 'अभियान' का प्रकाशन होने जा रहा है। जिस छात्र की रुचि साहित्य-लेखन में हो वह अपनी कविता, कहानी, लेख आदि दे सकता है...। इस सूचना से साहित्य लेखन के प्रति आकृष्ट हम मित्रों को प्रसन्नता हुई। अब हम उसके लिए सक्रिय हो गये। कहानी और उपन्यास के रूप में मेरी कई कॉपियाँ भरी हुई थीं। लेकिन जब उन्हें खोलकर बैठा तो वे लम्बी प्रतीत हुईं। साथ ही देने लायक भी नहीं जँची। अब 'अभियान' के लिए एक रात कुछ नया लिखने बैठा। पहली बार कहीं छपने के लिए लिखना था। इससे पहले तो सिर्फ लिखने के लिए लिखता था। कहीं भेजने या छपने के बारे में नहीं सोचता था। लेकिन इस बार लिखने बैठा तो पिताजी की स्मृतियाँ मेरे मन-मस्तिष्क में सजीव हो उठीं। मैं अनुभव कर रहा था उनके निधन के बाद कुछ भी लिखने बैठता तो वे ही सामने आ जाते। उनकी यादें ही उमड़ती-घुमड़ती रहतीं...। अब मुझे लग गया कि उन पर बिना लिखे कोई दूसरी चीज लिख ही नहीं सकता। बस, पिताजी पर ही लिखने लगा। अनायास शीर्षक भी सूझ गया—"पन्द्रह मई और सात अगस्त।" इस रचना में 15 मई के उनके बीमार पड़ने से लेकर जीवन के लिए संघर्ष करते हुए 7 अगस्त को उनके निधन तक का वर्णन कर दिया। चूँकि प्रसंग इतना ताज़ा था और मेरे मन पर उसका असर इतना गहरा था कि वह रचना मार्मिक बन गयी। वर्ष 1968 के 'अभियान' में सम्पादकीय टिप्पणी के साथ वह प्रकाशित हुई—"पितृहीन छात्र की उदास लेखनी से उसके दिवगंत पिता की स्मृति में श्रद्धांजलि स्वरूप यह मार्मिक संसमरण।"

इस सम्पादकीय टिप्पणी से पूर्व तो मैं यह भी नहीं जानता था कि मैं संस्मरण लिख रहा हूँ या कहानी, मैंने तो एक समय विशेष के अन्दर अपने पारिवारिक जीवन के दर्द को उड़ेल भर दिया था। लेकिन यह क्या? उस रचना के छपते ही मुझे जानने के लिए छात्रों के बीच होड़ लग गयी। मैं गुमसुम होकर पिछली बेंच पर बैठनेवाला छात्र था। लेकिन अब लड़के मुझे खोजने लगे थे—"यही है

मिथिलेश्वर जिसने वह संस्मरण लिखा है...। जिसकी चर्चा क्लास में चौबे सर कर रहे थे...!''

मैं महसूस कर रहा था, मेरी उस रचना की चर्चा ने अब मुझे सामान्य से विशिष्ट बना दिया था। लॉज के मेरे साथी भी मुझे खास नजरों से देखने लगे। मेरे पिताजी के निधन का वह पूरा प्रसंग अब सबकी नजरों के सामने आ गया। उस समय आज की तरह मीडिया की उपलब्धता सर्वत्र नहीं थी, इसीलिए पिताजी जैसे विलक्षण व्यक्ति के निधन की सूचना भी कहीं प्रकाशित नहीं हुई थी। इस सम्बन्ध में 'अभियान' के उस अंक ने उस सूचना की भी क्षति पूर्ति की। दूर-दूर तक उपस्थित उनके शिष्यों और परिचितों को अवगत कर दिया। 'अभियान' की मेरी वह रचना माँ स्वयं तीन-चार बार पढ़ चुकी थी और हर बार बिना रोये नहीं रह पाती।

उस समय वह कहीं भी प्रकाशित होनेवाली मेरी पहली रचना थी। मैं तो सिर्फ लिखना भर जानता था। छपने के तरीकों से कतई परिचित नहीं था। लेकिन अब महसूस कर रहा था छप कर ही कोई रचना व्यापक और सफल हो पाती है।

हालाँकि वर्षों बाद जब लेखन की दुनिया में मैं जमता चला गया और मेरे कहानी-संग्रह तथा उपन्यास प्रकाशित होने लगे तो चाहते हुए भी पहली रचना के नाम पर उस रचना को अपने किसी संकलन में सम्मिलित नहीं कर सका, क्योंकि प्रकाशन की दृष्टि से वह मेरी पहली रचना अवश्य थी, लेकिन रचना की बुनियादी शर्तों पर पहली रचना नहीं बन पायी थी। फिर भी वह रचना मुझे बेहद प्रिय है। उसका पूरा रचना सन्दर्भ मुझे अभी तक याद है तथा 'अभियान' के उस अंक की प्रति भी मैंने आज तक अपनी आलमारी में सहेज कर रखी है।

जैन कॉलेज के प्राक् विज्ञान का छात्र होकर चौधरी लॉज, आरा में रहते हुए अभी मेरा एक साल भी पूरा नहीं हुआ था कि मेरा मन वहाँ से उखड़ चला। घर पर मेरे छोटे भाई-बहनों के साथ माँ अकेली थी। उषा दीदी अब अधिक से अधिक अपने ससुराल में ही रहने लगी थी। भैया की पत्नी शशिबाला श्रीवास्तव कभी माँ के पास रहती तो कभी अपने मैके बचरी चली जाती। भैया तो अब इतमीनान से पटना रहने लगे थे। एम.एस.सी. की अपनी पढ़ाई के साथ-साथ नौकरी के लिए विभिन्न विभागों में अर्जियाँ भी देने लगे थे। शादी-शुदा होने के बाद अब नौकरी में उनका आना आवश्यक था। पिताजी के निधन के बाद हमारे यहाँ आय का स्रोत्र एकदम समाप्त हो गया था। उस समय बिहार में कॉलेज शिक्षकों के लिए पेंशन तथा आश्रित को नौकरी देने का प्रावधान नहीं था, इसीलिए पिताजी के नाम पर पी.एफ. के रूप में प्राप्त कुछ रुपयों के अतिरिक्त हमें और कुछ नहीं

मिला। अब उन्हीं रुपयों से माँ हमें पढ़ा रही थी तथा भैया की नौकरी के लिए विभिन्न इंटरव्यूओं में जाने का खर्च दे रही थी। साथ ही घर का खर्च भी चला रही थी। गाँव के खेत तो हाथी के दाँत की तरह सिर्फ दिखाने भर को थे कि हम मजदूर नहीं, कास्तकार हैं। उनसे हमारी समस्याओं का समाधान नहीं हो पाता था।

आरा से जब मैं घर आता तो अपने टोला-पड़ोस के लोगों से विभिन्न कार्यों, अवसरों और समस्याओं पर माँ के परेशान होने की जानकारी पाता। इस पर मैं माँ से पूछता—"यहाँ अकेले तुम्हें तकलीफ होती होगी माँ... ? कामेश्वर, ब्रजेश्वर, उर्वशी, उर्मिला सब छोटे हैं। अभी तो वे कुछ भी करने लायक नहीं...।"

जवाब में माँ मुझे ही समझा देती—"तू यहाँ की चिन्ता छोड़ चुपचाप आरा रहकर पढ़, जैसे नर्वदेश्वर पटना में पढ़ रहा है! एक पिताजी गये हैं। पर तुम चार भाइयों को छोड़कर गये हैं। तुम चारों उनके जैसे बनकर दिखा दो, बस, मेरा सारा दु:ख खत्म हो जाएगा...!"

लेकिन माँ के ऐसा समझने के बावजूद मेरा रचनाकार मन जाने क्यों उनकी परेशिानियों को नजरअन्दाज नहीं कर पा रहा था। मुझे स्मरण था, पिताजी जब भी आरा से आते थे, माँ उनके समक्ष गाँव की समस्याओं की झड़ी लगा देती थी। तब हमारे यहाँ बनिहार चरवाह भी होते थे। उस तुलना में माँ की समस्याएँ और बढ़ी। लेकिन हमारे भविष्य के नाम पर वह सब कुछ चुपचाप झेल जाना चाहती। मैंने तयकर लिया कि अब आरा में रहकर मुझे नहीं पढ़ना। माँ और छोटे भाई-बहनों के साथ गाँव पर रहकर ही पढ़ना है। मेरे ग्रामीण क्षेत्र में एक कॉलेज खुल गया था—"ए.एस. कॉलेज विक्रमगंज। मेरे ग्रामीण दोस्त श्रीनिवास, महेन्दर और बैजनाथ ने वहाँ नाम भी लिखवा लिया था। उन्होंने मुझसे भी कहा था—"जब जैन कॉलेज और ए.एस. कॉलेज दोनों की डिग्रियाँ मगध विश्वविद्यालय, बोध गया से ही मिलनी हैं तब फिर आरा जाकर पढ़ने की जहमत क्यों उठानी? यहाँ घर पर रहकर ही हम क्यों न पढ़ें? खर्च और परेशानी दोनों से राहत!"

बस, जैन कॉलेज से नाम कटा मैं विक्रमगंज कॉलेज में चला आया। वहाँ जिस कक्षा का छात्र था, उसी कक्षा में यहाँ भी मेरा नाम लिखा गया। अभी तो वहाँ एक वर्ष पूरा भी नहीं हुआ था, इसीलिए यहाँ नामांकन हो गया। नये और ग्रामीण कॉलेज होने की वजह से यहाँ भीड़ भी नहीं थी। इस बार अपनी इच्छा के अनुसार मैंन आर्ट्स में एडमिशन लिया। जबरन साईंस पढ़ना अब मेरे मन को गवारा नहीं हुआ।

[7]

कॉलेज छात्र के रूप में मेरी शिक्षा का केन्द्र ए.एस. कॉलेज, विक्रमगंज (रोहतास) बना। एच.डी. जैन कॉलेज, आरा में तो पिताजी के कार्य स्थल से परिचित होने गया था। उनकी उस कर्मभूमि से परिचित भी हुआ। लेकिन इतमीनान से शिक्षा पाने के लिए अब अपने गाँव के निकट ए.एस. कॉलेज, विक्रमगंज में आकर जम गया। गाँव पर अकेली माँ और छोटे भाई-बहनों को छोड़कर मैं आरा पढ़ ही नहीं सकता था...।

मेरे गाँव से विक्रमगंज की दूरी डेढ़ से दो घंटे की थी। अपने गाँव से वहाँ जानेवाले हम छात्रों की संख्या चार-पाँच हो गयी थी। बस, बातचीत करते और उछलते-कूदते हम कॉलेज पहुँच जाते। समय बीतने का एहसास हमें नहीं होता...। अपने गाँव से एक साथ निकल हम हसनबाजार जाते। फिर हसनबाजार से रेलगाड़ी (छोटी लाइन) या बस, ट्रक पकड़ विक्रमगंज पहुँच जाते। रेलवे लाइन और पक्की सड़क दोनों साथ-साथ होने से यातायात की सुविधा थी। अगर ट्रेन किसी कारण से विलम्ब होती तो सड़क से विक्रमगंज की ओर जानेवाली बस, जीप, ट्रक किसी भी वाहन में हम चढ़ जाते। हमें छात्र समझ वे कम भाड़ा लेते।

अब मैं इतमीनान का अनुभव करने लगा था। माँ को भी राहत में देखता। अब घर के अन्दर की जिम्मेवारियाँ ही उनके जिम्मे होतीं। बाहर के कार्य मैं सँभाल लेता। मनीदारों से स्वयं हिसाब करता। खेतों की मालगुजारी कटाता। घर के लिए जरूरी वस्तुएँ हसनबाजार से खरीद लाता। इसके लिए हसनबाजार अब मुझे अलग से नहीं जाना पड़ता। विक्रमगंज से लौटते ही खरीदारी कर लेता।

पहले जब मैं छोटा था और पिताजी के आरा रहते हुए माँ के साथ गाँव पर था तो बहुत असुरक्षित महसूस करता था। अपने यहाँ होनेवाली चोरी तथा खेती के उपद्रवों से परिचित था। लेकिन अब युवावस्था में अपने दोस्तों की एक ऐसी टोली मैंने कायम कर ली थी जो गाँव की मुख्य शक्ति का प्रतिनिधित्व करती थी। इस टोली में सिर्फ पढ़नेवाले ही नहीं, गाँव की पाठशाला से आगे न बढ़नेवाले

भी मेरे दोस्त थे। मुझे लग गया था कि गाँव के इस समाज में इसका हिस्सा बनकर ही हम सुरक्षित रह सकते हैं, इससे पृथक होकर नहीं। शायद यह इसी का परिणाम था कि उसके बाद मेरे यहाँ फिर चोरी की कोई बड़ी घटना नहीं घटी या कोई अन्य बड़ा उपद्रव नहीं हुआ।

इस दौरान अपने जीवन को मुझे अब अपने उन गँवई साथियों की तरह ही सख्त, जुझारू, जोखिमपूर्ण और साहसी बनाना पड़ा। तब चलती ट्रेन में भी मैं दौड़कर चढ़ जाता। ट्रकों की कम रफ्तार पर उनका डाला पकड़ फाँदकर उन पर सवार हो जाता। हसनबाजार से विक्रमगंज जाने के लिए हम गुजरनेवाली कोई भी गाड़ी या वाहन छोड़ना नहीं चाहते। चालक के ना-नुकूर और विरोध पर भी उसमें चढ़ जाते। फिर हमें कॉलेज का विद्यार्थी समझ वे अधिक प्रतिकार भी नहीं करते। अपने दोस्तों के साथ मैं यह समझ गया था कि ट्रेन, बस या ट्रक की कम हुई रफ्तार में उसी के साथ दौड़ते हुए ही उस पर चढ़ा जा सकता है तथा उतरते हुए भी वे जिस दिशा में भाग रही होती हैं उस दिशा में भागते हुए उतरना पड़ता है। इस कार्य में ऐसा पारंगत हो गया था कि अपने दोस्तों से भी आगे निकल जाता। वे जब तक दौड़ते और प्रयास करते, मैं उस वाहन पर सवार हो चुका रहता।

इधर मेरी युवावस्था को लक्ष्य कर इलाके में मेरी शादी की चर्चा भी की जाने लगी थी। ऐसी बातें मेरे कानों तक भी पहुँचतीं—''प्राफेसर साहब का यह लड़का अब शादी लायक हो गया है। उनके मरने के बाद घर-दुआर, खेत-बघार सब सँभाल लिया है। कॉलेज में पढ़ता भी है...।''

उस समय शादी का आधार नौकरी शुदा होना नहीं था। तब नौकरियाँ मिलती ही कितने लोगों को थीं? समाज में नौकरी की जगह खेत-बघार का ही स्थायी महत्त्व था। प्रतिष्ठित खानदान और खेत-बधारवाले कालेजिहा लड़के अव्वल माने जाते। इस दृष्टि से मेरी बिरादारी की निगाह मुझ पर आ गयी थी। बस, मेरी शादी के लिए अगुओं को आना शुरू हो गया। माँ खान-पान से अगुओं का सत्कार करती तथा दरवाजे की ओट से उनसे बातें भी करती। तब अगुओं का आना प्रतिष्ठा का सूचक माना जाता था। मेरे दोस्त इस बात को लेकर हैरान रहते कि उनकी तुलना में मेरे यहाँ अगुओं की भरमार लगी रहती। शायद मेरे पिताजी के नाम और यश का ही यह प्रभाव था। मेरे कुछ दोस्तों की बढ़ती उम्र के बावजूद उनके यहाँ अगुए नहीं आते जिससे वे अन्दर ही अन्दर कुढ़ते प्रतीत होते। मेरे गाँव में वृद्धावस्था को प्राप्त हो रहे ऐसे अनेक लोग थे जिनकी शादियाँ नहीं हुई थीं। ऐसे अनब्याहे बूढ़ों को देख मेरे वे दोस्त और बेचैन हो उठते। इस पर हम शरारती मित्र उन्हें छेड़ने से बाज नहीं आते—''घबराओ मत यार! हम किसी अगुए को

पकड़ते हैं...। कोई आकर तेरी भी पूँछ उठाये!''

इस पर अपनी व्यथा जब्तकर हमारे वे दोस्त अपनी मूँछों पर ताव देते हुए कहते—''हमको शादी-ब्याह के झमेले में नहीं फँसाना। नागा-जोगी बनकर जीना है। मेहरारूओं के आगे-पीछे चलना हम को नहीं भाता...।''

फिर दूसरी बार वैसे दोस्तों में से हम किसी को देखते तो पूछ उठते—''क्या है नागा बाबा? कहाँ जा रहे हो?''

बस, 'नागा बाबा' सुनते ही उसे ऐसा लगता जैसे उसके जले पर हमने नमक छिड़क दिया हो। अब वह कटकटा कर हमारी ओर टूटता—''तू मजाक कर रहा है...। मेरी खिल्ली उड़ा रहा है...। रुक-रुक तुझे बताता हूँ...।''

इस पर हँसते हुए हम भाग खड़े होते। हमें बहुत मजा आता। उस दोस्त की कटकटाहट भी क्षणिक होती। फिर कुछ ही समय बाद हम साथ-साथ घूमते-फिरते और बोलते-बतियाते।

मेरी शादी के लिए आनेवाले अगुओं की चर्चा मेरे ग्रामीण दोस्तों के साथ कॉलेज में भी पहुँच गयी थी। श्रीनिवास ने तो एक दिन मेरी कक्षा के सहपाठियों के बीच कह दिया—''अरे भाई, मिथिलेश्वर का क्या कहना! इस समय तो इसकी चाँदी है चाँदी...। एक से एक अगुए आ रहे हैं...। अब इसकी बहार आ जाएगी। फिर यह हम लोगों को नहीं पूछेगा...।''

मेरे उन सहपाठियों के बीच रामायण भी था। कक्षा में वह मेरे पास ही बैठता। मुझसे उसकी खूब पटती। वह तेतरडीह गाँव का रहनेवाला था। हसनबाजार से ही कोई गाड़ी पकड़कर कॉलेज आता। हसनबाजार से पूरब दिशा में जितनी दूरी पर हमारा गाँव था, उतनी ही दूरी पर पश्चिम दिशा में उसका गाँव। अब सूचना पर रामायण ने मुझसे कहा—''तुम्हारी शादी की बात चली रही है तो मेरी भी एक बात सुन लो...। हसनबाजार के पोस्टमास्टर हैं श्यामसुन्दर प्रसाद। वे तुम्हारी ही बिरादरी के हैं। उनकी लड़की रेणु को तुमने देखा है?''

''नहीं...।''

''तो समझ लो, तुमने सुन्दर लड़की देखी ही नहीं...। अपने अब तक के जीवन में मैंने वैसी दूसरी लड़की नहीं देखी।''

''कैसी है? जरा मुझे भी तो बताओ।''

''मत पूछो....। एकदम विलक्षण है। देखेगो तो देखते रह जाओगे?''

''तो तुमने उसे कहाँ देखा? कैसे देखा?''

''वह मेरे साथ हसनबाजार हाईस्कूल में पढ़ती थी...।''

''अच्छा, तो तुम्हारी क्लासफ्रेंड है...! मैं तो जमोढ़ी स्कूल में था। फिर उसे कैसे देखता?''

''तो मेरी बात मान ले यार! तू उसी से शादी कर। फिर तो तू तर जाएगा।

तेरा जीवन धन्य हो जाएगा...।''

''पढ़ने-लिखने में कैसी थी?''

''अव्वल। क्लास में वही फर्स्ट करती थी। उसकी लिखावट तो मोती जैसी होती। वर्ग के सारे शिक्षक उसकी तारीफ करते।''

इसके बाद तो रामायण अब मेरे पीछे पड़ गया। प्रायः रोज ही उस लड़की के बारे में बताने लगा। क्लास की उसकी एक-एक हरकत को उसने जैसे आत्मसात कर लिया था। मुझे यह समझते देर नहीं लगी कि उस सुन्दर लड़की के विलक्षण रंग-रूप का अतिशय प्रभाव रामायण के मन पर था। वह चाहता था कि उसके सम्पर्कों के दायरे में ही वह लड़की आ जाए...।

इधर मेरे घर शादी के लिए पहुँचनेवाले अगुओं के साथ मोल भाव शुरू हो गये थे। भैया ने माँ से कह दिया था कि जो अधिक से अधिक देनेवाला हो उसी के यहाँ शादी तय की जाएगी। चूँकि मैं शादीवाला लड़का था, इसीलिए मुझे नहीं बोलना। घर के अन्य सारे कार्य मैं ही करता। लेकिन इस कार्य पर मुझे चुप रहना था...। हालाँकि रामायण ने मेरे अन्दर जो आकर्षण पैदा कर दिया था, उसका प्रभाव अब बढ़ता महसूस कर रहा था, 'पदमावत' में तोते द्वारा पद्मिनी (पद्मावती) के रूप वर्णन पर राजा रत्नसेन का राजपाट छोड़ उसे प्राप्त करने चल देना कई लोगों को काल्पनिक घटना लगती है। लेकिन रामायण द्वारा रेणु के रूप वर्णन ने मेरे अन्दर जो आग जला दी थी और मेरी आकांक्षा जिस प्रकार तीव्र कर दी थी उसे याद करते हुए रत्नसेन की घटना मुझे काल्पनिक नहीं लगती।

इससे पूर्व कभी किसी लड़की के सम्पर्क में मैं नहीं आया था। मेरे साथ यह विचित्र स्थिति थी कि मेरे टोला-पड़ोस की लड़कियाँ या तो उम्र में मुझसे बड़ी थीं फिर काफी छोटी। इस दृष्टि से मेरा परिवेश और माहौल किसी लड़की से प्रेम करने लायक था ही नहीं। इस तरह के रिश्ते-नाते भी नहीं थे। इसका अवसर भी मुझे कभी नहीं मिला। साथ ही मेरी प्रकृति और परिस्थिति भी ऐसी नहीं रही। प्रेम की दृष्टि से मेरा प्रारम्भिक जीवन बंजर ही रहा। शायद यही वजह है कि जिस उम्र में लोग अपनी शुरुआत कविताओं से करते हैं, मैंने कहानी और उपन्यास से की।

लोग कहते हैं, देर आयद, दुरुस्त आयद। और मामलों में इसका अर्थ चाहे जो, रहा हो, प्रेम के मामले में तो इसका यथार्थ मैं महसूस कर चुका हूँ। मेरे मन में प्रेम देर से आया, शायद इसीलिए जिस दुरुस्त रूप में आया उसने मेरे अन्दर तूफान खड़ा कर दिया। रामायण अब मेरा सर्वाधिक अन्तरंग मित्र बन गया। इस दौरान रेणु को पत्नी रूप में पाने का निर्णय मैंने मन ही मन ले लिया। अब

उस निर्णय को कार्यरूप देने में लग गया। मैं जानता था, रेणु के पिता पोस्टमास्टर साहब जब तक अगुआ बनकर हमारे यहाँ नहीं आएँगे तब तक रेणु के साथ मेरी शादी हो ही नहीं सकती। हमारे यहाँ लड़केवालों का लड़कीवाले के यहाँ जाने की परम्परा नहीं। यह बात मैंने रामायण से कही। वह भी इस सच से अवगत था। अब वह भी इस दिशा में सोचने लगा।

इन्हीं क्षणों में रसौली के बिन्देश्वरी चाचा की ओर मेरा ध्यान गया। रसौली के बिन्देश्वरी सिंह को हम अपने चाचा की तरह ही जानते-मानते थे। रसौली में नागा बाबा के निधन के बाद वहाँ के हमारे खेत-बघार की निगरानी उन्हीं के परिवार के जिम्मे थी। अपने जीवनकाल में पिताजी ने भी उनके यहाँ से पारिवारिक सम्बन्ध कायम रखा था। अब उनको ही अपना बुजुर्ग अभिभावक समझ मैंने पोस्टमास्टर साहब के यहाँ पठाया। वे हसनबजार आते-जाते थे। रसौली का बाजार भी हसनबाजार ही था। मेरी इच्छा के अनुसार उन्होंने पोस्टमास्टर साहब से बात की। जवाब में पोस्टमास्टर साहब ने अपनी असमर्थता जाहिर की—"मैं गरीब आदमी हूँ। डाकघर की नौकरी सिर्फ जीने-खाने भर ही है। मेरे जिम्मे खेत-बघार भी नहीं। बैसाडीह के प्रोफेसर साहब के बारे में कौन नहीं जानता? उनके लड़के के बारे में मुझे जानकारी मिली है। लेकिन मेरी हिम्मत ही नहीं हो रही है! मैं उतना तिलक-दहेज नहीं दे सकता। उनके यहाँ तो काफी तिलक-दहेज देनेवाले जुट रहे हैं...!"

जवाब में बिन्देश्वरी चाचा ने मेरे निर्णय से उन्हें अवगत कर दिया कि लड़के का मन-मुँह टोकर ही आपके यहाँ कहने आया हूँ। आपकी लड़की से शादी के लिए वह तैयार है। अब आप महटिआइये मत। जल्द से जल्द वहाँ पहुँचिए...।

यह सुन पोस्टमास्टर साहब खुश हो उठे। अब अगले दिन ही मेरे यहाँ आ धमके। हालाँकि उनके आगमन से पहले ही मैंने माँ से कह दिया था—"देखो माँ, बड़े भैया की शादी पिताजी ने काफी तिलक-दहेज लेकर की। पर भाभी से तुम कहाँ सन्तुष्ट हो? अक्सर ही तुझसे उनकी बकझक होती रहती है। वह अपने को अमीर घराने की बेटी समझती हैं। इसीलिए अब मेरी शादी किसी धनी के यहाँ मत करना। हसनबाजार में एक पोस्टमास्टर साहब हैं। वे गरीब हैं। लेकिन उनका परिवार बहुत अच्छा है। अगर वे आते हैं तो उन्हें मत हटाना...। उनकी लड़की सब तरह से ठीक है। उसके साथ पढ़नेवाले एक लड़के ने मुझे सब बताया है...।"

माँ के साथ भाभी की नोक झोंक से मैं परिचित था, इसीलिए उसे देखते हुए अपनी बात रखी। इस पर माँ ने चौंकते हुए मुझे देखा कि अब तक लड़कियों

से दूर रहनेवाला मैं अब एक लड़की के लिए इस तरह पैरवी कैसे कर रहा? माँ की यह दृष्टि मैं झेल नहीं सका। तत्क्षण दरवाजे पर आ गया। जो बात मुझे कहनी थी कह दी। लेकिन भैया दहेज की अपनी जिद पर अड़े रहे...।

उस समय मेरे यहाँ आनेवाले अगुओं में चौगाईं के एक अगुओ ने सबसे ऊँची बोली बोल रखी थी—ग्यारह हजार रुपये नगद। वह 1969 का समय था। उस समय गयारह हजार रुपये बहुत थे। भैया ने वहीं शादी करने का ऐलान भी कर दिया। उन्होंने माँ को अपने ढंग से समझा दिया। पिताजी के बाद माँ अब हम बड़े हो रहे बच्चों के बीच अपना अलग निर्णय नहीं कर पा रही थीं। मैंने जो कहा, उस पर तैयार हो गयी थीं। अब भैया ने जो समझाया, उस पर तैयार हो गयीं। इस स्थिति में भैया ने पोस्टमास्टर साहब से सीधे कह दिया—"आप अपने स्तर के लड़कों के यहाँ जाइए। हमारे यहाँ का सम्बन्ध आपसे सम्भव नहीं...।"

भैया की बात से आहत पोस्टमास्टर साहब ने बिन्देश्वरी चाचा को पकड़ा—"मैं आपसे कह रहा था बाबू साहब कि मुझे वहाँ मत भेजिए...। मैं वहाँ नहीं सकूँगा...!"

बिन्देश्वरी चाचा ने उन्हें समझाया—"आप घबड़ाए मत। शादी-ब्याह की बातों में उठा-पटक होती है। जब लड़का आपके साथ है तो शादी आप ही के यहाँ होनी है। वही लड़का उस घर का मुख्य कर्ताधर्ता है। चूँकि उसकी खुद की शादी है, इसीलिए बोल नहीं पा रहा। लेकिन कान खोलकर सुन लीजिए, नर्वदेश्वर के कहने से दूसरी जगह उसकी शादी नहीं होगी। आप बस चुपचाप वहाँ आते-जाते रहिए...।"

इस विषय पर भैया से सीधे-सीधे संवाद मैं करना नहीं चाहता था। बड़े होने के उनके अधिकार को झटकने के पक्ष में भी नहीं था। इतना जानता था कि जब मैं अड़ जाऊँगा तो मेरी बात उन्हें माननी ही पड़ेगी। पिताजी की मृत्यु के बाद एम.एस.सी. में पढ़ने और नौकरी के लिए अर्जियाँ देने के अतिरिक्त घर के बारे में वे जानते ही क्या थे? माँ के सहयोग से सब कुछ मैं सँभाल रहा था। अब चूँकि खुद मेरी शादी थी और शादी में परिवार के बड़ेजनों का महत्त्व सर्वविदित था, इस मान्य परम्परा को मुझे तोड़ना नहीं था। मैंने दूसरा मार्ग अख्तियार किया। जो लोग भैया और माँ से कहने की सामर्थ्य रखते थे, उनके माध्यम से यह सूचना भिजवाने लगा कि आप लोग लाख प्रयास करेंगे, मिथिलेश्वर चौगाईं में शादी नहीं करेगा। वह जब शादी करेगा, पोस्टमास्टर साहब की लड़की से ही। आप लोगों की भलाई इसी में है कि उसकी इच्छा के अनुसार ही शादी करें।

मैंने यह बात भैया और माँ को समझाने के लिए कही थी। लेकिन समूचे

गाँव में इसकी चर्चा अब दूसरे रूप में शुरू हो गयी कि मिथिलेश्वर, पोस्टमास्टर साहब की लड़की से फँस गया है। कि रोज कॉलेज आने-जाने के रास्ते में ही अझुरा गया। कि चालाक पोस्टमास्टर साहब को भी लगा कि दहेज पर यह लड़का नहीं पकड़ाएगा, बस अपनी लड़की से सम्पर्क करा दिये। कि कई लोगों ने उसे पोस्टमास्टर साहब के यहाँ से निकलते देखा है। कि यह खेल काफी समय से चल रहा था। कि अब वह किसी की सलाम सुननेवाला नहीं। कि प्रोफेसर साहब का यह लड़का अजब निकला। कि ऊपर से कितना शरीफ बनता था, बाकिर कम्बल ओढ़ कर माड़ पीनेवाला साबित हुआ। जितने मुँह उतनी बातें।

मेरी बात का लोगों ने बतंगड़ बना दिया था। अपने गाँव की इस आदत से मैं परिचित था, इसीलिए इस अफवाह से विचलित नहीं हुआ। इस आफवाह से मेरा कुछ बनने बिगड़नेवाला नहीं था। जिससे शादी का निर्णय किया था, उससे हर हालत में मुझे शादी करनी थी। अपने गाँव के आसमान पर अपने इस कल्पित प्रेम प्रसंग की चर्चा इस कान से सुनकर उस कान से निकालता था।

हसनबाजार में पोस्टमास्टर साहब का आफिस और घर एक ही साथ था। हसनबाजार रेलवे स्टेशन के नजदीक मुख्य सड़क पर जवाहर सेठ की कोठी के निचले हिस्से में अवस्थित था। हसनबाजार का नामी सुनार था जवाहर सेठ। उसकी कोठी भी हसनबाजार जैसे उपेक्षित कस्बे के लिए अच्छी और बड़ी थी। कोठी के आगे चाहरदीवारी के अन्दर उसका हाता था जिसके कोने पर उसने एक चापाकल लगवा रखा था। सड़क से गुजरनेवाले जानकार उस चापकल का उपयोग भी करते। हम विद्यार्थी भी उस चापकाल पर हाथ-मुँह धोते और पानी पीते। बरसात में गाँव के अपने रास्ते से आते हुए अपने पाँवों में लगी मिट्टी इस चापाकल पर ही हम साफ करते। लेकिन जब से उस घर में मेरी शादी की बात शुरू हुई थी, मुझमें स्वतः परिवर्तन आ गया था। अब मैं उस चापकल पर जाने से कतराता रहता। कभी दोस्त मुझे जबरन ले जाते तो मुझे ऐसा लगता कि जवाहर सेठ की कोठी से कई जोड़ी आँखें मुझे घूर रही हैं। मैं जान चुका था, पोस्टमास्टर साहब को पाँच लड़कियाँ तथा तीन लड़के हैं। उस वक्त तक दो लड़कियों की शादियाँ वे कर चुके थे। रेणु उनकी तीसरी लड़की थी। मैं उस हाते से अब जल्द से जल्द हट जाना चाहता। लेकिन मेरे शरारती दोस्त उस वक्त मेरा नाम ले-लेकर अकारण पुकारने लगते—''ऐ मिथिलेश्वर! काहे भाग रहे हो? ऐ मिथिलेश्वर, इधर आओ। ऐ मिथिलेश्वर, काहे लजा रहे हो?''

मैं समझ नहीं पा रहा था कि मेरी शादी की बात क्या चल रही, मेरे ये जिगरी दोस्त मुझे परेशान करने लगे। अब इन दोस्तों का क्या करता, हँसकर रह जाता। अब तो प्रायः रोज ही पोस्टआफिस से गुजरते हुए मेरा नाम ले-लेकर वे

बोल बोलने लगे थे। हसनबाजार से विक्रमगंज जाने का वही रास्ता था। उसे मैं दरकिनार भी नहीं कर सकता था।

पहले मैं कुछ भी पहनकर किसी भी स्थिति में कॉलेज के लिए निकल जाता। लेकिन अब आईने के समक्ष कपड़े ठीक कर तथा बाल संवार कर ही निकलता। कपड़ों की सफाई पर विशेष ध्यान रखता। मेरे इस परिवर्त्तन को लक्ष्यकर मेरे शरारती दोस्त और छेड़ते—''यार को अब दुल्हा बनना है। कैसा बन-ठन कर रहने लगा है। ससुराल से गुजरते हुए जुल्फी सँवार कर चलता है... ?''

दोस्तों की इन बातों को अब मैं सुनकर भी अनसुना कर देता। उसी समय हमारी परीक्षा की तिथियाँ घोषित हो गयीं। अब चाहते हुए भी हम गाँव से विक्रमगंज आ-जाकर परीक्षा नहीं दे सकते थे। परीक्षा अवधि में हमारा विक्रमगंज रहना आवश्यक था। बस, हमने विक्रमगंज के चौधरी लॉज में डेरा ले लिया। चौधरी लॉज रेलवे स्टेशन के बिल्कुल निकट था तथा वहाँ से हमारा कॉलेज भी पास था। लेकिन अब मैं उस मधुर और सरस एहसास से वंचित हो गया जो जवाहर सेठ के घर के सामने से गुजरते हुए अनुभव करता था।

अचानक उसी समय मदन कुमार सिन्हा के सम्पर्क ने उस मधुर और सरस एहसास को फिर ताज़ा कर दिया। रेणु से बड़ी दो बहनों में सबसे बड़ी बहन मनोरमा की शादी सेदहां गाँव में हुई थी। उसके बाद की दूसरी बहन मंजू घोसियाँ कला में ब्याही थी। घोसियाँ कला, विक्रमगंज से बिल्कुल सटा हुआ गाँव था। मदन कुमार सिन्हा, मंजू का देवर था। वह उम्र में मुझसे दो-तीन साल छोटा होगा। उस वक्त वह हाईस्कूल में पढ़ता था। अपने बड़े भाई सतीश कुमार सिन्हा की ससुराल हसनबाजार वह बराबर आता-जाता था। बड़े भैया की सालियों का आकर्षण उसे वहाँ खींचता रहता। मेरे बारे में उसे वहीं सूचना मिली कि रेणु से शादी के लिए मैं तैयार हूँ। बस, मेरे पास आ धमका। फिर तो जल्द ही मदन मेरा बिल्कुल अभिन्न और अन्तरंग मित्र बन गया।

रामायण तो रेणु का एक सहपाठी था, इसीलिए स्कूल की सीमा में रेणु को जितना जानता था उतना ही बताता। लेकिन मंजू का देवर होने के चलते मदन ने इतना कुछ देखा-जाना था कि उसे बता-बता कर मुझे पागल बनाने लगा था। रेणु की युवा होती अवस्था और विलक्षण रंग-रूप के आकर्षण में युवा होता मदन खुद अभिभूत था। उसने जोर देकर मुझसे कहा—''मिथिलेश्वर भैया, किसी तरह रेणु से शादी कर लीजिए। आप उससे शादी नहीं कीजिएगा तो गरीब पोस्टमाटस्टर साहब वैसी हीरा लड़की किसी साधारण घर में डाल देंगे...। उस लड़की में क्या नहीं है कि मैं आपको बताऊँ? जहाँ खड़ी-बैठी रहती है वहीं स्वर्ग मालूम पड़ता है...।''

इस पर मैंने मदन के माध्यम से रेणु के पास यह सन्देश भी भेज दिया—"मेरे घर के लोगों की बातों से तुम तनिक भी घबराना नहीं। मैंने तय कर लिया है, सिर्फ तुमसे ही शादी करूँगा। प्रतीक्षा करना!"

हालाँकि मदन को भेजने के बाद मुझे लगा कि रेणु को तो मैंने देखा भी नहीं। उससे मेरी कोई बात भी नहीं। फिर इस तरह अधिकार सहित उसके पास सन्देश क्यों भेजा? कहीं ऐसा नहीं कि मैं उसे चाह रहा, लेकिन वह मुझे नहीं चाह रही हो। मेरा आकर्षण एकतरफा हो। अब मदन को फिर यह पूछने के लिए उसके पास भेजा कि मैं तो उसे चाहता हूँ, पर वह मुझे चाहती है या नहीं? लेकिन मदन इसका जवाब हाँ में ही लेकर आया जिसकी मुझे उम्मीद थी। मदन ने बताया कि संकोची स्वभाव की रेणु इस प्रश्न को मदन की ओर से किया जानेवाला मजाक समझ हँसकर टालती रही। बहनोई के भाई को मजाक करने का अधिकार था ही। लेकिन जब मदन ने मेरी बात का विश्वास दिलाते हुए जोर देकर पूछा तो बाँकी नजरों से मदन को घूरते हुए उसने मुँह से कुछ न कह माथा हिला कर 'हाँ' की स्वीकृति दी। मदन की ओर से प्राप्त यह सूचना मेरे लिए काफी थी। अब अपने अभियान को मैंने और तेज़ कर दिया। भैया से तो कुछ कह नहीं सकता था। लेकिन विक्रमगंज से प्राक्कला की परीक्षा देकर गाँव लौटते ही माँ से स्पष्ट कह दिया—"भैया को समझा दो माँ, मैं दूसरी जगह शादी कर ही नहीं सकता। तिलक-दहेज के रुपये ठहरते नहीं, मन लायक शादी ही ठहरती है। जहाँ मैं चाहता हूँ वहाँ वह अड़ंगा न लगाएँ...।"

माँ हम दोनों भाईयों की स्थिति समझ रही थी। मेरी इच्छा वह झटकना नहीं चाहती तथा भैया के तिलक-दहेज के आग्रह को भी मना नहीं कर पाती। इस स्थिति में अपनी समझ से उसने बीच का मार्ग निकाला। उसने पोस्टमास्टर साहब से साफ-साफ कह दिया—"हम आपके यहाँ शादी करेंगे। हमारा लड़का भी तैयार है। लेकिन आप तो जानते हैं, हमें भी अपनी एक लड़की ब्याहनी है। वह इस लड़के की पीठ पर ही है। आपसे तिलक-दहेज लेकर हम उसमें लगाते। पर आप तो कुछ देने के लिए तैयार नहीं। अब मेरी उस लड़की की शादी ही अपने कुटुम्ब में कहीं तय करा दीजिए। फिर मेरे लड़के से शादी कर लीजिए...।"

माँ ने यह जटिल शर्त्त रखी। पर रेणु के पिताजी तैयार हो गये। उनकी ससुराल सिकरहटा गाँव में थी। उनके कई साले थे और शादी-ब्याह कराने में माहिर। वे इस अभियान में लग गये। मेरी बहन उर्वशी मुझसे दो साल छोटी थी। गाँव की लड़कियों के लिए शादी की जो उम्र होती है, उस हिसाब से वह तैयार थी। हालाँकि मुझे लग रहा था हम स्वयं उसकी शादी के लिए प्रयास करते तो शायद अच्छा से अच्छा घर-वर ढूँढ़ते। अब किसी और के ऊपर थोपने से तो

शर्त से मुक्ति के लिए वह कहीं भी शादी तय करा सकता है। लेकिन रेणु से शादी के लिए मुझे चुपचाप देखना था। फिर भी मैंने मन ही मन तय किया उर्वशी की शादी कहीं खराब जगह तय होती है तो कोई न कोई अड़चन लगाकर उसे रुकवा देना होगा। इस सम्बन्ध में इस बात का विश्वास भी मुझे था कि माँ और भैया भी उसकी खराब शादी पर तैयार नहीं होंगे। और सचमुच रेणु के मामाओं ने मेरी बहन उर्वशी की शादी अच्छे घर में तय करा दी। पिताजी के निधन के बाद हमारे घर की जो स्थिति थी, उससे उस घर की स्थिति अच्छी ही थी।

हमारे जिले के सेमरांव स्टेशन के पास इंगलिशपुर नामक गाँव था। उसी गाँव में सुरेश प्रसाद से उर्वशी की शादी उन्होंने तय करायी। सुरेश प्रसाद उनके रिश्ते में थे। वे अपने माँ-बाप के इकलौते पुत्र थे। उन्हें कोई बहन नहीं थी। उनके जन्म के कुछ समय बाद उनके पिता का भी निधन हो गया था। अपनी माता के साथ वे अकेले थे। अकेले लड़के के नाम अच्छे खेत-बघार! पक्के का अपना पुश्तैनी घर। सुरेश प्रसाद लगभग उर्वशी की ही उम्र के थे। यह रिश्ता हम सबको जँचा। घर-वर दोनों हमारे मनमाफिक। अब इस शर्त्त की पूर्त्ति के अनुसार रेणु से मेरी शादी तय हो गयी। अपने अभियान की सफलता पर मुझे हार्दिक खुशी हुई। अब मैं एक-एक दिन प्रतीक्षा करने लगा ताकि रेणु से मिल सकूँ। रामायण और मदन के वर्णन को यथार्थ रूप में आत्मसात कर सकूँ।

माँ और भैया ने तय किया कि मेरी और उर्वशी की शादी एक ही साथ सम्पन्न की जाए। इसके मूल में रेणु के पिता द्वारा तिलक-दहेज न देने की क्षतिपूर्ति की बात थी। इसके लिए उर्वशी की बारात के दिन ही रेणु के पिता को मेरे तिलकोत्सव के लिए बुलाया गया, ताकि बारात के स्वागत-सत्कार का जो इन्तजाम हो उसी में तिलक ने हरूओं से भी सलट लिया जाए। इस पर अब मैं मौन ही रहा। चाहे जैसे हो, मुझे तो किसी भी तरह रेणु को पाना था।

अब भैया और माँ की योजना के अनुसार उर्वशी की बारात के दिन मेरा तिलकोत्सव हुआ। बहन की शादी और अपने तिलक दोनों आयोजनों में मैं शामिल रहा। अगले दिन हसनबाजार की ओर तिलक नेहरू लौट गये तथा उर्वशी को लेकर बारात भी इंगलिशपुर चली गयी। उर्वशी की विदाई पर माँ के साथ हम भाई-बह नखूब रोये। दो दिनों तक हमारे घर का माहौल गमगीन बना रहा। फिर मेरी बारात की तैयारी शुरू हो गयी। एक लड़की घर से चली गयी थी, अब दूसरी आनेवाली थी। उर्वशी के जाने के लगभग एक सप्ताह बाद मेरी बारात हसनबाजार की ओर चल पड़ी। मेरी शादी मेरे गाँव से इतनी करीब हो रही थी कि लगभग पूरा गाँव बारात में शामिल हो गया। दूर की शादियों में लोग मुश्किल से ही जा पाते थे। सौ लोगों को नेवतने[88] पर दस-बीस तैयार होते। लेकिन

हसनबाजार के लिए हमारे यहाँ से जिसको नेवता गया, वह सहर्ष तैयार हो गया। अपने बच्चों को भी साथ ले लिया। बाराती के रूप में जाने पर अच्छी मिठाइयों से नास्ते के साथ विशिष्ट भोज को निकट के लोग छोड़ना नहीं चाहते। इससे मुझे खुशी ही हुई। बारातियों की अधिक संख्या को लेकर मेरी बारात की चर्चा भी रही।

मेरी बारात के मुखिया और समधी के रूप में भदवर बड़ारी से भृगुनाथ चाचा आ गये। वे उर्वशी की शादी में भी थे। हमारे निकट के सम्बन्धियों में वे ही बुजुर्ग और समधियारों के हकदार थे। बड़ारी गाँव में हमारे पिताजी की फुआ का ब्याह हुआ था। वे तो वृद्ध होकर गुजर गयी थीं। पर उनके दो बेटे विश्वनाथ लाल एवं भृगुनाथ लाल थे। वे भी बुजुर्ग हो गये थे। उन्हीं में से भृगुनाथ चाचा आये थे। उनके नेतृत्व में ही मेरी बारात हसनबाजार जवाहर सेठ की कोठी पर पहुँची। मुझे याद है, वह 8 जून 1969 का दिन था। दरवाजे बारात लगने के बाद जनवासे में जाकर रुकी। उस स्कूल को ही जनवासा बनाया गया था जहाँ से रेणु ने मैट्रिक की शिक्षा हासिल की थी। अब रात में रेणु से मेरी शादी हुई। फिरी सारी रात रस्में चलती रहीं। सुबह होने पर मुझे लगा कि अब मेरी बहन उर्वशी की तरह रेणु के घरवाले भी मेरे साथ उसे विदा कर देंगे। लेकिन रेणु की माँ ने अपने घर की परम्परा के अनुसार ऐसा नहीं किया। कहा—"चौठारी से पहले हम लड़की नहीं भेजते हैं। चौठारी की रस्म के बाद ही आप लोग ले जाइएगा। हमारे कुल की यही परम्परा है।"

जवाब में लड़केवाले की हैसियत से भैया भी तन गये—"हमारे यहाँ की परम्परा तो शादी के बाद ही रुखसती[89] कराने की रही है...। ब्याह के बाद अब लड़की को ससुराल की परम्परा के अनुसार ही चलना है।"

भैया की बात पर माहौल गर्म हो उठा। मेरे गाँव के बाराती भी बोल उठे—"लड़की की बिदागीरी तो बारात के साथ ही होनी चाहिए...। ऐसा ही होता है।"

मुझे लगा, स्थिति कहीं नियन्त्रण से बाहर न चली जाए, इसीलिए मैंने तत्क्षण भृगुनाथा चाचा के कानों में अपनी बात पहुँचा दी। ऐसे मामलों में वर पक्ष और कन्या पक्ष जल्द ही भिड़ जाते हैं। लेकिन मेरे गुप्त परामर्श के अनुसार भृगुनाथ चाचा ने भैया एवं बरातियों को समझा दिया—"अब तो शादी हो गयी। कन्या को तो अब ससुराल में ही रहना है, पर अभी हमें इनकी बात मान लेनी चाहिए...। दो-तीन दिन में कोई अन्तर पड़नेवाला नहीं...।"

चाचा की बात पर अब सब शान्त हो गये। तय हुआ कि चौठारी के बाद लड़की ले जाएँगे। मैंने सोच लिया, जैसे इतने दिनों तक प्रतीक्षा की अब और

दो-तीन दिन कर लूँगा। इसके लिए रेणु का और उसके परिवार का मन हमें नहीं दुखाना।

मेरी ससुराल ने यह प्रस्ताव भी रखा—''बारात की हम विदाई कर देते हैं...। वर अपने भाइयों एवं दो-तीन मित्रों के साथ रह जाएँ। चौठारी के बाद लड़की के साथ हम इन्हें भी विदा कर देंगे इनके रहने का इन्तजाम हमने कर दिया है...।''

लेकिन मैं तैयार नहीं हुआ। जानता था, चौठारी से पूर्व रेणु से मेरी मुलाकात होनेवाली नहीं। फिर दो-तीन दिनों तक वहाँ क्या ठहरना! मेरे संकेत पर चाचा ने अब मेरे ससुरालवालों को समझा दिया—''चौठारी होते ही आप लोग खबर भेजिएगा, अपने भाई-बन्धुओं के साथ लड़का आ जायेगा और कन्या की विदागिरी करा कर ले जाएगा। अभी से यहाँ बैठकर क्या करेगा? आपका घर भी शादी-ब्याह के आयोजन में थका है।''

चाचा की इस बात पर वे सहर्ष तैयार हो गये। चाचा ने उनके पक्ष में ही कहा था। अब मैं अपने बरातियों के साथ गाँव वापस आ गया। रेणु को मैं अपने साथ नहीं ला सका। लेकिन उससे शादी के बाद अब आश्वस्त था। अब कोई उससे मुझे दूर नहीं कर सकता। 8 जून 1969 को उससे मेरी शादी हुई और अब 11 जून 1969 को उसे ले आने जाना था। चौठारी के बाद की यही तिथि मुकर्रर की गयी थी।

निर्धारित तिथि को अब रेणु को लाने मैं चल पड़ा। इस बार घर वालों ने मेरे साथ दो पालकियाँ लगा दीं। सोनबरसा गाँव का मेरा ममेरा भाई अशोक साथ हो गया। वह मेरी ही उम्र का था। मेरे गाँव के नाई बबन तथा चरवाह हरेसर को भी साथ लगा दिया गया। वे दोनों तो शादी के किसी भी मौके पर पीछे नहीं रहते थे। हर मौके पर उन्हें कुछ न कुछ मिल ही जाता। इस अवसर पर मेरे साथ मेरे भाई या मित्र जाएँ, अब किसी ने इसे आवश्यक नहीं समझा। अब तो उसी दिन जाकर उसी दिन कन्या ले आना था। और वह भी घण्टे-दो घण्टे के अन्दर। इस स्थिति में भाइयों या मित्रों की बारात लेकर क्या जाना। रेणु के घर से दहेज के रूप में प्राप्त पलंग, बिस्तरा आदि तो बारात के साथ ही आ गया था।

अपने घर से पालकी लेकर जब मैं चलने लगा तो माँ ने गाँव की औरतों के साथ मुझे परीछने की रस्म अदा की। शादी के लिए जब मेरी बारात घर से निकल रही थी तब भी माँ ने मुझे परीछ कर ही विदा किया था। हालाँकि ऐसी रस्मों में मेरा कोई विश्वास नहीं था। लेकिन रेणु को पाने के लिए अपने घर से लेकर रेणु के घर तक की रस्मों को चुपचाप स्वीकार करता रहा।

इस बार हम जब रेणु के दरवाजे पहुँचे, हमारे साथ की पालकी देखते

ही रेणु की माँ रोने लगी। शायद समझ गयी कि अब रेणु इसी में विदा हो जाएगी। फिर तो रेणु का पूरा परिवार रोने लगा। माहौल गमगीन हो गया। वे जानते थे कि हम आने वाले हैं, इसीलिए विदागिरी की तैयारी भी कर रखी थी। अब मुझे और नहीं देखा गया। आगे बढ़े अपनी सास को समझाना शुरू कर दिया—

"आप इस तरह मत रोइये। रेणु कहीं दूर नहीं जा रही। आप जब चाहेंगी, वह आती-जाती रहेगी। यहाँ हसनबाजार से मेरा गाँव इतना नजदीक है कि दिन में हम दस बार आ-जा सकते हैं। मैं आपको विश्वास दिलाता हूँ रेणु को आप जब खोजिएगा तब मैं उसे लेकर आ जाऊँगा...। उसके लिए जैसा घर यह है, वैसा ही वह!"

मैंने अनुभव किया, मेरी इस बात का असर हुआ। मेरी सास ने चुप होते हुए कहा—"अब तो आप ही के भरोसे इसे भेज रही हूँ मेहमान। ख्याल रखियेगा। बड़ी लछनवती बेटी है। इसकी पीठ पर ही मेरे तीनों बेटों का जन्म हुआ...।"

मैंने उन्हें और आश्वस्त किया—"आप रेणु की ओर से एकदम निश्चिंत रहियेगा अम्मा जी। उसे कभी किसी बात की तकलीफ नहीं होने दूँगा। वह आएगी तो पूछ लीजिएगा। आप उसे खुश ही पाइयेगा...।"

अब वह गमगीन माहौल परिवर्तित हो चला। रेणु के परिवार वालों को लग गया कि मैं उसका ख्याल रखूँगा...। अब वे मेरी खातिरदारी में जुट गये। मेरे लिए एक कमरा उन्होंने पहले से ही सजा रखा था। शादी के बाद दामाद के रूप में सम्भवतः मेरे प्रथम आगमन के चलते ही ऐसा था। अब अशोक के साथ उस कमरे में मुझे बैठाया गया। लेकिन वहाँ मेरे पहुँचने से पहले ही अनेक महिलाएँ और लड़कियाँ उस कमरे में मौजूद थीं। शायद मेरी प्रतीक्षा में ही थीं। मुझे यह समझते देर नहीं लगी कि हसनबाजार कस्बे की महिलाएँ और लड़कियाँ हैं, जिनके यहाँ से रेणु का पारिवारिक आना-जाना होगा। वे सब दामाद देखने आयी हैं। अपने गाँव में भी नए दामादों के आगमन पर इस दृश्य से मैं अवगत था। अब वे मुझे रूमाल, पेन एवं रुपये भेंट करने लगीं। मैं लेना नहीं चाहता। लेकिन वहाँ उपस्थित मेरी बड़ी साली मनोरमा दीदी ने यह कह कर मेरे इनकार को स्वीकार में बदल दिया कि यह शुभ का उपहार होता है। इसे नकारा नहीं जाता। इस बीच वहाँ उपस्थिति लड़कियाँ मुझसे मजाक भी करने लगीं—"जीजा जी, आप की बहन का क्या नाम है?"

"जीजा जी आप इतने दुबले क्यों हैं?"

"जीजा जी आप की मुस्कान बहुत अच्छी लगती है। जरा मुस्कुराइये तो!"

अचानक इसी दौरान एक लड़की ने कुछ गम्भीर होकर कहा—"जीजा जी, आपके माथे के बाल इस तरह खड़े कैसे हो गये हैं?"

इस पर मेरा दायाँ हाथ अब शीघ्र अपने माथे पर चला गया। बस, वहाँ उपस्थित सारी लड़कियाँ खिल-खिला कर हँस उठीं। मैं लजा गया। ससुराल की लड़कियों ने मुझे बुद्धू बना दिया था। मनोरमा दीदी ने अब उन सबसे मेरा परिचय कराया। आज उनमें से सिर्फ दो ही लड़कियों की मुझे याद है सरोज और सरिता की। सरोज मेरी पत्नी रेणु की ममेरी बहन थी तथा सरिता, रेणु की सहेली। सरोज अपने गाँव सिकरहटा से आयी थी। सरिता आज के सुपरिचित कवि अरुण कमल की बहन थी। तब अरुण कमल का परिवार हसनबाजार में ही रहता था। अरुण कमल मेरे छोटे भाई कामेश्वर के साथ पढ़ते थे।

तरह-तरह के व्यंजनों से हमारा सत्कार कर अब मेरे साथ रेणु की विदाई उन्होंने शुरू की। वह जून का गर्म मौसम था। धूप तेज होने से पहले ही हमें बैसाडीह पहुँच जाना था। लेकिन विदा होती रेणु जब अपनी माँ-बहनों के गले मिलने लगी तो पूरा घर एक बार फिर रुदन में डूब गया। अब चाह कर भी मैं कुछ नहीं कर सका, क्योंकि कहरों ने मुझे पालकी में बैठा रखा था। रोती-बिलखती रेणु भी अब पालकी में चढ़ रही थी। कहारों ने जब दोनों पालकियाँ एक साथ उठायीं और लेकर चले तो रेणु का सारा परिवार छाती पीट-पीट कर रोने लगा। इधर पालकी में रेणु का करुण क्रन्दन भी और बढ़ गया। अब मैं भी अपने को रोक नहीं सका। अन्दर से फफक उठा। मेरी दोनों आँखें बरस उठीं। शकुन्तला को विदा करते हुए कण्व ऋषि की पीड़ा से तो मैं बाद में अवगत हुआ। लेकिन उसका यथार्थ अपनी पत्नी की विदाई के समय ही महसूस कर लिया था।

जवाहर सेठ की कोठी से निकल पालकी ढोने वालों ने अपनी रफ्तार तेज कर दी। पालकी के कहार धीरे चल ही नहीं सकते। अब हसनबाजार की पक्की सड़क से उतर बैसाडीह जाने वाली पगडंडी पर वे आ गये।

आगे-आगे रेणु की पालकी, उसके पीछे मेरी। अशोक और बबन हमारी पालकियों के साथ पैदल चल रहे थे। हमारे पीछे हरेसर माथे पर रेणु के यहाँ से प्राप्त कलेवा ले धीरे-धीरे आ रहा था। पर्याप्त मिठाइयों से कलेवे का बोझ अधिक था। रेणु का रोना अब भी जारी था। मैंने अभी तक न तो उसे देखा था और न उससे कोई बातचीत ही की थी। फिर उसे कैसे चुप कराता? मैंने अपनी पालकी के साथ चल रहे अशोक को धीरे से संकेत किया। चतुर अशोक समझ गया। अब तेज चलते हुए वह रेणु की पालकी के साथ हो गया। रेणु की पालकी में लाल ओहार लगा था। ओहार के बाहर से ही अशोक ने अब कहना प्रारम्भ कर दिया—"भाभी जी! मेरा नाम अशोक है। आपके दूल्हे मिथि भइया का ममेरा भाई हूँ। हम में सिर्फ छह माह की ही बड़ाई-छोटाई है इस नाते हम दोस्त भी हैं। मिथि भइया का कुछ भी हमसे छिपा नहीं। आपकी सुन्दरता पर रीझ कर

ही उसने शादी की है। लेकिन तनिक सम्भल कर रहियेगा। वह बहुत बिगड़ैल स्वभाव का है। कब क्या कर बैठे, कोई नहीं जानता। सोचा कि आपको बता दूँ...। उसमें यही एक ऐब है। और सब तो ठीके है!''

अशोक की बात मुझे साफ सुनाई पड़ रही थी। मेरी पालकी रेणु के एकदम पीछे ही थी। मैंने अनुभव किया, अशोक की इस बात पर रेणु का रोना कम हो गया। अशोक अब कहता जा रहा था—''आपसे बिना तिलक-दहेज के शादी के लिए मिथि भइया ने अपने घर में क्या नहीं किया। एकदम महाभारत खड़ा कर दिया था। अब आपकी सास और भसुर आपके खिलाफ हैं। पर आप किसी से मत उलझिएगा। कुछ भी कहने पर महटिया जाइएगा...घर में चलती मिथि भइया की ही है। वह जो चाहता है, वही होता है...। नर्वदेश्वर भइया तो बाहर रहते हैं। घर का असली मलिकांव मिथि भइया के ही जिम्मे हैं।''

अशोक की इस बात पर अब रेणु एक दम चुप हो गयी। उसका ध्यान बँटाने में अशोक सफल रहा। अशोक इतना चतुर है, मैंने भी पहली बार जाना। उसे हाथ हिला कर शाबाशी भी दी। अब हम बैसाडीह के सिवान में आ गये। वहाँ से हमारा गाँव साफ-साफ दिखाई पड़ रहा था। उस क्षण मेरे मन में यह बात उठ रही थी कि अगर वर की तरह कन्या की पालकी भी खुली रहती तो वह भी रास्ते का नजारा देखते चलती। तब अपने इस चिरपरिचित रास्ते से मैं उसे परिचित कराता चलता। लेकिन उस वक्त ऐसा नहीं था। हमारे गाँवों में आज भी ऐसा नहीं है।

जब हम गाँव में घुसने लगे तो आसपास खेल रहे बच्चे रेणु की ओहार लगी पालकी देख चिल्लाते हुए उसके पीछे लग गये—''कनेआं आ गयी! कनेआं आ गयी।''

उस समय शैलेन्द्र ने 'तीसरी कसम' फिल्म नहीं बनायी थी। लेकिन उस के उस दृश्य का अनुभव बहुरिया के रूप में रेणु के आगमन पर ही मैंने कर लिया था जिसमें पालकी के पीछे दौड़ते बच्चे गाते जा रहे थे—''लाली-लाली डोलिया में लाली रे दुलिहिनिया। पिआ के पिआरी भोली भाली रे दुलहिनिया।''

जब रेणु की पालकी मेरे दरवाजे पहुँची तो दालान पर उपस्थित बड़े-बुजुर्गों ने बच्चों को डाँट कर चुप कराया और अलग हटाया। मेरी माँ गाँव की महिलाओं के साथ थाल में दही-अक्षत आदि ले मंगल गीत गाती हुई खड़ी थी। मैं समझ गया, अब परिछन की रस्म होगी। अपने तिलकोत्सव से ही मैं बोझिल और उबाऊ रस्मों को देखते आ रहा था। लेकिन माँ आदि का मन रखने के लिए महटिआ कर झेलता रहा।

लगभग डेढ़ से दो घंटे के बीच मैं रस्मों से मुक्त हो गया। लेकिन रेणु को लेकर माँ आदि की रस्में चलती रहीं। उसे अभी इतनी जल्दी मुक्ति मिलने

वाली नहीं थी। नये घर में बहुरिया बन कर आने का रस्मी दण्ड उसे झेलना ही था। मैं तो मुक्त होकर दालान के अपने कमरे में आ गया था जहाँ रिश्ते-नाते के लोग मौजूद थे। इस बात को लेकर मैं अन्दर ही अन्दर छटपटाता रहा कि रेणु को साथ लाते हुए उसकी माँ को आश्वासन दिया था कि उसे किसी भी बात की तकलीफ नहीं होने दूँगा, पर चाहते हुए भी रस्मों की इन तकलीफों से उसे उबार नहीं पा रहा था।

समय से रिश्ते-नाते के लोगों के साथ मैंने खाना खाया। तिलकोत्सव से ही मेरे यहाँ सामूहिक भोज चल रहा था। लेकिन रेणु को खिलाया गया या नहीं, इसकी जानकारी मुझे नहीं मिली। संकोचवश मैं किसी से पूछ भी नहीं रहा था। अशोक कहीं गाँव में निकला हुआ था। वही मेरा मुँह लगा भाई था। अब जैसे ही आया, मैंने उससे कहा—''जरा देख कर तो आ, रेणु ने अभी तक कुछ खाया या नहीं? अगर न खायी हो तो माँ से कह कर खिलवा देना। नये घर में वह संकोच कर रही होगी...।''

''अच्छा तो अभी से इतनी फिकर?''

जिस बात के डर से मैं किसी और से नहीं कह रहा था, अशोक ने भी मुझे नहीं छोड़ा। अब कुछ गम्भीर होते हुए उससे कहा—''तू इसे मजाक मत समझ अशोक। नए घर में वह असमंजस में पड़ी होगी। माँ-बहनें सब बझी हैं। शादीवाले घर में किसे किसकी परवाह? तू जाकर तनिक देख ले...।''

''अच्छा तो यह बात है...। कोई भौजाई को देख नहीं रहा है...। तब तो गम्भीर मसला है भइया...!''

अशोक ने मेरी बात को फिर मजाक में ही लिया। अब मैंने उस पर झल्लाते हुए कहा—''तू भी औरों जैसा मुझ से मजाक ही करेगा! जानते हो न कि मुझ से छोटे हो!''

''सब जानता हूँ मिथि भइया, जो नहीं जानता था, वह भी अब जान गया...।'' और यह कहते हुए अशोक घर के अन्दर चल पड़ा। मैं बेसब्री से उसके आने की प्रतीक्षा करता रहा। वह कुछ देर से आया। लेकिन आते हुए उसकी चमकतीं आँखें और विस्फारित चेहरा देख मुझे लगा, अवश्य इसने कुछ अजूबा देखा है। अब मेरे समीप पहुँच वह हर्षातिरेक में बोल उठा—''तुमने बाजी मार ली मिथि भइया। सोच रहा था कि तिलक-दहेज छोड़ कर हसनबाजार शादी के लिए क्यों अड़े हो? लेकिन अब समझ गया। खूब बीन-बाछ कर तूने भौजी को चुना है। गजब सुन्दर हैं...। तुम्हारा लोहा मान गया...।''

''तो तू रेणु के पास गया था?''

''तो क्या समझ रहे हो ऐसे ही कह रहा हूँ? देवर होने के नाते मुझे जाने

से कौन रोक सकता है!''

''तो अब बता, वह खा चुकी है।''

''हाँ भाई हाँ, खा चुकी है। अब सबुर से रहो। रात में खुद पूछ लेना। कामेश्वर, भौजी को अगोर कर बैठा है। वह छोड़ ही नहीं रहा। तुमसे पहले ही भौजी को खिला चुका है। हमें सब पता लग गया, भौजी के साथ एक ही थाली में वह खाया है...।''

मेरा छोटा भाई कामेश्वर किशोर अवस्था को पार कर अब बड़ा हो रहा था। शायद इसी वजह से रेणु के आकर्षण में गया होगा। देवर-भाभी का सम्बन्ध मधुरता और लगाव का होता ही है...।

रिश्ते-नाते और गाँव-घर के लगातार आग्रह पर माँ ने अब 'मुँह दिखाई' की रस्म प्रारम्भ कर दी। रेणु के लिए माँ ने परीमाई के पास का कमरा निर्धारित किया था। पश्चिम और दक्खिन के कोने पर वह था। नयी बहुरिया के छिप कर रहने लायक कमरा। अब उसी कमरे में माँ और भाभी बारी-बारी से आगन्तुक महिलाओं को रेणु का मुँह दिखाने लगीं। दूर के सम्बन्धी जिन्हें जाना था उन्हें पहले रेणु को दिखाया गया। अपनी सामर्थ्य के अनुसार वे उसे कुछ न कुछ देते चले गये तथा माँ और भैया से विदा ले रुखसत होते रहे।

दालान पर बैठा मैं विदा होते अपने रिश्तेदारों का अभिवादन करता रहा। मेरी शादी के बाद मेरी पत्नी के आगमन की प्रतीक्षा में ही वे रुके थे। अब कन्या देख चल पड़े। तिलक-दहेज छोड़ कर शादी के मेरे निर्णय से मेरे कई रिश्तेदार नाराज थे। पिताजी के निधन के बाद वे इसे मेरा उदंड होना मानते थे। लेकिन चतरा से आये मेरे छोटे मामा भुवनेश्वर प्रसाद श्रीवास्तव ने जाते हुए मेरी पीठ ठोंकी—''तुम्हारा निर्णय मुझे बहुत अच्छा लगा। दुल्हिन को देख कर तो मन खुश हो उठा। शादी में तिलक-दहेज के रुपये नहीं ठहरते। मन माफिक जीवन साथी पाना सबसे बड़ा तिलक-दहेज है।''

भुवनेश्वर मामा की बात सुन उनके प्रति मेरा मन श्रद्धा से भर गया। मैं उनका अभिवादन कर चुका था। फिर दुबारा उनका चरण-स्पर्श किया और उन्हें गाँव के बाहर तक छोड़ने गया।

इस बीच इस सूचना पर कि मुँह दिखाई की रस्म शुरू हो गयी है, गाँव की महिलाएँ एवं लड़कियाँ मेरे घर टूट पड़ीं। फिर लौटते हुए आपस में वे जो बातें करती जा रही थीं, उन्हें दालान के अपने कमरे से सुन-सुन कर मैं विभोर होता जा रहा था। उन के अनुसार गजब सुन्दर कनेआं है। ऐसी सुन्दर कनेआं तो पूरे गाँव में दूसरी नहीं। कि खाली गोरी नहीं है। नाक-नक्श भी एकदम चोख हैं। कि बिल्कुल मूरत की तरह चमक रही है। कि अब पता चला मिथि ने तिलक-

दहेज छोड़ क्यों इससे शादी की! ऐसी लड़की पर कवन लड़का लट्टू नहीं हो जाएगा...।

इन बातों को सुन-सुन कर अब मेरे अन्दर भी रेणु को देखने और उससे मिलने की बेकरारी बढ़ती जा रही थी। जानता था, यह रात हम दोनों की सुहागरात होगी। मैं चाह रहा था, यह रात जल्द आ जाए। पर ऐसा लग रहा था, दिन बीत ही नहीं रहा, ठहर गया है।

दोपहर ढलते ही अब मेरे मित्र राधेश्याम, एकबाल, बैजनाथ, महेन्दर, श्रीनिवास, बुटन, पारस, रजिन्दर अपने-अपने कामों से फुर्सत पा जुटने लगे। उन्हें यह पता चला गया था कि कनेआं लेकर मैं आ गया, इस स्थिति में वे मुझे छोड़ने वाले नहीं। उनकी ओर से बैजनाथ ने कहा—"आज तो मिथि स्वर्ग का सुख लूटेगा। जिसे चाहा उसे पा लिया अब इससे बड़ा सुख क्या! इस अवसर पर अब इसे यों ही नहीं छोड़ना!"

"हाँ भाई, आज बिना मिठरस के काम नहीं चलेगा...।"—महेन्दर ने भी उसकी बात का समर्थन किया। रेणु के साथ विदाई में मिठाइयाँ भी मिली थी—मोतीचूर, बेलगरामी और खाजा। बिना मिठाइयों के कन्या की विदागिरी होती ही नहीं...! अब अशोक से अपने दोस्तों के लिए मिठाइयाँ मँगवायी। मिठाइयाँ खाते ही वे तारीफ करने लगे—"मजा आ गया। तुम्हारी ससुराल की मिठाइयाँ भी खूब खस्ता हैं।"

इस पर अब राधेश्याम ने विषय को रेणु की ओर मोड़ते हुए कहा—"जहाँ की मिठाई ऐसी है वहाँ की कनेआं कैसी होगी समझ जाओ यारो!"

यह सुन बुटन ने अब रहस्योदघाटन के स्वर में कहा—"लेकिन मिथि के लिए कुछ नया नहीं। इसका सब जाना-सुना है...!"

मैं अनुभव कर रहा था, गाँव और हसनबाजार कस्बे के आम लोगों की तरह मेरे दोस्तों को भी इस बात का विश्वास था कि रेणु के प्रेम में फँस कर ही मैंने मुफ्त शादी की है। प्रारम्भ में मैंने उन्हें समझाने की कोशिश की। लेकिन इस मामले में मेरी कोई भी सफाई उनके गले नहीं उतरी। फिर मैंने भी समझाना बन्द कर दिया। अब चाहे वे जो समझते रहें, इससे कोई फर्क पड़ने वाला नहीं। मेरा अभीष्ट रेणु को पाना था, पा लिया।

अब शाम होने लगी थी। इधर शाम में अक्सर अपने खेतों की ओर टहलने निकल जाता था। जब से रेणु से शादी की बातचीत चल रही थी, शाम को एकान्त में खेतों के बीच अपने कुँए पर आ जाता। तब वहाँ का एकांत मुझे बहुत अच्छा लगता। उस एकांत में रेणु को लेकर ख्वाबों के महल सजाता। अँधेरा जब घिरने को होता, तब घर लौटता। इस दौरान किसी दोस्त की नजर मुझ पर पड़ती तो

बिना छेड़े नहीं मानता—"अकेले में खूब बैठने लगे हो मिथि। हम सब समझ रहे हैं। तुम्हें प्रेम रोग लग गया है...। सबर से रहो बचवा। घबड़ाओ नहीं, मिल जायेगी।"

तब उनकी वे बातें मुझे जले पर नमक छिड़कने जैसी लगतीं। लेकिन महटिया कर रह जाता। यह ऐसा प्रसंग था जिसको लेकर उन से क्या उलझता? उस शाम भी टहलने के नाम पर चल पड़ा। सोचा, इसी बहाने दोस्तों से मुक्ति मिल जायेगी। ये अगर शाम में ठहर गये तो फिर मिट्टी पलीद करके ही छोड़ेंगे...।"

लेकिन वे चालाक दोस्त साथ लग गये। शायद उस दिन का महत्त्व के समझ रहे थे। शायद मुझे परेशान करने का उससे बेहतर दिन उन्हें मिलने वाला नहीं था। अब पूरे रास्ते वे मेरी सुहागरात के बहाने औरत-मर्द के जिस्मानी रिश्तों के बारे में बताते रहे। उन दोस्तों में जो शादीशुदा थे वे अपने व्यवहारिक अनुभव सुनाते तथा जो कँवारे थे वे अपनी कल्पना के घोड़े दौड़ाते। मैं समझ रहा था, उस रात मेरी सुहागरात थी जिसने उन्हें उद्वेलित और ईर्ष्याग्रस्त कर दिया था। लेकिन इसके लिए मैं कर ही क्या सकता था।

मेरे साथ मेरे खेतों तक जाने, मेरे कुएँ की जगत पर बैठने और वापस होने तक वे पीछे पड़े रहे। लौटते हुए राधेश्याम, एकबाल और पारस ने अन्य दोस्तों से कहा—"हम तनिक घर से आ रहे हैं। तुम लोग मिथि के साथ चलो। हम भी जल्द ही आ जाएँगे...।"

यह सुन अब मैंने जान छुड़ाने की कोशिश की—"आज मुझे कुछ जरूरी काम है। मालगुजारी की रसीदें कहीं गड़बड़ाई हैं। उन्हें खोजना है। कर्मचारी कल रसीद काटने आने वाला है...।"

इस पर जाने वाले मेरे वे दोस्त रुक गये—"क्या कहा, तुझे आज जरूरी काम है। तेरा वह काम हम समझ रहे हैं। उसमें हरज नहीं होने देंगे। बाकिर तू हमें उल्लू मत बना। आज तेरी सुहागरात है और आज तू माल गुजारी के कागज खोजेगा। चल, बस हम आ ही रहे हैं...!"

मेरे बहाने को एक ही झटके में उन दोस्तों ने ध्वस्त कर दिया। अब समझ नहीं पाया, क्या कहूँ? शेष दोस्तों के साथ पुन: दालान पर वापस आ गया। मेरी इच्छा हुई कि अब इन्हें दालान पर छोड़ घर के अन्दर चल पड़ूँ। फिर अन्दर ही जमा रहूँ। तब निराश हो इन शरारती दोस्तों को हटना ही पड़ेगा। इनके सारे मंसूबे ध्वस्त हो जाएँगे। लेकिन अपने जिस घर में पहले मैं धड़ल्ले-से घुस जाता था, रेणु के आगमन के बाद जाने क्यों अब झिझक और संकोच महसूस कर रहा था। लग रहा था, इन दोस्तों की ही भाँति घर के अन्दर भाभी, बहनें तथा रिश्ते की बची-खुची औरतें आँगन में मुझे देखते ही चुहल और उपहास भरी निगाहों से घूरने लगेंगी कि पत्नी के आते ही उसके पास जाने के लिए बेचैन है...! छी:

छी:... !

और यह सोच कर घर के अन्दर भी नहीं जा सका। दालान पर ही दोस्तों के बोलों को झेलता रहा। वे मेरी इस स्थिति का लुत्फ उठाते रहे। कभी मैं बोलता था और वे सुनते थे। अपने दोस्तों के बीच का सर्वाधिक वाचाल मैं ही था। लेकिन अब नये सम्बन्ध और ग्रामीण समाज के परम्परित संकोच ने मुझे मौन बना दिया था और वे वाचाल हो गये थे।

राधेश्याम, पारस और एकबाल अपने कहे अनुसार पुन: आ धमके। उनके आते ही महेन्दर और श्रीनिवास यह कहते हुए चल पड़े—''हम भी तनिक घर से होकर आ रहे हैं। देर न करेंगे...।''

मैं समझ गया, आज ये छोड़ने वाले नहीं। मेरी घरी ही वाम है। एक-दो जाते हैं तो दो-तीन को पहरे पर बैठा जाते हैं कि मैं घर के अन्दर न जाने पाऊँ! इस बार एकबाल एक फटी-पुरानी किताब छिपा कर ले आया था। उसका नाम आदि सब गायब था। रद्दी-कागज की वह सस्ती किताब थी। उसमें स्त्री-पुरुष की मैथुनरत नग्न तस्वीरें थीं, जिसे देख मैं दंग रह गया। इससे पूर्व ऐसी कोई किताब मैंने नहीं देखी थी। एकबाल शादीशुदा था। दो-तीन वर्ष पहले ही उसकी शादी हो चुकी थी। मुझे वह किताब थमाते बोला—''सिर्फ दो-तीन दिनों के लिए ही दे रहा हूँ। फिर मुझे वापस कर देना...।''

मैंने चौंकते हुए पूछा—''ऐसी किताब तुझे कहाँ मिली? मुझे क्यों दे रहे हो?''

जवाब में हँसते हुए कहा—''हसनबाजार के मेले में खरीदी थी। आज यह तेरे काम की है, इसीलिए दे रहा हूँ।''

मैंने तत्क्षण नकार दिया—''ऐसी किताब मुझे नहीं चाहिए...।''

और उस किताब को परे हटा दिया। वहाँ उपस्थित क्वाँरे दोस्त अब उस पर टूट पड़े। शायद वे भी उसे पहली बार देख रहे थे। अब उनकी आपसी छीना झपटी में उसके दो-तीन पन्ने फट गये। एकबाल को लगा कि उसकी वह किताब बिल्कुल फट जायेगी। बस, उसने लपक कर उसे हथिया लिया। फिर उसी वक्त उसे ले जाकर कहीं छिपा दिया। वहाँ जमे क्वाँरे दोस्त अब उस पर बिगड़ उठे—''तू ले क्यों आया था जब उसे छिपाना ही था...।''

मुझे अब अवसर अनुकूल जान पड़ा। बोल उठा—''यह ठीक बात नहीं एकबाल। यह तो दोस्ती में दगाबाजी है...।''

मैं चाह रहा था कि इस विषय पर उलझ कर वे मेरी जान छोड़ दें। लेकिन चालाक एकबाल ने बात सम्भाल ली—''तू हमें लड़ाना चाहता है। बाकिर हम

बुड़बक नहीं कि तेरी बात पर अझुराएँगे। तेरे लिए आज जरूरी था इसी से लाया था। जिस दोस्त को जरूरत पड़ेगी उसे समय पर दूँगा...।''

इसी क्षण श्रीनिवास अपने घर से इतमीनान होकर आ गया। वह यह सूचना लेते आया कि महेन्दर अब नहीं आएगा। उसके ममहर के लोग आ गये हैं। इस सूचना से मुझे खुशी हुई। एक-एक कर ये खिसक जाएँ तो मुझे मुक्ति मिले।

अब गहराती शाम रात में बदलने लगी थी। घर से लालटेन जला अशोक दालान में लाकर रख गया था। अशोक को देखते ही श्रीनिवास पूछ उठा—''अन्दर क्या बन रहा है अशोक? फिर कुछ खिलओगे कि हम ऐसे ही बैठे रहें...?''

''अभी तो केवल चाय बन रही है भैया...''।—अशोक ने बताया।

''तब तो चाय चलवाओ अशोक। तनिक मिजाज में गरमी आ जाए...।''—राधेश्याम ने कहा।

इस पर मैंने आँख गुड़ेर कर अशोक को मना करने की कोशिश की। लेकिन इस बीच तो वह गछ चुका था। अपने उन दोस्तों को मैं अक्सर खिलाता-पिलाता था। उन्हें खिलाना-पिलाना मुझे अच्छा लगता था। लेकिन उस वक्त उनकी उपस्थिति बहुत खटक रही थी। उन्हें कुछ भी खिलाना अखर रहा था। मैं एकान्त चाहता था। पर ये मेरे एकान्त के खिलाफ संगठित होकर आ जमे थे। मेरी रेणु के आते ही वे ऐसे हो जाएँगे, मैंने सपने में भी नहीं सोचा था।

कमबख्त अशोक चाय लेकर आ गया। मैं समझ नहीं पा रहा था कि मुझे सताने में उस क्षण अशोक को भी मजे क्यों आ रहा था। शादी-ब्याह के घर में मिट्टी के कुल्हड़ों का होना और चाय का बनना लगा ही हुआ था। अशोक जल्द ही चाय लेकर आ गया। वे सब चाय सुड़कने लगे। लेकिन चाहते हुए भी मैंने चाय नहीं ली। इस रूप में अपनी बेरुखी और नाराजगी से उन्हें अवगत करना चाहता था कि वे मेरा पिंड छोड़ दें। लेकिन इसका भी उनके ऊपर कोई अवसर नहीं हुआ।

रात का पहर अब शुरू हो गया था। चाय पीकर इतमीनान होने के बाद वे दोस्त मेरी सुहागरात पर अब अपनी गोपनीय, गूढ़ और नायाब सम्मतियों से मुझे अवगत करने लगे थे—''समझ बूझ कर कदम बढ़ाना बचवा। सुहागरात का असर जीवन भर रहता है। खूब देर करके जाना चाहिए। जल्दी पहुँचने पर तो औरत का भाव बढ़ जाता है। जान जाती है कि मरद छछलोल है। सबर नहीं कर सकता। देर से जाओगे तो समझेगी, गम्भीर मरद है। तब आदर-मान भी करेगी...।''

''अरे नहीं भाई, इससे भी बड़ी बात आन की होती है। पहली रात जो अपनी आन गँवा देता है। फिर उसकी आन नहीं रहती। हमने तो सुना है, पहली

रात औरत से पहले नहीं बोलना चाहिए। जो पहले बोलता है, फिर जीवन भर उसे ही बोलना पड़ता है। उसे ही दाढ़ी पकड़े रहनी होती है। जोरू का गुलाम बन कर वह जीता है। मरदाँव इसी में है कि नयी मेहरारू के रूप जाल में न फँस कर अपनी आन बनाए रखनी चाहिए। जब वह बोले, तभी बोलना चाहिए!''

''और जिसकी बोलाचाली पहले से ही हो जैसे मिथि की है, उसको क्या करना चाहिए?''

''उसको भी पहली रात महटिया कर रहना चाहिए। जे इयारी राहे-बाटे, से ना कल्हुआड़ी...। पहले की बोलाचाली चाहे जो हो, पहली रात से ही उस की परम्परा कायम होती है। 'आवते बहुरिया, जमते लइकवा, जे लय लइबो, से लय लागी...।''

''यह सब तो है ही। लेकिन अव्वल बात यह है कि पहली रात औरत का कोई बहाना भी नहीं सुनना चाहिए। पहली रात औरत खूब बहाना बनाती है। अभी नहीं, दूसरे दिन। आज यह है, वह है...। जो मर्द इन बातों में आ जाता है, औरत उसे पिछलग्गू बना लेती है। उसे बहलाना-फुसलाना जान जाती है। लेकिन जो उस भुलावे में नहीं आता, अपने मरदांव पर कायम रहता है, उसी का मरदाँव जीवन भर बना रहता है...।''

अपने दोस्तों की इन बातों को सुनकर मैं दंग था। उन्हें अब अचरज से भी देखने लगा था कि ऐसी बातें वे कहाँ से जान गये? उनके साथ रहते हुए भी वैसी बातें मैं क्यों नहीं जान सका...? सम्भव है, इसकी वजह कुछ दोस्तों का शादीशुदा होना भी हो। लेकिन जो क्वाँरे थे वे भी बोल रहे थे! शायद अपने टोला-पड़ोस के शादी-शुदा लोगों से यह सब जानते हों। जो हो, उनकी वे बातें मेरे गले नहीं उतर रही थी। मेरे अन्दर के रचनाकार मन को तो ऐसा लग रहा था कि यह सब घर आयी एक विवश स्त्री पर विजय पाने की धूर्त चाले हैं। जिस रेणु के लिए मैंने इतने अरमान और सपने सँजो रखे हैं, उसे अकारण और औचक परास्त करने की ऐसी घृणित चालें मैं हर्गिज नहीं चल सकता...।

उसी वक्त किसी वरदान की तरह अशोक यह सूचना लेकर आ गया—''मिथि भइया! खाना निकला है। चलो अब खा लो...!''

राधेश्याम इस पर बोल उठा—''अरे, इतनी जल्दी खाना...।''

लेकिन राधेश्याम की बात को अनसुनी कर अब मैं उठ खड़ा हुआ—''चलो अशोक।''

''तो खाकर जल्दी आ जाना...।''—श्रीनिवास ने कहा।

''अब किस लिए?''—मैंने तनिक रुखाई से पूछा। मेरे इस प्रश्न का जवाब राधेश्याम ने प्रतिप्रश्न के रूप में दिया—''तो अभी से घर में घुस जाओगे?''

"तो और क्या?"—मैने उसी लहजे में जवाब दिया और चल पड़ा। उनकी चुहल और परेशानी से तंग आ गया था। जाते हुए उन्हें बैठने या जाने के लिए कुछ भी नहीं कहा। पहले उनके आगमन पर ऐसा अवश्य कहता था। लेकिन अब उनके व्यवहार से खिन्न था। हालाँकि जानता था, अब वे रुकेंगे नहीं। रुकने का अब कोई आधार भी नहीं।

अपने आँगन में पहुँच मैंने देखा, सचमुच खाने की पांत लग रही थी। रिश्ते-नाते के कुछ औरत-मर्द अभी बचे हुए थे। पांत में भोजन कराने की व्यवस्था शादी के दिन से ही चल रही थी। खाना बनाने और खिलाने वाली भाड़े की औरतों के लिए यह सुविधाजनक था। अब मैं धीरे से उस पाँत में बैठ गया। कुछ ही देर बाद खाना हमारे सामने आ गया। हालाँकि खाते हुए जाने-अनजाने मेरी निगाहें परीमाई के पास उस कोने वाले कमरे की ओर चली गयी जिसमें रेणु थी। देखा, शाम गहराते ही उस कमरे का रंग बदल गया था। उसके दरवाजे पर एक पीला परदा आ गया था। परदे के ऊपर ताजे फूल लटक रहे थे। आम की हरी पत्तियों के झालर से उस दरवाजे को सजा दिया गया था। समझ गया, घर आयी रिश्ते-नाते की औरतों और लड़कियों ने ऐसा किया होगा।

खाना खाने के बाद दालान पर जाने से पूर्व कुछ क्षण तक मैं खड़ा रहा। कहीं मेरे वे शैतान दोस्त अभी तक वहाँ जमे न हों। फिर तो मेरे पहुँचते ही जकड़ लेंगे। सारा गुड़ गोबर कर देंगे। लेकिन भाभी ने मेरे खड़ा होने का दूसरा ही अर्थ लगा लिया—"अभी सन्तोष कीजिए बबुआ जी। पत्नी के पास जाने के लिए ऐसे बेचैन मत होइए। वह कहीं भागी नहीं जा रही। अभी सब लोगों को खा पीकर इतमीनान होने दीजिए। तब तक अशोक, बनारसी भाई साहब आदि के दालान पर सोने का इन्तजाम कीजिए...। आपकी सुहागरात के लिए अभी पूरी रात बाकी है...।"

भाभी मुझे बबुआ जी ही कहती थीं। उनकी उस बात पर अब सब मेरी ओर ताकने लगे। महिलाएँ हँस पड़ीं तथा पुरुष सदस्य भी मुस्कुरा उठे। मेरा हाल तो शर्म से बुरा हो गया। पहले भाभी भी ऐसी नहीं थी। रेणु के आ जाने के बाद अचानक वह भी बदल गयी थीं। अब एक क्षण भी मैं आँगन में नहीं रुक सका। अशोक, बनारसी लाल, छोटन आदि रिश्ते के पुरुष सदस्यों को लेकर दालान पर चला आया। खाना खाने के बाद वे पुरुष सदस्य भी बिस्तरे पर जाने के लिए बेचैन थे। हालाँकि दालान पर पहुँच कर मेने मन को भी राहत मिली। भाभी की चुहल से बच गया था तथा मेरे वे सारे दोस्त भी अब तक जा चुके थे। अब अपने अतिथियों के बिस्तरों को मैं ठीक करने लगा। दालान के कमरे में इस छोर से उस छोर तक हमने तोसक एवं जाजिम डाल रखे थे जिस पर जगह-जगह

मसनद पड़े थे। अपने घर के अतिथियों के सामूहिक शयन की व्यवस्था हमने ऐसे ही की थी। इसमें एक साथ काफी लोग सो जाते थे।

हमारे अतिथि अपनी-अपनी जगह पकड़ लेट गये। आयोजनों की भीड़-भाड़ में वे थके थे। मैं भी वहीं उठंग रहा। अब मैं इतमीनान का तनिक बोध करने ही जा रहा था कि राधेश्याम आ धमका। माथे से टली बला फिर आ गयी। समझ गया, अब यह शैतान न स्वयं टलेगा और न मुझे खिसकने देगा। राधेश्याम का घर मेरे बिल्कुल निकट था। मेरा सबसे निकटतम पड़ोसी वही था, शायद इसीलिए घर से दालान में मेरा आना उसने देख लिया था। मैंने अब उसे हटाने के लिए बेरुखी से कहा—"अब क्यों आ गये? जाओ, सोओ...। यह कोई बैठने बतिआने का समय नहीं है।"

जवाब में वह चौंकते हुए बोला—"क्या कहा! तुम्हें अकेला छोड़ कर चला जाऊँ? दोस्त होकर मौके पर काम न आऊँ?" और मेरी बाँह पकड़ दालान के उस कोने में वह मुझे खींच लाया जहाँ से हमारी बातचीत मेरे सोये अतिथि नहीं सुन सकते थे। अब उसने कहा—"तुझे अपनी सुहागरात की बात बताता हूँ। सुन ले, तुझे बहुत काम आएगा। तेरी तरह शादी के साथ ही मेरी पत्नी की विदाई नहीं हुई थी। दो साल बाद गवना हुआ था।"

उसका यह परगन अब मैं सुनना नहीं चाहता था—"रहने दो यह सब। मुझे मत सुनाओ...।"

लेकिन वह तो शुरू हो गया था—"सुन ले-सुन ले तेरे ही लिये कह रहा हूँ...। वह चैत का महीना था जब गवना करा कर अपनी पत्नी को ले आया था। तेरे यहाँ तो कोई भीड़ नहीं। हमारे यहाँ घर से लेकर दालान तक हित-नाते भरे थे। सबके साथ खाना खा मैं दालान में आकर सो गया। सबके जगे रहते पत्नी के पास कैसे जाता। बाकिर मंझिली भौजी तत्पर थी। खाना खिला कर दालान में भेजते हुए कान में बोली थी—"सोना मत। जगे रहना। गँव लगते मैं आकर इशारा करूँगी। बस, चुपके से चल देना...।"

अब न चाहते हुए भी उसकी बात मैं सुनने लगा। आगे उसने कहा—"तू तो अभी ही जाने के लिए अफलातून हो गया है। तुम लोग कायस्थ हो। उतना लाज-लिहाज नहीं। हमारे यहाँ क्या मजाल कि किसी के जागते कोई अपनी पत्नी के पास चला जाय! भौजी आकर हाथ हिला गयी। बाकिर जब मैं चलने के लिए उठता, कोई न कोई जाग जाता—'क्या है?' "

"बस, मैं फिर सो जाता। अन्त में जब लगा कि रात अधिक हो गयी है तो चोरों की तरह दबे पाँव उठा। फिर साँप जैसी चाल में बिना कोई आवाज किये गली में आ गया। अब तेजी से अपने घर के दरवाजे पहुँचा। मंझिली भौजी

खड़ी थी। असली मदद वही कर रही थी। अब फुर्ती से मुझको घर में घुसा दी। फिर दबे पाँव मेरे कमरे तक पहुँचा दी। अपने कमरे में घुस अब मैंने अन्दर से दरवाजा बन्द कर दिया। इस दौरान बुढ़िया चाची जाग ही गयी—'कौन है? क्या है?'

''चाची की बात सुन मेरा कलेजा धक् से कर उठा। अपने कमरे में चोर की तरह मैं खड़ा रहा। ऐसा लगा कि सेंध पर चोरी करते पकड़ा गया। बाकिर चालाक भौजी ने सब सम्भाल लिया—'हम हैं अम्मा जी। बिल्ली घर में घुसी थी। उसी को भगा रही थी।

''भौजी की इस बात से अब मेरी जान में जान आयी। मैं इतमीनान हुआ। अब मैंने अपने कमरे के अन्दर देखा, दिराखे पर लालटेन जल रही थी। खटिया पर ससुराल से मिला नया बिछौना लगा था—तोशका चादर और तकिये। वहाँ पहली नजर में पत्नी कहीं नहीं दिखी। वह मेरा कोठिलवा घर था। एक किनारे अनाज के लिए कोठ बना था, दूसरे किनारे रहने की जगह। अब जब खोजी नजरों से उसे ढूँढ़ने लगा तो दिख गयी। कोठिला के कोने में उँकड़ू होकर बैठी थी। लाल साड़ी में घूँघट ताने थी। सोच लिया, पहले नहीं बोलना है। फिर यह भी सोच लिया, आज की रात खाली भी नहीं जाने देना है। इसका कोई बहाना नहीं सुनना। अब मन ही मन तय किया, बिना इससे बोले इसे उठा कर खटिया पर ले चलना चाहिए। फिर यह स्वयं बोलने लगेगी। और मैंने ऐसा ही किया। लेकिन मेरी बाँहों से छूटने और कूदने के लिए वह हाथ-पैर मारने लगी। लेकिन उसे नहीं छोड़ा। खटिया पर लाकर बैठा दिया...।''

राधेश्याम अपने क्लाइमेक्स पर पहुँचने के लिए तेजी से कहे जा रहा था। लेकिन इसी वक्त मेरी भाभी अन्दर से आ गयी और झल्लाती हुई बोली—''जल्दी चलिए बबुआ जी नहीं तो दरवाजा बन्द कर दूँगी। दो बार झांक कर देख गयी। यहाँ दालान के कोने में छिप कर क्यों बैठे हैं?''

इस पर राधेश्याम ने कहा—''थोड़ी देर और रुक जाओ भौजी! थोड़ी ही देर में इसे ले जाना।''

लेकिन भाभी एकदम अड़ गयी—''नहीं। इनके भैया खिसिआ रहे हैं! सब लोग सो गये। नहीं चलिएगा तो मैं भी अन्दर जाकर दरवाजा बन्द कर दूँगी।''—और वह चल पड़ी। अब मैं भी साथ हो गया। राधेश्याम अब हाथ मलता रह गया। मैंने मुड़ कर देखा, वह भी अब अपनी दालान की ओर जा रहा था...।

घर में मेरे प्रवेश करते ही भाभी ने अब दरवाज बन्द कर दिया। फिर मजाक करते हुए कहा—''जाइए जिससे मिलने के लिए शाम से ही बेचैन थे...''

भाभी की यह बात सुन मैं उनका मुँह ताकने लगा। इतना मजाक तो वह

पहले कभी नहीं करती थी। अब कैसे इतना बोलने लगी है? लेकिन मेरी आँखों से वह आँखें नहीं मिला सकी। चुहल वाली धीमी हँसी हँसते अपने कमरे की ओर चल पड़ी।

निकसार से अब मैं आँगन में आ गया। देखा, सब लोग सो गये थे। आँगन के बरामदे में भी चौकियों पर रिश्ते-नाते की महिलाएँ पड़ी थीं। बच्चे बेसुध लेटे थे। उर्मिला एवं उर्वशी के साथ माँ भी सोयी दिख रही थी। खटोले पर छोटा भाई ब्रजेश्वर भी पड़ा था। शायद रात अधिक हो गयी थी। राधेश्याम ने जबरन विलम्ब करा दिया। मुड़ कर देखा, भाभी अभी अपने कमरे में नहीं गयी थी। अपने कमरे के दरवाजे पर खड़ी मुझ पर ही टकटकी लगाये थी। मैं संकुचित महसूस करने लगा। फिर यह सोच कर कि अब और संकुचित महसूस करना ठीक नहीं, भाभी की नजरों को झटकेरते हुए आगे बढ़ चला। इस क्षण रेणु के कमरे की ओर बढ़ते हुए हठात् यह सोच कर मैं रोमांचित हो गया कि जिस रेणु को पाने के लिए इतना प्रयत्नशील था, अब उससे मिलने जा रहा हूँ।

रेणु के कमरे के दरवाजे पहुँच मैं ठिठक गया। मेरे घर का मेरा यह कमरा चिर परिचित था। लेकिन उस क्षण ऐसा लग रहा था जैसे बिल्कुल नया हो, जैसे पहली बार उस कमरे में प्रवेश कर रहा हूँ।

मैंने धीरे से पर्दा हटाया। देखा, पल्ले खुले थे। बस, कमरे में दाखिल हो गया। मेरा अनुमान था, रेणु बिस्तरे पर अकेली पड़ी होगी। लेकिन यह देख कर चौंक गया रेणु के साथ कामेश्वर वहीं मौजूद था। बिस्तरे पर बैठ कर उससे बातें कर रहा था। अब मुझ पर नजर पड़ते ही दोनों तेजी से बिस्तरे से उतर गये। कामेश्वर तो उसी क्षण दरवाजे से भागा। वह ऐसे भी मेरे सामने कम पड़ना चाहता था। घर में अगर किसी से डरता था तो मुझसे ही। मैं समझ गया, सयाना होता कामेश्वर, रेणु के आकर्षण में यहाँ जमा था। खैर, देवर-भाभी का सम्बन्ध था ही। वह नहीं रहता तो बहनें बैठी रहतीं। अच्छा हुआ कि अकेले रेणु को बोर होना नहीं पड़ा।

अब मेरी निगाह रेणु पर चली गयी। वह बिस्तरे से उतर पास ही दीवार से लग कर खड़ी हो गयी थी। पीली साड़ी में वह स्निग्धता बिखेरती जान पड़ रही थी। उसका चेहरा घूँघट में छिपा था। उससे मिलने के लिए मैंने क्या कुछ नहीं सोच रखा था, लेकिन दोस्तों की शैतानी और भाभी की करस्तानी ने सब भुला दियाा था।

अचानक यह याद आते ही मेरा मन असमंजस में पड़ गया कि रेणु को मुँह दिखाई देने के लिए माँ ने जो अँगूठी दी थी वह तो दालान की मेरी आल्मारी

में ही छूट गयी। शाम से ही दोस्त शैतानी पर उतर आये थे जिससे अँगूठी का स्मरण भी जाता रहा। माँ ने तो दोपहर में ही मुझे वह अँगूठी थमा दी थी—''अपनी कनेआं को यह मुँह दिखायी दे देना...। नर्वदेश्वर को भी एक टौप्स दी थी। उस वक्त तेरे बाबूजी जिन्दा थे। अब तो किसी तरह यह अँगूठी ही ले सकी...।''

माँ जानती थी, मैं नौकरी नहीं करता, इसीलिए पत्नी की मुँह दिखाई का इन्तजाम कर दिया था। मैंने उसी वक्त उसे सहेज कर दालान की अपनी आल्मारी में रख दिया थी जिसमें अपनी लिखी पांडुलिपियाँ, महत्त्वपूर्ण किताबें एवं जरूरी सामान रखता था।

एक क्षण तक अँगूठी छूट जाने का असमंजस महसूस करते हुए अब मैंने जल्द ही अपने को नियन्त्रित कर लिया। रेणु को समझा दूँगा। दोस्तों की शैतानी बता दूँगा। वह समझ जाएगी। अभी सामने खड़ी रेणु को छोड़ मुझे कुछ और नहीं सोचना चाहिए। पहले ही देर हो चुकी है। अब और देर ठीक नहीं।

मैंने तनिक आगे बढ़ते हुए कहा—''आओ पलंग पर बैठो रेणु। वहाँ क्यों खड़ी हो? मुझे बहुत अफसोस है कि देर से आ रहा हूँ। दोस्त बहुत परेशान कर रहे थे...।''—ऐसा कहते हुए दोस्तों के उन सुझावों को मैंने सिरे से खारिज कर दिया।

अब मैं पलंग पर बैठ गया। पलंग, गद्दा, चादर, तकिये सब ससुराल से ही मिले थे। लड़की के साथ-साथ उसके सोने-बैठने की भी व्यवस्था। यह परम्परा मुझे अजीब लगती रही है। शायद यह सोच कर ही लड़की वाले ऐसा करते हैं कि नये घर में लड़की सोने-बैठने के लिए पराश्रित न रहे। उसका अपना एक बिस्तरा निर्धारित हो। मैं देख रहा था, मेरी आवाज़ पर रेणु में हरकत जरूर हुई। लेकिन वह पास आकर नहीं बैठी। वहीं खड़ी रही। अब मुझे अपनी भूल का एहसास हुआ। रेणु के साथ ही मुझे पलंग पर बैठना चाहिए था। स्वयं बैठ कर उसे पुकार रहा था, यह तो उसे आदेश देना था। अब पलंग से उतर मैं उसके पास चला गया और उसका हाथ अपने हाथ में लेते हुए कहा—''चलो रेणु बैठो। यहाँ क्यों खड़ी हो? जो देर हुई सो हुई अब तो मैं आ गया...।''

इस बार रेणु मेरे साथ चल पड़ी। मुझे अपना अनुमान सही लगा। लेकिन उसका हाथ अपने हाथ में लेते ही मैं जैसे एक नयी दुनिया में पहुँच गया था। एक अपूर्व मीठी गुदगुदी और मधुर सिहरन का अनुभव करने लगा था। नाजुक अंगुलियाँ और कोमल हथेली, ऐसा मुलायम हाथ तो इससे पहले कभी मेरे हाथ में आया ही नहीं था। हल्के पसीने में भीगी वह तलहथी और मुलायम हो गयी

थी जैसे रूई का फाहा हो।

रेणु के साथ पलंग पर बैठते हुए उसकी हथेली मैंने छोड़ दी। हठात जाने कहाँ की समझ मेरे अन्दर आ समायी कि रेणु को पूर्णतः सहज बना कर ही उसे अपने स्पर्श में लेना चाहिए तभी उसकी ओर से अपने प्रेम का प्रतिदान पा सकूँगा। अब अपने इस उद्देश्य के प्रति सचेष्ट हो गया। मैंने अनुभव किया, गर्मी काफी थी। जून की परेशान करने वाली चिपचिपी गर्मी। बाहर सोने का मौसम था। लेकिन नयी ब्याहता कन्या या पति-पत्नी के नये जोड़ों को बाहर कहाँ सोना? बिजली उस वक्त हमारे गाँव में नहीं थी और आज भी नहीं है। राहत का कारण कमरे की छत का खपड़ैल होना था। खपड़ैल छत वाले कमरे ऊपर की गर्मी को कमरे में नहीं आने देते। फिर भी जून की उमस तो बनी ही हुई थी।

रेणु अभी भी घूँघट में थी। मैं चाहता तो क्षण भर में ही उसका घूँघट हटा देता। लेकिन उस क्षण मेरे अन्दर ऐसा संयम आ गया था कि ऐसी जल्दीबाजी और पुरुषोचित ज्यादती से दूर ही रहा। सम्भव है, उसे पाने के लिए मेरे मन में प्रेम की जो एकान्तिक कामना थी, यह उसी की परिमार्जित परिणति हो। मैंने कहा—"मुझसे यह कैसा पर्दा रेणु? घूँघट नहीं हटाओगी तो हम एक-दूसरे को कैसे देख सकेंगे? मेरा पूरा गाँव बैसाडीह और तुम्हारा पूरा कस्बा हसनबाजार सब जानते हैं कि हम एक दूसरे से मिलते-जुलते रहे हैं। एक-दूसरे से प्रेम होने के चलते ही हमने यह शादी की है। लेकिन यह सिर्फ तुम जानती हो और मैं जानता हूँ कि हमने एक-दूसरे को देखा तक नहीं। यह कैसी विचित्र स्थिति है!"

मेरी इस बात पर घूँघट की ओट में ही रेणु मुस्कुरा उठी। घूँघट के पतले आवरण में उस की मुस्कान का स्पष्ट आभास मुझे हुआ। अब कहा—"तुम्हारी मुँह दिखाई के लिए माँ ने मुझे एक सुन्दर अँगूठी दी थी। दालान की अपनी आल्मारी में उसे छिपाकर रखा था। लेकिन शरारती दोस्तों ने इतना तंग किया कि आते हुए उसे लेना भूल गया। उन्होंने इतनी देर करा दी कि अब कुछ भी ले आना याद नहीं रहा। मेरा विश्वास मानो रेणु, तुम्हारी मुँह दिखाई कल मैं अवश्य दे दूँगा...।"

मेरी यह बात सुनते ही रेणु ने अब अपना घूँघट हटा दिया—"मुझे मुँह दिखाई की जरूरत नहीं। मेरी सबसे बड़ी मुँह दिखाई तो आप हैं...।" उसकी मधुर आवाज़ मेरे कानों में गूँज गयी। इधर उसका रूप देखकर तो मैं जैसे सम्मोहित हो गया। सचमुच उसकी सुन्दरता अद्‌भुत और बेजोड़ थी। रामायण और मदन के कथनों से कहीं आगे! वह सचमुच बहुत सुन्दर थी। सम्भव है। रामायण और मदन के पास वर्णन की उतनी ही क्षमता हो। जो हो, उससे पूर्व ऐसी सुन्दर लड़की मैंने नहीं देखी थी। अब मेरे मुँह से भी स्वतः निकल गया—"सचमुच

तुम बहुत सुन्दर हो रेणु! बहुत सुन्दर! मैं भाग्यशाली हूँ कि तुम्हारी जैसी पत्नी पा गया।''

इस पर रेणु कुछ लजा गयी। लाज से रक्तिम उसके कपोल और अच्छे लगे।

''तुम्हारी तुलना में मैं कुछ भी नहीं!''

''ऐसा मत कहिए! आप बहुत कुछ हैं।'' वह अब बोल उठी।

''मुझे अपना पति समझ तुम झूठी प्रशंसा कर रही हो रेणु जबकि मैं कुछ भी नहीं...।''

इस पर अब वह खुल गयी—''लड़के की सुन्दरता नहीं देखी जाती, गुण देखा जाता है। फिर आप तो सुन्दर भी हैं और गुणी भी।''

अब हम सम्वादरत हो गये—''मुझ में कहाँ कोई गुण है रेणु? मैं तो कुछ भी नहीं करता। घर का ही बर्बाद कर रहा हूँ और पढ़ने में भी मन नहीं लगा रहा!''

''आप ऐसा क्यो कहते हैं? पूरे इलाके में आप लोगों का नाम है। इज्जत-प्रतिष्ठा है।''

''वह तो पिताजी के चलते है। मेरे या मेरे परिवार के किसी अन्य सदस्य के चलते नहीं। पिताजी के नाम पर अपने बड़प्पन की डींग हम औरों से हाँकते हैं। लेकिन तुमसे झूठ न ही बोल सकता। पिताजी की मृत्यु के बाद उनके नाम को भुनाना हाथी के दाँत की तरह ही है। हम जब तक अपनी प्रतिष्ठा अपने से कायम नहीं करेंगे, बाप-दादों की प्रतिष्ठा से कुछ होने वाला नहीं...।''

''आप लोग बड़े खेतिहर हैं। धन-सम्पत्ति की कमी नहीं। जमींदार घराने के हैं। आपके खेतों की काफी चर्चा है। मेरे पिता तो डर रहे थे कि बिना अधिक तिलक-दहेज के आपके यहाँ शादी होगी ही नहीं...।''

''यह भी भ्रम है रेणु। तुमसे मुझे कुछ नहीं छिपाना। तुमसे छिपाना तो अपने आप को धोखा देना होगा। हमारे यहाँ जो भी सुख-समृद्धि थी, सब पिताजी की नौकरी के चलते थी। खेतों से कुछ नहीं है। हमारे जैसे छोटे किसान सिर्फ खेतिहर कहा कर ही जीते हैं। तुम्हारे पिताजी को खेत नहीं हैं, इसीलिए वे छोटे खेतीहर को भी सुखी और सम्पन्न समझते हैं। लेकिन सच्चाई मैं जानता हूँ।''

मेरी यह बात सुन रेणु अब चुप हो गयी। शायद इस अनपेक्षित यथार्थ ने उसे कुछ विस्मित-सा कर दिया था। अब मैंने उसे आश्वस्त किया—''लेकिन यह जान कर तुम चिन्ता न करो। तुम्हें पाने के लिए मैंने जितना संघर्ष किया है, अब अच्छी जिन्दगी के लिए उससे अधिक संघर्ष करूँगा। तुम्हें कष्ट में भी नहीं रहने दूँगा। इस खेती के नाम पर हमें नहीं रहना रेणु। कुछ करना है...।''

इस पर उसने कहा—"मेरे पिताजी के पास ही कहाँ कुछ था? नौकरी करके ही वे सब कुछ कर सके। भले ही हमारे यहाँ खेत-बधार नहीं। मगर खाने-पीने और ओढ़ने-पहनने में हम किसी से कम नहीं।"

मैंने अनुभव किया, रेणु का मन कुछ परिवर्तित जान पड़ा। शायद अपने पिता की संघर्ष चेतना उसके अन्दर जाग गयी थी। उसकी आँखों में हल्की चमक भी मुझे नजर आयी। मैं इस तथ्य से अवगत था की गरीबी से संघर्ष करते हुए ही रेणु के पिता आगे बढ़े थे। अपने बड़े परिवार का भरण-पोषण करते तथा अपने बच्चों को पढ़ाते हुए ही तीन बेटियों की उन्होंने शादियाँ भी की। भले ही अधिक तिलक-दहेज नहीं दिया, लेकिन शादियों में अपनी सामर्थ्य भर खर्च तो किया ही...। इस क्षण मैं महसूस कर रहा था, रेणु की झिझक कम होती चली गयी थी। संकोच भी छूटता जा रहा था। हमारी अमीरी के बारे में प्रचलित भ्रामक धारणाओं से मुक्त अब वह हमें भी अपनी ही तरह समझने लगी थी। मुझे खुद अपने ऊपर सुखद आश्चर्य हुआ कि पहली रात और पहली मुलाकात में ही रेणु के साथ मैं ऐसी बात कर सका...। उसे बिल्कुल सहज-स्वाभाविक बना सका। अब मैंने बातों का रुख मोड़ने की कोशिश की—"रामायण को जानती हो?"

"कौन रामायण?"

"तुम्हारा सहपाठी। तुम्हारे साथ स्कूल में पढ़ता था।"

"होगा कोई लड़का। लड़कों से मेरा परिचय नहीं था...।"

"और मदन?"

"वह तो मंजू दीदी के देवर हैं।"

"उन्हीं दोनों ने तुम्हारे बारे में मुझे बताया था जिसे सुन कर तुम से शादी के लिए मैंने दृढ़ निश्चय कर लिया था। लेकिन अब तुमको देखकर ऐसा लगता है कि उन्होंने जो बताया था वह कम ही था, उससे तुम लाख दर्जे अच्छी हो...।"

"आप झूठी तारीफ मत कीजिए!" यह कह रेणु मुस्कुरा उठी। उसके चेहरे पर लालिमा दौड़ गयी। अवसर के अनुकूल अब मैंने कहा—"बिल्कुल सच्ची कह रहा हूँ। तुम्हारी जैसी लड़की किसे पसन्द न होगी? लेकिन मैं तुम्हारे लायक नहीं!"

इस पर तनिक आगे बढ़ उसने अपनी दायीं हथेली मेरे मुँह पर रखी दी—"अब फिर कभी ऐसी बात मत कहिएगा। आप मुझसे भी अच्छे हैं। मेरे लिए तो सब कुछ है!"

अपने मुँह पर उसकी कोमल हथेली के मादक स्पर्श ने मुझे रोमांचित कर दिया। बस, उसकी हथेली वहीं थाम मैं बेतहाशा चूमने लगा। मैने अनुभव किया, उसकी हथेली पर मेरे चुम्बनों से वह सिहरती और रोमांचित होती चली गयी।

फिर कब एक–दूसरे के निकट बढ़ते हुए एक–दूसरे की बाँहों में हम लिपट गये, पता तक नहीं चला। जैसे बाढ़ का पानी बाँध तोड़ कर बह निकलता हो, हमारी स्थिति भी कुछ वैसी ही हो गयी। लोग कहते हैं, नए जोड़ों के मिलन के लिए जून की चिपचिपी गर्मी अच्छी नहीं होती। लेकिन मुझे तो वह सर्वोत्तम प्रतीत हुई। एक–दूसरे के मन–प्राणों में ही नहीं, एक–दूसरे के रूप, रस और गन्ध में भी हम सराबोर होते चले गये। तब से आज तक जून का महीना और गर्मी का मौसम मुझे अच्छा लगता रहा है...।

[8]

सुहागरात के बाद मेरे मार्ग का अवरोध अब समाप्त हो गया था। झिझक-संकोच की सारी दूरियाँ मिट गयी थीं। पहली रात जितना तंग हुआ शायद उसी की यह प्रतिक्रिया थी। मैंने अब सोच लिया, रेणु जैसी पत्नी पाने के बाद ऐसे निरर्थक अवरोधों को नहीं मानना। दोस्तों को फुटा देना है तथा घर की वर्जनाओं पर भी ध्यान नहीं देना। घर की परम्परावादी मानसिकता तो चाहेगी कि हम जुदा-जुदा बने रहें। चोरों की भाँति सिर्फ रात में ही मिलें। यहाँ ऐसा ही होता रहा है। लेकिन अपने साथ मैं ऐसा नहीं होने दे सकता। कहने वाले कहते रहें! हँसने वाले हँसते रहें! किसी और के पास नहीं, अपनी पत्नी के पास जा रहा हूँ, जिसे पाने के लिए ग्रामीण समाज की रूढ़ धारणाओं और सीमाओं को मुझे तोड़ना पड़ा था। ऐसा नहीं करता तो रेणु को नहीं पाता। अब उसके सहज संग साथ के लिए भी इन जड़ताओं को तोड़ना है।

बस, दूसरी सुबह रेणु के पास चलने के लिए मैं तैयार हो गया। अब मुझे रात की प्रतीक्षा नहीं करनी और कोई मनाही भी नहीं माननी। मैं अनुभव कर रहा था, रात में जागने से तनिक भी आलस्य और थकान नहीं...। रेणु के सम्पर्क ने तो जैसे और तरोताज़ा कर दिया था। जैसे मेरे मन प्राणों को उत्साह से भर दिया था।

इस बीच मुझे यह ज्ञात भी हो गया था कि अब तक रेणु भी तैयार हो चुकी है। माँ ने रेणु को कनेआं समझ कुछ दिन के लिए बतखिया दाई को रख लिया था। वही आकर रेणु को नहवा गयी थी और उसके कपड़े भी साफ कर चुकी थी।

अब जैसे ही मैं चलने को हुआ फिर राधेश्याम किसी दुस्वप्न की तरह सामने आ गया। वह तो इसी फिराक में था। मुझ पर नजर पड़ते ही बोला—"इस तरह बन-ठन कर अब कहाँ जा रहे हो? चलो पहले सुहागरात की बात बताओ...।"

"क्या बताऊँ? तुम्हारी तरह मेरी सुहागरात हुई ही नहीं... !"

"सुहागरात नहीं हुई? झूठ मत बोल। मुझे पाठ मत पढ़ा...।"

"नहीं, एकदम नहीं हुई। तुम लोगों की दुष्टता ने अब छोड़ा ही क्या था कि सुहागरात हो!"

मेरे इस बेरुखे जवाब पर राधेश्याम मेरी ओर ताकने लगा। वह मेरा आशय समझने की कोशिश करने लगा। मुझसे ऐसे जवाब की उसे उम्मीद नहीं थी। अब शायद इसकी प्रतिक्रिया वे वह कोई कड़वी बात कहता या कोई करारा मजाक करता लेकिन इससे पहले ही उसे छोड़ मैं घर के अन्दर चल पड़ा। इस बेरुखे व्यवहार को राधेश्याम अब पचा नहीं पाएगा। अभी इसी क्षण जाकर सारे दोस्तों को बताएगा। फिर उनकी प्रतिक्रिया भी मेरे जेहन में गूँज गयी—"औरत के पास जाते मिथिया इतना बदल गया! औरत के आगे हम लोगों का कोई महत्त्व नहीं। अच्छा, अब बच्चू को सबक सिखाना होगा...। कहीं भी मिलने पर छोड़ना नहीं होगा... !"

दालान से निकसार में पहुँच अब मैं आँगन में आ गया। रिश्ते-नाते के जो भी लोग बचे थे, वे सुबह के एकदम तड़के ही जा चुके थे। धूप होने से पहले ही उन्हें अपने घर पहुँच जाना था। अब सिर्फ मेरा परिवार रह गया था। माँ और उषा दीदी रसोई घर के दरवाजे पर थी। माँ चावल-चुन रही थी तथा दीदी सब्जी तराश रही थी। शायद दिन के खाने की तैयारी हो रही थी। ब्रजेश्वर और उर्मिला आँगन में खेल रहे थे। कामेश्वर और बड़े भैया बरामदे में बैठ कर नाश्ता कर रहे थे तथा भाभी चापाकल से पानी ले रही थी। आँगन में मुझे आते और रेणु के कमरे की ओर बढ़ते सब ने देखा। लेकिन किसी ने कुछ नहीं कहा। पर भाभी से रहा नहीं गया। वह बोल पड़ी—"अरे, ए बबुआ जी, यह सुबह-सुबह ही कनेआं के पास जाने लगे। यह क्या कर रहे हैं? तनिक मन को कब्जे में रखिये। रात में जाइएगा, घर की मरजाद मत बिगाड़िये...।"

भाभी ने जानबूझ कर तेज आवाज में यह मजाक किया, ताकि सब सुन सकें। हालाँकि भाभी की वह बात मुझे मजाक कम, कटाक्ष ज्यादा लगी। मैंने देखा, अब सबकी प्रश्नसूचक दृष्टि मुझ पर आ टिकी थी। मेरे मन में आया कि भाभी को तीखा जवाब दे दूँ। लेकिन चाहते हुए भी कुछ नहीं कह सका। जानता था, ऐसा कहना भाभी से उलझना था जिससे कार्य में व्यवधान ही पड़ता। कार्य की सिद्धि और उद्देश्य की सफलता के लिए ऐसे व्यवधानों को महटिया कर पार करना ही अच्छा होता है और मैंने वैसा ही किया। चुपचाप आगे बढ़ गया। भाभी का जुमला बेकार चला गया। मुझ पर आ टिकी घर की निगाहें भी असरहीन हो गयीं।

कल रात रेणु के इस कमरे में पर्दा हटा कर घुसते हुए मैं तनिक रुका था।

लेकिन अब वैसी कोई रुकावट महसूस नहीं की। सीधे उसके कमरे में दाखिल हो गया। देखा, आइने के पास वह बाल संवार रही थी। उसके घने काले बाल काफी लम्बे थे। घुटनों तक लहरा रहे थे। उसके दमकते गोरे रंग पर वे काले बाल खूब फब रहे थे। किसी उपन्यास में सद्यः स्नाता युवती के आकर्षक सौन्दर्य का वर्णन पढ़ा था। अब साक्षात् देख रहा था। कल रेणु मुझे जिस रूप में नजर आयी थी उससे उसका यह रूप अब और ज्यादा लुभावना और मनोहारी जान पड़ा।

मेरी इस औचक उपस्थिति का भान कर रेणु लजा उठी। उसने साड़ी का पल्लू खींच कर अपने माथे पर कर लिया। मेरी बहन बुचिया (उर्वशी) भी वहीं बैठी थी। मेरी शादी में अपने ससुराल से आयी थी। मुझ पर नजर पड़ते ही वह बोल उठी—''भाभी ने अभी नाश्ता नहीं किया है भैया। भाभी को नाश्ता कराने आयी हूँ...।''

यह सुन मैंने तत्क्षण कहा—''मैंने भी नाश्ता नहीं किया है बुचिया। मेरा भी नाश्ता अब यहीं भिजवा दो। हम यहीं नाश्ता कर लेंगे...।''

मेरी इस बात पर बुचिया चौंक कर मुझे देखने लगी। शायद उसके साथ भी ऐसा नहीं हुआ था। गाँव में भी ऐसी परम्परा नहीं थी कि कल की आयी बहू के पास दिन में ही उसका पति आ धमके और उसके साथ नाश्ता करे। मैंने अब बुचिया को समझाते हुए कहा—''माँ से कह देना बुचिया, दालान पर दोस्त सोने नहीं दे रहे हैं। मन बोझिल है। रेणु भी शादी-ब्याह में जगी-थकी है। हम यहीं कुछ देर सो लेंगे...।''

मेरी इस बात पर बुचिया का आश्चर्य और बढ़ गया। वह भौंचक हुई ऐसे गयी जैसे अजूबा देखा-सुना हो। उसके जाने के बाद रेणु अब मुझे कनखियों से देखती हुई मुस्कुरा उठी। शायद मेरी चालाकी वह समझ रही थी। मैंने कहा—''ये सब लोग चाहते हैं रेणु कि दिन में हमारी मुलाकात न हो। चोरों की तरह रात गहराने पर ही हम मिलें। लेकिन मेरा मन इसे मानने को तैयार नहीं। यह तो हमारे साथ ज्यादती है। हम पति-पत्नी हैं। एक-दूसरे से किसी भी समय मिलने का हमें पूरा अधिकार है। यही तो अवसर है कि हम खूब मिलें। किसी के खराब लगने से हमें अपना यह अवसर नहीं खोना!''

इस पर रेणु ने धीरे कहा—''बबी (उर्वशी) अब जाकर दीदी जी, अम्मा जी, भैया जी सब से कहेंगी। सब लोग खिसलाएँगे!''

अपनी छोटी ननद बुचिया को रेणु द्वारा बबी कहा जाना मुझे अच्छा लगा। मैंने उसे आश्वस्त किया—''उन्हें खिसलाने दो रेणु। हम कोई गलत काम नहीं कर रहे। किसी को कष्ट भी नहीं पहुँचा रहे। फिर क्यों डरें? मुझे तो सिर्फ यही

चिन्ता है कि कहीं तुम इससे नाराज तो नहीं हो रही?''

इस पर उसने तत्क्षण कहा—''भला मैं क्यों नाराज होऊँगी?''

रेणु की इस बात पर मैंने लक्ष्य किया, वह बाँकी अदा से मुस्कुरा रही थी। अब मैं अपने को जब्त नहीं कर सका। आगे बढ़ उसका कोमल हाथ अपने हाथ में ले लिया। फिर रात की तरह उसकी नाजुक हथेली को चूमने लगा। इस पर रेणु ने मुझे सचेत किया—''नाश्ता लेकर बबी आ रही होंगी। देखेंगी तो क्या कहेंगी... ?''

मुझे भी लगा कि बुचिया नाश्ता लेकर आ रही होगी। इस तरह मुझे बावला नहीं होना चाहिए। दरवाजा भी खुला है। रेणु ने सचेत कर अच्छा किया। रेणु की बुद्धिमत्ता मुझे बहुत जँची। गाँव-गँवई की अनपढ़ लड़की होती तो इतनी जल्दी नहीं खुलती। रेणु की इस विशेषता ने उसके प्रति मेरे आकर्षण को और बढ़ा दिया। अब मैं रेणु से अलग हो पलंग पर बैठ गया। वह भी अब फुर्ती से अपने बाल सँवारने में जुट गयी। बाल सँवार कर वह अपने माथे पर पल्लू ठीक करने लगी। लेकिन हर बात उसका पल्लू गिर जाता। उसके सँवारे बालों पर पल्लू ठहरता ही नहीं। वह घूँघट काढ़ना नहीं चाहती थी। पल्लू बीच माथे पर ठहरा रही थी, लेकिन असफल हो जा रही थी। यह देख मैं कह उठा—''सिल्क की साड़ी है, इसीलिए छलक रही है...''

इस पर लजाते हुए उसने कहा—''ऐसी बात नहीं। साड़ी पहनना मुझको अभी नहीं आता। घर पर सलवार-समीज में ही रहती थी...।''

''तो यहाँ भी वही पहनना। सलवार-समीज का इन्तजाम मैं कर दूँगा...।''

''इन्तजाम नहीं करना है...। मैं ले आयी हूँ। लेकिन अम्मा जी ने मना कर दिया है। सुबह उनसे पूछी तो वे बोलीं कि यहाँ ससुराल में साड़ी ही पहननी है...।''

''अब माँ ने कह दिया है तो उसका मन रखने के लिए दो-चार दिन पहन लो। फिर मैं उसे समझा दूँगा...। वह मान जायेगी।''

''इसके लिए क्या समझाना! शादी के बाद तो अब साड़ी ही पहननी है। धीरे-धीरे सीख जाऊँगी। मेरी बड़ी दीदी को भी शुरू में साड़ी सम्भाल में नहीं आती थी। पर अब तो वह खूब अच्छी तरह पहन लेती है।''

मैं देख रहा था, रेणु को भी साड़ी सम्भाल में नहीं आ रही थी। लेकिन वह ऐसी थी कि उसके बदन पर किसी भी स्थिति में लिपटी साड़ी बहुत अच्छी लगती थी। मेरे मन में आ रहा था कि कह दूँ—''साड़ी तुम चाहे जैसे पहनो, अच्छी ही लगती हो। तुम्हारे बदन पर साड़ी भी चमक उठती है...।''

लेकिन कह नहीं सका। उसी वक्त बुचिया हम दोनों का नाश्ता लेकर आ

गयी—"यही टेबुल पर नाश्ता रख रही हूँ भाभी। कुछ घटे तो बोलिएगा...।"

और बुचिया चली गयी। मेरी उपस्थिति में वहाँ तनिक भी रुकना उसे अच्छा नहीं लग रहा था। अब पलंग से उतर मैंने अन्दर से दरवाजा बन्द कर दिया। मेरे लिए तो जैसे बिल्ली के भाग से सिकहर का टूटना हुआ था। मुझे अपार खुशी हुई। अब मैं रेणु के साथ स्वतन्त्र था।

देखा, दो प्लेटों में बुचिया नाश्ता रख गयी थी—दाल भरी पूड़ियाँ, आलू पटल की सब्जी, दही और शादी में बची बुनिया...। एक प्लेट रेणु के लिए था और दूसरा मेरे लिए। अब मैंने कहा—"चलो रेणु, हम नाश्ता कर लें। फिर बातें करेंगे। कल हम कहाँ कुछ बतिया सके!" और मैं जग का पानी ले कोने की नली के पास हाथ धोने लगा। टेबुल पर जग और गिलास में पानी रखा था। पहले मेरे इस कमरे की जमीन भी घर के अधिकांश कमरों की तरह कच्ची थी। भाभी जिस कमरे में रहती थी सिर्फ उसी की जमीन पक्की थी। लेकिन जब मेरी शादी तय हुई तो माँ ने इस कमरे की जमीन भी पक्की करा दी और इसमें नाली भी बनवा दी ताकि नयी बहू को तत्काल कमरे से बाहर न आना पड़े। मैंने रेणु से फिर कहा—"जल्दी हाथ धोकर आ जाओ। मुझे भूख लगी है...।" हालाँकि सच यह था कि मुझे भूख लगी नहीं थी। रेणु को जल्द नास्ते पर बुलाने के लिए ऐसा कहा। और सचमुच मेरी इस बात का असर हुआ। रेणु भी हाथ धो कर आ गयी।

अब दोनों प्लेटों के नास्तों को मैंने एक ही में सम्मिलित कर दिया। शायद रेणु मेरी मंशा भाँप गयी। अपनी मोहक नजरों से घूरते हुए पूछ उठी—"यह क्या कर दिये?"

जवाब में मैंने उसी लहजे में कहा—"अब तक तो हम अलग-अलग खाते ही थे। शादी के बाद भी हम अलग ही खाएँगे?"

"तो!"

"तो हम अब एक साथ खाएँगे?"

यह सुन रेणु ने चौंकते हुए मेरी आँखों में देखा। लेकिन मुझसे नजरें मिलते ही वह लजा उठी। उसके अधरों पर मुस्कान की हल्की रेखा तिर आयी। उसकी वह मुस्कान मुझे उसकी सहमति जान पड़ी। अब पलंग पर एक पुराना तौलिया डाल मैंने नाश्ता उस पर रख दिया। रेणु मेरे साथ नास्ते पर बैठते हुए कुछ झिझक रही थी। लेकिन उसका हाथ थाम मैं उसे पलंग पर लेते आया। अब नास्ते के दोनों ओर हम आमने-सामने थे।

मैंने कहा—"शुरू करो!"

लेकिन वह संकोच महसूस कर रही थी। उसका संकोच दूर करने के लिए

पूड़ी के एक टुकड़े को सब्जी के साथ मैंने मुँह में डाल लिया और कहा—"अब तुम भी खाओ...!"

लेकिन रेणु के हाथ बढ़ नहीं रहे थे। मैं उसकी स्थिति समझ रहा था। नारी जनित लज्जा की शिकार थी वह। किसी पुरुष के साथ पहली बार खाने की झिझक थी। अब मैंने सब्जी के साथ पूड़ी का एक टुकड़ा उसके मुँह में भी डाल दिया—"खाओ रेणु। तुम नहीं खाओगी तो अकेले मैं कैसे खाऊँगा। हमें साथ-साथ खाना है...।"

वह पुनः कुछ लजा उठी। साथ ही मेरे हाथ खाते हुए रोमांचित भी हो गयी। लेकिन अब खाने लगी। मैंने अनुभव किया, उसकी झिझक पहले कौर भर ही थी। अब मैंने कहा—"तुम्हारे साथ खाते हुए मुझे बहुत अच्छा लग रहा है। ऐसा प्रतीत हो रहा जैसे अमृत खा रहा हूँ। पता नहीं, तुम्हें कैसा लग रहा?"

"मुझे भी अच्छा लग रहा है। दाल वाली पूड़ियाँ मुझे पसन्द हैं...!"

"चलो तो अब अक्सर मैं दाल वाली पूड़ियाँ ही बनवाऊँगा। लेकिन तुम बहुत धीरे-धीरे खा रही हो। इस बीच मैं कई कौर खा गया...।" और अब अपने हाथों से दो-तीन कौर रेणु को भी खिलाया। प्रतिक्रिया में उसने भी ऐसा ही किया। हालाँकि इस दौरान हम दोनों रोमांचित और प्रेम मग्न बने रहे। एक-दूसरे को खिलाते हुए अनिर्वचनीय सुख पाते रहे। जो नाश्ता मैं रोज करता था अब रेणु के साथ वही इतना प्रीतिकर और सुखकर हो गया था कि चाह रहा था यह कभी खत्म ही न हो। लेकिन उसे तो खत्म होना ही था और वह खत्म हो गया।

सब्जी पूड़ी की समाप्ति के बाद अब बुनिया और दही बच गया। दही और बुनिया मैंने एक साथ मिला दिया। दही मिली बुनिया का स्वाद और अच्छा हो गया। अब चम्मच से हम उसे खाते और एक-दूसरे को खिलाते रहे।

नास्ते की समाप्ति के बाद अब प्लेट उठा कर मैंने नीचे रखना चाहा कि रेणु ने मेरी बाँह पकड़ ली—"आपको जूठा नहीं उठाना!"

"क्यों?"

"मेरे रहते आप ऐसा नहीं कर सकते।"

"यही तो मैं जानना चाहता हूँ।"

"आप पति हैं। मेरे लिए परमेश्वर के समान हैं। आपके जूठा उठने से मुझे पाप लगेगा...।"

"यह गलत धारणा है रेणु। पति-पत्नी में कोई एक-दूसरे के लिए परमेश्वर नहीं होता। दोनों बराबर हैं। मैं तुझे अपने से तनिक भी कम नहीं मानता...।"

"आप चाहे जो मानते रहें, लेकिन मैं आपको जूठा नहीं उठाने दूँगी...।"—रेणु अड़ गयी।

उसका मान रखने के लिए मैं महटिया गया। पर कहा—''इस बार मान जा रहा हूँ, लेकिन आगे नहीं मानूँगा...। वैसा कोई कार्य नहीं जो तुम करो और मैं न कर सकूँ। जब हम एक-दूसरे के पूरक हैं तो अपने कार्य भी एक-दूसरे के पूरक होकर ही हमें करना है?''

मेरी यह बात कुछ आश्चर्य से रेणु सुनती रही। शायद मुझसे ऐसी बात की उम्मीद उसे नहीं थी। मेरी इस बात पर अब अन्दर ही अन्दर वह मुदित होती भी जान पड़ी। उसे लक्ष्य कर मुझे खुशी हुई।

टेबुल के नीचे जूठा प्लेट रख अब उसने हाथ धोये। मैं भी अपने हाथ धो आया। अब हम फिर पलंग पर थे। जून की भीषण गर्मी बनी हुई थी। एक दूसरे के प्रेम की शीतलता में उसका तल्ख एहसास हमें नहीं हो रहा था। लेकिन पसीने का अनुभव तो हम कर ही रहे थे। इस दौरान रेणु अब बिल्कुल सहज थी। हल्के पसीने में उसका रूप और निखर आया था जैसे पूर्ण विकसित गुलाब पर ओस की बूँदें पड़ी हों। एक साथ नाश्ता करने के बाद ही मुझे ऐसा लग रहा था जैसे हम वर्षों के संगी-साथी हों। शायद रेणु को भी ऐसा ही प्रतीत हो रहा हो। वह अब मधुर आवाज में बोल उठी—''बबी से आपने कहा था कि मन बोझिल है। दालान पर दोस्त सोने नहीं दे रहे। तो अब यहीं सो रहिये। मैं पंखा झल देती हूँ।''—और उसने पलंग के सिरहाने रखा पंखा उठा लिया। इस पर मैंने कहा—''अरे नहीं रेणु! मैं तनिक भी बोझिल नहीं। वह तो बुचिया को हटाने और तुम्हारे साथ नाश्ता करने के लिए कहा था। सचाई तो यह है कि मुझसे अधिक तुम थकी हो...! वहाँ हसनबाजार से यहाँ मेरे घर तक तुम कहाँ सो सकी? शादी-ब्याह में लड़कों को तो फुर्सत मिल जाती है, लड़कियों को लोग पकड़े रहते हैं। तुम अब सोओ। मैं दालान पर जा रहा हूँ। बुचिया से बोल दूँगा कि कोई तुम्हें डिस्टर्ब न करे। फिर रात में हम मिलेंगे...!''

यह जाँचने के लिए भी मैंने ऐसा कहा कि मेरी उपस्थिति रेणु को कैसी लग रही है। इस पर वह तत्क्षण बोल उठी—''नहीं, मैं नहीं सोऊँगी...। मुझे नींद नहीं आ रही...। आप अभी कहीं नहीं जाएँगे यहीं सोएँगे। मैं आपको पंखा झलूँगी...।''

रेणु की इस बात ने अब उसके प्रति मेरे मन को और अधिक अनुरक्त कर दिया। मैंने कहा—''यह कैसे होगा कि तुम पंखा झलो और मैं सोऊँ? तुम मेरे यहाँ आयी हो। मेरी अतिथि हो। पंखा तो मैं तुम्हें झलूँगा। जब मैं तुम्हारे यहाँ चलूँगा तो तुम झलना...।''

''नहीं, मैं आपकी यह बात नहीं मानूँगी...। लड़की पति के घर सेवा करने आती है।''

"लेकिन तुमसे शादी मैंने अपनी सेवा के लिए नहीं की!"

"तो किस लिए की?"

"तुम्हारा प्यार पाने के लिए।"

"तो अब सेवा और प्यार दोनों पाइयेगा।"

"नहीं, मुझे बस, एक ही चीजे चाहिए!"—और मैंने बाँहें फैलायी। रेणु भी अब अपने को रोक नहीं सकी और हम एक दूसरे की बाँहों में आ गये। इससे पहले कि अपने चुम्बनों से एक-दूसरे को भिगो पाते, किसी ने दरवाजा पीटना शुरू कर दिया। हम चौंक कर अलग हो गये जैसे चलती ट्रेन उलट गयी हो या राह चलते हम लुढ़क गये हों!

मैंने तनिक डाँटते हुए पूछा—"कौन है?"

"मैं हूँ।" बुचिया की आवाज आयी।

"क्या है बुचिया?"

"भाभी को देखने चाची लोग आयी हैं।"

"कह दो कि भाभी अभी सो रही हैं। बाद में देख लेंगी...।"

इस पर माँ की कड़ी आवाज सुनाई पड़ी—"अभी तू दालान में जा मिथि। मउग जैसा दिन में पत्नी के पास न रह..."

किसी और की आवाजे होती तो मैं रेणु के पास से न हटता। करारा जवाब दे देता। लेकिन माँ की आवाज पर अब विवश हो गया। इससे पहले माँ भी ऐसा वचन नहीं बोलती थी। रेणु के आने के बाद अब यह क्या हो गया है माँ को? बुचिया के साथ वह भी दरवाजे पर खड़ी थी। अब रेणु से विदा ले मैं चल पड़ा—"रात में फिर मिलेंगे।"

रेणु भी झट से उठ कर बैठ गयी और अपने को संयत करने लगी। अन्दर से दरवाजा खोल अब मैं बाहर निकला। देखा, माँ के साथ जीनर की माँ और पड़ोस की कुछ और महिलाएँ थीं। जीनर की माँ ने तो मुझे झिड़की भी दी—"अरे मिथिया, मेहरारू आते तू ऐसा हो गया। दिन-रात सब भुला दिया। मर्द-मानुष की तरह दालान पर जा। मेहरारू का घर अभी से मत अगोर..."

जीनर की माँ मेरी माँ जैसी ही थी, इसीलिए खून का घूँट पीकर रह गया। अन्दर से उफनता रहा। मन में आ रहा था कि कस कर जवाब दे दूँ—"शादी के बाद अपनी पत्नी के साथ चाहे दिन में रहूँ या रात में, इससे किसी का क्या बिगड़ता है?" लेकिन नहीं कह सका। निकसार की खटिया पर आकर पड़ गया। वहाँ भी जब मन शान्त नहीं हुआ तो पाठशाला की ओर चला गया। फिर ठाकुर बारी के कुएँ पर वृक्षों की छाँव में देर तक बैठा रहा। गुस्से में भी मेरी आँखों के समक्ष रेणु का रूप ही कौंधता रहा। सड़क की ओर देखता तो वही नजर आती।

वृक्षों की हरीतिमा में भी वही दिखती। कुएँ में झाँकता तो जल की शीतलता में वही प्रतीत होती। मैंने सुना था, प्रेम में यह सब होता है। सम्भव है, रेणु के प्रति मेरे मन के प्रेम का ही यह प्रतिबिम्ब हो। वहाँ मैं अकेले था, लेकिन लगता, रेणु मेरे साथ है। दुपहरिया तपने लगी तब वहाँ से घर आया।

दिन का खाना अधिकाँश लोग खा चुके थे। मेरे पहुँचते ही बुचिया मेरा खाना लेकर निकसार में आ गयी। मैंने पूछा—''रेणु खा चुकी।''

''नहीं। भाभी को देखने अब उतरपटी की औरतें आ गयी हैं...।''

''और चाची लोग चली गयीं?''

''हाँ। वे तो उसी वक्त देखकर निकल गयीं। अब उतरपटी की महिलाएँ आ जुटी हैं...।''

क्षण भर के लिए मैं मौन हो गया। बुचिया मेरा मौन समझ गयी। बोली—''भाभी को मैं अपने साथ खिलाऊँगी भैया। अभी मैंने भी नहीं खाया है...। भाभी की चिन्ता तुम मत करो। मैं उन पर तत्पर हूँ...।''

बुचिया चली गयी। मेरा मन खीझ से भर गया। औरत होकर औरत को देखने की ऐसी बेताबी। यह तो मुँह दिखाई के नाम पर नयी आई दुल्हन को परेशान करना है। समय-कुसमय का कोई ख्याल नहीं। गँवई समाज में समय-असमय पर विचार कर लोग कहाँ चलते हैं? अपने घर से फुर्सत पाते ही महिलाएँ चल देती हैं। घरेलू कामों के अतिरिक्त वे तो खाली ही रहती हैं। इसी बहाने दूसरे-तीसरे घरों में घूमने का अवसर भी पाती हैं। बहू देखने के नाम पर बहू के घर से आयी मिठाई भी खाती हैं...।

खाना खाने के बाद वहीं निकसार में मैं लेट गया। उतरपट्टी की महिलाओं के जाने के कुछ ही देर बाद और महिलाएँ आ गयीं। बैसाडीह में रेणु का आज दूसरा दिन था। कल पहला दिन तो आगमन की रस्मों में ही बीत गया था। कुछ ही महिलाएँ बहू देख सकी थीं। शायद इसीलिए आज दूसरे दिन बहू देखने के लिए टूट पड़ी थीं।

अपने खीझते-खौलते मन को मैंने आश्वस्त करने की कोशिश की। बुचिया है, वह रेणु को खिलाएगी, उस पर तत्पर रहेगी। नए घर में उसे असुविधा में नहीं पड़ने देगी। बुचिया समझदार है। उसकी शादी रेणु के मामाओं ने ही करायी है। बुचिया के ससुराल से रेणु के परिवार का निकट सम्बन्ध है। शायद यही वजह है कि मेरे बाद अगर रेणु पर किसी की निगाह है तो वह बुचिया की ही। अब मन की आश्वस्ति के बाद सुबह रेणु के साथ गुजरे वे मधुर क्षण फिर-फिर मेरे जेहन में साकार होने लगे। रेणु के उसी मोहक संसार के बीच कब मेरी आँख लग गयी, पता तक नहीं चला...।

किसी बच्चे के रोने की तेज आवाज से मेरी आँख खुली। देखा, कोई महिला अपने दो छोटे बच्चों के साथ बहू देखने आयी थी। उसी के एक बच्चे ने दूसरे बच्चे को मार दिया था, जिससे वह रो रहा था। प्रतिक्रिया में उस महिला ने मारने वाले बच्चे का भी कान उमेठ दिया था। अब वे दोनों चिल्लाने लगे थे। इस बीच शाम हो चली थी। यह देखकर मेरा मन फिर परेशान हो उठा कि बहू देखने का सिलसिला अभी चल ही रहा था। अब यह सोच कर अपने मन को दिलासा दिया, अच्छा है आज ही सब पार हो जाएँ ताकि कल से रेणु को राहत मिल सके। वह सुकून की साँस ले सके। यह तो वही बात हुई—'चिड़िया की जान जाए, बच्चे का खिलौना'।

अब चापाकल से लेकर पानी पिआ। हाथ-मुँह धोया। फिर सन्ध्या भ्रमण के लिए चल पड़ा। अकेले निकसार में पड़ा रहना अब बोझिल लग रहा था। गली से निकल कर दक्खिन की सड़क पकड़ ली। लेकिन पुलिया के पास पहुँचते ही बैजनाथ, श्रीनिवास, महेन्द्र, राधेश्याम, एकबाल आदि कई दोस्त मिल गये। वे भी शाम में घूमने निकले थे। अब मुझे देखते ही टूट पड़े। बैजनाथ ने कहा—"अरे मिथि भइयवा, तूने तो कुछ बताया ही नहीं। दिन भर कहाँ छिपा था? हम तुझे ही ढूँढ़ रहे थे।"

इस पर राधेश्याम ने कहा—"इसकी सुहागरात तो मनी ही नहीं, क्या बताएगा? कह रहा है कि बताने लायक कुछ हुआ ही नहीं...।"

"तब क्या वहाँ मन्तर पढ़ने गया था कि बिच्छी का लहर उतारने...!"—श्रीनिवास ने नहले पर दहला मारा।

अब मैं गुस्से में फट पड़ा—"तुम लोगों का पागलपन दूर करने गया था। चेता देता हूँ कि इस प्रसंग में अब और कुछ पूछोगे तो ऐसी कड़ी बात कह दूँगा कि छटपटाने लगोगे..."

मेरी इस चेतावनी पर मुझसे कुछ पूछना तो उन्होंने बन्द कर दिया, लेकिन उनकी बोलबाजी जारी रही—"लगता है बच्चू का काम नहीं बना है, इसी से नाराज है।"

"दुहनीहार को कच्चा समझ चतुर गायलतार भी चला देती है। जरूर बच्चू के भुभुन पर उसने लतार मारी है तभी अइसे गरमाया है...।"

"पहली रात जोरू को वश में कर लेना मामूली बात नहीं होती, मँजा खिलाड़ी ही ऐसा कर पाता है।"

"अच्छा, सबर करो बचवा। लगे रहो। जिस दिन पसीज जाएगी तेरा काम हो जायेगा...।"

दोस्तों के इन फिकरों से अब मुझे खुशी ही हुई। अच्छा हुआ कि ये इस वहम में हैं कि रेणु से मेरी नाराजगी चल रही है। अब इसी नाम पर ये मुझे

छोड़ भी देंगे। अगर ये जान जाएँ कि मैं और रेणु एक-दूसरे के लिए जान लुटा रहे तो उसकी तह तक पहुँचने के लिए मुझे परेशान कर उठेंगे।

सन्ध्या भ्रमण के बाद अब मैं लौट आया। मेरी बेरुखी को लक्ष्य कर वे दोस्त मेरे दालान में नही आये। शायद मुझसे सम्बन्धित बातचीत के लिए ही राधेश्याम के दालान में जा बैठे। सम्भव है, मुझमें आये इस आकस्मिक परिवर्तन को वे जानना चाह रहे हों! जो हो, इस बात को लेकर मेरे मन में कोई मलाल नहीं रहा। मैंने तो राहत ही महसूस की कि आसानी से उन्होंने मेरा पिंड छोड़ दिया...।

अब आँगन से निकसार और दालान के बीच आते-जाते मैं समय बिताने लगा। इस बीच हरेसर आकर मुझे 'खुर्मियाँ' दे गया। वह हसनबाजार जा रहा था तो 'खुर्मियों' के लिए उसे कुछ पैसे थमा दिये थे। खुर्मियाँ मेरी पसन्द की मिठाई थी। देखने में सफेद और आकर्षक तथा स्वाद में बेजोड़। स्वास्थ की दृष्टि से भी हानिरहित । बगैर घी-तेल के सिर्फ छेने और चीनी से बनने वाली मिठाई। खुर्मियों का वह ठोंगा मैंने अपने जेब में रख लिया। आकार में छोटी-छोटी होने की वजह से आधा किलो तक खुर्मियाँ जेबों में आ भी जाती थीं।

शाम अब रात में बदल चली थी। हमारे परिवार ने अपनी रात्रि चर्या प्रारम्भ कर दी थी। अभी किसी ने खाना नहीं खाया था। अभी तो रात शुरू ही हुई थी। लेकिन इसी वक्त रेणु के पास मैं चल पड़ा। दिन में उसके कमरे से निकल जाने की यह प्रतिक्रिया भी थी। मैं सोच रहा था कि देखें, अब कौन रोकता है? लेकिन किसी ने कुछ नहीं कहा जबकि रेणु के कमरे में मुझे घुसते हुए सब ने देखा। इस बार भी वहाँ पहुँच कर मैंने पाया कि कल की ही तरह कामेश्वर बैठा हुआ था। शायद वह भी प्रतीक्षा में था और अवसर मिलते ही जुट आया था। लेकिन मुझे देखते ही भाग खड़ा हुआ। उसे भागते देख रेणु खिलखिला पड़ी—दूधिया और प्यारी हँसी! खिलखिलाते हुए ही उसने कहा—"बबुआ जी आपसे खूब लजाते हैं। आप पर नजर पड़ते ही ऐसे भागे जा रहे हैं जैसे चोरी करते पकड़ाये हों...।"

इस पर मैंने कहा—"कामेश्वर अब सयाना हो रहा है रेणु। यह उसके सयाने होने का ही लक्षण है...।"

"लेकिन आपकी खूब इज्जत करते हैं। केवल आपकी बड़ाई कर रहे थे कि मंझले भइया ऐसे हैं, वैसे हैं!"

"ऐसा कह रहा था कामेश्वर?"

"हाँ।"—और इस हाँ के साथ रेणु सुबह वाले अन्दाज में मुस्कुरा उठी। मेरे समक्ष अब उसे कोई झिझक नहीं थी। सुबह एक साथ के नास्ते ने उसे मेरा

पूर्व परिचित बना दिया था। उसके उस मोहक मुस्कान के आकर्षण में अब मैं उसकी ओर खिंच चला। शायद रेणु समझ गयी कि अब मैं उसकी बाँह थाम पलंग पर ले आऊँगा, इसीलिए बोल उठी—"अभी दरवाजा खुला है। कोई आ जायेगा।"

हठात् अब मेरा ध्यान भी दरवाजे की ओर चला गया। सचमुच दरवाजा खुला था। बिना दरवाजा बन्द किये ही मैं रेणु की ओर बढ़ रहा था! अब तत्क्षण मुड़ कर मैंने दरवाजा बन्द कर दिया। इस दौरान रेणु स्वयं पलंग के पास आ गयी। इस बार मुझसे पहले ही बोल उठी—"चलिये पलंग पर बैठिए, मैं पंखा झल देती हूँ। बहुत गर्मी है।"

"नहीं रेणु, पंखा क्या झलना! आओ हम बैठें। गर्मी तो तुम्हें लग रही होगी। मैं तो बाहर घूम आया। तुम तो यहाँ कमरे में बन्द हो...!"

और हम दोनों अब पलंग पर बैठ गये। बैठने से पहले कमीज खोल कर मैंने टाँग दी। घर पर मैं पजामे और बनियान में ही रहता था। रेणु ने अपने कहे अनुसार पंखा झलना शुरू कर दिया। लेकिन उसके हाथ से पंखा ले मैं उसे झलने लगा। अब वह फिर मेरे हाथ से पंखा लेने लगी। पंखे के लिए हमारे बीच छीना-झपटी शुरू हो गयी। इस पर मैंने कहा—"हम दोनों में से कोई किसी को पंखा नहीं झलेगा। हमें पंखा रख देना चाहिए। गर्मी कोई खास नहीं...।"

इस समझौते के तहत हमने पंखा रख दिया। रेणु ने अब अपनी आशंका व्यक्त की—"अभी इतनी जल्दी शाम में ही हमने दरवाजा बन्द कर लिया, कहीं अम्मा जी खिसिया न रही हों! सबको खराब लग रहा होगा...!"

"लगने दो रेणु। अधिक लाज-लिहाज से इनका मन और बढ़ जायेगा। इन्हें करारा जवाब देने के लिए ही मैं समय से पहले आया। ऐसे लोग तो चाहते हैं कि हम चोरों की तरह आधी रात को मिलें। लेकिन मैं समझ नहीं पाता हूँ क्यों? जब सारी दुनिया के सामने हमने शादी की तो फिर मिलन पर ऐसी पहरेदारी और पाबंदी क्यों? आगे हमारी राह में ये अड़चन न बनें, इसलिए प्रारम्भ में ही अपना इरादा हमें बता देना चाहिए कि हम निरर्थक रुकावटों को नहीं मानेंगे...!"

मेरी इस बात के समर्थन में रेणु मुस्कुरा उठी। अब इसके पक्ष में ही उसने कहा—"सुबह अचानक आपका चला जाना मुझे अच्छा नहीं लगा था। यह कैसी मुँह दिखाई की रस्म है कि इतमीनान से हम सो-बैठ भी न सकें! मैं कोई भागी तो नहीं जा रही कि मुँह दिखाई के लिए सब इतनी उतारू हैं।"

"ये सब परेशान करने वाली रस्में है रेणु। शादी की परेशानी से लड़की अभी उबर भी नहीं पाती कि यह मुँह दिखाई का चक्कर। ताड़ से गिर कर खजूर पर अटकने वाली बात। मुझे तो यह देखकर हैरत होती है कि औरतों द्वारा ही

एक औरत को देखने की ऐसी उतावली क्यों? कोई मर्द किसी औरत को देखता है तो उसका प्राकृतिक कारण समझ में आता है, लेकिन औरतों द्वारा औरत को देखा जाना मुझे अबूझ लगता है...।''

''क्या कीजिएगा, अब जो रस्में बनी हैं और चलती आ रही हैं उन्हें तो झेलना ही है...।''

''आज तो पूरा दिन तुम्हें यह सब झेलना पड़ा होगा।''

''दोपहर तो बीत ही गयी थी।''

''तब तुमने खाना कब खाया?''

दोपहर बाद। बबी के साथ खायी। बबी का ध्यान मुझ पर रहता है। आकर पूछ जाती है—पानी पीजिएगा भाभी? कुछ खाइयेगा?''

''बुचिया बहुत अच्छी लड़की है रेणु। भाभी के आने के बाद भी माँ के साथ वही घर सम्भालती रही। शादी के बाद तो अब वह भी इस घर की मेहमान है। फिर भी लगी रहती है। मुझको भी पूछ कर उसी ने खिलाया...। वह जब जायेगी तो उसका अभाव हमें बहुत महसूस होगा...।''

''लड़की का जाना अखरता ही है। हमीं आ रहे थे तो हमारे घर सब रो रहे थे। लेकिन शादी के बाद लड़की को ससुराल जाना ही है। लेकिन आप चिन्ता मत कीजिए...। बबी चली जायेंगी तो अब मैं आपको खिलाऊँगी! आपका ख्याल रखूँगी।''

सुबह में इस विषय पर अपने मन के निर्णय से मैंने रेणु को अवगत कर दिया था। अब फिर कह उठा—''तुम क्यों खिलाओगी रेणु? तुम तो मेरे घर की मेहमान हो। यहाँ तो मुझे तुम्हें खिलाना है। तुम्हारा ख्याल रखना है।''

''नहीं, ऐसा नहीं होता...। लड़कियाँ ही यह सब करती हैं। इसीलिए ससुराल जाती हैं।''

''मैं इस परम्परा को बदलना चाहता हूँ! शादी मैंने इसलिए नहीं की कि तुम मेरे घर आकर सबकी तिमारदारी करो...।''

''तब किसलिए की?''

''तुम्हारा प्यार पाने और तुम्हें अपना प्यार देने के लिए। एक-दूसरे के साथ जीने-मरने के लिए। हमारे बीच स्वामी और सेवक का नहीं, सच्ची दोस्ती का सम्बन्ध होगा...। एक-दूसरे के पूरक हैं हम।''

मेरी यह बात सुन एक क्षण तक रेणु ने मुझे स्नेह से निहारा। सुबह भी मेरी ऐसी बात वह सुन चुकी थी। अब आर्द्र हो अपना हाथ स्वतः मेरे हाथ में सौंप दिया। कहा—''आप जैसे लोग बहुत कम होते हैं...। मेरा ऐसा भाग कि आप मुझे मिले...!''

लेकिन अब मैं कुछ बोल नहीं सका। अपने हाथ में रेणु का कोमल और नाजुक हाथ आते ही रोमांचित हो उठा। हाथों के सहारे एक-दूसरे के तन-मन तक पहुँचने का राज हम जान चुके थे। बस, मेरे हाथों में चिपकी रेणु की हथेली अब स्वतः मेरे होठों से जा लगी। फिर कब और कैसे एक-दूसरे की बाँहों में हम समा गये, पता तक नहीं चला। फिर सुहागरात में शेष रह गयी कमी की पूर्त्ति तक हम एक दूसरे के साथ अतल गहराई में उतरते तथा चरम पर पहुँचते एक-दूसरे में खोते चले गये। एक-दूसरे की भुजाओं में आबद्ध जब हम शान्त-सहज हुए तो एक-दूसरे को पूरी तरह आत्मसात कर चुके थे। फिर भी अलग होना नहीं चाहते थे। हम अभी ऐसे ही एक दूसरे की भुजाओं में बँधे रहते कि किसी ने दरवाजे पर थपथपाहट देनी शुरू की। हम फुर्ती से अलग हो गये और अपने को ठीक भी कर लिया। मैं अब दरवाजे की ओर बढ़ा। पर रेणु ने रोक दिया—"आप चुपचाप पलंग पर आराम कीजिए। मैं देखती हूँ कौन है?"

रेणु की यह निर्भीकता और तत्परता मुझे बहुत अच्छी लगी। रेणु सिर्फ सुन्दर ही नहीं, समझदार और साहसी भी है। सुबह भी इस बात का एहसास मुझे हुआ था। अब इस एहसास ने उसके प्रति मेरे मन के आकर्षण को और बढ़ा दिया। अब बिस्तरे पर पड़ा मैं देख रहा था, दरवाजा खोलते हुए रेणु ने पूछा—"कौन है?"

"हम हैं भाभी।"—बाहर से बुचिया की आवाज आयी।

"क्या है बबी?"

"आप लोग आज खाना नहीं खाइयेगा? सब लोग खा चुके, केवल आप और भैया बाकी हैं।"

"खा लेंगे बबी।"

"मैं आप लोगों का खाना लेते आयी हूँ। अब अन्दर ही खा लीजिएगा...।"

बुचिया ने खाने की थालियाँ थमा दी। रेणु ने अन्दर रख ली। बुचिया ने पूछा—"पानी तो है न?"

रेणु ने बता दिया—"हाँ, है...।"

बुचिया ने अब स्वतः कहा—"अन्दर से दरवाजा बन्द कर लीजिए भाभी। रात काफी हो गयी है। अब आप लोग भी खा कर सो रहिए...!"

रेणु ने दरवाजा बन्द कर दिया। अब हम इतमीनान थे। मैंने घड़ी देखी, रात के ग्यारह बज रहे थे। मैं चौंक गया, इतना समय कैसे बीत गया! गाँव के लिए यह विरत रात का समय! मैंने रेणु से कहा—"सचमुच रात के ग्यारह बज रहे हैं। समय का तो हमें ख्याल ही नहीं रहा!"

वह भी विस्मित हो गयी—''ग्यारह बज गये! अभी तो शाम ही हुई थी।''

''अब गहरी रात हो गयी है रेणु। चलो, हम भी खा लें!''

रेणु तो पलंग से उतर ही चुकी थी। मैं भी अब उतर गया। फिर हमने साथ-साथ हाथ धोये। सुबह नास्ते की तरह ही दोनों थाल का खाना एक ही में कर दिया। फिर पलंग पर तौलिया बिछा उस पर रख दिया और एक-दूसरे के आमने-सामने बैठ गये। मेरी इस चतुरता को देख रेणु मुस्कुरा उठी। यह देखकर मैं खुश था कि खाने में मछली-भात है। शाम में टहलने जा रहा था तो भाभी, कामेश्वर को मछली के लिए आहर पर भेज रही थी। पश्चिम का आहर मारा जा रहा था। शायद वहीं से कामेश्वर मछलियाँ ले आया था। हमारी थाली का कटोरा ऊपर तक झोर से भरा था। नीचे मछलियाँ थीं। मैंने हाथ डालकर देखा, बिल्कुल छोटी मछलियाँ थीं—पोठिया, सिधरी, गरचुन्नी, टेंगरा और चल्हवा। समझ गया, मछुआरों ने ऊपर से ही मछलियों को छाना है, आहर की बड़ी मछलियों को अभी नहीं पकड़ा है। मैंने रेणु से पूछा—''तुम्हें कौन मछली पसन्द है... ?''

उसने बताया—''रेहू। हमारे यहाँ बाजार से रेहू मछली ही आती है...।''

''लेकिन हमारे यहाँ तो आज छोटी मछलियाँ बनी हैं—पोठिया, सिघरी, गरचुन्नी, टेंगरा और चल्हवा।''

''ये कैसी होती हैं?''

''तूने नहीं देखी है?''

''नहीं।''

अब मैंने झोर से निकाल कर तीन-चार मछलियाँ दिखाईं। वह कुछ चौंक उठी—''ये तो बहुत छोटी-छोटी हैं। ऐसी मछलियाँ हमारे यहाँ कभी नहीं आतीं!''

मैं समझ गया, नौकरीजीवी रेणु का परिवार बाजार से अच्छी चीजें खरीद कर ही खाता होगा। हम ग्रामवासियों की तरह कैसी भी चीज से काम चलाने वाला नहीं। मैंने कहा—''छोटी मछलियाँ सवदगर बनती हैं तथा स्वास्थ्य के लिए भी अच्छी होती हैं। जरा चखकर तो देखो...।''

रेणु ने अब मछली का झोर चखा—''सचमुच बहुत चटक है, बाकिर खूब तीता है...।''

मैंने भी चखा। वास्तव में झोर स्वादिष्ट बना था। लेकिन अधिक तीता हो गया था। अब हम खाने लगे। मैंने देखा, रेणु चाहते हुए भी छोटी मछली खा नहीं पा रही थी। एक टेंगरे का मांस रेहू की तरह निकाल रही थी कि उसका काँटा उसकी अंगुली में चुभ गया। बस, सी-सी कर उसे छोड़ दी। अब केवल झोर-भात ही खाने लगी। विशेष तीता होने के चलते झोर भी कम ही ले रही

थी। मैं समझ गया, रेणु को छोटी मछलियाँ खाने नहीं आती। मैंने उसका ध्यान अपनी ओर करते हुए कहा—"देखो रेणु, छोटी मछलियों का मांस ऐसे निकाला जाता है। तरीका जान जाओगी तो इनका काँटा सीधे मांस से अलग कर लोगी।"

और तीन चार मछलियों का मांस उनके काँटे से अलग कर मैंने रेणु को दिखाया। फिर उन्हें प्यार से रेणु के मुँह में डाल दिया। उसने कहा—"सचमुच इनका मांस रेहू से अधिक स्वादिष्ट है...।"

अब वह भी मेरी देखा देखी कुछ मछलियों के मांस निकलने लगी। यह देखकर मुझे खुशी हुई कि एक ही बार में वह सीख गयी। फिर अपना पहला ग्रास मेरे मुँह में डाल बोली—"ठीक से निकाली हूँ...।"

"हाँ! एकदम ठीक...।"

अब हम दोनों खाने लगे। अधिक तीतेपन के चलते रेणु का गोरा चेहरा और घप्-घप् करने लगा। मैं भी मिर्च की तल्खी और जलन का अनुभव कर रहा था। पूछा—"तुझे तीता अधिक पसन्द है या मीठा?"

"मीठा।"

"तब तो हम दोनों की रुचि बिल्कुल एक है। हमारे लिए यह अच्छा संयोग है। हमारे यहाँ भाभी तीता अधिक खाती हैं और भैया मीठा। भाभी ने ही अपनी रुचि के अनुसार मछली में मिर्च अधिक डाल दिया है...।"

मछली-भात हमने खा लिया और झोर छोड़ दिया। हल्के झोर से ही काम चला लिया। अब इससे अधिक झोर की तिताई हम बर्दाश्त नहीं कर पाते। थाली नीचे सरका कर हाथ-मुँह धो हम फिर पलंग पर आ गये। लेकिन तीतेपन की वजह से सी-सी करते रहे। अवसर अनुकूल देख अब मैंने अपनी जेब से खुर्मियों का ढोंगा निकाल लिया—"आओ रेणु, हम अब यह मीठा खायें...। खाते ही हमारे मुँह की सारी तिताई खत्म हो जाएगी...।"

रेणु ने देखा, ढोंगे में खुर्मियाँ थीं। इस क्षण उसकी आखों में चमक मैंने महसूस की। शायद उसे भी खुर्मियाँ पसन्द थीं। मैंने पूछा—"खुर्मियाँ तुमको कैसी लगती हैं?"

"बहुत अच्छी।"

मुझे अपना अनुमान सही जान पड़ा। मैंने लक्ष्य किया, रेणु की रुचियाँ मेरी रुचियों से बहुत मेल खाती हैं। मैंने पूछा—"खुर्मियाँ मेरी पसन्द की सर्वोत्तम मिठाई थी। अब हम दोनों खाने लगे। दो-चार खुर्मियों ने ही हमारे मुँह का जायका बदल दिया। अब अपने विशिष्ट स्वाद से हमारे मन को भी तृप्त करने लगीं। मछलियाँ खाते हुए हमें वे अच्छी जरूर लगी थीं। लेकिन खाने के बाद तृप्ति और सन्तुष्टि का एहसास नहीं हुआ था। अब खुर्मियों ने उस तृप्ति एवं सन्तुष्टि

का पुरजोर एहसास करा दिया। रेणु ने पूछा—"बैसाडीह में खुर्मियाँ मिलती हैं?"

"नहीं।"

"तो कहाँ से ले आये?"

"हसनबाजार से।"

समझदार रेणु जान गयी कि उसके लिए मैंने हसनबाजार से मँगवायी हैं। उसके चेहरे के भावों को मैं लख गया। मैंने कहा—"अभी और लो रेणु। तुम तो कुछ खायी ही नहीं...।"

"मन भर गया। काम भर खाली...।"

"कुछ और लो। ताज़ा हैं।"—और मैं स्वयं अपने हाथों से उसे खुर्मियाँ खिलाने लगा। वाकई खुर्मियाँ ताज़ा थीं। कच्चे नारियल की तरह दाँतों में कच-कच करतीं तथा मधुर मिठास के साथ दूध की सफेदी से मुँह भर देतीं। मेरे इस प्रेमपूर्ण आतिथ्य पर अनुरक्त हो रेणु अब बिल्कुल मेरे स्पर्श में आ गयी—"अब और कितना खिलाइयेगा?"

"दो-चार और खा लो। मछली-भात तुम अच्छी तरह नहीं खा पायी हो...। खुर्मियाँ हानि नहीं करतीं। तीता के बाद मीठा तो खाना पचा देता है।"

"अब आज और नहीं। अब दूसरे दिन खिलाइएगा।"

"दूसरे दिन ही नहीं रेणु, जीवन भर खिलाऊँगा। तुम्हारी पसन्द से अवगत हो गया, अब देखना...!"

"और मैं आपको क्या खिलाऊँगी?"

रेणु के इस प्रश्न पर मैंने उसके गुलाबी होठों को चूम लिया—"मेरे लिए बस यही काफी है...।"

लेकिन इस एक चुम्बन ने तो जैसे प्यास भड़का दी। मैं उसे फिर-फिर चूमने लगा। प्रतिक्रिया में वह भी सक्रिय हो गयी। अब हम बेतहाशा एक-दूसरे के होठों को चूमते रहे। इस दौरान एक दूसरे के होठों की मिठास का अनुभव भी करते रहे। शायद हमारे होठों में लगी वह खुर्मियों की मिठास थी जिसे हम एक-दूसरे के होठों की मिठास ही समझ रहे थे और चरम आनन्द की अनुभूति से गुजर रहे थे। जब हम शान्त-सहज हुए तो एक-दूसरे की भुजाओं में आबद्ध थे।

कुछ देर बाद मुझे स्मरण आया, रेणु की अँगूठी तो मेरी जेब में ही है। अब तक मुझे दे देनी चाहिए थी। मेरी कमीज पास ही टँगी थी। अब तत्क्षण जेब से अँगूठी ले ली—"कल इसे ले आना भूल गया था। अब सुहागरात की यह सौगात आज स्वीकार कर लो...।"

इस पर उसने कहा—"मेरे लिए तो सबसे बड़ी सौगात आप ही हैं...। मुझे अब और कुछ नहीं चाहिए। शादी से पहले मैं सोचती थी कि कैसे पति

मिलेंगे? लेकिन आप तो बिल्कुल मेरे मन जोग हैं। अब मुझे क्या चाहिए!''

रेणु अब बिल्कुल खुल चुकी थी। मैं महसूस कर रहा था, मेरे आत्मीय और अन्तरंग व्यवहार का उस पर असर हो चुका था। मैंने कहा—''फिर भी सुहागरात की स्मृति में इसे रख लो। यह तो माँ ने दिया है। मेरी ओर से तो अभी बाकी है। कमाने के बाद वह बाकी भी पूरा करूँगा।''

''नहीं, अब और कुछ नहीं चाहिए। यह अँगूठी ही काफी है।''

और रेणु उस अँगूठी को उलट-पुलट कर देखने लगी—''कितनी अच्छी है। अम्मा जी ने बढ़िया बनवाई है। सुहागरात की यह भेंट मैं सहेज कर रखूँगी।''

''नहीं रेणु, इसे सहेज कर नहीं रखना है अभी पहनना है...!''

और उसका हाथ अपने हाथ में ले उसकी अँगुली में अँगूठी पहनाने लगा। शादी की एक अँगूठी उसकी एक अँगुली में पहले से ही थी। अब दूसरी अँगुली में यह अँगूठी पहना दी। उसके नाप की अँगूठी थी। माँ ने बबन नाई को भेज कर उस की नाप मँगवाली थी। उसकी अंगुली पर चढ़ते ही यह अँगूठी चमक उठी। जैसे असली जगह पा ली हो!

''अब यह कैसी लग रही है?''

''बहुत अच्छी।''

''सचमुच यह अँगूठी तुम पर बहुत जंच रही हैं।''

और मैं अँगूठी के साथ रेणु की उस हथेली को चूमने लगा। इस पर मुझसे अपना हाथ छुड़ाते हुए वह बोली—''बस एक मिनट रुकिए, अभी आती हूँ...!''

और वह पलंग से उतर कोने में रखे अपने बक्से के पास चली गयी। उसका बिअहुती बक्शा वहीं रखा था। बक्से से कोई चीज निकाल उसने आँचल में छिपा ली। मेरी जिज्ञासा बढ़ गयी, क्या ला रही रेणु? अब पास आकर उसने कहा—''मेरी माँ ने भी पहली भेंट के लिए दिया है। सोने जैसी कोई चीज तो नहीं, पर जो भी है, रख लीजिए...!''

और उसने एक अच्छा रूमाल, उस पर काजू-किशमिश के कुछ टुकड़े तथा एक अच्छी सुनहली कलम मेरी ओर बढ़ा दी।

''ये तो सोने से भी अच्छी चीजें हैं रेणु—रूमाल, पचमेवा और कलम। मेरे लिए तो इससे बढ़ कर दूसरी चीजें हो ही नहीं सकतीं...। लेकिन कल तुमने ये चीजें क्यों नहीं दी? मैं तो दोस्तों की वजह से अँगूठी लाना भूल गया था। तुम कैसे भूली?''

''मैं नहीं भूली थी। लेकिन जब आपने कुछ नहीं दिया तो मुझे लगा कि अकेले मेरा देना कहीं आपको खराब न लगे। यही सोच कर महटिया गयी। फिर

कभी बाद में देती। मगर आपने अँगूठी पहना कर याद दिला दी...।''

''तुम बहुत समझदार हो रेणु। मैंने सुना था, अधिक सुन्दर लड़कियाँ उतनी समझदार नहीं होतीं। पर तुम तो सुन्दर और चतुर दोनों हो।''

''आप केवल झूठी तारीफ कर रहे हैं।''

''नहीं, मैं जो महसूस कर रहा हूँ वही कह रहा हूँ।''

अब उसने बात बदलते हुए कहा—''रूमाल मेरे प्यार का उपहार है और कलम आपके लेखक के लिए दे रही हूँ।''

''तुम जानती हो कि मैं लिखता हूँ?''

''हाँ, मेरे यहाँ सब जानते हैं कि आप पढ़ाई के साथ-साथ उपन्यास और कहानियाँ लिखते हैं!''

रेणु की इस बात पर मैं समझ गया, मुझसे शादी के लिए रेणु के घरवालों ने मेरी छानबीन की होगी तब उन्हें यह जानकारी मिली होगी। लड़कीवाले बेटी ब्याहने से पहले लड़के के बारे में यथासम्भव पता करते हैं। मैंने अब कहा—''लेकिन मेरे इस लिखने को घर-परिवार, गाँव-समाज, कोई अच्छा नहीं मानता। सबको लगता है मैं यह फिजूल काम कर रहा...।''

''लोगों को लगने दीजिए चाहे जो लगे...। जब आपको महसूस हो रहा है कि यह अच्छा काम है तो इसे करते रहिये...। अपने मन का विश्वास सबसे बड़ा होता है...।''

''तुम जब कह रही हो तो अब मैं निश्चिन्त होकर लिखूँगा...! तुम्हारी सहमति की ही मुझे जरूरत थी। लिखने में तो मेरा मन इतना रमता है और यह काम मुझे इतना अच्छा लगता है कि क्या बताऊँ? लेकिन घर-परिवार और गाँव-समाज ने मेरे लिखने को लेकर ऐसा अफवाह खड़ा कर दिया है जैसे मैं कोई अपराध कर रहा हूँ...!''

''तो आपने कभी जानने की कोशिश की कि लोग क्यों ऐसा कह रहे हैं? इसे क्यों खराब काम मान रहे हैं?''

''मुझे तो लगता है रेणु कि मेरे गाँव और आसपास में या तो लोग पढ़-लिख कर नौकरी करते हैं या फिर खेती-बारी या दूकानदारी? यह लेखकी कोई नहीं करता...। मुझसे पहले मेरे गाँव में कोई लेखक हुआ भी नहीं...!''

''तब तो आपको किसी की टीका-टिप्पणी पर कान नहीं देना चाहिए। जब लोग जिस काम को जानते ही नहीं उसके बारे में भ्रमवश भी कुछ का कुछ कह सकते हैं। मेरे पिताजी का मानना है कि ऐसी भ्रामक बातों के पीछे आदमी को नहीं पड़ना चाहिए। जो जिस क्षेत्र का जानकार हो उसी की बात माननी चाहिए...। आप अब खूब लिखिये। जो लेखन का मरम नहीं जानते उनकी बात सुनियेही

मत। लिखने की अपनी इच्छा को दबा कर मत रखिये। हमको तो यही लगता है कि किसी भी तरह का लिखना-पढ़ना बेकार नहीं जाता...। किताब में तो हम जिन लेखकों को पढ़ते हैं, उन्हें महान बताया जाता है। फिर उनका काम खराब कैसे हो सकता है?''

रेणु की इस बात ने मेरे मन के लेखकीय आधार को पुख्ता कर दिया। मेरे परिवेश के बीच वह पहली थी जिसने मेरे लेखकीय कर्म को जायज ठहराया था। अब तक मैं उसे प्रेम पात्रा ही समझता था। अब अचानक वह श्रद्धा की पात्रा भी जान पड़ने लगी।

''तुम बहुत अच्छी हो रेणु, बहुत अच्छी। लोग तो मुझसे लेखन छुड़वाने पर तुले थे। लेकिन मेरे जीवन में अब तुम वरदान बन कर आ गयी हो। समझ में नहीं आ रहा कि तुम्हारे लिए क्या करूँ? तुम्हारे लिए कुछ भी करूँगा तो वह कम ही होगा। अब तो मेरा सब कुछ तुम्हीं हो। मेरी जान! मेरे प्राण!''—और रेणु का हाथ, माथा, ललाट, बाल सब ऐसे चूमने लगा जैसे वह सिर्फ मेरी पत्नी नहीं, कोई दुर्लभ निधि हो जिसे पाकर मैं धन्य हो गया हूँ। रेणु ने अब अपनी बाँहों में भरकर मुझे काबू में किया—''आप मुझको अपने से अलग क्यों समझ रहे हैं? हम दो नहीं, एक हैं। आप लिख रहे हैं तो उसमें अब मैं भी हूँ। मैं कुछ कर रही हूँ तो उसमें आप भी हैं...!''

''हाँ रेणु, तुम बिल्कुल सही कह रही हो!''

उसकी बातों ने मेरे मन को स्थिर किया। अब मेरे अन्दर का लेखक जाग गया। ''तुलसीदास को उनकी सुन्दर पत्नी रत्ना की फटकार ने साहित्यकार बनाया था, लेकिन मुझे तुम्हारा प्यार रचनाकार बनायेगा!''

मेरी इस बात को रेणु ने और पुख्ता कर दिया—''प्यार से बड़ी ताकत और कुछ होती ही नहीं। आप क्यों इतना निराश हो गये थे? अब मैं आपको निराश नहीं होने दूँगी।''

अचानक इसी वक्त रेणु की नजर अपनी कलाई घड़ी पर चली गयी। वह बोल उठी—''रात के दो बज गये हैं!''

मैंने भी अपनी घड़ी देखी, सचमुच दो बज रहे थे। कहा—''अब तुम सोओ रेणु। बहुत थकी हो। सुहागरात को भी जगी रही। दिन में मुँह दिखाई के नाम पर औरतों ने जगाये रखा और अब इस दूसरी रात दो बजे तक मैंने परेशान किया। चलो, अब तुझे सुलाता हूँ...।''

''मुझे नींद नहीं आ रही...।''

''फिर भी चलो हम लेटते हैं। मैं दिन में सो चुका हूँ। अब कुछ देर भी तुम्हारा सोना जरूरी है। अधिक जागते रहने से स्वास्थ्य खराब हो जाता है।''

"आपके साथ मेरा स्वास्थ्य खराब नहीं होगा।"

"क्यों? मैं तो तुम्हें परेशान ही कर रहा हूँ।"

"यह परेशानी तो मेरा सुहाग-भाग है।"

रेणु की इस बात पर अब मैंने उसकी ओर देखा। वह मेरे प्रति पुनः अनुरक्त जान पड़ी। अब फिर हम एक-दूसरे की बाँहों में लिपट गये। जाने ऐसा क्या था कि हम बार-बार एक-दूसरे से लिपटते थे, एक-दूसरे के चुम्बनों से भीगते थे, एक-दूसरे की देह गन्ध में सराबोर हो जाते थे। फिर भी हमारा मन भरता ही नहीं था। शायद प्रारम्भिक मिलन का आवेग था! शायद युवावस्था की माँग थी। शायद एक-दूसरे के मन लायक एक-दूसरे की जोड़ी थी। जो हो, वह रात मैं जीवन में कभी नहीं भूल पाता हूँ...। कुछ समय बाद मैंने रेणु को सुलाने के उद्देश्य से लिटाया। फिर उससे सटकर ही लेट गया—"अब हम अपनी आँखें बन्द कर लें रेणु। कुछ समय के लिए हमें सो रहना चाहिए...!"

इसके बाद हमने अपनी आँखें बन्द कर लीं। थोड़ी देर बाद मैंने जानने की कोशिश की कि रेणु सो रही है या जगी है? इसके लिए चुपके-चुपके कनखियों से उसे देखा तो पाया वह भी शायद इसी जानकारी के लिए ऐसे ही मुझे देख रही थी। अब जैसे ही हमारी नजरें मिलीं, हम हँस पड़े। फिर रेणु का हाथ अपने हाथ में ले मैंने कहा—"चलो अब नींद नहीं आ रही है तो कुछ काम की बातें करें।"

"किस काम की?"

"कल से शुरू होने वाले जीवन संग्राम की।"

"कैसा जीवन संग्राम?"

"तुम्हारे लिए हमारे यहाँ का सब कुछ नया है। उन्हें जानना और उनसे सलटना संग्राम ही है।"

रेणु अब मेरा संकेत समझ गयी—"यहाँ का मुझे सब कुछ बता दीजिए। यहाँ के बारे में मैं कुछ नहीं जानती।"

"यही तो बताने जा रहा हूँ! मेरे यहाँ सिर्फ माँ का ही दिल तुम्हें जीतना है। और सब अनुकूल हैं ही। माँ के अतिरिक्त कोई प्रतिकूल भी रहे तो उससे कोई फर्क पड़ने वाला नहीं। पिताजी के बाद अब वही मेरे घर की सब कुछ है। मेरे भाई-बहनों को बारे में तुम्हें नहीं सोचना। अब उर्मिला और ब्रजेश्वर को ही लो। वे तो बच्चे हैं। उनसे तुम्हें सहयोग ही मिलेगा। उन्हें माध्यम बना कर अपनी बात जिस तक पहुँचाना चाहो, पहुँचा सकती हो। गाँव की दुकान से कोई चीज खरीदनी हो तो उनसे खरीदवा सकती हो। उनसे बड़े उर्वशी-कामेश्वर में तो उर्वशी व्याहता बेटी हो गयी। उसे यहाँ रहना ही नहीं। और कामेश्वर! वह

तो तुम्हारा भक्त ही है। अवसर पाते ही तुम्हारे पास आ जाता है। वह भी तुझे सुविधा और सहयोग ही पहुँचाएगा। अब जहाँ तक उषा दीदी, नर्वदेश्वर भैया और भाभी की बात है, उसमें उर्वशी की ही तरह उषा दीदी को भी अपने ससुराल में ही रहना है। नर्वदेश्वर भैया तो पटना रह कर नौकरी पाने की तैयार में लगे हैं। बच गयी भाभी, तो वह कभी यहाँ रहती है, कभी अपने मायके चली जाती है...। उनसे बुद्धिमानी से काम लेना...। उलझना मत।''

''अम्मा जी और जीजी (भाभी) में तो खूब पटती होगी?''

''नहीं रेणु। माँ से उनकी उतनी नहीं बनती। मेरी शादी के लिए माँ इस कारण से भी उतावली थी। शायद सोच रही हो कि एक बहू मनजोग नहीं मिली तो दूसरी मिल जाए। अब तुमसे उन्हें विशेष अपेक्षा है!''

''भगवान जाने मैं कैसी साबित हूँगी? अपने से तो अम्मा जी को खुश रखने की कोशिश करूँगी। उनका स्वभाव कैसा है? वे किस बात पर खुश होती हैं?''

''माँ का स्वभाव कुछ कड़ा है। वह अगर पूरब को पश्चिम कहे तो उसे खुश रखने के लिए वैसा ही कहना पड़ेगा। अपने किसी भी तरह के आदेश की अवलेहना वह बर्दास्त नहीं कर पाती।''

''तब तो अम्मा जी का स्वभाव बहुत कड़ा है! हसनबाजार में किसी ने कहा था कि सास बहुत गुस्सैल है...। हे भगवान, वे मुझ पर गुस्सा न करें...!''

''माँ ऐसी नहीं थी रेणु। माँ को मुझसे अधिक कौन जान सकता है? माँ से सबसे अधिक मैं ही जुड़ा हूँ। पिताजी की मृत्यु के बाद वह ऐसी हो गयी है। पिताजी जब तक जीवित रहे माँ उनके साथ शहर में रहने के लिए छटपटाती रही, जैसे तुम्हारा पूरा परिवार तुम्हारे पिताजी की नौकरी पर रहता है। माँ भी वैसा ही चाहती थी। लेकिन गाँव का खेत-बघार अगोरने के लिए पिताजी ने उसे जबरन गाँव पर बनाये रखा। अब उनकी मृत्यु के बाद पति की नौकरी पर सुख से रहने का उसका सपना बिखर चुका है। प्रतिक्रिया में उसका व्यवहार रूक्ष होता चला गया है। अब उसे सँभालने का दायित्व हमारे तुम्हारे ऊपर है। अगर माँ तुम पर खुश रहने लगेगी तो समझ लो कि इस घर की तुम मालकिन हो गयी! वही होता है जो माँ चहाती है। माँ की इच्छा के खिलाफ इस घर में एक पत्ता तक नहीं सरक सकता...!''

मेरी इस बात पर क्षण भर के लिए गम्भीर हो गयी रेणु। शायद इस अनपेक्षित यथार्थ से वह अनभिज्ञ थी। अब अपने को संयत कर बोल उठी—''अच्छा हुआ आपने पहले ही बता दिया। अब सोच-समझ कर ही कोई कदम बढ़ाऊँगी।...''

"लेकिन चिन्ता न करो रेणु। हम मिल जुल कर सब सम्भाल लेंगे। मैं तुम्हें कष्ट नहीं होने दूँगा। अब तुम अपने यहाँ के बारे में मुझे बता दो! अपनी ससुराल के बारे में मैं भी कुछ नहीं जानता...। तुम्हारे पिताजी का स्वभाव मुझे बहुत सख्त लगता है। शादी में देख रहा था, वे जिस किसी से बात करते, झल्ला कर और डाँट कर!"

"यह पिताजी के ऊपर का रूप है जो आपने देखा है। अन्दर से तो वे इतने सीधे और सरल हैं कि आपको क्या बताऊँ! बात-बात पर बच्चों जैसा रो उठते हैं। उनका बाहरी व्यवहार देख कोई जान ही नहीं सकता कि वे इतने मुलायम और सहज भी हैं। डाकघर में कर्मचारियों और ग्राहकों को झल्ला कर ही बोलेते हैं। लेकिन कभी किसी का काम हर्ज नहीं होने देते। कई बार तो ग्राहकों का समय बीत जाने और डाक बन्धा चुकने के बाद किसी ग्राहक की जरूरत पर उसका काम कर देते हैं। इसके लिए सारे स्टाफ को फिर से सब कुछ तैयार करना पड़ता है। लेकिन डाकघर से वे किसी को दु:खी नहीं लौटने देते। अब तो जो नहीं जानते हैं वही उनकी आवाज पर भड़कते हैं। जाननेवाले तो उन्हें हीरा आदमी समझते हैं...।"

"और अम्मा जी?"

"मेरी माँ जैसी अन्दर से है वैसी ही बाहर से भी। लल्लो-चप्पो करना वह नहीं जानती। जो कहती है, वही करती है। मेरे घर की मालकिन माँ ही है। पिताजी तो केवल कमा कर लाते हैं। घर माँ चलाती है। यहाँ शादी भी माँ के मन से ही हुई। पिताजी तो यहाँ के भइया जी की बात सुन हट गये थे। पर माँ अड़ी रही। मेरी शादी की शर्त के अनुसार मामा लोगों से कहकर उर्वशी बबी की शादी माँ ने ही करायी।"

"और तुम्हारे परिवार के अन्य लोग?"

"मेरे परिवार में और लोग अब हैं ही कौन? मेरे तीनों भाई दिनेश, सुरेश और उमेश मुझसे छोटे हैं और बच्चे हैं। इन्दु और मीरा दो बहनें भी मुझसे छोटी और बच्ची हैं। मुझसे बड़ी मनोरमा दीदी और मंजू दीदी हैं। लेकिन वे तो ब्याहता हैं। मेरी शादी में आयी थीं। अब फिर चली जाएँगी। उनमें मनोरमा दीदी बहुत सीधी हैं। मुझे बहुत मानती हैं। लेकिन मंजू दीदी कुछ गुस्सैल है।"

"तब तो मंजू दीदी से मुझे भी सतर्क रहना पड़ेगा...।"

"अरे नहीं, वह तो हम भाई-बहनों के बीच गुस्सा करती है। आपकी तो इतनी इज्जत करेगी कि आप दंग रह जाएँगे...।"

"अच्छा हुआ रेणु कि हम एक-दूसरे के परिवार के बारे में जान गये। अब

एक-दूसरे के घर में हमें असुविधा नहीं होगी।''

''मैं तो आपको जान कर ही खुश हो गयी हूँ। मेरी माँ कहती है ससुराल में जब पति अनुकूल मिल जाए तो लड़की के लिए सब कुछ अनुकूल हो जाता है।''

''तो मैं तुम्हारे अनुकूल हूँ?''

''बिल्कुल। मेरे मन जोग।''

''मुझे पति समझ तुम झूठी तारीफ कर रही हो। पति के घर में पति की तारीफ नहीं करोगी तो और क्या कहोगी?''

''मैं एकदम सच कह रही हूँ। हृदय खोल कर दिखाना होता तो दिखा देती।''

''अब हमारे हृदय अलग हैं कहाँ रेणु? मैं तो ऐसे ही कह रहा था। हमारे हृदय तो एक हो चुके हैं।''—और मैंने रेणु के सीने को अपने सीने से ऐसे लगा लिया कि हमारी धड़कने एक हो गयीं। रेणु की नर्म धड़कन के साथ मेरी गर्म धड़कन! इन सघन स्पर्श ने हमें फिर रोमांचित और उत्तेजित करना प्रारम्भ कर दिया। हम फिर एक-दूसरे को आत्मसात करने के लिए बेचैन हो गये। लेकिन अब रेणु ने अपने को नियन्त्रित कर मुझे भी रोका—''अरे सुबह हो रही है। देख नहीं रहे हैं, छह बजने वाले हैं।''

अब मेरी भी निगाह घड़ी पर चली गयी। सचमुच छह बजने में मात्र दस मिनट देर थी। कमरे के अन्दर बन्द होने के चलते हमें पता नहीं चला था। अब पता चलते ही हम अलग हो गये। आँगन में माँ-बहनों के जग चुकने का आभास भी अब हमें होने लगा था। मैंने रेणु से कहा—''अब चलता हूँ। बुचिया आयेगी। तुम भी नित्य क्रिया से निबट कर आराम करना...।''

और दरवाजा खोल मैं चल पड़ा। सुहागरात की तरह बाहर निकलने पर अब मैंने संकोच का अनुभव नहीं किया। माँ, भाभी, दीदी आदि की कुपित नजरें मुझे घूरती रहीं। नयी पत्नी के कमरे से इतनी देर पर निकलने की यह प्रतिक्रिया थी। लेकिन अब इस प्रतिक्रिया का कोई असर मुझ पर नहीं हुआ।

रेणु से मिलने की दूसरी रात के बाद अब मैंने तय कर लिया कि उसके साथ मुझे ज्यादा से ज्यादा समय बिताना है। संयोग से प्राप्त इस दुर्लभ अवसर को गवाना नहीं। वह सिर्फ मेरी पत्नी भर नहीं, नारी-रत्न है। उसके साथ सिर्फ दो रातों के सम्पर्क ने ही स्त्री प्रेम के जिस दिव्य रूप से मेरे अन्दर एक नयी चेतना का संचार कर दिया था वह मेरे अब तक के जीवनानुभवों पर भारी पड़ रहा था। अब मैं उसके पास बेरोक टोक आने-जाने लगा। सिर्फ यह आहट ले लेता कि माँ या गाँव की बड़ी बुजुर्ग महिलाएँ तो वहाँ नहीं। इसके अतिरिक्त

भाभी या अपने छोटे भाई-बहनों के वहाँ होते हुए भी मैं धड़ल्ले से रेणु के कमरे में प्रवेश कर जाता। फिर मेरे वहाँ पहुँचते ही भाभी और छोटे भाई-बहन तत्क्षण हट जाते। बस, मैं दरवाजा बन्द कर लेता। रेणु मेरे इस दुस्साहस पर मुस्कुरा उठती। तब मैं उसे समझाता—''ऐसा नहीं करने पर ये कभी हमें एकांत में नहीं मिलने देंगे...।''

वह कहती—''लेकिन अब इससे हमारी आलोचना भी तो करेंगे...।''

मैं पुनः उसे आश्वस्त करता—''करने दो उन्हें आलोचना। उन की ऐसी आलोचनाओं पर हमें कान नहीं देना। जो आलोचनाएँ सुनी जाती हैं वही कारगर होती और ठहरती हैं। अनसुनी होने के बाद तो स्वतः निरस्त हो जाती हैं!''

मेरे ऐसे जवाब रेणु को सन्तुष्ट कर देते। इस दौरान प्रायः रोज ही रेणु के लिए मैं खुर्मियाँ मँगाता। ससुराल से भेंट स्वरूप मुझे जो रुपये प्राप्त हुए थे उनका उपयोग अब इसी रूप में कर रहा था। फिर हम साथ-साथ खाते-पीते, उठते-बैठते, सोते-जागते, एक-दूसरे के प्रेम में देते-पाते और एक-दूसरे के साथ अनन्त की गहराइयों में डूबते-उतराते रहते। इस क्षण शेष दुनिया से हमारा सम्पर्क कटा होता। जब किसी कार्यवश कोई दरवाजा खटखटाता तभी शेष दुनिया से हमारा सम्पर्क कायम हो पाता!

कभी रेणु के कमरे में घुसते ही उसे जिस रूप में पाता, बाँहों में भर कर उठा लेता। वह कहती—''वजनी हूँ। उतार दीजिए। नाला उकस जायेगा...।''

मैं कहता—''तुम तो फूल जैसी हल्की हो। तुम्हें बाँहों में लेकर मैं दूर तक चल सकता हूँ। तुम्हें गोद में उठाने से तो उकसा हुआ नाला भी बैठ जाएगा।''

इस पर वह अपनी बाँहें मेरे गले में डाल देती तथा अपना माथा मेरे सीने से लगा देती...।

कभी चुपके से रेणु के कमरे में घुसता और पीछे से उसकी आँखे बन्द कर देता। मेरी हथेलियाँ वह पहचान जाती। फिर उन्हें चूमने लगती।

कभी आइने के समाने खड़ी वह बाल सँवार रही होती या सिन्दूर लगा रही होती तो अचानक उसके पीछे जाकर खड़ा हो जाता। फिर आइने में मुझे देख वह पलटती। बस, बाँहों में भर लेता...।

कभी उसके कमरे में घुसने पर पाता कि पलंग पर नींद में वह सोयी है, जैसे किसी लोक कथा की फुलवा रानी अपनी सेज पर पड़ी हो। शादी की लाल-पीली साड़ियों में लिपटी अपने दमकते रूप में वह फुलवा रानी ही जान पड़ती। उसके चेहरे पर उतरी पसीने की बूँदें फूलों पर ओस कणों की भाँति ही दिखतीं। तब चुपके से उसकी बगल में मैं लेट जाता। फिर उसे बिना जगाये चुपचाप पंखा झलने लगता कि अपनी नींद वह पूरी कर ले। नींद में उसका अलसाया सौन्दर्य

मुझे बहुत अच्छा लगता। मैं अपलक उसे निहारता रहता। तब यह सोचा भी करता कि एक अभावग्रस्त निम्नमध्यवर्गीय परिवार में ऐसी लड़की कैसे पैदा हो गयी तथा मुझे जैसे निहायत सामान्य लड़के से कैसे बँध गयी? तब सब कुछ मुझे संयोग से घटित प्रतीत होता। फिर इस सुखद संयोग को अपना भाग्योदय समझ अह्लादित बना रहता।

आज अपने दाम्पत्य के लगभग 40 वर्षों बाद इन पंक्तियों को लिखते हुए रेणु के उस रूप-लावण्य पर बढ़ती उम्र का स्पष्ट असर देख रहा हूँ। लेकिन उसकी वह प्रारम्भिक छवि आज तक मेरे मन में अंकित है। उस समय हम जिन स्थितियों में थे उसमें तस्वीरों का प्रचलन बहुत कम था इसीलिए उस समय की रेणु की सिर्फ एक ही तस्वीर मेरे पास बची है जो 'साप्ताहिक हिन्दुस्तान' में प्रकाशित भी हो चुकी है। जब एक लेखक के रूप में मेरी पहचान निर्मित हुई और उस समय की प्रसिद्ध पत्रिका 'साप्ताहिक हिन्दुस्तान' ने ''इनके 'वो' लेखक हैं इन्हें यह कहना है'' नामक एक महत्त्वपूर्ण परिचर्चा के तहत मेरी पत्नी रेणु का वक्तव्य एवं चित्र आमन्त्रित किया तो उसने अपने वक्तव्य के साथ वह चित्र ही दिया, जिसका प्रकाशन 'साप्ताहिक हिन्दुस्तान' के 23 जनवरी 1977 के अंक में हुआ। लेकिन रेणु की वह तस्वीर छपते ही बाहर के मेरे साहित्यिक मित्र पत्र लिख-लिख कर मुझे छेड़ने लगे कि पत्नी की तस्वीर के नाम पर मैंने यह किस हीरोइन की तस्वीर छपवा दी है...।

मुझे याद है, रेणु के आने के एक सप्ताह बीतते-बीतते उसके प्रति मेरी चरम आसक्ति को लक्ष्य कर घर-परिवार से लेकर टोला-पड़ोस तक ने मेरे बारे में कहना शुरू कर दिया था—''यह तो अजब घरघुसना निकला।''

''इसके जैसा 'मेहरसी' तो कोई हुआ ही नहीं...।''

''इसे ही कामी पुरुष कहते हैं एक नम्बर का कामी पुरुष साबित हुआ।''

''अरे नहीं भाई, यह जोरू के गुलाम का रूप है। जोरू के गुलाम ऐसे ही होते हैं...।''

लेकिन अपनी योजना के अनुसार ऐसी आलोचनाओं की मैंने नोटिस नहीं ली। बस, वे असरहीन होती हुई स्वतः निरस्त होती चली गयीं। वे आलोचक अब अपना-सा मुँह बना कर रह गये। माँ को भी जब लगा कि ऐसी आलोचनाओं की मुझे परवाह नहीं तो एक दिन रेणु के कमरे में मुझे जाते देख वह भी बोल उठी—''यह तो लाज, गैरत सब घोर कर पी गया है। मेहरारू के आगे इसे कुछ दिखता ही नहीं...।''

लेकिन माँ का यह तीर भी खाली चला गया। उनकी इस बात को भी मैंने अपने से सटने नहीं दिया। माँ के इस रूढ़िवादी स्वभाव से मैं परिचित था।

नयी बहुरिया के रूप में रेणु के पास मेरा बराबर बना रहना उन्हें टोला-पड़ोस से कम नहीं खटकता। अब इसे रोकने के लिए उन्होंने अपने मजबूत अस्त्र का उपयोग किया। सम्भवत: जीनर की माँ आदि ने भी इस अस्त्र के उपयोग के लिए उसे समझाया था। बस, उसने घोषणा कर दी ''पंडितजी से सुदिन दिखवा लिया है। सोमवार अच्छा दिन पड़ता है। उसी दिन मिथि की कनेआं को हाँड़ी छुआ दी जाएगी।''

'हाँड़ी छुआने' का अर्थ मैं समझता था। नयी बहुरिया को रसोई-पानी और चूल्हे-चौके के काम में जोत देना। इस काम की शुरुआत शुभ मुहूर्त में ही करायी जाती। उस पहले दिन बहुरिया खीर-पूड़ी बनाती। फिर रसोई और चूल्हे-चौके का पूरा दायित्व उसे सौंप दिया जाता। माँ ने यह सोच कर इसकी घोषणा की कि जब रेणु रसोई और चूल्हे-चौके में भिड़ जाएगी तो फिर उसके साथ दिन में सोने-बैठने का मुझे अवसर नहीं मिलेगा।

अपने गाँव में 'हाँड़ी छुआई' की रस्म से मैं भली-भाँति परिचित था। राधेश्याम के यहाँ हाँड़ी छुआई पर खीर-पूड़ी भी खा चुका था। गाँव में हर घर की महिलाएँ अपने सुविधा के अनुसार हाँड़ी छुआई का समय निर्धारित करती थीं। जो स्वयं करनीहार होती या जिनके मन में यह बात होती कि घर आयी बहू को तो जीवन भर रसोई और चूल्हा चौका सँभालना ही है, फिलहाल बहुरिया बन कर आयी है तो कुछ दिन उसे आराम कर लेने दिया जाए। ऐसी महिलाएँ अपने घर की बहुरियों को छह से तीन माह तक हाँड़ी नहीं छुआतीं। हमारी भाभी भी बहुरिया बन कर आयी थी तो माँ ने एक माह बाद उन्हें हाँड़ी छुआई थी। लेकिन मेरी पत्नी को अब एक सप्ताह बाद ही हाँडी छुआने जा रही थी। बस, हस्तक्षेप के उद्देश्य से मैं माँ के पास जा पहुँचा—''अभी इतनी जल्दी हाँड़ी छुआई क्यों कर रही हो माँ? रेणु तो अभी आयी ही है...!''

मेरी यह बात सुन माँ ने चौंकते हुए मुझे देखा, जैसे उन्हें यह विश्वास ही न हो कि मैं ऐसा पूछ भी सकता हूँ? फिर तनिक कड़े शब्दों में कहा—''शादी होते ही तू मेहरारू की पछदारी करने आ गया। यह मेहररूई रस्म है। हम कब करायें, न करायें, इससे तुम्हें क्या मतलब?''

मेरे मन में आया कि कह दूँ—''रेणु की बाँह मैंने थामी है, इसीलिए मुझे मतलब है और मतलब रहेगा?'' लेकिन चाहते हुए भी नहीं कह सका। अब सिर्फ इतना ही कह पाया—''भाभी को तो एक माह बाद हाँड़ी छुआई गयी थी...!''

जवाब में माँ ने अब कुपित होते हुए कहा—''किसके साथ कब क्या हुआ,

इसका हिसाब तू मुझसे लेगा? कब क्या स्थिति और कैसा समय रहा यह तू जानता है? तेरा काम लिखने-पढ़ने का है, वह करऽ। इस मेहररुई झमेले में न पड़...!''

माँ ने अपने निर्णय के बीच से मुझे हटा देना चाहा। लेकिन मैंने भी जाते हुए कह ही दिया—''एक बार फिर सोच लेना माँ। इतनी जल्दीबाजी ठीक नहीं। रेणु को भी इस घर का मान-सम्मान मिलना चाहिए...!''

मेरी यह बात सुन माँ अब बिगड़ उठी—''आज की आयी पत्नी के मान-सम्मान की तुझे फिक्र है लेकिन जिस माँ ने पाल-पोस कर बड़ा किया उसके मान-सम्मान की परवाह नहीं...।''

माँ की इस बात का अब मैंने कोई जवाब नहीं दिया। माँ मुझे इतना मानती थी। मैं भी उसे परम आदरणीय समझता था। फिर माँ का व्यवहार अब मेरे प्रति ऐसा क्यों होता जा रहा था? मैंने किसी उपन्यास में पढ़ा था कि माँ का अपने बेटे के प्रति तभी तक नैसर्गिक प्रेम बना रहता है जब तक वह किसी अन्य स्त्री के सम्पर्क में नहीं आता। जैसे ही पत्नी के रूप में उसका सम्पर्क किसी अन्य स्त्री से हो जाता है, माँ का वह नैसर्गिक प्रेम कम होना शुरू हो जाता है। माँ-बेटे के मधुर सम्बन्ध की तरह सास-पतोह के सम्बन्ध की अवांछित स्थितियों की पृष्ठभूमि भी इसके मूल में होती है। जो हो, माँ के इस निर्णय ने मुझे दु:खी और खिन्न बना दिया। माँ अपना यह निर्णय शीघ्र लागू न करे, इसके लिए अब मैं चिन्तित और प्रयत्नशील रहने लगा। रेणु से मेरी यह चिन्ता छिप न सकी। उसने मुझे समझाने की कोशिश की—''आप इतनी छोटी-सी बात को लेकर बेकार परेशान हो रहे हैं। खाना बनाने में तो मेरा मन लगता है। जब खाना बनाने लगूँगी तभी अच्छी-अच्छी चीजें आपको खिलाऊँगी।''

''नहीं रेणु, अभी यह एकदम उचित नहीं। बाद में तो तुम्हें बनाना ही है। इसी घर में भाभी को एक माह बाद हाँड़ी छुआई गयी और तुम्हें एक सप्ताह बाद ही छुआई जा रही, यह मेरे लिए असह्य है!''

''तो इससे क्या हो गया? आखिर बैठे-बैठे मैं क्या करूँगी? जो काम कल से करना हो उसे हम आज ही शुरू कर दें इसमें क्या हर्ज?''

''हर्ज है रेणु। हमारा मिलना रोकने के लिए ही यह सब किया जा रहा है। दिन में हमारा मिलना सब की आँखों में गड़ता है। हम पति-पत्नी हैं। शादी के बाद एक-दूसरे से जुड़े हैं। फिर हमारा मिलना देख लोग बेचैन क्यों हैं? माँ का लिहाज आड़े आ जा रहा है नहीं तो मैं चुप नहीं रहता...।''

''आप एकदम शान्त रहिए। बीच में आपको बोलने की जरूरत नहीं। ऐसा करके हमारा मिलना कोई रोक नहीं सकता। रसोई-पानी का काम ऐसा नहीं कि

हम दूर बने रहें।''

रेणु ने मुझे शान्त-सहज बनाने की भरसक कोशिश की। लेकिन मेरा मन उद्विग्न बना रहा। नयी बहुरिया के रूप में रेणु के साथ यह ज्यादती थी। पिताजी के निधन के बाद घर का मुख्यकर्ता-धर्ता मैं था। फिर भी मेरी पत्नी की ऐसी उपेक्षा! मैं समझ नहीं पा रहा था कि माँ के इस निर्णय के खिलाफ अब कौन-सा कदम उठाऊँ! बस ऐन वक्त मेरे ससुर जी, रेणु की विदागिरी के लिए मिठाई के साथ दिन धराई साड़ी लेकर आ गये। अपने पंडित जी से विदाई का शुभ दिन निर्धारित करा कर आये थे।

अपने गाँव में दिन धराई साड़ी के आगमन से मैं वाकिफ था। नयी बहुरियों को ससुराल से नैहर ले जाने के लिए उनके बाप-भाई दिन धराई साड़ी लेकर आते थे कि अमुक शुभ दिन को हम अपनी लड़की ले जाना चाहते हैं। इस पर लड़के के यहाँ अगर वह साड़ी रख ली जाती है तो विदाई का दिन मुकर्रर समझा जाता है और अगर साड़ी लौटा दी जाती है तो विदाई नामंजूर मानी जाती है।

मेरी माँ ने खानपान के साथ मेरे ससुर जी का स्वागत-सत्कार किया। उनके द्वारा लाई मिठाई भी रख ली। लेकिन दिन धराई साड़ी लौटा दी—''अभी हम अपनी बहू को नहीं भेजेंगे। शादी के बाद बहू की शोभा ससुराल में ही होती है, नैहर में नहीं...।''

इस पर रेणु के पिता ने निवेदन किया—''अब तो उसे आपके यहाँ ही रहना है। यही उसका घर-द्वार है। पहली बार ससुराल से लड़की नैहर चली जाती है तो उसका मन बदल जाता है। नैहर के लोग भी सन्तुष्ट हो जाते हैं...।''

जवाब में माँ अपने निर्णय पर ही अड़ी रही—''अभी हमें भेजने का साउंज नहीं। अभी उसे आये हुए ही कितने दिन? सवा माह से पहले हम नहीं भेजेंगे...!''

माँ की इस सख्ती से रेणु के पिताजी उदास हो गये। अपने बाप की उदासी लख रेणु का चेहरा भी म्लान हो गया। मेरा मन फिर क्षुब्ध हो उठा। माँ अब ऐसी क्यों होती जा रही है? जब उन्हें यही कुछ करना था तो मेरी शादी क्यों की? दिन में पत्नी के साथ मेरा रहना उन्हें खराब ही लगता है और अब रेणु का नैहर जाना भी उन्हें पसन्द नहीं। माँ से पूछना चाहिए कि आखिर वे चाहती क्या हैं? रेणु के ऊपर उन की यह सख्ती क्यों? लेकिन यह देखकर मुझे आश्चर्य हुआ कि रेणु ने मेरे इन मनोभावों को ताड़ लिया—''आपको इस मामले में अम्माजी से अभी कुछ नहीं कहना-सुनना। उनकी इच्छा नहीं है तो अभी मैं नहीं जाऊँगी...! जब वे चाहेंगी तभी जाऊँगी...।''

लेकिन रेणु की बात मैंने नहीं मानी। मैं अपने को रोक नहीं सका। माँ के

पास जाकर कह उठा—"पहली बार रेणु को जाना है माँ। ससुराल आने के बाद शुरू-शुरू में हर लड़की जल्दी नैहर लौटना चाहती है। उसका दिन रख दो। फिर हम जल्द ही बुला लेंगे...।"

"तो तू पैरवी में आ गया। तेरे ससुर को मना कर दी तो अब तेरे कहने से भेज दूँगी...!"

"भाभी भी तो शुरू में आठ-दस दिन के बाद चली गयी थी। बुचिया को भी हम एक सप्ताह के अन्दर इंगलिशपुर से ले आये। उसकी सास ने भी नहीं रोका!"

"तो तू कहना क्या चाहता है? बात-बात में अब इस घर का हिसाब मुझसे लेना चाहता है? तो चला अपना यह घर! अपनी मर्जी से भेज दे अपनी पत्नी को। मुझसे पूछने की क्या जरूरत? मुझसे बकतूत मत कर...!"

रेणु, माँ से मेरी यह बातचीत सुन रही थी। अब तत्क्षण हल्के घूँघट में आ पहुँची और मुझे डाँटते हुए बोली—"आप हटिए तो अम्मा जी के पास से। जाइए पढ़िए-लिखिए। मैं अभी नैहर नहीं जाऊँगी। अम्मा जी जब कहेंगी तभी जाऊँगी...!" और रेणु वहीं माँ के पास बैठ उसके पाँव दबाने लगी—पाँव दबाते हुए ही बोली—"इनकी बातों पर मत जाइएगा अम्मा जी। इनकी ओर से मैं माफी माँग रही हूँ। मेरे लिए तो अब आप ही सब कुछ हैं। आप जो कहिएगा वहीं करूँगी...!"

रेणु का यह व्यवहार देख अब माँ का गुस्सा क्षण भर में ही काफूर हो गया। माँ की इस प्रकृति से मैं परिचित था। वह जल्द ही खुश होती और जल्द ही नाराज। रेणु से ऐसे व्यवहार की उसे अपेक्षा नहीं थी। भाभी से बकझक के बाद वह रेणु के प्रति भी शंकित थी। लेकिन रेणु ने उसकी सारी शंका अपने एक ही मधुर व्यवहार से ध्वस्त कर दी। अब माँ ने कहा—"तूने तो मेरा दिल जीत लिया छोटकी दुलहिन! जा अब तेरा दिन रख देती हूँ। लेकिन जैसे ही खबर भेजूँगी, आ जाना। रुकने का कोई बहाना मत करना।"

माँ, रेणु को छोटकी दुलहिन ही कहती थी। रेणु ने अब माँ को भरोसा दिलाया—"नहीं रूकूँगी अम्मा जी। आ जाऊँगी। आप जो दिन भेजिएगा उसी दिन पहुँच आऊँगी...।"

माँ ने अब दिन धराई साड़ी रख ली। रेणु पिता-पुत्री के चेहरे खुशी से विहँस उठे। मुझे तो एक ही साथ अब तीन स्तरों पर प्रसन्नता हुई। पहली प्रसन्नता रेणु पिता-पुत्री की खुशी देख कर हुई, दूसरी प्रसन्नता रेणु की विलक्षण समझ को लेकर। जो काम रेणु के पिता और मेरे लिए असम्भव था, रेणु ने उसे कर दिखाया था। और तीसरी प्रसन्नता हाँड़ी छुआई की तात्कालिक समस्या टल जाने

को लेकर। अब रेणु के नैहर से लौटने पर ही यह सम्भव था...। तब तक पर्याप्त समय बीत चुका रहेगा।

रेणु के पिताजी सहर्ष लौट गये। रेणु के जाने का दिन तय हो गया था। चार दिन बाद ही वह निर्धारित दिन था। अब यह स्मरण कर कि चौथे दिन रेणु चली जायेगी, मेरा मन बेचैन होने लगा। रेणु को विदा करने के लिए अब मेरा अपना प्रयास अपने खुद के पाँव में कुल्हाड़ी मारने जैसा प्रतीत होने लगा। रेणु के म्लान चेहरे को खुश देखने के लिए यह मैंने क्या कर दिया! माँ के निर्णय को डूब कर सोचा क्यों नहीं? माँ तो मेरे पक्ष में ही रेणु को रोक रही थी। कभी बाद में वह जाती। अभी इसी समय तो एकदम नहीं। इस समय तो उसका जाना मुझे ऐसा लग रहा था कि छप्पन भोगों से सजी थाली मेरे आगे से हटाई जा रही हो! मैंने अपने मन की इस पीड़ा से रेणु को अवगत नहीं किया, लेकिन दुःखी बना रहा।

रेणु की इस विशेषता को मैं लक्ष्य कर चुका था कि चेहरे से मनोभवों की परख में वह पारंगत थी। अब बगैर मेरे कुछ कहे बोल उठी—''मेरे जाने से आप इतने चिन्तित रहेंगे तो मैं कैसे जाऊँगी? अपना जाना स्थगित कर दूँगी। आप हँसते-हँसते भेजेंगे, तभी जाऊँगी...।'

''मैं चिन्तित नहीं हूँ रेणु! ऐसा तुम क्यों समझ रही हो? नैहर जाने की तुम्हारी खुशी से तो मैं खुश हूँ। इसके लिए तो मैंने भी प्रयास किया है...।''

''आपका अब कुछ भी मुझ से छिपा नहीं। मैं सब समझ रही हूँ। आपसे अलग होते हुए मेरा भी मन छटपटा रहा है। लेकिन हसनबाजार कोई दूर नहीं। जब इच्छा हो, आ जाइएगा। अम्मा जी की ओर से जो दिन भिजवाइएगा, मैं रखवा दूँगी। हम लोगों को तो अब जीवन भर साथ रहना है। शुरू-शुरू में ही घर-परिवार खोजता है।''

रेणु की यह बात सुन अब मैं फट पड़ा—''तुम्हारे बिना मुझसे एक दिन भी नहीं रहा जाएगा रेणु। तुमने मेरे मन की बात जान ली। जब तुमसे नहीं मिला था तब की बात और थी। अब तुमसे मिल कर तनिक भी अलग रहना नहीं चाहता।''

''तो मेरे साथ वहीं रहियेगा।''

''तुम्हारे घरवालों को खराब नहीं लगेगा?''

''एकदम नहीं। मेरे बड़े जीजा जी तो शादी के बाद काफी दिनों तक हमारे यहाँ रहे थे। इससे हमारे घर सब लोग बहुत खुश थे। आपके वहाँ रहने से मुझको इतना अच्छा लगेगा कि क्या बताऊँ? अब यहाँ के लोगों को कैसा लगेगा, नहीं जानती।''

"यहाँ के लिए तुम चिन्ता मत करो रेणु! नयी बहुरिया समझ कर तुम पर यहाँ माँ पाबन्दी लगा देती है। लेकिन मुझ पर कोई पाबन्दी नहीं लगा सकती। जब हम कोई गलत काम नहीं कर रहे तो किसी के अच्छा या खराब लगने की परवाह हमें नहीं करनी। मुझे तो लगता है कि आदमी को बाह्य टीका-टिप्पणियों की अपेक्षा अपने अन्तर्मन की आवाज सुननी चाहिए...।"

मेरा यह दृढ़ निर्णय देख रेणु खुशी में चहकती हुई बोल उठी—"तब आपको एकदम मेरे साथ वहीं रहना है। हम एक दिन के लिए भी अलग नहीं रहेंगे...।"—और ऐसा कहते हुए उसने मेरा हाथ अपने हाथ में ले लिया। बस, हमारे बीच जैसे विद्युत की तरंगें प्रवाहित हो गयीं। फिर तो हमारे बीच की सारी दूरियाँ पुनः मिट गयीं। हम पुनः एक हो गये...!

[9]

निर्धारित तिथि को रेणु को ले जाने के लिए मेरा साला दिनेश आ गया। रेणु के पिता ने डाकघर के एक पोस्टमैन के साथ उसे भेज दिया था। उनके डाकघर का वह पोस्टमैन मेरे इलाके का था। दिनेश को बच्चा समझ कर ही पोस्टमैन के साथ उन्होंने भेजा था। दिनेश को मेरे यहाँ पहुँचा कर वह चला गया। जाने से पहले उसने रेणु के पिता का सन्देश माँ से निवेदन भी किया—"पोस्टमास्टर साहब खुदे आते बाकिर तबीयत मन्दा होने के चलते दिनेश बबुआ को भेजे हैं। रेणु बिटिया के साथ मेहमान को भी बुलवाये हैं। रेणु बिटिया और मेहमान के साथ पूजा का कवनो रसम उहाँ बाकी है। निहोरा किये हैं कि मेहमान को भी साथ में भेज दीजिएगा...।"

अपने इस कथन के साथ पोस्टमास्टर साहब का लिखा एक पत्र भी माँ को थमा दिया जो 'समधीन साहिबा' के नाम सम्बोधित था। पत्र में भी उन्होंने उसी बात का उल्लेख किया था जिसे पोस्टमैन से कहवाया था। यानी लिखित और मौखिक दोनों रूपों में अपना सन्देश पहुँचाया था। लेकिन माँ असमंजस में पड़ गयी। परम्परा के अनुसार प्रारम्भ में कन्या अपने बाप-भाई के साथ ही नैहर जाती है। पुरानी होने पर ही पति के साथ उसका जाना होता है। इसके अतिरिक्त रेणु के पास मेरा दिन-रात का रहन माँ को ऐसे ही नागवार लगता था, उस पर अब उसी के साथ भेजना...!

इधर रेणु के पिता के इस सन्देश से मुझे हार्दिक खुशी हुई। रेणु के जाने के बाद तो मैं उसके पास जाता ही। अब उसके साथ ही जाना तो और अच्छा था। मैं मन ही मन कामना करने लगा कि माँ तैयार हो जाए! प्रारम्भ में तो इस विषय को लेकर माँ उलझन में फँसी अन्यमनस्क बनी रही। फिर जीनर की माँ आदि अपनी हमउम्र पड़ोसनों से उसने सलाह लिया। इस पर रेणु के पिता का विनीत भाव से लिखा पत्र सुनकर सबने मुझे रेणु के साथ भेज देने का सुझाव दिया। माँ अब मान गयी। मेरे लिए तो जैसे बिल्ली के भाग से सिकहर का टूटना

था...।

माँ की सहमति पाते ही अब तत्क्षण हमने तैयारी शुरू कर दी। लगन का दिन होने के चलते गाँव की पालकियाँ खाली नहीं थीं, परिणामतः हमने एक बैलगाड़ी कर ली। फिर बैलगाड़ी में ओहार बन्धवा कर कनेआं-बहुरिया को ले जाने लायक करा दिया। अब उस बैलगाड़ी पर ओहार के भीतर रेणु को बैठा दिया तथा गाड़ीवान के पास हम और दिनेश बैठ गये। रेणु का बक्सा तथा कलेवा की झपोलियाँ ओहार के अन्दर ही रखवा दीं। रेणु के व्यवहार से प्रभावित माँ ने कलेवे में कोई कमी नहीं की थी। खाजा, बेलगरामी और मोतीचूर के साथ एक झपोली ठेकुआ भी बनवा कर दे दिया था।

हमारी बैलगाड़ी जब हसनबाजार, जवाहर सेठ के फाटक पर पहुँची, रेणु के छोटे भाई-बहनों ने खुशी में उछलते-कूदते चिल्लाना शुरू कर दिया—"रेणु दीदी आ गयी! रेणु दीदी आ गयी!"

बच्चों की यह आवाज सुन रेणु की माँ एवं बड़ी बहनें भी दरवाजे पर आ गयीं। रेणु के पिता और उनके आफिस सहयोगी कैलाश बाबू भी डाकघर से निकल कर रेणु का आगमन देखने लगे। मकान में ऊपरी तल्ले से जवाहर सेठ के परिवार की निगाहें भी हमारी ओर ही आ टिकीं। रेणु के आगमन पर उनकी खुशी भी उनके चेहरों से छलक रही थी। अब सहसा मुझे वह क्षण भी स्मरण आ गया जब रेणु को विदा करा कर ले जा रहा था। तब यही घर था और यही लोग, लेकिन सब कुछ गमगीन। रेणु के परिजन तो रो ही रहे थे, जवाहर सेठ का परिवार, शादी में आयी रिश्ते-नाते की महिलाएँ, आसपास के लोग सब रुआँसे थे। यहाँ का पूर माहौल ही रुदन और अवसाद में डूबा था। लेकिन अब रेणु के आते ही पूरा माहौल विहँस उठा था। मेरी दृष्टि जिधर जाती, उधर ही सब मुदित-पुलिकत जान पड़ते। लड़की के नैहर से ससुराल जाने और अब ससुराल से नैहर आने का अर्थ मैं समझने लगा था।

हमारी बैलगाड़ी जैसे ही खोली गयी, रेणु की माँ और बहनें तत्क्षण हमारे पास आ गयीं। बैलगाड़ी से निकलती रेणु ने अब घूँघट नहीं काढ़ा। यहाँ के लिए तो वह बेटी थी। यहाँ उसे किसी से पर्दा नहीं था। रेणु ने अपनी माँ एवं बड़ी बहनों के पाँव छुए। मैंने भी ऐसे ही किया। रेणु के छोटे भाई बहनों ने अब हमारे पाँव छुए। घर के अन्दर जाने से पहले क्षण भर के लिए हम डाकघर के दरवाजे पर रुके। वहाँ रेणु के पिता और कैलाश बाबू के हमने पाँव छुए। अब हम घर के अन्दर आ गये। घर के अन्दर पहुँचते ही रेणु अपने भाई-बहनों के बीच ऐसी चहक उठी जैसे पूर्व की भाँति क्वाँरी हो। उसकी बहनें भी तत्क्षण उसे आँगन

के एक कोने में घेर कर बैठ गयीं। शायद ससुराल के उसके नये अनुभवों को जानना चाहती थीं। इस दौरान सास मेरे पास ही रहीं। मेरे छोटे साले भी मेरे इर्द-गिर्द ही बने रहे। अब सास ने रेणु की बहनों को मीठी झिड़की दी—"मनोरमा, मंजू! तुम सब रेणु को लेकर वहाँ क्या करने लगी? मेहमान यहाँ हैं। रेणु और मेहमान धूप में आये हैं। पहले इन्हें शर्बत-पानी पिलाओ, तब बतकूचन करना! तुम सबों का तो बतिआना ही भागा जाता रहता है। रेणु आयी है तो कुछ दिन रहेगी। जी भर कर बतिआ लेना...।"

मेरी सास की इस बात पर अब सबका ध्यान मेरी ओर चला आया। अपनी बहनों के साथ अब रेणु भी मेरे पास चली आयी। शायद उसे भी अब इस बात का एहसास हो गया था कि घर में घुसते ही उसे मुझसे अलग नहीं होना चाहिए था। मैं उस घर का मेहमान था और वह पूर्व परिचित सदस्य थी। हालाँकि वह जानबूझ कर अलग नहीं हुई थी। बहनों ने ही उसे घेर कर अलग कर दिया था।

अब हमें एक सुसज्जित कमरे में बैठाया गया। फिर जल्द ही ठण्डा, मीठा और खुशबूदार शर्बत आया। उस कमरे में मेरे और रेणु के साथ उसका पूरा परिवार मौजूद था। सिर्फ उसके पिताजी ही डाकघर में थे। मेरे साथ अपने परिवार के बीच रेणु की यह खुली उपस्थिति मुझे बहुत अच्छी लगी। मैं यही चाहता था। मेरे यहाँ रेणु के बहुरिया होने के चलते यह सम्भव नहीं था। लेकिन यहाँ अब सम्भव था। रेणु ने मुझे बताया था कि उसकी मनोरमा दीदी उससे भी सुन्दर हैं। लेकिन मैं देख रहा था, अपनी पाँचों बहनों में रेणु ही सबसे अधिक सुन्दर है।

थोड़ी देर बाद रेणु की माँ वहाँ से हट गयी। फिर अपनी बड़ी बहनों के साथ रेणु भी यह कहते हुए चल पड़ी—"आप आराम कीजिए। इन्दु, बेबी और दिनेश-सुरेश आपके पास हैं ही। मैं कपड़े बदलने जा रही हूँ। कुछ समय बाद आ जाऊँगी...।"

मैंने रेणु को आश्वस्त किया—"तुम एकदम जाओ। मैं यहाँ इतमीनान से हूँ...।" उस समय मेरी छोटी सालियाँ बेबी और इन्दु की उम्र क्रमशः आठ-दस साल थी तथा छोटे साले सुरेश और दिनेश की उम्र क्रमशः बारह-चौदह साल। सबसे छोटा साला उमेश तो पाँच छह साल का था। शादी के अवसर पर इनमें किसी से भी मैं अच्छी तरह परिचित नहीं था। अब बारी-बारी से सबकी जानकारी लेने लगा कि कौन किस क्लास में है? किस स्कूल में पढ़ता है? पढ़ाई के अतिरिक्त और कौन-सी रुचि है? साथ ही यह भी कि अपने भाई-बहनों में उसे सबसे अधिक प्रिय कौन है? मेरे प्रश्नों के जवाब में वे मुझसे घुलते-

मिलते चले गये। उस घर में मेरी भी अजनबीयत जाती रही। हालाँकि मेरे अन्तिम सवाल के जवाब में छोटे साले उमेश को छोड़ कर सभी ने रेणु को ही अपना प्रिय बताया। सिर्फ छोटे उमेश ने ही मनोरमा दीदी का नाम लिया। अपने छोटे भाई-बहनों के बीच रेणु की यह प्रियता जान मुझे और खुशी हुई।

कुछ समय बाद रेणु आ गयी। लेकिन उसे देखकर मैं पहचान ही नहीं सका कि यह वही रेणु है। सलवार-समीज में वह आयी थी। बिल्कुल स्कूल-कॉलेज की लड़की जैसी। देखने में इतनी प्यारी जान पड़ रही थी कि मन होता बाँहों में लेकर दुलार-प्यार शुरू कर दें। एकदम मासूम गुड़िया जैसी भोली-भाली तथा मूरत की तरह चमकती हुई। रामायण और मदन ने शायद इसी रूप में उसे देखा था। तभी उसका वर्णन करते वे नहीं थकते थे। अपने इस परिधान में अब मुस्कुराते हुए वह मेरे सामने खड़ी थी—"वहाँ बैसाडीह में अम्मा जी सलवार-समीज पहनने ही नहीं देंगी। अब यहाँ आते ही पहन ली। सलवार-समीज मुझे खूब पसन्द है। मेरा यह ड्रेस आपको कैसा लगता है?"

"बहुत अच्छा रेणु, बहुत अच्छा...! तुम तो कुछ भी पहनती हो, तुम्हारे बदन पर सारे कपड़े निखर उठते हैं...।"

"आप केवल झूठी तारीफ करते हैं। मुझमें कहीं कोई खराबी आपको दिखती ही नहीं...।"

"खराबी दिखे तब तो कहूँ? कहीं कुछ खराबी ही नहीं...।"

"अच्छा यह बताइए, अभी आपको कुछ चाहिए?"

"नहीं...।"

"तो मेरे भाई-बहनों के बीच आराम से रहिए...। मैं थोड़ी देर में आ जाऊँगी...।"

"तुम मेरे लिए यहाँ तनिक भी परेशान मत होओ रेणु! एक सप्ताह बाद अपने नैहर आयी हो। निश्चिन्त होकर माँ एवं बहनों से मिलो। मैं यहाँ बिल्कुल ठीक हूँ...। अभी मुझे कोई जरूरत नहीं...।"

रेणु चली गयी। इसके कुछ ही समय बाद दिन के खाने पर मुझे बैठाया गया। यह देखकर मुझे बहुत अच्छा लगा कि खाने पर रेणु का पूरा परिवार एक साथ मौजूद था। डाकघर से रेणु के पिताजी को भी बुला लिया गया था। मेरे घर और गाँव में शादी-ब्याह या किसी बड़े सामाजिक आयोजनों पर ही इस तरह एक साथ खाने की पातें लगती थीं। पारिवारिक स्तर पर तो जब जिसे भूख लगती वह आकर खा जाता। एक साथ खाने का कोई नियम नहीं...।

मैंने देखा, खाने में दाल, भात और आलू पटल की सब्जी के साथ भिंडी की भुजिया, बैंगन का बजका और लौके का रैता भी था। पुदीना की चटनी एवं

कटहल का अचार भी। साथ में पके आमों के कतरे। मुझे लगा, शायद नये दामाद के रूप में मेरे आगमन पर इतना सब किया गया हो। मेरे मुँह से अब स्वत: निकल गया—"मेरी वजह से आप लोगों को इतनी परेशानी उठानी पड़ी। इतना सब बनाने की क्या जरूरत? मैं तो कुछ भी खा लेता...!"

जवाब में रेणु की माँ ने कहा—"यह आप क्या कह रहे हैं मेहमान? जल्दीबाजी में हम लोगों ने कुछ बनाया ही नहीं। यह तो जो खाना रोज बनता है, वही है...।"

अपनी सास की यह बात सुन मुझे आश्चर्य हुआ। मैं तो यह सुनते आ रहा था कि हमारी तुलना में रेणु का परिवार गरीब है, इसीलिए वे दहेज नहीं दे रहे। लेकिन अब इस तरह का खाना! मेरा यह आश्चर्य लक्षित कर अब रेणु स्वयं बोल उठी—"हमारे यहाँ का तो यह आम खाना है। इसमें कुछ भी नया और अधिक नहीं...।"

रेणु की इस बात पर अब उसके अनुभवी पिता ने मुझे समझाया—"हम लोग गरीब जरूर हैं मेहमान, लेकिन खाने-पीने में कोताही नहीं करते। हमारे जिम्मे खेत नहीं। बैंक में रुपये भी नहीं। हमने कहीं जगह-जमीन भी नहीं ली। पर खराब खाना हम कभी नहीं खाते। डाकघर की इस नौकरी पर ऐसा खाते हुए हमने तीन-तीन बेटियों की शादियाँ की। लेकिन दहेज नहीं दिया। हम तो पहले ही कह देते हैं दहेज देने की हमारी सामर्थ्य नहीं।"

अपने ससुर जी की यह स्पष्टवादिता मुझे अच्छी लगी। हालाँकि मेरे मन में यह प्रश्न बना रहा कि खेतीहर परिवार के हम सम्पन्न समझे जाने के बावजूद यह खाना नहीं खा पाते थे जो रेणु के नौकरीशुदा और गरीब समझे जाने वाले परिवार का आम खाना था।

खाना खाने के बाद मैं अपने कमरे में चला आया। रेणु पुन: आकर पूछ गयी—"क्या कह रहे हैं, अभी यहीं आपके पास रहूँ या माँ एवं बहनों के पास जाऊँ? अभी किसी से कुछ बात कहाँ कर सकी हूँ...?"

"तुम एकदम वहाँ जाओ रेणु। यहाँ दिनेश और सुरेश के साथ मेरा मन खूब लग रहा है!"

इस बीच अब घर का इकलौता ट्रांजिस्टर मुझे उपलब्ध करा दिया गया, जिससे गीत एवं समाचार मैं सुन सकता था। उस समय टी.वी. की पहुँच हमारे घरों तक नहीं थी। तब ट्रांजिस्टर की भूमिका ही महत्त्वपूर्ण थी। ट्रांजिस्टर खोल अपने सालों के बीच मैं गीत सुनने लगा। अच्छे खाने की उपलब्धता पर रोज से कुछ अधिक ही खा लिया था। मेरे घर की तरह यहाँ जून की उमस नहीं। बिजली हसनबाजार कस्बे में पहले पहुँच चुकी थी। मैं जिस कमरे में लेटा था,

उसमें सिलिंग फैन चल रहा था। अच्छा खाना, ट्रांजिस्टर का संगीत और पंखे की ठंडी हवा। इस बीच मेरी आँख कब लग गयी, पता तक नहीं चला। जब आँख खुली, शाम हो गयी थी। रेणु के भाई मुझे आराम से सोते छोड़ हट गये थे कि मेरी नींद में खलल न पड़े। लेकिन जैसे ही मेरी आँख खुली, अपनी माँ-बहनों के साथ रेणु मेरे कमरे में आ पहुँची। वे तो जैसे मेरे जागने की ही प्रतीक्षा कर रही थीं। अब हम एक साथ बैठ गये। मेरी सास ने कहा—"रेणु आपकी बहुत तारीफ कर रही मेहमान। भगवान ने इसे मन जुगुत जोड़ी मिला दी है। ऐसे ही बराबर इसका ख्याल रखिएगा...।"

"रेणु के लिए तो मैंने अभी तक कुछ किया ही नहीं अम्मा! लेकिन जरूर कुछ करूँगा। इसे कष्ट नहीं होने दूँगा। रेणु ने तो मेरी दुनिया ही बदल दी है। यह स्वयं बहुत अच्छी है! इसकी तुलना में तो मैं कुछ भी नहीं।"

मेरी इस बात से अम्मा जी गद्गद् हो गयीं। बोलीं—"हमारी सभी बेटियाँ ऐसी ही हैं मेहमान। जिस घर का भाग अच्छा होता है, वहीं जाती हैं। सबों के पाँव छुलक्षण हैं। मनोरमा और मंजू भी जिन घरों में गयी हैं वहाँ बढ़ंती ही हुई है। देखियेगा, रेणु के जाने के बाद आपके यहाँ भी सब कुछ होगा। मेरी सभी बेटियाँ हुनरी भी हैं, रसोई-पानी से लेकर सिलाई-कटाई और पढ़ाई-लिखाई तक...! जिस काम में लगा दीजिए, पीछे नहीं हटेंगी...।"

मेरी सास की यह बात सुन अब मनोरमा दीदी भी बोल उठीं—"हमारी तरह रेणु की शादी भी पिताजी गाँव में नहीं करना चाहते थे। रोजगार से जुड़े शहर-बाजार के लड़के ही हम खोज रहे थे। लेकिन आपके पिताजी का नाम-यश, धन-जन, खेत-बधार सब सुन कर आपके यहाँ पहुँचे!"

मेरे मन में आया कह दूँ, हमारे घर की इज्जत-प्रतिष्ठा और धन-जन सब कहने के लिए ही है दीदी। जीवन का वास्तविक सुख प्रदान करने के लिए नहीं। लेकिन चाहते हुए भी नहीं कह सका। इसी वक्त अब इन्दु शाम के जलपान के लिए प्लेट में खुर्मियाँ लेकर आ गयी। मंजू दीदी ने कहा—"अब नाश्ता कीजिए मेहमान। शाम के नास्ते का समय हो गया है...।"

"अभी कुछ खाने का मन नहीं दीदी। दिन का खाना कुछ ज्यादा ही खा लिया था।"

इस पर मनोरमा दीदी बोल उठीं—"नहीं मेहमान, खाइए। ताज़ा खुर्मियाँ हैं। हरजा नहीं करेंगी। खुर्मियाँ तो आपको अच्छी भी लगती हैं...।"

मैं समझ गया, यह सब रेणु की कारस्तानी है। अब मैंने उसे कनखियों से देखा तो पाया कि वह भी मुझे कनखियों से देखते हुए मुस्का रही थी जैसे

उसकी चोरी मैंने पकड़ ली हो। बैसाडीह में मैंने उसे खुर्मियाँ खिलायी थी, अब हसनबाजार में वह मुझे खिला रही थी।

"मैं अकेले नहीं खाऊँगा अम्मा। हम सब साथ खाएँगे...। पहले आप लीजिए, अम्मा। आप लोग भी लीजिए दीदी...। तुम भी लो इन्दु! फिर हम और रेणु भी लेंगे...।"

लेकिन वे ले नहीं रही थीं। मुझे ही खिलाना चाह रही थीं। पर मैं भी अड़ गया। रेणु अपनी आँखों से मुझे बरज रही थी कि सबको खिलाने की जिद मैं न करूँ! वह भी चाह रही थी कि मैं ही जम कर खाऊँ। अन्ततः मेरे अनुरोध पर सबको लेना ही पड़ा। अब हम सब खाने लगे। मीठे की समाप्ति के बाद इन्दु नमकीन के साथ चाय लेकर आ गयी। मैंने पूछा—"इन्दु चाय बना लेती है?"

जवाब में अम्मा जी ने कहा—"हाँ मेहमान। चाय क्या, रोटी-सब्जी सब बना लेती है। अब इस उम्र में नहीं सीखेगी तो बड़ी होकर तो सीखना ही नहीं चाहेगी! अपनी लड़कियों को मैं शुरू से ही सब कुछ सिखा देती हूँ कि किसी भी घर में जाय तो वहाँ सब सम्हार ले। लड़की का जन्म पायी है तो जहाँ भी जायेगी वहाँ करना ही पड़ेगा। औरत की किस्मत में कहाँ बैठ कर खाना...!"

यहाँ फिर मेरे मन में आया कि कह दूँ—"रेणु को मैं बैठा कर खिला सकता हूँ अम्मा, लेकिन जानता हूँ यह बैठ कर खा ही नहीं सकती। फिर भी लड़की होने का अभिशाप इसे नहीं झेलने दूँगा।"—लेकिन चाहते हुए भी नहीं कह सका। यह तो मेरे रचनाकार मन की आवाज थी। जिन परिस्थितियों में रेणु के साथ मैं जी रहा था, उनमें क्या इतनी आसानी से उसे मुक्त कर सकता था? शायद हाँ, शायद नहीं।

इस बीच रेणु के पिता भी डाकघर का काम समाप्त कर बगल के अपने कमरे में आ गये थे। मेरी सास अब उन्हें भी चाय-नाश्ता कराने चल पड़ी...।

शाम का धुँधलका पसरते ही अब रेणु के साथ उसकी बहनें मुझे लेकर टलहने निकलीं। जवाहर सेठ की कोठी के सामने से सड़क गुजरती थी। सड़क के किनारे दायीं ओर हसनबाजार कस्बा था तथा बायीं ओर खेत और बगीचे। आगे वह हाईस्कूल भी था जिसमें रेणु पढ़ती थी। टहलने के लिए स्कूल की दिशा में जाने वाली सूनी सड़क ही निरापद थी। जवाहर सेठ की कोठी से निकल रेणु की बहनें मुझे लेकर स्कूल की दिशा में चल पड़ीं। हमारी संख्या पाँच थी—मनोरमा, मंजू, रेणु, इन्दु और मैं। मनोरमा दीदी ने आगे बढ़ते हुए कहा—"शाम को हम रोज टहलती हैं मेहमान। शाम में टहलना बहुत अच्छा होता है। आपके

साथ तो आज और अच्छा लग रहा है। वहाँ बैसाडीह तो गाँव है। वहाँ रेणु नहीं टहल पाती होगी...।''

जवाब में अब रेणु स्वयं बोल उठी—''तुम टहलने की बात कर रही हो दीदी! वहाँ तो घर के अन्दर से आँगन में आते हुए भी घूँघट काढ़ कर आना होता है...!''

इस पर मैं भी अब चुप नहीं रह सका—''नयी बहुरिया को गाँव में ऐसे ही रहना होता है दीदी। लेकिन उस माहौल को मैं बदलूँगा। समय की प्रतीक्षा कर रहा हूँ। अभी एकदम शुरुआत में ही ऐसा करना ठीक नहीं होगा।''

रेणु ने भी अब मेरी बात का समर्थन किया—''इनके चलते वहाँ मुझे किसी चीजे का अभाव नहीं खटकता दीदी। ये एकदम तत्पर रहते हैं।''

इस पर मंजू दीदी ने मीठी चुटकी ली—''रेणु पर यह कैसा जादू चला दिये हैं मेहमान कि केवल आपकी तारीफ ही कर रही है...।''

''मैंने कोई जादू नहीं चलाया दीदी। रेणु के जादू में स्वयं फँस गया हूँ। पता ही नहीं चलता क्या हो गया है! इसके बिना तो अब मैं रह ही नहीं सकता...।''

यह सुन छोटी इन्दु अब मजाक कर उठी—''तब तो आप रेणु दीदी के लिए मजनू हो गये हैं जीजा जी...!''

इन्दु की बात पर अब हम सभी हँस पड़े। रेणु की बहनों की वह उन्मुक्त हँसी शाम के उस शान्त-एकान्त माहौल में गूँज गयी। उस माहौल को मधुर और सरस बना गयी। मैंने कहा—तुम्हारे लिए भी एक मजनू मैंने देख रखा है इन्दु। थोड़ी और बड़ी हो जाओ तो उससे भेंट करा दूँगा।''

छोटी इन्दु लजा गयी। लेकिन हम सब फिर हँस उठे। मैं अनुभव कर रहा था, मेरे साथ अपनी बहनों के बीच खुशी में रेणु खूब चहकती-फुदकती जान पड़ रही थी। उसकी ऐसी खुशी बैसाडीह में मैंने कभी देखी ही नहीं थी। बैसडीह और हसनबाजार के बीच ही यह कितना अन्तर मैं महसूस कर रहा था। वहाँ रेणु से मिलना अपराध था। चोरों की भाँति उसके पास छिप कर जाना होता। यहाँ सरेआम अपनी बहनों के बीच मेरे साथ वह उन्मुक्त घूम रही थी। कोई बन्दिश नहीं। जीवन की अनिवार्य माँग और नैसर्गिक आनन्द की सहज उपलब्धता। सम्भव है, यह फासला गाँव और कस्बे को लेकर हो! सम्भव है, खेतिहर और नौकरीशुदा परिवारों का हो। सम्भव है दो परिवारों की संस्कृतियों की यह भिन्नता हो। जो हो, यह सब मुझे बहुत अच्छा लग रहा था। हम रेणु के स्कूल तक टहलते पहुँचे। फिर बगीचे के शिव मन्दिर तक गये। उसके बाद वापस आये।

सन्ध्या-भ्रमण की वापसी के बाद अब अम्मा जी ने मुझे और रेणु को स्नान

कराया। फिर धुले कपड़े पहनाये। इसके बाद पूजा घर में ले जाकर वह रस्म पूरा कराने लगीं जो बाकी थी। विश्वास न रहते हुए भी जैसे पूरी शादी ऐसी रस्मों को झेलता रहा वैसे यहाँ भी उसमें शामिल रहा। इस दौरान अम्मा जी एवं रेणु के संकेत पर यन्त्रवत् सब कुछ करता रहा...।

रात खाने से पहले मनोरमा दीदी ने मुझसे पूछा—"रात के खाने में आप चावल पसन्द करते हैं मेहमान या रोटी?"

जवाब में मैंने कहा—"जो बनेगा वह खा लूँगा। खाने के बारे में मेरा कोई आग्रह नहीं...।"

दीदी ने कहा—"आप जो खाइयेगा वही बनेगा। वैसे हम लोग रात में रोटी ही खाते हैं और दिन में चावल...!"

मेरे मन में आया कह दूँ—"हमारे यहाँ ऐसा कोई नियम नहीं। जब जो बन गया वह खा लिया।"

लेकिन ऐसा न कह मनोरमा दीदी की बात का ही समर्थन कर दिया—"मैं भी रोटी ही खा लूँगा...।"

रात के खाने से पहले मेरे कमरे में सास-ससुर के साथ रेणु और उसके छोटे भाई-बहन आ बैठे। मनोरमा, मंजू और इन्दु शायद खाना बनाने में जुट गयी थीं। मैं समझ गया, कुछ दिन के लिए नैहर आयी रेणु से अभी यहाँ खाना नहीं बनवाया जाएगा...। इस बीच मेरे ससुरजी खेतीबारी के बारे में मुझसे पूछते रहे कि अपना खेत हम कैसे सँभालते हैं? मनी पर उसे कैसे बन्दोबस्त करते हैं? मनीदार कैसा अनाज देते हैं? हमारे खेतों में कौन-कौन फसलें होती हैं? जवाब में अपनी जानकारी के अनुसार मैं उन्हें बताता रहा। रेणु भी ध्यान से सुनती रही। इस विषय पर अभी उससे भी मेरी कोई बातचीत नहीं हुई थी। अब उन्होंने पढ़ाई के बारे में पूछा—"कहाँ तक पढ़ने की इच्छा है मेहमान?"

"एम.ए. तक।"

"अच्छा सोचे हैं। जिनके यहाँ खाने-पीने और पढ़ने-लिखने की सुविधा नहीं होती वही कम पढ़ाई पर छोटी-छोटी नौकरियों में भागते है...। अच्छी नौकरी के लिए ऊँची पढ़ाई जरूरी है...।"

कुछ क्षण चुप रहने के बाद मेरे ससुर ने अब फिर कहा—"रेणु भी पढ़ने-लिखने में तेज है। अपनी सामर्थ्य भर मैं इसे पढ़ा चुका हूँ। अब आप चाहें तो आगे पढ़ा सकते हैं।"

"मैं रेणु को पढ़ाऊँगा पापा जी। रेणु जितना चाहे उतना पढ़ाऊँगा...। रेणु के लिए बहुत कुछ करने की मेरी कल्पना है। इसे गँवई स्त्री बना कर नहीं रहने दूँगा!"

"जब सच्चे मन से प्रयास कीजिएगा तो जरूर सफल होइएगा। मैंने तो अपने अनुभव से यह जाना है कि अपनी इच्छाओं और कल्पनाओं को संकल्प से जोड़ कर ही हम ठोस रूप दे पाते हैं। संकल्प के बिना तो इच्छाएँ कोरी कल्पनाएँ ही रह जाती हैं।"

अपने ससुरजी की यह बात मुझे बहुत अच्छी लगी। कल्पना हो तो संकल्पित, कोरी नहीं। उनकी यह बात मैंने गाँठ बाँध ली।

रात के खाने पर हम फिर सब साथ-साथ बैठे। रात का खाना भी अपने ग्रामीण खानों की तुलना में मुझे खासा विशिष्ट लगा—शुद्ध घी लगी रोटियाँ, अरहर की दाल, दो तरह की सब्जियाँ, भुजिया, सलाद, अचार और खीर। दिन की ही भाँति यह खाना भी मुझे स्वादिष्ट लगा। मेरे ना-ना कहने के बावजूद इन्दु ने एक-दो रोटियाँ मुझे अधिक खिला दीं। अपने ससुराल के इस खाने ने अब मुझे यह सोचने के लिए बाध्य कर दिया कि ऐसा खाना खानेवाला परिवार गरीब कैसे हो सकता है और किसी भी तरह का कुछ भी खाकर रहनेवाला हमारा परिवार अमीर कैसे?

खाना खाने के बाद मेरे ससुरजी अपने कमरे में चल गये। अपनी माँ के संकेत पर इन्दु मुझे भी मेरे कमरे में छोड़ गयी। इन्दु से छोटे उसके भाई-बहन भी सोने चले गये। अब मेरी सास के साथ मंजू, मनोरमा, रेणु और इन्दु ही रह गयीं। शायद वे चीजें तोप-ढाँक रही थीं और रात्रिचर्या में लगी थीं। उनकी आवाज मुझे साफ-साफ सुनाई पड़ रही थी। मेरी सास ने रेणु से कहा—"तुम अब जाओ रेणु, मेहमान के साथ आराम करो। यहाँ तुम्हें कुछ नहीं करना। कटोरी में तेल लेते जाना। मेहमान थके होंगे। उनके पाँवों की मालिश कर देना...।"

अपनी सास की यह बात सुनकर सुखद आश्चर्य से मैं भर गया। कितना खुला, सभ्य और अच्छा परिवार है। मेरे यहाँ रेणु के पास मेरा जाना सबके लिए आपत्तिजनक था, उसके विपरीत यहाँ खुशी का विषय। इस सम्बन्ध में अपने पड़ोस की यह घटना मुझे बरबस याद आ गयी। मेरे पड़ोस में नयी शादी के बाद एक दामाद नैहर पहुँची अपनी पत्नी से मिलने आया था। उसके ठहरने की व्यवस्था दालान पर ही की गयी थी। मेरे गाँव में दामादों को दालान में ही ठहराया जाता। इसी दौरान चोरी-छिपे किसी-किसी रात अपनी पत्नी से उनका मिलना हो पाता। उस दामाद को भी वैसे ही ठहराया गया। फिर दो-तीन दिनों के बाद जब एक रात वह खाना खाने घर पहुँचा तो उसे खिलाते हुए घर की महिलाओं ने उसे पत्नी से मिलाने का निर्णय किया। बस, घर के पुरुषों की नजर बचा उसे अपनी पत्नी के कमरे में घुसा दिया। वह दामाद तो इसीलिए आया था और दो-तीन रातों तक दालान में सोकर प्रतीक्षा करता रहा था। लेकिन पत्नी से एक रात के

मिलन के बाद तो उसकी बेचैनी और बढ़ गयी। अब उसके बाद की दूसरी रात भी उसने खाना खाने में जानबूझ कर देर की और दालान पर न जा सीधे अपनी पत्नी के कमरे में घुस गया। फिर तीसरी रात भी। अब उस घर के कान खड़े हो गये। घर के सारे औरत-मर्द बेचैन हो उठे। यह बड़ा गृहस्थ परिवार था। उस घर की कई लड़कियाँ ब्याही थीं। लेकिन ऐसा कोई दामाद तो पहले आया नहीं था। अब घर के दो युवा पुरुष उस दामाद को सबक सिखाने के लिए चौथी रात छिप कर घर में ही सोये। वह पत्नीप्रेमी दामाद प्राय: रोज ही आधी रात के बाद लघुशंका के लिए आँगन की नाली पर आता था। घर की महिलाओं ने ही उन युवा पुरुषों को यह भेद दिया था। अब जैसे ही वह दामाद लघुशंका के लिए कमरे से निकल कर नाली की ओर बढ़ा कि उसकी फिराक में छिपे वे दोनों युवा पुरुष लाठियाँ लेकर उस पर टूट पड़े—''चोर...चोर...चोर...!''—और अपनी योजना के अनुसार उसके माथे और छाती पर लाठियाँ न बरसा उसके पैर के छवों पर उन्होंने प्रहार करना शुरू किया जहाँ हड्डी की अपेक्षा मांस अधिक होता है। इस पर वह दामाद चिल्लाते हुए अपना परिचय देने लगा—''अरे, मैं हूँ, मैं सुमेश, जमुआंव का पाहुन...!''

अब जब उन युवाओं को लग गया कि काम भर पिटा गये तब वे आश्चर्य प्रकट करते हुए बोल पड़े—''अरे पाहुन आप हैं...! हम लोग तो समझे कि कोई चोर है। आप तो दालान में सोये थे। फिर यहाँ कैसे आ गये?''

इस घटना में शामिल घर की महिलाएँ भी अब अपने-अपने कमरों से निकल आ पहुँची—''अरे यह क्या हो गया? चोर के शक में पाहुन पिटा गये। अरे बाप! अरे दइया!''

उसके बाद वह दामाद पत्नी से मिलने के लिए वहाँ नहीं रुका। दूसरे ही दिन लंगड़ाते हुए चला गया। फिर दुबारा पत्नी के साथ रहने के उद्देश्य से ससुराल नहीं आया। दिन धराने के बाद उसे विदा करा कर ले जाने ही आया।

लेकिन मेरे गाँव के बिल्कुल विपरीत रेणु को उसकी माँ-बहनों ने ही मेरे कमरे में भेजा। मेरी सास के कथनानुसार वह कटोरी में तेल लेकर पहुँची। मैं पलंग पर लेटा था। इससे पहले कि पलंग से उतर दरवाजा बन्द करता, रेणु ने स्वयं दरवाजा बन्द कर दिया। बैसाडीह में रेणु के पास पहुँचते हुए मैं ऐसा करता था, यहाँ अब वह कर रही थी।

''ये तेल किसलिए लायी हो रेणु?''

''आपके पाँवों की मालिश के लिए।''

''अरे, मैं कोई बीमार नहीं हूँ। मुझे तेल की जरूरत नहीं...।''

"माँ ने आपको मालिश करने को कहा है। आप थके होंगे। अभी तो मैं किसी भी दिन आपको तेल नहीं लगा सकी।"

"मैं तेल नहीं लगाता रेणु। थका भी कहा हूँ? दिन भर तो तुम्हारे घर आराम से पड़ा रहा। थकी तो तुम हो। कुछ न कुछ करती ही रही हो। तुम्हारे हाथ-पाँव नाजुक भी हैं। लाओ, मै तुम्हें तेल मालिश कर देता हूँ!"

"अरे, आप यह क्या कह रहे हैं? पत्नियाँ ही पति को तेल लगाती हैं, पति नहीं। पति का तेल लगाना तो पत्नी पर पाप चढ़ाना होता है!"

"यह कहाँ का नियम है रेणु? जब पति-पत्नी दोनों एक समान हैं तो फिर एक के लिए ऐसा क्यों है? मैं इसे नहीं मानता।"

"आपके नहीं मानने से क्या होगा? हमारा पूरा समाज इसे मानता है। मेरी माँ तो पिताजी को बिना तेल लगाये कभी नहीं सोती...।"

"यह पति द्वारा पत्नी का शोषण है। मैं ऐसा नहीं कर सकता और उसके पक्ष में भी नहीं...।"

"मैं आपकी बात नहीं मानूँगी। आपको तेल मालिश करूँगी...।"

"ठीक है करना, लेकिन पहले मैं तुम्हें मालिश करूँगा तब?"

रेणु समझ गयी, मैं उसे तेल लगाने नहीं दे सकता। अब तेल की कटोरी मेज पर रख वापस आ गयी—"आप मुझे इतना क्यों मानते हैं? पति की तरह क्यों नहीं रहते?"

"पति की तरह रहने के लिए मैं तुझे दासी नहीं बना सकता। तुम मेरी जीवन संगिनी हो और जीवन संगिनी रहोगी...।"

मेरी इस बात पर रेणु ने अब अपना माथा मेरी छाती से टिका दिया। अब हम साथ-साथ लेट गये। मैंने कहा—"तुम मुझे 'आप' क्यों कहती हो? मेरी तरह मुझे 'तुम' क्यों नहीं कहती? तुम्हारे मुँह से मैं आप की जगह तुम सुनना चाहता हूँ। 'तुम' में जो अपनापन है वह आप में नहीं। तुम मुझे तुम कह कर देखो, कितना अच्छा लगेगा...।"

मेरी यह बात सुन रेणु गम्भीर हो गयी—"ऐसा मैं कह ही नहीं सकती। ऐसा मुझसे कहा ही नहीं जाएगा। आपकी यह बात मैं नहीं मानूँगी। आपको 'आप' कहने से मुझे जो प्रेम और सुख मिलता है वह तुम से कभी नहीं मिल सकता। आप मेरे लिए सदैव 'आप' ही रहेंगे...।"

रेणु का यह दृढ़ निर्णय सुन मैंने कहा—"तो अब मैं भी तुम्हें 'आप' ही कहूँगा। लेकिन मेरे साथ भी यही समस्या है कि तुम्हें आप कहते हुए उस अभिन्न प्रेम और अपनापन का बोध मैं कर ही नहीं पाता जो तुम कहते हुए पाता हूँ...।"

यह सुन रेणु अब चहकते हुए बोल उठी—"तब तो बहुत अच्छा है। जिसको जो कहना प्रीतिकर लगता है, उसे वही कहना है!"

रेणु की इस बात का अब मैंने कोई जवाब नहीं दिया। हमारी अलग-अलग अभिव्यक्ति और अनुभूतियों को जायज ठहरा कर उसने इस प्रसंग को यहीं स्थगित कर दिया था। अब हम एक-दूसरे विषय पर संवादरत हो गये। रेणु अपनी सहेलियों के बारे में मुझे बताने लगी जो कल मुझसे मिलने वाली थीं। मैं भी गाँव और कॉलेज के अपने दोस्तों के बारे में उसे बताने लगा जिन्हें यहीं लाकर रेणु को दिखाने के लिए सोच रहा था, क्योंकि बैसाडीह में माँ यह सम्भव ही नहीं होने देती।

मैं अनुभव कर रहा था, बैसाडीह की अपेक्षा रेणु यहाँ इतनी खुली, खुश और उन्मुक्त थी कि उसका संग-साथ मेरे लिए और मुग्धकारी था। इस दौरान क्षण दो क्षण से अधिक हम सो नहीं सके। सारी रात या तो एक-दूसरे से बातचीत करते रहे या एक दूसरे के प्रेमालिंगन में बँधते रहे...।

रेणु के यहाँ मेरा एक सप्ताह कब और कैसे बीत गया पता तक नहीं चला। मैं तो किसी मायावी दुनिया में सम्मोहित था जहाँ समय का कोई बोध ही मुझे नहीं था। इस अवधि में जैसे मैं सारी दुनिया से कटा रेणुमय बना रहा। जब माँ ने हरेसर के द्वारा सन्देश भेजा तब मेरी तन्द्रा भंग हुई। हरेसर ने डाकघर पहुँच कर एकान्त में माँ के सन्देश से मुझे अवगत किया—"मलकिन आप पर खूब खिसिआई हैं। अभी गाँव पर बुलाया है। कह रही थीं कि यही कलयुग है कि शादी होते ही ससुरार के आगे अपने गाँव-घर की कोई परवाह नहीं। आज की आयी पत्नी पिआरी बन गयी और जिस माँ ने पाल-पोस कर बड़ा किया उसकी फिकर ही नहीं...।"

माँ के इस सन्देश पर अब मैं नहीं रुक सका। उसी दिन गाँव लौट आया। मुझे देखते ही माँ उबल पड़ी—"शादी होते ही ससुरार से तेरी ऐसी प्रीत! वहाँ तो तू रसम पूराने गया था, फिर अब तक क्या कर रहा था? नर्वदेश्वर पटना है। कामेश्वर और ब्रजेश्वर छोटे हैं। एक तुम पर ही भरोसा था। लेकिन तू तो पत्नी का ऐसा पिछलग्गू निकला कि किसी लायक नहीं रहा...!"

माँ का यह कटु वचन मैं चुपचाप सह गया। मैं तो स्वयं ग्लानि और अपराध बोध से घिरा था। हसनबाजार से अपना गाँव इतना नजदीक होने के बावजूद एक सप्ताह तक यहाँ आ-जा क्यों नहीं सका? जो दूरी दिन भर में हम दसियों बार तय कर सकते थे वह इतनी लम्बी कैसे हो गयी थी? अब मैंने सोच लिया, रेणु के हसनबाजार रहते यहीं से आता-जाता रहूँगा। वहाँ इतमीनान से नहीं

रहूँगा...।

अपने गाँव आने के बाद अब रेणु के घर के नये अनुभवों ने मुझे सोचने के लिए बाध्य कर दिया। खेती और नौकरी के पक्ष-विपक्ष ने मुझे आन्दोलित कर रखा था। अपने को खेतिहर समझ हम सामान्य नौकरीपेशे को हेय दृष्टि से देखते थे। यह सिर्फ मेरा ही नहीं मेरे पूरे गाँव एवं जवार का दृष्टिकोण था। हमारे यहाँ यह कहावत भी प्रचलित थी—'उत्तम खेती, मध्यम वान, नीच चाकरी, भीख निदान।' सम्भवत: इस दृष्टिकोण के चलते ही शादी-ब्याह में लड़कों का महत्त्व इस बात से आंका जाता कि उसका परिवार कितने बीघे जमीन का स्वामी है? लेकिन अब एक नौकरीजीवी परिवार की जीवनगत सच्चाइयों से अवगत हो अपनी सीमाओं का मुझे सख्त एहसास होने लगा था। अपने खेतीहर होने का अहंकार यथार्थ की जमीन पर ढहता प्रतीत हो रहा था।

मेरे ससुर डाकघर में सब पोस्टमास्टर थे। एक सामान्य नौकरीजीवी। उनकी आय अधिक नहीं, लेकिन जो भी थी उसका भुगतान पहली तारीख को तयशुदा। अब अपनी उस निर्धारित आय से ही अपनी घर-गृहस्थी की नियमित और सुचारु व्यवस्था उन्होंने कायम कर ली थी, ऐसी व्यवस्था जिसे देख मैं चमत्कृत था। जिसे बीच में टूटना या बाधित होना नहीं था। उस व्यवस्था में हम खेतिहरों की तरह रोपनी-कटनी की चिन्ता नहीं। चोर-उच्चकों और जानवारों से फसलों की रक्षा का उताजेग नहीं। बाढ़ और सूखे की परेशानी नहीं झेलनी। इन मुसीबतों और संकटों के बावजूद हम खेतिहर ग्रामवासियों के जीवन यापन की कोई नियमित और सुचारु व्यवस्था नहीं। घर में माड़-भात उपलब्ध है तो नमक-मिर्च के साथ उसी से काम चला लेना। लगहर धेनें हर घरों में होती ही, फिर दूध-भात या मट्ठा-भात ही खा लेना, दाल-सब्जी की खरीदारी पर पैसे क्यों खर्च करना? पैसे तो खेतों की मालगुलारी कटाने या खाद-बीज खरीदने के लिए रखना। पिताजी के नौकरीशुदा होने और जीवित रहने तक मेरा परिवार कुछ अलग जरूर था, हालाँकि गाँव में रहते हुए ग्रामवासी परिवारों से कोई खास अलग नहीं था। लेकिन उनकी मृत्यु के बाद तो हमारा परिवार भी अब बिल्कुल आम ग्रामवासी परिवार हो गया था। चावल और गेहूँ के साथ हमारे खेतों में बूट और पिआज भी होते। फिर भात या रोटी के साथ बूट-पिआज की सब्जी आम ग्रामवासियों का सर्वोत्तम आहार होता...। इसके बावजूद कुछ खेतों के स्वामी होने के जोम में हम फूले रहते। अपनी तुलना में भूमिहीन नौकरीजीवियों को हम हेय और तुच्छ समझते। लेकिन एक ऐसे ही भूमिहीन नौकरीजीवी के यहाँ रहकर मेरी आँखें खुल गयी थीं। अब माँ की उस प्रबल इच्छा का अर्थ भी मैं समझने लगा था कि क्यों पिताजी

के साथ उनकी नौकरी पर ही हम भाई-बहनों को लेकर रहना चाहती थी। इसी के लिए पिताजी से जीवन पर्यंत प्रयासरत रही...!

इस कटु सत्य ने मेरी समझ में इजाफा कर दिया था कि पन्द्रह-बीस बीघे से लेकर पच्चीस-तीस बीघे तक के कास्तकार जीवन की उस अनिवार्य आवश्यकताओं और अपेक्षित सुख-सुविधाओं से वंचित थे जो आम नौकरीजीवी को सहज-सुलभ प्राप्त थी। यहाँ यह प्रश्न अब मुझे कुरेदने लगा था कि इस स्थिति में खेतिहरों से नौकरीजीवियों को कमतर क्यों समझा जाता था? अब इसका जवाब भी मुझे स्वतः प्राप्त होने लगा कि गाँवों के जिस क्षेत्र में हम रहते थे वहाँ हमारे जैसे खेतिहर परिवार ही अधिक थे, इसीलिए खेती को ही हम महत्त्वपूर्ण समझते थे। जमीन स्थायी सम्पत्ति होती है, हमारी यह मानसिकता भी इसके पीछे नियामक थी। इसके मूल में यह बात भी थी कि नौकरीजीवी जीवन का हमें अनुभव नहीं था। मेरी शादी अगर एक नौकरीजीवी परिवार में नहीं होती तो नौकरीजीवी जीवन के बुनियादी सच से मैं अवगत भी नहीं हो पाता। मेरे अधिकांश ग्रामवासी कहाँ इस सच से अवगत हैं? मुझे लगा, जिस दिन हमारा समाज इस सच से अवगत हो जाएगा, नौकरियों के लिए टूट पड़ेगा। तब नौकरियों के समक्ष खेती उन्हें गौण जान पड़ने लगेगी...। तब खेती से वही लोग जुड़ पाएँगे जिन्हें नौकरियाँ प्राप्त नहीं होंगी या नौकरियों के लिए जो उपयुक्त नहीं होंगे।

आज चार दशक बाद अपने उस अनुभव को दर्ज करते हुए मैं पा रहा हूँ कि उस वक्त मैंने जो लक्ष्य किया था, उसकी यथार्थ परिणति अब देख रहा हूँ। नौकरियाँ धीरे-धीरे महत्त्वपूर्ण होती चली गयीं और खेती पीछे छूटती गयी। आज नौकरियों के समक्ष खेती गौण है। शादी-ब्याह के लिए अब लड़कों का भाव इस बात से आँका जाने लगा है कि वह किस पद पर है? हमारा परिवार अब खुद नौकरी पर ही आश्रित और आधारित हो गया है। खेती का सिलसिला कम होते-होते समाप्त हो चुका है।

मुझे याद है, उस समय माँ की नाराजगी पर रेणु के पास अब मैं तीन-चार दिनों के बाद ही जाता और वह भी एक-दो दिनों के अन्दर ही चला आता। लेकिन यह सिलसिला भी पन्द्रह-बीस दिनों से अधिक नहीं चल सका। माँ ने रेणु को बुलाने के लिए मेरे ही माध्यम से दिन भेज दिया—दिन धराई साड़ी के साथ निर्धारित तिथि। मैं रेणु का 'दिन' ले जाने के पक्ष में अभी नहीं था। अपने नैहर में उसे चहकती-किलकती देख चाहता था कि अभी और कुछ दिन वहाँ रह ले। लेकिन माँ के आदेश की अवहेलना भी नहीं कर सकता। अब बेमन से

ही माँ का संवाद अपने ससुराल में पहुँचा दिया। लेकिन सुनते ही मेरी सास झल्ला उठीं—''अभी हम रेणु को नहीं भेजेंगे मेहमान। अभी इसे आए एक माह भी तो नहीं हुए। आखिर इतनी जल्दी क्या है? रहना तो इसे वहीं है, लेकिन नैहर में आते ही बुलावा आ गया। हमारी दो-दो लड़कियाँ ब्याही हैं, किसी के साथ ऐसा नहीं हुआ। मनोरमा को तो पहली बार छह माह रख कर हमने भेजा था। रेणु को भी तीन माह से पहले नहीं भेजेंगे...!''

रेणु के पिता और भाई-बहनों ने भी मेरी सास की बात का ही समर्थन किया। लेकिन बीच में हस्तक्षेप कर रेणु ने सबको स्तब्ध कर दिया—''मैं जाऊँगी माँ, 'दिन' न लौटाओ। अम्मा जी से मैं वादा करके आयी हूँ कि जिस दिन बुलाइएगा उसी दिन आ जाऊँगी। मेरे नहीं जाने पर उन्हें दु:ख लगेगा। मैं वैसा कोई काम नहीं करना चाहती...!''

प्रारम्भ में रेणु की इस अनपेक्षित बात ने मुझे भी स्तब्ध किया। लेकिन जल्द ही उसकी बुद्धिमता पर खुशी हुई। माँ के साथ ही उसे रहना था, इस स्थिति में माँ की नाराजगी मोल लेना ठीक नहीं...। मुझे उसी वक्त लग गया रेणु के साथ माँ की तकरार कभी नहीं होगी। अपनी समझ एवं सहनशीलता से रेणु, माँ को वश में कर लेगी। रात में इस कार्य के लिए मैंने रेणु को हार्दिक शाबाशी भी दी—''तुमने बहुत अच्छा निर्णय किया! दोनों घर की आपसी रंजिश खत्म कर दी...। मुझे तो समझ ही नहीं आ रहा था कि क्या करूँ? अन्ततः तुमसे ही पूछता। तुम जो कहती वही करता। लेकिन तुमको और माँ को लेकर धर्म संकट महसूस कर रहा था। लेकिन तुमने मुझे उस धर्मसंकट से बचा लिया!''

निर्धारित तिथि को अब रेणु को विदा कराने मैं फिर पहुँचा। रेणु को विदा करते हुए उसके घरवाले मुझे फिर कुछ रुआँसे जान पड़े। लेकिन वह सहज बनी रही। उसने सबको समझा दिया—''बैसाडीह में हमें तनिक भी तकलीफ नहीं माँ। 'ये' हमारा बहुत ख्याल रखते हैं। कभी मन उदास होने ही नहीं देते। आप लोग हमारी चिन्ता तनिक भी न करें!''

रेणु की इस बात पर अब उसके घर के सभी सदस्य प्रसन्न हो गये। प्रसन्न मुद्रा में ही उन्होंने रेणु को विदा किया। यहाँ भी रेणु ने माहौल गमगीन होने से बचा लिया। मेरे घर पहुँचते ही माँ के चरण स्पर्श कर बोल उठी—''कैसी हैं अम्मा? इस बीच आपको कोई कष्ट तो नहीं हुआ? मैं तो यह सोचकर ही वहाँ थी कि जैसे ही आप दिन भेजेंगी, आ जाऊँगी...! अब आपका सन्देश मिलते ही आ गयी!''

रेणु की यह बात सुन माँ का मन भी तरल हो उठा। उसकी अनुपस्थिति

तथा ससुराल में निरन्तर मेरे आने-जाने से उसे जो खीझ और झल्लाहट हुई थी, वह सब रेणु के एक ही निवेदन में ध्वस्त हो गयी। मैंने माँ को जीनर की माँ से यह कहते भी सुना—"मंझिली बहू तो बहूत अच्छी है बहिनिया। अच्छे कुल-खानदान की लड़की है। लेकिन अब मिथि इसे ठीक से रहने दे तब न? दिन-रात माथे पर चढ़ाए रहता है।"

माँ की बात मैं समझ रहा था। रेणु के प्रति मेरे विशेष लगाव से शायद वह डर रही थी कि मर्द का अतिशय स्नेह प्यार पर रेणु बिगड़ न जाए। माँ की इस बात से मुझे खुशी ही हुई।

[10]

मेरे गाँव की यह आम धारणा थी कि शादी के बाद लड़के पढ़ते नहीं, पत्नी और घर-गृहस्थी की दुनिया में फँसते चले जाते हैं। जो पढ़ना होता है, शादी से पहले ही पढ़ पाते हैं। मेरी जानकारी के तहत मेरे गाँव के अधिकांश लड़को को पढ़ाया भी इसीलिए जाता था कि उनकी शादी हो सके। लड़कीवालों को लगे कि लड़का सिर्फ खेतिहर ही नहीं, पढ़ने वाला होनहार भी है। लेकिन शादी होते ही उसकी पढ़ाई छूट जाती। इसके लिए न उसके परिवारवाले ही अब प्रयास करते और न लड़का ही सक्रिय होता। घर में पत्नी-सुख भोगते हुए अपनी पुश्तैनी खेती-गृहस्थी में भिड़ जाता। उसके बाप-दादों ने भी यही किया था। विरासत में अब वह भी यही करता। लेकिन मेरे साथ इसके विपरीत होना शुरू हो गया। रेणु से शादी के बाद प्री-यूनिवर्सिटी पास कर मैं बी. ए. पार्ट वन में आ गया। प्री-यूनिवर्सिटी के रूप में कॉलेज की पहली परीक्षा पास करने पर सबसे अधिक खुशी रेणु को ही हुई। मेरा रिजल्ट सुन वह खुशी में झूम उठी। यह उसकी खुशी का ही परिणाम था कि बी. ए. पार्ट वन की पढ़ाई में मेरा मन रमने लगा। ऐसा लगता कि रेणु की निगाह मेरा पीछा कर रही।

बी. ए. पार्ट वन की मेरी पाठ्य पुस्तकें उलटते-पुलटते वह पूछती भी—"कॉलेज में भी स्कूल की ही तरह पढ़ाई होती है?"

"नहीं रेणु किस घंटी में, किस कमरे में क्लास है और कौन प्रोफेसर क्लास लेंगे, यह सब अलग-अलग होता है। हिन्दी के क्लास में तो इतना मन लगता है कि तुझे क्या बताऊँ? स्कूल से कॉलेज की तुलना नहीं की जा सकती।"

"मेरा मन भी कॉलेज में पढ़ने को करता है...। पढ़ना-लिखना मुझे बहुत अच्छा लगता है।"

"तुम्हारी यह इच्छा मैं पूरी करूँगा रेणु। यहाँ गाँव के बन्द परिवेश में तो सम्भव नहीं...। लेकिन अवसर मिलते ही तुम्हें पढ़ाऊँगा।"

यह सुन रेणु की आशान्वित नजरें मुझ पर टिक जातीं जो अपने मार्ग पर मुझे और सजग-सचेत बनाती जातीं। पहले पढ़ाई के नाम से मेरा मन भागता था,

अब उससे गहरे में जुड़ता जा रहा था।

बैसाडीह से विक्रमगंज पहुँच सारे क्लास पकड़ लेने के लिए हमें सुबह ही घर से निकल जाना पड़ता। प्री-युनिवर्सिटी में था तो ऐसी नियमितता महसूस नहीं करता। क्लास छूटते तो छूटते। लेकिन अब क्लास छूटना अपराध जैसा लगता। पहले कॉलेज जाते वक्त बुचिया मेरा नाश्ता तैयार रखती थी। अब रेणु ने पूरी चौकसी और मुस्तैदी के साथ यह दायित्व सम्भाल लिया था। कॉलेज के लिए मेरे तैयार होने तक रोटी-सब्जी बना हाजिर कर देती...।

मेरे दोस्त मेरे इस तीव्र एवं त्वरित परिवर्तन से दुःखी थे। वैसे तो शादी के बाद से ही मुझे बदल गया जान उलाहने दिया करते थे, अब उस परिवर्तन को स्थायी होते देख कहने लगे—''अब तू तीनों लोकों से गया बच्चा। किसी लायक नहीं रहा...। खूब पढ़ाकू बन रहा है, सोच रहा है कि पढ़-लिख कर लाट बन जाएगा। बाकिर बैसाडीह से विक्रमगंज के बीच कुछ नहीं कर पाएगा! बन का गीदड़ जाएगा किधर!''

लेकिन उन दोस्तों की ऐसी निरर्थक बातें मैं सुनता ही नहीं...। पढ़-लिख कर कुछ बनने तथा रेणु को उसका मनचाहा परिवेश देने के लिए अब मैं संकल्पित था। इसके अलावे कई मोर्चों पर अब एक ही साथ सक्रिय था। बड़े भैया अभी भी पटना में रहकर नौकरियों की तैयारी में लगे थे। कामेश्वर मैट्रिक में पहुँच गया था। पढ़ाई के साथ-साथ अब घर गृहस्थी की पूरी जिम्मेवारी मुझ पर ही थी। वैसे पिताजी के निधन के बाद से ही इस जिम्मेवारी का निर्वाह मैं करते आ रहा था। लेकिन रेणु के आने के बाद यह दायित्व अब और बढ़ गया था। मनीदारों से मनी वसूलने, खेतों की मालगुजारी कटाने तथा घर के लिए आवश्यक चीजों की खरीद का जिम्मा मेरा ही था। घर के अन्दर की मालकिन माँ थी और बाहर से देखरेख करने वाला मैं। इसके साथ रेणु का भी मुझे ख्याल रखना था, क्योंकि नौकरीजीवी परिवार की वह लड़की खेतीहार परिवार की समस्याओं के बीच कहीं पिस न जाए। जीवन की इन व्यस्तताओं के बीच अब मुझे फुर्सत ही कहाँ कि दोस्तों के बीच रँगरेलियाँ कर सकूँ! विकल्प अब फिजूल की गपबाजी से तटस्थ अपने दायित्व निर्वाह का था, जिसे मैं कर भी रहा था। इस स्थिति में दोस्त और दूसरे सरोकार स्वतः छूटते चले गये।

रेणु के नैहर से लौटते ही माँ ने 'हाँड़ी छुआई' की रस्म पूरी कर दी। रेणु ही अब घर का खाना बना रही थी। इस बीच बुचिया और दिदिया अपने ससुराल चली गयीं थीं। भाभी से न पटने के चलते माँ अब रेणु को ही आवाज देती रहती—''छोटकी दुल्हिन! तनी यहाँ आओ। छोटकी दुल्हिन तनिक यह कर दो! छोटकी दुल्हिन तनिक वह कर दो...!''

अपने नैहर में पाँच बहनों के बीच रेणु को इतना कुछ नहीं करना पड़ता

था, शायद इसीलिए वह परेशान और उलझी-थकी जान पड़ती। इस पर एकान्त में मैंने उससे कहा—"जितना सम्भव हो उतना ही किया करो! अच्छी साबित होने के लिए अपने को अधिक परेशान मत करो...।"

जवाब में उसने मुझे समझा दिया—"कोई परेशानी नहीं...। आप मेरी चिन्ता न करें। अपना ध्यान अपनी पढ़ाई की ओर केन्द्रित रखें...।"

मैं रेणु की इस सहनशीलता को समझ रहा था। भाभी की तरह वह माँ की उपेक्षा की शिकार होना नहीं चाहती थी। उसने अपना ध्यान भविष्य पर केन्द्रित रखा था और मुझे भी भविष्य की ओर उन्मुख रखना चाहती थी। लेकिन उसकी परेशानियों को मैं निरन्तर बढ़ते पा रहा था। चाहते हुए भी वह अपने घर जैसा खाना नहीं बना पाती, क्योंकि चीजें उपलब्ध होती ही नहीं। हरी सब्जी और दाल कभी-कभी ही बन पाती, भात के साथ बूँट-पिआज की सब्जी या आलू की सब्जी बनती। शाम में भी रोटी की जगह भात और सब्जी ही। हम इस खाने के अभ्यस्त थे, लेकिन रेणु की मुश्किल मैं समझ रहा था। उसका खाना आधा हो गया था। फिर भी वह मुझसे छिपाती रहती और भरपेट खा चुकने की बात कहती रहती। नहाने-फीचने के लिए तेल-साबुन की हमारी व्यवस्था भी रेणु के लिए उपयुक्त नहीं थी। कपड़े साफ करने के लिए माँ सोडा मँगवाती तथा नहाने के लिए लाल साबुन। हमारे गाँव में सर्वत्र इस साबुन-सोडे का ही उपयोग होता । ये पर्याप्त सस्ते तथा गाँव की दुकानों पर उपलब्ध होते। तेल के रूप में सिर्फ सरसों तेल का ही प्रयोग किया जाता खाना बनाने से लेकर बदन में लगाने तथा माथे पर रखने तक के लिए। रेणु के यहाँ माथे पर सब लोग आँवले का तेल लगाते। मैंने आँवले के तेल की एक शीशी खरीद कर उसे दे दी। हालाँकि मेरे पास भी शादी के पैसे अब खत्म हो गये थे। किसी तरह यह तेल खरीद सका था।

घर की स्थिति भी मुझसे छिपी नहीं थी। चाहते हुए भी माँ घर पर अब पहले जैसा खर्च नहीं कर पा रही थी। पिताजी जिस कॉलेज में शिक्षक थे। उस समय पेंशन और आश्रित को नौकरी देने की व्यवस्था नहीं थी। उनके निधन के बाद पी. एफ. के कुछ रुपये मिले थे जो इस बीच खर्च हो चुके थे। उस खर्च का बड़ा भाग माँ ने भैया की नौकरी की तैयारी एवं इंटरव्युओं पर व्यय किया था। मनीदार भी यह जान कर मनी देने में आनाकानी कर रहे थे कि आम ग्रामवासियों की तरह हम उनसे खेत छुड़ा स्वयं खेती नहीं कर सकते। हमारे लाख तगादे के बावजूद आधा या तीन हिस्सा ही मनी दे पाते। इस तंगिस में रहना हमारे लिए कठिन और जटिल नहीं था। इस तंगिस का हमें अनुभव था तथा अपने आसपास भी ऐसी तंगिस के बीच मजे के साथ रह रहे अपने पड़ोसियों

को देख हम आश्वस्त थे। लेकिन इस तंगिस में रेणु की बढ़ती पेरशानी मुझे चिन्तित कर रही थी। वैसे वह भरसक प्रयास करती कि अपने कष्टों और असुविधाओं से मुझे अनभिज्ञ ही रखे, लेकिन मैं जान ही जाता...।

घर से कॉलेज जाने के पहले और कॉलेज से घर आने के बाद मैं उसके साथ साये की तरह लगा रहता। बीतते समय के अनुसार माँ को भी लग गया कि उसकी आलोचना एवं उपहास के बावजूद रेणु से मैं अलग नहीं हो सकूँगा, इसीलिए तटस्थ हो गयी। अब रेणु रसोई में रहती तो मैं वहाँ भी उसके पास चला जाता और आँगन में कुछ कर रही होती तो वहाँ भी। उसका मन रखने के लिए अपनी पाठ्य पुस्तक हाथ में लिये रहता। इस स्थिति में उसका कुछ भी मुझसे छिप कहाँ पाता? मैंने तो उसे फुलवा रानी बनाकर रखने की कल्पना की थी। लेकिन यथार्थ की तपती जमीन पर अपनी कल्पना को अब तड़पते पा रहा था। ढेंके वाली घटना के बात तो रेणु की परेशानी मेरे लिए असहय हो गयी!

रेणु ने ढेंका नहीं देखा था और ढेंका चलाने का उसे कोई अनुभव नहीं था। शहर–कस्बों में ही वह पली–बढ़ी थी जहाँ नियमित आय पर खाने–पीने की जरूरी चीजें खरीद ली जाती थीं, वहाँ ढेंके—जांते की कोई जरूरत ही नहीं थी। लेकिन हमारे गाँव में तो प्राय: हर घर में ढेंके और जांते थे। मनीदार हमें जो चावल देते, वे आखर होते। ढेंके में छँटाई के बाद ही खाने लायक बनते। हमारी शादी में माँ ने पर्याप्त चावल छँटवा रखे थे, जो समाप्त हो गये थे। अब ढेंके पर चढ़ना पड़ा। रेणु के लिए तो सब कुछ नया और अनजाना था। माँ ने ढ़ेंके की प्रक्रिया से उसे अवगत किया। लेकिन ढ़ेंके पर चढ़कर वजनी ढ़ेंके को पैरों के बल उठाने और गिराने की प्रक्रिया में जल्द ही रेणु के पैर भर गये। उसके पैरों में थाथर लग गये। कॉलेज से लौटने पर आँगन में उसे लंगड़ाते देख चौंकते हुए पूछ उठा—"यह क्या हो गया तुम्हें?"

उसने पूर्व की भाँति मुस्कुराते हुए ही जवाब दिया—"कुछ भी नहीं.....! मैं ठीक हूँ....।"

हालाँकि उसकी मुस्कराहट में छिपे दर्द को मैं लख रहा था। रात में जब अपनी सौगन्ध दी तब उसने सच बात बताई, जिसे सुनकर मैं आहत हो गया। मैंने बेचैनी में कहा भी—"तुमने नकार क्यों नहीं दिया! साफ कह देती कि मैंने ढेंके पर छँटई कभी की ही नहीं!"

"कैसे नकार दूँ, अम्मा जी ने कहा कि तुम नहीं छाँटोगी तो बड़ी जानी (बड़ी बहू) भी नहीं छाँटेंगी। फिर अकेले मुझे ही छाँटना पड़ेगा......।"

मैं देख रहा था, अपने आदेश पर रेणु को सब कुछ करते जान माँ ने अब दोनों गोतिनियों के बीच काम का बँटवारा कर दिया था ताकि रेणु की आड़ में

भाभी भी बच न सकें। उसी बँटवारे के अनुसार ढेंके पर चावल की छँटाई दोनों गोतिनियों को करनी थी। फिर भी मेरा मन उबल रहा था। हालाँकि मैं जानता था, गाँव के अधिकांश घरों में चावल की छँटाई से पहले धान की कुटाई भी होती थी। निरन्तर चलने वाली लम्बी कुटाई के कार्य। मेरी जानकारी में इसी तरह मेरे गाँव की औरतों का जीवन ढेंके पर ही बीतता। उस तुलना में हमारे यहाँ चावल छँटाई के सिर्फ अल्प कार्य ही थे। फिर भी यह कार्य जिसने कभी किया ही नहीं उससे कराना उसे सजा देने से कम नहीं...। नींद में रेणु का कँहरना सुन अपना अनुमान मुझे और सही लगा। शायद ढेंके की छँटाई से ही उसके पाँव दुःख रहे थे। माँ पर अब मुझे गुस्सा भी आ रहा था। जब रेणु उनकी हर आवाज पर तैयार रहती है तो उसके लिए उन्हें भी तो सोचना चाहिए। यह जानकर कि उसने कभी ढेंका नहीं चलाया, उसे ढ़ेंका चलाने ही नहीं देती। गाँव की मजदूर स्त्रियों को कुछ पैसे देकर चावल छँटा लेती। ऐसी भी कड़की नहीं कि मजदूरी पर चावल न छँटवाई जा सके...।

उस रात मुझे नींद नहीं आई। रेणु से शादी को मैं अपना भाग्योदय समझ रहा था। लेकिन अब उसकी ओर से सोचने पर ऐसा लग रहा था कि यह रेणु के जीवन की बर्बादी थी। मेरी जगह शहर या कस्बे के किसी नौकरीजीवी से उसकी शादी हुई होती तो वह और विकसित स्थिति में पहुँचती। और अगर विकसित स्थिति में न भी पहुँचती तब भी उसकी वर्तमान सुविधानों में तो कटौती नहीं ही होती...। मैं विचार करने लगा, इसके लिए मुझे क्या करना चाहिए? लेकिन जिन स्थितियों में मैं था वहाँ फिलहाल कोई विकल्प नजर नहीं आ रहा था। पढ़-लिख कर कुछ बनने और करने पर ही यह सम्भव था और इसमें अभी देर थी...।

सुबह कॉलेज जाने की तैयारी में लग गया। लेकिन यह देख मेरे पाँव थम गये कि रेणु आँगन में लंगड़ाते हुए चल रही थी। अब मैं अपने को जब्त नहीं कर सका। माँ पास ही मचिया पर बैठी चावल चुन रही थी। उससे मैंने जवाब तलब के लहजे में ही पूछा—''कहँरटोली की औरतों को बुलवा कर चावल छँटवा लेती माँ। कोई जरूरी नहीं कि चावल घर पर ही छाँटे जाएँ!''

मेरे इस प्रश्न पर अचानक माँ की त्योरियाँ चढ़ गयीं। शायद मुझसे ऐसे प्रश्न की अपेक्षा उसे नहीं थी। उसने मुझे सख्त निगाहों से देखते हुए कहा—''तू कहना का चाहता है?''

''मैं कहना यह चाहता हूँ कि जो काम बाहर की महिलाएँ कर सकें उनसे हमें करा लेना चाहिए। घर में कामों की कोई कमी तो है नहीं...।''

“मेरे पास चावल छँटवाने के पैसे नहीं। किसी तरह यह घर चला रही हूँ वही बहुत है...।”

“तो हरेसर या गाया से हसनबाजार मिल में भिजवाकर छँटवा लेती। जैसे गेहूँ पिसा कर वे ले आते हैं वैसे ही चावल छँटवा कर लेते आते। कहँरटोली की महिलाओं से कम पैसे में ही मिल में छँटाई हो जाती।”

“सारे गाँव की छँटाई घर पर होती है और हमारे घर की छँटाई अब हसनबाजार मिल में हो। गेहूँ पिसाने तो सब भेजते हैं। चावल छँटवाते तो मैंने किसी को नहीं देखा...।”

“मेरी बात समझने की कोशिश करो माँ। रेणु कभी ढेंके पर नहीं चढ़ी है। कल ढेंके पर चढ़ कर यह बीमार हो गयी। देख नहीं रही हो, लंगड़ा कर चल रही है...।”

मेरी इस बात पर अब माँ जैसे म्यान से बाहर तलवार की तरह निकल आई—“तेरी पत्नी इतनी ही सुकवार थी तो उसके बाप ने हमारे जैसे गृहस्थ के यहाँ शादी क्यों की? वह नहीं जानते थे कि खेतिहर के घर ढ़ेंके-जांते का काम करना ही पड़ेगा...। तुझे अपनी पत्नी का ढ़ेंके पर चढ़ना खटकता है बाकिर मेरा ढ़ेंके पर चढ़ना तुझे कभी नजर नहीं आया। मैं इस घर में जब से आई हूँ, ढ़ेंके-जांते के बीच ही रही हूँ...। अभी जब तेरी यह हालत है तो बुढ़ापे में तू क्या करेगा?”

माँ की इस बात पर अब मैं भी कुछ कहने जा रहा था कि रेणु बीच में आ गयी। उसने मुझे डाँटते हुए माँ से दूर हटा दिया—“आप तो कॉलेज जाने की तैयारी कर रहे थे, फिर अम्मा जी के पास कैसे चले आए? मैं ढेंका चलाना जान गयी, ढ़ेंका चलाऊँगी। इस घर में जो काम होता है वह सब करूँगी। अब यही मेरा घर है। आप कॉलेज जाइए...।”

रेणु की बात सुन मैं हतप्रभ रह गया। मैं तो उसी के लिए माँ से उलझ रहा था। अब चुपचाप कॉलेज चल पड़ा। हालाँकि रास्ते भर खिन्न बना रहा। माँ से बोलने का अब अफसोस भी हो रहा था। लेकिन न बोलकर रह भी तो नहीं सकता था...। मैंने अनुभव किया कभी-कभी जिन समस्याओं से हम बचना चाहते हैं वे ओर अधिक गहराती चली जाती हैं, दु:ख पर ही दु:ख आते हैं। हमारे भोजपुरी समाज में कहावत भी है—‘राजा हरिश्चन्द्र पर विपत्ति पड़ी, पकवल माछर जल में चली।’ मेरे साथ भी उस समय अब वही होना शुरू हो गया था। अचानक रेणु के स्वास्थ्य में तीव्र परिवर्तन शुरू हो गया था। उसके अनपेक्षित कष्टों को देख माँ ने घोषणा कर दी—“इसे अब बच्चा होने वाला है। इसके

पाँव भारी हो गये हैं।''

बस, हमारा माथा ठनक गया। इतनी जल्दी अब यह परेशानी! हमने तो इसके बारे में अभी सोचा ही नहीं था। अभी तो हमारी शादी के एक साल भी नहीं बीता। अभी तो हम एक-दूसरे के प्रेम में लीन थे। अपने प्रेम की इस परिणति पर कभी हम खुश भी होते। लेकिन उस वक्त तो दु:खी ही हुए। कोढ़ में खाझ की पीड़ा। हमारे यहाँ की स्थिति यह नहीं थी कि माँ बनने के नाम पर बहू को सहूलियतें प्राप्त हों। मितली, बुखार, थकावट, आलस्य, अनिद्रा के तहत किसी-किसी दिन रेणु गृह कार्य छोड़ अपने कमरे में जा पड़ती। तब उसे माँ समझाने पहुँच जाती—''यह कोई बीमारी नहीं छोटकी दुल्हिन! भगवान की देन है...। करते-धरते रहोगी तो उसी में ठीक रहेगा। सब कुछ छोड़ कर पड़ जाओगी तो और परेशानी बुझाएगी। तुम लोगों के समय में तो हम हैं भी, ऊपर-झापर सब देख लेते हैं। हमारे समय में तो कोई था ही नहीं। पेट में बच्चा रहते हुए भी सब कुछ करना पड़ता। कोई बताने-समझाने वाला भी नहीं। बच्चा होने के दिन तक काम में लगी रहती। अपनी छोटी बहन कुन्ती को रखती थी, बाकिर वह भी तो बच्ची ही थी...।''

इस स्थिति में माँ बनने की परेशानी झेलते हुए भी रेणु गृह कार्य से मुक्त नहीं हो सकी। मुझे लगा कि इस अवधि में उसका नैहर रहना ठीक होगा। उसकी माँ-बहनें उसका पूरा ख्याल रखेंगी। वहाँ रेणु से वे कोई काम भी नहीं लेंगी। पर रेणु ने मुझे समझा दिया—''बीच-बीच में मैं वहाँ रह लूँगी। लेकिन पूरे समय तक वहाँ रहना ठीक नहीं होगा। हमारे माँ-बाप कुछ नहीं कहेंगे। मेरे रहने से उन्हें खुशी ही होगी। मगर हमको भी तो सोचना चाहिए। पिताजी ने मेरी शादी इसलिए नहीं की कि ससुराल की अपनी समस्याओं को मैं नैहर में रहकर झेलूँ...।''

रेणु की बात मुझे सही लगी। इस सम्बन्ध में हमने निर्णय भी कर लिया कि इस अवधि में तीन-चार माह रेणु अपने नैहर रहेगी, बाकी समय यहीं बनी रहेगी। अब अपने इस निर्णय के आलोक में ही हम सक्रिय हो गये। रेणु को अब मैं अपनी सीमाओं का अतिक्रमण कर सहयोग भी करने लगा। लेकिन चाहते हुए भी उसे अनुकूल स्थिति और माहौल नहीं दे सका। फिर भी उसे प्रसन्न बनाए रखने की कोशिश करता।

और अन्ततः रेणु के प्रसव का वह समय आ ही गया जिसकी हमें प्रतीक्षा थी। वह 7 मई 1970 का दिन था। शाम 4 बजे से उसके पेट में दर्द होना शुरू हुआ। उस समय वह मेरे ही यहाँ थी। मैं बी. ए. पार्ट वन की परीक्षा दे चुका था। भैया भी घर आए थे। अब अक्सर वे घर आते रहते थे। नौकरी के लिए इंटरव्यू देते और असफल होते निराश हो चले थे। मेरी सास ने मुझसे कहा था,

''रेणु का समय पूरा होते इसे आरा ले जाइएगा मेहमान। पहला प्रसव है। किसी लेडी डॉक्टर के यहाँ ले जाना ज़रूरी है। मनोरमा का पहला बच्चा भी अस्पताल में ही हुआ था...।''

अपनी सास के इस सुझाव से मैंने माँ को अवगत करा दिया था। समय नजदीक आते देख आरा चलने को भी कहा था। लेकिन माँ ने खर्च की समस्या सामने रख दी थी—''शहर में किसी भी लेडी डॉक्टर के यहाँ रखने का खर्च हम कहाँ से उठा पाएँगे? पोस्टमास्टर साहब नौकरी करते हैं इसी से अपनी बड़ी बेटी को ले गये होंगे। हमारे भी पति जीवित रहते तो हम ले जाते। बाकिर अभी हमें साउंज नहीं....।''

फिर माँ ने इस प्रसंग पर अपनी राय भी जाहिर की—''पेट में बच्चा भगवान देता है और वही बाहर निकालता है। इसमें कोई भी डाक्टरनी कुछ नहीं कर पाती। हमारे इतने बच्चे इसी बैसाडीह में हुए। गंगिया चमइन आकर करा जाती और नार काट देती...। अब न शहर में परसउती की बात होती है। हम लोगों के समय में तो परसउती के लिए शहर ले जाना कोई जानता ही नहीं था...।''

इस पर मैंने माँ को समझया—''वह दूसरा समय था माँ, यह दूसरा समय है। मैंने सुना है, उस वक्त प्रसव में कितनी ही महिलाएँ अपने बच्चों के साथ गुजर जाती थीं। तब कहा जाता कि चुड़ैल का प्रकोप हो गया या यम ने छू दिया...। अब डाक्टरनी आराम से प्रसव करा देती है। जच्चे-बच्चे की नुकसानी नहीं होती...।''

इस सम्बन्ध में खर्च में बचाव का एक रास्ता भी मैंने सुझाया—''आरा के बाबू बाजार मोहल्ले में सुबोध मामा के यहाँ हम रह लेंगे। उनके यहाँ रहने की दिक्कत नहीं। अपने साथ चावल आदि अनाज खाने भर ले लेंगे। स्टोव तथा कुछ बर्तन लेते चलेंगे। बस वहीं बनाएँगे-खाएँगे...। फिर दर्द होते ही सदर अस्पताल चल पड़ेंगे। वह रात-दिन खुला रहता है। वहाँ भी पैसे नहीं लगते...।''

मैं जानता था, मेरे ममहर कुम्हैला के कुछ लोग बाबू बाजार में रहते थे। वे मेरे मामा परिवार के गोतिया थे। बचपन में माँ के साथ मैं वहाँ जा चुका था। हमारे ममहर के नाते को ध्यान में रख वे स्नेहपूर्ण व्यवहार भी करते। साथ ही यह भी जानता था कि सदर अस्पताल सरकारी अस्पताल है। वहाँ प्रसव या अन्य किसी भी इलाज के लिए पैसे नहीं लिये जाते।

मैंने साथ चलने की सीमित संख्या भी निर्धारित कर दी थी—''रेणु, मैं और तुम, बस हम तीन ही आदमी चलेंगे माँ। शहर में अधिक संख्या की जरूरत नहीं। यहाँ गाँव पर भैया-भाभी के साथ, उर्मिला, ब्रजेश्वर और कामेश्वर रह जाएँगे...।''

मेरा यह प्रस्ताव माँ को स्वीकार था। इसमें अब अतिरिक्त खर्च की जरूरत

नहीं थी। दो दिन बाद हमने चल देना भी तय कर लिया। लेकिन भैया ने अड़ंगा लगा दिया—''अभी इतनी जल्दी ले जाने की क्या जरूरत? अभी कुछ और समय बाद ले जाना ठीक रहेगा। जब वहाँ भी सुबोध मामा के यहाँ रहकर प्रतीक्षा ही करनी है तो यहाँ भी हम कर सकते हैं। अगर बीच में कुछ हुआ तो यहाँ से भी किसी वक्त तीन-चार घंटे में हम आरा पहुँच सकते हैं...। इधर दो-तीन दिनों के अन्दर ही मेरे कुछ जरूरी इंटरव्यू लेटर आने वाले हैं। तब फिर किस पर घर छोड़ मैं इंटरव्यू देने जाऊँगा...?''

भैया की बात माँ को जंची। इसी सम्बन्ध में घुरूल के यहाँ से मनी लेने की बात भी उन्हें याद आ गयी। बैसाडीह की अपनी खेती उस वर्ष बगल के गाँव जेठवार के घुरूल यादव को हमने मनी पर दी थी। मई का महीना शुरू हो गया था, लेकिन घुरूल ने अभी तक मनी नहीं दिया था। मनी में चावल देना ही निर्धारित था। इस पर उसका कहना कि घर की एक औरत के नैहर चले जाने और दो औरतों के बीमार पड़ जाने से उसके यहाँ धान की कुटाई हुई ही नहीं कुटाई अब शुरू हुई थी। माँ के संकेत पर तगादे में मैं ही जाता। अब एक सप्ताह के अन्दर ही देने को उसने कहा। माँ को इस बात का डर था कि समय पर तसील न होने से अपनी जरूरत पर वह बेंच देगा। फिर मनी देने के नाम पर आनाकानी करेगा। कई बार और कई मनीदारों के साथ ऐसा हो चुका था, इसीलिए माँ स्मरण आते ही अब बिना मनी लिए चलने को तैयार नहीं हुई...। भैया और माँ के साथ इसी टालमटोल में रेणु के प्रसव का वह समय आ गया, जिसे आना ही था। घर की समस्याओं से उसे रुकना नहीं था।

उस समय रेणु रात के खाने के लिए सब्जी तराश रही थी। शरीर भारी होने और परेशानी बढ़ने के चलते सकेरे ही वह रात का खाना बना कर रख देना चाहती थी। मैं उसके पास ही सहयोग में बैठा था। वैसे मैं चाहता तो यह था कि उसे हटा कर स्वयं रसोई में भिड़ जाऊँ। लेकिन यह बात माँ, मेरा परिवार और मेरा ग्रामीण समाज बर्दाश्त नही कर पाता। खाना बनाना औरतों का वे जन्मसिद्ध दायित्व मानते। इस स्थिति में उसके साथ रहकर ही सहयोग कर सकता था, उसे हटा नही सकता।

मैंने अनुभव किया, सब्जी तरासते हुए रेणु के चेहरे के भाव परिवर्तित होते जा रहे थे। व्यथा की रेखाएँ उसके चहरे पर उभर रही थीं। मैंने पूछा—''कैसी हो रेणु? तबीयत तो ठीक है न...?''

''हाँ, ठीक हूँ...।''

उसने मुझसे अपनी व्यथा छिपाने की कोशिश की। लेकिन मैं देख रहा था, वह ठीक नहीं थी। उसके चेहरे के बनते-बिगड़ते भाव मुझसे छिप नहीं पा रहे

थे। मैंने पुनः कहा—"कुछ भी छिपाने की कोशिश न करो। समय से कहोगी तभी हम कुछ इन्तजाम भी कर सकेंगे...।"

इस बार उसने कोई जवाब नहीं दिया। अब उसकी परेशानी बढ़ चली थी। अचानक वह अपना बदन ऐंठने लगी।

"क्या हुआ रेणु, क्या हुआ...?"—मैं पूछ उठा। लेकिन मुझको कुछ भी न बता अपने हाथ से अपना पेट पकड़े वह सीधे माँ के पास भागी। उस समय माँ निकसार में जीनर की माँ से बातें कर रही थी। रेणु ने पहुँचते ही घबराहट में कहा—"मेरे पेट में बहुत दर्द हो रहा है अम्मा! रह-रहकर लगता है जैसे सूल उठ रहा हो...।"

रेणु की बात सुन मैं चिन्तित हो उठा। उसके साथ मैं भी माँ के पास आ गया था। अब सहसा उसे शहर न ले जाने का अफसोस मेरे मन को कचोट गया। मैं तैयारी करके ही रह गया और उसके दर्द का समय आ ही गया। यह पहला अवसर था जब अपनी कोई समस्या उसने माँ से कही थी। इससे पूर्व अपनी बातें वह मुझसे ही कहती थी। शायद इस समस्या को उसने मेरी सीमा से बाहर समझा था...।

रेणु की बात सुन माँ ने अपनी अनुभवी और पारखी आँखों से उसे देखा। फिर उसके पेट पर हाथ रख जाँचा। अब जीनर की माँ से कहा—"हमको तो लगता है बहिनिया कि इसे परसउती का ही दर्द है अनपच का नहीं...।"

इस पर जीनर की माँ ने भी रेणु को देखा और तजबीज किया। फिर माँ की बात का ही समर्थन किया—"हाँ बहिनिया, ई बच्चा होने वाला ही दरद है...।"

अब माँ तत्क्षण रेणु को लेकर उसके कमरे में चली आई। जीनर की माँ भी साथ बनी रही। ऐसे अवसरों पर परिवार और पड़ोस की महिलाएँ साथ हो जाती थीं। अब उन दोनों ने मुझे कमरे से बाहर कर दिया—"इसमें तुम्हारा अब कोई काम नहीं। यह मेहरारुओं का मामला है। तू बाहर बैठ...।"

मैं बाहर चला आया। लेकिन आते हुए माँ से कहा भी—"इसीलिए तो मैं शहर ले चलने को कह रहा था। आज हम वहाँ होते तो अब सीधा अस्पताल भागते।"

"तेरे भागने से कुछ नहीं होता। बच्चे को जब होना होगा, तभी होगा। घर और अस्पताल से कवनों अन्तर नहीं...। यह मेहररूई समस्या है। तू इसे नहीं समझेगा। तू चुपचाप बैठ!"

माँ ने शायद यह सोच कर ऐसी झिड़की दी कि मैं शान्त और इतमीनान रहूँ। लेकिन रेणु के कष्ट में रहते हुए मैं शान्त और इतमीनान कैसे रह सकता

था! कमरे से अब दर्द में रेणु की आहें भी सुनाई पड़ने लगीं। पूरे घर में यह सूचना क्षण भर में ही व्याप्त हो गयी। भैया और भाभी भी अपने कमरे से आँगन के बरामदे में आ गये। माँ ने भाभी को आवाज भी लगाई—"बड़की दुल्हिन!"

"क्या है अम्मा जी, आ रही हूँ!"—और वह तत्क्षण माँ के पास जा पहुँची। फिर बाहर आ तेल गरम कर माँ को दे आई। शायद माँ, रेणु के पेट पर गर्म तेल लगाना चाह रही थी। माँ की बातें मुझे सुनाई पड़ रही थीं। इस दौरान रेणु की आह-ऊह की आवाजें, दर्द की आर्त्त ध्वनि में बदलती जा रही थी। अब माँ के कहे अनुसार भाभी, रेणु के लिए गरम चाय बनाकर ले गयी। शायद प्रसव पीड़ा में चाय को वह उपयोगी समझ रही थी।

रेणु अब दर्द में चीखने-चिल्लाने लगी थी—"अरे दादा! अरे अम्मा! अब बर्दाश्त नहीं हो रहा है प्रभु जी! दुःख हरो हे भगवान! कुछ कीजिए अम्मा जी...! दर्द से मन तड़प रहा है चाची जी...!"

जीनर की माँ को रेणु चाची जी ही कहती। अब वे भी उसे समझा रही थीं—"दांती लगाकर रहो कनेंआ। परसउती का दर्द अइसा होता ही है...। नार का तन पायी हो तो यह सब झेलना ही है...।"

माँ ने अब आवाज लगाई—"नर्वदेश्वर कहाँ हो?"

"यहीं हूँ माँ।"

"तो जा जल्दी से गंगिया को बुला कर लेते आ।"

कोई और काम होता तो माँ मुझसे ही कहती। भैया भी मुझे ही भेजते। लेकिन चूँकि मेरी पत्नी का मामला था, इसीलिए माँ ने उनसे कहा था और सुनते ही वे चल भी पड़े। सम्भवतः मेरे कहने के बावजूद रेणु को आरा न ले जाने के चलते भी ऐसा हो। जो हो, इस बात को लेकर मैं अन्दर ही अन्दर खौल रहा था कि रेणु को आरा न ले जाकर उन्होंने अच्छा नहीं किया...।

समय बीतता जा रहा था और रेणु की चीत्कार बढ़ती जा रही थी। मैंने घड़ी देखी, साढ़े छह बज चुके थे। ढ़ाई घंटे तक रेणु दर्द में ही रही। भैया अभी गंगिया चमइन को लेकर नहीं आए थे। मैं गया होता तो अब तक लेकर आ गया रहता। हालाँकि जानता था, चमरटोली गाँव के बाहर थी। सम्भव है, गंगिया घर पर न हो, कहीं इधर-उधर निकली हो। फिर भी भैया उसे खोजकर अवश्य लाएँगे। रेणु को आरा न ले जाने के अभियोग से बचना चाहेंगे...। कभी जिस रेणु की मधुर आवाज मेरे मन में अमृत का घोल बनकर मेरे अन्तर को एक नयी चेतना और स्फूर्ति से भर देती थी, अब उसी रेणु की करुण चीख मेरे अन्तर को चीर रही थी। मेरा मन इस बात के लिए बेचैन था कि रेणु को कैसे राहत मिले! उसका कष्ट कैसे दूर हो!

गंगिया को लेकर भैया आ गये। आते ही गंगिया अपने ईष्ट को सुमिर रेणु के पास जा पहुँची। गंगिया को देख मेरे बेचैन मन को कुछ राहत मिली। शायद गंगिया अब रेणु को कष्ट मुक्त कर सके! उसकी पीड़ा हर सके। गंगिया अपने प्रयास में लग भी गयी। उसकी आवाज भी मुझे सुनाई पड़ रही थी—"मुँह एकदम बन कलऽ कनेआं। जतने रोइबू ओतने दरद बढ़ी...। लइका होते सब दरद-तकलीफ बिला जाई। मन कड़ा राखऽ खाली भगवान-भगवान गोहराब...! ऊहे ई दु:ख हर सक तरे।"

गंगिया की बात पर रेणु चुप होने की कोशिश करती। लेकिन असहय दर्द में चुप रह भी तो नहीं पाती। एक क्षण के लिए महहियाती, फिर दूसरे ही क्षण तेज आवाज में चिल्ला उठती—"जान गयी हो अम्मा, जान गयी! आह! आह! आह! पिताजी हो पिताजी! माँ हो माँ!"

गंगिया भिड़ी रही। वह जितने तरीके (उतजोग) जानती थी, सब अजमाती रही। बार-बार अपने ईष्ट को गोहराती लेकिन रेणु को वह बच्चा नहीं करा सकी। अन्तत: माँ से उसने कह ही दिया—"अब कवनो दोसर इन्तजाम करीं मलकिनी। बच्चा पेट में कहीं फंस गइल बा। एहिजा लइका ना होई। कनेऊआं बहुते कष्ट में बिआ...। कवनो डक्टरनी लगे ले जाईं....!"

गंगिया की बात सुन माँ से पहले अब मैं ही बोल उठा—"अब क्या होगा गंगिया काकी! समय पर आरा ले चलने को कह रहा था। तो किसी को सुनाई पड़ ही नहीं रहा था। अब सब रेणु की जान लेकर मानेंगे। लेकिन रेणु को कुछ भी हुआ तो मैं इस घर में आग लगा दूँगा...!"

मेरा मन अब माँ और भैया के प्रति क्रोध में अगिया बैताल हो गया था। शायद माँ को भी अब अपनी भूल का एहसास होने लगा। उन्होंने भी घबड़ाते हुए कहा—"जाओ नर्वदेश्वर! फुर्ती से पालकी लेकर आ जाओ। छोटकी दुल्हिन को अब जल्दी हम आरा ले चलें...। गंगिया ने जवाब दे दिया...।"

माँ की बात सुनते ही भैया गाँव में भागे। ऐन मौके पर अड़ंगा लगाने की अपनी गलती का एहसास शायद उन्हें भी होने लगा था। जीनर की माँ भी यह कहते हुए चल पड़ी—"कनेऊआं बहुते संकट में है। ना जाने कइसन परसउती है?"

मैंने घड़ी देखी, रात के नौ बज रहे थे। जीनर की माँ मेरे यहाँ इतनी देर तक पहली बार रुकी थी। हालाँकि इस बीच ब्रजेश्वर के द्वारा माँ उनके यहाँ यह खबर भिजवा चुकी थी कि वे हमारे यहाँ परसउती में हैं...।

रेणु की करुण चित्कार अब आर्त्त पुकार में बदल गयी—"अब नहीं बचूँगी

अम्मा जी! अब नहीं बचूँगी! ऊ कहाँ हैं अम्मा जी! तनी उनको बुला दीजिए...।''

रेणु मुझे 'उनको, 'वे' और 'अजी' से ही सम्बोधित करती थी। दूसरों से मेरे बारे में बात करती तो 'उनको' और 'वे' कहती, लेकिन जब स्वयं मुझे पुकारती तो 'अजी' एवं 'एजी' कहती।

रेणु की यह बात सुन अब माँ की सारी वर्जना तोड़ धड़धड़ाते हुए मैं उसके पास जा पहुँचा। लेकिन उसे देखते ही काँप उठा। लगा ही नहीं कि यह मेरी वही रेणु है। उसकी आँखें उलट रही थीं। चेहरा विवर्ण हो गया था। दर्द की छटपटाहट में बदन का सलोनापन जाता रहा था। देह की उसे तनिक भी सुध नहीं थी। मेरे पहुँचते ही माँ ने उसके बदन से उघड़े कपड़े ठीक कर दिए। मुझे लगा कि रह-रहकर उसे सूल जैसे उठते थे और वह तड़प-तड़प जाती थी। मुझे पास देखते ही उसने चरम विकलता में मेरी बाँह पकड़ ली—''अब साथ छूट रहा है। अब नहीं बचूँगी...। इतने दिन का ही आपसे साथ था...।''

उसकी यह बात सुनते ही मेरे सब्र का संचित बाँध टूट गया और रुलाई फूट चली। लेकिन तत्क्षण मैंने सख्ती से अपने को जब्त कर उसे ढाढ़स दिया—''तुम्हें कुछ नहीं होगा रेणु। मैं तुम्हें कुछ नहीं होने दे सकता। जो देर हुई सो हुई, अब बस इसी क्षण हम आरा चल रहे हैं। तुम अपने मन को थामे रखो। अब जल्द ही सब ठीक हो जाएगा...।''

और मैं जल्दी-जल्दी झोले में रेणु के उपयोग की जरूरी चीजें रखने लगा। भैया ने भी इस बार देर नहीं की। जल्द ही पालकी लेकर आ गये। फिर यह सुनते ही कि पालकी आ गयी, मैंने एक क्षण के लिए भी विलम्ब नहीं होने दिया। रेणु को बाँहों में उठा दौड़ते हुए पालकी में सुला दिया। अब हम तत्क्षण चल पड़े। पालकी के आगे-आगे हाथ में लालटेन लिये हरेसर रास्ता दिखाते हुए चलने लगा। पालकी लाते हुए भैया ने उसे भी कह दिया था। हरेसर के बाद रेणु की पालकी। फिर मैं। मेरे पीछे माँ और भैया। अँधेरी रात। पछिया हवा का झोंका। पालकी के दौड़ते कहारों के साथ हम भी लगभग दौड़ रहे थे। घर का अकेला टार्च माँ के हाथों में था।

हवा के झोकों से लालटेन बुझने-बुझने को हो जाती। लेकिन अनुभवी हरेसर हर बार उसे बचा लेता। रात की आँधियों में लालटेन जलाकर खेत-खलिहान पर आने-जाने का उसे अनुभव था। मैं तो कहारों की पदचापों पर दौड़ते हुए चल रहा था। इस दौरान माँ पीछे छूटती जा रही थी। वह चाहते हुए भी हमारे पाँवों लग नहीं रही थी। उसकी वजह से भैया भी अब उसके साथ ही आ रहे थे। इस बीच रेणु की चीख-चिल्लाहट जारी थी। कभी उसकी आवाज मद्धिम

पड़ जाती। कभी अचानक एकदम तेज दर्द में बिफरने लगती। माँ कह रही थी, परसउती का दर्द ऐसे ही होता है।

हमने हसनबाजार चलना तय किया था ताकि वहाँ से आरा जाने वाली कोई सवारी पकड़ रेणु को लेकर भाग चलेंगे...। हसनबाजार की सड़क पर पहुँच अब हम गुजरने वाले वाहनों को रोकने के लिए दोनों हाथ उठा खड़ा हो जाते। लेकिन अपने तेज हॉर्न और रफ्तार से हमें सामने से हटाते वे वाहन आगे बढ़ जाते। रात दस से अधिक बज रहे थे। ग्रामीण क्षेत्र की सड़क के लिए विकट रात का समय था। ऐसी रात में सुरक्षा की दृष्टि से वाहन नहीं रुकते!

वाहनों को रुकवाते हुए ही हम हसनबाजार की ओर आगे बढ़ते रहे। लेकिन कोई वाहन नहीं रुका। अब जाने-अनजाने रेणु की पालकी के साथ हम डाकघर आ गये। सड़क पर ही वह था। सबकी इच्छा हुई कि मेरे ससुराल को भी इसकी सूचना दे दी जाय। सम्भव है, आफत में वे कोई मदद कर सकें...।

बड़े भैया ने ही अब आवाज लगाई और दरवाजा खटखटाया। बैसाडीह के नाम पर मेरे ससुर दरवाजा खोलकर सामने आ गये। लेकिन स्थिति से अवगत होते ही बिगड़ उठे—''मेरी बेटी को खत्म कर अब यहाँ ले आने की क्या जरूरत थी। खेतीहर और जमींदार घराना समझ मैंने शादी की। मैं क्या जानता था कि उसकी डिल्वरी में आप लोग उसे आरा नहीं ले जा सकेंगे! आप लोगों ने मेरी बेटी को मार दिया। आप लोगों से मैं कोई बात नहीं करूँगा...!''

लेकिन मेरी सास ने मामला सम्भाल लिया—''आप लोगों ने इसे ले आने में बहुत देर कर दी। अब देखती हूँ, क्या हो सकता है? यहाँ स्वास्थ्य केन्द्र पर एक नर्स रहती है। उसे बुलवाती हूँ। तब तक आप लोग आरा के लिए कोई गाड़ी तैयार कीजिए। उधर बाजार में कुछ जीप वाले रहते हैं। उन्हें जगाइए...। नर्स कुछ कर देगी तो ठीक, नहीं तो आरा लेकर भागना ही होगा...।''

मेरी सास की बात पर हरेसर को लेकर भैया जीप वालों के पास बाजार की ओर भागे। इधर मेरी सास ने नर्स को बुलवाने के लिए दिनेश के साथ मुझे भी दौड़ा दिया। दिनेश ने नर्स का घर देखा था। वहाँ से उसका घर नजदीक ही था। हम जल्द ही उसके यहाँ पहुँच गये। वह अधेड़ उम्र की औरत थी। हमारी एक ही आवाज पर जाग गयी। शायद इसकी वह अभ्यस्त थी। मेरी ससुराल के बुलावे पर अब तत्क्षण हमारे साथ चल पड़ी। मेरी ससुराल से उसका आना-जाना था। मेरी बेचैनी पर उसने मुझे आश्वस्त भी किया—''केस अगर बहुत बिगड़ा नहीं होगा पहुना तो बच्चा करा दूँगी। रेणु बुचिया के लिए कुछ भी उठा नहीं रखूँगी...!''

और सचमुच वह नर्स आते ही भिड़ गयी। अपने साथ एनिमा लगाने का पात्र और कुछ इंजेक्शन भी वह ले आयी थी। बच्चे पैदा कराने की कला में वह पारंगत थी। रेणु की स्थिति देख उसने तत्काल उसे तीन इंजेक्शन लगाए तथा एनिमा चढ़ाना भी शुरू कर दिया...।

अब रेणु नैहर के अपने कमरे में थी। माँ के साथ मैं उसके कमरे से बाहर था। लेकिन जल्द ही माँ भी मेरी सास के पास रेणु के कमरे में चली गयी। तब मैं अकेले कमरे के बाहर बच गया। कोठी के आगे पालकी वाले थे। इस बीच कुछ ही देर बाद भैया आकर बता गये कि आरा के लिए एक जीप तैयार हो गयी है। समय से रेणु को आरा न ले जाने की क्षतिपूर्ति में शायद भैया की यह सक्रियता थी। मैंने जीप तैयार होने की सूचना अपनी सास को दे दी। जवाब में वह नर्स ही अब बोल पड़ी—"कहीं ले जाने की जरूरत नहीं। बच्चा अब सीधा हो गया है। दस मिनट में परसउती हो जाएगी...।"

नर्स की वह सूचना तो अमृत के बूँदों की तरह मेरे कानों में पड़ी जिसने मेरे त्रस्त और हताश मन को मजबूत सम्बल प्रदान किया। हमारे साथ के सारे लोग इस सूचना से प्रसन्न हो उठे। नर्स का अनुमान वाकई सही साबित हुआ। दस मिनट के अन्दर ही रेणु के कमरे से 'के हाँ! के हाँ!' की आवाज आयी। फिर मेरी सास हर्ष के साथ यह सूचना लेकर बाहर आ गयी—"रेणु की देह अच्छी तरह छूट गयी मेहमान! लड़की हुई है। लक्ष्मी जी आयी हैं...।"

डाकघर के इसी स्थल पर मेरी शादी हुई थी और अब मेरी पहली सन्तान भी इसी घर में पैदा हुई। इस गम्भीर संकट की समाप्ति पर माँ एवं भैया को भी खुशी हुई। आरा जाने की परेशानी से उनकी जान बच गयी। लेकिन लड़की होने की सूचना से उनकी प्रसन्नता जाती रही। मेरी ससुराल से अपने इस मनोभाव को वे छिपाते रहे। लेकिन मैंने लख ही लिया। सम्भवत: मेरी सास ने भी लख लिया, तभी उन्होंने जोर देकर कहा—"पहले पहल लड़की का होना बहुत शुभ होता है समधिन जी। देखिएगा, मेरी नातिन आपके यहाँ कितनी सुख-समृद्धि लाएगी! एकदम लक्ष्मी साबित होगी...।"

इस पर माँ ने सिर्फ इतना ही कहा—"अब भगवान को जो देना था, दे दिये। लड़का हो या लड़की किसी के चाहने से तो कुछ होता नहीं...!"

दूसरी सुबह एकदम तड़के माँ, भैया, हरेसर और पालकी वाले चले गये। रेणु के साथ मैं रह गया। तय हुआ, जब दस-पन्द्रह दिनों बाद रेणु ठीक होगी तभी बैसाडीह जाएगी।

जब मेरी सास ने मेरी बच्ची मुझे दिखाई तो मेरे मुँह से सहसा निकल

गया—''अरे यह तो पिंकी है। एकदम प्यारी बच्ची!''

उसके बाद हम उसे पिंकी ही कहने लगे। सोच लिया कभी बाद में दूसरा नाम रख देंगे। बाद में उसका दूसरा नाम शोभा हमने रखा भी। स्कूल-कॉलेज के उसके सर्टिफिकेटों में यह शोभा नाम ही दर्ज है। लेकिन आज तक वह हमारे लिए पिंकी ही बनी रही। हम उसे पिंकी से ही सम्बोधित करते।

पिंकी के जन्म को लेकर हमारी सास की भविष्यवाणी बिल्कुल सच साबित हुई। पिंकी के जन्म के दो सप्ताह बाद ही हमारे यहाँ दो शुभ घटित हुए—बोकारो के स्टील कारखाने में भैया को नौकरी मिल गयी तथा बी. ए. पार्ट बन का मेरा रिजल्ट अच्छे रूप में आ गया। इन दोनों घटनाओं ने हमें सुखद आश्चर्य से चमत्कृत कर दिया। नियुक्ति-पत्र पाते ही भैया ज्वायन करने बोकारो चले गये तथा मैं भी बी. ए. फाइनल में हिन्दी ऑनर्स लेकर पढ़ने में लग गया।

पिंकी के जन्म के लगभग दो माह बाद रेणु बैसाडीह आई। इस बीच मैं ही बैसाडीह से हसनबाजार और विक्रमगंज आता-जाता रहा। अब रेणु बिल्कुल ठीक थी। उसकी माँ-बहनों ने उसे खिला-पिला कर ठीक कर दिया था। मेरी सास ने सम्भवतः यह सोचकर उसे दो माह रखा कि अलवांत स्थिति में बैसाडीह में उसकी देह न जुटे। अब उसकी देह जुटा कर ही उन्होंने भेजा था।

मेरे यहाँ आने के बाद रेणु, माँ की गोद में पिंकी को देते हुए बोली—''मेरी बेटी के पाँव एकदम सुलक्षण हैं अम्मा जी! इसके आते ही भैया जी की नौकरी लग गयी तथा इनका रिजल्ट भी आ गया।''

रेणु की बात माँ को भी जँची। उन्होंने पिंकी का मुख चूमते हुए उसे कलेजे से लगा लिया। लेकिन कुछ ही समय बाद सुलक्षण की यह धारणा कायम नहीं रह सकी। ग्रामीण समाज में लड़के-लड़की के बीच भेद की प्रबल भावना से हमारा घर भी बचा नहीं रह सका। खैर...! गाँव-घर की धारणा से अलग पिंकी पर हम दोनों पति-पत्नी अपनी जान छिड़कते रहे। उसे अपने बीच लेकर सोते। एक ओर रेणु दूसरी ओर मैं और बीच में पिंकी...।

अपने घर की आर्थिक स्थिति देखते हुए अपनी आवश्यकताएँ हमने सीमित ही रखी। माँ से हम उतना ही माँगते जिसे अत्यन्त आवश्यक समझते, जैसे एडमिशन फी, परीक्षा फी, पाठ्य पुस्तकें, आकस्मिक बीमारियों की दवाएँ आदि। इस बात का आग्रह करना तो हमने छोड़ दिया कि मांस एवं मछली क्यों नहीं आती? चावल के साथ दाल क्यों नहीं बनता? गोभी, पटल, सलजम या पालक की सब्जियाँ क्यों नहीं आतीं? बूँट-पिआज की सब्जी और भात या माड़-भात और चोखा से ही हम काम चला लेते। रेणु भी इस खान-पान की अभ्यस्त हो चली थी। लेकिन पिंकी के जन्म ने हमारी आवश्यकताएँ बढ़ा दी थीं। रेणु को

दूध कम हो रहा था, नहीं के बराबर ही। अब पिंकी के लिए या तो गाय का या पावडर का दूध आवश्यक था। इस सम्बन्ध में गाय की अपेक्षा पावडर का दूध ही हमारे लिए सुविधाजनक था जिसे आवश्यकतानुसार बच्ची को पिलाने भर ही बनाना था। पावडर का यह डिब्बा बन्द दूध रखने में भी आसान था। गाय के दूध की तरह बिल्ली से छिपा कर बचाने और गर्मी में खराब होने का डर भी नहीं। हमारी इस आवश्यकता की पूर्ति भी माँ करने लगी। शायद यह इसलिए सम्भव हो सका कि नौकरी लगने के बाद भैया ने अब माँ से लेना बन्द कर दिया था। फिर भी माँ पावडर का हर डिब्बा मँगाते हुए कनमना उठतीं। यह हमारा वही घर था जहाँ हमारे लिए दुधारू धेनें रखी जाती थीं। लेकिन अब हमारी बच्ची के लिए मुश्किल से पावडर का दूध आ रहा था।

माँ ने तीन-चार माह के बाद ही पिंकी की 'मुँहजूठी' करा दी। 'मुँहजूठी' का मतलब पिंकी को अनाज खिलाने की शुरुआत। माड़-भात मीस कर उसे चटाया जाने लगा। हालाँकि पिंकी की 'मुँहजूठी' की योजना से अवगत होते ही मेरी सास ने मुझे समझाया था—"अभी इतनी जल्दी मुँहजूठी मत कराइएगा मेहमान। बच्ची का पेट निकल जायेगा। अभी उसे दूध पर ही रखना ठीक रहेगा...।"

लेकिन सास की बात सुनकर भी मैं 'मुँहजूठी' स्थगित नहीं करा सका। सब कुछ आय के श्रोत पर निर्भर था। पिताजी की आय थी तो हमारे इसी घर में क्या कुछ नहीं था? गाँव में रहते हुए भी हम आम ग्रामवासी परिवारों से अपने को भिन्न और विशिष्ट समझते। लेकिन अब आम ग्रामवासी परिवारों से भी हमारी स्थिति कमजोर हो गयी थी। स्वयं खेती-गृहस्थी करने वाले आम ग्रामवासी परिवार लगहर धेनें अवश्य रखते जिससे दूध, दही, मट्ठा और घी की उपलब्धता उनके यहाँ बनी रहती। दूध के ये प्रकार अन्य खाद्य पदार्थों की पूर्ति कर देते। लेकिन हम इससे भी वंचित थे। हमारे लिए अब आय का स्रोत नितान्त आवश्यक था।

बी. ए. हिन्दी आनर्स में मैंने एडमिशन ले लिया था और नियमित क्लास करने लगा था। मेरा अब लक्ष्य बी. ए. आनर्स के बाद आय के स्रोत से जुड़ना था। उस समय हमारे कॉलेज ए. एस. कॉलेज विक्रमगंज, रोहतास में हिन्दी के चार लेक्चरर थे—इन्द्रदेव उपाध्याय, राजनारायण सिंह, शम्भुनाथ सिंह और नागेन्द्र सिंह। साहित्य-शिक्षक के रूप में हमारे ये चारों शिक्षक जानकार थे। चारों की अलग-अलग विशेषताएँ थीं। लेकिन राजनारायण सिंह का क्लास मुझे सबसे अच्छा लगता। यह जान चुकने के बाद कि मैं लिखता भी हूँ उन्होंने मुझमें विशेष रुचि लेनी प्रारम्भ कर दी। मेरा गाँव तो पत्र-पत्रिकाओं से वंचित था। लेकिन विक्रमगंज कस्बे में पत्र-पत्रिकाएँ आती थीं। वहीं मैं कई पत्रिकाओं से परिचित

हुआ, जिनमें 'सारिका', 'धर्मयुग' और 'साप्ताहिक हिन्दुस्तान' के अंक मुझे बहुत अच्छे लगे। पर चाहते हुए भी मैं उन तीनों पत्रिकाओं के अंक खरीद नहीं पाता। कभी-कभी सिर्फ 'सारिका' ही ले पाता। हालाँकि 'धर्मयुग' और 'साप्ताहिक हिन्दुस्तान' के अंकों को भी अवश्य देख लेता...।

उस समय 'सारिका' के सम्पादक कमलेश्वर थे। वे नये लेखकों के लिए एक स्तम्भ चलाते थे, 'नयी पौध'। उस स्तम्भ में कोई नया रचनाकार किन प्रेरणाओं और दबावों के तहत रचनात्मकता ग्रहण करता है उस पर उसकी टिप्पणी उसके चित्र एवं परिचय के साथ प्रकाशित की जाती थी। हर अंक में एक नए लेखक को इस रूप में कमलेश्वर जी प्रस्तुत करते थे। मुझे लगा कि इस स्तम्भ के लिए मुझे भी अपनी रचनात्मक प्रेरणा और दबावों का स्पष्टीकरण करना चाहिए। बस, अपने चित्र एवं परिचय के साथ अपनी टिप्पणी भेज दी। इसके बाद किसी चमत्कार की तरह जल्द ही 'सारिका' में वह टिप्पणी छप कर आ गयी। 'सारिका' का वह दिसम्बर 1970 का अंक था। उस अंक के आते ही अब सारे कॉलेज में मैं छा गया। मेरे शिक्षक राजनारायण सिंह ने क्लास में ही मेरे सहपाठियों को 'सारिका' के इस प्रकाशन से परिचित करा दिया। अब सबका ध्यान मुझ पर केन्द्रित हो गया। सबको मैं विशिष्ठ जान पड़ने लगा। हालाँकि इससे पूर्व जैन कॉलेज, आरा की पत्रिका 'अभियान' में पिताजी के निधन पर मेरा एक संस्मरण छप चुका था। लेकिन 'अभियान' और 'सारिका' में बहुत अन्तर था। वह कॉलेज पत्रिका थी और यह सब तक पहुँचने वाली कथा-साहित्य की मान्य पत्रिका।

'सारिका' में मेरा चित्र, परिचय एवं वह टिप्पणी देख रेणु भी काफी खुश हुई। प्रसन्नता में उसकी आँखें मुझ पर प्यार बरसाती रहीं। मैं रेणु से होते हुए माँ को भी यह दिखाना चाहता था। लेकिन मुझसे पहले ही रेणु 'सारिका' का वह अंक लेकर माँ के पास दौड़ गयी—"यह देखिए अम्मा जी!"

फिर तो उसे देखते ही माँ की आखें सुखद आश्चर्य से चमक उठीं। उन्होंने तत्क्षण उसे पढ़ भी लिया। फिर खुशी में आद्र होते हुए कहा—"पिताजी का नाम उजिया दिया और मेरी कोख सुलक्षण कर दी। योग्य बेटा से ही माँ की कोख सुलक्षण होती है। इसी तरह भगवान तुझे आगे बढ़ाते रहें...।"

मैं तो वह अंक लेकर महीनों घूमता रहा। अपनी पाठ्य पुस्तक से भी उसे अधिक महत्त्वपूर्ण समझता रहा। एक अपूर्व आनन्द का अनुभव करता रहा। रेणु से मिलन के बाद यह अब दूसरा आनन्द था जो रेणु की तरह ही मुझे अपनी ओर खींच रहा था...।

पाठ्य पुस्तकों के अतिरिक्त पत्र-पत्रिकाओं में मेरी रुचि बढ़ती जा रही थी। मेरे शिक्षक राजनारायण सिंह खूब पत्रिकाएँ खरीदते थे। उनसे लेकर अब मैं भी

खूब पढ़ने लगा। इस दौरान मैं अनुभव करता कि समय छोटा पड़ता जा रहा है। मैं जितना पढ़ना चाहता उतना पढ़ नहीं पाता। फिर विक्रमगंज से लौटते ही रेणु और पिंकी में लग जाता। घर-गृहस्थी की व्यवस्था में मदद पहुँचाने की कोशिश करता। मनीदारों से मनी तसील के प्रति भी मेरी चौकसी अब बढ़ी थी। हमारे घर आय का एकमात्र स्रोत वही था, इसलिए उसमें अब ढील और छूट नहीं होने देता। मनी तसील में अब युवक होते कामेश्वर को भी साथ रखने लगा था। घर-गृहस्थी के दायित्व से उसे भी अवगत कराना अब जरूरी समझ रहा था।

अक्सर अपनी परेशानियों और समस्याओं को हम कम करना चाहते हैं। उस दिशा में सक्रिय भी हो जाते हैं। हमें लगने भी लगता है कि हमारी समस्याएँ और परेशानियाँ कम हो रही हैं। लेकिन कभी अचानक पाते हैं कि वे तो और बढ़ गयी हैं। मेरे साथ भी उस समय वैसा ही हुआ। हालाँकि कुछ समय से मैं अनुभव कर रहा था कि रेणु की तबीयत मन्द चल रही है। उसे सीजनल सर्दी-बुखार ही मैं समझ रहा था। लेकिन एक दिन गहन पीड़ा के साथ उसने मुझे यह सूचना दी—"लगता है, मेरे पेट में फिर बच्चा आ गया...!"

रेणु की यह बात सुन मैंने माथा पीट लिया—"यह क्या कह रही हो? यह अब कैसे हो गया? यह क्या हुआ? अब हम क्या करें?"

हठात् मुझे लगा, जैसे आसमान से जमीन पर आ गिरा हूँ। पिछली बार माँ ने घोषणा की थी। लेकिन पिंकी के जन्म के बाद अनुभवी हो चुकी रेणु इस बार स्वयं जान गयी थी। उसका अनुभव गलत नहीं हो सकता। पर हमारी सतर्कता के बावजूद यह कैसे हुआ? हमने तो ऐसा कतई नहीं चाहा था। इस पर माथापच्ची करते हुए मुझे अब यही जान पड़ता, सम्भव है, सीमित साधनों की अनुपयुक्तता और कृत्रिमता हो। सम्भव है, स्थायी नियन्त्रण के अभाव का ही यह परिणाम हो। सम्भव है, सतर्कता के बावजूद किसी क्षण हम सतर्क न रहे हों। एक ही बिस्तरे पर साथ-साथ रहने की हमारी व्यवस्था और नियमबद्धता भी इसकी नियामक हो सकती है। अपने जीवन के तमाम संघर्षों और परेशानियों के बीच एक-दूसरे की बाँहों में सुकून पाने की वजह भी इस घटना की जनक बन सकती है।

"पिंकी अभी एक साल की भी नहीं हुई रेणु। हमें कोई और बच्चा अभी नहीं चाहिए। दो-चार दिन के अन्दर ही आरा चल किसी लेडी डॉक्टर से तुम्हारा गर्भ गिरवा देंगे...।"

लेकिन मेरी बात सुनते ही रेणु अड़ गयी—"अपने पेट में आये जीव की अब मैं हत्या नहीं होने दूँगी। परेशानी होगी तो होती रहे। गलती हमारी है उस

जीव की नहीं...।''

इस विषय पर ससुराल का सुझाव भी मेरे पक्ष में नहीं आया। सास ने भी कहा—''रेणु का गर्भ गिराना किसी भी दृष्टि से उचित नहीं मेहमान। इससे औरत की बचदानी कमजोर हो जाती है। उसके स्वास्थ्य पर भी इसका अच्छा प्रभाव नहीं पड़ता। कभी-कभी तो ऐसा हो जाता है कि एक बार गर्भ गिराने के बाद फिर गर्भ ठहरता ही नहीं...।''

इस मामले में मैं अकेला पड़ गया। अन्ततः चाहते हुए भी कुछ नहीं कर सका। अनिच्छा से ही सही, दूसरे बच्चे की प्रतीक्षा करने लगा ताकि गर्भ की परेशानी से रेणु मुक्त हो सके। इस बार मैंने किसी की नहीं सुनी। जैसे दूध का जला मट्ठा फूँक कर पीता है वैसे ही समय पूरा होने से लगभग दस दिन पहले रेणु के साथ माँ को लेकर आरा सुबोध मामा के डेरे पर पहुँच गया। कामेश्वर अब बड़ा हो चला था। मैट्रिक पास कर कॉलेज में पहुँच गया था। घर की जिम्मवारी उसे सौंप दी। और बेटी पिंकी को अपनी सास के हवाले कर दिया। वे रेणु से उसका कम ख्याल नहीं रखती थीं।

अब हम आरा में ही रहकर बनाने खाने लगे। स्टोव पर रेणु सब्जी भात, खिचड़ी-चोखा या रोटी-तरकारी कुछ भी बना देती। बस, हम खा लेते। खाना खाने के बाद माँ और रेणु, मामा परिवार की औरतों से बातचीत करने लगतीं या फिर बाबू बाजार के प्रसिद्ध काली मन्दिर या महादेवा के शिव मन्दिर या रमना मैदान की ओर घूम आतीं। इस बीच मैं शहर में घूमने निकल जाता। फिर जहाँ कहीं भी बुक स्टाल नजर आते वहाँ रुक कर नयी पत्रिकाएँ और पुस्तकें देखता रहता। उस समय आरा में दो ही सिनेमा हॉल थे। एक में 'मदर इंडिया' फिल्म लगी थी और दूसरे में 'मुगले आजम'। पत्र-पत्रिकाओं में इन दोनों फिल्मों की चर्चा से मैं अवगत था। इच्छा हुई कि रोज शहर में निकलने के क्रम में ही बारी-बारी से इन्हें देख लूँ। फिर मुझे लगा, माँ और रेणु को भी साथ ले लेना चाहिए। मैं तो पुरुष हूँ, कभी और कहीं देख सकता हूँ। लेकिन ये तो गाँव की सीमा में बँधी और घर की परिधि में कैद हैं। इन्हें ऐसे अवसर कहाँ मिलेंगे? बस, मैंने माँ के समक्ष यह प्रस्ताव रखा—''दो बहुत अच्छी फिल्में लगी हैं माँ। हम तीनों आदमी देख लेते। दिन भर तो बैठे ही रहते हैं। समय भी कटेगा और मन भी बदल जाएगा...।''

मेरा यह प्रस्ताव माँ ने न सिर्फ सहर्ष स्वीकार किया, बल्कि इस बात के लिए मुझ पर खुश भी हुईं कि मैंने उसके बारे में भी ऐसा सोचा—''तू बहुत आगे बढ़ेगा मिथि! तुम्हारी दयानत देखकर मैं खुश हूँ...। माँ-बाप का रोआँ जुड़ाने वाला लड़का कभी दुःखी नहीं रहता...।''

अब माँ की सहमति पर मैं टिकट लेते आया। फिर हम तीनों ने बारी-बारी से दोनों फिल्में देखी। दोनों फिल्में हमें बहुत अच्छी लगीं। माँ और रेणु तो तीन-चार दिनों तक उन्हीं की चर्चा करती रहीं। मुझे तो उन फिल्मों से रचनात्मक आनन्द आया। लिखते हुए जो आनन्द आता था, वैसा ही महसूस किया। उन फिल्मों को देखने के बाद ऐसा लगा कि बहुत कुछ लिखने के लिए मन उद्वेलित हो गया है। सृजन का आवेग जैसे फूट पड़ा था। लेकिन साधन और सुविधा के अभाव में चाहते हुए भी वहाँ लिख नहीं सका।

आरा में रेणु का वह प्रतीक्षित समय आ ही गया जिसके लिए हम वहाँ पहुँचे थे। वहाँ बैसाडीह की तरह रेणु को अधिक परेशानी नहीं उठानी पड़ी। दर्द होते ही रिक्शा लेकर मैं आ गया। फिर माँ के साथ उसे लेकर सदर अस्पताल भागा । वहाँ गाँव-देहात से प्रसव वाली महिलाएँ आ रही थीं। शहर की सम्पन्न महिलाएँ तो प्रायवेट क्लिनिकों में जाती थीं। सदर अस्पताल की दाई ओर नर्स रेणु को कमरे के अन्दर ले गयी। माँ भी रेणु के साथ गयी। पुरुष का वहाँ जाना वर्जित था। अन्दर एक लेडी डाक्टर भी ड्यूटी पर पर तैनात थी। खैराती अस्पताल की गन्दगी एवं अव्यवस्था भी नजर आ रही थी। अन्दर से रेणु की दर्द भरी चीखें भी सुनाई पड़ने लगीं। लेकिन बैसाडीह वाली स्थिति का सामना उसे नहीं करना पड़ा। कुछ ही देर बाद नर्स आकर बता गयी—"बेटी हुई है!"

मैं देख रहा था, बेटे की सूचना पर वह नर्स सम्बन्धित औरत के घरवालों से रुपये ले रही थी। लेकिन बेटी की सूचना पर उसने मुझसे कुछ नहीं माँगा। पिंकी के बाद यह हमारी दूसरी बच्ची रीनी हुई थी। वह 7 मई, 1971 का दिन था। हमने पुकार के लिए उसका नाम रीनी ही रख दिया। बाद में उसका औपचारिक नाम विभा कुमारी रखा। हालाँकि पिंकी और उसके जन्म की तिथि में यह चमत्कारिक साम्य देख हम दंग रह गये। पूरे एक वर्ष बाद एक ही तिथि को दोनों पैदा हुईं। प्रसव के बाद हम आरा में दो-तीन दिनों से अधिक नहीं रुक सके। रेणु को लेकर बैसाडीह आ गये। पिंकी को भी हसनबाजार से लेते आये।

शादी के बाद हम दो हुए थे फिर तीन और अब हमारी संख्या चार हो गयी थी। इस बीच रेणु के व्यवहार से खुश और प्रभावित माँ दिन भर हमारी दोनों बच्चियों की देखभाल करने लगी। इसके मूल में रेणु का गृहकार्य भी था। दोनों बच्चियों को लिए हुए वह गृह कार्य नहीं कर सकती थी। फिर रात में हम दोनों पति-पत्नी बच्चियों को लेकर सोते। पिंकी मेरी बगल में सोती और रीनी, रेणु की बगल में। दो चौकियों को जोड़कर हमने अपना बिस्तरा बड़ा कर लिया। परेशानियों और अभावों के बीच जीना भी अब हमने सीख लिया था।

हमारा सम्बल एक-दूसरे के प्रति प्रेम था। एक-दूसरे को देखकर, एक-दूसरे से बात कर तथा एक-दूसरे के आलिंगन में बँध कर हम सारी परेशानियों से मुक्त पुनः-पुनः तरोजाता हो उठते।

रीनी के जन्म के वक्त आरा के विभिन्न बुक स्टालों पर पत्रिकाएँ पलटते हुए मैं वाराणसी से प्रकाशित 'कहानीकार' नामक एक पत्रिका से परिचित हुआ था। उसकी एक प्रति वहीं से लेते आया था। अब उसमें 'नीलू' शीर्षक एक कहानी लिखकर भेज दी। सम्पादक कललगुप्त को वह कहानी बहुत जँची! संयोग से मेरी ही तरह एक और नये कहानीकार परितोष चक्रवर्ती की भी इसी शीर्षक से और ऐसे ही पात्र से मिलती-जुलती एक और कहानी उन्हें मिली थी। अब एक नये प्रयोग के तहत हमारी कहानियों को उन्होंने एक शीर्षक, एक पात्र और दो नये कहानीकार के रूप में महत्त्व के साथ प्रकाशित किया। 'कहानीकार' का वह दीपावली 1972 का अंक था। उस अंक में अपनी कहानी के विशिष्ट प्रकाशन से मैं बहुत उत्साहित हुआ...। कहानी के अन्त में मेरा पता प्रकाशित था जिस पर पाठकों के तीन-चार पत्र मिले। उन पाठकीय पत्रों ने मेरे अन्दर सर उठा रहे लेखक को संजीवनी प्रदान की। उन पत्रों में जमशेदपुर के कान्हजी सिंह तोमर की दो पंक्तियाँ अभी भी मुझे याद हैं—"प्रिय मिथिलेश्वर, तुम्हारी 'नीलू' मुझे तुम्हारी उम्र से बड़ी और समझदार लगी। बधाई!"

बी. ए. ऑनर्स के क्लास खत्म हो गये थे। लेकिन परीक्षा में अभी देर थी। सेसन विलम्ब से चल रहा था। अभी मुझसे पहले के एक बैच की परीक्षा होनी थी, उसके बाद हमारी परीक्षा का नम्बर था। इस अवधि में अब मैट्रिक और आई. ए. स्तर की नौकरियों के लिए मैं अर्जियाँ देने तथा प्रतियोगिता परीक्षाओं में भाग लेने में जुट गया। साथ ही बचे समय में कहानियों की रचना में!

स्कूल-कॉलेज में पढ़ते हुए मुझे इस बात का एहसास नहीं था कि हमारे यहाँ बेरोजगारी की समस्या इतनी बड़ी है। लेकिन जब नौकरी के लिए प्रतियोगिता परीक्षाओं में जाने लगा तो इसकी तिक्तता के एहसास ने मुझे आतंकित करना शुरू कर दिया। दस पद की विज्ञप्ति पर तीन-चार हजार से कम उम्मीदवार नहीं जुटते। यानी एक पद के लिए तीन-चार सौ प्रत्याशी। ऐसी तगड़ी प्रतियोगिता के एहसास से ही हमारे हौसले पस्त हो जाते। प्रतियोगिता परीक्षा में भाग लेने का उत्साह जाता रहता।

प्रतियोगिता परीक्षा के निर्धारित स्थल पर पहुँचने के लिए निर्धारित तिथि को रेल ओर बस मार्ग हम बेरोजगार युवकों से पटे मिलते। उनके बीच बैठने की बात तो अलग इतमीनान से खड़े होने की गुंजाइश भी नहीं रहती, क्योंकि

अक्सर हम एक ही समय में और एक ही मार्ग से पहुँच रहे होते। फिर भी इस प्रत्याशा में हम वह मुश्किल यात्रा करते कि शायद इस बार नौकरी मिल जाय...!

प्रतियोगिता परीक्षा के लिए हम जिस शहर या कस्बे में पहुँचते अचानक उस समय वहाँ अकाल का दृश्य उपस्थित हो जाता। खाने के सारे होटल और स्टाल मिनटों में साफ हो चुके रहते। पानी के नलों पर ऐसी भीड़ कि उसमें घुस कर पानी लेने की हिम्मत जवाब देने लगती। यह आपूर्ति की तुलना में अचानक व्यापक खपत का परिणाम होता। इस स्थिति में जो खाना-पानी पा जाता, वह भीड़ का समर्थ युवक समझा जाता। शेष तो अपने साथ घर से लाये चूरा-चबेनी से ही काम चलाते। मुझे भी रेणु चूड़ा और चना भून कर दे देती। कहीं कुछ नहीं मिलता तो उसी से काम चला लेता।

प्रतियोगिता स्थलों पर ठहरने की समस्या और जटिल होती। तृतीय एवं चतुर्थ स्तर की निम्न नौकरियों के लिए अभावग्रस्त और फटेहाल उम्मीदवार ही ज्यादा होते, जो होटलों में न ठहर स्टेशन, बस पड़ाव, मन्दिरों के चबूतरों, तथा सार्वजनिक धर्मशालाओं में पड़ जाते जहाँ एक-दूसरे से बात करने, मच्छरों के काटे जाने तथा अपने बीच के चोर-उच्चकों से सावधान रहने के तहत सारी रात जगे ही रहते। इस रात्रि जागरण के बावजूद सुबह प्रतियोगिता परीक्षा दे हम अपने घर भागते। ऐसे में हमारा हुलिया बिगड़ गया रहता। हमारे चेहरे पर हवाइयाँ उड़ रही होतीं। प्राय: हर प्रतियोगिता परीक्षा से लौटते हुए मेरे साथ ऐसा होता। तब मुझे देखते ही रेणु कह उठती—"यह क्या हो गया है आपको? ऐसे क्यों लग रहे हैं? वहाँ तबीयत खराब हो गयी थी क्या? कोई भी परीक्षा देने जाइए, स्वास्थ का ख्याल जरूर रखिए। ठीक रह कर ही हम कुछ भी कर सकते हैं। लगता है, वहाँ न तो समय से आप खाये हैं और न सोए हैं...।"

मेरे मन में आता कह दूँ—"बेरोजगार परीक्षार्थियों के बीच समय से खाने-पीने और सोने की स्थिति नहीं होती रेणु। वहाँ तो येन केन प्रकारेण प्रतियोगिता परीक्षा दे पाना होता है...।"

लेकिन चाहते हुए भी रेणु से यह न कह स्वत: स्फूर्त दूसरी बात कह देता—"खाया-सोया हूँ रेणु। यात्रा में थकावट और परेशानी हो ही जाती है। एक-दो दिन में फिर ठीक हो जाऊँगा।...।"

और दो-तीन दिनों के बाद मैं पूर्ववत् स्वस्थ-सहज हो जाता। प्राय: हर प्रतियोगिता परीक्षा के बाद ऐसा ही होता। उन प्रतियोगिता परीक्षाओं के दौरान विज्ञापित पदों और उन पर होने वाली नियुक्तियों की अन्तर्कथाओं से अवगत हो मेरा मन और उद्वेलित हो उठता। लगता, जैसे किसी गुमनाम और अँधेरी सुरंग की ओर मैं बढ़ रहा हूँ जिसकी कोई मंजिल नहीं। जिसमें सिर्फ चलना और

भटकना ही है। वे अन्तर्कथाएँ अपने संवाद रूप में मेरे कानों में गूँजती रहतीं—

''अरे भाई, बहाली की परीक्षा के नाम पर यह गोरखधन्धा चल रहा है। जितनी रिक्तियाँ हैं उतने नाम तय हो चुके हैं। यह सब तो समाज को दिखाने और नियम से कार्य होने का प्रदर्शन भर है...।''

''बिल्कुल सही बात कही तुमने। अभी पिछले दिनों सचिवालय एल. डी. सी. की जो बहाली हुई उसमें एक लड़के को मैं अच्छी तरह जातना हूँ। खाते-पीते घर का सम्पन्न लड़का है। उसके पिता ठेकेदार हैं। उसने तो मुझसे साफ कह दिया था कि इस बार मेरा निश्चित हो जाएगा। संयोग से मेरे पास ही उसकी सीट पड़ी थी। उसने सिर्फ अपना नाम-पता लिखकर बिल्कुल सादी कॉपी जमा की थी। लेकिन नियुक्ति पत्र जब चलने लगे तो पहला उसी के नाम आया। मेरे बहुत आग्रह पर कहीं न कहने का वादा करा कर उसने बताया की उसके पिता ने मोटी रकम दी है। उस बहाली के अधिकांश पद इसी प्रक्रिया से भरे गये। इस प्रक्रिया से बचे पद ऊँची पहुँच वालों के खाते में गये।''

''अरे यार, अभी पिछले वर्ष बी. पी. एस. सी. की परीक्षा में एक अजीब लड़का शामिल हुआ था। उम्र के अनुसार बी. पी. एस. सी. की परीक्षा का उसका आखिरी चांस था। वह गरीब घर का लड़का था। परीक्षा फार्म के रुपये भी उसके पास नहीं थे। उसकी अभी नयी शादी हुई थी। सरकारी योजना के तहत नसबन्दी कराने वाले को एक निर्धारित रकम दी जा रही थी। बस, परीक्षा फार्म के लिए उसने नसबन्दी करा ली। मूर्ख, अनुभवहीन ही रहा। नौकरी तो उसे मिली ही नहीं, मर्दानगी से भी वंचित हो गया...।''

''मेरे कस्बे का एक लड़का तो नौकरी के लिए अपने पिता को ही ले बैठा। किसी भी विभाग में बहाल होने के लिए परीक्षाएँ देते-देते वह थक गया था। उसके पिता ने उसकी शादी कर दी थी जिससे वह दो बच्चों का बाप भी बन गया था। उसके पिता सिंचाई विभाग में क्लर्क थे। उनके रिटायर होने में अब मात्र आठ-दस माह की देर थी। अभी वे बिल्कुल स्वस्थ थे। उस लड़के को लगा कि अब ऐसे तो कहीं नौकरी मिलने से रही अगर उसके पिता सकुशल रिटायर हो जाएँगे तो अनुकम्पा वाली नौकरी भी नहीं मिलेगी। बस एक रात उन्हें जहर देकर मार दिया और फुर्ती से दाह-संस्कार कर दिया। हालाँकि उसके निकट के लोग जान ही गये। अब अनुकम्पा पर नौकरी करते हुए मस्त और नाफिकिर है। बूढ़ी माँ उसके साथ ही रहती है। जानते हुए भी पुत्र-मोह में उसके खिलाफ कुछ नहीं कर पाती। पति तो गँवा ही चुकी है, पुत्र से बिछड़ना अब उसे गँवारा नहीं...।''

''सारा खेल पहुँच और पैसों का है यारो। पहुँच के स्तर तक तो हम नहीं

जा सकते, लेकिन पैसे का इन्तजाम कर सकते हैं। एक-दो साल देख रहा हूँ, कहीं नहीं होगा तो खेत-बधार, घर-दुआर सब रेहन रख कोई नौकरी पकड़ लूँगा। फिर धीरे-धीरे सब छुड़ाते जाऊँगा...।''

''एकदम यही रास्ता रह गया है। आरा का वह कोचिंग वाला तो साफ कहता है पैसा दो और नौकरी लो। पद के अनुसार उसने रेट भी निर्धारित कर रखे हैं। कईयों को वह नौकरी दे चुका है...।''

''अरे भाई वह किसी को नौकरी नहीं देता। बेरोजगारों को मूर्ख बना अपना उल्लू सीधा करता है। पैसा लेते हुए साफ कहता है कि नहीं होगा, तो लौटा दूँगा। अब जिसका स्वयं हो जाता है उसके पैसे रख लेता है और जिसका नहीं होता है उसे लौटा देता है। लेकिन लौटाने वालों के पैसों को भी अपने यहाँ रखकर ब्याज तो उठा ही लेता है...। इस प्रकार दोनों तरह के लोगों से वह झटकता है। इसी आय से कोठी वाला बन गया...।''

''बड़ी कठिन समस्या है भाई कि पैसा दिया भी जाय तो किसको? लेने वाला अगर परिचित और विश्वासी न हो तो क्या गारंटी कि वह पैसे खा जायेगा या नौकरी लगायेगा? ऐसे कई दो नम्बरिया दलाल हुए जो बेरोजगारों से पैसे वसूल चम्पत हो गये। नैकरी तो उन्हें मिली ही नहीं, मुश्किल से जुटाये रुपये भी चले गये।''

''यहीं से नक्सलवादी पैदा होते हैं यार। पढ़-लिखकर भी बेरोजगार बने रहने तथा चारों ओर से छले जाने के बाद आदमी नक्सलवादी नहीं होगा तो और क्या होगा?''

मैं अनुभव कर रहा था, हर प्रतियोगिता परीक्षा से लौटने के बाद मेरा रचनाकार मेरे मन की पीड़ा व्यक्त करने के लिए बेचैन हो जाता था। ऐसा लगता कि न लिखने पर वह पीड़ा अन्दर ही अन्दर नासूर बनकर मुझे मथती रहेगी। इस स्थिति में घर पर रहते हुए अपना ज्यादा से ज्यादा समय मैं लेखन को देने लगा। वैसे तो मेरा घर एक तल्ला ही था। लेकिन निकसार के हमारे कमरे के ऊपर पिताजी ने एक कोठरी बनवा रखी थी। बाँस की सीढ़ी के सहारे मैं उस कोठरी में चढ़ जाता। उस कोठरी की खिड़की से लगभग आधा गाँव साफ दिखाई पड़ता रहता। अब वहीं बैठकर मैं लिखता। इस दौरान माँ एवं रेणु का भरपूर सहयोग मुझे मिलता। माँ मेरी दोनों बच्चियों को सम्भालती तथा रेणु इस बात के प्रति तत्पर बनी रहती कि मेरे लेखन में व्यवधान न पड़े। उस वक्त मुझसे घर का जरूरी काम भी न तो वह स्वयं कहती और न किसी को कहने देती। कामेश्वर, ब्रजेश्वर कुछ कहने के लिए आवाज लगाना चाहते तो उन्हें समझा देती—''भैया लिख रहे हैं। अभी कुछ मत कहिए...।''

गप्पबाजी के लिए आने वाले मेरे दोस्तों को भी फुटा देती। उर्मिला को भेज बहाना करवा देती—"भैया नहीं हैं। बाहर गये हैं...।"

इधर मैं लेखन में ऐसा रम जाता कि उस क्षण घर-परिवार की कोई सुध ही नहीं रहती। बेरोजगारी का दर्द और दंश तो मैं स्वयं झेल ही रहा था। समूह रूप में प्राप्त उसकी अन्र्तकथाओं ने उसे और विस्फोटक बना दिया था। लिखते हुए अब ऐसा महसूस होता कि ज्वालामुखी के लावे की तरह मेरे अन्दर की आग बाहर निकल रही है। इस दौरान धड़ाधड़ कहानियाँ बनती चली गयीं—'अनुभवहीन', 'नपुंसक समझौते', 'बीच रास्ते में', 'कसूर', 'सरेआम', 'पहली हँसी', 'पुल पर'। इस प्रथम सृजन की ये सातों कहानियाँ बेरोजगारी की समस्याओं पर ही आधारित रहीं। बेरोजगारी के दौरान मैंने जो महसूस किया, जो देखा-सुना वह सच ही इन कहानियों में जाने-अनजाने अभिव्यक्त हो सका। इन कहानियों की साफ प्रतियाँ तैयार कर अब इनमें से प्रकाशन के लिए भेजने की शुरुआत 'अनुभवहीन' और 'नपुंसक समझौते' से की। 'अनुभवहीन', 'सारिका' में कमलेश्वर जी के नाम भेजी तथा 'नपुंसक समझौते', 'धर्मयुग' में डॉ. धर्मवीर भारती के नाम। फिर सुखद संयोग की तरह पहले 'धर्मयुग' से स्वीकृति पत्र आया, बाद में 'सारिका' से। लेकिन प्रकाशन पहले 'सारिका' में ही हुआ, फिर 'धर्मयुग' में। कमलेश्वर जी को मेरी ही तरह नए लेखकों की और कहानियाँ प्राप्त हुई थीं। सम्भवत: उन्हीं में से चुनी हुई कहानियों का प्रकाशन उन्होंने नवलेखन विशेषांक के रूप में किया। वह 'सारिका' का मई 1973 का अंक था। उस अंक में मेरे साथ मंजूर एहतेशाम, हबीब कैफी, सूर्यबाला, पंकज बिष्ट, केशव, रमेश बतरा, नरेन्द्र नागदेव, प्रभु जोशी आदि की कहानियाँ प्रकाशित हुईं। 'नयी पौद' और 'नीलू' कहानी की अपेक्षा यह विशिष्ट प्रकाशन था। 'सारिका' में इस प्रकाशन ने मेरे रचनात्मक विश्वास को पुष्ट किया। अन्दर से इतनी खुशी हुई कि लगा सारा काम छोड़ अब सिर्फ लिखते ही रहूँ। यह कहानी भी मेरे चित्र एवं परिचय के साथ प्रकाशित हुई थी। 'सारिका' में यह दूसरी बार मेरा चित्र एवं परिचय छपा था। मेरे इस प्रकाशन को लेकर पूरे परिवार में खुशी की लहर दौड़ गयी। माँ एवं रेणु के साथ भाभी, कामेश्वर, ब्रजेश्वर एवं उर्मिला सब इस अंक को लेकर उलटते-पुलटते और मेरे इस कार्य पर गौरवान्वित होते रहे। साथ ही अपने दोस्तों-परिचितों को भी दिखाते रहे। बोकारो से एक सप्ताह की छुट्टी पर गाँव आए भैया भी इसे देखकर बहुत प्रसन्न हुए। विक्रमगंज के मेरे शिक्षकों और सहपाठियों ने भी गर्मजोशी से इसका स्वागत किया। मेरे साहित्य शिक्षक राजनारायण सिंह ने सबको मेरे इस प्रकाशन से अवगत करा दिया। वे 'सारिका' के नियमित पाठक थे। इस दौरान परीक्षा देने विक्रमगंज पहुँचा तो सबने बधाई दी।

'अनुभवहीन' कहानी के प्रकाशन के कुछ समय बाद 'सारिका' की ओर से मुझे पारिश्रमिक के रूप में 125 रुपये को चेक प्राप्त हुआ। अब मेरी खुशी की सीमा नहीं। वह चेक पाकर मैं उछल उठा। यह रास्ता सिर्फ नाम और यश का ही नहीं, आय का भी है। वह चेक देख मैं देर तक अह्लादित और आनन्दित बना रहा। सोचा, भुगतान के बाद ही रेणु या माँ को बताना ठीक होगा। इसकी रकम उन्हें थमाते हुए, सिर्फ यह कागजी चेक दिखाते हुए नहीं। उस समय 125 रुपये का बहुत महत्त्व था। उस चेक के भुगतान के लिए विक्रमगंज बैंक में एक खाता खोल दिया। तब चन्द रुपयों में ही आसानी से खाता खुल जाता था। उस खाते पर वह चेक जमा किया। एक माह बीतते-बीतते उसकी रकम भी आ गयी। अब वे रुपये मेरी जेब में थे। उन्हें ले मैं सोचता रहा, किसे दूँ—माँ या पत्नी को? अपनी यह पहली कमाई रेणु को दूँगा तो वह खुशी से गद्‌गद् हो उठेगी। शादी के बाद उसे अभी तक कुछ भी तो नहीं दिया। फिर लगता, माँ को देना ठीक रहेगा। पूरा घर वही चला रही है। नौकरी की अपनी नयी व्यवस्था में भैया भी तो उसे कुछ नहीं दे रहे। इस बीच भैया को भी गुड़िया और मिनी दो बेटियाँ हो गयी थीं। हालाँकि भाभी ज्यादा मायके ही रह रही थीं। भैया के साथ नौकरी पर रहने की उनकी तैयारी चल रही थी। इस स्थिति में माँ को देना और अच्छा जान पड़ने लगा। उन्हें यह तो लगेगा कि किसी लड़के ने तो कुछ दिया...। अपनी आय का स्वामी बनाया...।

लेकिन चाहते हुए भी मैं जल्द कोई निर्णय नहीं कर सका। जेब में उन रुपयों को डाले सात-आठ दिनों तक अन्तर्द्वन्द्व में घिरा रहा। कभी रेणु के पक्ष में तर्क उठते और उसे ही दे देना जायज लगता, फिर दूसरे ही क्षण माँ के पक्ष में अनेक तर्क खड़े हो जाते और माँ को देना वाजिब लगने लगता। अन्ततः माँ का पलड़ा ही भारी लगा और वह रकम ले जाकर उन्हें दे आया—"'सारिका' में 'अनुभवहीन' कहानी का यह पारिश्रमिक है माँ। कहानी छपने के बाद उन्होंने मिहनताना भेजा है। लेखन की मेरी पहली आय है।"

माँ खुशी और आश्चर्य से अह्लादित होती हुई चौंक उठी—"कहानी छपने पर वे रुपये भी देते हैं। तब तो यह बहुत अच्छा काम है। नाम के साथ दाम भी। तू अब खूब लिख और ये रुपये अपने ही पास रख ले। अपनी जरूरत पर खर्च करना...।"

"नहीं माँ इसे तुम्हें रखना है। सारा घर तुम चलाती हो तो इसे मैं क्यों रखूँ?"

मेरी इस बात पर माँ की आँखों में ममता के आँसू छलक आए—"तू बहुत आगे बढ़ेगा मिथि। बहुत नाम और धन कमायेगा। तू अपनी पहली आय माँ को

देने आया है, तेरी आय का स्रोत कभी नहीं सूखेगा...। भगवान तुझे पैसों की कभी कमी नहीं होने देंगे...।''

माँ जी भर कर हृदय से आशीषती रहीं। अब अपने कमरे में आकर रेणु को मैंने सारी बात बता दी। मेरे निर्णय से रेणु को भी काफी प्रसन्नता हुई—''अम्मा जी को देकर आपने बहुत अच्छा किया। अपनी कमाई जीवन भर तो हमें रखनी ही है। अभी तो सारा घर अम्मा जी ही चला रही हैं। कहीं से कुछ भी मिलने पर हमें उन्हें ही देना चाहिए...।''

रेणु की बात समाप्त होते ही माँ आ पहुँची। मेरे दिए रूपए उसके हाथ में वैसे ही थे। अब उन्हें रेणु को सौंपते हुए वह बोल उठी—''तुम्हें दो-दो बच्चियों हैं छोटकी दुल्हिन इन्हें अपने पास रखो। भगवान तुम्हारा सुहाग अचल रखे। मिथि जैसा बेटा होना दुर्लर्भ है। आज के युग में कौन बेटा ऐसा सोचता है?''

रेणु ना-ना करती रही—''नहीं अम्मा जी, आप रखिए, उन्होंने आपको ही दिया है।''

लेकिन माँ नहीं मानी। रेणु को सुपुर्द कर ही दी। माँ की यह प्रतिक्रिया देख मेरी आँखें छलछला आईं। मैं अपने को कोसने लगा कि क्यों आठ-दस दिनों तक अन्तर्द्वन्द्व में पड़ा रहा कि माँ को दूँ या न दूँ? क्यों यह सोचता रहा कि मेरे ये रुपये माँ सिर्फ मेरे परिवार पर ही नहीं पूरे घर पर खर्च करेगी! इस घटना ने माँ के प्रति मेरी श्रद्धा और बढ़ा दी।

'सारिका' के नवलेखन अंक की कहानियों पर अगले अंक में पाठकीय प्रतिक्रियाएँ प्रकाशित हुई थीं। यह देखकर मेरा मन हर्षित-पुलकित हो उठा कि सबसे अधिक पाठकीय पत्र मेरी कहानी की सराहना में ही छपे थे। 'सारिका' में छपे इन पत्रों के अतिरिक्त व्यक्तिगत रूप से भी पाठकों के कई पत्र मुझे मिले। रेणु से मिलन के बाद मैंने दूसरा सुख साहित्य-सृजन का जाना था और अब यह तीसरा सुख पाठकीय सराहना में महसूस कर रहा था। अपनी सराहना का सुख भी ऐसा मादक होता है, यह मैंने उसी वक्त पहली बार जाना।

इसके कुछ ही समय बाद 16 सितम्बर 1973 के 'धर्मयुग' में 'नपुंसक समझौते' शीर्षक मेरी दूसरी कहानी भी छपकर आ गयी। इस कहानी ने 'अनुभवहीन' कहानी से कायम होने वाली मेरी चर्चा को और विस्तार दे दिया। भारती जी ने मेरी यह कहानी मेरे चित्र एवं परिचय के साथ तो प्रकाशित की ही इस पर अपनी विशिष्ट संपादकीय टिप्पणी भी अंकित की—''क्या गाँवों के विकास के लक्षण नयी पीढ़ी का पढ़-लिख जाना, अच्छी नौकरियाँ पाना और मिट्टी के मकानों का ईंट की बिल्डिंगों में परिवर्तित हो जाना ही है? गाँव में ऐसे भी तो पात्र

यदा-कदा देखने को मिल जाते हैं, जिनके फैलते दृष्टिकोण अपने घर के खँडहर तक हो जाने की प्रक्रिया से प्रभावित हैं। विकास आखिर कहाँ हैं और किनके लिए? 1950 में जन्मे युवा कथाकार मिथिलेश्वर की यह कहानी आज के गाँव की अन्दरूनी हालात का सशक्त खाका खींचती है। धर्मयुग में यह उनकी प्रथम कहानी है।''

'धर्मयुग' की इस टिप्पणी ने न सिर्फ मेरे कथाकार की जमीन पुख्ता की बल्कि पत्र-पत्रिकाओं का ध्यान भी मेरी ओर आकृष्ट कर दिया। फिर तो मेरी ताज़ा कहानी के आमन्त्रण में विभिन्न पत्र-पत्रिकाओं के पत्र मुझे मिलने लगे। बेरोजगारी की समस्या पर एक ही समय में लिखी वे कहानियाँ तो भविष्य में प्रकाशित कराने के लिए रख लिया। एक ही समय में एक ही विषय पर उनका प्रकाशन मुझे अच्छा नहीं जान पड़ा। अब मैं नये विषयों की ओर उन्मुख हो गया। वैसे तो बेरोजगारी की कहानियाँ लिखते हुए भी कुछ अन्य विषयों का दबाव मैं महसूस कर रहा था। अब उनके सृजन का उफान मेरे मन को उद्वेलित करने लगा। ग्रामीण जीवन का मेरा अनुभव क्षेत्र सिर्फ बेरोजगारी तक ही सीमित नहीं था। बेरोजगारी की पीड़ा तो एक समय विशेष की देन थी। अपने गाँव और ग्रामीण जीवन की चिन्ताओं-समस्याओं से मैं बचपन से ही आक्रान्त था। मुझे तो लगने लगा कि अनन्त विषयों की खान के बीच मैं हूँ। अभावों, उपेक्षाओं तथा बन्द परिवेश की अज्ञानताओं से घिरा मेरा समाज कथा का भंडार है। इसे प्रकाश में लाने के लिए इस पर रोशनी देना तथा अपनी समझ के अनुसार इसकी चेतना को जाग्रत करना मेरे रचनाकार का उद्देश्य होना चाहिए। फिर तो अपने इस उद्देश्य के प्रति मैं सक्रिय हो गया...।

मैं देख रहा था, भूत-प्रेत और डायन बाधा पर लोगों के विश्वास को बढ़ावा देते ओझाओं के पाखंड से मेरा गाँव और इलाका आच्छादित था। बेबस और निरीह महिलाओं को डायन के नाम पर अमानवीय यातनाएँ दी जातीं। ओझाओं के इस धूर्ततापूर्ण षड्यन्त्र को देख मैं दंग था कि कभी 'मजबूत' स्थिति वाली किसी औरत को वे डायन के रूप में चिह्नित नहीं करते। इसके लिए बाँझ, विधवा और बेसहारा औरतों का ही चुनाव करते, ताकि ओझाई के अपने पाखंड का निर्विघ्न संचालन कर सकें। ऐसी असहाय और कमजोर स्त्री को प्रताड़ित कराकर ही अपनी ओझाई की प्रामणिकता वे साबित करते। अन्धविश्वास की इस समस्या से उद्वेलित होकर ही 'विरासत में' कहानी की रचना की। हालाँकि 'विरासत में' कहानी लिखते हुए और लिख चुकने के बाद मुझे लगा कि इस गम्भीर समस्या की प्रस्तुति और इसके प्रति पाठकों के अन्दर आलोचनात्मक विवेक पैदा करने के लिए सिर्फ एक या दो-चार कहानियाँ पर्याप्त नहीं। यह समस्या स्वतन्त्र उपन्यास की माँग

कर रही थी। यह माँग ही 'युद्धस्थल' उपन्यास की नींव बनी जिसकी रचना तत्काल मैं नहीं कर सका, क्योंकि इधर घर में कामेश्वर की शादी का माहौल गर्माता जा रहा था। 'युद्धस्थल' उपन्यास के सृजन का दबाव आवेग अपने सन्दर्भगत यथार्थ के साथ विस्मृत न हो इसके लिए 'सृजन स्रोत' की एक कापी बना उसमें दर्ज कर लिया ताकि समय मिलने पर लिख सकूँ। तब से आज तक 'सृजन स्रोत' की वह कापी मेरे पास है जिसमें कहानी या उपन्यास के लिए प्राप्त तल्ख विषय तत्काल न लिखने की विवशता के तहत दर्ज करता रहा।

'सारिका' और 'धर्मयुग' में प्रकाशन के बाद उस समय अपने लेखन के प्रथम आवेग में मैं इस कदर सृजनरत रहा कि यह भूल ही गया कि युवा हाते कामेश्वर की आवश्यकता शादी की भी हो सकती है। मैं तो उसे अभी बच्चो ही समझता था। लेकिन यह मेरी भूल थी। जैसे रेणु से शादी के लिए उसके पिता को अपने यहाँ आने का संकेत मैंने भिजवाया था वैसे ही कामेश्वर ने भी रोहतास जिले के सखुआं करूप गाँव की माया के पिता मार्कण्डेय लाल को संकेत दे दिया था। इसकी मध्यस्ता मेरे गाँव के ही दलिपा उपाध्याय ने की। वे मार्कण्डेय लाल के परिवार से जुड़े थे। सम्भवत: चुपके से कामेश्वर को किसी स्थान पर ले जाकर उन्होंने लड़की भी दिखवा दी थी। अब वह तैयार था कि मैं वहीं शादी करूँगा।

इस सूचना के बाद पहली प्रतिक्रिया के तहत मैं मार्कण्डेय लाल के बारें में सोचने लगा। मेरे ससुर तो डाकघर में नौकरी करते रहे इसीलिए हम खेतीहरों के बारे में वास्तविक जानकारी से वंचित थे लेकिन मार्कण्डेय लाल स्वयं खेतीहर हैं। हमारी तरह अपनी खेती मनी पर बन्दोबस्त न कर स्वयं करते हैं। हमारे जैसे खेतिहर परिवार के यथार्थ से पूरी तरह अवगत हैं। फिर हमारे यहाँ कौन-सा सुख देख अपनी लड़की व्याहना चाह रहे हैं। इस पर अब स्वत: जवाब भी मुझे मिल गया। ऐसे खेतिहर अपनी बेटियों की शादियों में सिर्फ दो ही चीजें देखते हैं— लड़की के माथे पर छत और खाने भर अनाज। इसके अतिरिक्त वे कुछ नहीं देखते। इस दृष्टि से हमारे यहाँ वे दोनों चीजें पा रहे थे।

अब मैंने कामेश्वर को एकान्त में बैठाकर समझाया—"बिना कोई नौकरी के शादी कर मैं पछता रहा हूँ। अब तुम भी यह गलती मत करो। रेणु की किसी भी इच्छा की पूर्ति मैं नहीं कर सका । उल्टे वह जिस सुख-सुविधा में थी उसकी जगह अभावों और कष्टों में ला दिया। मुझे शादी से पहले कोई यह बताने-समझाने वाला नहीं था। अब तुम यह परेशानी मोल मत लो। किसी लड़की का जीवन बर्बाद न करो। अपने यहाँ की स्थिति तुमसे छिपी नहीं है। मैट्रिक पास कर तुम कॉलेज पहुँच गये हो। मेरी तरह कहीं नौकरी पाने के प्रयास में लग

जाओ। शादी से वह जरूरी है। उसके बाद शादी करोगे तो सुख ही सुख पाओगे...। अभी शादी अपनी बर्बादी ही समझो...!''

कामेश्वर ने मेरी बात का कोई जवाब नहीं दिया। माथा झुकाकर सुनता रहा। उसके जाने के बाद मुझे लगा कि शायद मेरी बात उसे जँची है। शायद अपना निर्णय अब वह बदल दे! लेकिन मेरा अनुमान गलत था। अपने निर्णय पर वह अडिग रहा। दूसरे दिन मैं गाँव में निकला तो उसकी शादी के मध्यस्थ दलिपा उपाध्याय, जो उम्र में मुझसे बड़े थे ने जोर देकर कहा—''मैं तो तुम्हारे पास आ ही रहा था मिथि। बाकिर तुम यहीं भेंटा गये। मैं तुमसे पूछता हूँ, कामेश्वर को कब नौकरी मिलेगी तुम जानते हो? तुम तो इतनी भाग दौड़ कर रहे हो, पर अभी तक कोई नौकरी कहाँ पा सके? नौकरी-चाकरी के लिए शादी की उम्र बैठी नहीं रहती। उम्र पर ही शादी शोभा देती है और उसका आनन्द भी आता है, उम्र ढरकने के बाद नहीं। कामेश्वर की शादी में तुम अड़ंगा न लगाओ। भाई-भाई की शादी में अड़ंगा नहीं लगाता। कामेश्वर करूप में शादी के लिए तैयार है।''

मैं समझ गया, दलिया उपाध्याय, कामेश्वर की बात बोल रहे हैं। संकोचवश उसने मुझसे नहीं कहा था, अब अपने मध्यस्थ से कहवा रहा था। इसके बाद दुबारा मैंने उसे नहीं समझाया...। माँ भी कामेश्वर के इस निर्णय से अवगत थी और पुत्र मोह में उसका मन रखने को तैयार भी। अब बोकारो खबर भेजकर भैया को बुलवाया गया। भैया ने मार्कण्डेय लाल को अच्छा खेतीहर समझ दहेज की माँग की। एक निर्धारित रकम पर शादी तय हो गयी। अब लड़की दिखाने की बात उठी! हमारे यहाँ यह कहा गया कि अगर लड़की पसन्द न होगी तो हम शादी नहीं करेंगे। सारी बात लड़की की पसन्द पर ही निर्भर है। लड़की का विवश पिता तैयार हो गया। सासाराम के गोरक्षिणी के महावीर मन्दिर में लड़की देखना तय हुआ। लड़की देखने के बाद अब आपसी मशविरे के लिए हम लोग एक किनारे बैठ गये। हमारे बहनोई सुरेश प्रसाद ने कहा—''यहाँ शादी करना ठीक नहीं होगा। लड़की का कद छोटा है। लड़के के साथ उसकी अच्छी जोड़ी नहीं बन रही। लड़की बहुत सुन्दर भी नहीं।''

बड़े भैया ने उनकी बात का अक्षरशः समर्थन किया। लेकिन मेरी राय उन दोनों के विपरीत रही। मैंने बल देते हुए कहा—''अब चाहे लड़की जैसी है, हमने उसे देख लिया। देखकर लड़की हमें नहीं छोड़नी चाहिए। इससे लड़की पर बहुत खराब असर पड़ता है। देखने से पहले ही हमें लड़की के बारे में पता कर लेना चाहिए था। देखने के बाद तो उसे छोड़ना मुझे अच्छा नहीं जान पड़ रहा...।''

कामेश्वर तो यही चाहता था। उसे तो सिर्फ एक समर्थन की जरूरत थी। मेरी बात सुनते ही वह बोल पड़ा—''मैं इसे पहले ही देख चुका हूँ। मैं इसी से शादी करूँगा...।''

कामेश्वर की बात के बाद अब सबको चुप हो जाना पड़ा। वह बालिग था। हमारा भाई था। हम उसके पिता नहीं। उसे भी वही अधिकार था जो हमें था। अब निर्धारित तिथि के अनुसार उसी लड़की से कामेश्वर की शादी हुई। इस शादी में अभिभावक की मुख्य भूमिका मेरी ही रही। भैया तो लड़की देखने के बाद चले गये और शादी के दिन ही आए। इस शादी के बाद अब एक और बहू हमारे घर आ गयी। यह देखकर मुझे खुशी हुई कि मेरी पत्नी को वह सहयोग करने लगी। कुछ ही समय बाद रसोई के साथ-साथ घर के कार्यों में भी हाथ बटाने लगी। वह खेतिहर परिवार की लड़की थी। अभावों और कष्टों के जीवन से परिचित थी। यहाँ उसे कोई असुविधा नहीं हुई।

कामेश्वर की शादी के बाद बी. ए. आनर्स का मेरा रिजल्ट भी आ गया। हम दोनों पति-पत्नी तो बहुत खुश हुए। हमारा पूरा परिवार प्रसन्न हो उठा। रेणु की विशेष खुशी मैं लक्ष्य कर रहा था, वह अतिशय प्रसन्न थी। उस वक्त हमारे क्षेत्र में बी. ए. की डिग्री उच्च शिक्षा की मंजिल समझी जाती थी। तब विक्रमगंज और आरा में एम॰ ए॰ की पढ़ाई नहीं थी। एम॰ ए॰ पढ़ने के लिए पटना विश्वविद्यालय, पटना में या मगध विश्वविद्यालय, बोध गया में नाम लिखाकर पढ़ना था जो मेरे लिए सम्भव नहीं। इस स्थिति में प्रतियोगिता परीक्षा देते हुए अब पुनः लेखन की दुनिया में मैं रमता चला गया। लेखन में ही विकल्प तलाशता रहा।

इस बार लिखने बैठा तो अपने गाँव की उन दो लड़कियों का स्मरण मुझे हो आया जो कम उम्र में ही विधवा हो गयी थीं। अभी शादी की उम्र ही हुई थी कि वैधव्य की शिकार। अपने रिश्ते में भी एक ऐसी लड़की को मैं जानता था। उस समय हमारे जैसा गँवई समाज और मध्यवर्गीय परिवार विधवा विवाह के पचा नहीं पा रहा था। विधवा विवाह को लोग किसी भी दृष्टि से जायज नहीं समझते। लेकिन ऐसी सोच के खिलाफ मेरा मन जेहाद करता रहता। यह धारणा मुझे रूढ़, जड़ और मिथ्या प्रतीत होती रहती । लेकिन चाहते हुए भी उन लड़कियों की शदियाँ मैं नहीं करा सकता था। इस स्थिति में उनकी पीड़ा मेरे मन में घनीभूत होती चली जा रही थी। अब जैसे ही लिखने बैठा, वह पीड़ा मेरी कलम की धार बन गयी। अब तक मैं कहानियाँ लिखता था। लेकिन वह कहानी अब मुझसे स्वयं लिखवा रही थी। देखते ही देखते दर्जनों पन्ने रँग गये। अब तक जो भी कहानियाँ लिखी थी उनमें वह सबसे लम्बी तैयार हुई। पहले शीर्षक रखा—'लकीर से हट कर'। लेकिन बाद में उसे 'पहली घटना' कर दिया।

दरअसल, वह पहली घटना ही थी, जहाँ अपने घर-परिवार और समाज के विरुद्ध एक विधवा तरुणी ने दूसरी शादी का दुस्साहसिक कार्य किया। इस कहानी के साहसिक चरित्र मीना और विपिन को रचते हुए एक और साहसिक चरित्र मेरे मन पर दस्तक दे रहा था। उस चरित्र की जो कल्पना मेरे मन में उभर रही थी वह मुझे रोमांचित करती जा रही थी। अब 'पहली घटना' कहानी को बगैर साफ किए और कहीं भेजे उस दूसरी कहानी की रचना में लग गया। वह बाबूजी' ' कहानी थी। उसका 'बाबूजी' शीर्षक ही मुझे पर्याप्त सटीक और उपयुक्त जान पड़ा। मेरी सामान्य कहानियों से वह कहानी भी कुछ लम्बी बनी। हालाँकि उसे लिखते हुए मैं विलक्षणता का एहसास करता रहा। उसके लिख चुकने के बाद भी मेरे मन में यह एहसास बना रहा। ऐसा लगता जैसे कोई विलक्षण और अद्‌भुत चीज लिख दी है। उस कहानी को स्वयं पढ़-पढ़कर अह्लादित होता रहा। लेकिन अन्य कहानियों की तरह बाद में प्रकाशन के लिए उसे फाइल में नहीं रख सका। वह कहानी तो जैसे तैयार होते ही उड़ने के लिए अपने पंख फड़फड़ा रही थी। अब कुछ भी नया लिखने तथा किसी और कहानी को कहीं भेजने से पहले 'बाबूजी' को साफ कर 'धर्मयुग' में भेज दी। ऐसा लगता था कि उसका चरित्र बाबूजी पाठकों के बीच जाने के लिए बेताब है।

मुझे याद है, उस कहानी पर 'धर्मयुग' की ओर से भारती जी का स्वीकृति पत्र भी मुझे तत्काल मिला। इससे पूर्व 'अनुभवहीन' और 'नपुंसक समझौते' पर इतनी जल्दी स्वीकृति मुझे नहीं मिली थी। मुझे लग गया, उस कहानी की विलक्षणता का एहसास भारती जी को भी हो गया है। तभी इतनी शीघ्रता और तत्परता से अपनी स्वीकृति भेजी है।

मेरी वह कहानी 'बाबूजी' 'धर्मयुग' के 1 सितम्बर, 1974 के अंक में प्रकाशित हुई, 'धर्मयुग' के उस अंक की लेखकीय प्रति मुझे डाक से प्राप्त हुई। देखा, वह अंक 'धर्मयुग' का विशिष्ट अंक था। उस अंक में जैनेन्द्र कुमार के बहुचर्चित वक्तव्य 'पत्नी घर में प्रेयसी मन में' पर एक व्यापक परिचर्चा का आयोजन किया गया था। बाद में कुछ पाठकों के अनुसार जैनेन्द्र जी के वक्तव्य से मेरी कहानी की अन्तर्वस्तु के साम्य की वजह से ही दोनों का प्रकाशन साथ-साथ किया गया। जो हो, 'धर्मयुग' ने पुनः अपनी टिप्पणी के साथ मेरी वह कहानी प्रकाशित की।

"बाबूजी कहानी के प्रकाशन के कुछ ही समय बाद मुझे यह लग गया कि उस कहानी का प्रकाशन मेरे लेखकीय जीवन की सबसे बड़ी घटना है। उस कहानी पर पाठकों की इतनी प्रतिक्रियायें आई कि मैं अचम्भित बना रहा। उसी समय माँ की तबीयत खराब हुई—बेचैनी, घबराहट और रह-रहकर छाती में

दर्द...। मैं उन्हें आरा ले आया। आरा के प्रसिद्ध चिकित्सक डॉ. एस. एन. मिश्रा से दिखाया। डॉ. मिश्रा की दवा ली। अब बाबू बाजार में सुबोध मामा के यहाँ हम जा ठहरे। दूसरे दिन आरा से लौटने का हमने निर्णय किया। इस बीच आरा के साहित्यिकों से मिलने चल पड़ा। 'अनुभवहीन' और 'नपुंसक समझौते' के प्रकाशन के बाद आरा के अनेक साहित्यकारों, बनारसी प्रसाद भोजपुरी, रामेश्वरनाथ तिवारी, भगवती राकेश, डॉ. चन्द्रभूषण तिवारी, मधुकर सिंह, नीरज सिंह, रामेश्वर उपाध्याय, ज्योति प्रकाश आदि से मेरा परिचय हो गया था क्योंकि आरा आना-जाना होता रहता। आरा का मेरा हम उम्र और मेरी पीढ़ी का रचनाकार रामेश्वर उपाध्याय तो मेरा अन्तरंग मित्र बन गया था। उससे मित्रता के बाद तो आरा पहुँचने पर उसको लेकर ही कहीं निकलता। वह बहुत जीवन्त और उत्साही दोस्त था। उस दिन मिलते ही बोला—"अरे यार, क्या कमाल की कहानी तुमने लिख दी। तेरी कहानी ने तो तहलका मचा दिया। तू ऐसी छलाँग लगाया कि हम सबों को पीछे छोड़ दिया। 'बाबूजी' जैसी कहानी लिखकर अब गाँव में लुका कर मत रहो। सब तुझे खोज रहे हैं। यहाँ आरा आकर रहो। गाँव पर जब अपने से खेती नहीं कर रहे हो तो वहाँ रहने का क्या तुक?"

फिर रामेश्वर के साथ विभिन्न साहित्यिकों से मिलते हुए मैंने पाया कि सचमुच वह कहानी सबके सिर चढ़ बोल रही थी। कामरेड ज्योति प्रकाश तो उस कहानी पर लगभग बीस-पच्चीस मिनट तक बोलते रहे। कहानी के वैसे पक्षों का उद्‌घाटन किया जिसे सुन मैं हतप्रभ बना रहा। ज्योति प्रकाश लिखते कम थे, लेकिन समझ बहुत अच्छी रखते थे। वे सी. पी. आई. के अत्यन्त लोकप्रिय नेता थे। मेरी जानकारी के तहत उस समय आरा में उनके जैसा जमीनी वामपन्थी नेता और दूसरा नहीं था।

आरा के साहित्यिक चिकित्सक डॉ. के. बी. सहाय और नाटककार प्रोफेसर श्याम मोहन अस्थाना से भी हम मिले। उन्होंने भी 'बाबूजी' कहानी की खूब तारीफ की। अस्थाना जी महाराजा कॉलेज के राजनीति विज्ञान विभाग में प्रोफेसर थे तथा नाटक लिखते थे। 'बाबूजी' कहानी का उन्होंने भी जोरदार विश्लेषण किया। अस्थाना जी एवं डॉ. के. बी. सहाय से वह मेरी पहली मुलाकात थी। उम्र के अनुसार वे वरिष्ठ पीढ़ी के थे। उनके समक्ष मैं बच्चे जैसा ही था। अस्थाना जी तो मुझे देखकर चौंकते हुए पूछ उठे—"तुम 'बाबूजी' के लेखक हो? तुमने वह कहानी लिखी है? मैं तो समझ रहा था कि 'बाबूजी' का लेखक अनुभवी, गम्भीर और बुजुर्ग होगा। तुम तो अभी स्कूल-कॉलेज के छात्र लगते हो! क्या करते हो?"

अस्थाना जी के इस प्रश्न के उत्तर में मैंने अपनी यथार्थ स्थिति से उन्हें

अवगत करा दिया। जवाब में मेरा हौसला आफजाई करते हुए उन्होंने कहा—"आश्चर्य है कि तुम्हें अभी तक नौकरी नहीं मिली। तुमने 'बाबूजी' जैसी कहानी लिखी है, चिन्ता मत करो। अब जल्द ही तुम्हें कहीं नौकरी मिल जाएगी। इस कहानी से सारे लोग तुम्हें जान गये हैं। तुम्हें पता है, 'धर्मयुग' की प्रतियाँ कितनी छपती हैं और कहाँ-कहाँ जाती हैं? लेकिन गाँव में रहते हुए तुम कुछ नहीं कर पाओगे। गाँव में तो खेती करने वाले रहते हैं। नौकरी करने और चाहने वाले का काम शहर के बिना नहीं चल सकता...!"

अस्थाना जी की बात का समर्थन डॉ. के. बी. सहाय ने भी किया। रामेश्वर उपाध्याय ने मुझे पहले ही बता रखा था कि डॉ. के. बी. सहाय चर्म रोग विशेषज्ञ हैं। लेकिन जनरल फिजिसियन के रूप में भी उनका तजुर्बा अच्छा माना जाता है। अपनी साहित्यिक-सांस्कृतिक रुचि के तहत श्याम मोहन अस्थाना के परिवार से उनका अभिन्न पारिवारिक सम्बन्ध है। वे एक-दूसरे के निकट तो रहते ही हैं। विभिन्न आयोजनों एवं अवसरों पर एक-दूसरे के साथ ही नजर आते हैं। इसके मूल में उनकी पत्नियों की गहरी मित्रता रही है। उस क्षण डॉ. के. बी. सहाय की पत्नी की साहित्यिक रुचि का एहसास मुझे भी हुआ। यह जान कर कि 'बाबूजी' का लेखक उनके यहाँ आया है, उन्होंने भी आकर बधाई दी। फिर हमें मिठाइयाँ भी खिलाईं—"बाबूजी के लेखक का स्वागत सिर्फ चाय से नहीं मिठाई से होना चाहिए।"

उनकी इस बात पर हम हँस पड़े। वे मुझे बहुत अच्छी लगीं। डॉक्टर साहब की योग्य सहधर्मिणी। इससे पूर्व मैं अपनी और रेणु की जोड़ी को ही सर्वोत्तम मानता था। लेकिन डॉक्टर साहब की जोड़ी देख लगा, इनके समक्ष तो हम कुछ भी नहीं। उनके नामों में भी मुझे अद्‌भुत साम्य दिखाई पड़ा—कैलाश बिहारी सहाय एवं कैलाश कुमारी सहाय। एक-दूसरे के प्रति उनका मित्रवत् व्यवहार भी मुझे काफी जँचा। इससे पूर्व पति-पत्नी के बीच ऐसा खुलापन मैंने कहीं नहीं देखा था। सम्भव है, इसके पीछे मेरे सम्पर्कों-सम्बन्धों का सीमित दायरा भी हो। जो हो, उन पति-पत्नी का चुम्बकीय व्यक्तित्व मुझे अपनी ओर खींच रहा था। उसी क्षण मैंने तय कर लिया, आरा आने पर अब इनसे अवश्य मिलूँगा। मैंने अनुभव किया था, कुछ लोगों से मिलने पर मैं संकुचित महसूस करने लगता था, इसके विपरीत कुछ वैसे लोग भी होते थे जिनसे मिलना अपने अन्तर को विकसित स्फुरित ओर उर्जस्वित करना होता था। डॉ. के. बी. सहाय वैसे ही थे। अब मुझसे संवादरत हो गये—"मैं तो आप लोगों की तरह कुछ लिखता नहीं। आप लोग जो लिखते हैं उसे ही पढ़ता हूँ। पर साहित्यिक लोगों का संग-साथ मुझे बहुत अच्छा लगता है। आप आरा जब भी आएँ, मिलेंगे। मैं तो चिकित्सक हूँ। चिकित्सा के सम्बन्ध

में मेरा सहयोग जब भी लेना चाहें, ले सकते हैं...। साहित्यिक बन्धुओं के लिए मेरा दरवाजा खुला रहता है....!''

माँ के इलाज का पुर्जा मेरी जेब में ही था। अवसर अनुकूल जान डॉ. के. बी. सहाय के सामने रख दिया—''मेरी माँ की तबीयत ठीक नहीं। आज ही दिखाया हूँ। पता नहीं, उन्हें कौन-सी बीमारी हो गयी है?''

''यह तो डॉ. एस. एन. मिश्रा का पुर्जा है। इस शहर में वे अकेले एम. आर. सी. पी. हैं। बहुत अच्छे फिजिसियन!''—यह कहते हुए डॉ. के. बी. सहाय वह पुर्जा पढ़ने लगे। फिर पुर्जा पढ़ते ही गम्भीर हो गये—''आपकी माँ को हाई ब्लड प्रेशर हो गया है। यह सामान्य बीमारी नहीं। मिश्राजी ने ब्लड प्रेशर नापकर जो लिखा है—240/120 यह खतरे की घंटी है। इसमें मरीज पर सावधानी बरतने की जरूरत होती है, नहीं तो कुछ भी हो सकता है। यहाँ आपकी माँ नहीं हैं, इसीलिए बता देता हूँ, इस तरह बढ़ते ब्लड प्रेशर में या तो हार्ट अटैक हो जाता है या किडनी डैमेज कर जाती है या लकवा मार देता है। इस बढ़े ब्लड प्रेशर को नॉर्मल करना बहुत जरूरी है।''

''लेकिन मिश्राजी ने तो ऐसा कुछ नहीं बताया था।''

''कोई डॉक्टर मरीज को यह सब नहीं बताता। ऐसी बातें सुन मरीज का ब्लड प्रेशर और बढ़ जाता है। आप भी माँ को यह सब मत बताइएगा। हाँ, दवाएँ समय से चलाते रहिएगा। मिश्रा जी ने बहुत अच्छी दवा लिखी है। दवा कभी बन्द मत कीजिएगा।''

''लेकिन मिश्राजी ने तो पन्द्रह दिनों की ही दवा लिखी है। पन्द्रह दिनों के बाद फिर बुलाया है।''

''कोई भी डॉक्टर ऐसे ही लिखता है, लेकिन ब्लड प्रेशर की दवा जीवन भर चलती है। पन्द्रह दिन बाद ब्लड प्रेशर जाँच कर वे दवा की डोज कम या अधिक करेंगे, दवा बन्द तो हर्गिज नहीं करेंगे!''

''तब तो यह बहुत गम्भीर मर्ज है।''

''है ही। हम लोग इसे 'साइलेंट किलर' कहते हैं। नियन्त्रण में न रखने पर चुपके से बढ़ कर कब यह मरीज की जान ले-ले, कुछ कहा नहीं जा सकता...।''

''दवा से यह नियन्त्रण में आ जाता है?''

''दवा और संयम दोनों साथ-साथ। इसके संयम को लेकर तो अँग्रेजी में यह कहावत भी प्रचलित है—एवायड फोर व्हाईट्स—सुगर, साल्ट, बटर एण्ड राईस। यानी चार सफेद चीजें चीनी, नमक, घी और चावल का उपयोग कम से कम करना है। सम्भव हो तो इन्हें छोड़ ही देना...।''

''ऐसी घातक बीमारी मेरी माँ को क्यों हुई डॉक्टर साहब?''

"यह तो ठीक-ठीक जानना मुश्किल है। कुछ केस में यह वंशपरम्परागत होता है। कुछ केश में टेंशन से इसे बढ़ते पाया गया है। कुछ केस में गरिष्ठ खानपान से इसका सम्बन्ध देखा गया है। मुझे तो स्वयं यह बीमारी है। अब चाहे जैसे हो, यह राजरोग है। संयम और दवा से इसे नियन्त्रित रखना है। मुझे तो लगता है कि आपकी माँ को कुछ पहले से ही यह होगा। एकाएक इतना नहीं बढ़ सकता। गाँव में रहने के चलते कभी जाँच नहीं हुई। लेकिन चिन्ता करने की जरूरत नहीं। तत्परता से दवा खाती रहेंगी और खानपान में परहेज करेंगी तो जल्द ही ब्लड प्रेशर सामान्य हो जाएगा।"

डॉ. के. बी. सहाय की बात सुन 'बाबूजी' कहानी की चर्चा का सारा नशा अब क्षण भर में ही काफूर हो गया। यह क्या हो गया माँ को? इसके बाद किसी और साहित्यकार के यहाँ जाने की अब हिम्मत नहीं हुई। सीधे माँ के पास चला आया। उनकी बीमारी की गम्भीरता वाली कोई बात उनसे न कह सिर्फ इतना ही कहा—"मिश्री जी ने बहुत अच्छी दवा लिखी है माँ। यहाँ एक और डॉक्टर हैं के. बी. सहाय। वे साहित्यिक रुचि के हैं। उनसे तुम्हारा पुर्जा दिखाकर आ रहा हूँ। मिश्रा जी के यहाँ बहुत भीड़ थी, इसीलिए परहेज वाली बात हम नहीं सुन सके। डॉ. के. बी. सहाय ने कहा है कि चावल, चीनी, घी और नमक इन चारों चीजों को तुम्हें कम से कम लेना है। अगर सम्भव हो तो इन्हें छोड़ देना है।"

मेरी बात सुन माँ के चेहरे पर चिन्ता की रेखाएँ उभर आयीं। ये चारों चीजें उसे प्रिय थीं। उसने झल्लाते हुए ही पूछा—"आखिर क्या हो गया है मुझे?"

"तुम्हें हाई ब्लड प्रेशर हो गया है माँ।"

"अरे, यही रोग तो तुम्हारे पिताजी को भी हुआ था।"

"नहीं माँ, पिताजी को केवल ब्लड प्रेशर ही नहीं था। उन्हें तो सुगर, ब्लड यूरिया और न जाने क्या-क्या था! वे संयम भी नहीं करते थे। तुमको वैसा कुछ भी नहीं हुआ है। समय से दवा लेने और संयम से रहने पर तुम बिल्कुल ठीक हो जाओगी।"

माँ को घर लाने के बाद रेणु से मैंने सारी बात बता दी। रेणु भी सुन कर दु:खी हो गयी। बहुओं के मामले में माँ का स्वभाव कुछ कड़ा जरूर था, लेकिन अपने व्यवहार से रेणु ने उसका मन जीत लिया था। इसके बाद तो रेणु को वह बेटी की तरह मानने लगी थी। तीनों बहुओं में सबसे अधिक महत्त्व रेणु को ही देती थी। शायद यह रेणु के प्रति माँ की आत्मीयता का ही परिणाम था कि उसकी दोनों आँखें भर आयीं—"अम्मा जी को यह क्या हो गया?"

माँ को आरा से ले आने बाद अब चाहते हुए भी मैं कुछ नहीं लिख सका। गमगीन बना रहा। पिताजी गुजर चुके थे। माँ ही घर सँभाल रही थी। लेकिन ऐसी घातक बीमारी की चपेट में आ गयी। मेरा मन अशान्त बना रहा...।

पन्द्रह दिनों बाद माँ को लेकर मैं फिर आरा पहुँचा। इस बार डॉक्टर एस. एन. मिश्रा ने फिर जाँच की। अब उनका ब्लड प्रेशर 180/100 हो गया था। दवा की मात्रा उन्होंने कम कर दी और कहा—''दवा बीच में कभी बन्द मत कीजिएगा और संयम बरतते रहिएगा। अब एक माह बाद आकर पुनः जाँच करा लीजिएगा।''

डॉ. मिश्रा से दिखाने के बाद पुनः माँ को सुबोध मामा के यहाँ पहुँचा दिया। फिर उनका पुर्जा ले सीधे डॉ. के. बी. सहाय के यहाँ गया। सचमुच अपने कथन के अनुसार डॉ॰ के॰ बी॰ सहाय ने मुझसे मिलने में तनिक भी देर नहीं की। कम्पाउन्डर जैसे ही मेरे नाम का स्लिप लेकर गया वैसे ही उन्होंने बुलवा लिया। कुशल समाचार के बाद मैंने तत्क्षण माँ का पुर्जा उनके सामने रख दिया। अब देखते ही उन्होंने कहा—''दवा का असर हुआ है। इसी तरह प्रेशर अभी और गिरेगा। लेकिन उसके बाद भी दवा कभी बन्द नहीं होगी। कुछ लोग ब्लड प्रेशर कम हुआ जान चुपके से दवा छोड़ देते हैं। ऐसे ही लोग धोखा खा जाते हैं। फिर अचानक ब्लड प्रेशर इतना बढ़ जाता है कि कन्ट्रोल में नहीं आता!''

डॉक्टर के. बी. सहाय की पत्नी ने इस दूसरी बार भी मुझे चाय पिलाई। पूछा भी—''बाबूजी के बाद इधर और क्या लिखे हैं?''

मैंने बता दिया—''कई कहानियाँ फाइल में रखी हैं। अब उन्हें भेजूँगा।''

मैं देख रहा था, मेरी उपस्थिति में डॉक्टर साहब ने मरीज देखना भी स्थगित कर रखा था। उनकी व्यस्तता लक्षित कर मैं वहाँ अधिक देर तक नहीं रुका। माँ के बारे में आवश्यक परामर्श ले चल पड़ा। इस बार फिर दोनों पति-पत्नी की भद्रता, सहृदयता, और आत्मीयता से प्रभावित बना रहा।

शाम होने के चलते दूसरे दिन ही हमें गाँव लौटना था, इस स्थिति में समय के सदुपयोग के लिए अपने दोस्त रामेश्वर के यहाँ जा पहुँचा। लेकिन इस बार तो मुझे देखते ही वह उछल पड़ा—''तू तो अब स्टार बन गया है। साहित्य के महारथी तुम्हारी चर्चा करने लगे हैं। क्या तीर चलाए हो! लगता है, गुलेरी जी की तरह एक 'बाबूजी' कहानी पर ही अमर हो जाओगे! तेरे सितारे बुलन्दी पर हैं...।''

मैंने पूछा—''क्या बात है?''

वह चौंका—''तो तुझे कुछ मालूम नहीं...!''

"नहीं भाई। कुछ नहीं मालूम। अब पहेली न बुझा, बताओ, क्या हुआ है?"

"यह पूछो, क्या नहीं हुआ। तू भी गजब का जीव है। शहरों-महानगरों में तुम्हारी चर्चा चल रही है और तू गाँव में उन सबसे अनभिज्ञ बैठा है। तेरी जगह कोई दूसरा होता तो अब तक उड़ता रहता...।"

इसके बाद रामेश्वर उपाध्याय ने मुझे इतमीनान से वह सब बताया जो उसे ज्ञात था। उस सूचना के अनुसार, दिनकर जी ज्ञानपीठ पुरस्कार के कुछ समय बाद किसी कार्यवश बम्बई पहुँचे थे। उस समय टाइम्स ऑफ इंडिया का मुख्य प्रकाशन स्थल बम्बई ही था। 'धर्मयुग', 'सारिका', 'माधुरी', 'पराग' आदि टाइम्स ऑफ इंडिया की अधिकाँश पत्रिकाए वहीं से निकलती थीं और उनके सम्पादक भी वहीं रहते थे। दिनकर जी के सम्मान में टाइम्स ऑफ इंडिया कार्यालय में एक अनौपचारिक बैठक हुई। उसमें दिनकर जी ने टाइम्स ऑफ इंडिया के सम्पादकों से यह जानना चाहा कि फिलहाल बिहार से कौन-कौन रचनाकार बेहतर लिख रहे हैं? उम्र और व्यस्तता की वजह से उस समय वे उतना पढ़ नहीं पा रहे थे, इसीलिए सम्पादकों से जानना चाहा। इस सम्बन्ध में विभिन्न सम्पादकों ने अपनी जानकारी के तहत कुछ लेखकों के नाम गिनाए। उनमें धर्मवीर भारती ने जोर देकर मेरा नाम दिनकर जी को बताया और मेरी कहानी 'बाबूजी' पढ़ने का आग्रह किया। साथ ही बिहार से लिखने वालों के बीच मुझे सर्वाधिक सम्भावनाशील कथाकार कहा। धर्मवीर भारती के कहने का अर्थ था। वे जितने बड़े सम्पादक और रचनाकार थे उसी ऊँचाई से किसी का नाम भी प्रस्तावित करते थे। यह उनके प्रस्ताव का ही प्रभाव था कि बम्बई से पटना लौटने के बाद दिनकर जी ने मेरी खोज की। तब लोगों ने उन्हें बताया कि मैं भोजपुर जिले के बैसाडीह नामक गाँव में रहकर लिखता हूँ।

सचमुच यह सूचना एक नए लेखक को खुशी में पागल बना देने के लिए काफी थी। रामेश्वर उपाध्याय की उत्तेजित प्रतिक्रिया का रहस्य भी अब मेरी समझ में आ गया था। लेकिन मैं जिन समस्याओं के बीच जी रहा था, उसमें चाहते हुए भी इस सूचना का आनन्द नहीं उठा सका।

माँ को आरा से गाँव ले आया। गाँव में लिखने का एक सिलसिला मैंने कायम कर लिया था। लेकिन इस बार जब लिखने बैठा तो कलम रुक गयी। लगा, मेरे अन्दर का रचनाकार कह रहा हो—'इस तरह अपने घर परिवार की समस्याओं से आँखें मूँद कर लिखते रहना क्या सही है? एक ओर टाइम्स ऑफ इंडिया कार्यालय में तुम्हारी चर्चा, दूसरी ओर तुम्हारा पूरा परिवार एक बन्द परिवेश

के अभावपूर्ण माहौल में तंग जिन्दगी जीने को अभिशप्त। माँ की असाध्य बीमारी, दो-दो बेटियों के साथ कष्ट और अभाव झेलती पत्नी। माहौल और कार्य के अभाव में दिशाहीन होते कामेश्वर, ब्रजेश्वर। गाँव के अवारा लड़कों की सोहबत में भ्रम और अनिश्चय के शिकार। सयानी होती उर्मिला। भैया के अभाव में सारी जिम्मेवारी तुम्हारे कन्धों पर। इस महत्तर जिम्मेवारी के रहते साहित्य चर्चा की खुशी में तुम्हारा डूबना और लेखन में रमना क्या उचित है?

मेरे अन्दर से ही जवाब आया 'नहीं'। और इस 'नहीं' के प्रसंग में सपरिवार आरा रहने का विचार मेरे मानस में कौंधने लगा। यहाँ रहकर जब हम कुछ भी उपार्जन नहीं कर रहे तो यहाँ रहने का क्या तुक? अपनी अल्पसंख्यक स्थिति और जातिगत संस्कार की वजह से यहाँ स्वयं खेती हम कर नहीं सकते तो फिर यहाँ क्यों रह रहे हैं? अनूकूल नौकरी न मिलने पर भी शहर में हम प्रायवेट नौकरी तो कर ही सकते हैं। ट्यूशन पढ़ा सकते हैं, कोई रोजगार कर सकते हैं, यहाँ की तरह बिल्कुल निठल्ले होकर तो नहीं जी सकते। और पिताजी के जीवन भर आरा रहने का जो सपना माँ की आँखों में तैरता रहा था, वह अब मेरी आँखों में साकार होने लगा था। मैंने निश्चय किया, अपने परिवार को एक मुकाम तक पहुँचा कर ही मुझे लिखना है। परिवार को भयावह अनिश्चितता में छोड़ अब मुझसे नहीं लिखा जा सकता और न साहित्य चर्चा का सुख ही महसूस कर सकता!

[11]

शादी के बाद रेणु से मैंने कहा था—"अनुकूल स्थिति के लिए हम प्रयास करेंगे। अपनी सक्रियता और परिश्रम से अनुकूल स्थिति में पहुँच कर रहेंगे...।"

अब पूरे परिवार के लिए उस अनुकूलता की तल्ख जरूरत मैं महसूस कर रहा था। उस जरूरत की दिशा में कमर कस कर तैयार हो गया। इस बीच शिक्षा का अपना निर्धारित लक्ष्य बी. ए. आनर्स प्राप्त कर चुका था। अब प्रतियोगिता परीक्षाओं के रिजल्ट की प्रतीक्षा में लेखनरत रहते हुए मुझे बैठना नहीं था। बस, अपने अभियान की शुरुआत कर दी। परामर्श और सहयोग के लिए सबसे पहले रेणु से कहा—"यहाँ गाँव में अब और रहना मुझे सही नहीं जान पड़ रहा! कामेश्वर, ब्रजेश्वर, उर्मिला सबका भविष्य अन्धकारमय बना हुआ है। चाहते हुए भी यहाँ कोई कुछ कर नहीं सकता। माँ को इलाज के लिए अब बार-बार आरा ले जाना ही है। तुम्हें भी आगे पढ़ाना और तुम्हारे लायक माहौल देना है। इस स्थिति में उचित यही है कि अब हम आरा चल कर रहें! वहाँ आय का कोई न कोई जरिया भी पकड़ लेंगे...।"

"भला हम वहाँ रहेंगे कहाँ? इतने बड़े परिवार के लिए किराए का महँगा घर कैसे लेंगे? कहाँ से देंगे किराया?"

"हम किराए पर नहीं रहेंगे रेणु। पिताजी ने आरा में जो जमीन ले रखी है उसी में घर बना कर रहेंगे?"

"अरे बाप! किराया देने के पैसे नहीं तो फिर घर बनाने के पैसे कहाँ से आ जाऐंगे?"

"इसके लिए जमीन के कुछ टुकड़े हमें बेचने होंगे। अब इसके सिवा दूसरा रास्ता नहीं। जमीन के मोह में हम न इधर के रहेंगे, न उधर के।"

"और अम्मा जी मान जाएँगी। जमीन बेचने के लिए तैयार हो जाएँगी...।"

"मेरे इस अच्छे प्रस्ताव को माँ नहीं नकार सकती...। हमारे भविष्य को

अंधेरे में नहीं रख सकती।''

''फिर कौन खेत बेचेगा। आरा में जाकर कौन मकान बनाएगा? यह काम बहुत तुल-तपाटका है। यह योजना मुझे टेढ़ी खीर जान पड़ रही।''

''कुछ तुल तपाट नहीं रेणु! मैं इसे सम्भव बनाऊँगा। भैया की अनुपस्थिति में मेरे सिवा इसे कर ही कौन सकता है? हम लोगों का परिवार जिस स्थिति में है, उसके लिए अब यही स्थायी समाधान है। इसे न कर हम अपना भविष्य कभी नहीं सुधार सकते। तुम बस मेरी पीठ पर तैयार रहो, मैं सब कर लूँगा।''

''मैं आपके बिल्कुल साथ हूँ। आपने जो सोचा है, बहुत अच्छा। मैं तो अपने मन की शंकाएँ रख रही थी। काश हम ऐसा कर पाते! मेरे लायक जो कहिए, सब करूँगी!''

''नहीं रेणु, तुम्हें कुछ नहीं करना। यह कार्य तुम्हारे लायक नहीं। मुझे तो सिर्फ तुम्हारी सहमति की जरूरत थी।''

अब मैं माँ के पास पहुँचा। मेरी पूरी बात सुन माँ की आँखों में तो एक चमक आ गयी—''आरा रहने के लिए तेरे पिताजी के जीवन भर उनसे कहती रही, लेकिन उन्होंने कभी कान नहीं दिया। अपने भी दुःख में रहे और हमें भी तकलीफ में रखा। तुम ने बहुत अच्छा सोचा है मिथि। भगवान तुम्हारी इच्छा पूरी करें।''

माँ की सहमति के बाद अपने इस अभिमान के प्रति मेरा निर्णय अब दृढ़ हो गया। रात के खाने पर जब आँगन में माँ और रेणु के साथ कामेश्वर, ब्रजेश्वर, उर्मिला सभी उपस्थित हुए तो सामूहिक रूप से भी यह घोषणा सबके सामने कर दी। मेरी इस सूचना पर कामेश्वर और ब्रजेश्वर तो उछल पड़े। शादीशुदा कामेश्वर ने तो कहा भी—''इसमें अब तनिक भी हमें देर नहीं करनी चाहिए भैया। आरा में रहकर हम बहुत कुछ कर लेंगे...!''

बस, दूसरे ही दिन से मैं इस कार्य में भिड़ गया। जानता था, चारपाई से लेकर हवाई जहाज तक का निर्माण पहले मनुष्य के मस्तिष्क में होता है, फिर यथार्थ रूप ग्रहण करता है। मेरे मस्तिष्क में भी आरा का घर बन गया था। अब उसे यथार्थ रूप देने के लिए कामेश्वर के साथ मैं सीधे रसौली चल पड़ा। वहाँ हमारी कुछ जमीन अभी शेष थी। पहले उसे बेचने, फिर बैसाडीह की कुछ जमीन बेचने का हमने फैसला किया।

जमीन का सौदा अन्य सौदों की तरह आसान नहीं होता। इसके लिए 'बय' और 'रेहन' के कागज लिखने वाले कातिब को माध्यम बनाना पड़ता है। रसौली के कातिब को हमने ढूँढ़ कर पकड़ा। वह बगल के गाँव जमुनीपुर कागज लिखने गया था। उसके आने तक हम उसके दरवाजे बैठे रहे। फिर उसके आते ही सारी

बात समझा दी। जमीन अच्छी दर में बिकवाने पर उसे मन माफिक बक्शीश देने का भी वादा किया। उस कातिब से मिल कर रसौली के सम्पन्न खेतिहरों से भी हम मिले। साथ ही अपनी जमीन के आसपास के किसानों से भी जो उसके वास्तविक हकदार थे।

रसौली से लौटने के बाद अगले दिन अपने मुहिम के तहत हम बैसाडीह के कातिबों से भी मिले। इस कार्य में अब तनिक भी विलम्ब हमें वाजिब नहीं जान पड़ रहा था। उस वक्त हमारे गाँव बैसाडीह में दो कातिब थे, एक खुद बैसाडीह का, दूसरा बगल के गाँव नोनार का। हमने दोनों से सम्पर्क किया। बैसाडीह की हमारी कुछ जमीन सेदहां के सिवान में थी। वह अहटा थी। उस खेत के जोतदार। (मनीदार) भी आसानी से नहीं मिल पाते थे। हर इयाडीह का भगवत यादव लम्बे समय से उसे जोत रहा था। उससे छुड़ा कर वह खेत किसी और को देना भी एक समस्या थी। इस स्थिति में बैसाडीह का वही खेत बेचना हमें उपयुक्त जान पड़ा। दोनों कातिबों से कहने के बाद हमने अपने गाँव के सम्पन्न खेतिहरों को भी इसकी सूचना दे दी। हालाँकि इससे पूर्व रसौली और बैसाडीह के कातिबों से दोनों जमीनों की अनुमानित दर भी हमने पता कर ली।

गाँव में रहते-रहते मैं यह जान चुका था कि जब गाँव का कोई आम परिवार खेत बेचता या गाँव छोड़कर शहर जाने की बात करता है तो सारा गाँव उसे हेय और तुच्छ समझने लगता है, जैसे वह अपनी लड़की बेच रहा हो...। गाँव के इस मनोविज्ञान का अब मेरा परिवार भी शिकार हो गया। हमारी सूचना गाँव में प्रसारित होते ही हमारे निकटस्थ और शुभचिन्तक जोरदार शब्दों में उलाहना देने लगे—"गया वंश कबीर का कि उपजा पूत कमाल...।"

"अरे, यह क्या कर रहे हो तुम लोग? प्रोफेसर साहब ने खून-पसीना एककर जिन खेतों को बचा रखा था उन्हें अब बेच रहे हो, छीः छीः।"

"गाँव की जमीन बेचकर शहर भागने की तैयारी। प्रोफेसर साहब जैसे पक्के खेतिहर की ऐसी औलाद!"

"बाप-दादों की पुश्तैनी खेती भला बेची जाती है। जमीन का बेचना अपने पाँवों के नीचे गड्ढे खोदना है। हम मर जाएँगे तो मर जाएँगे बाकिर अपनी एक धूर जमीन नहीं बेचेंगे। जमीन तो आदि-अवलाद तक बनी रहने वाली स्थायी सम्पत्ति होती है।"

"अपनी जाति का प्रभाव अब तुम लोग दिखा रहे हो। प्रोफेसर साहब कायस्थ होते हुए भी शहरिया कायस्थ कभी नहीं बने। इस गाँव में ही जिए मरे। तुम लोग अब शहरिया बन रहे हो।"

अपने ग्रामवासियों की इन कटुक्तियों को सुनकर भी मैं अनसुना करता रहा।

जवाब देकर किसी से उलझना उचित न समझ लक्ष्यकेन्द्रित बना रहा। इस दौरान कामेश्वर, ब्रजेश्वर भी घर आकर बताते रहे कि खेत बेचकर शहर जाने की बात पर उनके दोस्त भी उनकी खिल्ली उड़ा रहे। इस पर कामेश्वर, ब्रजेश्वर को मैंने समझा दिया ऐसी बातें सुनकर भी अनसुनी करते रहो। ऐसी निरर्थक टिप्पणियों से बचने के लिए दूसरा मार्ग नहीं!

इधर दूसरी तरफ हमारी सूचना का असर हुआ। हमारे खेतों के खरीदार आने लगे। हमने मोलभाव शुरू कर दिया। अन्ततः हमारे निर्धारण पर ही दो आदमी तैयार हो गये। रसौली की जमीन के लिए रसौली का आदमी तथा बैसाडीह की जमीन के लिए नोनार का आदमी। दोनों ऐसे व्यक्ति थे जिनकी जमीन हमारी जमीन के पास थी। हमारी जमीन के सबसे प्रबल दावेदार। हमारी शर्त उन्होंने सहर्ष मंजूर कर ली।

अब हमने तार भेजकर बोकारो से बड़े भैया को बुलवा लिया। खेत बेचकर शहर में घर बनाने की बात से वे सहमत नहीं थे। आते ही बोल उठे—"अभी इसी वक्त जमीन बेचकर शहर जाने की क्या जरूरत? नौकरी पाने के बाद ही शहर में जाना और रहना अच्छा होता है। बिना नौकरी के शहर में क्या रहना?"

जवाब में मैंने उन्हें समझाने की कोशिश की—"बिना शहर पहुँचे हम नौकरी नहीं पकड़ सकते भैया। वहाँ कायदे की कोई नौकरी नहीं मिलेगी तब भी हम कुछ न कुछ कर लेंगे। यहाँ तो कुछ भी नहीं कर सकते। अब पहले जैसा हमारा परिवार छोटा भी नहीं रहा। यहाँ गाँव में हाथ पर हाथ रखकर बैठे रहने से गुजर-बसर सम्भव नहीं...।"

मेरी बात का जोरदार समर्थन माँ, कामेश्वर, ब्रजेश्वर एवं उर्मिला तक ने किया। सबकी सहमति देख भैया भी तैयार हो गये।

अपनी जमीन के खरीदारों को हमने पहले ही यह सूचना देकर तैनात कर रखा था कि भैया के बोकारो से आते ही अपनी जमीन हम बय (रजिस्ट्री) कर देंगे। बिना भैया के आये सिर्फ हमारे द्वारा की गयी रजिस्ट्री को वे खरीददार भी पर्याप्त नहीं मानते थे। पिताजी के बाद उनकी उत्तराधिकारी माँ एवं हम सभी भाइयों से वे रजिस्ट्री कराना चाहते थे। बस, भैया के पहुँचते ही वे आ धमके।

उस समय हमारे गाँव और आसपास के इलाके के गाँवों का रजिस्ट्री आफिस बाबू कुँवर सिंह का स्थल जगदीशपुर था। हमारे खेतों की खरीद-बिक्री की रजिस्ट्री वहीं होती थी। अब अपने खरीदारों के साथ हम चल पड़े। माँ के दस्तखत कातिबों ने घर पर ही करा लिए थे। रजिस्ट्री आफिस में कातिबों द्वारा तैयार कागजों पर हमने भी दस्तखत किए तथा रजिस्ट्रार के सामने अपने अँगूठे के निशान बनाये। इस तरह अपनी जमीन सरकारी नियमों के तहत हमने खरीदारों के नामकर दी।

अब हमें रजिस्ट्री आफिस की ओर से रसौली और बैसाडीह की जमीन की बिक्री से सम्बन्धित अलग-अलग रसीदें प्राप्त हुईं।

इन रसीदों की रसीद बेची के बाद ही खरीदारों से अब हमें रकम प्राप्त होनी थी। इस सम्बन्ध में खरीदारों से हमने पहले ही कह रखा था कि रसीद बेची आरा शहर के मुख्य डाक घर में हम करेंगे। इस पर उन्होंने ना-नुकूर किया था। लेकिन जवाब में हम अड़ गये थे—"जगदीशपुर में रुपये लेकर हम कहाँ रखेंगे? चोर उचक्कों से कैसे बचा सकेंगे? आरा डाकघर में ही हम रसीद बेची करेंगे। वहाँ तत्काल अपने खाते में वे रुपये जमाकर देंगे। वहाँ हमारा खाता है।"

हमारी इस बात पर न चाहते हुए भी उन्हें तैयार होना पड़ा। जगदीशपुर में रसीद बेची का आग्रह उन्होंने नहीं किया। अपने कातिबों से हमें पता चल गया था कि रसीद बेची के लिए किसी आफिस की जरूरत नहीं होती। इसी पर अपने हस्ताक्षर एवं अँगूठे के निशान देते हुए हमें स्वयं लिख देना था कि अपनी जमीन से सम्बन्धित सारा भुगतान हमने प्राप्त कर लिया।

इस दौरान मुख्य डाकघर, आरा में मेरे और माँ के नाम पर एक खाता भी खुल चुका था। उस वक्त बैंक की अपेक्षा डाकघर को ही मैं अधिक उपयुक्त और सुविधाजनक समझता था। शायद मेरे ससुर के डाकघर में कार्यरत होने के चलते ऐसा था।

रजिस्ट्री करा कर उस ऑफिस से जब हम बाहर निकलने लगे तो कातिबों ने कहा—"अब आप लोग जो खाना चाहते हों खा सकते हैं...।"

अपने गाँव की इस परम्परा से मैं परिचित था। खेते खरीदने वाले खेत बेचने वालों को जी भर कर खिलाते थे। इसके मूल में यह बात होती थी कि जमीन बेचनेवालों के हाथों से खिसक रही तथा खरीदने वालों के हाथों में जा रही...।

रजिस्ट्री ऑफिस से बाहर निकलकर हमने देखा, शायद इस रस्म की वजह से ही वहाँ अनेक होटल और मिठाई की दूकानें कायम थीं और खूब चल रही थीं। उस वक्त भी खाने वाले वहाँ डटे थे और लगातार माँगते जा रहे थे—कभी मुर्गा, तो कभी मछली, तो कभी गुलाब जामुन, तो कभी राजभोग। शायद वे 'खदुक' थे। यहाँ की शब्दावली में खाने वाले को 'खदुक' ही कहा जाता था तथा खिलाने वाले को महाजन। एक क्षण के लिए हमने एक-दूसरे को देखा। खदुक शब्द हमें अपमानजनक लग रहा था। लेकिन हमने अभी तक कुछ खाया नहीं था। समय से रजिस्ट्री ऑफिस पहुँचने के लिए घर से हम तड़के ही निकल गये थे। अब चाहे हम खाते या न खाते, जमीन बेचने के बाद वहाँ की शब्दावली में खदुक तो बन ही गये थे। सम्भवतः कामेश्वर ने हमारे मनोभावों को ताड़ते

हुए कहा—"अब इसमें अधिक सोचना नहीं। हमें भी खाकर चल देना है...।"

कामेश्वर की इस बात के बाद अब हम भी खाने बैठ गये। कामेश्वर और बड़े भैया ने मुर्गा-चावल की माँग की। मुर्गा-चावल के बाद मिठाई खाने का उन्होंने निर्णय किया। लेकिन मिठाइयों का प्रेमी मैंने सिर्फ सफेद रसगुल्ले खाना तय किया। ब्रजेश्वर को भी मेरी ही राय जँची। मैंने बारह रसगुल्ले खाए। ब्रजेश्वर दस रसगुल्लों में ही अघा गया। कामेश्वर और भैया ने मुर्गा-चावल के बाद दस-दस रसगुल्ले खाए। वे घर पर भी हमसे अधिक खाते थे। हमसे तन्दुरुस्त भी थे। हमारे खाने का खर्च रसौली और नोनार के हमारे महाजनों ने बाँट-बाँट कर दिया। इसके बाद हम अपने घर चले आए।

अगले दिन पुनः हम चारों भाई आरा मुख्य डाकघर पहुँचे। हमारे गोपनीय निर्धारण के अनुसार हमारी जमीनों के खरीदार भी अपने लोगों के साथ वहाँ आ गये। अब हमने वहीं रसीद बेची की और उनसे प्राप्त रुपये तत्क्षण अपने खाते में जमाकर दिए। उस समय डाकघर में हमारे परिचित सकला निवासी उग्रह लाल थे। वे मेरी ससुराल के सम्बन्धी थे। उनकी वजह से रुपये जमा करने में तनिक भी देर नहीं हुई। वे रुपये भी बहुत अधिक नहीं थे। दोनों जमीन के कुल अस्सी हजार। हालाँकि 1973 में और हमारे जैसे निम्न मध्यवर्गीय परिवार के लिए अस्सी हजार रुपये कम नहीं थे। खाते पर रुपये जमा होते ही अब हम इतमीनान हो गये। मुझे तो ऐसा लगा जैसे मेरे पाँवों के नीचे मजबूत जमीन आ गयी हो। मैंने यह कहावत सुनी थी—'दर्बे से सर्बे, जे चहबे से करबे।' अब इसे अन्दर से महसूस भी कर रहा था। लग रहा था, अब जो चाहूँगा, वही होगा। मकान खड़ा होने में अब देर नहीं होगी।

घर आने के बाद मैंने रेणु से कहा—"हमने आधा काम कर लिया। अब आधा ही रह गया है।"

हमारे अभियान की इस सफलता से वह भी काफी प्रसन्न थी—"मैं तो सोच रही थी कि आप जैसे लिखने पढ़ने वाले आदमी से खेत-बधार बेचने का काम कैसे होगा?"

"लिखने-पढ़ने वाला आदमी हर काम कर सकता है रेणु। लेखन की प्रक्रिया में सारे कार्यों से गुजरना होता है।"

"हमें यह और पहले करना चाहिए था। अब तक तो हम शहर में रह रहे होते।"

"जिस काम का जब समय होता है तभी होता है। पहले शायद समय नहीं हुआ था। अब तो इसे बिना किए हम रह ही नहीं सकते थे।"

मैं देख रहा था, रेणु खुश और मोहक दोनों लग रही थी। उस वक्त वह पीले रंग की साड़ी में थी जिस पर काली-काली धारियाँ थीं। वह साड़ी रेणु पर खूब फब रही थी। उस साड़ी में मैं जब भी उसे देखता, देखते रह जाता। रेणु की इस विलक्षणता से भी मैं अभिभूत था कि दो बच्चियों के जन्म के बाद भी वह पूर्ववत बनी हुई थी। माँ के अनुसार रेणु की मिट्टी बँधी थी। उसे देखकर कोई कह ही नहीं सकता कि दो बच्चियों की माँ है। मैंने कहा—"इधर भाग दौड़ और व्यस्तताओं में हम एक-दूसरे से दूर ही बने रहे रेणु।"

इस क्षण मुझे चाहत भरी नजरों से अपनी ओर ताकते देख वह मुस्करा उठी। वही सुहागरात वाली मुस्कान। अब मैं अपने को रोक नहीं सका। अवसर भी अनुकूल जान पड़ा। माँ दोनों बच्चियों को लेकर आँगन के बरामदे में लेटी थी। अब धीरे से दरवाजा बन्द कर हम एक-दूसरे की बाँहों में समा गये। फिर एक-दूसरे से इधर न मिलने की क्षति पूर्ति में एक दूसरे के अन्तरमन में उतरते चले गये।

मकान बनाने की पक्की योजना और पूरे मन से मैं आरा पहुँचा। इस बीच आरा की अपनी जमीन पर काफी समय से हम नहीं जा सके थे। माँ को इलाज के लिए आरा ले जाने पर सुबोध मामा के यहाँ ठहरता रहा था। शहर की अपनी परती जमीन में कभी जाने की आवश्यकता ही महसूस नहीं की। यही स्थिति भैया और कामेश्वर की भी थी। लेकिन अब उस जमीन पर ही जा रहा था। उस जमीन को ही अब अपने परिवार का भाग्योदय समझ रहा था।

आरा में पिताजी ने जब वह जमीन ली थी, मैं छोटा था। लेकिन सारी बातें मुझे याद थीं। उस समय एक बार जब माँ के साथ मैं आरा पहुँचा तो पिताजी ने हमें ले जाकर वह जमीन दिखायी। आरा रहने के माँ के लगातार आग्रह पर ही पिताजी ने वह जमीन ली थी और शायद माँ को आश्वस्त करने के लिए ही हमें जमीन दिखाने ले गये थे। लेकिन वह जमीन देख हम चौंक उठे। वह तो बाग और झाड़-झंखाड़ से भरी जमीन थी। लग ही नहीं रहा था कि आरा शहर का हिस्सा हो। हालाँकि रेलवे स्टेशन के बिल्कुल निकट थी—पश्चिम और उत्तर के कोने पर। लेकिन उपेक्षित। जबकि स्टेशन के दूसरी तरफ बसा हुआ और विकसित होता शहर। माँ ने कुछ अफसोस और आश्चर्य के साथ कहा—"इसी जंगल-झार में आपको जगह मिली है। यहाँ कोई दूसरी जगह नहीं थी...?"

जवाब में उन्होंने माँ को समझाया—"यह बहुत अच्छी जमीन है नर्वदेश्वर की माँ। डुमराव महाराज के बावन बीघे का हाता है, इसीलिए महाराजा हाता कहा जाता है। लगभग इस हाते की सारी जमीन प्लॉटिंग कर उन्होंने बेच दी है। इसमें बहुत अच्छा मुहल्ला बसेगा, आरा शहर का सबसे विशिष्ट मुहल्ला।

रेवले स्टेशन, राज ट्रांसपोर्ट, जैन कॉलेज, मुख्य डाकघर, जापानी कृषि फार्म, सब इसके पास ही हैं। इस हाते के चारों तरफ चौड़ी, पक्की सड़कें बन रही हैं। हाते के भीतर भी सारी गलियाँ 14 फीट चौड़ी हैं। अब जल्द ही इसका रूप बदल जाएगा।''

पिताजी की इस बात पर माँ ने सिर्फ इतना ही कहा—''अब बाद में चाहे यह जो हो जाए, अभी तो घर बना कर यहाँ रहने लायक नहीं...!''

पिताजी के निधन के बाद जैन कॉलेज, आरा में पढ़ते हुए दो-तीन बार जाकर अपनी उस जमीन को देखा था। बाग-बगीचे कट रहे थे, इक्के-दुक्के घर भी बन रहे थे, लेकिन शहर के हिस्से के रूप में यह 'बावन बिघवा' हाता सुनसान ही जान पड़ रहा था। आज लगभग चालीस वर्षों बाद शहर के एक सघन और सबसे महत्त्वपूर्ण मुहल्ले में तब्दील महाराजा हाता पिताजी के उस कथन की सत्यता प्रमाणित करता जान पड़ता है। अब यहाँ के नए वाशिन्दों को यह विश्वास ही नहीं होता कि स्टेशन के पास का यह मुहल्ला कभी बाग-बगीचे और झाड़-झंखाड़ से भरा जंगलनुमा था।

मकान बनाने के उद्देश्य से इस जमीन पर जब मैं जा रहा था, वह 1973 का वर्ष था। आज चारों ओर सड़कों का जाल बिछ चुका है। उस वक्त स्टेशन मोड़ से हम तिरछे महाराजा हाता में घुस जाते। उस दिन भी मैं वैसे ही घुसा। लेकिन अब वह मुहल्ला बस रहा था। इधर-उधर घर बन रहे थे। पेड़ और झाड़-झंखाड़ अब कहीं-कहीं ही दिख रहे थे। बनते मकानों के बीच फासले भी थे। जिन्हें जरूरत थी वही मकान बनवा रहे थे। अन्य लोगों ने अपनी जमीनें परती ही छोड़ रखी थीं। गलियों और नालियों का स्वरूप निर्धारण भी नहीं हुआ था। जिनके मकान बन चुके थे वे अपनी बगल की परती जमीन में नाली गिरा रहे थे। आने-जाने के रास्ते भी लोगों ने अपनी सुविधा के अनुसार ही निर्धारित कर रखे थे।

अपनी जमीन के पास पहुँचा मैं हैरत में पड़ गया। उसमें तो एक मवेशी पालक ने अपनी खटाल कायम कर रखी थी। तीन-चार भैंसे, दो-तीन गायें, जगह-जगह रखे नाद, किनारे खड़ी एक झोपड़ी, खाना बनाती औरत, पास ही खेलते उनके बच्चे तथ मवेशियों को दाना-पानी देता एक लम्बा-तगड़ा व्यक्ति। एक क्षण के लिए मुझे लगा कि मैं किसी दूसरे की जमीन पर तो नहीं आ गया! यह मेरी जमीन नहीं हो सकती। मुझे कभी-कभी दिशाभ्रम भी हो जाता था। अब चारों ओर आँखें फाड़े मैं देखने लगा। अपने आसपास के बने घरों को पहचानने लगा, जिन्हें पहले भी देख चुका था। हमारी जमीन के चारों कोनों पर पिताजी ने जो पत्थर गड़वा रखे थे, उन्हें ढूँढ़ने लगा। फिर पाया कि पहचान के वे सारे

चिन्ह पूर्ववत् बरकरार हैं और बता रहे हैं कि यह किसी और की नहीं मेरी ही जमीन है।

मैंने आगे बढ़कर अब आवेश में उस मवेशी पालक को आवाज दी—"ऐ खटालवाले! जरा इधर आओ।"

इस पर उस आदमी ने माथा उठाकर मेरी ओर ताका। अब मेरे पास आकर ऊपर से नीचे तक मेरे हुलिए का मुआयना शातिराना अन्दाज में किया। फिर पूछा—"का है?"

मैं अब फट पड़ा—"तुम कौन हो और इस जमीन में खटाल कैसे बना ली?"

जवाब में वह नहले पर दहला सबित हुआ—"मैं भी तुम्हारे जइसा आदमी हूँ। जमीन खाली थी, खटाल बना ली।"

"यह जमीन मेरी है। मैं इसमें मकान बनाने आया हूँ।"

"तुम्हारी जमीन है तो अब तक काहे नहीं बनाया मकान। ई तो बहुते समय से खाली है।"

"मकान बनाने का जब संयोग जुटता है तभी बनता है। अब इसका संयोग आ गया है।"

"तो बना लो एक ओर। एक ओर मैं अपने माल-मवेशियों को कर लूँगा।"

"तुम इसमें अब नहीं रह सकते। अपनी खटाल लेकर कहीं दूसरी जगह चले जाओ।"

"काहे चला जाऊँ, मुझे हटाना ही था तो जब इसमें आया था उसी बखत कह देते। उस बखत कोई यहाँ झाँकने नहीं आया।"

"उस वक्त और इस वक्त की बात नहीं है। यह हमारी जमीन है। हम इसमें किसी और को नहीं रहने देंगे...।"

"क्यों नहीं रहने दोगे? तुम्हारी जमीन है तो खाली तुम्हीं रहोगे। फिर जिसको जमीन नहीं होगी ऊ कहाँ जाएगा?"

और यह कहते हुए उसने अपनी आँखें लालकर जिस खूँखार अन्दाज में मुझे घूरा कि उससे वहाँ और उलझना उचित प्रतीत नहीं हुआ। अब मैं वहाँ से चल पड़ा। अपनी जेब में डाकघर का पासबुक लिए मेरे कदम जिस उत्साह से अपनी जमीन पर आये थे, अब दुगुनी निराश और बोझिलता के साथ लौट रहे थे। समझ में नहीं आ रहा था, कहाँ जाऊँ? क्या करूँ? इस उजड्ड पशुपालक को अपनी जमीन से कैसे हटाऊँ? शहर में आने और भविष्य सँवारने के सारे सपनों पर अब पानी फिरता नजर आया। गाँव से लेकर शहर तक कइयों की जमीन बेदखली की चर्चा सुन चुका था। लेकिन समझता था, वे लोग काफी सम्पन्न

और बहुत जमीन वाले होंगे। हमारी तरह अभावग्रस्त और विपन्न नहीं, इसीलिए यह बात मुझे और पीड़ा दे रही थी।

महाराजा हाता से रामेश्वर उपाध्याय के निवास स्थल महाजन टोली तक पहुँचने में मुझे डेढ़ घंटे लग गये, जबकि आधा घंटे या अधिक से अधिक 45 मिनट में ही वहाँ पहुँचा जा सकता था। रामेश्वर उपाध्याय के पास मैं इसीलिए नहीं पहुँचा कि अपना दुखड़ा सुना उसे परेशान करूँ। उस समय आरा में वह मेरा अकेला दोस्त था, जिसके पास पहुँच मेरे त्रस्त-परेशान मन को सुकून मिलता था।

जब मैं उसके पास पहुँचा वह एक नयी कहानी लिखने में तन्मय था। मुझे देखते ही हर्षित हो उठा—''बहुत अच्छे समय पर आए हो यार। बस, यह कहानी अब पूरी ही कर रहा हूँ। सिर्फ एक पैरा रह गया है...। इसके बाद तुम्हें सुनाऊँगा। तू अपनी बेबाक राय देना। कहानी के मामले में तो तू अब मास्टर हो गया है।''

मैं चुपचाप बैठ गया। सचमुच उसकी वह कहानी समाप्ति पर ही थी। लगभग दस मिनट के अन्दर ही उसे पूरा कर सृजन के तत्कालिक आवेग में वे बोला—''तो अब ध्यान केन्द्रित कर पहले इसे सुन ले...।''—और यह कहते हुए जब उसकी निगाह मुझ पर पड़ी तो चौंक गया—''अरे, तू इतना चिन्तित क्यों है? एकदम उदास बैठा है? क्या बात है?''

''कुछ भी नहीं। ऐसे ही यात्रा का थका हूँ।''

''नहीं, यह यात्रा की थकान नहीं हो सकती है। तू मुझ से छिपा रहा है। बता, आखिर बात क्या है?''

अब न चाहते हुए भी रामेश्वर से अपनी पीड़ा व्यक्त कर दी। सुना था, अपनी पीड़ा व्यक्त कर देने से आदमी हल्का हो जाता है। लेकिन मेरी बात सुन तो वह उछलकर बैठ गया। किसी जांबाज योद्धा की तरह उसका बदन तन उठा। फिर उसके मुँह से तत्क्षण बोल फूट पड़े—''तो इतनी-सी बात के लिए तू इतना चिन्तित हो गया है! यह तो कोई समस्या ही नहीं। उसकी हिम्मत है कि तुम्हारी जमीन में खटाल चलाए। भइया जी की दालान समझ रखा है। तू जानता है न, मेरे साथ चल। मैं देखता हूँ कि इस शहर में वह कौन नया रंगदार पैदा हो रहा है?''

''नहीं, अभी रहने दो। अभी अपनी कहानी सुनाओ फिर बाद में चलेंगे...।''

''नहीं मिथिलेश्वर। अब उस शख्स को बगैर देखे मैं कहानी नहीं सुना सकता।''

और वह चलने के लिए तत्क्षण तैयार हो गया। मैं तो अभी कुछ सोच भी नहीं पाया था। ऐसे मामलों में सोच-विचार कर कदम आगे बढ़ाना उचित

समझता था। लेकिन रामेश्वर ने मुझे कुछ भी सोचने का अवसर नहीं दिया। मेरी बाँह पकड़ चल पड़ा। रास्ते भर वह बुदबुदाता रहा—"यह स्थिति! ऐसी मनमानी। दिन-दहाड़े जमीन पर कब्जा। बच्चू ने अच्छे घर बायन दिया है। अब उन्हें आटे-दाल का भाव मालूम पड़ेगा...।"

आवेश में हमारी रफ्तार तेज बनी रही। हम शीघ्र ही उस जमीन पर पहुँच गये। वह व्यक्ति हाथ में बाल्टी लिए मवेशियों को दूहने जा रहा था। उसके दूध के दो खरीदार भी अपने बर्त्तनों के साथ वहाँ उपस्थित थे। रामेश्वर ने मुझसे पूछा—"वहीं छींटदार लुँगीवाला है न जो हाथ में बाल्टी लिए है...?"

—"हाँ"

अब वह तेज आवाज में बोला—"ऐ बाल्टी वाले। दुहाई बाद में करना। पहले यहाँ आओ।"

रामेश्वर लम्बा-तगड़ा था और उसकी आवाज भी ऊँची थी। उस व्यक्ति ने पलटकर देखा। उसके अन्दाज से लग गया कि उसने मुझे पहचान लिया और यह भी जान लिया कि अभी दोपहर बाद उससे हुई बातचीत की प्रतिक्रिया में ही मैं किसी को ले आया हूँ। अब वहीं से उसने मेरी ओर संकेत करते हुए आवाज दी—"आपके साथ जो खड़े हैं उनसे मेरी बात हो गयी है। आप लोग उस चौकी पर बैठिये। इस भैंस को दूहकर आता हूँ। यह पन्हा गयी है। छोड़ने पर कोपिना जाएगी।"

मुझे लगा, तत्काल रामेश्वर के साथ आने का असर हुआ है। उस आदमी की आवाज बदल गयी है। ठीक ही किया रामेश्वर ने, इसकी ज्यादती का जवाब तत्काल देना तय किया। रामेश्वर उसकी बात के उत्तर में अब और चिल्लाते हुए बोल उठा—"तुम्हारी भैंस कोपना जाएगी कि क्या होगी इससे हमें मतलब नहीं। तुमने क्या समझ लिया है कि इस जमीन का कोई वारिस नहीं है। दोपहर में तुमने क्या कहा था कि यह जमीन नहीं छोड़ेंगे। किसी कुंजड़े-मवाली की जमीन समझ रहे हो क्या? हम किसी मुलतान के नहीं, यही के हैं। तुम्हीं चले हो जमीन दखल करनेवाले। बड़े-बड़े रंगदारों को हमने देखा है...!"

रामेश्वर के इस औचक हमले पर वह आदमी अपने हाथ में बाल्टी टाँगे अपनी एक भैंस के पास किंकर्तव्यविमूढ़ खड़ा रहा। शायद उस वक्त दूध के अपने दो खरीदारों के बीच उसे सूझ ही नहीं रहा था कि क्या जवाब दे? चोरी और सीनाजोरी सब जगह और सबके साथ की बात नहीं होती उसके साथ भी यही हो गया था। उसकी यह चुप्पी देख रामेश्वर अब और दहाड़ उठा—"तुम्हें हम एक सप्ताह का समय देने आये हैं। अगर एक सप्ताह के अन्दर तुमने यह जमीन खाली नहीं की तो फिर तुम जानोगे और तुम्हारा काम जानेगा। ठीक एक

सप्ताह बाद अपने दो सौ आदमियों के साथ हम आएँगे। तब उसी दिन तुम्हें पता चलेगा कि दूसरे की जमीन दखल करना क्या होता है? उस दिन तुम्हारे सारे मवेशियों को खोलकर ले जाएँगे। तुम्हारी यह झोपड़ी उजाड़ कर फेंक देंगे। सारा सामान तहस-नहस कर देंगे। जिनके बल पर तुम यहाँ रंगदारी करने आये हो उन सबको जुटा लेना। तुम्हारी हिम्मत और हैसियत हम देखना चाहते हैं...।''

रामेश्वर की बात पर उसकी बीवी भी झोपड़ी से निकल आयी। उसके बच्चे भी हमें टुकुर-टुकुर देखने लगे। उसके ग्राहक भी आवक् थे। सम्भवत: वे भी नहीं जानते थे कि बगैर जमीन मालिक की अनुमति के उसने खटाल खोली है। शायद अपनी पत्नी, बच्चों और खरीदारों को देख अपने पक्ष में वह कुछ कहना चाहता था, लेकिन रामेश्वर ने इसका अवसर नहीं दिया। मेरी बाँह पकड़ चलने का संकेत किया। अब हम वहाँ से तत्क्षण चल पड़े। वापस होते हुए उसने जोर देकर कहा—''आज जा रहे हैं। ठीक एक सप्ताह बाद आएँगे। तैयारी करके रहना। तेरी मर्दानगी हम देखना चाहते हैं...!''

रामेश्वर की यह अन्तिम आवाज़ इतनी तेज थी कि वहाँ आसपास में गूँज गयी। अगल-बगल के नये वाशिदें अपनी खिड़कियों और दरवाजों से हमें देखने लगे। हम जिस तेज रफ्तार से आये थे, उसी तेज रफ्तार में वापस जा रहे थे। रमेश्वर ने कहा—''देखना, अब एक सप्ताह के अन्दर यहाँ से खटाल हटाकर चला जाएगा। और अगर नहीं जाएगा तो समझ लो, इसकी कोई भी दुर्गति बाकी नहीं रहेगी। सिर्फ दो दिन दौड़ जाऊँगा तो सैकड़ों लोगों को जुटा लूँगा...।''

रामेश्वर को मैं अपना साहित्यिक मित्र समझता था। उसके इस पक्ष से अनभिज्ञ था। इस जटिल समस्या में उसका इतना सहयोग मिलेगा, यह तो मैंने कभी सोचा ही नहीं था। अब वह मुझे अपना सबसे अभिन्न और अन्तरंग जान पड़ने लगा, अपने भाई-बन्धु से भी अधिक। मेरे मुँह से निकल भी गया—''तुमने तो गजब किया रामेश्वर। तुम मेरे सगे भाई से भी बढ़कर हो। तुम्हारा स्थान अब मेरे हृदय में है। तुमने जो किया, उसका बदला कभी नहीं चुका सकता!''

''अरे, मैंने अभी कुछ किया ही कहाँ? अभी तो सिर्फ उसे धमकाया भर है। जरूरत पड़ने पर भिड़ा भी जाएगा। मित्र के लिए अगर हम कुछ न कर सकें तो फिर मित्रता कैसी?''

दूसरे दिन मैं गाँव चला आया। मुझे तो पन्द्रह-बीस दिन बाद गाँव लौटना था, आरा की जमीन में काम लगाकर। लेकिन अब दूसरे ही दिन मुझे बैंरग वापस देख सब चौंक उठे। मेरी बेटियों को लेकर निकसार में बैठी माँ घर में मेरे प्रवेश करते ही पूछ उठी—''काहे मिथि? काहे चले आये?''

उस समय रेणु आँगन में कोई कार्य निपटा रही थी। मेरे आगमन को देख

वह भी पास आ गयी। कामेश्वर, ब्रजेश्वर भी आ धमके। मैंने सबके समक्ष पूरी बात कह सुनायी। इस पर माँ ने कहा—"तुम लोगों के पिताजी जब वह जमीन ले रहे थे उसी वक्त मैंने कहा था कि उसमें छेदवाली[119] देकर गेट लगवा लीजिए। पर छेदवाली और गेट की जगह नापी करा कर उन्होंने केवल पत्थर गड़वा दिया। इस पत्थर गड़वाने से क्या हुआ? घुसने और दखलियाने वाला घुस ही गया!"

रेणु ने अपनी शंका व्यक्त की—"अब क्या होगा अम्मा जी? सब बना-बनाया खेल बिगड़ गया। इनके दोस्त रामेश्वर के धमकाने से वह हट जाएगा?"

कामेश्वर अब बीच में कूद पड़ा—"नहीं हटेगा तो उसे हटाना पड़ेगा भाभी। अब वह जमीन ही हमारे जीने-मरने का माध्यम है। उसे हमें खाली कराना ही है। जरूरत पड़ने पर यहाँ से भाड़े के लड़ाकुओं को हथियारों के साथ हम ले चलेंगे। फिर उसकी क्या मजाल कि हमारी जमीन में टिकने पाये। उसकी खटाल उसी वक्त उजाड़ कर फेंक देंगे!"

उस दिन के बाद से अब मेरे पूरे परिवार का ध्यान उस जमीन पर ही केन्द्रित हो गया। माँ पूजा करने लगी। वह हमारी कुल देवी परी माई से लेकर विभिन्न देवी-देवताओं को गोहराने और मनौतियाँ मनाने लगी कि वह पशुपालक हट जाए। रेणु भी अब इसी सोच में रहने लगी कि उससे जमीन कैसे छुड़ायी जाए? मेरी चिन्ता का भी यह विषय था कि अगर रामेश्वर की धमकी से भी वह नहीं भागा तो? और इस तो के उत्तर में पुलिस का सहारा या लठैतों द्वारा बल प्रयोग! हालाँकि इन दोनों कार्यों में उन रुपयों की बर्बादी थी जिन्हें जमीन बेचकर मुश्किल से हमने प्राप्त किया था। इधर कामेश्वर और ब्रजेश्वर ने तो गाँव में घूम-घूम कर उन लोगों से सम्पर्क करना भी शुरू कर दिया जो ऐसे मामलों के सूरमा हुआ करते थे...।

इस दौरान वह सात दिन का समय तो हमारे लिए जैसे पहाड़ बन गया। फिर जैसे ही सातवाँ दिन पूरा हुआ, मैं आरा भागा। माँ ने अपनी पूजा का भभूत पुड़िया बनाकर मेरी जेब में डाल दिया कि सब कुछ शुभ हो। मुझे विदा करते हुए रेणु ने भी दही-गुड़ से मेरी यात्रा शुभ करने की कोशिश की। आरा स्टेशन पर उतर मेरे मन में आया कि सीधे महाराजा हाता अपनी जमीन पर चलूँ। देखूँ कि रामेश्वर के कथन पर वह पुशपालक भाग गया या डटा हुआ है? फिर मुझे लगा, जिस जमीन पर संघर्ष चल रहा हो वहाँ अकेले चलना कदापि उचित नहीं, वह भी उस तिथि को जो जोर-आजमाइश की तिथि हो।

अब मैं सीधे रामेश्वर उपाध्याय के पास महाजन टोली नम्बर एक की ओर चल पड़ा। यह अनुकूल संयोग था कि मैं जैसे ही पहुँचा, वह अपने घर से निकल रहा था। मेरे पहुँचने में और तनिक भी देर होती तो वह निकल गया रहता। बस, खुशी में उछल कर उसने मुझे बाँहों में भर लिया—"बहुत अच्छा हुआ कि तू

आ गया! मैं तो कल से तेरी प्रतीक्षा कर रहा था। अब इतमीनान से जाकर अपना घर बनाओ। वह तो परसों ही शाम को अपनी खटाल हटाकर भाग गया। मैं खुद देख आया हूँ! अब तू खुश हो जा...!''

और सचमुच रामेश्वर की इस बात पर मैं ऐसा खुश हुआ कि मेरी सारी परेशानी जाती रही। मेरा पस्त और हताश मन हरा हो उठा। रास्ते भर मन में जो शंकाएँ बनती आयी थीं वे सब निर्मूल साबित हुईं। लगा, प्रचंड तपिश से बेहाल मन अचानक बारिश की ठंड़ी फुहारों से शीतल हो उठा हो—''तूने तो इतनी अच्छी खबर दी रामेश्वर कि क्या कहूँ? हमारे परिवार का सारा संकट दूर कर दिया। अब चलो, पहले तुम्हें जमकर मिठाई खिलाता हूँ। फिर बात करेंगे...।''

''अरे, इसमें मिठाई क्या खिलाना? अगर वह नहीं हटता और हमें बल प्रयोग करना पड़ता तब मिठाई खिलानेवाली बात भी होती...। वह तो हमारी झिड़की पर ही भाग गया। अभी गाँव जा रहा हूँ। एक जरूरी काम पड़ गया है। शाम तक लौट आऊँगा। तब तक तू चलकर बैठ। रात में खूब साहित्यिक बातें करेंगे...।''

''नहीं रामेश्वर, आज तुझे मैं बिना कुछ खिलाए नहीं रह सकता। चलो प्रदीप होटल। वहीं से गाँव निकल जाना। मैं भी अब अपने गाँव भागूँगा। वहाँ सूचना देना आवश्यक है। वहाँ सब चिन्तित हैं।''

''लेकिन अब देर मत करना। खाली जमीन को फिर यूँ ही मत छोड़ना।''

''नहीं रामेश्वर भाई, दूध का जला मट्ठा फूँककर पीता है। सूचना देकर दूसरे ही दिन लौट आऊँगा...।''

गोपाली चौक पर स्थित प्रदीप होटल रामेश्वर के घर से बिल्कुल निकट ही था। उस वक्त हमारे छोटे शहर आरा का वह सबसे मशहूर होटल था। वहाँ खाने के साथ-साथ नाश्ते और मिठायों का भी इन्तजाम रहता। रामेश्वर को मैं जी भरकर खिलाना चाहता था। लेकिन उसने मेरे अधिक पैसे खर्च नहीं होने दिये—''तू मकान बनाने चला है। प्रारम्भ में ही शाहखर्ची शुरू कर देगा तो मुसीबत में पड़ जाएगा। मेरे पिताजी कहते हैं, बेटी की शादी और मकान का निर्माण करनेवाले को अपने हाथ जाँतकर ही चलना चाहिए।''

और उसने अपने कथन के अनुसार अधिक खर्च पर मेरा हाथ जाँत दिया। सिर्फ दो-दो सिंघाड़े और दो-दो गुलाबजामुन ही हम खाये। इसके बाद रामेश्वर अपने गाँव की ओर चल पड़ा और मैं अपने गाँव की ओर।

आज लम्बे समय बाद रामेश्वर उपाध्याय के उस सहयोग को याद करते हुए मुझे लगता है कि अगर वह जीवित होता तो जीवन और लेखन दोनों में अनपेक्षित ऊँचाई हासिल करता। मेरी कहानियों से वह प्रभावित था। लेकिन उसकी

जीवन्त भाषा, जमीनी किस्सागोई और तल्ख यथार्थ का मैं खुद कायल था। जब उसका कहानी–संग्रह 'दुखवा में बीतल रतिया' आया और उसके कुछ ही समय बाद उसके उपन्यास 'नागतन्त्र के बीच' तो हमारी पीढ़ी के सारे कथाकार हतप्रभ रह गये। हमें ऐसा लगा कि न सिर्फ हमारी पीढ़ी को, बल्कि पूरे हिन्दी जगत को अपने विलक्षण लेखन से वह चमत्कृत करेगा। लेकिन ऐसे ही समय में जब अपने जीवन और लेखन में वह कुछ ठोस करता अचानक एक शाम कुछ अज्ञात हमलावरों ने उसे गोली मार दी। वे हमलावर कौन थे और रामेश्वर उपाध्याय को उन्होंने क्यों मारा, इसका खुलासा आज तक नहीं हो सका है। रामेश्वर उपाध्याय के कद काठी और जीवन मूल्यों को लेकर ही पैदा हुए उसके पुत्र अमृत उपाध्याय को देखता हूँ तो रामेश्वर की याद बिल्कुल ताज़ा हो जाती है। अमृत ने मुझे आश्वस्त किया है कि अपने पिता के अधूरे कार्यों को वह पूरा करेगा तथा उनकी साहित्यिक विरासत को आगे बढ़ाएगा। काश वह ऐसा कर पाता। मैं चाहूँगा, अपने इस संकल्प में वह सफल हो।

उस दिन रामेश्वर उपाध्याय से विदा हो अत्यन्त सुखद सूचना के साथ खुशी और उत्साह में मैं घर चल पड़ा। अत्यधिक खुशी की वजह से घर के लिए भी मिठाइयाँ ले ली। इतनी बड़ी समस्या के समाधान पर सबका मुँह मीठा होना चाहिए। पिताजी थे तो आरा से लौटते हुए हम बच्चों के लिए फल या मिठाइयाँ अवश्य ले जाते थे। लेकिन उनकी मृत्यु के बाद यह सिलसिला एकदम खत्म हो गया था। अब काफी दिनों बाद मैं ऐसा कर रहा था। लेकिन वह भी अपने अर्जन पर नहीं, अर्जन की सम्भावना से जुड़ी जमीन की मुक्ति पर।

रामेश्वर के कथन और अपने मन के निर्णय के अनुसार अब मैंने घर पर देर नहीं की। अपने परिवार में खुशी की लहर कायम कर दूसरे ही दिन आरा आ पहुँचा। इस बार मकान बनाने के लिए मैं बिल्कुल स्वतन्त्र था, संकल्पित और निर्विघ्न! स्टेशन से उतर इस बार सीधे महाराजा हाता की अपनी जमीन पर पहुँचा। उसे खाली देख पुनः वैसी ही खुशी हुई जैसी खुशी उसके खाली होने की सूचना से हुई थी। उस खाली जमीन को देखते हुए मुझे लगा, जैसे सर्कस के तम्बू उखड़ने के बाद के अवशेष बचे हों—गोबर, गोइंठे, ईंधन की राख, गवत, बोरे के टुकड़े, फूटे नाद, सड़ी लकड़ियाँ आदि। मैं अब अपने को रोक नहीं सका। चुन–चुन कर उन अवशेषों को अपनी जमीन से बाहर फेंकने लगा। मैं चाह रहा था कि उस खटाल का कोई भी चिन्ह अब हमारी जमीन में शेष न रहे। लेकिन ऐसे कार्यों का मुझे अनुभव नहीं था। जल्द ही थक गया। पसीने से भीग उठा। उस दिन पहली बार मैंने जाना कि मजदूरी करने और कलम चलाने में कितना फर्क होता है।

कुछ देर तक अपनी जमीन के किनारे की एक मेड़ पर, जहाँ बगल के पेड़ की छाया पड़ रही थी, चुपचाप बैठा रहा। आसपास बन रहे मकानों को देखता रहा। फिर एक निर्माणाधीन मकान के पास चल पड़ा। निर्माता उस वक्त नहीं थे। मजदूर-मिस्त्री काम कर रहे थे। मुझे निर्माता की जरूरत भी नहीं थी। मैं तो मिस्त्री-मजदूरों से ही आवश्यक जानकारी प्राप्त करने गया था। मेरे प्रेम पूर्ण अनुरोध पर उस मकान में काम कर रहे एक पुराने मिस्त्री ने मुझे अपेक्षित जानकारी दी। साथ ही यह प्रस्ताव भी रखा कि इस मकान के बाद मेरे मकान में वह काम करना चाहेगा। उस जानकारी के अनुसार भवननिर्माण के लिए बालू बगल के सोन नदी से आता था। या तो कोइलवर जाकर सोन से बालू लाना पड़ता या बालू कारोबारियों के चर्चित अड्डे सिंडिकेट पर सुबह के एकदम तड़के ही जाना होता। सिंडिकेट आरा धर्मना चौके के पास था। वैसे बालू के एजेंट भी घूमते रहते थे। लेकिन एजेंटों के सौदे महँगे होते तथा बालू के दाने भी अच्छे नहीं मिलते। ढलाई के लिए मोटे दाने के बालू अच्छे माने जाते, जबकि जोड़ाई और प्लास्तर के लिए मझले दाने के बालू। लेकिन एजेंट मझले दाने के नाम पर महीन दाने के बालू दे जाते जो धूल मिले होते।

ईंटों के बारे मे भी जानकारी मिली कि शहर के बाहर तीन-चार चिमनियाँ हैं जहाँ से शहर में ईंटें आती हैं। ईंटों के लिए भी या तो स्वयं चिमनियों पर जाना होता या एजेंटों को पकड़ना पड़ता। ईंटों की भी तीन चार कोटियाँ थी— पिकिट ईंटें लेने पर सस्ती पड़तीं। पिकिट ईंटें टेढ़ी और अधिक पकने के चलते झाँवे जैसी होतीं। मजबूती की दृष्टि से वो कारगर मानी जाती। लेकिन दीवार जोड़ाई में राजमिस्त्री उन्हें अनुकूल नहीं पाते। उनका उपयोग नींव की भरेठ में ही बेहतर होता। पिकिट के बाद एक नम्बर और दो नम्बर की ईंटें भी होतीं। एक नम्बर की ईंटें बिल्कुल सुपस्त तथा पककर ताँबई रंग की जान पड़तीं तथा दो नम्बर की ईंटें, पीले और मटमैले रंग की। वे अच्छी तरह पकी नहीं होतीं। जहाँ एक नम्बर की ईंटें आपसी टकराहट या दबाव पर जल्द टूटती नहीं, वही दो नम्बर की ईंटें तत्काल टूट जातीं। इनके अतिरिक्त अधवार और तीनपई के रूप में भी ईंटों की एक चौथी कोटि होती। ये ईंटों की सभी कोटियों में सस्ती होतीं, लेकिन इनमें सीधी ईंटें नहीं होतीं। साबूत ईंटें का जब कोई कोना या छोटा भाग टूट जाता तो वह तिनपई कही जाती और अगर बीच से ही आधा टूट जाती तो अघवार बन जाती। इस तरह की ईंटें अधवार तिनपई के नाम से मिलतीं। ईंटों की सस्ती खरीद वाले इन्हें ले जाते। गिट्टी और पत्थरों के बारे में भी यह जानकारी मिली कि रेलवे लाइन के किनारे माल गोदाम के पास उनके बिक्री केन्द्र हैं। रेलवे स्टेशन से पूरब जाते हुए लाइन के किनारे पत्थर की पटरियों के ढेर और गिट्टियों

की टालें देखता था। अब यह जान गया कि गिट्टी और पत्थर वहीं मिलते हैं।

बालू, ईंट और गिट्टी-पत्थर के बाद भवन निर्माण की सबसे महँगी वस्तुएँ लकड़ी, सीमेंट और छड़ की दुकानें तो शहर में कई थीं। उनके लिए कहीं जाने और खोजने की जरूरत नहीं थी।

उस बूढ़े मिस्त्री से जानकारी के बाद मेरे मन में यह विचार आया कि एक बार स्वयं चलकर भवन निर्माण की जरूरी चीजें मुझे देख लेनी चाहिए ताकि एजेंटों से मँगाने पर भी पहचान सकूँ कि वह एक नम्बर की है या दो नम्बर की। बस, यह विचार आते ही उस मिस्त्री से एक चिमनी का नाम पता पूछ चल पड़ा। दोपहर हो गयी थी। धूप तेज़ थी। शहर से दूर उस चिमनी तक पहुँचने और ईंटों की चारों कोटियों का मुआयना कर शहर वापस आने तक शाम हो चली। इस दौरान चिमनी के धूल, धुएँ और रेतीले मैदान में दूर-दूर पर रखी ईंटों की कोटियों को घूम-घूमकर देखने-परखने में ही मैं थक गया। अब मन अपने ठहराव पर पहुँच आराम करने को कर रह था। उस क्षण शहर के मंशा पांडेय बाग नामक मुहल्ले से मैं गुजर रहा था। मेरे कदम रामेश्वर उपाध्याय के मुहल्ले की ओर बढ़ रहे थे। फिलहाल आरा में मेरा ठहराव वहीं था। माँ के साथ होते हुए सुबोध मामा के यहाँ रह जाता। लेकिन अकेले वहाँ ठहरना मुझे तनिक भी नहीं जँचता। रामेश्वर की साहित्यिक मित्रता मुझे खींचती रहती।

अचानक मँशा पांडेय बाग की उस गली में एकदम बगल से चिर परिचित आवाज़ मेरे कानों में पड़ी—"ऐ मिथिलेश्वर भैया। इधर कहाँ जा रहे हो ?"

मुड़कर देखा, पास के एक अच्छे मकान के बरामदे में खड़ा बिन्देश्वरी बोल रह था। बिन्देश्वरी मेरे गाँव का लड़का। उम्र में मुझसे छह-सात साल छोटा। जानता था, वह आरा अपने मामा के यहाँ रहता है। लेकिन यह नहीं जानता था कि किस मुहल्ले में? उसके पास रुकते हुए कहा—"मैं भी आरा में घर बनाने के उद्देश्य से आया हूँ बिन्देश्वरी। ईंट-चिमनी से लौट रहा हूँ।"

"तो ऐसे कैसे लौट जाओगे? जब देख लिया तो ऐसे नहीं जाने दूँगा। आओ अन्दर...। यह मेरे मामा का घर है। मैं यहीं रहता हूँ...।"

मैं समझ गया, ग्रामीण बन्धुत्व का यह आतिथ्य है। कहीं बाहर में अपने ग्रामवासी के मिलने पर हमें खुशी होती ही है। नहीं रुकने पर बिन्देश्वरी को अच्छा नहीं लगेगा। सम्भव है, गाँव जाने पर लोगों से वह शिकायत भी करे। यह सोचकर कि कुछ देर बाद चल दूँगा, मैं वहाँ रुक गया।

बिन्देश्वरी ने मुझे अन्दर एक सुसज्जित कमरे में बैठाया। फिर तत्काल मीठे और नमकीन का नाश्ता कराया। उसके बाद चाय पिलायी। बिन्देश्वरी के उस कमरे में आराम से सोफे पर नाश्ता-चाय करते ही मेरी सारी थकान जाती रही।

मैं देख रहा था, वह एक खूबसूरत आलीशान घर था। मैंने पूछा—''तुम्हारे मामा का यह मकान तो बहुत अच्छा है क्या करते हैं तुम्हारे मामा?''

''मामा का बाहर में बहुत कारोबार है।''

''मुझे लग रहा था कि यह किसी खेतिहर या सामान्य नौकरीजीवी का मकान नहीं हो सकता। मामा कहाँ हैं? उनसे भी मिला दो!''

''वे तो बाहर रहते हैं। यहाँ कभी-कभी ही आते हैं। यह पूरा घर तो मैंने बनवाया है।''

''तुमने बनवाया है! तब तो मकान निर्माण के बारे में तुम्हें पूरी जानकारी होगी।''

''हाँ, भैया। सब जान गया हूँ। मकान बनानेवाला खुद आधा मिस्त्री हो जाता है। कोई कठिनाई हो तो मुझसे कहना। शहर में मकान बनाने के लिए सिर्फ रुपये चाहिए। मजदूर-मिस्त्री और सारे सामान जल्द ही उपलब्ध हो जाते हैं...। गाँवों की तरह यहाँ तुल-तपाट नहीं...।''

बिन्देश्वरी के इस पक्ष को जानकर मुझे खुशी हुई। मन-ही-मन आश्वस्त हुआ, अचानक अच्छी जगह चला आया। मैंने अब पूछा—''यहाँ रहने के साथ-साथ और करते क्या हो?''

''होमियोपैथिक कॉलेज में पढ़ता हूँ। यह आखिरी वर्ष है...।''—यह बताते हुए बिन्देश्वरी ने अब मेरी तरफ शुरू कर दी—'' तुम तो बहुत अच्छी कहानियाँ लिखते हो भैया। गाँव का नाम भी रौशन कर रहे हो।''

उसकी बात सुन मैं चौंक गया। सम्भवतः मेरे गाँव का वह पहला लड़का था जिसने ऐसी प्रतिक्रिया दी थी। अब मैं तत्क्षण पूछा उठा—''तुमने मेरी कोई कहानी पढ़ी है?''

''हाँ, 'सारिका' में और 'धर्मयुग' में। मेरे कॉलेज के एक दोस्त ने बताया कि तुम्हारे गाँव बैसाडीह के एक लेखक की कहानी परिचय के साथ 'सारिका' में छपी है। फिर सुनते ही उसके साथ बुकस्टॉल पर जाकर देखा। पन्ना पलटते ही तुम्हारे फोटो पर नजर पड़ गयी। बस वह 'सारिका' खरीद ली। बाद में उसी दोस्त के कहने पर 'धर्मयुग' भी खरीदा जिसमें तुम्हारी कहानी थी। दोनों कहानियाँ मैं कई-कई बार पढ़ चुका हूँ। तुम कैसे इतनी अच्छी कहानियाँ लिख लते हो भैया। मुझसे तो अच्छी कहानी बनती ही नहीं...।''

अब मैं सुखद आश्चर्य से चौंक गया—''तो तुम भी कहानी लिखते हो? यह तो बहुत अच्छी सूचना दी। मैं तो देख रहा था, मेरे सिवा हमारे गाँव से कोई और लिखनेवाला नहीं। शायद पहले भी हमारे गाँव में कोई लेखक नहीं था। मैं तुम्हारी पूरी मदद करूँगा बिन्देश्वरी...। सचमुच यह जानकर मुझे बहुत खुशी

हुई। तुम तो छुपे रुस्तम निकले। मेरे बारे में तो गाँव के लोग जानते हैं। तुम्हारे बारे में तो अभी कोई नहीं जानता ...।''

मेरी यह बात सुनते ही बिन्देश्वरी ने आलमारी से एक कापी निकाल मेरे सामने रख दी। देखा, वह भरी हुई थी—''तुम तो खूब लिखते हो बिन्देश्वरी। पूरी कापी रंग दी है।''

''लेकिन मन लायक बढ़िया कहानी नहीं बन रही भैया। शुरू तो कर देता हूँ। पर अन्त तक निबाह नहीं पाता। अब तुम पढ़कर बताओ कि मुझसे कहाँ चूक हो रही है?''

''फिर किसी दूसरी बार इतमीनान से आने पर पढ़ूँगा बिन्देश्वरी और अपनी जानकारी के अनुसार दुरुस्त भी कराऊँगा...। तुम्हारे अन्दर अच्छे लेखन की भूख है। यह भूख ही तुमसे लिखवाएगी। तुम बहुत अच्छा लिखोगे।''

''तो अभी तुम जा कहाँ रहे हो भैया?''

''एक दोस्त के यहाँ ठहरने।''

''तो यहीं ठहर जाओ।''

''यहाँ तुम्हारे मामा परिवार को असुविधा होगी। यहाँ के लिए तो तुम स्वयं गेस्ट हो।''

''नहीं भैया। यहाँ का मैं गेस्ट नहीं। फिलहाल तो सब कुछ हूँ। यहाँ है ही कौन? मामा बाहर ही रहते हैं। वह तो कभी-कभी आते हैं। यहाँ तो बस भाभी, एक छोटा ममेरा भाई और मैं। हम सब तो ऊपर रहते हैं। नीचे का यह बैठका खाली ही रहता है। तुम रहोगे तो हमारे लिए और अच्छा रहेगा कि यह भरा-भरा लगेगा...!''

अब मैं मन ही मन अपने भाग्य और संयोग को सराहने लगा कि ऐसी जगह चला आया जहाँ रहने की अच्छी व्यवस्था के साथ-साथ मकान निर्माण की जानकार का स्रोत भी सहज उपलब्ध। उस रात बिन्देश्वरी की दो कहानियाँ मैंने सुनीं तथा अपनी समझ के अनुसार उन कहानियों की कमियों की ओर संकेत करते हुए उनकी बेहतरी के सुझाव भी दिये। मेरे सुझाव पर उसने बार-बार कहा—''अब कहीं और ठहरने का इन्तजाम मत करना भैया। यहीं रहकर मकान बनवाओ। यहाँ तुम्हें कोई तकलीफ नहीं होगी।''

दूसरी सुबह बिन्देश्वरी के बताये अनुसार एक हेड मिस्त्री से सम्पर्क के लिए चल पड़ा। बिन्देश्वरी ने कहा था कि कुशल हेड मिस्त्री मिलने के बाद सारा काम आसान हो जाता है। फिर वह हेड मिस्त्री ही अपने ठेके के मिस्त्री-मजदूरों से अपनी निगरानी में काम कराता है। कहीं भाग-दौड़ करनी नहीं पड़ती। सारे सामान भी एजेंटों से वही मँगवा देता है। उसने शहर के तीन-चार हेड मिस्त्रियों के नाम बताए जिनमें गुलाब नामक हेड मिस्त्री मेरे क्षेत्र महाराजा हाता की ओर

ख्यात था। मेरे कदम उसी की ओर जा रहे थे।

गुलाब मिस्त्री का ठेहा[120] स्टेशन के पास था। जब मैं पहुँचा, वह कुर्सी पर बैठा अपने आगे खड़े मजदूर-मिस्त्रियों को काम बाँट रहा था। देखने में वह काले रंग का नखरूस चेहरेवाला कोई किसान या मजदूर जान पड़ता। लेकिन जब मेंने उससे बातचीत की तो अपने क्षेत्र का वह महारथी साबित हुआ। मेरी बात सुनते ही उसने कहा—"बिना नक्शे के मकान कैसे बनवाइएगा। फिर तो आपकी पूरी जमीन भंड़ा[121] जाएगी। यहाँ शहर में मकान बनाने के लिए नगरपालिका से नक्शा पास कराना जरूरी है।"

मैं इस तथ्य से अनभिज्ञ था। सीधे मकान बनवाने आ गया था। गुलाब अनुभवी था। देहात से शहर में आकर मकान बनानेवालों से परिचित था। मेरी स्थिति वह समझ गया। अब मेरी जमीन पर आकर उसने पूरी जमीन की नापी की। फिर मेरे परिवार के बारे में जानकारी ली। यह जान चुकने के बाद कि हम चार भाई हैं, उसने एक कागज पर चार फ्लैट के नक्शे की रूपरेखा बना दी और कहा—"डिस्ट्रीक बोर्ड में काम करने वाले रामजश अच्छा नक्सानवीश है। मौलाबाग मुहल्ले में रहते हैं। अब इस कागज के आधार पर वह पूरा नक्शा बना देंगे। नगरपालिका से पास भी करा देंगे। पास होने में समय लगेगा इसी से उसकी एक प्रति ले लीजिएगा। उसी आधार पर हम काम शुरू कर देंगे। मैंने फ्रंट साइड में कुछ जमीन छोड़कर नक्शा बनाया है। फ्रंट साइड में कुछ खाली जमीन रहनी चाहिए...। बहुत लोग फ्रंट साइड के कोने में एक टेम्परारी आउटर रूम भी बना लेते हैं, जो सामान रखने और उसमें रहकर मकान बनाने के लिए बहुत उपयोगी होता है।"

मैंने कुछ ही देर में अनुभव कर लिया कि यह मिस्त्री तो इन्जीनियर का दिमाग रखता है। मकान बनवाने के साथ-साथ नक्शे की भी इसे समझ है। जमीन की नापी कर उसके भीतर रास्ता देते हुए चार टुकड़ों में बाँट चार फ्लैट का स्वरूप दे दिया। मैंने गुलाब को ग्यारह रुपये थमाते हुए कहा—"आपने नक्शे की रूपरेखा बनायी है, यह रख लीजिए। और मेरा घर जितनी जल्दी हो बनवा दीजिए...।"

"बस, रामजश से नक्शे की कापी जैसे ही ले आइएगा, काम शुरू करा देंगे। बिना पूर्ण नक्शे के अन्दाज पर काम लगाना ठीक नहीं!"

"हमें कोई आलीशान घर नहीं बनाना मिस्त्री जी। कम से कम खर्च में घर बन जाए यही कोशिश कीजिएगा।"

"यहाँ आरा में तीन तरह से मकान बन रहे हैं। अधिक पैसेवाले मजबूत पाइलिंग का घर बनवाते हैं। वैसा घर पाँच-छह तल्ले का लोड ले लेता है। उससे कम खर्चवाले बिना पायलिंग के सिमेंटेड जोड़ाई का बनवाते हैं और एकदम कम

खर्च वाले बिना पायलिंग और सिमेंटेड जोड़ाई के गिलावे की जोड़ाई पर। गिलावे की जोड़ाई के घर भी तीन तल्ले तक का लोड ले लेता है...।"

"तब हमारा घर गिलावे की जोड़ाई पर ही बनवाइएगा। मकान में खर्च के लिए हमारे पास अधिक पैसे नहीं। मकान बस रहने लायक खड़ा हो जाए, हमें यही चाहिए...।"

"ठीक है...।"

और गुलाब मिस्त्री से विदा ले मैं सीधे डिस्ट्रिक बोर्ड रामजश से मिलने चल पड़ा। वहाँ रामजश से भेंट हो भी गयी। बस, अपने घर का नक्शा शीघ्र बनाने और नगरपालिका से उसे पास कराने का प्रस्ताव रखते हुए गुलाब मिस्त्री का प्रारम्भिक नक्शा भी उन्हें सौंप दिया। मेरा कार्य उन्होंने गछ लिया। लेकिन कहा—"एक माह से पहले नक्शा पास नहीं होगा। यह एक माह तो सबसे कम समय है। तीन चार माह तक लग जाते हैं। कई टेबुलों से होकर उसे गुजरना है।"

मैंने अपनी बात रखी—"नगरपालिका से चाहे जब पास हो, नक्शा बनाकर उसकी एक प्रति मुझे अभी या कल सुबह तक दे दीजिए, ताकि हम काम शुरू कर दें। काम शुरू करने में हम तनिक भी विलम्ब नहीं चाहते।"

इस पर उन्होंने चौंकते हुए कहा—"आपसे पहली के दर्जन भर नक्शे बनाने हैं। कितना ही जल्दी करूँगा तो सात-आठ दिन से पहले सम्भव नहीं...।"

मैंने अनुभव किया था कभी जो कार्य हम शीघ्र निपटाना चाहते हैं उसमें इतना विलम्ब हो जाता है कि हमारा मन क्षुब्ध हो उठता है। अपने इस कार्य के बारे में भी मुझे ऐसा ही लग रहा था। रामजश को कार्य सौंप बिन्देश्वरी के यहाँ लौट आया। लेकिन निराश और दुःखी था। अनपेक्षित विलम्ब से सारा जोश एवं उत्साह बुझ गया था। रात में बिन्देश्वरी से साहित्य चर्चा में भी मन नहीं रमा। उसने मुझे समझाया—"घबड़ाने से जल्द मकान नहीं बन जाता भैया। मकान खड़ा होने में समय लगता है....।"

इस सम्बन्ध में बिंदेश्वरी को या किसी अन्य को चाहते हुए भी मैं समझा नहीं पा रहा था कि आरा में मकान बनाने का हमारा उद्देश्य शहर में रहने का सुख प्राप्त करना नहीं, जीविका के लिए संघर्ष का एक केन्द्र कायम करना था, जो गाँव में कदापि सम्भव नहीं। दरअसल, यह हमारे अन्तरमन का सच था जिसका जगह-जगह स्पष्टीकरण उचित नहीं जान पड़ रहा था। रामजश की बात के बाद अब मैंने तय किया कि अगली सुबह गाँव चला जाऊँगा। जब नक्शे की प्रति वह एक सप्ताह बाद देंगे तो यहाँ रहकर क्या करूँगा? बिना नक्शे की प्रति लिए गुलाब काम शुरू करनेवाला नहीं। लेकिन रात में मुझे तेज बुखार हो आया। लगा,

चिमनी पर जाने और रामजश को पकड़ने की भागदौड़ में हरारत का बुखार है। एक दिन आराम के बाद ठीक हो जाएगा। बिन्देश्वरी ने मुझे पारासिटा मोल की एक गोली भी दी। मैं दिन भर बिन्देश्वरी की इसी बैठके में पड़ा रहा। लेकिन बुखारा नहीं उतरा। रात में बुखार फिर तेज हो गया। सुबह चिकित्सक से दिखाने और जाँच कराने के बाद टॉयवफाइड का बुखार साबित हुआ। डॉक्टर के.बी. सहाय ने हिदायत देते हुए कहा—''अब आप गाँव चले जाइए और ठीक होने के बाद आइएगा। स्वस्थ रहकर ही आदमी कुछ कर सकता है। लेकिन गाँव पर भी दवाएँ समय से लेते रहिएगा। बुखार ठीक हो जाने के बाद भी टॉयफाइड की कमजोरी रह जाती है। पन्द्रह-बीस दिनों तक आराम की जरूरत पड़ती है...।''

रामजश की बात ने तो मुझे निराश कर ही दिया था। डॉ. के.बी. सहाय के परामर्श ने मेरे मन को और आहत कर दिया। ऐसा लगा कि तेज रफ्तार से चलनेवाली गाड़ी अचानक ब्रेक लगने के बाद उलट गयी हो। अपने इस औचक टॉयफाइड को मैं उसी रूप में पा रहा था।

डॉ. के.बी. सहाय के परमार्श के बाद उसी दिन गाँव लौट आया। मुझे बीमार देख माँ, पत्नी और भाई-बहन सभी चिन्तित-परेशान हो उठे। माँ तो चौंक उठी—''यह अचानक क्या हो गया तुझे ?'' फिर मेरी सुश्रुषा में सब गये। रेणु तो पूरी चेतना से मेरी सेवा में भिड़ गयी। उससे शादी के बाद यह पहली बार मैं इस तरह बीमार पड़ा था। हालाँकि मैं महसूस कर रह था, मेरी बीमारी पर सभी दु:खी अवश्य थे। लेकिन अन्दर ही अन्दर इस बात को लेकर भी चिन्तित थे कि इस दूसरी बार फिर अपने अभियान में असफल होकर मैं लौट आया। इस सम्बन्ध में स्वयं अपनी बीमारी से अधिक कार्य में विलम्ब को लेकर मैं चिन्तित था। वैसे मुझे लग रहा था कि मेरे अन्दर से कोई कह रहा हो—तीसरी उड़ान में ही तितर पकड़ाता है, पहली और दूसरी उड़ान में नहीं...।

आरा से आने के बाद तीन दिनों तक मैं नियमित दवा लेते हुए अपने ठीक होने की प्रतीक्षा करता रहा। लेकिन चौथे दिन इस बात को लेकर मेरा मन बेचैन हो गया कि एक पशुपालक से खाली करायी आरा की हमारी जमीन फिर खाली ही पड़ी है। मकान में भले देर हो, गुलाब मिस्त्री ने जो आउटर रूम का संकेत दिया है उसे तो बनवाया जा सकता है। उस रूम से मकान बनाने में हमें काफी सुविधा-सहायता मिलेगी, साथ ही हमारी जमीन का खालीपन और लावारिश समझा जाना भी खत्म हो जाएगा। यहाँ मेरी निगाह अब युवा कामेश्वर पर थी। कामेश्वर को पास बुला मैंने सारी बात समझा दी और पूछा—''तुमसे यह काम हो सकता है ?''

जवाब में उसने पूरे विश्वास और उत्साह के साथ कहा—''एकदम। मुझे

भेजकर तो देखो भैया। मैं जल्द ही आउटर रूम बनाकर आ जाऊँगा।''

अब मैंने माँ से परामर्श कर कामेश्वर को जाने के लिए कह दिया। डाकघर से रुपये निकासी के दो-तीन फॉर्म अपने हस्ताक्षर कर उसे दे दिये तथा सन्देशवाहक में उसके नाम भर दिये। जानता था, डाकघर में उग्रह बाबू भुगतान में न तो देर होने देंगे, न कोई अड़चन आने देंगे। कामेश्वर तो जैसे इसी प्रतीक्षा में था। दायित्व मिलते ही पूरी तैयारी कर चल पड़ा। एक बार फिर मेरे घर के सभी सदस्यों की आँखों में आशा का संचार हो उठा। कामेश्वर को जाते देख मेरी चिन्ता भी समाप्त हो गयी। मेरे अन्दर की सारी बेचैनी खत्म हो चली। इसी बिन्दु पर संख्या बल का महत्त्व मेरी समझ में आया। एक के हारते-थकते दूसरा मोर्चे पर तैनात! यहाँ इस सत्य से अवगत हुआ कि संयुक्त परिवार और संयुक्त समाज की सामूहिक सफलता इस संख्या बल के बिना सम्भव नहीं...!

कामेश्वर के जाने के दूसरे ही दिन बाद से सारा घर इस बात की प्रतीक्षा करने लगा कि कामेश्वर आउटर रूम बनाकर कब लौटता है ? इधर डॉ. के.बी. सहाय के कहे अनुसार तेज दवाओं के असर से पाँच-छह दिन बाद ही टॉयफाइड का मेरा बुखार छूट गया। लेकिन कमजोरी बनी रही। मुझे खुद लग रहा था कि इस कमजोरी की भरपाई में अभी समय लगेगा।

जब कामेश्वर को आरा गये आठ दिन हो गये ओर उसकी कोई सूचना नहीं आयी तो हमारा परिवार चिन्तित हो उठा। माँ और कामेश्वर की पत्नी माया की बेचैनी विशेष परिलक्षित होने लगी। उस समय आज जैसे फोन का त्वरित माध्यम नहीं था। समाचार देने के लिए किसी को भेजना या पत्र छोड़ना होता। मैंने सब को समझाया—''विलम्ब कार्य होने का सूचक है। अगर काम नहीं हो रहा होता तो मेरी तरह वह भी शुरू में ही लौट आता...। वह रूम बनाने गया है, हाट-बाजार करने नहीं कि जल्द आ जाए। रूम बनाने में समय लगता ही है।''

माँ ने गाँव में काम करनेवाले एक राजमिस्त्री से भी पूछा कि गिलावे की जोड़ाई पर एक कमरा बनाकर कंडी और पत्थर से उसे पटवाने में कितना समय लगेगा? जवाब में उस राजमिस्त्री ने पाँच से छह दिन तक बताया। उस हसाब से अब सबको व्यग्रता से कामेश्वर की प्रतीक्षा थी।

जब कामेश्वर को गये 12 दिन हो गये और कोई सूचना नहीं आयी तो हमारे यहाँ सभी की बेचैनी और बढ़ गयी। वह तो कभी कहीं बाहर नहीं रहता था। यह पहला अवसर था जब घर से बारह दिन बाहर रह गया था। अपने परिवार की उस बेचैनी का कारण मैं समझ रहा था। यह जानते हुए कि वह एक खास उद्देश्य से गया है परिवार की चिन्ता का विषय उसकी ओर से किसी समाचार

का न आना था। कामेश्वर को किसी न किसी माध्यम से सूचना भेज देनी चाहिए थी। टॉयफाइड के बाद मेरी कमजोरी लगभग दूर हो चली थी। मैंने घर में सबको आश्वस्त किया—"अगर कल तक कामेश्वर नहीं लौटता है तो परसों सुबह मैं आरा के लिए निकल जाऊँगा। अब किसी और को चिन्ता करने की जरूरत नहीं। मेरा मन कहता है, वह ठीक है। रूम की तैयारी में ही रुका है...।"

मैंने तो सबको शान्त-सहज करने के लिए कहा था। लेकिन मेरी सम्भावना बिल्कुल सही साबित हुई। कामेश्वर उसी दिन शाम लौट आया। अपने ऐसे कथनों को अपने अनुमान की सत्यता के रूप में मैं महसूस करता था। अपने अनुभव एवं अध्ययन से प्राप्त जीवन-दृष्टि से ही मैं ऐसे अनुमान लगाता था। लेकिन माँ मेरे ऐसे कथनों की सत्यता को दूसरे रूप में लेती थी। उसके अनुसार सरस्वती का एक वास स्थल मनुष्य की जिह्वा भी होता है। वे कब किसकी जिह्वा पर आ जाएँ कोई नहीं जानता। आदमी के मुँह से तभी सच निकलता है जब सरस्वती उसकी जिह्वा पर होती हैं। मेरे बारे में तो इधर माँ कहने लगी थी—"तू दिन-रात कागज कलम लेकर सरस्वती की साधना करता रहता है, इसीलिए तेरी कही ज्यादा बातें सच हो जाती हैं।"

माँ की यह प्रतिक्रिया मुझे उनके मन के धार्मिक विश्वास की परिणति जान पड़ती। खैर, जो हो। कामेश्वर के साथ सच यह था कि रूम बनाने की व्यस्तता में उसे न तो पत्र लिखने का समय मिला और न किसी के माध्यम से समाचार भेजने का। कामेश्वर ने अब विजयाभियान से लौटे किसी सैनिक की तरह चेहरे पर प्रसन्नता और विश्वास लिये अपने बनाये गये कमरे की कुंजी माँ के हाथों में सौंप दी—"आउटर रूम बनवाकर उसमें ताला लगा दिया है माँ। एक चौकी खरीदी थी, वह भी उसी में रख दी है। तीन तगाड़ियाँ, दो कुदाल और खाचियाँ भी उसमें रखी हैं। रूम बनवाने के लिए उन्हें लेना जरूरी था।"

आरा के उस रूम की कुंजी पाते ही माँ का चेहरा खुशी से विहँस उठा। पिताजी के समय से ही माँ यह चाहती थी। लेकिन अब पुत्र के द्वारा सम्भव हो सका था। माँ के बाद कामेश्वर ने अब आरा की जमीन के नक्शे की एक प्रति मुझे सुपुर्द की—"रामजश ने दिया है। नगरपालिका से पास होकर आने में अभी और दस-बारह दिन लगेंगे। उन्होंने कहा है कि तब तक इस प्रति से आप लोग काम शुरू करा सकते हैं।"

कामेश्वर की यह सफलता देख अब उसके बारे में नये सिरे से मैं सोचने लगा। गाँव के आवारा लड़कों की सोहब्बत में उसे देख सोचता था, यह कुछ नहीं कर पाएगा। लेकिन उसने तो अपनी भूमिका से चमत्कृत कर दिया। उसने

यह साबित कर दिया कि काम और माहौल के अभाव में ही गाँव में उसकी संगति ऐसी है। अवसर मिलने पर अपना मूल रूप वह दिखा देगा। यहाँ इस बात का भी एहसास मुझे हुआ कि बिना किसी को कोई कार्य दिये उसकी क्षमता का वास्तविक परिचय हमें नहीं हो सकता।

मैं दो-दो बार अपने अभियान में असफल हो गया था और वह पहली बार ही सफल होकर आ गया था। उसी क्षण मुझे यह भी लग गया कि भले ही मैं दर्जनों किताबें लिख दूँगा, लेकिन कामेश्वर जैसी कर्मठ कार्य क्षमता हासिल नहीं कर सकता। तब से आज तक उसके साथ रहते हुए अपनी उस धारणा को मैंने सही पाया है। हम सभी भाई-बहनों में उसकी कर्मठ कार्य क्षमता विलक्षण है।

कामेश्वर के आने के ठीक तीसरे दिन बाद उस आउटर रूम की कुँजी ले मैं आरा चल पड़ा। रेणु चाहती थी कि अभी और तीन-चार दिन मैं आराम कर लूँ लेकिन अब अपने को मैं ठीक महसूस कर रहा था। कामेश्वर द्वारा आरा में आउटर रूम बना देने के बाद अब गाँव पर मैं और रह ही नहीं सकता था। इस बार अपने साथ स्टोव, कुछ बर्तन और एक बोरी चावल भी ले लिया। माँ ने कहा—"इस बार अपने साथ तू कामेश्वर को भी लेता जा। दोनों भाई साथ रहोगे तो ठीक रहेगा। वहीं बनाना खाना और मकान तैयार कराना।"

लेकिन मैं देख रहा था, यहाँ गाँव पर मेरे और कामेश्वर के सिवा कोई सयाना नहीं था। ब्रजेश्वर अभी उतना बड़ा नहीं हुआ था। घर की जिम्मेवारी उस पर सौंपी नहीं जा सकती। मैंने माँ को समझा दिया—"वहाँ अब किसी की जरूरत नहीं। कामेश्वर ने सारा इन्तजाम कर दिया है। वहाँ तो अब आराम से रहते हुए मकान बनाना है। जरूरत होगी तो किसी साहित्यकार मित्र को साथ रख लूँगा। वहाँ कई साहित्यिक मित्र हैं...!"

लेकिन आरा के अपने उस आउटर रूम पर पहुँच पुनः मैं वैसा ही झटका खा गया जैसा अपनी जमीन में खटाल देखकर खाया था। हमारे उस आउटर रूम का ताला टूटा था। दरवाजे के दोनों पल्ले खुले थे। अन्दर न चौकी थी और न तगाड़ी-कुदाल! अन्दर तो एक अनेरिया[122] गाय बैठी पागुर कर रही थी।

क्षण भर के लिए मैंने अपना माथा पीट लिया। यह पिताजी ने कैसी जमीन ले रखी है कि यहाँ परती देख कोई खटाल बना लेता है, कमरे में ताला बन्द कर जाने पर ताला टूटा और सामान गायब मिलता है। पता नहीं, मकान बनाने के बाद क्या होगा? लेकिन फिर अपने स्वविवेक से ही अपनी आशंकाओं को नियन्त्रित किया। नयी जगह में नये बसे मुहल्ले के चलते ही ऐसा हो रहा है। मुहल्ला बसने के बाद ऐसा नहीं हो सकता। तब उसका अपना एक स्वरूप निर्धारित

हो जाएगा।

अब सबसे पहले गाय को बाहर कर मैंने उस कमरे को साफ किया। कामेश्वर ने मेरे कहे अनुसार दस फीट गुणा बारह फीट का वह कमारा बनवाया था। एक-दो आदमी के रहने और सामान रखने लायक पर्याप्त! मुझे अपना आउटर रूम साफ करते देख सामने के एक नये मकान से एक युवक ने आकर पूछा—''यह आपकी जमीन है?''

मैंने बताया—''हाँ।''

उन्होंने कहा—''मेरा नाम ललन त्रिपाठी है। वह मेरा घर है।''

मेरी जमीन के ठीक सामने वाले अपने घर की ओर संकेत किया।

मैंने ललन त्रिपाठी को अपने हम उम्र पाया। वे मुझे अपने घर भी ले गये। उनका परिवार वहाँ रहता था। मुझसे परिचय से उन्हें खुशी हुई। ललन त्रिपाठी की माँ मेरी माँ की ही उम्र थीं। उन्होंने मुझे उत्साहित करते हुए कहा—''यहाँ मकान बनाकर तुम लोग रहो बबुआ। कवनो तकलीफ नहीं होगी। जरूरत पर हम लोग हैं ही। नहीं रहने पर ही चोर-चाईं आते हैं...।''

अब अपने साथ के सामान उनकी निगरानी में छोड़ मैं जल्द ही एक चौकी और ताला खरीद कर ले आया। फिर उस कमरे में अपना डेरा जमा लिया। स्टोव पर बनाने-खाने में मुझे अधिक देर नहीं हुई। विक्रमगंज में परीक्षाओं के दौरान अपना खाना स्वयं बनाने का मुझे अनुभव था। यह देख कि मैं खाना बना रहा हूँ, ललन त्रिपाठी की माँ आकर सब्जी दे गयीं। कह भी गयीं—''कवनो दिक्कत हो तो कहना बबुआ। हम यहाँ के पड़ोसी हुए। एक-दूसरे के सुख-दुःख में हम काम नहीं आएँगे तो कौन आएगा?''

वे पहले परिचय में ही मुझे उत्तम विचारोंवाली दयालु स्वभाव की सहयोगी महिला लगीं। उनके इस स्नेह-सहयोग से नयी जगह का मेरा अजनबीपन समाप्त हो गया। ऐसा लगा बैसाडीह की तरह मेरे पड़ोस का कोई चिर परिचित परिवार हो।

खाना खाकर जब मैं इतमीनान हुआ, दोपहर हो गयी थी। गुलाब मिस्त्री अभी मुझे मिलनेवाला नहीं था। शहर के विभिन्न हिस्सों में चल रहे अपने कार्यों के निरीक्षण में घूम रहा होगा। उससे अब भेंट अगली सुबह स्टेशन के उसके ठेहे पर ही हो सकती थी। यहाँ मेरे मन में यह विचार आया कि इस बचे हुए समय में शहर के अपने साहित्यिक मित्रों से मिल लेना चाहिए। उन्हें सूचित कर देना चाहिए कि मकान बनाने की पक्की तैयारी के साथ यहाँ आ गया हूँ। बस, अपने कमरे में ताला लगा चल पड़ा।

मुझे यह सूचना मिली थी कि आरा में विपिन बिहारी नामक एक और नये कहानीकार का आगमन हुआ है। वे बिहार राज्यपथ परिवहन निगम के कर्मचारी हैं। अपने स्थानान्तरण के तहत आरा पहुँचे हैं। आरा के प्राय: सभी साहित्यकारों से मैं मिल चुका था। स्थानान्तरण के तहत ही आरा पहुँचे कवि नचिकेता के यहाँ जा चुका था। अब सिर्फ यह विपिन बिहारी ही बचे थे। मेरे कदम अब विपिन बिहारी से मिलने बढ़ चले।

उस समय आरा के गोपाली चौक स्थिति शर्मा होटल के पास से बिहार राज्य पथ परिवहन निगम की बसें खुलती थीं। प्राप्त सूचना के अनुसार विपिन बिहारी उसी शर्मा होटल में रहते थे। लेकिन उसे देखकर मैं समझ नहीं पाया कि इसमें कोई कैसे रह सकता है? वह तो एक कमरे की सामान्य दुकान थी। चाय-नास्ते के साथ साधारण खाने का इन्तजाम! बस से उतरने-चढ़ने वाले ग्रामीण यात्रियों लायक तत्कालिक व्यवस्था। उसमें कोई रह कैसे सकता है ? रहने के लिए तो उस दुकान के अन्दर कोई कमरा भी नहीं।

दुकान के मुँह पर पकौड़ी तल रहे तथा चाय-नाश्ता कर चुके लोगों से पैसे ले रहे एक मोटे-तगड़े साँवले व्यक्ति को मजबूती से जमे देख मैं समझ गया, यही इस दुकान का मालिक हो सकता है। ऐसी छोटी दुकानों के मालिक ही एक साथ चूल्हे पर बैठने और पैसे तसीलने के काम करते हैं। हालाँकि सहयोग के लिए उसने दो छोकरों को भी रखा था जो प्लेटें और ग्लास धाने, टेबुल-कुर्सी साफ करने तथा ग्राहकों की माँग पर उन्हें चाय-नाश्ता या भोजन देते थे। मैंने दुकान मालिक से पूछा—"विपिन बिहारी इसी में रहते हैं?"

मेरे इस प्रश्न पर उस होटलवाले ने एक नजर मुझे देखा। फिर उत्साह से बताया—"हाँ। अभी तो यहीं बाहर बैठे थे। एक बस अभी खुली है। अब फुर्सत में पत्रिका पढ़ रहे होंगे। वह देखिए अन्दर, हाथ में पत्रिका लेकर खड़े हैं।"

दुकान मालिक ने जिस पारखी दृष्टि से मुझे देखते हुए विपिन जी के बारे में बताया उससे मुझे लग गया अवश्य आरा के लेखक विपिन जी से मिलने आते होंगे। अवश्य इसने मुझे भी लेखक ही समझा है। लेखकों के प्रति विपिन जी के आकर्षण से यह परिचित होगा, तभी ऐसी तत्परता दिखायी है।

अब मेरी निगाह विपिन जी की ओर चली गयी। लगभग छह फीट लम्बे, दुधिया गोराई, सुडौल बदन, आकर्षक चेहरा, बेहद खूबसूरत नौजवान। अपने परिचितों में ऐसे सुदर्शन व्यक्तित्व का युवक इससे पहले मैंने नहीं देखा था। विपिन जी के पास की टेबुल किसी ग्राहक के खाने से जूठी पड़ी थी जिसे दुकान का एक छोकरा साफ कर रहा था। शायद इसी से वे खड़े थे। टेबुल साफ होते ही

वहीं बैठ गये।

मैं विपिन जी के पास जा खड़ा हुआ—"मेरा नाम मिथिलेश्वर है। आप से मिलने आया हूँ।"

यह सुनते ही वे चौंक उठे—'बाबूजी' का कहानीकार मिथिलेश्वर?

मैं यह जान चुका था, 'बाबू जी' कहानी मेरी पहचान बन गयी है। विपिन जी ने अब तत्क्षण खड़ा हो मुझे बाँहों में भर लिया—"बाबू जी आपकी मास्टर पीस कहानी है। अपने लेखन के प्रारम्भ में ही ऐसी कहानी आपने दे दी। ऐसी कहानियाँ तो लोग अन्त में दे पाते हैं।"

"मैंने भी आपकी कहानियों की चर्चा सुनी है। लेकिन पढ़ी नहीं है। उपलब्ध नहीं हो सकीं।"

"मेरी कहानियाँ छोटी पत्रिकाओं में आयी हैं। 'धर्मयुग', 'सारिका' जैसी पत्रिकाओं में नहीं।"

और विपिन जी ने पास ही कोने में रखे अपने एक छोटे बक्से से 'बिन्दु' का नया अंक निकाल मेरे सामने रख दिया। उसे पलटते हुए मैंने कहा—"ऐसी पत्रिकाओं को मैं छोटी नहीं, साहित्यिक पत्रिकाएँ कहता हूँ। 'धर्मयुग' 'साप्ताहिक हिन्दुस्तान' की तरह वे सर्वत्र उपलब्ध नहीं होतीं, लेकिन साहित्यिक सामग्री के प्रकाशन में उनसे आगे जान पड़ती हैं!"

इस सामान्य परिचय के बाद विपिन जी ने अब दुकान मालिक को आवाज दी—"शर्मा जी! दो जगह स्पेशल चाय तथा गर्म समोसे भेजिए...!"

मैंने रोकने की कोशिश की—"रहने दीजिए। अभी खाना खाकर आ रहा हूँ।"

पर वे आत्मीय आतिथ्य पर अड़ गये—"यह हो ही नहीं सकता। कुछ न कुछ तो आपको लेना ही है। आप पहली बार आये हैं।"

अब हम एक-दूसरे से व्यावहारिक परिचय में मशगूल हो गये। वे गया जिले के रहनेवाले शादीशुदा व्यक्ति थे। अपनी पत्नी और पारिवारिक खर्च के लिए अपनी तनख्वाह दे आते। तनख्वाह भी बहुत कम। मुश्किल से गुजर बसर करने लायक। नये स्थानान्तरण में यहाँ आरा पहुँचे थे। अभी कहीं डेरा नहीं ले रखा था। बस पड़ाव के इस होटल में ही ठहरे हुए थे।

दुकान का एक छोकरा हमें चाय समोसे दे गया। विपिन जी का मन रखने के लिए मुझे लेना पड़ा। लेकिन चाय सचमुच उसने स्पेशल बनाकर भेजी थी, केवल दूध में कड़ी पत्ती और हल्की चीनी की चाय। आरा में ऐसी चाय उससे पहले किसी दुकान में नहीं पी थी। समझ गया, बस के यात्रियों से ही यह दुकान चलती है, जो विपिन जी जैसे बस कर्मचारियों की बदौलत ही सम्भव है। वे

जब चाहते बस के अड्डे बदल सकते थे। शायद शर्मा होटल के अनुकूल व्यवहार पर ही उन्होंने वहाँ अड्डा रखा था।

विपिन जी के रहने की व्यवस्था देख मेरा मन आहत हो गया। बिहार राज्य पथ परिवहन निगम का कर्मचारी एवं एक युवा लेखक उस दुकाननुमा होटल के कोने में ग्राहकों के बैठने वाली दो बेंचों को सटाकर रात बिताता है। उस दूकान मालिक से मुझे यह भी पता चला कि उन बेंचों पर भी विपिन जी सो कहाँ पाते हैं? दो-दो बजे रात तक लैम्प जलाकर लिखते-पढ़ते हैं।

विपिन जी की यह आवासीय व्यवस्था देख मेरा मन वाकई दुःखी हो उठा। अब मैं अपने को रोक नहीं सका। उन्हें अपने साथ रहने का अनुरोध किया। प्रारम्भ में नये परिचय और शिष्टाचार में उन्होंने इनकार किया। लेकिन मेरे पुनः पुनः आत्मीय आग्रह पर उनका इनकार स्वीकार में बदल गया। जहाँ एक ओर एक नये मुहल्ले के नये कमरे में किसी को साथ रखने की आवश्यकता मैं महसूस कर रहा था वहीं दूसरी ओर विपिन जी भी होटल के उस कमरे में रहना नहीं चाहते थे। यह अन्धे और लंगड़े का साथ था। इस बिन्दु पर हम दोनों एक दूसरे को अपना पूरक समझ रहे थे। लेखक के रूप में समानधर्मी होने के चलते एक-दूसरे के प्रति विश्वास पैदा होने में भी देर नहीं हुई। बस, विपिन जी शाम की अन्तिम बस रवाना कर मेरे साथ चल पड़े। उनके पास सामान भी अधिक नहीं। एक रिक्शे में ही सब अँट गये।

मेरे कमरे में आकर विपिन जी ने राहत की साँस ली—"यह तो बहुत शान्त जगह है। यहाँ इतमीनान से हम लिख सकेंगे...। मैं वह होटल छोड़ने ही वाला था। कोई ठौर तलाश रहा था। अच्छा हुआ, आप आ गये...।"

मैंने कहा—"हम अब साथ-साथ रहेंगे विपिन जी! साथ-साथ बनाएँगे-खाएँगे। समय से आप बस स्टैंड चले जाइएया। यहाँ मैं मकान निर्माण में लगा रहूँगा। फिर रात में खूब बातें करेंगे। रात में और छुट्टियों में लिखेंगे। एक-दूसरे को सुनाएँगे...।"

उस रात एक ही चौकी पर हम दोनों पास-पास सोये। चौकी बहुत पतली नहीं थी तो चौड़ी भी नहीं। लेकिन असुविधाओं और अभावों के बीच से आये हम तनिक भी कठिनाई का अनुभव नहीं कर सके। एक-दूसरे के साथ सोने को लेकर खुश बने रहे। हालाँकि उस पहली रात, नये परिचय और नये स्थान में हम जल्द सो कहाँ पाये? एक दूसरे से अपना साहित्यिक अनुभव, सृजन एवं अध्ययन बताते रहे। इस दौरान एक-दूसरे को सुनते हुए किसी राज से अवगत होने की तरह ध्यानमग्न बने रहे। दरअसल, एक-दूसरे के लिए हमारी जानकारियाँ

इतनी नयी थीं कि उसे सुनते हुए हम अघा ही नहीं पा रहे थे।

आज लम्बे समय बाद विपिन बिहारी से अपनी वह पहली मुलाकात याद करते हुए मेरा मन इस अफसोस से कचोट उठता है कि मेरी पीढ़ी का एक ऐसा कथाकार जिसमें न सिर्फ सृजन की अमित सम्भावना थी बल्कि नये-नये विषयों की खोज का जज्बा भी, असुविधाओं और विपरीत परिस्थितियों ने उसे नहीं लिखने दिया। अपने समय में और आसपास विपिन बिहारी जैसे अनेक रचनाकारों को मैंने देखा है जो साहित्य की समझ और सम्वेदना से लबालब भरे सृजन की उफान लेकर आये। लेकिन जीवनगत समस्याओं और प्रतिकूलताओं ने उन्हें किनारे कर दिया। ऐसी स्थितियों में मेरे मन में बार-बार यह प्रश्न उठता रहा है कि व्यक्ति और समाज को संस्कारित करने वाले साहित्य सर्जकों के प्रति क्या देश और समाज का कोई दायित्व नहीं बनता? क्या उनकी असुविधाओं और प्रतिकूलताओं को सीमित करते हुए उन्हें सृजनरत रहने के अवसर प्रदान नहीं किये जाने चाहिए? लेकिन अपने लेखन के प्रथम दौर से आज तक अपने इन सवालों का जवाब मैं नहीं पा सका।

हाँ, तो विपिन बिहारी के साथ अपने इस कमरे में पहली रात के बाद सुबह होते ही अपने दोनों की सीमित गृहस्थी से इतमीनान हो हम अपने-अपने काम में लग गये। विपिन जी अपनी ड्यूटी निभाने बस अड्डे भागे और मैं स्टेशन के पास गुलाब मिस्त्री के ठेहे पर। अपने वादे के अनुसार गुलाब मिस्त्री ने नक्शे की प्रति पाते ही उसी दिन से काम प्रारम्भ करा दिया। गिलावे की जोड़ाई वाले मकान में अधिक तुल-तपाट की जरूरत भी नहीं।

अपने ठेहे के मजदूर-मिस्त्रियों को अपने विभिन्न कामों पर भेज गुलाब मिस्त्री अब चार मजबूत मजदूरों को साथ ले मेरी जमीन पर आया। नक्शे के अनुसार अपने फीते से जमीन के एक टुकड़े को नापकर अलग किया। फिर उसमें चूने के पाउडर से नक्शे का एक स्पष्ट खाका तैयार कर दिया। अब उस खाके के अनुसार चारों मजदूरों को नींव की कटाई का काम समझा दिया। कुछ कुदाल, तगाड़ियाँ और खाचियाँ गुलाब ने मुझ से खरीदवाईं। कुछ महाराजा हाता में ही चल रहे अपने एक अन्य कार्य स्थल से मँगवा लिया। उसके चारों मजदूर नींव की कटाई में भिड़ गये। गुलाब ने वहाँ से जाते हुए मुझे समझा दिया—"गिलावे की जोड़ाई के मकान का सारा दारोमदार नींव की कटाई पर ही निर्भर होता है। मैं फिर आकर देख लूँगा। तब तक अन्य सामानों का आदेश भी दे आता हूँ। आप मजदूर-मिस्त्रियों की रोजदारी के लिए एक कापी बना लीजिए। चार-पाँच दिन पर पैसे दिये जाते हैं। कोई बहुत जरूरतमन्द हो तो उसे हर दिन भी दे देते हैं।

मेरे ठेहे के मजदूर–मिस्त्री बीच में धोखा देकर नहीं भागते। मैं उन्हें ठोंक–परख कर रखता हूँ...।''

अपनी जमीन में काम की शुरुआत देख मुझे आन्तरिक खुशी हुई। अपना अनुमान सही लगा। तीसरी उड़ान में ही मैं तीतर पकड़ सका। उस दिन चारों मजदूर दिन भर नींव की कटाई करते रहे। इस बीच दोपहर खाने के वास्ते घंटे–डेढ़ घंटे के लिए विराम दिया। फिर काम में लग गये। बीच में पुनः आकर गुलाब मिस्त्री ने निरीक्षण कर लिया। उसने मुझे बता दिया था कि शहरी मजदूर–मिस्त्री सुबह नौ बजे काम पर आते हैं और शाम पाँच बजे चल देते हैं। इस नौ से पाँच के बीच ही मुझे कार्य की निगरानी करनी है।

अगले दिन से मेरी इच्छा और विशेष आग्रह पर गुलाब मिस्त्री ने युद्ध स्तर पर काम शुरू करा दिया। चापाकल लगने लगा। ट्रक के ट्रक ईंटें आने लगीं। उस वक्त ईंटों के भाव कम थे। इस दृष्टि से गिलावे के मकान सस्ते पड़ते थे। अब जल्द ही नींव कटकर तैयार हो गयी।

नींव कटाई के बाद उसमें पिकिट के टुकड़ों को डाल धुरमिस की 'चलाई' प्रारम्भ हुई। गुलाब मिस्त्री ने खूब धुरमिस चलवायी। नींव के पक्का हो चुकने के एहसास के बाद अब जोड़ाई का काम शुरू कराया। कुछ मजदूर गिलावे पर, तो कुछ राजमिस्त्रियों के साथ, तो कुछ गिलावे और ईंटों की ढोआई पर लग गये। बचपन में गड्ढों का पानी उबीछ मिट्टी में छिपी मछलियों को पकड़ने के लिए हम उन गड्ढों की मिट्टी को अपने पैरों से मथ देते थे। गिलावा बिल्कुल ऐसा ही होता था। मिट्टी के इस ढीले गिलावे से ही ईंटों की जोड़ाई होती थी। इस जोड़ाई पर अब एक साथ चार–चार राजमिस्त्री तैनात! देखते–देखते जोड़ाई का काम उठने और अपना स्वरूप ग्रहण करने लगा।

इस दौरान मेरा काम अब चुपचाप निर्माण देखते रहना था तथा मजदूर मिस्त्रियों की आवश्यकताओं की पूर्त्ति करना। मैंने एक फोल्डिंग कुर्सी खरीद ली जिसे खोलकर उस पर बैठा रहता। साथ ही समय–समय पर मजदूर–मिस्त्रियों का भुगतान करता जाता तथा गुलाब मिस्त्री द्वारा मँगाए सामानों का बिल प्राप्त कर उनकी रकम भी चुकाता रहता। गुलाब मिस्त्री ने मुझे आश्वस्त कर दिया था कि उनकी माँग पर विक्रेता उचित मूल्य में अच्छे सामान ही देंगे। उनको लेकर संशय नहीं करना है। इस स्थिति में मकान निर्माण देखते हुए रुपयों के लिए मुझे बार–बार मुख्य डाकघर भागना पड़ता जहाँ उग्रह बाबू निकासी में विलम्ब नहीं होने देते। मैं रुपये लेकर आता। फिर दूसरे–तीसरे दिन ही खत्म। सुरक्षा की दृष्टि से एक साथ अधिक रुपये नहीं ला पाता। मैं अनुभव कर रहा था सचमुच मकान

का निर्माण सबसे खर्चीला होता है। मकान निर्माण की सबसे सस्ती तकनीक में हमारी यह स्थिति थी तो महँगी तकनीकवालों के खर्च के बारे में क्या कहना! शायद यही वजह है कि शहरों में रहनेवाली बहुसंख्य आबादी स्वयं घर न बना किराये पर ही रहती है।

गुलाब मिस्त्री ने ईंटों के बाद, छड़, सीमेंट और गिटटियाँ (छरियाँ) भी मँगवा रखी थी। गिलावे की जोड़ाई वाले मकानों में भी प्लींथ, डोर तथा छत की ढलाई सिमेंटेड ही होनी थी।

मैं महसूस कर रहा था मकान निर्माता के रूप में मेरी भूमिका सिर्फ जगह-जगह और समय-समय पर भुगतान करना भर था। सारा दायित्व तो गुलाब मिस्त्री ने ले रखा था। इस स्थिति में विपिन बिहारी के बस अड्डे जाने तथा मजदूर मिस्त्रियों के काम पर लग चुकने के बाद मेरा समय खाली ही रहता। मुझे लगा कि इस खाली समय में अपने कमरे के एकान्त में बैठ मुझे कुछ लिखना चाहिए। गाँव पर छूटे कथा-प्रसंगों को यहाँ ताज़ा कर लेना अच्छा रहेगा। तब समय यों ही व्यतीत नहीं होगा। लेकिन चाहकर भी मैं ऐसा नहीं कर पाता। कमरे में जाता। कागज कलम लेकर बैठता। लिखने के लिए 'सृजन स्रोत' की कापी खोलता। लेकिन मुझसे लिखा ही नहीं जाता। भाग-भाग कर बाहर आ जाता और खड़े हो रहे अपने मकान को देखता-निहारता रहता।

इधर मैं यह नया और अनूठा अनुभव कर रहा था कि जब से मकान में काम लगाया था किसी और काम में मेरा मन लग ही नहीं पा रहा था। उसे देखते रहने से अलग हटना ही नहीं चाहता था। उसे देखते रहना अजीब सुखकर और प्रीतिकर प्रतीत होता। एक अनाम और अज्ञात आन्तरिक खुशी की अनुभूति होती रहती।

जब प्लींथ तक की जोड़ाई हो गयी तो मैं उसे आँखें फाड़े निहारता रहा जैसे कोई आश्चर्य घटित हो गया हो। मेरी परती उपेक्षित जमीन में प्लींथ की जोड़ाई से घर का ढाँचा बिल्कुल स्पष्ट हो गया था। बियावान[123] जगह में एक जीवन्त आकृति दिखने लगी थी। प्लींथ को पूरा कर मजदूर-मिस्त्रियों के जाने के बाद भी मैं उसे निर्निमेष दृष्टि से देखता रहा। बस अड्डे से लौटे विपिन जी का ध्यान भी इस ओर केन्द्रित किया—"यह देखिए विपिन भाई, प्लींथ तक घर तैयार हो गया। ये तीन कमरे हैं। यह गलियारा है। यह लैट्रिन और बाथरूम। इधर किचेन और यहाँ बाहर का बरामदा। गुलाब बहुत काबिल मिस्त्री है। एकदम नक्शे के अनुसार बनवा रहा है...।"

प्लींथ के बाद जब काम आगे बढ़ा तो मेरे मन की जिज्ञासा तथा सुखद अनुभूति और बढ़ती चली गयी। मुझसे कमरे में रहा ही नहीं जाता। जिस घर

की कल्पना अपने मन में लेकर आया था उसे साकार होते देखना इतना सम्मोहक हो सकता है, यह मैंने पहले नहीं जाना था। मैं तो समझता था कि ईंट-सीमेंट, छड़-गिट्टी और मिट्टी-पानी का काम नीरस, ऊबाऊ और परेशानी भरा होगा। लेकिन यहाँ उसके विपरीत इस कार्य की सरसता और आनन्द की अनुभूति ने मुझे अभिभूत कर दिया था। स्थिति यहाँ तक हो गयी थी किसी काम से शहर में जाता तो लौटने के बाद व्यग्रता और बेचैनी से मकान का ही निरीक्षण करता कि मेरी अनुपस्थिति में और कहाँ तक वह आगे बढ़ा है?

इस दौरान हर दस-पन्द्रह दिनों पर गाँव जाकर मकान निर्माण की प्रगति की सूचना वहाँ दे आता तथा घर-परिवार के समाचार से अवगत हो जाता। लेकिन घर पर मैं एक रात से अधिक नहीं रुक पाता। माँ रोकना चाहती—"अभी कल ही आये हो और आज ही जाने लगे।"

रेणु भी कहती—"कामेश्वर बबुआ को आरा भेज दीजिए और चार-पाँच दिन आराम कर लीजिए, तब जाइएगा।"

लेकिन बन रहे मकान का प्रबल आकर्षण मुझे खींचता रहता। जाने उस आकर्षण में ऐसा क्या था कि रेणु का आकर्षण भी मुझे विलमा नहीं पाता।

एक बार गाँव से लौटने में मुझे देर हो गयी। रात के अँधेरे में अपनी जमीन पर पहुँचा। लेकिन पहुँचते ही सबसे पहले टार्च जलाकर अपने उस मकान को ही देखने लगा कि मेरी अनुपस्थिति में और कितना बढ़ा है? उसका विकसित रूप देख अब उसे देर तक निहारते हुए प्रसन्नता में मग्न बना रहा—"कल सुबह इतमतीनान से देखिएगा मिथिलेश्वर भाई। इस रात में अब क्या देखना? काफी समय हो गया है। अन्दर आइए...!" जब विपीन जी ने कहा

तब मेरा ध्यान भंग हुआ। अब अन्दर कमरे में पहुँचा। फिर देर तक मकान देखते रहने का स्पष्टीकरण करते हुए कहा—"मकान निर्माण का कार्य भी साहित्य सृजन से कम आनन्ददायक नहीं होता विपिन भाई...। इसे तैयार होते देखने से मन ही नहीं भरता।"

इस पर विपिन जी ने मेरे आकर्षण को सैद्धान्तिक रूप दे दिया—"मकान निर्माण को तो सृजन कार्य ही कहा जाता है। मैंने कहीं पढ़ा है, जैसे भाव, भाषा और शब्दों से कोई रचना निर्मित होती है, वैसे ही ईंट, सीमेंट, छड़, गिट्टी आदि से मकान। एक का निर्माण साहित्य कला के अन्तर्गत आता है, दूसरा वास्तुकला के अन्तर्गत। वास्तुकला का सर्वोत्तम निर्माण मकान ही होता है।"

विपिन जी के इस कथन ने मेरे अनुभव की पुष्टि ही की। अपने अनुभव के धरातल पर तो मैं स्वयं महसूस कर रहा था कि यह मेरी सृजन प्रक्रिया की तरह ही एक निर्मित है। किसी विषय की प्राप्ति पर भाव, भाषा और शब्दों के

माध्यम से उसे कागज पर साकार करते हुए जिस आनन्दानुभूति से मैं गुजरता था, जमीन पर निर्मित अपने इस घर को देखकर वैसा ही महसूस कर रहा था, बल्कि कुछ मामलों में उससे भी बढ़-चढ़कर! परती जमीन पर एक प्यारा घर। सजीव निर्माण।

विपिन बिहारी कुछ ही समय बाद मेरे कमरे से चले गये। इस बीच बस अड्डे का स्थान परिवर्तन हो गया था तथा आरा के उनके कार्यालय ने विस्तार ले लिया था। अब अपने एक विभागीय सहयोगी रायजी के साथ वे रहने लगे। अपने कार्यालय के निकट रहना उनके लिए आवश्यक था। हालाँकि उनके जाते ही डाकघर के उग्रह बाबू अब मेरे कमरे में आ गये। वे भी अपने परिवार से अलग आरा में अकेले रहते थे। मेरे गाँव के निकट सकला गाँव के निवासी थे। डाकघर की सीमित आय में अपने बड़े परिवार का खर्च चलाते वे कष्ट में जान पड़ते थे। शायद इसी वजह से कोई कायदे का कमरा भी उन्होंने नहीं ले रखा था। अब मेरे प्रस्ताव पर सहर्ष तैयार हो गये और तत्काल आकर रहने लगे। विपिन बिहारी के जाने के बाद कायम हुआ मेरा अकेलापन जल्द ही दूर हो गया।

उग्रह बाबू से मेरा सम्बन्ध लेखकीय नहीं, कार्यगत था। वे मेरी ससुराल के रिश्ते में थे। लेकिन पढ़ने में उनकी रुचि थी। कोई भी किताब या पत्रिका मिलने पर प्रेम से पढ़ने लगते। उनकी सबसे बड़ी विशेषता मुझे उनकी कार्यक्षमता जान पड़ती। डाकघर में आठ घंटे की कड़ी ड्यूटी के बाद भी आकर आराम नहीं करते, कुछ-न-कुछ करने लगते। कभी अपने कपड़ों की सफाई में लग जाते, तो कभी हमारे कमरे का रख रखाव ठीक करते, तो कभी अपने घर चिट्ठी लिखने बैठ जाते, तो कभी चाय बनाने लगते। उनके आने के बाद मैं चाय ज्यादा पीने लगा था। उनसे पहले सड़क की दुकान पर चाय के लिए एक-दो बार से अधिक नहीं जा पाता। लेकिन अब कमरे में ही चाय उपलब्ध। वे रात ग्यारह से पहले कभी नहीं सोते। उनकी लिखावट बहुत सुन्दर थी। मेरे पास की किसी पुस्तक या पत्रिका को लेकर सोने से पहले अवश्य पढ़ते। फिर उसमें जहाँ कहीं भी कोई विशिष्ट प्रसंग या वाक्य मिलता उसे अपनी डायरी में दर्ज कर लेते। मुझसे कहते भी—"सोने से पहले अवश्य पढ़ना चाहिए। पढ़ते हुए सोने से अच्छी नींद आती है और ज्ञान का विकास भी होता है।"

अपनी डायरी के बारे में कहते—"यह मेरे द्वारा संचित ज्ञान का कोश है। पढ़ी हुई सारी बातें याद नहीं रहतीं, इसीलिए अच्छी बातें लिख लेता हूँ।"

उग्रह बाबू की संगति में मैं भी ग्यारह बजे रात तक जागने लगा। उन्होंने मुझे लेखन के लिए भी उत्साहित किया—"जो काम आप करते आ रहे हैं उसे बीच में अचानक क्यों छोड़ रखे हैं... ? फिर बाद में उसे शुरू कीजिएगा तो जल्दी

मन नहीं रमेगा। किसी भी काम के साथ ऐसा होता है। दिन में मकान बनवाइए और रात के एकान्त में लिखिए...! फिर आपके दोनों कार्य सुचारु रहेंगे। एक के चलते दूसरा छूटने नहीं पाएगा। लिखने-पढ़ने का काम तो रात की शान्ति में ही और बढ़िया से होगा।''

उग्रह बाबू का सुझाव मुझे जँचा। सचमुच इस समय में यह अच्छा रहेगा। गाँव पर कई लिखी कहानियाँ पड़ी थीं। नया कुछ लिखने में मन न रमे तो उन्हें ही साफ कर विभिन्न पत्र-पत्रिकाओं में भेजनी चाहिए। वह भी एक जरूरी काम है। बस, गाँव से वो सारी कहानियाँ लेता आया। महाराज हाता में बस रहे हमारे नये मुहल्ले की रात जल्द ही शुरू हो जाती थी। शाम होते ही वहाँ सन्नाटा पसर जाता। रात के आठ बजते-बजते तो अपना खाना बना हम मुक्त हो जाते। अब आठ से ग्यारह या बारह यानी तीन-चार घंटे का समय। इस समय का बेहतर उपयोग लिखने-पढ़ने में ही हो सकता था। मुझे इस बात को लेकर अफसोस हुआ कि अब तक अपने जीवन के इस समय पर मेरा ध्यान क्यों नहीं गया था। बारह बजे रात सोने और छह बजे सुबह उठने पर भी सोने का पर्याप्त समय मिल जाता। यहाँ उग्रह बाबू की दूरदर्शिता के चलते उनके प्रति मेरे मन में आदर के भाव पैदा हो उठे। मैंने सुना था, अनुभवी व्यक्ति का संग-साथ अच्छा होता है। अब उसे महसूस भी कर रहा था। उग्रह बाबू मुझसे लगभग पन्द्रह-सोलह वर्ष बड़े थे।

अपनी योजना के अनुसार अब रात में अपनी कहानियों को साफ करने बैठा। लेकिन मेरे इस कार्य पर नजर पड़ते ही उग्रह बाबू बीच में कूद गये—''आप यह क्या कर रहे हैं! नया लिखिये, नया। पहले का जो भी लिखा हो उसे साफ करने के लिए मुझे दे दीजिए। यह मेरा प्रिय काम है। कुछ भी लिखा उतारना मुझे बहुत अच्छा लगता है।''

''आप प्रेस कापी बना सकते हैं? कागज के एक ओर इशिया छोड़कर प्रेस कापी बनायी जाती है।''

''क्यों नहीं बना सकता...। एक पेज साफ करा कर तो देखिए...।''

और उग्रह बाबू के इस कथन पर नमूने के रूप में उनसे एक पेज साफ कराया। परिणाम में उन्होंने मुझे चमत्कृत कर दिया और अपनी लिखावट से मुग्ध भी। मोती जैसी बारीक और साफ अक्षर। सुन्दर लिखावट। मैं जो प्रेस कौपी तैयार करता था उससे लाख दर्जे बेहतर। अब उन्हें पहले की लिखी कहानियाँ देते हुए कहा—''आप तो मेरे लिए वरदान बनकर आ गये हैं...!''

''अरे नहीं मिथिलेश जी। यह तो मैं कुछ भी नहीं कर रहा। यह तो मेरे मन लायक काम है। आप कुछ उतारने को न देते तो कुछ पढ़ने बैठ जाता। ग्यारह

से पहले मैं सो ही नहीं पाता।'' अब नया लिखने के लिए मैं उन्मुख हो गया। कई नये विषय मेरे मन में पग रहे थे। कई विषय सृजन स्रोत की कापी में दर्ज थे। अब सम्बन्धित विषय पर जैसे ही अपने को केन्द्रित किया, कलम चल निकली। फिर कहानियाँ तैयार होने लगीं—'आखिरी बार', 'विकल्पहीन', 'जीने के लिए', 'शेष जिन्दगी'। इसी अवधि में उग्रह बाबू पर भी 'विग्रह बाबू' नामक एक कहानी तैयार की। हालाँकि 'विग्रह बाबू' कहानी में 'उग्रह बाबू' का जीवनगत बुनियादी यथार्थ सिर्फ आधार के रूप में रखा, कहानी की माँग और बुनावट के तहत कल्पना का अधिक सहारा लिया...।

अब मेरा लेखकीय कार्य अचानक तीव्र गति को प्राप्त हो गया था। बैसाडीह में रहकर भी जो नहीं कर पा रहा था, उग्रह बाबू के सान्निध्य में यहाँ अब सम्भव हो गया था। इस दरम्यान उग्रह बाबू द्वारा साफ की हुई कहानियाँ अब भेजने भी लगा। 'बाबू जी' के बाद 'धर्मयुग' के लिए भारती जी ने पुनः एक ताज़ा कहानी माँगी थी। उन्हें अब 'विरासत में' कहानी भेज दी। प्रभाष जोशी उस समय 'आसपास' नामक एक साप्ताहिक का सम्पादन कर रहे थे। उन्हें लम्बी कहानी 'पहली घटना' दी। इसी तरह बेरोजगारी पर लिखी कहानियाँ भी 'सारिका', 'साप्ताहिक हिन्दुस्तान' 'कहानी' आदि पत्रिकाओं में भेजने लगा। उग्रह बाबू जो कहानी साफ कर मुझे थमा देते, उसे भेजने में अब तनिक भी विलम्ब नहीं करता। एक बार पढ़ लेता। फिर लिफाफे पर पता तैयार कर डाक टिकट लगा उसे आर.एम.एस. पहुँच छोड़ आता। मेरे आवास से आर.एम.एस. नजदीक होने के चलते मुझे सुविधा थी।

मकान निर्माण के साथ-साथ अपने लेखन के सुचारु स्वरूप से अब मैं बहुत प्रसन्न रहने लगा। एक ऐसा सिलसिला कायम हो गया था जो अन्दर ही अन्दर मुझे शान्ति और सुकून प्रदान करता रहा। लगता, अपनी दिनचर्या में मकान के साथ-साथ अपने लेखकीय जीवन को भी समय देने लगा। लेकिन गाँव जाते ही मेरा सारा मंसूबा ढह गया। सारा सुकून खत्म हो गया। रेणु ने घर पहुँचते ही मुझे सूचना दी कि वह फिर माँ बनने वाली है। इस सूचना से मेरी सारी सुख-शान्ति जाती रही। मन दुःख और खीझ से भर उठा—''यह क्या सुना रही हो रेणु? दो बच्चियों के बाद हमें अब और बच्चा नहीं चाहिए...। यह अब कैसे हो गया? इसे अब नहीं होना चाहिए था।''

''तो इसमें मैं क्या कर सकती थी। मैं तो खुद यह सब नहीं चाहती!''

''हमारी लापरवाही और व्यस्तता के चलते ही यह सब हुआ है रेणु। स्थायी निदान न ढूँढ़ तात्कालिक साधनों पर विश्वास कर हम फिर मार खा गये। इसका स्थायी निदान ऑपरेशन है, बच्चा न होने वाला ऑपरेशन!''

"तो आपने ऑपरेशन के लिए कहाँ कभी जोर दिया।"

"माँ के चलते महटियाआ रहा। जानता हूँ, माँ ऐसा नहीं करने देंगी। बेटियों की जगह हमारे बेटे होते तो वे नहीं रोकतीं। लेकिन बेटियों के होते ऑपरेशन के नाम पर एकदम अड़ जाएँगी। माँ के अभिभावकत्व में रहते अपनी मर्जी के लिए हम स्वतन्त्र नहीं।"

"तब क्या होगा?"

"अब तत्काल अबार्सन कराना होगा। हमें यह बच्चा नहीं होने देना है।"

"यह ठीक होगा?"

"बिल्कुल ठीक होगा। आरा का घर अब तैयार हो चला है। यहाँ से आरा चलते ही तुम्हें पढ़ाई में लग जाना है। सिर्फ मैट्रिक तक ही तुम्हें मैं नहीं रहने दे सकता...। तुम जितना पढ़ना चाहोगी और जितना सम्भव हो सकेगा, मैं पढ़ाऊँगा। मुझे भी नौकरी के लिए भाग दौड़ करनी है। ऐसे में छोटे बच्चे से जगह-जगह रुकावट और परेशानी पैदा होगी!"

"अम्मा जी अबार्सन कराने देंगी?"

"माँ को हम समझाएँगे रेणु। उन्हें बताएँगे कि यह स्थायी ऑपरेशन नहीं। बाद में बच्चा होना भी हम नहीं रोकेंगे। लेकिन अभी इससे हमारी सारी प्रगति बाधित हो जाएगी...।"

"ऐसा करना जीव-हत्या नहीं होगा?"

"एकदम नहीं। यह फितूर अपने दिमाग से तुम निकाल दो। गर्भ में जब तक जीव पड़ता नहीं तब तक जीव हत्या की बात कहाँ उठती है? जीव पड़ने से पहले ही हमें अबार्सन करा लेना है। तुम तो जानती हो, गाँधी जी अंडे को भी इसीलिए निरामिष आहार बताते थे कि वह जीव रहित होता है। अंडे में जब बच्चा आ जाता है तब वह अंडा कोई नहीं खाता...। जीवरहित गर्भ को गिराने में कोई दोष नहीं...।"

मेरे इस तर्क पर रेणु अब मौन हो गयी। उसके मौन को स्वीकृति समझ अब मैं माँ के पास चला कि उसे इतमीनान और विस्तार से समझा कर सहमत कर लूँ। लेकिन माँ तो मेरी बात पहले ही सुन चुकी थी। दुःख और झल्लाहट में रेणु से मैं कुछ तेज़ आवाज़ में ही बात कर रहा था। माँ मेरे कमरे से बाहर बरामदे में मेरी बेटियों का लेकर बैठी थी। मेरी बेटियों को वह इतना मानती थी कि रेणु से अधिक वे माँ के पास ही रहने लगी थीं। माँ के इर्द-गिर्द ही खेलती-कूदती तथा अपनी तुतली बोली में माँ से ही कुछ कहतीं। अब मुझे देखते ही माँ बरस पड़ी—"तू अपनी पत्नी से क्या सलाह कर रहा था? उसका गर्भ गिराना चाहता है? लेखक बनते-बनते तेरा दिमाग फिर गया है! तुम्हारी दोनों बेटियाँ

अब स्वयं चलने-फिरने और खाने-पीने लगी है। तेरी पत्नी की गोद में भी नहीं रहती। अब इस समय उसे बच्चा नहीं होगा तो और कब होगा? इन बेटियों से ही तेरा वंश चल जाएगा? बेटियों के बाद ही बेटे आते हैं। मेरे साथ भी ऐसा ही हुआ है। तू चुपचाप आरा जा और मकान बना। अब भूलकर भी ऐसी बात मत सोचना...।''

मैंने माँ को समझाने की कोशिश की—''मुझे अभी नौकरी पकड़नी है माँ। रेणु को भी आगे पढ़ना है। उसे भी नौकरी दिलानी है। बहुत सारे काम हैं। अभी बच्चे से परेशानी होगी।''

''तू जो नौकरी पकड़ना चाहता है, पकड़। बच्चे से तुझे क्या लेना-देना! और पत्नी को पढ़ाने तथा नौकरी लगाने के चक्कर में मत पड़। तुम्हारी कमाई से उसका पेट नहीं भरेगा तो खुद कमा कर खाएगी? तेरे पिताजी ने तो मुझे नौकरी नहीं करायी, पर किसी चीज की कमी नहीं होने दी। शहर में ले जाकर भले न रखा, मगर आराम से रहने, खाने-पीने, ओढ़ने-पहनने में गाँव की कोई औरत मेरी बराबरी नहीं कर सकी। उनका बेटा होकर तू मेहरारू से नौकरी करवाएगा।''

''तुम्हारा समय दूसरा था माँ, हमारा समय दूसरा है। अब सिर्फ एक आदमी के कमाने से काम चलने वाला नहीं। फिर पढ़ी-लिखी तेज लड़की सिर्फ चूल्हे-चौके से बंध कर रहे यह भी तो ठीक नहीं!''

''तू लेखक है। तुझसे बात में मैं पार नहीं पाऊँगी। मगर कान खोलकर सुन ले, उसका गर्भ गिरायेगा तो मैं तेरे साथ नहीं रहूँगी।''

मैंने देखा, ऐसा कहते हुए माँ का चेहरा तमतमा आया था। शायद उसका ब्लड प्रेशर बढ़ गया था। मुझे पता था, क्रोध और तनाव से ब्लड प्रेशर बढ़ता है। अब मौन हो जाना ही मैंने उचित समझा। अचानक इसी वक्त जीनर की माँ भी आ पहुँची। मेरी माँ के पास वे अक्सर आती रहती थीं। मैं जानता था, मेरी माँ के पेट में तो कोई बात पचती नहीं। अब जीनर की माँ के आते उनसे कह दी। अब वे भी शुरू हो गयीं—''ई तू का सोचा है मिथिया? इसी गाँव में सात-सात बेटियों के बाद लोगों को बेटे हुए हैं। दो बेटियों पर ही तेरी यह स्थिति! तू कइसा बाप है रे!''

मुझे लगा, जीनर की माँ से समर्थन पा मेरी माँ कहीं अब और न उबल पड़े तब तो उसका प्रेशर और बढ़ जाएगा। बस, वहाँ से माथा झुका मैं हट गया। अपने कमरे के दरवाजे पर खड़ी रेणु भी वहाँ से मुझे हट जाने का संकेत कर रही थी। मुझ से माँ की बात वह सुन चुकी थी। माँ के स्वास्थ्य के प्रति मेरी तरह वह भी सतर्क थी।

उस रात गाँव पर मैं सो नहीं सका। अपनी प्रकृति के अनुसार रेणु सो गयी।

पिंकी-रीनी दोनों बेटियाँ भी हमारे इर्द-गिर्द नींद में पड़ी रहीं। लेकिन मैं सारी रात जगा रहा। अपने संघर्ष से बेहतर जीवन का मार्ग प्रशस्त करना चाहता था। लेकिन कहीं न कहीं से बाधाएँ आ घेरती थीं। मेरे अन्दर की विद्रोही प्रवृत्ति अब रह-रहकर उभर रही थी। रेणु जब आयी थी तो अपने रुढ़िवादी दृष्टिकोण के चलते माँ नहीं चाहती थी कि मैं दिन में उससे मिलूँ। लेकिन उसकी इच्छा के खिलाफ मैं मिलता था। अन्ततः मेरा वह मिलना उसे स्वीकार करना पड़ा। इसी तरह उसे चुपके से आरा ले जाकर मुझे अबार्सन करा देना चाहिए, बाद में न चाहते हुए भी उसे स्वीकार करना ही पड़ा। फिर मुझे लगा, नहीं, रेणु से मिलने वाली बात दूसरी थी और यह अबार्सन वाली बात दूसरी। वह सहने और बर्दाश्त करने वाली सामान्य घटना थी और यह असह्य घटना! उस वक्त माँ को ब्लड प्रेशर की बीमारी भी नहीं थी। इस बीमारी में अब कोई बड़ा मानसिक आघात उचित नहीं।

अगली सुबह थके तन और निराश मन से मैं आरा चल पड़ा। रास्ते भर इस विषाद का शिकार रहा कि जैसे मुर्दे पर छह मन माटी, वैसे नौमन...। आरा पहुँच दिन भर अन्यमनस्क बना रहा। मकान ढलाई के लिए हो रही सेन्ट्रिंग को बेमन से देखता तथा खुट-खाट की उसकी आवाज सुनता रहा। शाम जब उग्रह बाबू डाकघर से लौटे और हम साथ-साथ चाय पीने बैठे तो मैं फट पड़ा। सारी बात कह सुनायी। उस वक्त मेरे सबसे निकटतम साथी वही थे।

समझदार और अनुभवी उग्रह बाबू को मेरी व्यथा समझते देर नहीं लगी। उन्होंने मुझे प्रेम से समझाते हुए कहा—"इसी बात को लेकर आप इतने चिन्तित और परेशान हैं मिथिलेश जी...! आपको देखकर ही मुझे लगा कि किसी बड़ी समस्या में उलझे हैं। मेरी बात मानिए तो यह सोचना ही छोड़ दीजिए कि आपकी इच्छा के विरुद्ध जो हो रहा है उससे आपकी प्रगति बाधित हो जाएगी। बहुत बार ऐसा होता है कि हम जिस चीज को अपनी प्रगति का माध्यम समझते हैं उससे हमारी प्रगति नहीं होती और जिसे हम बाधक समझते हैं उससे कोई बाधा नहीं पहुँचती। कभी-कभी तो बाधक ही साधक साबित हो जाता है। इसी से जो निर्णय हमारे हाथ में नहीं उस पर हमें क्यों सोचना? प्रकृति पर छोड़ देना है! प्रकृति के तहत जो होता है वह ठीक होता है। आपको तो सिर्फ दो बेटियाँ हैं। चार-पाँच बेटियाँ और बेटों के पिता को मैंने प्रगति के शिखर पर चढ़ते देखा है। अभी इस विद्यार्थी जीवन में आप पिता हो गये यह आपके भविष्य के लिए और अच्छा है। उम्र दराज होते-होते बेटियों की शादियाँ कर मुक्त हो जाएँगे। फिर तो आड़े वक्त बेटियाँ आपकी मदद करेंगी और खोज खबर लेंगी। बुढ़ापे में हुए बाल-बच्चे ही कष्टकार होते हैं, जवानी के नहीं। फिर बेटे या बेटी जो

भी जनमते हैं, अपना भाग्य लेकर। हम और आप चाह कर भी उनके भाग्य को नहीं बदल सकते। आप तो इस मामले में भाग्यशाली हैं कि आपकी माँ जीवित हैं। पोते-पोतियों के प्रति दादा-दादी का लगाव माँ-बाप से अधिक होता है। कहा ही जाता है, मूल से सूद प्यारा होता है। इस स्थिति में आपकी सारी बच्चियों को आपकी माँ पाल देंगी। आप दोनों पति-पत्नी के किसी भी कार्य में रुकावट नहीं आयेगी। आप अपने मन से सारी चिन्ता निकाल दीजिए...। जो हो रहा है, उसे होने दीजिए। उससे आपका मार्ग अवरुद्ध होने वाला नहीं...।''

उग्रह बाबू के इस आत्मीय और अनुभव सिद्ध परामर्श का सचमुच मेरे ऊपर चमत्कारिक असर हुआ। जैसे किसी तेज दर्द निवारक दवा से दर्द में राहत मिल जाय, मैंने वैसा ही महसूस किया। अनुभव सिद्ध ज्ञान के महत्त्व के बारे में मैं सुनता था। अब उग्रह बाबू के कथन में उसकी सत्यता का एहसास भी कर सका। मेरा मन अब पुन: शान्त-सहज हो चला!

मकान निर्माण में अब मैं पुन: जोर शोर से लग गया। मैं चाह रहा था कि मेरा घर अब जल्द तैयार हो जाए। दीवार की जोड़ाई तेजी से ऊपर उठती देख मुझे लगा कि अब मेरा मकान तैयार हो चला। पर उसके बाद जगह-जगह मकान की अनिवार्य अपेक्षाओं के तहत विभिन्न कार्यों में जो समय लगता रहा वह दीवार जोड़ाई से भी अधिक प्रतीत हो रहा था। यहाँ यह अनुभव भी अब मुझे होने लगा कि जैसे मकान बनाना सबसे खर्चीला काम होता है, वैसे ही उसकी तैयारी भी पर्याप्त समयसाध्य। चाह कर भी हम जल्द उसे रहने लायक स्वरूप नहीं दे सकते।

इस सम्बन्ध में अपने इलाके की एक घटना अब बरबस मुझे याद आने लगी थी। मेरे जिले के एक गाँव में जमीन के एक टुकड़े को लेकर दो लोगों के बीच लम्बे समय से संघर्ष चल रहा था। आपसी विवाद के चलते ही दोनों ने उस जमीन को परती छोड़ रखा था। बाद में उनमें से एक ने अपने पक्ष में कुछ साक्ष्य एकत्र कर उस पर अपने स्वामित्व के लिए मुकदमा दर्ज कर दिया। मुकदमे के अनुसार सम्बन्धित सरकारी अधिकारी को जमीन निरीक्षण का आदेश हुआ। अब इस सूचना से दूसरे आदमी के कान खड़े हो गये। अब वह भी अपने अनुकूल साक्ष्य प्रस्तुत करने में जुट गया। वह उस इलाके का नामी चोर था। इलाके भर के चोर-लुटेरों से उसकी दोस्ती थी। उस दोस्ती का लाभ उठाते हुए उसने रात में ही ऐसा चमत्कार घटित कर दिया कि सारा इलाका उसे देख कर दंग रह गया। रात भर में ही उस विवादित जमीन में एक कोठरी तैयार हो गयी थी। सुबह उस जमीन पर पहुँचा सरकारी अधिकारी यह देखकर हैरत में पड़ गया

कि जिस परती जमीन के निरीक्षण में वह आया है, उसमें तो एक कोठरी बनी हुई है। कोठरी के बाहर एक भैंस बँधी है जिसे एक आदमी सानी-पानी दे रहा है तथा कोठरी के दरवाजे पर बैठी एक औरत अपने बच्चे को दूध पिला रही है। अब उसने मुकदमा करने वाले व्यक्ति से पूछा—"आपने तो परती जमीन का मामला दर्ज कराया था। इस जमीन में तो पहले से ही यह घर है।"

जवाब में उसने तनिक आवेश में कहा—"यहाँ कोई घर नहीं था हाकिम। इस पर दखल कब्जा साबित करने के लिए रातभर में ही यह घर बनाया गया है।"

यह सुन भैंस खिलाता आदमी बोल उठा—"यह कैसे हो सकता है हुजूर! भला रातभर में कोई घर बना सकता है...? आपने ऐसा कहीं देखा है?"

उस सरकारी अधिकारी को उस दूसरे की ही बात जायज प्रतीत हुई। बाद में मुकदमे का फैसला भी उस दूसरे के पक्ष में ही हुआ। जमीन पर अपना दख्ल कब्जा उसी ने साबित कर दिया था।

उस घटना को लेकर मेरे मन में यह विश्वास था कि मकान बनाने में अधिक समय नहीं लगता। लेकिन अब बीतते समय ने उस घटना के साथ उसकी नेपथ्य कथा की ओर भी सचेत रहने के लिए मुझे आगाह किया। वह कोई बड़ा मकान नहीं, एक कमरे का निर्माण था। गिलावे की जोड़ाई पर खपड़ैल छत। उस पर भी आलम यह कि इलाके भर के सैकड़ों चोर रातों रात एकत्रित होकर हाथों हाथ उसमें लग गये थे। गोपनीय से गोपनीय कार्य में तीव्र क्षमता रखने और बुद्धि में विलक्षण होने वाले चोरों के लिए यह कोई बड़ी बात थी भी नहीं। उनकी तुलना में अकेला मैं नक्शे के आधार पर तीन कमरों का एक पूरा मकान चाहते हुए भी जल्द कैसे तैयार कर सकता था...!

छत की ढलाई के बाद मुझे लगा कि जितनी देर होनी थी हो चुकी। अब मकान तैयार हो गया। ढलाई को मकान निर्माण का अन्तिम और बड़ा कार्य माना भी जाता था। लेकिन सेन्ट्रिंग खुलने में पन्द्रह-बीस दिन लगे। गुलाब मिस्त्री के अनुसार इससे पहले सेन्ट्रिंग खोलना उचित नहीं। सन्ट्रिंग खुलने के बाद अन्दर घुस कर देखा, मकान की दीवारों पर छत तो चढ़ गयी थी, लेकिन खिड़की दरवाजे के बिना वह खंडहर की तरह प्रतीत हो रहा था। सुरक्षा की दृष्टि से भी बिल्कुल अनुपयुक्त। अन्दर की खिड़कियाँ और दरवाजे हम छोड़ भी सकते थे। लेकिन बाहरी दरवाजे की फाँकें भी दीवारों में से ऐसे झाँक रही थीं कि साँप-बिच्छुओं की सुरंगें हों। ऐसे में मकान का बाहरी प्लास्तर हम छोड़ सकते थे लेकिन अन्दर के प्लास्तर के बिना रहना मुश्किल जान पड़ रहा था। अब हम फिर उसमें लग

गये। मैं काम समेटना चाहता था, लेकिन मकान के ये काम ऐसे थे जो प्रयासोपरान्त सिमटा नहीं रहे थे। मेरी तत्परता और गुलाब मिस्त्री की अतिरिक्त सक्रियता के बावजूद इस कार्य में अब पुनः बीस-पच्चीस दिन लग गये।

गुलाब मिस्त्री ने अब लैट्रिन की टंकी की ओर मेरा ध्यान आकृष्ट किया। उसने अन्त में टंकी बनाना तय किया था। अब यह याद आते ही मेरा मन क्षुब्ध हो उठा। गुलाब मिस्त्री के अनुसार टंकी के निर्माण और जाँच के बाद उसे शुरू करने में कम से कम पच्चीस-तीस दिन से कम लगने वाला नहीं...। यह पूरा निर्माण सिमेन्टेड होना था। इस दृष्टि से खर्चीला भी था। मैंने गुलाब मिस्त्री को मना कर दिया—''अब यह छोड़ दीजिए मिस्त्री जी। यह महँगा और अधिक समय लगने वाला निर्माण मुझे नहीं चाहिए...। इस बारे में मैं कुछ और सोच रहा हूँ...!''

मैंने सुना था, कम खर्च और कम समय में सुलभ शौचालय का निर्माण शुरू हो गया है। सुलभ शौचालय बनाने वाले आरा में भी आ पहुँचे हैं। आरा नगरपालिका के कैम्पस में ठहरे हैं। बस, मैं उनके पास जा पहुँचा। सूचना सही थी। सचमुच वह बिल्कुल कम खर्च और कम समय का निर्माण था। वे निर्माणकर्ता मेरे मकान पर आये। फिर अपनी खास विधि से उन्होंने जल्द ही निर्माण कर दिया। उनका वह निर्माण मुझे करिश्माई जान पड़ा। दो से तीन दिन में ही कार्य पूरा। अब मन ही मन मैंने उसके आविष्कर्ता को धन्यवाद दिया। मेरे मित्रों, परिचितों और पड़ोसियों के अनुसार मेरे मकान में अभी और कई कार्य बाकी थे। जो देखने आता, दो-चार सुझाव दे जाता कि यहाँ यह होना चाहिए, वहाँ वह! लेकिन ललन त्रिपाठी की माँ ने मेरे मन की बात कही—''मकान का काम कबो पूरा नहीं होता बचवा। अब परिवार लाकर रखो। वक्त-जरूरत के अनुसार बनता रहेगा। राजा-महाराजा भी एक बार में मकान का काम नहीं ओरिया पाते....।''

मैं तो यही चाहता था। ललन त्रिपाठी की माँ की बात से मुझे हार्दिक खुशी हुई। मजबूत ठहराव मिला। मकान का काम अब यहीं स्थगित कर मैं घर भागा। पूरे परिवार को यह बताने के लिए अब मेरा मन मचल रहा था कि हमारा संघर्ष केन्द्र तैयार हो गया, जो हमारा नया आशियाना भी है।

जैसा कि मुझे विश्वास था, सूचना पाते ही सारे सदस्य खुशी से उछल उठे। मेरी बेटियों को भात-दाल खिला रही माँ के हाथ रुक गये। उन्होंने सुखद आश्चर्य से पूछा—''घर बन गया? रहने लायक हो गया?''

मैंने उन्हें आश्वस्त किया—''हाँ माँ, एकदम रहने लायक।''

रेणु भी विहँसती हुई अपने कमरे से आयी—''बहुत अच्छा हुआ। हम रोज

एक-एक दिन गिन रहे थे। आप वहाँ, हम यहाँ। अब दो जगह की भाग दौड़ नहीं रहेगी...।''

उर्मिला ने चहकते हुए पूछा—''कैसा बना है भैया। कैसा है हमारा घर?''

जवाब ब्रजेश्वर ने दिया—''इस घर से तो बहुत अच्छा होगा उर्मिला। मैंने सुना है, शहरी घर देहाती घरों से हर मामले में बढ़िया होते हैं...।''

कामेश्वर ने कहा—''हमें अब देर नहीं करनी चाहिए। बना हुआ नया घर खाली छोड़ना ठीक नहीं...।''

मैं अनुभव कर रहा था, नये घर के निर्माण की खुशी के साथ अब उसमें शीघ्र प्रवेश के लिए सब मचल रहे थे। लेकिन समस्या अब यह खड़ी हुई कि गाँव के इस घर का क्या किया जाए? अगर हम ताला लगाकर जाते हैं तो क्या भरोसा कि वह ताला कायम रह सके? शहर के हमारे कमरे की तरह गाँव का यह ताला भी टूट सकता है और सामान गायब हो सकते हैं। पिताजी के प्रभावशाली रूप में रहते हुए जब उतनी बड़ी चोरी हो गयी तो हम सबकी अनुपस्थिति में ताला क्यों नहीं टूट सकता? इससे अलग अगर उसमें किसी को रख कर हम जाते हैं तो क्या भरोसा कि बाद में हमारी जरूरत पर वह मकान छोड़ दे। इस गाँव में हमारी अल्पसंख्यक स्थिति को देखते हुए कोई कुछ भी कर सकता है...। एक बार जब गाँव से हमारे पाँव उखड़ जाएँगे तो दुबारा जमने से रहे। इस सम्बन्ध में अन्तत अपने पुराने चरवाह हरेसर की ओर हमारा ध्यान गया। वह हमारे यहाँ लम्बे समय से रहते आया था। हमारा विश्वास पात्र भी था। उसको अपने घर में रखकर ही हम घर को सुरक्षित रख सकते थे। इसके अतिरिक्त कोई दूसरी अनुकूल व्यवस्था हमें नजर नहीं आयी। अब माँ ने उसी समय ब्रजेश्वर को दौड़ा कर हरेसर को बुलवाया। हमारे घर की खबर पर हरेसर कभी विलमता नहीं था। सूचना पाते ही आ धमका। उसके आने पर अक्सर माँ या हम निकसार में ही बात करते थे। लेकिन इस बार माँ ने उसे आँगन के बरामदे में बुला लिया जैसे किसी राज की बात कहनी हो। फिर उर्मिला से कह कर बाहर का दरवाजा बन्द करा दिया। माँ के साथ वहाँ मैं मौजूद था। कामेश्वर और ब्रजेश्वर भी समीप ही बने थे।

माँ ने पूरी आत्मीयता से अब कहना प्रारम्भ किया—''हरेसर! तुमको हम अपने परिवार से कम नहीं समझते। हमारे यहाँ का कुछ भी तुमसे छिपा नहीं। अब तुम पर एक बड़ा बोझ सौंपना चाहते हैं। तुम्हें छोड़ गाँव में किसी पर भी हमें विश्वास नहीं...!''

हरेसर की जिज्ञासा अब बढ़ गयी—''का बात है मालकिन? कहिये जवन

भी बात हो। हमसे जो भी सपरेगा उठा नहीं रखेंगे...।''

''हम अब शहर जाएँगे हरेसर। यह घर तुम्हारे जिम्मे छोड़ जाएँगे। अपना परिवार लाकर इसी में रहना। परीमाई को दियाबत्ती दिखाना। यहाँ तुम्हें बहुत आराम मिलेगा। तुम्हारे रहने से यह घर भी भरा-भरा रहेगा...।''

यह सुन हरेसर क्षण भर के लिए मौन और गम्भीर हो गया। फिर बोला—''यह तो बहुत बड़ा बोझ है मालकिन। मैं इसे कैसे सँभाल सकूँगा...? बाबू लोगों का मुहल्ला है। उनके बीच में हमारा रहना...!''

''तुम्हारा रहना किसी को खराब नहीं लगेगा! तुम कोई नया तो रह नहीं रहे हो...। हमारे घर बहुत समय से रहते आ रहे हो...। अब हमारा यह मकान और गोंयड़ की जमीन तुम्हें ही सँभालनी है। बारह कट्ठा गोंयड़ है। उसमें खेती करना...। सब जानते हैं कि तुम हमारे पुराने चरवाह हो...!''

माँ की इस बात पर हरेसर ने अब कुछ नहीं कहा। शायद अपने लिए इसे लाभप्रद ही समझा। झोपड़ीनुमा उसके तंग घर की जगह यह बना बनाया मकान और खेती के लिए गोंयड़ की जमीन। उसके मौन को स्वीकृति समझ अब मैंने उसे और आश्वस्त किया—''यहाँ तुम्हें कोई कठिनाई नहीं होगी हरेसर। मनी के लिए तो हम आएँगे ही, ऐसे भी बीच-बीच में आते-जाते रहेंगे। तुम्हें कुछ भी परेशानी होगी तो बताना, हम उसे दूर कर देंगे...।''

इस पर उसने कहा—''आप लोग आते रहिएगा मिथिलेश जी। आप लोग आते रहिएगा तो हमको बल रहेगा। फिर हम डटे रहेंगे...।''

हरेसर की स्वीकृति के बाद अब हम इतमीनान हो गये। गाँव की जकड़न से हरेसर ने हमें मुक्त कर दिया। जिस घर में हम पैदा हुए थे और बचपन से उस समय तक रहते आये थे, उसे बगैर किसी भरोसे मन्द ठौर के छोड़ भी तो नहीं सकते थे। वह ठौर बन कर हरेसर ने सचमुच हमें निश्चिन्त कर दिया...।

अब हमारी तैयारी शुरू हो गयी। माँ अपने बक्से में जरूरी सामान सरियाने लगी। रेणु और माया भी अपने-अपने बक्सों को लेकर भिड़ गयीं। कामेश्वर और ब्रजेश्वर के साथ मैं इस विमर्श में लग गया कि यहाँ से क्या-क्या हमें ले चलना चाहिए और किस सवारी से चलना चाहिए? इस सम्बन्ध में कामेश्वर ने अपना सुझाव देते हुए कहा—''यह किराए का कोई घर नहीं कि यहाँ से हम चलें तो डेरा-डंडा बान्ध कर सब लेते चलें। यह भी हमारा ही घर है। सिर्फ जरूरी चीजें हमें साथ ले चलना है। चौकी, टेबुल, कुर्सी सब यहीं छोड़ देनी है। आरा से यहाँ आने पर रहने-सोने वाले सामान तो यहाँ होने ही चाहिए। वहाँ आरा में आम की लकड़ी वाली सस्ती चौकियाँ ले लेंगे...। बस, दोनों जगह की व्यवस्था

कायम रहेगी।''

कामेश्वर का सुझाव हमें बहुत अच्छा लगा। हम तैयार हो गये। माँ को भी यह बात पसन्द आयी। अब ब्रजेश्वर ने कहा—''सवारी का जिम्मा मेरा रहेगा। कार या मिनी बस की जगह जीप से हमारा चलना सस्ता पड़ेगा। मेरे स्कूल के एक दोस्त का बाप भाड़े की जीप चलाता है, मेरे कहने पर वह किफायत में तैयार हो जाएगा...।''

ब्रजेश्वर का प्रस्ताव भी हमें जँचा। हमने जीप ठीक करने का दायित्व उसे दे दिया। गोद की बच्चियों को छोड़ हमारी कुल संख्या छह थी—मैं, माँ, कामेश्वर, उर्मिला, माया और रेणु। एक जीप भर मुकम्मल सवारी। माँ आदि के बक्से जीप में भीतर या ऊपर जहाँ गुंजाइश लगेगी रख देंगे। फिर जो छूटेगा, दूसरे-तीसरे दिन आकर ले जाएँगे। आरा और बैसाडीह के बीच हमारा आना-जाना लगा ही रहेगा।

हम इधर तैयारी कर रहे थे, उधर हमको लेकर गाँव की चर्चाएँ गर्म होती जा रही थीं। वैसे मैं जब से आरा में मकान बना रहा था मेरे दोस्तों को यह लग गया था कि शहर बसने की तैयारी कर रहा हूँ। इस सम्बन्ध में मुझे आरा जाते और आते देख वे बिना छेड़े नहीं मानते—''क्यों बच्चू, अब गाँव से मन भर गया। गाँव अब नहीं जँचता। शहर की हवा लग गयी है। भला, लेखक होकर गाँव में क्यों रहोगे? लेखक तो शहर के जीव होते हैं।''

''अरे भाई, दशहरा घूमने या पिक्चर देखने कभी आरा आएँगे तो टरकाना मत। घर बना रहा है तो यार-दोस्तों का भी इन्तजाम रखना...।''

''इसके लिए अपना मन धो रखो यारो! जब यहाँ यह भर मुँह नहीं बोल रहा तो वहाँ तो पहचानेगा भी नहीं। शहरी लेखकों के समक्ष हम देहाती यारों को दूर से ही फूटा देगा।''

अपने इन ग्रामीण दोस्तों के बोलों को मैं हँस कर टाल देता। जानता था, अन्दर से वे द्वेषपूर्ण नहीं, उनकी प्रकृति ही ऐसी है। लेकिन हमें सपरिवार गाँव छोड़ कर शहर जाने की सूचना पर पूरा गाँव जैसे उद्वेलित हो उठा—''का हो मिथि, ई साँच बात है कि तुम सब गाँव छोड़कर शहर भाग रहे हो?''

''धिक्कार है ऐसे औलाद की जो पुरखों का बेख छोड़कर चल दे...।''

''हमको तो पहले ही ऐसा लगा था कि लाला होकर ये गाँव में नहीं रह सकेंगे। भला, कायस्थ कहीं गाँव में टिकते हैं? एक से एक गाँव खाली पड़े हैं। सब कायस्थ शहर भाग गये।''

''प्रोफेसर साहेब मरद आदमी थे। जिन्दगी भर यही डटे रहे। कहने भर

को वे कायस्थ थे, नीमन खेतीहरों का कान काटते थे। वैसे आदमी के बच्चे ऐसे नालायक। जिस गाँव-घर को उस आदमी ने अंगोर-संगोर कर रखा उसे ही बेला कर शहर चल पड़े...।''

"अपने पुरखों की जगह-जमीन में शान्ति नहीं मिली तो और कहीं नहीं मिलेगी बच्चों। कितने अच्छे से तुम सब यहाँ रह रहे थे, अब अचके में शहर बसने का यह भूत कहाँ से सवार हो गया?''

पड़ोस की महिलाएँ माँ को भी उपालम्भ देने लगी थीं—"का हो ललाइनजी, बेटों के कहे में आकर तुम्हारा भी दिमाग फिर गया। पति का बनाया घर और खेत-बघार छोड़ तुम भी जाने लगी हो। तुम्हें तो बेटों को डाँटकर रोकना चाहिए था।''

'गाँव मत छोड़ो ललाइन जी। आधा से अधिक जीवन बिता कर अब किस सुख के लिए शहर जा रही हो? पति के नहीं रहने पर क्या गाँव, क्या शहर? तुम्हें तो चुपचाप यहीं पड़े रहना चाहिए...।''

"यह तो पति के नाम पर बंटा लगाना होगा ललाइन जी। जिस घर-द्वार और खेत बघार के लिए तुम्हें गाँव में रखा अब उनके मरते ही वह सब छोड़ उनके कहे पर तुम पानी फेर रही हो। इसे कोई भला नहीं कह सकता...।''

अपने गाँव की इन प्रतिक्रियाओं को देख हमने तय कर लिया कि हमें किसी को कुछ जवाब नहीं देना। जवाब देना तो उलझना होगा। जिस दिन हमारा परिवार आरा के लिए जीप पर सवार होने लगा उस दिन तो हमें गाँव से न जाने देने वालों ने अपने मन का सारा गुब्बार निकाल लिया। जिसके जो मन में आया, कहा। हालाँकि हमसे जुड़े और हमारे निकट के लोग गमगीन भी हो उठे। माँ जब जीप पर चढ़ने लगी तो जीनर की माँ उसे बाँहों में पकड़ फूट-फूटकर रो उठी—"वहाँ मन न लगे तो आ जाना बहिनिया। मुसमात का जीवन पति की बेख पर ही कटता है, बेटों के अर्जन पर नहीं...।''

माँ भी रो उठी—"आऊँगी बहिनिया। इस गाँव-घर को छोड़ कहाँ जाऊँगी? बेटों की नौकरी-चाकरी के लिए जाना पड़ रहा है...। उन्हें ठिकाने लगा अपनी बेख पर फिर आ जाऊँगी!''

आज लम्बे समय बाद इन पंक्तियों को लिखते हुए मैं देख रहा हूँ कि मेरे गाँव का वह दृष्टिकोण जहाँ गाँव छोड़कर किसी परिवार का शहर जाना अपनी जमीन और मूल से कटकर जड़ विहीन और हास्यापद हो जाना समझा जाता था, पूरी तरह बदल चुका है। सम्भवत: उस वक्त गाँव का पहला परिवार हमारा ही था जो गाँव की तयशुदा जिन्दगी और निर्धारित गृहस्थी को छोड़ शहर में

आया था। मेरे परिवार ने यह जोखिम मोल लिया था। आज स्थिति यह है कि इसी आरा शहर में मेरे गाँव के दर्जनों मकान बन चुके हैं। जिन्होंने मकान नहीं बनाये, उनमें से भी कई आरा में किराए के घर ले अपने बच्चों को पढ़ाने और रोजगारशुदा बनाने में जुटे हैं। अब हमारे समय का वह गाँव और वह मानसिकता रही ही नहीं।

[12]

आरा के अपने नये आवास में व्यवस्थित होने में हमें मात्र दो-तीन दिन ही लगे। अपने गाँव में हम जिस तरह रह रहे थे उस हिसाब से यहाँ व्यवस्थित होने में कोई कठिनाई थी भी नहीं, बल्कि सुविधा ही थी। इसके बाद तो उसे लेकर सबको पंख उग आये। कामेश्वर बी.एस.सी. ऑनर्स की अपनी पढ़ाई के साथ-साथ तत्काल कुछ उपार्जन की फिराक में निकलने लगा। दिन-दिन भर वह बाहर रहता। सुबह खाकर निकलता तो रात खाने के समय ही लौटता।

माँ भी अब अक्सर यहाँ शहर में निकल जाती। वह ढूँढ़-ढूँढ़ कर आरा के हमारे सारे सम्बन्धियों के यहाँ जाने लगी। गाँव पर रहते हुए आरा के जिन पुराने सम्बन्धों को हम छोड़ते जा रहे थे, अब सबको ताज़ा करने लगी। उन्हीं के माध्यम से उर्मिला की शादी की बात भी चलाने लगी। बैसाडीह गाँव के लिए वह बहू थी। उम्रदराज होने के बावजूद धड़ल्ले से गाँव में निकल नहीं पाती। लेकिन यहाँ तो एकदम मुक्त और स्वतन्त्र थी। लगभग जिले के अधिकांश कायस्थ परिवार हमसे पहले ही यहाँ आ चुके थे। हमारा परिवार ही विलंब से पहुँचा था।

शहर के सदुपयोग के तहत माँ ने उर्मिला को आगे पढ़ाने की तैयारी भी शुरू कर दी। गाँव में अवसर उपलब्ध न होने के चलते ही हमारी दो बहनें आगे नहीं पढ़ सकी थीं।

ब्रजेश्वर भी अपनी पढ़ाई को सुचारू और गतिशील बनाने तथा महाराजा हाता के अपने हमउम्र लड़कों से दोस्ती करने में जुट गया। वह क्वाँरा था। सबसे छोटा और लाडला भी। इधर-उधर घूमने और मस्ती करने की उसकी उम्र थी। हमारी ओर से भी उसे कोई पाबंदी नहीं थी।

और मैं तो एक ही साथ तीन मोर्चों पर सक्रिय हो गया—नौकरी खोजने, लेखन को व्यवस्थित रूप देने तथा रेणु को आगे पढ़ाने को लेकर। इस दौरान निरन्तर अपनी व्यस्तता में इजाफा होते पा रहा था। दो बच्चियों की माँ और पुनः गर्भवती

रेणु को कॉलेज में नाम लिखाकर पढ़ाना सुविधाजनक न समझ स्वतन्त्र छात्रा के रूप में पढ़ाना मुझे उचित जान पड़ा। उस वक्त बिहार के कालेजों में स्वतन्त्र छात्राओं के रूप में पढ़ने की व्यवस्था थी जहाँ छात्र छात्राएँ अपनी तैयारी घर पर करते हुए परीक्षाओं में शामिल कर लिए जाते। रेणु को भी अब इसी माध्यम से आई.ए. कराने लगा।

आरा में मेरे परिवार के आने के कुछ समय बाद तक उग्रह बाबू हमारी उस कोठरी में ही बने रहे। लेकिन अब वे असहज महसूस कर रहे थे। स्वतन्त्र रूप से रहने वाले वे मेरे परिवार की वजह से अब संकुचित होकर रहने लगे थे। इस बीच कामेश्वर, ब्रजेश्वर गाँव जाकर सायकिल और टेबुल-कुर्सी भी लेते आये जिन्हें रखने की माकूल जगह वह कोठरी ही साबित हुई। इसके बावजूद उसमें उग्रह बाबू के रहने की पूरी व्यवस्था थी। मैं चाहता भी था कि वे यहीं रहें। उनके उखड़ते मन को मैंने रोकने की कोशिश भी की—"जब तक आरा डाकघर की नौकरी है, तब तक आपको कहीं और नहीं जाना, यहीं रहना है। इसे अपना ही घर समझें...।"

लेकिन वे नहीं रूके—"अब यहाँ अच्छा नहीं लगता मिथिलेश जी! आपका परिवार नहीं आया था तो मैं था ही। हम मस्ती से बनाते-खाते थे। कुछ भी हँसते-बोलते थे। अब तो सोच समझ कर हँसना-बोलना होता है लेकिन मेरा डेरा कहीं रहे, उससे हमारे बीच कोई फर्क नहीं आएगा। मेरे मन में जो आपका स्थान है वह बराबर बना रहेगा...।"

और मैंने पाया सचमुच डेरा अलग ले जाने के बावजूद उग्रह बाबू तनिक भी नहीं बदले। शहर में या डाकघर में, जहाँ कहीं भी और जब भी मिलते उसी आत्मीयता और गर्मजोशी से।

पहले मैं किसी आवश्यक कार्यवश आरा एक दो दिन के लिए आता था। तब आरा के लिए मेहमान होता था। यहाँ रहकर घर बनाते हुए भी मेहमान ही बना रहा। घर निर्माण के प्रति केन्द्रित। महाराजा हाता की परिधि में ही कैद। लेकिन अब यहाँ स्थायी भाव से सपरिवार रहते हुए इसे जानने भी लगा था। यह मुझे शहर की अपेक्षा एक विस्तृत गाँव ही प्रतीत हो रहा था। हमारे आम गाँव से इसमें अन्तर इस बात को लेकर था कि किसी क्षेत्र में इसकी सीमाओं का निर्धारण नहीं हुआ था। विभिन्न जगहों के विभिन्न लोगों की वजह से यहाँ की संस्कृति मिश्रित थी। गाँवों की तरह यहाँ का परिवेश बन्द तथा ठहरा हुआ नहीं, खुला और गतिशील था। यहाँ के लोगों की जीविका के स्रोत गाँवों जैसी खेती नहीं, रोजगार और कारोबार थे। यहाँ की भाषा बिल्कुल आसपास के गाँवों वाली भोजपुरी। यहाँ के सरकारी विभागों में बाहर से आकर काम करनेवाले कुछ

लोग ही खड़ी बोली बोलते। पूरा शहर तो इस छोर से उस छोर तक भोजपुरी भाषा में ही संवादरत होता। यहाँ का मौसम बिल्कुल मेरे गाँव की तरह ही जाना-पहचाना लगता। इस शहर का क्षेत्रफल भी सीमित। एक बार मेरे मन में आया कि इस शहर की चौहदी नाप लूँ। बस, सायकिल लेकर निकल गया और मात्र दो घंटे में ही पूरे शहर की चौहदी नाप आया। यह 1974 की बात है। आज इस शहर का क्षेत्रफल उस तुलना में काफी बढ़ा है और निरन्तर विकसित भी होता जा रहा है। फिर भी किसी शहर को जिन अर्थों में शहर कहा और समझा जाता है उन अर्थों में यह अभी भी शहर नहीं। यहाँ रहना और बसना वही लोग चाहते हैं जो ग्रामीण मन-मिजाज के हैं या गाँव का ठेठ जीवन जिन्हें रास आता है। सम्भवत: मैं भी वैसे ही लोगों में हूँ। इन पंक्तियों के लिखे जाने तक पिछले 35 वर्षों से यहाँ जमा हूँ।

उस वक्त जब हम नये-नये आरा पहुँचे तो रेणु ने यहाँ की सर्वप्रसिद्ध आरण्य देवी के दर्शन की इच्छा व्यक्त की। माँ वहाँ कई बार जा चुकी थी। कामेश्वर भी आरा आते ही अपनी पत्नी माया को वहाँ घुमा लाया था। मैं तो स्वयं उस वक्त तक रेणु की भाँति वहाँ नहीं जा पाया था। अब एक दिन रेणु को लेकर वहाँ जा पहुँचा। वहाँ से लौटते हुए रेणु ने पूछा—"इस शहर में और कौन-कौन से स्थल दर्शनीय हैं... ?"

जवाब में मैंने सच्ची बात बता दी—"यहाँ के साहित्यकारों को छोड़कर किसी अन्य चीज के बारे में मुझे पक्की जानकारी नहीं! मैंने कभी यह जानने की कोशिश ही नहीं की कि यहाँ का क्या-क्या उल्लेखनीय और दर्शनीय है? वैसे महाराजा कॉलेज में आरा हाउस को देखा है जहाँ से वीर कुँवर सिंह ने स्वतन्त्रता संग्राम में अँग्रेजों के छक्के छुड़ाए थे। वहाँ से अपने गढ़ जगदीशपुर तक उन्होंने जमीन के अन्दर ही सुरंग का मार्ग बनवाया था। लेकिन अब वह बंद है। उसके अतिरिक्त यहाँ के कुछ प्राचीन जैन मन्दिरों और संस्थानों को भी देखा है। यह छोटा शहर जैन धर्मावलम्बियों का महत्त्वपूर्ण तीर्थस्थल है। तुम देखना चाहो तो आरा हाउस के साथ कुछ जैन मन्दिरों को भी दिखा दूँगा।"

इस पर रेणु ने कहा—"अब आज नहीं, किसी और दिन। पिंकी-रीनी खोज रही होंगी। उन दोनों को अम्मा जी के पास छोड़कर हम चुपके से आये हैं। अब मुझे न देख वे बेचैन होंगी। मेरे रहने पर ही वे अम्मा जी के पास खेलती हैं।"

उसके कुछ ही समय बाद अचानक हमारा पूरा शहर खौल उठा। वह 1974 का वर्ष था। जयप्रकाश नारायण ने तत्कालीन सत्ता के खिलाफ सम्पूर्ण क्रान्ति का बिगुल फूँक दिया था। इन्दिरा जी ने इमरजेंसी लगाकर लोकतान्त्रिक व्यवस्था के

दमन की जो कार्यवाही की थी उसने मेरे रचनाकार मन को भी आक्रोशित और आन्दोलित कर रखा था। अपनी रचनाओं में जिस बेहतर व्यवस्था की मैं कल्पना करता था, उसके स्थान पर सत्ता की ऐसी निरंकुशता से कुपित था। ऐसी सत्ता के खिलाफ विरोध-प्रदर्शनों एवं विरोध सभाओं में मैं जाने लगा था। मेरा मित्र रामेश्वर तो युवा वर्ग का नेतृत्वकर्ता हो गया था। बिहार से उठा यह आन्दोलन जल्द ही राष्ट्रव्यापी हो गया। मुझे लग गया, जे.पी. के नेतृत्व में जनता के ऐसे सामूहिक विरोध पर सत्ता को बदलना ही है। और वही हुआ। इस घटना ने हमारे जनतन्त्र की नींव और मजबूत कर दी। शासक चाहे कितना भी शक्तिशाली हो जनतन्त्र में उसकी स्वेच्छाचारिता देर तक टिकी नहीं रह सकती...।

आरा आने के कुछ समय बाद तक जिस बात ने मुझे परेशान कर रखा था वह 'गृह प्रवेश' का प्रसंग था। माँ ने यह कहा था कि मकान बनने के बाद शुभ मुहूर्त में 'गृहप्रवेश' के अनुष्ठान के बाद ही हमें नये घर में जाना है। लेकिन मेरा विश्वास ऐसे परेशानी भरे कर्मकांडों में नहीं था। कुछ लोगों के यहाँ ऐसे कर्मकांड मैंने देखे थे। उनमें कई स्थानों की मिट्टी तथा कई स्थानों के जल मँगवाने के साथ-साथ पुरोहित के आदेशानुसार कर्मकांड की जटिल और ऊबाऊ प्रक्रियाओं से गुजरना होता था। मैंने मन ही मन तय कर लिया था यह सब मुझे नहीं करना। मकान बनाने के तहत व्यतीत समय और परेशानी ने पहले ही मुझे थका रखा था। अब और किसी अनावश्यक कठिनाई और परेशानी में मैं पड़ना नहीं चाहता। माँ आदि घर के सभी सदस्य भी अब आरा के नये आवास में पहुँचने के लिए व्यग्र थे। इस दौरान उनकी ओर से भी गृहप्रवेश के अनुष्ठान के आग्रह पर अधिक जोर नहीं था। फिर माँ ने आरा चलने से तीन-चार दिन पहले पुरोहित जी को बुलाकर सुदिन दिखाया। पुरोहित जी के अनुसार दो माह बाद वह सुदिन था, जिसे सुन माँ के साथ हम सारे सदस्य उदास हो गये। लेकिन मुझसे बातचीत के बाद पुरोहित जी को जब ज्ञात हुआ कि उस नये घर में उग्रह बाबू के साथ मैं बना खा चुका हूँ तो उन्होंने यह घोषणा कर दी—"तब तो वह घर जूठा हो गया है। अब विधिवत् गृहप्रवेश के अनुष्ठान लायक नहीं है...।"

इस पर माँ ने मुझे डाँटा भी—"बिना गृहप्रवेश के उस नये घर को तुमने जूठा क्यों किया? बाहर की कोठारी में ही बनाते-खाते रहते। नये घर में अभी खाना बनाने की क्या जरूरत थी?"

जवाब में मैं मौन लगा गया। मौन लगा जाना ही उचित समझा...। अगर सफाई देता तो सम्भव था, पंडित जी अनुष्ठान कराने का कोई मार्ग निकाल देते, इसी से कसूरवार बन जाना ही मैंने मुनासिब समझा, इसके बाद मेरा परिवार इस नये घर में आ गया। इस नये घर में आने की अपनी उद्दाम इच्छा अब कोई

नियन्त्रित नहीं कर सका। लेकिन इस घर में आने के बाद नित नये-नये ताने के रूप में गृहप्रवेश न कराने के अंजाम अब मुझे भुगतने पड़े।

नये घर में नयी परेशानियों और नयी समस्याओं को आना ही था। पारिवारिक जीवन में ऐसे भी कुछ न कुछ तो घटता ही रहता है। लेकिन अब कुछ भी असुविधाजनक या अप्रिय होता तो सीधे मेरे मत्थे मढ़ दिया जाता कि मैंने गृहप्रवेश नहीं कराया इसलिए यह हुआ। घर के बाहर की अरगनी पर धोती छूट गयी थी। रात में नये मुहल्ले के चोर-उचक्के उसे ले भागे। इस पर माँ की पहली प्रतिक्रिया यही हुई—"चोरी-बदमाशी तो यहाँ होगी ही। यह सब गृहप्रवेश की पूजा न कराने का ही फल है। भला बिना गृहप्रवेश के नये घर में कोई जाता है? यह तो अभी शुरू हुआ है। भगवान जाने आगे क्या-क्या होगा?"

इसके कुछ ही रोज बाद कामेश्वर की सायकिल शहर में कहीं लड़ गयी। उसका पैर टूटने से बचा। सिर्फ घुटने छिल कर रह गये। इसका दोष गृहप्रवेश न कराना ही माना गया। उसके बाद मेरी दोनों बेटियाँ बीमार हो गयीं। सर्दी-बुखार से परेशान। वे बैसाडीह में भी बीमार पड़ती थीं, लेकिन यहाँ आरा में उनके बीमार होने मुख्य कारण अब गृहप्रवेश न होना कहा जाने लगा। ऐसे निराधार और रूढ़िग्रस्त आरोपों से आजिज़ आकर एक दिन मैंने सबको समझाया। अपने मन की सारी प्रगतिशील चेतना उड़ेल दी। कामेश्वर मेरी बातों से पूरी तरह सहमत हो गया। कुछ हद तक रेणु को भी मेरी बातें जँची। लेकिन माँ, माया उर्मिला और ब्रजेश्वर अपनी धारणाओं पर कायम रहे। काफी समय तक यह स्थिति बनी रही। आगे चलकर जब कामेश्वर की पत्नी माया ने एक पुत्र को जन्म दिया तब माँ के मन से गृहप्रवेश का भूत हटा। उन्होंने कहा—"पुत्र जन्म से बढ़कर शुभ और कुछ नहीं होता। जिस घर में पुत्र जन्मता है उस घर का सारा अशुभ खत्म हो जाता है।"

उसके बाद गृहप्रवेश न कराने के आरोप और ताने मुझ पर लगने बन्द हो गये। लेकिन उन आरोपों और तानों ने मेरे रचनाकार-मन में जो हलचल पैदा कर दी थी उसी से 'गृहप्रवेश' कहानी की रचना सम्भव हुई जो कुछ समय बाद मनोहर श्याम जोशी के सम्पादन में 'साप्ताहिक हिन्दुस्तान' में प्रकाशित हुई।

हालाँकि माया के पुत्र से पहले ही रेणु ने पुन: एक पुत्री को जन्म दे दिया था। रेणु के गर्भ का समय पूरा होते और प्रसव पीड़ा से उसके गुजरते ही माँ को पूरा विश्वास हो गया कि इस बार पुत्र ही आएगा। रेणु के पेट पर हाथ फेरते हुए अपने मन को उसने आश्वस्त भी किया। दो पुत्रियों के बाद पुत्र आने के इसी विश्वास के तहत अबार्सन के खिलाफ वह अड़ गयी थी। लेकिन जब उसने

पाया कि पुनः पुत्री ही आ गयी तो दु:ख और खीझ से भर उठी। सदर अस्पताल के उस प्रसव वाले कमरे के बाहर मैं खड़ा था। अन्दर रेणु को माँ ही ले गयी थी। जब दर्द में चीखती-चिल्लाती रेणु की आवाज शान्त हुई और एक नवजात शिशु का रुदन सुनाई पड़ा तो मेरी जिज्ञासा तेज हो गयी। फिर जैसे ही माँ बाहर आयी, मैंने लपक कर पूछा—"क्या हुआ माँ?"

जवाब में वह विफर उठी—"क्या होगा? तेरी पत्नी के आंगछ शुभ नहीं। उसने फिर बेटी ही जना है। तुझे कंगाल बना कर छोड़ेगी। यह सब तेरे गृह प्रवेश न कराने का ही दंड है। अब भोग...।"

मैंने माँ को सहज बनाने की कोशिश की—"इसमें उसका क्या दोष माँ! तुम तो खुद कहती हो गर्भ में बच्चा देने और उसे पालने वाला कोई और होता है। लड़के और लड़की में हमें अन्तर नहीं मानना चाहिए!"

मेरी इस बात पर माँ ने अब कुछ नहीं कहा। लेकिन वह गम्भीर और गमगीन बनी रही। इस तीसरी पुत्री के बाद अचानक हमारी परेशानी कुछ बढ़ चली। अब दो चौड़ी चौकियों को सटा कर हमने बिस्तरे को फैला दिया। उस बिस्तरे पर हमारी संख्या अब पाँच हो गयी थी। रानी-पिंकी के होशगर होते जाने से उन्हें लेकर अब हमें अधिक असुविधा नहीं थी। खिला-पिला कर बिस्तरे के किसी भी हिस्से में हम उन्हें सुला देते तो वे सो जातीं। लेकिन नवजात बच्ची को लेकर दिक्कतें खड़ी हो ही गयीं थीं। हालाँकि उन दिक्कतों के भी हम अभ्यस्त थे। उनके बीच फिर अपने जीवन का एक सिलसिला कायम कर लिया।

रेणु को कम दूध होने की शिकायत प्रारम्भ से ही थी। इस बच्ची में भी वह स्थिति पैदा हुई। पुनः निदान पावडर वाला दूध ही बना। मेरी स्थिति अभी तक ऐसी नहीं थी कि उसके दूध भर भी कहीं से कमा कर ला सकूँ। मकान को जल्दी, मितव्ययितापूर्ण और अधूरे रूप में बनाने के चलते ही उसके कुछ रुपये बच गये थे, जो अब माँ के जिम्मे थे। उन रुपयों से ही माँ घर चला रही थी। हालाँकि इस बात की पीड़ा माँ के साथ हम सबों को थी कि वे रुपये 'मनी' से प्राप्त अनाज के नहीं, खेतों की ब्रिकी के हैं और ग्रामीण शब्दावली में इस बात से हम सभी अवगत थे कि खेत बेचकर खाना पाप करने से कम अपराध नहीं होता...। अब उन्हीं रुपयों से माँ हमारी इस नवजात बच्ची के लिए इस हिदायत के साथ पावडर वाला दूध भी मगाँने लगी—"हिसाब से खर्च करना छोटकी दुल्हिन। बीच-बीच में अपना दूध भी पिलाना। मतारी का कम दूध भी बहुत फायदेमन्द होता है। पावडर का दूध इस अन्दाज से बनाना कि एक डिब्बा एक महीना चल जाए। घर में अभी बाहरी आमद एक पाई भी नहीं। हाथ जांत

कर ही हमें चलना है...।''

माँ की विवशता मैं समझ रहा था। जिस बाहरी आमद के लिए हम यहाँ आये थे, अभी उससे जुड़ कहाँ सके थे? उल्टे यहाँ का खर्च गाँव की अपेक्षा बढ़ गया था। गाँव के बन्द परिवेश और ठहरे हुए माहौल की जगह यहाँ का गतिशील जीवन और खुला बाजार न चाहते हुए भी हमसे अधिक खर्च करा ही देता जिससे हमारा बजट असन्तुलित हो उठता। इस बिन्दु पर अब मुझे स्पष्ट लगने लगा था कि इसी वजह से गाँव के अनुभवी लोग हमें शहर आने से रोक रहे थे? बिना नौकरी के शहर में बसने के हमारे औचित्य पर प्रश्न खड़े कर रहे थे। मैं पा रहा था, सचमुच शहर एक बाजार है जहाँ खरीदार बन कर ही रहा जाता सकता है, गाँव की तरह तटस्थ होकर नहीं...।

जैसे-जैसे दिन व्यतीत हो रहे थे, हमारी इस तीसरी बेटी के नाक-नक्स अपना स्वरूप ग्रहण कर रहे थे। वैसे तो जन्म के समय से ही वह दूधिया गोराई लेकर फूल जैसी पैदा हुई थी। लेकिन कुछ ही माह बाद ऐसी खूबसूरत गुड़िया बन गयी कि उसे देखने वाले देखते ही रह जाते। हमारे परिचित और सम्बन्धी लपक कर उसे गोद में उठा लेते। हम दोनों पति-पत्नी भी उसकी सुन्दरता पर लट्टू बने उसे चूमते-दुलारते रहते। माँ जब पूजा के बाद आरती का दीप जलाती तो उस दीप की प्रज्वलित लौ की तरह ही वह हमें प्रतीत होती। सम्भवत: इस साम्य की वजह से ही हमने उसका नाम आरती रख दिया। रीनी-पिंकी की भाँति माँ अब उसे भी सँभालने लगी, ताकि रेणु घर के कार्य निपटा सके। गोद में छोटी बच्ची को लिए घर के बढ़ते काम वह कैसे कर सकती थी? हमने आरती की तारीफ कर माँ के मन को भी आश्वस्त करने की कोशिश की—''सयानी होने पर यह इतनी सुन्दर लड़की होगी माँ कि लड़कों से भी बढ़कर निकलेगी। इसकी पढ़ाई-लिखाई शादी-ब्याह किसी भी कार्य में हमें कठिनाई नहीं होगी। सुन्दर लड़कियों को सबका स्नेह-सहयोग मिल जाता है...।''

जवाब में माँ अपनी पूर्व धारणा पर कायम रही—''लड़की की सुन्दरता को लेकर हमें क्या करना? लड़की की अधिक सुन्दरता तो जी को जंजाल बन जाती है। लड़की चाहे लाख सुन्दर हो वह परायी थाती है, हमारी चीज नहीं। लड़के कुरूप होकर भी घर-परिवार के लिए ही होते हैं। इसीसे लड़कियों की तुलना में लड़कों को घी के लड्डू माना भी जाता है। घी के लड्डू टेढ़ो भलो...।''

माँ की इस बात से हम आहत ही हुए। माँ के इस रूढ़िगत ख्याल से हम परिचित थे। फिर भी हमने प्रयास किया कि शायद उसके विचार बदल रहे हों। पर वह तनिक भी नहीं बदली थी।

इधर आरती के जन्म के बाद अचानक हमारे जीवन में खुशहाली लौटने

लगी। मेरी वे कहानियाँ जो उग्रह बाबू के साथ विभिन्न पत्र-पत्रिकाओं में हमने भेजी थीं। अब धड़ाधड़ प्रकाशित होने लगी थी। 'सारिका' में 'एक और हत्या' तथा 'धर्मयुग' में 'आखिरी बार' शीर्षक कहानियाँ तो कुछ पहले ही छप चुकी थीं। अब 'बीच रास्ते में', 'पहली घटना', 'शेष जिन्दगी', 'विरासत में' आदि कई कहानियाँ प्रकाशित हुईं। इनमें 'विरासत में' कहानी 17 अगस्त 1975 के 'धर्मयुग' में छपी। भारती जी ने पुनः इस कहानी को अपनी एक जोरदार टिप्पणी के साथ प्रकाशित कर सबका ध्यान मेरी ओर फिर केन्द्रित कर दिया—"इधर जिन नये कथाकारों ने प्रबुद्ध पाठकों का ध्यान आकर्षित किया है, उनमें मिथिलेश्वर का विशेष स्थान है। ग्राम-जीवन के सहज मानवीय परिप्रेक्ष्य और उतनी ही सादी कथा-शैली।"

भारती जी की इस टिप्पणी और उस समय की विशिष्ट पत्रिकाओं में मेरी कहानियों के लगातार प्रकाशन से लेखन के प्रति मेरा हौशला अब फिर बुलन्द हो उठा। वे सारी पत्रिकाएँ पारिश्रमिक देती थीं। उनमें किसी कहानी पर डेढ़ सौ का तो किसी पर दो सौ का चेक मुझे मिलने लगा। मेरा मन बागोबाग। रेणु भी खूब प्रसन्न। रेणु इसे आरती के आंगछ का शुभ होना बताती। उसने माँ से फिर कहा—"मेरी बेटी के पाँव बहुत सुलक्षण हैं अम्मा जी। देखिए, इनकी कितनी कहानियाँ छप कर आ गयीं। पैसे भी आने लगे। नाम भी खूब हो रहा है...!"

अब मैंने आरती के लिए पावडर वाले दूध का पैसा माँ से लेना बन्द कर दिया। इससे माँ को बहुत राहत मिली। उन्होंने कहा भी—"ऐसे ही तुम लोग कुछ-कुछ कमाने लगोगे तो हमारे दिन फिर पलट जाएँगे।"

मैं अनुभव कर रहा था, इधर की मेरी कहानियों के प्रकाशन से आरा में मेरे पाँव मजबूत भी होते जा रहे थे। पहले जो कहानियाँ छपती थीं उनके साथ बैसाडीह, पीरो, भोजपुर (बिहार) का मेरा पता छपता था, अब महाराजा हाता, कतिरा, आरा 802301 (बिहार) का। गाँव वाले पते पर चाहते हुए भी कोई मिलने नहीं पहुँचता था, लेकिन अब शहर के इस पते पर लोग मिलने आने लगे थे। अपनी जिस कोठरी में उग्रह बाबू के साथ मैं रहता था, उसे ही अब अपना बैठका बना लिया। मिलने आनेवालों को उसी में बैठाता। फुर्सत के क्षणों में उसी में कहानियाँ लिखता। वह एक तरह से मेरा साहित्यिक कमरा ही बन गया था। ऐसे ही मिलने वालों में एक दिन प्रो. श्याम मोहन अस्थाना भी पहुँचे—"यहाँ स्टेशन पर एक आदमी को छोड़ने आया था तो सोचा तुमसे भी मिलता चलूँ। तुमने तो धुआँधार लिखना और छपना शुरू कर दिया है। जो नयी पत्रिका पलटते हैं, अपनी कहानी के साथ तुम उपस्थित मिल रहे हो। तुमने तो सबको मात दे दिया।"

''गाँव पर की ही लिखी कहानियाँ हैं। यहाँ आने पर उन्हें ही विभिन्न पत्रिकाओं में भेज दिया था जो अब आती जा रही हैं...।''

''बढ़िया लिख रहे हो। इसी तरह खूब लिखो। 'धर्मयुग' ने फिर तुम्हारी कहानी पर सशक्त टिप्पणी की है। यह बहुत बड़ी बात है। यहाँ आरा आकर तुमने अच्छा किया। अब यहाँ से तुम अपने को विकसित कर सकते हो?''

अपनी सामर्थ्य के अनुसार मैंने अस्थाना जी का सत्कार किया। उनके यहाँ रामेश्वर उपाध्याय के साथ पहली बार पहुँचा था तो उनके विशिष्ट सत्कार से प्रभावित था। उनसे माँ को भी मिलाया। वे पिताजी के परिचितों में से थे। अब अस्थाना जी ने पूछा—''लेखन के साथ-साथ और क्या करना चाह रहे हो? कुछ न कुछ उद्देश्य तो तुमने बना ही रखा होगा।

''पहले तो मैं नौकरी में जाना चाहता था, लेकिन सँभव नहीं हो सका। अब तो मन कह रहा है कि स्वतन्त्र लेखन में ही रहूँ। खूब जम कर लिखूँ। इसीसे आजीविका की समस्या भी हल कर लूँ।''

''यह नामुमकिन है। यह तो पत्थर पर दूब जमाने की सोच रहे हो। हिन्दी में साहित्यिक लेखन करके कोई जीविका चला ले, यह मेरे जानते सम्भव नहीं...।''

''तब क्या किया जा सकता है?''

''लेखन के साथ कोई नौकरी। हिन्दी में लेखन कार्य 'फुल टाइम जॉब' नहीं, 'पार्ट टाइम जॉब' है।''

''लेकिन अगर लेखकीय माँग के तहत मैं इसे 'फुल टाइम जॉब' बनाना चाहूँ तो?''

''बना सकते थे अगर शादी न की होती। पत्नी, तीन बेटियाँ, माँ एवं छोटे भाइयों का यह परिवार। ऐसे दायित्व के रहते कोई फुल टाइम लेखन कार्य कैसे कर सकता है?''

''तब तो लेखन के साथ न्याय नहीं हो सकता! मुझे तो लगता है कि नौकरी में आने के बाद लेखन के लिए और कम समय रह जाएगा।''

''तुम्हारा अनुमान सही है। इसी से मेरा मानना है कि लेखकों को टीचिंग के जॉब में जाना चाहिए। टीचिंग के जॉब में लेखन के लिए समय निकल आता है...। तुम तो बी.ए. कर चुके हो। अब बी.एड. कर लो, बस किसी स्कूल में लग जाओगे। प्रोफेसर बनने के लिए तो एम.ए., पी.एच-डी. करना पड़ेगा। उसमें समय लगेगा...।''

इसके बाद अस्थाना जी ने अपने एक नये नाटक का विषय मुझे सुनाया जो मुझे अच्छा लगा। मेरी राय जान कर उन्हें बहुत प्रसन्नता हुई। अब जाते हुए उन्होंने कहा—''इस शहर में एक नया स्कूल खुला है, 'डॉ. नेमिचन्द्र शास्त्री कन्या

उच्च विद्यालय।' तुम चाहो तो उसमें काम कर सकते हो। जब बी.एड. कर लोगे तो वहाँ स्थायी भी हो जाओगे।''

इस पर मैंने स्वत: स्फूर्त ढंग से पूछ लिया—''अभी कितना वेतन वहाँ मिल सकता है?''

जवाब में उन्होंने स्पष्ट कह दिया—''यह स्कूल की व्यवस्था पर निर्भर है। मैं इतना जानता हूँ कि वे लोग तुम्हें रख लेंगे। शहर के लिखने-पढ़ने वाले लोग तुम्हें जानने लगे हैं...।''

अस्थाना जी के जाने के बाद इस सूचना से मेरा पूरा परिवार काफी खुश हो उठा कि घर बैठे नौकरी का संकेत मिल गया। माँ और रेणु ने कहा कि मुझे अब इसमें तनिक भी विलम्ब नहीं करना चाहिए। मेरा मन भी कह रहा था, इस अवसर को छोड़ना ठीक नहीं...! पता नहीं, फिर ऐसे अवसर कब मिलें? नौकरी के लिए प्रतियोगिता परीक्षाओं से गुजरते हुए बेरोजगारी की जिस भीषण समस्या से मेरा साबका हो चुका था उसके तहत अचानक इस नौकरी का सुझाव किसी वरदान से कम नहीं था। बस, दूसरे दिन ही मैं जा पहुँचा। सचमुच उस नये स्कूल में नये शिक्षकों की जरूरत थी। मेरे नाम से वे परिचित थे। उन्होंने मुझे यह कहते हुए रख लिया—''आप तो जाने-माने कथाकार हैं। विश्वास है, स्कूल की छात्राएँ आपकी शिक्षा से लाभान्वित होंगी...।''

फिर उसी दिन क्लास में मुझे भेज दिया गया। मैंने तो सोचा था कि ज्वायन करने के बाद दूसरे दिन से इतमीनान से पढ़ाऊँगा। लेकिन अब उसी दिन पढ़ाने का दायित्व प्राप्त कहा गया—''साहित्य लिखने वाले के लिए पढ़ाने की क्या तैयारी करनी? साहित्य के पाठ तो उसके अपने पाठ होते हैं...।''

और स्कूल संस्थापकों की ओर से एक शिक्षक ने मुझे साथ ले जाकर सीधे दसवीं कक्षा की छात्राओं के बीच खड़ा कर दिया—''यह मिथिलेश्वर जी हैं। हमारे शहर के मशहूर साहित्यकार। इन्होंने आज ही यह स्कूल ज्वायन किया है। अब हिन्दी के आपके क्लास ये ही लेंगे।''

इस संक्षिप्त परिचय के बाद वे चले गये। उस वक्त बिहार के स्कूलों में दसवीं कक्षा तक की ही पढ़ाई होती थी। दसवीं कक्षा स्कूल में सर्वोच्च और महत्त्वपूर्ण कक्षा मानी जाती थी। अचानक मुझे लगा कि कहीं साहित्यकार होने के नाम पर यह मेरी परीक्षा तो नहीं ली जा रही? नियुक्ति के वक्त ही इस बात से मैं अवगत हो गया था कि उस स्कूल में सबसे कम उम्र का शिक्षक मैं ही हूँ। सँभव है, स्कूल प्रशासन मुझे जाँच रहा हो। फिर मुझे लगा, नहीं यह भी सम्भव है कि दसवीं कक्षा खाली हो। नये स्कूल की नयी व्यवस्था में अभी पर्याप्त शिक्षक भी तो नहीं!

मैंने देखा, छात्राओं से क्लास भरा था। दसवीं कक्षा की वे छात्राएँ छोटी बच्चियाँ नहीं, बड़ी लड़कियाँ थीं। इससे पहले युवा होती इतनी लड़कियों के बीच मैं कभी नहीं पहुँचा था। कोई अवसर ही नहीं आया था। हालाँकि वर्ग में उनकी भरपूर उपस्थिति का कारण समझ रहा था। हमारे इस शहर में उस समय बालिकाओं के स्कूल नहीं के बराबर थे। जैन बाला विश्राम नामक एक स्कूल था, लेकिन वह शहर से बाहर था। शहर के मध्य सम्भवतः यह पहला स्कूल था।

दसवीं कक्षा की उन छात्राओं के बीच अचानक उपस्थित मैं क्षण भर के लिए यह समझ ही नहीं सका कि क्या करूँ? उस वर्ग की सभी लड़कियों की निगाहें अब मुझ पर ही आ टिकी थीं। उन निगाहों का दबाव महसूस कर अब मैं झेंप उठा। तनिक असहज अनुभव करने लगा। इस पर मुझे नया और नयी उम्र का शिक्षक देख वे कुतूहल से घूरने लगीं। फिर मेरी स्थिति भाँप संयुक्त रूप से हँस पड़ीं। मुझे लगा उनकी उस हँसी के बीच ही कहीं मैं पानी-पानी न हो जाऊँ। तब तो मेरी भद्द हो जाएगी। बस इसी क्षण मेरे रचनाकार ने मुझे सँभाल लिया। जब लाखों पाठकों को ध्यान में रख कर लिख सकता हूँ तो एक वर्ग की छात्राओं को पढ़ा क्यों नहीं सकता? अब गम्भीर होते हुए मैंने पूछा—''आप लोग क्यों हँस रही हैं?''

इस पर बीच में बैठी एक मोटी लड़की बोली—''हम हँस कहाँ रहे हैं सर! आप ही तो हमें हँसा रहे हैं...!''

उसके बाद एक दूसरी लड़की ठुमुक पड़ी—''पहले कुर्सी पर बैठ जाइए सर! और सर लोग आते हैं तो कुर्सी पर बैठ कर ही पढ़ाते हैं...।''

यह सुन अब एक तीसरी लड़की बोल उठी—''और सर लोग पुराने हैं। हमारे ये सर नये हैं। खड़ा होकर भी पढ़ा सकते हैं...।''

मैं समझ गया, लड़कियाँ अब शरारत पर उतर आयी हैं। स्कूल-कॉलेज में नये आये शिक्षकों के साथ शरारत की परम्परा भी रही है। अब मैंने उस तीसरी लड़की की बात पकड़ते हुए कहा—''हाँ मैं खड़ा होकर ही पढ़ाऊँगा। बैठ कर तो आराम किया जाता है। पढ़ाना तो खड़ा होकर ही होता है...।''

और अब उन लड़कियों को बिना कोई और अवसर दिये, मैंने पूछा—''क्या पढ़ाना है?''

जवाब में आगे बैठी एक लड़की ने पाठ्य पुस्तक थमा दी। पलट कर देखा, 'हिन्दी गद्य-पद्य संग्रह' था। अब उस संग्रह में संग्रहीत रचनाएँ देखते हुए सहसा मेरी नजर 'उसने कहा था' कहानी पर पड़ गयी। मैंने कहा—''आज 'उसने कहा था' कहानी के बारे में ही कुछ बता दे रहा हूँ। आगे अन्य पाठों को पढ़ाऊँगा!''

यह सुन वह मोटी लड़की फिर बोल उठी—''यह कहानी तो पढ़ाई जा चुकी है सर!''

लेकिन अगली बेंच पर बैठी एक दूसरी लड़की बोली—''नहीं सर! अभी नहीं पढ़ाई गयी है...।''

मैंने अब मोर्चा सँभाल लिया—''चाहे पढ़ायी गयी हो या न पढ़ायी गयी हो, किसी भी रचना का सिर्फ एक ही पाठ नहीं होता। वह एक ही अर्थ की द्योतक भी नहीं होती। अच्छी रचनाएँ हर पाठ में अपना नया अर्थ प्रदान करती हैं। अनेक अर्थ छवियों की जनक होती हैं। 'उसने कहा था' कहानी को जब-जब मैं पढ़ता हूँ, नया आस्वाद और नये अर्थबोध से भर जाता हूँ। उस कहानी को जहाँ तक मैं समझ सका हूँ, आप लोगों को भी बताना चाहूँगा...।''

मैंने अनुभव किया, लड़कियों पर मेरी इस बात का अब असर हुआ। वे जिज्ञासु हो उठीं। बस, मैं शुरू हो गया। फिर तो अपनी समझ के अनुसार उस कहानी को पर्त दर पर्त उधेड़ते हुए व्याख्या करता चला गया। इस दौरान मैं अनुभव कर रहा था, कोई रचना पढ़ते हुए हमें जैसी लगती है, पढ़ाते हुए भी वैसी ही नहीं लगती। वह नये परिप्रेक्ष्य में सामने आती है। अनपेक्षित रूप से हमारी समझ में इजाफा कर देती है। यह उस इजाफे का ही परिणाम था कि उस कहानी को पढ़ाते हुए मुझे समय का ध्यान ही नहीं रहा। जब स्कूल के चपरासी पारस ने आकर मुझे सूचना दी कि घंटी बज चुकी है, इसमें अब दूसरे शिक्षक का क्लास है, तब मैं रुका। हालाँकि यह देख कर मुझे खुशी हुई कि शरारत करने वाली सारी लड़कियाँ शान्त और मन्त्रमुग्ध भाव से सुन रही थीं। मुझ पर टिकी उनकी निगाहों का शरारतीपन अब बिल्कुल समाप्त हो चुका था। अब मुझे अपने पर भी विश्वास पैदा हुआ कि मैं अच्छी तरह पढ़ा सकता हूँ। छात्राओं को अपने नियन्त्रण में रख सकता हूँ...।

शाम घर लौटने पर रेणु को इतमीनान से अपना यह नया अनुभव सुनाया। मेरी सफलता पर वह बहुत खुश हुई। साथ ही यह सीख भी दी—''समूह में लड़कियाँ जितनी उद्दंड और शरारती बनती हैं, अन्दर से वे वैसी नहीं होतीं। अन्दर से तो वे बिल्कुल कमजोर रहती हैं। किसी एक को कस कर डाँटिएगा तो बस सब सिटपिटा जाएँगी...।''

मुझे लग गया, रेणु ने लड़की होने का अपना अनुभव बताया है।

''लेकिन मैं ऐसा नहीं करूँगा रेणु। जैसे उन्हें अपने पक्ष में किया है, आगे भी वैसे ही करूँगा। यही मार्ग अच्छा होगा। इससे पढ़ाने की मेरी क्षमता में विकास भी होगा...।''

अगले दिन स्कूल का अनुभव सुखद रहा। दसवीं कक्षा की उन छात्राओं

ने पूरे स्कूल में मेरी 'पढ़ाई' की चर्चा कायम कर दी थी। अब विधिवत रूटिन में मुझे सम्मिलित कर लिया गया। नीचे से ऊपर तक की कक्षाओं में क्लास दिये गये। दस से चार बजे तक की ड्यूटी। लेकिन यह कार्य मेरी रुचि का था। पूरे मन में इसमें भिड़ गया।

मैं साहित्य का विद्यार्थी था, साहित्य रचता था और अब साहित्य ही पढ़ा रहा था, इस रूप में अपना उपयोग प्रारम्भ में मुझे सुखकर लगा। लेकिन बाद में इस प्रक्रिया के सच ने प्रतिकूल असर दिखाना शुरू किया। मुझे यह अनुभव होने लगा कि किसी दूसरे काम की अपेक्षा लगातार बोल कर पढ़ाना अधिक कठिन कार्य है। बोलने से शक्ति का क्षरण ज्यादा होता है। लगातार दस बजे से चार बजे तक विभिन्न कक्षाओं में पढ़ाते समय मुझे लगता जैसे रस निचुड़े नींबू की तरह सीठी हो गया हूँ—थका और बेजान। लगातार बोल कर पढ़ाने तथा अपने वक्तव्य से प्रभावित कर छात्राओं को अपने नियन्त्रण में रखने का ही यह परिणाम था।

मैं देख रहा था, मेरे अतिरिक्त दूसरे शिक्षक किसी-किसी क्लास में ही बोल कर पढ़ाते। अधिकांश क्लासों में या तो नोट्स लिखवाते या छात्राओं को हल करने के लिए कोई टास्क दे इतमीनान से बैठकर आराम फरमाते। वे अनुभवी शिक्षक थे। लेकिन अपने प्रभाव और बचाव के तहत प्रारम्भ से ही मैंने बोल कर पढ़ाने की पद्धति अपना ली थी, जो अब मेरे गले की फाँस बनती जा रही थी। अन्य शिक्षकों की देखा देखी मैंने भी लिखवाने और टास्क देने का निर्णय किया। लेकिन मैंने किसी कक्षा के नोट्स तो तैयार किये नहीं थे, इस स्थिति में लिखना सम्भव कहाँ था? अब टास्क देना शुरू किया तो छात्राएँ शोर मचाने लगीं—"पढ़ाइए सर! पढ़ाइए! नहीं तो नोट्स लिखवाइए...। आपका पढ़ाना बहुत अच्छा लगता है।"

सातवीं कक्षा से नीचे की छात्राओं को तो दबाव देकर टास्क बनाने पर मजबूर कर देता। लेकिन आठवीं तक की छात्राएँ तैयार नहीं होतीं। इस स्थिति में न चाहते हुए भी मुझे बोलकर ही पढ़ाना पड़ता...! फिर घर पहुँचने पर ऐसा प्रतीत होता कि मुँह से आवाज ही नहीं निकल पा रही। अपने को निढ़ाल और ढहते पाता। रेणु मेरी इस स्थिति से परिचित थी। स्कूल से लौटते हुए रोज का अनुभव उसे सुनाता था। वह भी यही कहती—"सारी कक्षाओं के नोट्स बना लीजिए। फिर उसे ही आराम से लिखाते रहिए।"

वह अपना अनुभव भी सुनाती—"मैं जब स्कूल में पढ़ती थी तो अपने वर्ग के सभी विद्यार्थियों के साथ शिक्षकों से नोट्स लिखाने की ही माँग करती। पढ़ाई सुनने से नोट्स लिखना विद्यार्थी ज्यादा पसन्द करते हैं।"

लेकिन मेरे पास समय हीं कहाँ था कि नोट्स तैयार कर सकूँ? अचानक कोल्हू के बैल की तरह जोत दिया गया था। मेरा लेखन स्थगित था जो प्रिय कार्य था। स्कूल से लौटने के बाद घर की जरूरतों में लग जाता। उसके बगैर काम चलने वाला भी नहीं। इस बिन्दु पर अपने मन को समझाता, स्वतन्त्र लेखन से नौकरी में आने की यह व्यस्तता और परेशानी है। धीरे-धीरे इसका अभ्यस्त हो जाऊँगा। समय के अनुसार आगे नोट्स भी तैयार कर लूँगा...।

जब एक माह पूरा हुआ तो स्कूल के अन्य शिक्षकों की भाँति वेतन के लिए मैं भी जिज्ञासु हो उठा। प्रायवेट शिक्षक के रूप में नियुक्ति पर वेतन आदि को लेकर मेरी कोई बात नहीं हुई थी। स्कूल प्रशासन ने भी कुछ नहीं कहा था। सीधे काम में लगा दिया था। मैं भी यह सोचकर मौन रहा कि जब शिक्षक के रूप में बहाल हुआ हूँ तो अन्य शिक्षकों की भाँति मुझे उचित वेतन मिलेगा ही। लेकिन जब वेतन मिलने लगा और मेरी बारी आयी तो यह देखकर दंग रह गया कि मुझे मात्र 50 रुपये मिले। जिसको जो दिया जा रहा था, सबके सामने ही। किसी के साथ गोपनीयता नहीं बरती जा रही थी। ऐसी स्पष्टता बहुत कम जगह देखने को मिलती थी। लेकिन यह महसूस कर मेरा मन आहत हो उठा कि सबसे कम वेतन मेरा ही था।

वहाँ मैं संयत रहा। अपने चेहरे को भी सहज-सामान्य बनाये रखा। लेकिन रास्ते भर पीड़ित और उद्वेलित बना रहा। यह कैसी नौकरी कि पूरे एक महिने तक अटूट श्रम और निष्ठा से किये गये कार्य के बाद मात्र पचास रुपये। 1975 में उन पचास रुपयों का महत्त्व था। लेकिन अपने कार्य की तुलना में वह मुझे नगण्य जान पड़ रहा था। फिर भी मैं अपने मन को समझाता रहा, नये स्कूल की नयी व्यवस्था के चलते ऐसा है। स्कूल की आर्थिक स्थिति अभी अच्छी नहीं। मैं अभी बी.एड. भी नहीं। पहले का कोई शैक्षणिक अनुभव भी मेरे पास नहीं। वहाँ कार्यरत अधिकांश शिक्षक या तो बी.एड. हैं या शैक्षणिक अनुभव लेकर आये हैं। मुझे तो स्कूल-कॉलेज का छात्र समझ यह दिया गया है। स्कूल-कॉलेज के छात्र तो इतनी रकम में सहजता से तैयार मिलेंगे। लेकिन मेरे अन्दर के रचनाकार ने यहाँ हस्तक्षेप किया। मैं स्कूल-कॉलेज का सामान्य छात्र भर नहीं। मेरी कहानियाँ हिन्दी की सर्वमान्य पत्रिकाओं में छपती हैं। एक कहानी पर डेढ़ सौ, दो सो रुपये तक पारिश्रमिक मिलते हैं। एक महीने में तीन-चार कहानियाँ तो अवश्य लिख सकता हूँ। फिर उस तुलना में यह आय!

घर लौटने पर रेणु भी पचास रुपये देख उबल उठी—"यह भी कोई वेतन है। यह तो आपके साथ नाइंसाफी है। आपको ज्वायन करने के दिन ही पूछ लेना चाहिए था कि क्या मिलेगा? शुरू में ही आप जान गये होते तो ऐसी नौकरी

करते ही नहीं...। पूरा एक महीना बर्बाद हो गया। आपका स्वास्थ भी खराब हुआ। अब कल से वहाँ जाना बन्द कर दीजिए। ऐसी नौकरी करके क्या कीजिएगा...?''

''यह तो मैंने भी सोच लिया है रेणु। मुझे अब वहाँ काम नहीं करना। मैं बी.एड. नहीं हूँ। वहाँ मेरा भविष्य भी नहीं। लेकिन अभी एकदम कल से बैठ जाऊँगा तो लोग समझेंगे कम पैसे के चलते ही बैठ गया। स्कूल प्रशासन की ओर से एक दिन मुझसे कहा गया था कि यह नया स्कूल है। इसमें सहयोग करना है। अब मेरे तत्काल बैठ जाने पर उनकी बात का उल्टा हो जाएगा। जैसे एक माह खटा, वैसे ही और आठ-दस दिन। फिर कोई बहाना बना कर जाना बन्द कर दूँगा।''

और अगले दिन से अनिच्छा और अरुचि के बावजूद पुनः मैं स्कूल जाने और पढ़ाने लगा। लेकिन तीन-चार दिनों के बाद ही एक ऐसी घटना घटी जिसने स्कूल तो छुड़ा ही दिया, मेरे जीवन को भी अशान्त, उद्विग्न और गमगीन बना दिया...।

वह बृहस्पतिवार का दिन था। दोपहर का समय। आठवीं कक्षा में मैं पढ़ा रहा था कि ब्रजेश्वर दौड़ते हुए पहुँचा—''जल्दी चहिए भैया। आरती की तबीयत बहुत खराब है। उसे खूब कै-दस्त हो रहे हैं। माँ और भाभी उसे लेकर डॉक्टर केदार नाथ राय के पास गयी हैं...।''

यह सूचना पाते ही है मैं सन्न रह गया। अरती मेरी प्यारी बच्ची! अब तत्क्षण कार्यालय को सूचित कर भाग चला। उस वक्त डॉ. केदारनाथ राय आरा में बच्चों के अच्छे चिकित्सक थे। पिंकि-रीनी भी अधिक बीमार पड़ती तो उन्हीं से दिखाया जाता।

जब मैं पहुँचा तो देख कर घबड़ा गया कि आरती को पानी चढ़ रहा था। मुझे देखते ही चहकने वाली उस गुड़िया की हालत ठीक नहीं थी। वह बेचैनी में हाथ-पाँव ऐंठ रही थी। उसकी आँखें भी स्थिर नहीं थीं। छटपटाहट में बदलती जान पड़ रही थीं। मैंने उसका ध्यान अपनी ओर खींचना चाहा—''आरती! बुचिया! मैं हूँ पापा। इधर देखो रानी बिटिया! देखो तेरे लिए क्या लाया हूँ...!''

और अपनी जेब से कलम निकाल उसकी ओर बढ़ाया। मेरी कलम लेने के लिए वह बहुत उत्सुक रहती थी। जब भी गोद में लेता मेरी जेब से कलम निकाल लेती। फिर काफी मजुहार के बाद ही देती।

मेरे ऐसे कथन पर सामान्य स्थिति में वह लपक कर मेरी गोद में आ जाती थी। लेकिन उस वक्त यथावत बनी रही। जैसे मेरी बात उसे सुनाई ही न पड़ रही हो। पत्नी ने मुझे सब कुछ बता दिया कि आरती का कै-दस्त लगातार बढ़ता चला गया, कि माँ के साथ वह नवादा के होमियोपैथ डॉ. विनय के यहाँ पहले

ले गयी। कि वहाँ कन्ट्रोल न होने पर अब डॉक्टर केदारनाथ राय के पास पहुँची है।

सुबह स्कूल के लिए जब मैं चल रहा था तो आरती किलकारी भरते हुए खेल रही थी। उसे गोद में लेकर प्यार भी किया था। तब स्वप्न में भी नहीं सोचा था कि दोपहर होते-होते उसकी हालत ऐसी हो जाएगी। हालाँकि पत्नी ने उसी वक्त मुझे बताया था—"सुबह से तीन बार आरती दस्त कर चुकी। एकदम पतला दस्त कर रही है।"

मैंने चलते-चलते कह दिया—"नवादा ले जाकर योगेन्दर या विनय (होमियोपैथ) की दवा ले लेना!"

प्रारम्भ में एलौपैथिक दवा न करा होमियोपैथिक दवा ही मैं अच्छा समझता था। उससे बच्चियाँ ठीक भी हो जाती थीं। यहाँ आरा में रेणु अब गाँव वाली बहू नहीं रह गयी थी। जरूरत के अनुसार या तो अकेले या माँ के साथ शहर में निकलती थी। मेरे कहे अनुसार आरती के दस्त बढ़ने और दस्त के साथ कै शुरू होने पर होमियोपैथ डॉक्टर विनय के यहाँ ले गयी। लेकिन कोई सुधार न देख अब वहीं से यहाँ आयी थी।

मैंने देखा, डॉक्टर केदारनाथ राय का कम्पाउंडर आरती की नस में नहीं, बल्कि मांस में पानी चढ़ा रहा था। पानी का बोतल ऊपर टँगा हुआ था और नीचे आरती की जाँघ में उसने इंजेक्शन लगा रखा था। मैं दौड़ कर कम्पाउंडर के पास पहुँचा। वह अन्य मरीजों में लगा हुआ था। मैंने जोर देते हुए कहा—"उस बच्ची की नस की जगह मांस में आप पानी चढ़ा रहे हैं उससे कोई फायदा नहीं हो रहा है।"

इस पर उसने मुझे समझाने की कोशिश की—"वह गुलथुल बच्ची है। उसकी नस पकड़ा ही नहीं रही। बहुत प्रयास किया। तब जाकर मांस में पानी लगा दिया...।"

"लेकिन मांस में पानी से तो कोई लाभ नहीं होता...।"

"होता क्यों नहीं। नस का पानी जल्दी लाभ पहुँचाता हैं। मांस का पानी कुछ समय लेता है।"

"उस बच्ची को जल्दी लाभ की जरूरत है। उसकी हालत ठीक नहीं...।"

"लेकिन उसकी नस पकड़ में नहीं आ रही तो हम क्या करें?"

अब मैं डॉक्टर साहब के पास चल पड़ा। वहाँ तैनात कम्पाउंडर पहले तो मुझे अन्दर नहीं जाने दे रहा था, लेकिन बच्ची का पुरजा दिखाते हुए मैं जबरन घुसा। अन्दर भी मरीज भरे हुए थे। डॉक्टर साहब व्यस्त थे। फिर भी हस्तक्षेप करते हुए मैंने अपनी बात रखी। जवाब में उन्होंने सिर्फ इतना ही कहा—"हमारे

कम्पाउंडर अनुभवी हैं। वे कुछ गलत नहीं कर सकते। मरीज के अनुसार ही इलाज होता है...!''

अब वहाँ से पुनः आरती के पास आ चुपचाप देखते रहने के लिए विवश हो गया। आरती के दस्त का कारण मैं समझ रहा था। कामेश्वर की ससुराल से कुछ ही दिन पहले उसकी पत्नी का 'तीज' आया था। उसकी ससुराल के लोग खेतिहर थे। तीज़ में कपड़ों के साथ ठेकुआ और पैड़किया से भरी एक झपोली आयी थी। हमारे यहाँ ठेकुआ और पैड़किया तीज के शुभ और प्रिय पकवान माने जाते रहे हैं। मात्रा में वे इतने अधिक थे कि पिछले एक सप्ताह से हमारे पूरे परिवार के सुबह का नाश्ता उसी से हो रहा था। माँ ने वह झपोली अपने कमरे में ऐसी जगह रख दी थी कि बच्चे भी वहाँ आसानी से पहुँच जाते। घुटनों के बल आरती भी वहाँ पहुँच पैड़किया ले लेती। अवश्य उसने अधिक पैड़लिया खा लिया होगा। बच्चों का अन्दाज तो होता नहीं और न अपने ऊपर नियन्त्रण ही रहता है।

''मुझे लगता है रेणु, आरती ने जरूर अधिक पैड़किया खाया है तभी उसे ऐसे दस्त हो रहे हैं। दस दिन पहले के बने बासी पैड़किये तो ऐसे ही हानिकारक हो जाते हैं। उस पर छोटी बच्ची के लिए तो और खराब हो सकते हैं...!''

''हाँ, इसने पैड़किया ही खाया है। मैं रीनी-पिंकी के गन्दे कपड़े साफ कर रही थी। अम्मा जी, रीनी-पिंकी को लेकर त्रिपाठी जी की माँ के पास गयी थी। माया के साथ उर्मिला रसोई में थी। जब मेरा ध्यान आरती की ओर गया तो देखा, झपोली के पास बैठी पैड़किया खा रही है। उसी वक्त वह झपोली ले जाकर छिपा दी। अब भगवान जाने कितनी खा चुकी है।''

मेरी इच्छा हुई रेणु को कस कर डाँटूँ—''छोटी बच्ची को बिना किसी के हवाले किये तुम्हें दूसरा काम करना ही नहीं चाहिए था!''

लेकिन रेणु की जिम्मेवारियाँ देखते हुए कुछ नहीं कह सका। उस समय अभाव की वजह से हमारे यहाँ चौका-बर्तन करने वाली दाई भी नहीं थी। झाड़ू-पोछा से लेकर चौका-बर्तन और रसोई तक के कार्य रेणु को करने पड़ते। साथ ही कपड़े भी फींचने होते। रसोई भी कोयले के चूल्हे पर बनाना पड़ता। उस समय हमारे यहाँ गैस-चूल्हा भी नहीं था। कोयले के चूल्हे पर काम और परेशानी अधिक। माया के होने के बावजूद रेणु को फुर्सत बहुत कम मिलती। तत्काल गैस चूल्हा लेने की हमारी स्थिति भी नहीं थी। जब मैं स्कूल नहीं जाता था तो घर पर रहकर लिखते हुए बच्चियों की निगरानी भी किया करता था, उस सयम रेणु को कुछ राहत मिलती...। पर मेरी अनुपस्थिति में तो तनिक भी राहत नहीं।

अचानक इसी वक्त रेणु ने घबड़ाऐ हुए मुझसे कहा—''अजी! यह देखिए।

आरती ऐसा काहे कर कर रही है? उसकी आँखें ऐसे काहे नाच रही हैं...?''

मैंने देखा, आरती के चेहरे की रंगत बिल्कुल बदल गयी थी। उसकी आँखें उलटती जा रही थीं। उसके माथे के बीच का भाग धँसा जा रहा था। उसके पाँव की दोनों नन्हीं-नन्हीं सिपुलियाँ सिकुड़ रही थीं। आरती के ये लक्षण मुझे ठीक नहीं जान पड़े। अब मैं हताश-बदहवाश दौड़ कर कम्पाउंडर को पकड़ लाया। उसने देखते ही पानी का इंजेक्शन आरती की जांघ से निकाल दिया और कहा—''डॉक्टर साहब के पास ले जाकर दिखा लीजिए। अब उनके पास दिखाना जरूरी है।''

बस, आरती को गोद में ले मैं भागते हुए डॉक्टर के पास पहुँचा। कम्पाउंडर और मरीजों की भीड़ को चीरते हुए उनके समक्ष आरती को कर दिया। लेकिन उसे देखते ही उन्होंने कहा—''इसे तत्काल अब सदर अस्पताल के इमरजैंसी में ले जाइए। हमारे पास जो सम्भव था हमने किया। वहाँ हमारे पास से अधिक इन्तजाम है।''

उनकी यह बात सुन अब मैं अपने को रोक नहीं सका—''वहीं भेजना था तो अब तक क्यों रखे थे? क्यों इसे भर्ती किया था?''

जवाब में उन्होंने कुछ नहीं कहा। वहाँ उपस्थित कम्पाउंडर और मरीज के साथ के लोग हमे समझाते हुए बाहर ले आये—''अब आप लोग तनिक भी देर मत तक कीजिए। हो सकता है, वहाँ यह ठीक हो जाए। वहाँ आधुनिक मशीनें हैं और काफी चिकित्सक हैं...।''

हालाँकि सदर अस्पताल के बारे में मैं जानता था। वहाँ ले जाने को लेकर तनिक भी उत्सुक नहीं था। फिर भी न चाहते हुए आरती को लेकर हम वहाँ पहुँचे। मरता क्या नहीं करता! लेकिन वहाँ इमरजेन्सी डयूटी पर तैनात डॉक्टर ने अपने आले से आरती को देखते और उसकी नब्ज टटोलते ही कह दिया—''बच्ची गुजर चुकी है...।''

अब यह सुनते ही माँ और रेणु छाती पीट-पीट कर रोने लगीं। मैं भी फफक पड़ा। ऐसा लगा, पाँव के नीचे से जमीन खिसक गयी हो। हमारे आसपास सदर अस्पताल में आये मरीजों और उनके परिजनों की भीड़ लग गयी। इस बीच ब्रजेश्वर ने कामेश्वर को भी सूचित कर दिया था। वह भी आ गया था। आरती को अब रेणु से अलग करना जरूरी था। लेकिन वह उसे अपने कलेजे से ऐसे चिपकायी थी कि छोड़ ही नहीं रही थी। उसके बाद के प्रसंग चाहते हुए भी मैं याद करना नहीं चाहता। वह मेरे जीवन का ऐसा मर्मबेधी प्रसंग है जो मुझे असह्य प्रतीत होता है। जिसकी याद तड़पा जाती है। आज भी निराला जी की 'सरोज स्मृति' और शिव प्रसाद सिंह की 'मंजुशिया' रचनाएँ पढ़ते हुए आरती

की याद मेरे मन को कचोट जाती है।

आरती के निधन के बाद रेणु की स्थिति महीनों खराब रही। वह न तो ढँग से खा पा रही थी और न सो रही थी। घर में कहीं भी आरती का कोई कपड़ा मिल जाता तो उसे सीने से लगा रोने लगती। रेणु की यह स्थिति देख आरती के सारे कपड़े ढूँढ़ कर मैंने छिपा दिये। मातृत्व की पीड़ा कितनी बेधक होती है, यह उस वक्त रेणु को देख कर ही मैंने जाना था।

पिता होने के चलते मेरी स्थिति माता जैसी नहीं थी। लेकिन अच्छी भी नहीं। ऐसा लगता कि कम उम्र में ही पिता बन और फिर एक पुत्री का निधन देख संसार की निस्सारता का मुझे ज्ञान हो गया हो। आरती को छोड़ कर घर में सारे सदस्य थे तथा सारी चीजें यथावत् थीं। लेकिन मुझे ऐसा लगता कि घर में अब कुछ है ही नहीं। सारा घर वीरान है। अब बार-बार यह बात मेरे मानस में कौंधने लगी थी कि पिता होने के नाते आरती के आकस्मिक निधन का जिम्मेवार मैं ही हूँ। जब देखा कि पानी आरती की नस में नहीं मांस में चढ़ाया जा रहा है तो उसी वक्त उसे लेकर किसी दूसरे डॉक्टर के यहाँ क्यों नहीं भागा? वह कम्पाउंडर काबिल नहीं था तो क्या शहर के सारे कम्पाउंडर खत्म हो गये थे? मैंने सुना था कि इसी शहर में दूसरे डॉक्टरों के पास ऐसे तेज कम्पाउंडर थे जो नवजात बच्चों के भी नस ढूँढ़ लेते थे। तो फिर मैं किस बात के लिए प्रतीक्षा कर रहा था? कहीं आरती की मौत की प्रतीक्षा तो नहीं! लगातार महँगे चिकित्सकों के पास जाने की हमारी स्थिति नहीं थी। लेकिन ऐसी स्थिति में तो हमें कुछ भी करना चाहिए था। माँ भी ऐसी विषम परिस्थिति में खर्च करने से मना नहीं करती। कहीं समाज-परिवार की यह धारणा तो मेरे अवचेतन मन में नहीं कि लड़की के मरने से क्या हानि? अगर ऐसी बात नहीं थी तो मैं उतना तत्पर और गतिशील क्यों नहीं हुआ जितना एक बाप को होना चाहिए...! लेकिन फिर मैं अपने मन को समझाता, यह सच नहीं। मैं ऐसा सोच भी नहीं सकता। लेकिन इसके बावजूद उस प्रसंग के प्रश्न दुश्चिन्ताओं के रूप में मुझे आहत करते जा रहे थे।

इस सम्बन्ध में डॉक्टर के. बी. सहाय को पूरी घटना से अवगत करते हुए पूछा कि वह कौन-सी बीमारी थी जो मात्र दो-तीन घंटे के अन्दर ही बच्ची की जान ले गयी। उन्होंने कहा—''मेन्जाइटिस भी हो सकती है। मेन्जाइटिस से भी छोटे बच्चे अकस्मात गुजर जाते हैं...।''

रिश्ते-नाते से लेकर हमारे परिचित और मित्र सभी हम दोनों पति-पत्नी को समझा रहे थे। लेकिन हम जल्द सहज नहीं हो पा रहे थे। पिताजी के निधन से भी अधिक आरती का निधन हमें दुखदायी प्रतीत हो रहा था। इस नये अनुभव

से मैंने जाना कि अपने जनक की तुलना में अपने जने का विछोह हमारे मन को अधिक सन्ताप देता है। रेणु की स्थिति तो यहाँ तक पहुँच गयी कि एक दिन वह अचेत हो गयी। उसे टाँग कर हम डॉ. पी. बी. ओझा के पास ले गये। मेरा मन बेतरह घबड़ा रहा था। एक बेटी चली गयी थी, कहीं पत्नी भी साथ न छोड़ दे। लेकिन वह सँभल गयी। होश में आते ही अपने स्वास्थ पर संकट देख सतर्क भी हो गयी।

ऐसे ही समय 'धर्मयुग' का पत्र आया जिसमें भारती जी ने ताज़ा कहानी भेजने का आग्रह किया था। फिर कमलेश्वर जी का पत्र भी आया जो समान्तर कथा आन्दोलन से सम्बन्धित था। फिलहाल कहानी भेजने या किसी साहित्यिक मुद्दे पर कुछ भी लिखने की मेरी इच्छा नहीं थी। लेकिन उन विशिष्ट जनों के पत्रों का जवाब तो मुझे देना ही था। पर जब जवाब लिखने बैठा तो आरती-प्रसंग को छोड़ कर कुछ लिख ही नहीं सका। लेकिन मेरे उन पत्रों का उत्तर उन्होंने अत्यन्त तत्परता से दिया। मेरी पुत्री के निधन पर अपना शोक प्रकट करते हुए उन्होंने मुझे लेखनरत रहने का सुझाव दिया। दु:ख की इस घड़ी में कमलेश्वर जी ने साथ होने का एहसास कराया तो भारती जी ने ऐसी आपदाओं और क्षतियों की पीड़ाओं से मुक्ति लेखन में ही बतायी।

अब तक किसी की बात का उतना असर मेरे ऊपर नहीं हो रहा था जितना भारती जी और कमलेश्वर जी के पत्रों का हुआ। उनके उन पत्रों को मैं बार-बार पढ़ता रहा। यह उनके पत्रों का ही प्रभाव था कि अब मैं फिर लेखन की ओर उन्मुख हुआ। यहाँ इस अनुभव ने मेरी समझ में वृद्धि की कि औरों की अपेक्षा उनकी बात का हमारे ऊपर ज्यादा असर होता है जो हमें कुछ दे ने या बनाने की स्थिति में होते हैं। चूँकि भारती जी और कमलेश्वर जी ने महत्त्व के साथ मेरी कहानियाँ प्रकाशित कर मुझे नयी पहचान दी थी, शायद इसीलिए उनके पत्रों का ऐसा असर हुआ था।

स्कूल छोड़ने के लिए तो मैं एक बहना खोज ही रहा था। आरती के निधन के बाद वहाँ जाना बन्द कर दिया। स्कूल को यह सूचना दे दी कि अब मैं नहीं आ सकूँगा। जिस लेखन ने मेरे पाँवों के नीचे जमीन कायम की थी, अब उसी जमीन को पुख्ता करने लगा। समझ गया, मेरे लिए मार्ग और मंजिल दोनों साहित्य ही है। फिर तो धड़ाधड़ कहानियाँ बनती चली गयी—'संगीता बनर्जी', 'नरेश बहू', 'सरेआम', 'पत्थर की लकीर', 'बन्द रास्तों के बीच', 'रात अभी बाकी है', 'पहली हँसी', 'बीच का आदमी', 'अभी भी', 'बीजारोपण', 'अपनी-अपनी जगह' आदि। अब कहानियाँ तैयार होते ही उन्हें साफ कर भेजता भी जाता। कभी आगे प्रकाशित कराने के लिए नहीं रखता। फिर तो कुछ ही समय बाद

उनके प्रकाशन का ऐसा सिलसिला कायम हो गया जिसने मेरे रचनात्मक उत्साह को परवान चढ़ा दिया। यह वह समय था जब अपने निकट के रेलवे बुक स्टाल पर पहुँच मैं पत्रिकाए पलटता तो एक साथ तीन-तीन, चार-चार मुख्य पत्रिकाओं में अपनी कहानियों के साथ अपने को उपस्थित पाता। सचमुच यह देख मुझे आन्तरिक सुख की अनुभूति होती। बुक स्टाल के किनारे खड़े अन्य खरीदारों को भी पत्रिकाएँ पलटते तथा आरा के पते के साथ छपे मेरे चित्र एवं परिचय पर उन्हें नजर टिकाए देखता तो रोमांचित अनुभव करता। अब मुझे भारती जी एवं कमलेश्वर जी के उस कथन की सत्यता का एहसास भी हो रहा था कि सांसारिक पीड़ाओं से मुक्ति सृजन में ही सम्भव है। फिर तो मैं खूब लिखने लगा। रात और दिन जब भी समय मिलता, लिखने बैठ जाता। मैं जिस जीवन से आया था उसमें विषय की कमी तो थी ही नहीं। विषय और कार्य के अनुसार मुझे दिन ही छोटा पड़ता महसूस होता।

उन्हीं दिनों 'साप्ताहिक हिन्दुस्तान' में प्रकाशित मेरी कहानी 'संगीता बनर्जी' पर दिल्ली से सुदर्शन चोपड़ा का पत्र मिला। चोपड़ा जी ने 'संगीता बनर्जी' की पर्याप्त सराहना करते हुए लिखा कि अगर एक संग्रह भर मेरी कहानियाँ तैयार हो गयी हों तो वह संग्रह प्रकाशित कर सकते हैं। सुदर्शन चोपड़ा के इस पत्र से मुझे बहुत खुशी हई। अनेक कहानियों के प्रकाशन के बाद अपने कहानी-संग्रह की आवश्यकता मुझे महसूस हो रही थी। हालाँकि मैं देख रहा था, मुझसे पहले के कई कथाकारों के संग्रह अभी तक नहीं आ पाये थे। पत्रिकाओं में छपना दूसरी बात थी और संग्रह के रूप में आना दूसरी बात। तब दिल्ली के अच्छे प्रकाशनों से संग्रह छपवा लेना नये लेखकों के लिए कठिन कार्य था। पैसे वाले सम्पन्न लेखक सम्बन्धित प्रकाशक को छपाई का खर्च देकर इसमें बाजी मार लेते थे। ऐसे में सुदर्शन चोपड़ा का लेखकीय सहयोग मैं अपने लिए वरदान समझ रहा था। इस शुभ कार्य में अब तनिक भी विलम्ब न हो, यह सोच कर लग गया। अपनी प्रकाशित कहानियों में से दस कहानियों का 'बाबूजी' नामक संकलन तैयार कर उन्हें भेज दिया। उनकी तत्परता देख और खुशी हुई। कुछ ही समय बाद उनकी ओर से प्राप्ति-सूचना भी आ गयी। साथ ही यह सूचना भी कि मेरा संग्रह प्रकाशित कराने के लिए वे प्रयासरत हो गये हैं।

अब मैं इतमीनान का अनुभव करने लगा। पत्रिकाओं में तो मेरी कहानियाँ छप ही रही थीं, पुस्तक रूप में भी मैं आने वाला था। यह सोच कर अब मैं अपने को चमत्कृत अनुभव करता कि अपना पहला कहानी-संग्रह छपवाने के लिए नये लेखकों को कितने पापड़ बेलने पड़ते हैं, जबकि घर बैठे मुझे यह संयोग प्राप्त हुआ है। अपने इस संग्रह प्रकाशन की बात रेणु को छोड़ मैंने कहीं किसी

को नहीं बतायी। मैं इस बात को लेकर आशंकित था कि अधिक प्रचारित होने पर मुझे नया लेखक समझ कहीं कोई अवरोध पैदा न कर दे। वर्षों से प्रयासरत और संघर्षरत लेखकों की तुलना में अचानक जिस विस्फोटक रूप में मैं सामने आ गया था, उसे लेकर मेरे समय के साहित्यिक हलकों में ईर्ष्याजनित द्वेष भी था। इस स्थिति में इस खबर को किसी राज की तरह अपने सीने में जज्ब किये मैं अपने संग्रह के आने की प्रतीक्षा करता रहा।

इधर मेरी कहानियों के लगातार प्रकाशन से आरा में मेरी चर्चा खास होती जा रही थी। अन्य मामलों में मेरा शहर चाहे जितना पिछड़ और उजाड़ा हो, साहित्यिक पाठकीयता की दृष्टि से सदैव समृद्ध रहा है। उस वक्त तो 'धर्मयुग', 'साप्ताहिक हिन्दुस्तान', 'सारिका' जैसी पत्रिकाओं के पाठकों का एक बड़ा समाज आरा में था, जिसकी व्यापक सराहना मुझे मिलने लगी थी, जिसने स्थानीय स्तर पर मुझे मजबूत सम्बल प्रदान किया। मैंने सुना था रचनाकार बाहर ही सम्मनित होते हैं, घर में—'घर का जोगी, जोगड़ा, आन गाँव का सिद्ध। लेकिन इसके विपरीत अपने घर आरा में जो स्नेह-सराहना मैं पा रहा था, उसके सुखद अनुभव से अमिभूत था...।

मैं इस तथ्य से अवगत था कि किसी भी क्षेत्र में नयी पीढ़ी ही माहौल को उर्जस्वित और विकसित बनाती है। नयी पीढ़ी जो दम-खम, जोश-खरोश और नयापन लेकर आती है, पुरानी पीढ़ी में वह जज्बा नहीं होता। लेकिन आरा के साहित्यिक माहौल में अपने बाद की नयी पीढ़ी मुझे कहीं नजर नहीं आ रही थी। पुरानी पीढ़ी के लोग तथा अपनी पीढ़ी के दो-चार समकालीन मित्र ही मुझे नजर आ रहे थे। नयी पीढ़ी के रूप में तो मेरी निगाह लौट पीट कर अकेले बिन्देश्वरी पर जा टिकती। इस सम्बन्ध में साहित्य के प्रति नयी पीढ़ी को आकर्षित और उत्साहित करने का विचार मेरे मन में पैदा हो रहे थे। जब तक आरा में नयी पीढ़ी पर्याप्त मात्रा में सक्रिय नहीं होगी तब तक यहाँ का माहौल जीवन्त नहीं हो सकता...। लेकिन मैं समझ नहीं पा रहा था कि यह कैसे सम्भव हो सकता है? यहाँ साहित्य से जुड़ने वाली सम्भावित नयी पीढ़ी की शिनाख्त में कैसे कर सकता हूँ? पर अचानक एक दिन इसका मार्ग भी मुझे मिल गया। कहा गया है, सच्चे मन से की गयी आन्तरिक चाह कभी निष्फल नहीं जाती...।

वह अक्टूबर का महीना था। दशहरे का त्योहारी मौसम। मेरी डाक रोज आती थी और उसकी मात्रा निरन्तर बढ़ती जा रही थी। पोस्टमैन कहता भी—''महाराजा हाता के इस बावन बिगहवा में एक आप ही हैं जिनकी डाक रोज होती है...। दूसरे मुहल्ले में तो हम एक-दो दिन बीच लगा कर जाते हैं। किन्तु आपके चलते यहाँ रोज आना पड़ता है।''

जवाब में मैं भी उसे समझा देता—"मेरी डाक बहुत जरूरी होती है। मैं रोज आपकी राह देखता हूँ...। आप एक दिन भी उसे मत रोकिएगा...।"

यह सच भी था। वाकई मैं पोस्टमैन की राह देखा करता था। आज की तरह संचार क्रान्ति का वह समय नहीं था। किसी भी तरह की सूचना के लिए हम डाकघर पर ही आश्रित थे। मेरी कहानियों के स्वीकृति पत्र पोस्टमैन ही लाता। प्रकाशित होने पर उनकी लेखकीय प्रतियाँ वहीं दे जाता। फिर पारिश्रमिक के चेक और पाठकीय पत्र भी वही पहुँचाता। इस दृष्टि से उस वक्त पोस्टमैन मेरे लिए सर्वाधिक उपयोगी और प्रिय व्यक्ति था। पारिश्रामिक के अपने चेकों के भुगतान के बाद अक्सर चार-पाँच रुपये मैं उसे दे देता। इसके अतिरिक्त जलपान के लिए रोज ही उससे पूछता। वह भी समझ गया था कि मैं लेखक हूँ, इसलिए पत्रिकाएँ तथा पत्रिकाओं के मुहर लगे लिफाफे सीधे मुझे सौंप देता। ऐसे में कभी-कभी दूसरों की डाक भी मेरे पास आ जाती, जिसे अगले दिन मैं वापस कर देता।

ऐसे ही उस दिन कुछ पत्र-पत्रिकाओं के बीच एक लम्बा-सा लिफाफा वह मेरे पास छोड़ गया। उसके जाने के बाद जब इतमीनान से देखने लगा तो वह 'नन्दन' पत्रिका की ओर से आया लिफाफा था। श्री राजेश कुमार, जापानी कृषि फार्म, कतिरा, आरा के पते पर भेजा गया था। लिफाफा देखते ही मैं समझ गया, अवश्य आरा के किसी राजेश कुमार ने 'नन्दन' में कोई रचना भेजी होगी जिसे सम्पादक ने सखेद वापस किया है। वापसी के ऐसे लिफाफों से मैं परिचित था। पोस्टमैन की भूल से अपने पास आयी ऐसी डाक मैं कभी खोलता नहीं था। उसे यथावत् रख देता। फिर पोस्टमैन के दुबारा आते ही थमा देता। मेरी जानकारी के तहत राजेश कुमार नामक कोई साहित्यकार आरा में नहीं था। इस स्थिति में मुझे लग गया, अवश्य नयी पीढ़ी का कोई लेखक होगा जो आरा से प्रयास कर रहा है। बस, किसी और की डाक न खोलने की पारम्परिक नैतिकता के बावजूद वह डाक खोल कर देखा। मेरा अनुमान सही था। 'नन्दन' से वापस आयी कहानी थी।

जापानी कृषि फार्म मेरे घर के निकट ही था। हमारा महाराजा हाता, जापानी कृषि फार्म वाले कतिरा मुहल्ले का ही एक हिस्सा था। अब तत्क्षण वह पत्र लेकर चल पड़ा। जापानी कृषि फार्म के भीतर घुस वहाँ कार्यरत एक आदमी से राजेश कुमार का नाम पूछते हुए वह लिफाफा दिखाया तो उसने बता दिया—"अन्दर बने क्वार्टरों की ओर चले जाइए। उसी में किसी घर का लड़का है...।"

अब मैं क्वार्टरों के पास पहुँचा। फिर जैसे ही एक क्वार्टर के पास एक भद्र-सी दिखने वाली महिला नजर आयी, मैं पूछ उठा—"राजेश कुमार का घर

कौन है?'

जवाब में उस महिला ने अपने सामने के तीसरे क्वार्टर की ओर संकेत करते हुए कहा—''उसमें रहता है राजेश। इंजीनियर साहब का लड़का...।''

अब राजेश के क्वार्टर के पास जाकर मैंने आवाज दी—''राजेश कुमार।''

यह सुन राजेश तत्क्षण बाहर आ गया—''क्या है?''

उसे देख कर मुझे बहुत खुशी हुई। मेरे अनुमान के बिल्कुल अनुरूप वह नयी उम्र का लड़का था। आरा में मेरे बाद की नयी पीढ़ी का किशोर।

''यह तुम्हारी कहानी नन्दन से वापस आयी है।''

''लेकिन आपको कैसे मिली? आप कौन हैं?''

''पोस्टमैन गलती से मेरे घर छोड़ गया। मेरा नाम मिथिलेश्वर है। मैं भी लिखता हूँ...।''

''अच्छा, आप ही मिथिलेश्वर जी हैं। 'धर्मयुग' में आपकी तीन-चार कहानियाँ पढ़ी है। 'धर्मयुग' हमारे यहाँ सब लोग पढ़ते हैं...।''

और राजेश ने अपने बड़े भाई ब्रजेश तथा अपने पिता से भी मेरा परिचय कराया। राजेश के पिता मुझे साहित्यिक रुचि से सम्पन्न सुसंस्कृत व्यक्ति जान पड़े। 'धर्मयुग' के लेखक के रूप में उन्होंने चाय नाश्ते से मेरा सत्कार किया। फिर राजेश से मेरी देर तक बातचीत होती रही। राजेश यह जानने के लिए जिज्ञासु था कि मेरी कहानियाँ 'धर्मयुग', 'सारिका' जैसी पत्रिकाओं मैं कैसे छप जाती हैं? मैंने उसे समझाया—''तुम्हारी तरह मेरी भी कहानियाँ लौटी हैं। लेकिन अस्वीकृति और वापसी को लेकर रचनाकार को निराशा नहीं होना चाहिए। अपनी उस रचना को गम्भीरता से पढ़ते हुए यह जानना चाहिए कि क्या वास्तव में उसमें कमियाँ रह गयी हैं! अगर कमियाँ नजर आये तो उन्हें दुरुस्त करना चाहिए। लेकिन अगर लगे कि कोई कमी नहीं, रचनाकर के नये नाम की वजह से लौटी है तो वह रचना किसी अन्य पत्रिका में भेज देनी चाहिए। मेरे साथ कई बार ऐसा हुआ है। 'सारिका' से लौटी कहानी 'साप्ताहिक हिन्दुस्तान' में छपी है और 'साप्ताहिक हिन्दुस्तान' से लौटी 'धर्मयुग' में।''

राजेश मेरी बात खूब ध्यान से सुनता रहा। फिर मुझे छोड़ने के लिए महाराजा हाता के मेरे निवास तक आया। जाते हुए उसने कहा—''अब अपनी कहानियाँ आपको दिखा कर ही भेजूँगा...। आपसे परिचय हो गया, बहुत अच्छा लगा।''

मैंने भी अपनी सहमति प्रदान की—''जब इच्छा हो आ जाना। मैं तो चाहता हूँ आरा की नयी पीढ़ी सामने आये। तुम खूब लिखो राजेश और अपने मित्रों को भी साहित्य से जोड़ो। हमारा उद्देश्य बेहतर लेखन होना चाहिए। प्रकाशन तो हमें स्वतः प्राप्त होगा। समस्या छपने की नहीं, अच्छा लिखने की है। कहानियाँ

जब छपने लगती हैं तो उनकी इतनी माँग शुरू हो जाती हैं कि हम उसे पूरा नहीं कर पाते। अपने अनुभव से मुझे यह लग गया है कि बेहतर रचना प्रकाशन की मुँहताज नहीं होती।''

इसके दो ही दिन बाद अब राजेश नवादा मुहल्ले के अपने मित्र श्रीकान्त और सुभाषचन्द्र सरकार को लेकर आ गया। फिर जेल रोड से सिरिल मैथ्यू, महादेवा से उदय शंकर, गोला मुहल्ला से अभय, मिनिस्ट्रीयल क्वार्टर से नवेन्दु आदि लड़के आते चले गये। इन लड़कों की सूचना पर बिन्देश्वरी का आना भी नियमित हो गया। मेरी कहानियों के प्रकाशन से वे लड़के अवगत थे। लेकिन मेरे सम्पर्क में आने के बाद मेरी पत्रिकाएँ ले जाकर पढ़ने लगे। फिर तो जल्द ही मेरी तरह लिखने-छपने और लेखक बनने की धुन उनके ऊपर सवार होती गयी। अब तक विभिन्न पत्रिकाओं में लिखते-पढ़ते हुए मार्क्सवादी विचार धारा से मैं प्रभावित था तथा युवा लेखन की उसे अनिवार्य शर्त मानता था। अब नयी पीढ़ी के उन रचनाकारों को संगठित करने के लिए 'समय के साथ' नामक एक लेखकीय संगठन का नाम देकर उसमें सबको शामिल कर लिया। फिर तो उस संगठन की नियमित बैठक मेरे कमरे में लगने लगी जिसमें कभी उग्रह बाबू के साथ मैं रहता था। ऐसी बैठकों में चाय की आवश्यकता के तहत मैं अन्दर जा कर रेणु से कहता। वह चाय बनाने में लग जाती। लेकिन झल्लाती रहती—''इतने लोगों के लिए रोज असमय में चाय! इन्तजाम रहता है तो कठिनाई नहीं होती। बिना इन्तजाम के बहुत परेशानी होती है...।''

मेरी ऐसी फरमाइश पर माँ तो एकदम नाराज हो जाती—''उन सारे लड़कों को लेकर स्टेशन की किसी दुकान पर चले जाओ। वहीं चाय पिला देना। यहाँ होटल नहीं खुला है कि जब-तब चाय की फरमाइश लेकर आ जाते हो।''

अपने घर की इस स्थिति से मैं परिचित था। मेरे यहाँ किसी नौकरीजीवी के घर जैसी व्यवस्था नहीं थी, जहाँ आठ-दस कप चाय बनाने और पिलाने का इन्तजाम हो। उन लड़कों ने मेरे घर की इस झल्लाहट को शीघ्र ही भाँप लिया। फिर तो तत्काल आपस में चन्दा एकत्रित कर चाय का पूरा सेट उस कमरे में लेते आये—''स्टोव, केतली, गिलास, पावडर का दूध, चायपत्ती और चीनी। इसके बाद चाय बना कर स्वयं पीने और मुझे भी पिलाने लगे। अब मजा आ गया। हमारी बैठकें जमने लगीं।

उन बैठकों में मुख्य रूप से मैं रचना पाठ कराता। वे लड़के कहानियाँ लिख कर ले आते। फिर बारी-बारी से उसे पढ़ते। इसके बाद हर कहानी पर हम सब अपनी बेबाक राय जाहिर करते। उसे और अधिक सशक्त बनाने के लिए अपने सुझाव और परामर्श देते। मैं अनुभव कर रहा था, नयी पीढ़ी के उन युवकों के

अन्दर रचनात्मक आग पहले से ही थी। वह आग ही उन्हें मेरे पास ले आयी थी। मैंने तो उसे सिर्फ सुलगा भर दिया था। फिर तो वह आग प्रज्वलित हो उठी थी। इसके बाद 'धर्मयुग' 'सारिका', 'साप्ताहिक हिन्दुस्तान', 'कहानी', 'योजना', 'आजकल' आदि पत्रिकाओं में उनकी कहानियाँ आने लगीं। अब देखते ही देखते आरा के साहित्यिक माहौल में नयी पीढ़ी ने अपनी जबर्दस्त उपस्थिति दर्ज कर दी।

वे सारे लड़के मुझे भैया कहते। उनका संग-साथ मुझे बहुत प्रिय लगता। वे तो जैसे मुझे अपने हाथों पर उठाए रहते। अब आरा में मेरी स्थिति ऐसी हो गयी थी कि जिधर भी चलता, आठ-दस युवा लड़कों का काफिला मेरे साथ होता। वे लड़के मुझे अपने घर भी ले जाते। बारी-बारी से हम सबके घर गोष्ठियाँ आयोजित करते। आरा के अब किसी भी साहित्यिक आयोजन मे मैं जाता तो वे सारे लड़के मेरे साथ होते। सामान्य बारिश में भी महाराजा हाता का मेरा नया मुहल्ला पानी से भर जाता। घर से निकलना और घर आना मुश्किल जान पड़ता। लेकिन साहित्य रचना के धुनी वे लड़के उस स्थिति में भी मेरे पास बिना आए नहीं मानते। मेरे मुहल्ले के लोगों को तो लगता कि मैं ट्यूशन पढ़ाता हूँ। एक-दो लोगों ने पूछा भी—"आपका ट्यूशन तो अच्छा चलता है। लड़के खूब आते हैं...।"

इस पर मैं कोई जवाब नहीं देता। मुस्कुरा कर रह जाता। इस दौरान उन बैठकों की चर्चा पटना तक पहुँच गयी थी। पटना से युवा रचनाकार हृषीकेश सुलभ भी यदा-कदा हमारी बैठकों में आने लगे थे। उन्हीं दिनों एक साहित्यिक आयोजन के सिलसिले में कमलेश्वर जी भी आरा आये। आयोजन बाद हम उन्हें छोड़ने स्टेशन पहुँचे तो मेरे साथ लगभग एक दर्जन नये रचनाकारों को देख सुखद आश्चर्य से वे चौंक उठे। फिर जाने के बाद वहाँ से मेरे नाम एक पत्र भेजा, जिसमें लिखा कि अपने तो तुम निरन्तर लिख ही रहे हो, आरा की नयी पीढ़ी को साहित्य के प्रति प्रोत्साहित और संगठित करने का जो कार्य कर रहे हो, वह बेहद सराहनीय है। ऐसा बहुत कम लोग कर पाते हैं...।

मैं नहीं जानता वे लड़के मुझसे कितना और किस रूप में लाभान्वित हो रहे थे, जबकि उनके संग-साथ से मैं अपने को बहुत लाभान्वित पा रहा था। मैंने सुना था कि नयों का संग-साथ नयापन का जनक होता है और पुरानों का बुजुर्गियत का। अब यथार्थ के धरातल पर इसे महसूस भी कर रहा था।

आज वे सारे युवा साथी विभिन्न क्षेत्रों में अपनी-अपनी तरह से व्यवस्थित हैं। उनमें से अधिकांश पत्रकारिता में चले गये। पर, वे जहाँ भी गये, बहुत अच्छी स्थिति में हैं। उनकी सृजनात्मक प्रतिभा ने अपने क्षेत्र में उन्हें विशिष्ट बनाये रखा।

उनके बाद तो आरा की अधिकांश नयी पीढ़ी मुझसे होकर ही निकलती रही। नये रचनाकारों के लिए मेरा घर सदैव खुला रहा। उन लड़कों के बाद निलय उपाध्याय और बद्रीनारायण की पीढ़ी आयी। फिर राकेश कुमार सिंह आदि। मुझे इस बात की खुशी है कि नयी पीढ़ी के जुड़ाव ने ही आज तक लेखन के स्तर पर मेरे अन्दर भी युवकोचित सक्रियता कायम रखी है। अब तो मेरा यह मानना है कि जो अपनी जमीन के नये लेखकों को नहीं अपना सकता, वह नया बना रह ही नहीं सकता...।

मेरा प्रथम कहानी-संग्रह 'बाबूजी' उन्हीं दिनों प्रकाशित होकर आया। वह 1976 का वर्ष था। सुदर्शन चोपड़ा के प्रति मैं हृदय से शुक्रगुजार था कि घर बैठे मेरा प्रथम कहानी-संग्रह उन्होंने दिल्ली के विक्रान्त प्रकाशन से प्रकाशित करा दिया। लेकिन जब लेखकीय प्रतियाँ इतमीनान से देखने लगा तो मेरा माथा ठनक गया। कॉपी राइट के स्थान पर मेरे नाम की जगह विक्रान्त प्रकाशन छपा था। यह जान कर कि प्रकाशक ने मेरी पुस्तक का स्वत्वाधिकार अपने नाम कर लिया है, पुस्तक छपने का मेरा सारा आकर्षण और सुदर्शन चोपड़ा के प्रति कृतज्ञता का भाव क्षण भर में ही तिरोहित हो गया। यह तो मेरे साथ धोखा हुआ है। सरासर अन्याय। लेखन को मैं जिस गम्भीरता से ले रहा था और अपने लेखन पर जिस मजबूती से अवलम्बित था, उसे देखते हुए 'बाबूजी' संग्रह के कापी राइट से वंचित होना अपने पाँवों के नीचे की जमीन से बेदखल होना था। अब सबसे पहले सुदर्शन चोपड़ा को एक लम्बा पत्र भेज कर अपनी नाराजगी जाहिर की कि उन्होंने कैसे प्रकाशक को मेरी पुस्तक दे दी जिसने बगैर मेरी लिखित अनुमति के स्वत्वाधिकारी बनने का दावा छाप दिया...। साथ ही प्रकशक को भी एक पत्र लिखा।

इस घटना के बाद अब कुछ समय तक मेरा लिखना-पढ़ना स्थगित रहा। 'बाबूजी' के प्रकाशक से कापी राइट वापस लेना अब मैं अपनी पहली प्राथमिकता महसूस कर रहा था। लिख कर ही क्या करूँगा जब सहज ही कोई और मेरी पुस्तकों का मालिकाना हक हासिल कर लेगा। अब मैं जिससे भी मिलता और जो मुझसे मिलने आता, इस प्रसंग पर उसका सुझाव अवश्य लेता। इस सम्बन्ध में मैंने पाया कि अधिकांश लोगों की राय में यह कानूनी मसला था जिसका समाधान किसी ऐसे वकील के पास जाने पर ही था जो कापी राइट का जानकार हो। मैं कोर्ट-कचहरी से दूर रहने वाला आदमी था। इससे पहले कभी किसी वकील के पास नहीं गया था। लेकिन अब अपने लेखकीय हक के लिए किसी वकील की शरण में मुझे जाना था।

मैं सोच रहा था कि कहाँ और किस वकील के पास जाऊँ। लेकिन नयी पीढ़ी के मेरे साथियों के बीच से सुभाषप्रसाद सरकार ने मुझे परेशानी से बचा

लिया। मेरे लिए सारी जानकारी वह हासिल कर ले आया। बड़ी मठिया के पास रहने वाले शहर के वयोवृद्ध वकील भृगुनाथ सहाय आरा में कापी राइट के जानकार थे। सुभाष उनसे मिलने का समय ले आया। सुभाष के साथ अब मैं भृगुनाथ सहाय के पास जा पहुँचा। सुभाष पहले ही उन्हें विषय से अवगत करा चुका था। हमारे पहुँचते ही अब उन्होंने पूछा 'बाबूजी' किताब प्रकाशित कराने के लिए आपने कैसे सम्पर्क किया? क्या लिखा-पढ़ी की? कैसा अनुबन्ध किया? मुझे सब कुछ की जानकारी चाहिए...।''

जवाब में मैंने पूरी बात बता दी। मेरी बात सुन उन्होंने आश्चर्य प्रकट करते हुए कहा—''जब आपने अपनी कापीराइट का लिखित अधिकार किसी को दिया ही नहीं, तो जबरन किसी के नाम छाप लेने से कुछ नहीं हो सकता...।''

और उन्होंने तत्क्षण कार्बन लगा कर एक नोटिस तैयार की। फिर मुझे थमाते हुए कहा—''यह दो प्रतियों में है। मूल प्रति मेरी ओर से प्रकाशक के नाम रजिस्टर्ड डाक से भेज दीजिए तथा कार्बन प्रति भविष्य की कार्यवाही के लिए अपने पास रखे रहिएगा। प्रकाशक का जवाब पन्द्रह दिनों के अन्दर आ जाना चाहिए...।''

सहाय जी के कहे अनुसार नोटिस की मूल प्रति मैंने उसी दिन प्रकाशक को भेज दी। उनकी वह नोटिस पढ़ मुझे बहुत बल मिला। उस नोटिस के अनुसार मेरे प्रकाशक ने मेरे साथ धोखाधड़ी का गैरकानूनी कार्य किया था। नोटिस में उसे जोरदार शब्दों में धमकाया गया था कि अगर पत्र मिलने के एक माह के अन्दर उसने यथार्थ स्थिति स्पष्ट नहीं की तो आरा न्यायालय में उसके खिलाफ मुकदमा दायर किया जाएगा।

मैं सोच रहा था कि नोटिस की एक माह की अवधि जब बीतने को होगी, तभी शायद प्रकाशक कुछ लिखेगा। इस बीच वह भी वहाँ किसी वकील से सम्पर्क करेगा। लेकिन उसका जवाब तो दो सप्ताह बीतते-बीतते ही आ गया। शायद पत्र मिलते ही उसने पत्रोतर प्रेषित कर दिया। अपने जवाब की एक प्रति रजिस्टर्ड डाक से उसने सीधे मेरे वकील भृगुनाथ सहाय के पास भी भेजी थी तथा दूसरी प्रति रजिस्टर्ड डाक से ही मेरे पास। उसका जवाब पढ़ मेरी सारी चिन्ता जाती रही। मेरा मन बाग-बाग हो गया। उसने स्पष्ट शब्दों में लिखा था कि प्रेस की भूल के चलते ऐसा हुआ है। उसने मुझे आश्वस्त किया था कि कापीराइट की जगह सारी प्रतियों पर अब वह मेरे नाम की चिप्पी चिपका रहा है। साथ ही उसने यह भी सूचित किया कि अलग डाक से चिप्पी लगी पुस्तक की दस प्रतियाँ अवलोकनार्थ भेज रहा है।

उसके पत्र की यह भाषा देख मुझे उस कविता की पंक्ति बरबस याद आ गयी जो सम्भवत: ऐसे अवसरों के लिए ही लिखी गयी थी—'बिनु भय होय

न प्रीति।' मैं समझ रहा था, यह सब भृगुनाथ सहाय की नोटिस का परिणाम था। प्रकाशक को मैंने स्वयं लिखा था। लेकिन उसके कानों पर जूँ तक नहीं रेंगी थी। अब कानूनी नोटिस पाते ही वह रास्ते पर आ गया।

कोर्ट-कचहरी और वकील को मैं परेशानियों का जनक समझता था। मेरे गाँव में यह कहावत भी प्रचलित थी, 'कोर्ट और पुलिस के चक्कर में जो पड़ा वह कहीं का न रहा।' लेकिन इसके विपरीत मैं पा रहा था कि कानून की शरण में जाने पर ही मुझे न्याय हासिल हुआ। कानून की सहायता मैं नहीं लेता तो शायद मेरा प्रकाशक मेरी बात नहीं सुनता।

खुशी में मेरे यहाँ अब मिठाइयाँ बँटी। नयी पीढ़ी के अपने सभी साथियों को मैंने लड्डू खिलाए। पहली किताब आने के जिस आकर्षण पर अचानक वज्रपात हो गया था, वह अब नये सिरे से कायम हो चला। अब मुझे लगने लगा कि वास्तव में मेरी पहली किताब आयी है। पुस्तक को अब खूब देखने लगा। हस्तलिखित पांडुलिपि में भेजी मेरी कहानियाँ पत्र-पत्रिकाओं में छप कर आती थीं तो पांडुलिपि की अपेक्षा उन्हें पढ़ना और अच्छा लगता। ऐसा प्रतीत होता कि छप जाने के बाद वे बदल गयी हैं, जबकि बदली नहीं होतीं। उसी भाँति पुस्तक रूप में अब उन्हें पढ़ते हुए और पठनीय और उम्दा होने का एहसास हो रहा था। अब कोई भी मिलने आता तो उसे अपनी वह पहली पुस्तक अवश्य दिखाता। अन्दर से आह्लादित बना रहता कि पुस्तक रूप में अब आ गया हूँ जिसके तहत पुस्तकालयों में जगह-जगह और शहर दर शहर सुरक्षित स्थान पाता जाऊँगा। मिलने वालों की प्रतिक्रियाओं से भी मुझे लगता कि पत्रिका में छपने की जगह पुस्तक रूप में आने को लोग गम्भीरता से ले रहे हैं। पुस्तक प्रकाशन के इस महत्त्व के तहत मैं पा रहा था कि मेरे पास दूसरे संग्रह की कहानियाँ भी प्रकाशित होकर एकत्रित होती जा रही हैं।

यहाँ सृजनात्मक लेखक का यह महत्त्व मेरे मन को और भाया कि अखबारी या सामयिक लेखन की तरह साहित्यिक रचनाएँ सिर्फ एक बार छप कर ही बासी नहीं होतीं और न समाप्त होतीं। वे बार-बार छपने और हर प्रकाशन में पठनीय और प्रासंगिक बनी रहने की क्षमता रखती हैं। 'बाबूजी' संग्रह की सभी कहानियाँ विभिन्न पत्र-पत्रिकाओं में प्रकाशित होकर मेरे लेखकीय मन को प्रथम प्रकाशन का सुख दे चुकी थीं। अब 'बाबूजी' संग्रह में आकर एक और नये सुख-बोध का घटक बन गयी थीं। सम्भव है, आगे किसी और प्रकाशन के तहत कुछ और सुख पहुँचाएँ। मैं समझ रहा था, यह बात रचनाओं की बेहतरी पर ही निर्भर है। अब यह बात मुझे सचेत भी बनाने लगी कि अपनी कहानियों की तैयारी मुझे खूब ठोंक-पीट कर करनी चाहिए। कहीं भी कोई चूक नहीं रहने देनी चाहिए। उनका महत्त्व सिर्फ एक प्रकाशन तक ही सीमित नहीं, एक बेहतर कलाकृति के

रूप में सदैव के लिए उन्हें तैयार होना है। यह ऐसा काम है कि एक बार सिरजने के बाद कई बार और कई स्तरों पर उसके उपयोग का सुख प्राप्त होना है।

अब पुनः नये सिरे से मैं लेखन में भिड़ गया। पहले की अपेक्षा अधिक सचेत रूप में। कहानियों में अब मैं कहीं भी और तनिक भी झोल रहने देना नहीं चाहता। शायद यह 'बाबूजी' संग्रह के आने का ही परिणाम था कि लिखते हुए अब महसूस होता कि सिर्फ किसी पत्रिका के लिए ही नहीं, बराबर बनी रहने वाली कहानी गढ़ रहा। फिर तो अपनी सृजन प्रक्रिया में रमता चला गया। इस दौरान व्यतीत समय भी मेरे लिए रचनामय बना रहा। अस्वस्थ रहने पर भी रचनारत रहता। जब तक कोई कहानी मेरे मन के अनुकूल बन नहीं जाती तब तक उसमें कुछ जोड़ता-सँवारता और काट-छाँट करता रहता। हालाँकि मैं महसूस कर रहा था, चाह कर किसी कहानी को सशक्त नहीं बना पा रहा था। इससे अलग सशक्त बनने वाली कहानी सामान्य रचना-प्रक्रिया में भी सशक्त बन जाती—'राम रसोइया पागरी, कभी रे कभी बन जाए' की तरह।

ऐसे ही समय में अचानक एक ऐसी घटना घटी जिसने सारे सिलसिले को छिन्न-भिन्न कर दिया। लेखन की बात कौन कहे, जीवन पर से भी पकड़ छूटती प्रतीत हुई। एकाएक ऐसा हो जाएगा, मैंने तो सपने में भी नहीं सोचा था।

हुआ यह कि मौसमी सर्दी-बुखार की चपेट में मैं आ गया था। पूरे शहर में इस मौसमी बीमारी का संक्रमण था। मेरे परिवार के सारे सदस्य इसकी पकड़ में थे। लेकिन अपनी-अपनी तरह से ठीक भी हो गये—कोई जोशांदा या तुलसी पत्ती का काढ़ा पीकर तो कोई गर्म दूध में हल्दी लेकर, तो कोई नाक में सरसों का तेल सुड़क, तो कोई खूब तीता मांस-मछली खा। रेणु के साथ मैंने भी इन चीजों का उपयोग किया। लेकिन मेरी बीमारी नहीं गयी। रेणु की बामारी भी होमियोपैथिक दवा से ही गयी। होमियोपैथिक दवा पर उसका गहरा विश्वास था। आरा आने के बाद यहाँ के प्रसिद्ध होमयोपैथ और पुराने साहित्यकार डॉ. बनारसी प्रसाद भोजपुरी की दवा एक बार खाने के बाद अब किसी भी बीमारी पर वह उन्हीं की दवा लेती। उनकी दवा का उसके ऊपर चमत्कारिक लाभ भी नजर आता। उसके कहे अनुसार मैंने भी भोजपुरी जी की दवा ली। लेकिन मेरा जुकाम बना रहा। उस समय आरा में अपना धन्तवन्तरी मैं डॉ. के. बी. सहाय को मानता था। पारिवारिक उपचार और होमियोपैथिक इलाज के बाद अब सीधे उनके पास पहुँचा। मेरी बात सुन वे बोल उठे—"अब तक तो आप ठीक हो गये रहते...। जुकाम कमजोर कर देता है। देहाती उपचार ने आपके जुकाम को और बढ़ा दिया है। मैं दवा देता हूँ। अब दो-तीन दिन में ठीक हो जाइएगा...।"

और उन्होंने दवा लिख दी। अन्य चिकित्सों के पुर्जे पढ़े नहीं जाते थे।

लेकिन डॉक्टर के. बी. सहाय की लिखावट इतनी साफ और सुन्दर होती कि पुर्जा हाथ मे लेते ही मैं पढ़ गया। देखा, उन्होंने सिर्फ दो दवाएँ ही लिखी थी—बेनाड्रिंल कफ सीरप तथा रिको फास्ट टबलेट। दवाओं के बारे में अब मैं भी थोड़ा-थोड़ा जानने लगा था। कहा—''ये तो बिल्कुल सामान्य दवाएँ हैं डॉक्टर साहब। मुझे सर्दी-खाँसी के साथ-साथ बुखार भी आ जाता है।''

उन्होंने समझाया—''इस तरह की मौसमी सर्दी-खाँसी में एन्टी बायोटिक दवाएँ नहीं लेनी चाहिए। चूहे को मारने के लिए बन्दूक नहीं चलायी जाती...। आप मेरी दवाएँ खा कर तो देखिए। तीसरे दिन तक बिल्कुल ठीक हो जाएँगे...।''

डॉक्टर के. बी. सहाय के कहे अनुसार उनकी दवाएँ मैं लेने लगा। लेकिन तीसरे दिन को कौन कहे, एक सप्ताह बाद तक कोई फायदा नहीं। मेरी परेशानी और बढ़ती चली गयी। सर्दी, खाँसी और बुखार की वजह से खाने में तो अरुचि ही हो गयी थी, समय बीतने के तहत अब कमजोरी और बढ़ चली। इस पर माँ का कहना था—''दिन-रात टेबुल कुर्सी पर गड़किया कर तुम्हारे लिखते रहने के चलते ही बीमारी बिगड़ी है। तबीयत खराब रहने पर आदमी आराम करता है। बाकिर तू तो लिखने के आगे रोग-बीमारी की भी परवाह नहीं करता यह उसी का फल है...।''

मैं माँ को समझाने की कोशिश करता—''लिखने का काम आराम का ही होता है माँ। इससे कोई बीमारी नहीं बढ़ती...। किसी कहानी को शुरू कर बीच में रोका भी तो नहीं जा सकता। वह पूरी होने के लिए मेज पर खींचती रहती है। उसे बीच में छोड़ कर आराम कर ही नहीं सकता...।''

पत्नी भी माँ की ही तरह अपनी नाराजगी जाहिर करती—''ऐसा कौन-सा काम है जिसे छोड़ा नहीं जा सकता और छोड़ कर फिर दुबारा किया नहीं जा सकता। शरीर हैं तभी लेखन है। शरीर को स्वस्थ रखना हमारा पहला कर्तव्य है। डॉक्टर के. बी. सहाय की दवा से फायदा नहीं हुआ तो फिर उनसे दिखा कर कहना चाहिए। इस बार वे अवश्य दवा बदल देंगे...। लिखने के चक्कर में इलाज में ऐसी लापरवाही ठीक नहीं होती। भला, सर्दी-बुखार इतने समय तक कभी रहता है...।''

मुझे भी लगा कि अब फिर डॉ. के. बी. सहाय से दिखाने की जरूरत है। लिखते हुए भी मैं अब अशक्त महसूस कर रहा था। डॉ. के. बी. सहाय के पास पैदल चलने की भी मेरी स्थिति नहीं थी। छोटे भाई ब्रजेश्वर से रिक्शा मँगवाया। मैं सिर्फ ब्रजेश्वर के साथ ही जाना चाहता था। डॉक्टर से दिखाने के लिए वह काफी था। लेकिन मुझ पर विशेष स्नेह रखने वाली माँ भी साथ हो गयी—''तू कोई पैदल तो जा नहीं रहा। रिक्शे से ही जाएगा और आएगा तो मैं भी साथ

चलूँगी। ऐसी हालत में खाली ब्रजेश्वर के साथ तुझे नहीं छोड़ सकती। तेरे के. बी. सहाय से पूछूँगी कि कैसी दवा दी कि तनिक भी फायदा नहीं हुआ।''

हमारा वह रिक्शा अब डॉक्टर के. बी. सहाय के यहाँ पहुँचा। लेकिन संयोग अच्छा नहीं था। उस दिन वे आरा से बाहर थे। सपरिवार पटना गये थे। मेरी इच्छा लौट जाने को हुई। फिर दूसरे दिन आकर दिखा लूँगा। लेकिन माँ अड़ गयी—''जब डॉक्टर से दिखाने के नेवर्तक हम घर से बाहर आ गये हैं तो फिर किसी डॉक्टर से दिखा कर ही लौटेंगे। जैसे के. बी. सहाय वैसे ही अन्य डाक्टर। विलम्ब कर मर्ज को अब और नहीं बढ़ाना...।''

माँ की इस इच्छा के अनुसार अब हम डॉ. ए. के. सिन्हा के यहाँ चल पड़े। हमारी जानकारी में अच्छे चिकित्सक के रूप में उनका भी नाम था। उनका क्लिनिक डॉ. के. बी. सहाय के पास ही था। अब हम वहाँ पहुँच गये। वे उपलब्ध थे और भीड़ भी नहीं थी। मुझे इतमीनान से देखा। फिर कहा—''एन्टीबायोटिक दवा न लेने के चलते ही आपकी बीमारी बढ़ी है। आपको सामान्य सर्दी, खाँसी और बुखार नहीं, इन्फेक्शन हो गया है जो बगैर एन्टीबायोटिक के ठीक नहीं हो सकता। तत्काल कैपसूल से भी अभी राहत नहीं मिलेगी। इंजेक्शन लिख रहा हूँ। रोज एक इंजेक्शन लेना है। सिर्फ चार इंजेक्शन से ही आप ठीक हो जाएँगे। सारी परेशानी खत्म हो जाएगी...।''

उनका पुर्जा लेकर जब हम चले तो सोचा, एक इंजेक्शन यही दिलवा लें। फिर कल से किसी कम्पाउंडर को बुलवा कर घर पर दिलवाते रहेंगे। अब हम पास ही सिंह मेडिकल हॉल पर जा पहुँचे। उस वक्त एलौपैथिक दवाओं की वह अच्छी दुकान थी। मैंने पूछा—''यह कौन-सा इंजेक्शन है?''

दुकान पर कार्यरत दो-तीन कम्पाउंडरों में से एक ने बताया—''ड्राईक्रिस्टिसिन है।''

मैंने फिर पूछा—''कैसा इंजेक्शन है?''

उसने मुझे आश्वस्त किया—''बहुत अच्छा। अनेक बीमारियों में यह दिया जाता है। अभी के समय में तो यह सबसे प्रचलित और बिकने वाला इंजेक्शन हैं। महँगा भी नहीं है...।''

वह कम्पाउंडर इंजेक्शन देना जानता था। सुनते ही मुझे इंजेक्शन लगाने के लिए तैयार हो गया। बस, मैं वहीं दुकान के सामने की बेंच पर बैठ गया। माँ भी मेरे पास ही बैठ गयी। ब्रजेश्वर खड़ा रहा। मैं देख रहा था, कम्पाउंडर ने अपनी शीशे वाली सिरिंज साफ की। उस वक्त डिस्पोजेबुल सिरिंज का आगमन नहीं हुआ था। फिर एक पतली-सी आरी से डाइक्रिस्टिसिन... इंजेक्शन के अगले

भाग को रेत कर तोड़ा। इसके बाद सिरिंज में दवा भर कर तैयार कर लिया। फिर रूई के टुकड़े में स्प्रिट लगायी। अब दाँए हाथ के मेरे कुर्ते की बाँह को ऊपर चढ़वाते हुए अपने बाएँ हाथ से उसे नीचे से पकड़ लिया तथा ऊपर के हिस्से में स्प्रिट लगाते हुए बोला—"बाँह कड़ा मत कीजिएगा। हाथ जितना ढीला रहेगा उतना ही अच्छा होगा। दुखाएगा नहीं। आप उस ओर मुँह कर लीजिए। बस, दो मिनट में हो जाएगा...।"

मैंने मुँह दूसरी ओर कर लिया। बस, उसने इंजेक्शन लगा दिया। लेकिन यह क्या! उस कम्पाउंडर द्वारा इंजेक्शन लगाते ही ऐसा लगा कि मेरे अन्दर आग के तेज-तेज गोले उठने लगे हैं, जिनकी मारक पीड़ा मेरी सहन शक्ति को क्षण भर में ही पार कर गयी। फिर तो मेरी स्थिति कुछ कहने लायक भी नहीं रही। उस कम्पाउंडर द्वारा मेरी बाँह से सिरिंज खींचते ही अपने मुँह से झाग फेंकते हुए मैं वहीं बेंच पर उलट गया। उसके बाद मुझे कुछ भी याद नहीं रहा कहाँ हूँ और कैसे हूँ? बाद में माँ और ब्रजेश्वर से पता चला कि मेरी यह स्थिति देख उस कम्पाउंडर ने यह कहते हुए कि रियेक्सन हो गया है जल्दी से मुझे एभिल और डेक्सोना के और दो इंजेक्शन लगा दिये तथा ब्रजेश्वर के साथ मुझे टाँग कर पास ही डाक्टर केदारनाथ राय के क्लिनिक में पहुँचवा दिया।

मेरी चेतना जब लौटी तो ऐसा महसूस हुआ कि मुझे खूब जाड़ा लग रहा है। कँपकँपी का अनुभव करने लगा। मेरा पूरा बदन थर्रा रहा था। अब मेरे कानों में आवाज भी सुनाई पड़ने लगी—"जल्दी देखिए डाक्टर साहब। भैया इस तरह काँप क्यों रहे हैं?"—यह ब्रजेश्वर की आवाज थी।

"हमारे बाबू को यह अचके में क्या हो गया डॉक्टर साहब?"—यह माँ थी।

"अब पानी निकाल दो। जाड़ा होने के बाद पानी नहीं चढ़ेगा।"—यह डॉक्टर केदारनाथ राय की आवाज थी।

"अब क्या होगा डॉक्टर साहब। हमारा बेटा कैसे ठीक होगा?"—माँ पूछ रही थी।

"अब चुपचाप प्रतीक्षा करनी है माता जी। रियेक्शन में जितनी दवाएँ दी जाती हैं, सब दी जा चुकी हैं। बहुत सिभियर रिएक्शन था। गनीमत है कि होश आ गया। ऐसे सिवियर रियेक्शन में तो होश ही नहीं आता। उसी वक्त आदमी गुजर जाता है।"—डॉ. केदारनाथ राय जवाब दे रहे थे।

अब सारी स्थिति से मैं अवगत हो गया कि कहाँ हूँ और मुझे क्या हुआ है? मैं चाह रहा था कि आँखें खोलूँ। लेकिन दोनों पलकें इतनी बोझिल हो गयी थीं कि खुल ही नहीं रही थीं। काफी प्रयास के बाद मैंने आँखें खोलीं, तो मेरी

दोनों आँखें एकदम सुर्ख लाल थीं। रेणु को देखकर मैं समझ गया, इस बीच ब्रजेश्वर रेणु को लेते आया है। कामेश्वर रहता तो वह भी भागा-भागा आता। लेकिन उस दिन वह गाँव चला गया था। शाम को आने वाला था। रेणु को शायद माँ ने यह सोच कर बुलवाया होगा कि मेरा अन्तिम समय आ गया है। महाराजा हाता के कुछ लड़के भी मुझ नजर आये। शायद ब्रजेश्वर ने महाराजा हाता जाने के क्रम में उन्हें बता दिया होगा। आरा की नयी पीढ़ी के रचनाकार युवकों की तरह महाराजा हाता के कुछ लड़के भी लगातार पत्रिकाओं में मुझे छपते देख मेरे दोस्त और शुभचिन्तक बन गये थे। उन लड़कों में से ही कुछ थे। नयी पीढ़ी के मेरे रचनाकार दोस्तों को इसकी भनक नहीं थी, इसलिए वे नहीं जुटे थे। वे तो शाम में आते थे। इस बीच शायद मेरी ससुराल भी यह सूचना चली गयी थी। उस वक्त मेरे ससुरजी आरा डाकघर में ही पोस्टमास्टर थे तथा सपरिवार आरा ही रहते थे। मेरा साला सुरेश भी ब्रजेश्वर के पास खड़ा नजर आ रहा था। माँ मेरे सिरहाने बैठी मेरे माथे पर हाथ फेर रही थी...।

मेरी आँख क्षण भर के लिए ही खुली थी। फिर बन्द हो गयी। मुझे लगा मैं एकदम हल्का हो गया हूँ। मुझे अब साफ प्रतीत हो रहा था कि मैं एक धुएँ के गोले में तब्दील हो आसमान में ऊपर उड़ता जा रहा हूँ। इधर शायद मेरे चेहरे की रंगत फीकी पड़ते देख सुरेश ने आवाज लगाई—''भाई साहब! आँख खोलिए...। ऐसे काहे कर रहे हैं?''

अब यह आवाज सुन तत्क्षण मेरी चेतना फिर वापस आ गयी। यह सुरेश की पुकार थी कि मेरी आँख फिर खुल गयी। लेकिन अब जल्द ही पुनः बन्द हो गयी। उस क्षण चाहते हुए भी मैं देर तक आँखें खोले नहीं रह सकता था। अब फिर धुएँ के रूप में तब्दील अपने को आसमान में चढ़ते पाया। शायद फिर मेरी डूबती स्थिति को लक्ष्य कर ब्रजेश्वर ने आवाज दी—''भैया! भैया! अब कैसी तबीयत है? इधर ताकिए...!''

ब्रजेश्वर की यह आवाज फिर मुझे खींच लायी। मेरी आँख फिर खुल गयी। मैं समझ गया, जाती हुई मेरी चेतना को सगे—सम्बन्धियों की आवाज रोक दे रही है। इस अनुभव के बाद अब मेरे मन में आ रहा था कि अपने पास उपस्थित सबों से कह दूँ कि इसी तरह मैं जब भी डूबने लगूँ आवाज देकर आप लोग मुझे पुकार लिया करें...। लेकिन चाहते हुए भी मैं बोल नहीं पा रहा था। मेरे दाँत आपस में जकड़े हुए थे और होठ ऐसे बन्द थे कि खुल ही नहीं रहे थे। अब फिर मेरी आँख बन्द होने लगी। पर इस बार माँ उसी वक्त बोल उठी—''आँख बन्द मत करो मिथिलेश्वर जगे रहो। आँख बन्द होने पर रह-रह कर तुम डूब जाते हो। अपने को सँभालो...। अब तुम ठीक हो चले हो...!''

औ माँ की इस आवाज पर सचमुच मेरी आँख न सिर्फ खुल गयी, बल्कि अब बन्द भी नहीं हुई...। शायद मेरी जाती चेतना अब रुक गयी थी। अब मेरा ध्यान अपने शरीर की ओर गया। मुझे लगा, मेरे अंगों का संचालन बन्द है। मैं जड़वत् शिला की तरह पड़ा हूँ। चाहकर भी अपने हाथ-पाँव नहीं चला पा रहा। अन्य अंगों की अपेक्षा अपने दोनों पाँवों की सिपुलियों को तो मैं एकदम निर्जीव महसूस कर रहा था। मैं चाह रहा था कि ब्रजेश्वर और सुरेश से कहू—"मेरे पाँवों की दोनों सिपुलियों को खूब टिपो। उनमें हरकत पैदा करो। उनके बेजान होने से बहुत अकबककहाट महसूस हो रही है।" लेकिन आवाज नहीं निकल पा रही थी। फिर अचानक मेरी आवाज भी निकल गयी—"ब्रजेश्वर, सुरेश मेरे पैर की सिपुलियों को टिपो।"

यह सुनते ही वे दोनों तत्क्षण मेरे पैर की सिपुलियाँ टिपने लगे। मेरी आवाज सुन रेणु और माँ तो जैसे निहाल हो उठीं। वहाँ उपस्थित सभी मित्र-परिजन खुश हो उठे। मैं महसूस कर रहा था सुरेश और ब्रजेश्वर द्वारा अपनी सिपुलियों के टिप जाते हुए अपने शरीर को अपने कब्जे में आते पा रहा था। सिपुलियों को टिपवाते हुए मुझे बहुत अच्छा लग रहा था। बदन में हरकतों का अनुभव भी करने लगा था। अब मैं लगातार आवाज देने लगा—"और जोर से सुरेश। और तेजी से ब्रजेश्वर।"

इस क्रिया में सुरेश और ब्रजेश्वर की अँगुलियाँ कुछ ही देर बाद थक गयीं। मेरी आवाज पर जिस तेजी से और जोर से वे टिप रहे थे कि उसमें उनकी अंगुलियों को थकना ही था। अब उनके पास ही खड़े श्रीशचन्द्र और विनोद भिड़ गये। इस क्रिया ने सचमुच मेरे शरीर में संचार पैदा कर दिया। अब निर्जिव होते मेरे बदन में फिर जीवतंता आ गयी। निष्क्रिय हुए अंग संचालित होने लगे। कुछ देर बाद मैं उठ बैठा। अब तो जैसे मेरे साथ के सारे लोगों के चेहरे विहँस उठे। डॉ. केदारनाथ राय ने फिर आकर मुझे देखा और मेरी पीठ ठोंकते हुए कहा—"मौत के मुँह से निकल आये हो। रियेक्शन का असर अब समाप्त हो गया। लेकिन अब भूल कर भी पेंसिलिन ग्रुप की कोई दवा कभी मत लेना। कहीं भी इलाज कराते हुए चिकित्सक को यह पहले ही बता देना...।"

आरती की मृत्यु के बाद हमने सोचा था कि डॉ. केदारनाथ राय के यहाँ हमें अब इलाज नहीं कराना है। लेकिन संयोग मुझे उन्हीं के यहाँ खींच लाया था। पर इस बार जीवन उन्होंने ही दिया। अगर उनका क्लीनिक, सिंह मेडिकल हाल के नजदीक नहीं होता और वे तत्परता से नहीं लगते तो मैं नहीं बचता।

घर लौटने के बाद अब मुझे ऐसा लगने लगा कि किसी चिकित्सक के यहाँ से नहीं, मृत्यु के पास से लौटा हूँ। सचमुच उस घटना ने मुझे मृत्यु का साक्षात्कार करा दिया था। अपनी अनुभूतियाँ जब माँ, रेणु एवँ भाई-बहनों के समक्ष व्यक्त की तो चौंकते हुए सबकी आँखें भर आयीं। मृत्यु को नजदीक से जानने की वह स्मृति आज तक मेरे मन में यथावत् बनी हुई है।

पता नहीं, किस रूप में आत्मा शरीर से बाहर निकलती है? लेकिन मैंने तो उसे धुएँ के गोले के रूप में जाना। सम्भव है, यह मेरे अवचेतन मन का भ्रम हो। लेकिन अपने को उसी रूप में उड़ते हुए पाया है। पुकारे जाने में ऐसी क्षमता होती है कि जाती चेतना को भी वह बुला ले, इस विलक्षणता का एहसास भी मुझे उसी वक्त हुआ। जब-जब पुकारा जाता मैं अपनी काया में वापस आता महसूस करता। सम्भव है, यह भी मेरे अवचेतन मन का भ्रम ही हो, लेकिन उस वक्त ऐसा ही हुआ था। पाँव की सिपुलियों के नि:शेष होने का सच भी उस घटना से ही मैंने जाना है। आरती के निधन के बाद उसका चेहरा और शरीर यथावत् दिखता था। लेकिन उसकी ऐंठी, सिकुड़ी पाँव की सिपुलियाँ उसके निधन की सूचना दे रही थीं। सिपुलियों के टिपे जाने से लाभ शायद अनजाने में एक्यूप्रेशर पद्धति का भी हो जिनका आज व्यापक इस्तेमाल देख रहा हूँ। लेकिन उस वक्त एक्यूप्रेशर पद्धति के बारे में मुझे कोई जानकारी नहीं थी। सम्भव है, नि:शेष होते मेरे अंगों की क्रिया को उस पद्यति ने ही पुनर्जीवित किया हो। जो हो, उस घटना के बाद अपने परिजनों के कथन के अनुसार स्वयं मुझे भी लगता रहा कि उस रियेक्शन के बाद मुझे नया जीवन प्राप्त हुआ है। मैं मृत्यु के मुँह से निकल कर आया हूँ...।

उस रियेक्शन ने मुझे बहुत कमजोर बना दिया था। ऐसी कमजोरी का अनुभव पहले कभी नहीं किया था। दस-बीस कदम चलने पर ही पैर भर जाते। थकान महसूस होने लगती। लगता, शरीर में कुछ है ही नहीं। डॉक्टर के. बी. सहाय ने भी मिलने पर कहा—"वैसे रियेक्शन के बाद धीरे-धीरे ही यह कमजोरी जाएगी। आपको प्रतीक्षा करनी पड़ेगी। विटामीन बी की गोली लिख दे रहा हूँ। रोज खाते रहियेगा।"

यह पूछने पर कि ऐसा रियेक्शन मुझे क्यों हो गया था, उन्होंने बताया—"डाइक्रिसस्टिसिन का रियेक्शन जिसे भी होता है, ऐसा ही होता है। अव्वल तो इसका रियेक्शन जल्दी नहीं होता। लेकिन जब भी होता है विस्फोटक रूप धारण कर लेता है। अब कौन इंजेक्शन किसे रियेक्शन कर जाएगा, यह समझना बहुत मुश्किल है। इससे बचने का एकमात्र रास्ता यही है कि हर इंजेक्शन चेक करके दिया जाए। लेकिन व्यवहार में यह कहाँ सम्भव? मरीज जब कहता है या उसकी बीमारी-हिस्ट्री से कुछ पता चलता है तभी देने से पहले इंजेक्शन चेक

होता है। अब जो हुआ उसे भूल जाइए और भविष्य के लिए याद रखिएगा कि पेनसिलिन ग्रुप का कोई इंजेक्शन आपको नहीं लेना है।''

उस रियेक्शन के बाद पहले की तरह लेखन की मेज पर भी मैं डटकर बैठ नहीं पा रहा था। कुछ ही देर में थक जाता। कमर दुख जाती। आँखें भारी हो जातीं। हाथ आगे नहीं बढ़ते, फिर बिस्तरे पर जाकर लेट रहता। नयी पीढ़ी के लड़कों के साथ अब शाम की नियमित बैठकें भी नहीं कर पाता। वे आते और मिल कर चले जाते।

अब जैसे ही एकान्त मिलता, मैं चिन्ताओं में डूब जाता। भविष्य की ऐसी चिन्ता से पहले मैं कभी आक्रान्त नहीं था, जैसा अब हो रहा था। यह प्रश्न अब बार-बार मेरे समक्ष आ खड़ा होता कि अगर रियेक्शन मे मैं गुजर गया रहता तो मेरी बेटियों और रेणु का क्या होता? समय के अनुसार कामेश्वर और ब्रजेश्वर भी बड़े भैया की तरह व्यवस्थित हो जाते। बाबूजी के बाद निरन्तर रिक्तहस्त होती माँ चाहते हुए भी रेणु, को कोइ मदद नहीं पहुँचा पाती। तब बड़ी होती दो बेटियों के साथ रेणु क्या करती? अपने ससुराल की आर्थिक स्थिति से भी मैं परिचित था। वे भी सम्भाल नहीं पाते। इस स्थिति में मुझे अब लगता कि बिना व्यवस्थित हुए मुझे शादी करनी ही नहीं चाहिए थी। अगर शादी कर भी ली तो बच्चे पैदा नहीं करने चाहिए थे। अब जबकि दो बच्चियाँ हो गयी हैं मेरी पहली प्राथमिकता साहित्य लेखन नहीं, वह स्थायी व्यवस्था होनी चाहिए जिससे मेरे नहीं रहने पर भी वे बेसहारा न हो सकें। जिस साहित्य लेखन से मैं जुड़ा था, उसके तहत स्थायी व्यवस्था कभी हो भी नहीं सकती। अब तक साहित्य लेखन ने तो टुकड़ों-टुकड़ों में मिलने वाले सुख का ही एहसास कराया था, कोई स्थायी ठौर कहाँ दे सका था? साहित्य लेखन से मेरी चर्चा थी और एक लेखक के रूप में लोग मुझे जानने लगे थे, लेकिन इससे जीवन और परिवार की समस्याओं का समाधान सम्भव नहीं था। इस स्थिति में मुझे एकमात्र रास्ता रेणु के पैरों के नीचे जमीन का होना जान पड़ा। रेणु पढ़ी-लिखी है। तेज-तर्रार है। अगर किसी राजकीय प्राथमिक विद्यालय में शिक्षिका हो जाती है तो सारी समस्याओं का समाधान सम्भव है। लड़कों की तुलना में लड़कियों की नियुक्ति की प्राथमिकता भी है। जरूरत रेणु को सिर्फ प्राथमिक टीचर्स ट्रेनिंग कराना भर है। ट्रेनिंग के बाद तो पैनल बन जाता है जिसके तहत नियुक्ति की अनिवार्यता कायम हो जाती है। फिर तो सरकारी सेवक का सुरक्षित जीवन उसे प्राप्त हो जाना है।

शादी के बाद कभी मैंने सोचा था कि रेणु जितना पढ़ना चाहेगी उसे पढ़ाऊँगा। लेकिन किसी नौकरी में नहीं डालूँगा। अपने उपार्जन पर उसे फूलों की सेज पर रखूँगा। पर रियेक्शन के बाद उस हवाई कल्पना के स्थान पर उसके

पैरों के नीचे जमीनी यथार्थ की अनिवार्यता महसूस कर रहा था। इस सम्बन्ध में रेणु से पूछा तो वह सहर्ष तैयार हो गयी। वह तो यह चाहती ही थी। मैं देख रहा था, घर के सारे कार्य निपटा और दोनों बेटियों को सुला आई. ए. की अपनी पुस्तकें रात बारह-बारह बजे तक वह पढ़ती रहती। स्वतन्त्र छात्रा के रूप में आई. ए. की उसकी परीक्षा अब कुछ ही समय बाद होने वाली थी...।

इस बीच अनपेक्षित घटना फिर हमारे जीवन में दस्तक दे चुकी थी। प्रचलित साधनों की अनुपयुक्तता, कृत्रितमा या हमारी लापरवाही, जो हो, रेणु फिर माँ बनने वाली थी। इस बार इस सूचना पर मैंने मन ही मन तय कर लिया कि अब किसी की दलील हमें नहीं सुननी। कोई और बच्चा अब हमें नहीं चाहिए। अपनी समस्याओं को हमें अब और नहीं बढ़ाना। लेकिन रेणु ने एक ऐसी बात कह दी कि मेरा मुँह बन्द हो गया। सख्ती का मेरा सारा निर्णय ढह गया। उसने जोर देकर कहा—"इस बार भूल कर भी एबार्सन का नाम मत लीजिए। मेरी आरती आ रही है। वह कहीं गयी नहीं, हमारे बीच ही थी। मेरा मन कह रहा है, एकदम वही है...।"

रेणु के इस गर्भ पर माँ ने अपनी पूर्व राय जाहिर की—"इस मरतबा मेरी भखौटी खाली नहीं जाएगी मिथि। तेरी पत्नी को बेटा ही होगा। तीन बेटियों के जन्म के बाद ही मुझे बेटे हुए। तू बच्चे होने से इतना घबड़ाता क्यों है? अभी तुझे रियेक्शन हुआ था, उसमें अगर कुछ हो गया रहता तो तेरी पत्नी के आगे-पीछे कौन था?"

मेरा मुँह तो रेणु की बात ने ही बन्द कह दिया था। अब माँ की बात पर क्या कहता! बीतते समय के अनुसार प्रसव का वह समय भी आ गया। लेकिन माँ की इच्छा के खिलाफ फिर बेटी ही आयी। रेणु के कहे अनुसार एकदम आरती का रंग-रूप लेकर, हू-ब-हू उस जैसी। लगता कि सचमुच फिर वही आ गयी है। हमने उसकी सुन्दरता पर उसका नाम रम्भा रख दिया। हालाँकि पुकार का नाम 'बुली' रखा। हम उसे बुली ही कहते। मैं देख रहा था, बुली के आने के बाद रेणु की परेशानी और बढ़ गयी थी। नवजात बच्ची की देखभाल करते हुए उसे सारे दायित्व निपटाने पड़ते। माँ भी अब पिंकी-रीनी की तरह बुली को नहीं सँभालती। कामेश्वर के पुत्र राजू को गोद में लेकर बैठी रहती। लेकिन रेणु, बुली में आरती की छवि का एहसास कर उसे दुलारती रहती।

बुली के जन्म से पहले ही माया ने एक बेटे को जन्म दे दिया था। बेटा पैदा करने के चलते माँ, माया को अब बहुत मानने लगी थी। वह काफी खुश थी कि मेरे खानदान में वंश का आगमन हुआ है। राजू और बुली में माँ स्पष्ट अन्तर समझती। एक को आकाश कुसुम तो दूसरे को पाँव की धूल। रेणु के स्थान

पर कोई और औरत होती तो द्वेषग्रस्त हो जाती और माँ से सम्बन्ध तिक्त होता चला जाता। लेकिन रेणु ने सूझ-बूझ से काम लिया। माँ को देहाती समाज की अज्ञानता से प्रभावित जान उनसे टकराहट मोल नहीं ली, बल्कि अपने व्यवहार से पूर्व की भाँति उनका मन जीतती रही। शायद यह इसी का परिणाम था कि बेटे-बेटियों के जन्म का पक्ष छोड़ अन्य सारे मामलों में माँ रेणु की ही प्रशंसक बनी रही।

मेरी कमजोरी अब धीरे-धीरे दूर हो गयी थी। मैं ठीक हो गया था। रेणु भी इस दौरान आई. ए. की परीक्षा दे चुकी थी। अब हम टीचर्स ट्रेनिंग कॉलेज की विज्ञप्ति की प्रतीक्षा कर रहे थे। हमने आपस में तय कर लिया था कि ट्रेनिंग करने और शिक्षिका बनने के बाद भी रेणु आगे तक पढ़ेगी। कॉलेज शिक्षा की पूर्णता तक पहुँचेगी।

अब फिर नये सिरे से अपने लेखन की दुनिया में मैं आ जुटा। भविष्य के प्रति सतर्क रहते हुए इस बार का लेखन मुझे सार्थक जान पड़ रहा था। अब सबसे पहले 'बन्द रास्तों के बीच' नामक अपने दूसरे कहानी संग्रह की पांडुलिपि तैयार की। दूसरे संग्रह भर कहानियाँ अब तक छप चुकी थीं। इसी वक्त साहित्यिक मित्रों से मुझे पता चला कि संग्रह प्रकाशन के नाम पर लेखकों को राजकीय अनुदान प्राप्त होता है। मैं जिन आर्थिक संकटों से गुजर रहा था, उसमें ऐसी सूचना पर तत्क्षण जिज्ञासु और सक्रिय हो गया। शायद नौकरी न करने वाले लेखकीय जीवन की यह विडम्बना थी।

जानकारी के अनुसार उस समय बिहार राष्ट्रभाषा परिषद् से लेखकों को दो तरह के अनुदान मिलते थे। बुजुर्ग और अर्थाभाव में जी रहे लेखकों के जीवन निर्वाह के लिए पेंशन तथा नये लेखकों की पुस्तकों के प्रकाशन के लिए आर्थिक सहयोग। अब इस दूसरे अनुदान के लिए मैं सीधे बिहार राष्ट्रभाषा परिषद, पटना पहुँचा। उस समय निदेशक छुट्टी पर थे। वहाँ चार्ज में जो मुख्य अधिकारी बैठे थे, मैं उनसे मिला। मेरी बात सुन उन्होंने मुझे एक फार्म थमा दिया तथा कहा—"इसको अच्छी तरह भरकर तथा राज्य के किसी बड़े साहित्यकार से अनुशंसा करा कर ले आइएगा। साथ में अपनी प्रस्तावित पुस्तक की रूपरेखा भी...।"

मैंने जिज्ञासा वश पूछा—"राज्य के किस बड़े साहित्यकार से?"

उन्होंने उसी कार्यालयी भाषा में जवाब दिया—"जो आपको जानते हों या जिनसे आप लिखवा सकें...!"

लेकिन मैं जब चलने लगा तो वहाँ बैठा एक अन्य व्यक्ति मेरे साथ लग गया। वह उम्र में मुझसे बड़ा था। उसकी बातचीत से पता चला, उसने भी एक पुस्तक तैयार की है। उसी पुस्तक के लिए पिछले एक वर्ष से प्रकाशन-अनुदान

के प्रयास में वह भिड़ा है। उसने मुझसे कहा—"अपने आवेदन पर अगर आप फणीश्वर नाथ रेणु से अनुशंसा लिखवा सकें तो लिखवाइएगा। मैंने राही जी से लिखवा कर दिया है। मेरे बाद आये एक लेखक को अनुदान मिल गया। वह रेणु से लिखवा कर दिया था। मेरा आवेदन अभी तक इन लोगों ने रोक रखा है। अब इन लोगों को कौन बताए कि रेणु से राही अच्छे लेखक हैं...!"

मैं राही नामक इस लेखक को नहीं जानता था और न उस आवेदक को ही। अब उन दोनों को जानने की कोशिश भी नहीं की। मेरा ध्यान तो तब फणीश्वर नाथ रेणु पर चला गया। उस समय मेरे प्रिय लेखकों में उनका स्थान महत्त्पूर्ण था। मेरी जानकारी में बिहार के ही नहीं, देश के बड़े लेखक के रूप में वे प्रतिष्ठित हो चुके थे। उनकी गतिविधियों से भी मैं परिचित था। पटना में रह कर ही वे रचनारत थे। पटना के कॉफी हाउस में उनकी बैठकों की चर्चा भी सुनी थी। लेकिन कभी मिला नहीं था। अपने पारिवारिक कारणों से जब भी पटना जाता, कार्य समाप्ति के बाद आरा भाग आता। वहाँ के आम साहित्यिक आयोजन में भाग लेने या मित्रों से मिलने-जुलने या गप्पें लड़ाने मैं कभी पटना जाता ही नहीं। मेरी यह प्रकृति लक्ष्य कर पटना के मेरे हम उम्र मित्र मेरे बारे में व्यंग्य भी करते—"अरे भाई मिथिलेश्वर को मत खोजो और उसके बारे में मत पूछो। बिना किसी काम के वह सिर्फ साहित्य चर्चा के लिए पटना नहीं आ सकता...!"

अपनी इस प्रकृति पर मुझे अब अफसोस हो रहा था। अगर मैं पटना की साहित्यिक गतिविधियों में आता-जाता रहता तो अवश्य रेणु से परिचित होता। तब सीधे इस आवेदन पर उनकी अनुशंसा लिखवा लेता। पता नहीं, परिचय के अभाव में वे लिखेंगे या नहीं! मुझे जानकारी थी कि रेणु बीमार चल रहे हैं। मेरा मस्तिष्क रेणु की अनुशंसा लिखवाने के लिए अब सक्रिय हो गया। सीधे-सीधे रेणु मुझसे परिचित नहीं, लेकिन पटना के उन रचनाकारों से तो परिचित हैं जो मेरे भी मित्र हैं। ऐसी स्थिति में उन रचनाकारों को माध्यम बना कर कारगर हुआ जा सकता है। ऐसे मित्रों में अब सहज उपलब्ध और सहज सहयोगी रिपुदमन सिंह की ओर मेरा ध्यान चला गया। उस समय पटना के मित्रों में वे मेरे आत्मीय एवं शुभचिन्तक थे। जहाँ भी देखते, गर्मजोशी से मिलते। विभिन्न पत्रिकाओं में प्रकाशित मेरी कहानियों की सराहना भी करते। पटना उच्च न्यायालय में वकील थे और आज भी हैं। अब मेरे कदम रिपुदमन भाई की ओर बढ़ गये।

उस समय रिपुदमन सिंह मुझे उच्च न्यायालय परिसर में ही मिले। मुझे देखते ही अपने स्वभाव के अनुसार चहक उठे—"अरे मिथिलेश्वर भाई कैसे हैं? यहाँ कैसे आना हुआ?"

मैंने उन्हें सारी कहानी कह सुनायी। जवाब में उन्होंने मुझे आश्वस्त किया—

"अरे, यह तो कोई मुश्किल कार्य है ही नहीं। रेणु जी एकदम लिख देंगे। मुझे मानते हैं। मेरी बात नहीं टाल सकते। अभी बीमार होकर पी.एम.सी.एच. (पटना मेडिकल कॉलेज हॉस्पिटल) में पड़े हैं। हम वहीं चलेंगे...।"

और रिपुदमन सिंह ने मुझे चाय पिलायी। न्यायालय के अपने जरूरी कार्य निपटाए और मुझे लेकर चल पड़े। उस समय पी.एम.सी.एच. के सर्जिकल वार्ड में रेणु जी भर्ती थे। हम सीधे वहीं पहुँचे। देखा, साँवले रंग के ऊँचे कद और लम्बे चेहरे वाले रेणु अस्पताल के बेड पर बैठे थे। माथे के बड़े-बड़े बालों और अपने मोटे होठों से अपनी अलग पहचान बनाते हुए। उनके सामने के खाली बेड पर दो युवा खद्दरधारी बैठे थे। उस क्षण रेणु उनसे संवादरत थे। आसपास दो-तीन पत्रिकाओं के नये अंक तथा समाचार पत्र पड़े थे। वहाँ अस्पताल जैसे माहौल का एहसास मुझे नहीं हुआ। शायद रेणु को एक बड़ा साहित्यकार समझ कर ही वह स्वतन्त्र कमरा उन्हें मुहैय्या कराया गया था।

मुझे रिपुदमन सिंह की बात बिल्कुल सच प्रतीत हुई। उन्हें देखते ही रेणु जी ने आत्मीयता से कहा—"आइए रिपुदमन जी, बैठिए। कोर्ट से आ रहे हैं या घर से?"

उन्होंने बताया—"कोर्ट से...।"

इसके बाद रिपुदमन सिंह ने रेणु जी के स्वास्थ्य की अद्यतन जानकारी ली। फिर पटना की साहित्यिक गतिविधियों के बारे में दो-चार बातें की। इसके बाद मेरी ओर मुखातिब होते हुए रेणु जी से मेरा परिचय कराने लगे। लेकिन मेरा नाम सुनते ही रेणु जी की निगाहें मुझ पर टिक गयीं और वे बोल उठे—"ये मिथिलेश्वर हैं?"

"हाँ।"

"वास्तव में ये बहुत अच्छा लिख रहे हैं। 'धर्मयुग' में इनकी तीन-चार कहानियाँ पढ़ी है। वह 'बाबूजी' कहानी तो अभी तक याद है। बहुत दमदार रचना है...! क्या चरित्र उठाया है इन्होंने! और कितनी जीवन्तता के साथ उसका निर्वाह किया है...!"

रेणु जी की यह बात सुन तो मुझे अपने कानों पर विश्वास ही नहीं हो रहा था। क्या वास्तव में रेणु जी ने मेरी कहानियाँ पढ़ी हैं और 'बाबूजी' कहानी उन्हें अभी तक याद है। रिपुदमर सिंह ने अब अवसर अनुकूल समझ मेरे आगमन का कारण बताते हुए मेरा आवेदन रेणुजी के सामने रख दिया। अब बिना कुछ सोचे या विलम्ब किये रेणुजी ने उस पर अपनी अनुशंसा लिखनी शुरू कर दी। कुछ क्षण तक माथा झुकाये वे लिखते रहे। फिर माथा उठा वह आवेदन रिपुदमन सिंह की ओर बढ़ा दिया। अब रिपुदमन सिंह उसे पढ़ते हुए खुशी में चौंक उठे—

''वाह! क्या जबर्दस्त अनुशंसा की है। अब मिथिलेश्वर भाई को अनुदान मिलना ही है...।''

और मेरी पीठ थपथपाते हुए उन्होंने कहा—''पढ़ लीजिए, आप बहुत भाग्यशाली हैं कि रेणु जी ने आपके लेखन के पक्ष में इतनी बड़ी बात कही है...।''

यह सुन रेणु जी पुनः बोल उठे—''मिथिलेश्वर इसके हकदार हैं रिपुदमन जी। नयी पीढ़ी में ये अपनी अलग पहचान बना रहे हैं...।''

अब मैंने भी उनकी वह अनुशंसा पढ़ी। वाकई मेरे लेखन की जिस विशेषता का उन्होंने उल्लेख किया था, उस वक्त मुझे लगा, शायद मैं उस योग्य नहीं। अभिभूत बना कृतज्ञता से उन्हें देखता रहा। अब तक 'धर्मयुग' में भारती जी तथा 'सारिका' में कमलेश्वर जी की टिप्पणियाँ को ही अपने लेखन पर सबसे बड़ी प्रतिक्रियाएँ मानता था। लेकिन रेणु जी की टिप्पणी के समक्ष तो अब वे कुछ नहीं थीं। उस समय फोटो कापी का प्रचलन नहीं था। मेरी जानकारी के अनुसार उस समय वैसी कोई मशीन नहीं थी। हालाँकि उस समय मेरा उद्देश्य अपने पास रेणु की अनुशंसा रखने से अधिक तत्काल अनुदान पाना था। जीवन जिस कड़की में गुजर रहा था, उसके तहत साहित्य से कुछ पा जाना मैं एक बड़ी उपलब्धि समझता था। सम्भवतः इस मानसिकता के तहत ही अब सीधे वह आवेदन ले जाकर बिहार राष्ट्रभाषा परिषद् के कार्यालय में जमा कर दिया।

शाम को अपने घर लौट आया। रात में रेणु को सारी बात बतायी और उसके नाम को लेकर मीठी चुटकी भी ली—''यहाँ घर में तुम्हारा स्नेह-सहयोग मिलता है रेणु और अब साहित्य में भी तुम्हारे नाम का ही मुझे सहयोग मिलने लगा है। वाकई तुम्हारे नाम में बहुत आकर्षण है।''

इस पर रेणु ने कहा—''सिर्फ किसी की अनुशंसा से कुछ नहीं होगा। सरकारी विभागों से कुछ भी अनुदान पाना बहुत मुश्किल होता है...।''

लेकिन रेणु जी की अनुशंसा ने सचमुच कमाल दिखा दिया। कुछ ही समय बाद बिहार राष्ट्रभाषा परिषद् की ओर से अनुदान स्वरूप एक हजार रुपये का चेक मुझे प्राप्त हो गया। अब हमारे यहाँ तो जैसे खुशियों की लहर पैदा हो गयी। साहित्य के नाम पर सहज ही एक हजार रुपये प्राप्त। उस समय मेरी आय या अर्जन के रूप में वह सबसे बड़ी रकम थी। उस समय के एक हजार रूपयों का महत्त्व आज के दस-पन्द्रह हजार रुपयों से अधिक था। नेमिचन्द्र शास्त्री स्कूल के उस पचास रुपये वेतन के अनुसार तो बीस महीनों की तनख्वाह। मेरी इस उपलब्धि पर सभी भाई-बहन चकित और मुग्ध थे। मेरी रचनाओं के प्रकाशन से इस उपलब्धि को वे बढ़-चढ़ कर ले रहे थे। माँ ने कहा—''तू अब दूसरी नौकरी के चक्कर में न पड़। इसी में लगा रह भगवान तुझे इसी में बरकत देंगे...।''

रेणु ने भी कहा—''इधर आप पहले जैसा नहीं लिख रहे। जब तक मन माफिक काम नहीं मिलता है, खूब लिखिए...। जब छपने में कठिनाई न हो और लिखने पर पैसा भी मिले तो जम कर लिखना चाहिए...।''

आज लम्बे समय बाद उस घटना को याद करते हुए अपनी उस ओछी समझ पर मुझे गुस्सा आता है कि उस समय रेणु की टिप्पणी से एक हजार रुपये के अनुदान को मैंने ज्यादा महत्त्वपूर्ण समझा था। आज रेणु की वैसी टिप्पणी पर बड़े-बड़े अनुदानों को मैं सहर्ष न्योछावर कर सकता हूँ। इधर राष्ट्रभाषा परिषद् से वह आवेदन प्राप्त करने की मैंने पूरी कोशिश की जिसमें रेणु की वह टिप्पणी है। लेकिन मुझे सूचना दी गयी कि उस वक्त के पुराने कागजात अब उपलब्ध नहीं...।

हाँ, तो उस आर्थिक सहयोग से 'बन्द रास्तों के बीच' की पाण्डुलिपि तैयार की। इस सम्बन्ध में इन्द्रप्रस्थ प्रकाशन, दिल्ली के मदन लाल शर्मा तैयार हो गये। बस, रजिस्टर्ड डाक से वह पांडुलिपि उन्हें भेज दी। वे सीधे और सज्जन व्यक्ति थे। संग्रह प्रकाशन के लिए डाक से अनुबन्ध भेज कर कायदे से अनुबन्धित कर लिया। कुछ भी गोपनीय नहीं रखा। अब नया लिखने के लिए मैं इतमीनान हो गया क्योंकि पिछले प्रकाशन की सारी कहानियाँ दूसरे संग्रह के रूप में आ रही थीं।

'नरेश बहू' और 'पहली घटना' जैसी कई लम्बी कहानियों की रचना मैं कर चुका था। मेरा रचनाकर अब और विस्तार में जाने को उद्दत था। अपने पात्रों, उनकी समस्याओं और उनके परिवेश को समयगत यथार्थ के साथ समग्रता में मैं पकड़ना चाहता था। बचपन का मेरा देखा, भोगा और अपने मन पर आतंक की तरह छाया आजादी के तत्काल बाद का सामन्ती गाँव अपनी अभिव्यक्ति के लिए मेरे रचनाकार को प्रेरित कर रहा था। सामन्ती शोषण-उत्पीड़न के तहत मजदूर बालाओं के यौन-शोषण की मेरे मन में दबी पीड़ा अब हरी हो चली थी। शायद मेरी कलम की नोक पर आने के लिए बेचैन थी। सम्भवत: यही स्थितियाँ मेरे पहले उपन्यास 'झुनिया' की जनक बनी...।

'झुनिया' उपन्यास लिखते हुए जब मैं अपनी लम्बी कहानियों की सीमा पार करने लगा तो सतर्क हो गया! जैसे किसी अनधिकृत क्षेत्र में प्रवेश कर रहा हूँ। अब तक किसी भी विषय को काट-छाँट और तोड़-मरोड़ कर कहानी की सीमा में ही प्रस्तुत करता था। अब उस सीमा का अतिक्रमण कर विस्तार में जा रहा था और व्यापक फलक पर विषय को पकड़ने की कोशिश कर रहा था। लेकिन यह नयी कोशिश जगह-जगह मुझे रोक देती। मुख्य कथ्य के अतिरिक्त अनावश्यक प्रसंग विस्तार न ले इसके प्रति मेरे सर्जक को सचेत बनाये रहती। शायद कहानी

लेखन से उपन्यास रचना में आने का यह प्रारम्भिक परिणाम था। इस परिणाम के तहत ही अब मैं लक्ष्य केन्द्रित आगे बढ़ता रहा। अधिक विस्तार न लेते हुए भी रचना की जीवतन्ता का अनुभव करता रहा। बचपन के अपने जिस गाँव को पकड़ना चाहता था, वह पकड़ाता भी महसूस हो रहा था। अब अभीष्ट पूर्ति की ओर बढ़ती रचना के साथ मेरी तन्मयता भी बढ़ती जा रही थी। 'झुनिया' का जो अन्त मेरे मन में निर्धारित था अब वह करीब आता जा रहा था। मुझे लग रहा था, यह छोटा उपन्यास होगा, इसके लेखन में मेरी संलिप्तता अब और बढ़ चली थी। अचानक ऐसे ही समय मेरा गाँव जाना जरूरी हो गया। अभी इस रचना को पूरा किये बगैर मैं कहीं हटना नहीं चाहता था। लेकिन गाँव जाना अत्यन्त आवश्यक था।

हरेसर ने गाँव से यह जरूरी खबर भेजी थी कि मनीदार घुरूल के यहाँ मनी तैयार है। आकर मैं शीघ्र ले जाऊँ नहीं तो वह सपरिवार बाहर चला जाएगा। उस मनी से ही हमारा काम चलता था। अनाज के रूप में प्राप्त वह मनी हमारे परिवार की जीविका का मुख्य आधार था। आरा आने के बाद अब अक्सर कामेश्वर ही गाँव आता-जाता था। लेकिन उस समय अपनी ससुराल के एक जरूरी आयोजन में वह सपत्नी गया हुआ था। ब्रजेश्वर की तबीयत कुछ मन्दा थी। वैसे मनीदरों से मनी लाने का उसे अनुभव भी नहीं था। अब 'झुनिया' की पांडुलिपि ले मैं स्वयं चल पड़ा। सोच लिया, जहाँ समय मिलेगा, लिखूँगा। गाँव पर तो लेखन के लिए और इतमीनान रहेगा। रचना जहाँ तक पहुँची थी और जो माँग रही थी उसके तहत दो-चार दिन के लिए भी उसे स्थगित करना उचित नहीं जान पड़ रहा था।

आरा से दिन का खाना खा कर मैं चला। लेकिन खराब रास्ते और खटारा बस की वजह से शाम में गाँव पहुँचा। हरेसर का परिवार मेरे घर में रहता था, इसीलिए वहाँ रहने-खाने की कोई समस्या नहीं हुई। अब इतमीनान से लालटेन ले निकसार के ऊपर वाले अपने कमरे में जम गया। गाँव का मेरा सृजन-स्थल वही था। 'झुनिया' की पाण्डुलिपि खोल कर उस पर झुकते ही मेरी कलम चल पड़ी। फिर तो समय का ख्याल भी जाता रहा। दरवाजे से आँगन में पड़ती लालटेन की रोशनी देख हरेसर अब मेरे पास आ धमका—"अब सुत रहिए मिथिलेश जी। विरत रात हो गयी। काल्ह फेरू लिखिएगा।"

मेरी नजर भी अब कलाई घड़ी पर गयी। सचमुच रात अधिक हो गयी थी। अब 'झुनिया' की पांडुलिपि समेट वहीं सो रहा।

सुबह हरेसर को लेकर घुरूल के यहाँ गया। उसने सिर्फ सात मन अनाज देना ही कबूल किया। निर्धारित मात्रा से चार मन कम। कहा—"फसल मार खा

गयी!''

इस पर मैं बोल उठा—''यह तो तुम्हें पहले ही बता देना चाहिए था। हम आकर फसल देख जाते...।''

जवाब में उसने झल्लाते हुए कहा—''मेरी बात पर विश्वास नहीं तो टोला-पड़ोस से पूछ लीजिए....।''

मैं समझ गया, इससे अधिक वह देना नहीं चाहता। गाँव में नहीं रहने की हमारी स्थिति से परिचित था। अब समय उलझने का भी नहीं। मैंने चुपचाप वह अनाज तौलवा कर बोरियों में भरवा लिया। एक-एक मन की छोटी-छोटी सात बोरियाँ। वे बोरियाँ घुरूल के बरामदे में रखवा दी। अब बैलगाड़ी की खोज शुरू हो गयी, जिस पर उन्हें लाद हसनबाजार बस स्टैण्ड तक ले जाना था। फिर बस पर चढ़ा आरा। लेकिन उस दिन बैलगाड़ी खाली नहीं मिली। वह कोई हाट-बाजार तो था नहीं कि गाड़ियाँ तैयार मिलें। अगले दिन के लिए एक बैलगाड़ी तैयार हुई। अब मैं घर पर आ इतमीनान से लिखने लगा। रचना समाप्ति पर थी, इसलिए अन्दर से जोर मार रही थी। जब लिखने बैठा तो फिर शाम तक लिखता रहा। शाम को टहलने और पड़ोस के अपने ग्रामीण दोस्तों से मिलने निकला। इस बीच उनकी स्थिति भी काफी बदल गयी थी। घर-गृहस्थी में दबे-फँसे वे मुझे विवश-लाचार और व्यस्त जान पड़े। जल्द ही उनसे निपट कर और अपने खेतों की ओर से होकर आ गया। इस बार लालटेन लेकर अपने कमरे मैं बैठा तो खाने के लिए हरेसर के पुकारने के बावजूद नहीं उठा। वहीं से बोल दिया—''तुम लोग खा लो हरेसर, मैं बाद में खाऊँगा। अभी जरूरी काम में लगा हूँ।''

असल मे उपन्यास के अन्तिम भाग में मैं पहुँचा था। उसे छोड़ कर हट ही नहीं सकता था। जब पूरा हुआ तो बहुत खुशी हुई। गाँव की जिस जमीन का विषय था, वहीं आकर पूरा हुआ, इस बात ने मेरी खुशी और बढ़ा दी थी। लगता, एक बड़ा काम कर लिया। देखा, छोटा ही उपन्यास बना था। लेकिन अपने मन के अनुरूप उसे पा रहा था। अब खाने के लिए नीचे उतरा। हरेसर को छोड़ उसका पूरा परिवार सो गया था। इतनी रात तक जागने की उन्हें आदत नहीं। हरेसर ने ही मुझे खिलाया। अब जाकर सुकून से सोया। लेकिन सुखद आह्लाद में बावरा बना रहा। अपना पहला उपन्यास तैयार कर लिया था। सोचा, इतमीनान से अब इसे देखूँगा। जो कमी-बेसी होगी उसे दुरुस्त कर लूँगा। आठ-दस कहानियाँ जोड़ कर कहानियों की पुस्तक बनाता था। अब यह अकेले पुस्तक बनेगी। कुछ पतली जरूर होगी। लेकिन अपने आप में पूर्ण समझी जाएगी।

सुबह स्नान आदि कर खाना खाया। फिर एक झोले में 'झुनिया' की पांडुलिपि ले चल पड़ा। हरे रंग के कपड़े के उस झोले में 'झुनिया' की पांडुलिपि

के साथ एक पतली-सी तौलिया भी थी जिसे मैं साथ लेते आया था। उस झोले को लपेट कर मैंने किताब की तरह बना लिया और हाथ में पकड़े रहा। आरा पहुँचने के लिए अब मैं बेचैन या। बैलगाड़ी पर हरेसर मेरे साथ हसनबाजार तक आया। फिर बस पर चावल की बोरियाँ चढ़वा लौट गया।

बस आरा की ओर चल पड़ी। रास्ते में पीरो बस स्टैण्ड पर अखबार बेचने वाले हॉकर के पास 'सारिका' का नया अंक मुझे नजर आया। आवाज़ देकर उसे ले लिया। उस वक्त 'सारिका' के अंकों की प्रतीक्षा मुझे बेकरारी से रहती थी। मिलते ही उसे पढ़ जाता था। कमलेश्वर जी ने कहानीकारों की बीच उसे इतना लोकप्रिय बना दिया था कि वह हमारी अनिवार्यता बन गयी थी। नया अंक पाते ही अब मैं उसे पढ़ने लगा। फिर तो यात्रे की मुझे सुध ही नहीं रही। आरा आने तक कई कहानियाँ और लेख पढ़ डाले। फिर उस ताजे अध्ययन की दुनिया में विचरता रहा। कहानियों की नयी घटनाएँ और नये प्रसंग! लेखों में व्यक्त नये विचार! जब बस आरा पड़ाव पर रुकी तब मैं प्रकृतिस्थ हुआ। देखा, दोपहर ढल रही थी। शाम होने वाली थी। अब हाथ में झोला और 'सारिका' लिए मैं जल्दी-जल्दी बस से उतरा। मेरा ध्यान अब अपने अनाज की बोरियों पर केन्द्रित हो गया। मैं जानता था, तत्परता न दिखाने पर अनाज की बोरियों के साथ यहाँ देर तक बैठे रहना पड़ेगा। सवारियों को लेकर रिक्शे निकल जाएँगे तो फिर दूसरी बस के समय पर ही आएँगे। अब मैंने जल्दी-जल्दी चार रिक्शे रुकवाए। सोचा, तीन रिक्शों पर दो-दो बोरियाँ रहेंगी और एक रिक्शे पर एक बोरी लिए मैं बैठ जाऊँगा। लेकिन जब बोरियाँ रखी जाने लगीं तो वे इतनी छोटी थीं कि एक-एक रिक्शे पर तीन-तीन अँट गयीं। अब शेष बची एक बोरी एक रिक्शे पर ले मैं बैठ गया। तीन ही रिक्शे से काम चल गया। इस दौरान मैं बेचैन और गतिशील बना रहा कि एक भी बोरी छूटने न पाये और रिक्शे निकल न सकें। उन रिक्शों को लेकर अब अपने घर की ओर बढ़ते हुए भी मेरी यह बेचैनी और तत्परता बनी रही कि मेरे रिक्शे के पीछे से अनाज लेकर आते दोनों रिक्शे कहीं इधर-उधर चम्पत न हो जाएँ। मैं पूरे रास्ते मुड़-मुड़ कर उन्हें देखता रहा। ऐसी घटनाओं की चर्चा सुन चुका था। जब तीनों रिक्शे मेरे निवास पर पहुँचे तब मैं इतमीनान हुआ। ब्रजेश्वर दरवाजे पर ही था। अब वह भिड़ गया। बोरियाँ उतरवा-उतरवा कर रखवाने लगा। रिक्शों को भाड़ा दे अब मैं मुक्त हो गया। घर में अनाज की बोरियाँ आ गयी थीं। मैं आश्वस्त था। अब बैठते हुए कहा—"रेणु! पहले एक गिलास पानी पिला दो। बैसाडीह के बाद बीच में कहीं पानी पिया ही नहीं। 'सारिका' पढ़ने में लगा रहा...।"

रेणु अब पानी के लिए चापाकल के पास चल पड़ी। हठात् इसी क्षण मेरा

ध्यान अपने झोले की ओर गया जिसमें 'झुनिया' की पांडुलिपि थी। लेकिन मेरे हाथ में वह झोला तो था नहीं। मेरे हाथ में तो सिर्फ 'सारिका' की प्रति थी। अब मैं बेचैन हो गया। आसपास चारों ओर देखा, कहीं रख तो नहीं दिया! लेकिन कहीं नहीं दिखा। दौड़ कर दरवाजे पर गया। शायद बोरियाँ रखवाते हुए वह दरवाजे पर छूट गया हो। लेकिन वहाँ भी नहीं था। अब अपनी गली में आ गया। लेकिन गली में भी वह कहीं नहीं गिरा था। इस बीच रेणु पानी लेकर आवाज दे रही थी। लेकिन मेरी प्यास तो बुझ गयी थी। आकर रेणु को सारी बात बतायी। अब वह भी चौंक उठी—"झोला कैसे छूट गया? कहाँ छूट गया? कहीं बैसाडीह में ही तो नहीं रह गया?"

"नहीं रेणु। मैं गाँव से उसे लेकर चला था। बस में भी लेकर बैठा था। उसे लेकर बस स्टैंड पर उतरा भी। अब समझ में नहीं आ रहा कि उसके बाद वह कहाँ गिरा या कहाँ रखा गया?"

"अच्छा, पहले पानी पीजिए। फिर ढूँढ़ियेगा।"

"नहीं रेणु। अब तनिक भी विलम्ब करना उचित नहीं। पहले उसे ढूँढ़ना जरूरी है। देखता हूँ, कहीं बस स्टैंड पर ही न छूट गया हो...।"

और मैं सायकिल निकालने लगा। ब्रजेश्वर मेरी बात सुन रहा था। सामने आ गया—"आप पानी पीजिए भैया। मैं बस स्टैंड जा रहा हूँ। अभी आप गाँव से थके आये हैं...।"

"नहीं ब्रजेश्वर, तुम्हारे जाने से नहीं होगा। मेरा जाना जरूरी है। वहाँ जो बस आयी थीं, जो रिक्शवाले खड़े थे उन्हें मैंने ही देखा है। अब तनिक भी न रोको। देर करना ठीक नहीं...।"

रेणु पानी का गिलास लेकर खड़ी रही, ब्रजेश्वर भी अचम्भित बना रहा और मैं सायकिल लेकर निकल गया। 'झुनिया' उपन्यास की मूल पांडुलिपि का खो जाना मेरे लिए असह्य घटना थी। ऐसा लग रहा था, जैसे जीवन भर की सारी कमाई लुट गयी हो। मन में यह चिन्ता उठ रही थी कि अगर वह पाण्डुलिपि नहीं मिली तो फिर दुबारा चाहते हुए भी उसे उस रूप में नहीं लिख सकता।

सायकिल की रफ्तार तेज कर दी। सायकिल चलाने का अभ्यस्त था। जल्द से जल्द मुझे बस स्टैण्ड पहुँच जाना था। इस दौरान दिमाग पर जोर देकर स्मरण करता रहा कि कहाँ और कैसे झोला छूटा? अब एक-एक क्षण याद आने लगे। 'सारिका' पढ़ते हुए अचानक बस के आरा आ जाने के चलते उस झोले को साथ लेकर उतर गया। जल्दीबाजी में 'सारिका' झोले में नहीं रख सका था। चार रिक्शों को रोकने के लिए अब एक पर झोला और दूसरे पर 'सारिका' रख दिया था तथा तीसरे और चौथे को अपनी आँखों के दायरे में रखा था, कि वे सवारी लेकर

भागने न पाएँ। उस समय बस स्टैण्ड पर रिक्शों की कमी थी। कोई एक रिक्शा खाली देख दो-दो, तीन-तीन सवारियाँ उसके पास जा पहुँचती थीं। अब जल्दी-जल्दी अनाज की बोरियाँ उन पर लदवाने लगा। मेरा अनुमान चार रिक्शों भर बोझ था। लेकिन तीन ही रिक्शे में काम हो गया। एक रिक्शे पर 'सारिका' की प्रति थी जिसे लेकर बैठ गया। चौथा रिक्शा जिस पर झोला था, मैंने छोड़ दिया! झोला लेकर वह खिसक गया। उसे लगा होगा, झोले में कीमती सीमान होंगे। इस दौरान हाथ में 'सारिका' होने को ही मैं झोला समझता रहा। अब सारी बातें मेरे दिमाग में साफ हो गयी थीं।

बस स्टैंड पहुँच कर देखा, वहाँ न कोई रिक्शा था और न कोई बस। वहाँ की खाली जमीन में नजरें दौड़ाता रहा। वहाँ मेरा झोला कहीं नहीं था। अपने शहर के उस बस स्टैंड को मैं जानता था। किसी बस के आने के वक्त ही वहाँ रिक्शे जुटते थे। उसके बाद तो खाली मैदान। किनारे खड़ी तीन-चार गुमटीनुमा दुकानें। उन दुकानों में भी जाकर पूछा। लेकिन मेरे झोले के बारे में उन्होंने भी अपनी अज्ञानता जाहिर की। अब खुद मुझे अपनी अज्ञानता का एहसास होने लगा कि रिक्शे पर रखे झोले को खोजने इन दुकानदारों के पास क्यों आया? वहाँ सिर्फ इसी बात की जानकारी मुझे मिली कि जिस बस से मैं आया था, वह तिवारी बस थी। प्रतिदिन इसी समय पर वह आती है।

वहाँ से अब उदास-निराश घर लौटा। मेरे चेहरे की हताशा और परेशानी देख रेणु और ब्रजेश्वर जान गये कि झोला नहीं मिला। किसी बस पड़ाव पर छूटा झोला भला ऐसे मिलने वाला था! रेणु ने ढाँढ़स बँधाने की कोशिश की—"अब उस पहले उपन्यास को जाना था, चला गया। अब इतना दु:खी मत होइए। ऐसी चिन्ता से स्वास्थ खराब हो जाएगा। स्वस्थ रहिएगा तो बहुत कुछ लिखिएगा सारा जीवन तो लिखना ही है...। आप पानी भी नहीं पिए, भागे चले गये...!"

"मैं जानता हूँ रेणु, आगे भी लिखूँगा। लेकिन अब फिर उस रचना को उस रूप में दुबारा नहीं लिख सकूँगा...। वह दूसरी चीज बन जाएगी। वह रचना नहीं बनेगी।"

"तो क्या कीजिएगा?"

और रेणु के इस प्रश्न का जवाब मेरे पास नहीं था। अब रेणु का मन रखने के लिए अनिच्छा से ही सही, पानी पिया और बिस्तरे पर लेट गया। रेणु ने खाने के बारे में पूछा तो जान छुड़ाने के लिए साफ कह दिया—"हरेसर ने खूब खिला दिया है। रात से पहले कुछ भी लेने की इच्छा नहीं...।"

बिस्तरे पर लेटे हुए अब मैं ऐसा महसूस कर रहा था, जैसे किसी बड़ी दुर्घटना का शिकार हो गया हूँ। मुझे इस बात को लेकर अब अफसोस हो रहा

था कि बस से उतरने के बाद उस उपन्यास से अधिक अनाज की बोरियों के प्रति क्यों सतर्क हो गया था? अब मुझे लग रहा था कि अनाज की वे सारी बोरियाँ चली गयी होतीं और उपन्यास बच गया रहता तो मुझे इतनी पीड़ा नहीं होती!

रात में मुझसे कुछ भी खाया नहीं जा सका। रेणु के बहुत आग्रह पर अनपच की शिकायत कर सिर्फ मुँह जूठा किया और बिस्तरे पर आ गया। आरती के निधन पर पिता होने की जिस व्यथा का मैं शिकार हुआ था, लगभग उसी प्रक्रिया से गुजर रहा था। मैं अनुभव कर रहा था, गहराती रात के अनुसार घर के सारे सदस्य सो गये थे, लेकिन प्रयासोपरान्त मैं नहीं सो सका। सारी रात जगा रहा। वह उपन्यास मेरी आँखों के समक्ष कौंधता रहा। अपने वास्तविक रूप में भले ही उतना महत्त्वपूर्ण साबित न हो, लेकिन खो जाने के बाद तो अब और महत्त्वपूर्ण लग रहा था। उस उपन्यास की पांडुलिपि पर 'झुनिया' शीर्षक के नीचे मैंने सिर्फ अपना नाम लिखा था अपना पता कहीं अंकित नहीं किया था। कहानी लिखता था तो उसके अन्त में अपना पता दे देता था, क्योंकि अधिकांश पत्रिकाएँ पते के साथ कहानियाँ प्रकाशित करती थीं। चूँकि उपन्यास सीधे पुस्तकाकार प्रकाशन के लिए भेजना था जिसके साथ परिचय आदि अलग से लगाना था, इसीलिए पांडुलिपि पर अपना पता अंकित नहीं किया था। अब चाहते हुए भी कोई बगैर पते वाली उस पांडुलिपि को वापस नहीं कर सकता था। रिक्शे वाला झोला और तौलिया रख लेगा तथा पांडुलिपि को रद्दी कागज समझ फाड़कर फेंक देगा। फेंकने वाली बात सोच मेरी व्यथा और बढ़ गयी। मैं मन ही मन सारे उपाय तलाशते रहा जिससे पुन: वह पांडुलिपि प्राप्त हो सके लेकिन अन्तत: कोई उपाय कारगर नहीं जान पड़ा। यह कार्य पत्थर पर दूब जमाने जैसा था।

खाना न खाने, रात भर जागने तथा दुश्चिन्ताओं से ग्रस्त रहने के कारण सुबह मैं अस्वस्थ महसूस करने लगा—भारीपन, थकान और बेचैनी। रेणु तो मुझे देखते ही चिन्तित हो उठी—"यह रात भर में ही आपने कैसी हालत बना रखी है? दोनों आँखें लाल हैं। चेहरा सूजा जान पड़ रहा है। होठ सूखकर पपड़िया गये हैं। यह आपको क्या हो गया है? एक रचना की पांडुलिपि ही खो गयी तो ऐसी कौन-सी आफत आ गयी जिससे इतने परेशान हो गये? लेखन से बढ़कर जीवन है! जीवन पर ही लेखन निर्भर है...।"

रेणु की इस बात का मैं कोई उतर नहीं दे सका। लेकिन माँ भी जुट आयी। मेरी हालत देख वह बिफर उठी—"मैं समझ रही थी कि लेखक बनकर तू काबिल आदमी हो गया है। ज्ञान की बात लिखता-पढ़ता है। पर तू तो पागल हो गया। तुम्हारा एक लिखा खो गया तो उससे क्या हुआ? जैसे सोच-सोच कर उसे लिखा। फिर उसकी नकल तैयार कर लेना। जिसका जो बनाया होता है वह उसे फिर

बना सकता है...। तू इतना पढ़ा-लिखा होकर बच्चों जैसा एक रचना के लिए ऐसा परेशान हो गया। जाकर नहा-खा और फिर उसे लिख दे जो भुलाया है...। अभी तू उसे नया लिखा है तो उसकी कापी बनाने में तुझे दिक्कत नहीं होगी...।''

मैं माँ को भी कोई जवाब देना नहीं चाहता था। फिर भी मेरे मुँह से निकल ही गया—''एक ही माता के पैदा हुए हर बच्चे अपने नाक-नक्श और ज्ञान-गुण में एक-दूसरे से बिल्कुल पृथक होते हैं माँ। रचनाएँ भी ऐसी ही होती हैं। हम जब-जब उन्हें लिखते हैं तब-तब वह नये रूप में तैयार होती हैं। किसी पिछली रचना की कॉपी नहीं बन पातीं...।''

मेरी यह बात सुन माँ मेरा मुँह ताकती रह गयी। कोई जवाब नहीं दे सकी। अब रेणु ने ब्रजेश्वर से कहा—''भैया की स्थिति ठीक नहीं छोटका बबुआ। आप जाकर बड़का बबुआ को जल्दी ले आइए और भैया के लिए आप दोनों भाई कुछ कीजिए...।''

मैं जानता था, रेणु, ब्रजेश्वर को छोटका बबुआ और कामेश्वर को बड़का बबुआ कहती थी। उसकी बात पर ब्रजेश्वर अब जोश और उत्साह में आ गया। फिर उत्साह के साथ बोला—''कामेश्वर भैया के लिए अब मैं प्रतीक्षा नहीं करूँगा भाभी...! आप घबड़ाइए मत। मैं आज निकलता हूँ और कुछ पता लगा कर ही लौटूँगा...।''

मैं समझ गया अब तक ब्रजेश्वर ने मेरी पांडुलिपि खोने की गम्भीरता नहीं समझी थी। अब रेणु की बात सुन तथा मेरी स्थिति लक्ष्य कर समझ गया। यहाँ आरा में उसका और कामेश्वर का अभिभावक मैं ही था। जानता था, दोनों भाई मेरे लिए कुछ भी उठा नहीं रखेंगे। उस समय ब्रजेश्वर कॉलेज में पढ़ने वाला नयी उम्र का युवक था। महाराजा हाता के कई लड़के उसके दोस्त थे। वह मुस्तैदी से तैयार हो चलने से पूर्व मुझसे पूरी जानकारी ले ली। जानकारी देने के साथ-साथ मैंने उसे यह सुझाव भी दिया कि कहीं कोई टकराहट मोल न ले, प्रेम और समझौते से ही काम निकालना। मैंने उसे पचास रुपये भी दिये, ताकि जरूरत पड़ने पर उस रिक्शे वाले को या अन्य किसी को जो पांडुलिपि उपलब्ध कराने में मददगार हो दिया जा सके। मेरी बात सुनकर ब्रजेश्वर सुबह में ही निकल जाना चाहता था। लेकिन माँ और रेणु ने उसे रोक लिया। खाना खिला कर ही भेजा।

अब मैं भी अपने को नियन्त्रित करने की कोशिश में लग गया। माँ एवं रेणु से यह जानकर कि मेरा चेहरा उतर गया है, हाथ-मुँह धो स्नान आदि कर अपने को सहज बनाने लगा। इच्छा न रहते हुए भी अब मैंने खाना खाया। फिर अपनी मेज के पास आकर पूर्ववत् बैठ भी गया, ताकि मुझे देखकर किसी को

न लगे कि मैं किसी बड़े गम का शिकार हूँ। अब अन्दर से मैं प्रयास भी करने लगा कि उस घटना को भूलकर कुछ नया लिखूँ। लेकिन चाहते हुए भी न तो उसे भूल पा रहा था और न कुछ नया लिखने के लिए कलम आगे बढ़ रही थी। अब तो जाने-अनजाने माँ एवं रेणु की तरह मैं भी ब्रजेश्वर की प्रतीक्षा कर रहा था कि वह कौन-सी सुराग लेकर आता है? नयी पीढ़ी के युवकों के फौलादी इरादों और असीमित क्षमता से मैं परिचित था। लेकिन मैं समझ नहीं पा रहा था कि मेरे इस मामले में ब्रजेश्वर और उसके साथी क्या कर पाएँगे? जो रिक्शे वाला वह झोला ले गया होगा, अब इस डर से नहीं बताएगा कि भेद खुलने पर चोर समझा जाएगा और प्रताड़ित होगा। अब तक उसने झोले को ठिकाने लगा दिया होगा। पांडुलिपि देखकर और घबड़ा गया होगा कि यह किसी लिखने-पढ़ने वाले आदमी के कागजात हैं जो पकड़ाने पर बिना जेल पहुँचाए नहीं मानेगा।

दिन भर ऐसी ही बातें मेरे मानस में आती-जाती रहीं। फिर शाम हो गयी। लेकिन ब्रजेश्वर अभी तक नहीं लौटा। जब शाम गहराने लगी तो ब्रजेश्वर के लिए अब हम चिन्तित हो उठे। वह क्यों नही लौटा? झोले के लिए कहीं किसी से उलझ तो नहीं गया। नया खून है। गुस्से और क्रोध में कुछ भी कर सकता है। माँ तो बाहर के दरवाजे पर बैठकर उसकी प्रतीक्षा करने लगी। माँ का वह सबसे लाड़ला बेटा था। माँ उसे अधिक मानती भी थी।

हमारी प्रतीक्षा जब बेचैनी और चिन्ता के रूप में तब्दील हो गयी कि आखिर क्यों नहीं आया ब्रजेश्वर? कहाँ रुक गया? तब रात के लगभग दस बजे वह पहुँचा। उसके साथ उसके दो दोस्त भी थे। ब्रजेश्वर के हाथ में अपना वह झोला देख मैं तो सुखद आश्चर्य से उछल पड़ा—"मिल गया। कहाँ था? कैसे मिला? तुमने तो कमाल कर दिया ब्रजेश्वर!"

और मैंने उसे बाँहों में भर लिया। क्षण भर में ही मैं अपने को अब पूर्ण स्वस्थ महसूस करने लगा। मुझे कोई बीमारी तो थी नहीं, आन्तरिक गम और हादसे का शिकार था। अब उस गम और हादसे के समाप्त होते ही पूर्ववत् ठीक था। सहज-सामान्य और भला-चंगा। ब्रजेश्वर के हाथ से झोला लेकर देखा, उसमें तौलिया और 'झुनिया' की पांडुलिपि बिल्कुल सुरक्षित। ब्रजेश्वर के वे दोनों दोस्त अब पहुँचते ही अपने अभियान की सफलता का इजहार अपने शब्दों में करने लगे। रेणु ने उसी वक्त उन्हें चाय पिलाई। फिर वे अपने-अपने घरों की ओर चले गये। ब्रजेश्वर ने अब इतमीनान से और विस्तार से वह सब कह सुनाया जैसे झोला उपलब्ध हो सका था।

ब्रजेश्वर के उस कथन के अनुसार अपने दोस्तों के साथ उसने तिवारी बस

के कंडक्टर, ड्राइवर और खलासी से यह जानने की कोशिश की कि कल उनकी बस के समय कहाँ के, कैसे और कौन रिक्शे वाले थे? इस पर कंडक्टर और ड्राइवर ने तो अनभिज्ञता जाहिर की। लेकिन समोसे खिला कर चाय पिलाने पर खलासी ने बताया। अपने दिमाग पर जोर देकर उसने याद किया कि तेतरिया गाँव के कुछ रिक्शे वाले थे। उस खलासी के अनुसार उसके बस के समय में सवारी लेने के लिए वे अक्सर आते थे। बराबर उनके आने-जाने से वह उन्हें पहचानने लगा था। उसका घर भी तेतरिया की बगल में ही था। अब अपनी बस के पास एकत्रित रिक्शे वालों पर नजर दौड़ाते हुए उसने कहा—"रोज के रिक्शेवाले तो आज नहीं लउक रहे, बाकिर वह लाल अंगोछे वाला कल था। वह भी तेतरिया का ही है...।"

यह सुन ब्रजेश्वर और उसके दोस्त अब उस लाल अंगोछे वाले रिक्शा चालक के पास पहुँचे। चोरी के किसी अभियोग के तहत नहीं, बल्कि मित्रभाव से उन्हें कागज-पत्तर रखे एक छूटे झोले की उससे जानकारी लेनी चाही। जवाब में ऐसे किसी झोले को नहीं देखने की बात वह दुहराता रहा। यह पूछे जाने पर कि कल उसके गाँव के और कौन-कौन रिक्शे वाले थे तो उसने दो रिक्शेवालों के नाम बताए। साथ ही यह कहा कि वैसा कोई झोला वे भी नहीं ले गये। इस जिज्ञासा पर कि आज वे क्यों नहीं आये, उसने एक को अपने घर काम में फँसा बताया तथा दूसरे को अस्वस्थ।

अब ब्रजेश्वर और उनके मित्र उन दो नामों के आधार पर तेतरिया गाँव पहुँचे। उनमें से अपने घर काम के चलते जो रिक्शा चालक शहर नहीं गया था, वह अपने छप्पर की मरम्मत करते मिला। पुकारने पर अपने खपड़ैल छप्पर से नीचे उतरा। उससे भी अभियोग के लहजे में नहीं, सहयोग के भाव से ब्रजेश्वर ने पूछा। पर उसने भी ऐसे किसी झोले की जानकारी से इनकार किया। अब ब्रजेश्वर और उसके दोस्त उस बीमार रिक्शे वाले के घर पहुँचे। वहाँ पहुँच कर उन्होंने पाया कि सचमुच वह बीमार था। बुखार की चपेट में आ गया था। उसके प्रति पूरी सहानुभूति व्यक्त करते तथा सहयोग और विश्वास जताते हुए उन्होंने उससे भी जानकारी लेनी चाही। जवाब में उसने नजरें उठाकर ब्रजेश्वर और उसके दोनों दोस्तों को देखा। अब वह कुछ कहने को हुआ। लेकिन जैसे उसके मुँह से बोल फूट ही नहीं पा रहे थे। वह तय नहीं कर रहा था कि क्या कहे? उसके पीछे खड़ी उसकी पत्नी यह स्थिति लख रही थी। अब वह सामने आ गयी—"हाँ भइया लोगों! वह झोला इनके ही रिक्शे पर ही छूट गया था। हमको तो कुछुओ पता नहीं कि किनका झोला है नहीं तो पहुँचा आते। झोले में देखा तो खाली कागज-पत्तर हैं। झोला लाने के बाद से ही ई बीमार पड़ गये। हमको लग गया

कि कवनो जरूरतमन्द आदमी के कागज-पत्तर हैं जो बेचैन है। उस बेचैनी की आह ही इनको लगी है। आप लोग वह झोला ले जाइए भैया लोगों।''

और अन्दर से उसने झोला लाकर थमा दिया। ब्रजेश्वर और उसके साथी खुशी में झूम उठे। मैंने जो पचास रुपये दिये थे उनमें से अब जो भी बचे थे, ब्रजेश्वर ने उस महिला के हवाले कर दिया—''अपने बच्चों को मिठाई खिला देना।''

लाड़-प्यार में पले अपने छोटे भाई ब्रजेश्वर से ऐसे सूझ-बूझ और खोजपूर्ण काम की अपेक्षा मुझे नहीं थी। लेकिन उसने तो मुझे चमत्कृत कर दिया था। अब मैं उसकी सराहना से अपने को रोक नहीं सका—''तुमने आज ऐसा कर दिया ब्रजेश्वर कि मैंने कल्पना भी नहीं सोचा था। तुम्हारी क्षमता पर अब मुझे नाज है। सचमुच तुमने बहुत बड़ा काम किया है...।''

माँ तो ब्रजेश्वर के पास बैठ अपने आँचल से उसका मुँह पोंछने लगी—''मेरे लाल! थक गये होगे। सारा दिन तो तुम्हें दौड़ते ही रहना पड़ा होगा। चलो अब खा-पीकर आराम करो...।''

उधर मेरी ओर ताकती रेणु मुझे स्वस्थ-प्रसन्न देख मुस्करा रही थी। मेरी बीमारी और उससे मुक्ति दोनों को वह अच्छी तरह समझ रही थी। रेणु से आँख मिलने के बाद अब मैं भी मुस्करा उठा। मैंने सुना था, अपनी रचना के प्रति लेखक का लगाव सन्तानवत होता है। 'झुनिया' की पांडुलिपि गुम होने पर इसकी सत्यता का पुख्ता एहसास भी कर लिया।

[13]

गाँव से आरा आते हुए हमने सोचा था आरा को अपने संघर्ष का केन्द्र बनाकर कहीं न कहीं व्यवस्थित हो जाएँगे। लेकिन सोचना जितना आसान था, उसे सम्भव बना पाना उतना ही कठिन। हालाँकि उस दिशा में हम पूरे मन से सक्रिय थे। अपने-अपने तरीके से अपने मार्ग के अन्वेषण में लगे थे। इस बीच हम पा रहे थे कि गाँव के ठहरे और बन्द परिवेश की अपेक्षा यहाँ हमारे जीवन और परिवार को लेकर घटनाओं की गति तेज हो गयी है, जो हमारे भविष्य को संकेतित भी कर रही है तथा हमारे वर्तमान को और अधिक कर्ममय और व्यस्त बनाती जा रही है। इस क्रम में उन दिनों कुछ-कुछ समय के अन्तराल पर छह ऐसी घटनाएँ फटीं जिनकी अहम भूमिका आरा के हमारे प्रारम्भिक जीवन में रही। उनमें पहली घटना उर्मिला की शादी का तय हो जाना। दूसरी घटना मेरे नाम मुक्तिबोध पुरस्कार की घोषणा। तीसरी घटना माँ का हाट ब्लौक और पेसमेकर लगना। चौथी घटना मेरा एम.ए. का परीक्षार्थी बन जाना। पाँचवीं घटना बी.एड. में कामेश्वर का नामांकन तथा छठी घटना प्राथमिक शिक्षक प्रशिक्षण के लिए रेणु का चयन।

शुरुआत उर्मिला की शादी तय होने की घटना से। आरा आने के बाद हमारे परिवार की वह सबसे बड़ी घटना थी। उर्मिला, माँ की अन्तिम सन्तान। जैसे-जैसे वह बड़ी होती गयी थी; उसकी शादी के लिए हमारी खोज-बीन बढ़ती जा रही थी। माँ का तो एक सूत्रीय कार्यक्रम उसकी शादी के लिए अनवरत प्रयास था। इस मामले में हम भाइयों से वह अधिक सक्रिय थी। हम भाई-बहनों में अब सिर्फ उर्मिला और ब्रजेश्वर ही क्वाँरे थे। लेकिन माँ की चिन्ता ब्रजेश्वर को लेकर नहीं। कहती—"वह तो लड़का है। कुछ करने लायक हो जाएगा तो अपनी शादी कर लेगा। मगर जवान लड़की को बिना शादी घर में बैठाए रखना ठीक नहीं। शादी का समय निरन्तर बढ़ता जा रहा था। किसी बेरोजगार या मात्र खेतिहर से बेटी ब्याहना हमारे जैसे सामान्य मध्यवर्गीय परिवार को भी अब गवारा नहीं। ऐसी शादी तो अब लड़की को स्थाई रूप से दु:ख में डालना समझा जाने लगा

था। जो कुछ भी सामर्थ्य नहीं रखते वही ऐसी शादियाँ करते। हम भी अब उर्मिला के लिए नौकरीशुदा लड़के ही ढूँढ़ रहे थे। माँ ने तो दृढ़ निश्चय कर लिया था कि अपनी इस आखिरी बेटी की शादी बिना नौकरी वाले लड़के से करेगी ही नहीं। पहले माँ बेटे-बेटियों में भेद मानती थी। लेकिन उर्मिला को लेकर उसकी उस धारणा में मैं परिवर्तन महसूस कर रहा था। सम्भव है, पिताजी के निधन के बाद तथा मेरे और रेणु द्वारा अपनी बेटियों को पुत्रवत समझने के चलते ऐसा हुआ हो। जो हो, अब वह उर्मिला को अपने जिगर का टुकड़ा समझ रही थी।

इधर हम पा रहे थे कि नौकरीशुदा लड़के निरन्तर महँगे और हमारी पकड़ के दायरे से बाहर होते जा रहे हैं। जहाँ कहीं किसी नौकरीशुदा लड़के का पता मिलता अपने प्रस्ताव के साथ हम जा पहुँचते। पर हम अकेले नहीं होते। हमारी तरह दर्जनों लड़की वाले वहाँ जुटते। ऐसे में उस लड़की के परिवार वाले हमारे बीच जिसे सभी दृष्टियों से अपनी कसौटी पर अव्वल पाते, उसी के यहाँ शादी करते। यह ऐसी प्रतियोगिता थी जिसमें हम पिछड़ते ही चले जाते। इस अन्धी दौड़ में हम थकते और निराश होते जा रहे थे। लेकिन अचानक उर्मिला का लगन जाग गया। माँ कहती थी—''लड़की का लगन जब जाग जाता है तो उसकी शादी होकर रहती है। फिर किसी के रोके वहीं रुकती...।''

उर्मिला के साथ भी यही हुआ। वह बड़े भैया के पास बोकरो गयी थी। उसकी शादी के लिए वे भी प्रयत्नशील थे। उस समय आरा के धुधुआँ गाँव निवासी यवुक गुप्तेश्वर प्रसाद की नौकरी स्ट्रील फैक्ट्री बोकारो में लगी थी। आरावासी होने के चलते वे भैया के यहाँ आते-जाते थे। उर्मिला को उन्होंने वहीं देखा। उर्मिला पढ़ी-लिखी-छरहरी और सुन्दर थी। गुप्तेश्वर को जँच गयी। उर्मिला को भी वे पसन्द आ गये। अब जैसे ही भैया ने यह सूचना हमें भेजी हम गुप्तेश्वर प्रसाद के पिता और बड़े भाई से मिले। शादी के लिए वे तैयार हो गये। शायद गुप्तेश्वर से उन्हें भी सूचना मिल गयी थी। लेकिन दहेज की अपनी फरमाईश उन्होंने न तो कम की और न समझौता ही किया। उनका रवैया देख माँ ने हमें भी तैयार रहने की हिदायत दी। कहा—''अब अधिक सोच-विचार नहीं करना है। आखिरी लड़की है, जो कुछ देना है, सिर्फ एक बार ही देना है। यह रिश्ता हमें नहीं छोड़ना और पैसे के चलते नहीं भागना।''

माँ की इच्छा के अनुसार अन्ततः खेत बेचकर दहेज देना हमने तय कर लिया। इसके सिवा दूसरा विकल्प ही नहीं था। लड़के का छेंका कर उसे रस्मी नैतिकता के दायरे में बाँध लिया। अब उसके पिता और भाई को आश्वस्त कर दिया कि शादी से पहले तय रकम चुका देंगे। लड़के के पुरोहित के अनुसार शादी

के शुभ महूर्त में अभी दो महीने देर थी।

उर्मिला की इस तय शादी के तत्काल बाद वह दूसरी घटना भी घट गयी। साहित्यिक हलकों से मुझे यह सूचना प्राप्त हुई कि मेरी कथा-पुस्तक 'बाबूजी' को म.प्र. शासन साहित्य परिषद् ने 'अखिल भारतीय मुक्तिबोध पुरस्कार' से पुरस्कृत करने की घोषणा की है। प्रारम्भ में तो इसे सुनकर मुझे अपने कानों पर विश्वास नहीं हुआ। लगा, मेरे साहित्यिक मित्रों की यह शरारत है। वे मुझे मूर्ख बनाना चाह रहे हैं। लेकिन जब रामेश्वर उपाध्याय ने एक अखबार में छपी यह खबर दिखाई तो मेरी आन्तरिक खुशी का ठिकाना नहीं रहा। अभी सिर्फ एक ही किताब छपी थी और वह भी साहित्य के एक महत्त्वपूर्ण पुरस्कार से पुरस्कृत होने वाली थी। म.प्र. की साहित्यिक गतिविधियों तथा 'मुक्तिबोध पुरस्कार' से मैं परिचित था।

उस प्रकाशित खबर के तीन-चार दिन बाद रजिस्टर्ड डाक से मुझे पत्र भी मिला जिसमें 'बाबूजी' पुस्तक को पुरस्कृत करने के निर्णय की सूचना थी। साथ ही पुरस्कार प्रदान की तिथि और समय की भी। उक्त पुरस्कार ग्रहण करने के लिए मुझे सादर आमन्त्रित किया गया था। अलग से यह अनुरोध भी था कि अपनी एक-दो ताज़ा कहानियों के साथ वहाँ पहुँचूँ ताकि पुरस्कार के बाद परिषद् की साहित्यिक गोष्ठी में उसका पाठ कर सकूँ। मैं जानता था, प्रख्यात कथाकार शानी उस वक्त म.प्र. साहित्य परिषद् के सचिव थे। लेकिन बाद में प्रसिद्ध आलोचक प्रभाकर श्रोत्रिय हो गये थे। मुझे प्रभाकर श्रोत्रिय की ओर से ही पत्र मिला था। पुरस्कार निर्णायकों में शिवमंगल सिंह सुमन के साथ वे भी थे।

पत्र मिलने के लगभग एक माह बाद पुरस्कार समारोह का आयोजन था। पुरस्कार में प्रमाण-पत्र के साथ एक निर्धारित रकम थी। इस पुरस्कार घोषणा से लेखन के स्तर पर अपने पाँवों के नीचे मैं मजबूत जमीन का एहसास करने लगा था। अपने उस निर्णय को अब मुझे बल मिलता प्रतीत हुआ कि साहित्य ही मेरे लिए मार्ग और मंजिल दोनों है। अब मैं मन ही मन भोपाल चलने की तैयारी करने लगा। मेरे लिए सब कुछ नया था, पुरस्कार लेने जाना तथा एक बेहतर आयोजन में अपनी रचना का पाठ करना। लेकिन ऐन वक्त पर माँ की बीमारी वाली वह तीसरी घटना घट गयी जिसने भोपाल जाने से मुझे वंचित कर दिया। उर्मिला की शादी तय होने तथा एक प्रतिष्ठित पुरस्कार पाने की खुशी में मगन मैं अपने को उड़ते पा रहा था। लग रहा था, मेरे पाँव जमीन पर पड़ ही नहीं रहे। लेकिन अचानक माँ के गम्भीर स्वास्थ्य संकट ने मुझे सुखद एहसासों से दुखद और पीड़क यथार्थ की खुरदरी जमीन पर ला पटका। हालाँकि ऐसा अनुभव

मैं पहले भी कर चुका था कि खुशी और प्रसन्नता की अनुभूतियों के तत्काल बाद दु:ख और परेशानियों का सामना। तब यह सोचकर मैं उन्हें झेलता जाता कि शायद यही जीवन है।

माँ को उच्च रक्तचाप की बीमारी पहले से ही थी। डॉक्टर एस.एन. मिश्रा की दवा भी चल रही थी। बीतते समय के अनुसार अपनी व्यस्तताओं में उनकी बीमारी हम भूल चले थे। खुद माँ भी अपनी बीमारी के प्रति लापरवाह होती चली गयी थी। काफी समय से दवाएँ खाते हुए वह ऊब गयी थी। उसे लगने लगा था कि अब उसकी बीमारी ठीक हो गयी। इस स्थिति में दवाएँ वह छोड़ती चली जा रही थी। हममें से जब कोई याद दिलाता—''दवा ली हो माँ!''

तब हमारा मन रखने के लिए वह ले लेती। फिर छोड़ देती। परहेज तो अब वह एकदम नहीं कर पा रही थी। घर में जो भी बनता, खा लेती। सामान्य शारीरिक कष्टों पर अब वह हमसे कहती भी नहीं। उर्मिला की शादी खेत बेचकर करने के लिए उसने कह तो दिया था। लेकिन अब उन सीमित खेतों को लेकर भी वह चिन्तित थी। वे खेत ही हमारी जीविका के आधार थे। इस स्थिति में पिताजी जी नौकरी से पेंशन न मिलने की पीड़ा भी उसे परेशान बनाये रहती। उन दिनों हमारे आस-पड़ोस की अपनी हम उम्र महिलाओं से बात करते हुए उसकी पीड़ा का एहसास मैं करता रहता। दूसरे विभागों के मृत कर्मचारियों एव पदाधिकारियों की पत्नियाँ वहाँ से नियमित पेंशन पाती। यह जानकारी उसकी पीड़ा को और बढ़ाती जाती। लेकिन जैन कॉलेज जैसे जिले के सिरमौर कॉलेज के विद्वान प्रोफेसर की पत्नी होकर भी वहाँ से उसे कुछ नहीं मिल पा रहा था। माँ इसे अपने भाग्य की विडम्बना मानती कि उस वक्त जैन कॉलेज में पेंशन की सुविधा नहीं थी।

ऐसे ही समय एक शाम माँ आँगन में चापाकल की ओर जा रही थी कि बीच में ही चिल्ला उठी—''पकड़ो-पकड़ो...! गिरी...गिरी...!''

अब जहाँ और जिस स्थिति में भी यह आवाज़ हमारे कानों में पड़ी हम दौड़ पड़े। सबसे पहले उर्मिला माँ के पास पहुँची। फिर मैं। फिर ब्रजेश्वर, कामेश्वर, रेणु और माया। दीवार पकड़े हुए गिरते-गिरते जमीन पर आ गयी थी। मैंने और उर्मिला ने उसे सँभाल रखा था—''यह क्या हो गया माँ? कैसे हो गया? अब कैसी हो?''

लेकिन माँ ने कोई जवाब नहीं दिया। अब अचानक उसकी नाक तेज-तेज बजते हुए बन्द हो गयी और उसका पूरा बदन ढीला होकर हमारी सँभाल के बावजूद ढेर हो गया। बस, हम चिल्ला उठे—''माँ! माँ! यह क्या हो गया तुम्हें?

बोलो माँ! आँखें खोलो! माँ-माँ...!''

लेकिन हमारी चिल्लाहट पर भी उसकी ओर से कोई प्रतिक्रया नहीं हुई। ऐसा लग रहा था जैसे हमारी आवाजे उस तक पहुँच ही न पा रही। उर्मिला और ब्रजेश्वर तो रोने लगे। मेरा मन भी आशंकित और आतंकित हो गया। कहीं अचानक माँ चल तो नहीं बसी। अपने परिचितों और सम्बन्धियों के बीच ऐसे कई लोगों के मरने की सूचना से मैं अवगत था जो बिना बीमार पड़े या कष्ट सहे अचानक गुजर गये थे। हमारे यहाँ मातम छा गया। कोहराम मच गया। इस औचक आकस्मिकता पर मुझे तो समझ में नहीं आ रहा था कि अब क्या किया जाए? मुझे तो जैसे काठ मार गया था। लेकिन रेणु लगातार चिल्लाते जा रही थी— ''जल्दी से आप लोग रिक्शा बुलवाइए...। अम्मा जी को किसी डॉक्टर के पास ले चला जाए... अब देर करना ठीक नहीं...। जल्दी चला जाए...!''

शायद यह रेणु की चिल्लाहट का ही परिणाम था कि कामेश्वर और ब्रजेश्वर जल्दी-जल्दी पैंट-शर्ट पहनने लगे। लेकिन कपड़े पहन उनके निकलने से पहले ही माँ को होश आ गया। फिर हमें अपने पास एकत्रित और रोते देख वह पूछ उठी—''क्या हुआ है? मैं यहाँ जमीन पर कैसे?''

अब हमने सारी बात बताई तथा उसे बिस्तरे पर ले आये। इतमीनान होते ही उसे भी अब सब कुछ याद हो आया। कहा—''मैं तो चापाकल पर कुल्ला करने जा रही थी। अन्दर से मन हुलिया रहा था। लेकिन अचके में लगा कि मेरी आँख बन्द हो रही है। खूब नींद आ रही है। नींद से मैं गिरने लगी तो चिल्लाई। फिर शरीर का मुझे चेत नहीं रहा। उसके बाद तो ऐसा लगा कि किसी फुलवारी से गुजर रही हूँ। ठंडी हवा चल रही है। तरह-तरह के फूल खिले हैं। हरियाली है...। बहुत अच्छा लग रहा था। मुझको तो कुछ भी पता नहीं कि कहाँ गिरी और क्या हुआ? कहीं कोई दर्द-तकलीफ भी नहीं हुई थी...। ऐसे में मर गयी होती तो कितना अच्छा था! भगमानी लोगों को ही ऐसी मौत नसीब होती है। पर जीकर आ गयी। लगता है, अभी दु:ख भोगना बाकी है...।''

इस पर मैंने कहा—''भूलकर भी अब अपने मुँह से ऐसी बात न निकालो माँ। हमारे लिए अभी तुम्हें जीना है। तुम ही हमारे जीवन का आधार हो...।''

मेरी इस बात का समर्थन सभी सदस्यों ने किया। साथ ही अपने-अपने शब्दों में अपनी इस भावना को व्यक्त भी किया। हमारी बातें सुन माँ की आँखें भर गयीं। शायद अपने प्रति हमारी श्रद्धा देख वह आर्द्र हो गयी थी। आरा आने के बाद यह पहला अवसर था जब माँ के पास हम उसके बेटे-बेटी और बहू-बच्चे उसे घेरे बैठे थे। बेहोशी पर माँ का अनुभव सुन हम अचम्भित थे। माँ लेटी थी। लेटकर ही बोल रही थी कि अचानक हमसे बातचीत करते हुए ही

कुछ देर बाद फिर उसकी नाक से तेज-तेज आवाज़ आने लगीं। उसकी आँख बन्द होने लगी। हम फिर चिल्ला उठे—"माँ! माँ। यह फिर क्या हो गया? बोलो माँ। इधर देखो...! उठो...।"

लेकिन पिछली बार की तरह हमारी आवाज़ से फिर वह परे बनी रही। एकदम बेहोश हो गयी। हम पूर्ववत् चिल्लाते और उसे झिंझोड़ते रहे। इस बार माँ की छाती में कान लगाकर मैंने सुना, उसके हृदय की धड़कनें रह-रहकर सुनाई दे रही थीं। उसकी रफ्तार स्वाभाविक नहीं थी। माँ की नाक के पास हाथ रखकर भी मैंने देखा, उसकी साँसों का आना-जाना भी जारी था। अब मुझे लगने लगा, अवश्य माँ को यह कोई नयी बीमारी हो गयी है। लेकिन ऐसी किसी बीमारी को न तो हमने देखा था और न सुना था कि आदमी एकदम ठीक-ठाक बातचीत करता हो और अचानक बेहोश हो जाए...। न कहीं दर्द, न कोई अन्य परेशानी...। मैंने अब कामेश्वर और ब्रजेश्वर से कहा—"माँ की बीमारी का यह सिमटम अच्छा नहीं। अब हमें इन्हें डॉ. मिश्रा से दिखाना चाहिए...। अवश्य यह कोई संगीन बीमारी है...।"

मेरी बात पर कामेश्वर और ब्रजेश्वर अब फुर्ती से तैयार हो गये। लेकिन घर से उनके निकलने के पहले ही माँ को फिर होश आ गया। अब फिर माँ बेहोशी के दौरान का अपना वह सुखद अनुभव आचर्श्य के साथ बताने लगी। माँ का वह अनुभव अब हमें डराने लगा था। फुलवारी में घूमने का अनुभव शरीर से आत्मा के निकलने का था। माँ की यह बात सुनने तक कामेश्वर, ब्रजेश्वर भी रुके रहे। फिर मेरा संकेत पाते ही तेजी से निकल गये।

शाम गहराने वाली थी। अपने छोटे शहर की स्थिति से मैं परिचित था। अगर अभी हम माँ को किसी डॉक्टर से नहीं दिखा पाते हैं तो रात गहराने पर कोई भी अच्छा चिकित्सक मिलने वाला नहीं। मैं भी अब जल्दी-जल्दी तैयार हो गया। माँ के इलाज के पिछले पुर्जे रख लिये। ब्रजेश्वर भी शीघ्र ही रिक्शा लेकर आ गया। रिक्शे के बीच माँ को बैठा एक किनारे मैं हो गया और दूसरे किनारे ब्रजेश्वर। उर्मिला भी साथ चलना चाहती थी। लेकिन मैंने समझा दिया—"माँ को दिखाकर हम जल्द ही लेते आएँगे। हम दोनों भाइयों के रहते माँ को तुम्हारी जरूरत नहीं पड़ेगी। अगर देर होने लगेगी तो रेणु के साथ तुम रिक्शे पर आ जाना...!"

और हम चल पड़े। कामेश्वर सायकिल लेकर डॉक्टर मिश्रा को देखने और नम्बर लगाने पहले ही निकल गया था। रास्ते में ही उसने हमें बता भी दिया कि डॉ. मिश्रा पटना गये हैं। डॉ. ए.के. सिन्हा अभी बैठे हुए हैं। अब हमने रिक्शे को डॉ. ए.के. सिन्हा की ओर मोड़ दिया। कामेश्वर भी सायकिल से हमारे साथ

हो गया। माँ को लेकर डॉ. ए.के. सिन्हा के क्लिनिक में हम अभी प्रवेश ही कर रहे थे कि बेहोशी का उनका वह दौरा फिर आ गया। हमने टाँग कर मरीज वाले बेड पर उन्हें लिटा दिया। माँ की बीमारी के बारे में डॉ. सिन्हा हो हम जितना बताते, बीमारी के दौरे ने उससे अधिक और प्रामाणिक ढंग से बता दिया। फिर भी उनका पुराना पुर्जा दिखाते हुए अपनी ओर से हमने सारी जानकारी दे दी। डॉ. सिन्हा तेजस्वी चिकित्सक थे। माँ की छाती पर अपना आला रख और नाड़ी पकड़ कह दिया—"हार्ट ब्लाक का केस है।"

फिर माँ की नाड़ी मुझे पकड़ा कर एक मिनट में उसकी गति भी गिनवा दी—"स्वयं गिन कर देख लीजिए। मात्र 20 बार। हृदय की इतनी कम गति हार्ट ब्लाक के सिवा किसी और बीमारी में नहीं होती। इसका एकमात्र इलाज पेसमेकर है।"

मैंने प्रश्न किया—"माँ को तो हाई ब्लड प्रेशर था डॉक्टर साहब। उसमें तो हार्ट अटैक और दूसरी परेशानियाँ होती हैं। फिर यह हार्ट ब्लाक कैसे हो गया?"

"किस बीमारी से कब क्या हो जाएगा, कोई नहीं बता सकता! एक बीमारी के रहते दूसरी बीमारी भी तो आ जाती है। लेकिन हार्ट अटैक से यह कम खतरनाक मर्ज है। पेसमेकर लगाने के बाद फिर ठीक से रहने लगेंगी...। इन्हें तत्काल पेसमेकर की आवश्यकता है। इनका हार्ट ब्लाक इतना जल्दी-जल्दी कर रहा है कि पेसमेकर नहीं लगाने पर ऐसे दौरों में इनकी जान भी जा सकती है...।"

पेसमेकर के बारे में हमें कोई जानकारी नहीं थी। किसी समाचार पत्र या पत्रिका में उसका उल्लेख देखा था। लेकिन अपने उपयोग की चीज़ न समझ उसे पढ़ नहीं सका था। अब डॉ. ए.के. सिन्हा से उसके बारे में ज्ञात हुआ कि वह हार्ट चलाने वाली एक मशीन है जो आरा में उपलब्ध नहीं। वह कुछ महँगी मशीन है, जिसे हार्ट सर्जन एक छोटा ऑपरेशन कर मरीज के अन्दर फिट कर देते हैं। फिर वह मशीन मरीज के हृदय की गति निर्धारित मात्रा में चलाने लगती है। डॉक्टर ए.के. सिन्हा ने अपने पुर्जे पर पटना के डॉ. बी. प्रसाद का नाम और पता भी लिख दिया तथा तत्काल हमें उनके पास जाने का सुझाव दिया।

डॉ. ए.के. सिन्हा की बात सुन हम गहरे संकट का अनुभव करने लगे। अब रात हो रही थी। तत्काल माँ को लेकर पटना जाना हमें खासा असुविधाजनक जान पड़ रहा था। हमने डॉ. ए.के. सिन्हा से निवेदन किया—"किसी तरह माँ को रात भर सँभाल दीजिए डॉक्टर साहब। सुबह के एकदम तड़के ही हम इन्हें लेकर पटना निकल जाएँगे...।"

जवाब में उन्होंने मार्ग सुझाते हुए कहा—"इसके लिए लगातार इन्हें पानी

चढ़ाते रहना होगा। रास्ते में भी पानी चढ़ाते हुए ही पटना ले जाना होगा। जब तक पानी चढ़ता रहेगा, बेहोशी के दौरे नहीं पड़ेंगे...।''

और डॉ. सिन्हा ने अपना एक कम्पाउंडर हमारे साथ लगा दिया। हमारे निवास पर पहुँचते ही उस कम्पाउंडर ने माँ को पानी चढ़ाना शुरू कर दिया। और सचमुच चमत्कार की तरह पानी चढ़ने के बाद फिर माँ को वैसे दौरे नहीं आये। लेकिन हम सिर्फ पानी चढ़वाते हुए प्रतीक्षा नहीं कर सकते थे। वह तो तात्कालिक इन्तजाम था, स्थाई समाधान नहीं। अब हम पटना की तैयारी में लग गये। पिताजी के निधन और बड़े भैया के बोकारो होने चलते अभिभावक की भूमिका में मैं ही था। सचमुच इस भूमिका के उत्तरदायित्व ने मौके पर मेरे अन्दर सतर्कता और सजगता भी कायम कर दी। कामेश्वर को मैंने अब उसी वक्त दौड़ा दिया—''अभी जाकर सुबह के लिए एक एम्बुलेंस ठीक कर लो। इस हालत में माँ को हम ट्रेन से नहीं ले जा सकते। पानी चढ़ाते हुए ही ले जाना है। अपने शहर में दो-तीन एम्बुलेंस वाले हैं। पटना के नाम पर वे मोल-भाव करते हैं। जो कम पर तैयार हो उसे ही सुबह के एकदम तड़के, चार बजे अपने निवास पर आ जाने को कह देना!''

कामेश्वर को बाहर भेज अब रेणु से कहा—''तुम पटना ले जाने वाले सामान एक बड़े झोले में एकत्रित कर दो। माँ के एक-दो जोड़ी कपड़े, चादर, कम्बल, ग्लास, चम्मच आदि। ऑपरेशन के बाद आठ-दस दिन से पहले माँ यहाँ नहीं आ सकती। इस अवधि में जरूरी सामान याद करके रखना।''

माँ के साथ उस अवधि में हमारे बीच के कुछ सदस्यों को उसके साथ रहना था। वहाँ खाने की व्यवस्था होटल में करना हमारे लिए सम्भव नहीं। हमें बनाना खाना होगा। अब मैंने माया से कहा—''तुम स्टोव एवं खाना बनाने के कुछ आवश्यक बर्तन साफ कर एक झोले में जुटा कर रखो। वहाँ माँ के साथ रहते हुए हमें बनाना खाना है।''

मैं अब पैसे एकत्रित करने में लग गया। ब्रजेश्वर को माँ की निगरानी में बैठा दिया—''चुपचाप पानी चढ़ते देखते रहो...। कहीं पानी रुके या कोई परेशानी आये तो कम्पाउंडर को जगाकर दिखा देना...। मैं पैसे देख रहा हूँ। पैसों का इंतजार जरूरी है...।''

माँ को पानी लगाकर कम्पाउंडर बगल में ही सो गया था। वह पिछली रात का जगा तथा दिन भर मरीजों के बीच रहकर थका था। माँ ने अपने बक्से की कुंजी अब मुझे सौंप दी थी। फिलहाल वह स्वयं पैसे निकालने की स्थिति में नहीं थी। उसके बक्से को खोलकर देखा, कुल ग्यारह सौ रुपये थे। उर्मिला ने अपने पास से दो सौ रुपये दिये। विभिन्न त्योहारों पर हम बड़ों से उसे प्राप्त

हुए थे। मेरे पास भी किसी कहानी के पारिश्रमिक के दो सौ रुपये आये थे। कुल पन्द्रह सौ रुपये। पटना में ऑपरेशन कराने और पेसमेसर लगवाने की दृष्टि से ये रुपये कुछ नहीं थे। लेकिन इन रूपयों पर ही मैं कमर कस कर तैयार हो गया। जो लगेगा, उसका इन्तजाम करेंगे। माँ के लिए कुछ भी उठा नहीं रखेंगे। कोई और प्रबन्ध नहीं होगा तो अपने खेत बेच देंगे। वह आधार तो हमारे पास है। कुछ भी हो खेतों के रहते माँ के स्वास्थ्य पर यह संकट नहीं रहने देंगे।

उस रात हम सो नहीं सके। सारी रात तैयारी में ही लगे रहे। माँ को इस तरह पानी चढ़ते देख कैसे सो सकते थे? सुबह चार बजते-बजते एम्बुलेंस वाले ने हार्न दी। वह निर्धारित समय पर आ गया था। हम तो उसकी प्रतीक्षा में ही थे, चल पड़े। माँ के साथ एक महिला सदस्य की उपस्थिति के लिए उर्मिला को साथ ले लिया। रेणु और माया को घर पर छोड़ दिया। वे बच्चों वाली माताएँ थीं। हम तीनों भाई तो माँ के साथ ही एम्बुलेंस में जम गये। हालाँकि हमने आपस में तय कर लिया कि शाम होते-होते हममें से एक को पटना से यहाँ लौट आना है। रेणु, माया और बच्चों के साथ रात में एक पुरुष का यहाँ होना जरूरी है।

अब हम ऐम्बुलेंस लेकर चल पड़े। सुबह मार्ग कहीं अवरुद्ध न होने के चलते हम दो घंटे में पटना पहुँच गये। पूरे रास्ते माँ को पानी चढ़ते आया था। डॉ. बी. प्रसाद का पता हमारे पास था। हम सीधे उनके निवास पर पहुँचे। उस वक्त वे शायद सोऐ ही थे। हमारे साथ ऐम्बुलेंस में मरीज देख नौकर ने जाकर उन्हें जगाया। फिर वे कन्धे पर तौलिया ले जल्दी ही बाहर आ गये। पहले डॉ. ए.के. सिन्हा का पुर्जा पढ़ा। फिर ऐम्बुलेंस में ही माँ को देखा। अब बोल उठे—''डॉ. सिन्हा ने ठीक कहा है। हार्ट ब्लाक का केस है। तत्काल पेसमेकर लगाना होगा। आप लोग इन्हें लेकर मेरे अस्पताल चलें। मैं तैयार होकर आ रहा हूँ...।''

और उन्होंने अपने नौकर को हमारे साथ लगा दिया। वह पूरी तत्परता से हमें लेकर उनके अस्पताल पहुँचा। वहाँ डॉ. बी. प्रसाद के सहायक और कम्पाउंडर तैयार मिले। शायद ऐसे ऑपरेशनों के लिए वे मुस्तैद रहते थे। अब आरा के पानी के स्थान पर उन्होंने तत्क्षण अपना पानी माँ को चढ़ाना शुरू कर दिया। साथ ही कुछ इंजेक्शन भी दिये। वहाँ की चुस्त व्यवस्था देख हम मन ही मन डॉ. ए.के. सिन्हा को धन्यवाद देने लगे कि उन्होंने अच्छी जगह हमें भेजा है। हालाँकि उस अच्छी जगह का राज मैं समझ रहा था। सरकारी और प्राइवेट इलाजों के फर्क से अच्छी तरह वाकिफ था। ऐसे अवसरों पर हर बार की तरह उस समय भी मेरे मन में यह विचार उठा कि कितना अच्छा होता अगर सरकारी इलाज में भी ऐसी चुस्ती-फुर्ती होती।

डॉ. बी. प्रसाद डेढ़-दो घंटे के अन्दर तैयार होकर आ गये। अब उन्होंने विधिवत् माँ की जाँच-पड़ताल की। फिर माँ के साथ मुझे मुख्य व्यक्ति समझ पास बुलाकर कहा—"अभी ऑपरेशन कर इन्हें पेसमेकर डालना होगा...। आप लोग रुपये लाए हैं... ?"

मैंने पूछा—"कितने रुपये लगेंगे ?"

इस पर हमारा मुआयना करते हुए उन्होंने कहा—"वैसे तो पेसमेकर काफी महँगे-महँगे भी हैं। लेकिन आपकी माँ के लिए दस हजार वाला ही ठीक रहेगा। अधिकांश मरीजों को हम वही लगाते हैं। वह अच्छा काम करता है...।"

मैं समझ गया, डॉक्टर साहब ने हमारी स्थिति लक्ष्य कर ही ऐसा कहा है। अब मैंने उन्हें विश्वास दिलाने की कोशिश की—"आप ऑपरेशन कीजिए डॉक्टर साहब। तत्काल हम इतने रुपये नहीं ला सके। लेकिन जल्द ही आपको दे जाएँगे। हम तनिक भी देर नहीं करेंगे...।"

जवाब में डॉक्टर साहब ने गम्भीर होते हुए कहा—"पेसमेकर मेरे पास नहीं रहता है कि कोई कहे और लगा दूँ। एजेन्टों से खरीदकर ही हम मँगाते हैं। आप लोग जाकर रुपये ले आइए। जब तक एजेन्ट को रुपये नहीं दिये जाएँगे वह पेसमेकर नहीं दे सकता।"

उस वक्त 1977 में दस हजार रुपये बहुत होते थे। हमारे जैसे परिवार के लिए तो एक बड़ी रकम! मैं समझ गया, बिना रुपये लाए माँ को पेसमेकर नही लगने वाला। अब डॉक्टर प्रसाद को आश्वस्त करते हुए कहा—"मैं अभी आरा जा रहा हूँ डॉक्टर साहब। आप एजेन्ट से बात कर पेसमेकर मँगा लीजिए तथा ऑपरेशन की तैयारी रखिए। मैं आज शाम तक नहीं तो कल सुबह तक रुपये लेकर अवश्य आ जाऊँगा!"

मेरी इस बात पर डॉक्टर प्रसाद ने परखती नजरों से मुझे देखा तथा कहा—"ठीक है, जाइए।"

मेरा ध्यान तो अब अपने घर के संचित गहनों पर था। किसी सुनार के यहाँ उन्हें बन्धक रख तत्काल रुपये पा सकता हूँ। इतनी जल्द रुपये प्राप्त करने का दूसरा कोई मार्ग सूझ ही नहीं रहा था। कामेश्वर, ब्रजेश्वर और उर्मिला को माँ के पास छोड़ अब मैं वापस आरा चल पड़ा। परेशानियों का सिलसिला अब शुरू हुआ था तो उसे बढ़ना ही था। ट्रेन ने काफी विलम्ब किया। दोपहर ढलने के बाद मैं घर पहुँचा। अब रेणु से सारी बात कह सुनाई। शुरुआत माँ के बक्शे से हमने की। माँ के अधिकांश गहने तो गाँव की डकैती में चले गये थे। उसके बाद पिताजी ने फिर कुछ गहने उन्हें बनवा दिये थे। माँ ने अपने बक्शे में उन्हें जतन से सहेज कर रखा था। प्लास्टिक के एक डिब्बे में एक ही जगह वे मिल

गये। उनकी मात्रा कम देख माया के कुछ गहने भी मैंने माँग लिये। रेणु के पास तो गहने थे ही नहीं, जो एकाध थान सगुण और मुँह दिखाई में मिले थे, उसने भी दे दिये। गहनो के मूल्य आँकने की क्षमता मुझमें नहीं थी। इस मामले में रेणु और माया मुझसे पारंगत थीं। उन दोनों ने गहनों के वजन का अन्दाज कर पन्द्रह हजार से अधिक का बताया और कहा कि इतने गहने बन्धक रखकर कोई भी सुनार पन्द्रह हजार दे देगा।

अब उन गहनों को एक थैले में छिपाकर मैं अपने शहर के गोंपाली चौक की ओर भागा। वहाँ सुनारों की तीन-चार मशहूर दुकानें थीं। उनमें से एक सुनार से हमारी जान-पहचान भी थी। वह पिताजी का शिष्य था। माँ को भी जानता था। मुझे देखते ही पहचान गया। अब सारी बात कह जब मैंने बन्धक के गहने उसके सामने रख दिये तो तौलती निगाहों से उसने क्षण भर उन्हें देखा। फिर कहा—''पन्द्रह हजार के लिए कुछ और गहने चाहिए। कुछ और गहने लेते आइए।''

मैंने सोनार से पन्द्रह हजार रुपये की माँग की थी। दस हजार डॉक्टर को देने के बाद दवा-इंजेक्शन तथा एक सप्ताह से अधिक पटना रहने का खर्च।

मैंने उसे समझाने की कोशिश की—''आप तो हमें जानते हैं। हम कहीं भागने वाले नहीं। पिजाजी के आप शिष्य भी हैं। वैसे भी वे गहने पन्द्रह हजार से कम के नहीं होंगे। लेकिन अगर आपको कम के लग रहे हैं तब भी हमारी मदद कीजिए। रुपये लेकर मुझे तत्काल पटना भागना है...।''

जवाब में उसने कुछ गम्भीर होते हुए कहा—''हम आपको जानते हैं। कोई और कार्य होता तो आपकी मदद भी कर देते। लेकिन परिचय और व्यवहार अपनी जगह पर है तथा दुकानदारी अपनी जगह पर। बिना कुछ और गहनों के पन्द्रह हजार रुपये हम नहीं दे सकते। परिचय की वजह से आप इतना जाने लें कि हमारे पास आपके गहने बिल्कुल सुरक्षित रहेंगे। दूसरे सुनारों की तरह उसमें हम तनिक भी हेर-फेर नहीं करेंगे। जिस रूप में आप दे जाएँगे, पैसा चुकाने के बाद उसी रूप में वापस पाएँगे...।''

मैं और समय जाया करना नहीं चाहता था। समझ गया, निरन्तर फायदे को ध्यान में रखने वाला यह सुनार मेरी किसी दलील पर तैयार नहीं होगा। अब वे गहने उसके पास रख मैं फिर घर की ओर भागा। माया और रेणु को इस बात पर आश्चर्य हुआ कि उतने गहनों पर उस परिचित सुनार ने रुपये नहीं दिये। मेरी निगाह अब अपनी बहन उर्वशी के गहनों पर थी। उर्वशी आरा से कुछ ही दूर इंग्लिसपुर गाँव में ब्याही थी। उसके गाँव में चोरियाँ खूब होती थीं। उन चोरियों के डर से ही अपने गहने एवं अच्छे कपड़े एक बक्शे में डाल उसने मेरे यहाँ

रखवा दिया था। नैहर में उसका बक्शा सुरक्षित था। उसके बक्शे की एक कुंजी माँ के बक्शे में थी। अब अपनी त्वरित आवश्यकता पर उसके गहने लेने से मैं अपने को रोक नहीं सका। उसके गहने बेचने के लिए तो ले नहीं रहा था। सिर्फ बन्धक रखना था।

उर्वशी के गहने काम भर थे। जल्दीबाजी में मैंने उसमें से आधे से अधिक ले लिए। जितने गहने सुनार को दे आये थे, लगभग उतने ही ताकि फिर लौटा न पाए। इस पर माया ने कहा—इतने गहने पाकर बाद में सुनार अगर हड़प जाए और नकार दे कि उसने गहने नहीं लिए तो हम क्या करेंगे? कोई लिखित प्रमाण तो वह दे नहीं रहा।''

मैंने माया को समझा दिया—''वह ऐसा नहीं करेगा। और अगर करेगा भी तो देखेंगे। फिलहाल माँ को बचाना जरूरी है। किसी तरह रुपये प्राप्त करना है...। अभी यह सब हमें नहीं सोचना!''

और वे गहने ले मैं तेजी से सुनार के पास भागा! इस बार उसने पन्द्रह हजार रुपये दे दिये। लेकर चलते हुए मैंने कहा—''जिस डिब्बे में जो गहने हैं उन्हें वैसे ही रखिएगा। घर की कई औरतों के गहने हैं। हम जल्द ही आपके रुपये चुका इन्हें ले जाएँगे...।''

मेरी इस बात का उसने कोई जवाब नहीं दिया। शायद बन्धक रखने वाला हर व्यक्ति ऐसा ही कहता हो। मैं तो वे रुपये लेकर भाग चला। लेकिन घर आकर पाया कि शाम घिर गयी थी। फिर भी पटना चल पड़ा। रात गहराने के बाद पहुँच भी गया। हालाँकि पूरे रास्ते रुपये लेकर अकेले आते हुए मैं आतंकित बना रहा। लेकिन किसी दुर्घटना का शिकार नहीं हुआ।

माँ को पूर्ववत् पानी चढ़ रहा था। मुझे देखते ही उसने पूछा—''रुपये जुट गये?''

''हाँ माँ।''

''कहाँ से? कैसे?''

''अब इसकी चिन्ता तुम न करो। जहाँ से भी और जैसे हो रुपये मैं ले आया हूँ।''

माँ की ममतामयी नजरें अब मुझ पर स्नेह बरसाने लगीं। उर्मिला तथा कामेश्वर और ब्रजेश्वर भी सूचना से खुश हो उठे। मैं अनुभव कर रहा था, मेरे इस कार्य पर वे गर्व महसूस कर रहे थे। कामेश्वर, ब्रजेश्वर और उर्मिला से कह रहा था—''हमारे मिथिलेश्वर भइया बहुत उतजोगी आदमी हैं। माँ के लिए जाने कैसे इतने रुपये जुटा लाए। ये नहीं लगते तो हम कुछ नहीं कर पाते। हमारे लिए ये सब कुछ हैं...।''

मैं समझ रहा था, यथार्थ से अनभिज्ञ होने के चलते ही कामेश्वर ऐसा कह रहा था। मैंने उतजोग जैसा कुछ भी नहीं किया। तीस-चालीस हजार के गहने देकर पन्द्रह हजार रुपये ले आया था। लेकिन उस क्षण यथार्थ बताकर किसी को निराश करना मुझे उचित नहीं जान पड़ा।

सुबह डॉक्टर साहब जैसे ही तैयार होकर आये, मैंने दस हजार रुपये उन्हें थमा दिये। इस पर विहँसती आँखों से मुझे देखते हुए उन्होंने कहा—"बहुत खूब। माँ के प्रति बेटों का यही फर्ज होना चाहिए। अब आप लोग चुपचाप बैठकर देखिए। आज आपकी माँ को पेसमेकर लग जाएगा...।"

और सचमुच ऑपरेशन की तैयारियाँ शुरू हो गयीं। उसकी प्रक्रियाएँ डॉ. प्रसाद ने प्रारम्भ कर दी। बारह बजते-बजते माँ को पेसमेकर लग गया। ऑपरेशन के रूप में वह छोटा ऑपरेशन था। पेट खोलकर पेसमेकर डालने और हृदय से उसका कनेक्शन देने तक। शाम होते होते माँ को होश भी आ गया। उसने हमसे बातचीत की। उसका हृदय अब मशीन चला रहा था और उसकी गति उसने निर्धारित कर रखी थी। डॉक्टर के कहे अनुसार हम सभी भाई-बहन बारी-बारी से माँ की नाड़ी का परीक्षण करने लगे। हर बार हमारी गिनती बहत्तर (72) तक ही रहती, न एक धड़कन अधिक और न कम। हमारी खुशी का ठिकाना नहीं रहा। माँ मृत्यु के मुँह से वापस आ गयी थी। मैंने प्रसन्नता जाहिर करते हुए माँ से कहा—"अब तुम बिल्कुल ठीक हो माँ। अब बेहोशी के दौरे नहीं आएँगे। तुम्हारा हृदय अब मशीन चला रहा है...।"

मेरी इस बात पर माँ की दोनों आँखों से खुशी के आँसु बह चले। मेरा हाथ पकड़ उसे अपने मुँह के पास ले जा वह चूमने लगी। इस पर मेरी आँखें भी भर आईं। पास ही खड़े कामेश्वर ने अब माँ के आँसू पोंछते हुए कहा—"यह भला रोने का समय है माँ। यह तो खुशी का अवसर है...।"

अब ब्रजेश्वर को हमने शाम की गाड़ी से वापस आरा भेज दिया। उसके बाद दूसरे दिन से बारी-बारी आरा पटना आने-जाने लगे। माँ को पानी चढ़ना दूसरे दिन से ही बन्द हो गया। अब तो हमें सिर्फ टाँका कटने तक प्रतीक्षा करनी थी। डॉ. प्रसाद के अनुसार टाँका हम आरा भी कटवा सकते थे। लेकिन पेसमेकर लगाने के बाद आठ-दस दिन तक माँ को अपने निरीक्षण में रखना उन्होंने आवश्यक समझा था।

इस बीच सूचना पाकर इंग्लिसपुर से उर्वशी भी आ गयी थी। साथ ही हमारे बहनोई सुरेश जी भी। उर्वशी, माँ को बहुत मानती थी। उर्मिला को आरा भेज अब माँ के साथ वहीं पटना रहने लगी। अब तक नर्वदेश्वर भैया भी बोकारो से आ गये थे। लेकिन माँ के पास अब अधिक लोगों की जरूरत थी ही नहीं।

उर्वशी के साथ हम भाइयों में से सिर्फ एक आदमी का रहना काफी था। इस स्थिति में किसी दिन मैं रह जाता, तो किसी दिन नर्वदेश्वर भैया, तो किसी दिन कामेश्वर...। इस दौरान अस्पताल का वह समय कैसे बीत गया, पता नहीं चला। देखते ही देखते टाँका कटने का दिन आ गया। डॉ. प्रसाद ने माँ का टाँका काट उन्हें अस्पताल से मुक्त कर दिया तथा हमें उनका वारिस समझ हिदायत देते हुए कहा—"अपनी माँ का पल्स रेट आप लोग देखते रहिएगा। बहत्तर से घटकर जब 65 तक आ जाए तो तत्काल हमारे पास आ जाइएगा। वैसे पाँच वर्ष तक इसे नहीं घटना है...। पाँच वर्ष के बाद ही कम होगा...।"

अब हम माँ को लेकर आरा आ गये। बिल्कुल स्वस्थ होकर माँ की आरा वापसी पर हमारे घर खुशियों का माहौल कायम हो गया। जैसी गम्भीर बीमारी से उबरकर वह आयी थी उससे यही लगता था कि यमदूतों के चंगुल से हम उसे खींच लाए हैं। महाराजा हाता के हमारे परिचित औरत-मर्द अब माँ को देखने आने लगे। एक गम्भीर बीमारी पर माँ को हम एम्बुलेंस से पटना ले गये थे, यह बात हमारे आस-पड़ोस में व्याप्त थी। महाराजा हाता में अपनी हम उम्र महिलाओं से माँ ने खूब दोस्तियाँ भी कर ली थी। अब इस सूचना पर उसकी वे सभी दोस्त महिलाएँ—"कहाँ हैं बहिनियाँ? अब कैसी हैं बहिनियाँ?" कहते हुए पहुँचने लगी थीं। माँ अब सबको हाथ से स्पर्श करा अपना पेसमेकर दिखाती। सब उसे देखकर चिहातीं। हमारे आस-पड़ोस में सम्भवत: यह पहली ऐसी बीमारी और ऐसा इलाज था। माँ की छाती और पेट के मध्य कुछ उठा हुआ पेसमेकर कान लगाकर सुनने पर घड़ी की सूई की तरह टिक-टिक की आवाज करता जान पड़ता।

माँ के पेसमेकर लगने की सूचना दो दिन के अन्दर ही महाराजा हाता को लाँघकर दूसरे मुहल्ले तक पहुँच गयी। उस वक्त हमारे छोटे शहर आरा के लिए यह खास घटना थी। इस सूचना पर महावीर टोला के लाल साहब जो अभी हाल ही में दिल्ली से पेसमेकर लगाकर आये थे, माँ को देखने आ पहुँचे। वे हमारे परिचित या रिश्तेदार नहीं थे। बीमारी की साम्य की वजह से जिज्ञासावश पहुँचे थे। हमने देखा, उनको पेसमेकर कन्धे के पास लगा था जिसका तनिक भी पता किसी और को नहीं चलता था। हमारे पूछने पर उन्होंने बताया कि डॉक्टर-डॉक्टर के अनुसार यह अन्तर पड़ता है। उनसे परिचय के बाद हम जान गये कि वे रिटायर्ड इंजीनियर हैं। पैसे वाले व्यक्ति। उन्हें देखकर क्षण भर के लिए हमें लगा कि माँ को दिल्ली ले जाकर ही हमें पेसमेकर लगवाना चाहिए था। तब छाती के पास उठा हुआ और टिक-टिक करता उन्हें महसूस नहीं होता। लेकिन

अपनी स्थिति को ध्यान में रख अपने मन को हमने नियन्त्रित कर लिया। हमारी सीमाओं में जो सम्भव था, हमने किया। इससे अधिक शायद हम कर ही नहीं पाते... ।

मेरा ध्यान अब सुनार से बन्धक रखे गहनों की ओर केन्द्रित था। अधिक समय बीतने पर सुनार अपने रुपयों का सूद बढ़ा देगा। साथ ही गहनों में फेर बदल भी कर सकता है। यह सूचना अब तक माँ एवं अपने भाई-बहनों से मैंने छिपा रखी थी। माया और रेणु को भी मना कर रखा था कि किसी से नहीं कहना। पर जैसे ही अब सबको यह सूचना दी तो सबके होश उड़ गये। अब सबकी राय बन्धक पड़े गहनों की शीघ्र वापसी को लेकर व्यक्त हुई—"जितना जल्दी हो सके सुनार के यहाँ से अब गहने आ जाने चाहिए!"

इस बिन्दु पर अब अब पूरे परिवार का एक सूत्रीय कार्यक्रम यही बन गया। हम चारों भाई एकत्रित थे ही, इस मामले के त्वरित समाधान के लिए अब एक जगह बैठ गये।

हम जिस स्थिति में थे, उसमें पुनः पैसों के इन्तजाम के लिए खेत बेचने के सिवा दूसरा कोई मार्ग था ही नहीं। उर्मिला की शादी के लिए भी खेत बेचने थे। अब बन्धक की रकम भी उसी में हमने शामिल कर ली। बस, दूसरे ही दिन हम गाँव जा पहुँचे। इस कार्य में अब तनिक भी विलम्ब हम नहीं चाहते थे। हमारे गाँव में हमारे जैसे परिवार बहुत कम थे, जो खेत बेचने वाले हों। अधिकांश तो खेत खरीदकर अपनी खेती बढ़ाते ही जा रहे थे। हमारे प्रस्ताव पर अब तत्काल हमारे खेतों के खरीदार मिल गये। बस, एक सप्ताह के अन्दर ही उनसे तय रकम प्राप्त कर हमने रजिस्ट्री भी कर दी। भैया को बोकारो जाना था। उनकी छुट्टियाँ समाप्ति पर थीं। वे कम छुट्टियाँ लेकर आये थे। इस स्थिति में सारे कार्य हमने युद्ध स्तर पर किये।

हमारे पास अब रुपये आ गये। रुपयों से पहला काम हमने बन्धक गहने वापस लाने का किया। वादे के अनुसार सुनार ने अपनी रकम पाते ही हमारे गहने वापस कर दिये। अब माँ, माया और उर्वशी उन पर टूट पड़ीं। वे अपने-अपने गहनों को देखने और जाँचने-परखने लगीं। हाथ में लेकर अवलोकन करने लगी कि सुनार ने कहीं गड़बड़ तो नहीं किया। गहनों के प्रति महिलाओं के आकर्षण की चर्चा मैंने सुनी थी। अब अपने घर उसका वास्तविक रूप भी देख रहा था।

बन्धक गहनों को छुड़ाने के बाद जो रुपये बचे उसे अब सीधे हमने माँ के खाते में डाल दिया और उर्मिला की शादी की तैयारी में लग गये। उसकी शादी की तिथि नजदीक आती जा रही थी। हालाँकि उस तिथि से पहले मुक्तिबोध

पुरस्कार की तिथि करीब आ गयी थी, जिसके तहत मुझे भोपाल चलने की तैयारी करनी थी। साहित्य में ऐसा अवसर जाने फिर कब मिले? किसी साहित्यिक गोष्ठी में भाग लेने जाना तथा किसी आयोजन का केन्द्रीय पात्र बन पुरस्कार ग्रहण करना, दोनों में बहुत अन्तर था। पुरस्कार लेने जाने के ऐसे आयोजन को मुझे नहीं छोड़ना है। लेकिन घर की तत्कालीन परिस्थितियाँ इसके प्रतिकूल थीं। भैया के बोकारो रहने के चलते अभिभावक के रूप में उर्मिला की शादी का बोझ मेरे ही माथे पर था। लेकिन उससे अधिक तत्काल पेसमेकर लगी माँ को छोड़ कर दो-चार दिन के लिए भी मेरा कहीं निकलना बाधित था। मेरे हटते ही माँ आशंकित और चिन्तित हो उठती। डॉक्टर के लाख कहने और हमारे द्वारा पल्स रेट सही पाने के बावजूद उसके मन में यह बात बनी हुई थी कि उसका जीवन अब मशीन पर है। और मशीन का क्या भरोसा, कब बिगड़ जाए? इस स्थिति में मेरे और भाई-बहनों की अपेक्षा माँ की निर्भरता मुझ पर ही ज्यादा थी। शायद आरा में मेरे बड़े होने या पेसमेकर लगाने में मेरी मुख्य भूमिका की वजह से ही था। अब अपनी तबियत भी ऊँच-नीच होने पर वह सीधे मुझे ही बुलाती।

इस बीच एक दिन गाँव जाकर मुझे रुक जाना पड़ा। दूसरे दिन वापस आया तो रेणु ने बताया, अम्माजी आशंकित थी। कह रही थीं—''मेरे पेट में मशीन डलवाकर मिथिलेश्वर गाँव जा बैठा। रात-विरात मशीन गड़बड़ा जाए तो क्या होगा? सबकुछ तो वही जानता है!''

मैं माँ की स्थिति समझ रहा था। नये इलाज की शुरुआत का यह दौर था। धीरे-धीरे वह मशीन की अभ्यस्त हो जाएगी। तब ऐसी आशंकाएँ उसके मन से स्वत: मिट जाएँगी।...लेकिन फिलहाल उसे छोड़कर कहीं जाना ठीक नहीं। मैंने तय कर लिया, डाक से पुरस्कार प्राप्त कर लूँगा। भोपाल नहीं जाऊँगा। अपने मन को समझा दिया, महत्त्व पुरस्कार घोषणा का ही होता है, इसका नहीं कि स्वयं जाकर लें या किसी माध्यम से मँगवा लें। यह बात कहीं प्रचारित नहीं होगी कि मैंने जाकर मुक्तिबोध पुरस्कार लिया या डाक से प्राप्त किया। हर जगह सिर्फ यही बात प्रचारित होगी कि मुझे पुरस्कार मिला। बस, भोपाल न पहुँचने की अपनी विवशता का वास्तविक उल्लेख एक पत्र में कर उसे रजिस्टर्ड डाक से भेज दिया।

अब उर्मिला की शादी की खरीदारी हमने शुरू कर दी। यह एक बड़ा आयोजन था। इस बीच कुछ ही दिनों बाद म.प्र. शासन साहित्य परिषद् की ओर से रजिस्टर्ड डाक से पुरस्कार की रकम और प्रमाण-पत्र भी आ गया। प्रमाण-पत्र के साथ एक पुस्तिका थी—पुरस्कार विवरणिका। उस पुस्तिका में पुरस्कृत कृतियों पर निर्णायकों की टिप्पणियाँ थीं। मेरी कथा पुस्तक 'बाबूजी' पर शिवमंगल

सिंह सुमन, प्रभाकर श्रोत्रिय आदि निर्णायकों की संयुक्त टिप्पणी थी जिसे पढ़कर मैं सुखद आश्चर्य से आह्लादित हो उठा। पुरस्कार की रकम की तुलना में वह टिप्पणी मुझे ज्यादा महत्त्वपूर्ण जान पड़ी। रकम से तो परिवार को खुशी हुई। मैं तो उस टिप्पणी को बार-बार पढ़ता रहा। प्रेमचन्द और रेणु की सार्थक कथा परम्परा में मेरी कहानियों की जो विशेषताएँ उन्होंने चिह्नित की थीं वह मेरे रचनाकार को आन्तरिक प्रसन्नता के चरम पर पहुँचाने के लिए काफी थीं। परिवार की जिन परेशानियों के बीच मैं जूझ रहा था, उसके तहत कुछ समय के लिए साहित्य तो भूल ही बैठा था। लेकिन उस टिप्पणी ने अब फिर से मेरे साहित्यकार को ताजा कर दिया। क्षण भर के लिए परिवार की सारी परेशानियाँ मेरे मन से तिरोहित हो गयीं। एक अपूर्व रचनात्मक सुख से मेरा अन्तर जगमगा उठा। मैंने अपने को साहित्य के आकाश में उड़ते पाया। लेकिन जल्द ही संस्कृत की यह उक्ति स्मरण कर अपने को नियन्त्रित कर लिया कि अपनी प्रशंसा सुनने और उसमें लिप्त रहने से ज्ञान का नाश होता है।

अब अपना ध्यान मैं उर्मिला की शादी की ओर ले आया। उर्मिला की शादी की तिथि एकदम नजदीक आ गयी थी। अब सारे कार्यों को परे रख उसमें लग गया। आरा के हमारे निवास से यह पहली शादी थी। शादी के लिए खेतों की बिक्री के बाद नर्वदेश्वर भैया बोकारे चले गये थे। लेकिन आने के बाद भी उन्होंने मुख्य भूमिका में मुझे ही रहने दिया। मात्र एक सप्ताह के लिए एक बड़ा दायित्व उन्होंने स्वीकार नहीं किया। शादी के दिन नयी पीढ़ी के मेरे युवा साथी बरातियों के स्वागत-सत्कार में शाम से रात तक लगे रहे। हमारे सभी हित मित्रों ने इसमें अपने-अपने स्तर से सहयोग किया। कामेश्वर और ब्रजेश्वर तो मेरी इच्छाओं पर जैसे उड़ते रहे। माँ चुपचाप देखती रही। उर्मिला की शादी हमने अच्छी तरह की। इस दौरान मैं पूरी तरह चौकस और सतर्क बना रहा कि शादी के लिए निर्धारित बजट से अधिक खर्च न हो! और सचमुच ऐसा ही हुआ। उर्मिला की शादी के बाद माँ को खर्च का ब्योरा देते हुए बची हुई रकम उसे सौंप दी। शादी का बजट बनाते हुए माँ के लिए यह रकम मैंने तय कर रखी थी। जानता था, अब बेचने लायक खेत नहीं तथा आमद का कोई और स्रोत नहीं। इस स्थिति में उन प्राप्त रुपयों में से ही मुझे कुछ बचाना था। अब वे रुपये पा माँ फिर स्वामिनी बन गयी। इससे मुझे बहुत खुशी हुई। उन दिनों माँ को रिक्त हस्त देखते हुए मैं आन्तरिक पीड़ा का अनुभव करता था। बचपन से ही उसे घर का मलिकाँव चलाते देखा था। अब यह देखना कि वह पराश्रित हो गयी है मेरे लिए कष्टकर था। सम्भव है, संयुक्त परिवार में माँ की केन्द्रीय भूमिका के चलते ऐसा हो। जो हो, घर का आर्थिक दायित्व फिर माँ ने सँभाल लिया था। इससे अपने को अब मैं

मुक्त अनुभव करने लगा था। मुक्त और हल्का। साहित्य की अपनी प्रिय दुनिया की ओर बढ़ता हुआ...।

ऐसे ही समय में वह चौथी घटना घट गयी जिसने मुझे एम.ए. का परीक्षार्थी बना दिया। वह घटना एक प्रेरक व्यक्तित्व से मेरी मुलाकात थी जिसने मेरे जीवन की दिशा बदल दी। उस मुलाकात को मैं घटना ही मानता हूँ। आरा आने के बाद विभिन्न पत्र-पत्रिकाओं में लगातार कहानियाँ आने तथा 'बाबूजी' कहानी-संग्रह के प्रकाशन के बाद अब एम.ए. करने तथा किसी नौकरी के लिए अर्जी देने की मेरी कतई इच्छा नहीं थी और न मेरे मन में ऐसी कोई योजना ही थी। बैसाडीह रहते हुए ही विभिन्न नौकरियों के लिए अनेक अर्जियाँ देकर उनकी निरर्थकता मैं झेल चुका था तथा आरा नेमिचन्द शास्त्री स्कूल में अध्यापन का अनुभव भी ले चुका था। अब मैंने तय कर लिया था कि चाहे सुख मिले या दु:ख, साहित्य लेखन में ही मुझे रहना है। मेरे जिस काम को हिन्दी की पत्रिकाएँ, उनके पाठक और आलोचक पसन्द करते हैं, वह मेरी जीविका न चला सके, यह सम्भव नहीं। अगर यह सम्भव नहीं तब भी मुझे इसे सम्भव बनाना है। सम्भव बनाकर रहना है। लेकिन डॉ. नवल किशोर गौड़ से उस मुलाकात ने मेरी धारणा में परिवर्तन ला दिया...।

वह जाड़े की एक शाम थी और शुक्रवार का दिन। आकाशवाणी पटना से अपनी एक कहानी की रिकार्डिंग कराकर मैं लौट रहा था। इधर आकाशवाणी पटना के कहानी प्रसारण कार्यक्रमों के तहत मुझे बुलाया जाने लगा था। पारिश्रमिक की दृष्टि से यह कार्य अच्छा था। इसके लिए अलग से कोई नयी कहानी मुझे लिखनी नहीं पड़ती। पत्रिकाओं के लिए ही जो कहानियाँ लिखता उन्हें ही छोटा कर दस मिनट के पाठ लायक बना देता। फिर रिकार्डिंग होते ही पारिश्रमिक का चेक मिल जाता। मेरे जैसे लेखनजीवी व्यक्ति के लिए यह अत्यन्त सुखकर कार्य था। सुबह घर से कुछ खाकर पटना के लिए गाड़ी पकड़ता और शाम जेब में चेक लेकर आ जाता।

उस दिन भी रिकार्डिंग के बाद चेक ले मैं सीधे पटना जंक्शन भागा। लेकिन सारी गाड़ियाँ लेट थीं। इंक्वायरी में जब भी पूछने जाता, विलम्ब को और बढ़ते पाता। अन्तत: तय किया कि प्लेटफॉर्म पर एक जगह चुपचाप बैठा रहूँ। जब भी गाड़ी आएगी, चल दूँगा। बराबर पूछते रहने से कोई फायदा नहीं। मुझे एक जगह कुछ अच्छे लोग अपने सामान के साथ बैठे नजर आये। वहीं एक खाली सीट देख मैं जा बैठा। अब इतमीनान होते ही आकाशवाणी पटना में रिकार्डिंग के क्षण और वहाँ अपने प्रसारण के सिलसिले में आये कुछ साहित्यकारों से मुलाकात की यादें मेरे मानस में ताजा हो गयीं। मेरे साथ ऐसा अक्सर होता था कि कहीं इतमीनान

से बैठते ही अतीत या वर्तमान का कोई न कोई प्रसंग मेरे जेहन में जीवन्त हो उठता। अचानक उसी समय मेरी बगल से गुजर रहे मुरारी बाबू की नजर मुझ पर पड़ी। बस कह उठे—''मिथिलेश्वर जी! 'धर्मयुग' में नयी कहानी के लिए बधाई! आपकी यह कहानी भी बहुत अच्छी है।''

मुरारी बाबू आरा के मेरे परिचितों में से थे। यहाँ पटना सचिवालय में काम करते थे और प्रतिदिन आरा से ही आते-जाते थे। साहित्य में अपनी पाठकीय रुचि के तहत मुझे जहाँ भी देखते, उत्साह से मिलते। मैंने कहा—''पढ़ने के लिए धन्यवाद। आइए, बैठिए...।''

अैर अपने पास उनके लिए भी जगह बनाने लगा। लेकिन वे आगे बढ़ते हुए बोले—''आप बैठिए। अभी गाड़ी में देर है। वहाँ मेरे दो-चार मित्र खड़े हैं...।''

और मुरारी बाबू चले गये। लेकिन उनके जाते ही अब मेरे पास बैठे एक भद्र से दिखने वाले व्यक्ति मेरी ओर मुखातिब हो गये—''आप कथाकार मिथिलेश्वर हैं?''

''हां!''

''कहाँ तक चलना है?''

''आरा तक।''

''मेरा नाम नवल किशोर गौड़ है। हम दिल्ली जा रहे हैं। चलिए, आरा तक आपका साथ रहेगा।''

''नवल किशोर गौड़ के नाम से मैं परिचित था। वे बिहार में हिन्दी के विद्वान के रूप में जाने जाते थे। इससे पूर्व उनसे मेरी कभी भेंट नहीं हुई थी। देखा, वे अपनी पत्नी के साथ थे। मैंने कहा—''आपके नाम से परिचित हूँ। लेकिन आज पहली बार मिल रहा हूँ...।''

''आपकी कहानियों का मैं प्रशंसक हूँ। 'बाबूजी' तो आपकी ऐसी कालजयी कहानी है जिसकी रचना के लिए बराबर आप याद किये जाएँगे। आपका कहानी-संग्रह भी अभी पिछले दिनों दिल्ली पुस्तक मेले से लिया है। उसकी सारी कहानियाँ सशक्त हैं। मुक्तिबोध पुरस्कार का निर्णय ईमानदारी से हुआ है। फिलहाल कथा लेखन के अतिरिक्त आप और क्या करते हैं?''

''कुछ नहीं। सिर्फ लेखन।''

''तब फिर जीविका का आधार?''

''यह लेखन और गाँव की छोटी-सी खेती।''

''मैं तो समझता था कि अबतक आप कहीं कुछ कर रहे होंगे! कितनी शिक्षा हासिल की है?''

''बी.ए. हिन्दी आनर्स तक।''

''तब आप एम.ए. कर लीजिए। किसी कॉलेज में लेक्चरर हो जाइएगा।''

''मैं कोई नौकरी करना नहीं चाहता। सिर्फ साहित्य लेखन में ही रहना चाहता हूँ।''

''यह आपका भावुक निर्णय है। नयी अवस्था और नये लेखन के जोश में आप ऐसा सोच रहे हैं। हिन्दी का यथार्थ इसके बिल्कुल विपरीत है। यहाँ लेखन के अतिरिक्त कोई न कोई काम आपको करना ही पड़ेगा। सिर्फ स्वतन्त्र लेखन पर आप रह ही नहीं सकते। आगे जब जीवन और परिवार की आवश्यकताएँ बढ़ेंगी और परेशान करेंगी तो अभाव में आप लिख भी नहीं सकते। लिखने के लिए भी कहीं व्यवस्थित होना जरूरी है...।''

''ऐसा नहीं होगा। मैं लेखन के लिए संघर्ष करूँगा। आगे मेरी रचनाओं की संख्या और बढ़ जाएँगी। पुस्तकें भी आती जाएँगी। तो क्या वे आजीविका में सहायक नहीं होंगी?''

''कदापि नहीं। शायद हिन्दी के लेखकों की वास्तविक स्थिति से आप परिचित नहीं, इसी से ऐसा सोच रहे हैं...। दर्जनों पुस्तकों के ख्याति प्राप्त लेखकों को नौकरी के अभाव में मैंने दुःखद स्थितियों में जीते देखा है। लगता है, हिन्दी के प्रकाशन व्यवसाय से भी आप वाकिफ नहीं, तभी पुस्तकों की रॉयल्टी पर जीने की बात सोच रहे हैं।''

और इसके बाद हिन्दी के वैसे अनेक लेखकों की वास्तविक स्थिति से गौड़ जी ने मुझे परिचित कराया जो मेरे प्रिय थे। लेकिन अभाव और गर्दिश के तहत उनकी कष्टकर स्थितियों से अवगत हो दुःखद आश्चर्य से मैं चौंक उठा!

उस यथार्थ ने अब मुझे चिन्तित कर दिया। गौड़ साहब ने हिन्दी के प्रकाशकों के उस पक्ष का भी खुलासा किया जहाँ वे स्वयं हवाई जहाज से चलते और उनका लेखक जमीन पर चप्पलें चटकाते नजर आते हैं। गौड़ साहब ने अपने अनुभव और जानकारी से यह साबित करके रख दिया कि तेजी से बदलते समय में कहीं व्यवस्थित होकर ही लेखनरत रहा जा सकता है, स्वतन्त्र रूप में नहीं। ऐसा करके अन्तहीन परेशानियों का जोखिम मैं ले रहा हूँ जिससे मेरा जीवन तो बर्बाद ही हो जाएगा, व्यवस्थित रूप से मैं लेखन भी नहीं कर सकूँगा...।

इससे पहले भी ऐसी बातें मैं सुन चुका था। लेकिन वे बातें सिर्फ सूचना के रूप में ही मेरे पास आती थीं, मेरे अन्तर मन को झकझोर नहीं पाती थीं। लेकिन गौड़ जी ने जिस प्रमाण और विश्वास के साथ यह जानकारी दी कि उसने अब नये सिरे से मुझे सोचने के लिए बाध्य कर दिया। इस सन्दर्भ में रोजगार न पाने की अपनी व्यथा और आरा के एक स्कूल में कार्य करने के अपने तिक्त

अनुभव से उन्हें अवगत कर दिया। जवाब में उन्होंने कहा—''आपकी प्रकृति एवं योग्यता के अनुसार कॉलेज के लेक्चरर का पद ही आपके लिए उपयुक्त रहेगा। बस, आप एम.ए. कर जाइए। मैं तो लेक्चरर के अभ्यार्थियों से कथा-साहित्य के बारे में 'प्रेमचन्द से मिथिलेश्वर तक' पर प्रश्न करता हूँ। अब जबकि आप पर प्रश्न पूछे जा रहे हैं, कॉलेज में आपकी नियुक्ति को लेकर परेशानी नहीं होनी चाहिए। आप ही की तरह शिव पूजन सहाय को शायद दूसरे विभाग में क्लर्क की नौकरी भी नहीं मिलती लेकिन राजेन्द्र कॉलेज, छपरा में बिना एम.ए. किये उन्हें प्रोफेसर बना दिया गया था। साहित्य लेखन का महत्त्व विश्वविद्यालयों में ही है। आप सिर्फ एम.ए. तो कर लीजिए।''

मुझे पता था, उस वक्त गौड़ साहब बिहार कॉलेज सेवा आयोग के अध्यक्ष थे। मेरी कहानियों से वे प्रभावित थे, शायद इसीलिए मेरी मदद करना चाह रहे थे। अब मैंने आरा में एम.ए. की पढ़ाई न होने तथा अपनी पारिवारिक समस्याओं के चलते आरा से बाहर जाकर एम.ए. में न पढ़ पाने की विवशता का उल्लेख किया। जवाब में उन्होंने मेरी यह मुश्किल भी आसान कर दी—''मगध विश्वविद्यालय, बोध गया में स्वतन्त्र छात्र के रूप में एम.ए. करने की व्यवस्था है। वहाँ डॉ. वासुदेव नन्दन प्रसाद हिन्दी के अध्यक्ष हैं। वे आपकी मदद करेंगे। स्वतन्त्र छात्र के रूप में एम.ए. करने के लिए वहाँ आपको नाम लिखा कर पढ़ना नहीं पड़ेगा। सिर्फ परीक्षा देने जाना होगा। इसमें आपका अधिक समय जाया नहीं होगा और विशेष परेशानी भी नहीं उठानी पड़ेगी।''

इस बीच अब गाड़ी आ गयी थी। गौड़ साहब के सामान चढ़ाने में मैंनें भी मदद की। वैसे भी वे बुजुर्ग थे। ट्रेन में भी उन्होंने अपने बर्थ पर ही मुझे बैठाया। फिर रास्ते में भी मुझसे बात करते रहे। साहित्य की जैसी प्रबुद्ध समझ उनकी थी उससे पहले अपने सम्पर्क में किसी और की मैंने नहीं देखी थी। गाड़ी के आरा पहुँचने पर जब मैं उनसे विदा लेने लगा तो उन्होंने जोर देकर कहा—''मैं साहित्य का विद्यार्थी हूँ। साहित्य की रोटी खाता हूँ, इस नाते किसी भी साहित्यकार को सहयोग करना अपना धर्म समझता हूँ। आप एम.ए. अवश्य कर लीजिए!''

ट्रेन से उतर मैं घर आ गया। लेकिन गौड़ साहब की बातें मेरे मस्तिष्क में छायी रहीं। गौड़ साहब ने तो मेरे मन में एक नयी ज्योति प्रज्जवलित कर दी थी। अपने साहित्य लेखन से मैं क्लर्क की नौकरी नहीं पा सकता, लेकिन प्रोफेसर बन सकता हूँ। साहित्य लेखन के लिए सर्वाधिक उपयुक्त और प्रतिष्ठित पद। मैंने रेणु से सारी बात कह सुनाई। उसने भी गौड़ साहब के कहे अनुसार मुझे शीघ्र एम.ए. कर लेने का परामर्श दिया। फिर तो जैसे एम.ए. करने का भूत

मुझ पर सवार हो गया। बस, अधिक विलम्ब न कर तीसरे ही दिन सुबह के एकदम तड़के मगध विश्वविद्यालय बोध गया के लिए चल पड़ा। मैंने गाड़ियों के बारे में पता कर लिया था। एम.ए. का परमीशन फार्म भर रात तक मुझे आरा पहुँच आना था...।

ट्रेन से गया जंक्शन उतर मैं सीधे स्नातकोत्तर हिन्दी विभाग के अध्यक्ष वासुदेव नन्दन प्रसाद से मिलने पहुँचा। एम.ए. हिन्दी का परमीशन फार्म उन्हीं को अग्रसारित करना था। देखा, वासुदेव बाबू से मिलने के लिए मुझसे पहले दो-तीन आदमी बैठे हुए थे। शायद परमीशन के इच्छुक अभ्यर्थी ही थे। वहीं मुझे पता चला कि परमीशन फार्म की अन्तिम तिथि नजदीक आ गयी है। मुझे खुशी हुई कि मैं समय से पहुँच आया। वे अभ्यर्थी अपना स्लिप अन्दर भिजवा कर अपनी बारी की प्रतीक्षा में बैठे थे। मैंने भी अपना स्लिप भिजवाया 'कथाकार मिथिलेश्वर'। बस, तत्काल किसी चमत्कार की तरह चपरासी ने अन्दर से आकर कहा—"साहब ने आपको अभी बुलाया है...।"

मेरे मन ने कहा, शायद कथाकार मिथिलेश्वर लिखने का यह प्रभाव है। सम्भव है, वसुदेव बाबू ने 'धर्मयुग' में मेरी कहानियाँ पढ़ी हों। अब मैं अन्दर चल पड़ा। मेरे मन का अन्दाज सही था। मुझे देखते ही वासुदेव बाबू बोल उठे—"बहुत अच्छा लिख रहे हैं मिथिलेश्वर जी। हिन्दी कहानी में बिहार का गौरव बढ़ा रहे हैं। आइए बैठिए। कैसे आना हुआ...?"

जवाब में मैंने पूरी बात बता दी। गौड़ साहब का उल्लेख भी कर दिया। बस, तत्क्षण वासुदेव बाबू ने मेरा फार्म अग्रसरित कर दिया और मुझे आश्वस्त भी किया कि एम.ए. की परीक्षा के सम्बन्ध में अपना पूरा सहयोग प्रदान करेंगे। उन्होंने गौड़ जी वाली बात ही दुहराई—"एम.ए. के बाद आप अवश्य किसी कॉलेज में लग जाएँगे। युवा कथा-लेखन में आपकी उपलब्धियों को लोग नजरअन्दाज नहीं कर पाएँगे।

डॉ. नवल किशोर गौड़ की बातों ने मेरे मन में मार्ग आलोकित किया था। वासुदेव बाबू ने तो उस मार्ग पर अब दौड़ा दिया। यह बात अब मेरी समझ में आने लगी कि साहित्य लेखन की उपयोगिता क्लर्क जैसे पदों पर नहीं, विश्वविद्यालयों में ही है जहाँ साहित्य पढ़ना और पढ़ाना होता है! अपने कार्यक्रम के अनुसार रात तक मैं आरा लौट आया। फिर सारी बात रेणु को विस्तार से बतायी। वह भी बहुत खुश हुई। कहाँ क्लर्क की नौकरी के लिए मैं तरसता था और मेरे लिए वह दुर्लभ थी। लेकिन अब लेक्चरर की नौकरी को नजदीक आते पा रहा था। यहाँ इस अनुभव ने इस तथ्य की जानकारी से मुझे अवगत करा दिया कि हमें उसी पद के लिए प्रयास करना चाहिए जो हमारी रुचि और प्रकृति के अनुकूल

हो तथा जिसके लिए हम उपयोगी हों!

परिवार में उधर कामेश्वर भी मेरी तरह अपने मार्ग के लिए प्रयासरत था। बी.एस.सी. के बाद संगीत शिक्षक के लिए तबला-बादन में वह सीनियर डिप्लोमा कर चुका था। लेकिन संगीत शिक्षक की बहालियाँ नहीं के बराबर हो रही थीं। उसने ट्यूशन पढ़ाने का कार्य भी किया। लेकिन वह भी उसे रास नहीं आया। अब तक वह दो बच्चों का बाप भी हो गया था, एक लड़का और एक लड़की। राजू और ज्योति। अचानक ऐसे ही समय में उसके जीवन की वह महत्त्वपूर्ण घटना घट गयी, जिस पर वह अवलम्बित हो गया। वह घटना बी.एड. में उसके एडमिशन को लेकर घटी। उस समय बी.एड. योग्यताधारियों की नियुक्ति सरकारी शिक्षक के पद पर धड़ल्ले से हो रही थी। लेकिन मान्यता प्राप्त संस्थानों से बी.एड. में एडमिशन सामान्य स्थिति में सम्भव नहीं था। कठिन और तगड़ी प्रवेश प्रतियोगिता परीक्षा के बाद ही वैसे संस्थानों में नामांकन होता। लेकिन कामेश्वर ने अपने परिश्रम और अथक प्रयास से बलिया (उ.प्र.) के एक मान्य बी.एड. कॉलेज में हमारे बहनोई सुरेश प्रसाद के साथ नामांकन की पात्रता हासिल कर ली। अब उसकी खुशी का ठिकाना नहीं। उसके जीवन की यह बड़ी उपलब्धि थी। उसकी इस सफलता पर पूरे परिवार को प्रसन्नता हुई। हमें लगा, अब हमारे परिवार की गाड़ी पटरी पर आ रही है...! कामेश्वर और हमारे बहनोई सुरेश जी ने अब तत्परता से बलिया में एडमिशन ले लिया।

जैसा कि मैं अपने परिवार के बारे में जानता था, आरा से बाहर जाते हुए इस बात की आशंका हमारे मन में उठ खड़ी होती थी कि नयी जगह में हमारे परिचित और रिश्ते-नाते के लोग तो होंगे नहीं ऐसे में वक्त-जरूरत कौन हमारी सहायता करेगा?

हालाँकि अपने परिवार की इस चिन्ता का रहस्य मैं समझ रहा था। गाँव से शहर आये हर ग्रामवासी की यह चिन्ता थी। गाँव के परिचित माहौल से शहर का अपरिचय उन्हें डँसता है, शायद इसीलिए शहर में आने से पहल वे परिचय का सूत्र ढूँढ़ते हैं। बलिया जाते वक्त कामेश्वर और सुरेश प्रसाद भी इस आशंका के शिकार होते। लेकिन मेरे परिचय के दायरे ने उन्हें उबार लिया। एक लेखक के रूप में मेरे परिचय का क्षेत्र बढ़ता जा रहा था। बलिया में उनके नामांकन से पहले ही वहाँ परिचय का मेरा सूत्र कायम हो गया था।

मेरी कहानियों से प्रभावित जिज्ञासु पाठक या नवोदित लेखक अक्सर मुझसे मिलने आते थे। आरा रेलवे स्टेशन के नजदीक मेरे घर का होना भी एक कारण था। ऐसे ही आगुन्तकों में एक शाम साँवले रंग और मझोले कद का एक सामान्य-

सा दिखने वाला युवक आया। लेकिन यह जानकर मैं चौंक गया कि वह बलिया के ब्रिकी-कर अधिकारी शिवमूर्ति हैं। साहित्य की पाठकीयता एक अधिकारी को मेरे यहाँ ले आयी थी। तब शिवमूर्ति एक कथाकार के रूप में नहीं उभरे थे। एक जिज्ञासु पाठक के रूप में ही मुझसे मिलने आये थे। सम्भवत: साहित्य में वह उनकी शुरुआत का दौर था। उन्होंने मेरी कई कहानियों की चर्चा की तथा फणीश्वर नाथ रेणु का तैलचित्र प्राप्त करने के बारे में पूछा। वे मुझे बहुत सुलझे हुए पाठक और आत्मीय व्यक्ति जान पड़े। एक बड़े अधिकारी के आभिजात्य से मुक्त। वे रात में मेरे ही यहाँ रुके। मेरे सारे परिवार के परिचित बन गये। अपने शील-स्वभाव की वजह से मेरी माँ को बहुत जँचे।

उसके बाद तो फिर शिवमूर्ति का आना-जाना ऐसे शुरू हो गया जैसे वे हमारे निकटतम रिश्तेदार हों! पहले वे अकेले ही आते थे। फिर बाद में माताफेर सिंह 'दीपक' नामक अपने एक परिचित युवक के साथ आने लगे। फिर किसी अन्य परिचित के साथ। मेरे साहित्यिक सम्पर्कों में सर्वाधिक निकट और आत्मीय शिवमूर्ति ही बन गये। मेरे परिवार के लिए भी विश्वसनीय और शुभेच्छु। इस रूप में कामेश्वर और सुरेश प्रसाद के लिए बलिया में परिचय का एक मजबूत आधार प्राप्त हो गया। वे जरूरत पर शिवमूर्ति से मिलते। शिवमूर्ति का पूरा सहयोग उन्हें प्राप्त होता।

बाद में शिवमूर्ति की कहानियों का प्रकाशन और उसकी चर्चा शुरू हुई तो पूर्व परिचय की वजह से मैंने बहुत प्रसन्नता का अनुभव किया। कम लिखकर ही शिवमूर्ति ने पर्याप्त चर्चा हासिल की। आज भी शिवमूर्ति की चर्चा देख मुझे खुशी होती है।

उस समय कुछ ही अन्तराल पर उर्मिला की शादी से लेकर बी.एड. में कामेश्वर के नामांकन तक घटनाएँ घटती चली गयीं। अब उसी कड़ी में प्राथमिक शिक्षक प्रशिक्षण के लिए रेणु के चयन की घटना भी घटी। एक सफल उम्मीदवार के रूप में रेणु के इस चयन को मैं उसका भाग्योदय मान रहा था, क्योंकि एक आम एवं अभावग्रस्त गृहिणी की जगह अब शिक्षिका का आत्मनिर्भर और सम्मानित जीवन उसे प्राप्त हो जाएगा। उसे 'फुलवा रानी' बनाकर रखने की मेरी कल्पना तो सिर्फ कल्पना ही बनी रही। अब अपनी क्षमता और कर्मठता से अपने लिए वह अनुकूल स्थिति हासिल करेगी।

मुझे याद है, उस वर्ष प्राथमिक शिक्षक प्रशिक्षण में नामांकन के लिए योग्यता जाँच की जब विज्ञप्ति हुई तो रेणु ने सहर्ष आवेदन दिया। उससे पहले गाँव में रहते हुए ऐसे अवसरों से वह वंचित हो जाती थी। लेकिन योग्यता जाँच के लिए

प्रमाण-पत्रों के साथ आवेदिकाओं को जब बुलाया गया तो रेणु के साथ मैं भी पहुँचा। वहाँ महिलाओं की एक बड़ी भीड़ देख हम अचम्भित रह गये। ऐसा लगा कि आरा शहर की सारी महिलाएँ शिक्षिका बनना चाह रही हों। वहीं पता चला कि पुरुष आवेदकों की भीड़ एक दूसरी जगह लगी हुई है, क्योंकि महिला शिक्षिकाओं के प्रशिक्षण का महाविद्यालय अलग था और पुरुष शिक्षकों का अलग। वहाँ यह बात भी प्रचारित थी कि इसमें चयन का मतलब सीधे सरकारी शिक्षक बन जाना है। दो साल का वह प्रशिक्षण था। दो साल के बाद परीक्षा में अमूमन सारे छात्र पास कर जाते थे। फिर जिला शिक्षा अधीक्षक के यहाँ नियुक्ति के पैनल में उनका नाम अंकित हो जाता था, जिससे क्रमानुसार नियुक्ति होती थी। नियुक्ति की अनिवार्यता उस पैनल की खास विशेषता थी।

अपनी बारी आने पर रेणु ने भी जाकर अपने प्रमाण-पत्र जाँच कराए। इस बीच वह आई.ए. भी कर चुकी थी। प्रमाण-पत्र जाँच कराकर लौटते हुए हम निराश थे। इतनी बड़ी भीड़ में उसका चयन सम्भव नहीं। उससे अधिक नम्बर की पर्याप्त महिलाएँ मिल जाएँगी। फिर उसका चयन कैसे होगा? पन्द्रह दिन बाद परिणाम घोषित होने वाला था। सम्भवतः निराशा के तहत ही डी.ओ. ऑफिस में परिणाम टँगने की तिथि को हम नहीं जा सके। लेकिन शाम होते-होते मेरी साली इन्दु परिणाम लेकर आ गयी—"रेणु दीदी! तुम्हारा चयन हो गया है? डी. ओ. ऑफिस में रिजल्ट सटा है। वहीं से देख कर आ रही हूँ।"

इन्दु ने जब यह सूचना दी, मैं रेणु के पास ही बैठा था। अब रेणु से पहले मैं ही पूछ उठा—"और तुम्हारा इन्दु?"

रेणु के साथ इन्दु भी उम्मीदवार थी। उसने भी अपने प्रमाण-पत्र जाँच कराए थे। अब उदास होकर वह बोल उठी—"मेरा नहीं हुआ है...।"

मैंने इन्दु को सांत्वना दी—"अगली बार फिर आवेदन देना। इस बार नहीं हुआ तो अगली बार अवश्य हो जाएगा...।"

अब इन्दु ने भी अपनी उदासी जज्ब करते हुए कहा—"छोड़िए मेरा हुआ या नहीं। रेणु दीदी का हुआ है तो चलिए मिठाई खिलाइए...!"

मुझे तो खुद इस सूचना पर पूरे घर को मिठाई खिलाने की इच्छा हो गयी थी। बस, इन्दु के कहते ही चल पड़ा। फिर जल्द ही मिठाइयाँ लेकर आ गया। सबको मिठाइयाँ बाँटी गयीं। रेणु तो खुशी में अन्दर ही अन्दर मचल रही थी। हालाँकि सुखद आश्चर्य भी व्यक्त करती जा रही थी—"उतनी बड़ी भीड़ में मेरा हो कैसे गया?"

उसने इन्दु से दो बार पूछा—"मेरा नाम ठीक से तुमने पढ़ा है इन्दु?"

जवाब में दोनों बार इन्दु ने उसे आश्वस्त किया—"हाँ दीदी। तुम्हारे नाम

के बाद भाई साहब का नाम और महाराजा हाता का पता भी है...!''

अगले दिन सुबह मैंने स्वयं जाकर देखा तथा चयन का आधार ज्ञात किया। पता चला, रेणु के आई.ए. की डिग्री का यह कमाल था। अभ्यार्थियों में बी.ए. डिग्रीधारियों को बिल्कुल छाँट दिया गया था। बी.ए. के बाद तो बी.एड. की ट्रेनिंग थी, प्राथमिक शिक्षक प्रशिक्षक की नहीं। अब सिर्फ आई.ए. और मैट्रिक के अभ्यर्थी रह गये थे। उसमें भी आई.ए. डिग्रीधारियों की संख्या कम थी, क्योंकि यह बीच की डिग्री थी। अब चयन में मैट्रिक के प्राप्तांक के साथ आई.ए. का नम्बर बोनस के रूप में जुटा था और रेणु का हो गया था...। मैंने रेणु से कहा—''आगे की शिक्षा व्यर्थ नहीं जाती। देखो, तुम्हारा आई.ए. करना सार्थक हो गया।''

उसने अपनी इच्छा जाहिर की—''ट्रेनिंग के बाद भी मैं पढ़ूँगी। बी.ए. और एम.ए. करूँगी...।''

''एकदम करना रेणु। यह अच्छी बात है कि स्वतन्त्र छात्र के रूप में एम.ए. तक की व्यवस्था है।''

मैं अनुभव कर रहा था, रेणु के चयन से जहाँ हम दोनों पति-पत्नी खुश थे, वहीं घर का शेष माहौल कुछ गम्भीर हो गया था। अपने घर ऐसी गम्भीरता मैं पहली बार महसूस कर रहा था। इससे पहले घर के किसी भी सदस्य की छोटी-सी उपलब्धि पर हमारा पूरा परिवार खुशियों से झूम उठता था। लेकिन रेणु के चयन पर हम दोनों के अतिरिक्त घर की सामूहिक खुशी परिलक्षित नहीं हुई। हालाँकि मुँह से किसी ने कुछ नहीं कहा, लेकिन अपने परिवार के सदस्यों के चिर परिचित हाव-भाव और गतिविधियों में हमने परिवर्तन लख ही लिया। हम इसका कारण भी समझ रहे थे। रेणु के ट्रेनिंग में एडमिशन के बाद घर की सुचारू व्यवस्था के लड़खड़ाने का अंदेशा सबको हो गया था। इस बीच सबको ज्ञात था कि यह ट्रेनिंग दो साल की है और इसका स्थल आरा से दूर डुमराँव में है।

अभी तो माँ को पेसमेकर लगा था, लेकिन जब पेसमेकर नहीं लगा था, तभी से घर में दो बहुओं के आने के बाद गृह-कार्य उसने छोड़ दिया था। दो-दो बहुओं के रहते उसे क्या करना? अब सहयोग के रूप में वह दोनों बहुओं के बच्चों को लेकर बैठ जाती। यह भी एक बड़ा सहयोग था। इस स्थिति में घर के सारे कार्य रेणु और माया के जिम्मे थे—झाड़ू-पोंछा से लेकर चौका-बर्तन और रसोई बनाने तक। आय के नियमित स्रोत न होने की वजह से झाड़ू-पोंछा और चौका-बर्तन के लिए भी हम दाई नहीं रख पाते थे। हम जिस सामन्ती मानसिकता वाले ग्रामीण समाज से आये थे उसमें घर के बाहर के कार्य पुरुष

करते थे और घर के अन्दर के कार्य महिलाओं को करने थे। माँ पर हमारे ग्रामीण समाज का यह प्रभाव था। हमें महिलाओं के साथ गृहकार्य में वह देख नहीं सकती थी। वैसे हमारी चेतना में भी अपने समाज का यह दृष्टिकोण किसी न किसी रूप में कायम था, भले ही वह न्यूनतम रूप में ही क्यों न हो। इस स्थिति में कार्याधिक्य से दोनों बहुएँ उलझने न पाएँ, माँ ने उनकी पारियाँ निर्धारित कर दी थीं। दिन का खाना माया को बनाना और सबको खिलाना-पिलाना तथा रात का खाना रेणु को। ट्रेनिंग में रेणु के चयन के बाद सबको यह आशंका सताने लगी थी कि अब पूरा काम माया के जिम्मे ही पड़ जाएगा जो ज्यादा होगा। यह आशंका स्वाभाविक भी थी। लेकिन इसका समाधान किसी को नहीं सूझ रहा था।

मैंने सुना था, व्यक्ति की व्यक्तित्वगत विशेषता और विलक्षणता का पता प्रतिकूल स्थितियों में ही चलता है। उस समय रेणु के साथ मैंने ऐसा ही अनुभव किया। घर की स्थितियों से अवगत होने के बाद उसने सबको आश्वस्त कर दिया—"ट्रेनिंग में मेरे एडमिशन से घर की व्यवस्था नहीं गड़बड़ाएगी। मैंने सोच लिया है, हॉस्टल में डुमराँव न रह ट्रेन से रोज आया-जाया करूँगी। जैसे रात का खाना अभी बनाती हूँ, वैसे ही डुमराँव से लौटकर भी बनाऊँगी। शाम तक तो डुमराँव से आ ही जाऊँगी।"

रेणु की बात सुन घर का माहौल सहज हो गया। लेकिन मैं हतप्रभ बना रहा। दिन भर ट्रेनिंग का क्लास कर और ट्रेन से थकी रेणु घर आ रसोई में भिड़ जाएगी। मेरे मन को यह बात गवारा नहीं हो रही थी। लेकिन कोई दूसरा समाधान भी नहीं सूझ रहा था। उसकी ट्रेनिंग अवधि में एक दाई रखकर हम घर का काम कराते। लेकिन फिर वही नियमित आय के अभाव का संकट। माँ के पास जो संचित रुपये थे वे तो किसी बँधे तालाब के सीमित जल की तरह थे, जिसे उलीचने पर शीघ्र सूखना था। इस स्थिति में अपने मन को समझा दिया। रेणु जब तैयार है तो मुझे अब उसका सहयोग करना है। इसी से हमारा भाग्य प्रशस्त हो सकता है। मैं समझ रहा था, गृहकार्य में मेरा सहयोग परिवार के लिए आपत्तिजनक माना जाएगा। लेकिन अन्य मामलों में तो मैं सहयोग कर ही सकता हूँ। अब मुझे इस बात की अनुभूति भी होने लगी थी कि डुमराँव होस्टल में न रह रोज ट्रेन से आने-जाने का निर्णय रेणु ने सिर्फ मेरे संयुक्त परिवार के चलते ही नहीं किया, हमारी तीनों बेटियों और मुझको लेकर भी किया था। दिन में चाहे हम जैसे रहें, रात में एक बिस्तरे पर अपनी बेटियों के साथ ही सोते थे। एक दूसरे को अपने करीब पा सारी परेशानियाँ भूल जाते थे। बेटियाँ भी दिन में चाहे जहाँ खेलती-कूदतीं, रात में अपनी मम्मी से आ लिपटतीं। सोने से पहले हम उन्हें प्यार करते।

इस दौरान एक-दूसरे के प्यार की अनुभूति भी हमें होती रहती। इस स्थिति में रेणु कहीं दूसरी जगह रह ही नहीं सकती थी।

निर्धारित तिथि को महिला टीचर्स ट्रेनिंग कॉलेज, डुमराँव में रेणु का एडमिशन हो गया। एडमिशन के दिन मैं भी रेणु के साथ गया। वह असुविधाजनक रास्ता था। ट्रेन की भीड़ में आरा से डुमराँव तक की यात्रा हमें खड़े-खड़े ही करनी पड़ी। डुमराँव स्टेशन से उतर हिचकोले खाते एक इक्के में माथे पर तेज धूप सहते हुए हमें ट्रेनिंग कॉलेज जाना पड़ा। ट्रेनिंग कॉलेज, डुमराँव स्टेशन के पास नहीं, वहाँ से खासा दूर था। डुमराँव कस्बे के बीच था। उस दिन सिर्फ एडमिशन लेकर ही हम चले आये। एक सप्ताह बाद क्लास शुरू होने वाले थे। समय सारिणी हमने ले ली थी।

क्लास की शुरुआत होते ही रेणु के नाम ट्रेन का माहवारी टिकट ले लिया। पहले दिन मैं भी उसके साथ जाना चाहता था ताकि आने-जाने का उसका भटक खुल जाए। लेकिन उसने रोक दिया—"आप जाकर क्या कीजिएगा? मैंने सब कुछ देख लिया है। वहाँ मैं अन्दर क्लास में चली जाऊँगी तो बाहर बैठकर आपको बोर होना पड़ेगा...!"

मुझे भी लगा, रेणु को अकेला छोड़कर ही उसे निर्भीक और कर्म के पथ पर अग्रसर बनाया जा सकता है। वैसे भी उसके दो साल की ट्रेनिंग में मैं कितने दिनों तक साथ जा सकता हूँ? अकेले का उसका प्रारम्भ ठीक रहेगा। अकेले ही यह यात्रा उसे तय करनी है।

कहा जाता है, जिस पर चूता है, वही छाता है। रेणु को अब इस रूप में मैं देख भी रहा था। पूरी चौकसी और मुस्तैदी से इस ट्रेनिंग के लिए वह तैयार हो गयी थी। उसकी इच्छा पर मैंने उसके लिए एक टिफिन बॉक्स तथा एक छोटी-सी एलार्म घड़ी भी लेते आया। मुझे याद है, जिस दिन से रेणु की यात्रा की शुरुआत हुई, उस दिन एलार्म घड़ी से वह सुबह 4.00 बजे उठी। उससे पहले सुबह उठने की उसकी ऐसी नियमितता नहीं थी। छह से पहले न तो वह उठती थी और न मैं। लेकिन अब एलार्म बजते ही वह फुर्ती से उठ गयी। फिर स्नान आदि कर तैयार हो गयी। इसके बाद चूल्हा जला अपना टिफिन तैयार करने लगी। जल्दी में सिर्फ रोटी और भुजिया ही वह बना सकी। इस रोटी-भुजिए पर ही अब उसे दिन भर डुमराँव में रहना था। यह सब करते-करते उसकी गाड़ी का समय हो गया। सुविधा सिर्फ इतनी ही थी कि स्टेशन हमारे घर के नजदीक था। अब चलने से पहले उसने तीनों बेटियों को चूमा। इस दौरान मैं भी उठ गया था। रेणु को छोड़ने दरवाजे तक आया। उसने जाते हुए मुझे हिदायत दी—"बेटियों का ख्याल रखिएगा। अभी वे बच्ची हैं। उनकी देख-भाल जरूरी है...।"

रेणु के जाने के बाद उस दिन चाहते हुए भी मैं लिख नहीं सका। उस दिन पहली बार इस बात का एहसास मुझे हुआ कि लेखन के प्रति निश्चिंतता रेणु की उपस्थिति से ही मैं महसूस करता था। उस दिन तो अन्यमनस्क बना सिर्फ उसकी प्रतीक्षा करता रहा...। यह पहला अवसर था जब वह अकेले घर से बाहर गयी थी। उसके कहे अनुसार बेटियों की देखभाल में लगा रहा। अपनी मीठी बोली में उन्होंने मुझसे पूछा भी—''मम्मी कहाँ गयी है पापा?''

मैंने उन्हें प्रेम से समझा दिया। बड़ी बेटी पिंकी (शोभा) समझ भी गयी। ट्रेनिंग में चयन के दिनों से ही हमारी बातचीत सुनती आ रही थी। वह सात-आठ साल की हो रही थी। लेकिन रीनी (विभा) और बुली (रम्भा) समझाने के बाद भी मम्मी का अभाव महसूस कर बार-बार पूछतीं रहीं—''अब मम्मी कब आयेगी?''

मैंने उन्हें बताया—''शाम को।''

वे फिर भी पूछ उठीं—''कब शाम को?''

इस पर अब मेरे कुछ कहने से पहले ही पिंकी उन दोनों को अपने पास बैठा खूब प्रेम से समझाने लगी। पिंकी का यह दायित्वबोध देख मैं चकित रह गया। उसके बाद उस दिन मम्मी की खोज पर वे जब-जब बेचैन होतीं, पिंकी न सिर्फ उन्हें समझाती, बल्कि बच्चों के खेल के तहत बहलाती-फुसलाती भी। उसने देखा था, मुझे लिखते हुए रेणु किसी को मेरे पास आने नहीं देती थी। अब मैंने पिंकी को भी रीनी और बुली से यह कहते हुए सुना—''पापा लिखते हैं। पापा को हमें अधिक परेशान नहीं करना...।''

अपनी इस बेटी पिंकी की विलक्षण समझ जन्म से ही हम देखते आ रहे थे। कद-काठी में अपनी दोनों बहनों से वह दुबली-पतली थी। लेकिन समझ के स्तर पर बुजुर्ग...। आम बच्चों जैसी शरारत करते हुए भी उसे हमने कभी नहीं पाया था। जब एकदम अबोध बच्ची थी। तब भी उसे कहीं बैठाकर हम कोई खिलौना दे देते तो चुपचाप उसी में लीन रहती। चलने-फिरने और बोलने लायक होने के बाद तो हम जो कहते, वह समझ जाती। बुली के जन्म पर उसकी अगोरिया में माँ और रेणु उसे बैठा कर कहीं हट जातीं तो वह तब तक वैसे ही बैठी रहती जब तक वे आ नहीं जाती। उसका यह गुण देख दुलार में माँ उसे 'अकल की बुढ़िया' कहती तथा कामेश्वर-ब्रजेश्वर प्यार जताते हुए उसे 'ज्ञान की पुड़िया' बताते। अचानक रेणु के डुमराँव जाते ही दायित्वबोध ने उसकी समझ को और संजीदा बना दिया था।

बुली तो अभी गोद की बच्ची थी। घर ही रहती थी। लेकिन पिंकी-रीनी का नाम हमने अपने पास के ही एक नये स्कूल में लिखवा दिया था। पर ट्रेनिंग

में रेणु के चयन के बाद अब हमने तय कर लिया कि ट्रेनिंग समाप्त होने पर ही उन्हें स्कूल भेजना है। घर पर बिना माता के रहते अभी सम्भव नहीं। इस अवधि में घर पर ही पढ़ाते हुए स्कूल न जाने की क्षतिपूर्ति करते रहना है।

रेणु के जाने के बाद दायित्वबोध ने अब मुझे भी सजग कर दिया था। सुबह दिन चढ़ते देख बच्चियों के नास्ते का स्मरण मुझे हो आया। अब तक रेणु कुछ न कुछ उन्हें खिला देती थी। मैं अब उस दिशा मैं उन्मुख हो गया। लेकिन मुझसे पहले ही पिंकी जाकर माया आंटी से रोटी-सब्जी ले आयी तथा रीनी, बुली को खिलाते हुए स्वयं भी खाने लगी। अब मैं भी अपने को रोक नहीं सका। प्यार से पिंकी का माथा सहलाते हुए कहा—"मैं भी यहीं हूँ बेटा। कोई जरूरत हो तो मुझसे भी कहा करो...!"

और नाश्ता कर रही अपनी बेटियों के पास मैं पानी लेते आया। इस बीच माँ ने भी आवाज दी—"बेटियाँ परेशान कर रही हों मिथिलेश्वर तो उन्हें लाकर मेरे कमरे में रख दो। यहीं खाएँगी और खेलती रहेंगी...।"

लेकिन मैं देख रहा था, माँ तो अपने कमरे में माया के दोनों बच्चों को लेकर बैठी थी। एक साथ वह अधिक बच्चे कैसे रख सकती थी। बच्चों को रखने का भी अपना एक नियम उन्होंने निर्धारित कर रखा था। जिस बहू की जब पारी होती तभी उसके बच्चों को लेकर वह बैठती। दिन का खाना बनाने की गृहस्थी माया के जिम्मे थी, इसीलिए उसके बच्चों को लेकर वह बैठी थी। उसका यह निर्णय व्यवहारिक भी था।

इधर पिंकी, रीनी और बुली को समझा-बुझाकर नियन्त्रित किये रही। फिर भी मम्मी की प्रतीक्षा में वे दोनों घर से बाहर और बाहर से अन्दर आती-जाती रहीं। उन्होंने मुझसे पूछा भी—"साँझ कब होगी पापा? मम्मी कब आयेगी?"

मैंने समझा दिया—"जब सूरज डूबेगा और हम घर के अन्दर बौल जलाने लगेंगे तभी मम्मी आयेगी!"

छोटी बुली तो देर तक मम्मी को न देख अब रोने-चिल्लाने लगी। बस, उसे गोद में ले चुप कराने लगा। अपनी उपस्थिति में भी रेणु उसके रोने-चिल्लाने पर मुझे थमा देती थी। तब अपने कन्धे पर उसे झुलाते हुए मैं हल्की-हल्की थपकियाँ देने लगता था। फिर वह सो जाती थी। उस समय भी वैसा ही हुआ अब उसे बिस्तरे पर सुला पिंकी, रीनी को मैंने वहीं बैठा दिया कि चुपचाप यहीं खेलती रहो और बुली की निगरानी भी करती रहो। अब मैं अपनी मेज पर आ गया। लेकिन चाहते हुए भी कुछ लिख नहीं सका। बच्चियों की तरह मेरा ध्यान भी बाहर की ओर लगा हुआ था कि रेणु कब आ रही है?

शाम होने के बाद हमारी प्रतीक्षा और बेचैनी और बढ़ गयी। सम्भव है,

पहला दिन होने के चलते यह हो। इस बीच बुली सोकर उठ चुकी थी। उसे दूध पिला अब मैंने अपनी गोद में ले लिया। काफी समय तक छोटी पिंकी पर उसे रखना मुझे पिंकी के साथ अन्याय जान पड़ रहा था।

अब जब शाम गहराने को हुई, रेणु आती दिखी। पिंकी, रीनी तो उस पर नजर पड़ते ही दौड़ पड़ीं और गली में ही लिपट गयीं—''मम्मी आ गयी।''

वह जैसे ही दरवाजे पर आयी, बुली मेरी गोद से उछल कर रेणु की गोद में ऐसे गयी कि वह न पकड़ती तो गिर ही जाती। ऐसा लगा जैसे माँ से वर्षों की बिछुड़ी हो।

मैंने देखा, रेणु की आँखों में नये अनुभव की चमक थी, लेकिन चेहरे पर दिनभर घर से बाहर रहने की थकान। मैंने पूछा—''पहला दिन कैसे रहा?''

उसने उत्साह में कहा—''बहुत अच्छा। आरा से रोज जाने वाली दो-तीन सहेलियाँ भी मिल गयी हैं—कुसुम, सरोजनी आदि...। वे भी वहाँ हॉस्टल में नहीं रहेंगी। आ-जाकर ही ट्रेनिंग करेंगी। लेकिन थका देने वाला काम है। मन एकदम बोझिल हो गया है...!''

एक क्षण तक बैठने के बाद रेणु ने एक गिलास पानी पीया। फिर यह कहते हुए खड़ी हो गयी—''रात की रसोई तो मेरे ही जिम्मे है। चार बजे शाम में लगती थी तो नौ बज जाते थे। आज तो और विलम्ब होगा। सात तो अभी ही बज गये...।''

और वह जल्दी-जल्दी कपड़े बदल रात की गृहस्थी में चल पड़ी। ट्रेनिंग से वापस आने के बाद अपनी पारी के निर्वाह का वादा उसने किया था। शायद उस वादे के निर्वाह में ही जुट गयी थी। कमरे से आँगन की ओर बढ़ते हुए उसने कहा—''आपको अभी बहुत कुछ बताना है। अब रात में बात करेंगे। खाना तैयार होने में विलम्ब होगा तो अम्मा जी बिगड़ेंगी। रात में जल्दी खाने की उनकी आदत है...।''

मैं समझ रहा था, रेणु अपना नया अनुभव मुझसे बाँटना चाह रही थी। मैं भी ऐसा ही करता था। कहीं बाहर से आता या कुछ नया देखता-सुनता तो बिना रेणु से बताये उसका पाचन ही नहीं होता। शादी के बाद से ही हमारे साथ ऐसा हो गया था कि हम जहाँ कहीं और जो कुछ महसूस करते एक-दूसरे को बिना सुनाए और उसमें भागीदार बनाये रह ही नहीं सकते थे।

रात की गृहस्थी निपटाते-निपटाते रेणु को दस बज गये। सबको खिला-पिलाकर अब जब मेरे साथ खाने बैठी तो थकान से अच्छी तरह खा भी नहीं सकी। बोझिल तन-मन से भहराती जान पड़ी। फिर तो बिस्तरे पर पहुँचते ही ढह गयी। मुझसे सिर्फ इतना ही कहा—''बच्चियों को देखिएगा और 4.00 बजे

भोर का एलार्म लगा दीजिएगा। आज पहले दिन के चलते अधिक थक गयी हूँ। कल हम इतमीनान से बात करेंगे...। आपको तो कुछ बता भी नहीं सकी...।''

मैं रेणु की स्थिति समझ रहा था। उसे आश्वस्त किया—''तुम निश्‍चिंत होकर सोओ रेणु। बच्चियों की चिन्ता भी छोड़ दो। मैं उन्हें देखता रहूँगा और एलार्म भी लगा दे रहा हूँ। इतनी भाग दौड़ और थकान के बाद अब तुम्हारा जगे रहना स्वास्थ के लिए उचित नहीं। तुम अब चुपचाप सो जाओ...।''

रेणु की आँख अब जल्द ही लग गयी। बच्चियाँ तो पहले ही सो गयी थीं। लेकिन में जगा रहा। रेणु को शिक्षका की ट्रेनिंग करा देना मैंने जितना आसान समझा था, यह कार्य अब उतना ही कठिन प्रतीत हो रहा था। इसमें अगर गृह कार्य से रेणु को मुक्त कर दिया जाता तो कुछ राहत मिलती। लेकिन संयुक्त परिवार की साझी व्यवस्था में यह कहाँ सँभव? हमारी आर्थिक स्थिति भी ठीक नहीं कि गृहकार्य के लिए दाइयाँ रख लें। रेणु मुझसे कुछ कहना चाहती थी। सम्भवतः रास्ते से लेकर ट्रेनिंग तक की बातें उसके मन में होंगी। लेकिन चाहते हुए भी कुछ नहीं कह सकी। अब नींद में सोयी रेणु के श्रान्त-क्लान्त चेहरे को एक क्षण तक देखता रहा। फिर अपने मन को समझाया, बीतते समय के अनुसार परेशानियाँ कम हो जाएँगी। किसी भी क्षेत्र की शुरुआत जटिल और मुश्किल होती ही है। प्रयास और अभ्यास से स्थितियाँ नियन्त्रण में आ जाती हैं। अब मैं भी सोने का उपक्रम करने लगा। मेरी भी आँखें झपकने लगीं।

चार बजे के एलार्म पर कल की भाँति रेणु की आँख फिर खुल गयी। उस आवाज पर मैं भी जग गया। लेकिन आलस्य का अनुभव करते हुए बिस्तरे पर यथावत् पड़ा रहा। रेणु अब कल की ही भाँति अपनी दिनचर्या में लग गयी। स्नान आदि से मुक्त हो रसोई में चली गयी। फिर अपने लिए टिफिन बनाने लगी। कल की भाँति फिर रोटी, भुजिया में ही लगी। शायद इसे ही वह शीघ्र बनने वाला सुविधाजनक नाश्ता समझ रही थी। पर इसी वक्त माँ ने आकर उससे कहा—''छोटकी दुलहिन। अपने लिए जब तुम नाश्ता बना ही रही हो तो उसी में मिथिलेश्वर और अपनी बेटियों के लिए भी बना दिया करो। अकेली माया को सबका नाश्ता और दिन का खाना बनाना पड़ जाता है। उसे भी दो छोटे बच्चे हैं। परेशान हो जाती है। इससे उसका काम कुछ हल्का हो जाएगा...।''

इस पर रेणु ने कुछ नहीं कहा। मैं समझ गया, मौन स्वीकृति के तहत रेणु सहमत हो गयी। अपनी ट्रेनिंग में वह कोई बाधा नहीं आने देना चाहती। पर मेरे मन में आया कि कह दूँ—''अव्वल तो होना यह चाहिए माँ कि रेणु को हम बना-बनाया टिफिन दें। ऐसी ड्यूटी वाली महिलाओं को दिया ही जाता है। लेकिन उल्टे उस पर हम और बोझ लाद रहे हैं।''

पर चाहते हुए भी नहीं कह सका। मैं बड़ा था। रेणु मेरी पत्नी थी। मेरा कुछ भी कहना संयुक्त परिवार की अब तक चलती व्यवस्था पर प्रहार था। मैं समझ रहा था, यह सिर्फ माँ की आवाज नहीं, घर की प्रतिक्रिया थी। हम भाइयों में से कोई किसी स्रोत से जुड़ता या कोई नया मार्ग अख्तियार करता तो शायद परिवार की संयुक्त व्यवस्था में कोई खलल नहीं पड़ता। लेकिन रेणु के आत्मनिर्भर होते एकदम से घर की बेचैनी मैं महसूस कर रहा था। यहाँ संयुक्त परिवार का यह बुनियादी सच मेरी समझ में आ गया कि घर की स्त्रियों की पराश्रित स्थिति और उनके श्रम पर ही यह व्यवस्था अवलम्बित है। उपार्जन के क्षेत्र में रेणु के बढ़ते कदम से इस व्यवस्था की चूलें हिलने लगी थीं।

रेणु जब जाने को तैयार हुई तो कल की भाँति उसे छोड़ने मैं फिर दरवाजे तक आया। उसने कहा—"आपका और बेटियों का नाश्ता तैयार कर उस रेक पर तोप दिया है...। ले लीजिएगा और दिन का खाना समय पर माँग कर खा लीजिएगा। बच्चियों को भी देख कर खिला दीजिएगा। मेरी ट्रेनिंग तक आपको तकलीफ उठानी पड़ेगी...।"

"इसमें मुझे कोई तकलीफ नहीं रेणु। तुम अपना ख्याल रखना।"—और एक कहानी के पारिश्रामिक में से बचे चालीस रुपये उसे थमाते हुए कहा—"इसे रख लो। रास्ते में फल आदि मिले तो खा लेना। तुम्हें तो दिन-भर दो-तीन रोटियों पर ही रह जाना पड़ रहा है...।"

जवाब में उसने भी मेरी ही बात दुहरायी—"आप मेरी चिन्ता न करें। मैं ठीक हूँ। मेरे लिए उतनी ही रोटियाँ काफी हैं। खा कर वहाँ आराम तो करना नहीं, बेंच पर बैठकर पढ़ना और ट्रेन की भीड़ में आना-जाना है। ऐसे में हल्का खाना ही ठीक रहता है...।"

इसके बाद रेणु चली गयी। उसकी निगाह तो घड़ी पर थी। समय की वह इतनी पाबन्द है, अब इस अवसर पर ही मैं अनुभव कर रहा था। रेणु के जाने के बाद फिर बच्चियाँ इस दूसरे दिन भी उसकी प्रतीक्षा करती रहीं। पिंकी फिर रीनी और बुली को सँभालती रही। फिर मैं कुछ लिख नहीं सका। मेरा ध्यान घर के अन्दर बच्चियों पर लगा रहा, तथा बाहर रेणु के आने की प्रतीक्षा पर। बुली, मम्मी के लिए फिर रोयी। उसे मैं फिर गोद में लेकर टहलाते हुए सुलाने लगा। बुली को गोद में लेकर मैं टहला ही रहा था कि वाराणसी से युवा कथाकार अब्दुल बिस्मिल्लाह मुझसे मिलने आ गये। इस बीच साहित्यिक मित्रों का आना-जाना होता रहता था। मेरी इच्छा हुई कि बुली को रीनी-पिंकी के जिम्मे लगा अब्दुल बिस्मिल्लाह के साथ एकान्त में बैठ लेखकीय प्रसंगों पर खूब बात करूँ! वाराणसी की जिस जमीन से वे आये थे कभी वह प्रसाद, प्रेमचन्द और रामचन्द्र

शुक्ल की कार्यस्थली थी। लेकिन बुली को जब भी गोद से उतारता वह रोने लगती। शायद इस दूसरे दिन मम्मी की अनुपस्थिति उसे ज्यादा खल रही थी। अब उसे गोद में लेकर ही मैंने अब्दुल बिस्मिल्लाह से बातचीत की। एक युवा लेखक के रूप में उनकी सक्रियता से परिचित था। उनका मिलने आना भी मुझे अच्छा लगा। लेकिन वे कुछ ही समय बाद चले गये। शायद मेरी असुविधा महसूस कर रहे थे।

उस दूसरे दिन रेणु शाम और गहराने के बाद आयी। उसने बताया—"गाड़ी लेट हो गयी थी। टुंड़ीगंज के पास कुछ लड़कों ने वैकम काट कर गाड़ी रोक दी थी। वहाँ से काफी देर बाद गाड़ी खुली...।"

इसके बाद पिछले दिन की ही तरह वह फिर एक गिलास पानी पी रसोई की ओर भागी—"आती हूँ तो बात करूँगी। आज तो और देर हो गयी है। अभी तो सारा खाना बनाना है...!"

मैं समझ गया, यात्रे की थकी रेणु कल की तरह अब वापस आने तक इतनी पस्त हो जाएगी कि फिर कुछ बात नहीं कर सकेगी। अब मैं अपने को रोक नहीं सका। बुली को गोद में ले रेणु के पास रसोई में जा पहुँचा। यहाँ पिंकी की समझदारी देख मैं फिर दंग रह गया। मेरे साथ ही रेणु के पास पहुँच उसे सहयोग करने लगी। रीनी भी उसकी देखा-देखी लग गयी। रेणु उन्हें हटाने की कोशिश करने लगी—"तुम दोनों अभी छोटी हो! जाकर अपने कमरे में कुछ लिखो-पढ़ो...।"

लेकिन वे नहीं हटीं। रसोई के लिए इधर-उधर रखी चीजें उठ-उठ कर रेणु को लेनी पड़ती। अब वे दोनों जरूरत के अनुसार उसके पास पहुँचाने लगीं। रेणु के मुँह से जैसे ही किसी सामान का नाम निकलता वे दोनों दौड़ कर ले आतीं। यह देख मुझे बहुत खुशी हुई कि मौके पर हमारी औलाद सहायक हो गयी। अब मैंने भी वहीं बातचीत शुरू कर दी। रेणु के नये अनुभव से मैं अवगत होना चाहता था।

"तुम्हारे साथ आरा की जो लड़कियाँ डुमराँव जाती हैं वे किस मुहल्ले की हैं?"

"उनमें एक सरोजनी दीदी मीरगंज से आती हैं। हम सबों में वे बड़ी हैं। आज कह रही थीं कि किसी छुट्टी के दिन अपने पति को लेकर आना। माडल स्कूल के पास अपना घर बता रही थीं। किसी दिन चला जाएगा। वे बहुत अच्छे स्वभाव की हैं। एक दूसरी कुसुम है। उसका घर उनके बाद है। आते हुए सरोजनी दीदी उसे भी ले लेती हैं। एक और लड़की शीला है। उसका घर तो स्टेशन

के पास ही सरकारी क्वार्टर में है। उसके पिता सरकारी कर्मचारी हैं। लेकिन वह डेली पसेंजरी नहीं करेगी। हॉस्टल में रहेगी। अभी शुरू में ही आ जा रही है। उसके बाद और दो-तीन लड़कियाँ हैं, पर सबों से अभी मेरा पूरा परिचय नहीं...!''

''चलो, अच्छा हुआ, तुम्हारे साथ ट्रेनिंग में आने-जाने वाली लड़कियाँ मिल गयी! अब अकेलापन नहीं लगेगा। लेकिन गाड़ियों में भीड़ खूब चल रही है। बैठने की जगह तो नहीं मिल पा रही होगी?''

''भीड़ तो रोज रही है। पर हम लोग बैठ जाती हैं। ज्यादा भीड़ दरवाजे के पास रहती है। लोग वहीं धक्का-मुक्की करते रहते हैं। हम रास्ता बनकर अन्दर पहुँच जाती हैं। फिर लोगों को घुसाकर बैठ रहती हैं। हमें पढ़ने वाली लड़की समझ घुसुक कर लोग जगह बना देते हैं...।''

''तब तो आने-जाने में अधिक परेशानी नहीं लग रही होगी...।''

''नहीं। पर टुड़ीगंज में कुछ अवारा लड़के हम लड़कियों को देख उसी डिब्बे में चढ़ते हैं और पूरे रास्ते फब्तियाँ कसते हैं। शायद डुमराँव कॉलेज में पढ़ने वाले लड़के हैं...।''

''और कोई उन्हें डाँटता नहीं?''

''उन शोहदों के मुँह कौन लगेगा? ट्रेन के यात्री किसी एक जगह के तो होते नहीं। हम भी आपस में बातचीत करने लगती हैं। उन छोकरों के फिकरों पर ध्यान ही नहीं देतीं। पर वे बहुत दुष्ट लड़के हैं...।''

''और ट्रेनिंग कॉलेज का कैसा माहौल है?''

''वहाँ तो सब कुछ ठीक ही है। केवल हमलोगों की क्लास टीचर बहुत गुस्सैल है। देखने से ही वह डरावनी लगती है। स्वभाव भी उसका वैसा ही है। आज गाड़ी कुछ लेट से पहुँची थी। हमलोगों से पहले ही वह रजिस्टर लेकर वर्ग में चली गयी थी। अब हम लोगों को विलम्ब से आते देख बिगड़ उठी—''तुम लोगों का इस तरह लेट से आना मैं बर्दाश्त नहीं करूँगी। नाम कटवा दूँगी। फार्म नहीं भरने दूँगी। तुम्हारी गाड़ी समय से आयी कि लेट, इससे हमको मतलब नहीं। कौन कहता है कि तुम ट्रेन से आओ। यहाँ हॉस्टल में क्यों नहीं रहती हो? आज भर छोड़ देती हूँ। आगे नहीं छोड़ूँगी...।'' हमलोग तो घबरा गयीं कि अब डेली पसेंजरी कैसे करेंगी? ट्रेन में तो विलम्ब होना ही है। मगर टिफिन के वक्त सीनियर बैच की लड़कियों ने बताया कि यह ऐसे ही बोलती है, कुछ करती नहीं। इसे पढ़ाने नहीं आता। किसी तरह बहाल हो गयी है। अब अपने बचाव में डाँट-फटकार कर ही काम चलाती है...। किताब लेकर आती है और सीधे लिखाना शुरू कर देती है। कोई सवाल पूछने पर तो और बिगड़ती है...!''

रेणु से बातचीत करते हुए मैं अनुभव कर रहा था, उसकी सहजता लौट रही है। शायद अपने मन की बात मुझसे न कह पाने के चलते ही रसोई का कार्य बोझ बन उसे और परेशान करता था। अब देखा, फुर्ती से रसोई बनाने में वह लग गयी।

अगले दिन फिर वही प्रक्रिया। रेणु ने अपनी दिनचर्या अब पकड़ ली। गृहकार्य से ट्रेनिंग तक का निर्वाह करने लगी। हालाँकि एक सप्ताह होते-होते उसके स्वास्थ्य में परिवर्तन मुझे परिलक्षित होने लगे। वह दुबली होती और सूखती जान पड़ी। रेणु को इस स्थिति में देख मैं चिन्तित हो गया। मैं समझ रहा था, दिनभर की भाग दौड़ और ट्रेनिंग से लेकर घर तक की कड़ी ड्यूटी का ही यह परिणाम है। दिन का खाना भी पर्याप्त वह कहाँ खा पाती है? सिर्फ दो रोटियाँ। ऐसे में तो उसे सूखते ही जाना है। अब मैं इस प्रयास में लग गया कि आई.ए. के स्वतन्त्र छात्र की भाँति ट्रेनिंग में भी सिर्फ परीक्षा देने ही उसे जाना पड़े। रोज की आवाजाही से वह मुक्त हो जाए! बी.एड. में कामेश्वर ने जब ऐसा मार्ग निकाल लिया था तो प्राथमिक शिक्षक प्रशिक्षण में क्यों नहीं निकाला जा सकता!

उस वक्त नयी पीढ़ी का कवि निलय उपाध्याय मेरे सम्पर्क में था। निलय का घर डुमराँव के पास दुल्लहपुर था। उसके पिता वहीं किसी स्कूल में प्रधानाध्यापक थे। निलय ने मुझे आशान्वित किया—"चलिए भैया मेरे पिताजी के पास। वे कोई न कोई रास्ता निकलवा देंगे....। डुमराँव ट्रेनिंग कॉलेज के शिक्षकों से उनका अच्छा परिचय है।"

अब मैं निलय के साथ उसके घर पहुँचा। निलय का परिवार मुझे बहुत आत्मीय लगा। शायद निलय ने मेरे बारे में सबको बता दिया था। निलय के पिता उसी वक्त हमारे साथ डुमराँव चल पड़े। रेणु वहाँ पहले ही पहुँच चुकी थी। निलय के पिता ने बहुत प्रयास किया। लेकिन सम्भव नहीं हो सका। 75% उपस्थिति की अनिवार्यता का हवाला सबने दिया। निराश हो मुझे लौट आना पड़ा। अब यह सोचकर अपने मन को ढ़ाढ़स दिया कि यह परेशानी सिर्फ रेणु के साथ ही नहीं, अन्य लड़कियों के साथ भी है। काम और परेशानी में शरीर झटकता ही है। धीरे-धीरे सब ठीक हो जाएगा। लेकिन उसी वक्त परेशानियों का और बोझ हमारे माथे आ गया।

मैंने अनुभव किया है, कभी-कभी कार्याधिक्य में ही और कार्य बढ़ जाते हैं। परेशानियों पर ही परेशानियाँ आ जाती हैं। उस वक्त भी ऐसा ही हुआ। परमीशन मिलने के बाद एम.ए. का परीक्षा फार्म मैं भर चुका था। मुझे उम्मीद थी, परीक्षा देर से होगी। वहाँ के नियमित छात्रों ने भी मुझसे यही कहा था।

लेकिन मगध विश्वविद्यालय में नये आये कुलपति ने सत्र दुरुस्त करने के लिए अब परीक्षा की तिथियाँ घोषित कर दीं। अगले सप्ताह से ही मेरी परीक्षा थी। आठ पेपर की परीक्षा। हर पेपर के बाद चार-चार दिन गैप। यानी पूरे एक महीने की व्यस्तता। परीक्षा का केन्द्र मगध विश्वविद्यालय, बोध गया में ही था।

अब एक नयी समस्या हमारे सामने खड़ी हो गयी। मेरे घर रहते हुए बेटियों के प्रति रेणु निश्चिंत थी, खास कर छोटी बुली को लेकर। अब हम दोनों की अनुपस्थिति में वह कैसे रहेगी? ऐसी बात नहीं कि माँ उसे नहीं देखेगी। लेकिन दिन की गृहस्थी माया के जिम्मे होने के चलते माया के बच्चों पर ही माँ को केन्द्रित रहना है। फिर एक साथ तीन-चार बच्चों को सम्भालने की उसकी स्थिति भी नहीं। ऐसे में बच्चे लड़ेंगे-झगड़ेंगे, कहीं गिरकर हाथ-पैर तोड़ लेंगे या माथा फोड़ लेंगे...। फिर तो और परेशानी। लेकिन आरा से गया की दूरी डुमराँव जैसी नहीं कि मैं आ-जा कर परीक्षा दे सकूँ। फिर भी मैंने तय किया, मैं आ-जा कर ही परीक्षा दूँगा। अन्य परीक्षार्थियों की तरह पूरी परीक्षा तक वहाँ नहीं ठहरूँगा। रेणु को अपने मन की योजना बता कर उसकी चिन्ता कम करने की कोशिश की— "ऐसा करूँगा रेणु कि कल अगर परीक्षा है तो आज ही गया के लिए चल दूँगा। वहाँ अपने परीक्षार्थी मित्र रामनाथ मिश्र के पास रात बिताऊँगा। फिर सुबह परीक्षा दे जो भी गाड़ी मिलेगी, आरा लौट आऊँगा। इस तरह एक पेपर की परीक्षा में मुझे सिर्फ एक दिन ही गया रुकना पड़ेगा। पूरी परीक्षा अवधि में सिर्फ आठ दिन...।"

मेरी यह बात सुन क्षण भर के लिए रेणु कुछ सोचती रही। शायद उन आठ दिनों के लिए मन ही मन इन्तजाम करती रही। अब एक निर्णय पर पहुँच उसने भी योजना जाहिर की—"आप जिस दिन गया जाएँगे उस दिन बुली को लेकर मैं डुमराँव जाऊँगी। वह दिन भर मेरे ही साथ रहेगी। यहाँ पिंकी-रीनी पर उसे नहीं छोड़ूँगी। ये तो खुद बच्चियाँ हैं...।"

इस पर मेरे कुछ कहने से पहले ही पिंकी बोल उठी—"मैं उसे सँभाल लूँगी मम्मी। अब वह मेरे पास रहने लगी है। उसे डुमराँव मत ले जाना। मैं दिन भर रख लूँगी...। शाम को आकर देख लेना, वह ठीक से रहेगी...।"

पिंकी की बात सुन हम दोनों एक-दूसरे को देखने लगे। उस क्षण आँखों-आँखों में ही एक दूसरे से हम यह कहते प्रतीत हुए कि इस परेशानी का भी हमने समाधान ढूँढ़ लिया। अब अपनी तीनों बेटियों को पास खींच हम उन्हें प्यार करने लगे...। छोटी अवस्था में ही पिंकी हमारे हर मौकों पर सहायता के लिए जिस तरह तैयार हो उठती थी, उससे तो हमें बल मिलता ही था, अन्दर ही अन्दर इस बात को लेकर हम खुशी भी महसूस करते कि हमने ऐसी पुत्री जना

है।

अपनी योजना के अनुसार परीक्षा की तिथि आते ही मैं चल पड़ा। इधर रेणु भी बुली को गोद में ले डुमराँव चल दी। मैं एम.ए. की परीक्षा देने जा रहा था। लेकिन कुछ भी नहीं पढ़ा था। साहित्य लेखन और पारिवारिक समस्याओं के बीच ही उलझा रहा। गौड़ साहब ने एम.ए. करने के लिए उत्साहित किया था और वासुदेव बाबू ने सहयोग कर उसकी परीक्षा तक पहुँचा दिया था। लेकिन अब लिखना तो मुझे ही था। पर समझ नहीं पा रहा था कि क्या लिखूँगा? मैं तो इस भ्रम में था कि परीक्षा में अभी देर है। आगे तैयारी कर लूँगा। लेकिन कुछ भी अवसर नहीं मिला। ट्रेन की सीट पर बैठा मैं इसी चिन्ता में खोया रहा कि कुछ देर बाद मेरे अन्दर का रचनाकार जागा—''क्यों नहीं लिख-पाओगे? सारा दिन तो साहित्य लिखने-पढ़ने का ही काम करते हो? फिर एम.ए. के सवालों का जवाब क्यों नहीं दोगे?''

''इसलिए कि एम.ए. की तैयारी मैंने नहीं की। साहित्य-लेखन दूसरी तरह का काम है। आज के लेखन पर वहाँ मैं केन्द्रित रहता हूँ। एम.ए. की परीक्षा आज का लेखन नहीं है। उसमें सूर, कबीर, तुलसी, जायसी, मीरा आदि प्राचीन साहित्यकारों पर लिखना है। साहित्य के पुराने मूल्यों एवं सिद्धान्तों की व्याख्या करनी है। साहित्य के इतिहास को जानना-समझना है।''

''यह सब तो बी.ए. हिन्दी आनर्स में भी तुम जान चुके हो। तुम्हारे लिए ये बिल्कुल नये नहीं...।''

''हाँ, नये नहीं हैं। लेकिन एम.ए. में इनकी व्याख्या नये सिरे से करनी होती है। उसमें विस्तार और गहराई अपेक्षित है।''

''तो इधर काफी समय से आज के जिस लेखन-पठन में तुम लगे हो क्या उसने तुम्हारी दृष्टि को विस्तृत नहीं किया, साहित्य समझने की तुममें गहराई पैदा नहीं की? उस विस्तार और गहराई से साहित्य के पुराने सवालों की व्याख्या तुम नहीं कर सकते हो?''

''कर सकता हूँ।''

''तब फिर किस बात का रोना रो रहे हो। एम.ए. की पाठ्य पुस्तकें उलट-पलट कर देख लो। फिर जो सवाल आएँ, आज की अपनी विकसित समझ से उसके जवाब लिख दो।''

और अचानक मुझे लगा कि परीक्षा देने का मार्ग मैंने पा लिया। मेरे रचनाकार ने मेरी सारी चिन्ता और मायूसी हर ली। साहित्य का लिखा-पढ़ा मौके पर काम आ गया। प्रश्न चाहे कहीं का हो और कैसा भी हो, साहित्य की अपनी समझ

के अनुसार उसका जवाब तो मैं दे ही सकता हूँ। ऐसा जवाब जो अन्य छात्रों से अलग और नया होगा। परीक्षक अगर तेजस्वी हुआ तो ऐसे जवाब से प्रभावित भी हो सकता है। बस, अपने बैग से एम.ए. के उस पत्र की पाठ्य-पुस्तकें निकाल मैं देखने लगा जिसकी कल परीक्षा थी। उन पाठों को देखते हुए अब मुझे लगने लगा कि आज के परिप्रेक्ष्य में इन पर मैं लिख सकता हूँ। उनकी व्याख्या कर सकता हूँ।

गया जंक्शन पर गाड़ी आते ही मैं उतर गया। मेरा अभीष्ट अब सीधे रामनाथ मिश्र के पास पहुँचना था। वे 'मिसिर करमा' गाँव के निवासी थे। उनका गाँव मेरे गाँव के ही निकट था। गया में रहते हुए नियमित छात्र के रूप में वे एम.ए. कर रहे थे। उनके बैच का ही मैं परीक्षार्थी था। एक कहानीकार के रूप में वे मुझे जानते थे। शायद वर्ग में अपने किसी शिक्षक से उन्होंने मेरी चर्चा सुनी थी। फिर एक दिन गया से अपने गाँव लौटते हुए वे मुझसे मिले। उसके बाद हम एक-दूसरे के परिचित हो गये। उसी परिचय के आधार पर अब मैं उनके यहाँ जा रहा था।

जब मैं पहुँचा, रामनाथ मिश्र और उनके दो साथी पढ़ने में तल्लीन थे। लेकिन मुझे आया देख, रामनाथ मिश्र ने गर्म जोशी से स्वागत किया। अपने दोनों मित्रों को मेरा परिचय दिया। मेरे नाम से उनके वे मित्र भी वाकिफ थे। लेकिन कभी मिले नहीं थे। सूचना पाकर जितेन्द्र वत्स नामक एक और परीक्षार्थी मुझसे मिलने आये। वे भी एम.ए. के नियमित छात्र थे। नये कथा लेखन में उनकी भी रुचि थी, इसीलिए मेरी उपस्थिति से वे भी बहुत खुश हुए।

मैंने देखा, नियमित छात्रों ने जमकर तैयारी की थी। पिछले सात-आठ वर्षों के प्रश्नपत्र उन्होंने एकत्रित किये थे। उन प्रश्नपत्रों के आलोक में अपने योग्य शिक्षकों से गेस कराए थे। फिर विभिन्न पुस्तकों और अपने शिक्षकों के सहयोग से उस गेस के नोट्स बना लिए थे। अब उसी का पारायण कर रहे थे। उनकी यह तैयारी देख, क्षण भर के लिए मैं घबरा गया। उनकी तुलना में तो मेरी कोई तैयारी ही नहीं थी। फिर रास्ते का अपना निर्णय स्मरण कर अपने को नियन्त्रित कर लिया। वही मेरी तैयारी है, वही मेरा नोट्स!

दूसरे दिन हम साथ-साथ परीक्षा देने गये। मिश्र जी को मैंने रास्ते में ही बता दिया—''इम्तिहान खत्म होते ही मैं सीधे स्टेशन भागूँगा। शाम तक मुझे आरा पहुँच जाना है। अब अगले पेपर के दिन ही आऊँगा...।''

नियत समय पर परीक्षा हाल में हम घुसे। प्रश्नपत्र बाँटे गये। अब सबसे पहले उन प्रश्नों को एक बार पूरी तरह पढ़ गया। बी.ए. आनर्स में उन विषयों

से मैं अवगत था। एम.ए. के परिप्रेक्ष्य में अब उनका वास्तविक जवाब क्या होगा, यह मैं नहीं जानता था। पर एक नये लेखक की अपनी साहित्य दृष्टि के तहत मुझे जो जवाब समझ में आया, अब उसे ही लिखना शुरू कर दिया। फिर तो पन्ने रँगते चले गये। किसी भी प्रश्न का जवाब पाँच-छह पृष्ठों से कम में नहीं दिया। तर्क और विश्लेषण की अपनी नयी क्षमता का भरपूर उपयोग किया। हालाँकि मेरे मन में यह संशय बना रहा कि परीक्षक को अपने आकलन में मेरा जवाब सही जान पड़ेगा या नहीं? इस बिन्दु पर इस बात से मैंने अपने को आश्वस्त किया कि अब चाहे परीक्षक को जो लगे, अपने जवाब से मैं सन्तुष्ट था...।

आरा पहुँचते-पहुँचते रात के नौ बज गये। रेणु तो डुमराँव से पहले ही पहुँच चुकी थी। देखा, रात की अपनी निर्धारित गृहस्थी में लगी थी। थकान और परेशानी से वह बोझिल प्रतीत हो रही थी, लेकिन मुझे देखते ही खुश हो उठी—"आप आ गये। कैसी हुई परीक्षा?"

मैंने संक्षेप में ही बता दिया—"बहुत अच्छी।" और रेणु से पूछा—"इस बीच यहाँ तुम लोग कैसी रही?"

"बुली को डुमराँव ले जाने में बहुत परेशान हुई। दिन भर बच्ची को गोद में टाँगे रहने से मन उबिया गया। नयी जगह में यह भी दिन भर रोती रही। वह क्लास टीचर भी गोद में बुली को देख फिर बिगड़ी—"बच्चा लेकर क्यों आयी हो? बच्चा लेकर आना हो तो पढ़ाई छोड़ दो। वह बाँझ है। बच्चे का सुख-दु:ख नहीं जानती...।"

"तुम इसे पिंकी पर छोड़कर डुमराँव जाया करो रेणु। हम भाग्यशाली हैं कि पिंकी जैसी हमें बच्ची है। बहुत लोग तो नियति पर छोड़ कर आते-जाते हैं। चाहते हुए भी आदमी सारे कार्य एक साथ नहीं कर सकता...।"

इसके बाद हम दोनों एक साथ खाए। बच्चियों को तो रेणु पहले ही खिला कर सुला चुकी थी। अधिक थकान से उसकी विकलता और सघन बोझिलता का मैं अनुभव कर रहा था। अब जल्द ही हम बिस्तरे पर आ गये। रेणु ने सिर्फ इतना ही पूछा—"गया में आपको रहने-खाने की तकलीफ तो नहीं हुई?"

मैंने उसे निश्चिन्त किया—"नहीं।"

अब वह सो गयी। मैं जानता था, मेरी अनुपस्थिति में अतिरिक्त दायित्व बोध से वह अच्छी तरह सो भी नहीं पायी होगी।

इसी तरह एम.ए. की मेरी परीक्षाएँ समाप्त हुईं। उस अवधि में बुली को लेकर रेणु को तीन-चार बार डुमराँव जाना पड़ा। सामान्य स्थिति में बुली को वह पिंकी पर ही छोड़ देती। लेकिन जिस दिन उसे लगता कि बुली की तबीयत

मन्दी है या उस पर निगरानी की जरूरत है, उस दिन उसे साथ ले लेती। हालाँकि इस दौरान अतिरिक्त श्रम भार और जिम्मेवारी से वह त्रस्त और बोझिल बनी रही। बुली कुछ मोटी और वजनी थी। उसे गोद में टाँग कर ले जाना और वर्ग में पढ़ना वाकई असुविधाजनक था, इसीलिए एम.ए. की मेरी परीक्षा की समाप्ति पर उसने राहत की साँस ली—''मुझे तो लग रहा था कि आपकी परीक्षा-अवधि में ही कहीं बीमार न पड़ जाऊँ! बुली को टाँग कर डुमराँव ले जाना बहुत तकलीफदेह था। लेकिन उसे अस्वस्थ देख छोड़ भी नहीं पा रही थी। अच्छा हुआ कि आपकी परीक्षा समाप्त हो गयी...।''

लेकिन रेणु जिस राहत की बात सोच रही थी और परीक्षा समाप्ति के बाद उसे राहत पहुँचाने के लिए मैं भी जो सहयोग करना चाह रहा था, हमारे मन की वह सारी बात धरी की धरी रह गयी। उसके माथे पर तो अभी और परेशानियाँ आनी थीं और वह आ ही गयीं।

हुआ यह कि उसी समय अचानक बोकारो से सूचना आयी कि भाभी का निधन हो गया है। वे पिछले कुछ समय से बीमार चल रही थीं। कामेश्वर और ब्रजेश्वर बारी-बारी से उनसे मिल आये थे। अब मैं भी मिलने वाला था, लेकिन यह दु:खद सूचना आ गयी। भाभी को दो बेटियाँ गुड़िया और मिनी तथा एक लड़का संजय था। गुड़िया और मिनी तो कुछ बड़ी थीं, लगभग पिंकी और रीनी की उम्र की। लेकिन संजय एकदम गोद का बच्चा था। बुली की उम्र का।

भैया अपने बच्चों के साथ रोते हुए आरा पहुँचे। हमारा पूरा परिवार अब मातम में डूब गया। गुड़िया और मिनी को लेकर समस्या नहीं थी। वे किसी के साथ रह सकती थीं। पर भाभी के अभाव में छोटे संजय को सँभालना मुश्किल था। माँ ने यह दायित्व अब रेणु पर ही सौंपा—''तुम समझदार हो छोटकी दुल्हिन! माया से यह पार नहीं लगेगा। अब संजय को भी तुम्हें ही सँभालना है। जैसे तुम्हारे लिए बुली, वैसे ही संजय। खानदान का वंश है, अब इसे किसी तरह पाल दो...। मेरे पेट में तो मशीन लगी है। मैं उसे नहीं रख सकती।''

यह ऐसा प्रसंग था कि ना भी कहने लायक नहीं था। रेणु के जिम्मे अब संजय भी आ गया। उसके एक किनारे बुली, दूसरे किनारे संजय। मैंने चाहा कि संजय या बुली में से किसी एक को अपने पास ले लूँ। लेकिन माँ के पास रहने वाले बच्चों के बाल मनोविज्ञान को मैं बदल नहीं सका। दोनों में से जिसे अपने पास रखता, नींद टूटने पर मम्मी के पास जाने के लिए उसका रोना शुरू हो जाता। इस स्थिति में अब रेणु के पास ही उन्हें सुलाए रखना था। भैया ने भी रेणु को बता दिया था कि रात में दोबार संजय को दूध पीने की आदत है।

रेणु की रातें अब और छोटी होने लगी थीं। रात की गृहस्थी निबटा कर दो छोटे बच्चों की तिमारदारी में वह उनींदी ही रहती कि डुमराँव जाने का एलार्म बज जाता। रेणु का यह कष्ट और तकलीफ देख मेरा मन दुखी और क्षुब्ध रहने लगा। अपने ग्रामीण परिवेश में संयुक्त परिवार की व्यवस्था को मैंने कभी पारिवारिक जीवन का आदर्श समझा था, अब उसकी निरर्थकता और तिक्तता का एहसास सख्ती से कर रहा था। जो समझदार है और करने वाला है, इस व्यवस्था में सब कुछ उसी के माथे है। निर्भर बन कर और तटस्थ होकर रहने वालों को सिर्फ खाना-पीना और मौज करना है।

उन्हीं परेशानियों से तंग आकर रेणु ने एक दिन कहा—''इच्छा होती है कि ट्रेनिंग छोड़ दूँ। घर से बाहर तक कहीं राहत नहीं। रात में न सोने से सारा दिन मन भरमाता रहता है। किसी काम में जी नहीं लगता। आँखें झपकती रहती हैं।''

मैंने समझाया—''धीरे-धीरे समस्याएँ कम हो जाएँगी रेणु। भैय्या जल्द ही शादी करने वाले हैं। फिर संजय को वे ले जाएँगे। उसे नहीं छोड़ेंगे। और अब बुली को रात में मैं अपने पास रखूँगा। एकाध दिन रोएगी। फिर सहट जाएगी। दिन में तो वह मेरे पास खूब रहती है। अब जल्द ही तुम्हारी परेशानी कम हो जाएगी।...''

मुझे लग रहा था दो बच्चों की वजह से रात में न सो पाने की समस्या ने ही रेणु की परेशानी और बढ़ा दी है। मैं महसूस कर रहा था, राजकीय शिक्षिका बनने की जिस ट्रेनिंग को रेणु अपना भविष्य समझ रही थी, उसका वर्तमान तो असुविधाओं, कष्टों और परेशानियों से भरा था। शादी के बाद से ही मैंने लक्ष्य किया था रेणु अपनी सामान्य तकलीफों और कष्टों से सम्भवतः यह सोचकर मुझे मुक्त रखती थी कि उससे मैं चिन्तित और परेशान हो जाऊँगा, इसीलिए जब उसने अपनी पीड़ा व्यक्त की तो मैं अन्दर तक गम्भीर हो गया। जान गया, रेणु सामान्य कष्ट में नहीं, अधिक दिक्कत में है। मेरा अनुमान सही था। अपने कथन के दूसरे ही दिन बाद वह बीमार हो गयी। अचानक बुखार की चपेट में आ गयी। ऐसा बुखार और बदन दर्द कि डुमराँव जाने से लाचार। तीन दिनों के लिए उसकी छुट्टी का दरखास्त में सरोजनी दीदी को दे आया। चौथे दिन रविवार था। इस तरह चार दिनों का अवकाश। अब मै रेणु के उपचार में लग गया। यहाँ रेणु के प्रति पिंकी-रीनी का लगाव देख मैं फिर अभिभूत हो गया। पिंकी—रीनी रेणु की सेवा में ऐसा लग गयीं जैसे वे छोटी बच्चियाँ नहीं, बड़ी सहायक हों। बुली को अपनी गोद में सम्भालें मैं रेणु को समय-समय पर दवाएँ देता रहा। दर्द और

बुखार की दवाएँ मैं जानता था, इसीलिए तत्काल किसी चिकित्सिक को दिखाना उचित नहीं समझा। मुझे लग रहा था, हरारत का बुखार है। क्षमता से अधिक श्रम और बोझ का परिणाम!

इधर रेणु के खाटसाई होते ही घर की व्यवस्था चरमरा गयी। जो अधिक समझदार और अधिक सम्भालने वाला होता है उसके गिरने पर संयुक्त परिवार की स्थिति ऐसी ही होती है। उस तीन दिन मुझे ही ऐसा लगा कि घर में भूचाल आ गया हो। संजय को सम्भालने के साथ-साथ दोनों जून की विस्तृत गृहस्थी का भार। इस अविधि में पेसमेकर लगने के बावजूद संजय को लेकर माँ को सोना तथा रात में दो-दो बार जागकर उसे दूध पिलाना। इधर अपने दो-दो बच्चों को सम्भालते हुए दोनों जून पूरे घर की गृहस्थी में माया त्रस्त और परेशान। फिर भी परिवार की निर्धारित आवश्यकताओं की पूर्ति समय से नहीं...।

तीन-चार दिन बाद जब रेणु ठीक हुई और उसने अपना दायित्व सम्भाला तब घर की व्यवस्था पटरी पर आयी। हालाँकि रेणु की बीमारी देखते हुए मैं आशंकित बना रहा कि इस बढ़े हुए दायित्व और बोझ से कहीं वह फिर बीमार न पड़ जाए। लेकिन अब कुछ ही समय बाद भैय्या ने शादी कर ली। फिर संजय को लेकर वे चले गये। अपने इस पुत्र से उन्हें विशेष लगाव था। विकल्पहीन स्थिति में ही उन्होंने उसे आरा रखा था।

भैया की शादी में अधिक देर और परेशानी नहीं हुई। उन्होंने अपनी साली कुमुद से ही शादी की। भाभी की छोटी बहन कुमुद उनके साथ ही बोकरो रहती थी। वह सुन्दर और युवा थी। भैया उसको चाहते थे और वह भी भैया को पसन्द करती थी। इस स्थिति में भाभी की मृत्यु के बाद कर्मकांडों के तहत कुछ दिन बिताने थे। अब जैसे ही वे दिन समाप्त हुए, मन्दिर में जाकर उन्होंने शादी कर ली। मन्दिर की शादी में अधिक देर और दिक्कत तो होती नहीं। अब सहज ही वे पति-पत्नी बन गये...।

रेणु का अतिरिक्त बोझ अब कुछ कम हुआ। पर एक दूसरी नयी समस्या आ खड़ी हुई। गर्मी का मौसम आ गया। ट्रेनिंग कॉलेज अब मार्निंग हो गया। एकदम सुबह में डुमराव पहुँच कर क्लास पकड़ना। इसके लिए अब दो बजे रात में ही उसे उठ जाना पड़ता। तभी तीन बजे वाली गाड़ी वह पकड़ पाती। डेली पसेंजर वाली अधिकांश लड़कियाँ इस परेशानी की वजह से मॉर्निंग अवधि में डुमराँव ही रहने लगीं। लेकिन सरोजनी दीदी, रेणु के साथ आने-जाने के लिए तैयार रहीं। शायद सरोजनी दीदी की भी वही परिवारिक स्थिति थी जो रेणु की थी। इस मॉर्निंग अविधि में अब मुझे भी रेणु के साथ उठना पड़ता। तीन बजे

वाली गाड़ी पकड़ने के लिए रात में उसे अकेले स्टेशन जाने देना मैं उचित नहीं समझता। तीन बच्चियों की माँ के बावजूद रेणु की मिट्टी ऐसी बँधी थी कि वह सुन्दर और युवा लगती। नयी तरुणी होने का आभास देती। ऐसे में रात में उसका अकेले जाना खतरे से खाली नहीं था। हालाँकि रेणु नहीं चाहती थी कि उसकी वजह से मुझे रोज परेशान होना पड़े। उसने मुझे रोकने की कोशिश की—"क्यों अपनी रात खराब करते हैं? रोज आते-जाते सब मुझे पहचान गये हैं। किसी की हिम्मत नहीं जो मुझसे बोले...।"

जवाब में मैंने उसे समझा दिया—"हमारा समाज कितना नारीभक्षी है रेणु! यह तुम नहीं जानती हो! दिन में तुझे भाभी और चाची कहने वाले ही रात में अकेली पा अपना दानवी रूप दिखा देंगे...। मैं तुझे अकेले नहीं जाने दे सकता...।"

और मैं प्रतिदिन उसके साथ स्टेशन तक जाता तथा सरोजनी दीदी के साथ उसे छोड़कर ही आता। रात के इस अन्तिम पहर में नियमित उठने का एक लाभ मुझे यह मिला कि तैयार होकर अब लिखने बैठ जाता। स्टेशन से आने के बाद चाहते हुए भी सो नहीं पाता। ठंडी हवाओं के बीच रात के इस अन्तिम पहर का भ्रमण मेरे अन्दर रचनात्मक ताज़गी का संचार कर देता। बस, इस अवधि में लेखन कार्य मैंने फिर सम्भाल लिया। जब तक बच्चियाँ उठतीं और परिवार की व्यवस्था शुरू होती तब तक तो मैं कई पन्ने रँग चुका होता। विषय की मेरे पास कमी थी नहीं। अब फिर कहानियाँ तैयार होती चली गयीं—'देर तक', 'मोल ली हुई मुसीबत', 'दूसरा महाभारत', 'यह तो होना ही था', 'वेजब गाँव आये', 'माधव की बेहोशी', 'बहादुर' और 'मेघना का निर्णय'। रेणु के मॉर्निंग क्लास की अवधियों में इन आठों कहानियों की मैंने रचना की। इस दौरान रेणु की ट्रेनिंग की अवधि भी बीतती रही। उस समय तो हमारी सबसे प्रबल कामाना सकुशल रेणु की ट्रेनिंग की समाप्ति थी। घर की स्त्री का ट्रेन से रोज आना-जाना कितना अभावपूर्ण और कष्टकर होता है, यह मैंने उन्हीं दिनों जाना था। रेणु तो आज भी अपने वे बीते दिन स्मरण कर सिहर उठती है।

[14]

प्रथम कहानी-संग्रह 'बाबूजी' के बाद मेरा दूसरा कहानी-संग्रह 'बन्द रास्तों के बीच' भी अब छप कर आ गया था। वह वर्ष 1978 की समाप्ति का समय था। 1976 में पहला संग्रह आया और अब दो साल बाद यह दूसरा संग्रह। मैं देख रहा था, मेरे साथ के और मुझसे पहले के लेखक अपना प्रथम कहानी-संग्रह भी नहीं छपवा पाए थे जबकि सहज ही मेरे दो कहानी-संग्रह आ गये थे। इसकी वजह मैं समझ रहा था। उन दिनों हिन्दी की मुख्य पत्रिकाओं—'धर्मयुग', 'साप्ताहिक हिन्दुस्तान', 'सारिका' आदि में लगातार मेरी कहानियों का प्रकाशन तथा मुक्तिबोध पुरस्कार प्राप्त होना था। हालाँकि रेणु इसके पीछे दो और कारणों को नियामक मानती थी। वह कहती—''आपकी कहानियाँ इतनी पठनीय और असरदार होती हैं कि प्रकाशकों को वे जँच जाती हैं। उन्हें लगता है आपका संग्रह छापना घाटे का सौदा नहीं। दूसरे, आप साहित्य के प्रति बिल्कुल समर्पित लेखक हैं। साहित्य को छोड़कर कोई दूसरा कार्य नहीं कर रहे। ऐसे में आपके संग्रहों को तो आना ही है...। कोई पूरे मन से अपने कार्य में लगे और दूसरा आधे मन से शौकिया। ऐसे में पूरे मन वाले को तो सफलता मिलती ही है...''

'बन्द रास्तों के बीच' संग्रह के प्रकाशन से लेखन के स्तर पर मेरा हौसला अब और बुलन्द हो उठा। मेरा मन तो हर्षित-पुलकित था ही, रेणु की प्रतिक्रिया ने लेखन के प्रति मेरी सम्बद्धता और बढ़ा दी। अब इस उत्साह में अपना तीसरा कहानी-संग्रह भी संयोजित करने लगा। इस बीच तीसरे संग्रह भर कहानियाँ छप चुकी थीं। अब जल्द ही उसकी पांडुलिपि मैंने तैयार कर ली। अपने इस तीसरे संग्रह का नाम मैंने 'दूसरा महाभारत' रखा। इस नाम की मेरी एक चर्चित कहानी इस संकलन में थी। इससे पूर्व 'बाबूजी' और 'बन्द रास्तों के बीच' नामक अपने संग्रहों के नाम भी उनमें संकलित कहानियों के आधार पर ही रखा था। हालाँकि उन संग्रहों की भूमिकाएँ भी मैंने लिखी थीं। लेकिन अब मेरी इच्छा हुई कि इस तीसरे कहानी-संग्रह की भूमिका कोई बड़ा और प्रतिष्ठित कथाकार लिखे। स्वयं

तो अपनी कहानियाँ मुझे प्रिय लगती ही हैं। लेकिन महत्त्व इस बात में है कि हमारे समय के बड़े और प्रतिष्ठित कथाकार मेरी कहानियों पर क्या सोचते हैं? उनकी नजर में मेरा लेखन कैसा है? बस इस संग्रह पर लिखवाने के लिए अपने समय के वरिष्ठ कथाकारों की ओर अपना ध्यान उन्मुख किया।

उस समय के वरिष्ठ कथाकारों में कमलेश्वर जी मुझे जानते थे। 'सारिका' में मेरी कहानियाँ प्रकाशित करते हुए मेरे लेखन पर वे टिप्पणियाँ भी कर चुके थे। इस स्थिति में उन्हीं से लिखवाना मुझे उचित नहीं जान पड़ा। फिर मेरा ध्यान जाने-अनजाने वरिष्ठ कथाकार भीष्म साहनी पर केन्द्रित हो गया। मैं पा रहा था हमारे समय में वरिष्ठ कथाकारों के बीच सर्वाधिक प्रभावी और सक्रिय भीष्म साहनी ही थे। वरिष्ठ कथाकारों की ओर से हमारी रचनात्मकता से वे ही होड़ ले रहे थे। 'सारिका' से लेकर 'धर्मयुग' और 'साप्ताहिक हिन्दुस्तान' तक हर जगह उनकी कहानियों का नैरन्तैर्य बना हुआ था। एक कहानी छपकर चर्चित होती कि दूसरी आ जाती। अधिक लिखने और साथ ही अच्छा लिखने के लिए उनकी कहानियाँ ही मुझे प्रेरित करती रहती थीं। हमारे समय की उन कहानियों में से प्रतिवर्ष प्रकाशित श्रेष्ठ कहानियों को डॉ. राकेश गुप्त और डॉ. ऋषि कुमार चतुर्वेदी ने ग्रन्थायन प्रकाशन, अलीगढ़ से प्रकाशित 'हिन्दी कहानी' नामक अपने वार्षिक संकलनों में यथोचित स्थान दिया है। वर्ष 1976 से 1995 तक दो दशकों के उनके संकलन प्रकाशित हो चुके हैं। वे संकलन उस समय के कहानी-लेखन के प्रमाणिक दस्तावेज हैं। नयी पीढ़ी के हम लेखकों के साथ वरिष्ठ कथाकार भीष्म साहनी की व्यापक सक्रियता के वे संकलन परिचायक हैं...।

हाँ, तो अपने तीसरे कहानी-संग्रह की भूमिका के लिए उस वक्त मैंने भीष्म साहनी को ही पत्र लिखा। इस बीच उनसे मेरा पत्राचार कायम हो गया था। यह देख मुझे हार्दिक खुशी हुई कि भीष्म जी का जवाब भी शीघ्र आ गया। उन्हें संग्रह की पांडुलिपि भेज दी। फिर तो भीष्म जी की तत्परता देख मैं दंग रह गया। मेरे संग्रह की सारी कहानियाँ पढ़ भूमिका के रूप में अपना समीक्षात्मक आलेख उन्होंने भेज दिया। उनकी वह भूमिका पढ़ मैं देर तक अभिभूत बना रहा। मेरी कहानियाँ भीष्म साहनी को इतनी अच्छी लगी हैं यह जानकर मेरा रचनाकार तो खुशी में जैसे फूले नहीं समा रहा था। भीष्म साहनी के बारे में उस वक्त यह सभी जानते थे कि किसी भी झूठी प्रशंसा करने वाले वे नहीं। एक सजग, सचेत और विचारवान लेखक के रूप में उनकी गम्भीर प्रतिष्ठा थी। उन्हें जिसकी रचना जैसी महसूस होती उसे बेबाकी से कह देते। लल्लो-चप्पो करना तो वे जानते ही नहीं थे और न किसी के प्रति पूर्वाग्रह ही रखते थे। आगे चलकर एक

और घटना ने उनके उस व्यक्तित्व की पुष्टि की। वह घटना भी मेरी एक कहानी में ही सम्बन्धित थी। उस घटना से उनके व्यक्तित्व के इस पक्ष की दृढ़ता का मुझे पुख्ता एहसास हो गया।

वह घटना साहित्य अकादेमी, नयी दिल्ली से प्रकाशित 'हिन्दी कहानी' नामक संकलन को लेकर घटी। साहित्य अकादेमी ने स्वातन्त्र्योत्तर हिन्दी कथाकारों की प्रतिनिधि कहानियों के संकलन की योजना बनायी थी, जिसका सम्पादन भीष्म साहनी को सौंपा गया था। भीष्म साहनी ने इस संकलन के लिए मेरी कहानी 'हत्यारों की वापसी' को मेरी प्रतिनिधि कहानी के रूप में रखा। लेकिन संकलन के लिए जब मेरी अनुमति की माँग की तो एक लम्बा पत्र लिखकर मैंने उन्हें सुझाव दिया कि 'बाबूजी' या 'हरिहर काका' नामक मेरी कहानियों में से ही किसी एक को रखें। अपनी उन दोनों की व्यापक चर्चा का भी मैंने उल्लेख किया। 'हरिहर काका' कहानी पर प्रसिद्ध आलोचक डॉ. नामवर सिंह की टिप्पणी भी भेजी। लेकिन जवाब में भीष्म साहनी 'हत्यारों की वापसी' के अपने निर्णय पर ही अड़े रहे। मुझे लगा, सम्भव है, भीष्म जी ने 'बाबूजी' और 'हरिहर काका' कहानियाँ नहीं पढ़ी हों। अब उन कहानियों की प्रतियाँ भेजते हुए उन्हें पुनः अनुरोध किया कि इन कहानियों को एक बार फिर पढ़ कर आप देख लें। सम्भव है, 'हत्यारों की वापसी' से ये आपको अच्छी लगें। मेरे अनुरोध पर उन्होंने पुनः दोनों कहानियाँ पढ़ीं। लेकिन अपनी पूर्व राय बदलने के लिए तैयार नहीं हुए, उनकी राय में 'हत्यारों की वापसी' ही सशक्त कहानी रही। फलत: उक्त संकलन में 'हत्यारों की वापसी' को ही उन्होंने सम्मिलित किया। मेरी जानकारी के तहत स्वातन्त्र्योत्तर हिन्दी कहानी का वह श्रेष्ठ और उल्लेखनीय संग्रह है।

उस संग्रह के बाद बीतते-समय के अनुसार भीष्म साहनी की राय को ही मैं प्रासंगिक अनुभव कर रहा हूँ। इस बीच 'हत्यारों की वापसी' कहानी विभिन्न भाषाओं में अनूदित और विभिन्न माध्यमों से मंचित होने के साथ-साथ इधर वर्ष 2006 में एन.सी.ई.आर.टी. द्वारा तैयार दसवीं कक्षा के संकलन 'कथा लोक, भाग-2' में भी सम्मिलित की गयी। अभी वर्ष 2006 में प्रसिद्ध नाट्य निर्देशक दिनेश खन्ना ने एन.एस.डी की ओर से आस्ट्रेलिया में उस कहानी का मंचन किया जो पर्याप्त सफल रहा।

तो उस समय अपने तीसरे कहानी-संग्रह 'दूसरा महाभारत' की भीष्म साहनी द्वारा लिखित भूमिका पाते ही मैंने तत्काल उसे प्रकाशक को भेज दिया। मेरे मन में इस बात का विश्वास हो गया कि भीष्म साहनी की यह भूमिका पढ़ प्रकाशक इस संग्रह को अब जल्द ही छाप देगा। लेखकों और प्रकाशकों की दुनिया में भीष्म साहनी का नाम सम्मानित और विश्वसनीय था।

अपना तीसरा कहानी-संग्रह भेजकर मैं आश्वस्त था। इसी समय कहानी के लिए हरिनारायण का पत्र आया। वह मेरी लम्बी कहानी चाह रहे थे जिसका धारावाहिक प्रकाशन कर सकें। अभी के 'कथादेश' वाले हरिनारायण ही उस समय 'आगरा' से 'रूप कंचन' नामक एक मासिक का सम्पादन करते थे। मेरा ध्यान अब अपने पहले उपन्यास 'झुनिया' की ओर चला गया। हरिनारायण को धारावाहिक प्रकाशन के लिए उसे भेजा जा सकता है। अब तक उसकी पांडुलिपि मेरी फाइल में पड़ी थी। अब उसे लेकर बैठ गया। अपने जानते तो मैं उसे अच्छी तरह लिख चुका था। लेकिन जब दुबारा उस पर काम करने बैठा तो जगह-जगह ढीलापन और बिखराव नजर आया। अब उसे नये सिरे से कसना शुरू कर दिया। चूँकि बिल्कुल नया नहीं लिखना था, लिखे को ही दुरुस्त करना था, इसीलिए जल्द ही तैयार हो गया। इस सम्बन्ध में 'झुनिया' को लेकर आज तक मैं यह अनुभव करता हूँ कि अपनी पिछली रचनाओं को लेकर जब भी बैठता हूँ, कुछ कमियाँ रह गयी जान पड़ती हैं। ऐसा महसूस होता है कि अगर फिर से इसे लिखूँ तो यह और सशक्त हो जाएगी। सम्भव है, यह मेरे रचानाकार मन की अतृप्ति हो जो मुझसे निरन्तर लिखवा रही हो या सम्भव है यह मेरी विकसित होती समझ ओर दृष्टि का परिणाम हो।

अब मैं 'झुनिया' की संशोधित पांडुलिपि साफ करने लगा। कार्बन लगाकर उसकी दो प्रतियाँ तैयार कीं। एक प्रति हरिनारायण को 'रूप कंचन' में धारावाहिक प्रकाशन के लिए भेज दी तथा दूसरी प्रति सरस्वती विहार और हिन्द पॉकेट बुक्स के प्रकाशक को। उनसे मेरा प्रत्राचार कायम हो गया था। विभिन्न पत्रिकाओं में मेरी कुछ कहानियाँ उन्होंने पढ़ी थीं तथा मुक्तिबोध पुरस्कार की सूचना से भी अवगत थे। उन्होंने मुझे लिखा था कि जब कोई उपन्यास तैयार हो तो भेज दूँ। अब उनकी इच्छा के अनुसार 'झुनिया' उन्हें भेज दिया।

मेरा पिछला समय निरन्तर गर्दिशों और परेशानियों से ही भरा था। लेकिन अब वर्ष 1979 ने मेरे मन को सुकून प्रदान करना शुरू कर दिया। पहला सुकून एम.ए. के मेरे रिजल्ट को लेकर आया। एम.ए. का परिणाम घोषित हो गया था। मैं अच्छे अंकों से उत्तीर्ण था। इस बात को लेकर मुझे खुशी और आश्चर्य दोनों था कि बिना तैयारी किये अपनी लेखकीय क्षमता पर ही मैं एम.ए. कर गया। गया से मेरा रिजल्ट लेकर रामनाथ मिश्र ही आये थे। यह जानकर मुझे अच्छा नहीं लगा कि मिश्र जी के अंक मुझसे कम थे। वे एम.ए. के नियमित छात्र थे। मैंने उन्हें उत्तर पुस्तिकाओं के पुनर्मूल्यांकन का सुझाव दिया। एम. ए. के उनके नोट्स मैं देख चुका था। निःसन्देह उनकी तैयारी अच्छी थी।

उस वर्ष का दूसरा सुकून 'रूप कंचन' मासिक में 'झुनिया' के धारावाहिक

प्रकाशन को लेकर पैदा हुआ। अब तक मेरी कहानियाँ ही प्रकाशित होती थीं। अब मेरे उपन्यास का धारावाहिक प्रकाशन शुरू हो गया था। हर अंक में एक निर्धारित किस्त। पिछली किस्त पढ़ चुके पाठक अगली किस्त पढ़ने के लिए जिज्ञासु।

इसके साथ ही उस वर्ष का तीसरा सुकून 'दूसरा-महाभारत' कहानी-संग्रह के शीघ्र प्रकाशन को लेकर मैंने महसूस किया। पूर्व के मेरे दोनों कहानी-संग्रह विलम्ब से छपे थे। जबकि यह तीसरा संग्रह भेजने के कुछ ही माह बाद छप कर आ गया शायद भीष्म साहनी की भूमिका की वजह से ही यह सम्भव हुआ। यह संग्रह छपते ही चर्चाओं में आता जा रहा था। वाकई भीष्म जी ने मेरे कथा लेखन की आत्मा को परखकर टिप्पणी की थी। 'दूसरा महाभारत' के प्रकाशन के लम्बे समय बाद आज इन पंक्तियों को लिखते हुए मेरी दो दर्जन पुस्तकें प्रकाशित हो चुकी हैं जिस पर लगभग 250 समीक्षाएँ और टिप्पणियाँ आ चुकी हैं। लेकिन उनके बीच भीष्म साहनी की वह समीक्षात्मक टिप्पणी सर्वाधिक हृदयग्राही और सशक्त है। बाद में उन्होंने मेरे उपन्यास 'यह अन्त नहीं' तथा कहानी-संग्रह 'जमुनी' पर भी अपनी समीक्षात्मक टिप्पणियाँ भेजीं जो 'आलोचना' के भीष्म साहनी स्मृति अंक, अप्रैल-सितम्बर, 2004 में प्रकाशित हो चुकी हैं।

भीष्म साहनी के उस रचनात्मक सहयोग को आज के परिप्रेक्ष्य में याद करते हुए मुझे आश्चर्य होता है कि उस वक्त तक मैं न उनसे मिला था, और न उनके सम्बन्धों के दायरे में था और न किसी भी स्तर पर उन्हें लाभान्वित करने की स्थिति में। तब भी सिर्फ रचनात्मक सम्बन्ध पर मुझ जैसे अकिंचन और नयी पीढ़ी के रचनाकार को ऐसा सहयोग उन्होंने प्रदान किया। आज के सरोकारवादी परिप्रेक्ष्य में तो वे मुझे महान रचनाकार जान पड़ते हैं। अब तो इस बात के लिए भी मैं अपने को भाग्यशाली मानता हूँ कि भीष्म साहनी जैसे रचनाकारों के युग में पैदा हुआ और उनके समय में लेखन की दुनिया में आया...।

हाँ, तो वर्ष 1979 का मैं जिक्र कर रहा था। मेरे जीवन में उस वर्ष का चौथा और सबसे बड़ा सुकून 'बन्द रास्तों के बीच' नामक मेरे दूसरे कहानी-संग्रह को 'सोवियत लैंड नेहरू पुरस्कार' से सम्मानित करने की घोषणा को लेकर आया। साहित्य के क्षेत्र में सोवियत लैंड नेहरू पुरस्कार का बहुत महत्त्व था। रचना और विचार के स्तर पर समाज-सापेक्ष लेखन को ही यह पुरस्कार दिया जाता था। पहले कहानी-संग्रह को 'मुक्तिबोध पुरस्कार' और अब इस दूसरे कहानी-संग्रह को 'सोवियत लैंड नेहरू पुरस्कार'।

इधर घर की स्थिति भी नियन्त्रित होती जा रही थी। रेणु की ट्रेनिंग अब समाप्ति पर थी। परेशानियों के बीच एक सिलसिला कायम करने में वह अभ्यस्त

हो गयी थी। इस बीच कामेश्वर भी बी. एड. कर चुका था तथा जिला शिक्षा अधीक्षक, भोजपुर के यहाँ नियुक्ति के पैनल में उसका नाम दर्ज हो गया था। अब शीघ्र ही उसकी नियुक्ति होने वाली थी। ब्रजेश्वर की बी.एस.सी की पढ़ाई भी अब अन्तिम चरण में थी। माँ उसकी शादी के लिए अब प्रयासरत थी। मुझसे भी बार-बार कहती—"कहीं अच्छी जगह देख-सुन कर ब्रजेश्वर का विवाह कर दो। उसकी भी पत्नी आ जाए! अब दिन-रात उसकी निगरानी मुझसे पार नहीं लगती। न समय से खाता है और न लिखता-पढ़ता है। खाली इधर-उधर घूमता रहता है।

लेकिन मेरा ध्यान तो अब 'सोवियत लैंड नेहरू पुरस्कार' की ओर लगा था। पारिवारिक समस्याओं की वजह से 'मुक्तिबोध पुरस्कार' लेने मैं भोपाल नहीं जा सका था। लेकिन इस बार मन ही मन उक्त आयोजन में जाने का मैंने निश्चय कर लिया था।

14 नवम्बर 1979 को नेहरू जी की जन्म तिथि के अवसर पर यह साहित्यिक पुरस्कार दिया जाता था। पुरस्कार समिति की ओर से दिल्ली में मेरे ठहरने और खाने-पीने के साथ मार्ग व्यय के रूप में द्वितीय श्रेणी ए.सी. की सुविधा प्रदान की गयी थी। इस बार मुझे जाने के लिए माँ और रेणु ने भी कहा।

माँ को पेसमेकर लगे कुछ समय हो गये थे। अब वह निश्चिन्त थी। मशीन के साथ जीने की अभ्यस्त हो गयी थी। उसने मुझे कहा—"जिस क्षेत्र में तू काम करता है, वहाँ के बुलावे पर तुझे जाना चाहिए। तेरे नहीं जाने से तेरे बारे में लोग गलत धारणा बना लेंगे।"

रेणु भी अब पहले की अपेक्षा अपनी दिनचार्या में आत्मनिर्भर हो गयी थी। अपने श्रम-संघर्ष से अपनी परेशानियों को नियन्त्रित करना वह सीख गयी थी। बुली अब उतनी अबोध बच्ची नहीं रही थी। अपने पाँवों पर चलने और बोलने लगी थी। पिंकी-रीनी के साथ अधिक रहते-रहते अब वह रेणु के पास जाने के लिए रोती मचलती नहीं थी। रेणु ने भी मुझसे कहा, "इस बार आप जरूर जाइए। भला डाक से भी पुरस्कार लेना कोई पुरस्कार लेना होता है। पुरस्कृत होने के ऐसे अवसर नहीं छोड़ने चाहिए...। मैं भी देखने के लिए आपके साथ चलती। पर ट्रेनिंग छोड़कर और तीन-तीन बच्चियों को लेकर चलना सम्भव नहीं। लेकिन आपके साथ क्या कठिनाई! अब आपसे ही पुरस्कार प्राप्ति के बारे में सुनूँगी...। यहाँ की कोई चिन्ता आप मत कीजिएगा। यहाँ हम ठीक से रहेंगे...।"

मैं तो वहाँ जाना ही चाहता था। माँ एवं रेणु की उत्साहजनक सम्मति पर अब चल पड़ा। दिल्ली की वह मेरी पहली यात्रा थी। हालाँकि आरा से दूर किसी

भी बड़े शहर में यह मैं पहली ही बार जा रहा था। रेणु ने अपने छोटे भाई सुरेश को मेरे साथ लगा दिया। इससे मुझे बहुत खुशी हुई। अपने साले एवं सालियों में सुरेश को मैं अधिक मानता था। मेरी ससुराल में वह अकेला लड़का था जिसकी रुचि साहित्य में थी। मेरे यहाँ जब भी आता, मेरी पुस्तकें या पत्रिका में प्रकाशित मेरी कहानियाँ ले जाकर पढ़ता। उस समय मैट्रिक पास कर कॉलेज में पढ़ने वाला युवक था।

दिल्ली की योजना बनाते ही मैंने तय कर लिया था, अपने प्रकाशक मदनलाल शर्मा (इन्द्रप्रस्थ प्रकाशन) के यहाँ ही हमें ठहरना है। वहीं से पुरस्कार समारोह में भाग लेना है। उस पुरस्कार से मेरी ही तरह मदनलाल शर्मा भी प्रसन्न थे। पुरस्कार घोषणा से इस बात के प्रति आशान्वित थे कि अब उस पुस्तक की अच्छी बिक्री होगी।

दिल्ली जंक्शन पर उतर बस से हम कृष्णनगर पहुँचे। वह मुहल्ला जमुना पार था। मदनलाल शर्मा का आवास वहीं था। वे हमारी प्रतीक्षा में ही थे। उनके साथ मेरा पत्राचार था, लेकिन मुलाकात यह पहली बार हो रही थी। वह मुझे बहुत अच्छे आदमी लगे। उस समय उनके परिवार में दो छोटे बेटे, एक बेटी, पत्नी और माँ थी। हम दो-तीन दिन उनके यहाँ रुके। उनके यहाँ का पंजाबी खाना हमें बहुत अच्छा लगता।

पुरस्कार समारोह का आयोजन दिल्ली के मवलंकर सभागार में किया गया था। सुरेश के साथ मैं वहाँ समय पर पहुँचा। देखा, पूरा मवलंकर सभागार फूलों से सजाया गया था। छोटे शहर के ग्रामीण परिवेश से हम चले थे, इसीलिए हमारे पहनावे भी वैसे ही थे। सामान्य पैंट-शर्ट और कन्धे में लटकता खादी का झोला। उस झोले में एक-दो पत्र-पत्रिकाएँ और मेरे कहानी संग्रहों की दो-चार प्रतियाँ। बस ने हमें सभागार से कुछ पहले ही उतार दिया था। अब हम पैदल ही सभागार की ओर चल पड़े। मैंने देखा, सभागार के मुख्य फाटक से पैदल जाने और हमारे लिबास को ग्रामीण देख दरवान ने हमें रोकते हुए पूछा—"कौन हैं आप लोग? कहाँ जाना है?"

मेरे मन में तैश आया कि कह दूँ—"पुरस्कार लेने।" फिर मुझे लगा कि यह सुन उसे और अविश्वास होगा। तब पुख्ता जानकारी के लिए वह और तहकीकात करेगा। फिर हमें और विलम्ब होगा। कृष्णनगर से आने के चलते हमें पहले ही विलम्ब हो चुका था। आयोजन में अब सिर्फ दस मिनट की ही देर थी। समय से 30 मिनट पहले हमें बुलाया गया था। बस, जल्दी से वह पत्र निकालकर मैंने उसे दिखाया जिसे ऊपर की जेब में ही रखा था। मुझे विश्वास

था उसे देखने के बाद वह कुछ और नहीं पूछेगा और न हमें रोकेगा। लेकिन उस दरबान से पहले ही एक स्कूटर सवार की नजर उस पत्र पर पड़ गयी। वह हमारे करीब से ही गेट के अन्दर जा रहा था। लम्बे, गोरे और घुँघराले बाल वाले उस नौजवान ने अब तत्क्षण स्कूटर रोक हस्तक्षेप किया—"अरे, यह तो पुरस्कार विजेता का पत्र है। पुरस्कृत होने वाले व्यक्ति मिथिलेश्वर के नाम है...।" और उसने स्कूटर किनारे लगा, पूछा, "आप मिथिलेश्वर हैं?"

मैंने कहा, "हाँ।"

अब उसने हमें साथ ले लिया, "चलिए सभागार के अन्दर। मैं आपलोगों को ले चल रहा हूँ। मुझे भी उसी में जाना है।"

दरबान तो अवाक् बना अब चुपचाप देखता रहा। उस व्यक्ति ने अब हमसे पूछा—"आपलोग कहाँ से आये हैं?"

मैंने बताया—"आरा, बिहार से।"

उसने यह जानना चाहा कि किस वजह से मुझे यह पुरस्कार मिल रहा है? मैंने संक्षेप में बता दिया। अब उसने अन्तिम सवाल किया, "आप लोग वहाँ दरबान से क्या पूछ रहे थे?"

मैंने कहा, "वह हमें रोक रहा था?"

यह सुन वह चौंक उठा, "क्या?" और पलट कर उसने उस दरबान की ओर देखा। हमारी निगाहें भी अब उस ओर मुड़ गयीं। वह दरबान अभी भी उसी तरह अवाक् बना हमारी ओर ताक रहा था। शायद अपनी भूल पर पछता रहा था।

अब उस नौजवान के साथ हम सभागार के अन्दर आ गये। वह सभागार मुझे अत्यन्त भव्य प्रतीत हुआ। प्रायः लोग उसमें बैठ गये थे। उस व्यक्ति ने हमें ले जाकर पुरस्कार प्राप्तकर्ताओं की अगली कतार में बैठा दिया और स्वयं पत्रकारों की तख्ती लगी कतार में बैठ गया। शायद राजधानी का वह पत्रकार था। अब मुझे उसकी सक्रियता और सजगता का पता भी चल गया। पत्रकार होने की वजह से ही उसकी पैनी निगाहों ने हमारे पत्र को तत्क्षण देख लिया। शायद सामान्य दर्शक की निगाह इतनी तीव्रता से नहीं पहुँच पाती।

समय से कार्यक्रम की शुरुआत हुई। बारी-बारी से हम पुरस्कार विजेताओं को मंच पर बुलाया गया, जहाँ हम अपनी-अपनी जगह पर बैठते गये। साहित्य, फिल्म और पत्रकारिता के क्षेत्र में उस वर्ष मेरे साथ उमाशंकर जोशी, डी. जयकांतन, मृणाल सेन, राजीव सक्सेना, विनोद मेहता आदि को पुरस्कृत किया जा रहा था। सम्भवतः मैं उनके बीच सबसे कम उम्र का था, इसीलिए संकोच महसूस कर

रहा था। लेकिन वहाँ एक दूसरे कारण से पूरे समय तक मेरा मन खिन्न और व्यथित बना रहा। यह देखकर मेरा मन पीड़ित और आहत रहा कि पुरस्कार समारोह के संचालन से लेकर निर्धारित वक्ताओं के सारे वक्तव्य अँग्रेजी में ही दिये गये। लगा ही नहीं कि हिन्दी से उसका कोई वास्ता भी हो...। मार्क्सवाद की मुख्य विशेषता उसका वैचारिक आधार ही है। लेकिन भाषा के मामले में वे इतने परजीवी हैं, यह उस आयोजन में ही मैंने पहली बार जाना। वहाँ यह प्रश्न मेरे मन को व्यथित करता रहा कि क्या भाषा से अलग विचार अपना महत्त्व कायम कर सकता है? अँग्रेजी भाषा जिस वर्ग की है या जिस परिवेश से आयी है क्या विचार पर वह अपना असर कायम नहीं करेगी? कोई विचार, किसी भाषा के बीच रह कर क्या उस भाषा की प्रकृति से निरपेक्ष रह सकता है? मेरा स्वयं का उत्तर था, नहीं। यह असम्भव है...।

आज सोवियत लैंड नेहरू पुरस्कार प्राप्त हुए लगभग तीन दशक हो गये। लेकिन उस वक्त मेरे मन में जो सवाल खड़ा हुआ था, आज और विकट रूप में हमारे सामने मौजूद है। आज हममें से हिन्दी के हर प्रगतिशील रचनाकार के समक्ष यह प्रश्न कायम है कि विचार की उत्कृष्टता के बावजूद आज तक हिन्दी के इतने बड़े प्रदेशों में वामपन्थी राजनीति ने अपनी जड़ें क्यों नहीं जमाईं? इसके मूल में चाहे और जो कारण नियामक रहे हों, मेरे विचार में हिन्दी भाषा के प्रति वामपन्थ की उदासीनता भी एक बड़ा कारण रहा है...।

उस पुरस्कार समारोह में मुझे एक आकर्षक प्रमाण पत्र, निर्धारित रकम और एक खूबसूरत मैडल प्राप्त हुआ। निर्धारित वक्ताओं के वक्तव्य और पुरस्कार वितरण के बाद अल्पाहार के लिए कार्यक्रम इस सूचना के साथ चन्द मिनटों के लिए स्थगित हुआ कि इस पुरस्कार के उपलक्ष्य में अब प्रसिद्ध नृत्यांगना यामिनी कृष्णमूर्ति का नृत्य होगा।

इस घोषणा के बाद लोग अल्पहार के लिए बाहर निकले। हम भी बाहर आये। मैंने सुरेश से कहा, ''हमें अब सीधे कृष्णनगर चल देना है। नृत्य नहीं देखना। हम थके हैं। अब जिनसे मिलना होगा, कल मिलेंगे।''

वैसे हम आरा से चल रहे थे तो हमारे परिचितों और सम्बन्धियों ने कहा था कि दिल्ली जा रहे हैं तो लाल किला, कुतुब मीनार और अजायबघर अवश्य देख लीजिएगा। दिल्ली के वे दर्शनीय स्थल हैं। तब उस वक्त नकारात्मक बात कहकर अपने उन परिचितों को मैं दुःखी बनाना नहीं चाहता था, जबकि दिल्ली का कार्यक्रम बनते ही मैंने तय कर लिया था कि हमारे लिए तो दिल्ली के दर्शनीय स्थल वहाँ के लेखकों और प्रकाशकों के घर हैं। जिस कार्य के लिए दिल्ली ने मुझे बुलाया है, वह समाज ही मेरे आकर्षण का केन्द्र है। अब इसी सोच के

साथ सभागार से बाहर निकल मेरी आखें अल्पाहार की भीड़ में भीष्म साहनी को ढूँढ़ने लगीं। उस समय दिल्ली में उनसे मिलना हमारी पहली प्राथमिकता थी।

मुझे लगा, एक प्रसिद्ध लेखक, मार्क्सवादी चिन्तक तथा प्रगतिशील लेखक संघ के एक बड़े अधिकारी के रूप में यहाँ अवश्य आमन्त्रित होंगे। हालाँकि उस वक्त तक मैं उनसे मिला नहीं था। सिर्फ पत्राचार तक ही सीमित था। हालाँकि विभिन्न पत्र-पत्रिकाओं में उनकी तस्वीरें देखी थी। मुझे विश्वास था कि उन तस्वीरों से ही उन पर नजर पड़ते ही पहचान जाऊँगा। लेकिन मुझसे पहले ही किनारे से आकर उन्होंने बाँहों में भर लिया। उनके उस स्नेहिल और जिन्दादिल स्पर्श की याद आज भी मेरे मन में ताज़ा है। वे मुझे बेहद आत्मीय लगे। इकहरे बदन के सामान्य व्यक्ति। लिबास और व्यवहार में जितनी सहजता और सरलता, चेहरे पर वैसी ही सौम्यता। मुझसे मुखतिब होते ही पूछ उठे, ''कब आये?''

''कल।''

''कहाँ ठहरे हैं?''

''कृष्णनगर में। अपने प्रकाशक के यहाँ।''

''कब तक रहेंगे?''

''परसों लौट जाऊँगा।''

''तो कल मेरे यहाँ दिन के खाने पर आ जाएँ। हम साथ-साथ खाएँगे। उसी वक्त इतमीनान से बात भी करेंगे।''

इसके बाद भीष्म साहनी का ध्यान कुछ दूसरे लोगों ने अपनी ओर केन्द्रित कर लिया। शायद दिल्ली के उनके परिचित लेखक थे। अब मुझे भी कुछ पत्रकारों और नये लेखकों ने घेर लिया। उनमें से अधिकांश इस बात के लिए ही मुझे शाबासी दे रहे थे कि मैं तो अभी एकदम युवा और नया हूँ। इस अवस्था में ही मैंने यह पुरस्कार प्राप्त कर लिया। वे मेरे प्रमाण पत्र और मैडल को देखते। उनमें अधिकांश लोग मेरा विस्तृत परिचय ले रहे थे। उनके बीच से सिर्फ दो लोगों ने ही पूछा—''इस पुरस्कार पर आपकी प्रतिक्रिया क्या है?''

मैंने संक्षिप्त जवाब दिया—''और सब तो ठीक है, लेकिन पूरे आयोजन में जो भाषा छायी रही, वह मुझे बिल्कुल नहीं जँची...।''

लेकिन मरे इस जवाब को उन पत्रकारों ने भी कोई तवज्जो नहीं दी। सम्भव है, मेरे लिबास और भोजपुरी लहजे की मेरी बात सुन उन्हें लगा हो कि मैं अँग्रेजी नहीं जानता। सम्भव है, उसी भाषा में उस पुरस्कार का आयोजन वे देखते आ रहे हों। जो हो, अब अल्पाहार की भीड़ नृत्य का आनन्द लेने के लिए पुनः सभागार में प्रवेश करने लगी थी। बस, अवसर अनुकूल समझ हम कृष्णनगर की

ओर भाग चले।

दूसरी सुबह तैयार होकर हम सरस्वती विहार प्रकाशन चल पड़े जहाँ अपना पहला उपन्यास 'झुनिया' प्रकाशनार्थ भेजा था। भीष्म साहनी के यहाँ दोपहर के खाने पर वहीं से जाने का हमने निर्णय कर लिया था। मेरे साले सुरेश का कहना था—"भाई साहब! जहाँ आपकी किताब छप रही हो वहाँ हमें अवश्य चलना चाहिए...।"

सरस्वती विहार प्रकाशन शाहदरा में था। हिन्द पॉकेट बुक्स का ही सहयोगी प्रकाशन। प्रकाशक दीनानाथ मल्होत्रा बहुत उत्साह से मिले—"पुरस्कार के लिए बधाई! कल पुरस्कार समारोह में मैं आने वाला था। मुझे पता था, आप आ रहे हैं। लेकिन एक जरूरी काम में ऐसा व्यस्त हो गया कि नहीं आ सका। आज सुबह समाचार पत्रों में विस्तृत खबर देख ली है...।"

अब वहीं मैंने कुछ समाचार पत्र भी देखे, जिसमें 'सोवियत लैंड नेहरू पुरस्कार' की विस्तृत रपटें थीं। लेकिन उसमें कहीं भी अँग्रेजी भाषा में सम्पन्न हुए उस कार्यक्रम की आलोचना नहीं थी।

दीनानाथ जी ने अब मुझे यह सुखद सूचना दी कि मेरी पुस्तक 'झुनिया' का प्रकाशन अन्तिम चरण में है। दो माह के अन्दर ही पुस्तक आ जाएगी। मैं समझ गया, सोवियत लैंड नेहरू पुरस्कार का ही यह त्वरित चमत्कार है। वैसे तो 'मुक्तिबोध पुरस्कार' से ही इस बात का एहसास मेरे मन में हो गया था कि पुरस्कार से चाहे और कुछ हो या नहीं, उस लेखक के प्रति पाठकों और प्रकाशकों का आकर्षण तो पैदा हो ही जाता है।

दीनानाथ मल्होत्रा से मिलकर अब हम सीधे भीष्म साहनी के यहाँ चल पड़े। शाहदरा से भीष्मजी का निवास ईस्ट पटेल नगर काफी दूर था। अब हम चाहते हुए भी बीच में किसी और से नहीं मिल सकते थे। भीष्म जी के यहाँ हमें खाने से कुछ पहले पहुँच जाना था। लेकिन जिस ऑटो पर हम चढ़े थे, खराबी के चलते वह रुक-रुककर आगे बढ़ती थी। इस स्थिति में हम समय से पहले नहीं पहुँच सके...।

ऑटो से उतर सुरेश के साथ जब मैं भीष्म जी के घर पहुँच उन्हें प्रतीक्षारत पाया। उनका वह घर राजधानी दिल्ली की चकाचौंध से दूर मुझे ऐसा और ऐसे स्थल पर जाना पड़ा, जैसे मेरे शहर आरा के ही किसी मुहल्ले का घर हो। घर के आगे छोटी-सी चहारदीवारी के भीतर आम का एक घना पेड़। ग्रामीण और कस्बाई घरों के दरवाजों पर लगे पेड़ों की भाँति। बाद के दिनों में उस पेड़ पर भी भीष्मजी की एक मार्मिक कहानी मुझे पढ़ने को मिली थी। वह मुहल्ला और भीष्मजी के घर के आसपास की गलियाँ भी छोटे शहर और कस्बे की पहचान

से जुड़ी थीं। उस वक्त भीष्म जी और उनकी पत्नी शीला जी ही घर पर थे। पुत्री कल्पना और पुत्र वरुण बाहर थे। वे अपनी पत्नी को ही अपनी पाठिका, प्रेमिका और जीवन संगिनी तीनों मानते थे। परस्पर सहयोग और विश्वास पर आधारित उनके दाम्पत्य प्रेम की झलक भी मैंने वहाँ देखी जब खाने की मेज पर भीष्म जी ने बताया कि "रोटी-दाल शीला का बनाया है, और सब्जी-सलाद मेरा... !"

खाने के बाद भीष्म जी हमें अपने उस कमरे में लेकर बैठ गये जहाँ वे लिखते थे। फिर बातों पर बातें निकलती चली गयीं। उनकी बातों से ही उनके व्यक्तित्व के इस विलक्षण पक्ष में मैं अवगत हुआ कि वे जितना लिखते थे, उससे अधिक पढ़ते थे। हिन्दी के नये से नये रचनाकारों को उन्होंने पढ़ रखा था तथा विश्व प्रसिद्ध कृतियों से भी अवगत थे। उस समय वे दिल्ली के एक कॉजेज में अँग्रेजी के प्रोफेसर थे। विश्वस्तर की कई कृतियों का सफल हिन्दी अनुवाद भी उन्होंने किया था। साहित्य की स्तरीयता और लोकप्रियता दोनों की गहन जानकारी उन्हें थी। शायद इसलिए साधारण भाषा और शैली-शिल्प में असाधारण महत्त्व का साहित्य वे रचते थे।

समय तेजी से व्यतीत होते देख भीष्म जी से विदा ले अब हम चल पड़े। मैंने बड़ों के आगमन पर छोटों द्वारा उनका आतिथ्य देखा था। आतिथ्य की यह प्रचलित परम्परा भी थी। पर वहाँ पहली बार छोटे के आगमन पर बड़े के आतिथ्य को न सिर्फ देखा, बल्कि महसूस भी किया। सम्भवत: वैसे ही गुणों ने भीष्म साहनी के व्यक्तित्व को अपेक्षित ऊँचाई प्रदान करते हुए उन्हें अजातशत्रु बनाया था।

भीष्मजी के यहाँ से अब हमें यमुना पार कृष्णनगर पहुँचना था। उसकी लम्बी दूरी और समय का एहसास कर हमने तय किया, अब अगले दिन ही किसी से मिलना हो सकेगा। उसी दिन मैंने लक्ष्य कर लिया था कि दिल्ली इतनी दूर तक बसी है और विस्तार लेती जा रही है कि आरा-पटना जैसे एक ही दिन में अनेक स्थलों पर हम नहीं पहुँच सकते और अनेक मित्रों से नहीं मिल सकते। अब तो दिल्ली की वह दूरी और बढ़ गयी है। इधर 28 जुलाई, 2006 को एन.एस.डी. के 'श्रुति' कार्यक्रम में कथा पाठ के लिए दिल्ली पहुँचा तो इस दूरी को और बढ़ते पाया। एन.एस.डी. ने फिरोजशाह मार्ग में स्थित अपने गेस्ट हाउस में मुझे ठहराया था। वहाँ से कमलेश्वरजी से मिलने उनके निवास स्थान ईरोज गार्डन, सूरजकुंड पर जाते हुए मुझे लगा कि दूरी समाप्त ही नहीं हो रही। मेरे साथ पत्नी रेणु, कथाकार-आलोचक कृष्ण कुमार और कवि विश्वरंजन जी भी थे। मुझे लगा कि दिल्ली की सीमा हम पार कर चुके और अब जंगल से गुजर

रहे हैं। भवन और अट्टालिकाओं का सिलसिला खत्म हो चुका था। मैंने विश्वरंजनजी से कहा—"दिल्ली तो पीछे छूट गयी। हम इतनी दूर आगे आ गये। कमलेश्वर जी का घर दिल्ली से बाहर है क्या?"

जवाब में उन्होंने मुझ आश्वस्त किया, "नहीं। दिल्ली ने इतना विस्तार ले लिया है कि अब चाहते हुए भी हम जल्द किसी के यहाँ नहीं पहुँच सकते।"

मेरे मित्र विश्वरंजनजी उस समय दिल्ली में ही पदस्थापित थे। अब मैंने सड़क के दोनों किनारे जंगल जैसे घने पेड़ों को देख कर पूछा—"और दिल्ली के बीच यह जंगल!"

इस पर उन्होंने मुझे बताया—"जंगल नहीं है। दिल्ली की यही विशेषता है। विश्व का सबसे हरियाली वाला महानगर दिल्ली ही समझा जाता है...।"

लेकिन जब हम कमलेश्वर जी के यहाँ पहुँचे तो ऐसा लगा कि एक नगर से दूसरे नगर में आ गये हों! निरन्तर विस्तार लेती दिल्ली की यह बढ़ती सीमा है। इसका एहसास मुझे 1979 के सोवियत लैंड नेहरू पुरस्कार के अवसर पर ही हो गया था।

उस दिन भीष्म साहनी के यहाँ से कृष्णनगर पहुँचते-पहुँचते रात हो गयी। अगले दिन हमें आरा लौट जाना था। लेकिन हमारी गाड़ी रात में थी। अब अगली सुबह एकदम तड़के ही हम तैयार हो गये। हमने तय कर लिया, ट्रेन के समय से पहले जितना सम्भव हो सके, उतने मित्रों में हमें मिल लेना है। पता नहीं, अपने खर्चे से हम दिल्ली फिर कब आ सकेगे! पुरस्कार के इस अवसर का हमें पूरा सदुपयोग करना चाहिए। निरन्तर लिखते-छपते हुए दिल्ली के अनेक लेखकों और प्रकाशकों से मेरा पत्राचार था। मेरी सूची लम्बी थी। समयाभाव में अधिक जगह जाना सम्भव नहीं था।

अपनी सूची में देखा, दरियागंज एक ऐसी केन्द्रीय जगह नजर आयी जहाँ एक साथ कई लोगों से मिला जा सकता था। अब हम सीधे दरियागंज पहुँचे।

दरियागंज में अपनी शुरुआत हमने राजेन्द्र यादव से की। उनसे मेरा पत्राचार था। उस समय 'हंस' जैसी कोई पत्रिका उनके पास नहीं थी। एक लेखक और अक्षर प्रकाशन के प्रकाशक के रूप में जाने जाते थे। जब हम उनके अक्षर प्रकाशन कार्यालय पहुँचे, एक युवा और खूबसूरत लड़की वहाँ मिली। उसने बताया, "अपने निवास से राजेन्द्र जी अभी नहीं आये हैं।"

फिर उसने हमारा परिचय लिया और कहा—"वे जल्द ही आ जाएँगे। आप लोग बैठिए।"

वह लड़की अब हमें चाय पिलाना चाह रही थी। लेकिन हमने रोक दिया, "राजेन्द्र जी को आ जाने दीजिए। उनके साथ ही पी लेंगे।"

वह लड़की मुझे युवा और सुन्दर के साथ-साथ मिलनसार भी लगी। शायद राजेन्द्र जी के अक्षर प्रकाशन में काम करती थी। राजेन्द्र जी जल्द ही आ गये। हमें अधिक देर तक प्रतीक्षा करनी नहीं पड़ी। उनसे भी वह मेरी पहली ही मुलाकात थी। मैं भीष्म साहनी जैसे लेखक से मिलकर आया था, जिनके आदर्श व्यक्तित्व से पूरी तरह प्रभावित था। शायद उसी आलोक में राजेन्द्र यादव को भी पाना चाहता था। लेकिन यह उस समय मेरी नयी साहित्यिक समझ की भूल थी। राजेन्द्र जी तो राजेन्द्र जी थे, भीष्म साहनी नहीं...।

सोवियत लैंड नेहरू पुरस्कार के लिए उन्होंने मुझे बधाई दी। इसके बाद मजाकिया लहजे में ही साहित्य के विभिन्न प्रसंगों पर चर्चा शुरू की। साहित्य को गम्भीरता से लेने वाले मेरे मन को उनकी वह चर्चा बाँध नहीं सकी। वे मुझे खूब बातूनी भी जान पड़े। आपनी बातों में वे हमें अभी ठहराए रखना चाहते थे। लेकिन हमारा ध्यान तो शाम की अपनी गाड़ी पर केन्द्रित था। अभी कई लोगों से हमें मिलना भी था। बस, हम वहाँ से चल पड़े।

अब हम दरियागंज स्थित टाइम्स ऑफ इंडिया कार्यालय पहुँचे। वह नजदीक ही था। वहाँ कन्हैया लाल नन्दन और सर्वेश्वर दयाल सक्सेना से मेरी मुलाकात हुई। सर्वेश्वर दयाल सक्सेना से बात करते हुए मैंने अनुभव किया कि हमारे समय, समाज और साहित्य पर उनकी राय बेबाक है। उनके विद्वतापूर्ण तर्कों ने मुझे प्रभावित किया। वे मुझे विलक्षण और तेजस्वी व्यक्ति जान पड़े। उन्होंने बिहार के बारे में मुझसे पूछा। अपनी जानकारी के तहत मैंने उनके प्रश्नों का उत्तर दिया। सोवियत लैंड नेहरू पुरस्कार पर अँग्रेजी भाषा से सम्बन्धित मेरी आपत्ति पर उन्होंने कहा, ''अपनी अनुभूतियों को एक छोटे आलेख के रूप में मुझे भेज दीजिएगा। यहाँ से हम उसे प्रकाशित कर देंगे...।''

उस समय सर्वेश्वर दयाल सक्सेना टाइम्स ऑफ इंडिया प्रकाशन समूह में ही कार्यरत थे। लेकिन आरा लौटने के बाद दूसरी व्यस्तताओं में फँस वह लेख में तत्काल नहीं लिख सका। कुछ समय बीत जाने के बाद उसे लिखने का दबाव कम महसूस करते हुए महटिया गया।

उस दिन टाइम्स ऑफ इंडिया कार्यालय के बाद हम नेशनल पब्लिशिंग हाउस पहुँचे। वह भी वहीं पर था। नेशनल पब्लिशिंग हाउस के प्रकाशक क.ल. मलिक बहुत उत्साह से मिले। मेरे पुरस्कृत होने की सूचना से वे अवगत थे। उन्होंने हमें मिठाइयाँ खिलाईं और चाय पिलाई। हम चलने लगे तो उन्होंने जोर देकर कहा— ''अब जो भी नयी किताब तैयार हो हमें भेजिएगा।''

मैं वजह समझ रहा था। लेकिन दिल्ली के एक बड़े प्रकाशक के इस आमन्त्रण से खुश था। सम्भवत: क.ल. मलिक से उस मुलाकात ने ही एक लेखक

और प्रकाशक के रूप में हमारे सम्बन्ध विकसित किये। बाद में नेशनल पब्लिशिंग हाउस से क्रमशः मेरी छह पुस्तकें प्रकाशित हुईं।

उस दिन क.ल. मालिक से मुलाकात के बाद मैंने अनुभव किया कि हमारे पास अब समय कम है। इस स्थिति से अपनी उस दिल्ली यात्रा की आखिरी मुलाकात राजकमल प्रकाशन की शीला सन्धू से करना हमने उचित समझा। राजकमल प्रकाशन के महत्त्व से मैं परिचित था। शीला सन्धू ने उसे हिन्दी जगत में प्रतिष्ठित किया था। उस समय राजकमल प्रकाशन से छपना श्रेष्ठ लेखक होने का परिचायक था।

जब हम राजकमल प्रकाशन पहुँचे, वहाँ निर्मल वर्मा आये हुए थे और शीलाजी के कक्ष में उनके साथ बैठे थे। वे राजकमल प्रकाशन के मान्य लेखकों में से थे। हम पहले निदेशक सत्य प्रकाश जी से मिले। उन्होंने बताया कि शीला जी, निर्मल जी से कोई जरूरी बात कर रही हैं। फिर सत्य प्रकाश जी ने ही शीलाजी को हमारे आने की सूचना दी। यह भी कहवा दिया कि हम आज ही शाम लौटने वाले हैं। अब इस सूचना पर शीलाजी हमसे तत्काल मिलीं। हालाँकि उनके कक्ष में हमारे पहुँचते ही शीलाजी से पहले निर्मल वर्मा ही बोल उठे—''आप ही मिथिलेश्वर हैं। सोवियत एवार्ड के लिए बधाई! 'धर्मयुग' में आपकी एक कहानी 'बाबूजी' मुझे लीक से हट कर लगी थी।

निर्मल वर्मा से भी वहाँ मैं पहली ही बार मिल रहा था। एकदम गोरा रंग। गोल-मटोल चेहरा। पहली नजर में वे मुझे भारतीय कम, कोई विदेशी लेखक ज्यादा जान पड़े। लेकिन अब तत्क्षण शीलाजी मेरी ओर मुखातिब हो गयीं—''किस पुस्तक पर आपको यह सम्मान मिला है?

'' 'बन्द रास्तों के बीच' पर।''

''किस विधा की पुस्तक है?''

''कहानी-संग्रह।''

इसके बाद शीलाजी क्षण भर के लिए चुप हो गयीं। मुझे लगा, शायद यह सोच रही हों कि अब और क्या पूछें? लेकिन अब मैंने ही अपने मन की बात कह दी—''मेरी इच्छा है कि मेरी नयी पुस्तकें अब राजकमल प्रकाशन से प्रकाशित हों!''

इस पर उन्होंने कहा—''कोई अच्छी कृति तैयार हो तो भेजिएगा। हम जरूर देखेंगे।''

मैं लक्ष्य कर रहा था, निर्मल वर्मा के साथ उनकी बातचीत अभी पूरी नहीं हुई थी। अब हम चल पड़े। हमारे पास अब रुकने का समय भी नहीं था। अभी हमें कृष्णनगर पहुँच अपने समान समेट स्टेशन भागना था।

शीलाजी से उस मुलाकात के अब लगभग 30 वर्ष बीत गये। इस बीच राजकमल प्रकाशन से मेरी आधा दर्जन पुस्तकें आ चुकी हैं। राजकमल का स्वामित्व आज अशोक महेश्वरी के जिम्मे हैं लेकिन राजकमल से शीला जी ने ही मुझे जोड़ा था। अब अशोक महेश्वरी का भी वही लगाव महसूस करता हूँ।

राजकमल प्रकाशन में निर्मल वर्मा से मेरी वह पहली मुलाकात ही आखिरी मुलाकात भी साबित हुई। फिर उनसे मिलने का अवसर प्राप्त नहीं हुआ। लेकिन जब सन् 2003 में 'मित्र' नामक एक पत्रिका के प्रकाशन की मैंने योजना बनायी और उसके प्रवेशांक के लिए निर्मल वर्मा की रचना आमन्त्रित की तो उनका आत्मीय सहयोग प्राप्त हुआ। उन्होंने समय से अपनी एक ताज़ा रचना भेज दी। फोन पर राजकमल प्रकाशन में उस पहली मुलाकात का भी उल्लेख किया। उनकी स्मरण शक्ति देख मुझे खुशी हुई। निर्मल वर्मा से उस मुलकात की याद अब भी मेरें मन में ताज़ा है।

पुरस्कार लेकर हम दिल्ली से वापस आ गये। इस यात्रा ने मेरे रचनाकार को जीवन्त कर दिया। सुरेश भी इस यात्रा से काफी खुश था। उस समय तो दिल्ली से आरा आने के बाद मुझे ऐसा लगने लगा कि साहित्य की आकर्षक और मनोरम दुनिया से निकल अब पुनः जीवन के खुरदुरे यथार्थ के बीच आ गया हूँ। इसके बावजूद दो-चार दिनों तक मेरा मन दिल्ली के उन मोहक साहित्यिक प्रसंगों में ही रमता रहा। उन बातों को रेणु और अपने परिवार जनों को मैं सुना चुका था। आरा के अपने मित्रों से भी कह चुका था। फिर भी बात चलने पर पुनः-पुनः कहता रहा था। लेकिन परिवारगत यथार्थ के दबाव के समझ देर तक मैं उस दुनिया में नहीं रह सका। जल्द ही ब्रजेश्वर की शादी के बढ़ते आग्रह ने परिवार की इस समस्या की ओर मेरा ध्यान केन्द्रित कर दिया।

ब्रजेश्वर बी.एस.सी कर चुका था। शादी की उसकी उम्र भी हो गयी थी। माँ की मुख्य चिन्ता अब उसकी शादी को लेकर थी। हम सभी भाई-बहनों के बीच अब अकेला वही क्वाँरा था। पिताजी के बाद अब तक परिवार में पुरुष अभिभावक की भूमिका मेरी थी। अब यह आखिरी दायित्व भी मुझे ही निभाना था। इस सम्बन्ध में माँ का कहना था—"मुन्ना (ब्रजेश्वर) हमारा सबसे छोटा राजा बेटा है। इसकी कनेआँ खूब सुन्दर उतारनी है। जिस घर का यह दूल्हा बनेगा वह घर धन्य हो जाएगा। हमारे मुन्ने जैसा लड़का उस घर में कहाँ होगा?"

मैं समझ रहा था, यह माँ का पुत्र-प्रेम था। छोटे बेटे के प्रति माँ का लगाव अधिक होता ही है। लेकिन बेरोजगारी में शादी का परिणाम मैं भोग चुका था। रेणु जैसी सुन्दरा पत्नी को नये दाम्पत्य का कोई सुख नहीं दे पाया था। पत्नी प्रेम के सारे अरमान और सारी भावनाएँ मेरे मन में धरी की धरी रह गयी थीं। रेणु

को लेकर मैं जो चाहता था, वह नहीं हुआ, बल्कि वह हुआ जो प्रतिकूल था। अब जिस यथार्थ ने मुझे आहत, पीड़ित किया था, भाई होकर ब्रजेश्वर को सीधे-सीधे उसमें झोंकना मुझे उचित नहीं जान पड़ा। मैं देख रहा था, माँ की स्थिति अब किसी के भी परिवार पर खर्च करने की नहीं थी। घर के संयुक्त भोजन के अतिरिक्त अपने निजी खर्चें मैंने और कामेश्वर ने सम्भाल लिये थे। लेकिन ब्रजेश्वर अभी इस लायक भी नहीं था। माँ के दुलार और हम बड़े भाइयो के संरक्षण में दुनियादारी से दूर था।

ब्रजेश्वर की शादी को लेकर मेरे मन में अब दो विकल्प उभरे। या तो ब्रजेश्वर स्वयं कहीं व्यवस्थित हो जाए या कोई व्यवस्थित लड़की (शिक्षिका आदि) हमें मिल जाए! पहला विकल्प मुझे जटिल जान पड़ा। जब मैं और कामेश्वर अब तक व्यवस्थित नहीं हो सके थे तो इतनी जल्दी वह कैसे हो सकता था? इस नाम पर अब वह लम्बी प्रतीक्षा भी नहीं करना चाहेगा। मैं अनुभव कर रहा था, मेरी छोटी साली बेबी जब भी आती थी ब्रजेश्वर की चपलता बढ़ जाती थी। निरन्तर बाहर घूमनेवाला वह जब तक बेबी मेरे यहाँ रहती, कहीं नहीं निकलता। उसी के आसपास मँडराता रहता। इस स्थिति में उसकी शादी का समय अब और अधिक मैं नहीं टाल सकता था। नौकरी के बाद उसकी शादी का प्रस्ताव अब माँ भी नहीं मानती। सीधे कह सकती थी—"अपनी और कामेश्वर की शादी में तुमने क्यों नहीं यह शर्त लगाई कि अब उसे रोक रहा है?" ऐसे में अब दूसरा विकल्प ही मुझे कारगर जान पड़ा, ब्रजेश्वर के लिए शिक्षिका लड़की का चयन।

अपनी यह बात जब मैंने घर को बताई तो पहली उत्साहजनक प्रतिक्रिया कामेश्वर की ओर से आयी—"आपने यह इतनी अच्छी बात सोची है कि ब्रजेश्वर के लिए इससे अच्छा कुछ हो ही नहीं सकता...।"

बेरोजगारी में शादी के यथार्थ का भुक्तभोगी था कामेश्वर। रेणु और माया ने भी कामेश्वर की हाँ में हाँ मिलाई। बेरोजगार के साथ ब्याहे जाने का कष्ट वे झेल चुकी थीं। और अभी झेल ही रही थीं। हालाँकि एकान्त में रेणु ने चुटकी भी ली—"अपनी शादी के वक्त आपका यह ज्ञान कहाँ चला गया था?"

जवाब में मैं भी पीछे नहीं रहा—"तुम्हारी सुन्दरता के समक्ष सारा ज्ञान तिरोहित हो गया था...!" मेरी इस बात पर अब उसने ऐसी मोहक नजरों से मुझे देखा कि मैं अपने को रोक नहीं सका। बेटियाँ सो गयी थीं। ब्रजेश्वर की शादी की बात ने तो घर के माहौल को ऐसे ही सरस बना दिया था, अब रात के एकान्त की इस चुटकी ने हमारे मन को और संचारित कर दिया। अब मैं चाहत भरी इच्छा से रेणु की ओर बढ़ चला। इस पर उसने मीठी झिड़की दी—"चुपचाप

सो जाइये। अभी मैं आपकी कोई बात नहीं सुनूँगी।''

मैं रेणु की इस झिड़की से परिचित था। यह उसका इनकार नहीं, स्वीकार था। अब मैंने उसे पूरी तरह बाँहों में भर लिया। इधर काफी समय से हम इस रूप में मिले भी नहीं थे। लेकिन यह क्या? अचानक मुझे लगा जैसे बिच्छू का डंक लग गया हो। अपनी बाँहों में मुझे रेणु की जगह सूखी लकड़ी का डंठल महसूस हुआ। मेरी रेणु का बदन तो ऐसा हो ही नहीं सकता था। अब गौर से देखा, वह रेणु ही थी। लेकिन अन्दर से बिल्कुल कंकाल बनी हुई। सिर्फ चेहरा भर ही बाकी थी। अब क्षणभर में ही मेरी ऐसी चिन्ता देख रेणु ने मुझे प्रकृतिस्थ किया—''अधिक भागदौड़ और परेशानी में शरीर सूखेगा नहीं तो और क्या हो? आप इतनी चिन्ता मत कीजिए। अब ट्रेनिंग समाप्त हो गयी है। अब फिर मैं ठीक हो जाऊँगी...।''

रेणु की यह स्थिति देख तो अब मैंने दृढ़ निश्चय कर लिया बिना नौकरीशुदा लड़की के ब्रजेश्वर की शादी नहीं करूँगा। अव्वल तो सुविधापूर्ण जीवन के लिए पति-पत्नी दोनों को नौकरीशुदा होना चाहिए। लेकिन अगर दोनों में से कोई एक भी हो तब भी काम चल सकता है...।

मेरे प्रस्ताव पर माँ ने भी कहा, ''शिक्षिका लड़की मिल जाए तो ठीक है। पर नहीं मिलेगी तो उसके लिए हम अपने लड़के को कुँवारा नहीं रख सकते।''

मैंने माँ को निश्चिन्त किया—''क्यों नहीं मिलेगी? जब हमने तय कर लिया है तो मिलनी है। जब तक उद्देश्य स्पष्ट नहीं होता है तभी तक कठिनाई रहती है। हम अब हर जगह प्रचारित कर देंगे कि शिक्षिका लड़की से ही हमें शादी करनी है। इस स्थिति में शिक्षिका लड़कियों के अभिभावकों को छोड़ और दूसरे सम्पर्क करेंगे ही नहीं...!''

इस पर माँ ने अपनी शंका जाहिर की—''और शिक्षिका लड़की वाले क्यों किसी बेरोजगार से अपनी बेटी ब्याहना चाहेंगे?''

यह सुन मैंने फिर माँ की आशंका दूर करने की कोशिश की—''शादी ब्याह में सिर्फ लड़कों का रोजगार ही निर्णायक नहीं होता माँ। कुल-खानदान और पैतृक सम्पत्ति की भी भूमिका होती है। हम तीनों भाइयों की शादियाँ तो उसी आधार पर हुई हैं। फिर ब्रजेश्वर हमसे कम कहाँ? अब पहले जितने हमें खेत नहीं रहे। लेकिन शहर का हमारा मकान उन खेतों से कम महत्त्वपूर्ण नहीं। ब्रजेश्वर की शिक्षा, पिताजी के नाम की प्रतिष्ठा और शहर का अपना मकान, ये तीन ऐसे आकर्षण हैं कि शिक्षिकाओं के अभिभावकों को भी आना होगा...!''

ब्रजेश्वर ने भी मेरे इस प्रस्ताव पर अपनी मौन सहमति दी। उसके चेहरे

पर प्रसन्नता देख मुझे लगा, शायद वह भी मेरे इस प्रस्ताव से खुश है। अब हम उस दिशा में प्रयत्नशील हो गये। लेकिन अपने प्रयास के बावजूद शीघ्र अभीष्टपूर्त्ति होते न देख माँ की आशंका पर मेरा ध्यान जाने लगा। कहीं माँ का कहा ही सच न हो। बेरोजगार लड़के से कौन बाप अपनी शिक्षिका लड़की ब्याहना चाहेगा? ऐसे में रेणु ने हमारी सारी मुश्किल आसान कर दी। मैंने अनुभव किया था, वह सिर्फ मेरी पत्नी ही नहीं, मेरी संघर्ष यात्रा की अव्वल सहयोगी भी थी। उसी ने अब यहाँ भी हमारा मार्ग प्रशस्त किया।

रेणु की प्रशिक्षण अविधि पूरी हो गयी थी। अब परीक्षा चल रही थी। परीक्षा केन्द्र पर परीक्षार्थी लड़कियों से सम्बन्धित सीनियर लड़कियाँ और शिक्षिकाएँ भी उनके सहयोग में पहुँचती थीं। परीक्षा हॉल में तो सिर्फ परीक्षार्थी लड़कियाँ ही जातीं। लेकिन बाहर तथा उनके आवास पर सीनियर लड़कियाँ परीक्षा के गुर बतातीं तथा जटिल प्रश्नों के उन्हें उत्तर समझातीं। ऐसे में एक लड़की से रेणु को ज्ञात हुआ कि हमारे जिले के कौलोडिहरी नामक गाँव में कन्हैया लाल की लड़की प्रभा शिक्षिका है, जिसकी शादी के लिए वे प्रयत्नशील हैं। अब रेणु ने हमारे यहाँ की बात भी उस लड़की को बता दी। उस लड़की का प्रभा के परिवार में आना-जाना था। उसने रेणु की बात वहाँ पहुँचा दी। अब एक सप्ताह के अन्दर ही कौलोडिहरी से प्रभा के पिता एवं चाचा हमारे यहाँ आ पहुँचे। हम तो किसी ऐसी लड़की के यहाँ से प्रस्ताव की प्रतीक्षा में ही थे। हमने उनका भरपूर आतिथ्य किया। फिर बातचीत शुरू की। लेकिन लड़की के पिता कन्हैया लाल ने प्रारम्भ में ही अपना पक्ष स्पष्ट कर दिया—"मैंने अपनी लड़की को पढ़ा-लिखकार शिक्षिका बनाया है। उस पर काफी खर्च किया है। अब दहेज देने की स्थिति में हम नहीं। वैसे अपनी सामर्थ्य के अनुसार हमें जो देना होगा देंगे। लड़की की शादी ऐसे ही नहीं करेंगे।"

जवाब में मैंने भी उन्हें आश्वस्त कर दिया, "अगर दहेज लेकर ही हमें शादी करनी होती तो अब तक हम कर चुके रहते। आपकी लड़की शिक्षिका है, हमारे लिए यही काफी है। हमारी माँग भी यही है। हमें अब और दहेज नहीं चाहिए। हमारा ब्रजेश्वर भी बी.एस.सी. कर चुका है। अब जल्द ही बलिया से हम उसे बी.एड. कराने जा रहे हैं, जहाँ से कामेश्वर कर चुका है। फिर वह भी शिक्षक हो जाएगा। दोनों पति-पत्नी नौकरी में। आराम का जीवन। आपकी लड़की का हम यहाँ आरा में ट्रांसफर करा लेंगे। फिर वह इतमीनान से यहाँ रह कर पढ़ाती रहेगी...।"

मेरी बात पर कन्हैया लाल क्षण भर के लिए चुप हो गये। अपने जवाब

में उनका प्रस्ताव मैंने मान लिया था। शायद अब वे इस दुविधा में फँसे थे कि उनकी लड़की कमासुत है और मेरा ब्रजेश्वर अभी कुछ कर नहीं रहा। लेकिन उनके छोटे भाई निरंजन लाल जो गाँव के मुखिया भी रह चुके थे और समझदार थे, एकदम तैयार हो गये। बाद में हमें पता चला कि घर जाकर निरंजन लाल ने अपने बड़े भाई और पूरे परिवार को समझाया कि हमारे जैसा प्रतिष्ठित घर वर उन्हें कहीं और नहीं मिलेगा। वे मेरे पिताजी के नाम और यश से पूरी तरह वाकिफ थे। मेरे यहाँ अपनी भतीजी की शादी में वे एकदम सक्रिय हो गये। उनकी सक्रियता ने ही यह शादी तय की। अब हमने भी देर नहीं की। मन लायक रिश्ता हमें मिल गया था। शुभम शीघ्रम की तरह प्रभा के साथ ब्रजेश्वर की शादी हमने खूब धूमधाम से कर दी। अपनी योजना के अनुसार शिक्षिका बहू उतार ली।

ब्रजेश्वर की शादी के बाद माँ अब अपने को पूर्ण समझने लगी। अपने सभी बेटे-बेटियों की शादियाँ कर वह मुक्त थी। अपना जीवन अब उसे सार्थक जान पड़ने लगा था। इस बिन्दु पर मैं भी पिताजी के निधन और बड़े भैय्या के बाहर होने के चलते अभिभावक के अपने दायित्व को पूरा हो गया समझने लगा था। ब्रजेश्वर की शादी के बाद इस जिम्मेवारी से अब मैं भी अपने को आजाद महसूस करने लगा। मैं खुश था कि अब बोझमुक्त और हल्का हो गया। बस, सृजन की अपनी प्यारी दुनिया में फिर लौट आया। ट्रेनिंग की परीक्षा से मुक्त रेणु अब घर पर ही थी। लिखने के लिए अब पर्याप्त समय मेरे पास था।

मैं जब बैसाडीह था और विरासत में 'कहानी' लिख रहा था उसी वक्त से मेरे मन में अन्धविश्वास से पीड़ित अपने ग्रामीण समाज का दर्द बना हुआ था। मैं अवसर की प्रतीक्षा में था। अब अवसर मिलते ही उस दर्द की अभिव्यक्ति शुरू कर दी। विषय की व्यापकता को देखते हुए उपन्यास के रूप में ही उसकी शुरुआत की—अपने दूसरे उपन्यास 'युद्धस्थल' की। अपने गाँव में डायन के नाम पर मारी जाने वाली रामशरण बहू नामक एक महिला को इसके केन्द्र में रखा।

मैंने निकट से देखा था, डायन का आरोप लगाकर आये दिन किसी न किसी गाँव के लोग किसी अच्छी-भली औरत की हत्या निर्दयता से कर देते थे। इस तरह की सूचनाएँ अक्सर ही समाचार पत्रों में प्रकाशित होती रहती थीं। लेकिन इस अमानवीय कृत्य पर बुद्धिजीवी वर्ग को मैंने कभी उद्वेलित होते हुए नहीं पाया था। किसी विवश लाचार औरत को अज्ञात गुनाह के नाम पर घर से खींच रोड़े—पत्थर मार या गला रेत कर या जीवित जला कर हत्या कर देना मेरे जानते सबसे क्रूर और अक्षम्य अपराध था। यह अपराध आदिम बर्बरता की ओर हमारी वापसी का प्रतीक था। इसके लिए लोगों का अज्ञान, अशिक्षा, अन्धविश्वास और रुढ़िगत संस्कार ही मुझे दोषी जान पड़ रहे थे। पर शिक्षित और सभ्य कहे जाने वालों

का तटस्थ दृष्टिकोण भी कम जिम्मेवार नहीं था।

अपने समय ओर समाज में मैं पा रहा था कि अपनी सभा-गोष्ठियों में उच्च स्वर में हम डायन और भूत का आरोप पाखंड और पिछड़ेपन का द्योतक मानते थे। लेकिन दूसरी ओर डायन के नाम पर बलि होती किसी सीधी-सच्ची महिला को मुक्त नहीं करा पाते थे और न इस अमानवीय रूढ़ि के खिलाफ किसी आन्दोलन का सूत्रपात ही करते थे। इस बिन्दु पर मैं महसूस कर रहा था कि अगर समय रहते इस सामाजिक कोढ़ से हम निजात नहीं पा सके तो प्रगतिशीलता और विकास का हमारा सारा ढिंढोरा सिर्फ खोखला नारा ही बनकर रह जायेगा। सम्भवतः इसी भावभूमि की प्रेरणा के तहत 'युद्धस्थल' उपन्यास की रचना में प्रविष्ट हुआ।

हालाँकि इस बीच समय तेजी से बदलता चला गया था। मेरा गाँव प्रेमचन्द और रेणु का गाँव नहीं रह गया था। हालाँकि तीव्रगति से बदलते हमारे इस गाँव में जहाँ एक ओर रूढ़ियाँ और अन्धविश्वास अभी भी बने हुए थे, वहीं दूसरी ओर गाँवों के सामन्ती मोहौल के खिलाफ नक्सलवादी आन्दोलन शुरू हो गया था। मेरे पहले उपन्यास 'झुनिया' का यह गाँव नहीं था, जहाँ सामन्ती उत्पीड़न से झुनिया त्रस्त थी। यह अस्सी के दशक का दहकता गाँव था। मेरा यह गाँव अब पूरी तरह 'युद्धस्थल' बन चुका था। हाट-बाजार से लौटते या खेत-खलिहानों में सोए लोगों के सर, धड़ से अलग कर दिये जाते थे। झोपड़नुमा घरों में आग लगाकर सामूहिक नर-संहार को अन्जाम दे दिया जाता था। जातिगत विषमता और आर्थिक असमानता ने गाँव को दो वर्गों में विभाजित कर दिया था। इस ओर के लोगों की बैठकें किसी सवर्ण के दालान में होतीं तो उस ओर से लोगों की बैठकें किसी अवर्ण की मड़ई में। दोनों ओर से रण-नीति तैयार की जाती और अगले दिन उसे अंजाम दे दिया जाता। हत्या तो गाँव के लिए अब आम बात हो गयी थी। मारकाट की धुन सबपर सवार थी। रातों में निकलना और खेत-खलिहानों में सोना लोगों ने छोड़ छिया था। बाहर से हथियारों की आपूर्ति यहाँ होने लगी थी। गाँव की दीवारों पर नारे लिखे जाने लगे थे। फिर आये दिन हमले भी होते। खेतों के स्वामित्व और काम के अधिकार का सवाल तथा फसल पर अपने हक की लड़ाई चरम पर पहुँचती जा रही थी। गाँवों के शहर आरा को इसके पल-पल की जानकारी थी। गाँवों में हत्या और नर संहारों को अंजाम देने वाले आरा आकर ही छिपते तथा हत्या और नर संहारों से बचने के लिए लोग आरा में ही पनाह ढूँढ़ते। शायद इसी वजह से आरा की जमीन के भाव आसमान छूते चले जा रहे थे। यह जानकर मैं चौंक उठा कि महाराजा हाता में जहाँ हम रह रहे थे वहाँ की जमीन के भाव पाँच गुणा बढ़ गये थे। हमें इस बात को लेकर अब

अफसोस हो रहा था कि हमारे पिताजी ने यहाँ और जमीन क्यों नहीं ले रखी थी? मैं देख रहा था, गाँवों के आतंकपूर्ण माहौल से शहर आने वाले खेतीहर मुहमाँगी कीमत पर अपने बसने की जमीन खरीदते जा रहे थे। निरन्तर आरा के विस्तार की वजह भी मुझे जान पड़ रही थी।

'युद्धस्थल' उपन्यास की रचना करते हुए यह प्रश्न लगातार मेरा पीछा कर रहा था कि आर्थिक और जातिगत असमानता के खिलाफ युद्ध लड़ने वाला हमारा गाँव डायन के नाम पर चुप क्यों है? परिवर्तन के लिए जिस गाँव ने हथियार उठा लिया था, उसी गाँव में डायन के नाम पर एक असहाय और विवश-लाचार औरत मारी जा रही थी। सम्भव है, परिवर्तनकामी लोग इस विचार के पक्ष में हों कि आर्थिक और जातिगत विषमता की समाप्ति पर गाँव की ऐसी रूढ़ धारणाएँ भी बदल जाएँगी। लेकिन मेरा मानना है, नहीं। ऐसी धारणाएँ वैसे संघर्ष से नहीं, सांस्कृतिक क्रान्ति से बदलती हैं।

मै जानता था, गाँव की आत्मा गाँव की बैठकों में ही निवास करती है। उन बैठकों में ही गाँव के बदलाव की सारी रणनीतियाँ तय होती हैं। डायन के रूप में दमित पीड़ित रामशरण बहू की चर्चा भी उन सारी बैठकों मे पहुँची। लेकिन सबने इस कान से सुनकर उस कान से उड़ा दिया। उनकी मुक्ति को अपने संघर्ष का हिस्सा नहीं बनाया। लेकिन रामशरण बहू की पीड़ा मेरे रचनाकार मन को उद्वेलित और प्रेरित करती रही जिसने इस उपन्यास रचना को अपेक्षित गति प्रदान की। इसके रचना-प्रवाह में मैं ऐसा बहता चला गया कि समय का चेत भी मुझे नहीं रहा। रेणु जब आकर कहती कि चलकर नहा-खा लें, तब मेरी तन्द्रा भंग होती। लेकिन नहा-खा कर फिर मैं उस तन्द्रा के बीच चला जाता। मुझे ऐसा लग रहा था कि रामशरण बहू की कथा मैं लिख नहीं रहा, मेरी मेज के समीप उपस्थित रामशरण बहू स्वयं अपनी दास्तान लिखवा रहीं है। इस उपन्यास के रचना-प्रसंग जहाँ एक ओर मेरे मन को अहत कर रहे थे वही दूसरी ओर न्याय की माँग भी। फिर तो पूरा होने तक मैं उसकी रचना में किसी गोताखोर की तरह अभीष्टपूर्ति में डूबा रहा। यह देखकर मुझे सुखद आश्चर्य हुआ कि मात्र तीन महीने में ही एक पूरा उपन्यास तैयार हो गया था। यह 'झुनिया' की तरह छोटा नहीं और काफी बड़ा भी नहीं, मझोले कद का सामान्य उपन्यास बना था।

इस बीच रेणु के प्रशिक्षण का परिणाम आ चुका था। वह अच्छे अंकों से पास कर गयी थी। अपने श्रम-संघर्ष से उसने एक ऐसा शैक्षणिक मुकाम पा लिया था जहाँ से सरकारी शिक्षिका बन जाने की अनिवार्यता थी। जिला शिक्षा अधीक्षक, भोजपुर के यहाँ प्रशिक्षितों की सूची में रेणु का नाम भी अंकित करा दिया। रिक्तियों के आधार पर उसी पैनल से वर्षवार नियुक्तियाँ होती थीं। रेणु को नियुक्ति के

लिए अब आश्वस्त होकर घर बैठना था। क्रम आने पर स्वयं नियुक्ति पत्र आ जाना था। लेकिन एक कठिन श्रम की नियमितता जी चुकी वह अब आम गृहिणी की तरह घर में बैठकर रह ही नहीं सकती थी। उसने मुझे स्मरण दिलाया—"साहित्य लेखन में आप सब कुछ भूलते जा रहे हैं। आपको कुछ याद है?"

"क्या?"

"आई.ए. और ट्रेनिंग के बाद मुझे अब आगे नहीं पढ़ना... ?"

"अरे हाँ, मैं तो भूल ही गया था। बी.ए. के लिए स्वतन्त्र छात्रा का तुम्हारा परमीशन फार्म अब तक भर देना चाहिए था।"

और अब तत्काल एच.डी.जैन कॉलेज, में जाकर रेणु का परमीशन फार्म भर आया। इस बीच हमने अपनी तीनों बेटियों पिंकी, रीनी और बुली (शोभा, बिभा और रम्भा) का नाम भी पास के एक स्कूल में लिखा दिया। रेणु की ट्रेनिंग अवधि में बच्चियों की स्थगित पढ़ाई की क्षतिपूर्ति अब हमें करनी थी। रेणु अब बी.ए. की अपनी पाठ्य पुस्तकों के साथ बेटियों की पढ़ाई पर भी तत्पर रहने लगी। उसके व्यक्तित्व में शिक्षक प्रशिक्षण का यह त्वरित लाभ मैं देख रहा था कि बच्चियों के स्कूल से आने के बाद उन्हें अनुशासित रख पढ़ाई के प्रति उनका ध्यान केन्द्रित करने में वह समर्थ हो गयी थी।

एम.ए. के अपने परिणाम के बाद अब मेरा ध्यान लेक्चररशिप की ओर केन्द्रित था। मैं जान चुका था, साहित्य लेखन के लिए सर्वाधिक उपयुक्त पद वही है। उस समय आरा में एक उत्साही व्यक्ति राजनाथ सिंह ने कुँवर सिंह कॉलेज की स्थापना की थी। अपने उस कॉलेज को जमाने के लिए वे अपने मित्र सर्वेश्वर पांडेय के साथ सक्रिय थे। पत्र-पत्रिकाओं में मेरी रचनाओं के प्रकाशन एवं चर्चा से अवगत थे। बस, एक दिन अपने कॉलेज के हिन्दी विभागाध्यक्ष के रूप में मुझे रखने के लिए आ धमके। कहा—"आरा में एक अच्छे शिक्षण संस्थान की हमने कल्पना की है। अगर आप जैसे जाने-माने साहित्यकार का सहयोग हमें मिले तो हम अपनी कल्पना को साकार कर देंगे।"

मैं जानता था, नये स्थापित इस कॉलेज में मुझे कुछ मिलना नहीं था। भविष्य के आसरे पर ही यहाँ श्रम-सहयोग करने वालों की भीड़ थी। एक की खोज पर कई-कई तैयार। बेरोजगारी में ऐसे उम्मीदवार सहज उपलब्ध। लेकिन साहित्य की मेरी चर्चा पर राजनाथ सिंह मुझे ही रखना चाहते थे। मैंने अपनी स्थिति साफ कर दी—"सिंह साहब! अभी मेरे यहाँ आय का कोई स्रोत नहीं। पिताजी को गुजरे काफी समय हो गये। माँ, पत्नी, तीन बेटियाँ और छोटे भाइयों का कुनबा हैं। एम.ए. के बाद अब मुझे वहीं लगना है, जहाँ से कुछ प्राप्त हो सके। अभी

चाहते हुए भी मैं आपके कॉलेज में सहयोग नहीं कर सकता...।''

जवाब में उन्होंने मुझे घेर लिया—''ठीक है, जहाँ कहीं आय की जगह आप को प्राप्त हो, चले जाइएगा। लेकिन जब तक कहीं नहीं जाते हैं, एकाध घंटे के लिए तो आ ही सकते हैं। कॉलेज की शुरुआत में आपके नाम का साथ हमें चाहिए...।''

उनकी इस बात पर अब मुझे तैयार हो जाना पड़ा। आरा के वे खास व्यक्ति थे। सब लोग उन्हें जानते थे। उनका एक अलग प्रभाव था। सब उन्हें सहयोग कर रहे थे। अब मैं भी वहाँ जाने लगा। हिन्दी विभागाध्यक्ष के रूप में मेरा नाम घोषित और प्रचारित भी कर दिया गया।

इधर एम.ए. के मेरे परिणाम के बाद मेरे प्रति शुभचिन्ता रखने वाले मेरे साहित्यिक मित्र भी मुझे व्यवस्थित होने में सहयोग करने के लिए तैयार थे। ऐसे मित्रों में पटना की कथा लेखिका उषाकिरण खान एवं पटना की ही विदुषी डॉ. विनीता अग्रवाल का सहयोग मेरे लिए स्मरणीय रहा है।

उस समय उषाकिरण खान कथा लेखन के साथ–साथ पटना के बी.डी.इवनिंग कॉलेज में लेक्चरर थीं। उनके पति रामचन्द्र प्रसाद खान पटना में डी.आई.जी. थे। 'धर्मयुग' में उषाकिरण खान की कहानी 'मौसम का दर्द' मुझे बहुत अच्छी लगी थी और वही हमारे परिचय का निमित्त बनी। वे मुझ से उम्र में बड़ी थीं। उनका स्वभाव बेहद आत्मीय था। फिर तो उनके यहाँ से मेरी मित्रता बढ़ती चली गयी। उनके बच्चे मुझे मामा कहते और मैं उषाजी को दीदी कहता। वे जिस कॉलेज में लेक्चरर थीं, उसके संस्थापकों में साहित्यकार सांसद शंकर दयाल सिंह मुख्य थे। अब मुझे भी उस कॉलेज में रखने के लिए उषा जी ने शंकर दयाल सिंह से कहा। वैसे एक रचनाकार के रूप में शंकर दयाल सिंह स्वयं मुझे जानते थे। जहाँ कहीं भी भेंट होती, सीने से लगाकर मिलते और प्रसन्नता में ठहाके लगाते। उनके ठहाके आज भी मुझे याद हैं। पूरा वातावरण गूँज उठता था। उषाकिरण खान से उनका निकटतम पारिवारिक सम्बन्ध था। अचानक उन्हीं दिनों किसी काम से आरा पहुँचे शंकर दयाल सिंह मेरे यहाँ आ धमके। फिर सीधे कहा— ''मैं आपको अपने कॉलेज में ले चलने आया हूँ। अपने कॉलेज का माहौल मुझे पूरी तरह साहित्यिक बना देना है। वहाँ मैं अशोक विचार मंच की स्थापना करना चाहता हूँ। उसमें भी आपका मुख्य सहयोग चाहिए...। मैं तो प्रतीक्षा कर रहा था कि आप कब एम.ए. कर रहे हैं? उषा जी से पता चला कि आपने एम.ए. कर लिया।''

मैं जानता था, शंकर दयाल सिंह का.बी.डी. इवनिंग कॉलेज उस समय मगध विश्वविद्यालय, बोध गया से सम्बद्ध था। ऐसे में वहाँ के अस्थाई शिक्षक या तो

अल्प वेतन पाते या वंचित ही रह जाते। उनकी नियुक्ति सिर्फ छः महीने के लिए ही की जाती। फिर उन्हें बर्खास्त कर पुनः छह-छह महीने का अवधि-विस्तार दिया जाता रहता। इस स्थिति में मैंने राजनाथ सिंह के समक्ष कही अपनी बात उनके सामने भी रख दी। जवाब में उन्होंने मुझे आश्वस्त किया, ''मैं आपको स्थायी नियुक्ति की प्रक्रिया के तहत ही बहाल करूँगा। आप जैसे साहित्यकार को अनिश्चय में नहीं रहने दूँगा...। जल्द ही हिन्दी विभाग के पद विज्ञापित किये जाएँगे। आप अवश्य अप्लाई कीजिएगा। मेरा कॉलेज अंगीभूत होनेवाले कॉलेजों की सूची में है। अंगीभूत होते ही आपकी सेवा-शर्त विश्वविद्यालय शिक्षकों की सेवा-शर्त बन जाएगी। फिर वेतन आदि का कोई संकट रह ही नहीं जाएगा...।''

शंकर दयालजी के इस प्रस्ताव ने मेरे मन को छुआ। पुराने ओर प्रतिष्ठित सम्बद्ध कॉलेजों के अंगीभूत होने की सूचना से भी मैं अवगत था। अब मैंने भी उनकी भावनाओं का सम्मान किया—''आपके कॉलेज में नियुक्ति से मुझे खुशी होगी। साहित्य के प्रति आपके लगाव से मैं परिचित हूँ। पद विज्ञापित कीजिएगा। अवश्य आवेदन दूँगा। आप मेरी नौकरी का प्रस्ताव लेकर आये, वाकई आप महान आदमी हैं। आज के युग में कौन ऐसा करना चाहेगा? आपके प्रति मेरे मन में बहुत अच्छी जगह है। भविष्य में अगर आपके लिए उपयोगी हो सका तो मैं अपने को धन्य समझूँगा...!''

मेरी बात सुन शंकर दयाल सिंह भी अभिभूत हो उठे। मुझे बाँहों में भर लिया। उस वक्त तक प्रकाशित अपनी तीनों पुस्तकों की एक-एक प्रति उन्हें दी। इससे वे और प्रसन्न हुए।

उस समय बिहार के कॉलेजों की व्यवस्था से मैं परिचित था। मुख्यतः दो ही तरह के कॉलेज थे—सम्बद्ध और अंगीभूत। सम्बद्ध कॉलेजों की सेवा कॉलेज संस्थापकों की समिति से संचालित होती थी और अंगीभूत कॉलेजों की सेवा विश्वविद्यालय से। अंगीभूत कॉलेज पूरी तरह विश्वविद्यालय के अंग होते थे। सम्बद्ध कॉलेजों की सम्बद्धता विश्वविद्यालय की कुछ शर्तों के तहत ही होती थी। उन्हीं में से अपने निकष पर खरे कॉलेजों को विश्वविद्यालय की ओर से अंगीभूत बनाये जाते थे। हालाँकि सम्बद्ध कॉलेजों के शिक्षकों की तुलना में अंगीभूत कॉलेज के शिक्षकों की सेवा काफी बेहतर होती थी। लगभग विहार के सरकारी सेवकों की तरह। इस स्थिति में प्रायः हर कॉलेज शिक्षक की पहली प्राथमिकता अंगीभूत कॉलेजों की नौकरी होती। मेरा अभीष्ट भी वही था। लेकिन काफी समय से अंगीभूत कॉलेजों के लिए नियुक्तियाँ हुई ही नहीं थी। ऐसी चर्चा थी कि नियुक्तियाँ होने वाली हैं। मैं भी उसी की प्रतीक्षा में था।

ऐसे ही समय सुखद उपहार की भाँति सरस्वती विहार प्रकाशन से 'झुनिया' उपन्यास छप कर आ गया। 'झुनिया' का प्रकाशन इतना आकर्षक हुआ था कि किताब दूर से ही ध्यान खींच लेती थी। चूँकि 'झुनिया' छोटा उपन्यास था, इसीलिए दीनानाथजी ने मेरी तीन लम्बी कहानियों के साथ उसे प्रकाशित किया था ताकि उसका कलेवर ठीक लग सके। अब 'झुनिया' आने के बाद मेरी पुस्तकों की संख्या चार हो गयी।

मेरे पिछले तीनों कहानी-संग्रह छोटे प्रकाशन से प्रकाशित थे। लेकिन अब 'झुनिया' एक बड़े प्रकाश संस्थान से। बड़े प्रकाशन संस्थान का यह त्वरित लाभ मैं देख रहा था कि प्रकाशित होते ही उपन्यास हर जगह उपलब्ध था और चर्चाओं में भी आता जा रहा था। उस समय 'झुनिया' की चर्चा का एक रोचक प्रसंग मुझे यथावत् याद है।

आरा में एक महत्त्वपूर्ण साहित्यिक गोष्ठी का आयोजन किया गया था। वैसे उस समय आरा में अक्सर ही साहित्यिक आयोजन होते थे। मेरे अधिकांश साहित्यिक मित्र उन आयोजनों में पूरी तरह सक्रिय रहते थे। लेकिन मैं चाहते हुए भी उतना समय नहीं दे पाता। इसके चलते मेरे वे स्थानीय मित्र मुझसे खिंचे भी रहते। लेकिन मैं कर ही क्या सकता था? अपनी व्यस्तता के चलते भी जो आयोजन मुझे महत्त्वपूर्ण जान पड़ता उसमें भाग लेता। आये दिन होने वाले स्थानीय आयोजनों में उपस्थित नहीं हो पाता। मुझे लगता, अगर अधिकांश समय आयोजनों में ही लगा दूँगा तो फिर लिखूँगा कब? अपने पारिवारिक दायित्वों का निर्वाह कैसे करूँगा? अपने कार्य के समक्ष तो मुझे दिन छोटा होता जान पड़ता।

यह वही अवसर था जब आयोजन धर्मिता और रचना धर्मिक को लेकर मेरे मन में द्वन्द्व भी पैदा होता रहता था। एक रचनाकार के रूप में हमारी प्राथमिकता किसके प्रति होनी चाहिए। मेरे स्थानीय मित्र जहाँ आयोजन धर्मिता को प्रश्रय दे रहे थे, वहीं मेरा रचनाकार रचनाधर्मिता की ओर मुझे ले जा रहा था। जहाँ एक ओर मैं लिखकर चर्चाओं में था वहीं मेरे मित्र आयोजनों के तहत ही अपनी चर्चा बनाये हुए थे। बाद में भैरव प्रसाद गुप्त के आरा आगमन ने मेरे उस द्वन्द्व को भी खत्म कर दिया। वह प्रसंग मुझे हू-ब-हू याद है।

नेशनल बुक ट्रस्ट, इंडिया ने पुस्तक परिक्रमा के तहत शहर-दर-शहर पुस्तक प्रदर्शनियों का आयोजन किया था। ट्रस्ट ने अपनी योजना के अनुसार हर शहर की अपनी प्रदर्शनी का उद्घाटन एक विशिष्ट साहित्यकार से कराने का निश्चय किया था। इस क्रम में आरा प्रदर्शनी के उद्घाटन के लिए भैरव प्रसाद गुप्त इलाहाबाद से आये थे। उद्घाटन के बाद वे चित्रटोली रोड के एक होटल

में ठहरे थे। उस समय साहित्य के वयोवृद्ध कृतिकारों में वे पर्याप्त प्रतिष्ठित और सर्वमान्य थे। उद्घाटन के बाद आरा के हम रचनाकार उनसे मिलने पहुँचे। वे अनुभव के जिस क्षितिज पर थे वहाँ से उनकी राय हम अपने लिए महत्त्वपूर्ण समझ रहे थे। मैंने अपनी जिज्ञासा उनके समक्ष रखी—''दादा! हम नये लेखकों को अपनी रचनाओं पर अधिक केन्द्रित होना चाहिए या आयोजनों पर? आपने तो साहित्य की लम्बी दुनिया देखी है। आपकी राय ही हमारे लिए निर्णायक साबित होगी...।''

मेरी यह बात सुन भैरव जी ने क्षण भर के लिए मुझे गम्भीरता से देखा। फिर स्वतः स्फूर्त ढंग से अपने मन की स्वाभाविक प्रतिक्रिया व्यक्त कर दी—''अन्ततः रचनाएँ ही हमारी पहचान बनती हैं मिथिलेश्वर...। वही टिकती हैं ओर वहीं हमें ठहराती हैं। आयोजनों की सार्थकता तो सिर्फ स्थान विशेष और समय विशेष की सीमा में ही निहित होती है।''

भैरवजी की यह बात सुन वहाँ उपस्थित मेरे आयोजनधर्मी मित्रों के चेहरे लटक गये। वे तो प्रारम्भ से ही भैरव जी में लगे थे, जब से उनका आरा आगमन हुआ था। अब भैरवजी के समक्ष तो उन्होंने कुछ नहीं कहा। लेकिन सीढ़ियों पर उतरते हुए उनमें से एक मित्र की तीखी प्रतिक्रिया मुझे सुनाई दी—''दादा की बात सुनकर तो मन में आया कि कह दूँ, आयोजनों से अलग लिखते रहने की तो आप वकालत कर रहे हैं, लेकिन आपके आगमन पर इस शहर में युवा लेखकों का जो इतना अच्छा जुलूस निकला, क्या वह बिना आयोजन के सम्भव था। तब आप आरा आते और चले जाते, शहर जानने भी नहीं पाता। उद्घाटन तक ही आपकी उपस्थिति सीमित रहती।''

लेकिन ऐसे मित्रों की बातें अब मुझे असमंजस में नहीं डाल सकीं। भैरव प्रसाद गुप्त जैसे रचनाकार जिसका पूरा जीवन आयोजन धर्मिता ओर रचना धर्मिता के बीच ही बीता था, उसने अपने अनुभव का निचोड़ मुझे बता दिया था।

हाँ, तो मैं आरा के उस महत्त्वपूर्ण आयोजन का जिक्र कर रहा था जिसमें अचानक मेरे नये उपन्यास 'झुनिया' की चर्चा का रोचक प्रसंग आ गया था। वह हमारे नगर का एक बड़ा साहित्यिक आयोजन था। महीनों की तैयारी के बाद सम्पन्न हो रहा था। बाहर के कई स्थापित साहित्यकार उसमें आ रहे थे। उस आयोजन का मुख्य आकर्षण वयोवृद्ध और सर्वमान्य साहित्यकार बाबा नागार्जुन द्वारा उसका उद्घाटन था। बाबा नागार्जुन मेरे प्रिय साहित्यकार थे। उनके उपन्यासों और कविताओं का मैं प्रशंसक था। लेकिन कभी उनसे मिल नहीं सका था। अब रू-ब-रू उन्हें बोलते देखना और सुनना था। मेरा मन भी अब उत्सुक हो उठा

था।

निर्धारित तिथि को मैं समय से आयोजन स्थल पहुँच गया। हमारे शहर के नागरी प्रचारिणी सभागार में वह आयोजन था। उस समय मेरे शहर आरा का वह अकेला सभागार था। शहर के बड़े साहित्यिक आयोजन उसी में सम्पन्न किये जाते थे। मैं जानता था, मंच की आवाज पीछे अच्छी तरह नहीं पहुँच पाती थी, इसलिए आगे की ही बेंचों पर एक किनारे बैठ गया ताकि बाबा नागार्जुन को अच्छी तरह सुन सकूँ और उन्हें निकट से देख सकूँ।

कार्यक्रम की शुरुआत कुछ विलम्ब से हुई। अपने शहर के आयोजनों में इस विलम्ब से मैं परिचित था। हालाँकि इस विलम्ब को हम यहाँ की परम्परा मान चुके थे। लेकिन श्रोताओं की उपस्थिति यहाँ की खास विशेषता थी। बड़े आयोजनों में तो पूरा सभागार भर जाता था। इस विशेषता के तहत विलम्ब का कष्ट किसी को महसूस नहीं होता था।

उस दिन भी कार्यक्रम की शुरुआत होते-होते पूरा सभागार भर गया। उद्घाटन के लिए बाबा नागार्जुन जब मंच पर आये तो तालियों की गड़गड़ाहट से आरा के श्रोताओं ने उनका स्वागत किया। मैं उन्हें पहली बार रू-ब-रू देख रहा था। गेहुँआ रंग। वार्धक्य की अवस्था। साधु-संतों की तरह बढ़े हुए बाल-दाढ़ी। कमर से कुछ आगे को झुके। पजामे-कुर्ते का लिबास। कुर्ते के ऊपर बड़ी-बड़ी जेबों वाली बंडी। देखने से लगता ही नहीं कि यह वही नागार्जुन हैं जिन्होंने अपने उपन्यासों और कविताओं से साहित्य में एक नयी जागृति पैदा की है...।

नागार्जुन ने उद्घाटन के तहत जब बोलना प्रारम्भ किया तो मेरे कान खड़े हो गये। साहित्य के प्रस्तावित विषय से पहले आरा नगर की साहित्यिक पृष्ठभूमि का वे बखान कर रहे थे। उन्होंने आरा के कुछ वैसे प्राचीन साहित्यकारों का उल्लेख किया जिन्हें मैं भी नहीं जानता था। इसके बाद वे आरा के वर्तमान साहित्यिक परिदृश्य पर बोलने लगे और अचानक मेरे ऊपर आ गये—"आरा का साहित्य अभी राष्ट्रीय स्तर पर अनुगूँज बनाये हुए है। यहीं के मिथिलेश्वर हैं जो इधर लगातार अपनी रचनाओं से इस शहर का नाम रौशन कर रहे हैं। मैं मिथिलेश्वर को नहीं पहचानता। सम्भव है, वे इस सभागार में उपस्थित हों। पटना से यहाँ आते हुए रास्ते भर मैं उनका नया उपन्यास 'झुनिया' पढ़ता रहा...।"—और बाबा ने अपनी बंडी की जेब से 'झुनिया' उपन्यास निकाल कर पूरे सभागार को दिखाया—"यह आरा की नयी पहचान है। आरा की जमीन की उपज...।"

'झुनिया' के पीले रंग के चटक आवरण ने अब सबका ध्यान सहज ही उस पुस्तक की ओर केन्द्रित कर दिया। मुझे तो अपनी आँखों और कानों पर

विश्वास ही नहीं हो रहा था कि बाबा मेरे ही बारे में बोल रहे हैं और मेरा ही उपन्यास दिखा रहे हैं।

उसके बाद अब बाबा प्रस्तावित विषय पर आ गये। लेकिन मेरा मस्तिष्क तो अब इस घटना के आकलन में लग गया। क्या बाबा जैसे वरिष्ठ और वयोवृद्ध साहित्यकार भी मेरी रचनाओं को पढ़ते हैं? मैं तो समझ रहा था कि इतने बड़े साहित्यकार मेरे जैसे नये लेखक को नहीं पढ़ते होंगे। और फिर 'झुनिया' उपन्यास तो अभी ही छपकर आया है। छपते ही बाबा ने उसे प्राप्त कर लिया और पढ़ लिया...। मुझे सब कुछ चमत्कार जैसा लग रहा था। ऐसा चमत्कार जो उस क्षण मुझे गगन में उड़ाता प्रतीत हो रहा था।

अपने उद्‌घाटन भाषण के बाद बाबा नागार्जुन जब बैठ गये और माइक पर दूसरे वक्ता आ गये तब भी मेरी निगाह नागार्जुन उन पर ही लगी रही। आराम की दृष्टि से अब वे वक्ताओं के पीछे मसनद के सहारे जा बैठे, जहाँ सचिता प्रसाद पहले से ही मौजूद था। अब मैं भी अपने को रोक नहीं सका। नागरी प्रचारिणी सभा का वह मंच बड़ा था। सामने बोल रहे वक्ताओं के पीछे बैठे लोगों पर किसी का ध्यान नहीं जाता था। मंच पर पहुँचने के दरवाजे भी किनारों से थे। अब मैं धीरे से उठ मंच पर बाबा के पास जा पहुँचा और उन्हें प्रणाम कर बैठ गया। बस, सचिता ने तत्क्षण बाबा से कहा, "यही मिथिलेश्वर हैं बाबा!"

अब यह सुनते ही बाबा ने मेरी बाँह पकड़ अपने और करीब बैठा लिया। फिर मुझे निहारते हुए कहा—"तुम बढ़िया लिख रहे हो...। तुम्हारी नयी किताब 'झुनिया' अभी कल ही उषा ने मुझे दी। रास्ते में उसे ही पढ़ते आ रहा था...।"

बाबा की इस बात पर अब अपनी उस जिज्ञासा का समाधान मैं पा गया कि मेरी नयी पुस्तक 'झुनिया' उन्हें तत्काल कैसे हस्तगत हो गयी? मुझे पता था, पटना में बाबा उषाकिरण खान के यहाँ ही ठहरते थे। मुझसे साहित्यिक मित्रता के चलते उषाजी ने ही बाबा को मेरा यह उपन्यास दिया था। उषा जी के इस सहयोग से मुझे खशी हुई।

बाबा ने मुझे आरा का स्थानीय समझ गर्म पानी की माँग की। उन्हें कुछ सर्दी लगी थी। अब मैं प्रयासरत हो गया। बाहर जो चाय की दुकान थी उस पर चाय पीने वालों की भीड़ लगी थी। गरम पानी उससे प्राप्त करने में मुझे कुछ समय लगा। बाबा के पास पहुँच गर्म पानी का गिलास उन्हें थमाते हुए कहा—"भीड़ के चलते चाय वाले ने देर कर दी बाबा...। मैं तो जल्दी लाना चाहता था...।"

इस पर सचिता प्रसाद बोल उठा—"तुम्हारे इस विलम्ब पर बाबा ने तुम

पर एक कविता लिख दी है!''—और सचिता ने एक कागज का पन्ना मेरी ओर बढ़ा दिया। देखा, सचमुच बाबा ने आठ-दस पंक्तियों की एक कविता मुझ पर लिख दी थी, जिसमें 'झुनिया' का उल्लेख और मुझसे परिचय के साथ पानी की प्रतीक्षा का रूपक था। वह कविता अपनी किसी उपलब्धि की तरह मैं रखना चाहता था। बाबा की लिखावट में वह थी। लेकिन सचिता प्रसाद ने मुझसे झपट ली—''अपनी पत्रिका में इसे छापूँगा। अब पत्रिका ही रखना!''

सचिता प्रसाद मेरा हम उम्र था और पटना सचिवालय में काम करता था। साथ ही कविताएँ भी लिखता था। पटना से बाबा को लेकर वही आया था। एक पत्रिका निकालने की उसने घोषणा भी की थी। बाद में सचिता की पत्रिका के एक-दो अंक आये। लेकिन वह कविता उसमें नहीं। पटना जाने पर सचिता से पूछताछ भी की। जवाब में उसने साफ कह दिया—''पता नहीं, वह कहाँ रखा गयी या कहीं खो गयी, अब मिल ही नहीं रही...!''

मुझे सचिता पर गुस्सा आया। लेकिन अब कर ही क्या सकता था? रेणु जी की उस टिप्पणी की तरह बाबा नागार्जुन की वह कविता भी मुझे उपलब्ध नहीं हो सकी।

प्रकाशित होते ही 'झुनिया' उपन्यास की उस चर्चा ने मेरे रचनाकार मन में तूफानी आवेग भर दिया। मेरे शहर में आकर मेरे लेखन पर नागार्जुन जैसे साहित्यकार की वह टिप्पणी मेरे रचनाकार की अतिरिक्त सक्रियता के लिए काफी थी। वैसे तो अपने पारिवारिक कार्यों से मैं जब भी और जैसे भी फुर्सत पाता, लेखन में जुट जाता था। लेकिन नागार्जुन की उस चर्चा ने अब जोश-खरोश के साथ गहरे में मुझे रचनारत कर दिया। फिर तो स्मृति में जज्ब कहानियों के विषय उभरते और अपना स्वरूप ग्रहण करते गये। 'युद्धस्थल' उपन्यास लिखते हुए भी कुछ कहानियों के विषय आये थे, जिन्हें कथा-सूत्र की अपनी डायरी में दर्ज कर लिया था। अब उन सब पर बारी-बारी से लिखने लगा था।

कुछ कहानियों की रचना के बाद मेरा ध्यान अब अपने चौथे कहानी—संग्रह और दूसरे उपन्यास की ओर चला आया। मैं देख रहा था, तीसरे कहानी—संग्रह के प्रकाशन के बाद चौथे संग्रह भर कहानियाँ विभिन्न पत्रिकाओं में प्रकाशित होकर आ गयी थीं तथा 'युद्धस्थल' उपन्यास भी लिखकर रखा हुआ था। मुझे लगा, पुस्तक प्रकाशन की जब कोई समस्या नहीं तब फिर तैयार पुस्तकों को घर में क्यों रखना? बस, उन दोनों की पांडुलिपियाँ तैयार करने में भिड़ गया।

उन दिनों मथुरा से सव्यसाची के सम्पादन में 'उत्तरार्द्ध' नामक एक अच्छी पत्रिका प्रकाशित होती थी। उस पत्रिका में 'मेघना का निर्णय' नामक मेरी एक

नयी कहानी आयी थी, जो मेरे मित्रों और पाठकों के बीच चर्चाओं में थी। अब 'मेघना का निर्णय' नाम से ही अपना चौथा कहानी-संग्रह तैयार किया। उस संग्रह में मुख्य कहानी 'मेघना का निर्णय' के साथ अन्य कहानियाँ—'कुचलती हुई लाश', 'जिन्दगी का एक दिन', 'छोटे शहर के लोग', 'गृहप्रवेश', 'कसूर', 'बहादुर', 'रात' और 'सवाल' संकलित कर दी। पिछले तीनों कहानी-संग्रहों में दस-दस कहानियाँ संकलित थीं, लेकिन इस चौथे संकलन में नौ कहानियाँ ही संकलित की। अब जैसे ही संकलन तैयार हुआ भेज दिया।

उस संग्रह के बाद 'युद्धस्थल' उपन्यास की पांडुलिपि लेकर बैठ गया। अब उसकी बारी थी।

इस दृष्टि से अब दुबारा उसे जाँच परख कर ही भेजना था। लेकिन उसी समय दिल्ली के एक प्रकाशक धर्मेन्द्र शुक्ल आ धमके। मुझसे मेरी नयी किताब लेने के लिए दिल्ली से आये थे। मैं समझ रहा था, यह मेरे निरन्तर प्रकाशन, पुरस्कार और चर्चा का परिणाम था। धर्मेन्द्र शुक्ल ने अपने प्रकाशन की दो-तीन किताबें मेरे सामने रख दी। सचमुच उनकी प्रस्तुति देख मैं दंग रह गया। कलात्मक साज-सज्जा के साथ वे प्रकाशित की गयी थीं। लेकिन मैंने अपना पक्ष स्पष्ट कर दिया—''फिलहाल मेरे पास कोई नयी किताब नहीं।''

दरअसल, मैं अपना चौथा संग्रह भेज चुका था तथा दूसरा उपन्यास 'युद्धस्थल' सरस्वती विहार में देने के लिए वचनबद्ध था। इस स्थिति में वाकई मेरे पास कोई नयी किताब नहीं...।

''चलिए, नयी किताब नहीं है तो श्रेष्ठ कहानियों का संग्रह ही बना कर दे दीजिए। आपकी एक किताब मुझे चाहिए ही। श्रेष्ठ कहानियों के संकलन में आपको नया लिखना और परेशान होना भी नहीं है। पिछले संग्रहों से ही चुनी हुई कहानियाँ छाँट कर एक जगह कर देना है...।''

इस पर उनका यह प्रस्ताव भी मैंने अमान्य कर दिया—''यह ठीक नहीं होगा। अभी श्रेष्ठ कहानियाँ देने जैसा मेरा समय नहीं। अभी तो मेरी शुरुआत है। कोई लेखक जब पूरा लिख चुका होता है तभी उसमें से श्रेष्ठ छाँटने का अधिकारी बनता है। अभी का मेरा श्रेष्ठ संकलन प्रामाणिक नहीं हो सकता। यह उचित भी नहीं...।''

अब उन्होंने अपना व्यावसायिक दाव चलाया—''अभी का आपका यह संकलन अभी की श्रेष्ठ कहानियों का प्रतिनिधित्व करेगा। आगे जब अपने लेखन के अन्त में आप श्रेष्ठ संकलन बनाएँगे तो वह आपकी सम्पूर्ण कहानियों के बीच श्रेष्ठता का परिचायक होगा। अभी श्रेष्ठ संकलन बनाने का यह अर्थ तो नहीं कि आगे आप श्रेष्ठ संकलन बनाएँगे ही नहीं। फिलहाल इस संकलन पर म.प्र.

सरकार की ओर से आपको बीस प्रतिशत रॉयल्टी मिलेगी। जब तक रॉयल्टी भुगतान की रसीद हस्ताक्षर कर आप नहीं देंगे, तब तक म.प्र. से थोक बिक्री की रकम मुझे प्राप्त नहीं हो सकती...। वहाँ थोक बिक्री में आपकी एक किताब मुझे देनी है...।''

अब धर्मेन्द्र शुक्ल के आरा आगमन और श्रेष्ठ कहानियों के संकलन की माँग का कारण मैं समझ गया। मुझे पता था उस समय अशोक वाजपेयी भोपाल में थे और एक सक्षम अधिकारी थे। उन्होंने ही लेखकों को उनका उचित हक दिलाने के लिए ऐसा नियम बनवाया था कि म.प्र. में पुस्तकों की थोक खरीद के बाद प्रकाशक को भुगतान के लिए सम्बन्धित लेखकों से बीस प्रतिशत रॉयल्टी प्राप्त कर चुकने की रसीद देनी होगी। मुझे इस बात का अन्दाजा भी हो गया कि अवश्य धर्मेन्द्र शुक्ल भोपाल जाकर यह आश्वासन पा चुके हैं कि मेरी पुस्तक की थोक खरीद वहाँ हो जाएगी।

इसके बावजूद उस वक्त श्रेष्ठ कहानियाँ बनाने के लिए मेरा मन प्रेरित नहीं हुआ। अभी अपने पाठकों को मैं अपनी नयी पुस्तकें ही देना चाहता था, पुराने संग्रहों से बनायी कहानियों का संग्रह नहीं। लेकिन पत्नी रेणु, माँ एवं छोटे भाइयों को शुक्ल का प्रस्ताव जँच गया। अब सबने शीघ्र आर्थिक लाभ के नाम पर वह संग्रह बनाने के लिए मुझे राजी किया। रॉयल्टी के नाम पर सामान्य स्थिति में प्रकाशक जो देते थे वह नगण्य रकम होती थी। लेकिन म.प्र. की इस विशेष योजना के तहत अब खास रकम पानी थी। इस स्थिति में न चाहते हुए भी श्रेष्ठ कहानियों का संग्रह मुझे तैयार करना पड़ा। नौकरी में न होने के चलते आर्थिक दबावों के समझ ऐसी योजना को देर तक झटक नहीं सकता था। अब पिछले संग्रहों से 15 कहानियाँ निकाल उनको दे दिया। अपने उस संग्रह के संयोजन से मैं खुश नहीं था। लेकिन मेरा परिवार प्रसन्न था।

अब उस श्रेष्ठ संकलन के बाद 'युद्धस्थल' उपन्यास में लगा। उसकी पांडुलिपि तो मैंने निकाल ही ली थी। लेकिन अचानक टपके धर्मेन्द्र शुक्ल ने तीन-चार दिन विलम्ब करा दिया था। अब उस उपन्यास पर मैं केन्द्रित हो गया। मैंने तेजी से जाँच-परखकर उसकी प्रेस कापी जल्द तैयार कर दी! लेकिन जब उसकी रचना-प्रक्रिया के तहत फिर से उसे जाँचना शुरू किया तो उसमें काम करने की इतनी गुंजाइश निकलती चली गयी कि फिर से उसे लिखना पड़ गया। इसमें अब मूल से अधिक समय मुझे लग गया। अब उसे बेहतर बनाने का यह दुबारा लेखन किसी प्रवाह के तहत सम्भव नहीं था। यह तो काट-छाँट, जोड़-घटाव और ठोंक-पीट का दीर्घकालिक कार्य था। कोई वाक्य या प्रसंग नहीं जँचता तो उसे काट कर दूसरा लिखता। अगर उस दूसरे से भी मन नहीं भरता तो फिर

तीसरा। जब तक मेरे रचनाकार मन को आश्वस्ति नहीं मिलती तब तक उसमें फेर-बदल करता रहता। बाबा नागार्जुन की उस चर्चा ने मुझे इतना उत्साहित कर दिया था कि 'युद्धस्थल' के दुबारा लेखन में भी मैंने तनिक बोझिलता का एहसास नहीं किया। उसे दुरुस्त कर उसकी साफ प्रति सरस्वती विहार को भेजकर ही इतमीनान हुआ...।

लेकिन यह सुखद संयोग घटित हुआ कि एक ओर 'युद्धस्थल' उपन्यास मैंने प्रकाशक के पास भेजा, वहीं दूसरी ओर श्रेष्ठ कहानियाँ संग्रह छप कर आ गया। सचमुच अपने कहे अनुसार धर्मेन्द्र शुक्ल ने शीघ्र और अच्छा प्रकाशन किया था। अब तक प्रकाशित मेरी चारों पुस्तकों से इस श्रेष्ठ संकलन का आमुख ध्यानाकर्षक था। हरे-भरे खेतों के बीच गेहूँ की बालियों के साथ दो बुजुर्ग किसान बैठे थे तथा गेहूँ के पौधों के बीच हाथ में हशिया लिए एक कृषक बाला खड़ी थी। इस पुस्तक का आमुख न सिर्फ ग्रामीण जीवन के यथार्थ से परिचित कराता था बल्कि इसे पढ़ने के लिए पाठकों को आमन्त्रित भी करता था। इस पुस्तक के चन्द रोज बाद ही 'मेघना का निर्णय' नामक मेरा चौथा कहानी संग्रह भी प्रकाशित होकर आ गया। प्रकाशन की खुशी पर खुशी...! एक ही वर्ष 1980 में एक साथ तीन पुस्तकें। वर्ष 1979 मेरे लिए कुछ दूसरे कारणों से महत्त्वपूर्ण साबित हुआ था। अब वर्ष 1980 एक साथ मेरी तीन पुस्तकों—'झुनिया', 'श्रेष्ठ कहानियाँ' और 'मेघना का निर्णय' को लेकर स्मरणीय बन गया।

मैं पा रहा था अब मेरी पुस्तकों की संख्या छह हो गयी थी। वर्ष 1976 से 1980 के बीच ही छह किताबें। मैं महसूस कर रहा था, लेखन के स्तर पर यह मेरे प्रोत्साहित होने का ही परिणाम था। पाठकों, प्रकाशकों और वरिष्ठ साहित्यकारों की ओर से अगर मुझे उत्साहजनक प्रोत्साहन नहीं मिला होता तो शायद मेरी रचनाओं के सृजन एवं पुस्तकों के प्रकाशन की ऐसी रफ्तार नहीं होती। मैंने अनुभव किया था, अपनी कृतियों पर जब-जब सन्तोष जनक प्रतिक्रियाएँ मुझे मिलतीं, मेरा रचनाकार बाग-बाग हो उठता तथा पुनः-पुनः सृजन के प्रति मेरी संलिप्तता गहराती जाती। मैंने देखा है, प्रोत्साहन के अभाव में अच्छे-अच्छे रचनाकार सृजन-विमुख हो जाते हैं।

साहित्य के क्षेत्र में अधिक लिखने-छपने और सम्मानित होने को लेकर मैं दो बातें सुनते आ रहा था। पहली यह कि एक पुस्तक के आने के तत्काल बाद दूसरी पुस्तक नहीं आनी चाहिए। तीन-चार साल के बाद ही दूसरी पुस्तक का आना अच्छा होता है, क्योंकि इस अवधि में उस पहली पुस्तक की पर्याप्त चर्चा- समीक्षा हो चुकी रहती है। एक पुस्तक की अपेक्षित चर्चा-समीक्षा से पहले

ही दूसरी पुस्तक के आने से उसका हक मारा जाता है। सम्भवतः इस पक्ष को ध्यान में रखकर ही साहित्यिक सूझ-बूझ वाले रचनाकार अपनी पुस्तकों का प्रकाशन जल्दी-जल्दी नहीं कराते। लेकिन यह बात मुझे उपयुक्त और सही नहीं जान पड़ती। जिनका लेखन शौकिया हो, जो निरन्तर लिखते रहने के लिए प्रेरित न हों, वही ऐसा कर सकते थे। जो लेखन के प्रति समर्पित हों, भला वे ऐसा कैसे कर सकते थे? विश्व के महान लेखकों में कम लिखने वालों की अपेक्षा अधिक लिखने वालों की संख्या ही मैंने ज्यादा पाई थी। हिन्दी के अतिरिक्त कुछ अन्य भारतीय भाषाओं में भी श्रेष्ठ लेखकों के नाम पर प्रचुर मात्रा में साहित्य देखा था। अगर एक के प्रकाशन के बाद दूसरे में प्रर्याप्त गैप की वे प्रतीक्षा करते तो शायद इतना लिख ही नहीं पाते। नयी किताब तैयार हो। पाठकों की माँग बनी हो। लेकिन यह सोच कर कि पहली कि पर्याप्त चर्चा-समीक्षा के बाद ही दूसरी का प्रकाशन कराना है, साहित्य के स्वाभाविक विकास को बाधित कर कम लिखे को ही भुनाना है, चर्चा की राजनीति में जाना है, जो कदापि श्रेयस्कर नहीं। सम्भवतः इन्ही विचारों के तहत मैंने अपनी किसी पुस्तक का स्वाभाविक प्रकाशन बाधित नहीं किया। तैयार होने के बाद उसे छपने के लिए दे दिया। मेरे विचार में किसी कृति पर सिर्फ तीन-चार वर्षों तक ही चर्चा-समीक्षा की अपेक्षा नहीं होती। प्रकाशित होने के बाद तो वह बराबर के लिए पाठकों की चर्चाओं का विषय होती है।

दूसरी बात, सम्मान प्राप्त लेखक की धार कुन्द हो जाने के बारे में भी मैं सुनते आ रहा था। लेकिन यह बात भी मुझे वाजिब नहीं जान पड़ रही थी। जिस लेखक का लेखन पुरस्कार के लिए ही होता हो, पुरस्कार प्राप्ति के बाद उसका चुक जाना स्वाभाविक है। लेकिन जो परिवार से लेकर समाज तक जीवन-संघर्ष में सक्रिय और सन्नद्ध हों, प्राप्त पुरस्कार से उनकी रचनाओं की धार कभी कम नहीं होती। पुरस्कार या सम्मान का वास्तविक आकलन रचना और व्यक्ति के धरातल पर अलग-अलग किया जाना चाहिए, तभी उसका परिणाम समझा जा सकता है, क्योंकि जीवन की आग से ही रचनाओं का ताप संचालित होता है। इससे अलग जहाँ पुरस्कार लेखक के जीवन को सुविधाओं में ले जाता है और जन-संघर्षों से काटता है, वहाँ उसकी रचनाओं की तीक्ष्णता का गायब होना स्वभाविक है।

उस समय 'युद्धस्थल' उपन्यास भेजने के बाद अब पुनः लिखने के लिए कई विषय मेरे मन पर दस्तक देने लगे थे। ऐसे में ही दिल्ली से एक पत्रिका के प्रेम कथा विशेषांक का विशेष आमन्त्रण मुझे प्राप्त हुआ। इससे पहले भी प्रेम

कहानियों के लिए कई आमन्त्रण मिले थे। साहित्य का यह प्रिय विषय था। हिन्दी साहित्य से एम.ए. करने के दौरान भी पाठ्य पुस्तकों में इस विषय की व्यापकता से मैं अवगत था। साहित्य के अनुभवी कृतिकारों का भी कहना था कि प्रेम पर लिखा साहित्य ही कालजमी होता है। मेरे समकालीन लेखक इस बात के लिए मुझे उलाहना भी दिया करते थे कि मेरे पास प्रेम से सम्बन्धित एक भी उल्लेखनीय रचना नहीं। सम्भवत: इन्हीं बातों को ध्यान में रख अब प्रेम पर लिखने का मैंने निर्णय किया। मेरे मन में काफी बातें थीं, इसीलिए कहानी के रूप में नहीं, उपन्यास के कलेवर में ही मैं प्रेरित अनुभव कर रहा था। सम्भव है, 'युद्धस्थल' उपन्यास की रचना के बाद मेरे रचनाकार मन पर औपन्यासिक विस्तार का यह असर हो! जो हो, उपन्यास रूप में ही प्रेम को प्रस्तुत करने में लग गया।

मैं प्रेम पर जो लिखना चाहता था उससे सम्बन्धित शीर्षक भी अब स्वत: स्फूर्त मेरे सामने आ गया—'प्रेम न बाड़ी ऊपजै'। मैंने अनुभव किया था, कभी किसी रचना का शीर्षक लिखाते हुए सूझता था तो कभी समाप्ति पर। इससे पृथक कुछ वैसे भी शीर्षक होते थे जो विषय के साथ ही मन में उभर आते थे। 'प्रेम न बाड़ी ऊपजै' ऐसा ही शीर्षक था।

मेरे जीवन का यह सच था कि मैंने कभी प्रेम नहीं किया। इसके पीछे समय से मेरी शादी का हो जाना रहा था। प्रेम करने या होने वाली उम्र में अभी मैं पहुँचने ही वाला था कि दाम्पत्य-सूत्र में बँध गया। मैं महसूस कर रहा था, रेणु ही मेरी पत्नी, प्रेमिका और सहायिका तीनों है। आलोचक डॉ. नागेश्वर लाल ने मेरी कहानियों पर लिखते हुए यह प्रश्न खड़ा किया था कविता की उम्र में मैं कहानी की बुजुर्गियत के समीप क्यों खड़ा हुआ और रस-रोमांस के स्थान पर समस्यामूलक सामाजिक यथार्थ से अपनी शुरुआत क्यों की? दरअसल, इसके मूल में मेरे जीवन की तत्कालीन परिस्थिति नियामक थी, जिसने मेरे प्रथम दौर के लेखन को काफी हद तक प्रभावित किया। लेकिन इसका यह अर्थ नहीं कि मैंने प्रेम को जाना ही नहीं। प्रेम को मैंने जिस रूप में जाना, प्रेम के बारे में जो कुछ पढ़ा तथा समाज में घटनेवाली प्रेम-कथाओं का जिस तरह मुआयना किया, उसने मुझे बेहद रोचक विचारोत्तेजक और अजीबोगरीब अनुभव हासिल हुए थे। अब उसी अनुभव को 'प्रेम न बाड़ी ऊपजै' में प्रस्तुत करना चाहता था।

प्रेम को लेकर ये सवाल भी मुझे परेशान कर रहे थे कि प्रेम करनेवाले युवक-युवती जब पति-पत्नी बन जाते हैं तो उनके बीच का प्रेम तिरोहित क्यों होने लगता है? शरीर के आकर्षण और धरातल पर उपजा प्रेम शरीर के मिलन के साथ समाप्त क्यों हो जाता है? जीवन के यथार्थ से रू-ब-रू होते ही प्रेमी युगल अपने प्रेम

की प्रबलता और उसके तूफानी आवेग को जाता हुआ क्यों महसूस करते हैं? इस सम्बन्ध में मेरे रचनाकार मन ने तयकर लिया कि प्रेम को यथार्थ से काटकर मुझे नहीं देखना। प्रेम ही क्यों, किसी भी विषय को यथार्थ की आँच में पकाकर ही हम उसका वास्तविक स्वरूप जान सकते हैं। ऐसा करके ही सोने में मिले रांगे की भाँति विषय से सम्बन्धित भ्रामक और हवाई धारणाओं से हम मुक्त हो सकते हैं।

अपने उस समय तक के जीवन में कई प्रेमियों को मैंने निकट से देखा था, जिन्होंने अपने चहेते-चहेतियों तक पहुँचने के लिए न सिर्फ प्रेम की दिव्यता में जलने का अभियान किया था, बल्कि अपने आस-पड़ोस को सच्चे प्रेमी होने की प्रतीति भी करायी थी। लेकिन अपने प्रेम को पाने और भोग चुकने के बाद उसके साथ जीवन निर्वाह के नाम पर वे कन्नी कटाते या बहानेबाजी करते पाये गये थे। अपवाद स्वरूप इसमें से कुछ ने अपने चहेते या चहेतियों से शादी भी की। लेकिन शादी के बाद उनके प्रेम का वह मायावी संसार बिखरता चला गया।

मैंने यह भी देखा था कि प्रेम के नाम पर लड़के-लड़की एक दूसरे को बर्बाद कर अन्य से शादी भी कर लेते हैं और अपने पिछले प्रेम-प्रकरण की बात पर ऐसे बिदकते हैं जैसे पाँव कीचड़ में सन गये हों। मेरे लिए यह दुःखद आश्चर्य का विषय था कि हमारे समय और समाज में ऐसे ही प्रेमी युवाओं की संख्या बढ़ती जा रही थी जिन्होंने प्रेम के नाम पर लड़के द्वारा लड़की फँसाने तथा लड़की द्वारा लड़के को रीझाने और अपनी कामेच्छा की पूर्त्ति का एक अचूक फन्दा समझ लिया था।

मैंने पढ़ा था और सुना था कि प्रेम जाति-पाँति, ऊँच-नीच और बड़े-छोटे का भेद नहीं मानता। लेकिन व्यवहार के धरातल पर इन बातों को सही नहीं पा रहा था। ऐसी कई घटनाओं से मैं अवगत था कि नौकर के साथ, दर्जी के साथ, बंजारे के साथ या ट्यूशन पढ़ानेवाले मास्टर के साथ भागी, पृथक वर्ग और पृथक संस्कार की लड़की, उसके साथ एडजस्ट नहीं कर पाती थी। चन्द दिनों के बाद ही उनके संस्कार और वर्गीय चरित्र एक-दूसरे से टकराने लगते थे। प्रेम के आवेग में अपने मुहल्ले में बाहर से भाग कर आयी एक लड़की को अपने प्रेमी पति से रोज पिटते मैं देखता था। तब मैं अक्सर सोचा करता था कि काश! यह लड़की भागने से पूर्व प्रेम के यथार्थ से अवगत होती!

पहले मैं जानता था कि प्रेम नायक और नायिका दोनों को समान रूप से व्यथित करता होगा तथा उसके सुख-दुःख के वे समान भागी होंगे और एक-दूसरे के प्रति उनका समर्पण भी एक जैसा ही होगा। लेकिन कई प्रेमी-युगल

के यथार्थ से अवगत होने के बाद मैं इस निष्कर्ष पर पहुँचा कि नर और नारी अपनी प्राकृतिक एवं संरचनारत्मक भिन्नता की तरह, प्रेम के प्रति अपनी आस्था और पकड़ में भी भिन्नता रखते हैं। नारी अपनी अतिशय कोमलता, नैसर्गिक सम्वेदनशीलता एवं अपनी सामाजिक स्थिति के चलते नर की तुलना में प्रेम को कहीं अधिक गहरे में जीती है। नर की तरह उसका प्रेम छलावा या सिर्फ बाह्य दिखावा मात्र ही नहीं होता, आवश्यकता पड़ने पर वह प्रेम के नाम पर अपने को उत्सर्ग भी कर देती है। प्रेम की सूक्ष्मता एवं आदर्शवादिता को कुछ हद तक मूर्त रूप प्रदान करने में महिलाएँ ही कारगर हो पाती हैं।

'प्रेम न बाड़ी ऊपजै' उपन्यास लिखने की पूर्व पीठिका के रूप में विश्व की प्रसिद्ध प्रेम कथाएँ भी मेरे समक्ष आ गयी थीं, जहाँ नायक-नायिका समस्त भौतिक कष्टों एवं आपदाओं को सहते हुए तथा अपने मार्ग में आनेवाली तमाम कठिनाइयों एवं बाधाओं से जूझते हुए भी अपने प्रेम पर अडिग बने हुए थे। अपने प्रेम के नाम पर शहादत देते रहते थे। लेकिन ऐसा अपने समय के यथार्थ में मैं कहीं पा नहीं रहा था। इस सन्दर्भ में ऐसे प्रश्न भी मेरे समक्ष उठते रहते थे कि हम जिस भौतिकवादी युग में जी रहे हैं और सम्बन्धों तथा मूल्यों को लेकर हमारे युग का जो दृष्टिकोण बन गया है, क्या वह उन प्रेम कथाओं से मेल खाता है? मैं देख रहा था, प्रेम के प्रबल आकर्षण में हमारे समय के युवक-युवतियों को पति-पत्नी बनने में जितनी देर नहीं लगती, उससे कम ही देर में उनके बीच तलाक के पेपर भी आ जाते हैं।

मेरे समक्ष प्रेम का यह उदात्त पक्ष और आदर्श तथ्य भी सामने था, जहाँ प्रेमी-प्रेमिका, एक-दूसरे के साथ, एक-दूसरे के लिए या एक-दूसरे की प्रतीक्षा में अपने को उत्सर्ग कर देने से लेकर समर्पित भाव से मृत्युपर्यन्त अविचल, एकाग्र और एकनिष्ठ रूप में जीवन व्यतीत करते थे। लेकिन ऐसी घटनाएँ सैकड़ों-हजारों के बीच कहीं एक-दो घटती थीं—अपवाद स्वरूप ही; हमारे आम सामाजिक जीवन की प्रतिनिधि घटनाएँ वे नहीं होतीं। इसके विपरीत समकालीन यथार्थ के प्रखर हिस्से के रूप में इस तथ्य से भी मैं अवगत था कि प्रेम के नाम पर भोगा या प्राप्त किया हुआ सुख, एक क्षण विशेष या अवसर विशेष का ही सुख होता था, एक उम्र विशेष का मादक और नाजुक प्राप्तव्य। बाद की जिन्दगी की जरूरतों और अनिर्वायताओं में उसकी कोई अहम भूमिका नहीं होती।

इस नये उपन्यास को प्रारम्भ करते हुए इसके निहितार्थ के रूप में जाने-अनजाने कबीरदास की निम्नलिखित पंक्तियाँ मेरे रचनाकार-मानस में गूँज उठी थीं—

''छिनहि चढ़ै, छिन ऊतरै, सो तो प्रेम न होय।
अघट प्रेम पिंजर बसै, प्रेम कहावै सोय॥
अकथ कहानी प्रेम की, कछू कही न जाय।
गूँगे केरी सरकरा, जो बैठे मुसकाय॥
प्रेम न बाड़ी ऊपजै, प्रेम न हाट बिकाय।
राजा परजा जोहि रुचै, सीस देइ लै जाय॥''

[15]

'प्रेम न बाड़ी ऊपजै' उपन्यास की रचना में मैं जैसे-जैसे आगे बढ़ता जा रहा था, प्रेम की उस दुनिया में अपने को खोता अनुभव कर रहा था। कोई कहानी लिख रहा होता तो उसके सीमित दायरे में डुबकी लगाने की ऐसी गुंजाइश नहीं होती। लेकिन उपन्यास और वह भी विषय प्रेम, मेरी संलिप्तता गहराने के लिए काफी था। लेकिन अचानक इसी वक्त रेणु ने याद दिलाया—"एम.ए. करने के बाद अब बारी-बारी से आपको अपने उन मित्रों और शुभ चिन्तकों से सम्पर्क करना चाहिए जिन्होंने लेक्चरर की नियुक्ति में आपको मदद के लिए कहा था। उषा जी से आपका सम्पर्क था तो उन्होंने शंकर दयाल सिंह से कहा। अब और लोगों से मिल आइये। घर पर बैठकर लिखते रहने से कुछ नहीं होगा। लिखना तो जीवन भर चलता रहेगा। नौकरी का समय बराबर नहीं रहेगा।"

अचानक रेणु की बात से 'प्रेम न बाड़ी ऊपजै' की मेरी संलिप्तता भंग हो गयी। रेणु ने मुझे यथार्थ का बोध करा दिया। मैं तो प्रेम की रचना प्रक्रिया में इस यथार्थ को भूल ही बैठा था। वह बिल्कुल सच कह रही थी। जिस उद्देश्य के लिए गया की कष्टकर यात्रा कर मैंने एम.ए. की परीक्षा दी और उस अवधि में बुली को गोद में लेकर रेणु को प्रशिक्षण में जाना पड़ा। उस उद्देश्य की दिशा में अब मुझे सक्रिय हो जाना चाहिए। 'प्रेम न बाड़ी ऊपजै' फिर पूरा कर लूँगा। अब तक इस बात का पुख्ता एहसास भी मुझे हो गया था कि सिर्फ लिखकर अपनी आर्थिक समस्याओं से मैं निजात नहीं पा सकता। बस, उपन्यास की अधूरी पांडुलिपि फाइल में बन्द कर दी। कॉलेज शिक्षक की नौकरी के लिए सक्रिय हो गया जो मेरा अभीष्ट था। उस क्षण डॉ. नवलकिशोर गौड़ और डॉ. वसुदेव नन्दन प्रसाद की बातें भी मेरे मानस में कौंध उठीं कि एम.ए. के बाद कॉलेज शिक्षक होने में मुझे कठिनाई नहीं होगी और मेरे लायक सर्वाधिक उपयुक्त पद भी वही होगा। मेरे अपने रचनाकार मन को भी लगने लगा था कि एम.ए. की डिग्री के साथ मेरी छह पुस्तकें और दो पुरस्कार मुझे शिक्षक बनाने में सहायक

सिद्ध हो सकते हैं। साहित्य–व्याख्याता की नियुक्ति में विश्वविद्यालयों के साहित्याचार्य ही मौखिकी में रहते हैं। वे मेरी रचनात्मकता को झटक नहीं पाएँगे। और अगर झटकेंगे तो गौड़ साहब और वासुदेव बाबू से कहवा दूँगा। उन्होंने ही प्रेरित कर एम.ए. कराया है। उनका सहयोग अवश्य मिलेगा। लेकिन यह तभी सम्भव है जब व्याख्याता की नियुक्ति के लिए राज्य स्तर पर विज्ञप्ति हो। फिलहाल जब तक वैसी विज्ञप्ति नहीं होती, व्यक्तिगत सम्पर्कों के आधार पर अंगीभूत महाविद्यालयों में अस्थायी शिक्षक के रूप में रहा जा सकता है। मुझे पता था, उस समय राज्यस्तर पर नियुक्ति में विलम्ब के चलते बिहार के विश्वविद्यालयों में 'वी.सी. एप्वाइंटमेंट' के तहत नियुक्तियाँ की जाती थीं। इसमें पूरा वेतन मिलता था। लेकिन छह महीने से पहले ही एक–दो दिनों के लिए टर्मिनेट कर दिया जाता था। फिर नये रूप में रख लिया जाता। ऐसे लोग हटते नहीं थे। एक बार घुस जाने के बाद बने रहते थे। वे अस्थायी शिक्षक ही होते थे। लेकिन आगे चलकर स्थायी भी बन जाते थे। फिलहाल मेरे लिए यही मार्ग था। अब इस मार्ग पर मेरी चेतना अपने व्यक्तिगत सम्पर्कों के उपयोग की दिशा में उन्मुख हो गयी...। यह कुलपति स्तर पर उच्च सम्पर्क से ही सम्भव था।

अचानक इसी क्षण डॉ. विनीता अग्रवाल का स्मरण हो आया। उषा किरण खान की तरह विनीता जी भी पटना में व्याख्याता थीं। उनके उच्चस्तरीय सम्पर्कों से परिचित था। राजधानी पटना की वे जानी–मानी शख्सियत थीं। उनसे मेरा परिचय एक नाट्य मंचन के दौरान हुआ था। पटना के चर्चित रंगकर्मी सतीश आनन्द ने विजय तेन्दुलकर के प्रसिद्ध नाटक 'खामोश आदालत जारी है' (शान्ता कोर्ट चालू आहे) का मंचन किया था। उक्त मंचन में एक दर्शक के रूप में मैं आमन्त्रित था। अपनी प्रकृति और स्वभाव के अनुसार सिर्फ मंचन देखने मैं नहीं पहुँचा था। उसी दिन आकाशवाणी, पटना में मेरी एक कहानी की रिकार्डिंग भी थी। आकाशवाणी के बिल्कुल पास भारतीय नृत्य कला मन्दिर में मंचन था। बस, रिकार्डिंग के बाद मैं वहाँ पहुँच गया।

मैंने अनुभव किया था, बाहर में लोग मेरे नाम से परिचित तो थे, मुझे सशरीर पहचाननेवाले कम थे। असल में साहित्यिक यात्राओं से दूर अपने आवासीय स्थल पर केन्द्रित रहकर मेरे लिखते रहने के चलते ही ऐसा था। अपने गाँव बैसाडीह में था तो वहाँ भी केन्द्रित रहकर ही रचनारत था। अब आरा आने के बाद आरा में ही जमकर लिखता था। आकशावाणी में रिकार्डिंग या अन्य किसी आवश्यक कार्यवश ही पटना आता था।

मैं जब सभागार में पहुँचा, नाटक का मंचन शुरू हो रहा था। मैं चुपके–से एक जगह बैठ गया। अच्छा हुआ, किसी ने मुझे नहीं पहचाना। अपरिचित

दर्शक के रूप में कोई शो देखते हुए मुझे पूरा आनन्द आता था। परिचितों की बातचीत के बीच तो उस आनन्द में जगह-जगह खलल महसूस करता। इस दृष्टि से मैंने उस मंचन का पूरा आनन्द लिया। हालाँकि सभी कलाकारों ने अपनी भूमिकाओं में जीवन्त अभिनय किया था। लेकिन एक महिला चरित्र वेणारे की भूमिका में किया गया अभिनय मुझे विशेष पसन्द आया। जब नाटक के अन्तिम परिदृश्य के रूप में मंच पर एकत्रित सभी कलाकारों का परिचय सतीश आनन्द देने लगे तो मैं जान सका कि वेणारे की कुशल भूमिका का निर्वाह करनेवाली महिला विनीता अग्रवाल हैं।

नाटक की समाप्ति के बाद सतीश आनन्द ने जब अन्य आगन्तुकों के साथ मेरा भी कलाकारों से परिचय कराया तो मेरा नाम सुनते ही विनीता अग्रवाल खुशी में चहक उठीं—''बाबूजी वाले मिथिलेश्वर। अरे भाई, मैं तो आपसे मिलने ही वाली थी। मुझे आप पर लिखना है। वह आपकी अद्‌भुत कहानी है। उसका मंचन भी बेजोड़ होगा। 'बाबूजी' के लेखक को तो मैं गम्भीर और बुजुर्ग समझ रही थी। आप तो मेरे छोटे भाई की तरह हैं...!''

इसके बाद विनीता अग्रवाल सबको छोड़ मुझ पर इस तरह केन्द्रित हुईं कि हम देर तक बातचीत करते रहे। फिर जब वे घर जाने लगीं तो मुझे अपनी गाड़ी में बैठा लिया—''चलिए, मेरे यहाँ चाय पी कर वहीं से स्टेशन निकल जाइएगा...।''

विनीता जी का घर मुझे अच्छा लगा। उनके व्यक्तित्व की तरह ही खुला, आकर्षक और सुरुचिसम्पन्नता का परिचायक। उन्होंने मुझे बताया—''आपका सिर्फ एक ही कहानी-संग्रह बाबू जी मेरे पास है। अब तक प्रकाशित आपकी सभी पुस्तकें मुझे चाहिए। मैं मुफ्त में नहीं लूँगी। पैसे देकर खरीदूँगी। आपको केवल उपलब्ध करा देना है। आगे चलकर मैं आप पर ऐसी किताब लिखूँगी जो आपकी जीवनी के साथ-साथ आपका आकलन भी हो...।''

विनीताजी से उस मुलाकात ने मुझे चमत्कृत कर दिया। मेरे साहित्य के प्रशंसक ऐसे भी हैं, यह मैंने पहली बार जाना। वे रंग-रूप में जितनी भव्य थीं, बातचीत में उतनी ही तेजस्वी। उन्होंने मेरे बारे में पूरी जानकारी प्राप्त की। अपने बारे में भी बताया। वे पटना विश्वविद्यालय में व्याख्याता थीं। उनके पति घनश्याम पंकज प्रतिष्ठित पत्रकार थे। उनके बच्चे अभी छोटे थे। जब मैं चलने लगा तो मेरी स्थिति लक्ष्य कर उन्होंने कहा—''लेखकों-कलाकारों के लिए कॉलेज की नौकरी सबसे अच्छी होती है। इस नौकरी में पर्याप्त समय मिल जाता है। कोई बन्धन भी नहीं होता। आपको भी इसी नौकरी को उद्देश्य बनाना चाहिए और इसके लिए एम.ए. कर लेना चाहिए ...।''

उस पहली मुलाकात के बाद पटना जाने पर मैं विनीता अग्रवाल से मिलता रहता। समय-समय पर प्रकाशित अपनी पुस्तकें भी उन्हें देता। एम.ए. के बाद अपने लक्ष्य केन्द्रित अभियान में उनसे ही शुरुआत मुझे वाजिब जान पड़ी। पिछले कुछ समय से उनसे मिला भी नहीं था। अब सीधे पटना उनके निवास पर जा पहुँचा। समाचारों के आदान-प्रदान के बाद मेरी वर्तमान स्थिति से अवगत हो उन्होंने चिन्ता जाहिर की—"एम.ए. के बाद भी अभी तक आप कहीं लग नहीं सके। हमारे यहाँ की यह क्या स्थिति है! आप जैसे साहित्यकार को भी नौकरी ढूँढ़नी पड़ती है।"

मैंने उनसे कहा—"फिलहाल राज्य स्तर पर तो नियुक्ति की विज्ञप्तियाँ हो नहीं रही हैं। लेकिन वी.सी. अप्वाइंटमेंट के तहत लोग बहाल किये जा रहे है...।"

विनीता जी का ध्यान भी अब इस ओर आ गया—"आप ठीक कह रहे हैं। फिलहाल वी.सी अप्वाइंटमेंट के तहत आपकी नियुक्ति हो सकती है। अभी बिहार के राज्यपाल ए.आर. किदवई हैं। वे बिहार के विश्वविद्यालयों के कुलाधिपति भी हैं। सम्भव है, आपकी साहित्यिक उपलब्धियों से अवगत हों। 'धर्मयुग' जरूर पढ़ते होंगे। और अगर अवगत नहीं होंगे तो हम उन्हें अवगत कराएँगे। वे अगर चाहें तो वी.सी. अप्वाइंमेंट के तहत किसी भी विश्वविद्यालय में आपको रखवा सकते हैं। बिहार का कोई भी कुलपति उनकी बात नहीं उठा सकता। राज्य सरकार की प्रक्रिया के तहत वर्तमान कुलपतियों की नियुक्ति उन्होंने ही की है...।"

इस पर मैं कह उठा—"वे मुझे क्यों रखवाना चाहेंगे?"

जवाब में विनीता जी ने दृढ़ता से कहा—"राज्यपाल होने के नाते राज्य के एक श्रेष्ठ साहित्यकार के रूप में आपको सहयोग करना उनकी राजकीय जिम्मेवारी होनी चाहिए। अब वे सहयोग करते हैं या नहीं, यह तो उनसे मिलकर ही जाना जा सकता है। बिना मिले कोई राय निर्धारित नहीं की जा सकती...।"

विनीता जी की इस बात पर अब मैं मौन हो गया। मेरे मौन को सहमति समझ अब वे कुछ सोचने लगीं। राज्यपाल से मिलने की हमारी योजना में विनीता जी ने अपना एक और सबल पक्ष जोड़ दिया—"प्रसिद्ध लेखक कर्तार सिंह दुग्गल मेरे परिचित हैं। मुझे पता है, वे ए.आर. किदवई के मित्रों में से हैं। आपको भी अवश्य जानते होंगे। मैं किदवई जी के नाम आपकी अनुशंसा में उनसे भी पत्र ले लेती हूँ ताकि हमारा मिलना व्यर्थ न जाए।"

एक क्षण बाद विनीता जी अब सक्रिय हो गयीं। उनकी तत्परता से मैं परिचित था। उनके मन में जो बात आती, शीघ्र ही उसे कार्यरूप देने में लग जाती। अब तत्क्षण उन्होंने दुग्गल जी को फोन पर सारी बात बता दी। दुग्गल जी एकदम तैयार हो गये। 'धर्मयुग' में मेरी रचनाओं से परिचित थे। अपना पत्र

तत्काल भेज देने के लिए उन्होंने कहा। विनीता जी के पति के विभागीय पत्रकारों का दिल्ली से पटना आना-जाना होता रहता था। चौथे दिन तक दुग्गल जी का पत्र आ जाना भी तय हो गया। अब उन्होंने फोन कर राज्यपाल से मिलने के लिए अगले सप्ताह का समय भी निर्धारित करा लिया। राजभवन से समय भी मिल गया। हालाँकि राज्यपाल से मिलने के लिए फोन पर उनकी बातचीत मुझे बहुत दिलचस्प लगी। जब उन्होंने राज्यपाल को फोन लगाया, उनके ओ.एस.डी. ने पूछा—"क्या है? आप कौन हैं...?"

"मैं डॉ. विनीता अग्रवाल बोल रही हूँ, इस शहर की रंगकर्मी, व्याख्याता और रचनाकार। बिहार के एक महत्त्वपूर्ण साहित्यकार हैं मिथिलेश्वर जी। उनकी आधा दर्जन पुस्तकें प्रकाशित हो चुकी हैं तथा उन्हें 'सोवियत लैंड नेहरू पुरस्कार' भी प्राप्त हो चुका है। वे राज्यपाल जी से मिलना चाहते हैं...।"

"क्यों मिलना चाहते हैं?"

"यह तो मिलने पर ही हम बताएँगे। वैसे आप कारण जानना ही चाहते हैं तो एक कारण यह भी है कि मिथिलेश्वर जी की पुस्तकें हम राज्यपाल को भेंट करेंगे।"

"तो आप भी उनके साथ आना चाहती हैं...?"

"मैं आना नहीं चाहती थी। आने की मेरी ख्वाहिश भी नहीं। लेकिन मिथिलेश्वर जी संकोची साहित्यकार हैं। वे अपने बारे में स्वयं बता नहीं सकेंगे। इस दृष्टि से उनके समीक्षक के रूप में उनके साथ मुझे आना ही होगा।"

"ठीक है, फोन पर थोड़ी देर प्रतीक्षा कीजिए। मैं महामहिम से पूछ कर आपको बताता हूँ...।"

विनीता जी अब प्रतीक्षारत हो गयीं। लेकिन उन्हें अधिक समय तक प्रतीक्षा नहीं करनी पड़ी। शीघ्र ही ओ.एस.डी. ने समय निर्धारित कर सूचित कर दिया—"अगले सप्ताह 17 तारीख को शाम 4.30 बजे महामहिम आप लोगों से मिल सकेंगे...!"

समय निर्धारित होने के बाद विनीता जी मेरी ओर मुखातिब हो गयीं—"अब जरूर कुछ होगा मिथिलेश्वर भाई। किदवई साहब काफी पढ़े-लिखे व्यक्ति हैं। आपकी उपलब्धियों को नजरअन्दाज नहीं कर सकते...।"

अपने प्रति विनीता जी की इस तत्परता से मैं अभिभूत हो उठा। इस आश्वासन पर अब उनके प्रति श्रद्धा से भर गया।

उस दिन पटना से आरा लौटते हुए रास्ते भर विनीता जी के बारे में ही सोचता रहा। वह समय आज की तरह उपभोक्तावादी नहीं था। फिर भी बिना किसी स्वार्थ के कोई किसी के लिए कहाँ कुछ करता था? लेकिन विनीता अग्रवाल

का मुझसे क्या स्वार्थ हो सकता था, मैं समझ नहीं पा रहा था। उनके सम्बन्धों के दायरे का भी मैं नहीं था। सिर्फ मेरे साहित्य के प्रशंसक के रूप में उनका इतना करना मुझे विस्मय में डाल रहा था।

घर पहुँचने पर माँ एवं रेणु से सारी बात बतायी। पूरा परिवार खुश हो उठा। माँ ने कहा—"अभी दुनिया में अच्छे लोगों की कमी नहीं। तुम्हारी मदद करके वे पुण्य कमा रही हैं। इसके लिए भगवान उन्हें बरकत देंगे...!"

रेणु ने कहा—"वे उत्तम विचारों वाली महिला जान पड़ती हैं। मुझे तो लगता है, आपका साहित्यिक भविष्य देख कर ही आपकी मदद कर रही हैं। आपसे अपना साहित्यिक सम्बन्ध अभी से ही मजबूत बनाना चाह रही हैं। खैर, जो हो, आज के युग में ऐसा कौन करता है? हमारे लिए तो वे भगवान बनकर ही खड़ी हो गयी हैं।"

मैं तो उस रात, सारी रात सो नहीं सका। विनीता जी के अविस्मरणीय सहयोग और राज्यपाल द्वारा लेक्चरर बना देने के सम्भावित ख्वाब में डूबा रहा। अगले दिन से चाहते हुए भी मैं कुछ लिख नहीं सका। 17 तारीख की आकुल प्रतीक्षा मेरे मन को बेचैन बनाए रही। साथ ही इस निर्णय ने भी मुझे लेखन विरत रखा कि अगर फिर लिखने बैठ जाऊँगा तो लेक्चरर बनने के मेरे अभियान का सिलसिला थम जाएगा। अब मुझे इस सिलसिले में तनिक भी व्यवधान पड़ने नहीं देना। उस तिथि की प्रतीक्षा के साथ अब मैं रोजगार समाचार भी देखने लगा तथा देश भर में कहीं भी हिन्दी लेक्चरर की विज्ञप्ति पर आवेदन तैयार करने लगा। ऐसे में उस तिथि के आने की मुझे अधिक प्रतीक्षा नहीं करनी पड़ी। वह तिथि आ ही गयी।

उस दिन मैं सुबह के तड़के स्टेशन चल पड़ा। माँ ने दही-गुड़ खिलाकर सगुण बनाया। रेणु ने प्रेम से निहारा। मुझे राजभवन में 4.30 बजे पहुँचना था। लेकिन यह सोच कर मैं सुबह में ही घर से निकल गया कि ट्रेन का क्या भरोसा? उस समय वैकम काट कर लोग जगह-जगह ट्रेनें रोक देते थे। फिर कोई गाड़ी कब पटना पहुँचाएगी कोई ठीक नहीं। जिस उद्देश्य से मैं जा रहा था उसके तहत तो मुझे पहले ही पहुँचना था...।

इस सम्बन्ध में मेरी सजगता-सतर्कता कारगर साबित हुई। मैं समय से पहले पटना पहुँच गया। अभी काफी समय था। विनीता जी के यहाँ भी अधिक पहले पहुँचना मुझे उचित नहीं जान पड़ा। जो मदद कर रहा हो उसे परेशान करना ठीक नहीं। समय व्यतीत करने के लिए अब अपने प्रिय स्थल राजकमल प्रकाशन चल पड़ा। नयी पुस्तकों और पत्र-पत्रिकाओं का पटना में वह मुख्य केन्द्र था। मेरे जैसे लेखक के लिए वहाँ समय बिताना अत्यन्त सुखकर था। वहाँ कई लेखक मित्रों

से मुलाकात भी हो जाती थी।

राजकमल प्रकाशन में मैं दो बजे तक रहा। उस साहित्यिक केन्द्र से तो हटने का मन ही नहीं करता था। लेकिन मुझे समय का ख्याल रखना था। अब वहीं से चल कर लगभग ढ़ाई बजे विनीता जी के घर पहुँचा। मुझे खुशी हुई कि न समय से बहुत पहले पहुँचा और न समय के बाद। ठीक समय पर पहुँचा। विनीता जी तो मेरी प्रतीक्षा ही कर रही थीं—"अच्छा हुआ आप आ गये। मैं तो आपकी राह ताक रही थी। देखिए, दुग्गल जी का पत्र आ गया है। आपके बारे में कितना अच्छा लिखा है उन्होंने। किदवई साहब से जोरदार शब्दों में आपकी अनुशंसा की है। अब आपका किसी न किसी कॉलेज में होना ही है...!"

मैंने देखा, सचमुच दुग्गल जी ने मेरे रचनात्मक पक्ष का उल्लेख विशेष रूप से किया था। किदवई साहब के नाम दुग्गल जी का वह पत्र पढ़कर अब मेरी आशाएँ बलवती होने लगीं कि शायद मेरे भाग्योदय का समय अब आ गया। उस समय मैं जिस स्थिति में था, मजदूरी कर नहीं सकता था। खेत-बधार बिकने के चलते खेती का आसरा भी नहीं रहा था। आरा जैसी छोटी जगह से आयपूर्ण स्वतन्त्र लेखन भी सम्भव नहीं था। अब तो जीविकोपार्जन के लिए मेरे अनुकूल एकमात्र कार्य अध्यापकी था, इसीलिए उसे अपना भाग्योदय ही समझ रहा था।

विनीता जी की योजना के अनुसार उस समय तक प्रकाशित अपनी सभी पुस्तकों (छह पुस्तकों) का एक सेट किदवई साहब के नाम भेंट स्वरूप लिख कर लेते आया था। साथ ही उनके अवलोकनार्थ दोनों पुरस्कार प्रमाण-पत्र भी। अब विनीता जी ने कुलाधिपति के नाम मुझसे एक आवेदन भी लिखवाया, मगध विश्वविद्यालय स्थित आरा के किसी कॉलेज में व्याख्याता के पद पर नियुक्ति के लिए। मौखिक आदेश कारगर नहीं होता। लिखित आदेश ही उपयोगी बनता है... ।"

विनीता जी की यह बात मुझे बहुत जँची। निर्णय कागज पर होना चाहिए, हवा में नहीं। अब विनीता जी के यहाँ से हम लगभग पौने चार बजे चल पड़े। उनकी अपनी कार थी। सवा चार बजे तक हम राजभवन के फाटक पर पहुँच गये। राज्यपाल को लोगों द्वारा मैं 'लाटसाहब' कहते हुए सुन चुका था। अब वहाँ का तामझाम देख इसका एहसास भी करने लगा। सचमुच वह लाट साहब का ही आवास था। फाटक के अन्दर प्रवेश करने और ओ.एस.डी. तक पहुँचने में ही पूछताछ और जाँच-पड़ताल की कई प्रक्रियाओं से हमें गुजरना पड़ा। विनीता जी की जगह पर कोई और होता तो इतनी आसानी से हम महामहिम तक नहीं पहुँच सकते। लेकिन विनीता जी की हाजिरजवाबी कारगर साबित हुई। हमें देर तक नहीं रोका गया।

महामहिम किदवई साहब के समझ एक सुसज्जित कक्ष में जब हमें पहुँचाया गया तो मधुर मुस्कान के साथ वे मिले। साँवले रंग और गोलमटोल चेहरे वाले एक सम्भ्रांत व्यक्ति जान पड़े। विनीता जी ने मिलते ही मेरे बारे में उन्हें बताना शुरू कर दिया। मेरी साहित्यिक उपलब्धियों और क्षमताओं-विशेषताओं का बढ़-चढ़ कर उल्लेख करने लगीं। मेरी इच्छा हो रही थी कि उन्हें रोक दूँ। लेकिन मौन बना रहा। अब अपनी पुस्तकों का एक सेट मैंने उन्हें भेंट किया। एक साथ आकर्षक छपाई में मेरी छह पुस्तकें देख महामहिम का चेहरा विहँस उठा। हिन्दी के प्रकाशक, वह भी दिल्ली के चाहे लेखकों के लिए और कुछ न करते हों पुस्तकों का प्रकाशन तो कलात्मक साज-सज्जा के साथ करते ही थे। महामहिम उलट-पलट कर मेरी पुस्तकें देखने लगे। फिर मेरी ओर मुखातिब हुए—''आपने तो इसी उम्र में काफी लिख लिया है। वाकई आपका यह कार्य महत्त्वपूर्ण है।''

इस पर विनीता जी ने मेरे पुरस्कार प्रमाण-पत्रों को उनके समक्ष रखते हुए कहा—''यह देखिए, मिथिलेश्वर जी के कार्य के महत्त्व पर ही ये राष्ट्रीय और अन्तरराष्ट्रीय पुरस्कार इन्हें प्राप्त हुए हैं...।''

महामहिम ने उन प्रमाण पत्रों को भी देखा और कहा—''यह सिर्फ मिथिलेश्वर जी का ही नहीं, पूरे बिहार का सम्मान है। इन्होंने बिहार का नाम रौशन किया है...।''

अब उन्होंने मुझसे पूछा—''आप कब से लिख रहे हैं?''

''विद्यार्थी जीवन से ही। मैट्रिक की कक्षा में था तभी से...।''

''वाह खूब! यानी की साहित्य रचना छोटी उम्र से ही आप कर रहे हैं। आप किस रूप में लिखते हैं, मतलब किस फॉर्म में?''

''कहानी और उपन्यास के रूप में।''

किस विषय पर लिखना आपको पसन्द है?''

''ग्रामीण जीवन की समस्याओं पर। मैं गाँव में ही पला-बढ़ा हूँ। ग्रामीण जीवन को निकट से देखा और महसूस किया है। गाँव का जीवन आज भी अभावों और उपेक्षाओं से त्रस्त है। ग्रामीण जीवन के यथार्थ से लोगों को परिचित कराना जरूरी है।''

''बहुत अच्छा, मैं पढ़ूँगा...।''

विनीता जी ने अवसर अनुकूल समझ मेरा आवेदन अब उनकी ओर बढ़ा दिया—''मिथिलेश्वर जी जैसे साहित्यकार से देश और समाज को पर्याप्त अपेक्षाएँ हैं। लेकिन अर्थाभाव में इनकी यह प्रतिभा कहीं टूट न जाए, इसके लिए इनका कॉलेज शिक्षक होना जरूरी है। इस सम्बन्ध में आपके स्नेह-सहयोग के लिए आए हैं...।''

जवाब में उन्होंने तत्क्षण आवेदन पढ़ा। उसके साथ लगे प्रमाण-पत्रों को देखा। लेकिन इससे पहले कि वे कुछ बोलते, विनीता जी ने दुग्गल जी का वह पत्र उन्हें थमा दिया। अपने मित्र का वह पत्र पढ़ तो वे चमत्कृत हुए जान पड़े। अब उन्होंने हमें विश्वास दिलाते हुए कहा—"मिथिलेश्वर जी को एकदम मेरा सहयोग रहेगा...। ये तो किसी भी विश्वविद्यालय के लिए गौरव साबित होंगे। इन्हें तो कॉलेज में होना ही चाहिए। इन्होंने मगध विश्वविद्यालय के लिए लिखा है। मैं मगध विश्वविद्यालय के कुलपति को कहूँगा—"और उन्होंने अपने ओ.एस.डी. को बुला कर मेरा आवेदन देते हुए कहा—"मगध विश्वविद्यालय के कुलपति से बात करनी है। मिथिलेश्वर जी को व्यवस्थित कराना है।"

मेरा आवेदन ले ओ.एस.डी. चला गया। हम भी अब उनसे विदा ले चल पड़े। महामहिम के कक्ष से निकल अब हम ओ.एस.डी. के कमरे में आ गये। विनीता जी ने पूछा—"कब तक मिथिलेश्वर जी को नियुक्ति हो जाएगी।"

उसने बताया—"साहब के कहे अनुसार तो जल्द ही हो जानी चाहिए। जो होगा, इन्हें एक माह के अन्दर ही सूचना मिल जाएगी।"

अब हम वहाँ से चल पड़े। मेरे पाँव तो अब जमीन पर पड़ ही नहीं रहे थे। विनीता जी भी काफी प्रसन्न थीं। उस दिन विनीता जी से विदा ले जब मैं आरा के लिए चला तो अपने लिए उनका आन्तरिक और हार्दिक प्रयास तथा महामहिम के सहयोग का आत्मीय आश्वासन किसी मादक नशे की तरह रास्ते भर मुझ पर छाए रहा। पटना से आरा आने वाली पैसेंजर ट्रेनें कई स्टेशनों पर रुकती थी। पचास किलोमीटर की वह दूरी दो घंटे से कम समय में पूरा नहीं करती थी। वैकम कटने पर तो तीन से चार घंटे भी लग जाते थे। लेकिन उस दिन ऐसे मोहक नशे में मैं कैद रहा कि पता ही नहीं चला, कब कौन स्टेशन आया और कहाँ वैकम कटा। यात्रियों के शोरगुल से जब आरा आने का एहसास हुआ तब मैं उतरा। असल में पटना से बक्सर तक चलने वाली उस पैसेंजर ट्रेन के 90 प्रतिशत यात्री आरा ही उतरते थे, इसीलिए आरा आने पर लोगों की अफरा-तफरी बढ़ जाती थी।

घर में माँ, पत्नी, दोनों छोटे भाई और भवहें सबको मेरे लौटने का इन्तजार था। बस, घर में प्रवेश कर माँ के पूछने से पहिले ही मैंने सारीबात बता दी। मेरी इस शुभ सूचना पर अत्यधिक खुशी से माँ की आँखों में आँसू छलछला आए—"तूने अपने पिता की सेवा की है, अब फलरूप में उन्हीं का पद तुझे मिल रहा है। भगवान तुझे उनसे भी नामी प्रोफेसर बनाएँ...।"

लेकिन दूसरे-तीसरे दिन बाद ही अपनी गली के नुक्कड़ पर छोटे भाइयों के दोस्तों की बातचीत मुझे सुनाई पड़ी—"मिथिलेश्वर भैया अब जल्द ही इसी

शहर में प्रोफेसर बन जाएँगे। बहुत तगड़ी पैरवी लगी है...।''

मेरे मन में आया कि अभी घर चल कर दोनों छोटे भाइयों को डाटूँ कि जब रेणु ने मना किया था तब तुम लोगों को अपने दोस्तों से नहीं कहना चाहिए था। लेकिन यह सोच कर महटिया गया कि शादी शुदा भाइयों से उलझना ठीक नहीं...।

बीतते समय के अनुसार अब मैं बेसब्री से मगध विश्वविद्यालय के पत्र की प्रतीक्षा करने लगा। राज्यपाल के कहने के बाद कुलपति एक दिन भी विलम्ब नहीं करेंगे। इस अवधि में अब चाहते हुए भी मैं कुछ नहीं कर पा रहा था। मेरा ध्यान तो आने वाले पत्र की ओर टँगा था। रोजगार समाचार की विज्ञप्तियों के आधार पर आवेदन तैयार करना भी अब मैंने बन्द कर दिया था। मेरे मन में इस बात का विश्वास दृढ़ हो गया था कि उतने ऊँचे स्तर की पैरवी निरर्थक नहीं हो सकती।

आज लम्बे समय बाद अपने उस भोले विश्वास पर सोचता हूँ तो लज्तित अनुभव करता हूँ। उस भोले विश्वास को आहत होना ही था और वही हुआ। पन्द्रह दिनों के बाद जब कोई पत्र नहीं आया तो मेरी जिज्ञासा और बेचैनी बढ़ती चली गयी। पोस्टमैन की प्रतीक्षा अब मैं व्यग्रता और बेसब्री से करने लगा। जब एक माह होने को आया और वह पत्र मुझे नहीं मिला तो मैं प्रतिदिन सुबह 10.00 बजे डाकघर पहुँचने लगा। डाकघर के अनेक कर्मचारी मुझे पहचानते थे। मेरी उपस्थिति में ही मेरे मुहल्ले की डाक छाँटते हुए मेरे नाम की चिट्ठियाँ मुझे थमा देते। लेकिन वह पत्र मुझे नहीं मिला। रोज निराश होकर ही लौटना पड़ता। हालाँकि इस दौरान अपने पाठकों, सम्पादकों और प्रकाशकों के पत्र मुझे रोज ही प्राप्त होते। कभी अपने पाठकों, सम्पादकों और प्रकाशकों के वे पत्र मेरे लिए बहुत प्रिय हुआ करते थे। लेकिन अब 'उस पत्र' की प्रतीक्षा में ये पत्र मुझे अरुचिकर जान पड़ते।

डाकघर से लौटते हुए मेरी उदासी रेणु रोज लक्ष्य करती। प्रतिक्रिया में उसका चेहरा भी मायूस हो उठता। शायद मेरी तरह उसे भी रोज इस बात की प्रतीक्षा रहती की आज पत्र आ रहा हो। जब मेरी उदासी उसके लिए असह्य हो गयी तो वह एक दिन बोल पड़ी—''जब तक कहीं हो नहीं जाता, किसी की बातों पर बहुत विश्वास नहीं करना चाहिए। आप इस तरह उदास रहने लगेंगे तो स्वास्थ्य पर असर पड़ेगा। मुझे तो लगता है, चुपचाप प्रतीक्षा करना बेकार में समय गँवाना है। आपको पता करना चाहिए कि वास्तव में नियुक्ति हुई है या नहीं? आश्वासन को ही पक्का प्रमाण नहीं मानना चाहिए...।''

रेणु की इस बात ने अब मेरे उदास मन को नियन्त्रित किया। रेणु ठीक

कह रही। मुझे सम्बन्धित जानकारी लेनी चाहिए। एक माह की अवधि बीत गयी। हाथ पर हाथ रखकर सिर्फ प्रतीक्षा करना अब उचित नहीं। बस, रेणु के कथन के दूसरे ही दिन बाद मैं विनीता जी के यहाँ जा पहुँचा। वस्तुस्थिति से अवगत हो वे भी चौंक उठीं—"एक माह बीत जाने पर भी कोई सूचना नहीं आयी। मैं तो प्रतीक्षा कर रही थी कि आप शुभ सूचना लेकर आएँगे। अच्छा, पता करती हूँ, क्यों विलम्ब हो रहा है?"

और उन्होंने महामहिम को फोन किया। पुनः ओ.एस.डी. से ही उनकी बात हुई। ओ.एस.डी. ने बताया—"महामहिम अत्यन्त व्यस्त हैं। मैसेज आप छोड़ दीजिए। उन्हें अवगत कर दिया जाएगा।" विनीता जी ने मैसेज के रूप में पूरी बात बता दी। उत्तर जानने के लिए अपना फोन नम्बर भी लिखा दिया। लेकिन शाम तक जब कोई उत्तर नहीं आया तो उन्होंने पुनः फोन किया। फिर वही जवाब उन्हें मिला। खीझ कर उन्होंने कहा—"सुबह साढ़े ग्यारह बजे मैं मैसेज लिखा चुकी हूँ। क्या बार-बार मैसेज लिखाना पड़ेगा!"

इस पर अब उन्हें जवाब मिला—"आप मगध विश्वविद्यालय के वी.सी. से बात करें। यह मैटर उन्हीं से सम्बन्धित है।"

मुझे लगा, महामहिम की ओर से शायद मगध के वी.सी. को कुछ कहा गया हो। लेकिन विनीता जी को मुझसे विपरीत लगा। उन्होंने दुःखी मन से कहा—"काम नहीं हुआ मिथिलेश्वर जी! हम लोगों का प्रयास निरर्थक चला गया। काम होने का ऐसा जवाब नहीं आता है...।"

पर विनीता जी की इस प्रतिक्रिया के बावजूद मगध वि.वि. के वी.सी. से मिले बगैर मुझे चैन नहीं था। जब इतनी दूर तक हम पहुँचे और यहाँ तक छानबीन किए तो अब वी.सी. से भी मिल कर जानकारी ले लेनी चाहिए। उस समय मगध वि.वि. के वी.सी. गया कम, पटना ही ज्यादा रहते थे। विनीता जी का उस वी.सी. से सम्पर्क नहीं था। उन्होंने कहा कि सम्पर्क वाले किसी आदमी के साथ मुझे जाना चाहिए। इस सम्बन्ध में अपने मामा लगने वाले डॉ. धीरेन्द्र प्रसाद का स्मरण मुझे हो आया। उन्हें मैं अपने सगे मामा की तरह ही मानता था। बिहार विद्यालय सेवा बोर्ड के अध्यक्ष के नाते राज्य के उच्चवर्गीय लोगों से उनके सम्पर्क थे। उनके पास पहुँच मैंने सारी बात बतायी। यह जान कर कि मैं राज्यपाल तक पहुँच चुका हूँ और वी.सी. के यहाँ उनके आदेश की ही जानकारी प्राप्त करनी है, वे तत्क्षण तैयार हो गये। अब मुझे लेकर वे वी.सी. के यहाँ चल पड़े।

जब हम वी.सी. के यहाँ पहुँचे, उनका दरबार लगा हुआ था। मुझे पता चला, वे इस दरबार में ही लोगों से मिलते हैं, अकेले नहीं। मेरे मामा पर नजर

पड़ते ही बोल उठे—"कहिए धीरेन्द्र बाबू, कैसे हैं? कैसे आना हुआ?"

जवाब में मामा ने मेरा परिचय देते हुए मेरी बात रखी। इस पर बेलौस लहजे में उन्होंने कहा—"अप्वाइंटमेंट हो कहाँ रहा है धीरेन्द्र बाबू? हम लोगों के स्तर से तो अप्वाईंपमेंट एकदम बन्द है...।"

अब मैं अपने को रोक नहीं सका—"मेरा आवेदन राजभवन से आपके यहाँ आया होगा?"

मेरी इस बात का उत्तर उन्होंने सीधे न देकर अपनी पिछली ही बात दुहरा दी—"मैं तो कह ही रहा हूँ कि अप्वाईटमेंट बन्द है। अप्वाइंटमेंट का अधिकार तो हम लोगों से छीन लिया गया है...।"

अब एक दरबारी ने वी.सी. की बात को सँभाल लिया—"सरकार ने आदेश जारी कर कुलपति स्तर से नियुक्तियाँ बन्द कर दी हैं। वैसी नियुक्तियों का तो अब प्रश्न ही नहीं उठता।"

इसके बाद अब एक दूसरे दरबारी ने कुलपति की बात के समर्थन में नहले पर दहला फेंका—"विश्वविद्यालयों में चयन समिति के आधार पर नियुक्तियों की योजना सरकार बनाने वाली है। पता नहीं, कब तक बना पाएगी? नियुक्तियाँ बन्द होने से कई विभागों में शिक्षकों की कमी हो गयी है। नियुक्तियाँ हो रही थीं तो सर ने अनेक योग्य लोगों की बहाल किया था।"

मैं अब दरबारियों की भूमिका समझ गया। साथ ही यह भी कि क्यों वी.सी. साहब दरबार लगा कर ही किसी से मिलते थे! वहाँ से लौटते हुए अब मेरा मन दु:खी और आहत था। खोदा पहाड़ निकली चुहिया। मामा तो अपने निवास चले गये। लेकिन मैं समझ नहीं पा रहा था, कहाँ जाऊँ? आरा जाने के लिए उपयुक्त गाड़ी शटल शाम में थी।

कुलपति निवास के सामने की सड़क पर चाय की एक गुमटी के पास मेरे कदम जाने-अनजाने रुक गये। गुमटी के आगे पड़ी बेंच पर बैठ गया। चाय वाले को लगा कि थका-हारा मैं चाय पीने बैठा हूँ। अब उसने बिना मेरे कहे चाय का गिलास थमा दिया। मैंने भी कोई प्रतिकार नहीं किया। चाय पीने लगा। सचमुच चाय पीने के बाद कुछ राहत महसूस हुई। लगा, मुझे इस तरह निराश नहीं होना चाहिए। मेरी यह स्थिति देख परिवार के लोग टूट जाएँगे। वे तो मुझसे ही सम्बल पाते हैं। अपने परिवार में सबको श्रम-संघर्ष की शिक्षा देने वाला मैं अब स्वयं क्यों कमजोर हो रहा। मेरे रचनाकार ने भी मेरे पात्रों में संघर्ष चेतना भरने की भाँति मुझे ललकारा। अब मेरी चेतना जैसे जाग्रत हो गयी। एक जगह की असफलता पूरे अभियान की असफलता नहीं होती। मुझे फिर से लग जाना चाहिए। अभी

पटना आने के एक-एक मिनट का सदुपयोग करना चाहिए। उन सारी जगहों पर मुझे दस्तक देनी चाहिए जहाँ से सहयोग की आशा है और बदन झाड़ मैं उठ खड़ा हुआ। मेरे कदम अब डाकबंगला रोड स्थित पारिजत प्रकाशन की ओर चल पड़े। वह प्रकाशन, शंकर दयाल सिंह का था। पटना में बी.डी. इवनिंग कॉलेज की निगरानी के साथ वे प्रकाशन भी चलाते थे। साथ ही 'मुक्तकंठ' नामक एक पत्रिका भी निकालते थे। मैं जब पहुँचा, अपने प्रकाशन के केबिननुमा कक्ष में वे विराजमान थे। मुझ पर नजर पड़ते ही गर्मजोशी से बोले—''आइए मिथिलेश्वर जी! आप दीर्घजीवी होइएगा। अभी मिश्र जी से आप ही की चर्चा कर रहा था। आपका 'युद्धस्थल' उपन्यास आ रहा है, बधाई!''

मैंने देखा, उनके सामने सरस्वती बिहार प्रकाशन की पत्रिका 'साहित्य संगम' का अंक खुला पड़ा था। सरस्वती बिहार से शीघ्र प्रकाशित पुस्तकों में 'युद्धस्थल' उपन्यास का उल्लेख ऊपर ही छपा था। शंकर दयाल जी के साथ कार्यलय सहयोगी सुदामा मिश्र भी बैठे थे। अब सुदामा मिश्र बोल पड़े—''सचमुच साहब अभी आप ही की चर्चा कर रहे थे...!''

इस पर शंकर दयाल जी ने कहा—''तो मिश्र जी अब इसी खुशी में मिथिलेश्वर जी के साथ हमें स्पेशल चाय पिलवाइए। क्यों मिथिलेश्वर जी!'' और शंकरदयाल सिंह ने अपनी प्रकृति ने अनुसार जोरदार ठहाका लगाया। उनके उस औचक ठहाके पर मैं भी हँस पड़ा। उनका वह पूरा कक्ष हमारी हँसी से गूँज उठा।

थोड़ी देर बाद सुदामा मिश्र ने हमारे लिए स्पेशल चाय मँगवायी। शंकरदयाल जी ने संस्मरणों की अपनी एक नयी पुस्तक की मुझे जानकारी दी जो शीघ्र छप कर आने वाली थी। उसका आकर्षक आवरण पृष्ठ दिखाया जो बन गया था। अपना प्रकाशन होने की वजह से लगातार उनकी पुस्तकें आती रहती थीं। अब वे मुझसे सम्बन्धित बात पर आ गये—''पटना आने की तैयारी कर लीजिए मिथिलेश्वर जी! अपने कॉलेज के पद जल्द ही विज्ञापित करने जा रहा हूँ। हिन्दी विभाग के लिए आपका नाम तय है।''

उनकी उस सूचना से मुझे खुशी हुई। एक जगह से झटका खाया। लेकिन दूसरी जगह का आमन्त्रण है। अब मैं वहाँ से डॉ. नवल किशोर गौड़ के यहाँ चल पड़ा। एम.ए. कर कॉलेज शिक्षक बनने की सबसे प्रभावी प्रेरणा गौड़ साहब ने ही दी थी। मैं यह सोचकर चला कि रविवार होने की वजह से वे भी घर पर ही होंगे। लेकिन उनके यहाँ पहुँचने पर पता चला कि अपने एक दोस्त के यहाँ गये हैं, लेकिन जल्द ही आ जाएँगे।

मैं अब उनकी प्रतीक्षा में बैठ गया। उनसे मिले काफी दिन हो गये थे। उनका अनुभवी नौकर मुझे उस दिन का समाचार पत्र और 'सारिका' का नया अंक दे गया। 'सारिका' का वह अंक अभी मुझे आरा में नहीं मिला था। अब मैं उसे ही पढ़ने लगा। सूची में एक शीर्षक ने मेरा ध्यान आकृष्ट किया—"इमारत की पायेदारी।" अब पलटकर देखा, वह अनामिका नामक एक नयी लेखिका की कहानी थी। इससे पहले अनामिका की कोई और रचना मैंने कहीं नहीं पढ़ी थी। कहानी की दो-चार पंक्तियाँ पढ़ी। लेकिन उन दो-चार पंक्तियों ने ही ऐसा आकृष्ट किया कि पूरी कहानी पढ़ गया। कहानी छोटी थी, लेकिन ऐसी असरदार कि उसने मेरे मन को झकझोर दिया। मैं जिस मन:स्थिति में था, कुछ समय के लिए उसने मुझे मुक्त कर दिया। अपनी सम्वेदना और विचार प्रवाह में मुझे बहा ले गयी। मैं अच्छी रचनाओं की इस विशेषता से परिचित था। लेकिन एक बिल्कुल नए नाम की इस सशक्त रचना से चमत्कृत भी था। इस कहानी ने मेरे अन्दर यह जानने की जिज्ञासा पैदा की कि कौन है यह अनामिका? कहानी के अन्त में मुजफ्फरपुर का पता दिया गया था, इससे यह ज्ञात हो रहा था कि वह नयी लेखिका बिहार की ही है।

कुछ समय बाद गौड़ जी आ गये। मुझे उपस्थित देख खुश हुए—"एक जरूरी काम से अपने एक मित्र के यहाँ चला गया था। मुझे पता होता कि आप आ रहे हैं तो आपसे मिल कर जाता...।"

"मैं एक दूसरे काम से पटना आया था। सोचा कि आपसे भी मिल लूँ।"

"अच्छा किया। मैं भी आपको याद कर रहा था। वासुदेव बाबू से मुझे पता चल गया है कि आपने एम.ए. कर लिया। अब इतमीनान से लिखिए-पढ़िए। कॉलेज शिक्षक में आपको होना ही है। अभी नियुक्तियाँ बन्द हैं। लेकिन रिक्तियों का दबाव ऐसा है कि नियुक्तियाँ जल्द ही होंगी। कॉलेज शिक्षक के लिए उम्र की सीमा भी अधिक रहती है। उस दृष्टि से भी आप निश्चिन्त रहिएगा...।"

मैंने सुना था, विशिष्ट लोगों से मिलना कभी व्यर्थ नहीं जाता, अब महसूस भी कर रहा था। गौड़ जी की उन बातों ने मेरे आहत-व्यथित मन को शान्ति प्रदान की। अब मैंने पूछा—"जब तक अंगीभूत कॉलेजों की विज्ञप्ति नहीं होती है तब तक शंकरदयाल जी के बी.डी. इवनिंग कॉलेज में मेरा काम करना कैसा रहेगा?" उन्होंने जोर देते हुए कहा—"बहुत अच्छा रहेगा। एक न एक दिन उसे भी अंगीभूत होना ही है...। अभी अफलियेटेड कॉलेजों में उसकी अच्छी स्थिति है...।"

उसके बाद गौड़ साहब से कुछ देर तक मेरी साहित्यिक चर्चा हुई। अपनी नयी पुस्तक 'झुनिया' की प्रति भी उन्हें भेंट की। फिर उनसे विदा ले चल पड़ा।

अब मैं उषाकिरण खान के यहाँ पहुँचा। स्टेशन के रास्ते में ही उनका निवास था। आरा जाने वाली शटल में अभी कुछ देर थी। मेरे मददगारों में उनका आत्मीय स्थान था। एक सहयात्री कथाकार के नाते उनसे मेरी विशेष पटती भी थी। मेरे पहुँचते ही उन्होंने पूछा—"आकाशवाणी में रिकार्डिंग थी क्या?"

अक्सर मैं पटना आकाशवाणी में रिकार्डिंग के आमन्त्रण पर ही आता था। मैंने कहा—"नहीं, आज दूसरे काम से आया हूँ...!" और संक्षेप में अपनी बात उन्हें बता दी। उनसे मेरा ऐसा अनौपचारिक सम्बन्ध था कि कुछ भी नहीं छिपा सका। मेरी बात पर उन्होंने मुझे आश्वस्त करते हुए कहा—"आप बेकार परेशान हो रहे हैं। शंकरदयाल जी से मेरी बात हो गयी है। अब वे जल्द ही पद विज्ञाप्ति करने वाले हैं...। आपने तो देर से एम.ए. किया। अब कुछ समय और प्रतीक्षा कर लीजिए...।"

इसके बाद उषा जी ने 'धर्मयुग' में आने वाली अपनी एक ताज़ा कहानी की सूचना दी तथा उसके विषय से अवगत किया। फिर मुझसे भी पूछा—"इधर आपकी और कौन-सी नयी रचना आ रही है?"

मैंने बताया—"युद्धस्थल उपन्यास।" साथ ही पूछ दिया—"यह अनामिका कौन है?"

उन्होंने तपाक से उत्तर दिया—"बिहार विश्वविद्यालय, मुजफ्फरपुर के कुलपति डॉ. श्यामनन्दन किशोर की पुत्री।"

इस पर मैंने कहा—"बहुत अच्छा लिख रही है। तब तो वह घर भी साहित्यिक है। वहाँ भी मदद मिल सकती है...।"

उन्होंने पुनः कहा—"क्यों नहीं। लेकिन अंगीभूत कॉलेजों की नियुक्तियाँ तो अभी बन्द हैं। फिर आरा और पटना के अतिरिक्त कहीं और आपका काम करना, आपके लेखन एवं परिवार दोनों के लिए प्रतिकूल साबित होगा...।"

इसके बाद उषा जी से अपने घर-परिवार एवं साहित्य की कुछ और बातें हुईं। जब अपनी गाड़ी का समय मुझे नजदीक आया जान पड़ा तो उनसे विदा ले चल पड़ा। गाड़ी समय से मिल गयी। अब रास्ते भर मगध विश्वविद्यालय के कुलपति, शंकर दयाल सिंह, नवल किशोर गौड़ और उषाकिरण खान से मुलाकात की यादें मेरे मानस में कौंधती रहीं। अनामिका के पिताजी की जानकारी के बाद सहयोग का एक और स्थल मुझे ज्ञात हुआ। लेकिन यह प्रश्न भी खड़ा हो गया कि अंगीभूत कालेजों में जब नियुक्तियाँ हो ही नहीं रहीं तो वे क्या कर सकते हैं? यह दूसरा प्रश्न की मुजफ्फरपुर काम करना मेरे लेखन और परिवार के लिए असुविधाजनक होगा, मुझे वाजिब नहीं जान पड़ा। फिर लगा, जिसे कई जगह काम की सुविधाएँ प्राप्त हो, उसके लिए असुविधाओं का प्रश्न हो सकता

है, मेरे लिए नहीं। मेरे लिए तो फिलहाल बिहार में या देश में कहीं भी व्यवस्थित होना आवश्यक है। जहाँ से जीविकोपार्जन की शुरुआत होगी, वही अपनी जगह बन जाएगी। उस क्षण मेरे होठों पर अनायास कविता की वह पंक्ति आ गयी—
''जहाँ बसै तहँ सुन्दर देसू, जो प्रतिपालय सोई नरेशू।''

आरा पहुँचने पर रेणु ने मेरा चेहरा देख कर ही परिणाम जान लिया। लेकिन माँ अपने को नहीं रोक सकी—''क्या जानकारी मिली? कुछ काम हुआ?''

''नहीं माँ। कहीं कुछ होने वाला नहीं। हम बेकार दिलासे में बैठे थे। हमें और पहले पता लगा लेना चाहिए था।''

अब रेणु फट पड़ी—''मैं तो कह ही रही थी कि काम मिलने वाला वह जवाब नहीं...।''

उसके बाद रेणु ने अपने कमरे में मुझे समझाया—''आपकी ऐसी उदासी मुझे अच्छी नहीं लग रही। आप उस बात को इतनी गम्भीरता से क्यों ले रहे हैं? उनके कहने के अनुसार नहीं हुआ, नहीं हुआ। आगे जब समय अनुकूल आएगा तो होगा। अभी आपको एम.ए. किये, हुए ही कितने दिन! अपना प्रयास जारी रखिए। कहीं न कहीं होना ही है...। उनका कहना भी सही है कि जब नियुक्तियों पर रोक है तो वे कैसे बहाल कर सकते हैं?''

मैंने रेणु की चिन्ता दूर करने की कोशिश की। ''मैं ठीक हूँ, रेणु। उस घटना को आयी-गयी समझ लिया है। जीवन में ऐसे वाक्ये आते ही हैं...।''

लेकिन सच तो यह था कि मेरा संवेदनशील मन इतनी जल्दी उस घटना को विस्मृत नहीं कर पा रहा था। छोटे स्तर की घटनाएँ छोटी प्रक्रिया के साथ मन में जज्ब हो जाती थीं। वे मुझे देर तक परेशान नहीं करतीं। लेकिन यह काफी बड़े स्तर की घटना थी। जिस ऊँचाई पर पहुँच कर मैं गिरा था उसमें लहू-लुहान होना ही था। यह किसी छोटे पेड़ से गिरना और राह चलते ठोकर लगना नहीं था, सीधे आसमान से जमीन में टपक आना था। पूरे एक माह की व्यग्र प्रतीक्षा। सौ प्रतिशत आशान्वित। लेकिन परिणाम के रूप में ताश के महल की तरह सब कुछ भहरा जाना। अब मुझे लगने लगा, दिल्ली अभी दूर है। साहित्य की चर्चा पर ही जीवन में अपने को व्यवस्थित कर लेना आसान नहीं...। साहित्य लिखना और चर्चित होना दूसरी बात है, अनुकूल नौकरी पाना दूसरी बात...।

इस हादसे के बाद अब मेरा मन ऐसा उखड़ गया कि मेरी दिनचर्या भी गड़बड़ा गयी। अन्दर से लेखन की मेज पर बैठने की इच्छा नहीं होती। जबरन बैठता भी तो लिखने का मन नहीं करता। इस बीच बगैर व्यवस्थित हुए सिर्फ साहित्य पर ही निर्भर रहने वाले लेखकों के दुख-दैन्य की जानकारी ने भी मेरे

मन को और पीड़ित किया। अन्ततः अब पुनः 'रोजगार समाचार' की रिक्तियाँ देखने और आवेदन तैयार करने में लग गया। लेखन को परे सरका दिया...।

ऐसे ही समय में कुछ दिनों बाद बी.डी. इवनिंग कॉलेज की विज्ञप्ति प्रकाशित हुई। इस विज्ञप्ति से मेरे अन्दर फिर एक नयी चेतना का संचार हुआ। मैंने सहर्ष अपना आवेदन दिया। अंगीभूत कॉलेजों में सीधे जाना मेरे वश की बात नहीं। अफलियेटेड कॉलेज का यह रास्ता ही मेरे अनुकूल है। उषाकिरण खान, डी.आई. जी, राम चन्द्र प्रसाद खान की पत्नी हैं। राजधानी में उनके ऊँचे सम्पर्क हैं। फिर भी वे बी.डी. इवनिंग कॉलेज में बनी हुई हैं। अगर बी.डी. इवनिंग कॉलेज में उन्हें अपना भविष्य नजर नहीं आता तो वहाँ क्यों रहतीं। मुझे भी अब एकाग्र होकर वहाँ के लिए तैयार रहना चाहिए।

दस-पन्द्रह दिनों के अन्दर वहाँ से साक्षात्कार के लिए पत्र भी आ गया। मैं तो इसकी प्रतीक्षा में ही था। अब पूरे मन से तैयार हो गया। साक्षात्कार के लिए निर्धारित तिथि को समय से वहाँ पहुँच गया। मुझे पता था, हिन्दी विभाग में सिर्फ एक ही पद की नियुक्ति होने वाली है। लेकिन वहाँ देखा, मेरी तरह आवेदकों की भीड़ लगी थी। मैंने तो सिर्फ एम.ए. किया था। उस भीड़ के कई युवाओं ने पी-एच.डी. की उपाधियाँ भी हासिल कर रखी थीं। वहीं मुझे पता चला कि साक्षात्कार के लिए जो समिति बैठी है उसमें विषय के विशेषज्ञ पटना विश्वविद्यालय के तत्कालीन हिन्दी अध्यक्ष डॉ. केसरी कुमार हैं। हिन्दी के एक विद्वान प्रोफेसर के रूप में डॉ. केसरी कुमार के नाम से मैं परिचित था। लेकिन उनसे कभी मिला नहीं था। साहित्य में प्रपद्यवाद के तीन प्रवर्त्तकों (नकेन) में वे एक थे।

आवेदन क्रम के अनुसार साक्षात्कार के लिए हमें बुलाया जा रहा था। सातवें नम्बर पर मेरी बारी थी। जब मैं पहुँचा, पाँच लोगों की उस समिति के सामने मुझे बैठाया गया। केसरी कुमार समिति के बीच में बैठे थे और उनके बायीं ओर शंकर दयाल जी। मुझसे पूछने की शुरुआत केसरी जी ने ही की—"एम.ए. में आपका स्पेशल पेपर क्या था?"

"उपन्यास"

"कौन-कौन उपन्यास पढ़ने को थे?"

"'गोदान', 'मैला आंचल', 'बाणभट्ट की आत्मकथा' और 'शेखर एक जीवनी।"

"इनमें से कौन उपन्यास आपको सर्वश्रेष्ठ जान पड़ा और क्यों?"

"मैंने कभी इनके बीच श्रेष्ठता का निर्धारण नहीं किया। मुझे लगता है, इसका निर्धारण हो भी नहीं सकता। कौन उपन्यास किस कारण श्रेष्ठ है, यह

किसी दूसरे पर लागू नहीं हो सकता। हर उपन्यास की अपनी अलग-अलग विशेषताएँ होती हैं और श्रेष्ठता के अलग निकष। ऐसे में उनके बीच श्रेष्ठता का निर्धारण उचित नहीं।''

मेरे इस जवाब पर अब शंकर दयाल जी अपने को रोक नहीं सके। उन्होंने डॉ. केसरी कुमार को सम्बोधित करते हुए कहा—''डॉक्टर साहब, ये सामान्य अभ्यार्थी नहीं, कथाकार मिथिलेश्वर जी हैं...।''

यह सुनते ही अब केसरी जी बोल उठे—''बाबू जी' और 'नरेश बहू' वाले मिथिलेश्वर। इनकी कहानी 'नरेश बहू' मुझे बहुत अच्छी लगी है। ये तो अभी युवा हैं। बहुत अच्छा लिख रहे हैं...।''

इस पर शंकर दयाल जी ने समिति के समक्ष मेरा अद्यतन साहित्यिक परिचय प्रस्तुत कर दिया, शीघ्र प्रकाशित होकर आने वाले मेरे नए उपन्यास 'युद्धस्थल' तक। उसके बाद मेरे जीवन एवं सृजन से सम्बन्धित दो-तीन सवाल केसरी जी ने किए। वे साक्षात्कार जैसे सवाल नहीं थे, व्यक्तिगत परिचय के प्रयास थे। उसके बाद मुझे मुक्त कर दिया गया।

वहाँ से लौटते हुए कुछ समय तक मेरा मन आशान्वित बना रहा। लेकिन फिर मन को समझाया, अधिक आशान्वित होना ठीक नहीं। दूध का जला, जैसे मट्ठा फूँक कर पीता है, मेरी स्थिति भी अब कुछ वैसी ही थी। जब तक मैं नियुक्त नहीं हो जाता हूँ, मुझे अधिक भरोसा नहीं करना चाहिए। एक ही पद है। नियुक्ति की अन्तिम प्रक्रिया तक फेर बदल होता रहता है। उतने उम्मीदवारों में मुझे अपने को ही सफल नहीं मानना चाहिए। शंकर दयाल जी के लिए उन अभ्यार्थियों में मुझसे भी प्रिय हो सकते हैं। न मैं उनकी जाति का हूँ, न उन जैसे राजनेता को राजनैतिक मदद पहुँचाने की स्थिति में हूँ, न आर्थिक मदद की और न अन्य किसी बड़े सहयोग की। फिर मैं उस पद के लिए सबल दावेदार कैसे हो सकता हूँ?

लेकिन इस बार वैसा कुछ नहीं हुआ। उषा जी एवं शंकर दयाल जी का आश्वासन कारगर साबित हुआ। साक्षात्कार के सात-आठ दिन बाद ही रजिस्टर्ड डाक से मुझे नियुक्ति पत्र मिल गया। समिति द्वारा अस्थाई रूप में मुझे बहाल किया गया था। हालाँकि इस बात की जानकारी मुझे मिल गयी थी कि वहाँ सारी नियुक्तियाँ ऐसे ही होती थीं। बाद में स्थाई बन जाती थीं।

उस नियुक्ति पत्र से मेरे घर के लोगों की धारणा में अब परिवर्तन आ गया था। वे मानने लगे थे कि सभी आश्वासन निरर्थक नहीं होते। वैसे मेरे मन में तो यह विश्वास था ही, लेकिन परिवार के लोगों की राय और पिछली घटना के परिणाम से मैंने भी भावनाएँ दमित कर रखी थीं। अब इस नियुक्ति पत्र के

आते ही पूरे घर में प्रसन्नता का माहौल कायम हो गया। मेरी दोनों भवहों की ओर से आवाज भी आयी—"ऐसी खुशी पर तो भइयाजी को मिठाई खिलानी चाहिए...।"

लेकिन मेरी ओर से जवाब माँ ने दे दिया—"अभी मिठाई कहाँ से खिलाएगा? अभी तो खाली चिट्ठी मिली है। जब दरमाहा मिलेगा तब तुमलोग कहना...।"

माँ ने मेरा संकट दूर कर दिया। सचमुच अभी मिठाई खिलाने की स्थिति में नहीं था और अभी मिठाई खिलाना मुझे उचित भी नहीं जान पड़ रहा था। जानता था खुशी का अधिक इजहार परिणाम की प्रतिकूलता पर कष्टदायक बन जाता है।

जिस दिन मैं ज्वायन करने चला उसी दिन रेलवे का माहवारी पास भी बनवा लिया। रोज के टिकट से यह काफी किफायती था। मेरे शहर आरा से पटना के विभिन्न विभागों में कार्य करन वालों की संख्या हजारों में थी। वे सब ऐसे ही माहवारी पास से आते-जाते थे।

जब मैंने बी.डी. इवनिंग कॉलेज में ज्वायन किया, हिन्दी विभाग में चतुर्वेदीजी नामक एक शिक्षक मिले। अभी उनका पूरा नाम मुझे याद नहीं आ रहा। दरअसल, सब लोग उन्हें चतुर्वेदी जी ही कहते थे। वे गोरे-चिट्ठे, मोटे-तगड़े और हँसमुख व्यक्ति थे। मुझसे हँस कर ही मिले—"हम आपकी प्रतीक्षा ही कर रहे थे। हमें पता था, आप शीघ्र ज्वायन करने वाले हैं...।"

उसके बाद चतुर्वेदी जी ने बताया कि विभाग के एक शिक्षक क्लास लेकर चले गये। और दो शिक्षकों के क्लास बाद में है। उन्होंने यह भी जानकारी दी—"कल से हेड् साहब विधिवत् रूटिन में आपको शामिल कर लेंगे। फिलहाल आज छात्रों से आपको परिचित कराने का जिम्मा मेरा ही है।"

मैं देख रहा था, वह सिर्फ कहने के लिए ही इवनिंग कॉलेज था, उसके क्लास दिन में भी चलते थे। चतुर्वेदी जी से अब व्यक्तिगत परिचय की कुछ बातें हुई। उनकी सादगी, सहजता और विनोदप्रियता मुझे अच्छी लगी। वे लगभग मेरे हम उम्र ही थे। चतुर्वेदी जी अब मुझे बी.ए. हिन्दी रचना के क्लास में ले गये। यह देख मैं क्षण भर के लिए घबड़ा गया कि पर्याप्त लम्बा क्लास रूम बड़ी उम्र के लड़कों से खचाखच भरा था। मैं तो समझ रहा था कि इस अफलियेटेड् कॉलेज में छात्रों की संख्या नहीं के बराबर होगी। अब मेरे मुँह से स्वत: निकल गया—"यहाँ तो काफी लड़के हैं।"

जवाब में चतुर्वेदी जी ने कहा—"पटना के अच्छे कॉलेजों में सबका एडमिशन सम्भव नहीं, इसलिए लड़के यहाँ आ जाते हैं।"

मैं समझ गया, राजधानी पटना के चलते ऐसा है। यहाँ की निरन्तर बढ़ती

जनसंख्या के अनुसार पर्याप्त कॉलेज नहीं। मैं जानता था, यहाँ के पुराने और प्रतिष्ठित कॉलेजों में नामांकन सबके वश की बात नहीं। अब समझ गया, इसी स्थिति ने यहाँ छात्रों की भरमार की है...।

चतुर्वेदी जी ने अब एक नये व्याख्याता के रूप में छात्रों से मेरा परिचय देना शुरू कर दिया। उन्होंने कथाकार के रूप में मेरे कार्यों का उल्लेख भी किया तथा कॉलेज एवं छात्रों के लिए मेरे आगमन को महत्त्वपूर्ण बताया।

अब जैसे ही चतुर्वेदी जी हटे, मुझ नये शिक्षक पर छात्रों की शरारती निगाहें आ टिकीं। इससे पहले कि मैं कुछ कहता, बड़ी उम्र और सख्त चेहरे वाले एक दादानुमा छात्र ने खड़ा होकर पूछा—"आरा से रोज आइएगा सर या यहीं रह कर पढ़ाइएगा... ?"

यह सुन अब एक दूसरा छात्र बोल उठा—"सर के बीबी-बच्चे होंगे तो उन्हें छोड़ यहाँ कैसे रहने लगेंगे!"

इस पर अब एक तीसरा टुभुक पड़ा—"सर! आप चाहेंगे तो हम यहाँ आपका डेरा ठीक करा देंगे। बस, आपके कहने भर की देर होगी...!"

मैं समझ गया, शरारतें शुरू हो गयी हैं। यह भी जान गया, राजधानी के छटुआ और बिगड़ैल छात्र हैं, जो अच्छे कॉलेजों से वंचित यहाँ आ जुटे हैं। अगर मैंने तत्काल मोर्चा नहीं सँभाला तो आज पहले दिन ही ये आउट कर देंगे। फिर तो इस कॉलेज से मेरे पाँव ही उखड़ जाएँगे। बस, मुस्तैदी से मैंने पूछा, "आप लोगों में आज यह मेरा पहला क्लास है। इस पहले क्लास में आप क्या पढ़ना चाहेंगे ?"

जवाब में एक काले एवं मोटे-से दिखने वाले छात्र ने कहा—"पता चला है सर कि आप कथाकार भी हैं। तो कोई कहानी ही पढ़ाइए!'

उस लड़के ने भी शरारत में ही ऐसा कहा। लेकिन उसकी शरारत तो उस क्षण जैसे मेरे लिए वरदान साबित हो गयी। मैं स्वयं अगर कहानी पढ़ाता तो वे समझते कि यह कहानीकार है, कहानी के सिवा दूसरा पाठ अच्छी तरह पढ़ा ही नहीं सकता। लेकिन अब उनके बीच से ही मेरे अनुकूल प्रस्ताव आ गया था। मैने-पूछा—"हिन्दी रचना में कौन-सी कहानी पढ़नी है ?"

इस पर आगे बैठे एक लड़के ने बताया—'पूस की रात'।

बस, मैं शुरू हो गया। प्रेमचन्द की 'पूस की रात' मेरी प्रिय कहानी थी। फिर तो विविध पक्षों से उस कहानी को प्रस्तुत करना शुरू कर दिया। पूस की रात का सामन्ती समाज, पूस की रात का अभाव ग्रस्त कृषक जीवन, पूस की रात में गरीबी और ठंड की त्रासदी, पूस की रात का कृषक-दाम्पत्य, पूस की रात में मनुष्य के साथ पालतु जानवरों का सम्बन्ध, पूस की रात का कृषि संकट,

पूस की रात की भाषिक क्षमता, पूस की रात का शिल्प गठन, पूस की रात में चरित्रों का विकास एवं निर्वाह, सभी पक्षों पर अपनी राय व्यक्त करता चला गया। इस दौरान वे शरारती छात्र भी मेरे वक्तव्य के दायरे में घिरते चले गये। पैंतालिस मिनट के उस क्लास में मैं पूरे एक घंटे तक पढ़ाता रहा। मैं अनुभव कर रहा था, जैसे एम.ए. की परीक्षा के दौरान साहित्य-सृजन का मेरा कार्य ही प्रकारान्तर से सहायक बना था, वही कार्य अब 'पूस की रात' की व्याख्या और विश्लेषण में भी उपयोगी हुआ। फिर तो क्लास समाप्ति के बाद उन छात्रों को मैंने नम्र और अनुशासित पाया। हालाँकि उनकी इस नम्रता और अनुशासन के पीछे का मेरा श्रम स्टाफ रूम में जाने पर पता चला। लगा, जैसे कोई युद्ध लड़ कर वापस आया हूँ या किसी पर्वत की चढ़ाई पार की है। उस क्षण अपने को बिल्कुल नींबू की तरह निचुड़ा पा रहा था। जब घंटेभर आराम से बैठा, तब कहीं जाकर प्रकृतिस्थ हुआ...। हालाँकि उस पहले क्लास से ही बी.डी. इवनिंग कॉलेज के छात्रों के बीच न सिर्फ मैंने अपनी पहचान कायम कर ली, बल्कि वहाँ पढ़ाने का एक सिलसिला भी बना लिया। मैं समझ रहा था, बी.ए. हिन्दी रचना के वे छात्र अब पूरे कॉलेज में मेरे उस क्लास की चर्चा कर देंगे। अब किसी और कक्षा में मुझे उतनी मेहनत और सजगता की जरूरत नहीं पड़ेगी।

अगले दिन से अपने अनुमान को मैंने सही पाया। अब नये शिक्षकों की तरह क्लास मे मेरा आना-जाना परेशानी पूर्ण नहीं रहा। रूटिन में अब मैं विधिवत् शामिल हो गया था। इस दौरान मैं अनुभव कर रहा था कि क्लास चाहे दो लूँ या तीन, मेरा सारा दिन बीत जाता था। आरा से पटना जाने के लिए दैनिक यात्रियों की सबसे उपयुक्त गाड़ी शटल सुबह सात बजकर पचास मिनट में थी। इस गाड़ी को पकड़ने के लिए घर से मुझे सात बजे ही निकल जाना पड़ता। यह गाड़ी लगभग दस और ग्यारह बजे के बीच पटना पहुँचाती। फिर वापसी में यही गाड़ी पटना से साढ़े पाँच बजे शाम में खुलती जो रात आठ बजे के आसपास आरा पहुँचाती। इस रूप में सुबह सात बजे घर से निकला मैं रात आठ बजे घर पहुँचता। अब चाहते हुए भी कुछ लिख नहीं सकता। हालाँकि मैं लोगों के उस कथन को सही पा रहा था कि कॉलेज शिक्षक का पद लेखन के लिए अनुकूल होता है। मेरे जिम्मे जो क्लास थे, उसके बाद सचमुच मेरे पास पर्याप्त समय था। लेकिन वह समय आरा-पटना की यात्रा में ही बीत जाता था। मैंने मन ही मन तय किया कि नौकरी स्थायी होते ही पटना डेरा ले लूँगा। आरा से पटना का जीवन अच्छा ही रहेगा।

बी.डी. इवनिंग कॉलेज की उस नौकरी में दूसरी असुविधा मैंने खानपान की महसूस की। आरा में रहते हुए सुबह कुछ नास्ते के बाद दोपहर दो बजे मैं

दिन का खाना खाता—चावल, दाल, सब्जी, वही मेरा मुख्य आहार था। लेकिन अब वह आहार खत्म हो गया था। सुबह सात बजे चाय पीकर ही ट्रेन पकड़ने निकल जाता। उतना सवेरे मुझसे कुछ खाया नहीं जाता। रेणु टिफिन में रोटी-भुंजिया या रोटी सब्जी पकड़ा देती। अब पटना में उसे ही खाता। सुबह के उस नास्ते से ही दिन के खाने का काम चलता। एक सप्ताह तक तो मैं अन्यमनस्क अनुभव करता रहा। ट्रेनिंग अवधि में रेणु के दुबलाते जाने के यथार्थ का अब स्वयं भुक्तभोगी था। लेकिन उसके बीच ही मुझे एक उपाय सूझ गया। कॉलेज के बाहर एक भुंजा बेचने वाला नियमित आता था। अब उससे भुंजे बनवा कर ले लेता। विभिन्न प्रकार के भुंजों को नमक, तेल, मिर्च, प्याज और नींबू के रस में मिला कर वह ऐसा मिश्रण तैयार कर देता जो प्रर्याप्त स्वादिष्ट होता। साथ ही सस्ता भी। उस मिश्रण को मैं ठोंगे में ले लेता और शाम ट्रेन में बैठ कर फाँकता...।

समय की बर्बादी और खान पान की असुविधा के बावजूद मेरा ध्यान अपने पहले वेतन पर केन्द्रित था। देखें, क्या मिलता है? मुझे पता था, स्थायी शिक्षकों को पूरा वेतन मिलता था, क्योंकि उनकी सेवा का अनुमोदन (कंकरेंस) राज्य सरकार से हो चुका रहता था। लेकिन सचिव एवं शासी निकाय के तहत नियुक्त अस्थायी शिक्षकों की स्थिति बिल्कुल भिन्न थी। उस भिन्नता का कटु एहसास पहले वेतन की प्राप्ति पर ही मुझे हुआ। एक माह के अध्यापन पर जो मिला, उसने मुझे दुखद आश्चर्य में डाल दिया। मैंने तो सपने में भी नहीं सोचा था कि इतने छात्रों वाले इस जमे हुए कॉलेज में व्याख्याता के पद पर मुझे इतनी छोटी रकम प्राप्त होगी। डॉ. नेमीचन्द्र शास्त्री स्कूल को देखते हुए अब मुझे ऐसा लगा यहाँ ताड़ से गिरकर खजूर पर अटक गया हूँ।

उस क्षण मेरा मन किसी सदमे की तरह आहत और व्यथित हो गया। प्रधानाचार्य के कक्ष में वह वेतन मैं पा रहा था। शायद मेरे मन के भाव मेरे चेहरे पर भी आ गये थे जिसे प्रधानाचार्य बी.एन. पाण्डेय ने लक्ष्य कर लिया। वे मेरे पिताजी के नाम और यश से परिचित थे तथा मेरे ममहर के गाँव से भी सम्बन्धित थे। अब मुझे पास बैठा कर उन्होंने समझाना शुरू कर दिया—"इस अल्प वेतन पर मत जाइए मिथिलेश्वर जी। राजधानी के इस कॉलेज में नौकरी के लिए मारामारी है। यहाँ मुफ्त में काम करने के लिए भी लोग तैयार हैं। आपके साथ नयी नियुक्ति में आयी पटना के वी.आई.पी. परिवार की औरतें इसी वेतन पर खट रही हैं। यहाँ की नौकरी का वर्तमान मत देखिए, भविष्य पर ध्यान केन्द्रित रखिए। यहाँ का भविष्य एकदम उज्जवल है। इस कॉलेज को अंगीभूत होना ही है। फिर पूरे वेतन और विश्वविद्यालय शिक्षक की सारी सुविधाएँ यहाँ बैठे ही प्राप्त हो जाएँगी। उस समय लाखों रुपए खर्च करने तथा ऊँची से ऊँची पैरवी लगाने पर भी यहा

नियुक्ति नहीं हो पाएगी।''

जवाब में मैंने पाण्डेय जी को निराश ही किया—''मेरा वर्तमान ऐसा नहीं कि भविष्य के लिए उसे नजर अन्दाज कर सकूँ। मुझे तीन बेटियाँ हैं, जो बड़ी हो रही हैं। ट्रेनिंग के बाद पत्नी भी अभी घर पर ही बैठी है। जिन खेतों का आसरा था, वे भी बिक गये। लेखन की आय नाममात्र को है। बढ़ती महँगाई के अनुसार खर्च रोज बढ़ता ही जा रहा है। फिलहाल मेरी सबसे बड़ी आवश्यकता नियमित आय की है। इस वेतन से तो पटना आने-जाने के मेरे खर्च की भी भरपाई सम्भव नहीं...।''

पाण्डेय जी ने फिर कहा—''घर जाकर इतमीनान से सोचिएगा। जल्दीबाजी में कोई निर्णय मत लीजिएगा...।''

लेकिन जब घर जाकर मैंने प्राप्त वेतन की जानकारी दी तो सबके ऊपर जैसे आसमान टूट पड़ा। किसी को भी यह विश्वास नहीं हुआ कि राजधानी पटना के एक जमे हुए कॉलेज के शिक्षक का यह वेतन! माँ ने कहा—''तुम्हारी किस्मत में अभी बढ़िया नौकरी का संयोग नहीं। लेकिन घबड़ाओ मत, जब संयोग जुट जाएगा अच्छी जगह पकड़ा जाएगी...।''

रेणु ने तो नाराज होकर कहा—''यह नौकरी छोड़ दीजिए। ऐसी नौकरी से क्या फायदा?''

मैंने भी तजबीज किया, मुझे जो मिला था, एक माह में उससे अधिक जेब खर्च में चला गया था। समय बर्बाद हुआ सो अलग। उस अवधि में अगर कुछ भी लिखा होता तो जो वेतन मिला है उससे दुगुना तो अवश्य होता। फिर वह लेखन तो सिर्फ उस पारिश्रमिक भर ही नहीं रहता। बराबर के लिए मेरा स्थायी निधि होता। मैंने भी निर्णय कर लिया, अब वहाँ काम नहीं करना। लेकिन चुपचाप बैठ रहना या त्यागपत्र देना मैं ने उचित नहीं समझा। चिकित्सा अवकाश में जाने का एक अनिश्चित कालीन आवेदन भिजवा दिया। यह कारण ही अब मुझे उपयुक्त जान पड़ा। अब इस कारण पर उन्हें जो करना हो, करते रहें...।

बी. डी. इवनिंग कॉलेज जाना बन्द कर मैंने सोचा कि अब जब तक कहीं ढंग की व्यवस्था नहीं हो जाती, मुझे अपने साहित्य लेखन में ही रहना है, छोटे-छोटे प्रलोभनों में अपनी शक्ति नहीं गवानी। मैं अनुभव कर रहा था अपनी साहित्य-रचना छोड़ जब-जब इधर-उधर भागता था, लहूलुहान होकर ही लौटता था—पराजित और व्यथित। तब फिर-फिर अपने लेखन की दुनिया में ही वापस आता जहाँ सुकून पाता। लेकिन इस बार सृजन में लौटने के निर्णय के बावजूद अब जल्द मैं लौट नहीं सका। यह बच्चों का खेल नहीं था कि जब चाहें खेलने बैठ जाएँ। मन की एकाग्रता पर ही यह निर्भर था। उस समय मेरा मन अन्दर

से ऐसा उखड़ गया था कि लेखन की मेज पर जुट ही नहीं पा रहा था।

अब मैं जबरन अपने को जुटाने की कोशिश कर रहा था। नौकरी छोड़ मुझे हाथ पर हाथ रख कर नहीं बैठना चाहिए, कुछ न कुछ करते रहना चाहिए। लेकिन रचना प्रवाह की जगह अब वे क्षण ही मेरे मस्तिष्क में आ जाते जो नौकरी के प्रयास के पीड़क क्षण थे...। बैसाडीह में रहते हुए प्रतियोगिता परीक्षाओं के लिए कितनी कठिन भाग दौड़ की। लेकिन परिणाम शून्य। कितने उत्साह से नेमीचन्द्र शास्त्री स्कूल ज्वायन किया, पर वेतन के रूप में मुँह चिढ़ाती रकम। डॉ. विनीता अग्रवाल का हार्दिक सहयोग। कर्तारसिंह दुग्गल का पत्र। राजभवन का पुरज़ोर आश्वासन। महीने भर की व्यस्त प्रतीक्षा। मगर निष्कर्ष के रूप में गम्भीर नैराश्य। शंकर दयाल जी का मेरे घर आना। उषा जी का पूरे मन से लग जाना। बी. डी. इवनिंग कॉलेज में साक्षात्कार। फिर नियुक्ति। फिर डेली पसेंजरी। लेकिन वेतन की हास्यास्पाद स्थिति।

उन पीड़क क्षणों के विश्लेषण से अब मुझे साफ लग रहा था कि दोष किसी और का नहीं, मेरा ही है। बैसाडीह से मेरे साथ प्रतियोगिता परीक्षा देने वाले कई नियुक्त हो गये। मैं इसलिए नियुक्त नहीं हो सका कि उस परिप्रेक्ष्य में तैयारी की ही नहीं। मुझे तो जब भी समय मिलता कहानियाँ लिखने बैठ जाता। कहानियों को ही सब कुछ समझ रहा था। कहानियों की सीमाओं पर तो कभी विचार किया ही नहीं। उनकी भूमिका तो सिर्फ परिचय कायम करने भर थी, जो उन्होंने किया ही। उस परिचय से ही नेमिचन्द्र शास्त्री स्कूल से राजभवन और बी. डी. इवनिंग कॉलेज तक पहुँचा। लेकिन कमाई करने की क्षमता हासिल नहीं कर सका। यह तो दूसरे रास्ते से हासिल होने वाली चीज थी जिस ओर पूरे मन से में कभी लगा ही नहीं।

यह देख कर मेरे मन की हताशा अब और बढ़ती जा रही थी कि मेरे परिचितों और सम्बन्धियों के बीच मेरी उम्र और मुझसे छोटी उम्र वालों ने भी अपने उपार्जन से अपने परिवार को सुख-समृद्धि के बीच रखा था। वे जैसा खाते, ओढ़ते-पहनते और रहते थे वह हमारे लिए दुर्लभ था। उनके बच्चे जैसे स्कूलों में पढ़ते थे। मैं चाहते हुए भी अपनी बेटियों को नहीं पढ़ा पा रहा था। खेत बेच कर हमने पैतृक जमीन में घर बना लिया था और किसी तरह दोनों जून खा लेते थे, यही हमारी स्थिति थी। घर भी बिना प्लास्तर का सिर्फ तन छिपाने लायक और खाना भी निहायत सामान्य सिर्फ जीवन रक्षा भर!

उस समय अक्सर यशपाल की कहानी 'परदा' की याद मुझे आती। लगता, कुछ अलग परिप्रेक्ष्य में हमें 'परदा' के यथार्थ को ही जी रहे थे। आरा का मेरा घर और लेखन एक पर्दा ही था, जिसकी आड़ में हमारे घर-परिवार की अनेक

अनिवार्य आवश्यकताएँ बेपर्द थीं। किसी की पूर्ति नहीं। एक जाने-माने लेखक के रूप में पाठक मुझे पत्र भेजते। मिलने भी आते। सभ्य शहरी समाज में एक सम्मानित लेखक का दर्जा मुझे प्राप्त था। लेकिन मेरी आर्थिक स्थिति इस प्रतिष्ठा के बिलकुल विपरीत। मुझे सम्मानित दृष्टि से देखने वाले काश मेरे जीवन एवं परिवार की तंगहाली देख पाते। अब यह यथार्थ मेरे लिए असह्य होता जा रहा था, क्योंकि घर-परिवार की विस्तार लेती समस्याएँ एवं बढ़ती बेटियों की आवश्यकताएँ तीखे-नुकीले कोने बन मुझे चुभने लगी थीं। एक ओर उपयोग एवं उपभोग के आधुनिक समानों से बाजार पटते जा रहे थे। दूसरी ओर मेरी स्थितियाँ प्रवेश निषेध की तख्ती लेकर खड़ी थीं। ये दृश्य अब मुझे फिर से रचनारत नहीं होने दे रहे थे। बदहाल स्थितियाँ अब लेखन छोड़ कर अपनी भरपाई की माँग कर रही थीं।

उस समय मुझे अब एक सुगम उपाय सुझा। मेरे मन में आया कि आयुर्वेदिक दवाओं की एक दुकान खोलकर बैठ जाऊँ। एलोपैथ से आयुर्वेद की ओर लौटते लोगों को देखकर यह कार्य मुझे आशान्वित करता जान पड़ा रहा था। ऐसी दुकानें खोल कई लोगों को अपने परिवार का जीविकोपार्जन करते मैं देख रहा था। उन लोगों से इस मामलें में अपनी दुकान विशिष्ट बनाने की मेरी योजना थी कि आयुर्वेद की किताबें पढ़ मैं मरीजों को परामर्श भी देता जाऊँगा। इस कार्य में सुविधानुसार मैं अपना लेखन भी करता रहूँगा। सम्भवत: यह सोच कर ही अपने शहर के परिचित वैद्य श्याम सुन्दर जी के यहाँ जाने लगा। वे मेरी रचनाओं के प्रशंसक थे। मुझे पूरा स्नेह देते। अब उनके यहाँ से ही 'आयुर्वेद प्रकाश', 'आयुर्वेदिक चिकित्सा' आदि कुछ पुस्तकें लेते आया और उनका अध्ययन शुरू कर दिया। लेकिन जब रेणु के समक्ष अपनी योजना रखी तो उसने सिरे से ही इसे खारिज कर दिया—"अब तक जिस काम में आप लगे हैं, जो मिलना—पाना होगा, वही काम देगा। वही आपके लिए ठीक रहेगा। नया काम तो आपको अनाड़ी साबित करेगा। जो लोग आयुर्वेद की दुकानें चलाते हैं। एकाएक उन्होंने ऐसा नहीं किया है। लम्बे समय तक वे उसी के बीच रहते आये हैं। मेरे रिश्ते के एक बाबा आयुर्वेदिक वैद्य थे। उनकी दुकान मैंने देखी थी। अब आयुर्वेद में अनुभव लेने के लिए जितना समय आप लगाइएगा, उतने समय में तो अपने पूर्व कार्य में ही जहाँ पहुँचना होगा, पहुँच जाइएगा...।"

रेणु की बात ने मुझे दुविधा में डाल दिया। साँप के मुँह के छछुन्दर की भाँति आयुर्वेदिक जानकारी न मुझसे छोड़ते बन रही थी और न हासिल करते। ऐसे ही समय में एक सप्ताह के अन्तराल पर 'युद्धस्थल' उपन्यास का प्रकाशन तथा राज्य सरकार की अनुमति के बाद विभिन्न विश्वविद्यालयों से चयन समिति के तहत नियुक्तियों की विज्ञाप्ति ने मेरी सारी मायूसी, जड़ता और दुविधा सब

समाप्त कर दी। वह सन् 1981 का वर्ष था। जाने अब फिर अन्दर से कहाँ का जोश और उत्साह आ गया कि मैं फिर भिड़ गया। शायद इस विज्ञाप्ति की प्रतिक्षा ने ही मुझे अन्यमनस्क और अकर्मण्य बनाया था। रेणु की बात अब सही जान पड़ने लगी कि जिस काम में मैं लगा था, जो मेरे अनुभव का क्षेत्र था, वही मेरा प्राप्तव्य हो सकता है, अन्य नहीं...।''

मैंने देखा, 'युद्धस्थल' उपन्यास का प्रकाशन भी सरस्वती बिहार ने खूब अच्छे रूप में किया था। आवरण पृष्ठ पर दो क्रूर हाथ एक नारी की गर्दन दबोचने के लिए आगे बढ़ रहे थे। लालिमायुक्त गहरे पीले रंग का वह आवरण पर्याप्त आकर्षक था। उपन्यास के रूप में 'युद्धस्थल' मेरी पहली स्वतन्त्र पुस्तक थी। उससे पहले की मेरी कथा-पुस्तकें कई-कई कहानियों के संग्रह के रूप में प्रकाशित हुई थी। 'झुनिया' उपन्यास भी कलेश्वर की दृष्टि से इतना छोटा था कि तीन कहानियों के साथ उसका पुस्तकाकार प्रकाशन हुआ। लेकिन 'युद्धस्थल' एक रचना के नाम पर अकेली पूरी पुस्तक। 'युद्धस्थल' को लेकर अब मेरी पुस्तकों की संख्या सात हो गयी, शादी के सात फेरों की तरह एक पड़ाव हासिल करती हुई...।

'युद्धस्थल' के प्रकाशन की लेखकीय खुशी को अब अपनी नयी शक्ति के रूप में महसूस करते हुए चयन समिति के विज्ञापनों में मैं लग गया। प्रायः बिहार के अधिकांश विश्वविद्यालयों ने विज्ञाप्तियाँ जारी की थी। सब सरकार के निर्णय की प्रतीक्षा में ही थे। निर्णय होते ही सबकी सक्रियता बढ़ गयी थी। मैं जानता था, ऐसी नियुक्तियों में अब वेतन का कोई संकट नहीं। नौकरी की अनिश्चितता भी नहीं। सही अर्थों में विश्वविद्यालय शिक्षक बनकर जीना और पर्याप्त सुविधाएँ पाना।

अब मैं पूरे मन से आवेदन देने में लग गया। रेणु से परामर्श के बाद मैंने तय किया कि बिहार के जिन-जिन विश्वविद्यालयों से विज्ञाप्तियाँ आयी हैं उन सभी के यहाँ मुझे आवेदन भेजना है। सिर्फ एक-दो विश्वविद्यालयों पर ही निर्भर नहीं रहना है। पता नहीं, कहाँ हो? इस बीच इस जानकारी से भी मैं अवगत हो गया था कि राज्यपाल के यहाँ से एक विश्वविद्यालय से दूसरे विश्वविद्यालय में स्थानान्तरण की भी सुविधा है। यानी राज्य के किसी भी विश्वविद्यालय में नियुक्त होकर एक-दूसरे में जाया जा सकता है।

सभी विश्वविद्यालयों की विज्ञप्तियों पर रजिस्टर्ड डाक से आवेदन भेज चुकने के बाद अब मैं तैयारी में लग गया। अब तक लेखन के अपने बल पर ही मैं प्रयासरत था। अब पुराने सम्बन्धों को अजमाना भी उचित समझा। आरा में पिताजी के अनेक मित्र थे। उनमें से कुछ अभी सेवारत थे तो कुछ सेवानिवृत्त हो चुके थे। वे सब कॉलेज शिक्षक के रूप में वरिष्ठ और अनुभवी थे। उनमें

वाणिज्य के डॉ. डी.सी. जैन, रसायन के डॉ. सत्यपति सहाय, भूगोल के डॉ. नर्वदेश्वर प्रसाद तथा इतिहास के डॉ. उमाशंकर लाल के यहाँ से हमारा परिवारिक सम्बन्ध भी था। उमाशंकर बाबू का निवास हमारे निकट ही था तथा पिताजी के मित्रों में वे हमारे सबसे बड़े हितैषी और शुभचिन्तक थे। उनका सहयोग हमें सबसे अधिक मिला था। अपनी किसी भी समस्या पर हम जब भी उनसे मिलते उनका आत्मीय सहयोग पाते। पिताजी के पी.एफ. के रूप में संचित रुपये भी उनके सहयोग से ही प्राप्त हुए थे। अब इस नियुक्ति के सम्बध में भी मैं उनसे मिला। मेरी योजना से अवगत हो उन्होंने समझाते हुए कहा—''चयन समिति की उन नियुक्तियों में काफी पक्षपात और धाँधली की गुंजाइश होगी। समिति में जो लोग भी रहेंगे, सबके कंडिडेट होंगे। लम्बे समय से बहालियाँ नहीं होने से सबके उम्मीदवार बढ़ते गये हैं। साहित्य के नाम पर वे तुम्हारी मौखिक सराहना कर देंगे, लेकिन काम अपने लोगों का ही करेंगे। तुम राँची विश्वविद्यालय के डॉ. नागेश्वर लाल को पकड़ने की कोशिश करो। वे इसी क्षेत्र के हैं। अपने लोगों की मदद भी करते हैं। वहाँ वे प्रभावशाली व्यक्ति हैं...।''

एक तेजस्वी आलोचक के रूप में डॉक्टर नागेश्वर लाल के नाम से मैं परिचित था। लेकिन कभी उनसे मिला नहीं था और उनसे मेरा पत्राचार भी नहीं था। मैं यह भी जानता था कि आरा के पास ही बगेन नामक गाँव के निवासी हैं। उमा बाबू के परामर्श के बाद मैंने तय कर लिया, नागेश्वर बाबू से मिलना है। हालाँकि मेरे मन में बिहार वि.वि.के कुलपति डॉ. श्याम नन्दन किशोर से भी सहयोग की अपेक्षा थी। समिति में आन्तरिक परीक्षक के रूप में रहते हुए वे मुझे छोड़ नहीं सकते...।''

साक्षात्कार की शुरुआत मेरे मन माफिक मगध विश्वविद्यालय से ही हुई। सबसे पहला साक्षात्कार पत्र उसी का आया। मेरी पहली प्राथमिकता मगध विश्वविद्यालय की सेवा में जाना था। आरा के प्रायः सभी अंगीभूत कॉलेज मगध वि.वि. के ही थे। आरा की नौकरी को मैं अपने लिए अन्य जगहों से श्रेयस्कर समझ रहा था। यह मेरा सृजन क्षेत्र था। यहाँ मेरा घर था। यह शहर अन्य बड़े शहरों की अपेक्षा सस्ता और अपना था। यहाँ का पानी, यहाँ का मौसम और यहाँ की भाषा ने मुझे बाँध रखा था। मैंने सोच लिया था, कहीं भी नियुक्ति होने पर स्थानान्तरण करा कर यही आ जाना है। इस सम्बन्ध में अगर सीधे यही नियुक्ति हो जाए तब फिर कहना ही क्या! वह तो मेरे लिए सोने में सुहागा की तरह होगा।

मगध विश्वविद्यालय, बोध गया स्थित मुख्यालय में साक्षात्कार का आयोजन था। मैं समय से एक दिन पहले वहाँ पहुँचा। गया लाइन पर ट्रेनों के अनियमित

परिचालन से अवगत था। किसी-किसी दिन सुबह में पटना से खुली गाड़ी शाम में गया पहुँचती थी। इस स्थिति में बुद्धिमानी एक दिन पहले पहुँचने में ही थी।

गया के अनुग्रहपुरी कॉलोनी में अपने मामा के यहाँ रुका। अगले दिन समय से तैयार होकर साक्षात्कार स्थल पर पहुँचा। सोवियत लैंड नेहरू पुरस्कार के अवसर पर खादी का अपना जो झोला लेकर मैं दिल्ली गया था, अब उसी झोले में अपनी सातों पुस्तकें, दोनों पुरस्कार प्रमाण तथा शैक्षणिक प्रमाण-पत्र को सहेजकर रख लिया था। यह सामग्री ही मेरी पूँजी और शक्ति थी। मेरे कन्धे से लटकते इस झोले को देख किसी को यह पता भी नहीं चलने वाला था कि इसमें क्या है? अमूमन ऐसे झोलों में लोग खाने की चीजें, यात्रा में पढ़ने की पुस्तकें तथा कहीं रुकने के लिए धोती और गमछा आदि रखते थे। असल में अपने साथ अभ्यार्थियों के बीच मैं यह बात प्रचारित होने देना नहीं चाहता था कि अपनी इतनी पुस्तकों के साथ मैं साक्षात्कार में जा रहा हूँ।

साक्षात्कार स्थल पर पहुँच अम्यार्थियों की भीड़ देख मैं निराश भी हुआ। समझ गया काफी समय बाद नियुक्त के चलते ही ऐसा है। वहाँ मेरे साथ एम.ए. की परीक्षा देने वाले दो-चार परिचित मिल गये। अब उनके पास ही बैठ गया। उन्हीं से मुझे पता चला कि एकत्रित अभ्यर्थियों में दर्जनभर वैसे लड़के हैं जो मैट्रिक से लेकर एम.ए. तक प्रथम श्रेणी में उत्तीर्ण हुए हैं तथा उन्होंने पी-एच. डी. की उपाधियाँ भी हासिल कर ली हैं। मेरे उन परिचितों के अनुसार उनकी नियुक्ति होनी ही है। समिति उन्हें छाँट ही नहीं सकती। उनकी इस सूचना के बाद अपने झोले की जिस सामग्री पर मुझे फक्र था उसे अब एक ही झोंके में ध्वस्त होते पाया। ऐसी प्रतियोगिता में झोले की अपनी शक्ति और पूँजी से मैं सफल नहीं हो सकता...।''

साक्षात्कार शुरू होने में अब मात्र 45 मिनट देर थी। बाहर से अभ्यार्थियों का आना अभी जारी था। उन्हीं अभ्यार्थियों में चतुर्वेदी जी भी मुझे आते दिखे। मैंने उन्हें आवाज दी—''चतुर्वेदी जी!''

अब जैसे ही मुझ पर उनकी नजर पड़ी अपनी प्रकृति के अनुसार वे हँसते हुए पास आ गये। मैंने पूछा—''आप भी इंटरव्यू देने आये हैं?''

उन्होंने कहा—''हाँ।''

मैं समझ गया, वहाँ की नौकरी से चतुर्वेदी जी भी सन्तुष्ट नहीं। अब पूछा—''अभी वहीं है कि छूट गये?''

''अभी वहीं हूँ। मेरा आवास तो पटना में ही है। मुझे कोई असुविधा नहीं...।''

चतुर्वेदी जी से अभी मैं बात ही कर रहा था कि पन्द्रह-बीस लड़कों का

एक काफिला हाथ में हॉकी स्टीक, रड् और बेल्ट लिये आ धमका। आते ही उन्होंने घोषणा की—''इसमें जो भी छात्र मगध विश्वविद्यालय से बाहर के हों, वे सीधे यहाँ से वापस हो जाएँ। हम, सबका सर्टिफिकेट चेक करेंगे। बाहर के किसी छात्र को यहाँ साक्षात्कार नहीं देने देंगे...। साथ ही उन्हें दण्डित भी करेंगे, जो हमारी घोषणा पर रुके रहेंगे...!''

उनकी यह बात सुनते ही चतुर्वेदी जी की हँसता चेहरा म्लान पड़ गया। उन्होंने मुझसे कहा—''मैं अब चलता हूँ मिथिलेश्वर जी। यहाँ की स्थिति ठीक नहीं।''

मैं समझ गया, चतुर्वेदी जी दूसरे विश्वविद्यालय के छात्र हैं। बी. डी. इवनिंग कॉलेज में मित्रता के तहत मैंने उन्हें रोकने की कोशिश की—''आप चुपचाप बैठे रहें। वे आपका सिर्टिफिकेट चेक करेंगे तो मैं कह दूँगा कि आप मेरे दोस्त हैं। मैं आपको साथ लाया हूँ।''

यह सुन मेरे पास बैठे वे परिचित छात्र बोल उठे—''नहीं...नहीं मिथिलेश्वर जी। ऐसा नहीं हो सकता। ऐसा करके आप अपने लिए भी मुसीबत खड़ा कर लेंगे। यह ऐसा मामला है कि इसमें जान भी जा सकती है। यहाँ के छात्रों ने पूरी तैयारी कर रखी है...।''

उनकी यह बात सुन चतुर्वेदी जी अपना बैग उठा कर चल पड़े। न चाहते हुए भी विवश-लाचार स्थिति में चतुर्वेदी जी का जाना मैं देखता रहा। मुझे लगा, सचमुच नियुक्ति का यह संग्राम जीतना आसान नहीं। हालॉकि उन लड़कों की इस कार्रवाई के बाद भीड़ अब आधी रह गयी। भीड़ में एकत्रित आधी संख्या दूसरे विश्वविद्यालयों के छात्रों की थी। मुझे इस बात को लेकर भी आश्चर्य हुआ कि बिना मारकाट और कोहराम के सहजता से यह सब हो गया। समझ गया, अगर तृतीय श्रेणी की निम्नवर्गीय नियुक्ति होती और निम्नवर्गीय अभ्यर्थी जुटे होते तो इतनी आसानी से नहीं लौटते। मरने-मारने पर उतारू हो जाते। लेकिन उच्च शिक्षा प्राप्त उम्रदार और समझदार अभ्यार्थी जो सम्भवत: अच्छे घरों के ही होंगे जान बचा कर यहाँ से चुपचाप चले गये।

साक्षात्कार शुरू होते ही अब मुझे पता चल गया, वाह्य परीक्षक के रूप में डॉ. विश्वंभरनाथ उपाध्याय आये हैं। वासुदेव बाबू किसी कारण से आन्तरिक परीक्षक के रूप में नहीं थे। उनकी जगह डॉ. रमाकान्त जी आये थे। राज्य सरकार के नौमिनी के रूप में डॉ. के. एम. परचुरे तथा समिति के अध्यक्ष के रूप में मगध विश्वविद्यालय के प्रतिकुलपति। साक्षात्कार कक्ष के बाहर स्टूल पर बैठा चपरासी अब बारी-बारी से एक-एक आदमी का नाम पुकार रहा था। मैं देख रहा था,

कोई अभ्यर्थी पाँच से सात मिनट में ही अन्दर से बाहर आ जाता तो कोई पन्द्रह से बीस मीनट लेता। शायद अभ्यर्थियों की क्षमता एवं योग्यता के अनुसार ही उनका साक्षात्कार लिया जा रहा था।

लगभग सोलह अभ्यर्थियों के बाद सत्रहवें नवम्बर पर मेरी बारी आयी। विश्वम्भरनाथ उपाध्याय का नाम सुनकर मुझे कुछ बल मिला था। समकालीन लेखन में एक महत्त्वपूर्ण आलोचक के रूप में मैं उन्हें जानता था। अपने संरक्षण में राजस्थान से वे 'मधुमाधवी' नामक एक पत्रिका भी निकलवाते थे जिसमें मेरी रचना प्रकाशित हो चुकी थी। उस सन्दर्भ में डॉ. विश्वंभरनाथ उपध्याय से मेरा पत्राचार भी था। लेकिन उनसे मैं कभी मिला नहीं था। हालाँकि पत्र-पत्रिकाओं में उनकी तस्वीर से परिचित था। मुझे विश्वास था, उन्हें पहचान लूँगा। जब पुकारे जाने पर अन्दर पहुँचा तो समिति के सदस्यों को एक कतार में बैठे पाया। उनमें बाँयी और बैठे व्यक्ति के चेहरे पर नजर पड़ते ही मैं समझ गया, यही विश्वंभरनाथ उपाध्याय हैं। अब मेरे प्रवेश करते ही बीच में बैठे अध्यक्ष ने मेज के सामने की कुर्सी पर मुझे बैठने का आदेश देते हुए कहा—"हाँ, तो मिथिलेश्वर जी, मैट्रिक से लेकर एम. ए. तक के अपने सारे प्रमाण-पत्र दिखाइए...।"

मैं समझ गया, मेरे आवेदन में दिये गये शैक्षणिक विवरण की सत्यता की जाँच समिति करना चाह रही है। अब मैं झोले से उन प्रमाण पत्रों को निकालने लगा। लेकिन वे तो पुस्तकों और पुरस्कार प्रमाणों के भार से नीचे दबे थे। अब उन्हें बाहर लाने के लिए जल्दी-जल्दी पुस्तकें और पुरस्कार प्रमाण भी मेज पर निकाल कर रख दिये। उन्हें भी तो मुझे निकालने ही थे। लेकिन उन पुस्तकों को देखते ही प्रतिकुलपति की बगल में बैठे भव्य से दिखने वाले एक सदस्य पूछ उठे—"आप इतनी सारी पुस्तकें क्यों ले आये हैं? साक्षात्कार में तो सिर्फ सर्टिफिकेट्स माँगे गये हैं। यह परीक्षा हॉल नहीं कि आप पुस्तकों से सहयोग ले सकें!"

इस पर मैंने कहा—"ये मेरी लिखी पुस्तकें है!"

यह सुन वे चौंक उठे—"क्या?" और आश्चर्य से मुझे देखते हुए अब उन पुस्तकों को उलट-पलट कर देखने लगे—"ये सातों पुस्तकें आपने लिखी हैं?"

"हाँ"

अब तक सारे सदस्यों की निगाहें मेरी उन आकर्षक पुस्तकों पर चली गयी थीं। पुस्तकों पर मोटे-मोटे अक्षरों में छपे मेरे नाम भी उन्होंने पढ़ लिए। अब विश्वम्भरनाथ उपाध्याय पूछ उठे—"तो आप कथाकार मिथिलेश्वर हैं?"

"जी।"

इधर उन भव्य सज्जन का आश्चर्य बढ़ता जा रहा था—"आपने तो काफी लिखा है। पुस्तकों का प्रकाशन भी उच्चस्तरीय है...।"

अब विश्वम्भरनाथ उपाध्याय अपने को रोक नहीं सके—"ये कथाकार मिथिलेश्वर हैं परचुरे जी। हिन्दी की नयी पीढ़ी के महत्त्वपूर्ण कथाकार!"

परचुरे साहब का ध्यान अब मेरी पुस्तकों के पास ही रखे बड़े-बड़े पुरस्कार प्रमाणों पर चला गया—"और ये क्या हैं?"

लेकिन मेरे बताने से पहले ही मोटे-मोटे शब्दों में अंकित उन प्रमाण पत्रों को उन्होंने पढ़ लिया—"अरे, आपको तो 'मुक्तिबोध पुरस्कार' और 'सोवियत लैंड नेहरू पुरस्कार' भी प्राप्त हो चुके हैं।

अब समिति का ध्यान मेरी पुस्तकों और पुरस्कार प्रमाणों पर केन्द्रित हो गया। राज्य सरकार के प्रतिनिधि परचुरे साहब ने जिस गर्मजोशी से उन्हें लिया कि अब सब लोग बारी-बारी से उन्हें देखने लगे। मेरी पुस्तकें पलटते हुए उपाध्यायजी ने 'युद्धस्थल' को उठाकर पूछा—"यह उपन्यास कब आया? आपकी और पुस्तकों के बारे में तो मैं जानता था। यह नयी पुस्तक मालूम पड़ रही है?"

"हाँ, अभी इसी महीने आयी है।"

परचुरे साहब अब अपनी जिज्ञासा रोक नहीं सके—"कब से आप पुस्तकें लिख रहे हैं?"

"विद्यार्थी जीवन से ही।"

"आपके लेखन का विषय क्या रहा है?"

"कहानी और उपन्यास।" मुझे पता था, राज्य सरकार के प्रतिनिधि परचुरे साहब साहित्य के क्षेत्र के व्यक्ति नहीं थे, इसलिए ऐसा पूछ रहे थे।

"इन पुस्तकों पर तो आपकी अच्छी रॉयल्टी मिलती होगी।"

"नहीं, एकदम नाम मात्र की।"

"क्यों?"

"हिन्दी के प्रकाशक व्यक्तिगत व्यवसायी हैं। वे जितना छापते और बेचते हैं, उतना बताते नहीं...।"

"आपको इन पुस्तकों की रचना की प्रेरणा कैसे मिली? विद्यार्थी जीवन में तो छात्रों का ध्यान ऐसे गम्भीर कार्य की ओर नहीं जाता।"

"मुझे लग रहा था कि मैं जो देखता और महसूस करता हूँ और उसको लेकर मेरे मन में जो प्रतिक्रियाएँ पैदा होती हैं, उससे लोगों को अवगत करना चाहिए। अपने समाज की जो विसंगतियाँ मेरे मन को कचोटती हैं और जिन्हें मैं बदलना चाहता हूँ, उसके लिए पाठकीय जनमत तैयार करना मुझे आवश्यक

प्रतीत हुआ। मैं जानता हूँ, साहित्य तत्काल और सीधे-सीधे समाज को नहीं बदलता, उसकी भूमिका धीरे-धीरे होती है। लेकिन स्थायी महत्त्व की होती है। लोगों को जागरूक, नैतिक और संवेदनशील बनाते हुए सामाजिक बदलाव की पृष्ठभूमि साहित्य ही तैयार करता है।''

अध्यक्ष महोदय ने अब शायद बीतते समय का एहसास कर हस्तक्षेप करते हुए कहा—''हाँ तो मिथिलेश्वर जी, अब अपने मूल सर्टिफिकेट्स दिखाइए...। चार्ट में सत्यता की जाँच वाला कालम हमें भरना है...।''

जवाब में अब मैंने बारी-बारी से मैट्रिक से लेकर एम.ए. तक के अपने सर्टिफिकेट्स दिखाए। इस पर मुझे हतोत्साहित करते हुए उन्होंने कहा—''आपके रिजल्ट तो आपकी पुस्तकों की तरह अव्वल नहीं। सेकेंड क्लास में आपको अच्छे अंक आये हैं।''

मैं देख रहा था, मेरे प्रति परचुरे साहब का अधिक आकर्षण अध्यक्ष महोदय को भा नहीं रहा था। उनके चेहरे के भाव मैं लिखते आ रहा था। शायद उसी की प्रतिक्रिया में अब उन्होंने मेरे शैक्षणिक प्रमाण-पत्रों पर ऐसी टिप्पणी की थी। जो हो, उनकी उस टिप्पणी से क्षण भर के लिए अपनी सारी उपलब्धियों पर मैंने पानी फिरता महसूस किया। परचुरे साहब भी सकते में आ गये। उनकी भी समझ में नहीं आ रही थी कि अब क्या कहें। लेकिन डॉ. विश्वम्भरनाथ उपाध्याय ने अब पुनः मेरी विशेषता बहाल करने की कोशिश की—''हिन्दी के बड़े-बड़े लेखकों के साथ ऐसा ही रहा है अध्यक्ष जी। प्रेमचन्द और रेणु के साथ भी ऐसा ही था।''

जवाब में अध्यक्ष जी ने प्रसंग बदलते हुए उपाध्याय जी से कहा—''इनसे कुछ और पूछना हो तो पूछा जाए। अभी काफी कंडि्डेट हैं।''

इस पर उपाध्याय जी, परचुरे साहब की ओर उन्मुख हुए—''आप तो अच्छा पूछ रहे थे? कुछ और पूछना हो तो पूछें।''

परचुरे साहब ने कहा—''विषय के विशेषज्ञ तो आप हैं उपाध्याय जी। अब आप ही कुछ पूछिए।''

जवाब में उपाध्याय जी ने अपनी निर्णायक राह जाहिर कर दी—''मैं मिथिलेश्वर जी को जानता हूँ। इनसे मुझे अब और कुछ नहीं पूछना।''

इस पर अध्यक्ष जी ने मुझे सम्बोधित करते हुए कहा—''अब आप जा सकते हैं...।''

बस, मैं चल पड़ा। लेकिन उस कक्ष से बाहर निकल समझ नहीं पा रहा था, स्वीकृत हुआ या अस्वीकृत। साक्षात्कार के दौरान तो मैंने ऐसा महसूस किया

था कि एक क्षण के लिए आसमान में पहुँच गया हूँ, फिर दूसरे ही क्षण धड़ाम से नीचे जमीन पर आ गिरा। परचुरे साहब और उपाध्याय जी की प्रतिक्रिया एक ओर थी तो अध्यक्ष महोदय की दूसरी ओर। फिर किसी भी समिति के अध्यक्ष की प्रतिक्रिया विशेष होती है। अक्सर अध्यक्ष की प्रतिक्रिया ही निर्णायक साबित होती है।

आरा पहुँचने पर जब अपने परिवारजनों के समक्ष पूरा विवरण रखा तो माँ ने कहा—''यहाँ तेरा जरूर होगा। जब तुम्हारी पुस्तकों और पुरस्कारों को सबने देख लिया तो वे तुझे नहीं छाटेंगे...।''

कामेश्वर और ब्रजेश्वर की प्रतिक्रिया भी माँ के अनुरूप ही रही। लेकिन रेणु ने नकारात्मक राय जाहिर की—''जब किसी की विशेषताओं का उल्लेख हो रहा हो उसी के बीच उसकी कमियों को रख देना उसकी विशेषताओं को ध्वस्त करना होता है। मुझे नहीं लगता कि यहाँ आपका होगा। अध्यक्ष किसी भी समिति का मुखिया होता है। उसकी बात समिति के लोग झटक नहीं सकते...।''

लेकिन रेणु की इस प्रतिक्रिया के बावजूद परचुरे साहब और उपाध्याय जी का समर्थन मेरे मन से आशाओं को निःशेष नहीं होने दे रहा था। विषय के विशेषज्ञ और राज्य सरकार के प्रतिनिधि की इच्छा के खिलाफ समिति कुछ नहीं कर सकती। अब मैं व्यग्रता से रिजल्ट की प्रतीक्षा करने लगा। वहाँ पता चला था कि उम्मीदवारों के परिणाम शीघ्र घोषित किये जाएँगे। लेकिन परिणाम शीघ्र घोषित नहीं हुआ। मेरी तरह मेरे क्षेत्र के कई उम्मीदवार थे। उनसे अब रोज नई-नयी जानकारियाँ आने लगीं।

एक जानकारी यह आयी कि पुनरीक्षण के लिए वह पैनल राजभवन भेजा गया है। दूसरी जानकारी यह मिली कि अब उस पैनल का रोस्टर तैयार किया जा रहा है। आरक्षण के आधार पर सदस्यों को ऊपर नीचे करना जरूरी है। अब एक तीसरी जानकारी यह आयी कि मौखिकी की अनुशंसा को पच्चीस अंकों पर ही निर्धारित कर दिया गया है, पचहत्तर अंक एकेडेमिक कैरियर पर रख दिये गये हैं। अब मुझे पिताजी के अनुभवी मित्र डॉ. उमाशंकर लाल की बात सच जान पड़ने लगी। साहित्य के आधार पर लोग मेरी सराहना कर देंगे, लेकिन वह नियुक्ति का आधार नहीं हो सकता...।

मेरा मन अब फिर दुःखी और आहत रहने लगा। शायद साहित्य की उपलब्धियों से मैं नौकरी नहीं पा सकता। मगध विश्वविद्यालय का साक्षात्कार देख अब मुझे लग गया कि कमोबेश यही स्थिति दूसरे विश्वविद्यालयों की भी होगी। पर मरता क्या नहीं करता की भाँति उनकी ओर से आने वाले साक्षात्कार

पत्रों की प्रतीक्षा करता रहा। ऐसे में अब दूसरा साक्षात्कार पत्र राँची विश्वविद्यालय की ओर से आया। उमा बाबू ने मुझे राँची विश्वविद्यालय के प्रति ही आशान्वित किया था तथा डॉ. नागेश्वर लाल से मिलने को कहा था। लेकिन अब समस्या यह थी कि अगर मगध विश्वविद्यालय के छात्रों की ही भाँति राँची विश्वविद्यालय के छात्र वहाँ साक्षात्कार न देने दें तब? सम्भव है, वहाँ से मुझे भगाने के लिए मारपीट भी करें। फिर भी वहाँ मुझे चलना ही चाहिए। बिना जोखिम मोल लिए कुछ सम्भव नहीं। इस स्थिति में राँची अकेले जाना उचित न समझ अपने साले सुरेश को साथ ले लिया। जैसे दिल्ली यात्रा में वह मेरा साथी बना था, वैसे ही राँची यात्रा में भी सहयोगी बन गया।

डॉ. नागेश्वर लाल का अवासीय पता मैंने हासिल कर लिया था। लेकिन अब सीधे उनके यहाँ पहुँचना उचित नहीं समझा। जिसकी पैरवी लेनी हो उस पर बोझ बनना ठीक नहीं। यह सोच मैं राँची के धुर्वा मुहल्ले में रह रही अपनी बड़ी बहन उषा दीदी के यहाँ जा पहुँचा। मेरे बहनोई वशिष्ट मुनि लाल धुर्वा के एच.ई.सी. कारखाने में कार्यरत थे। राँची की वह मेरी पहली ही यात्रा थी। राँची शहर की दूरियों की मुझे जानकारी नहीं थी। हम बस से शाम में फिरायालाल चौक पहुँचे। वहाँ से धुर्वा जाने में अँधेरा घिर गया। उषा दीदी के निवास पर अपने सामान रख और सहज हो मैंने नागेश्वर लाल से भी मिल लेना उचित समझा। अब अपने जीजा जी को नागेश्वर लाल का पता दिखाकर रास्ता पूछा तो उन्होंने साफ कहा—"वह स्थान यहाँ से काफी दूर है। धुर्वा इस छोर पर है तो बरियातू की यूनिर्वसिटी कॉलोनी उस छोर पर। आज आप लोग वहाँ नहीं जा सकेंगे। कल चले जाइएगा...।"

जीजाजी की बात पर अब मैं सोचने लगा, कल तो दस बजे से मेरा साक्षात्कार है। कल मैं कैसे जा सकता हूँ। साक्षात्कार से पहले ही नागेश्वर बाबू से मिलना उचित है। लेकिन अब कोई रास्ता भी तो नहीं। अब यह स्मरण कर अपने मन को शान्त किया कि मगध विश्वविद्यालय का साक्षात्कार दो दिन चला था। सम्भव है, यहाँ का साक्षात्कार भी दो दिन से कम न चले। कल साक्षात्कार समाप्त होते ही नागेश्वर बाबू से मिल लेना है। दोनों दिन के साक्षात्कारों के बाद ही नियुक्ति का पैनल तैयार होगा...।

अगले दिन हम समय से राँची विश्वविद्यालय पहुँचे। राँची विश्वविद्यालय की अतिथिशाला में साक्षात्कार का आयोजन किया गया था। वह अतिथिशाला विश्वविद्यालय कार्यालय के परिसर में ही थी। लेकिन वहाँ पहुँचने पर पता चला, अपरिहार्य कारणों से साक्षात्कार की तिथि बढ़ा दी गयी है। इस आशय की सूचना अतिथिशाला के बोर्ड पर लगी थी। फिर भी साक्षात्कार पत्र से सम्बन्धित तत्कालीन

अधिकारी ई. बारा से मैं मिला। बारा साहब ने तिथि परिवर्तन की अधिकारिक रूप में पुष्टि की तथा निर्धारित अगली तिथि से भी मुझे अवगत किया। इससे सम्बन्धित विज्ञप्ति 'राँची एक्सप्रेस' समाचार पत्र में जारी कर चुकने की उन्होंने सूचना भी दी।

अब हमारे पास पर्याप्त समय था। शाम में हमारी ट्रेन थी। राँची से ट्रेन से लौटना ही हमने तय किया था। अब हम सीधे नागेश्वर बाबू के यहाँ चल पड़े। फिरायालाल चौक से यूनिवर्सिटी कॉलोनी बरियातू के लिए हमें ऑटो मिला। यूनिवर्सिटी कॉलोनी में नाम पूछते ही लोगों ने नागेश्वर बाबू का क्वार्टर बता दिया। सचमुच वे वहाँ के ख्यात व्यक्ति जान पड़े।

अपने क्वार्टर में नागेश्वर बाबू मुझसे गर्मजोशी से मिले—"आप कथाकार मिथिलेश्वर हैं। बहुत खूब! वाकई आप अच्छा लिख रहे हैं। साक्षात्कार के लिए आये हैं। साक्षात्कार तिथि तो आगे बढ़ गयी है।"

मैंने पत्र-पत्रिकाओं और पुस्तकों में महादेवी वर्मा का चित्र देखा था। नागेश्वर बाबू का चेहरा मुझे लगभग वैसा ही जान पड़ा। एकदम महादेवी वर्मा की तरह ही नाक-नक्श! रंग गहरा साँवला। कद काठी बेहद सामान्य। लेकिन आवाज में खनक और तुर्शी। जवाब में तेजस्विता। परिचय के बाद वे मेरे पिताजी के शिष्य निकले। चाय-नाश्ते के बाद अब आत्मीयता जताते हुए बोले—"यहाँ अगर आपका हो जाता है तो यह आपके लिए बहुत अच्छा रहेगा। बिहार के दूसरे विश्वविद्यालयों से यहाँ का माहौल अभी ठीक है। अपने भोजपुर के लोग यहाँ भरे हुए हैं। आपको कोई असुविधा नहीं होगी।"

अब मैंने अपनी शंका जाहिर की—"साक्षात्कार में राँची विश्वविद्यालय के छात्र हम दूसरे विश्वविद्यालयों के छात्रों को शामिल न होने दें तब? मगध विश्वविद्यालय के छात्रों ने ऐसा ही किया था...।"

"यहाँ ऐसा नहीं होता। यहाँ आदिवासी और गैर आदिवासी के मसले हैं। लेकिन विश्वविद्यालय स्तर पर भी वह भी नहीं। राँची शहर में भी गैर आदिवासी ही भरते जा रहे हैं। आदिवासियों का वर्चस्व तो सिर्फ अपने गाँवों, जंगलों और पहाड़ों पर ही है...।"

अब मैंने अपने मन की एक और शंका रखी—"मगध विश्वविद्यालय में जो साक्षात्कार हुए अब पता चल रहा है कि मौखिकी 25 अंक और एकेडेमिक कैरियर 75 अंक के निर्धारण के बाद पैनल बनाया जा रहा है।"

"ऐसा है। लेकिन यहाँ वैसा कुछ नहीं होता। यहाँ तो मौखिकी में ही समिति नियुक्ति के लिए क्रमवार नामों की अनुशंसा कर देती है फिर विश्वविद्यालय उसी क्रम में नियुक्त पत्र जारी करता है। समिति की अनुशंसा के बाद फिर किसी

तरह का फेर बदल नहीं होता...। आप तो नयी पीढ़ी के जाने-माने कथाकार हैं। आपके नाम की अनुशंसा समिति को करनी ही चाहिए।''

नागेश्वर बाबू की बातों ने क्षण भर में ही मुझे आकृष्ट कर लिया। ऐसा लगा कि वे वर्षों के परिचित और आत्मीय हों। साक्षात्कार के लिए मैं जो अपनी पुस्तकें लेकर आया था, अब उन्हें नागेश्वर बाबू को भेंट कर दिया। इससे वे और प्रसन्न हुए—''मैं तो आपके कहानी-संग्रहों से ही परिचित था। इस बीच तो आपके दो उपन्यास भी आ गये हैं। अब मैं इन्हें इतमीनान से पढ़ूँगा और समग्रता में आपकी रचनाओं पर एक लेख लिखूँगा!''

फिर मेरी पुस्तकों को पलटते हुए उन्होंने एक गम्भीर बात कही—''मुझे ऐसा लगता है कि आप जितना और जैसा लिख रहे हैं, आलोचना के दायरे में उसका उतना और वैसा प्राप्य आपको इसलिए नहीं मिल रहा है कि लोगों को प्रतीक्षा है, आप इस ओर हैं या उस ओर? वामपंथ में या दक्षिणपन्थ में?

''क्या मेरे लेखन से इसका पता नहीं चलता?''

''चलता है। लेकिन संगठन के नाम पर लॉबी चलाने वाले तब तक आपको महत्त्व नहीं दे सकते जब तक आप विधिवत् उनके सदस्य नहीं हो जाते।''

बाद में डॉ. नागेश्वर लाल ने अपने कहे अनुसार उस वक्त के मेरे समग्र कथा साहित्य पर एक बेबाक मूल्यांकन लेख में भी लिखा जिसका प्रकाशन सुधीर विद्यार्थी के सम्पादन में 'सन्दर्श' में हुआ। अपने उस लेख में भी नागेश्वर बाबू ने अपनी उस बात का उल्लेख जोर देकर किया कि मिथिलेश्वर की विशिष्ट रचनात्मक उपलब्धियों के बावजूद उनके इधर या उधर होने की प्रतीक्षा क्यों?''

उस दिन उस बातचीत के बाद नागेश्वर बाबू को भी क्लास लेने जाना था और हमें भी दीदी के निवास धुर्वा पहुँच स्टेशन चलने की तैयारी करनी थी। जब हम चलने को हुए तो नागेश्वर बाबू ने पूछा—''यहाँ कहाँ रुके हैं?''

''धुर्वा में। मेरे जीजा जी एच.ई.सी. में काम करते हैं।''

''वह तो बहुत दूर है। अगली बार सीधे मेरे यहाँ आ जाइएगा। अगला साक्षात्कार शायद पन्द्रह दिन बाद है।''

''हाँ...।''

''उस वक्त तक मेरा परिवार कुछ दिन के लिए गाँव पर चला जाएगा। मैं यहाँ अकेले ही रहूँगा...।''

''मेरे आने से आपको असुविधा होगी...।''

''अरे नहीं और आनन्द आएगा। मेरा नौकर रहेगा। बनाकर हमें खिलाएगा। हम जी भर कर बातें करेंगे...।''

अब मैंने भी कहा—"आरा में मेरा घर रेलवे स्टेशन के निकट ही है। अपने गाँव बगेन आप वहीं से जाते होंगे। अब जब भी गाँव जाना या आना हो, मेरे यहाँ आरा में आपको ठहराना है...।"

"आऊँगा मिथिलेश्वर जी। अब तक व्यक्तिगत परिचय नहीं था, इसलिए नहीं आया था। जानता हूँ, महाराजा हाता में आपका घर है...। वहीं मेरे एक शिष्य नथुनी सिंह का भी डेरा है। उनके यहाँ कई बार आ चुका हूँ। इस बार आरा आने पर आपके यहाँ आऊँगा...।"

नागेश्वर बाबू से मिल आरा लौटते हुए रास्ते भर वे ही मेरे दिमाग में छाये रहे। मैं मन ही उमा बाबू की भी सराहना करता रहा कि सचमुच उन्होंने ऐसा बेहतर सम्पर्क सूत्र बताया जहाँ से अब पर्याप्त आशाएँ बँध गयी थीं। मुझे अपने पर भी गुस्सा आ रहा था कि अपने लेखन एवं परिवार की समस्याओं में मैं ऐसा लीन रहता था कि अपने समय के लेखकों एवं आलोचकों से भी व्यक्तिगत परिचय से दूर था। अब मुझे इसका एहसास भी हो रहा था कि व्यक्तिगत सम्पर्कों से अलग रहकर मैं लिख तो सकता हूँ। लेकिन अपना अपेक्षित प्राप्य हासिल नहीं कर सकता। शायद यही वजह थी कि मुझसे कम और कमजोर लिखनेवाले भी अपने सम्पर्कों के तहत अपेक्षित पदों पर चले गये थे, लेकिन सात पुस्तकें और दो पुरस्कारों को लेकर भी घूम रहा था।

घर आने पर नागेश्वर बाबू से सम्बन्धित जानकारी सुन माँ उन्हें जान गयी—"तुम्हारे पिताजी बताते थे कि इसी जिले का एक बहुत तेज लड़का हिन्दी में प्रोफेसर हुआ है। पहले यही जैन कॉलेज में था। बाद में राँची चला गया। काले रंग और मझोले कद का है...। जब बोलने लगता है तो उसकी जुबान सटती ही नहीं!"

"हाँ माँ, वही नागेश्वर बाबू हैं। प्रारम्भ में जैन कॉलेज में थे। बाद में राँची चले गये...।" मैंने माँ की बात का समर्थन किया। इस पर माँ ने कहा—"तब वे जरूर तुम्ही मदद करेंगे। तुम्हारे पिताजी के सम्बन्ध आज के तुम लोगों जैसे नहीं, मौके पर काम आनेवाले हैं...!"

माँ की बात के बाद मेरा मन और आशान्वित हो उठा। अब अगली तिथि की प्रतीक्षा मैं बेसब्री से करने लगा। फिर जैसे ही वह तिथि आयी मैं समय से चल पड़ा। साक्षात्कार से एक दिन पहले मैं राँची पहुँच गया। इस बार किसी को साथ नहीं लिया। नागेश्वर बाबू से मिलकर अब मैं आश्वस्त था। राँची की यात्रा भी अब मेरे लिए नयी नहीं थी। राँची एक्सप्रेस सुबह दस बजे के आसपास वहाँ ले गयी। इस बार मैं सीधे नागेश्वर बाबू के यहाँ यूनिवर्सिटी कॉलोनी पहुँचा।

उस समय अपने निवास पर वे अकेले ही थे। हालाँकि कहीं निकलने के लिए तैयार थे। नौकर रसोई में खाना बना रहा था। अब मुझे देखते ही पूर्ववत उत्साह से मिले—''अच्छा हुआ आप एक दिन पहले आ गये। मुझे याद था, कल आपका साक्षात्कार है। मैं आपकी प्रतीक्षा कर रहा था...।''

इसके बाद उन्होंने नौकर को बुलाकर कहा—''अभी मिथिलेश्वर जी को चाय पिलाओ। रास्ते के थके होंगे अब दोनों आदमी साथ-साथ खाएँगे। ये भी यही रहेंगे...।''

फिर मुझसे कहा—''चाय पीकर आप स्नान आदि कर लें। तब तक मैं अपना क्लास लेकर आ जाता हूँ। आज मेरा एक ही क्लास है। फिर हम बात करेंगे।''

और नागेश्वर बाबू चले गये। लेकिन जिस आत्मीयता से मेरी उपस्थिति को उन्होंने लिया था और नौकर को जो आदेश दिया था, उससे अब उनका वह क्वाटर मुझे अपना लगने लगा था। नागेश्वर बाबू के कहे अनुसार उनका परिवार गाँव चला गया था। चाय पीने के बाद मैं आराम और इतमीनान का अनुभव करने लगा। फिर स्नान आदि कर तैयार हो गया। रास्ते की सारी थकान जाती रही। अब उनकी प्रतीक्षा में मैं राँची एक्सप्रेस का ताजा अंक पढ़ने लगा। उनका अनुभवी नौकर समाचार पत्र दे गया था।

नागेश्वर बाबू लगभग दो बजे वापस हुए। देर की वजह स्पष्ट करते हुए बोले—''न चाहते हुए विलम्ब हो गया। आप बोर हो रहे होंगे। असल में आरा, पटना के ही मेरे दो-तीन परिचित विभाग में आ धमके थे। साक्षात्कार के लिए उनके भी कंडिडेट आये हैं। उन कंडिडेट्स से मैंने बातचीत की है। विषय से सम्बन्धित कोई भी जानकारी उनके पास नहीं। पता नहीं, कैसे एम.ए. कर लिया है। ऐकेडमिक कैरियर भी अच्छा नहीं और न अन्य उपलब्धियाँ ही। किसी तरह समझा-बुझाकर उनसे मुक्त हुआ...।''

इसके बाद नौकर से उन्होंने कहा—''जल्दी हम दोनों का खाना लगाओ...।''

अब खाना खाते हुए ही उन्होंने मुझे जानकारी दी—''आपकी मौखिकी में वाह्य परीक्षक के रूप में दिल्ली से डॉ. नामवर सिंह तथा कलकत्ता से डॉ. कल्याणमल लोढ़ा आये हैं। वे तो आपको जानते ही होंगे। आन्तरिक परीक्षक का नाम अभी तय हो रहा है। परम्परा के अनुसार तो विश्वविद्यालय हेड डॉ. वचनदेव कुमार को ही रहना था। लेकिन वाइसचांसलर साहब के पास उनकी शिकायत पहुँची है कि चयन समिति में रहने पर वे पक्षपात करेंगे। इस स्थिति में विभाग के दूसरे सीनियर प्रोफेसर दिनेश्वर प्रसाद की चर्चा है। ज्यादा चांस है कि दिनेश्वर प्रसाद ही रहेंगे। वे आपके लिए भी अनुकूल साबित होंगे...।''

खाना खाने के बाद अब एक ही कमरे में हम आराम की मुद्रा में लेट गये।

इस दौरान नागेश्वर बाबू समकालीन लेखन के विविध पक्षों पर मुझसे बातचीत करने लगे। समकालीन लेखन के प्रति अपनी असहमतियों से मुझे अवगत कराते हुए उन्होंने अपनी अपेक्षाएँ भी रखीं। वे मुझे अपनी तरह के विलक्षण और जीनियस आलोचक जान पड़े। साहित्य को समझने, विश्लेषित करने और प्रासंगिकता निर्धारित करने के उनके तर्क मुझे नये और असरदार जान पड़े। किसी पाठ का जो अर्थ मैं समझता था, नागेश्वर बाबू का सूक्ष्म और बेबाक विश्लेषण उसका दूसरा ही अर्थ सामने रख देता था। 'कफन' कहानी को वह कृत्रिम और प्रेमचन्द के विचारों की उपज बताते थे। उनके अनुसार किसी भी भारतीय गाँव या टोले में ऐसा नहीं हो सकता कि प्रसव पीड़ा से कराहती स्त्री के पास पड़ोस की दो-चार महिलाएँ सहयोग के लिए उपस्थित न हों। घीसू, माधव की हृदयहीनता भी उन जैसे पात्रों में वे आरोपित मानते थे। गाँवों के फुटकर खेत मजदूर किसी भी स्थिति में ऐसी अमानवीय परिणति में नहीं देखे जाते।

मैं अनुभव कर रहा था, नागेश्वर बाबू के तर्क कुछ क्षण के लिए मुझे निरूत्तर से कर देते थे। मैंने उनसे कहा—"आपको नियमित लिखना चाहिए। आपके आलेख कभी-कभी ही नजर आते हैं...। आप जैसे आलोचकों की निरन्तर उपस्थिति से सार्थक विमर्श को व्यापकता प्राप्त होगी।"

जवाब में उन्होंने ने कहा—"लिखूँगा। कई कामों में व्यस्त हो जाता हूँ। अब आप यहाँ रहने लगेंगे तो शायद मेरा लिखना भी बढ़े।"

इस बीच दोपहर ढल गयी थी। शाम होने वाली थी। उन्होंने कहा—"अब जल्दी तैयार हो जाइए। हमें चलना चाहिए...।"

बस हम तैयार होने लगे। मेरी जो जीवन शैली थी उसमें तैयार होने में अधिक देर नहीं लगी। नागेश्वर बाबू भी शीघ्र तैयार हो गये। अब हम घूमने चल पड़े।

राँची मुझे बहुत अच्छा लगा। नागेश्वर बाबू अपने सम्पर्कों के तहत मुझे देर तक घुमाते रहे और सबसे मेरा परिचय उत्साह से देते रहे।

नागेश्वर बाबू का यह स्नेह-सहयोग देख मैं अचम्भित था। मैंने सपने में भी नहीं सोचा था कि आरा से इतनी दूर पर बैठे किसी अपरिचित व्यक्ति का ऐसा और इतना सहयोग मिलेगा। अब अपनी माँ की वह बात मुझे याद आ गयी कि जीवन में कब, कहाँ और कैसे किसका सहयोग प्राप्त हो जाएगा, कोई नहीं जानता। मेरे शुभचिन्तकों और मददगारों की सूची में नागेश्वर बाबू का नाम कहीं से नहीं था। उमा बाबू ने अगर नहीं बताया होता तो मैं राँची में उनसे सम्पर्क भी नहीं करता। उमा बाबू जैसे अनुभवी व्यक्ति के परामर्श का अर्थ भी अब अपने

विस्तार में खुलने लगा था।

मुझे अब अपनी इस कमी का भी एहसास होने लगा था कि अपने लेखन एवं परिवार के अतिरिक्त बड़े-बुजुर्गों का परामर्श नहीं लेता था? अब जब पहली बार परामर्श लिया तो उसका सकारात्मक और चमत्कारिक लाभ भी देख रहा था। उस रात ऐसे ही सुखद अनुभव में मैं देर तक जगा रहा। नागेश्वर बाबू के सहयोग पर अभिभूत बना रहा। उनके प्रति श्रद्धावनत अनुभव करता रहा।

सुबह समय से तैयार होकर साक्षात्कार के लिए मैं जा पहुँचा। छात्रों की काफी संख्या देख क्षण भर के लिए हतोत्साहित भी हुआ। फिर अपने को सहज बना लिया।

क्रम के अनुसार जब मेरी बारी आयी तो साक्षात्कार कक्ष में पहुँचा। आन्तरिक परीक्षक के रूप में डॉ. दिनेश्वर प्रसाद को देखकर खुशी हुई। वे किनारे बैठे हुए थे। डॉ. नामवर सिंह एवं डॉ. कल्याणमल लोढ़ा से भी उस समय तक मैं नहीं मिला था। लेकिन पत्र-पत्रिकाओं में उनकी तस्वीरों से उन्हें भी पहचान गया। वे दूसरे किनारे पर पास-पास बैठे थे। अब बीच में विराजमान गोरे और मोटे से सदस्य को देखकर समझ गया वे प्रतिकुलपति बोस साहब हैं। समिति के अध्यक्ष के रूप में बैठे हैं। नागेश्वर बाबू से मुझे जानकारी मिल गयी थी कि अध्यक्ष के रूप में बोस साहब रहेंगे। वे मोटे-तगड़े हैं। अब अध्यक्ष की बगल बैठे व्यक्ति को मैं समझ गया, राज्य सरकार के प्रतिनिधि होंगे। शुरुआत अध्यक्ष ने ही की—
''आपका नाम मिथिलेश्वर प्रसाद है...।''

जवाब में मैंने कहा—''हाँ। सर्टिफिकेटों में मेरा यही नाम है। लेकिन मैं लेखन कार्य सिर्फ मिथिलेश्वर के नाम से करता हूँ...।''

मेरा जवाब अध्यक्ष महोदय को कुछ अटपटा लगा। उन्होंने तो सिर्फ नाम पूछा था। अब प्रश्न सूचक दृष्टि से वे मेरी ओर ताकने लगे। लेकिन तत्क्षण दिनेश्वर बाबू ने मोर्चा सँभाल लिया। अध्यक्ष की जिज्ञासा शान्त करने के लिए वे मुझसे संवादरत हो गये—''आप कथाकार मिथिलेश्वर हैं... ?''

''हाँ...।''

''अध्यक्ष जी ये हिन्दी के सुपरिचित कथाकार मिथिलेश्वर हैं। इन्होंने लेखन में अपना सरनेम हटा दिया है। सिर्फ मूल नाम ही रहने दिया है...।''

इस पर अध्यक्ष ने अब मुझसे पुनः पूछा—''ऐसा क्यों किया आपने?''

जवाब में मैंने कहा—''सरनेम से लोग जाति सूँघने लगते हैं। मेरा विश्वास जाति-पाँति में नहीं...।''

मेरे इस जवाब से अध्यक्ष कुछ प्रभावित जान पड़े—''गुड! तो आप छात्र

के साथ-साथ लेखक भी हैं...।''

अवसर अनुकूल समझ मैंने अपनी सातों पुस्तकें और दोनों पुरस्कार-प्रमाण झोले से निकाल कर मेज पर रख दिये। अब सब लोग मेरी पुस्तकों और पुरस्कार-प्रमाण पत्रों को देखने लगे। क्षण भर के लिए मेरी रचनात्मक उपलब्धियों ने उन्हें चमत्कृत कर दिया। बोस साहब सम्भवतः बांग्ला समाज में पुस्तकों के महत्त्व से परिचित थे, इसलिए प्रसन्नता में बोले—''आप तो अच्छे लेखक जान पड़ते हैं। आपने इतनी सारी पुस्तकें लिखी हैं...।'' इसके बाद उन्होंने वाहय् परीक्षकों से कहा—''नामवर जी! लोढ़ा जी! आप लोग तो हिन्दी के विद्वान हैं। अब इनसे जो पूछना चाहते हों, पूछें। इन्होंने तो काफी काम किया है...।''

इस बीच मेरी पुस्तकों में से लोढ़ा जी ने 'झुनिया' उपन्यास अपने हाथ में ले लिया था तथा नामवर जी ने 'युद्धस्थल'। अब लोढ़ा जी ने मुझसे पूछा—''झुनिया' में भारतीय गाँवों के सिर्फ सामन्ती शोषण को ही आपने दिखाया है, जबकि सामन्ती समाज में कमियों एवं खामियों के बावजूद कला, साहित्य और संगीत के संरक्षण की विशेषताएँ भी रही हैं। जब सामन्ती समाज को आप दिखा रहे थे तो फिर उसकी पूर्णता में क्यों नहीं गये?''

मुझे लग गया, लोढ़ा जी ने 'झुनिया' पढ़ा है। जवाब में मैंने कहा—''कलेवर की दृष्टि से 'झुनिया' उपन्यास की रचना मैंने समस्या केन्द्रित रूप में ही की है। मेरा अभीष्ट ग्रामीण जीवन के सामन्ती समाज में कृषक और मजदूर बालाओं का यौन शोषण दिखाना रहा। इस सीमित कलेवर में सामन्ती समाज को उसकी सम्पूर्णता मैं में प्रस्तुत नहीं कर पाता...।''

मैंने अनुभव किया, लोढ़ा साहब मेरे जवाब से सन्तुष्ट जान पड़े। अब नामवर जी मेरी ओर मुखातिब हुए—''आपका ताज़ा उपन्यास 'युद्धस्थल' ग्रामीण जीवन के यथार्थ पर ही आधारित जान पड़ रहा है। लेकिन प्रेमचन्द और रेणु के ग्रामीण उपन्यासों से किस रूप में आप इसे हट कर मानते हैं...?''

मैंने संक्षेप में ही उत्तर दिया—''बिहार के गाँवों में नक्सलवादी आन्दोलन से परिवर्तित यथार्थ को इस उपन्यास में रखने की मैंने कोशिश है। अब हमारे गाँव प्रेमचन्द और रेणु के गाँव नहीं रहे। हालाँकि इस उपन्यास में मेरा उद्देश्य सिर्फ आज के बदलते गाँवों को प्रस्तुत करना भर नहीं है। मैंने यह प्रश्न भी खड़ा किया है कि आर्थिक और जातिगत असमानता के खिलाफ युद्ध लड़ने वाला गाँव रूढ़ियों और अन्धविश्वासों को अपने संघर्ष का मुद्दा क्यों नहीं बनाता? वे क्यों यह मान कर चलते हैं कि आर्थिक और जातिगत संघर्ष से ही सब कुछ ठीक हो जाएगा। मेरा मानना है कि समाज की जड़, रूढ़ और अन्धविश्वासी प्रथाओं के रहते हुए समाज को बेहतर नहीं बनाया जा सकता...!''

अपने इस जवाब से नामवर जी को भी मैंने सन्तुष्ट पाया। अब अध्यक्ष

जी ने दिनेश्वर बाबू से पूछा—"इनसे कुछ और पूछिएगा दिनेश्वर बाबू...?"

इस पर दिनेश्वर बाबू छूटते ही बोले—"नहीं अध्यक्ष जी! मिथिलेश्वर जी एक सुलझे हुए साहित्यकार के साथ-साथ अपने विषय के जानकार भी हैं...!"

अब अध्यक्ष के संकेत पर मैं बाहर आ गया। अपने प्रति समिति का जो रुख मैंने महसूस किया, उससे मुझ लगा, यहाँ मेरी नियुक्ति शत-प्रतिशत सम्भव है। लेकिन फिर सोचा, जब तक नियुक्ति पत्र मिल नहीं जाता है, तब तक मुझे आशान्वित नहीं होना चाहिए....।

साक्षात्कार के बाद नागेश्वर बाबू के आवास पर मैं जैसे पहुँचा, उन्होंने पूछा—"कैसा रहा?"

मैंने बताया—"मेरा मनोबल बढ़ाकर आपने तो सब कुछ आसान कर दिया था। आपके सहयोग से अच्छा ही रहा...।"

इस पर उन्होंने कहा—"इसमें मेरा क्या सहयोग मिथिलेश्वर जी! आप स्वयं डिजर्व बरते हैं। अगर आप जैसे लेखक को समिति महत्त्व नहीं देगी तो फिर किसे देगी? वहाँ किसने क्या पूछा, जरा मैं भी तो सुनूँ?"

जवाब में मैंने साक्षात्कार का पूरा विवरण उन्हें सुना दिया, जैसा हुआ था। इस पर उन्होंने कहा—"आपने जवाब बहुत अच्छा दिया है। उन लोगों ने जो प्रश्न किये उसका सन्तुलित जवाब। उन लोगों ने भी आपके लेखकीय महत्त्व को ध्यान में रखकर ही बाहर से प्रश्न नहीं किये। उनके प्रश्नों को सुनकर तो मुझे लग रहा है, नियुक्ति के लिए आपका नाम उन्होंने स्वीकृत कर लिया है। अगर आपको नियुक्त करना नहीं होता तो एम.ए. के पाठ्यक्रम से वे ऐसे जटिल प्रश्न पूछते कि आप उलझकर रह जाते....।"

नागेश्वर बाबू की इस बात से मेरा मन आश्वस्त हो गया। शायद इस बार कुछ हो!

साक्षात्कार के दूसरे दिन बाद मैं आरा लौट चला। नागेश्वर बाबू की बातें तथा अपने प्रति चयन समिति का रुख देख मेरा मन आशान्वित था। लेकिन दूसरे ही क्षण विगत अनुभव के कटु परिणाम सामने आ गये। साक्षात्कार के बाद चयन समिति की अनुशंसा अभी किन-किन प्रक्रियाओं से गुजरेगी और क्या-क्या होगा, कुछ पता नहीं। जब तक नियुक्ति पत्र नहीं मिलता है तब तक मुझे विश्वास नहीं करना चाहिए। साक्षात्कार की अनुकूलता को लेकर खुशफहमी में जीने का परिणाम किसी भी दृष्टि से उचित नहीं।

घर पहुँच कर मैंने सारी बात अपने परिवार के समक्ष रखी। माँ तो सुनते ही विश्वास के साथ बोल उठी—"मैं तो तुझसे कह ही रही थी कि तेरे पिताजी के सम्बन्ध वाले लोग आज के तेरे परिचितों-दोस्तों की तरह नहीं! देखना इस

बार तुम्हारी बहाली अवश्य होगी...। अब तुझे और कहीं दौड़ना नहीं पड़ेगा...।''

छोटे भाइयों और भवहों की राय भी माँ के अनुसार ही रही—''ऐसे इंटरव्यू पर अब नियुक्ति नहीं होगी तो कब होगी?''

रेणु की राय अक्सर अलग हुआ करती थी। वह बहुत सोच-समझकर जवाब देती थी। लेकिन इस बार उसने भी कहा—''अब राँची में आपकी नियुक्ति हो जाएगी। केवल आपके लेखकीय प्रभाव की बात होती तो नहीं होती। अक्सर लेखकीय प्रभाव आपकी उपस्थिति में क्षण भर के लिए पैदा हो जाता है, लेकिन आपकी अनुपस्थिति में दूसरे ही क्षण वह बैठ भी जाता है। पर राँची में आपके एक मजबूत मददगार की वजह से अब वह प्रभाव बैठने नहीं पाएगा...।''

हालाँकि रेणु के कथन के बावजूद मेरा मन पूरी तरह इत्मीनान नहीं हुआ। मेरे साथ जो घट चुका था, वह अब मुझे इत्मीनान नहीं होने दे रहा था। आश्वासनों और कथनों से मेरा भरोसा उठ चला था। अब मैं फिर दूसरे विश्वविद्यालयों से आने वाले साक्षात्कार-पत्रों की प्रतीक्षा करने लगा।

ऐसे ही पत्रों की प्रतीक्षा में एकदिन सामान्य डाक से राँची विश्वविद्यालय का एक लिफाफा मुझे प्राप्त हुआ। लगा, साक्षात्कार से सम्बन्धित कोई सूचना होगी या मेरा कोई छूटा प्रमाण-पत्र माँगा गया होगा। नियुक्ति-पत्र वह नहीं हो सकता। नियुक्ति पत्र को रजिस्टर्ड डाक से आना था। लेकिन उसे खोल कर देखते ही मैं चमत्कृत रह गया। वह नियुक्ति पत्र ही था। अब हठात् मुझे ऐसा लगा कि मेरा भाग्य पलटा खा गया। राँची विश्वविद्यालय की सेवा में रामगढ़ कॉलेज (रामगढ़ जि. हजारीबाग) के लिए मुझे व्याख्याता नियुक्त किया गया था। क्षणभर के लिए तो मुझे अपनी आँखों पर विश्वास नहीं हुआ। मैंने गौर से फिर-फिर देखा। वास्तव में वह नियुक्ति पत्र ही था। अब डाकघर से मैं घर की ओर ऐसे भागा, जैसे दुनिया की कोई बड़ी दौलत मिल गयी हो। अपने तन-बदन में अब गजब की फुर्ती और शक्ति महसूस कर रहा था। ऐसा लग रहा था कि वह नियुक्ति पत्र मेरे हारते-थकते जीवन में शक्ति-पुंज बन कर आ गया हो।

घर में जैसे ही वह नियुक्ति पत्र लेकर पहुँचा, पूरे परिवार में खुशी की लहर दौड़ गयी। मेरी अब तक प्रकाशित सभी पुस्तकों और दोनों पुरस्कार प्रमाणों को लेकर भी जो खुशी मेरे परिवार को नहीं हुई थी, वह खुशी मैंने महसूस की। यह कहते हुए माँ की आँखों में आँसू आ गये—''तेरे पिताजी की नौकरी फिर इस घर में आ गयी। प्रोफेसर के खानदान में बँटा नहीं लगा। बाप का पद बेटे को मिल गया!''

इसके बाद माँ ने सँजोकर रखे अपने कुछ रुपए देते हुए कहा—''तेरी भवहें उस दिन मिठाई खाने को कह रही थीं। इस खुशी पर अब सबको मिठाई खिला।

ऐसी खुशी बार-बार नहीं आती....।''

मेरी जेब में सचमुच उस समय पैसे नहीं थे। माँ ने कुछ रुपए देकर मेरा मनोबल और बढ़ा दिया। अब मिठाइयाँ ले आया। सबको मिठाइयाँ खिलायीं। इस प्रकार स्वादिष्ट मिठाइयों से मेरे परिवार ने मेरी नियुक्ति का जश्न मनाया...।

यह ऐसी सूचना थी जो मेरे परिवार से पड़ोस तक ही सीमित रहने वाली नहीं। कुछ ही देर में पूरे शहर में पहुँच गयी। शायद ही मेरे परिवार का कोई परिचित, सम्बन्धी या मित्र-साथी हो जिसे यह सूचना न मिली हो। असल में व्यवहारिक जीवन और लौकिक समाज के लिए यह सबसे उपयोगी सूचना थी। परिवार से लेकर समाज तक के बीच कारगर महत्त्व निर्धारण की खबर। मेरे सीमित लेखकीय समाज को छोड़ कर जो लोग भी मुझसे मिलते थे, यह अवश्य पूछते थे—''आप अभी करते क्या हैं? किस विभाग में हैं...?''

जवाब में मेरा यह कहना—''स्वतन्त्र लेखन करता हूँ,'' उन्हें असमंजस में डाल देता। फिर वे बिना पूछे न रहते—''कोई नौकरी नहीं, केवल लेखन....!''

दोपहर ढलने तक अब मेरे परिचित मित्र और सम्बन्धी मुझसे मिलने तथा मुझे बधाई देने पहुँचने लगे। अब अपने छोटे भाइयों पर मुझे गुस्सा भी आया। लोगों को खबर कर अकारण भीड़ जुटाने की यह परेशानी खड़ी कर दी। मेरे वैसे सम्बन्धी जो मेरे लेखन को फूटी आँखों देखना नहीं चाहते थे अब वे भी इस सूचना पर मेरे यहाँ आ रहे थे कि समाज का एक प्रतिष्ठित पद, प्रोफेसर की नौकरी मुझे मिल गयी।

आरा के मेरे परिचित शिक्षित बेरोजगार जो विभिन्न प्रतियोगिता परीक्षाओं के माध्यम से अपने भाग्य अजमा रहे थे, उनके बीच यह कहावत प्रचलित थी कि 'नौकरी पाना तो भगवान से भेंट होना है।' अब मुझसे इसी रूप में वे मिल रहे थे जैसे मैंने भगवान को पा लिया हो। उनके कथन मुझे विस्मित कर रहे थे—''आपका जीवन सार्थक हो गया मिथिलेश्वर भाई। आप लाख लिखते थे तो क्या, उससे कुछ होने वाला नहीं था। लेकिन देखिएगा, आपके लेखन को भी आपकी यह नौकरी चमका देगी...।''

आरा के मेरे एक पाठक-मित्र ने तो यहाँ तक कहा—''आपने अपने प्रथम कहानी-संग्रह 'बाबूजी' की भूमिका में लिखा था कि 'मेरी नंगी छोटी बच्ची जब मुझसे जाँघिए की माँग करती है और मैं अपनी जेब खाली पाता हूँ, मेरी कहानियाँ तभी जन्म लेती हैं।' अब आपको ऐसी दु:खद बात नहीं लिखनी पड़ेगी...!''

मैं तो मन ही मन चाह रहा था कि उन आगन्तुकों का सिलसिला जल्द से जल्द थम जाय। उनकी बातों से मुझे सुख और सुकून की अपेक्षा खीझ और

परेशानी ही पैदा हो रही थी।

शाम में जब लोगों का सिलसिला खत्म हुआ तो अब काम की बातें और तैयारी हमने शुरू कर दी। वह 27 नवम्बर 1981 का दिन था। माँ ने कहा—"अब तू कल ही राँची चला जा, शुभ काम में देर नहीं किया जाता। सबसे पहले वहाँ जाकर नौकरी ज्वायन कर लो...। अभी उषा के यहाँ ठहर जाना। जहाँ बहन बहनोई हों वहाँ के बारे में क्या सोचना! बाद में अलग रहने का इन्तजाम करना...!"

हालाँकि इस बात से माँ के साथ-साथ मेरे सारे परिवार के लोग अवगत थे कि बिहार के किसी भी विश्वविद्यालय में नियुक्ति होने पर स्थानान्तरण करा कर मुझे आरा आ जाना था। इस स्थिति में वहाँ परिवार तभी तक साथ रखना था, जब तक स्थानान्तरण न हो जाय। लेकिन फिलहाल रेणु के बी.ए. की परीक्षा की तिथि भी घोषित हो गयी थी। एक सप्ताह बाद से ही उसकी परीक्षा शुरू हो रही थी। आरा, महाराजा कॉलेज में सेन्टर था। अब माँ की इच्छा के अनुसार मैंने कहा—"अभी अकेले निकल जाता हूँ। माँ रामगढ़ कॉलेज में ज्वायन कर नागेश्वर बाबू या उषा दीदी के यहाँ चला जाऊँगा। वहीं रहकर क्लास करूँगा और इस बीच डेरा भी ढूँढ़ता रहूँगा। राँची से रामगढ़ की दूरी अधिक नहीं। आवागमन के साधन भी हैं। मुझे पता चला है, उस कॉलेज के कई शिक्षक राँची से ही आते-जाते हैं। फिर डेरा ठीक कर और एक माह का वेतन उठा आ जाऊँगा तो आप लोगों को भी साथ ले चलूँगा। इस बीच रेणु की परीक्षा भी समाप्त हो जाएगी...!"

मेरी बात माँ और रेणु दोनों को जँची। अब मैं राँची जाने की तैयारी में लग गया। फिलहाल वहाँ रहने के लिए एक महीने के खर्च की आवश्यकता महसूस हुई। बाहर में हर जरूरत पर रुपए ही मददगार होते हैं। बिना पर्याप्त रुपयों के राँची जैसे शहर में कैसे रहा जा सकता है? वेतन तो एक माह बाद ही मिल सकेगा...।

लेकिन रुपयों के नाम पर अब माँ के साथ मुझे भी मौन हो जाना पड़ा। हमारे बीच एक गम्भीर चुप्पी छा गयी। सचमुच उस समय बाहर ले जाने के लिए रुपए मेरे पास नहीं। आरा में अपनी जरूरती पर उधार-पेंच लेकर भी हम काम चला सकते थे। लेकिन नयी जगह राँची में यह कहाँ सम्भव? वह भी पूरे एक महीने तक! इस सम्बन्ध में माँ, रेणु और अपने बीच का यह मौन मुझे अखरने लगा। मौन के दौरान माँ के चेहरे की व्यथा लक्ष्य कर अब मैंने उन्हें आश्वस्त करने की कोशिश की—"तुम तनिक भी चिन्ता न करो माँ, मैं इन्तजाम कर रहा हूँ। कुछ न कुछ हो ही जाएगा...।"

असल में उस समय माँ न तो किसी को कुछ देने की स्थिति में थी और

न अब माँ से किसी को कुछ लेना ही था। कुछ समय पहले से ही हम सब इससे अवगत थे। कहीं से माँ कुछ पा भी नहीं रही थी। अब तो पिछले बिके खेत के कुछ रुपए ही उसके पास शेष थे जो उसके निजी जीवन की आकस्मिक जरूरतों के लिए थे। मैंने अब अपना वह पास-बुक निकाल कर तत्काल देखा, जिसमें साहित्य रचना से सम्बन्धित पारिश्रमिक के चेक रखता था। यह पास-बुक ही मेरा आर्थिक अवलम्ब था। लेकिन उसमें भी पैसे नहीं थे। खाता जीवित रहने भर पैसे छोड़ शेष मैं निकाल चुका था।

अब जमा किये गये चेकों की रसीदें देखने लगा। हालाँकि इससे पहले भी उन्हें देख चुका था। प्रायः सभी चेकों की रकम का भुगतान मैं पा चुका था। लेकिन उन्हीं में इस माह की जमा की गयी दो रसीदें मिल गयीं। दो कहानियों के पारिश्रमिक के चेकों की वह जमा की गयी रसीदें थीं। एक सौ पचहत्तर रुपए की एक तथा दूसरी एक सौ पचास रुपए की। एक चेक टाइम्स ऑफ इंडिया का था और दूसरा हिन्दुस्तान टाइम्स का। उन चेकों की रकम अभी तक मेरे खाते में नहीं आयी थी। अमूमन एक माह के बाद ही किसी चेक की रकम खाते में पहुँचती थी। इस सम्बन्ध में मुझे पता था कि अगर चेक भरोसे मन्द संस्थान का हो और उसकी रकम पाँच हजार से कम हो तो बैंक मैनेजर को यह अधिकार होता है कि वह अपने यहाँ से उसका भुगतान कर दे। फिर बाद में उसकी रकम आने पर एडजस्ट कर ले।

मैंने घड़ी देखी, अभी रात अधिक नहीं हुई थी। अभी तो साढ़े सात ही बजे थे। अब मैं तेजी से बैंक मैनेजर के यहाँ चल पड़ा। 'हरिजी के हाते' में उनका निवास था। मेरे महाराजा होता से निकट ही था। एक लेखक के रूप में वे मुझे पहचानते थे। मेरी बात सुनने के बाद उन्होंने कहा—"चेकों को जमा करते वक्त ही यह बात आपको कहनी चाहिए थी। अब तो वे चेक भेजे जा चुके हैं। अब तो क्लियेरेंस के बाद ही उनकी रकम का भुगतान पा सकेंगे...।"

इस पर मैंने राँची विश्वविद्यालय में नियुक्ति का अपना पत्र उन्हें दिखाया और इस सिलसिले में उनसे विशेष सहयोग का अनुरोध किया। मैंने पाया, मेरा वह नियुक्ति पत्र देख वे भी प्रभावित हुए। एक क्षण सोचने के बाद उन्होंने पूछा—"राँची के लिए आपकी गाड़ी कब है...?"

मैंने बताया—"पटना से रात नौ बजे के आसपास। अगर यहाँ आरा में दोपहर से पहले तक भी मेरा भुगतान हो जाएगा तो मुझे गाड़ी मिल जाएगी...!"

उन्होंने कहा—"कल बैंक खुलते ही आ जाइएगा मैं कोशिश करूँगा कि आपका काम जल्द हो जाय...।"

मेरे चिन्तित मन को अब राहत मिल गयी। कुछ तो रकम हो जाएगी। इस सूचना से माँ एवं रेणु की परेशानी भी कम हो गयी। मेरा हाथ अब बिल्कुल खाली नहीं रहा।

अगले दिन दस बजते ही मैं बैंक भागा। इधर रेणु मेरे सामान सरिआने में लग गयी। अपने कहे अनुसार बैंक मैनेजर ने पूरा सहयोग किया। लगभग घंटे भरके अन्दर मेरा भुगतान करा दिया। मेरे दोनों चेकों की संयुक्त रकम तीन सौ पच्चीस रुपयों में से बैंक कमीशन काट कर मुझे तीन सौ रुपए दे दिये।

घर आकर अब मैं भी तैयारी में लग गया। इस बीच रेणु मेरे उपयोग की अधिकांश चीजें मेरे बैग में रख चुकी थी। सोवियत लैंड नेहरू पुरस्कार पर दिल्ली से लौटते हुए एक कैरी बैग मैंने ले लिया था। यात्रा के लिए वह बहुत उपयोगी था। अब उसी बैग में मेरे सामान रखे जा रहे थे। इस दौरान रेणु से जो छूटता और मुझे स्मरण आ जाता वह मैं रख देता। खाने के लिए रोटी-भुँजिया बनाकर मुझे टिफिन में दे दिया। अब समय होते ही मैं चलने के लिए खड़ा हुआ तो रेणु ने कहा—''सिर्फ तीन सौ रुपए लेकर ही जा रहे हैं...।''

मैंने उसे समझाया—''ये बहुत हैं। वहाँ जरूरत पर नागेश्वर बाबू हैं। दीदी और जीजाजी हैं...।''

फिर भी रेणु ने कहा—''रुकिए, मैं देखती हूँ। कुछ और हो जाय तो ठीक रहेगा...।''

और अपने बक्से में सहेज कर रखे डेढ़ सौ रुपए मुझे थमा दिये—''डुमराँव ट्रेनिंग में प्राप्त स्टाइपेंड के रुपए हैं। मौके के लिए इन्हें बचा कर रखा था...।''

अब माँ भी अपने को रोक नहीं सकी। मेरे ना ना कहने के बावजूद अपने सीमित संचय में से उसने भी डेढ़ सौ रुपए मेरी जेब में डाल दिये। माँ एवं पत्नी के इस सहयोग ने क्षण भर के लिए मुझे आर्द्र कर दिया। अब मेरे पास छह सौ रुपए हो गये। वर्ष 1981 के लिए ये रुपए कम नहीं थे। अब माँ का चरण स्पर्शकर मैं चल पड़ा। जानता था, आरा में परिवार की जरूरतों पर सहयोग मिल जाना है। मेरे ससुराल के लोग भी आरा में ही हैं।

रात के अन्धकार और सन्नाटे को चीरती राँची एक्सप्रेस आगे बढ़ती जा रही थी। खिड़की के पास इतमीनान से बैठा मैं अपने नये भविष्य की यात्रा पर था। पहले मैंने सोचा था कि सीधे रामगढ़ कॉलेज में ज्वायन कर ही मुझे राँची पहुँचना है। एक दिन भी बर्बाद करना उचित नहीं। लेकिन विचारोपरान्त मुझे लगा कि राँची, नागेश्वर बाबू से मिल कर ही मुझे कुछ करना है। जिनके सहयोग से यह अवसर प्राप्त हुआ है, बगैर उनकी सहमति के ज्वायन करना ठीक नहीं...।

राँची में एक माह अकेले रहने के अपने पूर्व निर्णय में भी अब मैं परिवर्तन की आवश्यकता महसूस कर रहा था। नागेश्वर बाबू या दीदी—जीजाजी के यहाँ रह कर बोझ बनना ठीक नहीं। इससे सम्बन्ध खराब हो जाते हैं। इस स्थिति में मेरा ध्यान अब राँची के नवोदित लेखक वासुदेव की ओर जा रहा था। राँची में मेरे साक्षात्कार के दौरान वहाँ के जिस युवक ने व्यग्रता से मुझसे परिचय किया तथा मुझे पर्याप्त आदर देते हुए राँची में मेरी उपस्थिति को अपने लिए उपयोगी बताया वह वासुदेव ही थे। सीधे, सज्जन और बेहद विनम्र। अपने निवास पर मुझे ले जाने के लिए बेचैन। राँची टेलीफोन विभाग में कार्यरत थे। लेखन का नया-नया अंकुर उनके मन में फूट रहा था। अपने गुरु डॉ. बालेन्दु शेखर तिवारी से उन्हें मेरे बारे में पूरी जानकारी मिल चुकी थी। अब मेरे सानिध्य के लिए वे अत्यन्त जिज्ञासु और उत्सुक थे। बार-बार एक ही बात कह रहे थे—''काश! यहाँ आपकी नियुक्ति हो जाती तो मेरे लिए बहुत अच्छा रहता...!''

अब मुझे लग रहा था एक माह के राँची-निवास में वासुदेव का संग-साथ ही अच्छा रहेगा। उनके सहयोग से राँची में अपने परिवार के लिए आवास भी ढूँढ़ सकूँगा। वासुदेव के साथ मैं सहज और उन्मुक्त होकर रह भी सकूँगा।

राँची पहुँचने के बाद मैं सीधे नागेश्वर बाबू के यहाँ गया। वे मेरी प्रतीक्षा ही कर रहे थे—''बधाई! अब आप राँची विश्वविद्यालय के शिक्षक हो गये...!''

''यह आपके स्नेह-सहयोग का ही परिणाम है...।''

''अरे नहीं मिथिलेश्वर जी। आपके सृजनात्मक कार्यों का प्रतिफल है...।''

मैंने अब नागेश्वर बाबू से पूछा—''आज मुझे ज्वायन कर लेना चाहिए। लोगों का कहना है कि ज्वायनिंग में देर करना ठीक नहीं...!''

इस पर कुछ सोच कर उन्होंने कहा—''आज नवम्बर की 29 तारीख है। आज को लेकर इस माह में अब और दो दिन रह गये। आप सीधे पहली दिसम्बर को ज्वायन कीजिए। वेतन आदि सब पूरे माह का बनेगा। बराबर के लिए यह ठीक रहेगा। एक-दो दिन आगे-पीछे ज्वायन करने से कोई फर्क पड़ने वाला नहीं...।''

नागेश्वर बाबू की यह बात मैंने शिरोधार्य कर ली। मुझे पहली दिसम्बर को ही ज्वायन करना है। अब आरा में पत्नी की परीक्षा का उल्लेख करते हुए एक माह अकेले राँची में वासुदेव के साथ रहने की बात से उन्हें अवगत किया। लेकिन मेरी व्यवस्था तो वे पहले ही कर चुके थे। मेरी बात समाप्त होते ही बोले—''आपको वासुदेव के पास नहीं रहना है। मैं जानता हूँ, प्रारम्भ में आपको अकेले ही रहना है। बाद में परिवार लाना है सब लोग ऐसे ही करते हैं। यह सोच कर ही मैंने आपका इन्तजाम कर रखा है। आप यहीं मेरे नीचे के क्वार्टर

में डॉ. अयोध्या प्रसाद सिंह के यहाँ रहेंगे। वे संस्कृत अध्यक्ष हैं। उनका क्वार्टर खाली ही है। सिर्फ दोनों पति-पत्नी रहते हैं। उनके बाहर वाले कमरे में आप रहेंगे। उनसे मैंने बातचीत कर ली है और आपका खाना-नाश्ता मेरे यहाँ होगा...।''

इस पर अब मैं कह उठा—''नहीं सर! अब यह सब मत कीजिए...। पहले ही आप मेरे लिए जो कर चुके हैं वह बहुत है। अब और बोझ मुझ पर मत डालिए...।''

जवाब में नागेश्वर बाबू ने स्नेह से मुझे समझाया—''आप ऐसा क्यों सोचते हैं? आप मेरे छोटे भाई की तरह हैं। मैं आपके पिताजी का शिष्य रह चुका हूँ, इस नाते आप मेरे गुरु भाई भी हुए। जब आपका परिवार रहने लगेगा तो मुझे भी खिलाते रहिएगा...। आप लोग मांस-मछली खाते हैं...?''

''हाँ...।''

''तो बस, मेरा प्रिय आहार मांस-मछली है। यहाँ जब-जब आपके यहाँ बनेगा, मेरा खाना आप ही के यहाँ होगा...।''

''ठीक है सर! इससे हमें खुशी होगी...।''

अब नागेश्वर बाबू मुझे लेकर अयोध्या प्रसाद सिंह के पास चल पड़े। वे बिल्कुल उनके नीचे के ही क्वार्टर में थे। प्रथम तल पर नागेश्वर बाबू का क्वार्टर और भूतल पर अयोध्या बाबू का। यूनिवर्सिटी कॉलोनी के वे क्वार्टर एक-दूसरे से इस तरह सम्बद्ध थे कि नागेश्वर बाबू अपने यहाँ से आवाज देकर भी मुझे बुला सकते थे। नागेश्वर बाबू के साथ मुझे देखते ही अयोध्या क्या बाबू बोल उठे—''मिथिलेश्वर जी आ गये क्या?''

नागेश्वर बाबू ने कहा—''हाँ...।''

मैं समझ गया, अपने कहे अनुसार नागेश्वर बाबू ने मेरे बारे में अयोध्या बाबू को बता रखा है। इससे पहले कि नागेश्वर बाबू कुछ और कहते, उनसे मिलने कोई आ गया। अब अयोध्या बाबू के जिम्मे मुझे सौंपते हुए वे चले गये। अयोध्या बाबू ने मेरे आगमन पर प्रसन्नता व्यक्त करते हुए कहा—''आपके रहने से हमें बहुत अच्छा लगेगा। नागेश्वर बाबू के यहाँ से आपका उपन्यास 'युद्धस्थल' लेकर पढ़ा है। बहुत अच्छा लगा है। 'लहरों के तीर' नामक एक उपन्यास मैंने भी शुरू किया है। लेकिन वर्षों से रुका पड़ा है। अब आप साथ रहने लगेंगे तो उसे मैं पूरा कर सकूँगा...।''

दुबले-पतले, साँवले और लम्बे चेहरे वाले अयोध्या बाबू धार्मिक प्रकृति के व्यक्ति थे। मेरे आगमन को भी उन्होंने ईश्वरीय प्रेरणा का ही परिणाम बताया—''मेरे उपन्यास को अब पूरा होना है, तभी ईश्वर ने मेरे यहाँ आपको भेजा...!''

अब अयोध्या बाबू के यहाँ ही स्नान आदि कर मैं तैयार हो गया। खाने

के समय नागेश्वर बाबू का लड़का बबलू मुझे ले गया। इस बार नागेश्वर बाबू का परिवार गाँव से आ गया था। अब खाने पर ही उनसे मैं परिचित हुआ। नागेश्वर बाबू को तीन लड़के थे—बबलू, डब्लू और छोटू। उस वक्त वे तीनों बच्चे थे—बारह-तेरह वर्ष के अन्दर ही। उन्हें दो पुत्रियाँ भी थीं। नागेश्वर बाबू की पत्नी दुबली-पतली तथा बहुत सीधी महिला थीं। वे भी अयोध्या बाबू की तरह धार्मिक विचारों की थीं। बातचीत से मुझे पता चल गया कि वे स्वयं मांस-मछली नहीं खातीं। लेकिन नागेश्वर बाबू के लिए प्रेम से बनाती हैं।

एक दिसम्बर की प्रतीक्षा में अब दो दिनों के अन्दर ही यूनिवर्सिटी कॉलोनी के अधिकांश शिक्षकों और विश्वविद्यालय कर्मियों से मैं परिचित हो गया। एक लेखक के रूप में मेरे नाम से वे अवगत थे। उनमें डॉ. के.के. नाग, डॉ. नरसिंह, शंकर दयाल, डॉ. कृपाल सिंह, डॉ. चन्द्रकान्त शुक्ला, एस.के. सिंह, बी.के. पांडेय, सी.सी. दां, कलानन्द जी, पांडेय रघुराज शरण आदि थे। रसायन विभाग के प्रोफेसर एवं राँची कॉलेज, राची के प्राचार्य पांडेय रघुराज बाबू नागेश्वर लाल के बाद राँची के मेरे दूसरे सबसे आत्मीय शुभ चिन्तक और मददगार साबित हुए। राँची में मेरे पारिवारिक आवास की समस्या का समाधान उन्होंने बातचीत होते ही कर दिया। अपने रिश्ते के एक नये बने फ्लैट की जिम्मेदारी उन पर ही थी। अब मुझे अपने निकट रखने के लिए वह फ्लैट देने को वे तैयार हो गये। उन्होंने मुझे आश्वस्त किया—''अब कहीं और आवास मत ढूँढ़िए। परिवार लाते ही मुझसे कुँजी ले लीजिएगा...।''

इस दौरान मेरे ज्वायन करने से पहले ही नागेश्वर बाबू मुझे लेकर राँची विश्वविद्यालय के कुलपति डॉ. ए.के. धान के पास पहुँचे। डॉ. धान अँग्रेजी के प्रोफेसर रह चुके थे। साहित्य का महत्त्व समझते थे। नागेश्वर बाबू ने जब मेरी कुछ पुस्तकों के साथ उनसे मिलाया तो वे खासे प्रभावित हुए। कभी पहले एच.डी. जैन कॉलेज, आरा में वे शिक्षक भी रह चुके थे, इस नाते मेरे पिताजी से भी परिचित थे। अब मेरे प्रति उन्हें आकृष्ट देख नागेश्वर बाबू ने कहा—''आप जैसे विद्वान कुलपति की उपस्थिति में मिथिलेश्वर जी जैसे राष्ट्रीय स्तर के कथाकार को रामगढ़ कॉलेज में ज्वायन करना ठीक नहीं। इन्हें तो पी.जी. डिर्पाटमेंट या राँची कॉलेज में होना चाहिए। अभी इन्होंने ज्वायन नहीं किया है। आपके स्नेह-सहयोग के लिए ही आये हैं...।''

नागेश्वर बाबू की यह बात सुनते ही अब मैं समझ गया उन्होंने क्यों अब तक मुझे ज्वायन करने से रोक रखा था। मुझे यह पता था कि राँची विश्वविद्यालय में दो स्थान ही सबसे महत्त्वपूर्ण हैं—पी.जी. डिपार्टमेंट और राँची कॉलेज। लेकिन जवाब में धान साहब ने तनिक सोचने के बाद कहा—''मिथिलेश्वर जी को एकदम

पी.जी. डिपार्टमेंट या राँची कॉलेज में ही रहना है। लेकिन फिलहाल इन्हें रामगढ़ कॉलेज में ज्वायन करा दीजिए। मैं एक-दो माह के अन्दर ही इनका ट्रान्सफर कर दूँगा। अभी तत्काल नोटिफिकेशन को बदलने से कई तरह की परेशानियाँ खड़ी हो जाएँगी...!''

कुलपति के मौखिक आदेश और नागेश्वर बाबू के कथन के अनुसार अब एक दिसम्बर 1981 को रामगढ़ कॉलेज, रामगढ़ में ज्वायन करने चल पड़ा। उस समय वहाँ प्राचार्य के रूप में पी. शिवा थे। नागेश्वर बाबू ने उनके नाम एक पत्र दे दिया ताकि मुझे कोई दिक्कत न हो। सचमुच नागेश्वर बाबू का वह पत्र पाकर पी. शिवा ने मुझमें विशेष रुचि ली। यह देखकर मुझे और अच्छा लगा कि नागेश्वर बाबू का प्रभाव सिर्फ राँची तक ही सीमित नहीं था, राँची विश्वविद्यालय के अन्य कॉलेजों में भी था।

मुझे ज्वायन कराने के बाद प्राचार्य पी. शिवा ने हिन्दी विभाग के अध्यक्ष डॉ. सुरिष्ठ राय से मेरा परिचय कराया। डॉ. सुरिष्ठ राय मेरे ही भोजपुर जिले के मूल निवासी थे। लेकिन प्रारम्भ से ही रामगढ़ रहने के चलते बिल्कुल रामगढ़वासी हो गये थे। नाटा कद, गठीला बदन, गोरा रंग और बड़ी-बड़ी आँखें। बातें रुक-रुक करते, शब्दों पर जोर देते हुए। वे वहाँ हिन्दी विभाग में अकेले शिक्षक थे। मेरे ज्वायन करने से उन्होंने राहत की साँस ली—''चलिए आप आ गये, ठीक हुआ। मैं तो सोच रहा था कि इस कॉलेज में कोई आएगा ही नहीं...!''

उस पहले दिन डॉ. सुरिष्ठ राय मुझे आई. ए. की कक्षा में ले गये। छात्रों की भरपूर उपस्थिति देख मुझे खुशी हुई। राँची से अलग के इस कॉलेज में भी छात्र भरे हुए थे। यह देखकर मुझे और अच्छा लगा कि लड़कियों की संख्या लड़कों से अधिक थी। एक नये शिक्षक के रूप में छात्रों को मेरा परिचय दे सुरिष्ठ राय चले गये। मुझे यह जानकर थोड़ा आश्चर्य हुआ कि हिन्दी के शिक्षक होते हुए भी डॉ. राय को समकालीन साहित्य की कोई जानकारी नहीं थी। मेरे साहित्यकार होने के पक्ष से भी वे अवगत नहीं थे। उनके लिए मैं सिर्फ एक शिक्षक था, इसीलिए उन्होंने शिक्षक रूप में ही मेरा परिचय दिया। मुझे भी अच्छा लगा। जिस स्थान पर शिक्षक बनकर ही रहना था, वहाँ शिक्षक का परिचय ही उचित था। बी.डी. इवनिंग कॉलेज में पहला क्लास ले चुकने का अनुभव मैं कर चुका था। मुझे कोई घबराहट नहीं थी। अब सुरिष्ठ राय के जाते ही मैंने पूछा—''इस घंटी में कौन-सी किताब पढ़ाई जाती है...?''

जवाब में आगे बैठी एक लम्बी-सी लड़की बोल उठी—''रश्मिरथी...।''

मुझे तो ऐसा लगा, जैसे बिल्ली के भाग से सिकहर टूट गया हो। उस वक्त तक कविता की जो पुस्तकें मुझे अत्यन्त प्रिय थीं, उसमें 'रश्मिरथी' का

महत्त्वपूर्ण स्थान था। मेरे जीवन में सम्भवतः वह पहली पुस्तक थी जो अपने काव्यात्मक प्रवाह और प्रभाव में मेरे मन को इतना छू गयी थी कि लगभग मुझे कंठस्थ-सी हो गयी थी। वह लम्बी लड़की जब पढ़ाने के लिए 'रश्मिरथी' की प्रति मेरी ओर बढ़ाने लगी तो मैंने कहा—"रखे रहिए। यह पुस्तक मुझे याद है...।"

मेरी यह बात सुन हॉल के सभी छात्र-छात्राएँ हतप्रभ रह गये! मुझे लगा कि कहीं वे इसे मेरा दम्भ समझ बोल बोलना शुरु न कर दें, इसीलिए मैं तेजी से शुरू हो गया—"कौन-कौन सर्ग पढ़ाए जा चुके हैं...?"

अब एक-दूसरी लड़की बोल उठी—"सिर्फ पहला सर्ग ही...।"

इस पर मैंने कहा—"तो अब दूसरा सर्ग शुरू कर रहा हूँ...। "और दूसरे सर्ग की पंक्तियाँ बोलते हुए उसकी व्याख्या और अर्थ बताने लगा। मैं लक्ष्य कर रहा था, इस दौरान छात्र-छात्राएँ पँक्तियों की मेरी व्याख्या पर नहीं, इस बात पर ही केन्द्रित और अभिभूत हो रहे थे कि वाकई वह पुस्तक मुझे याद थी। दूसरे सर्ग की जो पंक्तियाँ मैं बोलते जा रहा था उसे अपने पास की पुस्तक से मिलाते हुए वे आश्चर्यचकित भी हो रहे थे। इस दौरान जब घंटी की आवाज से मेरा ध्यान भंग हुआ, तब छात्रों से विदा ले चल पड़ा। यह संयोग ही था कि 'रश्मिरथी' पुस्तक मुझे पढ़ाने को मिल गयी थी। रामगढ़ कॉलेज, रामगढ़ में अपने इस पहले क्लास के बाद ही मुझे ऐसा लग गया कि यहाँ अब मुझे कोई कठिनाई नहीं होगी। इधर स्टाफ रूम में डॉ. सुरिष्ठ राय मेरी प्रतीक्षा कर रहे थे। उस पहले दिन वे मुझे अपने आवास पर भी ले गये। रामगढ़ कस्बे से कुछ दूरी पर कॉलेज था। डॉ. राय का आवास कस्बे में था। अपने परिवार में अपने सख्त अनुशासन से भी उन्होंने मुझे अवगत किया कि बैठक से उनके ताली बजाते ही कुछ देर बाद अन्दर से उनका एक लड़का चाय लेकर आ गया। उन्होंने मुझे बताया भी कि मेरे ताली की आवाज पर ही मेरे बच्चे सजग-सक्रिय हो जाते हैं, मुझे आवाज देने और चिल्लाने की जरूरत नहीं पड़ती। लेकिन कालान्तर में सम्भवतः डॉ. सुरिष्ठ राय के उस अनुशासन की ही यह त्रासद परिणति सामने आयी जब उनके एक लड़के ने ही चाकू मार कर उनकी हत्या कर दी। इस सूचना से मेरा मन आहत हो उठा था। आज भी अपने प्रथम विभागीय अध्यक्ष, कुलिग एवं शिक्षक मित्र डॉ. सुरिष्ठ राय के उस दुःखद निधन को याद कर मेरा मन व्यथित हो उठता है।

हाँ, तो रामगढ़ कॉलेज में उसे पहले क्लास के बाद डॉ. सुरिष्ठ राय ने मुझे विधिवत रूटिन में शामिल कर लिया। अब दूसरे दिन से मैंने अपनी नियमितता कायम कर ली। यूनिवर्सिटी कॉलोनी से टैम्पू पर फिरायालाल चौक आ जाता। फिर वहाँ से जीप, टैक्सी, बस कोई भी सवारी पकड़ रामगढ़ चल देता। उस

मार्ग पर वाहनों का इतना आना-जाना था कि वाहन की प्रतीक्षा मुझे नहीं करनी पड़ती। राँची से घंटे-डेढ़ घंटे में मैं रामगढ़ पहुँच जाता। पहाड़ी क्षेत्र में वृक्षों से घिरा वह रास्ता मुझे खासा आकर्षक और प्राकृतिक जान पड़ता। कॉलेज मुख्य मार्ग पर ही था। राँची से जिस वाहन पर मैं चलता, कॉलेज गेट के पास ही उसे रुकवा देता। वापसी में कॉलेज गेट से ही पुनः कोई वाहन प्राप्त हो जाता। इस रूप में मुझे लगता ही नहीं कि मैं राँची से बाहर काम करता हूँ। वहाँ क्लास भी मुझे दो या तीन से अधिक लेने नहीं पड़ते। शिक्षकों की कम संख्या देखकर ही डॉ. राय ने हिन्दी के क्लासों को सीमित रखा था।

एक साप्ताह के अन्दर ही कॉलेज के एकाउंटेंट ने मुझे भारतीय स्टेट बैंक की रामगढ़ शाखा में एकाउंट खोल लेने के लिए कहा। उस कॉलेज का वेतन भुगतान बैंक की उसी शाखा से होता था। डॉ. सुरिष्ठ राय ने उस बैंक में पहचानकर्ता बन कर मेरा खाता खोलवा दिया। अब अन्य शिक्षकों की भाँति मेरा वेतन भी उसी में जाना तय हो गया।

मैं अनुभव कर रहा था, सचमुच इस नौकरी में लिखने-पढ़ने के लिए समय की कमी नहीं, स्वतन्त्र चिन्तन मनन के लिए वैचारिक निश्चिन्तता भी। कहीं से कोई दबाव-तनाव नहीं। रूटिन में निर्धारित अपना क्लास ले चुकने के बाद मैं मुक्त। सुबह क्लास के लिए जाने से पहले और दोपहर क्लास लेकर आने के बाद मेरे पास पर्याप्त समय बच जाता। इस समय में अब मैं कभी धुर्वा अपने बहन-बहनोई के पास चला जाता, तो कभी वासुदेव के पास करमटोली मुहल्ले में, तो कभी फादर कामिल बुल्के के पास सेन्ट जेवियर कॉलेज में। फादर कामिल बुल्के से मिलने के बाद उनका व्यक्तित्व मुझे इस तरह आकर्षित करने लगा था कि जब भी समय मिलता उनके पास पहुँच जाता। फिर साहित्य से समाज तक के विविध पक्षों पर हम बात करते। एक दिन मेरी रामगढ़ यात्रा पर सुझाव देते हुए उन्होंने कहा—"आप वहाँ सायकिल से क्यों नहीं जाते मिथिलेश्वर जी? इससे आपका खर्च भी कम होगा, वाहनों की प्रदूषण युक्त यात्रा से भी आप बचे रहेंगे तथा आपके स्वास्थ के लिए भी यह अच्छा होगा...!"

फादर की यह बात सुन मैं आश्चर्य से उनका मुँह ताकने लगा। कहा—"रामगढ़ की दूरी इतनी कम नहीं फादर कि वहाँ रोज सायकिल से आया-जाया जाय। मेरे लिए तो यह कठिन ही नहीं, असम्भव भी है...।"

इस पर फादर मुस्कुरा उठे। अब उनकी बगल में बैठे एक परिचित ने कहा—"फादर तो सायकिल से पूरी राँची का चक्कर लगा देते हैं...!"

अपने उस प्रथम राँची निवास के दौरान प्रायः रोज ही मैं कोई न कोई साग-सब्जी खरीद कर नागेश्वर बाबू के यहाँ दे देता। मुझे सिर्फ दो-चार दिन ही नहीं,

पूरे एक माह रहना था। इस स्थिति में किसी पर भी आर्थिक बोझ बनना ठीक नहीं। उनके यहाँ मेरा खाना बन जा रहा था, यही बहुत था। हालाँकि नागेश्वर बाबू दोनों पति-पत्नी मना करते—"इसकी क्या जरूरत... ?"

लेकिन मैं नहीं मानता...। नागेश्वर बाबू से मेरी खूब साहित्यिक बातें और बहसें होतीं। कॉलेज से मुझे आया जान चाय पिलाने के बहाने वे बुला लेते। फिर बातों के दौरान शाम गहराने तक मैं उनके साथ जमा रहता। जहाँ एक ओर साहित्य के वे कुशल पारखी थे, वहीं दूसरी ओर जीवन में साहित्य को गम्भीरता से नहीं लेते थे। इस मुद्दे पर उनसे बातचीत मुझे आश्चर्य में डाल देती। मैं कहता—"आपको अपनी दिनचर्या में समय निकाल कर रोज लिखना चाहिए। आप जिस तरह के विचार व्यक्त करते हैं, उसे पुस्तकों में ले आइए...!"

जवाब में वे प्रतिप्रश्न करते "उससे क्या हो जाएगा... ?"

"तब आपके वे विचार स्थायी बन जाएँगे। एक आलोचक की पहचान के रूप में आपकी पुस्तकें सामने आ जाएँगी...! जिनके पास कोई मौलिक आलोचकीय प्रतिभा नहीं, उनके नाम पर भी दो-चार पुस्तकें हैं। लेकिन आप जैसे समर्थ और तेजस्वी आलोचक के नाम आलोचना पुस्तकों का अभाव खटकता है...।"

"यह भी एक प्रकार का कैरियरिज्म है मिथिलेश्वर जी। मेरा विश्वास ऐसे साहित्यिक कैरियरिज्म में नहीं...।"

"जो हो, लेकिन ठहरने वाली चीज तो यही है...।"

"कुछ भी ठहरने वाली चीज नहीं होती। आप लोग भवभूति की उस बात को पकड़े रहते हैं कि साहित्य अजर-अमर होता है। साहित्य के नाम पर यह अपने को छलना है। जीवन के लिए साहित्य भी इंज्वाय का एक माध्यम है। अब इस इंज्वाय को कोई साधना और तपस्या बना ले तब तो फिर जीवन का सारा मजा ही किरकिरा हो जाता है...।"

नागेश्वर बाबू की यह बात मुझे अजीब लगती। साहित्य की पुख्ता समझ, विवेचन की अद्‌भुत क्षमता, लेकिन उसे पुस्तकाकार रचने और प्रस्तुत करने की जिज्ञासा और उतवली नहीं। मस्ती से खाना-पीना और जीना। साहित्य का पूरा आनन्द बहसों या व्याख्यानों में ही उठाना। साहित्य का कोई मुद्‌दा हो, कोई पुस्तक को उसका सूक्ष्म और वस्तुपरक दोनों प्रकार से विश्लेषण की वे क्षमता रखते। लेकिन उन मुद्दों, समस्याओं और कृतियों को पुस्तकाकार आलोचकीय साधना की प्रस्तुति नहीं बनने देते। मेरे साधक मन को यह बात बहुत खटकती। मैं चाहता कि अपनी विशिष्ट अलोचकीय समझ से नागेश्वर बाबू कुछ आलोचना पुस्तकें दें। शायद इसीलिए बार-बार उन प्रसंगों को मैं उठाता और उन्हें प्रेरित करता। लेकिन हर बार साहित्य को जीवन के लिए एक इंज्वाय मान उसकी भूमिका वे

वहीं तक सीमित कर देते। इस सम्बन्ध मे मेरे साहित्यिक परिचितों के बीच वे सर्वथा विलक्षण व्यक्ति जान पड़ते।

आज जब मैं इन पंक्तियों को लिख रहा हूँ, नागेश्वर बाबू इस दुनिया में नहीं हैं। जीवन के लिए साहित्य को इंज्वाय मानते हुए ही चले गये। लेकिन मेरा मानना है कि अगर उन्होंने डॉ. रामविलास शर्मा की तरह अपनी आलोचकीय अनुभूतियों की रचना की होती तो शायद हिन्दी आलोचना का परिदृश्य कुछ और विस्तृत हुआ रहता।

उस समय नागेश्वर बाबू से विमर्श के साथ-साथ अयोध्या बाबू के रचना पाठ का आस्वाद भी मुझे मिलता रहता था। अयोध्या बाबू जब इत्मीनान से होते और मुझे भी अपने कमरे में इत्मीनान से पाते तो अपने उपन्यास 'लहरों के तीर' की पांडुलिपि लेकर आ जाते। संस्कृत के प्रोफेसर होने के चलते उनकी भाषिक क्षमता मुझे अच्छी लगती। रचना पाठ का उनका अन्दाज भी रोचक जान पड़ता। उनके उस उपन्यास के सुने अंशों में एक रोचक और सरस प्रसंग की याद आज भी मुझे है। जब चनेसरी नामक एक गरीब किशोरी अपने मवेशियों की चरवाही में गाँव से बाहर बगीचों की ओर जाती थी तो उसके साथ के चरवाह लड़के किसी खेल के बहाने बारी-बारी से उसे एक सूखे तालाब में ले जाते।

अयोध्या बाबू अपने हर पाठ के बाद मेरी निष्पक्ष और बेबाक राय जानना चाहते। जवाब में मैं उन्हें निराश नहीं करता। उनकी प्रशंसा ही कर देता—"बहुत अच्छा चल रहा है...।"

जानता था, आलोचना कर देने से उनके अन्दर का नया रचनाकार हतोत्साहित हो जाएगा। तब उनके सृजन का स्वाभाविक प्रवाह भी थम जाएगा। इस सम्बन्ध में मैं उन्हें वास्तविक परामर्श से भी अवगत करा देता—"अभी जिस रूप में भी यह आपके अन्दर से आ रहा है, उसे आने दीजिए। दुबारा जब इसे लेकर बैठिएगा तब स्वत: इसकी कमियों एवं विशेषताओं का एहसास आपको होने लगेगा। उसी वक्त आवश्यकता अनुसार इसमें काट-छाँट और जोड़-घटाव कीजिएगा...। तभी इसे पूर्णता प्राप्त होगी।"

अयोध्या बाबू का वह उपन्यास सुनते हुए स्वयं भी मेरा मन लिखने के लिए करने लगा था। नियुक्ति की भागदौड़ और प्रयास में पिछले कई महीनों से मेरा लेखन स्थगित था। लेकिन अब उस प्रयास और भागदौड़ को विराम मिल गया था। नागेश्वर बाबू कह भी रहे थे—"अब यहाँ राँची रहने का यह लाभ आप उठा सकते हैं कि आदिवासी जीवन और संस्कृति पर कुछ कहानियाँ रच डालिए...।"

परिवार से अलग होकर यहाँ रहते हुए मैं परिवारिक समस्याओं से मुक्त था। आरा में तो मेरा काफी समय उसी में चला जाता था। इस स्थिति का उपयोग करने के लिए राँची के अपने तत्कालीन आदिवासी शिक्षक मित्रों से प्राप्त विषय पर 'सिबोंगा की वापसी' नामक एक कहानी की रचना शुरू की। लक्ष्य केन्द्रित विषय और छोटे कलेवर की वजह से वह कहानी जल्द ही तैयार हो गयी। नागेश्वर बाबू के कहे अनुसार आदिवासी जीवन एवं संस्कृति पर वह मेरी पहली कहानी थी। नागेश्वर बाबू एवं अयोध्या बाबू को मेरी वह कहानी अच्छी भी लगी। लेकिन अपने भोजपुर के चिर-परिचित जीवन एवं समाज पर जिस विश्वसनीयता और अधिकार के साथ लिखता था, मुझे वैसा अनुभव नहीं हुआ। बाद में 'सिबोंगा की वापसी' कहानी का प्रकाशन 'धर्मयुग' में हुआ।

आरा से राँची आने के बाद यह पहला अवसर था जब अपने परिवार से मैं इतने समय के लिए अकेला हुआ था। मैं जानता था, रेणु से अधिक माँ को मेरे समाचारों की प्रतीक्षा रहती होगी। बचपन से ही मुझे सतवाँस बच्चा समझ मेरे प्रति उसका ध्यान विशेष रहता था। सम्भवतः माँ की उस प्रतीक्षा का अनुमान कर ही अब तक चार पत्र उसके नाम भेज चुका था। मैं समझ रहा था, माँ के नाम भेजे पत्रों से पूरे परिवार को मेरे समाचार मिल जाएँगे। रेणु से भी जो कहना होता था, माँ के पत्रों में ही कह देता था। आरा से आते हुए अपने साथ कुछ पोस्टकार्ड मैं लेते आया था। अब उन्हें ही बारी-बारी से भेजता था। आज जैसे टेलीफोन की सुविधा उस वक्त सबको उपलब्ध नहीं थी। चन्द विशिष्ट लोग ही उससे जुड़े थे। उस वक्त तो पत्र ही समाचारों के मुख्य माध्यम थे।

मेरे पत्रों के जवाब में माँ की ओर से भी तीन पत्र आ चुके थे। एक लम्बे अन्तराल के बाद आज उन पत्रों को स्मरण करते हुए 'वह प्रसंग' मेरे मन को व्यथित कर देता है। अभी कुछ वर्ष पहले सन् 2003 में माँ का निधन हो गया। उनके दाह-संस्कार के बाद हमने उनके बक्से को खोला कि उन्होंने क्या कुछ संचित कर रखा है? लेकिन यह देख कर मेरी आँखें भर आयीं कि राँची से माँ के नाम भेजे मेरे पत्र उस बक्से में किसी अमूल्य निधि की तरह सँजो कर रखे थे। अपने प्रति माँ के इस पुत्र मोह और लगाव ने अब मेरे संयम का बाँध तोड़ दिया। मैं वहीं उनके बक्से के पास ही फूट-फूट कर रो उठा।

हाँ, तो राँची में तीन सप्ताह के बाद ही वेतन भुगतान की प्रक्रिया शुरू हो गयी थी। चूँकि वह दिसम्बर का महीना था। 24 दिसम्बर से ही क्रिसमस और बड़े दिन के अवकाश में कॉलेजों को बन्द होना था। अगले वर्ष 2 जनवरी 1982 को ही अब खुलना था। इस स्थिति में बन्दी से पहले ही सबको वेतन भुगतान हो जाना था। मेरे लिए उसका विशेष महत्त्व था। वह मेरा पहला वेतन

था। अपने उस पहले वेतन को मैं आज तक भूल नहीं सका हूँ। वह 22 दिसम्बर का दिन था जब अपना पहला वेतन मुझे प्राप्त हुआ। कॉलेज में शिक्षक मित्रों से जैसे ही यह सूचना मिली कि दिसम्बर का हमारा वेतन बैंक में चला गया है मैं तत्काल वहाँ जा पहुँचा। मैं इस जिज्ञासा में भी था कि मुझे क्या मिला है? लेकिन उस प्राप्त रकम से तो जैसे मुझे खुशी का ठिकाना नहीं रहा। मेरे खाते में पूरे ग्यारह सौ सत्तर रुपए भेजे गये थे। अब उसमें से सत्तर रुपए छोड़ सीधे ग्यारह सौ रुपए निकाल लिए।

अपनी जेब में ग्यारह सौ रुपयों ने अब मेरे मन को सुखद एहसासों से भर दिया। यहाँ अब पहली बार मैं यह जान सका कि नौकरी की आय क्या होती है? आरा से राँची आ रहा था तो मुश्किल से छह सौ रुपए ही मैं जुटा पाया था। वह भी माँ और पत्नी के संचय को जोड़कर। लेकिन अब बिल्कुल आराम की नौकरी में तीन सप्ताह पर ही पूरे एक माह का भुगतान। मैंने सुना था, विश्वद्यिालय शिक्षकों की नौकरी हर दृष्टि से अच्छी होती है। अब इसका एहसास भी कर रहा था।

उस समय कहानियों का पारिश्रमिक मुझे प्रति कहानी डेढ़-दो सौ से अधिक कभी नहीं मिला था। वह भी 'धर्मयुग', 'साप्ताहिक हिन्दुस्तान' जैसे प्रतिष्ठानों की पत्रिकाओं से ही। दूसरी अनेक पत्रिकाएँ तो कुछ भी नहीं देती थीं। इस दृष्टि से आकलन करने पर ऐसा लग रहा था कि मेरे एक पूरे कहानी-संग्रह की कहानियों के पारिश्रमिक से भी वह अधिक रकम थी। एक संग्रह भर कहानियाँ लिखने और छपने में कई महीने लगते थे। लेकिन यह रकम तो अल्पावधि में ही प्राप्त। साथ ही यह आश्वस्ति और निश्चिन्तता भी कि अब हर माह इतनी रकम मिलनी है। इन्क्रीमेंट के रूप में हर साल इस रकम को बढ़ते जाना है। बीच में भी सरकारी स्तर पर बढ़ते मँहगाई भत्ते का लाभ पाना है। इस तरह अब अपनी यह आय मुझे 'गूलर के फूल' की तरह जान पड़ती, जिसे निरन्तर बढ़ना ही था।

अपनी जेब में वह पहला वेतन लेकर रामगढ़ से राँची लौटते हुए मुझे ऐसा लग रहा था कि मेरे पैरों के नीचे अब मजबूत जमीन आ गयी है। अब मैं सिर्फ नाम का ही लेखक नहीं, काम का भी आदमी हो गया था। नागेश्वर बाबू के साथ राँची के हाट-बाजार में घूमते, कुछ खरीदते या खाते-पीते हुए भुगतान के नाम पर मैं असमंजस महसूस करता था। तब नागेश्वर बाबू झट से अपनी जेब से रुपए निकाल दे देते थे। अब मैं भी उस लायक हो गया था कि उनके देने से पहले ही दे सँकू...।

उस रात वेतन की इस खुशी और उत्तेजना में मैं सारी रात सो नहीं सका। अयोध्या बाबू के उस कमरे में जगा रहा। मुझे ऐसा लग रहा था कि रेंगता-घीसटता

मेरा जीवन यहीं से पटरी पर आ गया है। मैं जानता था, जीवन और जगत के सारे क्रिया-व्यापार अर्थ से ही संचालित और संपोषित हैं। लेकिन आर्थिक स्रोत न पाने की वजह से मैं उनसे कटा था। अब अचानक जीवन और जगत के प्रति अपनी पकड़ भी महसूस करने लगा था।

मैंने जीवन के तीन पड़ावों के बारे में सुना था—बचपन, जवानी और बुढ़ापा। उसे मैंने तीन दूसरे शब्दों में परिवर्तित कर लिया था—जन्म, ब्याह और मरण। लेकिन इनके बीच अब एक चौथा पड़ाव नौकरी भी मुझे अत्यन्त आवश्यक जान पड़ने लगा। मेरे जानते जीवन के पहले तीनों पड़ाव लौकिक जगत के कार्य-व्यापार से ही सम्बन्धित हैं। लेकिन उन कार्य व्यापारों का सही और स्वाभाविक संचालन नियमित आय के बिन कहाँ सम्भव? इस स्थिति में जन्म, ब्याह और मरण के बीच नौकरी रूपी यह पड़ाव अत्यन्त आवश्यक है। फिलहाल अपने को अब इस महत्त्वपूर्ण पड़ाव पर पहुँचा हुआ मैं अनुभव कर रहा था, जहाँ से मेरे जीवन और परिवार की स्थिति और गति में सकारात्मक परिवर्तन आना ही था। यह पड़ाव ही अब मुझे लौकिक जीवन का योग्य, उपयोगी और व्यवहारिक मनुष्य बना रहा था।

मैंने विचार किया, इस प्रथम वेतन के बाद अब मुझे आरा खाली हाथ नहीं लौटना। सभी सदस्यों के लिए कुछ न कुछ लेकर ही जाना है। मैं मन ही मन अनुमान कर रहा था कि घर पहुँच कर अपना बैग खोल जब सभी सदस्यों को उनके लायक चीजें सौंपने लगूँगा तो मेरे पूरे परिवार की वह अनपेक्षित, औचक और सामूहिक खुशी देखते ही बनेगी। कभी-कभी ही किसी परिवार को ऐसी खुशी नसीब होती है। तब हर सदस्य की नजर में मैं घर का सर्वाधिक महत्त्वपूर्ण और सफल व्यक्ति समझा जाऊँगा। निरन्तर पुस्तकों की रचना करने और पुस्तकों से अपने घर को पाट देने पर भी अर्थ के अभाव में उन्हें ऐसी खुशी नहीं दे पाता था।

पहले मैंने सोचा था कॉलेज बन्द होते ही आरा भाग चलूँगा। लेकिन नागेश्वर बाबू ने अब इस छुट्टी में गाँव चलने का कार्यक्रम बना लिया था। धान के मौसम में अपने खेतों पर पहुँचने और जोतदारों से खेती का हिसाब करने उन्हें जाना था। इसके लिए उन्होंने 25 दिसम्बर की तिथि तय की थी। अब मुझे भी उनके साथ उसी दिन चलना था। मैं महसूस कर रहा था, उस दिन में अब और दो दिन ही शेष रह गये थे, 23 और 24 दिसम्बर। अब मुझे उन दो दिनों में ही आरा चलने की अपनी तैयारी पूरी कर लेनी थी। वे दो दिन मुझे पर्याप्त जान पड़े। अपने घर के किस सदस्य के लिए कौन-सी चीज उपयोगी है, मैं जानता था। इस बीच राँची के बाजार से भी परिचित हो गया था।

वेतन प्राप्ति के बाद मेरी मानसिक स्थिति जिस मुकाम पर पहुँच गयी थी वहाँ से जाने-अनजाने यह प्रश्न भी मेरे समक्ष आ खड़ा हुआ कि काश कुछ और पहले यह मंजिल मुझे मिली होती तो शायद मेरे परिवार को लम्बी परेशानियों और गर्दिशों से गुजरना नहीं पड़ता। लेकिन शादी के बारह वर्ष बाद, तीन बेटियों के जन्म और गाँव के अधिकांश खेतों के बिक जाने के उपरान्त यह अवसर हासिल हुआ था। इस सम्बन्ध में नौकरी ज्वायन करने के बाद से ही राँची के मेरे कई मित्र पूछा करते थे—"इतने अच्छे लेखक होने के बावजूद आप सर्विस में देर से क्यों आये? उम्र और उपलब्धियों में आपसे जूनियर लोग अब सीनियर बने बैठे हैं...!"

यूनिवर्सिटी कॉलोनी के मेरे एक मित्र बी.के. पाण्डेय जो मुझे बड़ा भाई मानते थे, ने जोड़ कर मुझे बताया—"भाई जी! सेवा निवृत्ति के बाद आप पूरा पेंशन भी नहीं पा सकेंगे। विलम्ब से सर्विस में आने के चलते आपका सेवा काल इतने कम दिनों का होगा कि आपको फुल पेंशन नहीं मिल सकेगा।"

ऐसे प्रश्न अब एकान्त में आते ही मुझे व्यथित कर उठते। वेतन प्राप्ति की उस रात तो वे प्रश्न मुझे और आहत कर रहे थे। भले ही किसी और से मैं कुछ नहीं कहता था, लेकिन मेरे अपने मन को तो साफ लगता था कि दोषी मैं स्वयं हूँ। मेरी कमियों, खामियों और लापरवाही का ही यह परिणाम है। मेरी उम्र के दूसरे लोगों ने जब समय से अपेक्षित पद पा लिया तो मैं क्यों नहीं पा सकता था। इस विलम्ब के चलते अपने जीवन एवं परिवार की जिन परिणतियों को मैं नजर अन्दाज करता रहा, उनमें सबसे बड़ी परिणति रेणु की परिवर्तित स्थिति थी। किस रूप में मैंने उसे पाया था और अब किस रूप में वह शेष रह गयी थी? बड़ी होती बेटियाँ भी अब प्रश्न बनकर खड़ी थीं कि उन्हें जन्म देने के बाद उनकी परिवरिश और शिक्षा को लेकर अब तक मैंने किया ही क्या? माँ और छोटे भाइयों के लिए भी जो करना चाहिए वह कहाँ कर सका...?"

अब तक मैं जो जीवन जीते आ रहा था उसके बीच कभी ऐसा अवकाश या अवसर ही नहीं मिला कि पीछे मुड़ कर देख सकूँ। लेकिन नौकरी के इस पड़ाव पर अब जाने-अनजाने अतीत की वे भूमिकाएँ न सिर्फ साकार हो उठी थीं बल्कि अपने कारण और परिणाम के साथ आकलन की माँग भी कर रही थीं।

माँ के अनुसार मेरा जन्म सतवाँस बच्चे के रूप में हुआ था। लेकिन इसमें मेरा दोष क्या था? जन्म से होशगर होने तक मेरी वह स्थिति तो पराश्रित थी। पर समझ आने के बाद भी अपनी भूमिका के प्रति मैं कहाँ उत्तरदायी और सजग-

सचेत बन सका? बचपन में माँ-पिताजी मुझे पढ़ा-लिखा कर योग्य बनाने के लिए पूरी तरह प्रयत्नशील और सचेष्ट थे। लेकिन मेरा ध्यान तो पढ़ाई से अधिक खेलने में लगता। माँ की नजर बचा अपने मुहल्ले के लड़कों के साथ खेलता रहता। काश! माँ-बाप की बात मान उस समय से ही पढ़ाई के प्रति अपना ध्यान केन्द्रित किये होता...!

गाँव के अन्य लड़कों की तरह मेरा भी नाम अपने गाँव की पाठशाला में लिखाया गया था। लेकिन जहाँ गाँव के अन्य लड़के पढ़ रहे होते, मैं पाठशाले से बाहर कुँए की जगत पर बैठ सड़क के गुजरते राहगीरों को देखा करता। स्कूल के पास की ठाकुरबारी के दृश्यावलोकन में खोया रहता। मुझे समझना चाहिए था कि स्कूल में मेरा नाम पढ़ने के लिए लिखाया गया है, इस तरह के अवलोकनों के लिए नहीं।

अब मुझे लग रहा था कि बचपन में मछली पकड़ने के मेरे तीव्र आकर्षण ने भी प्रारम्भिक शिक्षा के प्रति मुझे उदासीन किया था। गाँव की पाठशाला के बाद सेदहां स्कूल जाने के रास्ते में आहरों और गड्ढों की मछलियाँ पकड़ता रहता। मछलियों को फँसाने के लिए वंशी लगाने की धुन मेरे ऊपर ऐसी सवार रहती कि उसके पीछे पागल बना रहता। काश! उस समय की पढ़ाई के प्रति मेरा ऐसा लगाव होता...!

मैट्रिक के विद्यार्थी के रूप में मेरे साथ के सारे छात्र गम्भीर तैयारी में लगे थे। लेकिन उस वक्त जाने कैसे लेखक बनने की धुन मेरे ऊपर सवार हो गयी थी कि माँ की सख्ती और चौकसी के बावजूद छिप-छिप कर कहानी-उपन्यास पढ़ता और स्वयं भी लेखक बनने की कोशिश करता।

पिताजी की इच्छा मुझे साइंस पढ़ाने की थी। उस समय साइंस की पढ़ाई की उपयोगिता और सफलता असन्दिग्ध थी। पिताजी के निधन के बाद मैंने कॉलेज की शिक्षा साइंस से ही प्रारम्भ की। लेकिन सबकी आशाओं पर पानी फेर बीच में ही साइंस छोड़ आर्ट्स में आ गया और आरा के मशहूर एच.डी. जैन कॉलेज से अलग विक्रमगंज जैसे निहायत सामान्य कॉलेज में पढ़ने लगा। शैक्षणिक स्तर पर मेरी लापरवाही की ही यह चूक थी कि मैट्रिक से एम.ए. तक के मेरे रिजल्ट उतने अच्छे नहीं थे।

विभिन्न प्रतियोगिता परीक्षाओं में सफल न हो पाने का कारण मेरी अच्छी तैयारी का न होना था, लेकिन अपनी असफलता का दोष मैं व्यवस्था पर लगाता था, जबकि उसका भागीदार मैं स्वयं था।

अपने परिवार में अभिभावक की भूमिका भी अब मुझे अपने मन के अहंकार के तहत ही ग्रहण की हुई जान पड़ रही थी। पिताजी के बाद बड़े भैया थे।

माँ थी। फिर मेरे अभिभावक बनने का क्या तुक? भैया के बोकारो रहने की स्थिति में घर माँ चलाती थी। माँ ने कभी मुझसे नहीं कहा कि मैं अभिभावक बन कर रहूँ? जब मैं कुछ भी उपार्जन कर नहीं रहा था, तब फिर अपने को अभिभावक क्यों समझता था? अभिभावक बनकर जीने की इस खुशफहमी ने भी मेरे स्वाभाविक विकास को बाधित किया था...।

अब उस समय का अपना यह निर्णय भी मुझे गलत जान पड़ रहा था कि बगैर नौकरी के आरा में घर बनाया? गाँव में रहकर भी लोग बड़े-बड़े पदों पर पहुँचते रहे थे। वहीं रहकर मैं प्रयास करता। छोटे भाइयों को भी वहीं से प्रयासरत रखता। शिक्षा की हमारी जड़ मजबूत होती तो वहीं से हम अपना मुकाम भी पा लेते। लेकिन शहर में शीघ्र रहने के आकर्षण में समय, सम्पत्ति और लक्ष्य केन्द्रित अपनी तैयारी सब मैंने खत्म कर दी।

रेणु से उस छोटी उम्र में शादी भी अब मुझे वाजिब नहीं जान पड़ रही थी। मात्र आई. ए. के विद्यार्थी होने के बावजूद उसकी सुन्दरता पर रीझ कर उससे शादी के लिए उतावला क्यों हो गया? उस वक्त यह बात मेरे दिमाग में क्यों नहीं आयी कि मैं इस लायक कहाँ कि शादी के बाद उसकी आवश्यकताओं को पूरा कर सकूँ? उसके रूप-सौन्दर्य को लम्बे समय तक बरकरार रख पाऊँ? उस वक्त तो मुझे सिर्फ यही लगता कि कैसे जल्दी से रेणु को पा लूँ। अपनी उस चाहत के तहत उसे पा तो लिया, लेकिन जो वह थी, अब कहाँ रह गयी है? अगर उसे पाना ही था तो छेंका कर, रस्मों के दायरे में उसे बाँध देता और नौकरी के बाद शादी करता। तब शायद उससे शादी की शर्त के तहत अपनी जगह पाने के लिए मैं तीव्र तैयारी में लग जाता। लेकिन उसे पाने के बाद कहाँ वैसी तैयारी कर सका? वैसी सुन्दर पत्नी को छोड़ प्रतियोगिता की निरस तैयारियों पर मेरा ध्यान जाता ही नहीं...!

बेरोजगारी, अभाव और असमय में लगातार चार-चार बेटियों के जन्म को मैं, माँ और रेणु के खातों में डाल कर हाथ झाड़ता रहा था। लेकिन अब उसका वास्तविक भागीदार स्वयं को ही पा रहा था। पत्नी के साथ के एकान्तिक सबन्धों के तहत मैंने कभी यह क्यों नहीं सोचा कि इसकी परिणति बच्चों के जन्म के रूप में होगी। रेणु की दुनिया तो ग्रामीण परिवेश के बन्धनों के तहत घर की परिधि में कैद थी। मैं तो बाहर निकलता था। उन उपकरणों और दवाओं की ओर मेरा ध्यान क्यों नहीं गया जो समय के पहले बच्चों के जन्म को रोक सके।

उन चार बच्चियों में से एक का असामयिक निधन भी अब मुझे अपनी ही लापरवाही जान पड़ रही थी। बिना किसी अर्जन-उपार्जन के चार-चार बच्चियों की उचित परवरिश सम्भव कहाँ?

उस समय लेखन के प्रति अपनी खुशफहमी भी अब मुझे अपनी नासमझी ही जान पड़ रही थी। जब मेरी कहानियाँ छपने लगीं, पुस्तकों का प्रकाशन शुरू हो गया, इधर-उधर से पारिश्रमिक के चेक आने लगे, दो पुरस्कार प्राप्त हो गये तो मैं अपने को बड़ा और महत्त्वपूर्ण लेखक समझने लगा। लेखन के प्रति इस आत्ममुग्धता ने भी मेरी संघर्ष-क्षमता कुन्द की। अपने लेखन की चर्चा-प्रशंसा से ही मैं अपने को मंजिल के करीब पहुँचता महसूस करता था, जबकि वह मेरा भ्रम था।

अपने अतीत की उन त्रासद यादों ने अचानक मेरे मन को आहत और व्यथित कर दिया। उस क्षण मुझे ऐसा महसूस हुआ कि अगर अतीत की उन भूमिकाओं को फिर से मुझे जीने को मिल जाय तो शायद इस बार मैं कोई चूक न होने दूँ। तब अपने उस जिए समय को अपने जीवन और साहित्य-सृजन की पूर्णता में देख सकूँ। लेकिन जानता हूँ, जो समय गुजर चुका अब दुबारा उसे नहीं पाया जा सकता...।

अब तो जीवनपर्यंत इस कसक का मेरे मन में बने रहना है कि जो समय मुझे मिला था उसे पकड़ नहीं सका। उसके सदुपयोग से वंचित रहा। काश मैंने उसे पहचाना और अपनी भूमिका को जाना होता...।

सन्दर्भ संकेत

हिन्दी की सबसे निकटतम भाषा भोजपुरी के शब्द हिन्दी में ऐसे घुले-मिले होते हैं कि उन्हें समझने में पाठकों को कोई कठिनाई नहीं होती। फिर भी गैर भोजपुरी भाषी हिन्दी पाठकों की सुविधा को ध्यान में रखते हुए इस आत्मकथा में प्रयुक्त (अंकांकित) सघन आंचलिक भोजपुरी शब्दों एवं मुहावरों के अर्थ दिये जा रहे हैं—

1. गलगौंछे — नकाब, आँखें छोड़ कर अँगौछे से सारे चेहरे को ढँक कर बाँध रखना।
2. मोखालिफ — दुश्मन।
3. महटिआना — चुप रहना।
4. सारघर — मवेशियों को रखने का कमरा।
5. धराऊँ — सँजोकर या छिपा कर रखी गयी चीजें।
6. छरपट छुड़ाना — कठोर दंड देना। दंडात्मक कार्रवाई से सबक सिखाना।
7. अकसरुआ — अकेला, कमजोर।
8. धरछना — प्रबल कामना!
9. बुतात — जीविका, जीवन की अनिवार्य आवश्यकता।
10. अगुआ — लड़की की शादी के लिए प्रयासरत व्यक्ति।
11. आँगछ — भविष्य, आगमन, अन्देशा।
12. टिमटाम — दिखाना।
13. जजात — सम्पत्ति।
14. बिला जाना — गायब हो जाना, छूट जाना, खत्म होना।
15. बीन बाछ कर — चुन कर।
16. पैना — बैलगाड़ी हाँकने का ग्रामीण कोड़ा।
17. ओहार — पर्दा। पालकी या बैलगाड़ी में स्त्रियों को ढ़ँक कर ले जाने का कपड़ा।
18. मजिगर — अच्छी तरह, मन लायक।
19. दोन — तालाब या गड्ढ़े से खेतों में पानी उलीचने का पुराना उपकरण, नाव की शक्ल में लम्बा, गहरा और लोहे का बना।
20. मोट — गड्ढे से पानी निकालने का चमड़े का थैला। पुराना उपकरण।
21. सैर — लकड़ी का उपकरण जो मनुष्य के बल प्रयोग से पानी उलीचने में कारगर।
22. लोंदा — गीली वस्तु का गोलाकार स्वरूप।
23. लोकना — पकड़ना, थामना।
24. भूर फूटने — छिद्र होने, सूराख बनने।
25. जमोट — जामुन की लकड़ी का गोलाकार निर्माण, जो कुँए में डाला जाता है।

26.	पवनार	—	पानी का ढेर।
27.	दाज	—	देखा-देखी, नकल, बराबरी का प्रयास।
28.	जोगाड़	—	इन्तजाम।
29.	इनार	—	कुआँ
30.	बीचवानी	—	मध्यस्तता।
31.	पनहा	—	फिरौती।
32.	सवाँग	—	पति, पुरुष। सवंगगर-अधिक पुरुष सदस्योंवाला परिवार।
33.	गिलावा	—	कच्ची मिट्टी का घोल। दीवार जोड़ाई की कच्ची वस्तु।
34.	बुड़बक	—	नासमझ, मूर्ख।
35.	उजियाने	—	विकसित होने।
36.	रामी	—	लाठी के एक भाग में लगा खनती की शक्ल का एक कृषि उपकरण, जो हथियार के रूप में भी उपयुक्त।
37.	गोहराना	—	प्रार्थना करना, आवाज़ देना, याचना करना।
38.	बिरत	—	असमय (बिरत रात—गहराती रात)।
39.	झटकेरने	—	नकारने, हटाने।
40.	टंठगर	—	कड़े, मजबूत, सक्षम।
41.	पिठइयाँ चढ़ाना	—	पीठ पर लादना।
42.	नाला उकसना	—	अधिक वजन उठाने पर शरीर का सन्तुलन गड़बड़ाना।
43.	जोम	—	दम्भपूर्ण उत्साह।
44.	कोताही	—	कंजूसी।
45.	गोंइठे में घी सुखाना	—	निरर्थक प्रयास करना। फायदा न होना।
46.	लिखतंग	—	भाग्य में लिखे अनुसार, भाग्य निर्धारित।
47.	लइके	—	लड़के, बच्चे।
48.	पंजरा	—	निकट, पास।
49.	रोखी	—	रंगत।
50.	लरकना	—	लटकना, झूलना।
51.	चरंगा	—	दुबली-पतली मछली की एक प्रजाति।
52.	हेरा-बेरा	—	हड्डी-मांस।
53.	सिरिजना	—	आकृति, संरचना।
54.	सौरीघर	—	बच्चा होने वाला घर।
55.	लगेन	—	बक्शीश।
56.	लमहर	—	बड़ा, लम्बा।
57.	घुसकुरिया काटना	—	उठने और चलने से लाचार हाथ के बल शरीर को घसीटते हुए आगे बढ़ाने की क्रिया।
58.	असके में	—	अनजाने में, भूलवश।
59.	चुल्ली	—	शरारती।
60.	नधवाना	—	कोई काम शुरू करना, चलाना।
61.	कांत	—	बनावट, जन्मजात स्थिति।

62. बुतरू — चिड़िये का बच्चा, छोटा।
63. पुरहर — पर्याप्त, पूरा।
64. पनछुछुर — पानी मिला, पानी की तरह पतला।
65. तुल-तपाट — परेशानी।
66. लयन — मक्खन।
67. बरिआर — मजबूत, ताकतवर।
68. नीकेतरी — अच्छी तरह, पूरी तरह।
69. काँड़ देना — पीटना, प्रताड़ित करना।
70. ओरहन देने — शिकायत करने, गलती बताने।
71. धराना — पकड़ाना।
72. फनात — लम्बी कूद और ऊँची कूद का स्थल।
73. होरेहा — ग्रामीण खाद्य पदार्थ, मटर और चने की बालियों को आग में पका कर तैयार किया हुआ।
74. लउरधर — लाठीधारी, मजबूत।
75. छँवकी — डाली, टहनी।
76. खीस — गुस्सा।
77. असकत — आलस्य।
78. सधाना — उपयोग में लाना, समाप्त करना।
79. नभ टोपरे — खूब ऊपजाऊ खेत।
80. अबेखना — उपयोग करना, इस्तेमाल में लाना।
81. तोपन — पर्दा।
82. छोह — ममता, मोह।
83. अबाटी — शरारती।
84. बाहा — बहते पानी का जलाशय।
85. दोल्हा-पाती — पेड़ की डालियों पर झूलते हुए खेला जाने वाला खेल।
86. गुबड़ी — एकदम छोटा-सा गोलाकार गड्ढा।
87. बरघारा — गाँव-घर से बाहर का बैठका। खेत-बधार के पास का ठौर।
88. नेवतने — निमन्त्रित करने।
89. रुखसती — लड़की की विदाई।
90. पंगना — सफल होना।
91. हरज — हानि, विलम्ब।
92. छछलोल — आतुर, धैर्यहीन, अगम्भीर।
93. दाढ़ी — ठुड्डी।
94. मरदाँव — पौरुष।
95. बोलाचाली — बातचीत।
96. मउग — स्त्रियोचित आचरण करने वाला, हिजड़ा।
97. मेहरारू — औरत।
98. भुभुन — मुँह का अगला भाग, होठ आदि।

99.	आहर	—	गाँव का जलाशय, तालाब की तरह बँधा।
100.	खुरमी	—	भोजपुर की प्रसिद्ध मिठाई, सिर्फ छेने और चीनी से बनने वाली।
101.	बिअहुति बक्शा	—	विवाह के अवसर पर प्राप्त शुभ और सगुणयुक्त। बक्शा।
102.	मेहररसी	—	स्त्री प्रेमी, पत्नी प्रेमी।
103.	गैरत	—	इज्जत, आबरू।
104.	पछदारी	—	पक्ष लेना।
105.	साउंज	—	मुहलत, सहूलियत, इच्छा, सामर्थ्य।
106.	निहोरा	—	विनती, प्रार्थना, निवेदन।
107.	छावा	—	घुटने के नीचे के पैर का वह पिछला भाग जहाँ मांस अधिक होता है।
108.	भक	—	भ्रम, वहम।
109.	ढेंका	—	धान और चावल कूटने तथा छाँटने का ग्रामीण उपकरण।
110.	थाथर	—	पैरों में थाथर लगना, मांसपेशियों में खिंचाव और जमाव से परेशानी का अनुभव करना।
111.	कँहरना	—	कराहना।
112.	सकेरे	—	समय से पहले, तड़के।
113.	अलवांत	—	प्रसव के तत्काल बाद स्त्री का कमजोर स्वास्थ।
114.	पहिलवंठ	—	पहला बच्चा।
115.	दयानत	—	आचरण, विचार।
116.	लुकाकर	—	छिप कर।
117.	अहटा	—	अपने दायरे से दूर।
118.	रसीद बेची	—	जमीन बिक्री की अन्तिम और महत्त्वपूर्ण प्रक्रिया।
119.	छेदवाली	—	चाहरदीवारी।
120.	ठेहा	—	अड्डा, ठहराव।
121.	भंड़ा जाना	—	बर्बाद होना, खराब होना।
122.	अनेरिया	—	लावारिश।
123.	वियावान	—	सूनसान।
124.	ओरियाना	—	पूरा करना, समाप्त करना।
125.	गोंयड़	—	गाँव के एकदम निकट की जमीन।
126.	बेख	—	विरासत।
127.	लउकना	—	दिखना।
128.	उतजोगी	—	कार्यपटु, विषम स्थिति में भी मार्ग तलाशने वाला, असम्भव को सम्भव बनाने वाला।
129.	आवाजाही	—	आने-जाने।
130.	सरिआना	—	सहेजना, सँजोना।

❑❑❑